MÉMOIRES

DE
LA LIGUE,

CONTENANT

LES ÉVENEMENS LES PLUS REMARQUABLES
depuis 1576, jufqu'à la Paix accordée entre le Roi
DE FRANCE & le ROI D'ESPAGNE, en 1598.

NOUVELLE ÉDITION,

*Revue, corrigée, & augmentée de Notes critiques
& hiſtoriques.*

TOME QUATRIEME.

A AMSTERDAM,

Chez ARKSTÉE & MERKUS.

M. DCC. LVIII.

PRÉFACE

DE SAMUEL DU LIS [1]

A son Frere & cher Ami D. M. D. T.

JE vous envoie, cher Frere & Ami, la suite des
Mémoires de la Ligue en ce quatrieme Volume, c'est-
à-dire, un échantillon de l'une des plus étranges &
mémorables Histoires que notre postérité pourra lire ;
si tant est que la patience de Dieu veuille supporter
ter encore un peu le monde. On dit en commun langage, que l'homme propose & que Dieu dispose ;
sentence puisée de la vérité immutable, & dont le
Prophete Jérémie a parlé dès long-temps en ces termes, au dixieme Chapitre : Eternel, je connois que la
voie de l'homme n'est pas à lui, & n'est pas en celui qui
marche, d'adresser ses pas. Long-temps auparavant David avoit déclaré au Pseaume 33, que l'Eternel dissipe le
Conseil des Nations, & met à néant les desseins des Peuples ; que le conseil de l'Eternel se maintient à toujours, & les arrêts de son cœur durent d'âge en âge.
Ces deux sentences, confirmées par infinies autres me
sont revenues au-devant plusieurs fois depuis quelques

(1) Samuel du Lis est Simon Goulart, de Senlis, Ministre de la Religion
prétendue Réformée, connu par beaucoup d'Ouvrages, & par son zele pour
le Calvinisme.

mois en çà, fur-tout, quand je jette l'œil fur l'état
de la France. Et combien qu'il foit mal aifé, & bien
chatouilleux trop fouvent, de remuer les concep-
tions & propofitions des autres, toutesfois fans inté-
reffer perfonne, je m'en ramentevrai (1) & à vous
auffi brievement quelque chofe, à quoi j'ajouterai un
mot de la difpofition du Tout-puiffant.

Après la mort du Roi Henri III, dernier de la Maifon de Valois, le grand Chef de la Ligue, puis le fu-
balterne, qualifié Lieutenant général de l'Etat & Couronne de France, en après les principaux membres de
ce Corps monftrueux, finalement les plus petits, fe
traçoient des chemins merveilleux, bâtiffoient des confeils tout nouveaux, faifoient des deffeins dont vous
lirez quelques échantillons en ce Recueil. L'Eternel
les a menés par des fentiers à eux inconnus, a renverfé leurs édifices de confufion, & traverfé tellement
leurs entreprifes, qu'ils font maintenant en un carre-
four écarté, devinant de quel côté ils tourneront ;
remuent leurs machinations, & creufent des foffes
d'extraordinaire artifice, entaffant propos fur propos,
& tiffant des toiles d'araigne, fans pouvoir voir non
plus qu'en une forêt épaiffe, ou en une mutinerie
populaire, ou en des grotefques d'un cerveau battu
de fievre continue, quelle eft ou fera la difpofition
des affaires qu'ils ont tant embrouillées. Leurs finances, leurs fineffes, leurs forces, leurs fauffes efpérances, leurs obftinées réfiftances les ont fait four-
voyer, tournoyer & noyer ; & fi l'Eternel n'eût pro-
pofé, pouvoit-on attendre de ces égarés, infenfés &
furieux, que confufions & défolations horribles ? Quant
à ceux qui ont defiré voir les affaires au chemin de

____

(1) *Se ramentevoir*, c'eft fe reffouvenir, fe rappeller à la mémoire.

paix, qui se persuadoient qu'en peu d'années la bande des vertus retourneroit en France, que les esprits s'a-douciroient & que bien-tôt on banniroit la division, combien qu'ils soient grandement louables, d'avoir formé & nourri si prisables projets en leur ame ; si faut-il confesser que, pour avoir imaginé des routes trop unies (& comme on dit) un chemin de soie, pour ne s'être pas tous sincerement disposés à chasser les vices & nétoyer les immondices, chacun endroit soi, pour n'avoir pas suffisamment prisé les sûres adresses que la Sagesse céleste remarque aux hommes, afin de les joindre ensemble d'un lien ferme qui lui soit agréa-ble, l'on ne voit pas encore que Dieu dispose les af-faires comme nous les proposions en nous-mêmes. A lui soit la gloire d'une telle justice ; & aux pauvres mortels, confusion de face. La Ligue s'enfla de fureur étrange après ce coup de couteau, parti de la main d'un Moi-ne (1), ou plutôt d'une furie d'enfer. Grands & pe-tits, tant dehors que dedans le Roïaume, jugeoient que le nouveau Roi seroit contraint, ou de partager avec ses Ennemis, ou de succomber sous la volonté des mauvais amis, ou de quitter tout. Quelles furent lors les pensées de ce Prince, autant qu'on en peut juger par les effets ? Nous pouvons dire qu'il étoit rem-pli de foi, d'espérance & de résolution héroïque ; Dieu l'avoit ainsi disposé pour la punition de la Ligue & pour la conservation de la France, qui s'en alloit tomber en une désolation extrême, si le Roi eût eu moins de courage & de valeur. Or, va-t-il bien pour nous que Dieu ne nous découvre ses hauts secrets que peu-à-peu. Aussi est-ce une tapisserie de tant de cou-leurs, une montagne si haute, un abîme si profond, un Ciel si enrichi de tant d'étoiles, une forêt si grande,

(1) Jacques Clément, Jacobin.

une mer fi fpacieufe, un rivage chargé de tant de fable, que notre vue s'éblouiroit deffus, n'en pourroit
découvrir les faîtes, fe perdroit à le fonder, ne fauroit en compter les feux, les feuilles, les gouttes ni les
grains. Comme la gloire des Grands de la terre eft de
fonder les affaires, c'eft-à-dire, de prendre garde de
bien près à leur adminiftration, fans s'épargner tant
peu que ce foit, pour s'enquérir eux-mêmes & entendre par le menu la vérité des chofes plus cachées,
dont la connoiffance leur appartient, pour ne broncher en leurs Charges, & ne penfer puis après être
quitte pour dire, je n'y penfois pas ; au contraire la
gloire du Tout-puiffant eft de nous celer ce qu'il veut
faire au Gouvernement du Monde. Pourtant nous met-
trons la main fur nos bouches, & notre cœur dira :
Seigneur Dieu, tu es jufte, & tous tes jugemens font
rien finon équité. Tout ainfi donc qu'il a difpofé autrement que l'homme n'avoit propofé ; foit que nous
confidérions ce que la fuite de ce quatrieme Recueil
ramentoit (1) déja à nos penfées, foit que nos ap-
préhenfions s'élancent en quelque forte vers l'avenir,
méditons fouvent les belles doctrines qui nous font
propofées au trente-feptieme Pfeaume, & fcellons
cette Préface de la fentence d'Ifaïe, au troifieme
Chapitre : Dites au Jufte, que bien lui fera ; car les
Juftes mangeront le fruit de ce à quoi ils fe feront
adonnés. Malheur fur le méchant, qui ne cherche qu'à
faire mal ; car la rétribution de fes mains lui fera faite.

Cher Frere & Ami, recevez de bon œil ce que
je vous dédie, & par vous à tous nos autres amis ;
& continuez à tenir moi & les miens en votre bonne fouvenance. Fait ce treizieme jour de Mars 1595.

(1) Rappelloit.

MÉMOIRES

MÉMOIRES
DE
LA LIGUE.

DISCOURS*

De l'étrange & subite mort de Henri de Valois, advenue par permission divine, lui étant à saint Cloud, ayant assiégé la Ville de Paris, le Mardi premier jour d'Août 1589, par un Religieux de l'Ordre des Jacobins.

AVERTISSEMENT.

LEs Chefs de la Ligue, principalement le Duc de Maïenne & ses Conseillers, étoient en grand doute de l'entreprise du Jacobin sur la personne du feu Roi. Mais le Duc avoit d'heure pourvu à ses affaires en cet endroit. Car, si-tôt que le Moine sortit de Paris, pour aller faire son coup, dont les Prêcheurs avoient là & en d'autres Villes donné espérance en paroles couvertes, exhortant le Peuple à patienter encore quelque peu de jours, & qu'on verroit bientôt quelque coup du Ciel pour la délivrance de l'Union ; le Duc fit emprisonner plus de deux cens des principaux Citoïens & autres qui étoient estimés riches, & avoir des amis & du crédit entre ceux

---

(*) Ce Discours fut imprimé à Paris & à Lyon en 1589 & encore à Troyes par Jean Moreau, *in-8°* & dans le tome trois de la *Satyre Ménippée*, édition de Ratisbonne, 1714, pag. 114 & suiv. Pierre Palma Caïet, au tome premier de sa *Chronologie Novennaire*, folio verso 226, attribue ce Discours à Edme Bourgoing, Prieur des Jacobins de Paris, écartelé en 1590. M. de Thou, dans son Histoire, lui attribue aussi un pareil Discours, qui ne peut venir en effet que d'un Ligueur plein d'animosité & d'aveuglement.

Tome IV. A

qui fuivoient le Parti du Roi , pour recourre le Moine, s'il étoit découvert avant que pouvoir rien exécuter. Ces prifonniers remercierent (comme on peut penfer) en leurs cœurs ceux qui tuerent à coups d'épée cet Affaffin , de la mort duquel & le Duc & autres fes confidens furent très joïeux. Car s'il eût été arrêté prifonnier , & qu'on lui eût allongé les courroies , tout le fil de l'entreprife eût été connu (comme une partie a été depuis au procès du Prieur des Jacobins (1) , Précepteur de l'Affaffin, exécuté à mort par Arrêt du Parlement de Tours) , & la déloïauté felonne des Ligueurs eût été dès-lors flétrie felon qu'elle le méritoit. Mais le fage Juge du Monde aïant difpofé de tout cela d'autre forte que l'on ne penfoit, fi-tôt que le Duc entendit la nouvelle de la fanglante cataftrophe en la tragédie du feu Roi , par le trépas duquel il penfoit avoir un chemin ouvert à la Roïauté, pour dominer par effet, attendant auffi le titre , il fit faire par-tout Paris des feux de joie , à quoi le Peuple fut tout difpofé. En lieu de lamentations tout retentiffoit de chanfons & de rifées : lui, fa Cour & plufieurs autres prirent l'écharpe verte, en figne de réjouiffance & d'efpérance, quittant la noire qu'ils avoient portée depuis l'exécution de Blois. On ne parloit que de feftins & de paffe-temps, accompagnés de malédictions & imprécations horribles contre celui de qui les furvivans de la Maifon de Guife tenoient tout ce qu'ils avoient de bien, d'honneurs & d'autorité. Le Duc non content de ces communes réjouiffances, pour témoigner combien lui & les fiens approuvoient cet horrible affaffinat, fit faire l'effigie de ce Moine nommé Jacques Clément pour la montrer en public. Les Peintres & Statuaires furent occupés à en faire en plate peinture & en boffe, tellement que les images & tableaux de ce Patron de la Ligue furent montrés & élevés en public , comme d'un Saint canonifé, à qui l'on porta des chandelles & fut reclamé par les plus zélés. Les chaires des Précheurs à Paris, Rouen , Orléans & ailleurs ne réfonnoient que louanges de ce nouveau martyr , Frere Jacques Clément , combien que fon anagrame contînt ces mots , lettre pour lettre : *c'eft l'enfer qui m'a créé.* Outre cela le Duc fit rechercher la mere & les parens de ce moine, pour les enrichir d'aumônes publiques ; afin que cela fût un leurre & une amorce à d'autres qui pour-

---

(1) Edme Bourgoin , Dominicain , fubit l'interrogatoire à Tours , à la Requête de la Reine Louife , Veuve du feu Roi, & fur le Réquifitoire du Procureur général. Comme il étoit Prieur du Couvent de Paris dans le temps que Jacques Clément commit fon affaffinat , & qu'il avoit loué en chaire cette action exécrable , ce dont il fut convaincu par témoins, & ce qu'il avoua lui même , quoiqu'il niât conftamment de s'être vanté d'avoir confeillé ce régicide, comme on l'en accufoit auffi , le Parlement , toutes les Chambres affemblées , le condamna à la mort. Il fut tiré à quatre chevaux & fon corps fut enfuite réduit en cendres. Voïez le récit de cet évenemens plus détaillé dans l'Hiftoire de M. de Thou, liv. 98 , fous l'année 1590. Dans les Remarques fur le Journal de Henri III , on lit ce qui fuit .
» Emond Bourgoing , Prieur des Jacobins
» de Paris, avoit été Confeffeur de Jacques
» Clément : il fut pris les armes à la main
» & la cuiraffe fur le dos , à l'attaque des
» fauxbourgs de Paris, & tiré à quatre che-
» vaux à Tours, pour avoir , comme on le
» lui fit adroitement avouer , étant déja
» livré à l'Exécuteur, non-feulement con-
» tribué à la mort de Henri III, & loué en
» chaire fon Parricide , mais de plus conf-
» piré dès ce temps-là contre la vie de fon
» Succeffeur. Son portrait fe voïoit en 1628
» parmi ceux des Martyrs de l'Ordre à Va-
» ladolid , dans l'Eglife de faint Paul qui
» appartient aux Dominicains du lieu. »

roient entreprendre de faire un pareil coup au nouveau Roi, sur l'assurance qu'ils prendroient qu'après leur mort ils seroient canonisés comme celui-là, & leurs parens bien récompensés (1).

Quelques-uns des amis & des ennemis du Duc de Maïenne, aïant considéré ce qui advint depuis, estiment que sur ce brouillis d'affaires, le Duc fit une lourde faute pour un homme du métier. C'est que n'aïant craint de mettre la main aux armes contre son Roi & de l'assassiner comme il avoit fait par main empruntée, puis déclaré en tant de lieux par beaucoup de maniemens & par infinis effets que son intention étoit de régner, il laissa lors échapper l'occasion de se faire élire Roi. Tous les prétextes qu'il prit puis après de l'assemblée des Etats & de la Lieutenance durant la captivité du Roi, Cardinal de Bourbon, qu'ils appelloient Charles dixieme, n'étant que vraies brides à veaux & jouets de sotte populace, il y fut aisément parvenu, selon l'avis de plusieurs : & depuis aïant brigué de l'être : il trouva plus de compétiteurs qu'il ne pensoit. Le Cardinal de Bourbon, Roi en peinture, étoit en prison, d'où personne de la Ligue ne fit ni pas ni poursuite pour le soulager ou tirer. Il y mourut aussi (2) & reconnut finalement (mais bien tard) que ceux de Guise, ennemis fatals de son nom & de sa Maison s'étoient méchamment servis de lui pour s'avancer. Le Duc de Guise, en qui se conferoient toutes les recommandations de feu son pere, étoit prisonnier aussi. Ces deux qui étoient les Chefs ne lui pouvoient nuire, comme son neveu a fait depuis : & quant au Duc de Nemours il avoit trop peu de créance & n'étoit pas connu ni prisé comme celui de Maïenne qui avoit à son commencement les Peuples animés, ardents & courant à la nouveauté, remplis d'opinions de sa vaillance, laquelle ils perdirent bientôt après. S'il n'eût emporté la Couronne, du moins l'eût-il bien ébranlée, sur-tout pource que le Roi Henri IV faisoit ouverte profession de Religion contraire à celle de la Ligue, à cause de quoi le Peuple ne vouloit ouir parler de lui, & de longue main avoit été façonnée à nourrir un esprit de mépris & de haine contre lui. Puis il avoit la Sorbonne & les Prêcheurs à commandement, qui eussent déduit mille

(1) Voici ce que M. de Thou rapporte dans le livre 96 de son Histoire. » Les Prédicateurs du Parti poussèrent l'insolence » jusqu'à comparer Jacques Clément à Judith, Henri III à Holopherne, & la délivrance de Paris à celle de Béthulie. On » imprima plusieurs Libelles où l'assassin » étoit loué comme un saint Martyr. On » vit l'effigie de ce scélérat exposée sur les » autels à la vénération publique. Il y eut » même des Ligueurs assez effrontés pour » proposer de lui ériger une Statue dans » l'Eglise de Notre-Dame & d'en ôter comme » des tableaux profanes, ceux où il se trouve des portraits de nos Rois. Lorsque l'armée roiale fut délogée de saint Cloud, » plusieurs de ces fanatiques se transportèrent au lieu où cet Assassin avoit été mis à mort, firent des trous dans la terre qui » avoit été abbreuvée de son sang, & qui en » étoit encore teinte, & chargeant de cette » terre le bateau qui les avoit amenés, dans » le dessein d'en ériger à Paris un trophée, » afin que le Peuple y allât invoquer ce nouveau saint ; mais il s'éleva un vent si furieux, que le bateau, qui étoit trop » chargé, coula à fond avec les reliques & » les pélerins, sans que depuis il en reparût un seul.

(2) Charles II du nom, Cardinal de Bourbon, Archevêque de Rouen, Evêque de Beauvais & Légat d'Avignon, créé Cardinal par le Pape Paul III en 1548, mourut à Fontenai-le-Comte le 9 de Mai 1590. Il étoit fils de Charles de Bourbon, Duc de Vendôme.

A ij

4

raifons pour perfuader le Peuple que la Couronne n'appartenoit point à la Maifon de Bourbon, mais à celle de Guife. L'occafion avoit beaucoup de luftre fur le changement d'une Ligue en l'autre, & ne falloit que dreffer à la hâte des généalogies de la race de Charlemagne, pour prouver que ceux de Guife en font defcendus, & que la Race de Capet, dont les Maifons de Valois & Bourbon font iffues, avoient envahi la Couronne fur eux, laquelle ils avoient droit de répéter, comme au vivant du feu Roi. Un Imprimeur à Paris, nommé Guillaume Chaudiere, en avoit imprimé un gros Livre latin, qui eft encore en lumiere, commandé par un Archidiacre de Thoul (2), grand Ligueur, qui en fut conftitué prifonnier & fit amende honorable, garanti du cordeau par l'interceffion de plufieurs Grands. Somme, le Duc de Mayenne avoit lors la force & la faveur du temps en main dont il n'eut pas affez de courage de fe fervir, ains par une vive pufillanimité qui lui eft naturelle (quoiqu'au refte il ait grand corps & groffe tête) & par une lâcheté groffiere, voulut comme on dit, épier un peu plus à loifir le cours du marché, trancher de l'honnête & garder quelque forme de Loi civile, faifant appeller Roi ce pauvre Cardinal prifonnier, afin de lui mettre davantage la rage fus & forger quelques teftons au coin du Roi Charles X, violant en toutes autres chofes cependant avec extrême impudence les Loix du Roïaume & le facré droit de nature & des gens. Il oublia lors toutes les maximes des grands Maîtres en matiere d'entreprife fur les Etats d'autrui, qui difent que :

> Si violer la juftice & le droit,
> Il eft permis à l'homme en quelqu'endroit :
> C'eft pour régner qu'il le fe doit permettre,
> Au demeurant rien de mal ne commettre.

Mais voïez fa mifere & les combats de fa pauvre ame. Il refufa le titre de Roi & s'avifa d'une fineffe auffi épaiffe que lui, ufurpant la puiffance roïale, laquelle il continua de déguifer (combien que lors il en fut forclos, puifqu'il reconnoiffoit le Cardinal de Bourbon pour Souverain) de fa nouvelle & ridicule qualité de Lieutenant général de l'Etat & Couronne de France. S'il eût pris le nom de Régent ou de Lieutenant général du Roi, comme on avoit fait autrefois, quand les Rois étoient prifonniers ou abfens de leur Roïaume : mais Lieutenant de l'Etat & Couronne eft un titre prodigieux ; auffi convenoit-il à l'ufurpateur & à toute cette harelle & maillotinerie de Ligueurs.

Outre les alégreffes & réjouiffance fus mentionnées, infinis Libelles furent publiés à Paris & ailleurs pour juftifier le Jacobin & rendre exécrable la mémoire du feu Roi. D'entre plufieurs j'en ai choifi un, lequel contient brievement ce qui eft dit plus au long ès autres, felon qu'il a été imprimé fur la copie de Paris à Lyon par Jean de Pillehotte, Libraire & Imprimeur de la fainte Union, comme s'enfuit.

(1) François de Rofiere, on en a déja parlé ci-devant dans le premier & le fecond volume, auxquels nous renvoïons.

IL n'y a celui d'entre nous qui ne foit certain avec fuffifante & déplorable épreuve, du mal que Henri de Valois, pendant fon regne a procuré à fes Sujets, principalement à ceux qu'il a connus bons & fideles Catholiques, amateurs de la vertu & du bien public, & ennemis des heretiques & politiques de ce Roïaume, qu'il a préferés à Dieu, à l'Eglife & à fon honneur. Nul auffi ne peut ignorer le vomiffement de la rage exercée fur les Villes qu'il a prifes de force, accofté de fes femblables, où les hommes, les femmes & enfants, nommément les hommes d'Eglife, ont fouffert mort cruelle & ignominieufe. Les filles encore en bas âge, & les Religieufes ont été violées, les femmes forcées, les Eglifes & Images rompues, canonées & mifes en dérifion, la petite fubftance du pauve Peuple pillée, & le Saint Sacrement de l'Autel (ô chofe diabolique & barbare,) foulé & pilé aux pieds. De façon que continuant tels maffacres, il s'eft fait maître & tyran tout enfemble, d'Eftampes, de Pontoife, de Poiffi, du Pont St Cloud, & de la plûpart des Villages circonvoifins, defirant entr'autres chofes jouir de la Ville de Paris, à laquelle il vouloit mal de mort. A quoi notre Dieu defirant remedier en heure de temps, pour le foulagement de fon pauvre Peuple, a mis tel ordre, qu'il lui a montré combien les forces divines furpaffent les humaines, & qu'il fait d'un petit foufflet fuccomber fes plus furieux adverfaires, ainfi que pourrez comprendre par le difcours fuivant.

Un jeune Religieux, Jacobin à Sens (1), âgé feulement de vingt-deux à vingt-trois ans, natif de Sorbonne près de Sens, & aïant l'Ordre de Prêtrife, connoiffant la tyrannie de laquelle ufoit envers fon Peuple ledit Henri de Valois, & que pour quelque excommunication que l'on eût jettée contre lui, il ne fe défiftoit de fes méchancetés, & de plus en plus fe préparoit à la totale ruine & combuftion du Roïaume de France, commence à part foi à fe douloir de telles impiétés, & à déplorer la calamité du Peuple, qui ne pouvoit avoir que perte, tourment, & ennui, fous un tel Roi; & en telles penfées fe minoit & confommoit ordinairement, fuppliant Dieu d'étendre fa miféricorde fur les pauvres affligés, qui lui tendoient les mains, & leur envoïer fecours de là haut, confondant l'ennemi qui les oppreffoit. De façon que Dieu exauçant la priere de cettui fon ferviteur, nommé Frere Jacques-Clement, une nuit comme il

_____
(1) Il s'agit du miférable Jacques Clément.

étoit en son lit, lui envoie son Ange en vision, lequel avec grande lumiere, se présente à ce Religieux & lui montrant un glaive nu , lui dit ces mots : » Frere Jacques, je suis messager » du Dieu tout-puissant , qui te viens acertainer que par toi » le Tyran de France doit être mis à mort. Pense donc à toi & » te prépare , comme la Couronne de Martyr t'est aussi prépa- » rée». Cela dit, l'Ange se disparut, & le laissa rêver à telles paroles véritables (1). Le matin venu, Frere Jacques se remet devant les yeux l'apparition précédente , & douteux de ce qu'il devoit faire, s'adresse à un sien ami aussi Religieux , homme fort scientifique (2) , & bien versé en la Sainte Ecriture , auquel il déclare franchement sa vision, lui demandant d'abondant, si c'étoit chose désagréable à Dieu de tuer un Roi qui n'a ni foi ni Religion , & qui ne recherche que l'oppression de ses pauvres Sujets , étant altéré du sang innocent , & regorgeant en vices autant qu'il est possible. A quoi l'honnête homme fit réponse , que véritablement il nous étoit défendu de Dieu étroitement d'être homicides ; mais d'autant que le Roi qu'il entendoit , étoit un homme distrait & séparé de l'Eglise, qui bouffoit de tyrannies exécrables , & qui se déterminoit d'être le fléau per- pétuel & sans retour de la France , il estimoit que celui qui le mettroit à mort , comme fit jadis Judith un Holoferne , feroit chose sainte & très recommandable , attendu qu'il délivreroit un grand Peuple de l'oppression tyrannique d'icelui , & le met- troit en liberté , du moins assuré de ne vivre plus sous son joug dur & incompatible, ne plus ne moins, que le Peuple d'Israel fut délivré de la main de Pharaon , lorsqu'il fut avec tout son exercite couvert des flots de la mer. Que même en cas que celui qui exécuteroit une si bonne œuvre , fût mis à mort (comme à peine y pourroit-il faillir) il seroit bienheureux, vu le bon & saint zele qui l'auroit mu à ce faire, n'étant corrompu ni d'affection mauvaise , ni par argent , ni par autres moïens communs aux vicieux. Lesquelles paroles furent si agréables à Frere Jacques , que dès lors il proposa de donner sa vie en proie, aux charges de faire mourir Henri de Valois. Etant donc résolu , il fait par plusieurs jours jeûnes & abstinences au pain & à l'eau, se confesse , se fait communier, & recevoir le précieux Corps

----

(1) Peut-on raconter sérieusement de pareilles visions & prétendre autoriser ainsi le fanatisme le plus outré & les excès les plus condamnables !

(2) Ce fut au Pere Bourgoing , dont on a parlé comme on le lit dans l'Histoire de M. de Matignon , page 275 & dans d'autres Ouvrages du temps.

de Notre Seigneur & Redempteur Jesus-Chrift, fe difpofant comme un homme qui va rendre fon ame à Dieu. Enfin, après avoir mis ordre à nettoïer & purger fon ame, il regarde comment & par quel moïen il viendroit à bout de fon deffein. Et pour le plus expédient, il arrête d'aller par devers un Seigneur, duquel pour autant qu'il eft affez connu (1), je tairai le nom, afin de tant faire qu'il ait lettres adreffantes à Henri de Valois, & par ce point avoir entrée en fa chambre. Les miffives lui font baillées, fignées & cachetées de ce Seigneur favori & mignon du Roi, auquel il promet de les faire tenir fûrement & fans aucune communication. Et forti qu'il fut de la préfence dudit Seigneur, fait provifion d'un couteau long, bien tranchant & fort pointu, lequel il met en fa manche, & aïant pris congé de qui bon lui fembla, s'en alla à Saint Cloud, où pour lors étoit Henri de Valois avec fon camp, duquel étoit Lieutenant-Général le Roi de Navarre. Quand ce bon Religieux fe vit au lieu qu'il devoit faire épreuve de fa perfonne, fans reboucher aucunement, après avoir prié Dieu de conduire fa main & fa haute entreprife, d'un viril cœur & vertueux, il s'adreffe aux gardes du corps du Roi, & les fupplie, mardi matin que l'on comptoit le premier jour d'Août, 1589, d'avertir le Roi qu'il y avoit un Jacobin, qui neceffairement defiroit de communiquer avec lui chofes d'importance, & bailler une miffive à Sa Majefté, laquelle il ne pouvoit faire tenir par autre main que la fienne, étant envoïé de la part d'un fien ferviteur qu'il avoit fur toutes chofes en recommandation. Le Capitaine des Gardes, pour ne fe montrer négligent au fervice de fon Maître, court incontinent vers icelui, & lui fait entendre l'envie du Jacobin; ce que le Roi trouva fort bon, & commanda que fans délai on le laiffât entrer, pour ouir ce qu'il diroit fuivant ce commandement. Frere Jacques eft conduit en la chambre du Roi, en la maifon de Gondy, Evêque de Paris, audit Saint Cloud, où étoit logé ledit Sieur, qui fe venoit de lever & s'habilloit, aïant lors endoffé un pourpoint de chamoi, attendu que fur icelui, il mettoit ordinairement le corps de cuiraffe. Quand le Religieux voit le Roi, il fe profterne à genoux humblement devant lui, & tenant fa miffive en fa main, l'affure qu'elle lui eft envoïée de la part de ce Seigneur fon vrai ferviteur, lequel ne s'eft voulu fier à autre qu'à lui, pour la conféquence

(1) C'étoit M. du Harlay, Premier Préfident du Parlement de Paris. Voïez la Lettre de M. de la Guefle, dans le Journal de Henri III, par Claude de l'Etoille.

du fait. Le Roi bien aife au poffible d'ouïr telles nouvelles, lui commande d'approcher, ce que fait le Religieux, & aïant baifé la miffive, lui baille icelle, & par même moïen, du couteau qu'il tenoit prêt en fa marche, lui donne tel coup dans le ventre, que les boïaux en fortoient avec le fang en grande effufion. Le Roi, à la chaude, voïant l'ombre du couteau, avoit paré de la main, qui fut un peu offenfée, mais elle empêcha l'impétuofité du coup, rué à plomb, & de toute la force du Religieux. Au moïen déquoi fe fentant ainfi bleffé, fe rue de telle vivacité fur le Religieux, qu'avec le couteau même, en le maniant, ledit Religieux fut offenfé au vifage, & à l'inftant tué de divers coups, par les Gardes de Henri de Valois; puis ce pauvre Religieux eft dépouillé, & mis nu, à la vue de tout le Peuple, pour favoir fi perfonne le pourroit connoître. Car, (difoient-ils), il peut bien être que les Ligueurs ont fait habiller quelque Soldat en Moine (1), pour perpétrer un tel homicide; par quoi il le faut laiffer quelque temps en vûe, pour voir fi on le connoîtra. Cependant Henri de Valois eft couché, panfé, & médicamenté le mieux qu'il eft poffible, tellement que par tout fon camp vers le midi l'on affuroit qu'en fin il fe porteroit bien, & n'auroit que le mal. Mais ils furent tous étonnés, que le mercredi enfuivant, fecond jour dudit mois d'Août, fur les deux heures du matin, le bon corps atteint d'une forte fiévre, fe laiffa faifir par la Parque, & fe recommandant à fon grand ami d'Epernon, & au Roi de Navarre, rendit l'efprit, fans entrer dans Paris par une bréche comme il avoit délibéré.

Les nouvelles de cette prompte mort furent incontinent femées par tout le camp ; & Defpernon de fe contrifter & pleurer (2). Et Meffieurs de la Garde de fe regarder l'un l'autre les bras croifés. Et les Politiques qui avoient fait affembler leurs Etats pour les mieux conferver, de demeurer étonnés ; & les Suiffes de boire, & ceux qui penfent fucceder à la Couronne de rire en cœur, & faire au refte bonne mine & mauvais jeu, maudiffant les Ligueurs, & encore plus le pauvre Jacobin, qui tout mort eft tiré à quatre chevaux, & brûlé par après. Je vous

______

(1) C'eft peut-être ce qui a donné lieu de faire douter, quoique ce fôit fans fondement, fi c'eft véritablement un Dominicain qui a tué le Roi Henri III. Voïez l'Ecrit intitulé, *la Fatalité de faint Cloud*, dans le tome 2 de la *Satyre Ménippée*, édition in-8° déja citée

(2) M. le Duc d'Epernon ne fut pas le feul qui s'affligea en cette occafion. Tout bon Sujet pleura fon Roi & détefta le meurtrier, dont on ne craint pas ici de faire un Saint.

laiffe

laiſſe à penſer le mal qu'il enduroit, étant ainſi traité après ſa
mort. Son ame cependant ne laiſſe de monter au Ciel avec les
Bienheureux. De celle de Henri de Valois, je m'en rapporte à
ce qui en eſt, & en laiſſe le jugement à Dieu.

Voilà (Meſſieurs) en bref le diſcours de la mort de Henri
de Valois, & comme opportunément ce pauvre Religieux s'eſt
emploïé à notre délivrance, ne craignant de mourir pour mettre l'Egliſe & le Peuple en liberté. Je prie Dieu qu'ainſi advienne de tous ceux qui ſont contraires à la Loi Catholique,
& qui maintenant contre droit nous tiennent aſſiegés. Ainſi
ſoit-il.

Sixain de la mort inopinée de Henri de Valois (1).

> L'an mil cinq cens quatre-vingt-neuf,
> Fut mis à mort d'un couteau neuf,
> Henri de Valois, Roi de France,
> Par un Jacobin, qui exprès
> Fut à ſaint Cloud, pour de bien près
> Lui tirer ce coup dans la panſe.

Telle vie, telle fin.

SONNET

*Sur la mort du Tyran des François, occis par permiſſion divine
à ſaint Cloud, le premier d'Août 1589 par Frere Jacques
Clément, de l'Ordre des Jacobins.*

> Quel magnanime Eſprit te va guidant le bras!
> Quand ſans pâlir, hardi tu viens à l'entrepriſe:
> Non, il faut que de Dieu ton ame fut épriſe;
> Le coup eſt bien mortel, mais le cœur ne l'eſt point.
>
> Quelle Poſtérité doit croire ce trépas,
> Qu'un Tyran des François, la peſte de l'Egliſe,
> Dans le ſein d'une Armée, au ſac, au ſang appriſe,
> Par un ſeul tombe mort, parmi tant de Soldats?

(1) Ce Sixain répond bien à l'eſprit fa- / natique qui a dicté le Diſcours précédent, / à la fin duquel il fut en effet imprimé. Il / en faut dire autant des vers ſuivans; ils / déshonorent leur Auteur.

Il est mort toutesfois, aussi la tyrannie ;
Et mourant, par sa mort, l'Eglise reprend vie,
Elle qui en ses jours tant de Parques avoit.

Et lui, qui déguisé d'une feinte apparence,
Sous un fard infidel les hommes décevoit,
Tombe aux filets, quand plus en ses ruses il pense.

A. PERRAUD.

Avertissement.

SUR le discours précédent & certain autre plus brief, un bon & docte personnage fit un avertissement écrit en Langue Italienne, que nous avons tourné en François comme s'ensuit.

AVERTISSEMENT

Sur deux Discours imprimés à Lyon, touchant la mort de Henri III occis en trahison par un Moine Jacobin, l'an 1589 le premier jour d'Août.

LE premier discours est celui que nous venons de représenter, imprimé par J. Pillehotte. Quant aux deuxieme il porte qu'un Jacobin nommé Frere Jacques Clement, âgé de vingt-trois ans, natif de Sorbonne, Village à quatre lieues loin de Sens en Bourgogne, homme fort simple, mais dévot, depuis la mort des Duc & Cardinal de Guise se résolut de tuer le Roi, aïant premierement attendu quelques jours, en jeûnes, en Oraisons allant pieds nuds à la procession, & n'aïant sous sa robe durant l'hiver que sa simple chemise. Icelui dit à quelques-uns de ses compagnons : que Henri de Valois ne mourroit par autres mains que les siennes. Aïant donc entendu la prise de Pontoise, le Dimanche penultieme de Juillet il se confessa au matin, chanta messe, & s'en alla à Saint Cloud où étoit le Roi, aïant fait provision d'un couteau ; & pour avoir accès au Roi, obtint subtilement une Lettre de créance de quelque Politique de Paris. Etant introduit vers le Roi en sa chambre, il lui donna dans le ventre un coup du couteau qu'il avoit fous fon habit, duquel coup le Roi mourut la nuit fuivante. Le Moine fut incontinent taillé en piéces.

EN ces deux difcours convient remarquer (1) qu'au premier il eft dit qu'un Ange étoit apparu au Moine, dont le deuxieme ne fait mention quelconque, ains dit que la fantaifie lui prit de tuer le Roi; que c'étoit un homme fort fimple, comme qui diroit niais & groffier; qu'il étoit dévot, & par conféquent aifé à decevoir fans contenir de Religion. Ce Moine donc racontant fes penfées comme eft porté au deuxieme difcours, il y a grande apparence que quelqu'autre Moine plus cauteleux, comme il ne s'en trouve que trop entre telles gens, lui apparut en forme d'Ange pour le confirmer davantage en cette fienne méchante délibération.

Et afin que l'on n'eftime chofe nouvelle, qu'entre des Moines fe faffent telles frafques & impoftures, pour prolixité, laiffant en arriere infinis autres exemples, je ramentevrai ce qui avint à Berne, Ville renommée en Suiffe, l'an 1508, où le dernier jour de Mai furent brûlés quatre Jacobins, du confentement du Pape (2), à qui leur procès fut envoïé; pource qu'apparoiffant à un Novice fimple & dévot, comme on dit qu'étoit ce Jacques Clement, tantôt en forme d'Ange, ores en Vierge Marie, quelques fois comme Sainte Barbe, & lui donnant des breuvages d'opium, pour le rendre ftupide & fans aucun fentiment, ils lui firent en fon corps cinq plaies; en chaque pied & main une, puis une au côté, comme fi les ftigmates de Chrift lui euffent été imprimées, ainfi que les Cordeliers difent être avenu à leur Saint François d'Affife. Ces impofteurs jouerent une telle tragédie pour ôter le crédit aux Cordeliers, qu'ils haïffoient à mort, comme c'eft un ordinaire entre telles gens; à l'occafion d'une difpute touchant la Conception de la Vierge; les Jacobins foutenant qu'elle a été conçue en péché originel, & les Cordeliers difant que non. Ils étoient outre plus échauffés à les faire chaffer à caufe que les Cordeliers avoient toutes les pratiques des Meffes, Confeffions & Aumônes; & penfoient

---

(2) Cet Avertiffement vient d'un Religionnaire. Il eft outré, en déclamant trop contre les Moines. Tous n'étoient pas certainement auffi méchans qu'on les repréfente ici. On ne peut pas trop compter fur les hiftoriettes que rapporte l'Auteur & dont il ne donne point d'autre garant que lui-même.

(2) C'étoit alors Jules fecond; mais on ne lit point ce fait dans aucune vie de ce Pape, qui ait de l'authenticité.

venir aifément à bout de leur entreprife au grand honneur de leur Novice fi bien marqué. Mais enfin le pauvret dépité de leur piperie, découvrit le tout à la Seigneurie, qui les châtia féverement, comme dit a été.

A Clavenne, Ville du païs des Grifons, chacun fait bien, & y a encore des gens en vie qui ont oui & vu la tragedie ; à favoir qu'un certain Prêtre nommé Cefar, contrefaifant la Vierge Marie, vola la pudicité d'une pauvre fille, ce qu'aïant été découvert par le Magiftrat, l'impofteur fut exécuté à mort par lui meritée.

Pour découvrir de plus en plus telles fauffes vifions, qui particulierement font propres aux Jacobins, j'ajouterai ici la célébre impofture, laquelle ils n'ont honte de raconter, mêmes par livres imprimés, pour mémoire perpétuelle de leur menfonge déteftable ; comme a fait un de cette robe, lequel a écrit la vie de Dominique, Fondateur & Patriarche de cette fecte. Le conte dit qu'une fois Dominique ravi en extafe vit Jefus-Chrift & fa mere, affife auprès de lui à fa main droite, avec un grand manteau de couleur bleu célefte, parfemé de clouds d'or, & autour d'eux parmi la troupe des Saints une grande bande de Moines de divers Ordres, mais nul de l'Ordre des Jacobins, pource qu'ils étoient en nombre infini, cachés fous le manteau de la Mere de Notre - Seigneur, qui les fit voir à Dominique (1).

Antonin Archevêque de Florence écrit en fa fomme, *tit.* 3. *ch.* 3. que Dominique étant à Florence vit une fois de nuit Notre Seigneur Jefus fort couroucé, & en délibération d'exterminer tous les Pécheurs : mais que fa mere l'appaifa, difant qu'elle enverroit Dominique & François, qui convertiroient ces Pécheurs (2).

Mais que tous ces contes foient pures bourdes, il eft aifé de montrer, & fpécialement quant à la premiere vifion, que Dominique apperçut fous le manteau de la Vierge une Troupe innombrable de Jacobins, ja paffés de cette vie en l'autre. Com-

---

(1) Il eft ridicule de s'autorifer, pour méprifer un Ordre, des fables avancées par quelques Légendaires, qui ont écrit dans un temps où la critique étoit peu connue, & que les Hiftoriens poftérieurs n'ont point fuivis. On peut voir fur cela les judicieufes réflexions que le pere Touron fait à cette occafion dans fon excellente Hiftoire de la vie de faint Dominique, *in* 4°.

(2) Quand le fait rapporté par faint Antonin feroit faux, il n'en feroit pas moins vrai que le fruit des prédications de faint Dominique & de faint François a été très abondant : les Hiftoriens les plus judicieux & les moins fufpects de préjugés & de crédulité, l'ont prouvé par des faits qu'on ne peut révoquer en doute.

ment cela, puisque Dominique qui leur a donné commencement étoit encore au monde? Il ne vécut pas plus de 51 ans,
étant né l'an 1170, & mort l'an 1221. Ceux qui ont écrit
ces miracles, disent que lorsqu'il vint à Rome du temps d'Innocent troisieme, pour faire approuver sa secte (ce qu'Innocent refusa, & depuis Honoré III la confirma), il n'étoit accompagné que de quinze autres. Disons donc que ces Jacobins
étoient avant qu'être nés : & aussi l'on voit qu'il n'a pu avoir
une telle vision, étant en ce monde, sinon que les Moines
vinssent en être à milliers & à la maniere des fourmis, comme
les Mirmidons du Poète Homere. Voyez Antonin, *tit. 23. ch. 1.*
Vincent de Beauvais, *liv. 20. ch. 94.* & tels autres superstitieux
raconteurs de fables (1).

C'est chose manifeste qu'en la Papauté telles affaires sont communes : pour preuve de quoi suffira pour le présent ramentevoir
ce que Plantine (2) & plusieurs autres écrivent en la vie de Boniface VIII, que ce Pape étant encore Cardinal, pipa Célestin
V, qui étoit de ces simples & dévots, lui faisant ouïr de nuit
en sa chambre par une sarbacane certaine voix qui lui recom-
mandoit de se déporter d'être pape, s'il vouloit être sauvé (3).
Ce simplet croïant tel oracle, quitta le siege Papal que Boniface
occupa (comme dit Platine) par ses méchantes pratiques, puis
fit mourir l'autre en prison.

Faut noter (4) en après, que le premier discours porte que
Jacques Clément alla se conseiller de ce qu'il avoit à faire avec
un autre Moine fort versé en l'Ecriture sainte, lequel lui fit la
réponse comprise au discours. Premierement il dit que Dieu a
étroitement défendu l'homicide : ce qui est très vrai, comme
appert par le contenu en *Genes. ch. 9, 6. Exod. 20, 13. Saint
Math. ch. 26, 32.*

Mais voïons maintenant comme ce savant Moine renverse
l'Ecriture sainte ; il dit que le Roi est séparé de l'Eglise, & qu'il
menace la France avec toute cruauté, &c. Ce sont deux argumens ; l'un pris de l'excommunication du Roi, l'autre de sa

---

(1) L'Auteur se met ici inutilement en
frais pour réfuter une fable que les meilleurs
Historiens de la vie de saint Dominique n'ont
point adoptée.

(2) C'est Platine.

(3) Platina ne rapporte ce fait que sur un
oui-dire & non en l'assurant : *Sunt qui Scri-
bant,* dit-il, *Bonifacium immississe subornato-
res clanculum quosdam, qui noctu dimissâ quasi
cœlitùs voce in cubiculum Cœlestini, hominis simplicis, ei persuaderent, ut pontificatum
dimitteret, si salvus fieri vellet.* Quand Platina auroit parlé plus affirmativement, en
seroit-il plus croïable ? On sait qu'il n'a que
trop donné à reprendre dans son Histoire.

(4) Les réfléxions suivantes de l'Auteur de
l'Ecrit sont bonnes.

cruauté. Quant au premier, convient entendre que le Roi n'a-
voit point été excommunié du Pape, oui bien de la Sorbonne
de Paris. Si elle a cette autorité avant le Pape, à eux en soit le
débat.

Néantmoins, posons le cas que le Roi eût été légitimement
excommunié, où trouvera-t-on verset ou mot en l'Ecriture sainte
qui porte que le premier à qui cela viendra en fantaisie, doive
& puisse impunément & sans péché tuer les Excommuniés ? Il
est dit, 1. *Corinth.* 5. que S. Paul excommunia le Corinthien
incestueux, où est ajouté que cela se faisoit pour le salut d'un tel
personnage, non point qu'il fût licite à aucun de le tuer. Il a
été excommunié, dit l'Apôtre, pour la destruction de la chair,
afin que l'esprit soit sauvé au jour du Seigneur. Ailleurs, 1. *Timoth.* 1, 20. il dit avoir excommunié Hymenée & Alexandre,
qui avoient renié la foi, afin qu'ils apprissent à ne plus blasphêmer. Sur quoi Saint Augustin en sa dispute contre Faustus Manichéen, comme Beda le marque en ses commentaires sur ce
passage de l'Apôtre, n'a point livré cet homme à Satan, par une
affection cruelle, ains cordiale, pour la destruction de la chair,
à ce que l'esprit fût sauvé, &c. comme il a livré les autres, afin
qu'ils apprissent à ne plus blasphêmer.

Mais à ce que quelque Sophiste ne s'attache à ces mots, pour
la destruction ou mort, comme si l'on pouvoit recueillir de-là,
que l'on tue les corps des Excommuniés, afin que l'ame soit sau-
vée, convient noter l'exposition littérale de telles paroles faite
par Nicolas de Lyra en sa glose approuvée de l'Eglise Romaine,
où dit ainsi; *in interitum carnis, id est, ad ejus afflictionem, ut
sic pœniteat pœna docente culpam* : à la destruction de la chair,
c'est-à-dire, pour l'affliction de la chair, afin que le Pécheur se
repente & que la peine lui ramentoive sa coulpe. Thomas d'A-
quin l'entend aussi du tourment & de l'affliction du corps, non
point de la mort.

On voit donc évidemment que l'Incestueux ne fut pas mis à
mort après avoir été excommunié, au contraire l'Apôtre au
2. chap. de la 2. aux mêmes Corinthiens, *v.* 6, 7, 8. exhorte
toute l'Eglise de pardonner à cet homme, puisqu'il s'étoit repenti & amendé, appellant cette livrance à Satan une re-
préhension & priant très affectueusement les Corinthiens de
consoler ce misérable, & faire valoir leur charité envers lui.

Quant à Hymenée & Alexandre, il appert que si après l'excommunication on les eût incontinent tués, envain l'Apôtre eût

dit qu'ils avoient été excommuniés pour apprendre à ne plus blafphêmer. Sur quoi N. de Lyra dit, que c'eft afin qu'il fuffent corrigés, aïant fenti combien l'excommunication étoit redou-table ; car telle affliction eft médecinale. Ses mots font ; *Ut correcti effent per experientiam pœnæ ; excommunicatio enim & talis afflictio medicinalis eft.*

Pour vérifier cela par quelqu'exemple : qui fut jamais plus excommunié & féparé de l'Eglife que Cain ? prononcé tel par la bouche de Dieu, *Genef.* 4, 11, 12. Néanmoins au verfet 15 de ce même chapitre 4, il eft dit, que quiconque tueroit Cain feroit puni fept fois au double. Saül n'étoit-il point excommu-nié & féparé de l'Eglife. Lifez le premier Livre de Samuel, *chap.* 13. *verf.* 3, 14, & 15. *verf.* 11, 23, &c. jufqu'au 31. Néanmoins Samuel fe laiffa vaincre par les prieres de Saül, & le fuivit pour le maintenir en bonne réputation vers le Peuple, fans machiner mal quelconque contre la vie d'icelui. Et au *verfet* 11 de ce *chapitre* 15, il dit que Samuel fut contrifté de ce que Dieu avoit rejetté Saül, & paffa toute la nuit en prieres, s'écriant au Seigneur pour le falut de ce Roi.

Quant à l'autre argument pris de la cruauté du Roi Henri III, confidérons celle de Saül. Il eft écrit, 1. *Sam.* 22. *verf.* 18, 19. qu'il fit tuer pardevant fes yeux par Doeg huitante-cinq Sacrificateurs ; puis mettre au fil de l'épée tous les Habi-tans de Nobé, Ville facerdotale, fans pardonner à fexe ni à âge, non pas même aux enfans de la mammelle ; & faifant affommer les bœufs, les ânes & tout le menu bétail. Néan-moins David, lequel avoit déja été oint de Samuel par le commandement de Dieu pour être Roi & Magiftrat légitime du Peuple, comme il eft écrit, 1. *Sam.* 16, 14. & Saül étant rejetté de Dieu pour ne plus régner, eut moïen par deux fois de le tuer, s'en abftint, difant à fa compagnie qui le follicitoit de ce faire, je n'étendrai point ma main contre l'oint du Sei-gneur, 1. *Sam.* 24, 7. & 26, 11.

Quiconque donc ne fera deftitué de jugement, ou préoccu-pé de paffion, confidere maintenant de quel poids font les raifons de ce Moine fi docte en Théologie, qui ont perfuadé l'autre, tant fimple & dévot de commettre contre l'expreffe dé-fenfe de Dieu un homicide, maintenir avoir eu jufte occafion de tuer le Roi fon Seigneur, pourceque (felon la fauffe opi-nion de ces gens) il étoit féparé de l'Eglife &, cruel, non point par effet encore, mais feulement par menaces.

Puis après ce savant Moine confirme son avis, disant que qui tueroit le Roi pour les raisons susmentionnées, feroit un acte louable, tel que celui de Judith, laquelle coupa la tête à Holopherne. Que le Lecteur Chrétien considere, si autrement il ne le sait, que ce Livre de Judith (selon la sentence de Saint Jérôme, l'un des quatre Docteurs de l'Eglise, comme ils parlent), est déclaré Apocryphe en une préface écrite par ce Docteur à nommé *Galeatus.* Ce mot Apocryphe signifie obscur, inconnu, dont l'on ne sait l'origine ni l'auteur, partant non authentique, ni dont l'on doive tirer preuve pour confirmation de la doctrine de l'Eglise ; comme le même Docteur déclare en sa préface sur les proverbes de Salomon.

Et afin qu'on connoisse mieux de quelle valeur est ce Livre, & comme il n'a été écrit par homme qui eût l'Esprit de Dieu, prenez garde à la priere que Judith fait au *chap.* 9. *vers.* 2. pource-qu'elle étoit de la lignée de Simeon, elle prie Dieu qu'il la vueille favoriser en son entreprise, comme il favorisa Simeon contre les Sichemites. Toutesfois, selon qu'il est écrit, *Genes.* 34, 29. on voit que tout ce fait déplaît à Dieu, comme aussi au *chap.* 49, *vers.* 5. il est condamné comme une chose très méchante. Ce nonobstant Judith magnifie cela, comme approuvé de Dieu, & comme si Dieu eût mis l'épée en la main de Siméon pour faire avec son frere Levi ce furieux massacre ou vituperable brigandage. Ce qui montre que la doctrine contenue en ce Livre de Judith n'est point conforme à celle qui est ès Livres Canoniques de l'Ecriture sainte (1).

Mais posons le cas qu'une femme, nommée Judith ou autrement, ait, pour délivrer sa patrie de la violence d'un ennemi étranger, lequel n'y a que voir ni quereller, ains est un tyran tout formé, déclaré tel par tout droit divin & humain, trouvé moïen de dépêcher cet ennemi, cela n'a point de rapport au fait présent. Le Roi n'étoit point par légitime connoissance déchu de son droit au Roïaume ; il vouloit ramener à raison ses Sujets élevés en armes contre lui, & qu'il n'avoit pu réduire par promesses & menaces. Quelle convenance y a-t-il entre le fait de Judith (encore que des exemples particuliers & faits extraordinaires ne faille pas tirer des regles & conséquences qu'a-vec très grandes considérations, dont aucune ne se remarque au

---

(1) Nos meilleurs Commentateurs ont jus-tifié l'action de Judith ; & son Livre est ré-puté canonique dans l'Eglise Catholique. Voïez en particulier *la vérité de l'Histoire de Judith*, par le Pere Dom Bernard de Mont-faucon, Bénédictin.

fait

fait préfent), & le fait du Jacobin tuant traîtreufement fon Seigneur Souverain, dont enfuivit fa mort, & finalement la ruine des Parifiens & de la Ligue, en lieu que Judith, Bethulie & le Païs furent délivrés en la mort de Holopherne & fon armée faccagée.

Le Moine ajoute puis après qu'un tel acte reffembleroit à la délivrance d'Ifrael de la main de Pharaon. Tout homme vraiment fidele & Chrétien lifant ceci, découvre incontinent, s'il a quelque prudence, la bêtife de ce Difcoureur, de paragoner (1) ce qu'a fait Moïfe par l'exprès commandement de Dieu, comme l'Ecriture fainte attefte, en délivrant fon Peuple de la tyrannie d'Egypte, avec l'affaffinat commis par un Moine contre fon Roi, fans preuve quelconque que Dieu le lui eût commandé. Et afin qu'on voie plus clairement la différence qu'il y a entre ces deux faits : confidérez de plus près avec quelle autorité Moïfe a befogné au fien. Premierement donc Dieu prédit & promit cette délivrance long-temps devant qu'elle arrive, comme il eft écrit en *Genef. ch.* 1. *verf.* 13, 14. Puifque le même Dieu commanda de main en main à Moïfe, qu'il l'exécutât felon qu'il lui avoit été enjoint, felon qu'il fe peut voir au troifieme *ch. d'Exode*, & ès fuivans jufqu'au 15. A l'occafion de quoi S. Etienne, felon qu'il eft écrit au feptieme *chap. des Actes verf.* 24 & 25, dit que Moïfe voïant, comme il eft contenu au deuxieme *ch. d'Exode, verf.* 12, qu'un Egyptien outrageoit l'Ifraélite, il le tua, eftimant que fes freres fuffent bien que Dieu devoit les délivrer par fon moïen. Ainfi donc Moïfe avoit légitime vocation de Dieu en tout cela qu'il fit pour la délivrance d'Ifrael : mais il en va tout autrement de ce que fit le Moine, comme nous l'avons montré.

Peut-être que quelqu'un alléguera l'exemple d'Ehud (2), lequel tua ainfi Eglon Roi des Moabites, comme eft contenu au troifieme *chap.* du Livre des Juges, *verf.* 14, jufqu'à la fin. Car feignant, après lui avoir porté un préfent, d'avoir à lui dire quelque mot en fecret, il le tua dans fa chambre, le tuant d'une courte dague, qu'il avoit portée fous fon vêtement. Mais pour divers égards, cet exemple n'a point de rapport à l'affaffinat perpétré par le Moine. Premierement Ehud avoit vocation de Dieu pour ce faire, comme on voit par le témoignage qu'en rend l'Ecriture : car il eft écrit au quinzieme *verfet du même chap.*

(2) C'eft-à-dire de comparer, *conferre*, comparare. *Parangon*, comparaifon, Ces mots ne font plus en ufage.

(1) C'eft Aod, fils de Géra.

que l'Eternel l'avoit fufcité pour délivrer Ifrael. Mais quelle vocation & raifon fauroit-on montrer ni rendre pour la juftifica-
tion du parricide commis par ce Moine, qui a ruiné foi-même
& la Ligue? L'autre différence eft, qu'Eglon n'étoit pas Roi
d'Ifrael, ni Ehud fon légitime fujet : & étoit Ifrael un Peuple franc, plus que nul autre de quelconque République qui fut
lors, ou qui ait été depuis au monde. Mais le Peuple François
eft né fujet de fon Roi par légitime fucceffion, auquel il a juré
fidélité & hommage.

Il eft en après parlé des jeûnes, prieres & proceffions aufteres
du Moine : mais toutes ces cérémonies ne favorifent nullement
les horribles crimes qu'il commit puis après, répugnant à la Loi
de Dieu, révelée en l'Ecriture. Auffi eft-il écrit ès Actes des
Apôtres, *chap.* 23. *verf.* 12 *&* 13, que plus de quarante Juifs
firent vœu de ne boire ni manger jufqu'à ce qu'ils euffent tué
Saint Paul. Je vous prie, priferons nous les vœux & abftinences
de ces fcélerats, difpofés à commettre un acte fi exécrable &
contraire à toutes Loix divines & humaines ? Par quelle autorité eft-il permis à un Particulier d'affaillir & de tuer un autre,
qui encore étoit ès mains du légitime Magiftrat? On lit encore au dix-huitieme *chap.* du premier Livre des Rois, *verf.* 28,
que les Sacrificateurs de Baal faifoient prieres & fe déchique-
toient la chair à coups de rafoirs, mais envain & fans aucun
fruit, prétendant obtenir de leur idole que le feu tombât du Ciel
pour brûler leur facrifice, afin de confirmer par tel moïen leur
idolâtrie détestable.

Au cas femblable, ce que difoit ce favant Moine eft de nulle
valeur, à favoir que commettre un affaffinat avec zele & bonne
intention, fans être ému d'avarice ou d'autre mauvaife affection, eft bonne œuvre, louable & qui fera récompenfée de
Dieu. Car les hommes vraiement doctes & verfés en la fainte
Ecriture favent que la bonne intention deftituée du fondement
de la parole de Dieu, eft inexcufable, fi elle s'éloigne tant foit
peu d'icelle regle pour faire ceci ou cela ; & plus encore fi ce
qu'elle attente eft expreffément défendu de Dieu. Sur le propos
dont eft queftion, nous avons déja montré que le fait du Moine
eft chofe contraire à l'Ecriture Sainte : dont s'enfuit que le prétexte de zele & de bonne intention ne peut excufer ce Moine
qu'il n'ait commis un acte très méchant, pour lequel felon Dieu
& felon les hommes il a mérité un fupplice févere, âpre &
exemplaire.

Notre Seigneur dit, *Jean* 16. 2. que ceux qui perſécuteront & feront mourir avec toute cruauté les Saints Apôtres, penſeront faire un grand ſervice à Dieu. Et Saint Paul, *Rom.* 10. 2. rend témoignage aux Juifs incrédules, leſquels perſécutoient lui & la Religion Chrétienne, qu'ils avoient un zele, mais ſans ſcience. Lui-même parlant de ſon zele, *Philip.* 3. 6. ajoute que c'étoit un zele qui l'induiſoit à perſécuter l'Egliſe de Dieu. Voilà que c'eſt de notre de zele, quand il n'eſt point reglé par la parole de Dieu. C'eſt une fureur diabolique & rage infernale qui induit finalement l'homme à combattre contre Dieu même. Et pour autant Chryſoſtome a dit très bien à ce propos, en ſon premier Diſcours contre les Juifs, que cela qui ſe fait ſuivant la volonté de Dieu, quoiqu'en apparence il ſemble mauvais, eſt néanmoins plaiſant & agréable à Dieu; au contraire ce qui eſt ſans la volonté de Dieu ou autrement qu'il n'a ordonné, eſt choſe méchante & déteſtable, quoiqu'elle ſemble être précieuſe devant Dieu.

Il eſt aiſé de prouver cela par témoignage de l'Ecriture Sainte : Dieu commanda à Abraham, *Geneſ.* 22. 2. de ſacrifier Iſaac, ſon fils bien aimé. Sauroit-on imaginer un acte plus inhumain & plus barbare? On voit comme Dieu le condamne par *Jeremie, au* 7. *ch.* 31. *v.*, & en autres paſſages qu'il n'eſt pas beſoin de marquer. Néanmoins Abraham eſt grandement loué, de ce qu'entant qu'en lui fut, il ſe montra très prompt à exécuter un tel commandement, comme l'hiſtoire démontre. Et *Saint Jacques au* 2. *ch. de ſon Epître Catholique, verſ.* 21. prend cette obéiſſance pour un très certain argument de la foi d'Abraham.

Le même Dieu commanda auſſi aux Iſraélites que ſous titre d'emprunt ils emportaſſent aux Egyptiens leurs joïaux & vaiſſeaux d'or & d'argent. *Exod.* 3. 21. *&* 11. 2. *&* 12. 35. Et puis après il défend de dérober. *Exod.* 20. 15. aïant établi peine contre les larrons, *Exod.* 22. 1. Les Iſraélites ne laiſſerent pourtant d'obéir à Dieu, & ne ſont point blâmés d'avoir fait ſon commandement.

Au contraire, qui ne jugera de prime face que Saül avoit grand raiſon, quand contre le commandement à lui fait de la part de l'Eternel, il avoit gardé en vie le Roi des Amalecites, comme pour en faire un triomphe, & le meilleur bétail, ſous cette bonne intention (comme il diſoit) d'en faire ſacrifice à Dieu. Néanmoins il en fut grievement repris & châtié. 1, *Sam.* 15. 22.

Saint Pierre pareillement pour l'amour mal réglé qu'il portoit au Seigneur Jesus, l'exhorta d'avoir compassion de soi-même, & le voulut comme divertir de ne s'exposer à une mort si cruelle & ignominieuse, comme étoit celle de la croix. *Math.* 16. 22. Ceux qui jugent selon l'apparence, feront-ils pas grand état de l'affection de Saint Pierre ? Néanmoins le Seigneur après l'avoir aigrement rédargué le chassa arriere de soi, l'appellant Satan, & lui disant qu'il ne comprenoit point les choses qui étoient de Dieu, mais celles des hommes, *Math.* 16. 23. Est notable encore l'exemple du même Apôtre, lequel par modestie ne vouloit permettre que le Seigneur lui lavât les pieds; mais il fut repris, & Jesus lui dit, si je ne te lave les pieds tu n'auras point de part avec moi. *Jean* 13. 6. 8. La prudence de la chair ne blâmera pas Saint Pierre d'avoir avec les armes & au grand danger de sa vie voulu défendre son maître; mais le Seigneur censura un tel acte & enjoignit à Pierre de se retirer. *Matth.* 26. *v.* 51. *&c.*

J'ai voulu traiter amplement & peut-être trop prolixement, outre mon intention, ce point, afin de montrer la vérité de cette sus alléguée sentence de Chrysostome, & pour avertir chacun de ne se laisser transporter par sa bonne intention, contre le commandement de Dieu, lequel est dit par Moïse, *Deut.* 4. 2. vous n'ajouterez rien à la parole que je vous commande, ni n'en diminuerez rien, afin que vous observiez les commandemens de l'Eternel votre Dieu, &c. Ce qui est confirmé au même livre *ch.* 12. *v.* 32. Et encore au même chapitre, *v.* 8. *&* 13. est défendu expressément qu'ès sacrifices qu'ils offriront étant parvenus au païs de Canaan ou ailleurs, selon que le Seigneur leur commanderoit, ils ne fissent pas selon leur fantaisie. Ces passages montrent comme le Seigneur a soigneusement averti les siens qu'ils se gardassent de faire autre que portoit son ordonnance : laissant-là ce qui leur pourroit sembler bon & beau, & être fait à la bonne intention.

Ce fut donc une poison & furie de Satan que ce zele qui induisit le Moine à devenir assassin & parricide : comme de ces mêmes diaboliques affections ont toujours été particulierement transportés les Jacobins ou Dominicains, lesquels raisonnablement prennent, & doivent pour tel respect être appellés Dominicains ou Diaboliques, ou pour mieux dire Diables visibles, comme vrais enfans de celui, lequel fut homicide dès le commencement, comme Notre Seigneur le qualifie *au* 8. *chap. de Saint Jean, v.* 44.

Les Jacobins écrivent de Dominique, auteur de cette fecte vraiement fanguinaire (1), que ç'a été un perfonnage fort alteré de fang humain. C'étoit un Jacobin qui tua l'Empereur Henri VII, par le moïen d'une Hoftie empoifonnée, comme nous lifons en l'Abbé d'Ufperg, en Baptifte Egnacé au fupplément des Chroniques, ès annales de Jean Aventin, en la Chronique de Charion, &c (2). De notre temps auffi ; c'eft chofe fi manifefte que ces loups raviffeurs fe font affez montrés avoir foif démefurée de fang humain, qu'il n'eft befoin en faire long difcours (3).

Pour conclufion j'eftime avoir fuffifamment montré aux Lecteurs fideles & vraiement Chrétiens, que le fait de Jacques Clément eft un vrai affaffinat & une horrible trahifon en dépit de toutes les loix divines & humaines. Dont on peut recueillir de quel efprit font guidés telles gens, qui par alliance s'appellent Religieux, parfaits & bien verfés ès Ecritures Saintes. Plaife à Dieu tout bon & tout puiffant d'ouvrir les yeux aux pauvres perfonnes, qui aveuglés par l'hypocrifie des moines, leur ajoutent foi, les tiennent pour Saints & Anges céleftes, afin que tous connoiffent que ce font des méchans, fcélérats jufqu'au bout, bêtes brutes en fait de Théologie, loups couverts de peaux de brebis, faux Prophetes & malins efprits en chair humaine, afin de s'en garder, les fuir, les détefter, pour n'en être point féduits & dévorés à la fin.

D'autre part que ceux à qui Dieu a ouvert les yeux pour voir la lumiere, tandis que les autres croupiffent en ténebres & en l'ombre de mort, *Luc.* 1. 70. & *Ifa.* 9. 2. confiderent combien ils font obligés à Dieu. Pourtant en lieu d'être ingrats fervonsle d'entiere affection felon qu'il commande, & l'honorons de jour en jour, de plus en plus, par une vie digne de fes enfans, de peur que faifant autrement, nous n'attirions fur nos têtes la malédiction prononcée par le Seigneur Jefus, & écrite en Saint Matthieu, *chap.* 11. *verf.* 21. 22. 23. 24.

Le Roi aïant été auffi méchamment affaffiné, les Seigneurs

---

(3) L'Ordre de faint Dominique en eft-il moins refpectable, parce qu'il a produit quelques mauvais Sujets, qu'il a lui-même défavoués ? Quelle eft la Société qu'on ne pourroit pas condamner par la raifon qu'on allegue ici ?

(2) Ces Auteurs nomment ce Jacobin *Bernard Politien* ; mais Villani qui vivoit en ce temps-là ; Albert Muffato, de Padoue, qui parle affez exactement de ce qui arriva à Henri ; Conrad Vecer, qui a écrit fa vie & plufieurs autres, ne parlent point de ce prétendu poifon. Au lieu de *Charion*, il faut *Carion*,

(3) Le Pere Touron réfute cette calomnie avancée ici généralement & fans aucune vérité, dans fon excellente Hiftoire de la vie de faint Dominique.

& Principaux de l'armée assemblés, suivant la Déclaration que le défunt avoit faite après sa blessure, le Roi de Navarre fut reconnu (comme aussi le droit de succession légitime lui octroïoit) vrai Roi de France ; & en attendant la réunion des Villes & Provinces du Roïaume à son obéissance, grands & petits là assemblés se rendirent à son service, le reconnoissant pour leur Prince & Seigneur souverain. Ils promirent aussi s'emploïer jusqu'au bout pour faire que les auteurs du cruel & exécrable assassinat du Roi Henri III fussent châtiés selon qu'ils le méritoient. Le corps du Jacobin fut déchiré & brûlé pour suivre les formalités de justice. Celui du Roi défunt fut embaumé & porté à Compiegne, où il a été gardé quelque temps, jusqu'à ce qu'il ait été mis avec ses prédécesseurs. Le Roi fit promesse solemnelle à ses Sujets, de l'une & de l'autre Religion, de les entretenir en paix, sans les forcer en la liberté de leurs consciences, & prit avis des Principaux sur l'occurence des affaires.

J'ai dit en la page 491. du troisieme volume que les Ligueurs non rassasiés du sang du Roi défunt, avoient encore diffamé son nom en toutes sortes : il faut voir comment. Entr'autres livres, les Jésuites en bâtirent un (1) en latin, lequel ils semerent partout. C'est un volume compris en quatre livres, les-

---

(1) Ce Livre ne venoit point des Jésuites, mais de Jean Boucher, Docteur de la Faculté de Paris, Curé de saint Benoît, mort Théologal de Tournai en 1644, dans un âge fort avancé. Il étoit né à Paris d'une famille distinguée dans la Robbe, avoit pour parens très proches le savant Budé, Christophe de Thou, les Picart, les Briçonnet, &c. & un Oncle, nommé Poisle, frere de sa mere, qui étoit Conseiller au Parlement & qu'Henri III regardoit comme un méchant homme. Voïez la *chronologie des Curés de saint Benoît* par M. Bruté, Curé de la même Paroisse, pag. 32 & suiv. Le Livre de Boucher dont on parle ici, est intitulé : *De justa Henrici III abdicatione è Francorum Regno libri IV*. Il eut la hardiesse de mettre son nom à la premiere édition, dont l'impression ne fut achevée qu'un peu après la mort funeste de Henri III, à Paris chez Nivelle, en 1589. *in-*8°. La seconde édition parut à Lyon chez Pillehotte, en 1590, *in-*8°. Elle est augmentée de douze chapitres & sans nom d'auteur. Dans le premier Livre, Boucher traite du droit d'abdiquer les Rois, ou de renoncer à leur obéissance ; dans le second, des raisons que l'Eglise a de renoncer à l'obéissance de Henri III ; dans le troisieme des raisons d'Etat sur le même sujet ; dans le quatrieme, de ce qui doit ou peut suivre cette abdication. Dans les additions de la seconde édition, le fanatique Auteur prétend montrer qu'on devoit exclure Henri IV de la succession à la Couronne. Ce Libelle, tout détestable qu'il est, dit le Pere le Long dans sa *Biblioth. des Hist. de France*, pag. 419, a cette utilité qu'il fait connoître l'animosité & les emportemens des Ligueurs contre l'autorité de leur Prince légitime. Le savant Hugues Grotius, dans les additions à son interprétation du Livre de l'Apocalypse, pag. 59, édition de 1641 *in-*8°. dit que Boucher a pris non seulement ses preuves, mais qu'il a même souvent copié les paroles du Livre insensé donné sous le faux nom de *Stephanus Junius Brutus*. Le même dans une des ses Réponses au Ministre Rivet, dit que Boucher a copié beaucoup de choses, non-seulement de *Junius Brutus*, mais encore de Buchanan & de Hotman.

quels contiennent tout ce qu'on sauroit dire de plus méchant au
monde. Es endroits susmentionnés, cela est remarqué par
quelques lignes ; mais pource que cet œuvre ne fut mis en lumiere qu'après l'assassinat du Roi , & vendu publiquement par-
tout , portant l'écusson Jésuitique , imprimé par Jean Pillehotte , qui se dit Libraire de la Sainte Union Françoise ; pour découvrir de plus en plus l'esprit des Ligueurs espagnolisés , &
montrer les fureurs de telles personnes contre la mémoire de
leur Prince , qu'ils meurtrissoient tant de fois, je représenterai
le sommaire des faussetés étranges qu'ils ont vomies devant les
yeux de la Chrétienté , afin que la postérité remarque encore
mieux & plus particulierement que nous , l'effroïable jugement
de Dieu sur ces cœurs sanguinaires. Le fondement de leur erreur est une très fausse présuposition , & (comme on parle ès éco-
les) une petition de principe. Taisant leurs ligues & mutine-
ries, ils disent qu'aïant eu peur que le Roi voulût les rendre esclaves & les massacrer comme il avoit fait deux de leurs Chefs, ils
l'avoient justement dégradé. Là-dessus ils s'escriment d'étrange
sorte , maintiennent que le Clergé , le Peuple peut dégrader les
Rois : mais ils oublient à montrer quelque connoissance de cause
qui doit précéder ; ains proposent ce sophisme, le Roi a soudaine-
ment fait ce qu'il ne devoit pas : son Peuple sans autre considération peut en tumulte le dégrader. Car tout ce qu'ils disent en
leur premier livre de l'élection , institution & exauctoration des
Rois , convient autant à ce qu'a fait la Ligue , que la lumiere avec les ténebres. La Ligue n'avoit point institué ni élu
le Roi , Prince par droit de légitime succession : & sa procédure n'a fondement ni en regle ni en exemple quelconque qui
soit approuvé. Ils alleguent au dernier chapitre du premier livre un passage de Saint Bernard , lequel je tournerai contr'eux ,
afin que l'on voie leur suffisance , & que les fideles Sujets du
Roi & les vrais François appliquent à eux en bonne conscience
cela que les ennemis de la paix publique & de la Couronne ont
allégué à leur condamnation. Telles sont donc les exhortations
de Saint Bernard en un sermon qu'il a fait aux Templiers :
Soldats , dit il , sortez hardiment en campagne, & d'un cœur
résolu repoussez les ennemis de la Croix de Christ, vous souvenant que la mort ni la vie ne vous pourra séparer de la charité de
Dieu, qui est en Jesus-Christ. En tout danger ramentevez vous
cette sentence : soit que nous vivions , soit que nous mou-
rions, nous sommes au Seigneur. Avec quelle gloire les victo-

rieux retournent-ils du combat ! Combien font généreux les
Martyrs qui meurent les armes au poing en la mêlée ! Vaillant
champion éjouis toi fi tu vis & fi tu vaincs, au Seigneur. Mais
éjouis toi & te glorifie davantage, fi tu meurs & ès conjoint au
Seigneur. La vie voirement eft fructueufe & la victoire glorieufe;
mais une fainte mort leur eft préférée, & à bon droit. Car fi
ceux-là font bienheureux qui meurent au Seigneur, ceux-là font-
ils pas beaucoup plus heureux qui meurent pour le Seigneur ?
Soit qu'un homme meure en guerre, foit qu'il trépaffe en fon
lit, fans doute la mort des Saints fera précieufe devant la face
de leur Dieu. Mais en la guerre étant plus glorieufe, elle eft
auffi plus précieufe. O que la vie eft affurée qui a la confcience
nette. Que la vie eft contente qui attend la mort réfolument,
qui la fouhaite paifiblement, & la reçoit dévotement ! Plus
après, les Soldats de Chrift fe portent courageufement ès
guerres de leur Seigneur, n'aïant peur d'offenfer en faccageant
beaucoup d'ennemis, ni appréhenfion de la perte de leurs vies.
Car foit qu'il leur convienne tuer ou être tués pour Chrift, il
n'y a point de crime en ce fait qui mérite beaucoup de gloire.
D'autant que par tel moïen on gagne Chrift & pour Chrift, lequel accepte volontiers la mort de l'ennemi pour vengeance,
& fe donne volontiers foi-même à fon foldat pour confolation.
Je dis que le foldat de Chrift fait mourir hardiment fes ennemis
& meurt encore plus hardiment. C'eft pour foi qu'il eft tué,
& pour le Chrift qu'il tue; car il ne porte point les armes fans
caufe, étant exécuteur de Dieu pour châtier les méchans & conferver les bons. Certainement quand il tue un méchant je ne l'ap-
pellerai point homicide; ains malicide & vrai officier de Chrift
contre les méchans, & protecteur des Chrétiens. Quand il eft
tué on peut dire qu'il eft parvenu, & qu'il n'eft pas perdu. La
mort qu'il fait fouffrir eft gain pour Chrift, celle qu'il fouffre eft
gain pour lui. Le Chrétien fe glorifie en la mort du Païen,
pource que Chrift eft glorifié. En la mort du Chrétien, la libé-
ralité du Chrift fe découvre, d'autant qu'il retire fon foldat à
foi pour le récompenfer. Ce font les mots de Saint Bernard,
defquels nous pouvons dire aux Ligueurs qui les ont allégués:
dites que cela a été écrit contre vous, & vous aurez dit la
vérité : être foldat de la Ligue & de Chrift, font contradictions telles que toute la fallace Jéfuitique ne faura jamais accorder.

 Mais confidérons le contenu au deuxieme livre, dont le fom-
maire

maire fe peut réduire en ce brief fyllogifme : *Un Prince extrêmement méchant peut être dégradé par fes Sujets, tué par le
premier qui voudra l'entreprendre :* Henri de Valois a été un
Prince extrêmement méchant : *Ergo* fes Sujets ont pû le dégrader & le tuer. Pour preuve de leur mineure ou feconde propofition, ils accufent le feu Roi d'avoir été parjure, affaffin, parricide, homicide, fauteur d'hérétiques, fchifmatique, hérétique, fimoniaque, facrilege, magicien, invocateur de malins
efprits, forcier, diabolifte, mocqueur de la Religion dont il
faifoit profeffion, athée tout formé, excommunié, agravé & réa-
gravé. A caufe de quelques crimes, ces difputeurs concluent
comme deffus. Mais quelle procédure eft celle-ci, de dégrader
& tuer le Prince Souverain légitime, puis difputer des caufes?
Pofons le cas que Roi ait été tel que ceux-ci le barbouillent,
que font-ils autre chofe finon dire que tous les Ligueurs font les
plus fcélérats du monde, qui tandis que le Roi a voulu les laiffer faire, l'ont appellé très Chrétien, & n'ont jamais procuré en
affemblée quelconque qu'on lui parlât de renoncer à quelqu'un
de fes crimes, notamment à celui de magie & d'athéifme,
dont ils l'accufent d'être coupable dès long-tems; car il ne
leur eft parjure, affaffin, parricide, que depuis les Etats de
Blois. Or laiffant à un autre œuvre, & à quelqu'un des Serviteurs du feu Roi la réfutation de ces horribles calomnies qui lui
font impofées, je réponds à la majeure ou premiere propofition,
que nul Prince Souverain & légitime, tant méchant qu'il puiffe être, ne peut être dégradé, moins encore tué, par fes Sujets.
(pour dire que cela ait été fait en bonne confcience) fans légitime & diligente connoiffance de caufe par ceux qui le doivent
faire, felon les louables Coutumes & Loix fondamenrales des
Etats publics, finon qu'on veuille introduire une Anarchie, en
laquelle Satan, auteur de divifion fait des ravages de tous côtés,
comme on l'a vu durant les plus violentes fureurs de la Ligue,
comme l'hiftoire d'icelle (car elle en mérite une à part) le montrera par le menu. La conclufion donc de tout cet argument fent
fon Jéfuite, accoutré à l'Efpagnole, & bâtie fur des promeffes
déteftables pleines d'homonymies, de ridicules préfuppofitions,
de toutes fortes de fophifmes condamnés & rejettés par la fcience
qui apprend à bien difcourir ; pourtant la rejettons-nous, efpérant
que Dieu qui a déja exterminé une partie de ces parjures, affaffins,
parricides, vrais hérétiques, facrileges, efclaves de Satan,
athées & gens de tout droit divin excommuniés & livrés en fens re-

prouvé, comme ils ont fait preuve, achevera de les confondre, & les fera voir qu'en cuidant former un grand procès au feu Roi, eux-mêmes se font découverts, accusés, condamnés & précipités en confusion éternelle.

Le troisieme livre contient une suite d'accusations concernant le Public. Ils disent que le Roi a violé la foi publique, violé la Majesté du Roïaume & des Etats, (sur quoi ils font des discours, esquels ils condamnent tout à trac les discours de la République de Bodin, suppôt de la Ligue, touchant la dignité de la Majesté des Rois de France) dissipé les finances (où ils n'oublient pas la Reine mere, ains en tirent les os qu'ils rongent & tiraillent devant les yeux de l'Europe) ; d'avoir été tyran & ennemi de la Patrie, fainéant & inutile, hypocrite, scélérat & diffamé de toutes sortes de vices. Je suis honteux d'avoir lû les vilenies & méchancetés horribles écrites en ce livre. Et dis derechef que si le feu Roi avoit été coupable de la centieme partie des crimes qui lui sont imposés, ç'a été un Prince le plus criminel qu'il est possible de penser, de n'avoir procuré ni en particulier d'avoir essaïé de procurer quelque amendement. Voilà donc une belle union, de n'avoir jamais fait bruit, sinon à cause de l'exécution de Blois. Auparavant, & quand le Roi fit l'Edit de Juillet 1588, il étoit le plus saint & le plus juste du monde : chacun crioit vive le Roi. Depuis cette exécution, il n'y a diable plus méchant en enfer, si on en croit ces brouillons qui sur Henri de Valois firent leurs anagrames, vilain Hérodes, Julian Hérodes, dehors le vilain, ha ruine de Loix. Et sur le surnom de Valois, o le Judas, changeant le mot de Valois en Vaudois, & proposant son nom propre pour mot d'exécration & malédiction particuliere. Ce que nous avons répondu aux diffames du second livre, soit ici rapporté.

Or, d'autant qu'ils se doutoient de cette réponse, pour y repliquer ils ajoutent un quatrieme livre, où ils se tournent en toutes formes pour justifier leur rebellion, felonnie & parricide; disant contre tout ordre divin & humain, que les Ligueurs, qui font la peste du Roïaume, non pas le corps, ni aucune saine partie d'icelui, n'ont été tenus de procéder par voie de justice contre le feu Roi ; qu'ils ont dû promptement courir aux armes, combien que le Roi ait été plus de trois mois désarmé, n'aïant que la plume en main pour les ramener à leur devoir ; qu'ils n'ont dû attendre qu'il fût excommunié du Pape, ni jugé par les Parlemens ou par les Etats ; que ç'a été assez de s'arrêter à la détermination que les Sorbonistes en donneront. Mais les Ligueurs ne difent pas qu'ils avoient déja les armes au poing, quand cette détermination fut faite : item que plufieurs Sorbonistes n'y voulurent confentir ; & que les autres dès longtemps étoient Ligueurs formés, & qui avoient fait ferment à la raifon de Guife & à l'Efpagnol. Ils ajoutent que cette détermination a été finalement approuvée du Pape, fans produire preuve ; & quant il feroit à eux tous de montrer lettres de leur pouvoir. Puis ils difent que leurs armées contre le Roi (qu'ils allerent affaillir à Tours) font défenfives & non pas offenfives. Que ç'a été bien fait d'effacer fon nom de toutes prieres publiques ; que quand même il fe fût repenti, il ne pouvoit pas être rétabli au Trône Roïal, puifque la Ligue l'en avoit déjetté ; qu'à l'exemple de l'Empereur Maurice, le feu Roi avoit dû defirer d'être châtié en ce monde pour ne l'être pas en l'autre ; faifant en cela une couverte comparaifon du parricide Phocas, Pere de la Papauté (2), avec Jacques Clement, Jacobin Patron de la Ligue ; que ceux de Guife, les Parlemens & le Peuple ne l'avoient nullement offenfé. A ces belles juftifications de leur félonnie, ils ajoutent leur pourfuite envers le Pape Sixte V, pour faire excommunier le Roi défunt ; la Bulle monitoriale d'icelui, & difent qu'il n'y a point d'appel de leurs inftances & Arrêts, pource qu'ils font calomniateurs, faux témoins, parties félonnes, Juges incompétens & iniques, & cruels exécuteurs tout enfemble. Ils fe mocquent de ce que les Roïaux requerent que ce fait foit décidé en un Concile, exhortant les Eccléfiaftiques, Nobles & Gens du tiers Etat, qui adherent au Roi de quitter ce parti, pour adhérer à celui de la Ligue, s'égaient en l'affaffinat du Jacobin, font un Ange & un Saint tout nouveau de ce parricide, haut louent toutes les circonftances de fon fait, auxquels ils appliquent ces mots du Pfeaume

(1) Phocas, Empereur, ou plutôt Tyran d'Orient dans le feptieme fiecle, fe fit faluer Augufte par l'Armée qu'il commandoit l'an 602 & fut couronné le 23 Novembre, par le Patriarche Cyriaque, dans l'Eglife de faint Jean, voifine de Conftantinople. Enfuite il fit fon entrée dans la Ville & fit mourir l'Empereur Maurice qu'il avoit détrôné, avec fes fils. L'Hiftorien Nicéphore dit qu'au commencement de fon regne, il affecta une grande douceur, qu'il écrivit au Pape faint Grégoire le Grand avec refpect, propofa fa confeffion de foi, & que celle-ci étoit très orthodoxe, & qu'il fit des libéralités aux Eglifes. C'eft peut-être par cette raifon que le Proteftant, Auteur de ce préfent Difcours, le qualifie *Pere de la Papauté*. Mais l'Hiftorien Cédrene parle très différemment de Phocas, & en fait un portrait qui ne reffemble point à celui qu'en a tracé Nicéphore. Phocas reçut dès ce monde le prix de fes cruautés & de fes injuftices : Héraclius lui fit couper une partie de fes membres & trancher enfuite la tête le 5 Octobre de l'an 610, après fept ans dix mois & dixhuit jours de regne.

118. La dextre de l'Eternel a fait vertu &c; falsifient non sans blafphemes déteftables plufieurs paffages de l'Ecriture Sainte. Puis après ils s'attachent au Roi Henri IV, & en difent tout le mal qu'ils peuvent ; fermant leur invective par une exhortation aux Ligueurs de pourfuivre leur vaine & furieufe entreprife contre ceux de la Religion & contre l'Etat, fans propofer remede quelconque aux défordres par eux procurés ; ains fe contentant de demeurer dedans ces tenebres épaiffes, où qui crie & tempête le plus fort eft eftimé entr'eux plus habile maître.

Il me fuffit de toucher ces diffames en un mot; car les découvrir s'appelle les réfuter. Telle a été l'ingratitude des Jefuites & telles autres trompettes de la plus cruelle fédition qui ait jamais été en France contre leur bienfaiteur, qui avoit autant ou plus favorifé les Moines de toutes fectes que Roi qui ait été en France depuis que les Moines y font logés. Ils l'ont païé de leur monnoie, fe montrant Difciples de ce lui qui eft appellé père de menfonge, & meurtrier dès le commencement.

Avertissement.

L E Duc de Mayenne prévoïant que les Déclarations du nouveau Roi & le crédit qu'il avoit dedans le Roïaume ébranleroit bien fort en ces commencement le Parti de la Ligue, publia & envoïa par-tout l'Edit & Déclaration qui s'ensuit.

EDIT ET DÉCLARATION

DE MONSIEUR LE DUC DE MAYENNE

Et du Conseil général de la sainte Union, pour réunir tous vrais Chrétiens François à la défense & conservation de l'Eglise Catholique, Apostolique & Romaine, & manutention de l'Etat roïal (1).

CHARLES DE LORRAINE, Duc de Mayenne, Pair & Lieutenant-Général de l'Etat Roïal & Couronne de France, & le Conseil Général de la Sainte Union des Catholiques, établi à Paris, attendant l'Assemblée des Etats du Roïaume : A TOUS CEUX qui ces présentes Lettres verront, Salut. Chacun sait que le principal but des Hérétiques a toujours été de ruiner notre sainte Religion Catholique, Apostolique & Romaine, aïant à cet effet, outre les armes, fait toutes pratiques & menées, tant dedans que dehors le Roïaume ; lequel ils ont à cette fin plusieurs fois rempli d'un grand nombre d'étrangers & mis en péril éminent : aussi celui des Catholiques, qui poussés d'un très ardent zele de pieté se sont unis ensemble, n'a jamais été autre que de s'opposer aux desseins desdits Hérétiques, pour

---

(1) Voïez sur cet Edit le Journal de Henri IV par Claude l'Etoille, au commencement. L'Auteur y dit avec raison, que le bruit couroit que le Duc de Mayenne pensoit plus à lui-même qu'au Cardinal de Bourbon, qu'il qualifioit de Roi de France, sous le nom de Charles X. Ce Cardinal étoit alors prisonnier au Château de Chinon sur la Vienne, où Henri III l'avoit confié à la garde de François le Roi sieur de Chavigny.

Mais Henri IV aïant été instruit de l'Edit du Duc de Mayenne & craignant que le Cardinal de Bourbon, vieux & aveugle, ne fût pas assez sûrement où il étoit, chargea Philippe du Plessis-Mornay de traiter avec lui, & le fit transférer à Fontenay en Poitou sous la garde de Charles Echalard, sieur de la Boulay, Gouverneur de cette Place, dont la valeur & la fidélité lui étoient connues.

conferver ladite Religion & cette Couronne en leur entier, qui font deux chofes qu'ils ont toujours eftimé, comme nous tenons encore, être inféparables. A cette fin nous avons defiré & defirons fingulierement recueillir, embraffer, chérir, conferver & joindre à notre fainte entreprife, autant ceux de la Nobleffe, comme les Eccléfiaftiques & autres Catholiques de ce Roïaume, & les traiter felon leur ordre, qualités & mérites, pour en fortifier la caufe de Dieu & fervir à la manutention de cette Couronne. Au moïen dequoi à préfent qu'il a plû à Dieu par fa feule bonté, finguliere providence & juftice, nous délivrer de celui, qui avec l'Authorité Roïale s'étoit armé, joint & uni avec lefdits Hérétiques contre les faintes Admonitions qui lui ont été faites par notre très Saint Pere le Pape, en quoi il étoit fuivi & affifté de plufieurs Catholiques & mêmes de la Nobleffe, qui (comme il eft à croire) eftimoient y être obligés; Et à préfent qu'il n'ont plus de fujet ni obligation particuliere qui les puiffent divertir & féparer de la caufe générale de la Religion & de l'Etat, Nous avons eftimé que comme leurs Prédéceffeurs, qui font recommandés non - feulement pour les actes généreux qu'ils ont faits pour l'augmentation de la Couronne de France, mais auffi pour la piété, ferveur & dévotion qu'ils ont portées à notredite Religion Catholique, ils defireroient fe retirer & réunir s'ils en avoient la permiffion & fûreté.

A ces caufes, en attendant la liberté & préfence du Roi notre fouverain Seigneur, admoneftons, exhortons, prions & requérons tous Princes, Prélats, Officiers de la Couronne, Seigneurs, Gentilshommes, & tous autres de quelque état, qualité & condition qu'ils foient, tant par l'obéiffance qu'ils doivent à Dieu amateur de paix & d'union, & à leur Roi Catholique naturel & légitime, l'amour à leur patrie, & au bien public de l'Etat auquel nous avons tous intérêt, de fe joindre, réunir & r'allier avec nous, foit pour porter les armes contre les Hérétiques, ou fe retirer en leurs maifons efquelles nous leur permettons de revenir & demeurer; en jurant & promettant toutefois par eux pardevant les Baillifs & Sénéchaux des lieux de leur réfidence, de vivre & mourir en la Religion Catholique, Apoftolique & Romaine, s'emploïer de tout leur pouvoir avec nous à la défenfe, confervation & augmentation d'icelle, & de ne favorifer, aider, affifter ni fecourir en quelque forte que ce foit lefdits Hérétiques, leurs fauteurs & adhérens, dont leur sera délivré acte. En vertu duquel & de ces préfentes, Nous attendons & voulons qu'ils puiffent librement vivre & demeurer en leurs dites maifons avec leurs familles en toute fûreté, & rentrer en la jouiffance entiere de leurs biens, defquels en cas de faifie, nous leur avons donné & donnons par cefdites préfentes pleine & entiere main levée, & fans qu'il leur en foit méfait ni médit en leurfdites perfonnes & biens : A cette fin, Nous les avons pris & mis, prenons & mettons en notre protection & fauvegarde, fpécialement & outre, les baillons en celle des Gouverneurs des Provinces, Officiers, Magiftrats & corps des Villes de leurdite réfidence.

Voulons auffi qu'il ne leur foit rien reproché du paffé, & que tous décrets, fentences & jugemens qui pourroient avoir été donnés contr'eux, foient comme non avenus. Enjoignant aufdits Gouverneurs des Provinces, Baillifs, Sénéchaux, & tous autres Officiers, de les tenir en toute fûreté, & faire punir rigoureufement comme perturbateurs du repos public, & violateurs de la Foi publique, tous ceux qui attenteront, foit de fait ou de parole à leurfdites perfonnes & biens. Et pour ce faire avons donné & donnons aux deffufdits, terme & délai d'un mois, à compter du jour de la Publication qui fera faite de cefdites Préfentes ès Cours de Parlement, Bailliages & Sénéchauffées de leur réfidence.

Si prions Meffieurs les Gens tenant lefdites Cours de Parlement, & mandons & enjoignons au Prévôt de Paris, Baillifs, Sénéchaux de ce Roïaume, ou leurs Lieutenants, chacun endroit foi, qu'ils faffent lire, publier, & enregiftrer cefdites Préfentes, & du contenu en icelles jouir & ufer pleinement & paifiblement les deffufdits qui fe retireront & feront ledit ferment. Ceffant & faifant ceffer tous troubles & empêchemens au contraire. Car ainfi il a été trouvé jufte & raifonnable. En témoin dequoi nous avons fait mettre le Scel du Roïaume à ces préfentes.

Donné à Paris le cinquieme jour d'Août, l'an de grace, mil cinq cent quatre-vint-neuf.

Par Monfeigneur & le Confeil Général.

Signé, SENAULT.

Leues, publiées & regiſtrées, oui & ce requérant le Procureur-Général du Roi à Paris, en Parlement le 7 jour d'Août, 1589.

        Signé, Du Tillet.

Collationné à l'original par moi Notaire & Sécretaire de la Maiſon & Couronne de France. *Signé,* Baudouin.

COPIE DE LA LETTRE

Envoyée par M. le Duc de Mayenne (1).

Messieurs,

LETTRE Du Duc de Mayenne.

Vous verrez par la déclaration qui a été publiée & vérifiée en la Cour de Parlement , & dont vous envoïons les extraits, pour faire ſemblablement publier en votre Ville & étendue d'icelle, comme avec beaucoup de conſidérations, nous avons réſolu d'appeller & réunir à nous tous les Princes, Prélats, Officiers de la Couronne, Sieurs, Gentilshommes & habitants des Villes , de quelque qualité qu'ils ſoient ; qui s'étoient déſunis de la cauſe générale de la Religion & de l'Etat, ſous prétexte de quelques devoirs qu'ils eſtimoient avoir encore à celui qui avoit ici devant l'authorité Roïale, & s'étoit armé, joint & uni avec les Hérétiques. Et d'autant que pluſieurs d'entr'eux pourroient faire difficulté de ſe retirer, craignant qu'il reſtât ès eſprits d'aucuns aucune animoſité pour raiſon des choſes paſſées, qui peut empêcher leur repos & ſûreté, Nous vous prions , comme vous avez toujours fait paroître n'avoir rien en recommandation que l'accroiſſement de la Religion Catholique & bien de cet État, vous diſpoſer à embraſſer tous les ſuſdits qui voudront jouir du fruit d'icelle déclaration , & reconnoître que le ſeul moïen que nous avons de parvenir au but auquel nous devons tendre, eſt de nous réjoindre , rallier & réunir le plus promptement que faire ſe pourra, pour avoir d'autant plus de moïen de ruiner les Hérétiques, ſeuls cauſes des maux que ce Roïaume a endurés depuis trente ans : & avec leſquels nous ne pouvons ni devons jamais eſpérer avoir paix, amitié ne conſidération , puiſqu'ils ſont en-

  (4) Cette Lettre fut envoïée à ceux d'Orléans , où la Déclaration du Du de Mayenne fut publiée.

                 nemis

nemis de **Dieu** & de son Eglise : laquelle ne peut souffrir ni endurer une seule macule ni division. Nous vous prions donc tant qu'il nous est possible, donner toute assurance aux susdits quels qu'ils soient, recevoir avec tout l'honneur & respect comme vous aviez ci-devant accoutumé faire, les susdits Princes, Prélats, Officiers de la Couronne, Sieurs Gentilhommes, chérir & embrasser les habitants desdites Villes, comme parens, amis & compatriotes, & leur montrer toute confiance, le tout suivant le contenu de ladite déclaration. Et pource que nous nous assurons que vous y satisferez, nous ne vous en ferons plus longue lettre ; si ce n'est pour vous dire que les ennemis se sont éloignés de vous, & espérons qu'en brief ils demeureront seuls de tout le secours qu'ils avoient des Catholiques, pourvû que teniez la main à ce que dessus, d'autant que l'observation d'icelle importe de tout pour l'affoiblissement de nosdits ennemis : nous recommandant affectueusement à vous, Supplions le Créateur vous donner, Messieurs, en santé, ses saintes Graces.

Votre plus affectionné & assuré ami,

CHARLES DE LORRAINE.

A Paris ce 9 Août, 1589.

Et sur la superscription desdites Lettres, est écrit : A Messieurs les Gouverneurs, Echevins & Conseil de la Ville d'Orléans.

LEs Edits & Lettres ci-dessus ont été lues & publiées judiciairement, le siege ordinaire du Bailliage d'Orleans tenant, oui & ce requérant le Procureur du Roi audit lieu. A la Requête duquel a été ordonné qu'ils seront enregistrés au Greffe dudit Bailliage, publiés par tous les carrefours & lieux accoutumés à faire publications, de cette Ville & Fauxbourgs, imprimés, & copies d'iceux, vidimées par le Greffier, envoïées par les Châtellenies, tant Roïales que non Roïales de cedit Bailliage pour y être, c'est à savoir aux Châtellenies de sûr accès, publiés, & pour le regard des Châtellenies esquelles ni a sur accès, sera ladite publication faite au plus prochain lieu de sûr accès d'icelles, par Officiers des lieux, Fait, donné à Orléans par nous LOUIS ALEAUME, Seigneur de Vernueil, Conseiller du Roi notre Sire, Lieutenant-Général & Président Présidial, au Bailliage & Siége Présidial d'Orléans, assisté des Conseillers

Magiſtrats dudit Siége. Le 14 d'Août, 1589.

Signé, SARREBOURCE.

Le contenu ci-deſſus a été par moi Claude le Normant, Sergent, Crieur ordinaire au Bailliage & Prévôté d'Orléans, lû, publié & proclamé par tous les carrefours ordinaires de cette Ville, Fauxbourg & Portereau d'Orléans, accompagné de Jerôme Jacquemin, Trompette ordinaire de ladite Ville. Fait le 14 & 16me. jour d'Août, 1589.

Signé, LE NORMANT.

Avertiſſement.

LE Roi qui tôt après le décès de Henri III, avoit témoigné aux principaux de l'Armé ſa volonté, conſidérant que pluſieurs de la Nobleſſe prétendoient déja l'ébranler, fit aſſembler les Principaux auxquels il tint les propos qui s'enſuivent.

HARANGUE ET DECLARARATION

Faite par le Roi Henri quatrieme de ce nom, par la grace de Dieu, Roi de France & de Navarre, & par lui-même prononcée aux Seigneurs devant la Ville de Paris, le 8 d'Août 1589 (1).

MESSIEURS,

Je crois que la plûpart de vous ſont bien mémoratifs des recommandations & ſermens que le Sire défunt Roi mon Prédé-

---

(1) Dans le Journal de Henri IV par l'Etoille, page 2 de l'édition de 1736, l'Auteur ſemble parler d'un autre Diſcours de Henri IV fait le 4 précédent. »» Le Vendredi »» 4 du mois d'Août (1590), dit-il, Henri IV fit un Diſcours aux Princes & Seigneurs, qui étoient avec lui à Saint Cloud, ſur le droit naturel qu'il a à la Couronne de France que la nature lui donne ; promet de donner la liberté de conſcience, & de rentrer dans la Religion Catholique, Apoſtolique & Romaine, lorſqu'il en ſera ſuffiſamment inſtruit. Ce Diſcours fort & pathétique, ajoute le Journaliſte, entraîna le plus grand nombre des Princes & des Officiers de l'Armée, qui le reconnurent pour Roi à condition qu'il tiendroit la promeſſe de ſe faire inſtruire »». Ce Diſcours mentionné par l'Etoille, reſſemble cependant beaucoup à celui qui eſt rapporté ici. On en lit auſſi un dans l'Hiſtoire de M. de Thou, Livre 97.

cesseur me fit faire en votre présence pour la tranquillité de ce Roïaume, depuis sa blessure, & se voïant près de sa fin. Mais entr'autre chose, il vous peut bien souvenir du premier & plus singulier point, qui est de vous maintenir, & tous mes autres Sujets, en liberté de l'exercice des deux Religions, à savoir la Catholique, Romaine, & Religion reformée, jusqu'à ce que par un bon & saint Concile général ou national on eût été résolu; réconnoissant ladite Majesté, qu'il n'y avoit autre moïen pour bien appaiser les troubles & dissentions de ce Roïaume; que si Dieu lui eût fait la grace de plus longuement regner, en brief il eut usé de ce prompt & singulier remede. Je vous dis ceci, Messieurs, & vous prie croire, que je n'ai rien en plus grande recommandation, que de tenir fidelement tous sermens que je fais & ferai, & même cettui-là, pour la grande importance dequoi il est. Mais j'ai été averti qu'il y en a quelques-uns de la Noblesse de cette armée, qui font courir le bruit qu'ils ne me peuvent faire service, si je ne fais profession de la Religion Romaine, & qu'ils quitteront mon armée, voulant par-là es-saïer si je serois si pusillanime, que de quitter & contrevenir à ce que j'ai le plus en recommandation en ce monde, à savoir ma Religion & mon serment. Je vous ai à cette occasion, Messieurs, fait assembler, pour déclarer en vos présences que je suis résolu, & prie le Seigneur Dieu m'appeller plutôt de ce monde, que je chancelle aucunement pour changer la Reli-gion, & contrevenir à mes sermens, premier que d'être instruit par un saint Concile, auquel d'abondant je me soumets, & jure l'en suivre, ne désirant rien plus que telles gens vuident mon armée, aimant mieux cent bons fideles François à mes côtés, que deux cents tels enfarinés, parceque je m'assure que Dieu est du côté des gens de bien. Je crois que deux choses seulement font semer cette zizanie à ces gens-là; à savoir le serment qu'ils ont dès longtemps fait aux ennemis de ce Roïau-me, & le peu de vertu & assurance pour paroître ès lieux d'hon-neur & de marque.

Que telles gens donc ne craignent point me requérir de leur congé; car je leur déclare amplement qu'ils ne sont pas si prêts de ce faire, que je le suis de leur octroïer, regrettant toutes-fois qu'ils ne sont meilleurs François à leur profit & salut seu-lement, & non pour autre chose. Car quand tous en général m'abandonneroient, (ce que je ne puis croire) j'ai assez d'a-mis à mon commandement, pour à votre honte me maintenir en mon authorité. Et quand tout cela me defaudroit, j'ai Dieu tout assuré, qui m'a dès ma naissance & jusqu'à présent accompagné de ses saint & miraculeuses bénédictions, comme vous êtes témoins. Car jamais David ne parvint mieux au Roïaume d'Israel contre toute espérance & force humaine, que je suis parvenu en cettui-ci, ni avec plus de travaux & de dangers. Tellement que je reconnois avec toute vérité que Dieu m'y a miraculeusement introduit & instalé. Pareillement quand tout le secours humain me défaudroit pour m'y entretenir, je sais que ce grand Dieu Eternel ne me défaudra jamais, m'assurant qu'il n'a commencé une œuvre si miraculeuse pour la laisser imparfaite; non pour l'amour de moi seulement, mais à cause de son saint Nom, & de tant de personnes affligées en diverses façons en ce mien Roïaume, qui crient miséricorde il y a si longtemps, auxquelles je desire subvenir, & le promets faire en foi de Roi, au plutôt que Dieu m'en aura donné le moïen : que ces Trompettes de mauvaise volonté cessent donc, & qu'ils croient véritablement que non-seulement cette Couronne, mais l'Empire de toute la Terre ne sont suffisants pour me faire changer de la Religion en laquelle j'ai été institué & nourri dès la mammelle de ma mere, & que je tiens pour véritable ; & qu'il n'y a que la parole de Dieu que je reconnoisse pour guide, & pour me reformer à un saint Concile, comme j'ai par ci-devant dit. Vous savez tous, Messieurs, que je suis François vrai & naturel, & je ne suis point homme d'une humeur duquel on doive être en doute pour le témoignage qu'ont rendu mes actions passées en l'âge que j'ai. Tellement qu'aux déportemens que j'ai faits depuis seize ou dix-sept ans que j'ai regné en mon Roïaume de Navarre, & païs de mon obéïssance, on peut juger quel je suis, quoique j'aie eu beaucoup d'occasions & de moïens de me ressentir des traverses que m'ont données les ennemis de cette Couronne. D'avantage, Messieurs, je vous laisse à penser combien il est à supporter à moi, qui suis votre Roi, & qui vous laisse en liberté de votre Religion, qu'il y en ait d'entre vous, voire des moindres, qui s'efforcent à me vouloir ranger inconsultement à leurs frivoles opinions. C'est pourquoi je prie tous les gens de bien de cette Assemblée & autres de ce Roïaume, être Juges de tout ceci. Et pource que nul d'entre nous ne peut être parfait, si j'ai par ci-devant oublié quelque chose de mon devoir, je vous prie tous, Messieurs, de prier le Seigneur Dieu avec moi, que ci-après il m'y conduise & assiste assiduement par son Saint Esprit, à l'augmentation du regne de son Fils Jesus-Christ, entretenement des Etats de mes Roïaumes, & soulagement de mes Sujets.

Avertissement.

LEs uns & les autres pensoient près & loin à la guerre. Quant au Roi ses forces amassées près de lui, ne croissoient pas, à cause du mécontentement de plusieurs, qui eussent voulu le voir changer de Religion, estimant que c'étoit le moien de ruiner la Ligue ; item, à cause des maladies : tellement qu'il résolut de tirer vers Normandie, tant pour recevoir secours d'Angleterre, que pour s'assurer de quelques Places & passages servant aux desseins qu'il projettoit. Cependant le Duc de Mayenne éveilloit d'une part les Parlemens, de l'autre ses associés. De ce nombre étoit le Comte de Randan, qui en ce temps se saisit de la Ville d'Issoire en Auvergne, dont les Ligueurs firent imprimer à Lyon le discours qui s'ensuit.

PRISE DE LA VILLE D'YSSOIRE

PAR MONSIEUR LE COMTE DE RANDAN (1).

LE dessein des ennemis de Dieu & du repos public a toujours été de la nature de l'esprit qui les pousse, qui est de tout mettre en confusion & désordre ; car les méchants sont empêchés de reconnoître le bien par l'aveugle coutume qu'ils ont de mal faire. Cela s'est pratiqué plus que jamais au commencement de ces remuemens, ausquels difficilement peut-on remarquer Province & Ville de France, qui n'ait été troublée par diverses factions & pratiques de nos ennemis. Les uns s'y sont efforcés sous l'espérance de se rendre maîtres de plusieurs Places. Les autres, quoiqu'ils reconnoissent ne pouvoir gagner le dessus, se resolvent de troubler le repos de leurs voisins, afin de retenir non-seulement les forces des Provinces entre leurs propres bornes, mais encore divertir ceux qui penseroient s'assembler,

---

(1) Jean de la Rochefoucauld, Comte de Randan, Gouverneur d'Auvergne. Ce fut à la sollicitation de François de la Rochefoucauld, Evêque de Clermont, son frere, qu'il fit révolter cette Province en faveur de la Ligue, & qu'il établit sa Place d'armes à Riom. Voïez l'Histoire de M. de Thou, au commencement du Livre, 95, ann. 1589.

& les empêcher de se mettre en gros pour donner secours aux affligés. Et quand bien la trop grande expérience ne nous feroit clairement reconnoître ce qui en est, les Lettres qui furent surprises dernierement, données au Camp de Pontoise, en font trop de foi, lesquelles adressées à plusieurs Gentilshommes & particuliers Habitants des Villes contraires à la sainte Union, tant dedans que ès environs du païs d'Auvergne, ne contenoient autre chose qu'une expresse recommandation à tous les bons & fideles Huguenots & politiques, d'emploïer tous les moïens pour troubler Monsieur le Comte de Randan en son Gouvernement, & le contraindre s'il étoit possible de demeurer dans le païs pour le défendre. Ce n'étoient que belles protestations de reconnoître ce service pour l'un des plus signalés. Ce qui venoit de la connoissance qu'avoient nos adversaires de belles & gaillardes Troupes que ledit Seigneur avoit menées, tant à la premiere armée de l'Union qu'à celle des Reistres, & maintenant ils craignoient qu'à cette occasion, qui étoit trop plus découverte & sembloit plus licite, il ne s'acheminât encore trop mieux accompagné d'un grand nombre de Noblesse, ce qu'il eut fait à la vérité sans ce malicieux artifice des ennemis, qui à son très grand regret l'ont retenu pour ne laisser perdre une Province qui est de très grande importance, tant pour les commodités que l'ennemi en pourroit tirer que pour les Forteresses qui y sont fréquentes & de difficile reprise. Il y avoit travaillé de sorte, que de tout ce qui est de son Gouvernement de la Limagne, deux seules Villes restoient opiniâtres, lesquelles il tenoit bloquées à un quart de lieue près des portes, & avoit fait toute la cüeillette pour les incommoder davantage, lorsqu'il eut nouvelles assurées de la révolte de la Ville d'Yssoire. Cette mauvaise nouvelle le fâcha d'autant plus que moins il l'attendoit, vu qu'il s'assuroit du serment des habitants, lesquels peu auparavant assemblés en Corps de Ville, avoient fait promesse entre les mains de Monsieur de saint Heran de se contenir en paix comme les autres Villes, & de ne recevoir aucunes garnisons ni forces du parti contraire. Mais comme cette Ville a toujours été remplie de Huguenots, les principaux jugerent cette saison fort propre pour jouir en toute liberté de l'exercice de leur hérésie. A ces fins ils firent entendre sous main au Sieur de Millaud, lequel tenoit & tient encore le parti contraire à la sainte Union, que s'il approchoit de leur Ville ils avoient moïen de lui en donner l'en-

trée. Sur cet avertiffement ledit Sieur de Millaud (1) s'y étant
acheminé, s'en rendit facilement maître & fans autre réfiftance
que d'un feul habitant, Conful de la Ville, nommé Chauve-
ron. Quelques jours après le Sieur d'Avierac (2) de Senughol
qui avoit des gens de pied, s'y vint rendre, & lors ledit Sieur
de Millaud laiffant deux cents Arquebufiers & quelque Cavalerie fous la charge du Sieur de Fredeville le jeune, fe retira
pour autres entreprifes. La Ville étant donc ainfi rendue, ledit
Sieur de Randan jugeant quel préjudice elle pourroit apporter
aux affaires des Catholiques, délibera de n'y laiffer fortifier
l'ennemi. Mais n'aïant encore monté ni dreffé l'attirail de fes
piéces de batterie, lefquelles il avoit fait fondre à Riom peu
auparavant, il fe réfolut de tenter promptement le feul moïen
qu'il avoit de faire quelque effet par le petard. Lors avec une
grande diligence, il fit préparer tout ce qui étoit néceffaire pour
fon entreprife, qui n'étoit pas petite. Car la Ville d'Yffoire eft
la plus belle Ville de guerre de toute l'Auvergne, tant pour l'affiette qui eft en une grande plaine, très fertile & abondante
de toute chofe néceffaire pour la commodité des habitants, que
pour l'artifice, qui eft d'un large foffé plein d'eau, & d'un
grand terrein dedans la Ville. Mais fa Fortereffe n'eft que trop
approuvée par le Siége, qu'y mit feu Monfieur, frere du Rói,
affifté de plufieurs Princes & Seigneurs, & d'une forte armée
bien munie de canons qui y demeura cinq femaines, & fi ne
fut rendue que par compofition pour le peu de gens de guerre
qui y étoient reftés. L'apparente difficulté de cette affaire n'empêcha point toutesfois la premiere déliberation de Monfieur le
Comte de Randan, pour l'exécution de laquelle il envoïa prier
Meffieurs de Saint Heran & Vicomte de Château-clou (3) qui
étoient à Riom, de prendre la peine de fe trouver à cinq heures du foir avec leurs Compagnies de Gensdarmes (qui font
très belles) à Aulnat, diftant d'une petite demie lieue de Clermont, auquel lieu ledit fieur de Randan s'étoit peu de jours
auparavant logé, pour faire la guerre de plus près aux Rebelles
de ladite Ville de Clermont. Cependant avec les Troupes de
Cavalerie & Infanterie qu'il avoit, tant à Aulnat, que ès garnifons prochaines, il s'achemina devant, afin que la longueur

(1) Yvres d'Alégre, Baron de Millaud,
jeune Gentilhomme d'une des premieres
Maifons d'Auvergne. Les Habitans de la
Ville d'Iffoire l'avoient appellé à leur fecours, pour commander leur Ville au nom
du Roi.

(2) M. de Thou le nomme d'Anterac.

(3) Le fieur de Rochebaron, Vicomte de
Châteauclou.

de la traite en une nuit obfcure, & par des chemins difficiles le long de la riviere d'Allier , ne fût caufe de confufion ou défordre. Son partement fut à fix heures du foir qu'il chemina lui & fes Troupes fans arrêter ; mais à caufe des gens de pied qu'il ne vouloit laiffer derriere, il ne put tant faire que la pointe du jour ne le furprît devant que d'arriver à la vue de la Ville. Tous les Soldats , & la plûpart de la Nobleffe jugeoient lors par apparence que l'entreprife étoit faillie ; mais cela toutesfois ne fit perdre audit Sieur de Randan l'efpérance qu'il avoit d'éxécuter fon deffein. Pour à quoi parvenir il mit pied à terre une bonne demi-lieue loin de laditte Ville , & quoique tous fuffent armés de toutes piéces, ils fe rendirent au grand pas en un lieu couvert à la portée d'une arquebufade, & là fit décharger les mulets qui portoient les petards avec tout ce qui fervoit pour les pofer. Après avoir ordonné ce qui étoit à faire felon l'occurence, il pria Meffieurs de Chalus & de faint Marc de conduire avec leur Troupe, le Capitaine la Croix, qui devoit faire jouer les petards, & lui les fuivoit à pied avec cent cinquante Gentilshommes, tous l'armet en tête. Monfieur le Commandeur du Maiet, qui eft un grand homme de guerre, demeura cependant à cheval avec fa Compagnie, pour rompre le fecours qui pourroit venir de dehors, car auffi bien pour une bleffure qu'il a autrefois reçu fur la mer en une jambe , il ne peut aller à pied. Lorfque tout fut prêt & bien difpofé, l'on fit les approches de la barriere de la Ville. Or, il faut favoir que du côté qu'elle fut attaquée, il y a premierement une forte barriere qui couvre la porte d'un Ravelin, puis entre la porte du Ravelin , & le portal principal, une autre barriere, qui font deux barrieres, & deux portes à pont-levis qu'il falloit enfoncer. Le petard fut mis à la premiere barriere, fans que le corps de garde de deffus la muraille s'en apperçût, & fi étoit déja jour, mais il fit fon ouverture avec tel bruit, que l'allarme fe fonna dans la Ville fi chaude, que la muraille fut foudain remplie d'Arquebufiers, qui tirerent fur les nôtres, & en blefferent. Ce même coup fut entendu de Meffieurs de Saint Heran , & de Château-clou, qui venoient derriere au grand trot, mais foudain ils fe mirent au galop, & arriverent à la Troupe comme l'on pofoit le fecond petard à la porte du Ravelin, qui fut emportée. Le Capitaine la Croix paffant outre, trouva que la feconde barriere fe pouvoit lever par piéces fans y emploier un troifieme petard, ce qui fut fait en grande diligence

ligence , non fans beaucoup de danger , pour être le lieu
tout découvert. Le plus dangereux reftoit lors à faire, c'étoit
l'ouverture du grand portail couvert d'un fort pont-levis, qu'il
falloit forcer , à la merci des pierres que l'on jettoit de deffus.
Mais le pis fut encore, que lorfque le vaillant Capitaine la
Croix prit le troifieme petard pour le pofer, il trouva que la
fufée étoit tombée par chemin , & fut contraint de fe réfoudre
d'en faire une fur l'heure même. Ce retardement donna temps
aux ennemis, non-feulement de rembarrer le derriere de la
porte de pierres & piéces de bois & de tout ce qui leur venoit à main , mais encore ils rompirent le deffus de la voute
pour y faire plus grande ouverture que celle de la meurtriere,
afin de mieux jetter des pierres, lefquelles ils jettoient continuellement , & tiroient arquebufades fans ceffe de tous endroits. Mais fi la diligence de ceux de dedans étoit grande à
fe défendre, le courage des Affaillans n'étoit moindre ; & tous
ces dangers n'empêcherent l'exécution qui étoit déliberée ,
avec réfolution d'en venir à bout à quelque prix que ce fût. Ce
que montra bien le Capitaine la Croix , la valeur duquel a
toujours été reconnue très grande en toutes affaires où il s'eft
trouvé, mais en cettui-ci , entr'autres fon affurance a été extrême ; car à cette derniere porte il fut deux fois porté par
terre à coup de pavés , fi rudement qu'à la feconde fon cafque
lui fortit de la tête , & fut bien bleffé. Néanmoins fans fe
troubler en cette extrêmité, ni fans branler pour fe retirer du
danger, il pofa fon petard, il brifa porte & pont-levis, & fit
l'ouverture telle que l'on pouvoit efpérer. Ce fut lors que le
danger devoit paroître plus grand ; car il falloit entrer dans la
Ville parmi cette ruine, à la merci des pierres & arquebufades,
& de plufieurs hommes bien armés, defquels le deffus du portail étoit couvert, & la rue toute pleine pour la défenfe de
l'entrée. Mais l'ouverture ne fut fitôt faite que toute la Nobleffe (qui étoit couchée fur le ventre) fe dreffa fur les pieds ,
où Monfieur le Comte de Randan parut à la tête de cette belle
Troupe, & plein d'un généreux courage, criant qu'il ne falloit rien craindre pour l'honneur de Dieu , & le bien de fa patrie : afin de montrer le chemin aux fiens, il fauta premier fur
les ruines , & d'un fort épieu qu'il tenoit en la main, fe fit faire paffage entre fes ennemis. Là il fut foudain fuivi de tous
les Gentilshommes bien couverts à l'épreuve, qui donnerent
de telle furie , qu'ils tomboient parmi les pierres, & y en eut

Tome IV. F

de blessés des armes de leurs compagnons, de l'ardeur vehémente qu'ils avoient d'emporter la Place, & affister leur Chef en si valeureuse entreprise. Ledit Sieur de Randan se voïant si promptement & furieusement suivi, passa sans s'arrêter jusqu'au milieu de la grande Place, où en combattant ceux qui s'y étoient retirés, il eut un coup de halebarde dans son casque, qui lui décloüa la visiere. Cependant les Troupes entroient pêle-mêle à la foule, desquelles les habitants se voïant forcés, abandonnerent les rues, & les Soldats perdant le cœur, chercherent à se sauver à fuite. Mais ne trouvant autre issue, plusieurs se jetterent du haut des murailles, où la plûpart se briserent, reçurent plus de mal d'eux-mêmes qu'ils n'eussent eu de leurs ennemis. La grande Place de la Ville étant gagnée, & les avenues d'icelle, mondit Sieur de Randan voïant toutes ses Troupes entrées, demeura quelque peu en bataille, puis comme il reconnut qu'il n'avoit plus de résistance par-tout, quoique la Ville fût prise de telle sorte, & fût une perfidie, qu'il sembloit que le droit de la guerre permettoit un sac, lui toutesfois qui a toujours été de nature très douce, fit donner logis par fourriers, & fit crier défenses sur la vie, de ne faire aucun ravage ni cruauté sur les personnes des habitants, mais sur-tout il recommanda de garder l'honneur des Dames, pour la conservation desquelles il alla en personne armé comme il étoit, de logis en logis, par toute la Ville, priant les Gentilshommes, & commandant aux Soldats de n'user d'aucune violence. Pendant qu'on combattoit dans la grande Place, le sieur de Fredeville, qui commandoit à la garnison, se retira dans une Tour assez forte, dans laquelle il fut incontinent forcé, & se rendit. Il fut mené à mondit Sieur de Randan qui lui sauva la vie, & lui promit liberté, sous condition de le venir trouver dans certains jours, durant lesquels il ne feroit la guerre. Il fut tué à cette prise de ceux de dedans un Capitaine, nommé Bussi, qui étoit au Sieur de Millaud, & combattit très bien dans une rue ; dix ou douze Soldats & quelques habitants aussi y demeurerent. Tous les autres Soldats de la garnison furent pris, ou se jetterent du haut des murailles. Des nôtres y furent blessés de braves & vaillants Gentilshommes, à savoir, Messieurs d'Aubiere, de la Villatte, la Geneste, le Chevalier de Saint-Hilaire, Perisiere, la Font, le Cher, & le Capitaine la Croix, qui eut un grand coup de pierre en la tête, lorsque son casque tomba, & un autre au bras droit, qui lui fit r'ouvrir une plaie de laquelle il n'étoit encore guéri d'une mousquetade qui lui a rompu tous les gros os. Plusieurs autres furent encore blessés & des pierres & d'arquebusades, mais tout sans danger de mort, dont il faut louer Dieu, & avouer qu'en cette exécution il a assisté d'une grande grace, ceux qui exposent si librement & généreusement leur vie pour sa gloire, & qu'il les a voulu réserver, pour être encore emploiés à la défense de son honneur, manutention de son Eglise, & repos de la France affligée. Car, c'est ce même Dieu qui aime les serviteurs fidéles, & duquel parle ce grand Roi du Peuple d'Israel, que celui qui est en sa garde, se peut tenir pour être bien gardé ; mais qu'en vain les sentinelles sont à veiller sur les Tours de la Ville, si ce grand Dieu ne la prend en sa protection. En cela nous pouvons clairement reconnoître, que nous avons ce même Dieu pour nous qui favorise nos desseins. Aussi lui en faut-il donner la louange, & attribuer tout l'honneur, & dire comme ce même Prophéte. » Ce n'est pas à nous, Seigneur, mais » à votre Nom, que la gloire en appartient. « *Tel étoit l'esprit des Ligueurs.*

LETTRE DE M^r. LE COMTE DE RANDAN,

Gouverneur général du bas & du haut Païs d'Auvergne, aux Villes rebelles de son Gouvernement.

MESSIEURS,

J'ai toujours cru que votre Ville, comme quelques autres de ce Roïaume, ne s'étoit retirée du serment si solemnellement fait aux derniers Etats par tous les Députés, de maintenir la Religion Catholique, Apostolique & Romaine, & s'opposer à tous ceux qui favoriseroient ou supporteroient l'hérésie en quelque sorte que ce fût, que pour le seul respect du Roi, le nom & dignité duquel sembloit à quelques-uns devoir passer entre ses Sujets par-dessus toutes autres considérations ; ce que je me suis persuadé d'autant plus aisément de vous, que je vous ai toujours reconnus pour la plûpart, tant affectionnés à la Religion Catholique, que nul autre Sujet, que ce nom de Roi ne vous eût pu faire éloigner de la plus commune résolution des bons & vrais Catholiques de ce Roïaume, lequel cessant maintenant par la mort dudit Roi, de laquelle je ne fais doute que ne soïez très bien assurés. J'ai jugé, que ne restant plus aucun légitime sujet de discorde entre nous, je vous devois semondre de faire quelque déclaration de votre intention. La disposition de mes affaires & les forces que j'ai en main, vous feront aisément connoître que rien ne me peut convier à cette semonce que le seul desir que j'ai toujours eu de m'emploïer plutôt à maintenir la paix, qu'entretenir le trouble en cette Province. N'étant cette pour autre effet, je supplie le Créateur, Messieurs, vous vouloir bien inspirer, & tenir en sa sainte garde.

De Riom, *ce* 13 *Août*, 1589.

Avertiſſement.

LE Duc de Mayenne aſſembloit cependant toutes ſes forces pour ſuivre le Roi, qui avoit bien petites Troupes & le tenoit en ſa fantaiſie
pour pris ou perdu (1). Les Parlemens parloient gros auſſi de leur part,
témoins les deux Arrêts ſuivans.

ARREST

DE LA COUR DE PARLEMENT DE BORDEAUX,

*Par lequel il eſt enjoint & commandé à tous ceux du reſſort
d'icelle, d'obſerver inviolablement les Edits d'Union à l'E-
gliſe Catholique, Apoſtolique & Romaine, & Déclarations
faites ſur iceux, le tout ſans contrevenir à l'Edit du vingt-
ſixieme Avril 1589 (2).*

EXTRAIT DES REGISTRES DE PARLEMENT.

LA Cour, les Chambres d'icelle aſſemblées, avertie de la
triſte & lamentable nouvelle du décès du feu Roi Henri troiſieme de ce nom, oui & requerant le Procureur Général dudit
Seigneur, préſent & opinant le Sieur de Matignon, Maréchal
de France, a exhorté les Archevêques, Evêques, Curés &
Prélats du reſſort de ladite Cour, de faire faire prieres à Dieu
pour l'ame dudit Seigneur Roi défunt, bien, repos, conſervation & manutention de cet Etat & Couronne, en la Religion
Catholique, Apoſtolique & Romaine. Et enjoint à tous Baillifs,

(1) « Le Lundi vingt-ſeptieme jour d'Août
» dit le Journal de Henri IV, le Duc de
» Mayenne ſortit de Paris, publiant qu'il
» alloit prendre le *Bearnois*, c'eſt-à-dire le
» Roi Henri IV, qu'il alloit pourſuivre
» avec une Armée grandement ſuperieure à
» celle du Roi »; mais il ſe vanta trop.

(2) Jacques Goyon de Matignon, qui
commandoit dans Bourdeaux & qui avoit
ſu contenir cette Ville dans le devoir; quelque penchant qu'elle eût d'ailleurs pour la
révolte, voïant cependant que depuis la
mort de Henri III, tout le Parlement &
même les Magiſtrats de la Ville, à la tête
deſquels ils étoient, étoient fort oppoſés à
Henri IV, il négocia adroitemant avec le
Parlement, à qui il fit rendre l'Arrêt qu'on
rapporte ici. Ce Seigneur étoit perſuadé, dit
M. de Thou, que dans les circonſtances
où l'on ſe trouvoit, ce ſeroit toujours rendre quelque ſervice au Roi regnant, en qualité d'Hétitier légitime de la Couronne, que
d'engager le Parlement de Bourdeaux à rendre juſtice à la mémoire de ſon Prédéceſſeur.

Sénéchaux, leurs Lieutenans, Magiſtrats & Officiers dudit reſſort, & aux Gouverneurs, Maires, Jurats, Echevins, Conſuls
& tous autres Adminiſtrateurs des Villes & lieux d'icelui reſſort,
de prendre ſoigneuſement & diligemment garde que innovation
& altération aucune n'advienne eſdits lieux, en ce qui touche
l'honneur de Dieu & leur commun repos ; faire obſerver inviolablement les Edits du mois de Juillet 1588, & du mois
d'Octobre ſuivant, faits aux Etats tenus à Blois, & Lettres de
déclaration, tant du dernier de Décembre auſſi enſuivant que
du 26 Avril dernier, vérifiées en ladite Cour, & empêcher de
tout leur pouvoir qu'il ne ſoit fait acte contraire & dérogeant à
iceux, informer diligemment des contraventions, & procéder
contre les coupables ſuivant iceux Edits, Arrêts de ladite Cour ſur
ce donnés, ſur peine de privation de leurs charges & offices. Et en
outre enjoint à tous Sieurs Gentilshommes, Capitaines, Villes,
Communautés & autres Sujets qui ſe ſont élevés du vivant du feu
Seigneur Roi, de poſer les armes, ſe retirer & contenir en leurs
maiſons, & y vivre paiſiblement ſous l'obſervation d'iceux Edits
& Arrêts de ladite Cour, en attendant qu'il ait plu à Dieu im-
partir ſa grace & miſéricorde à ce Roïaume, pour la conduite
& direction d'icelui à ſon honneur & gloire, exaltation & conſervation de ſa ſainte Foi & Religion Catholique, Apoſtolique
& Romaine. Et afin que nul n'en puiſſe prétendre cauſe d'i-
gnorance, ordonne que le préſent Arrêt ſera lû & publié par
les lieux accoutumés de la préſente Ville, & envoïé par toutes
les Villes du reſſort de ladite Cour, à la diligence dudit Procureur Général, pour y être fait ſemblable publication.

*Fait à Bordeaux en Parlement, les Chambres d'icelle aſſem-
blées, le dix-neuvieme jour d'Août mil cinq cens quatre-vingt-
neuf* (1).

    Ainſi ſigné, D'ALESME.

Le vingt-unieme jour d'Août mil cinq cens quatre-vingt-
neuf, le préſent Arrêt a été lû & publié par les cantons & lieux
accoutumés de la préſente Ville dudit Bordeaux, par moi premier
Huiſſier en la Cour du Parlement de Bordeaux, aſſiſté du Greffier des Préſentations d'icelle, des Officiers de Guienne, Huiſ-

---

(1) M. de Matignon auroit bien ſouhaité
qu'on eût fait mention de Henri IV dans cet
Arrêt ; mais il ne put jamais obtenir ce point
du Parlement. Il ne laiſſa pas de ſe ſervir de
l'autorité de cet Arrêt pour contenir toute la
Guienne dans le devoir, à l'exception de
quelques Villes en très petit nombre, dont
les Ligueurs s'étoient rendus Maîtres.

fiers de ladite Cour, Huiſſiers & Sergens Roïaux de Guienne,
Capitaine & ſes Archers du Guet, & des Trompettes de la-
dite Ville, aïant & ſonnant les Trompettes d'argent d'icelle
Ville.

Ainſi ſigné, DE BOSMENIER.

ARREST

DE LA COUR DE PARLEMENT DE TOULOUSE,

*Contre Henri de Bourbon, prétendu Roi de Navrre & ſes
Adhérans.*

EXTRAIT DES REGISTRES DE PARLEMENT.

LA Cour, toutes les Chambres d'icelle aſſemblées, avertie
de la miraculeuſe & épouvantable mort de Henri troiſieme,
avenue le premier jour de ce mois, a enjoint & enjoint derechef à tous Princes, Prélats, Seigneurs, Gentilshommes, Officiers & autres, de quelqu'état, qualité & condition qu'ils ſoient,
de s'unir derechef pour la conſervation de la ſainte Egliſe Catholique, Apoſtolique & Romaine, bien & repos des Princes, Seigneurs, Villes & Communautés Catholiques, unies
pour la défenſe d'icelle : a exhorté & exhorte tous les Evêques
& Paſteurs des Diocèſes de ce reſſort, de faire (chacun en leurs
Egliſes) rendre graces à Dieu de la faveur qu'il nous a faite en
la délivrance de la Ville de Paris & autres Villes de ce Roiaume : a ordonné & ordonne que tous les ans le premier jour
d'Août l'on fera les proceſſions & prieres publiques, en reconnoiſſance des bénéfices qu'il nous a faits ledit jour.

A défendu & défend très expreſſément à toutes perſonnes, de
quelque état, qualité & condition qu'ils ſoient, ſans nul excepter,
de reconnoître pour Roi Henri de Bourbon prétendu Roi de Navarre, le favoriſer ou donner aide en quelque ſorte & maniere
que ce ſoit, à peine d'être punis de mort, comme hérétiques
& perturbateurs du repos public ; & enjoint ladite Cour à tous
leſdits Evêques & Paſteurs de faire derechef publier, garder &
obſerver de point en point la Bulle de nôtre Saint Pere le Pape
Sixte V, juſtement donnée contre ledit Henri de Bourbon, en
vertu & par autorité de laquelle, ladite Cour l'a déclaré & dé-

clare incapable de jamais fuccéder à la Couronne de France,
pour les crimes notoires & manifeftes amplement contenus en
icelle (1).

Enjoint aux Baillifs, Prevôts & Sénéchaux de ce reffort de
faire publier, garder & obferver de point en point le contenu
du préfent Arrêt, à peine d'être punis & châtiés comme fauteurs des hérétiques. *Fait à Touloufe en Parlememt, lefdites
Chambres affemblées, le vingt-deuxieme d'Août mil cinq cens
quatre-vingt-neuf.*

        Signé, DU TORNOER.

Avertiffement.

AVANT que paffer outre aux autres efforts de la Ligue pour fe maintenir en ruinant le Roi & fes Sujets qui lui adhéroient, depuis furnommés
Roïaux à la différence des autres ; nous infererons ici un Difcours qui
tout d'un train décrit ce que le Roi fit de plus remarquable depuis fa retraite de devant Paris au mois d'Août 1589 jufqu'à la fin de l'année ; puis
nous ajouterons un deuxieme Difcours des divers exploits & déportemens
du Duc de Mayenne & des Ligueurs jufqu'au même temps, afin qu'en peu
de feuillets le Lecteur puiffe voir ce qui fe paffa d'un côté & d'autre.

VRAI DISCOURS

*De ce qui s'eft paffé en l'Armée conduite par Sa Majefté très
Chrétienne, depuis fon Avenement à la Couronne
jufqu'à la fin de l'an 1589*

LES volontés & déportemens des Rois & Princes, font d'autant plus fujets à être fyndiqués & cenfurés, qu'ils ne peuvent
rien entreprendre où leurs Peuples & Sujets ne foient intéreffés
avec eux. Les conjectures des hommes n'ont en rien tant de privilege & avantage qu'au jugement qu'ils font des deffeins & actions de leurs Princes : d'autant que fur le moindre indice qu'ils
en ont, ils concluent néceffairement de la qualité de l'événe-

---

(1) Tel étoit alors l'effet des préjugés,
d'autorifer ce qui ne méritoit que d'être rejetté avec indignation. Les paffions appai-
fées, on a jugé de la Bulle de Sixte Quint
comme on auroit toujours dû en juger,
comme d'une Bulle injufte & digne de toute
exécration.

                                                  ment

ment qui en doit être, qu'ils commencent dès lors à louer ou reprouver, comme si l'effet en étoit avenu, & plus ordinairement s'attachent au blâme ou contrôle qu'à l'approbation, & néanmoins sans contredit ni défense. Parceque les Princes & ceux qui manient leurs affaires, ne pourroient publier toutes les raisons & possibilités qu'ils ont de leurs entreprises sans en gâter & ruiner les effets. De sorte qu'il faut par nécessité qu'ils aient cette patience de se sentir injustement blâmés de leurs meilleures & plus utiles opinions, & qu'ils attendent que la fin & événement d'icelles les en justifie envers leurs susdits Sujets, & leur fasse reconnoître leur erreur. Il est infaillible qu'il en est ainsi avenu du dessein que l'on a vu faire au Roi de séparer son armée, peu après le décès du feu Roi son frere, & depuis la séparation, au lieu de passer la riviere de Loire, comme il se publioit qu'il vouloit faire, d'être descendu en la Normandie : dont il est très certain qu'il a été blâmé de beaucoup, & en à fait peine de plusieurs de ses Serviteurs, & plaisir à tous ses Ennemis qui se sont rencontrés en ce jugement, que ce seroit la ruine de ses affaires : mais maintenant que l'événement leur a donné occasion de s'en dédire, il est permis, des choses qu'ils ont vu, de leur aider à en connoître les causes, & voir que ce ne sont point effets de hazard ou de fortune, mais de pure prudence & de raison; ce faisant leur exposer une narration simple & véritable de tout ce qui s'est passé entre son armée & celle de ses ennemis durant un mois qu'elles ont toujours été logées à la vue l'une de l'autre. L'effroïable sacrilege & accident de la mort du feu Roi advint le deuxieme du mois d'Août; & est certain qu'il fut d'autant plus avancé que ces ennemis se virent si pressés, qu'ils ne reconnurent plus autre remede pour éviter (& pour le moins faire différer pour quelque temps) la justice de leurs crimes : son dessein étoit de récouvrer Paris, comme il eut pu faire s'il n'eut voulu trop de bien à ceux qui lui avoient fait tant de mal, & est mort quand il étoit quasi à son option de la prendre par amitié ou par force. Le Roi son successeur eut aussi volontiers succédé à ce dessein ; mais qui fut possible à l'un, ne le pouvoit pas être si-tôt à l'autre, de qui l'autorité ne put être si promptement établie qu'elle fut acquise; car les volontés de ceux de dedans affectionnés au feu Roi, qui s'étoient échauffés par sa présence, ne purent si-tôt être transférées à ce nouveau Roi, qu'il y a près de quinze ans que l'on n'avoit vu de deça, & où il n'étoit quasi connu

que par les profcriptions publiées contre lui par l'artifice de fes
ennemis, par le moïen defquelles ils avoient accoutumé les
peuples à ne le connoître quafi plus: pource qui étoit de ceux
de l'armée; combien qu'à la même heure que la fucceffion lui
fut échue, tous les Princes de fon Sang & autres, les Maréchaux de France, Officiers de la Couronne, & les principaux
Seigneurs & Capitaines qui y étoient lui euffent fait la foumif-
fion & reconnoiffance de leur Roi & Prince légitime, avec les
proteftations accoutumées, toutesfois plufieurs, les uns qui à la
vérité avoient eu congé du feu Roi pour le long féjour qu'ils
avoient fait en l'armée, & auffi que c'étoit en la faifon que
chacun veut faire fa récolte; les autres fur ce prétexte pour
prendre loifir de fe réfoudre de ce qu'ils avoient à faire, fe retirerent de ladite armée: aïant eu fa Majefté cette force de ne
s'être jamais démis de refufer congé à qui l'a voulu demander.
Ainfi voïant l'armée fort diminuée (comme un moindre accident pouvoit fuffire d'en rompre une plus grande & mieux entretenue que la fienne), voïant auffi l'autre fondement du recouvrement de Paris, qui étoit fur l'affection de ceux de dedans, aucunement refroidi, il jugea prudemment que l'effet de ce deffein, fe devoit différer à une autre fois, & qu'il fuffifoit pour
cette premiere, d'avoir reconnu qu'il étoit fort poffible d'y parvenir; & cependant garder les avantages qui y étoient acquis
par la prife des Villes d'Etampes & Pontoife, étant néceffaire
d'occuper à quelque exercice ladite armée. Le premier & le plus
digne qu'il eftima lui pouvoir donner, ce fut de conduire le
corps du feu Roi en dépôt de fûreté (1), fachant que la rage
defdits ennemis étoit fi envenimée, que n'aïant point trouvé
dequoi fatisfaire en fa mort, elle paffoit encore fur fes os & cendres. Ainfi l'aïant conduit à Compiégne, où il eftima qu'il pouvoit demeurer plus dignement & plus fûrement; & aïant pris
en paffant les Villes de Meulan, de Gifors & Clermont, confidérant qu'il ne comparoiffoit rien à combattre en la campagne,
que lefdits ennemis s'étoient tous renfermés dans les murailles;
qu'il ne lui reftoit pas affez de tems pour entreprendre un autre
fiége digne de l'occupation de fon armée; qu'il approchoit du

---

(1) »» Le Mardi 4 d'Août, dit le Journal   »» lui fit rendre les honneurs dûs à fa mé-
»» de l'Etoille, l'Armée du Roi qui étoit à   »» moire. Dans cette route il prit les Villes
»» faint Cloud & aux environs, partit pour   »» de Creil, de Meulan, de Clermont (en
»» la Normandie, avec le corps du feu Roi   »» Beauvoifis), de Gifors & autres Places »»
»» Henri III, qui fut mis dans l'Eglife de   Voïez l'Hiftoire de M. de Thou, livre 97.
»» faint Corneille de Compiegne, où le Roi   vers fe commencement.

temps auquel il avoit fait convoquer en la Ville de Tours les
Princes, Officiers de la Couronne, Seigneurs, Gentilshommes
& autres fes principaux Officiers & Miniftres, pour avec eux
prendre une réfolution fur les affaires de fon Etat; que pour y
aller, cette grande armée ne lui étoit aucunement néceffaire,
n'y aïant rien à entreprendre par de-là qui en méritât la préfence, & que ce n'eut été que confommer les vivres du païs fans
aucun fruit ni deffein, fa Majefté judicieufement fe réfolut de
féparer fon armée en trois, d'en envoïer une partie en Picardie, fous la charge de Monfieur le Duc de Longueville (2), une
autre en Champagne, fous Monfieur le Maréchal d'Aumont,
& lui d'en retenir une autre; & avec tel ordre néanmoins, que
pendant que fadite Majefté demeuroit en ces quartiers de de-là
auparavant fon paffage, que fi l'ennemi lui venoit en gros fur
les bras, que lefdites deux parties féparées fe puffent en peu
de temps rejoindre comme lui paffé de deçà la riviere de Loire; ce même ordre demeureroit entre lefdits Sieurs de Lon gue-
ville & d'Aumont, foit que l'un d'eux fût affailli, foit que l'en-
mi voulût attaquer quelque Place qu'il fût befoin de fecourir. De
cette partition & féparation, fadite Majefté en recueilloit deux
ou trois grands avantages. Le premier eft que, envoïant les deux
parts de fon armée efdites Provinces de Picardie & Champagne, elles y pouvoient tenir la Campagne & y prendre quelque
Ville, pour le moins fourrager la récolte des principales de
celles que tiennent les ennemis dont elles recevroient très grande
incommodité, au lieu que fans cela ils y étoient les maîtres,
& s'y pouvoient grandement accroître. L'autre, que étant la
plûpart de la Nobleffe qui étoit demeurée en ladite armée, defdites Provinces de Picardie & Champagne, y envoïant fes forces, c'étoit, comme les conduifant chez eux, les retenir toujours
au corps de ladite armée, en cas qu'il en furvînt occafion, ce
qui n'eut pas été autrement; car fe retirant, comme ils euffent
indubitablement fait, ce n'eut plus été pour revenir, s'il n'y
eut point eu dans le païs de corps & de chef pour les recueillir.
Et puis par le moïen defdites armées, fa Majefté faifoit faouler
de la guerre les Villes & les Peuples de ces Provinces-là, qui
ont montré en avoir tant d'appetit & d'envie. De la part de l'armée que fa Majefté retenoit près d'elle, elle réfolut auffi de ne la
laiffer pas inutile, & de s'en fervir plus par induftrie que par

_____

(2) Gouverneur de Picardie, qui avoit à fa dévotion prefque toute la Nobleffe de
cette Province.

grand effort, aïant avec icelle retenu Messieurs les Princes de
Conti, de Montpensier, le Grand Prieur (1), Colonel de la
Cavalerie légere, Maréchal de Biron (2), & les Sieurs Damp-
ville (3), Colonel des Suisses, de Rieux (4), Maréchal de Camp,
de Chastillon (5), commandant à l'Infanterie, & plusieurs Seigneurs de son Conseil, Capitaines & autres Gentilshommes
de qualité (6); & pouvoit être ladite armée de plus de mille
bons chevaux, de deux Régimens de Suisses, & d'environ
trois mille François. Et parceque le temps ne le pressoit point
encore de se trouver à la convocation qu'elle avoit fait publier à Tours dans la fin du mois d'octobre, que ce qui lui
restoit de temps n'étoit pour entreprendre aucun siége, elle
voulut que sa forme de cheminer lui servît pour le moins
d'empêcher que les Ennemis ne pussent faire comme il
leur eut été aisé d'attaquer lesdites Villes d'Etampes,
Pontoise, Meulan, Senlis & autres, spécialement les deux
premieres qui ne venoient que d'être prises par batterie, & dont les ruines n'avoient pû encore être reparées.
De sorte que les ennemis y retournant avec furie, ils les pouvoient emporter auparavant que les autres deux parties se fussent
pu rassembler & accourir assez à temps au secours. Pour cette
occasion & avec l'avis dudit sieur Maréchal de Biron, il se résolut de descendre un peu plus avant en la Normandie à double
dessein. L'un pour y conforter ses affectionnés serviteurs, ensorte qu'ils pussent prendre toute confiance de sa bonne grace
& protection : & l'autre pour, feignant d'y vouloir entreprendre quelque chose, y attirer une partie des forces des Ennemis,
& ainsi les séparant, leur faire perdre le temps & l'occasion d'assiéger lesdites Villes d'auprès Paris, & donner patience à ceux de
dans de se fortifier & réparer, parceque gagnant six sémaines
de temps, c'étoit leur donner quatre ou cinq mois de loisir ;
ce qui lui réussit & en l'un & en l'autre fort heureusement.
Car étant premierement venu au Village du Pont S. Pierre, le
Capitaine Roulet (7) qui commande dans la Ville & Pont de

(1) Charles, Bâtard d'Orléans, grand Prieur
de France.

(2) Armand de Gontaut, Seigneur de Biron, que Henri III avoit fait Maréchal de
France en 1577, Pere de Charles Duc de
Biron, qui eut le Bâton de Maréchal en
1594.

(3) Charles de Montmorenci, sieur de
Damville.

(4) François de la Tugie, sieur de Rieux.
(5) François de Coligny de Châtillon.
(6) Entr'autres, Jacques Nompar de
Caumont, sieur de la Force.
(7) M. de Thou (livre 97) le nomme
du Rolet.

l'Arche, l'étant venu trouver lui apporta toute assurance de la fidélité & obéissance de tous les Habitans de ladite Ville, & encore plus particulierement de la sienne, & en remporta Sa Majesté tant de contentement, qu'il en demeura encore plus confirmé en la promesse qu'il lui avoit faite de lui conserver ladite Ville, où est le dernier Pont de la Riviere de Seine, & qui peut grandement incommoder la Ville de Rouen, qui n'en est éloignée que de cinq petites lieues, & empêcher le trafic qui se souloit faire desdites deux Villes de Paris & de Rouen. Dudit Saint Pierre, Sa Majesté fit acheminer son armée à Darnetal, qui est un fort grand Bourg (1) à une lieue près dudit Rouen, pour la rafraîchir commodément. Elle en partit dès le lendemain à l'improviste avec trois ou quatre cens Chevaux seulement, & donna jusqu'à Dieppe, qui est un des meilleurs Ports de mer de toute la Normandie, & la Ville bonne, riche, fort affectionnée à Sa Majesté, qui sera un jour le salut de toute la Province, comme dès à présent elle lui en conserve une grande partie. Elle y fut aussi reçue & honorée & du cœur & de la voix de tout ce Peuple, autant qu'un bon Roi bien chéri des siens le pouvoit être de bons, fideles & bien aimés Sujets. A cela étant leur bon naturel aidé & ému par l'exemple du Commandeur de Chastes (2) Gouverneur de ladite Ville, qui a rendu un témoignage singulier de fidélité : comme elle reçut en même temps & audit lieu une confirmation très certaine de celle du sieur de la Verune (3) Gouverneur de la Ville de Caen, de qui ainsi que desdits sieurs de Chastes & Roullet, il se peut dire qu'ils ne sont point de ceux qui sont justes & innocens, pourcequ'ils n'ont point eu d'occasion de faillir ; car leur vertu & loïauté a été combattue de toutes les tentations & charmes qui peuvent séduire les plus résolus, dont néanmoins la victoire leur est démeurée avec une grandissime recommandation de leur mérite : d'autant plus que le vice du siecle ne le comporte pas, & que c'est maintenant comme chose extraordinaire de garder la foi à son Prince. Pendant ce peu de séjour qu'il fit à Dieppe, aïant su que la Ville de Neufchâ-

---

(1) Fameux par ses manufactures de Draps.

(2) Aymar de Chastes, Commandeur de l'Ordre de Malthe & proche parent du Duc de Joyeuse. C'étoit, dit M. de Thou, un homme d'une probité reconnue, également distingué par sa valeur & par une fidélité à l'épreuve, vertu bien rare dans ce temps là.

On peut voir dans l'Histoire de M. de Thou livre 97 tout ce qui se passa alors entre Henri IV & M. de Chastes, & les témoignages avantageux que le Roi rendit au dernier qu'il alla jusqu'à embrasser.

(3) Gaspard de Pellet, sieur de la Verune, parent du Commandeur de Chastes.

tel, qui en eft à fept lieues près, incommodoit fort le paffage ;
il l'envoïa inveftir par les fieurs Guitri & de Hallot (1) avec
partie de la Cavalerie qu'il avoit menée, & quelques Gens de
pied de la garnifon dudit Dieppe. Et s'étant affemblée grande
quantité de Païfans & Soldats pour venir la fecourir, s'y acheminant fous la conduite de Caftillon Gentilhomme dudit Païs,
ladite Cavalerie leur alla au devant qui les défit tous, & en
tailla en piece fur le champ plus de fept ou huit cens, & fut ladite Ville rendue ; qui fut une fort agréable nouvelle à Dieppe,
où Sadite Majefté, en ce peu qu'elle y demeura, s'y acquit telle
bienveillance de tous les Habitans, & de ceux qui y étoient réfugiés des autres Villes, que non-feulement lui accorderent librement tous les fecours qu'il leur voulut demander, mais d'eux-
mêmes lui firent la propofition du fiege de la Ville de Rouen,
pour lequel ils offrirent de défraïer quafi l'armée pour le temps
qu'ils eftimoient qu'il pouvoit durer. Ce que Sa Majefté écouta
volontiers, parceque cela fe rapportoit à l'exécution de la feconde partie de fondit deffein, & remit à s'en réfoudre avec
l'avis de Mefdits fieurs de Montpenfier, Maréchal de Biron, &
autres Seigneurs & Capitaines qui étoient demeurés en ladite
armée ; où étant arrivé & aïant fait cette propofition, il la fut
fi bien diffimuler, que la plûpart de ceux qui l'approchoient
de plus près, croïoient que ce fût fon intention que d'affiéger
ladite Ville de Rouen, qui eft où il tendoit de le faire croire
en fon armée, afin que tant plus volontiers ceux de ladite Ville
& fes ennemis le crûffent, n'étant pas marri que les raifons qu'il
y avoit infinies de ne le faire pas, fuffent pour lors légerement
traitées. Ainfi pendant cinq ou fix jours qu'il y féjourna, il fit,
excepté de la battre, tout ainfi que fi la réfolution eût été de
l'affiéger, & commença dès les premiers jours à leur ôter tous
leurs moulins, qui fut un grand étonnement dans ladite Ville,
où il faifoit auffi inceffamment attaquer des efcarmouches jufques dans leurs portes, afin de les preffer davantage de reclamer
du fecours, ce qu'ils firent avec telle inftance que, combien que
Monfieur d'Aumale & le Comte de Briffac y fuffent, ils ne fe
purent jamais affurer fi Monfieur de Mayenne n'y venoit avec
toute fon armée ; ce que Sa Majefté défiroit autant qu'eux ;
& en quoi confiftoit la perfection du deffein qu'elle avoit
d'empêcher que lefdites Villes qu'elle tenoit près de Paris,
ne fuffent affiégées, par la diverfion des forces de fon ennemi,

(1) C'eft de Guitry & du Halot.

Et aïant fu qu'il s'étoit acheminé à Mante & à Vernon, com-
mença à mieux recevoir les raifons qu'il y avoit de n'entre-
prendre pour lors ledit fiege ; & à découvrir, comme ce n'avoit
été qu'à ce deffein , qu'il fut dextrement diffimuler, comme ce
n'eft pas un moindre effet de la prudence & jugement d'un
grand Capitaine de favoir bien céler fes délibérations , que de
les bien & murement délibérer. Ainfi il réfolut de partir dudit
Darnetal , & fut fa retraite dreffée de forte , que combien que
ce fût à la vue quafi des murailles de Rouen , & que lefdits
fieurs d'Aumale & de Briffac y fuffent avec grand nombre de
Cavalerie ; néanmoins il ne comparut perfonne pour le venir
tâter ; ou s'ils fortirent, ils fe contenterent d'en voir l'ordre fans
y chercher rien davantage. Sadite Majefté étant venue à bout
de fefdits deux deffeins qui l'avoient amenée en Normandie ,
les voulut accroître, de recouvrer pendant qu'elle étoit fur les
lieux , & qu'il reftoit encore du temps affez pour fon retour à
Tours , quelques petites Villes qui n'incommodoient pas moins
les chemins & les paffages que les plus grandes, & y établir autant de garnifons entretenues qui pourroient fervir à un gros ,
quand il feroit befoin d'en amaffer un dans la Province. Elle
voulut commencer par celle d'Eu , qui eft une affez bonne petite Ville , & un Château qui appartient à Madame de Guife (1);
ladite Ville fituée fur la Riviere de Bethune un peu dans le vallon, vûe de la montagne; mais non pas de fi près que la batterie
s'en pût faire : il y avoit garnifon de plus de quatre cens hommes de guerre , commandé par le fieur de Launay (2) qui étoit
Gouverneur de la Place. Le Roi fit trois logis depuis Darnetal
jufqu'audit Eu, lequel aïant envoïé fommer, ledit Gouverneur
fit contenance de fe vouloir défendre, & commença à mettre
le feu dans l'un des fauxbourgs , de peur que l'on y logeât ;
toutesfois il ne demeura gueres en cette opinion. Car aïant fu
que le Roi étoit arrivé devant ladite Ville , & que le canon
commençoit à approcher , & voïant même les Soldats qui ,
fans attendre aucune tranchée , étoient déja fur la contrefcarpe
du foffé , il demanda à parlementer , & deux heures après il
rendit ladite Ville, de laquelle il lui fut permis fortir avec lefd.
Gens de guerre , lui & les Gentilshommes avec leurs armes &
chacun un cheval , & les Soldats avec l'épée ; leur aïant la capitulation été fort bien entretenue , comme auffi la Ville fut

(1) Catherine de Cleves, veuve du feu Duc de Guife.
(2) M. de Thou écrit *de Launoy.*

préservée d'être pillée & saccagée, n'aïant voulu permettre qu'aucun y entrât que le sieur de Châtillon, qui y tint l'ordre & la police exacte qu'il a accoutumé de faire en toutes choses; de sorte qu'il n'y advint aucune insolence, ni force à aucuns des Habitans de ladite Ville, en laquelle Sa Majesté ne voulut entrer, & alla loger au Bourg du Tréport, qui en est à un quart de lieue près. Il eut en ce lieu nouvelles que le sieur Duc de Mayenne aïant vû l'armée de Sa Majesté tourner de ce côté, avoit aussi fait passer la Riviere de Seine à la sienne, & faisoit état d'aller assiéger le Village de Gournay (1), qui avoit, peu de temps auparavant, été pris par le sieur de Longueville : que de-là il n'y avoit plus aucune Riviere entre les deux armées, ni rien qui pût empêcher de venir droit à lui. Ledit sieur de Mayenne que l'on disoit avoir plus de trois mille chevaux, & de quatorze à quinze mille hommes de pied, & qui s'est trouvé depuis en avoir encore davantage que ne portoit le premier avis, qui étoit de Cavalerie près de trois fois autant que le Roi en pouvoit avoir, & d'Infanterie la moitié davantage. En cela il y eut deux choses qui étoient par de-là le discours qu'en avoit fait Sa Majesté, qui procédoient d'une même cause ; laquelle elle n'avoit pu prévoir, parcequelle n'étoit pas née lorsqu'il fit sa résolution. L'une, qu'elle n'avoit pas estimé que ledit Duc de Mayenne venant au secours de Rouen, y dût amener toute son armée ; & l'autre, qu'il dût passer la Riviere pour le suivre davantage, parcequ'y amenant toutes ses forces, il se pouvoit engager à un combat, pour lequel il n'étoit pas assez fort s'il fût demeuré en l'état que Sadite Majesté l'avoit laissé ; mais lui étant depuis survenu Bassompierre (2) avec trois Cornettes de Reistres : Ballagni (3) d'un autre côté y aïant envoïé ce qu'il avoit de forces, le Prince de Parme d'ailleurs, quatre ou cinq cents Chevaux avec quelqu'Infanterie de Wallons, & encore depuis étant arrivé Monsieur le Marquis de Pont (4), qui leur amena, comme il est dit, plus de mille chevaux, & deux mille hommes de pied. Cela fit prendre audit sieur de Mayenne cette résolution d'y amener tout, de passer la Riviere & venir chercher le Roi, qu'ils publioient déja par-tout tenir en leurs mains, & discouroient plus de la forme d'user de leur victoire que des moïens de l'acquérir, tant ils la tenoient certaine & infaillible,

(1) Antoine de Bourbon, sieur de Rubempré, qui y commandoit, fut fait prisonnier avec quelques autres Officiers.
(2) Christophe de Bassompierre.

(3) Jean de Montluc, sieur de Balagny.
(4) Henri de Lorraine, Marquis de Pontà-Mousson.

comme

comme il fera mal-aifé que de long-temps ils en recouvrent une
fi belle occafion. Il reftoit encore ce fujet pour faire connoître
de deça une vertu qui eft très familiere à ce Prince, & par fa
naturelle générofité & par longue expérience qu'il en a faite,
qui eft la conftance & réfolution aux nouveaux accidens, même
à ceux qui portent apparence de péril (comme celui-ci en avoit
tous les fignes); toutesfois il y montra une telle affurance, que
les plus étonnés trouvoient dequoi s'affurer en fa contenance,
pour apporter à ce mal un remede qui fût honorable & falutaire.
Premierement, il dépêcha vers lefdits fieurs de Longüeville &
Maréchal d'Aumont pour les avertir de l'état de fes affaires, &
qu'ils fiffent toute la diligence qu'ils pourroient de fe joindre
pour le venir rencontrer, prévoïant que cette partie ne fe dé-
mêleroit pas fans quelque grand combat, qui feroit une crife
de la maladie. Puis il réfolut, en allant au devant defdits ennemis & s'approchant d'eux, d'aller loger à Arques, qui eft un
affez bon Bourg non fermé, l'affiette duquel il fert à ce difcours de décrire. De Dieppe fortent deux côteaux, au milieu
defquels eft une petite Riviere nommée Bethune, qui n'eft pas
longue, mais en laquelle la mer reflue à plus de deux lieues par
de-là ledit Dieppe; des deux côtés de ladite Riviere jufqu'au
pied des côtaux, eft une prairie & plutôt marais, qui n'eft jamais qu'il ne foit fort humide à une lieue & demie dudit Dieppe;
fur ladite Riviere & au bas dudit côteau, qui eft à main gauche
en venant dudit Dieppe, eft affis ledit Bourg d'Arques, auquel
y a un Château appartenant à Sadite Majefté, qui eft fur le
haut dudit côteau qui commande & voit partie dudit Bourg,
qui eft au refte foffoïé & affez fort d'affiette, aïant en face de
l'autre côté dudit Bourg la plaine de tout ledit côteau qui eft
grande. C'étoit un logis que Sadite Majefté en fon voïage qu'il
fit à Dieppe, avoit, en paffant par-là, reconnu être fort propre à y faire dreffer un camp retranché & fortifié, qui ne fut
une des moindres confidérations, qui le fit réfoudre de le venir
prendre. Et de fait, y étant arrivé, l'aïant fait voir audit fieur
Maréchal de Biron (1), qui en fit le même jugement, foudain
eux deux, fans autres ingénieux, commencerent fur le plain
dudit côteau, qui étoit au-deffus dudit Bourg, à tracer la forme
de leur camp avec les flancs & défenfes néceffaires. A quoi ils
firent befogner en telle diligence, qu'à leur exemple, tous ceux

(1) Quoique Biron le fils fût avec Henri IV & qu'il le fervît utilement à la journée d'Arques; c'eft du pere que parle l'Auteur de ce récit,

1589.

EVENEMENS
EN L'ARMÉE
DU ROI.

de l'armée depuis le plus grand jusqu'au moindre, y travailloient
tout le long du jour, plus ardemment que ne feroit un Ma-
nouvrier qui entreprend de la befogne à la tâche. De forte
qu'en moins de trois jours, le camp fut tellement fortifié que
le foffé aux moindres lieux n'avoit point moins de fept ou huit
pieds de haut, & commença dès-lors à y loger de l'artillerie &
y faire entrer quatre Compagnies de Suiffes en garde. Les avenues
dudit Camp fortifié, étoient vues dudit Château où il avoit fait
mettre bonne quantité de pieces ; de forte que pour en approcher, il falloit paffer à la merci des canonnades dudit Château : les avenues dudit Camp du côté dudit Bourg, étoient
par deux vallons qui aboutiffent les deux têtes d'icelui, où
partie de la Cavalerie pouvoit être commodément logée &
à couvert de l'artillerie de l'ennemi, en quelque lieu qu'elle
y eût pû être mife, & de-là faire de belles charges, fi leur
Infanterie en gros eût voulu tâter les foffés dudit retranchement.
Ainfi en peu de temps, l'induftrie lui revalut l'avantage que
les ennemis pouvoient avoir fur lui en nombre d'hommes. Cependant les ennemis avoient repris les lieux de Gournai, de
Neuf-Chaftel & de ladite Ville d'Eu, & cheminoient, avec affurance d'en faire le femblable dudit Arques, & d'en déloger le
Roi & fon armée ; mais en approchant de plus près, aïant par
eux été reconnu ce qui avoit été fait, (comme ils ne manquent
pas d'avis, & en font fort bien fervis, parceque le naturel du
fiecle incline plus à l'infidélité qu'autrement), combien que ce
fut leur droit chemin pour s'approcher de l'armée de fa Majefté,
de venir fur ledit côteau trouver ledit camp fortifié, & qu'ils
n'en puffent prendre d'autre fans faire un grand détour ; toutesfois plutôt que d'en prendre le hazard, après en avoir longuement demeuré en incertitude, ils réfolurent de paffer bien plus
haut cette petite riviere qui fépare lefdits deux côteaux, & s'aller
loger fur l'autre qui eft vis-à-vis de celui où eft ledit Château
d'Arques. Dont fa Majefté aïant été avertie, confidérant que fe
logeant fur ledit côteau, ils pouvoient attaquer ledit Bourg
d'Arques par le bas du côté de ladite riviere, & aller droit à
Dieppe pour furprendre un grand Fauxbourg, nommé le Pollet, qui eft du même côté & au bout du pont de ladite Ville,
grande & logeable, & qui pourroit beaucoup incommoder le Port
& ladite Ville, & peut-être attaquer enfemblement l'un & l'autre,
il avifa de pourvoir à l'inftant à tous les deux, & en même-temps
fit retrancher le bas dudit Bourg d'Arques approchant de la ri-

viere, & qui étoit l'unique lieu par où l'ennemi y pouvoir venir;
fit dans ledit retranchement mettre deux pieces de canon qui
battoient le long de la plaine, qui étoit depuis le paſſage de ladite riviere par où il falloit néceſſairement venir, & y logea un
de ſes Régimens de Suiſſes, & à mille pas de là aſſit un corps
de garde de Soldats François dans une maladerie qui y eſt,
pour ſoutenir quelques Soldats qu'il logea à trois cens pas encore de là, quaſi ſur le bord de la riviere, afin que quand les ennemis ſeroient logés au Village de Martingliſe (1), qui eſt ſur
l'autre bord de ladite riviere, comme il ne doutoit point qu'ils
n'y logeaſſent, de les empêcher de paſſer ladite riviere, du côté
dudit Arques. Il pourvut auſſi audit Fauxbourg de Pollet, &
l'aïant trouvé ouvert de tous les côtés, il réſolut de retrancher
un moulin qui eſt à la tête par où l'ennemi pouvoit venir, &
comprendre audit retranchement des chemins bas qui en étoient
proches, fit palliſſer & barriquer les autres avenues, & y fut faite
une diligence incroïable, à quoi les Habitans de la Ville & dudit Fauxbourg de tous âges & de tous ſexes n'épargnerent point
leur peine, & de telle affection qu'il n'y falloit aucune contrainte, de ſorte qu'en moins de deux ou trois jours, toute
cette fortification fut achevée. Pour le regard dudit Fauxbourg,
ſa Majeſté y fit venir Monſieur de Chaſtillon, avec une partie
de ſon Infanterie. Il y ordonna auſſi le Sieur de Guitri qui n'en
bougea juſqu'à ce que leſdits ennemis fuſſent délogés dudit côteau. Ils y arriverent le treizieme du mois de Septembre, & ſe
tinrent pour les trois premiers jours logés un peu loin, ſouffrant
que les Chevaux legers de ſa Majeſté les allaſſent reveiller dans
leurs logis, ſans pour cela qu'ils en départiſſent, qui faiſoit croire
qu'ils ſe réſerveroient à quelque grand effort. Le ſeizieme dudit
mois aïant mis toute leur armée en bataille, ils commencerent
à paroître, & dès les cinq heures du matin, firent cheminer la
plus grande partie de leur Infanterie, & bon nombre de Cavalerie vers ledit Fauxbourg du Pollet, & le reſte de ladite Infanterie & la plus grande partie de la Cavalerie légere ſe logea audit Village de Martingliſe. Sadite Majeſté aïant cet avis, réſolut de laiſſer mondit Sieur le Maréchal de Biron, pour commander audit Arques, & s'en venir en perſonne audit Pollet,
où d'arrivée il alla loger en pleine campagne, loin dudit moulin,
retranche quelque Cavalerie & bonne Troupe de gens de pied,
par leſquels il fit entretenir les eſcarmouches des ennemis tout le

(1) Ou Martin-Gliſe.

long du jour à leur grande honte & perte ; car ils ne furent jamais les faire reculer d'un seul pas, leur tuerent de leurs Capitaines & Soldats, en eurent les corps, & en prirent plusieurs de prisonniers, par où l'on commença à faire jugement, qu'il y avoit grande différence des Soldats d'une armée à l'autre. Enfin sur les cinq heures lesdits ennemis s'étant les premiers lassés desdites escarmouches, logerent quatre de leurs Régimens en un Village le plus proche dudit Fauxbourg, où ils avoient bien faute de couvert, aïant deux jours auparavant été brûlé en leur présence, sans qu'ils entreprissent de le venir empêcher. S'ils eurent pour ce jour mauvaise fortune du côté dudit Pollet, ils l'eurent encore pis de l'autre, à Arques ; car après s'être logés audit Village de Martinglise, où étant venus à l'escarmouche pour déloger les Soldats qui étoient demeurés dans les plus prochaines haies de ladite riviere du côté dudit Arques, mondit Sieur le Maréchal de Biron qui étoit près de ladite maladerie, regardant ce qui se passoit, faisoit entretenir lesdites escarmouches, jusqu'à ce qu'aïant vu sortir un grand nombre de gens de guerre, tant de pied que de cheval, pour enfoncer lesdits Soldats & venir forcer les corps-de-garde de la maladerie, il leur fit faire une si furieuse charge par mesdits Sieurs le Grand Prieur & d'Anville & ce qu'il avoit de Noblesse près de lui, que tout ce qui étoit sorti dudit Village & ce qui étoit demeuré fut mis en route, & y en eut plus de cent cinquante tués, entre lesquels étoient huit ou dix portant titre de commandement, & trois Capitaines Albanois, y en eut plus de blessés que de tués, leur demeura plusieurs prisonniers, entr'autres le Sieur de Monestier, Cornette de Monsieur de Nemours, le jeune Vieux-Pont & plusieurs autres, jusqu'au nombre de vingt, qui ont paié bonne rançon. Les ennemis furent si étonnés de ce mauvais traitement qu'ils reçurent esdits deux endroits, qu'ils ne se purent résoudre de rien entreprendre le lendemain ; mais ceux du Pollet impatiens qu'on leur donnât tant de patience, les furent chercher jusques dans le Village où ils étoient logés, en tuerent plus de cent, & entr'autres le Lieutenant de la Chastanerie, l'un de leurs Mestres de Camp, & qui commandoit les Troupes dudit Village, sans perte que d'un seul Soldat de ceux qui firent cette entreprise, en quoi il parut comme en tous les autres combats, que la première impression qu'ils avoient prise les uns des autres, en faisoient les uns plus, les autres moins vaillans que par raison ils ne devoient être. Le même jour, ce que

les ennemis n'avoient pû le jour précédent du côté d'Arques,
par la force & vertu de leurs gens, ils le voulurent tenter par
l'effort du canon, & firent du côté de leur côteau battre de
trois pieces ladite maladerie, & un petit retranchement qui y
étoit; mais il n'y put porter aucun dommage. Au contraire fa
Majefté pour pleger (1) les falués de leurs cannonades, fit mener
deux pieces de canons au haut dudit retranchement, dont il fit
tirer quelques volées dans le Village, qui en donnerent tel effroi, qu'on en vît incontinent fortir tout le bagage & la Cavalerie qui y étoit logée, n'y pouvant plus demeurer en fûreté : il
en demeura à toute leur armée un extrême dépit, & combien
que la raifon eût voulu qu'il euffent fait leur plus grand effort
contre le Pollet, & pour leur réputation, qui eft l'inftrument
dont ils s'aident le mieux, & encore pour l'effet & l'avantage
qu'ils en euffent tiré, toutesfois leur fureur & animofité fe convertit fur la maladerie, laquelle ils réfolurent de forcer à quelque prix que ce fût ; & à quoi s'étant en chacun des trois jours
fuivant préparés & réfolus de l'entreprendre, chaque fois ils
y trouverent des défauts qui les empêcherent, furquoi ils pouvoient juger que telles incertitudes font ordinairement mauvais
preftiges & augures de ce que l'on veut faire. Enfin le Jeudi
vingt-troifieme dudit mois de Septembre ils réfolurent de l'exécuter, aïant dès la mi-nuit fait mettre toute leur armée en bataille, ils commencerent à la faire paffer la petite riviere fans
fonner tambourin ni trompette, pour à la pointe du jour être
prêts de donner & forcer ledit retranchement. Dont fa Majefté
étant avertie, aïant appellé ledit Sieur Maréchal de Biron, fe
rendirent enfemble à ladite maladerie dès trois heures avant le
jour, aïant ordonné d'y faire venir à la pointe du jour quatre ou
cinq cens chevaux feulement, n'eftimant point que cela dût attirer
un tel combat que celui qui y fut fait, lequel pour être remarquable mérite d'être écrit, & pour le pouvoir mieux comprendre
fert de parler de la fituation de ladite maladerie qui en fut caufe. Sa
Majefté aïant ordonné du retranchement qu'il fit faire à l'avenue
dudit Bourg d'Arques du côté de l'ennemi, elle s'avifa (quafi
après coup) de faire à plus de deux mille pas dudit retranchement une tranchée perdue, qu'il fit commencer du haut du côteau jufqu'à la prairie un peu par de-là ladite maladerie, pour
fe tenir plus près des ennemis, & eux plus loin de fondit retranchement, n'aïant pas fait deffein de s'opiniâtrer contre une
grande force, toutesfois les y aïant vus venir les jours précédens

(1) Ce mot eft pris ici pour *païer*, *rendre le change*.

fi mollement, elle prit opinion de la difputer davantage, & de-
là leur faire acheter s'ils la vouloient avoir. Ladite maladerie a
par le devant du côté de l'ennemi deux plaines, l'une du côté du
Bois qui eft au haut du côteau, l'autre devers la Prairie, féparées d'un chemin creux planté des deux côtés d'une forte haie;
le derrière de ladite maladerie eft une autre plaine fur le pendant dudit côteau jufqu'au retranchement de l'avenue dudit
Bourg d'Arqucs, bordée dudit chemin creux au de-là duquel
eft ladite prairie. Le point du jour venu, aïant fa Majefté reconnu toute l'armée de l'ennemi en bataille, qui paroiffoit de plus
de mille chevaux, & grand nombre d'Infanterie, il pourvut
premièrement, avec l'avis dudit Sieur Maréchal de Biron, de
loger dans ladite maladerie fept à huit cens Arquebufiers, & de
garnir ladite tranchée de deux Compagnies de Lanfquenets &
de deux autres d'Avanturiers Suiffes, de quelque peu de François; il ordonna au-deffous de ladite maladerie trois Compagnies de Chevaux légers, à favoir la fienne, que commandoit
Harambure (1), celle du Sieur de Lorges (2) & du Capitaine
Fournier, qui pouvoient faire cent vingt bons chevaux, lefquels il fit commander par le Sieur Grand Prieur. Ordonna
auffi pour les foutenir les Compagnies d'Ordonnance des Sieurs
de la Force (3), de Bacqueville (4) & de l'Archant (5), & encore un peu au-deffous celles de Meffieurs le Princes de Condé
& de Conti, & au haut de ladite tranchée demeure ledit Sieur
Maréchal de Biron, avec les Compagnies des Sieurs de Chaftillon de Malligni & quelqu'autre Troupe de Nobleffe, qui fut
par où commença l'efcarmouche, laquelle fut très bien foute-
nue par la prudence & fage conduite dudit Sieur de Biron, de
qui les yeux feuls valoient la force & les bras de deux mille autres. De l'autre côté étant apparu quatre ou cinq cens chevaux
que menoit feu Sagonne, ils furent fi furieufement chargés
par lefdites trois Compagnies de chevaux, qui les remenerent
battant jufques dans un autre femblable gros de leur Cavalerie
& en cette charge fut ledit Sagonne tué d'un coup de piftolet
que ledit Sieur Grand Prieur lui donna, l'aïant choifi & reconnu, pour commencer par-là de venger la mort du feu Roi fon
oncle. Toutes les autres Compagnies ordonnées pour foutenir
lefdits Chevaux légers, firent chacun leur charge & fort à pro-

(1) Jean d'Arambure.
(2) De Lorge de Montgommeri.
(3) Jacques de Nompar de Caumont, fieur
de la Force.
(4) Charles Martel de Bacqueville.
(5) De Grimoville, fieur de Larchant.

pos, & s'étant après les premieres charges ralliés enſemble, donnerent juſqu'à la Cornette blanche, laquelle avec le reſte de leur
Cavalerie les ſuivant, furent arrêtés par le Régiment des Suiſſes du Colonel Galati, à la tête duquel étoit avec lui ledit
Sieur d'Anville, qui avoit choiſi ſa place de bataille à plus de
cinq cens pas au de-là dudit retranchement que gardoit l'autre
Régiment des Suiſſes, & ſi avantageuſement & à propos, que
ladite Cavalerie revenant à la charge eut moïen de s'y rallier, &
celle des ennemis n'oſa jamais entreprendre de l'enfoncer, ne
pouvant néanmoins gueres ſéjourner près d'eux, tant à l'occaſion des Arquebuſiers que ledit Sieur d'Anville fit loger dans les
haies, & encore plus de ce qu'elle étoit vue des pieces qui
étoient dans le Château, de l'autre côté de la riviere, des premieres volées deſquelles ils furent tellement incommodés, qu'ils
furent contraints de ſe retirer avec grandiſſime perte. Au même
temps que ſe fit la ſeconde charge par la Cavalerie, les Lanſquenets des ennemis donnerent à ladite tranchée perdue, & en
approchant, ſoit qu'ils ſe viſſent trop engagés, ou que ce fût
leur deſſein de ſe rendre à bon eſcient, ou par trahiſon, ils
commencerent à crier qu'ils ſe vouloient rendre & ſervir le
Roi, dont ils furent trop crus par ceux de ladite tranchée &
autres qui leur baillerent les mains & les attirerent dans leur retranchement. Ce que n'étant point encore entendu par ledit Sieur
de Biron, & les tenant pour ennemis, leur fit une charge, & lors
ils leverent les mains, & lui dirent qu'ils s'étoient rendus. Ils
paſſerent plus outre & vinrent juſques où étoit le Roi, lequel
n'en étant point encore averti & reconnoiſſant leurs enſeignes,
leur voulut auſſi faire charge, laquelle ils arrêterent par les
mêmes proteſtations de vouloir ſervir Sa Majeſté. Pluſieurs de
leurs Capitaines lui étant venus toucher les mains, le ſuppliant
de faire traiter avec eux par ledit Sieur Maréchal de Biron,
pour leur donner aſſurance de ce qui leur étoit dû par ledit ſieur
de Mayenne, que cela tenu en compte de dette de la Couronne de France, ils ſerviroient fidélement Sa Majeſté. Ce qui
leur fut accordé par le Roi qui les renvoïa audit Sieur de Biron, étant pêle mêle notre Cavalerie, la plûpart de laquelle
leur voïant encore les armes entre les mains, n'étoit point d'a-
vis de traiter avec eux de cette façon, & plutôt les tailler en
piéces, & commencer par eux la victoire ſur les ennemis, dont
ils ne furent pas crus. Cependant ſadite Majeſté & ledit ſieur
de Biron étant occupés aux autres combats qui ſe faiſoient,
& ſe voïant leſdits Lanſquenets ſéparés d'eux, comme ils vi-

rent le gros de cette Cavalerie qui venoit donner jusqu'aux Suisses, estimant qu'il les dût enfoncer, commencerent à tourner leurs armes contre sadite Majesté, & gagnant le haut du Bois, firent un salut d'arquebusades à la Troupe où étoit ledit Sieur de Biron, qui les contraignirent de reculer de ladite tranchée, de laquelle ils se saisirent, dévaliserent la plûpart des Soldats y étant, prirent les Enseignes desdites deux Compagnies des Lansquenets, & une de celles des Suisses avanturiers qui y étoient en garde, aïant par cette insigne trahison & perfidie qui n'a point encore eu de semblable, gagné ladite tranchée, & icelle livrée ausdits ennemis, de laquelle Dieu ne permit pas qu'ils jouissent longuement. Car étant survenu Monsieur de Montpensier avec sa Cornette, & une Compagnie de Gensdarmes de l'avant-garde, & ledit Sieur de Châtillon avec un rafraichissement de cinq cents bons Arquebusiers, lesdits ennemis furent contraints de se retirer & abandonner lesdites maladerie & tranchée, en laquelle Sadite Majesté fit au même instant amener deux canons, dont il fit tirer dans les Suisses des ennemis, qui avec quelque Cavalerie faisoient la retraite, en laquelle ils furent fort incommodés desdits canons, sans que jamais on leur vît tourner la tête, pour voir d'où leur venoit le mal. Ainsi Sa Majesté demeura victorieuse & maîtresse du champ de leur bataille, qui étoit couvert d'une grande quantité de morts des ennemis, qu'ils n'eurent pas soin & plutôt le cœur de retirer. Il se verifie qu'il leur fut tué en ce combat plus de quatre cents hommes, dont il n'y en eut pu avoir cent cinquante de l'Infanterie, tout le reste étoit Noblesse, ou pour le moins de leur Cavalerie ; entre lesquels on nommoit pour principaux, Sagonne, Mestre de Camp de leur Cavalerie légere, le Baron de Saint-André (1), frere du feu Comte de Saux ; celui qui portoit la Cornette dudit Sagonne (2), Bourg, l'un de leurs Mestres de Camp, quatre Capitaines de leurs Compagnies d'Albanois, les deux Maréchaux de Camp du Sieur Marquis de Pont, & plusieurs autres Gentilshommes, la plûpart François, dont la perte paroît beaucoup en leur armée, qui en est très mal fournie ; de blessés il y eut bien plus grand nombre, de prisonniers aussi, entre lesquels sont le Sieur Comte de Blain (3), l'un de leurs Maréchaux de Camp, Tremble-

(1) Jacques d'Agout, Baron de saint André.

(2) C'étoit Claude de Châtelet sieur de Duilly, Gentilhommé Lorrain.

(3) François de Faudoas, dit d'Averton, Sr de Belin & de Sérillac, Maréchal de Camp.

court,

court (1) , Lorrain, l'un de leurs Meſtres de Camp, & pluſieurs autres, tant que les priſons de Dieppe en ſont toutes pleines. De ceux de Sa Majeſté il s'y perdit ſix ou ſept Gentilshommes, entre leſquels le Sieur Comte de Rouſſi (2) eſt ſeul de remarque & renom : il y en eut davantage de bleſſés, entr'autres les Sieurs de Bacqueville, qui en eſt mort depuis, & de l'Archant qui en eſt guéri; de gens de pied il en fut tué quelques-uns, & y en eut beaucoup de bleſſés par la trahiſon deſdits Lanſquenets, qui emmenerent auſſi priſonniers avec eux les Sieurs Comte de Rochefort (3) , frere de Monſieur le Duc de Montbazon, & le Sieur de Rivau (4) qui étoient demeurés avec eux, comme les tenants pour rendus. La ſageſſe & toute puiſſance de Dieu reluit en toutes ſes œuvres, même à la conduite des actions humaines, mais il n'y a lieu où elle ſoit plus remarquable qu'aux évenemens de la guerre; pour cette raiſon s'eſt-il nommé le Dieu des batailles , parceque lui ſeul veut & peut diſtribuer la force; & étant leſdites batailles les arrêts des Souverainetés, & qui décident les plus grandes querelles des hommes, il s'eſt voulu réſerver cette derniere connoiſſance, & faire voir que ce n'eſt point le nombre des gens de guerre, ni la puiſſance des armées, mais ſa ſeule volonté qui donne les victoires à qui il lui plaît. Il en donna en ce combat un bien particulier témoignage, aïant permis que quatre ou cinq cents chevaux, mille ou douze cents hommes de pied François, & la préſence de deux mille cinq cents Suiſſes, aient mis en déroute cette grande puiſſante armée , qu'ils publioient (eux-mêmes) être de vingt ou trente mille hommes , dont à Dieu ſeul ſoit la gloire, & non à ceux qu'il y a emploïés; car l'effet en eſt par-deſſus la force humaine. Ainſi ſa Majeſté étant demeurée maîtreſſe de cette tranchée, qui avoit été cauſe du combat, étoit d'heure à autre attendant que les ennemis y duſſent revenir pour réparer promptement cette honte, auparavant qu'elle pût être divulguée; toutefois ils laiſſerent paſſer le vendredi & ſamedi enſuivant, ſans montrer aucun reſſentiment du dommage qu'ils avoient reçu. Mais elle fut ineſpérement advertie, comme le Dimanche vingt-quatre dudit mois de Septembre, dès la minuit, qu'ils étoient délogés

---

(1) Louis de Beauvau ſieur de Tremblecour.

(2) Joſias de la Rochefoucauld, Comte de Rouſſy, jeune Seigneur qui ne ſe diſtinguoit pas moins par ſa valeur & par ſon eſprit que par l'éclat de ſa naiſſance.

(3) Hercule de Rohan, Comte de Rochefort.

(4) Jacques de Beauvau ſieur de Rivau.

de leur quartier, & avec tel effroi & diligence, qu'ils laisse-rent de leurs blessés, munitions & équipages ; qui eut été assez pour juger que ce fut pour se retirer du tout. Toutesfois Sa Majesté fut le lendemain avertie, comme ils étoient seulement allés tourner le côteau, pour, passant le plus loin qu'ils purent de son armée, se venir camper entre Dieppe & Arques. Pour cette occasion aïant sadite Majesté laissé dans le Château dudit Arques le Sieur de la Garde, l'un de ses Mestres de Camp, avec une partie de son Regiment, vint loger en ladite Ville de Dieppe, & fit loger une partie de son armée dans les Faux-bourgs, & le reste dans les plus proches Villages. L'ennemi après avoir fait sept grandes lieues, arriva le mardi vingt-six ensui-vant, quasi vis-à-vis d'où il étoit parti, & ne fit que changer de côté pour y chercher, comme font les malades, quelque allegement ou meilleure fortune. Il ne fut plutôt logé en de petits Villages qui avoient été auparavant tous brûlés, que Sa Majesté fit, au-dessus du Fauxbourg dudit Dieppe, qui étoit de leur côté & à deux arquebusades d'où ils étoient logés, re-trancher une petite croupppe, où il logea partie de son Infan-terie, & y fit mener deux canons ; ce qu'aïant été reconnu par les ennemis, ils en firent le semblable, & se retrancherent à bon escient en tous les logis qu'ils tenoient, de sorte qu'à voir l'assiette du Camp desdites deux armées, il eut été malaisé de juger quels étoient les Assiegés ou les Assiegeans ; mais à la for-me du combat on les eut toujours reconnus pour être les Assié-gés ; car de leur part on n'en avoit bruit ni allarme quelcon-que. Au contraire, il n'étoit jour, que de ceux de Sa Majesté ne donnassent dans leurs tranchées & barricades de leurs logis, ne prissent prisonniers & ne tuassent beaucoup de leurs gens. Ils en envoïerent quelques-uns loger au Bourg d'Arques, où ils ne furent pas plutôt arrivés, que ledit Sieur de la Garde fit du Château & en plein jour, une sortie sur eux, en tua grande quantité, en désarma plus de cent cinquante, & mit le reste en route ; de sorte que de toutes parts il leur succedoit très mal, & voulurent le Dimanche commencer pour le moins à faire un peu de bruit, & mirent sept ou huit de leurs piéces en bat-terie de bien fort loin, & en tirerent cinq volées seulement, dont les aucunes arriverent jusques sur les tuiles des premieres maisons d'auprès de la porte, sans qu'ils fissent autre dommage que d'un seul homme qui fut tué ; mais ils ne purent guères continuer. Car aussitôt leur fut faite une autre contrebatterie qui des premiers coups démonta l'une de leurs piéces, & eurent assez de peine de retirer promptement les autres, qui ne demeurerent pas à la batterie trois heures entieres. En revanche Sa Majesté fit mener à plus de mille pas hors de son Fort deux canons, qui battoient sur le corps de leur Cavalerie, dont ils reçurent grande perte; enfin, après avoir demeuré dix jours entiers audit prétendu Siége, & s'y étant comportés tout d'une autre forme qu'il ne se fit jamais en aucun autre; car ce fut sans approches, sans allarme ou escarmouche, & sans qu'aucun d'entr'eux, sinon ceux qui y furent amenés prisonniers, pût parler du retranchement où Sa Majeté fit loger ses canons, tant s'en faut qu'ils sussent rien dire de la contrescarpe du fossé, ni de la muraille de ladite Ville, de laquelle ils se sont contentés de publier la prise avant que de l'avoir vue; ils se retirerent fort honteusement l'onzieme jour. L'on avoit estimé qu'ils eussent cette patience, & voulussent ménager leurs hommes, pour attendre l'armée qu'amenoient Messieurs le Comte de Soissons, de Longueville & Maréchal d'Aumont, & essaïer de défaire toutes les forces de Sa Majesté en une seule fois. Mais tant s'en faut que cela les arrêtât audit Siége, qu'au contraire la nouvelle qu'ils eurent le jeudi qu'elle en étoit à vingt lieues près fut la seule raison qui les fit, le vendredi matin, déloger si promptement. Et bien que Sa Majesté se fût mis en bataille avec huit ou neuf cents chevaux, à la vûe de toute leur Cavalerie qui faisoit retraite, ils eurent tant de hâte à gagner païs, que cela leur fit oublier de montrer aucun devoir de la venir reconnoître; ce que ne fit pas Sa Majesté, qui fit suivre quasi jusqu'à leur premier logis; bref, si à l'arrivée ils ne firent rien qui vaille, au délogement ils firent encore pis. Et ceux qui les veulent excuser, se trouvent empêchés par où commencer, ou de plaindre leurs Chefs & Capitaines d'avoir hasardé leur réputation sous la foi de gens de si peu de valeur, ou les Soldats, de n'avoir trouvé en leurs Capitaines tant de résolution & bonne conduite, ni à beaucoup près de ce qu'ils en avoient espéré; n'aïant toute cette armée montré courage, sinon d'avoir porté avec force leur honte & leur perte, sans avoir pour cela désisté de publier leurs souhaits & desseins pour effets certains, tantôt qu'ils avoient contraint le Roi de se retirer en Angleterre, tantôt qu'ils l'avoient entierement défait, jusqu'à s'attribuer la victoire du combat du jeudi vingt-un de Septembre, & au lieu des trois Enseignes que leurs Lansquenets, par leur trahison susdite, avoient emportées de la tranchée, en avoir envoïé, comme l'on dit, dix-huit ou vingt à Paris, à qui ils ont fait païer ce taffetas plus cher qu'il ne leur avoit coûté, encore qu'ils l'eussent acheté expressement pour le leur envoïer. Ces vanités & artifices ont pu leur servir quelquefois, mais ce sont remedes, lesquels répétés hors de saison, deviennent poisons, & tuent plus qu'ils ne guérissent. Sa Majesté les aïant vu décamper si inopinement de devant son armée, qu'elle tenoit hors de la Ville de Dieppe, estima que ce fût (ce que par raison ce devoit être) pour aller au-devant dudit secours, & le combattre auparavant qu'il la pût joindre. Aïant depuis été confirmée en cette premiere opinion par les trois premiers logis que fit l'armée ennemie, qui ne furent qu'en tournoïant & sans s'éloigner beaucoup de celle de Sa Majesté; elle se résolut, sentant ledit secours proche de Dieppe de sept ou huit lieues, d'en partir avec trois ou quatre cents chevaux seulement, & d'aller joindre, laissant Monsieur le Maréchal de Biron audit Dieppe avec toute l'armée, & combien que l'ennemi ne fût qu'à cinq lieues du lieu où elle joignit ledit secours, elle ne laissa à sa vue, & dès le jour de son arrivée, de prendre & forcer la Ville & Château de Gamache, depuis reprendre la Ville d'Eu, qui étoient les plus belles occasions par lesquelles il pouvoit offrir & semondre ledit Duc de Mayenne au combat; mais au lieu d'y venir, craignant au contraire qu'après les offres, l'on n'en vînt aux contraintes, il se résolut de passer en diligence la riviere de Somme, couvrant cette honteuse retraite d'une autre plus grande faute, & publiant qu'il avoit été contraint de descendre en la Picardie pour se saisir lui-même des Villes de la Province, lesquelles par le traité qu'il avoit auparavant fait par ses Députés à Arras, il s'étoit obligé de remettre entre les mains des Espagnols, qui ne vouloient pas entrer en leurs secours, sans l'accomplissement de cette obligation; à quoi il doutoit que ceux desdites Villes n'y consentiroient pas aisément. Sa Majesté qui avoit en principal dessein de les attirer à une bataille, prévoïant, puisqu'ils l'avoient évitée, étant de deçà ladite riviere de Somme, que l'aïant passée les premiers, il seroit du tout impossible de les y forcer, elle se résolut de les y attendre à leur tour, ne s'étant pas aussi beaucoup émue pour empêcher leur autre dessein de la remise desdites Villes, parceque la raison étoit pour cela de soi-même assez forte, sans qu'elle eût besoin d'être ai-

dée de sa préfence, ni d'aucun autre foin & artifice; fe confiant que les François, bien que leur chaleur & promptitude
naturelle les émouve bien quelquefois à fédition & rebellion
pour quelque temps, qu'ils ne font point encore néanmoins
tant dégénérés de leurs ancêtres, que pour complaire aux paffions d'autrui, ils vouluffent fe réfoudre de fe donner à un maître étranger, y aïant trop d'exemples qui les en peuvent faire
fages, & reconnoître qu'il n'y a domination au monde plus
douce, que celle de cette Monarchie. Ainfi aïant Sa Majefté
fait depuis leur paffage de la riviere, encore un peu de féjour
audit Dieppe, tant pour pourvoir aux affaires de la Province
de Normandie, en laquelle il laiffoit Monfieur le Duc de
Montpenfier avec fes forces qu'il avoit menées, qu'auffi pour
recueillir les quatre mille Anglois qui lui étoient envoïés par
la Reine d'Angleterre (1): elle en partit le vingt-un d'Octobre,
& vint à petites journées fans paffer la riviere, étant toujours
du côté de l'ennemi, jufqu'à Meulan, eftimant que quand ce
n'eut été que pour la réputation, & pour faire valoir quelque
chofe les grandes promeffes qu'il avoit faites à ceux de fon
parti, il feroit quelque journée en avant; mais enfin voïant
qu'il ne fe piquoit point pour tout cela, elle eftima que ce qu'il
n'avoit voulu faire pour acquérir Dieppe, il le feroit pour le
moins pour la défenfe de Paris. Pour cette occafion elle réfolut de paffer la riviere de Seine audit Meulan, & s'en venir
droit audit Paris avec double deffein, ou de combattre l'ennemi, ou pour le moins de le retirer de la Picardie, où par
trahifon & intelligence il avoit furpris la Ville de la Fere; &
y pouvoit faire autres femblables pratiques, même étant la plûpart de la Nobleffe du païs venue trouver Sa Majefté. Elle arriva le trente-un d'Octobre au Village de Baigneux, diftant
dudit Paris d'une lieue feulement, & fit loger-là fon armée,
& ès Villages de Montrouge, Gentilli, Iffy, Vaugirard,
& autres plus proches. Dès ledit jour elle voulut même reconnoître tout le tour des tranchées qui environnent les Fauxbourgs qui font en-deçà la riviere. Soudain avec l'avis defdits
Princes, Maréchaux de France, & autres Capitaines de fon
armée, elle réfolut de les faire attaquer le lendemain à la pointe du jour par trois Troupes, & en trois divers endroits qu'elle

---

(1) C'étoit alors Elifabeth. Ces quatre mille
Anglois étoient commandés par Roger Wil-
liams. Ce fecours avoit été précédé par
Edouard, Comte de Stafford qui s'étoit rendu au Camp du Roi, où il avoit amené fort à
propos des vivres & de l'argent.

diſtribua. A ſavoir, l'une compoſée deſdits quatre mille Anglois, & de deux Regimens de François, & d'un autre de Suiſſes audit Sieur Maréchal de Biron, qu'elle fit aſſiſter des Sieurs
Baron de Biron ſon fils, de Guitri & autres Seigneurs, & lui
ordonna de donner du côté des Fauxbourgs de Saint Marcel
& Saint Victor ; l'autre, compoſée de quatre Regiments de
Soldats François, de deux Regimens de Suiſſes, conduits par
ledit Sieur d'Anville, Colonel-Général de tous leſdits Suiſſes,
de quatre Compagnies d'Avanturiers, audit Sieur Maréchal
d'Aumont, aſſiſté auſſi de Meſſieurs le Grand Ecüier (1), & de
Rieux (2), Maréchal de Camp, & bonne Troupe de Seigneurs
& Gentilshommes, pour l'aſſaillir du côté du Fauxbourg Saint
Jacques & Saint Michel & autres. L'autre Troupe de dix Ré-
giments de Soldats François, du Regiment de Lanſquenets
conduit par Tiſche Scombert (3) ; & d'un Regiment de Suiſſes, aux Sieurs de la Noue & de Châtillon, pour donner du
côté des portes Saint Germain, Buſſi & Neſle. Aïant auſſi
donné à chacune deſdites Troupes bon nombre de Gentilshommes à pied bien armés, pour ſoutenir l'Infanterie en cas
de quelque grand effort & réſiſtance, & outre à la queue de
chacune Troupe deux canons & deux coulevrines. Aïant auſſi
départi toute la Cavalerie de l'armée en trois Troupes, deſquelles Sa Majeſté commandoit l'une, Monſieur le Comte de
Soiſſons une autre, & Monſieur de Longueville l'autre, &
étoient icelles deſtinées chacune pour chacun des trois côtés
où il étoit ordonné d'attaquer. Suivant cet ordre, & à la pointe du jour du premier jour de Novembre, leſdits Fauxbourgs
furent tellement attaqués, qu'en moins d'une heure ils furent
tous emportés, avec meurtre de ſept à huit cents hommes de
ceux qui étoient venus à la défenſe, perte de quatorze de leurs
Enſeignes, & priſe de treize piéces de canons, tant groſſes que
petites, ſans qu'aucun des Aſſaillans s'y ſoit perdu, & furent
les Aſſiégés ſuivis de telle furie, que peu s'en fallut que les nôtres n'entraſſent avec eux pêle-mêle dans la Ville ; & ſans que
le canon ne fût du tout ſi diligent à venir qu'il avoit été ordonné, les portes euſſent été ouvertes, enfoncées auparava-
vant qu'elles euſſent été remparées. Ainſi Sa Majeſté entra aux
Fauxbourgs Saint Jacques ſur les ſept à huit heures du matin ;
criant le Peuple par les rues à haute voix, *Vive le Roi*, & plus

[(1) Roger de Sanlary de Bellegarde.　　　　(3) Théodoric Schomberg.
(2) François de la Tugie de Rieux.

avec démonſtration d'allegreſſe , que d'aucun étonnement , aïant été obſervé un ordre non encore pratiqué entre les Soldats , mêmes des François , que nul ne ſe débanda pour aller au pillage ni ſe loger , que les quartiers n'euſſent été faits. Seulement dans l'Abbaye Saint Germain ſe renfermerent quelque cent cinquante de leurs Arquebuſiers , qui firent un peu de contenance de la vouloir garder , comme ils l'euſſent bien pu faire pour quelque temps , étant très bonne & forte ; mais ſur la minuit aïant été ſommés , ils ſe rendirent , & demeura Sadite Majeſté maîtreſſe abſolue de tous leſdits Fauxbourgs , étant en-deçà la riviere. A cela & à ſe barricader devant les portes de ladite Ville , & établir les Gardes , ſe paſſa tout le reſte de la journée dudit premier de Novembre. Et aïant Sa Majeſté été avertie que dès la nuit dudit jour , ledit Duc de Mayenne étoit avec la plûpart de ſon armée entré en ladite Ville , & par-là obtenu la moitié de ſon deſſein , qui étoit de le retirer de la Picardie , elle voulut eſſaïer de parvenir à l'autre , qui a toujours plus été de combattre & défaire ſes ennemis en campagne , que non pas d'exercer ſa juſtice contre des murailles , & ſes pauvres Sujets ſéduits par fauſſes inductions & paroles. Elle attendit tout le jeudi , deux dudit mois , pour voir s'ils feroient quelque ſortie ; & voïant qu'ils ne montroient aucun reſſentiment du dommage qu'ils avoient reçu le jour précédent , elle ſe réſolut le vendredi matin de ſortir deſdits Fauxbourgs , & ſe mettre en bataille à la vûe de ladite Ville , pour offrir le combat auſdits ennemis ; & y aïant demeuré depuis huit heures du matin juſques ſur les onze heures , ſans qu'il parût jamais perſonne , elle en partit , ſe contentant pour cette fois d'avoir entrepris & exécuté ſur ladite Ville , ce qui n'y avoit point encore été fait , laiſſant cette honte à ſeſdits ennemis de leur avoir tant de fois offert le combat , ſans qu'ils y ſoient jamais voulu venir ; qui doit ſervir de ſuffiſante raiſon de n'ajouter dorénavant plus de foi aux vanteries qu'ils publient de leur valeur & grand courage ; & d'avoir au reſte fait connoître aux habitants de ladite Ville , à combien ils ont été près de leur entiere ruine ; & que le remede qu'on y apporte eſt quaſi pire que leur propre perte ; aïant appris cette fois , à leurs dépens , qu'ils ne peuvent pas demeurer en ſûreté , qu'ils n'aient dedans eux ou en leurs portes , une forte & puiſſante armée , qui enfin fera à pluſieurs fois ce que la plus cruelle ennemie pourroit faire , y entrant en plus grande furie , qui ſera

leur ruine univerfelle, & la défolation de cette belle & opulente Ville, qui eft la capitale & le principal ornement de ce
Roïaume. Dont Sa Majefté a bien fait connoître qu'elle a plus
d'appréhenfion & de foin de leur propre falut, qu'ils n'ont pas
eux-mêmes ; aufquels peut-être que Dieu fera grace de devenir
plus fages ci-après, & aïant eux & les autres Peuples eu en tant
d'occafions la preuve fi prompte de la contrarieté de ce qui leur
avoit été mis, qu'ils commencerent à ouvrir les yeux de l'entendement, & çe qu'ils n'ont voulu ci-devant céder à la raifon
& à la Juftice, qu'ils le céderont & fe rendront maintenant
aux évenemens qu'ils voient réuffir à leur honte & confufion
auffi grande que la gloire que Sa Majefté en rapporte eft inefti-
mable. Plût à Dieu, comme dés herbes les plus ameres fe fait
le miel le plus doux, que de ces horribles malheurs que nous
fupportons, il voulût qu'il s'en pût pour nous compofer quelque bonne & heureufe fortune ; qu'il infpirât le Roi de continuer à ne procéder pas contre fes Sujets comme contre fes ennemis jurés, mais ainfi que contre enfants dépités & opiniâtres, les verges en une main & la pomme en l'autre. Et combien que les injures faites à l'Etat foient crimes publics, & que
c'eft offenfer les bons que de les pardonner, pour le pouvoir
faire fans préjudice de perfonne, qu'il ne les repute qu'injures
particulieres, & comme telles qu'il les pardonne & aboliffe,
fans en rechercher une vengeance exemplaire teinte du fang
de fon Peuple, ainfi que feroient les étrangers conquérants ; fe
contentant que la Juftice foit faite des principaux Auteurs du
cruel affaffinat commis en la perfonne du feu Roi fon frere,
que ce feroit trop d'impieté & d'ingratitude à toute la France
de laiffer impuni ; qu'il plût auffi à fa divine bonté infpirer les
Peuples, à ce qu'ainfi que ceux qui fe font laiffés tranfporter à
la colere, quand ils font revenus à eux, la honte qu'ils ont de
leur fureur paffée les rende plus doux & traitables. Ainfi après
tant de furies & infanies paffées, retournant en eux-mêmes,
qu'ils en puiffent devenir maintenant plus fages & temperés ;
& venant à découvrir ce que jufqu'ici ils n'ont vu qu'au travers
d'un épais brouillard de la paffion d'autrui, ils reconnoiffent
que l'intention de Sa Majefté ne tend qu'à leur repos & confervation, pendant qu'eux agités de furie ne font ingenieux
qu'à procurer leur entiere ruine & confufion. Et pour cette occafion, qu'ils recourent à fa clémence, provoquant la naturelle inclination qu'il y a, par une prompte repentance ; & puifqu'ils

qu'ils ont aſſez reconnu que la bénédiction de Dieu eſt apparente ſur lui, l'aïant développé de tant de dangers qui lui ont
été préparés ; lui aïant donné auſſi d'une main libérale les parties néceſſaires à un grand Roi, & à un grand Capitaine. Qu'ils
conſidérent qu'il ſeroit déſormais grande ſaiſon de ne lui plùs
donner occaſion d'éprouver ſa force & ſa valeur contre ſon
Peuple, & à ſon malheur ; qu'il ſeroit plus convenable de la
réſerver pour être emploïée à l'entier établiſſement & accroiſſement de cette Couronne, contre les Etrangers nos ennemis
mortels, ſeuls Architectes de nos miſeres, afin qu'au lieu qu'ils
ſe préparent de ſe revêtir de nos ruines, nous puiſſions aller
hâter la leur, qui n'eſt différée ſinon d'autant que nous diffé-
rons de nous réunir, établir entre nous une bonne & perdurable paix ; laquelle il ne ſuffit pas de ſouhaiter, il faut encore plus travailler à la mériter ; & vivant tout autrement
que nous avons vécu, par bonnes œuvres, nous en rendre
dignes.

*Continuation de ce qui eſt advenu en l'Armée du Roi, depuis
la priſe des Fauxbourgs de Paris, juſqu'à celle
de la Ville d'Alençon.*

Combien que les exemples & les regles ordinaires montrent
aſſez, que le temporiſement & la patience ſuffiſent pour donner
aux Princes légitimes les victoires des rebellions, infaillibles,
ſans prendre le haſard des combats ; toutesfois la charité de
Sa Majeſté a été ſi grande envers ſes Sujets, que pour les rédimer
des oppreſſions qu'ils ſouffrent & ſont pour ſouffrir encore davantage, par la continuation & longueur de la guerre, elle n'a
rien tant cherché & deſiré depuis qu'elle eſt entrée en ſon armée pour la finir promptement, que d'expoſer l'évenement de
ſa cauſe à la juſtice d'une bataille, l'aïant offerte à ſes ennemis
en toutes les occaſions qui ſe ſont préſentées de pouvoir faire,
comme elle fit premierement lorſqu'ils la vinrent chercher en
Normandie, & qu'ils publioient qu'ils alloient, non à une bataille, mais à une victoire toute acquiſe ; quand à leur vûe au
partir de Dieppe, elle vint aſſiéger & prendre la Ville & Château de Gamaches, & deux jours après reprendre celle d'Eu,
n'étant toute leur armée qu'à trois lieues de-là ; depuis en revenant aïant fait cinq ou ſix journées de leur côté, ſans avoir
voulu paſſer la riviere de Seine au Pont de l'Arche, comme

elle pouvoit faire, & aïant différé de la repaffer à Meulan pour les attendre au combat. Et depuis encore après avoir pris les Fauxbourgs de Paris, le jour que Sa Majefté en voulut partir, aïant demeuré en bataille quatre heures entieres, pour voir s'il paroîtroit quelque effet de cette furie, en laquelle on difoit qu'ils y étoient arrivés comme il a été plus amplement décrit par le difcours précédent; & étant Sa Majefté venue loger au Village de Linats (1) fous Mont-le-Heri, elle y auroit à même fin voulu féjourner encore un jour entier, eftimant que s'étant les ennemis repofés & rafraîchis trois jours entiers en la Ville de Paris, que le courage leur feroit revenu, & voudroient peut-être fortir pour là y venir rencontrer, étant bien réfolue s'il s'en fuffent mis en aucun devoir, de faire plus de la moitié du chemin pour aller au-devant. Mais aïant été avertie qu'au lieu de fe picquer de toutes ces occafions, ils auroient eftimé avec moindre péril, pouvoir décharger leur colere à faccager les particuliers habitants de ladite Ville, & exécuter eux-mêmes ce que l'on penfoit qu'ils duffent empêcher d'exécuter aux autres; imputant aux plus riches & aifés de ladite Ville, pour prétexte de les pouvoir plus impunement maffacrer & piller, qu'ils étoient ferviteurs de Sa Majefté, n'aïant pardonné à fexe ni âge; aïant tué & noïé plufieurs hommes & femmes, pour excufer avoir été entrepris pratiques & intelligences, ce qui fut exécuté par la valeur des gens de guerre de Sadite Majefté & la lâcheté & peu de réfolution de ceux qui étoient dans ladite Ville, en laquelle vivant à difcrétion, & y étant tellement acafés qu'il n'y avoit plus ordre de les en pouvoir tirer, Sa Majefté réfolut de revenir prendre la Ville & Château d'Eftampes. A cela bien aidé, de l'avis qu'elle eût que le Sieur de Clermont de Lodefve (2), avec cinquante ou foixante Gentilshommes y étoient renfermés, fur l'affurance que le Duc de Mayenne leur avoit donnée & confirmée par plufieurs de fes lettres, qui furent interceptées, qu'il les en viendroit dégager avec toute fon armée, eftimant fa Majefté qu'y étant obligé de fa foi & de fon honneur, ce feroit une occafion qui pourroit réuffir à cette fois. En cette opinion elle partit dudit Village de Linas, le Diman-che cinquieme jour de Novembre, & vint d'une traite avec fon armée jufqu'audit Eftampes, qu'elle avoit fait inveftir dès le

---

(1) C'eft *Linas.*

(2) Alexandre de Caftelnau, Comte de Clermont dans le Diocèfe de Lodeve en Lan-guedoc, jeune Seigneur diftingué par fa naif-fance, mais fort étourdi, dit M. de Thou.

matin. Et combien qu'elle n'y put arriver qu'il ne fût nuit fermée, toutesfois d'abordée elle gagna tous les Fauxbourgs, que les ennemis firent quelque contenance de vouloir défendre; dès la nuit même la Ville fut aussi gagnée, & se retirerent toutes les gens de guerre dans ledit Château, qui fut aussi-tôt investi, & en furent faites les approches, & deux coulevrines mises en batterie en plein jour le Mardi ensuivant. Ce que voïant ceux de dedans, & que cette armée de secours ne comparoissoit point & qu'il n'en étoit aucune nouvelle, ils demanderent à parlementer, & se rendirent le même jour, à condition que huit des principaux d'entr'eux demeureroient prisonniers de guerre jusqu'à ce qu'ils en eussent fait rendre sept ou huit autres qui leur furent nommés; aïant sa Majesté depuis ladite capitulation fait cette grace audit Sieur de Clermont de Lodesve, à deux Mestres de Camp & cinq autres qui devoient demeurer prisonniers, de les renvoïer sous leur foi. Ainsi sortirent du Château environ quarante Gentilshommes & plus de deux cens Soldats, qui furent conduits en toute sûreté jusqu'à la moitié du chemin de Paris. La premiere considération qui vint à sa Majesté, fut que cette pauvre Ville d'Estampes avoit en quatre mois déja été prise trois fois, & combien qu'il lui eut été utile d'y tenir une bonne garnison; toutesfois comme de son naturel elle est aussi aisée à vaincre à la pitié & clémence qu'elle se rend invincible à ses ennemis, elle se contenta de ne prendre autre sûreté de ladite Ville que la foi des Habitans d'icelle, auxquels elle s'en voulut fier; & encore pour les ôter de toute crainte, que par le moïen d'icelui Château elle les voulût par après traiter plus rigoureusement, elle résolut de faire démolir sondit Château & laisser à eux seuls la garde de ladite Ville, étant bien assurée que la comparaison du traitement qu'ils avoient reçu d'elle ou de ses ennemis, c'étoit la meilleure garnison qui les eut pu retenir en son obéissance. Sadite Majesté y fit séjour jusqu'au Samedi ensuivant, pendant lequel arriva un Gentilhomme, dépêché de la part de la Reine Douairiere (1), porteur d'une Requête qu'elle présentoit à sa Majesté, pour la supplier de lui vouloir faire justice du cruel assassinat commis en la personne du feu Roi son mari, laquelle Requête sadite Majesté remit à recevoir quand elle seroit séante en son Conseil, où étant le lendemain & y aïant fait appeler ledit

(2) La Reine Louise, veuve de Henri III. On lit cette Requête de la Reine, dans le Journal de Henri IV par l'Etoille, tom. 1, pag. 7 de l'édition *in-8°*. de 1736.

Gentilhomme, après qu'il eut exposé sa créance, & sadite Requête été lue tout haut en présence de tous les Princes, Maréchaux de France, & principaux Seigneurs & Gentilshommes, qui se trouverent lors près d'elle en très grand nombre ; par laquelle outre ce qu'elle desiroit de sa Majesté, elle adjuroit non-seulement tous les Princes & la Noblesse de France, mais tous les Princes de la Chrétienté, de l'assister en cette juste cause. Sadite Majesté faisant d'elle-même la réponse, déclara qu'elle louoit grandement la résolution que ladite Dame prenoit de faire cette poursuite, pour laquelle il renvoïa ladite Requête en sa Cour de Parlement transférée à Tours, pour à la requête de son Procureur Général & à l'assistance de ladite Dame, faire l'instruction du procès contre les coupables, afin d'être après jugé en sa présence par les formes à ce convenables ; mais que de sa part pour cette poursuite, qui étoit bien séante à ladite Dame, sadite Majesté ne vouloit pas discontinuer la sienne, pour laquelle il vota derechef en présence de ladite Compagnie, d'emploïer son soin & ses armes jusqu'à ce qu'il eut fait la juste vengeance que Dieu lui permettoit & ordonnoit d'en faire. Ainsi si les termes pitoïables de la Requête de ladite Dame avoient rempli de larmes les yeux de ceux qui l'écouterent, la généreuse réponse de Sa Majesté les eut bientôt séchés d'une ardeur de colere. En laquelle fut lors renouvellé par eux tout à haute voix le serment de ne dépouiller leurs armes qu'ils n'eussent vengé cette indigne mort du feu Roi leur maître ; & à voir leur contenance, ce n'eut pas été avantage à ceux de la Ligue si cette requête fut arrivée la veille d'une bataille. Mais voïant Sa Majesté, que la honte, ni la perte n'avoient pû faire sortir ses ennemis de Paris, & qu'il n'y avoit plus d'espérance de les faire venir au combat que par une extrême nécessité ; elle se résolut de renvoïer Monsieur le Duc de Longueville, avec les forces qu'il avoit amenées de Picardie se rafraîchir en la Province, s'en étant avec lui retourné le Sieur de la Noue, elle auroit fait le semblable du Sieur de Givri (1), qui l'étoit venu rencontrer au partir desdits Fauxbourgs de Paris avec une fort bonne Troupe, l'aïant aussi renvoïé du côté de la Brie ; & avec le reste qu'elle avoit auroit fait aussi résolution de venir faire un petit voïage jusqu'à la riviere de Loire, où plusieurs occasions l'appelloient, & ce en attendant que la premiere levée de ses forces étrangeres fût plus avancée qu'elle n'étoit lors. Ainsi elle

(1) Anne d'Anglure de Givry.

partit dudit Eſtampes le Samedi dixieme Novembre ; & prenant
le chemin de la Beauce, étant avertie que la Ville de Janville
qui eſt au milieu d'icelle fermoit tout ce paſſage, elle voulut la
recouvrer en paſſant, & y étant arrivé le Dimanche, le Capitaine qui étoit dedans fit un peu de mine de la vouloir défendre ; mais aïant vu approcher le canon il l'a rendit, & étant
ſorti avec bien deux cens Arquebuſiers, Sadite Majeſté y entra
le même jour & ſéjourna le lendemain, ſans que ceux de la Ville
en reçuſſent aucun déplaiſir ou incommodité, non plus que s'ils
ne ſe fuſſent jamais ſéparés de ſon obéiſſance. Y aïant laiſſé
bonne garniſon dans le Château qui eſt aſſez bon, elle en partit
& vint de-là traverſant la Beauce en la Ville de Châteaudun, où
ſi-tôt qu'elle fut arrivée, elle envoïa ſommer la Ville de Vendôme qui eſt de ſon ancien patrimoine, & dont ſes prédécef-
ſeurs portoient le nom : & combien qu'à cette occaſion étant
doublement ſes Sujets, ils fuſſent plus coupables d'être du parti
de ſes ennemis, toutesfois aïant plus de ſoin de les empêcher
de faillir davantage que de les punir de leur premiere faute, ſéjourna trois jours audit Châteaudun pour leur donner loiſir de
prendre une bonne réſolution ; mais Dieu qui les réſervoit à quelque exemple de juſtice, ne voulut permettre qu'ils acceptaſſent
les offres que Sa Majeſté leur faiſoit de les recevoir en ſa bonne
grace. Au contraire, devenus plus inſolens & opiniâtres, le
contraignit de les aſſaillir. Pendant le ſéjour qu'elle fit audit
Châteaudun, y arriverent les Capitaines Suiſſes qui avoient été
dépêchés incontinent après la mort du Roi par les Colonels des
quatre Régimens qui étoient au ſervice de Sa Majeſté, pour conſulter avec leurs Supérieurs, ce qu'ils avoient à faire, ou de continuer de ſervir, ou de demander congé pour ſe retirer, qui
rapporterent à Sadite Majeſté, outre la réponſe qu'ils rappor-
toient à leurs Colonels de la part de leurs ſuſdits Supérieurs,
qu'ils avoient charge expreſſe d'eux, de faire en leur nom entendre à Sa Majeſté, que non-ſeulement ils commandoient aux
Colonels & Capitaines deſdits Régimens de continuer à lui faire
bon & fidele ſervice, mais qu'ils lui offroient tout tel autre ſecours qu'elle avoit beſoin, tenant pour confirmée & jurée avec
Sa Majeſté, la même alliance & bonne amitié qu'ils ont eue
avec les Rois ſes prédéceſſeurs ; qui eſt bien au contraire de ce
qu'en prédiſoient ſes ennemis, que leſdits Régimens ſeroient
révoqués & ne ſerviroient point Sa Majeſté. Elle partit dudit
Châteaudun le quatorzieme Novembre, & le même jour fit in-

veſtir la Ville de Vendôme & le Château : elle arriva au Village de Mellai le ſeizieme, & ſans deſcendre à ſon logis alla reconnoître entierement ladite Ville & Château, qui ſont très bons & l'un & l'autre ; étant ladite Ville fermée d'un bon foſſé plein d'eau, & une bonne muraille garnie de flancs, en beaucoup de lieux de bon terrein derriere ; le Château eſt beaucoup meilleur, étant ſur un haut, aïant un bon foſſé du côté de la campagne, & un précipice du côté de la Ville, la muraille bonne & défendue de bonnes & groſſes Tours. Le Gouverneur de la Place étoit le Sieur Maillé Benehard (1), lequel ſentant venir le ſiége, y avoit appellé un bon nombre de Gentilshommes ſes amis, & y tenoit de garniſon ordinaire quatre Compagnies de gens de pieds, qui pouvoient faire quatre cens hommee, outre ceux de la Ville, qui étoient de ſix à ſept cens portant les armes. Dès les même jour de ſon arrivée elle fit gagner tous les Faux-bourgs de ladite Ville, & départit Meſſieurs les Maréchaux de Biron & d'Aumont, l'un du côté de la riviere, l'autre de l'au-tre, avec les Troupes de ladite armée : aïant mis la forme du ſiége en délibération, elle ſe réſolut de s'attaquer premierement au Château, qui étoit le plus fort, pour n'en faire à deux fois, parceque le Château gagné, la Ville ne pouvoit plus échapper ; ou il fut peut-être advenu que commençant par la Ville où étoit tout le butin, que les Soldats ayant gagné ne ſe fuſſent gueres ſou-cié de l'honneur de la priſe du Château, où il n'y eut rien à pren-dre que des coups, & s'en fût perdu une bonne partie. Tout le Vendredi & le Samedi ſe paſſerent à reconnoître le lieu de la batterie, & à tenir tout l'équipage prêt, à quoi la préſence de Sa Majeſté valoit le travail de cinquante autres ; car elle n'en bougeoit de tout le jour & bonne partie de la nuit. Cependant ledit Maillé Benehard qui avoit, dès que Sa Majeſté étoit au Châteaudun, demandé à parlementer au Sieur de Richelieu (2), Grand Prevôt de France, avec lequel il avoit une amitié parti-culiere, & puis quand il le fut trouver dans la Ville il ne ſavoit quaſi ce qu'il vouloit, ſinon qu'il eut deſiré que ſans rendre la Place, l'armée ſe fût retirée ; ſe ſentant encore plus preſſé de ſa conſcience & de péril du ſiége, redemanda ledit Sieur de Ri-chelieu, & y étant retourné, en revint auſſi incertain & plus mal ſatisfait que la premiere fois. En quoi il parut bien que Dieu lui vouloit faire ſentir la douleur de ſon mal tout entier, lui en

(1) Jacques de Maillé Benehard.
(2) François du Pleſſis de Richelieu, grand Prévôt de l'Hôtel,

aïant baillé l'appréhenſion aſſez long-temps avant qu'il fut advenu du jugement pour en pouvoir reconnoître le remede , &
n'avoit permis qu'il pût prendre la réſolution de s'en ſervir ,
comme il advint ; car Sa Majeſté aïant elle-même paſſé toute la
nuit à faire conduire & mettre ſon artillerie en batterie , fit à
la pointe du jour commencer à battre deux Tours du Château,
pour ôter les défenſes de la brêche qu'elle propoſoit de faire.
Mais après avoir tiré de cent à cent vingt coups de canon , &
aïant été fait dans l'une deſdites Tours un trou où pouvoient
paſſer deux hommes de front ſeulement , les Soldats impatiens
de l'aſſaut , combien que quelqu'un d'entr'eux fuſſent ſeulement
mandés pour voir s'ils ſe pourroient loger dans ladite Tour , ils
monterent juſqu'au haut , & de furie ſe jettoient dans le retranchement. Ainſi ſuivis de tous les autres , les uns conduits par le
Sieur Baron de Biron , Maréchal de Camp , & les autres par le
Sieur de Chaſtillon , ils donnerent tel étonnement à ceux de
dedans , bien qu'ils fuſſent en très bon nombre , qu'après avoir
par aucuns d'eux été rendu un peu de combat , ils prirent l'effroi
& quittant le Château ſe ſauverent de viteſſe dans la Ville , où
ils furent ſuivis de ſi près , que leſdits Sieurs avec partie deſdits
y entrerent pêle-mêle avec eux , & ſe firent en moins de demie
heure maîtres du Château & de la Ville , où ledit Maillé Benehard & tous leſdits gens de guerre étant retirés en une maiſon,
ſe rendirent incontinent audit Sieur Baron de Biron , à la diſcrétion toutesfois de Sa Majeſté ; de ſorte qu'il ne ſe vit jamais
Ville battue & priſe d'aſſaut comme elle fut avec moins de meurtre ; car il ne ſe perdit pas un ſeul de l'armée , & peu de ceux
des ennemis ; leur aïant Sa Majeſté fait grace à tous , excepté
audit Maillé Benehard & à un Cordelier ſéditieux (1) , que
tous les Habitans même accuſoient pour le premier auteur de
leur mal, qui furent exécutés ; il n'y eut ordre de préſerver que
la Ville ne fut pillée , excepté les Egliſes que Sa Majeſté fit

(1) Ce Cordelier étoit Robert *Cheſſé*, ſelon M. de Thou , ou *Jeſſé*, ſelon le Journal de Henri IV. C'étoit , dit M. de Thou,
un homme vain, toujours prêt à courir après
une ombre de gloire , du reſte peu brouillon. Il avoit même d'abord été fort affectionné à Henri III ; mais aïant changé , il
s'étoit enſuite abſolument déclaré contre
Henri IV. Il travailla de tout ſon pouvoir à
exciter la conſpiration de Tours , où il étoit
alors , & d'où il ſe réfugia à Vendôme.
Aïant été pris , comme on le dit ici , il fut
livré d'abord à l'Exécuteur pour être pendu
& il alla au ſupplice avec une conſtance &
une tranquillité qui ſurprirent. A l'égard du
ſieur Benehart , il montra autant de foibleſſe
que le Moine avoit affecté de fermeté ; il ſe
jetta aux pieds de M. de Biron pour lui demander grace ; mais ce Seigneur lui tourna
le dos , en lui diſant qu'il étoit indigne de
vivre , puiſqu'il n'avoit ni aſſez de courage
pour ſe défendre , ni aſſez de prudence pour
capituler. Benehart eut la tête tranchée auprès du corps du Cordelier Cheſſé.

foigneufement conferver, de forte que l'on n'y entra pas feulement. Dès le lendemain elle fit fortir tous les gens de guerre de ladite Ville, & permit que les Habitans puffent retourner en leurs maifons, fans pouvoir plus être pris & rançonnés, réunit tous les Eccléfiaftiques en leurs charges ordinaires, & beaucoup plus plaifiblement qu'ils n'étoient du temps qu'elle étoit occupée par ceux de la Ligue. L'exemple de cette juftice fauva la vie à plus de mille hommes ; car quatre ou cinq petites Villes des environs qui proteftoient de vouloir tenir, devenues fages aux dépens de Vendôme, fe rendirent en moins de quatre ou cinq jours. Le Château & Ville de Lavardin commencerent, & furent fuivies des Villes de Montoire (1), Montrichard & Château du Loir (2), qui toutes faifoient beaucoup de mal, & fpécialement à la Ville de Tours dont elles tenoient les avenues. Sadite Majefté, ladite Ville de Vendôme prife, fe fentant fi près de Tours, fe réfolut d'y faire un petit voïage pour voir Meffieurs de fon Confeil, & réfoudre avec eux quelques-unes de fes principales affaires, laiffant cependant l'armée à conduire audit Sieur Maréchal de Biron, par la préfence de laquelle il réduifit toutes les fufdites Villes, excepté Montrichard, de qui le voïage que Sa Majefté fit audit Tours valut la réduction. Elle partit audit Mellai près de Vendôme le Mardi vingt-unieme, & arriva d'une traite audit Tours, qu'il étoit deux heures de nuit ; mais elle y étoit attendue avec tant d'allegreffe & de réjouiffance de tout ce Peuple, y avoit tant de luminaires dans les rues, qu'elle y fut vue arriver, comme fi c'eut été de plein jour. Dès le foir même Monfieur le Cardinal de Vendôme lui vint faire la révérence, & en reçut tout l'accueil & la bonne chere convenable à la proximité de fang qu'il a avec Sa Majefté, Monfieur le Cardinal de Lenoncourt en fit & reçut le femblable. Le lendemain ceux du Parlement vinrent en corps faluer & reconnoître Sa Majefté, par la bouche du Premier Préfident (3), auquel il réuffit & en la fubftance & en l'éloquence fort heureufement, & au grand contentement de Sa Majefté, & auffi les Sécretaires de la Maifon & Couronne de France ; tous les autres Corps des Chambres des Comptes, Cours des Aides & Bureau des Finances, du Siége de la Juftice

---

(1) Lavardin & Montoire, petites Places du Duché de Vendôme.

(2) Château du Loir dans le Maine. A l'égard de Montrichard ; c'eft une petite Ville fur le Cher en Touraine : le fieur de Marolles qui en étoit Gouverneur, ne fe fir pas preffer pour rendre cette Place.

(3) C'étoit M. de Harlay.

&

& des Maires & Echevins de la Ville en firent le même, comme aussi les Ecclésiastiques, & tous avec grande démonstration de réjouissance & d'espoir de beaucoup d'heur & de repos du regne de Sa Majesté. En quoi ils furent confirmés par les réponses qu'ils reçurent particulierement d'elle en très beaux termes & avec une éloquence vraiment Roïale. Le même matin l'Ambassadeur de Venise (1) fut admis à l'audience, où il présenta premierement des lettres de la Seigneurie à Sa Majesté, & puis fit de leur part l'office de conjouissance de son heureux avénement à la Couronne, le suppliant de vouloir recevoir l'offre du service & bonne amitié de ladite Seigneurie envers Sa dite Majesté, & leur promettre & assurer la sienne, pour entretenir la bonne intelligence qui a toujours été entre cette Couronne & ladite Seigneurie ; à quoi il fut aussi très bien & prudemment répondu par Sa Majesté, que les ennemis ne peuvent plus dire n'être reconnu que des Protestans. Elle n'avoit proposé de séjourner qu'un jour audit Tours. Mais elle fut tant pressée de s'y laisser voir, qu'elle n'en put partir que le Samedi ensuivant, qu'elle vint aussi d'une traite retrouver son armée au Château de Loir, qui en est à dix bonnes lieues, & en partit dès le lendemain pour venir droit à la Ville du Mans, qu'elle avoit long-temps a résolu de venir assiéger. Elle fit deux logis avant que d'y arriver, & étant à Yvrai-l'Evêque le vingt-septicme, distant d'une lieue de ladite Ville du Mans, qu'elle avoit envoïée investir un jour auparavant par le Sieur de Fargis (2), elle envoie sommer ladite Ville. A quoi le Sieur de Boisdaufin (3), qui y commandoit pour la Ligue, fit une réponse comme s'il eut été résolu de s'y enterrer & tous ceux qui étoient avec lui, plutôt que d'en sortir ; & de fait, il commença à faire brûler une grande partie du Fauxbourg de la Cousture, au moins ce qui étoit hors les retranchemens dudit Fauxbourg ; mais il y survint ledit Sieur du Fargis avec sa Troupe, qui en sauva une grande partie. Bientôt après y arriverent aussi lesdits Sieurs Baron de Biron & de Chastillon, après la plus grande part de l'Infanterie Françoise, avec laquelle dès la nuit même, fut gagné ledit retranchement, qui avoit en tel endroit dix ou douze pieds de hauteur, & pouvoit aisément attendre le canon ; dès

(1) Jean Mocenigo.
(2) Philippe d'Angennes, sieur du Fargis : il avoit été chassé du Mans ; & il venoit de sortir de la prison, où les Ligueurs l'avoient enfermé à Paris avec le Premier Président de Harlay. C'étoit un des plus braves Officiers de l'Armée du Roi.

(3) Urbain de Laval, sieur de Bois-Dauphin.

lors l'on fit jugement que l'on auroit plutôt la raison d'eux que
l'on n'avoit pensé. Le lendemain vingt-huitieme, Sa Majesté
vint loger audit Fauxbourg, qui est beau & quasi plus logeable
que la Ville, & fit ce même jour gagner les autres Fauxbourgs,
excepté celui de Saint Jean, qui est de-là la riviere de Sarte, lequel
fut gagné le lendemain ; en aïant néanmoins ledit Boisdaufin
fait brûler plus de la moitié qui étoit le plus proche du Pont,
qui étoient de très belles maisons ; tout leur courage ne parut
qu'en cela ; car après avoir durant les trois jours suivans été travaillé à faire les gabions & autres choses nécessaires pour la batterie, & faire mener les pieces au lieu où elle se devoit faire,
y aïant Sa Majesté même passé les nuits toutes entieres ; aïant
le deuxieme du présent mois de Décembre fait sur les sept heures commencer à battre quelques-unes des défenses de la muraille
de ladite Ville, des premieres volées de canon qu'ils entendirent,
ce beau langage qu'ils avoient tenu à la sommation qui leur fut
faite, fut converti en soumission du tout contraire. Le bruit
desdits canons vint jusqu'à la Ferté Bernard, où étoit venu le
Comte de Brissac avec deux Régimens pour secourir ladite Ville, qui en fut si étonné qu'il en recula plus de douze lieues en
arriere ; & ainsi se retirant donna à l'improviste dans le quartier
des Reistres de Sa Majesté, qui n'avoient point voulu changer de
quartier, & en eurent pour butin trente ou quarante chevaux
& leurs chariots, sans perte toutes fois d'un seul homme de
guerre ; ainsi Boisdaufin & les siens n'aïant point prévu qu'ils dus-
sent être menés si rudement, car dans trois heures ils avoient
l'assaut, à quoi n'étant pas bien résolus, ils demanderent à parlementer ; & enfin avant qu'il fut deux heures après midi ladite
Ville fut rendue à Sa Majesté, combien qu'il y eut dedans plus de
cent Gentilshommes & vingt Enseignes de gens de pied, qui
pendant la capitulation se déféroient publiquement l'honneur
les uns aux autres ; les Gentilshommes, que l'Infanterie n'avoit
voulu combattre ; les Gens de pied, que c'étoit la Noblesse qui
avoit malgré eux voulu capituler, comme à la vérité c'étoit chose étrange, avoir fait dépenser au Peuple plus de cinquante
mille écus pour fortifier la Ville & Fauxbourgs, avoir brûlé
pour plus de cent mille écus de maisons dans lesdits Fauxbourgs, ruiné, comme l'on dit, le Païs de six mois davantage,
pour attendre trois volées de canon & puis rendre la Ville, laquelle sans l'extrême soin qu'en eut Sa Majesté n'eut jamais été
exempte d'être pillée ; mais elle en fit tenir les portes fermées,

& afin que nul n'eut occasion d'y entrer, elle n'y voulut pas loger elle-même, & ne délogea point du Fauxbourg où elle avoit premierement logé ; & s'étant trouvé deux Soldats saisis d'un Calice qu'ils avoient dérobé, furent pendus sur l'heure, bien qu'ils fussent reconnus pour être très vaillants. Sa Majesté remit premierement l'Evêque du Mans (1), & le Sieur du Fargis son frere qui en étoit Gouverneur, & fit, au reste, grace à tous les Habitans, qui lui en vinrent tous (tant les Eccléfiaftiques qu'autres) rendre graces, avec protestation de leur fidélité & parfaite obéissance. Pendant le séjour qu'elle y fit de cinq jours depuis la prise, se rendirent le Château de Beaumont premierement, celui de Toutesvoyes (2), avec lequel se recouvra aussi au service de Sa Majesté le Sieur de Lanssac (3) qui y commandoit, comme firent la plûpart des Gentilshommes qui étoient dans ladite Ville, & autres qui avoient été séduits par ceux de la Ligue. Se trouva Sadite Majesté accompagnée en ce siége de plus de cinq cens Gentilshommes de ses Provinces voisines, entre lesquels étoient plusieurs Marquis, Comtes & autres grands Seigneurs. Se réduisirent en même temps les Villes de Sablé, Laval, Châteaugontier, qui font toutes Villes d'importance, & plusieurs autres qui ne font pas de si grand nom. Avant que de partir de la Ville du Mans, Sa Majesté résolut de prendre la Ville & Château d'Alençon, & pendant que son armée s'y acheminoit, fous la conduite dudit Sieur Maréchal de Biron & du Sieur Baron son fils, Maréchal de Camp de l'armée, elle s'avisa de faire un petit voïage jusqu'audit Laval, pour y conforter par sa présence la Noblesse & les Peuples dudit Païs qui étoient nouvellement réduits à son obéissance, & aussi pour y faire venir Monsieur le Prince de Dombes (4), que Sa Majesté desiroit d'y voir. Elle arriva audit Laval le neuvieme, & lui vinrent au-devant bien loin par de-là la Ville tous les Eccléfiaftiques, tant Chanoines que Religieux avec leurs ornemens & comme ils ont accoutumé d'aller aux processions, & aïant par la bouche d'un d'entr'eux fait leur soumission & protestation de toute fidélité & obéissance, accompagnerent Sa Majesté jusqu'à l'entrée de ladite Ville, chantant toujours *Vive le Roi*, en très bonne musique : lui étoient aussi venus au-devant avec eux ceux du Corps de la Justice & de la Ville, & fut une clameur perpétuelle

(1) Claude du Fargis, Frere du Gouverneur.
(2) Ou de Tuvoy.

(3) Gui de saint Gelais, sieur de Lansac.
(4) Henri de Bourbon, Prince de Dombes, Gouverneur de Bretagne.

de *vive le Roi* par tout le Peuple, pendant qu'elle paſſa au travers de ladite Ville. Elle y ſéjourna huit ou dix jours, & y arriva ledit Sieur Prince de Dombes avec grande quantité de Nobleſſe de Bretagne, qui eut grand honneur d'être reconnue de Sa Majeſté, comme elle fut auſſi fort humainement reçue. Aucuns de ladite Troupe s'étant débandés, allerent prendre, en venant, le Château de Châteaubriant, & emmenerent le Capitaine priſonnier & pluſieurs autres. Aïant Sa Majeſté donné quelques jours audit ſieur Prince de Dombes, & pourvu aux affaires de cette Province, Sa Majeſté le renvoïa en ſa charge, comme elle fit auſſi partir Monſieur le Maréchal d'Aumont pour aller recueillir ſes forces étrangeres ; & elle partit dudit Laval pour venir en la Ville de Mayenne, où elle fut auſſi fort bien reçue, & s'aſſura du Château, ſans vouloir laiſſer autre garniſon dans ladite Ville. Elle arriva audit Alençon le vingt-troiſieme, aïant échappé de très mauvais chemins. Mondit ſieur le Maréchal de Biron qui étoit parti de ladite Ville du Mans le neuvieme n'y put arriver, à l'occaſion deſdits mauvais chemins, même l'artillerie, que le quinzieme ; & l'aïant quelques jours auparavant fait inveſtir par le ſieur de Herterai (1), dès qu'il fut arrivé, prit d'abordée les fauxbourgs, & tellement preſſa ceux de la Ville, qu'ils auroient été contraints de capituler & ſe rendre, s'étant, le Capitaine la Gau (2), qui en étoit Gouverneur, retiré dans le Château avec quatre cens cinquante Soldats, faiſant contenance de ſe vouloir défendre, étant ladite Place très bonne, environnée d'eau, de bonnes murailles flanquées de bonnes & groſſes Tours. Ledit ſieur Maréchal étant entré en ladite Ville, y donna tel ordre, qu'il n'y eut aucune apparence qu'elle eût été aſſiégée, aïant été le même jour qu'il y entra les boutiques ouvertes, comme ſi elles euſſent été en la pleine paix. Il commença dès le même jour à faire amener des canons devant ledit Château, & tirer aux défenſes, étant les choſes tellement avancées, qu'aïant trouvé moïen de détourner l'eau, ils pouvoient dans peu de jours faire brèche. Sadite Majeſté étant arrivée, & s'étant fait montrer ce qui avoit été fait, & ce que l'on propoſoit de faire, elle fit ſoudain jugement que le ſiege ne ſeroit pas long. Ledit Capitaine la Gau qui étoit dedans en fit lui-même jugement, à la ſommation que Sa Majeſté lui fit faire pour lui déclarer ſa venue. Il commença à s'é-

(1) René de ſaint Denis de Hertré.
(2) M. de Thou dit *Lago*.

tonner ; & dès le lendemain matin il parlementa, & le jour
même la capitulation fut réfolue, pour lui laiffer, & à fes Soldats, la vie, armes & bagues fauves, y aïant eu lieu en cettedite Ville, & en toutes les autres, de faire comparaifon du traitement que reçoivent celles qui recourent à la clémence de Sa
Majefté, aux autres, qui opiniatrement veulent attendre l'effort
de fon armée, les unes étant demeurées défertes, les autres
jouiffantes d'un plein & affuré repos, faifant profit de leurs
pertes, & aïant par leur prife & réduction acquis une entiere
liberté, au lieu de la dure captivité qu'elles fouffroient fous l'illégitime domination des autres. Il y a bien eu auffi à confidérer
ce qu'en tous les exploits de guerre fufdits, a valu la fage &
valeureufe conduite de Sa Majefté, étant fes ennemis contraints
de confeffer qu'il a été admirable, & jufqu'ici inconnu par aucun autre exemple, ce qu'il a fait ; aïant en moins de deux
mois fait faire à une armée pefante, comme la fienne,
chargée d'un lourd attirail d'artillerie, & d'un grand nombre
de Suiffes & autres Etrangers, plus de huit vingts lieues, &
ce faifant pris les fauxbourgs de Paris, fait quatre, cinq ou fix
fieges notables, pris quatorze ou quinze bonnes Villes, avoir
nettoïé les Provinces de Vendômois, Touraine, Anjou & le
Maine, de tous ce que tenoient les ennemis, & recouvré non-
feulement les Villes, mais les cœurs & affections des plus mal-
affectionnés qui y fuffent, & tous ces exploits faits & exécutés
par la force de fes armes préfentes ou terreur d'icelles, fans s'être
jamais fervie des moïens de trahifons, monopoles, meurtres
& affaffinats, laiffant ces artifices pour les injuftes caufes, fe
confiant la fienne être fi bonne qu'elle trouve affez de fupport
en foi-même, fans emprunter le fecours de ce qui y eft du tout
contraire, aïant cette maxime louable, que le mal ne peut jamais fervir au bien. Sera-t-il poffible que Dieu ait tant condamné ces pauvres Peuples des Villes, qu'il vueille laiffer plus
longuement fi aveuglés des yeux de l'efprit & du corps, qu'ils
ne confiderent les précipices où ils fe plongent eux-mêmes, &
comme ceux à qui ils fe livrent & qu'ils appellent pour amis
leur demeurent auffitôt les pires ennemis qu'ils fauroient avoir,
qu'après les avoir fucés pendant qu'ils font avec eux, & puis
après foumis à la miféricorde du moindre Soldatin de la Troupe,
s'il fe parle que l'armée de Sa Majefté approche pour fe préparer
de les conferver, n'ont autre induftrie que de brûler la moitié
de leurs Villes, tous les Villages & poffeffions d'une lieue à l'en-

tour, les faire travailler jour & nuit à faire des remparts & retranchemens, & puis s'il leur vient un siege, pourvu qu'ils aient
vu le canon, sont excusés de leur honneur, de capituler pour
eux, de sortir leurs vies & bagues sauves, ne laissant pour marque de leur protection que la moitié des Villes en cendres, & la
plûpart des familles deshonorées & tous les pauvres habitans
une corde dans le col : que s'ils n'avoient à faire à un Prince
miséricordieux, une Forêt ne fourniroit pas les gibets qui y
seroient emploïés. Sera-t-il possible qu'ils ne voient & connoif-
sent comme ceux qui ont été si âpres à émouvoir les séditions,
sont maintenant si lâches & malheureux à les soutenir, & que
Sa Majesté défendant la roïauté contre la tyrannie, son Peuple
contre l'Etranger, la justice contre l'iniquité, que l'issue de
ses entreprises doit par nécessité répondre à une si bonne cause,
que la ruine de ceux qui s'y opposent est inévitable, si la parole
de Dieu est, comme elle est, très véritable. C'est ce que nous
avons à le supplier de leur donner moïen de pouvoir considérer & connoître ; mais sur-tout qu'il vueille préserver Sa Majesté des aguets & mauvais desseins qui se font sur sa personne,
& qu'il lui vueille prolonger ses jours de quelque bon siecle :
car au besoin que nous avons de sa présence, le cours des plus
longues vies ordinaires ne sauroit être que trop court.

COPIE DES LETTRES DU ROI,

Ecrites à M. de Longueville, le 17 Mars 1590, sur la victoire obtenue par Sa Majesté contre les Rebelles.

MON Cousin, nous avons à louer Dieu : il nous a donné une belle victoire ; la bataille s'est donnée, les choses ont été en branle ; Dieu a déterminé selon son équité, toute l'armée ennemie en route, l'Infanterie tant étrangere que françoise rendue, les Reistres pour la plûpart défaits, les Bourguignons bien écartés, la Cornette blanche & le canon pris, la poursuite jusques aux portes de Mante. Je puis dire que j'ai été très bien servi : mais sur tout évidemment assisté de Dieu, qui a montré à nos ennemis qu'il lui est égal de vaincre en petit ou en grand nombre. Sur les particularités je vous dépêcherai au premier jour : mais pource qui est question d'user de la victoire, je vous prie incontinent, la présente reçue, de vous avancer avec toutes vos forces sur la Riviere de Seine vers Pontoise ou Meulan, ou tel autre lieu que jugerez propre pour vous joindre avec moi, & croïez mon Cousin que c'est la paix de ce Roïaume & la ruine de la Ligue, à laquelle il faut convier tous les bons François à courir sus. Venez donc je vous prie, & amenez avec vous vos Etrangers, que je pense vous être joints à cette heure. Je prie Dieu mon Cousin vous avoir en sa garde.

De Rony, à une lieue de Mante, le quatorzieme Mars 1590.

Et au-dessous est écrit, de la propre main du Roi : Votre frere a fait paroître qu'il craignoit aussi peu les Espagnols que moi : il a très bien fait ; ils ne s'en retourneront pas tous. Nous avons presque tous les drapeaux, & ceux de Reistres ; il est demeuré douze ou quinze cens hommes de cheval. Messieurs de Humieres & de Mouy sont arrivés à la premiere volée du canon. Dedans deux jours je vous envoierai les particularités.

Signé, H E N R I.

Le Courier rapporte que le Duc de Mayenne s'est sauvé dedans Mante.

DISCOURS

Des divers Exploits & Déportemens du Duc de Mayenne & des Ligueurs, jusqu'à la fin de l'an 1589.

COMBIEN que le sommaire précédent découvre assez la plûpart des desseins & plus remarquables efforts de la Ligue depuis le commencement d'Août jusqu'à la fin de Décembre 1589, toutefois d'autant qu'en plusieurs endroits les Ligueurs publierent leurs valeureux exploits pour entretenir le Peuple en sa fureur contre la mémoire du feu Roi, & le nom de son Successeur à présent régnant, il ne sera que bien à propos de réciter ce qu'eux-mêmes en ont publié. Premierement donc ils bâtirent d'un style inept & infâme certaine Lettre attribuée au Roi, & addressée aux Seigneurs de Berne, laquelle fut imprimée à Paris, & ès autres principales Villes Ligueuses, puis lues publiquement ès principales Paroisses ès jours solemnels, afin que chacun connût clairement le but du Biarnois : car ainsi ont - ils toujours depuis appellé leur légitime Prince & Seigneur Souverain. Mais afin que chacun voie de quel esprit ils ont été menés, ajoutons ici cette belle Lettre, ou plutôt ce Libelle fameux, contenant ce qui s'ensuit.

Aux Illustrissimes Seigneurs de la République de Berne (1).

» ILLUSTRISSIMES Seigneurs, sur nos Lettres du sixieme
» Août, nous croïons que connoissant l'état des affaires de
» France, vous avez comme nous loué Dieu de ce qu'il nous à
» vengé de notre vieil ennemi par la main de nos ennemis mê-
» mes. Il sembloit que la nécessité des troubles au Roïaume l'eus-
» sent réduit au bon chemin & à notre parti, suivant qu'il ju-
» roit avant sa mort ; mais vous savez comme les nouvelles ré-
» conciliations sont suspectes & périlleuses : tant est que pour
» nous rendre successeur à sa Couronne, & héritier de ses for-
» ces & munitions de guerre, le Seigneur semble avoir voulu

____

(1) Cette Piece est d'un Partisan de la Ligue, & selon toute apparence d'un Ligueur même.

» choisir l'opportunité du temps & du lieu, au coup que mira-
» culeusement il a frappé à notre avantage. Ceux qui nous sont
» contraires s'en réjouissent, & nous encore plus. Vous jugerez
» si nous n'en avons pas meilleure raison que les autres. Toutes-
» fois la discrétion nous commande de dissimuler un peu de
» temps, autrement nous étions en danger de perdre une bonne
» partie de l'armée, & d'aliéner le cœur du Peuple, lequel vous
» connoissez assez endurci aux erreurs de sa vieille religion. C'est
» pourquoi les mieux avisés & affectionnés de notre Conseil ont
» trouvé bon de publier certaine Déclaration, par laquelle nous
» jurons & promettons la conservation de la Foi Romaine; de-
» quoi vos illustres S. feront averties, ainsi qu'ont été celles
» d'Angleterre, d'Allemagne, Hollande, Zélande, Geneve,
» Sedan, & autres Villes de la France, afin que les Fideles &
» élus de Christ n'en prennent aucun ombrage, jugeant facile-
» ment à quelle fin tendent les desseins de notre intention. Nous
» nous promettons de votre part que non-seulement vous loue-
» rez tel stratagême, mais aussi que le ferez approuver par vos
» Confreres & Voisins, lesquels vous assurerez de notre dévo-
» tion immutable à l'Evangile & à la gloire de l'Eternel, en es-
» pérant que dorénavant nous en rendrons bon témoignage,
» en aïant les moïens plus que jamais : & pour n'en être ingrat,
» croïez que nous ne perdons temps à cultiver l'héritage du
» Seigneur, pour en tirer le fruit par tout notre Roïaume : mais
» ce ne sera sans quelque peine au commencement, attendant
» l'établissement de notre puissance absolue. L'on s'assure bien
» qu'à si bonne œuvre vous n'épargnerez chose quelconque de
» vos moïens, vu même que nos plus grands ennemis de Ro-
» me & d'Espagne se déclarent ouvertement, & ont promis
» secourir d'hommes & d'argent pour s'opposer à nous. Du Har-
» lai Senssi (1) va en vos quartiers pour faire levée telle que
» lui accorderez. A cet effet, il a toute charge & procuration
» nécessaire : & entr'autres mémoires, vos S. verront, s'il leur
» plaît, le nouveau serment que nous avons prêté à l'avenement
» de notre Roïaume, d'y maintenir & augmenter la foi en la-
» quelle nous entendons vivre & mourir avec vous, suivant l'ins-
» truction reçue au berceau : ce qui servira d'assurance contre
» le soupçon de la Déclaration publiée en notre nom par ce
» Roïaume.

   » Nous vous prions à ce coup nous assister comme ci-devant

(1) De Harlay de Sanci.

Tome IV. M

›› vous avez fait, aux occafions qui fe font préfentées pour le
›› fervice du Seigneur, & lorfqu'il y avoit plus de péril que main-
›› tenant : Venez donc, non point tant pour combattre que
›› pour recevoir la récompenfe des travaux paffés, car il y
›› a moïen de vous emploïer & pour reconnoître ample-
›› ment.

Signé, HENRI.
Roi de France & de Navarre.

Et plus bas, RUZÉ.

Ce 18 Août 1589. Du camp de Beauvais ·

DE même ou plus rufée forge fut une autre Lettre dreffée
par les Jéfuites de Troyes, & femée par la France, aux fins que
deffus ; dont la teneur enfuit.

Lettre envoïée à la Dame de Tintenville à Langres (1).

›› MADAME, le fieur de Châtillon votre Coufin vous doit
›› avoir, par commandement exprès de notre bon Maître, &
›› enfin notre Roi Henri de Bourbon, envoïé les mandemens
›› exprès & extraits de fon faint, facré & fecret confeil, qui
›› concernent les moïens les plus fubtils & expédiens pour
›› promptement échanger non l'état Roïal de cette Monarchie,
›› mais la vieille peau de la fuperftitieufe Religion, que de
›› long-temps avec regret vous pratiquez fur les vieils troncs de
›› la Romaine & Papiftique ; occafion que je vous fupplie (Ma-
›› dame) de n'oublier chofe en vos quartiers qui dépende de
›› votre pouvoir, pour l'effet prétendu & efpérance du réta-
›› bliffement folide de la Religion, puifque l'état eft ja ébauché
›› à ce but, croïant qu'à ce coup, fans plus faillir, la pureté de
›› notre Religion fera fondée. Nous avons entendu en cette
›› Cour les beaux préparatifs que vous faites en Champagne
›› pour difpofer la Province vôtre à ladite Religion, & par
›› conféquent à la faveur & venue des Proteftans & Confreres
›› nôtres d'Allemagne, Suiffes, Lanfquenets & autres. Conti-

---

(1) On conferve fi peu dans cette Lettre   La Dame de *Tintenville* ; il faut de *Dinte-*
le caractere doux, pacifique & modéré de   *ville*. Le fieur de Chaftillon dont on parle,
Henri IV, qu'elle ne pouvoit en impofer   étoit de la Maifon & du nom de Coligni.
qu'à ceux qui ne connoiffoient pas ce Prince.

» nuez, s'il vous plaît, vous affurant que notre Roi fufdit vous
» y prétera la main, ne pouvant, le Roi titulaire de nos contraires,
» empêcher nos deffeins. Prenez garde feulement, Madame,
» que trop grande véhémence de votre zele, à fon commence-
» ment, n'empêche la fin de votre prétendu. Car les grandes
» mutations fubites font hafardeufes, ou de peu d'effet : a affez
» tôt fait, qui bien fait. Faites fubitement joindre vos Voifins,
» vous fouvenant qu'au temps qui court, la douceur rufée fert
» plus que la véhémence précipitée, fignamment que ceux de
» Chaalons ne démordent qui ja font à demi nôtres par les heu-
» reufes pratiques de mondit fieur votre mari & des fiens. Faites
» épier les actions, déportemens & faillies de Saint Paul, &
» donnez ordre que les Lettres de l'Evêque de Chaalons foient
» interceptées. Quant à Chaumont il eft mal-aifé de le joindre
» à nous, tant que le bleffé en la cuiffe y fera & commandera.
» Voilà que c'eft d'avoir laiffé trop tôt fortir le fieur qui y
» commandoit en qualité de Baillif. De Troyes, nous n'en
» fommes hors d'efpoir ; car fouvent Sa Majefté eft avertie de
» ce qui s'y paffe, pour & contre nous, jufqu'à avoir la lifte
» des nôtres & des contraires, tant Citadins que Voifins. Si
» les petits Jéfuites, qui y prêchent, étoient dehors, nous nous
» affurerions du Peuple avec le temps, tenant quafi tout nôtre.
» Continuez donc (Madame) par vos miffives addreffées à deux
» que favez léans, de pratiquer fur-tout la prompte départie
» d'icelui Prédicateur, dont le fieur de Sautour a parlé fouvent
» à Sa Majefté, moi préfent, laquelle a été fouvent & inftam-
» ment requife d'écrire aux Chefs de la Juftice de continuer à
» traiter avec toute douceur les emprifonnés pour notre caufe
» & parti, & fignamment pour la délivrance d'aucuns Finan-
» ciers, que connoiffez ferviteurs de notre Maître, & faire
» étouffer toutes preuves & procédures faites fur la vérification
» de certaines entreprifes projectées, mais mal exécutées, fur
» ladite Ville. A ces fins, on a envoié à Chablis pour faire éva-
» der un Quidam détenu prifonnier pour ce fujet ; nous efpé-
» rons que les Juges affectionnés à la mémoire de notre feu
» Roi, fous l'affurance portée par la Déclaration derniere de
» Sa Majefté, & l'efpérance des honneurs & des moïens con-
» fécutifs, y préteront l'oreille & la main, comme auffi la No-
» bleffe voifine, qui, à ces fins, a licence de tout faire pour
» nous contre les Ligueurs. Cependant qu'ès Villes telles prati-
» ques fe feront, nous en la campagne arrêterons le cours de

1589.

LETTRE A
MADAME DE
TINTEVILLE.

M ij

» l'ennemi, au moins amuferons, attendant toutes nos forces,
» le *principium* à la groffe tête. Ce porteur ores que mal en ordre
» vous dira Madame le furplus de nos affaires.

Votre ferviteur très humble, celui que
favez de la fuite ordinaire de
Monfieur de Châtillon.

Du Camp, ce 22 Août, 1589.

AVec ces Lettres ils firent courir un autre Libelle de la dé-faite du fieur de Bonnivet & de fes Troupes auprès de Beau-vais, publiant que le Marquis de Pienne, fuivi de trois cents cinquante hommes, tant de pied que de cheval, avoit coupé la gorge audit fieur de Bonnivet, & à trois ou quatre cents Ar-quebufiers, & cent vingt Cavaliers, fans qu'un feul échapât, ce dit le Comte, qui y comprend même les chevaux, & ajoute que la tête fut coupée audit Bonnivet, puis portée par les Villages pour réjouir les Païfans.

Ceux de Paris imprimerent en un difcours à part la prife de Gournai, Ville & Château en Normandie, par le Duc de Mayenne, ajoutant pour la fin, que près d'Arques & Dieppe, où le Roi de Navarre étoit affiegé, ce Duc avoit gagné qua-torze Enfeignes d'Infanterie, & huit Cornettes de Cavalerie par lui défaite. Vrai eft qu'on apporta les drapeaux à Paris; mais ils avoient été taillés & coufus en la même Ville, puis gens furent apoftés, criant que le Duc de Mayenne avoit fait mer-veille; & ainfi ce pauvre Peuple fe mutinoit d'heure à autre pour la Ligue, & ceux qui voïoient le jour à travers ce taffetas de la Ligue n'ofoient dire mot, de peur d'être poignardés. Le difcours de la prife de Gournai eft tel que nous le repréfentons après l'Im-primeur de Paris.

MOnseigneur le Duc de Mayenne s'acheminant avec l'armée Catholique en Normandie, pour trouver le Roi de Navarre & fes Troupes, en efpérance de les combattre, fut averti que Gournai, petite Ville à huit lieues près de Rouen, étoit detenue par le Sieur de Rubempré avec fept à huit cents Soldats, qui tenoient le parti Navarrois, & auffi que c'étoit fon chemin, ne voulant rien laiffer derriere qui lui pût préju-dicier, l'envoie fommer de fe rendre. Ce que n'aïant voulu faire, ledit fieur de Mayenne fait approcher l'artillerie mardi dernier, & le lendemain battre de furie, fi que la brêche étant faite quafi raifonnable pour y entrer, Rubempré voïant ne pouvoir plus tenir, fe rend à la miféricorde dudit fieur Duc de Mayenne, lequel l'a envoïé prifonnier avec fon Lieutenant, le Capitaine Fontaine, & Monfieur de Saint Mars auffi, qui avoit été Gouverneur du Fort de Meullan, & trois ou quatre autres, en la Ville de Beauvais. Mais ladite Ville de Gournai a été pillée par les Lanfquenets qui faifoient la pointe. Les Soldats qui étoient dedans fe font rendus, & pris parti en l'armée dudit fieur de Mayenne. Le lendemain, qui fut jeudi dernier, feptieme jour de ce préfent mois de Septembre, fon Alteffe partit, & alla coucher à trois lieues de-là avec l'armée, laiffant pour Gouverneur en ladite Ville & Château de Gournai le Seigneur Marquis de Menelai, lequel prendra la plus grande peine qu'il pourra de la garder fi foigneufement, que nos ennemis n'y pourront pas y remettre le pied.

L'on tient pour affuré qu'il y a un Regiment de Suiffes, du parti de ce Roi Navarrois, lefquels ont promis la foi à mondit Seigneur Duc de Mayenne, & n'attend autre chofe qu'il s'approche pour le joindre avec leur artillerie, & pour donner une bataille générale, afin d'extirper les Hérétiques, & renverfer leur armée.

1589.

ARREST DU PARLEMENT DE ROUEN.

EN ce temps, le Parlement de Rouen publia contre le Roi & fes Sujets qui lui affiftoient l'Arrêt qui s'enfuit (1).

SUr l'avertiffement donné à la Cour, que plufieurs Officiers & autres perfonnes de cette Province mal affectionnés à la confervation de l'honneur de Dieu, de la Religion Catholique, Apoftolique & Romaine, au bien & état de ce Roïaume, contre le ferment par eux prêté, de vivre & mourir en ladite Religion Catholique, Apoftolique & Romaine, d'emploïer toutes leurs forces & moïens, fans épargner leur vie pour extirper de ce Roïaume tous fchifmes & héréfies, de ne recevoir pour Roi, favorifer ou prêter obéiffance à Prince quelconque qui foit hérétique, ou fauteur d'héréfie, fuivant l'Edit dudit mois

---

(1) M. de Thou donne le précis de cet Arrêt dans fon Hiftoire; liv. 97, & il a raifon d'obferver que tandis que l'Ennemi emploïoit la force ouverte contre le Parti du Roi, le Parlement de Rouen, par cet Arrêt, mettoit fon autorité en ufage pour décréditer dans la Province le Parti qu'il auroit dû lui-même embraffer.

de Juillet, 1588, vérifié aux Cours de Parlement, & tenu pour Loi fondamentale & irrévocable de ce Roïaume par l'avis & consentement des Princes, Seigneurs, & Gens de trois Etats assemblés & convoqués à Blois au mois d'Octobre dernier, se seroient retirés ès Villes de Caen, Dieppe, Pont de l'Arche, Pontaudemer, & autres Villes ennemies de la sainte Union, Etat & Couronne de France; & en icelles auroient exercé commissions & charges sous le nom faux de la Cour de Parlement, Cour des Aides, Chambre des Requêtes, Chambre des Comptes; & fait tenir le Bureau des Finances, & tenu Jurisdiction au préjudice des anciens établissemeus de la Justice & Finances de ce Roïaume; & en haine de ladite sainte Union, auroient donné quelques prétendus Arrêts & Jugements contre les Officiers & Ecclésiastiques de cette Province, Catholiques unis; & fait quelques prétendues ordonnances pour intimider les Gentilshommes, & les empêcher de porter les armes, & se joindre avec les Princes Catholiques & ceux de ladite sainte Union, pour la défense & conservation de la Religion Catholique, Apostolique & Romaine; & méprisant la grace à eux faite par l'Edit du cinquieme d'Août dernier, aucuns seroient demeurés ès Villes & Places ennemies & rebelles à ladite sainte Union, auroient continué l'exercice de leursdites commissions, & charge; favorisé les hérétiques, & assisté à leurs armées & Siéges des Villes Catholiques; les autres se seroient retirés en leurs maisons sans avoir satisfait à cet Edit, & fait le serment porté par icelui. La matiere mise en délibération, la Cour, les Chambres assemblées, a cassé & annullé, casse & annulle tous lesdits prétendus Arrêts & Jugemens donnés sous le nom faux de Cour de Parlement, Cour des Aides, Chambres des Requêtes, Chambre des Comptes & Ordonnances de France. A fait & fait inhibitions & défenses à toutes personnes de les exécuter, & à iceux obéir, sur peine d'être déclarés perturbateurs du répos public, & perfides à leur patrie. Et ladite Cour a déclaré & déclare tous lesdits Officiers, aïant exercé lesdites commissions & charges, & les exerceront ci-après, ceux qui ont favorisé & adhéré aux Hérétiques, & porté les armes pour eux, les refugiés ès Villes, Maisons, Places & Armées ennemies & contraires à ladite sainte Union, ne s'étant retirés dudit parti, Villes & Armées, dans le temps limité par l'Edit du cinq Août dernier, & n'aïant satisfait aux soumissions portées par icelui, criminels de Leze-Majesté divine & humaine, ennemis de Dieu, de l'Etat & Couronne de France, eux & leur poftérité privés de tous priviléges de Nobleffe, leurs états vacants & impétrables, indignes de poffeder aucuns Offices, Bénéfices, ni Dignités en ce Roïaume, leurs biens & héritages acquis & confifqués au Roi, & réunis au Domaine de la Couronne de France. Et a ladite Cour ordonné & enjoint à tous Juges de ce reffort, informer à l'encontre d'iceux, & procéder à la vendue de leurs biens meubles, faifie & adjudication de leurs immeubles, & de ce qu'ils auront fait en avertir ladite Cour dans le mois, fur peine d'en répondre en leur propre & privé nom, & autres peines au cas appartenant. Et outre, ladite Cour a ordonné que tous les Gentilshommes, Catholiques & autres perfonnes, faifant profeffion des armes, feront tenus dans la huitaine de la publication de ce préfent Arrêt ès Bailliages & Vicomtés de ce feffort, prendre les armes pour la manutention de l'honneur de Dieu & de l'Eglife Catholique, Apoftolique & Romaine, & confervation de l'Etat & Couronne de France; & à cette fin aller trouver les Troupes & Armées Catholiques, là par où ils feront Ordonnance; fur peine d'être déclarés ignobles, eux & leur poftérité, & ennemis de Dieu & de fon Eglife. Et enjoint ladite Cour à tous Juges & Officiers en chacune Vicomté, d'envoïer au Greffe d'icelle Cour dans le mois, les noms & furnoms de tous les Gentilshommes, & autres faifans profeffion des armes, qui, après ledit temps paffé demeureront en leurs maifons. Et a ladite Cour fait, & fait inhibitions & défenfes à toutes perfonnes de païer ou envoïer aucuns deniers des tailles, fubfides & impofitions, ou de quelqu'autre nature que ce foit, finon ès mains des Receveurs établis aux Villes tenant le parti de l'Union, fur peine de quadruple à l'encontre de ceux qui y contreviendront, & de punition exemplaire. Et fera ce préfent Arrêt lû & publié à fon de trompette, & cri public, imprimé & affiché par les carrefours de cette Ville & Lieux accoutumés, à ce que aucune perfonne n'en prétende caufe d'ignorance, & envoïé par les Bailliages & Vicomtés de ce reffort, pour y être pareillement lû & publié. *Fait à Rouen en ladite Cour de Parlement, le 23 jour de Septembre, 1589.*

Signé, LOUVET.

Lecture & publication de l'Arrêt a été faite par moi Louis Marc, Huiffier en la Cour de Parlement à Rouen, & par icelle commis à l'exercice de l'état de premier Huiſſier en ladite Cour, par les carrefours de cette Ville de Rouen & Lieux accoutumés, à ce que aucune perſonne n'en prétende cauſe d'ignorance, ès préſences de Guillaume Duret, Commis, de Gabriel la Dorne, Trompette ordinaire de cettedite Ville, Jean Gymet, auſſi Trompette, Hœmeri & Balthaſar Marc, & pluſieurs autres.

Signé, MARC.

POur entretenir de plus en plus le Peuple ès grandes eſpérances des heureux ſuccès de leur Union, ils publierent à Paris, Rouen, Orléans, Lyon, & par-tout ailleurs, que le Duc de Nemours avoit mis en route les Troupes du Comte de Soiſſons, du Duc de Longueville & du Sieur de la Noue, qui alloient à Dieppe pour ſecourir le Roi de Navarre ; que le 23 & 24 jour de Septembre le même Nemours avoit taillé en piéces cinq ou ſix cents hommes des Troupes de ce Roi ; que le Chevalier d'Aumale avec les Eſpagnols & Normands avoient au même temps envahi deux grands navires chargés de munitions, chevaux, armes, finances, que la Reine d'Angleterre envoïoit ; qu'un nommé ſaint Paul, fils à un ſimple Païſan, de Soldat devenu Capitaine, puis Roitelet de Mezieres & autres Places, & après Maréchal de la Ligue, & finalement poignardé par le petit Duc de Guiſe, avoit fait merveilles pour la Ligue en Champagne contre le Comte de Grandpré & autres ; qu'en Provence le Sieur d'Ampuis, & autres avoient défait vingt-cinq Compagnies, envoïées par le Maréchal de Montmorenci au ſecours du Sieur de la Valette, le 11 jour de Novembre ; que ſur la frontiere de Lorraine avoit été défaite une armée de Reiſtres & Lanſquenets par le Duc de Lorraine au commencement du mois de Décembre ; que le Comte de Briſſac avoit tué à Converré tous les Reiſtres du Roi. Il y avoit parmi tant de menſonges quelques grains de vérité ; & comme en l'Arithmetique ajoutant un zéro de dix ont fait cent, & de cent, mille, ainſi le Duc de Mayenne & ſes principaux Adhérans faiſoient courir & crier à toutes les heures par les carrefours de leurs Villes tels paquets, partie pour faire danſer le Peuple, partie pour crocheter à petit bruit & plus agréablement les coffres & les bourſes des Eccléſiaſtiques & Séculiers, auſquels les précheurs ne ceſſoient d'entonner cette chanſon ; Le Biarnois eſt perdu, la ſainte Union proſpere ; mes amis la Religion Catholique,

Apoſtolique

Apostolique, Romaine est au-dessus, malgré les Maheutres (1), Politiques & Huguenots. A cette occasion semerent-ils en même-temps par la France un Libelle contre le Roi & ses Serviteurs, que nous avons ici ajouté, afin que l'humeur de la Ligue se découvre de plus en plus.

L'ARPOCRATIE,

Ou Rabais du caquet des Politiques & Jebusiens de notre âge, dédié aux Agens & Catholiques associés de Navarre (2).

MESSIEURS,

Il ne faut trouver étrange si on voit les méchants en vogue & élevés en aussi grandes dignités, que sont les cedres du Liban, d'autant que cette parade n'est que fumée de peu de durée. Car Dieu permet cela pour connoître quelle modestie & médiocrité ils observeront en l'heureux prospere succès des choses mondaines. C'est aussi afin de sonder la constance & patience que les bons auront en l'oppression & adversité qu'ils recevront des méchants, laquelle les fait paroître par-dehors tels qu'ils sont en leurs consciences, & les sépare des méchants non plus ni moins que le berger fait ses brebis d'avec les boucs; pource saint Paul dit, qu'il est expédient qu'il y ait des hérésies, afin que ceux qui sont bons en leurs ames, soient extérieurement reputés & connus pour cela. A cette occasion Dieu a permis que Henri de Valois, hypocrite & dissimulé en sa Religion, ait regné depuis quinze ans, avec le plus grand heur en apparence qui se peut dire. Ce que voïant plusieurs politiques & peu affectionnés à leur Religion, se sont détraqués du vrai

---

(1) On croit que *Maheustre* vient de l'Allemand *Meister*, Maître ou Cavalier. La figure qu'on voit sur le revers du titre de l'Ecrit intitulé : *Dialogue entre le Maheustre & le Manant*, représente le *Maheustre* par un Cavalier armé de pied en cap. Voïez sur cela les Remarques sur la Satyre Ménippée, tom. 2, *in-8°.* pag. 78. Ménage, dans son *Diction. Etymolog.*, avoue que l'origine de ce mot ne lui est pas connue. On peut consulter aussi le Glossaire du savant M. du Cange, au mot *Mahemiator*.

(2) Cet Ecrit a paru d'abord à Lyon en 1589 *in-8°.* C'est la production d'un Ligueur & un Libelle des plus outrés contre le Roi Henri IV & ceux qui lui étoient attachés. *L'Arpocratie*, ou plutôt *l'Harpocratie* est l'art de forcer ou de réduire au silence. Harpocrate, selon la Fable, passoit chez les Egyptiens pour le Dieu du silence. Voïez la Dissertat. de M. Cuper, intitulé *Harpocrates*, les Dissertations de Jacob Spon, & les Mythologistes.

fentier d'icelle pour le fuivre, afin de s'agrandir & maintenir
leurs honneurs, difant en eux-mêmes cette fentence ; depuis que
j'ai embraffé le parti de l'Union, tout malheur m'a accueilli &
accompagné, & qui plus eft, j'ai encouru les mauvaifes graces
du Roi, pource craignant que je ne perde mon crédit, état &
office, je veux être de fon côté, afin que je puiffe vivre à mon
aife. Quant à la caufe de Dieu & de la Religion, je la défendrai autant que mon Roi fera, c'eft-à-dire fi le Chef de telles
gens eft Catholique, ils le feront auffi à la grande aulne, & s'il
eft Hérétique ou Athéifte, ils ne feront point de confcience
de l'être. Vóilà la corruption de l'âge ou nous fommes, voilà
le commun jargon qui s'eft gliffé de fil en éguille ès efprits mon-
dains par l'alambic de l'ambition ; lefquels tous enfemble ont
tâché de faper & miner la bafe & fondement de l'Eglife &
de l'Etat ; & pour cet effet Henri de Valois s'étant joint avec
le Roi de Navarre, il délibéroit prendre Paris, fource de la
Religion.

Mais Dieu, qui pénetre & épluche la penfée de l'homme maudit, vóiant ces pernicieux deffeins, a fufcité les bons encontre
pointe, pour rabattre l'audace du tyran de la France, (épithete
qui lui demeurera à jamais) de repouffer les efforts & trahifons
des politiques, enfin voulant montrer particulierement qu'il
approuvoit le zele des Catholiques, & qu'il agiffoit de fon
honneur & de la Religion, il a fait que le Chef de telles ca-
nailles foit trebuché au piége & laqs qu'il préparoit aux vrais &
fideles ferviteurs de Dieu. Car ainfi qu'il étoit en confeil &
déliberation de quelle mort il devoit exterminer les Docteurs,
Eccléfiaftiques, & Bourgeois, du fac ou de glaive, Dieu a mi-
raculeufement fufcité un faint perfonnage Religieux Jacobin,
auquel il a communiqué le don de force du Saint Efprit, car
de fon naturel il étoit affez chétif, timide, & peureux pour
furmonter les difficultés & fraïeurs qui empêchent un tel acte,
lequel a tranché le fil de fa vie ; afin qu'il n'abolît la Religion, & n'exerçât les cruautés qu'il avoit comploté de faire
contre les Catholiques & les Eglifes, la dépouille defquelles il
avoit déja donnée aux harpies & maquereaux de fa Cour, lefquels
il nourriffoit de l'efpérance du pillage & butin de Paris. Mais
Dieu qui diffipe les pernicieux confeils des Princes, lui a montré qu'il n'y a aucune force & puiffance humaine qui puiffe réfifter à la fienne, que nulle fageffe & prudence des hommes
peut contrevenir à fa volonté & celle de fes ferviteurs. Cette

mort a du tout ébranlé & rabatu le caquet des politiques &
Jebusiens de notre âge, lesquels ne pouvant pénétrer les effets
de la providence que Dieu a de son Peuple & Nation Françoise, disent que cette délivrance n'est miraculeuse, parceque
celui qui l'a procurée n'est échappé; mais on connoît aperte-
ment qu'ils sont bien alterés en leurs consciences, & qu'ils
approchent plus près de l'athéisme que de l'hérésie, puisqu'ils
ne reconnoissent ceci être avenu par la providence de Dieu,
& être une œuvre admirable, surpassant l'intelligence des hommes, attendu qu'il s'est fait par une puissance divine & super-
naturelle, outre la nature, disposition, & issue des affaires. En
après, cette délivrance ici n'est pas moins miraculeuse que celle des enfants d'Israel sous la captivité de Pharaon; que celle
qui s'est faite à Auneau des Reistres, qui avec le ramon vouloient balaïer la Religion de la France, ni même que la journée des barricades. Or, il ne se trouvera personne, s'il n'est
ladre de cerveau, qui ne croie toutes ces délivrances être miraculeuses, de sorte que nous pouvons dire particulierement de
la France, & signamment de la Ville de Paris, fontaine de la
Religion, ce que David disoit en général de tout le Peuple
d'Israël, que Dieu n'a point fait tant de miracles, tant de
graces & faveurs à toutes les Nations Catholiques qui sont sous
la voute du Ciel, qu'il a montré à la Nation Françoise. Et
pource ils doivent reconnoître ceci pour miracle. Quant à ce
que cet honnête Religieux n'est rechappé, il ne s'ensuit pas
pour cela que ce ne soit miracle. Car Samson est demeuré sous
les poutres qu'il fit tomber sur les Philistins, ennemis de Dieu,
cependant cela se fit miraculeusement. En après, n'est-ce pas
miracle quand Eléazare, zelé en la cause de Dieu, terrassa le
Roi Antioche qui vouloit piller & ruiner la Ville de Jerusalem,
le Temple de Sion, toutesfois il demeura sous l'éléphant qui le
portoit en cette entreprise. Il faut donc croire que cette délivrance est miraculeuse, en signe de réjouissance de laquelle il
faut chanter ce Cantique que David fit après avoir évadé le
danger que Saül lui préparoit; » Mon ame donne louange à Dieu
» qui t'a sauvé la vie & délivré de la mort. C'est-à-dire que tous les
fideles & Catholiques benissent le Seigneur, lequel les a tirés du
péril où ils devoient tomber, & fassent un jour solemnel, en
souvenance de cette délivrance, & le célebrent en si grande compagnie que les Temples soient pleins jusqu'à l'Autel où on fait le
sacrifice.

Or, jaçoit que ces preuves communiquent & ferment le bec aux Politiques, si est-ce qu'ils grondent & maudissent les Catholiques sans ouvrir les levres, attendu qu'on a tué leur Roi, lequel ils respectoient comme un petit Dieu sur une pelle, à cause qu'il leur avoit promis monts & merveilles pour avoir fait bonne morgue.

Mais je suis d'avis qu'ils se prennent à Dieu qui a permis cela pour délivrer son Peuple & la gloire de son saint Nom. Et ne faut point qu'ils disent que c'est mal fait, car en tant qu'il étoit tyran & ennemi du public de la Religion, & qui pis est s'est montré tel, & déclaré tel par autorité publique, il étoit permis à un chacun particulier de le tuer. Davantage le Pape Boniface VIII, *in Decretali, Can. Fœlicis record. Can.* 17. *Quest.* 4. *can. si quis.* commande expressément que tout notoire & publié persécuteur de l'Eglise, & principalement d'un Cardinal, soit exilé & diffidé, c'est-à-dire, il est loisible à un chacun de le tuer en tous lieux, comme anciennement ceux qui étoient proscrit. Outre ce n'est mal fait de tuer son ennemi en guerre ouverte, comme il a été pris. D'abondant, Honorius, Pape, dit que l'homicide n'est point péché quand il se fait pour venger le tort & injure fait au Peuple de Dieu, & pource David n'a pas offensé, tuant Goliat, ni ces autres personnages mettant à mort les ennemis de Dieu & du Peuple. Et à la vérité la nature même nous incite de ce faire; n'est-il pas raisonnable que le Membre défende son Chef, & l'enfant empêche le tort qu'on veut faire à sa mere ? A cette occasion *Joannes Sarisburensis* dit, *libro S. Policratici de nugis Curalium. Bodin. lib.* 2. *de rep. capite* 5. que non-seulement il est permis de tuer un tyran (1), mais aussi c'est une chose juste & raisonnable, car celui qui abuse du glaive qu'il porte, mérite & est digne de mourir par le même glaive. Pour cette cause la sacrée sainte Ecole de Sorbonne aïant connu les actions, vies & mœurs de ce bon Religieux, d'un commun accord a conclu qu'il n'a point péché (2), attendu que cela s'est

---

(1) Cette maxime est détestable, & combien de fois n'a-t-elle pas été condamnée dans les Casuistes relâchés qui ont eu la témérité de l'avancer ? A l'égard de Jean de Salisberi cité ici en témoignage, il paroît par-tout le Chapitre 20 du huitieme Liv. de son *Polycraticus* que l'on allégue, qu'il n'enseigne nullement qu'il soit permis à un Particulier de tuer de sa propre autorité un Tyran, puisqu'il dit expressément, entr'autres choses, qu'on ne le peut faire si la Religion & l'honnêteté en peuvent souffrir ; & tous les exemples qu'il rapporte sont contraires à la maxime générale qu'il est libre de tuer un Tyran.

(2) C'est apporter en preuve ce qui a été réprouvé par-tout bon Théologien, & ce qui le fera toujours. Les exemples suivans, rapportés par notre Auteur, ne prouvent nullement sa thèse. Les punitions qui vien-

fait, comme il semble par Arrêt du Saint Esprit. Il faut donc que les Politiques passent Sentence, & confessent que ce n'est mal fait, & que cela est fait par la juste vengeance de Dieu.

De cette façon Dieu a toujours puni cruellement tous ceux qui ont attenté sur son honneur & la Religion, & ont voulu regner par tyrannie. Car jaçoit qu'il endure & permette qu'ils viennent quelquefois au-dessus de leurs desseins, si est-ce qu'il sait bien les attraper & châtier quand il est expédient pour la délivrance de son Peuple ou gloire de son Nom; & ce plus grievément qu'ils ont abusé de ses graces. Car il est tardif à prendre punition des méchants; mais il les châtie plus rigoureusement quand ils abusent de sa patience. Vous savez combien grievément il a puni ceux de Sodome & Gomorrhe pour avoir négligé l'avertissement que Dieu leur avoit fait reconnoître; le superbe & arrogant Pharaon n'a pas échappé du fléau de la Justice divine, pour n'avoir fait compte des graces & remontrances de Moïse, afin qu'il délivrât le Peuple de Dieu. Autant en est arrivé à Herode, lequel les vers ont mangé jusqu'aux nerfs, & rongé jusqu'aux os, à cause qu'il persécutoit les Apôtres. Les Empereurs ont été même frappés de ce foudre & vengeance de Dieu. Basile, infecté de l'hérésie, après avoir fait beaucoup d'ennui & de tort aux Catholiques, mourut misérablement en un Château avec tous ses Mignons. Zeno fut enterré tout vif. Heraclius périt malheureusement, & toute sa race a été mise au fil de l'épée, en détestation du mal qu'il avoit fait. Leo aussi Armenien, fut mis à mort sur l'Autel duquel il avoit ôté les Images. Anastasius Manichéen a été foudroïé du tonnerre. Ptolomeus, Roi des Egyptiens, lequel fut mis à mort par ses propres Sujets. Caligula en reçut autant (la vie duquel est naïvement conforme à celle de Henri de Valois) car après qu'il eut fait assassiner ses propres cousins germains pour récompense de leurs mérites, fut aussi occis par ses Soldats. Quelle punition reçut Henri VIII, Roi d'Angleterre, pour avoir maltraité ses Princes, & tyrannisé son Peuple (1)? Sanderus, Historien Anglois, rapporte qu'on lui transperça les entrailles d'une broche toute rouge. De même est arrivé à ce cruel tyran Julien l'Apostat, lequel ainsi qu'il pourchassoit les Chré-

---

nent de Dieu ou de ceux que Dieu a revêtus de son autorité, sont légitimes; non celles qui sont infligées par ceux qui n'en ont pas le droit.

(1) Henri VIII mourut tranquillement dans son lit, & d'une suite de maladie, la nuit du 28 au 29 Janvier 1547. Sanderus dans son Histoire du Schisme d'Angleterre, ne dit point ce qu'on lui fait dire ici.

tiens à coups de fléches, fut attrapé d'une qui vint comme d'en
haut, & lui déchira la membrane qui couvre les entrailles, laquelle ne fut pas sitôt tirée de son ventre, que les boïaux sortirent en grande abondance. Finalement cet impie Achab n'a
pas eu meilleur marché, car il fut cruellement mis à mort pour
ce qu'il avoit demandé du secours à un Roi Hérétique, auquel
pour récompense il promit les vaisseaux sacrés du Temple de
Dieu. Sennacherib a été foudroïé par les Israelites, & son
exercite mis à vauderoute par l'Ange, à cause qu'il tourmentoit & chargeoit son Peuple de daces (1) & impôts outre l'ordinaire. En second lieu Dieu a permis que le tyran de la France finît ainsi misérablement, lorsqu'il pensoit être au-dessus
de ses attentes, afin de nous advertir que quand nous voïons
un Prince méchant & hérétique prospérer, nous n'aïons pour
cela à suivre son parti, afin de maintenir nos honneurs & Magistrats, lesquels ne dépendent pas tant des hommes, qu'ils
sont de la main libérale de Dieu; parce que l'heur & fermeté
d'iceux est aussitôt passée & flétrie que la fleur du safran, laquelle incontinent qu'elle est hors de la tige & chalumeau, est
sêche & aride. C'est la remontrance que David faisoit à ses Soldats, lorsqu'il étoit affligé par Saül qui vouloit regner par tyrannie, & pour récompense se tua. David disoit à ses Gendarmes:
Gardez, vous qui aimez la justice, cherissez la vérité, & em-
brassez la vraie Religion, gardez-vous bien de suivre le parti du méchant & reprouvé Saül, encore qu'il prospere & fasse tout ce qu'il
veut. D'autant que ceux qui font mal & exercent œuvres d'injustice, seront exterminés & jettés au feu; mais ceux qui se rangent & bataillent sous l'enseigne de Dieu vivant, auront & impé-
treront de tout ce qu'ils voudront, & pource il ne faut point
que les bons s'étonnent de voir le méchant en vogue & gloire,
& se fâchent de le voir prospérer; car s'ils patientent encore un
peu (comme a fait Judith & son Peuple) le méchant sera exterminé, & ne se trouvera plus entre les hommes, ni ses grandeurs,
ni ses pompes & magnificences, tout sera dissipé en un clin d'œil.
N'avons nous pas vu cela devant nos yeux; ne l'avons nous pas expérimenté ces jours derniers, lorsque le Tyran de France faisoit
trembler, ce semble, tous les cantons de la France, & pensoit

(1) Tribut, imposition. Il vient de *datta*
formé du verbe *dare*, donner. Pierre de Vignes use de ce mot *datiæ* en cette signification : on le trouve aussi dans Ptolémée
de Lucques, sur l'an 1209. Voïez le Diction,
étymolog. de Ménage sur le même mot.
Vossius, liv 3 *de vitiis sermonis*, croit que
dacia a été dit par corruption pour *datia* à
dando, comme *tributum* à *tribuo*; & que
c'est comme qui diroit *datus* ou *datio*.

déja avoir Ville gagnée? Mais Dieu en un inftant a diffipé tous
ces honneurs, lui a retranché la vie, & a montré aux méchans
qui le fuivoient, qu'il avoit puiffance fur eux & fur les Rois ré-
formidables pour leurs forces. En quoi je loue & admire la providence que Dieu a de fon Peuple, & principalement en temps
de tribulation & adverfité, de laquelle il délivre en temps op-
portun. Partant il ne faut fuivre les méchans, encore qu'ils
profperent en leurs entreprifes; car ceux qui le feront, outre
qu'ils recevront à fin de compte une même punition que leurs
Chefs, ils demeureront confus & remplis de vergogne devant
les gens de bien; les Politiques l'ont expérimenté, & favent
bien combien leur jeu eft brouillé, lefquels la mort inopinée du
Tyran a tellement étonnés, qu'ils ont perdu le caquet & la parole d'effroi.

Mais d'autant qu'il y avoit deux fortes de Politiques, les uns
fe difoient Serviteurs du Roi pour les dignités, honneurs &
avancemens qu'ils avoient reçus de lui, lefquels à bon droit ont
toujours été appellés Politiques, à caufe qu'ils ont préféré leurs
propres honneurs à celui qu'ils devoient à Dieu, leurs propres commodités au bien public, la vie d'un tyran à la mort de tant
d'hommes de bien, qu'on eut égorgés fi Dieu n'eut jetté fon
œil de miféricorde fur eux. Ceux-ci font demeurés tous muets
après la mort de leur Roi, lefquels s'ils me veulent croire deviendront fages par l'exemple qu'ils ont vu du châtiment de leur
Chef, & fe rangeront du côté des Catholiques, & dépoferont
toutes inimitiés, haines & fimulations, comme firent anciennement Marc de Lepide & Fulvius, Critinus & Heruna, pour
maintenir la République en repos. Il y en a d'autres qui ne fe difoient pas tant Serviteurs du Roi pour l'avancement qu'ils en
attendoient, que par une pure malice lui prêter main forte pour
planter l'héréfie en France, la loger en la Ville de Paris, l'exercer ès temples facrés d'icelle. Ceux-ci, lefquels on appelloit
ordinairement les Agens ou Partifans du Roi de Navarre, tant
s'en faut qu'ils aient perdu le caquet, qu'au contraire le couteau de ce bon Religieux Jacobin leur a émoulu & affilé la langue, qui triomphe de dire que leur Roi Hérétique doit fuccéder à la Couronne de France. Or afin que rabaiffions auffi le caquet de ces Politiques ou plutôt Hérétiques, il faut fonder ce
qu'ils ont dans le ventre, pour favoir qui les fait ainfi lever les
cornes. Quoi, Meffieurs? quelle chofe vous fait ainfi fauter de
joie? eft-ce qu'avez mangé les crapaux du lac Leman? eft-ce

qu'avez avallé les lezards de la Rochelle ? eſt- ce que l'âne de Sedan vous a mis des mouches aux feſſes ? C'eſt, diſent-ils, que nous avons eſpérance que le Roi de Navarre ſera Roi de France, parcequ'il eſt le premier de la Race des Bourbons, ſur laquelle tombe la Couronne de France ; & jaçoit qu'il ſoit Hérétique juré, relaps & excommunié, ſi eſt-ce que celui qui l'a frappé du glaive de l'excommunication le peut abſoudre, & ainſi ſuccéder à la Couronne. Voilà les raiſons à quoi ils ſe rangent, afin de perſuader & faire accroire que le Roi de Navarre doit avoir la Couronne de France. Mais je réponds & dis premierement que Henri de Bourbon (car il ne mérite pas d'être honnoré du titre de Roi, ſinon autant qu'il ſe prend pour tyran) ne doit & ne peut être Roi ; ains Monſieur le Cardinal de Bourbon, comme le premier Prince de France, ainſi qu'il a été déclaré tel aux Etats. En après encore que Henri de Bourbon ſoit l'aîné, toutesfois le droit d'aîneſſe n'a point de lieu en ligne collatérale ; ains le dégré de proximité. D'abondant c'eſt une propriété de la Couronne de France, que celui qui la doit avoir, ſoit légitime & ſans aucune note d'infamie ; on tient pour certain que le Roi de Navarre eſt bâtard, & ſes amis même & Hérétiques le reconnoiſſeut pour tel, comme montre appertement ſon miſérable Avocat Belloi en ſon livre, où il prétend l'en excuſer : il ne peut donc être Roi de France. Quant à la ſeconde raiſon qu'ils alléguent, j'accorde que Henri de Bourbon eſt un Hérétique excommunié & relaps, & qui peut toutesfois recevoir l'abſolution du Pape, moïennant qu'il faſſe pénitence telle que Sa Sainteté lui impoſera, qu'il abjure ſon héréſie, qu'il déteſte publiquement, qu'il maudiſſe ſes Miniſtres, qu'il les déchire, brûle & condamne à mort, qu'il aille à la meſſe, qu'on lui voie ſaillir les larmes des yeux, les ſoupirs du cœur, les plaintes de la bouche & qu'il faſſe fruits de pénitence. Et quand il aura fait tout cela, alors l'Egliſe comme une bonne mere, curieuſe du ſalut de ſes enfans, l'abſoudra de la mort éternelle à laquelle il eſt engagé ; mais il demeurera toujours digne de la mort temporelle, de laquelle tous relaps peuvent être punis après leurs pénitences. Or d'autant qu'il n'acceptera telle pénitence, (car il ne punira pas ceux qui lui commandent ; châtira-t-il ceux qui le maintiennent ? envoira-t il en exil ceux qui donnent conſeil, & avec leſquels il eſt ſi étroitement lié & garotté qu'il ne s'en peut dépêtrer ?) auſſi ne recevra-t-il jamais abſolution ; & encore qu'il le fît, ſi eſt - ce qu'il ne feroit pas mieux que Henri quatrieme Empereur, lequel

aiant

aïant reçu abſolution de ſon héréſie, fut plus cruel que jamais.
Pource on ne croira jamais qu'il ſoit vrai pénitent, car il ſera
toujours abrevé de la liqueur qu'il a premierement ſavourée,
d'autant, dit le Sage, que les parjures Hérétiques à grande difficulté ſe reconnoiſſent & s'amendent. C'eſt pourquoi Saint Jerôme ditqu'on délivrera plus aiſément celui qui eſt pris desTurcs,
Barbares & Ethniques, que celui qui eſt ſéduit des Hérétiques &
qui a bu à plein hanap l'héréſie & athéiſme.

1589.
L'ARPOCRA-
TIE.

Pour ce le Bearnois, en tant qu'il eſt Hérétique, ne peut être
Roi de France pour trois raiſons. La premiere eſt qu'il faut éviter l'Hérétique, & le punir de mort quand on le peut attraper.
Que l'Hérétique ſoit à fuir : l'Ecriture nous le commande, diſant, gardez-vous de hanter ni fréquenter avec l'homme qui eſt
Hérétique, ains ſéparez-vous d'avec lui, & ne lui dites pas ſeulement Dieu te gard, craignant que ne communiquiez à ſes méchantes œuvres. Or le premier moïen de fuir l'Hérétique, eſt de
ſe ſouſtraire de ſa compagnie & demeure. Ainſi Moïſe défendit aux Enfans d'Iſrael d'habiter avec ces méchans & reprouvés
Coré, Dathan & Abiron, diſant: ſéparez-vous de la ſociété &
habitation de ces miſérables, & n'attouchez aucune choſe qui
leur appartienne, que ne ſoïez ſouillés & enveloppés en leurs
péchés & périſſiez avec eux. Saint Paul ne chante autre choſe en
ſes Epîtres, lequel je laiſſerai au Lecteur curieux, afin que ce
petit diſcours ne ſoit trop prolixe.

Pour cette occaſion les anciens & ſaints perſonnages partiſ-
ſant le texte de l'Ecriture, ont toujours fui l'Hérétique comme
la peſte. Saint Jean allant un jour en Epheſe, de ſi loin qu'il
apperçut Cherintus, Hérétique, dans le bain, dit à ſes Diſci-
ples, fuïons vîtement de ce lieu, que ne ſoïons infects & corrompus de la fumée du bain où ſe lave Cherintus ennemi de
la vérité, & n'approchons plus près de lui, craignant que la
maiſon ne tombe & effondre ſur lui & ne demeurions accablés
avec lui. Policarpe, Diſciple de Saint Jean, aïant rencontré
en ſon chemin un Hérétique, nommé Marcion, qui lui dit :
nous reconnois-tu pas ? Oui dea, je te reconnois fils aîné de
Satan. Les petits Enfans de la primitive Egliſe font honte à ceux
qui ne veulent déſiſter de hanter les Hérétiques. Car ainſi que
Lucius, Evêque des Arriens, étant ſur une mule, paſſoit au
milieu d'une troupe de petits enfans qui ſe jouoient, ils lui baillerent tant la chaſſe, que depuis il n'oſa ſe promener par la Ville, &
en déteſtation de lui, ne voulurent plus jouer de leur pile qui avoit

touché le pied de sa mule ; ains la pousserent des pieds dans un feu qui là étoit présent, n'y voulant toucher des mains de peur qu'elle ne leur causât quelque malheur. Les Païens mêmes nous apprennent en cet endroit notre leçon, lesquels pensoient être souillés & contaminés s'ils regardoient l'Autel de ceux qui n'étoient de leur Religion. Ainsi en a fait Constantius devant qu'il fut enrôlé sous la banniere des Chrétiens, comme rapporte Saint Ambroise.

Le second moïen d'éviter l'Hérétique outre la séparation de sa présence, est de ne communiquer avec lui de paroles, ni par lettres missives, n'y en aucune façon du monde. Car il y a danger d'être infecté & corrompu de sa puante doctrine. Ainsi que dit Saint Paul : les mauvaises paroles corrompent & gâtent les bonnes mœurs. Pource écrivant aux Romains, il leur suade de ne hanter aucunement avec l'Hérétique. Mes freres, dit-il, donnez-vous garde de ceux qui par douces paroles emmiellées jettent leur venin, séduisent les simples. A cette occasion Irenée ancien personnage disoit ordinairement que les Apôtres & leurs Disciples ont eu si grande crainte des Hérétiques, qu'ils ne vouloient seulement de paroles communiquer avec aucun d'eux. Pourquoi cela ? d'autant que comme le serpent nommé Basilic jette son venin par les yeux, en regardant quelques personnes ; ainsi font les Hérétiques par la bouche & commun devis, & pource il les faut éviter & ne communiquer avec iceux.

Voilà comme les anciens ont eu en horreur la conversation & compagnie des Hérétiques, & à la vérité ils ont eu raison de les fuir, car comme l'on dit en commun proverbe, il ne faut qu'une brebis rogneuse & pleine de clavelle pour gâter, maculer tout un troupeau. Et en après se peut-il faire que les loups puissent compâtir avec les brebis en une même étable ? Je m'assure que le Berger n'endurera jamais qu'ils approchent de son troupeau, craignant que de leur haleine ils ne le gâtent ; ains de si loin qu'il les verra il criera au loup, & s'ils font force d'entrer, il les tuera, si par autre moïen il ne peut sauver son troupeau. Or puis qu'ainsi est que l'Hérétique est pire qu'une brebis galeuse, parceque sa peau n'est bonne ni à bouillir ni à rôtir & plus dangereuse que le loup, (comme même un Courtisan fit une gentille réponse voïant le Roi de Navarre aller au Louvre, suivi d'un jeune loup, dit que les loups se cherchoient l'un l'autre, mais qu'il aimeroit mieux se fier au plus jeune qu'au

plus vieil), qui eſt donc celui des Catholiques qui voudra hanter & communiquer avec l'Hérétique? D'abondant je voudrois
bien ſavoir qui eſt celui des Agens du Roi de Navarre qui voulût
unir à ſes membres ſains & vifs un membre qui put de pourri-
ture, comme Phalaris faiſoit anciennement, pour mettre le reſte
de ſon corps en corruption. Je crois certainement qu'il ne ſera
point ſi aveuglé de ce faire, craignant de gâter ſa chair pom-
mellée de graiſſe. Partant ſi ceux qui ſont même de ſa faction
ne le veulent joindre à leur corps, pourquoi nous autres qui
ſommes Catholiques, l'unirons-nous au corps de l'Egliſe qui eſt
plus précieux, & comme l'œil qui n'endure aucune ordure,
puiſqu'il eſt un membre mort & reſequé d'icelui par le tranchant
de l'excommunication? Pource l'Egliſe comme mere ſage &
providente du ſalut de ſes enfans, connoiſſant le naturel des
Hérétiques, que leur parole eſt plus nuiſible que le venin du ba-
ſilic, & qui ne tâchent qu'à ſubvertir le ſimple, elle leur a interdit toute ſociété & communication, tant ſpirituelle, comme
l'uſage des Sacremens, que corporelle, comme de hanter & demeurer avec eux à pain & à pot. Là même voïant qu'ils ne faiſoient cas & ſe mocquoient de cette excommunication, comme étant ſpirituelle & inſenſible, elle les a condamnés d'aller en
exil, comme Eunomius & Eutiches. Que ſi étant excommuniés
& bannis, ils s'efforcent par armes ou autre moïen de hanter
avec les Catholiques, il les faut faire mourir; l'Ecriture Sainte
le commande, laquelle les condamne à la mort & au feu. Il y
a plus de quinze cens ans que Saint Matthieu a prononcé leur
arrêt & ſentence : faites, dit-il, un petit fagot de zizanies &
méchantes herbes, c'eſt-à-dire l'héréſie, pour la brûler. Notre
Chef le commande expreſſément en Saint Luc, diſant qu'on
mette à mort ceux qui ne veulent recevoir ma doctrine. Saint
Paul n'en dit pas moins, écrivant aux Galates : à la mienne
volonté, dit-il, que ceux qui vous troublent en l'exercice de la
Religion Catholique fuſſent coupés & retranchés de vous, comme membres infects & pourris. Que ſi alors il y eut eu des Princes Catholiques, ſans nul doute ils euſſent obéi au deſir de
Saint Paul & l'euſſent mis en exécution. L'illuſtre flambeau de
l'Egliſe, Saint Bernard, dit conformément à l'Ecriture, que la
fin des Hérétiques c'eſt la mort & le feu, deſquels la figure eſt
précédée au fait de Samſon, quand il a mis le feu aux queues
des renards. Conſtantin le Grand en a donné une raiſon aſſez
péremptoire : ſi, diſoit-il, l'héréſie n'eſt miſe à mort, elle ſuf-

foquera & exterminera la Religion Catholique ; il faut donc perſécuter, punir & mettre à mort les Hérétiques, puiſqu'autrement ils ne ſe veulent amender.

L'Egliſe, colonne de vérité, nous en a premierement montré la pratique. Moïſe, Chef de la Loi ancienne, a exterminé tous les faux Prophétes de ſon temps. Helie zélateur de l'honneur de Dieu n'a épargné les damnables Miniſtres de l'Idole de Baal. Elle n'en a pas moins fait à tous les Héréſiarches de notre âge. Eutiches n'a-t-il pas été jugé au Concile de Calſedonenſe (1), digne d'être brûlé & rédigé en cendres ? Priſcilian, Jean Hus & Wiclef furent condamnés au Concile de Conſtance d'être jettés tout vifs dans un feu (2). L'Egliſe aïant montré qu'elle avoit cette puiſſance, elle l'a donnée & communiquée aux Princes Catholiques & à la Juſtice Séculiere, auxquels elle commande & enjoint de punir de mort l'Hérétique. Que ſi par faveur ou négligence ils ne les font mourir, ils ſeront coupables (dit Origene) de tous les maux qu'ils feront, & ſeront comptables des ames qu'ils ſubvertiront, faute d'y tenir la main. Davantage ils encourent l'excommunication majeure, c'eſt-à-dire ils ſont privés de recevoir les Sacremens, ils ne communiquent point aux Prieres de l'Egliſe, & ſont indignes d'avoir aucune charge & dignité publique. Je vous laiſſe à penſer combien de fois ſont excommuniés ceux qui juſqu'à hui n'ont voulu, même ont empêché, que ce coq du Roi de Navare, du Belloi (3), qui mérite mieux la hart de fagot, que d'être comme un chapon en pâture en la Baſtille, à ſuſciter des trahiſons & monopoles. Pour cette cauſe Conſtantin le Grand aïant reçu du Saint Siége Apoſtolique, l'autorité & puiſſance pour punir de mort les Hérétiques, n'a pas épargné ſon beau frere, auquel il fit trancher la tête, à raiſon que trop inconſidérement il avoit avallé l'hameçon & amorce de l'héréſie, craignant que ſon Peuple n'eût un Gouverneur Hérétique. Clovis Roi Catholique de France, ne pardonna aux freres de la Reine ſa femme, parcequ'ils étoient im-

---

(1) C'eſt-à-dire de Calchedoine.

(2) Priſcillien eſt ici uni mal-à-propos avec Jean Hus & Wiclef. Les temps ne ſont pas les mêmes. Priſcillien fut condamné à la mort en 385, au lieu que le Concile de Conſtance où Jean Hus & Wiclef, furent condamnés eſt de l'an 1415 Ces exemples au reſte ne font point preuve; on n'a jamais approuvé que l'on ait condamné les Hérétiques à la mort. La Religion ſe perſuade & ne ſe commande point.

(3) Pierre de Belloy, Avocat-Général au Parlement de Toulouſe, a beaucoup écrit en faveur de Henri IV, du vivant même de Henri III. Voïez la liſte de ſes ouvrages dans la Bibliotheque des Hiſtoriens de France, par le Pere le Long. Il eſt auſſi parlé ſouvent de du Belloy dans le Tome V de l'Hiſtoire Générale du Languedoc, par Dom Vaiſſette, Benedictin.

bus de cette liqueur éventée. Pourquoi, je vous prie, le Roi d'Es-
pagne a fait mourir son fils, & ensemble les Hérétiques de son
Roïaume? Ce n'a pas tant été pour la conjuration qu'il fit con-
tre lui à la suasion des Hérétiques, qu'à cause qu'il avoit bu
dans le hanap de l'hérésie & opiniâtreté; car ainsi qu'il le
vouloit réduire à l'Eglise par doctes & honnêtes remontrances,
on le trouva tellement fier & obstiné en son hérésie, qu'il fut
contraint le faire mourir, aimant mieux se priver d'enfant mâle
& de successeur à la Couronne, que de violer la foi qu'il a pro-
mise à l'Eglise, & mettre la Religion en danger, & son Roïaume en combustion. Partant il ne faut pardonner à l'Hérétique,
ni à parens, ni amis, Princes, ni Sujets, ni à quelques personnes de quelque condition qu'ils soient. Et à la vérité il n'y a autre moïen de mettre paix à la maison de Salomon, si on n'ôte
le fils bâtard, ni donner repos à la maison de David qu'en faisant mourir Absalon. Il faut donc rejetter arriere de nous le fils
illégitime; il faut mettre à mort ce misérable Absalon de Bearnois, puisqu'il trouble la maison de Dieu: c'est maintenant
qu'il y fait bon qu'il a colligé toute la zizanie de la France,
qu'il a amassé tous les renards, qu'il a de son hurlement assemblé tous les loups ravissans, pour entrer comme le larron dans
la bergerie des Catholiques. Il faut courir sus, & ne les
pardonner; l'Ecriture nous le commande, l'Eglise nous en
donne la pratique, les histoires des Rois & des Empereurs nous
y invitent.

La seconde raison, pourquoi un Hérétique ne peut être Roi
de France(1), encore qu'il vienne à resipiscence de son hérésie,
est la crainte de perdre la Religion, laquelle seroit sur le bord
de sa fosse, comme l'on dit; elle auroit déja un pied en la bar-
que de Caron. Car s'il arrivoit que celui qui a renoncé son erreur pour être Roi, aïant main forte en son Roïaume tombât
derechef, comme il se peut faire, il gâteroit & infecteroit tous
ses Sujets & les feroit Hérétiques, & banniroit la Religion de
la France, où elle florit autant qu'en aucune nation de la Chrétienté, pour introduire celle qu'il auroit forgée en sa tête. Pour
cette occasion l'Ecriture défend expressément que les méchans
& Hérétiques aïant abjuré leur erreur ne soient rétablis en leurs

(1) Les premiers Chrétiens étoient bien   contraire, abuse de toutes les authorités
éloignés de raisonner ainsi; ils reconnois-   qu'il tire de l'Ecriture Sainte, & des exem-
soient dans les Empereurs Païens la légiti-   ples qu'il rapporte, dont plusieurs même
mtié de leur authorité, & ils leur obéis-   sont faux.
soient. L'Auteur, pour prouver la Thése

1589.

L'Arpocra-
fie.

dignités, de peur qu'ils ne corrompent les autres, & auſſi que ceux qui n'ont point encore goûté de l'héréſie, ne s'adonnent plus hardiment à toute ſorte d'impiété, eſpérant que l'aïant renoncée ils joüiroient de leurs dignités. Et à la vérité ce ſeroit une choſe très dangereuſe de bailler à un qui a été furieux, l'épée qu'on lui a ôtée, pendant qu'il étoit en ſa rage & furie. Car ſi derechef il tomboit en ſa fureur, il tueroit ceux qui ſeroient auprès de lui. En après la charité chrétienne nous défend de n'expoſer au haſard le ſalut & la vie éternelle de notre prochain, pour un bien temporel, & de poſtpoſer le bien de pluſieurs à celui d'un Particulier. Qui eſt-ce qui ne voit la Religion & ſalut, non d'un ſeul ou deux, mais de tous les Catholiques être en grand danger & le bien public être endommagé, ſi on bailloit un Roïaume à celui qui a été hérétique ? D'abondant, le droit civil prohibe que celui-là ne peut être tuteur d'un pupille, qui a fauſſé une fois ſa foi & qui n'a pas été d'une bonne vie, même celui en la main duquel, le ſalut, la vie & biens du Pupile pouroient recevoir quelque diminution & perte. Qui voudra donc commettre avec aſſurance de ſa conſcience la charge d'une Républiqueà celui qui a violé la foi publique, duquel l'intégrité n'eſt connue, qui n'a ni piété ni Religion, & qui nous a toujours montré des indices & marques d'impiété & d'injuſtice ? C'eſt pourquoi l'Egliſe a ſagement interdit que les Hérétiques repentis n'auroient aucune charge. On ne les reçoit à prêcher, on ne les reçoit à preſider, pour l'extrême danger qui s'en pourroit enſuivre. Que ſi le Roi de Navarre aïant abjuré ſon héréſie, vrai pénitent & repenti, il ſe doit eſtimer bienheureux d'avoir ſauvé ſon Navire de la tempête, & qu'il ſoit ancré dans le Port de l'Egliſe, hors de laquelle il n'y a point de ſalut. Les Rois & Empereurs ſe conformant à l'Ecriture & à l'intention de l'Egliſe, ont fait des Loix & Statuts pour empêcher que ceux qui renoncent leurs héréſies, ſoient reſtitués en leurs Charges & dignités. Si quelqu'un (diſent-ils) par infirmité ou ignorance s'eſt fourvoïé du droit ſentier de la foi, & revient à réſipiſcence, il ſera reçu au giron de l'Egliſe, & ſi elle trouve bon, en ſa dignité. Mais ſi ceux qui ſont relaps abjurent derechef leur héréſie, l'Egliſe comme Mere curieuſe du ſalut de ſes enfans, les abſoudra de la mort éternelle, mais elle ne permet qu'ils ſoient reſtitués en leurs Charges & dignités. Pour ce Leo, dit le rompeur d'images a été déjetté de ſon Empire par Grégoire II & Grégoire III, à cauſe

de son erreur. Copronymus aïant bû au même hanap d'hérésie, fut aussi privé de sa puissance Impériale. Trebellius premier Roi Chrétien des Bulgarois, a perdu son Sceptre roïal,
pour avoir contrefait le Moine, afin d'ôter le soupçon de l'hérésie qu'il vouloit planter en son Roïaume. Alphonse, frere de
Raimire, second Roi d'Espagne, fut dépouillé de son Roïaume, pour avoir favorisé à l'Hérétique ; finalement Henri IV,
Empereur, a été déclaré incapable du Gouvernement de l'Empire
& même en a été privé par le commandement de Pascal,
Pape, à cause de son hérésie, de laquelle, encore qu'il eût
fait pénitence, toutesfois il fut privé de son Empire, craignant qu'il ne fît glisser & ramper l'hérésie par tous les autres
cantons d'icelui. Il ne faut donc point que le Roi de Navarre,
qui iniquement se dit Henri IV, pense jamais à parvenir à la
Couronne Françoise, encore qu'il fasse pénitence & abjure
son hérésie, ce que je voudrois pour le salut de son ame.

L'autre & troisieme raison tirée des inconvéniens qui en ad-
viendront, sera pour émouvoir ceux qui ne se formalisent pas tant
de la perte de la Religion Catholique, que de celle de leurs biens
& honneurs. Que telle sorte de gens pensent que le Roi de
Navarre & ses Ministres, n'ont pas oublié la vengeance qu'ils
ont délibéré prendre, de la saint Barthelemi. On dit qu'il s'est
vanté, partant de Bearn, qu'il baigneroit ses mains jusqu'au
coude dans le sang des Catholiques. N'oïez-vous point les loups
hurler, qui ne demandent que vos gorges ? Ne voïez-vous
point reluire les poignards sur vos poitrines ? N'entendez-vous
point descendre à bride avallée les chariots des Reistres Huguenots, pour emporter vos biens en Allemagne ? Pensez que
les noms des plus zélés à la cause de Dieu, sont enrôlés & couchés par état pour se trouver aux grands jours du Roi de Navarre, ainsi appellent-ils le jour de cette vengeance. Les Ministres partants de leurs tannieres ont promis à leurs femmes,
car ils sont mariés comme puants paillards, les plus beaux joïaux
qui fussent dans la France & même dans la Ville de Paris. Le
fretin & petits Huguenotaux de sa troupe, qui sont les pires,
déliberent de n'en faire pas moins. L'un s'est vanté d'avoir
la virginité de vos filles ; l'autre, l'honneur de vos femmes ;
les uns, comme sangsue, de sucer le sang de vos bourses ; les
autres, de s'emparer du plus beau & meilleur qui soit en vos
maisons : somme, tous ensemble, comme le porc sanglier, ont
arrêté de brouter la vigne & tuer les laboureurs. Voilà comme

ils ont délibéré de faire de vos bieus. Quant eſt de vos vies, ils ont conclu de ne s'épargner non plus qu'ils ont fait pendant les premiers troubles. Car, ſi lorſqu'ils ſont venus la premiere fois en la France, ils ont égorgeté les Catholiques à tort & ſans cauſe, s'ils ont bafoué, battu & fouetté les Gens d'Egliſe, s'ils les ont éventrés pour faire des auges à leurs chevaux; s'ils leur ont coupé le nez, les oreilles, chauffé la plante des pieds; s'ils les ont tirés au blanc après les avoir outragés d'opprobres & injures déshonnêtes, ils n'en feront pas moins cette ſeconde fois, voire encore plus en vengeance de la ſaint Barthelemi, & de la mort de Henri de Valois. Voulez-vous voir l'expérience & pratique de la volonté du Roi de Navarre & de ſes ſoldats? Enquerrez-vous par où ils ont paſſé, de quelle douceur & clémence ils ſont accompagnés? Demandez aux Citoïens des Villes qu'ils ont pillées, quel traitement on leur a fait? Vous n'entendrez que cruauté, vous n'entendrez que tyrannie & hoſtilité, vous verrez d'un côté la férocité & inhumains traitemens envers les Prêtres; de l'autre, les extorſions & gênes ſur les Bourgeois, pour avoir rançon à leur gré & volonté: de toutes parts vous entendrez les cris & pleurs des honnêtesDames qui ont été ſorcées;les regrets & gémiſſemens lamentables des filles qu'on a violées. Quelle horreur! Quel creve-cœur! Quels ſoupirs & regrets ont maintenant les parens d'avoir perdu non-ſeulement leurs biens temporels juſqu'à la chemiſe, mais auſſi de voir leurs filles, le plus précieux gage qu'ils euſſent, déshonorées? Voilà comme l'Hérétique ſe comporte envers les Catholiques, voilà le premier excès de ſa fievre quarte, voilà les premiers arrhes de ſa cruauté, & ne doutons point, que le paiement qu'il veut faire ne ſoit de piece de plus gros alloi. Car tel que nous voïons le loup en une bergerie, le porc ſanglier en la vigne, le renard avec les poules, tel eſt l'hérétique ſur le troupeau de Jeſus-Chriſt: il mord, il abbat, il déchire, il tue & ſeroit marri qu'un ſeul échappât ſans expérimenter ſa cruauté. D'autant que le cruel & inſupportable eſprit de Satan qui l'agite, le force d'être ſanguinaire, mutin & incompatible comme lui. Et combien que le Roi de Navarre promette qu'il maintiendra les Catholiques autant humainement qu'il lui ſera poſſible, ſi eſt-ce qu'on ne le croira jamais. Car outre qu'il n'y a point de foi ni de loïauté en un hérétique, on ſait bien que c'eſt une leçon athéiſte, que ſes Miniſtres lui ont tellement recordée & chauſſée à ſa mé-

moire

moirè qu'il ne l'oubliera tant qu'il refpirera, c'eft qu'un Prince
ne doit jamais garder fa promeffe, ains tromper un chacun.
Et à la vérité, il l'a fi bien apprife qu'il en fait pratique. La
Reine de Navarre fa femme a toute la premiere expérimenté
qu'il ne garde fa promeffe ; car il lui avoit promis un
Prêtre pour chanter la Meffe devant elle ; ce néanmoins
il a enduré que fes Officiers l'aient tué en fa préfence. Demandez aux Catholiques de Bearn, s'ils ont jamais vû que le
Roi de Navarre ait tenu fa promeffe. Les Religieux & Prieur de
l'Abbaïe de Pontaut le fauroient bien à dire s'ils reffufcitoient,
auxquels il avoit promis de les maintenir en toute fureté, la
paix aïant été publiée. Toutesfois le lendemain de la publication, les Hérétiques partirent à la minuit, peut-être fans fon
fu, pour aller tuer & maffacrer tous ces bons Religieux & le
Prieur, lequel refpirant encore, couvrirent de lard & de graiffe
& mirent le feu dans fon lit pour le réduire en cendres. Il n'y
a donc point d'affurance à fes promeffes ; car fes Miniftres
qui font caufe qu'il ne peut être Roi de France, empêcheront
qu'il ne les tienne. Partant, connoiffant la complexion & mœurs
de la bête, qu'il n'y a point de paix de Chrift avec Belial, & que
les enfans de lumiere ne peuvent s'accorder avec ceux des ténébres, le Roi de Navarre ne peut être Roi de France, vu la
perilleufe conféquence des malheurs. Et jaçoit qu'il faffe la
chatte-mitte & prenne la peau de brebis & douceur, pardonnant à quelques Villes pour berner & allécher le Peuple de fon
côté : fi eft-ce qu'on fait bien que fon intention eft d'entrer en
la Couronne comme un Renard, & régner comme un Lion.
Pource nous fommes délibérés d'empêcher qu'il n'en approche,
craignant que la poftérité nous blâme. Nous fommes réfolus d'é-
pandre jufqu'à la derniere goutte de notre fang, plutôt que d'endurer qu'il régne, lui qui eft ennemi de l'Eglife, lui qui eft le
fléau des Eccléfiaftiques, lui qui eft Chef des Hérétiques, mutins & pillards de la France, fupport des Rebelles de l'Eglife.
Quelle horreur, que le corps fût Catholique, & le Chef Hérétique ? quelle pitié, qne le Renard fût le Coq, qui menât les
Poules ? quelle confufion, que le Loup fût le Berger & gardât les
Brebis ? Si les Hérétiques ne veulent un Roi Catholique, pourquoi nous Catholiques aurons-nous un Roi Hérétique ? chofe qui
répugne à la Couronne de France, qui eft fondée fur la Religion
Catholique. Les Miniftres fachant qu'il eft impoffible qu'un Hérétique foit Roi de France, lui confeillent de faire bonne mor-

gue & demander inftruction pour abjurer fon hérélie. Mais qui
le voudra inftruire? ce ne fera l'Eglife, attendu que l'Ecriture
le défend. Saint Paul dit, gardez vous bien de difputer contre
les Hérétiques & gens obftinés en leur mauvaife opinion; car
telle difpute ne profite rien, finon à fubvertir & détourner de
la foi les Auditeurs. D'autant, dit S. Bernard, les Hérétiques
ne font point convaincus par raifons, pource qu'ils ne les veulent
entendre, ni corrigés par autorités, à caufe qu'ils ne les reçoivent, ni fléchis par remontrances & admonitions; car ils
font fubvertis, pource on a vu qu'ils aimoient mieux mourir
que de fe convertir & abjurer leur hérélie. Et jaçoit, dit Saint
Jean Chryfoftôme, que leur hérélie & malice fouventes fois foit
convaincue par raifon, toutesfois jamais elle n'eft appaifée ni
purgée. Puifque l'Ecriture défend la difpute aux Hérétiques, le
Concile gén. ou national ne le voudra inftruire; & encore qu'on le
voulût inftruire, fi eft-ce qu'il ne feroit pas plus de cas de fa Sentence qu'il fait de celle du facro S. Concile de Trente, lequel ils difent avoir erré, à caufe qu'il a condamné fon erreur. Seront-ce les
Etars de la France, qui l'ont déja déclaré illégitime, indigne de la
Couronne? La Nobleffe Cathol. ne l'endurera pas, parcequ'il
eft pire qu'un Roturier, ni moins l'Etat de la Juftice qui l'a
déja condamné comme rebelle & crimineux de Lèze-Majefté
divine & humaine. Seroit-ce le Tiers-Etat qu'il a foulé &
rançoné? Pour cette occafion, il ne faut pas qu'il penfe que
l'inftruction qu'il demande (pour faire une étrange deftruction)
lui foit octroïée, puifque l'Ecriture le défend : & s'il veut être
inftruit fidelement, qu'il fe conforme au Saint Concile de
Trente.

Partant, puifque le droit divin & humain défendent qu'un
Hérétique foit Roi de France, nous emploirons tous nos
moïens, & ne craindrons point de nous faire tailler plutôt en
pieces comme le ferpent, pour garder notre Chef, qui eft la
Religion, & empêcher fes malheureux defleins. Afin que la
poftérité ne nous accufe de lâcheté, fi lui étant au milieu du
marché de la France, il s'en retournoit fans bête vendre. Et
auffi que notre vie ne foit plege pour la fienne. Car Dieu eft
jufte & ne veut qu'on pardonne à l'ennemi juré de fon Peuple,
comme lui-même nous en a donné l'exemple, lorfqu'il a fub-
mergé dans la mer rouge le rebelle Pharaon & tout fon exercite. Il faut donc courir fus & l'exterminer : & ainfi le caquet
des Politiques fera rabbaiffé, le babil des Agens du Roi de Na-

varré fera caffé , & la bouche & le bec de tous les méchans fera coufu & fermé. 1589.

Avertiſſement.

VOILA Lecteur , un échantillon des penſées de la Ligue , & l'eſprit des François eſpagnoliſés. Nous n'entreprenons point ici de réfuter le libelle précédent , qui ſe condamne ſoi-même par les ſophiſmes, menſonges & horribles blaſphêmes. Mais il nous ſuffira lui oppoſer un Docteur de Sorbonne, F. Th. Beaux amis (1), Carme, portant titre de Docteur en Théologie , lequel par un livret publié, depuis a flétri amplement ces eſprits ſéditieux. Et pource que l'Arpocratie , ci-devant inſérée, fut bâtie à Lyon & imprimée chez un nommé Jean Patraſſon, l'an 1589 , nous lui oppoſerons le livret de Beaux-Amis imprimé en la même Ville par Benoît Rigaud quelques années après , nous contentant de dire ici à l'Auteur anonyme du Libelle fameux publié par Patraſſon , ſi tu rapportes à la Ligue & au Duc de Mayenne ce que tu as vomi contre la Religion chrétienne, que tu appelles calomnieuſement héréſie , & contre le Roi que tu dégrades en toutes ſortes, tu auras dit vrai. Mais écoutons le Carme Sorbonniſte répondant au Ligueur Jéſuite.

REMONTRANCE AU PEUPLE FRANÇOIS,

Qu'il n'eſt permis à aucun Sujet , ſous quelque prétexte que ce ſoit , ſe rebeller ni prendre les armes contre ſon Prince Roi, ni attenter contre ſon Etat , le tout prouvé par l'Ecriture ſainte.

Par F. TH. Beaux-amis , Carme , Docteur en Théologie (2).

LA perfection de l'homme (ſans laquelle il ne peut être politique , & moins apte pour ſe nommer membre du corps myſtique de Jeſus-Chriſt), conſiſte en l'obéiſſance due à Dieu, & par conſéquent à ceux leſquels il a établis ſur nous, quels ſont

(1) Thomas Beauxamis, Religieux Carme Docteur en Théologie, eſt mort au mois de Mai 1589.

(2) Voïez la note précédente. Cette Remontrance fut faite ſous le règne de Henri III. L'Auteur y poſe pour principe, qu'il n'eſt jamais permis de prendre les armes contre ſon Prince, ni contre les Magiſtrats, non pas même pour la défenſe de la Religion ; que quand le Prince ſeroit hérétique, ſes Sujets n'en ſeroient pas moins obligés de lui être ſoumis ; & qu'on ne peut lui déſobéir ſans violer le précepte formel de la Loi de Dieu, & riſquer ſon ſalut éternel ; ce qu'il prouve

les Prélats, & Miniſtres de l'Egliſe, les Rois, Princes, & autres par eux délégués pour la vengeance des malfaiteurs, & aſſurance de ceux qui chemineront ſelon ſa foi. De ſorte que
ceux qui de fait, ou de propos, contreviennent à cette
Ordonnance, ſemblent d'autant indignes du nom Chrétien, qu'ils ſe reculent de la trace de l'Ecriture ſainte, & refu-
ſent ſuivre celui Jeſus-Chriſt, duquel ils ſe dénomment &
glorifient : voire même ſe bandent contre Dieu auteur &
protecteur de la dignité Roïale, par lequel les Rois regnent,
& les Princes de la Terre exercent juſtice entre leurs Sujets,
par lequel les ſages ſont maintenus, les Rebelles proſternés, leurs
entrepriſes ceſſées, & l'injure faite aux ſacrés Oints du Seigneur vengée & recherchée avec ſévérité. Car outre les Coutumes des Nations, & l'antiquité de l'Etat Roïal, lequel l'E-
criture ſainte recommande en Melchiſedech Roi de Salem, au
temps de ce grand Patriarche Abraham, beaucoup avant
Moïſe, nous ſommes aſſez enſeignés par la parole de Dieu
que les Rois dépendent de Sa Majeſté, & ſont par lui établis
en autorité ſur le Peuple. A ſavoir, entre les autres Ordonnances faites au Peuple d'Iſrael, notre Dieu lui dit : Quand
tu viendras en la Terre que le Seigneut ton Dieu te donne,
& que tu la poſſederas, & y demeureras, & diras : Je mettrai
un Roi ſur moi comme toutes les Nations qui ſont à l'entour
de moi : lors tu conſtitueras ſur toi le Roi que le Seigneur ton
Dieu élira du nombre de tes freres. Depuis cette Loi, au temps
de Samuel, les Iſraélites deſirant uſer du privilege reçu de Dieu,
demanderent qu'un Roi les précedât, menât leurs guerres, dé-
fendît leurs Païs, & les vengeât de leurs ennemis, ainſi que
par toutes autres Nations ils voïoient la Majeſté roïale fleurir
& s'avancer. Ce que par commandement de Dieu leur fut
accordé, voire même avec certain indice Saül fut déſigné Roi,
auquel ſuccéda David, choiſi ſelon le cœur de Dieu : ſi que
depuis perſevera long-temps cette dignité entre les Iſraé-

---

par pluſieurs paſſages de l'Ecriture & des
Peres. Les Ligueurs virent cet Ecrit avec
peine & s'affligerent de ce que ceux qui
conſervoient encore quelque zele pour la
tranquillité publique, s'appuïoient du témoignage de ce Théologien, pour s'oppoſer à leurs deſſeins. Pour s'efforcer de l'af-
foiblir, ils ſuppoſerent un miſérable Ecrit,
qu'ils eurent la hardieſſe de faire imprimer,
ſous le nom du même Théologien, chez
Guillaume Chaudiere à Paris, comme ſi ce
Religieux le lui eût confié en mourant, afin
d'empêcher le prétendu ſcandale que les Politiques pourroient répandre à l'occaſion de
ſon premier Ouvrage. Dans celui-ci, on
lui faiſoit détruire tout ce qu'il avoit avancé
dans le premier, piece groſſier, qui n'a
été que trop renouvellé depuis. Voïez l'Hiſtoire de M. de Thou, livre 95.

lites, quoiqu'elle ait été par la division du Peuple, & divorce de l'ancienne Religion, divisée & ébranlée, puis enfin dissipée & comme anéantie. Toutesfois quelque captivité survenue au Peuple des Hébreux, quelques Rois voire Etrangers qui leur aient commandé, si avoient-ils toujours en recommandation cette grandeur roïale, étant dressés par les Prophêtes & instruits d'obéir, & prier pour ses Rois mêmes Ethniques & Païens, puisque Dieu les leur avoit baillés pour Seigneurs durant leur captivité & servitude.

Quoi considérant l'homme Chrétien, rejette tout prétexte & couleur que puissent prendre les Rebelles, puisque suivant la doctrine de l'Apôtre Saint Pierre, les Sujets se doivent en toute crainte soumettre à leurs Maîtres, non-seulement bons & humains, mais aussi rigoureux. Car cela est agréable, si quelqu'un, à cause de la conscience qu'il a envers Dieu, endure fâcherie, souffrant justement. Car ne permet aucunement notre Dieu le Serviteur se bander contre son Maître, ni le Vassal prendre les armes contre son Roi. Qu'ainsi soit, à ce que nous donnions quelque remede à plusieurs, ou qui s'abusent, ou doutent en cette part, & se couvrent de la diversité de Religion, le tirant en conséquence de pouvoir s'émouvoir contre les Rois & Princes; il nous faut montrer qu'il ne s'enfuit, quoique le Roi & Chef du Peuple soit de contraire doctrine, que justement on se puisse révolter d'icelui : laissant à débattre en autre lieu quelle doctrine est Chrétienne, celle du Roi ou des Rebelles.

Or donc, pour tenir quelqu'ordre, il nous faut considerer ce qui est écrit de Saül premier Roi des Israélites, pour d'icelui descendre à ceux qui régnoient au temps que notre Seigneur Jesus-Christ conversoit mortel entre les hommes, auxquels même il a déferé, encore qu'ils fussent de Religion Ethnique & Païenne. Quant à Saül, il est certain que pour avoir contrevenu au commandement de Dieu, pardonnant aux Malechites, lesquels il devoit mettre à sac, il fut abandonné au malin esprit, qui par fois le tourmentoit, & déclaré indigne du Roïaume. Toutesfois fut-il licite à homme vivant de ses Sujets se bander contre lui ? Tant s'en faut, que David même qui pouvoit trouver occasion de ce faire plus grand que les autres, non-seulement prétendant à la Couronne, comme ja, par le Prophete Samuel, sacré Roi sur Israel, mais remettant en memoire les injures qu'il recevoit de jour en jour de Saül, en récompenſe de ſes bons & fideles ſervices ; nonobſtant qu'il fût fugitif, lui, ſon pere & toute ſa race, encore qu'en dépit de lui, par cruelle indignation, Saül eût fait tuer les Sacrificateurs du Seigneur, juſqu'au nombre de quatre-vingt-cinq qui portoient l'Éphod de lin, encore qu'il eût déconfit toute leur Ville & de même rage fait paſſer à la pointe de l'épée, tant hommes que femmes, petits enfans, voire ceux qui tenoient la mammelle, & les bœufs, ouailles & ânes, qui étoient en ce lieu ; pource ſeulement que le grand Prêtre Achimelec avoit donné à manger à David en extrême néceſſité & baillé le glaive de Goliath, ignorant qu'il s'enfuît de la Cour & fût en la mauvaiſe grace de Saül. Encore que David fût recherché par tous les coins d'Iſrael, par les montagnes, déſerts, rochers & lieux preſque inacceſſibles ; encore que Saül eût arrêté & conclu ſa mort, & que David ſe ſentît bien innocent d'encourir cette ſentence ; encore que Dieu lui eût baillé le Roi ſon ennemi entre ſes mains, & le pût aiſément mettre à mort ; ſi n'a-t-il voulu attenter à la Perſonne Roïale, aſſurant que celui qui juſques-là ſeroit téméraire, quelque bon droit qu'il pût prétendre, ne ſeroit innocent devant la face de Dieu. Ce qu'il témoigna en la foſſe d'Engaddi & au déſert de Ziph, voire depuis, après que Saül ſe fut défait ; car ainſi que David étoit caché aux rochers d'Engaddi, Saül averti, prit trois mille hommes d'élite de tout Iſrael, & s'en alla chercher David & ſes gens par lieux inhabitables & ſolitaires. Là, Saül faiſant cheminer devant ſoi ſon Armée, ſe retire en une caverne, pour faire ſon aiſement ; & David & ſes hommes étoient demeurés derriere, au dedans d'icelle. Alors les gens de David lui dirent : ,, Or eſt le jour que le Seigneur Dieu t'a dit, voici ,, je te baille ton Ennemi en tes mains & tu lui feras ce qu'il te ,, plaira ,,. David voïoit ſon Ennemi ſeul, en ce lieu détourné, éloigné de gens, dégarni de défenſe, rangé du tout à ſa volonté : il le pouvoit frapper, ſans hazarder le moindre de ſes gens, ſans émouvoir la troupe Ennemie, voire laiſſant au Peuple, comme enſevelie la mémoire du lieu où Saül s'étoit retiré, ne reſtant aucune trace ni de ſon entrée ni de ſon iſſue, encore qu'il ſemblât par tel acte pouvoir ſe délivrer de tous ſes Ennemis, & s'avancer à l'autorité roïale jà à lui promiſe : toutesfois tant s'en faut qu'il ſe voulût venger de l'ingrate reconnoiſſance & malveillance du Roi, que ſecrétement il ſe leva & coupa le bord de la manteline d'icelui, & touché en ſon cœur, dit à

ſes hommes : ›› Jà ne plaiſe à Dieu que je faſſe cette choſe à
›› mon Seigneur, le Roi, vu qu'il eſt oint & ſacré de Dieu ;
›› jà ne m'avienne d'étendre ma main contre ſa perſonne; car
›› encore qu'il ſoit en ma puiſſance de me venger, ſi ne ferai-je
›› ce que je ſais être défendu & prohibé de Dieu, vu qu'il eſt
›› oint d'icelui ››. Ainſi David abbatit ſes gens de paroles & ne
leur permit ſe lever contre Saül, quelques raiſons qu'ils puſſent
alléguer ; de ſorte que Saül reconnoiſſant cette humanité par
les remontrances que lui fit David au ſortir de la caverne,
s'écria en pleurant, & dit à David : ›› Tu es plus juſte que
›› moi ; car tu m'as rendu du bien, & je t'ai rendu mal, & m'as
›› montré aujourd'hui quels biens tu m'as faits : c'eſt que com-
›› bien que le Seigneur m'ait baillé en tes mains, toutesfois tu
›› ne m'as point occis. Qui eſt celui, que s'il trouve ſon En-
›› nemi il le laiſſe aller en bonne voie ? Parquoi, le Seigneur
›› veuille rendre le bien que tu m'as fait ce jour-ci. Et main-
›› tenant je connois certainement que tu regneras, & ſera établi
›› le Roïaume d'Iſrael entre tes mains ››. Tels étoient les propos de Saül à David, regardant l'humanité de laquelle David
avoit uſé envers lui, par laquelle pardonnant à ſon Ennemi,
il s'avançoit, tant s'en faut que ne ſe vengeant il ſe reculât
du droit de régner qui lui étoit donné de Dieu. Auſſi dirai-je
à ceux qui entreprennent contre les Rois, ſous prétexte tel qu'ils
voudront, ce qu'anciennement Tulle Cicéron prononça à Cé-
ſar : *Statuas Pompeii collocaſti, tuas ſtabiliviſti.* Que s'ils pen-
ſent renverſer la perſonne ou le droit roïal, de même leur ſera
meſuré par après : tant s'en faut que par telles ruſes ils ſe bâtiſ-
ſent un ſtable fondement pour régner.

Je ne peux ici juſtement obmettre un autre fait de David
envers Saül, pour la confuſion des Rebelles, qui ſe couvrent du
manteau de l'Ecriture en leurs entrepriſes. Les Ziphiens étoient
venus à Saül en Gabaa, l'avertiſſant que David étoit caché en
la montagne d'Achila, qui eſt vis-à-vis du Déſert. Là Saül,
renouvellant ſa mortelle inimitié contre David, deſcendit accompagné de trois mille hommes d'élite, & aſſit ſon Camp ſur
la Montagne d'Achila. Or David hâtoit au déſert, lequel connut, par ſes épies, que Saül étoit venu après lui. Parquoi de
nuit, vint au lieu où Saül avoit aſſis ſon Camp, & dormoit
dedans le fort, les tentes fichées à l'entour de lui, & près de
lui Abner, fils de Ner, Prince de ſa Gendarmerie. Ce voïant
deſcendit en ce lieu avec Abiſai, & approcha de ſon ennemi

Saül. Lors Abisai dit à David : ›› Aujourd’hui Dieu a enferré ›› ton Ennemi en tes mains. Maintenant donc, je te prie que ›› je le frappe d’une lance tout d’un coup en terre, & ne re- ›› tournerai point. Auquel David répondit, ne le defais point, ›› car qui fera celui qui mettra la main fur l’Oint du Seigneur, ›› & demeurera innocent ? Derechef, dit David, auffi vrai que ›› le Seigneur vit, cela n’adviendra ; mais plutôt Dieu le frap- ›› pera, ou fon jour viendra qu’il mourra & defcendra à la ba- ›› taille & périra. Le Seigneur me veuille garder de mettre la ›› main fur celui qu’il a oint & facré ; mais je te prie, prens ›› feulement la lance qui eft à fon chevet & fon pot à eau & nous ›› en allons ››. Ainfi David fe contenta de cette bravade, mon- trant toujours celui n’être aucunement excufable, qui aura at- tenté quelque chofe contre la perfonne du Roi. Je dirai da- vantage, que Saül s’étant occis en la mêlée contre les Philif- tins, David entendant nouvelles de fa mort, mena grand deuil, & fit merveilleufes lamentations ; & commanda qu’icelui eût la tête tranchée, qui le penfoit réjouir, apportant la tête de Saül, difant qu’il l’avoit mis à mort. A quoi David ému de pitié & de colere : comment, dit-il, n’as-tu pas craint de mettre ta main, pour défaire l’Oint du Seigneur ? Ton fang foit fur ta tête ; car ta bouche a teftifié contre toi, difant, j’ai tué l’Oint du Seigneur.

Ainfi David donnoit évidemment à entendre celui être inex- cufable, & ne pouvoir être lavé, voire de toute l’eau de la mer, ni juftifié, qui auroit attenté contre le Prince, facré de Dieu, pour commander fur fon Peuple. Que fi les rebelles objectent, qu’il fe dit entre les Barbares, *Si jus violandum eft, regnandi gratia violandum eft*, & là-deffus bâtiffent leurs efpérances, & cautrifent les confciences, pour par tous moïens illicites s’em- parer de la grandeur roïale : fi fous couleur de ce mafque tyran- nique, ils perfuadent que le fils doit entreprendre fur fon pere, le frere fur le frere, & le coufin fur fon coufin, que reftera-t-il d’affurance entre les hommes ; qui doit plus fidélement défendre la Couronne du pere, que le fils ? du frere, que le frere ? eft-ce que la nature les a liés enforte qu’ils puiffent être excufables pour une ambitieufe volonté ? Les Gentils même n’ont-ils pas tenu pour abominable, celui *cui pater eft vivax, qui matri digerit annos ?* Bien que cette fentence ait donné couleur au Prince contre fon ennemi, qui ne lui étoit allié finon par quelque confédéra- tion ; ou à celui, qui pour fe maintenir en fa grandeur, a dif-

penfé

penfé fur quelques droits du païs, avifant que l'âge & les hommes fembloient requérir cette mutation; toutesfois où trouvent-ils, finon entre les Tyrans, que le droit de nature, tel que nous avons dit, puiffe s'avancer au Siege Roïal? Que ne regardent-ils d'autre part, que Dieu eft le vengeur des Rois, pour rendre mal à ceux qui entreprennent contre leur Etat? Quel avancement a reçu Abfalom d'avoir cru le pernicieux confeil d'Achitofel, & fuivant celui attenté contre la perfonne du Roi David fon pere, contre fon Etat, voire contre fa vie? Lui qui pouvoit après fon pere fuccéder au Roïaume de Ifrael, ne s'en eft-il pas d'autant reculé qu'il s'y étoit avancé contre le droit de nature? Lorfque cet Abfalom dreffoit ces menées, il fe rendoit gracieux & facile à tous ceux qui venoient au Roi pour quelque affaire; il juftifioit un chacun en fa caufe, il leur promettoit beaucoup, advenant qu'il fut conftitué juge en la terre. Et par telles rufes aïant gagné la grace du Peuple, il afpiroit à l'état Roïal, fe fervant en toutes fes affaires du confeil d'Achitofel. Il conjura contre fon pere, & fe fit proclamer Roi en Hebron; il contraignit le Roi abandonner fa Ville capitale Jérufalem, fe retirer de vîteffe aux déferts pour fauver fa vie; il abufa des concubines d'icelui, & fit chofes exécrables au Palais Roïal. Et nonobftant qu'il femblât ja commander fouverainement, aïant gagné le Peuple, les Villes, le Palais & rendu fugitif le Roi, tant s'en faut qu'il ait depuis profpéré & confirmé fon autorité, que l'indignité de ce fait crioit vengeance contre le Ciel, il finit miférablement fes jours. Car Dieu jufte ne laiffa ce fait impuni, ains diffipa le Confeil d'Achitofel, de forte qu'icelui de deuil fe pendit & étrangla en fa maifon. Abfalom s'enfuïant fut arrêté, & demeura pendu à un arbre, puis tranfpercé de dards, fut accablé de pierres, & le lieu de fa charogne remarqué de perpétuelle deteftation. Je laiffe la mort d'Adonias, qui penfoit occuper le Roïaume fur Salomon, aïant déçu la mere du Roi, ainfi que très bien luî fut remontré par après. Je laiffe pareillement plufieurs autres exemples des Rois fucceffeurs, pour toucher feulement ce qui eft principal pour notre popos.

Les rebelles objectent que le Roi eft de Religion contraire, comme de-là prétendant une excufe en leurs conjurations. Mais que ne lifent-ils les Ecritures Saintes? puifqu'ils pipent les perfonnes du mafque de la Religion. Il eft certain que Jeroboam Roi de Samarie avoit rejetté la Religion ancienne; toutesfois quel Prophéte a persuadé faire la guerre contre lui ? Son fils est mort de maladie à cause de son péché ; la ruine de son Roïaume fut prédite, mais non exécutée par ses Sujets fauteurs de la Loi de Dieu. Grands maux sont advenus à Achab & au Roïaume d'Israel, pour avoir introduit nouvelle Religion, à la persuasion de Jezabel, fille du Roi des Sidoniens, aïant introduit les faux Prophétes, démoli les Autels, mis à mort les gens de bien. Toutesfois Elie, grand Prophéte de ce temps, encore qu'il fût d'un grand zéle, commanda-t-il qu'on se levât contre le Roi ? Les Prophêtes de Dieu étoient cachés aux cavernes, cent d'une part & cent d'autre, nourris secrettement de peu de pain rude & d'eau, les gens de bien affligés de toutes parts ; & ne fut néanmoins offensé le Roi de nul d'iceux, ni entreprise dressée contre sa personne. Le Prophéte seulement lui remontra son péché, le punit par sécheresse de trois ans & demi ; mais qui a lu qu'il ait enseigné se bander contre son Prince ? Tant s'en faut que *vim vi repelleret*, & voulût rejetter force par force, qu'il quitta le païs, avertit que Jésabel le faisoit chercher pour le mettre à mort. Aussi advint-il que lors Dieu se montra vengeur, quand la vengeance est mise entre ses mains ; lors, à savoir qu'on est persécuté injustement par le Magistrat, auquel il n'est permis résister par armes, ainsi qu'advint à Achab & Jezabel. Car outre la mort de plusieurs Prophétes, ils firent occir le juste Naboth, pour injustement détenir sa vigne : & lors notre Dieu, qui réserve les vengeances en temps & heure, permit Achab venir en telle nécessité, qu'il se défit lui-même, & Jezabel fut précipitée du haut d'une tour par ses Eunuques, déchirée des chiens & ses membres écartés en la vigne de l'Innocent, duquel elle avoit sollicité la mort. Je ne vueil ici faire mention de la mort d'Athalia, qui prétendoit faire mourir tous les enfans Roïaux d'Ochozias, à laquelle résista le Grand Prêtre Joiada, aïant reservé Joas, duquel par après le regne fut établi & rendu paisible. Bien est vrai que se méconnoissant par après, il consentit à la mort de Zacharie. Parquoi notre Dieu permit qu'il fût occis par ses propres Serviteurs ; ce que toutesfois nul des Sacrificateurs ni Prophétes n'eussent voulu attenter ni persuader, considéré que partout la personne Roïale doit être revérée. Combien de Prophêtes furent le passé mis à mort cruelle par les Rois, qui toutesfois n'ont jamais excité tumulte contre eux, ains plutôt les ont avertis & induits à pénitence ? Esaïe fut fendu d'une scie par le milieu du corps, par le commandement du Roi Manaſſés. Jéremie fut détenu priſonnier ſous Sedechias par le Gouverneur de la Terre de Benjamin : les trois Enfans furent jettés en la fournaiſe, par le commandement de Nabuchodonoſor Roi de Babilone : Daniel fut par deux fois abandonné aux lions, ſous les Rois Païens ; où lit-on néanmoins qu'ils aient ſeulement maudit les Princes & Magiſtrats qui donnoient telle ſentence ? Voire même notre Sauveur, vrai exemplaire de juſtice, encore qu'il ſût le deſſein de Pilate, reconnut-il pas qu'il avoit puiſſance d'en haut ? Ou a-t-il commandé de forcer les Magiſtrats dépravés, encore qu'il pût ce faire quand il eût voulu ? Je dirai davantage, a-t-il pas reprimé le ſouhait de Saint Jacques & Saint Jean, qui demandoient que le feu deſcendît ſur Samarie, à cauſe qu'elle lui avoit refuſé l'entrée, enſeignant qu'ils ignoroient quel eſprit les conduiſoit ? Saint Paul, encore qu'il fût ſouffleté devant le Prince des Prêtres, dit-il pas librement qu'il n'avoit entendu ſa grandeur pour le maudire, vu qu'il eſt écrit, (*Exod.* 22.) qu'il ne faut mal parler, ne mal ſouhaiter à ſon Prince ? Combien moins donc ſera-t-il licite attenter quelque mal contre ſa perſonne ? Mais on objecte que le Roi peut être de contraire Religion. Quand ainſi ſeroit, y a-t-il cauſe ſuffiſante d'aſſaſſiner celui, auquel Dieu aura déféré cette autorité ? Au contraire, il faut vaincre le mal par bien, comme dit Saint Paul, à ce que par bonnes œuvres nous faiſions taire les médiſans & confondions ceux qui eſtiment que la Religion ſoit ennemie du repos public. Car qui doute que Nabuchodonoſor ait été homme de pernicieuſe opinion, vu qu'il a démoli le Temple, renverſé l'Autel, pillé les ſacrés vaiſſeaux, mené captif le Peuple d'Iſrael en Babilone, & contraint pluſieurs d'adorer l'idole qu'il avoit fait ériger ? Et néanmoins tant s'en faut que là ce Peuple conſpirât contre lui, que Baruch, Scribe de Jeremie, au nom d'iceux écrivit aux Juifs qui reſtoient en Jéruſalem, qu'ils priaſſent pour la vie de Nabuchodonoſor Roi de Babilone, & de Balthazar ſon fils. Voire Daniel même fut-il pas fidele à Darius & Cirus leurs ſucceſſeurs ? Encore qu'il fut Etranger & Captif, trouva-t-il pas grace envers eux pour ſon fidele ſervice ? Et toutes fois il étoit Juif de nation & les autres Gentils : Serviteur de Dieu, les autres Idolâtres : Prophête de Dieu, les autres aveugles en toutes leurs doctrines. Je voudrois que de tous les Prophétes un ſeul me fût propoſé, qui ſous prétexte tel que ce ſoit, ait pris les armes contre ſon Prince. Au contraire, ils étoient vagabonds par les montagnes, par solitudes & déserts, pour échapper & non pour émouvoir la persécution. Je viens à Saint Jean, Précurseur de Notre Sauveur Jesus-Christ. Il voïoit de son tems un Hérode Iduméen, Juif contrefait, usurpateur du Roïaume de Gallilée & Judée. Il savoit les Romains Gentils & Idolâtres avoir par force, non par droit, déprimé la vraie liberté du Peuple Israelitique, icelui rendu tributaire, ordonné Gouverneurs à leur poste, fait choses telles à l'endroit du Peuple de Dieu, qu'il se pouvoit plaindre & lamenter : a-t-il néanmoins avancé quelque propos au préjudice d'iceux ? a-t-il enseigné la révolte contre leur Empire ? Les Pharisiens se sont adressés à lui pour conseil : leur a-t-il donné moïen de se mutiner contre les Romains ? Les Gens d'armes sont venus à lui, leur a-t-il dit autre chose, sinon qu'ils fussent contens de leurs gages ? A-t-il mis en avant que les Romains ne pouvoient regner, ou bien qu'il étoit permis se bander contr'eux ? Je dirai davantage, Hérodias le molestoit, le Roi Hérode le haïssoit, pource qu'il n'étoit accepteur de personne. Il savoit que sa mort étoit brassée par la femme de Philippes : a-t-il néanmoins animé ses Disciples pour se dresser contr'elle & Hérode ? A-t-il cherché moïen d'échapper ? Rien moins, ains librement entra en la prison, prêta le col au bourreau, se présenta à la mort, aïant bien moïen par ses Disciples, qui de jour en jour le visitoient, de faire mutiner le Peuple pour sa délivrance. Mais comment eût-il dressé le sentier au Seigneur, s'il se fût montré impatient jusques-là ? Car il étoit Précurseur de celui qui a enseigné obéir, païer le tribut & faire le reste de devoir aux Princes de ce monde, encore qu'ils fussent Païens & Idolâtres. Qu'ainsi soit, notre Sauveur Jesus-Christ a-t-il jamais prêché ou permis de se dresser contre César, néanmoins qu'il fût Gentil ? Tant s'en faut, qu'étant interrogé s'il étoit permis lui païer tribut, il répondit (*Matth.* 22.) rendez à César ce qui est à César, & à Dieu ce qui est à Dieu. Je dirai plus outre : lui-même encore qu'il fût pauvre, a-t-il pas païé le tribut pour soi & pour Saint Pierre, commandant tirer du poisson une piece d'argent pour s'acquiter de ce devoir ? Il voïoit des Publicains & rongeurs de Peuple, exacteurs & rançonneurs de pauvres gens, sous le prétexte de chercher le droit du Prince Romain ; toutesfois de-là il n'a jamais pris ne voulu prendre occasion de murmure, que même il a hanté les Publicains, bu & mangé avec eux. Il a bien remarqué l'ambition des Rois Gentils, disant (*Luc.* 22.) qu'ils s'arrêtoient aux titres de dominer: toutesfois a-t-il jamais animé le Peuple de les chaffer de leurs fieges: il favoit la cruauté d'Hérode, il connoiffoit l'injuftice de Pilate, il entendoit l'avarice & hypocrifie des Scribes & Pharifiens, toutesfois il a toujours commandé de leur obéir. A-t-il pas dit, que fur la chaire de Moïfe étoient affis les Scribes & Pharifiens, & qu'il falloit faire tout ce qu'ils diroient, encore que leurs œuvres fuffent contraires? Etant emmené devant Hérode, a-t-il murmuré? Lorfqu'on le lioit pour les préfenter aux juges dépravés, tant Juifs que Païens, a-t-il pas défendu à Saint Pierre ufer de glaive? Et ce nonobftant il fe fentoit innocent, les autres méchans; jufte, les autres injuftes; la vérité même, les autres ou menfongers ou corrompus par faux témoins. Il pouvoit de fa feule parole les renverfer, comme premierement il avoit fait à leurs fatrapes; paffer par le milieu d'iceux, comme en Nazareth; les abîmer ainfi qu'anciennement les mutins de la Compagnie de Coré, Dathan & Abiron; toutesfois fe rendant pour exemple aux fiens il a mieux aimé endurer, confeillant s'enfuir plutôt qu'ufer de violence contre le Magiftrat. Ainfi autrefois voïant que fes Difciples commençoient à s'animer contre les Pharifiens: laiffez-les (dit-il) ils font aveugles & conducteurs d'aveugles, les enfeignant s'armer de patience contre tels monftres, plutôt que de violence. Il leur avoit fouvent prédit qu'ils feroient menés devant les Princes, Rois & Juges: leur difoit-il qu'ils trouvaffent moïen de prendre pied au Roïaume où ils entreroient, à ce qu'ils puffent machiner la mort du Seigneur d'icelui? Leur confeilloit-il après l'entrée de leur parole avancer les plaintes, puis les armes, puis les trahifons? A-t-il jamais tenu propos d'ufer de forces humaines à ceux qui n'avoient que deux glaives au temps de fa paffion; de piller l'autrui, à ceux qui avoient laiffé leur propre; de s'avancer aux fieges de la Terre, à ceux qui ne militoient que pour le Ciel? Il leur a dit qu'ils feroient heureux lorfqu'ils endureroient perfécution, lorfqu'on les affligeroit, qu'on les chafferoit; a-t-il ajouté qu'ils feroient heureux quand ils auroient affaffiné un Roi, faccagé un grand Païs, buriné tout le bien des pauvres gens, maffacré & tué tous ceux qui leur réfifteroient? En quel paffage de l'Ecriture ces féditieux me pourront-ils trouver un feul point pour confirmation de tels actes? Où montreront-ils que les Apôtres fe foient faits chefs de telles entreprifes? De quelle parole tirent-ils que les Sujets fe puiffent bander contre leur Prince? Car s'il faut venir aux Apôtres, nous lifons affez qu'ils ont enduré perfécutions par les

Tyrans : nous ne lifons point toutesfois que par armes corporelles ils fe foient rebellés. L'Apôtre Saint Pierre étoit détenu
prifonnier par le Roi Hérode : les armes de l'Eglife étoient prieres & jeûnes pour fa délivrance. Ce même Hérode a mis à mort
Saint Jacques frere de Saint Jean, & l'Eglife néanmoins ne s'eft
aucunement mutinée contre lui. Saint Étienne a été lapidé par
malheureufe fentence ; de quelles armes s'eft-il vengé ? Il favoit
ce que Dieu dit par le Prophête : rends moi la vengeance, & je
la ferai. Pourtant n'a-t-il maudit, mais prié Dieu pour fes perfécuteurs. A favoir il avoit appris cette charité de Jefus-Chrift,
qui baifant le traître Judas, l'appelloit ami, & prioit en la croix
pour ceux qui le tourmentoient. Auffi avoit-il enfeigné que celui
qui répand le fang, eft enfant du Diable, tels qu'étoient les Juifs,
fuivant les defirs de leur pere : car, dit-il, votre pere le Diable
eft homicide dès le commencement, *Jean.* 8.

Or d'autant que la lumiere & les ténebres, Chrift & Belial,
Dieu & le Diable font diffemblables, d'autant notre Sauveur
donnoit manifeftement à entendre, que fes Difciples devoient
abhorrer le fang & le carnage. Ce que Saint Paul témoignoit,
quand il fe glorifioit, non aux armes temporelles, mais fpirituelles ; non aux grandeurs de ce monde, mais aux afflictions de
Jefus-Chrift, aux prifons, jeûnes, naufrages, haines, périls de
chemins, dangers de voleurs, fimulations de faux freres & autres
perfécutions ; affuré que tels étoient les moïens, par lefquels
l'homme Chrétien étoit exalté. Il fe difoit la fiente & malédiction du monde pareillement ; nous fommes, dit-il, comme les
agneaux de la boucherie. Tant s'en faut que les Apôtre cher-
chaffent les moïens de furprendre les Rois, qu'ils ne fe vouloient autrement venger. Nous endurons perfécution, dit Saint
Paul, mais nous ne fommes vaincus, en tant que (comme témoigne Saint Jacques) la perfécution de notre foi nous forme
en patience, laquelle accomplit tout l'œuvre du Chrétien. Pour
cette caufe l'Apôtre enfeigne fon Difciple Timothée, de faire
priere pour les Rois, Princes & Seigneurs, à ce que nous puif-
fions vivre paifiblement, encore que ceux qui regnoient de fon
temps fuffent Païens & Idolâtres. Saint Pierre au 2. *ch.* de la 1.
Epître, enjoint aux Eglifes de faire le femblable, honorer les
Rois, reconnoître qu'ils font établis de Dieu, lequel a ordonné
par Saint Paul, *Rom.* 13. que toute perfonne foit affujettie aux
Puiffances fupérieures ; il commande de leur obéir, avertit que
quiconque leur réfifte il contrevient à l'ordonnance de Dieu,

Ce nonobſtant, qui commandoit de ſon temps ? étoit-ce quelque Prince Chrétien, quelque Roi amateur de notre Religion ? voire, c'étoit un Neron barbare, inhumain, idolâtre, le plus cruel de tout le monde. A ſa tyrannie les Apôtres ont-ils réſiſté par armes, encore qu'il ne fût leur Prince naturel ? Les Chrétiens de ce temps ſe ſont-ils mutinés contre lui ? Saint Paul a revéré Agrippa & Felix, il a honoré Sergius Proconſul, il n'a jamais levé les armes contre les Princes, depuis qu'il eût quitté les armes, leſquelles premierement il portoit contre Jeſus-Chriſt. De loup il fut rendu agneau ; de ſanguinaire, paiſible ; de ſéditieux, tranquille & obéiſſant ; de mutin, traitable & maniable, depuis à ſavoir qu'il ſe fût rangé au joug de la Doctrine Evangelique. Au contraire, ce n'eſt merveille ſi ceux qui ont abandonné la Religion Chrétienne, embraſſé une opinion prophane & contraire, ſe ſont rendus à Dieu, à l'Egliſe, & à leurs Princes, ſéditieux, voleurs, meurtriers, aſſaſſineurs, & en tout ſemblables au Prince de diſſenſion. Car qui chemine en l'Egliſe, il eſt conduit de l'Eſprit de paix, il endure, il rend le bien pour le mal, & ſelon la parole de Jeſus-Chriſt, il aime ſes ennemis, il fait bien à ceux qui le haïſſent, il prie pour ceux qui le perſécutent & affligent, il ſurmonte le mauvais, non en mal, mais en bien. Mais celui qui étant abandonné de Dieu & livré au malin eſprit, eſt rongé de ſes mauvaiſes penſées, & dreſſe embuches à ſon frere, s'efforce ſurprendre ſon ennemi. Et de tous ces actes en trouve-t-on plus déteſtable entre Dieu & les hommes, que s'addreſſer à la perſonne de ſon Prince & Roi pour l'aſſaſſiner & maſſacrer. Car il eſt oint & ſacré du fils de Dieu, duquel il repréſente la majeſté, encore qu'il ſoit homme & mortel comme les autres. Mais il reſte à répondre à ceux, qui pour favoriſer les rebellions, mettent en avant le fait des Enfans d'Iſrael, quand ils ſortirent d'Egypte ; & de ce qu'on lit qu'ils emporterent les vaiſſeaux des Egyptiens, veulent conclure que juſtement ils peuvent piller ceux qui ſont de Religion contraire. En quoi ils montrent leur malice, vu que les Enfans d'Iſrael ne ſortirent d'Egypte qu'avec le congé du Roi Pharaon, vaincu & contraint par les ſignes que faiſoit Moïſe. Que ſi ces révoltés alléguent le fait de ce Peuple, comment ſe pourront-ils excuſer de s'être armés contre leur Roi ? Pharaon étoit Roi d'Egypte, iſſu de la race des Egyptiens, non du Peuple d'Iſrael ; il étoit du tout ennemi du vrai Dieu & de ſon ſervice ; tyranniſoit ces pauvres gens, juſqu'à faire mourir leurs enfans mâles & les ſur-

charger de charges intolérables. Que faisoit cette troupe fidelle
contre ce Roi ? Nous lisons qu'ils se lamentoient, qu'ils faisoient
ouir leurs plaintifs jusqu'au Ciel, non qu'ils aient attenté la
moindre chose contre son Etat. Depuis notre Dieu aïant égard
aux regrets de son Peuple, envoïa son Serviteur Moïse, non pour
l'armer & mutiner contre Pharaon, mais pour lui faire entendre
par remontrances & signes qu'il devoit permettre ce Peuple lui
faire sacrifice. De fait, ce Tyran vaincu par les signes que faisoit Moïse, quitta ce Peuple & le fit sortir d'Egypte. Et encore
que soudain se répentant de lui avoir donné ce congé, il le pour-
suivît d'une rage désespérée, accompagné de six cens chariots
d'élite, & de tous les chariots d'Egypte & de ses gens de guerre ;
encore qu'il l'eût attrapé près la mer rouge, encore que ce Peuple Hébreu se sentît pressé de si près, où lit-on néanmoins qu'il
ait donné le moindre signe de résistance ? qu'il se soit mis en
ordre pour s'opposer à la violence du Roi ? Seulement voïant les
Egyptiens marcher après soi, s'écria au Seigneur & dit à Moïse :
n'y avoit-il point de sépulchres en Egypte, que tu nous as em-
menés pour mourir au désert ? Qu'est-ce que tu nous as fait, en
nous retirant hors d'Egypte ? N'est-ce point ce que nous te disions :
Déporte toi de nous, & nous servirons aux Egyptiens ? car
mieux nous valoit servir à eux que de mourir au désert. Telle
étoit la simplicité, crainte & doute des Enfans d'Israel, & ainsi
se prenoient à leurs yeux, non aux armes lorsqu'ils voïoient
le Roi armé marcher à l'encontre d'eux. Aussi la submersion de
Pharaon & entiere ruine de ses gens, n'est venue de la main des
hommes, mais de la puissance de Dieu. Il faudroit donc que ceux
qui allèguent cet exemple, sortissent plutôt du païs, que d'entreprendre contre l'Etat ; & attendissent la vengeance de Dieu,
plutôt que de la vouloir attenter. Il faudroit qu'ils fissent des miracles comme Moïse, & apportassent preuve de leur Religion ;
& après se munissent de patience, non de rage & conspirations
contre leurs Prince. Mais, diront-ils, ce Peuple a pillé les Egyptiens. A quoi Saint Irenée répond : que les Enfans d'Israel
avoient emprunté ces vaisseaux des Egyptiens, & qu'ils les emporterent pour récompense des services qu'ils leurs avoient faits,
desquels ils n'avoient reçu aucun salaire ; que si on eut consideré ce
que chacun emporta, & rapporté le prix avec ce qu'il avoit mérité pour son service, c'étoit une récompense bien maigre. Joint
que notre Dieu leur commanda d'ainsi faire, non-seulement
pour cette raison, mais encore pour la prophétie du futur. Maintenant

tenant que ces révoltés montrent s'ils ont un exprès commandement de Dieu, d'attenter quelques pilleries & saccagemens;
qu'ils prouvent que nous leur soïons redevables pour quelques
bons offices & fideles services qu'ils nous aient faits. Ce seroit
choses légeres s'ils faisoient banqueroutes, s'ils quittoient le
païs, emportant avec eux ce qu'ils ont emprunté de leurs crédi-
teurs; si encore, au contraire de ce Peuple d'Israël, ils ne demeuroient au milieu de nous, pour braver le Roi, piller & butiner tout ce qu'ils pourront prendre, soit chose sacrée ou non,
soit du public ou du particulier.

Ils se veulent aussi justifier sur le fait de Jahel & Judith, dont
l'une tua Sisara, Chef de l'armée de Jabin, Roi de Chanaan,
lequel de vitesse s'étoit sauvé en sa maison, & le voïant endormi
prit un clou de tabernacle & un marteau en sa main, & vint
à lui coiement, & lui transperça le chef à l'endroit des temples,
& le fit ainsi mourir. L'autre étant sortie de la Ville de Bethulie, emmenée au pavillon d'Holofernes, Chef de l'armée de
Nabuchodonosor, le voïant enivré & endormi, l'occasion se
présentant, lui trancha la tête, & la fit porter en un sac par sa
servante. Et vraiement ces actes sont fort généreux en ces Dames, & dignes de grande louange, vu qu'elles attentoient, non
contre leur Roi ou leur Prince, mais contre ceux qui vouloient
renverser l'état Roïal de leur Païs, & s'opposoient entierement
à leur Peuple. Mais à quel propos ces exemples, pour inférer
qu'on se peut révolter de son Roi? En ce temps Jabin & Nabuchodonosor n'avoient aucun droit sur ce Peuple, venoient comme Etrangers & Ennemis contre eux; pour lors aussi ils étoient
traités de même. Mais depuis que Dieu a permis que l'un d'i-
ceux ait commandé à son Peuple, qui est celui qui n'ait enduré patiemment, & qui, comme nous avons dit, n'ait fait
prieres en Jérusalem pour Nabuchodonosor & Balthasar son
fils?

Je ne me veux arrêter aux exemples & raisons des anciens,
pour témoigner l'obéissance & révérence que les premiers Chrétiens ont portée aux Empereurs & Rois, voire Païens & Ethniques, reconnoissant leur dignité vénerable, encore qu'ils ne voulussent suivre leur Religion. Ils avoient pour arrêté, que le prétexte de Religion quelque ce soit, ne peut donner couleur à
l'homme Chrétien de se mutiner contre son Prince. Ils pro-
nonçoient ordinairement cette sentence : *Malumus occidi,
quam occidere.* Nous aimons mieux être tués que de tuer, ce dit

Tertulian en son Apologie. Car encore qu'ils fussent injustement affligés par les Princes, ils aimoient plutôt mourir quee-
ver les armes contre eux. Je ne veuille, dis-je, faire discours des
anciennes histoires Ecclésiastiques & témoignages des Peres,
tant pour ne sembler aux rebelles que je me sois assez muni de
l'autorité de l'Ecriture Sainte, que pour n'attédier les personnes
de si long discours.

Que diront donc ces gens tumultueux? dequoi se couvriront
ceux, qui après s'être bandés contre les Sacremens, contre l'E-
pouse de Jesus Christ, contre la Prélature Ecclésiastique, voire
contre toute la Religion Chrétienne, se sont attaqués à la personne du Roi? A savoir, tel est le but & conclusion des entreprises Sataniques, ne laisser chose intentée qui les puisse empêcher.
Le dessein de Satan est, troubler toutes choses, & quelque
douce entrée qu'il présente, réserver au dernier une guerre manifeste. Car s'il ose entreprendre contre Dieu, pourquoi ne s'a-
vancera-t-il contre les hommes? S'il ose se lancer contre la
Prélature Ecclésiastique, se précipitera-t-il pas aisément contre
la politique? S'il présume contre le Ciel, osera-t-il pas contre la
terre? Aussi quelquefois les Princes, endormis en leurs grandeurs, rendus nonchalans de la querelle de Dieu, sont excités
de tels éperons, Dieu permettant qu'ils soient recherchés eux-
mêmes en leurs personnes, s'ils pensent conniver & dissimuler en
la querelle de Dieu. Ainsi anciennement Valens Empereur d'O-
rient, pour récompense d'avoir logé les Goths, Hérétiques,
Ariens au Païs de Thrace (Dieu juste vengeur, permettant toutes choses selon poids & mesure) fut par eux recherché, voire
vaincu en guerre, & brûlé en une loge, ainsi que l'Hermite
Isaac lui avoit prédit avant qu'il partît de Constantinople. Aussi
advient-il quelquefois ce que le bon Amphilochius, Evêque
d'Iconne donna manifestement à entendre à l'Empereur Théodose. Car icelui, pour ne sembler rendre sanglant le commencement de son regne, dissimuloit en la cause de Dieu, & permettoit les Hérétiques faire leurs assemblées; ce que assez face-
tieusement reprit ce bon Evêque, disant, que puisque l'Empereur étoit prêt de venger l'injure, si quelqu'une étoit faite à la
personne de son fils, & commandoit ceux être chassés, qui ne
lui déféroient tel honneur qui lui appartenoit, à forte raison devoit-il chasser les Hérétiques blasphêmateurs contre Dieu le
Pere & le Fils, contre l'Eglise & la Religion Chrétienne. Ce
qu'il commanda être fait; toutesfois fut-il aucunement noncha

lant, jusqu'à ce que séditions par eux contre lui excitées, il les
extermina de son Païs. Ainsi Arcadius Empereur, n'eût tenu
compte de refréner l'ambitieuse témérité de Gaynas, Prince de
sa Cour, Hérétique, Arien, ains étoit prêt à lui octroïer temples par tous lieux qu'il seroit pour l'exercice de sa Religion, s'il
n'eût au découvert apperçu qu'il prétendoit davantage qu'à l'a-
vancement de son opinion. Par avanture peu eût-il estimé le
saccagement de ses Cités, s'il ne se fût adressé à la grande Ville
de Constantinople, pour piller les boutiques des Orfévres &
Argentiers, voire s'il n'eût entrepris contre sa personne, envoïant de nuit grand nombre de Barbares, pour le surprendre
& saccager en son Hôtel Impérial. Ainsi Dieu est juste, permettant le fils mal endoctriné travailler son pere, & le Sujet
soutenu ou non recherché en sa dépravée maniere de vivre, se
bander contre ceux qui n'ont usé du glaive quand il en étoit besoin. Aussi ce peut advenir pour l'approbation des Princes, à
ce que leur vertu soit connue, ensemble à ce qu'ils détestent en
leur jeunesse, & de plus en plus avec l'âge aient en horreur les
héréfies, comme ennemies de Dieu, de la Foi & de leur Etat.
Cependant l'Hérétique demeurera-t-il excusable d'avoir levé les
armes contre son Prince ? S'il prend couleur de liberté & soulagement du Peuple : ceux de sa Secte y apportent-ils quelque remede ? Le déchargent-ils, pillant & rançonnant les pauvres
gens & brûlant ce qu'ils ne peuvent emporter ? Veulent-ils point
évoquer le Roi en jugement, ainsi qu'on a feint du loup à la
brebis, à ce que sous prétexte de raison, ils usent de violence
& assassinemens ?

Nous lisons que les anciens Prophetes se sont plaints des exactions des Princes ; ont-ils de-là pris occasion de faire guerre contr'eux ? Toute leur étude étoit de remontrer les fautes des Princes
& les admonester des vengeances de Dieu, non d'irriter le Peuple, & l'inciter à lever les armes contr'eux. Et ne faut douter
que ceux qui de leur temps commandoient, ne fussent grandement à éprendre. A cette occasion, Esaïe au commencement
de sa Prophétie, adressant sa parole au Peuple d'Israel : tes
Princes, dit-il, sont déloïaux & compagnons des larrons ; tous
aiment les présens, & suivent les rétributions. Ils ne font point
droit à l'orphelin, & la cause de laveuve ne parvient point jusqu'à eux. Pource voici que dit le Dominateur, le Seigneur des
armées, le fort d'Israel : Ha ! je me consolerai de mes adversaires & me vengerai de mes ennemis & restituerai tes Juges com-

me ils ont été par avant, & les Conseillers comme ils ont été premierement : après cela ont t’appellera Cité de justice, Ville fidelle. Ainsi prédit ce bon Prophete la vengeance de Dieu contre les Princes, & la restitution des bons Juges & Conseillers, consideré que les dépravés étoient cause des maux advenus en Israel. Peu après. Mon Peuple, dit-il, ceux qui te conduisent, ceux-là te font errer & dissipent le chemin de ton allure. Le Seigneur est debout en jugement, & assiste pour juger les Peuples. Le Seigneur entrera en jugement avec les anciens de son Peuple, & avec ses Princes. Car, dira-t-il, vous avez gâté ma vigne, & la rapine du pauvre est en vos maisons. Le Prophete Ezechiel a taxé & témoigné les vices des Princes de son temps, disant qu’ils étoient comme loups qui ravissent la proie, en épandant le sang, qu’ils perdoient les ames, & s’adonnoient à avarice. Il introduit notre Dieu, parlant contre les exactions & impôts ; il les admoneste à ce qu’ils fassent juste balance. Amos les appelle vaches de Basan, outrageux aux indigens, oppresseurs des pauvres. Michée représente notre Dieu, leur reprochant qu’ils haïssoient le bien, aimoient le mal, ravissoient les peaux de dessus le Peuple & leur chair de dessus les os. Sophonie les appelle Lions rugissans ; tous lesquels titres témoignent suffisamment que les Gouverneurs & Juges de leurs temps étoient grandement dépravés. Toutesfois nul des Prophetes, encore qu’il vît son Peuple défaillir sous les exactions, comme du tout pillé & mis à pauvreté, n’a sous prétexte du bien public, conseillé se mutiner contre ses Princes, ains plutôt s’est efforcé les induire à pénitence. Je sais bien que les séditieux pourront dire qu’aucuns ou du Paganisme ou de la Doctrine mahométique & hérétique, pour maintenir & avancer leurs menées ou fausses opinions, ont malheureusement entrepris contre les Princes. Ainsi Alexandre fut tué, par un soldat prosterné à ses pieds devant la Ville de Tauris. Ainsi Amurath, premier Roi de ce nom en Turquie, après avoir déconfit le Despote de Servie & Bulgarie, fut mis à mort traîtreusement par un Esclave de Bulgarie qui feignoit de le sauver. Ainsi Sigisbert Roi, environné de tous les siens, à la suscitation de Fredegonde, fut meurtri par deux avanturiers Gentilshommes. Ainsi fait-on récit qu’au voïage de Jerusalem y avoit au Levant une sorte de gens que l’on appelloit Assassins, & autrement Beduins, qui habitoient aux plus creux des plus épaisses montagnes ; vivans sous un Seigneur que les nôtres ne reconnoissoient par autre nom que celui du Vieil ou Grand de la montagne. Celui-ci, sous l'imagination d'un Paradis de volupté, qu'il leur avoit imprimé en la tête, gagna cette marque sur eux, qu'ils faisoient vœu solemnel de massacrer tous les Princes qui contrevenoient à leur Secte. Par eux, le Comte de Tripoli fut mis à mort, Edouard d'Angleterre surpris & autres grands Seigneurs de par deça occis ou détenus prisonniers. D'iceux est sorti le mot d'assassiner, lorsque l'on commet meurtre ou autre excès de guet-à-pan. Je sais qu'autres plusieurs se sont dressés contre les Rois & Princes, sous couverture de Religion. Mais je nie que tels assassins (puisqu'ils les faut ainsi nommer) aient été Chrétiens Catholiques, & que pour la vraie foi ils aient entrepris tels massacres, tant de fois condamnés en l'Ecriture Sainte. Outre plus, Alexandre & Amurath n'étoient Princes & Supérieurs de ceux qui les tuerent ; les autres aussi étoient conduits d'un esprit Satanique, ainsi que les Assassins ou Beduins, & ces Anabaptistes, qui depuis quelques temps prêchoient l'avancement du Roïaume de Dieu, enseignant de fouler aux pieds tous les Princes.

Aussi je dirai librement que ceux qui suivent l'école de Satan, quelques masques qu'ils prennent & quelques blandissemens qu'ils avancent envers les Rois & Princes, ne prétendent rien davantage que de retrancher tout leur Etat & remettre toutes les affaires publiques entre leurs mains. Pour cette cause Jovinian, Empereur, ne voulut entendre aux requêtes des Macédoniens hérétiques de son temps, demandant libre exercice de leur opinion par tout l'Empire, disant qu'il haïssoit l'étude & exercice de débats & querelles, & ne demandoit que paix, de laquelle il ne pouvoit jouir, recevant tant de factions hérétiques. Comme s'il eût voulu dire, que l'Esprit de paix ne les conduisoit, ains s'ils étoient reçus de plus en plus machineroient séditions & troubles en son Empire. Que si les Païens, les Mahometans, Epicuriens & Hérétiques, pourcequ'ils sont enfans du Diable, homicide & meurtrier, ont osé, ou osent prendre les armes contre leurs peres, amis, cousins, voire contre leur Prince & Roi, faut-il conclure que ceux qui veulent à bon droit être nommés Chrétiens, qui ont juré ne contrevenir aux enseignemens & exemples de l'Ecriture sainte, veuillent seulement penser quelque chose contre la personne de leur Roi ? Il n'y a convention aucune de Jesus-Christ avec Belial, de la lumiere aux ténebres ; & ne peut & ne doit être tirée aucune conséquence des traîtres & malheureux faits des Gentils,

Mahométans & Hérétiques, pour de-là vouloir regler les Chrétiens. Que pourront donc alléguer les Rebelles, vu que les exactions que les Princes pourroient faire, ne font suffisantes caufes d'émouvoir leurs Sujets contr'eux? On peut faire des remontrances, requerir l'affemblée des Etats & chercher autres voies raifonnables, non lever les armes, affaffiner fon Prince. Joint que quand on auroit regardé toutes chofes d'œil faint & droit, on verroit que plufieurs caufes légitimes, voire comme néceffités urgentes, contraignent quelquesfois les Rois requérir de leurs Sujets, aides & fubfides plus que de coutume. Que fi les Rebelles prétendent la Religion, comme caufe fuffifante de fe révolter de l'obéiffance de leur Prince naturel, que ne regardent-ils cela n'être pas permis à l'homme Chrétien? ainfi qu'avons fuffifamment prouvé ci-deffus. Parquoi il faut que ceux qui fe glorifient du nom Chrétien, fe reforment fuivant l'Ecriture Sainte, ceffent de fe bander contre leur Roi, regardent à prier pour lui, felon la Doctrine de Saint Paul, à l'honorer & revérer, reconnoiffant qu'il eft facré de Dieu & établi fur fon Peuple (1).

(1) L'Auteur de ces Remontrances apporte en exemple le Vieil de la Montagne, & ce que l'on a appellé les Affaffins; mais comme ce qu'il en dit n'eft point affez exact, nous croions devoir renvoier aux deux Mémoires de M. Falconnet, fur ce fujet, imprimés dans les Mémoires de l'Academie des Belles-Lettres, tome 17; & à ce que M. Lévêque de la Ravalliere en dit dans les mêmes Mémoires, tom. 16.

Avertissement.

Telle fut la censure faite au nom de la Faculté de Sorbonne, par le Carme sus-nommé, l'un de ses anciens Maîtres & Suppôts, non seulement aux Ligueurs assassins de Henri de Valois, leur Roi & Prince légitime, sanguinaires ennemis de son vrai Successeur ; mais aussi à la Sorbonne même, qui après l'exécution de Blois avoit approuvé la dégradation du Roi, fulminé contre icelui, comme si ç'eût été un Tyran abandonné au premier tueur, dont s'ensuivit l'enragée conspiration du Jacobin, le parricide commis en la personne du Roi, la canonisation de ce furieux que l'enfer créa ; & les résolutions théologiques que Henri de Bourbon, Roi de France & de Navarre étoit déchu du droit de succession à la Couronne, encore qu'il se recatholiquât & devînt Romaniste mille fois. Les Livres François & Latins en furent imprimés à Paris, Lyon & autres Villes. Mais que ces bonnes gens répondent premiérement au Sorboniste Beauxamis. Or, entr'autres Ligueurs qui écumerent leur rage contre le feu Roi & son Successeur, se trouva un Avocat du Parlement de Dijon, nommé N. Bernard (1), lequel avoit été des premiers factieux en l'Assemblée des Etats de Blois. Icelui aïant après l'assassinat du Roi, publié un Avis ou Libelle fameux contre la Majesté roïale, pour justifier les felonnies & parricides en la Ligue & pour établir la tyrannie du Duc de Mayenne, un Catholique Romain lui fit bien ferme réponse, que nous avons ajoutée à celle du Sorboniste, afin qu'en la bouche de ces deux se trouve la condamnation des Rebelles.

(1) Etienne Bernard, Avocat & depuis Conseiller au Parlement de Dijon, sa Patrie. Son Ecrit est intitulé : *Avis à la Noblesse sur ce qui s'est passé aux Etats de Blois*, 1590 *in*-8°. L'Auteur est mort à Châlons le 28 Mars 1609. Il étoit fort zélé pour la Religion & pour le bien public, mais trop passionné. Dans son *Avis*, il dépeint le Roi Henri III & le meurtre des Guises avec les couleurs les plus hideuses qu'on puisse emploïer. Outre la Réponse qui est ci-après, Jacques de Guijon, célebre Jurisconsulte de Dijon, en fit une autre intitulée : *Le devoir du Sujet vrai François & Catholique, servant de Réponse, &c.* Cet Ecrit est dans le Recueil des Œuvres de MM. de Guijon, *in*-4° 1658. Au reste, Etienne Bernard se reconcilia depuis avec Henri IV, dont il devint un des plus zélés Sujets, lorsqu'il se fut soumis à son obéissance, à l'exemple du Duc de Mayenne son Protecteur. Voïez *la Bibliothéque des Auteurs de Bourgogne*, par feu M. l'Abbé Papillon, *in-fol.*, pag. 38 & suiv. On y apprend, en particulier que Bernard est Auteur du Discours de *ce qui avint à Blois jusqu'à la mort du Duc de Guise & du Cardinal de Lorraine*, qui est dans le tome 3 de ces Mémoires. Mais on y paroît douter que l'*Avis* dont il est ici question soit du même Auteur.

CONTR'AVIS

A CELUI DE L'AVOCAT BERNARD DE DIJON,

A la Noblesse de Bourgogne, sur ce qui est expédient de faire pour s'opposer à ceux qui sous le masque de Religion, veulent transférer la Couronne de France en main étrangere (1).

MESSIEURS, afin que personne n'estime que quelque connoissance, servitude, ou bienfaits que j'aie du Roi de Navarre, ou quelqueconformité que j'aie à saReligion m'ait fait prendre la plume pour écrire contre l'avis furieux & remplie de félonie, que l'Avocat Bernard de Dijon a fait n'aguerres publier de la résolution des Etats de Blois en l'an 1588, je vous déclare que je suis né François, faisant profession de la Religion Catholique, qui n'ai obligation au Roi de Navarre que celle que la Loi de ce Roïaume, & le commun consentement des bons François lui a donné en cet Etat, ne l'aïant oncques vu que lors qu'au grand regret des gens de bien chacun le put voir traîner comme captif & en triomphe jusqu'à Lyon, pour aller recevoir le feu Roi à son retour de Pologne. Toutesfois voïant ce seditieux écrit ne tendre qu'à continuer de faire voguer cet Etat aux perilleuses vagues de partialités & divisions, pour (sous l'écueil d'un saint zele de Religion) faire periller tous les Princes du sang, afin de bâtir (des reliques de leur naufrage) des échelles à l'Espagnol, ou aux Lorrains, pour grimper au sommet de notre Monarchie ; la charité & devoir que j'ai à ma patrie m'a semond à vous découvrir les bancs ausquels (par son affecté langage) l'Avocat Bernard vous veut passer pour vous faire submerger au perilleux gouffre de sedition, & félonnie contre le feu Roi, & ceux que les Loix du Roïaume appellent à la succession de sa Couronne, & vous rendre perpetuellement esclaves de la tyrannie des Chefs & Auteurs de leur rebellion.

Voïons donc quelle Religion lui peut avoir appris de faire servir la puissance & autorité de Dieu tout puissant, de mesche pour les feux de joie qu'il fait du felon assassinat commis en la personne de feu Roi de bonne mémoire Henri de Valois notre dernier Roi, par un Moine (comme dit Zonare parlant du Medecin Basile Prédicateur de la maudite secte des Bogomilles) déguisé en diable. Il n'y a rien plus fréquent en l'Ecriture sainte

(1) Cet Ecrit avoit déja paru à laRochelle, en 1590 *in-8°*.   que

que la défense, non pas de tuer ou attenter à la vie ou à l'honneur des Princes souverains, mais auſſi des Magiſtrats, ores qu'ils fuſſent méchans & dyſçoles: & tiennent les plus apparens Théologiens, qu'il n'eſt seulement licite de se rebeller (tant s'en faut de tirer l'épée) contre son Prince souverain, s'il n'y avoit mandement ſpécial & indubitable de Dieu. Jehu étoit ſujet du Roi Achab, & n'attenta jamais contre son Prince pour toutes les cruautés, exactions & meurtres des Prophetes que le Roi Achab avoit faits, juſqu'à ce qu'il eut commandement exprès de la voix de Dieu par la bouche du Prophete. Nabuchodonozor Roi d'Aſſyrie, gâta le païs de la Paleſtine, aſſiegea la Ville de Jeruſalem, la força, pilla, raſa maiſons & murailles, brûla le Temple, souilla le ſanctuaire de Dieu, tua le Roi & la plûpart du Peuple, emmena le ſurplus eſclave en Babylone: & là fit faire une ſtatue repreſentant son image, & commanda à chacun de l'adorer, ſur peine d'être jetté tout vif en la fournaiſe ardente. Bref, il n'y eut jamais tyran plus déteſtable que celui-là: & néanmoins nous voïons le Prophete Jeremie reprendre Sedechie Roi de Jeruſalem, déteſter ſa perfidie, déloïauté & rebellion contre Nabuchodonoſor, diſant qu'il ne méritoit rien que la mort. David, encore que Saül (pouſſé du malin eſprit) l'eût pluſieurs fois perſécuté à mort, & eût ſans occaſion fait mourir tous les Prêtres de la Loi, tant s'en faut que l'aïant eu par pluſieurs fois en ſa puiſſance il ait jamais voulu attenter à ſa perſonne, qu'il fit mourir celui qui lui rapporta la mort de Saül, diſant, va méchant, as-tu bien oſé mette la main ſur celui que Dieu avoit ſacré? tu mourras. Zonare rapporte que l'Empereur Theophile étant parvenu à l'Empire, n'eut rien en plus ſinguliere recommandation, que de punir ceux qui avoient aidé à son pere à maſſacrer Leon son Prédeceſſeur (1): & afin qu'un ſeul n'en échappât, il fit aſſembler tous les Senateurs en son Palais, leur faiſant entendre que son pere (mourant) lui avoit fait exprès commandement de reconnoître ceux, à l'aide deſquels il ſeroit parvenu à l'Empire, n'aïant pu s'acquitter de cette obligation, pour avoir été prévenu de la mort: par quoi il prioit tous ceux qui avoient aſſiſté à Michel son pere, de se retirer à part,

---

(1) C'eſt Leon V, dit l'Armenien, fils du Patrice Bardas. Léon haï de ſes Sujets, principalement à cauſe de ſes cruautés, fut maſſacré la nuit de Noel de l'an 820, par les Partiſans de Michel *le Begue*, qu'il tenoit en priſon & qu'il avoit réſolu de faire mourir après les Fêtes. Michel fut mis ſur le trône après lui. Théophile étoit fils de Michel & lui ſucceda dans l'Empire d'Orient l'an 829. Il entra beaucoup de politique & d'interêt dans la punition dont on parle ici.

Ce qui étant fait, il leur dit : Pourquoi avez-vous été si hardis que de mettre vos mains sanglantes sur l'oint du Seigneur? & les fit sur le champ punir de mort par son Grand Maître. Et toutesfois un Avocat à gage, par sa langue, & écrit mercenaire, ose bien soutenir la cause d'un Moine endiablé, qui a été induit à souiller sa main sanglante du sang de son Roi légitime, & dire que c'est un coup de Dieu. C'est pour vérifier le proverbe ancien qui dit qu'il n'y a si méchante cause qui ne trouve son Avocat. Mais il avoit, dit-il, indignement regné par l'espace de quinze ans, ruiné son Peuple, & trompé ses Sujets par Edits iniques, impôts prodigieux, cruelles exactions, profuses prodigalités, assassins horribles, perjuremens publiques, infâmes pollutions, prostitutions, forces & autres crimes détestables couverts & masqués d'un faux visage pénitent, de Pelerin, de Hieronymite, & feinte dévotion. Tu te dusses souvenir que le 16 Janvier 1589 (1), en la présence de tous les Deputés & plus grands Seigneurs de la France, tu as dit, & depuis publié par-tout le monde par écrit, que le zele de la Religion étoit plus grand & rare en Sa Majesté qu'en nul autre Monarque du monde. Ja n'avienne, disois-tu, que nous soïons si méconnoissans, insensibles, & oublieux de nos devoirs, de croire (voire même penser) que les fautes passées procedent de votre part que nous reconnoissions & publions haut & clair que le Ciel & la Nature vous ont liberalement enrichi de ce qui est nécessaire pour nous bien regir & gouverner. La dévotion nous est recommandée, la prudence & justice vous assistent, votre clémence nous est connue; bref, les perfections de vos Prédecesseurs Rois, se sont jointes & retrouvées ensemble pour faire reluire Votre Majesté sur nous. Mais le mal est que la lumiere de vos vertus a été empêchée, & n'a pu jetter ses raïons, ni les faire pénétrer sur les ténebres & afflictions de son pauvre Peuple, & desiré Roïaume par l'artifice & pratique de quelques mauvais Conseillers. Qui t'émut donc par crimes faux & controuvés, souiller & noircir par ta plume médisante, l'honneur de celui qu'il n'y a pas encore un an que tu préferois, en toutes vertus & perfections, à tous les Monar-

---

(1) C'est-à dire 1588, avant Pâques. L'Auteur veut parler ici de *la Harangue prononcée* par Etienne Bernard *aux Etats de Blois en 1588 au nom du Tiers-Etat.* Cette Harangue fut imprimée en 1589 à Blois même, *in-8º* : la même année à Paris dans la même forme : on la réimprima depuis en 1636 ; & en 1651 dans le *Recueil général des Etats tenus en France*, in-4º à Paris, tom. 1, part. 2, pag. 197. De Serres a aussi inseré cette Piece dans son *Hist. de France.*

ques du monde? Aïant donc fait voler ses vertus par les oreilles de tant de Nobles personnages, qu'il est impossible qu'ils ne te tiennent pour un effronté flatteur, ou mensonger calomniateur.

Si ne veux-je pas excuser le mauvais ménage, désordre, & confusion déplorable que nous avons vu en ce Roïaume, depuis que le feu Roi vint à la Couronne. Mais je dirai, avec Bernard, que Sa Majesté reconnoissant (le premier) ce mauvais ménage, désordre & confusion, avoit commencé d'y mettre ordre, par changement de Conseil, par une revocation de plusieurs Edits, par la tenue de ses Etats, & juste intention d'établir de bonnes Loix. Bernard lui peut avoir oui-dire (comme ont fait infinis autres) qu'il s'étoit laissé enforceler de très mauvais conseils : mais qu'étant rentré au vrai chemin par ses Etats, il se garderoit de s'y fourvoïer plus à l'avenir. Ce qu'il disoit avec tant de regret & repentance, qu'il étoit aisé à juger combien les mauvais conseils du passé lui venoient à contrecœur & déplaisir, & le desir qu'il avoit de les amender à l'avenir. Et toutesfois après avoir commencé son amendement, par la remise de sept millions de livres pour une fois à son Peuple, changement de mauvais conseil, & revocation de plusieurs Edits, on nous a précipités en nouvelle guerre civile, pour nous priver du fruit & effet de ses bonnes volontés. Et pour empêcher cet amendement, on l'a fait proditoirement, (& par la plus grande felonnie qu'on eût su penser) assassiner par un Moine. Si tu as fait tuer ton Roi pour avoir fait impôts prodigieux & indues exactions, quel Arrêt prononces-tu contre toi & ton conseil de feinte union, auquel tu tiens des premiers rangs? qui a fait de plus excessives & extraordinaires exactions (en deniers comptans) en huit ou neuf mois, que le feu Roi n'a fait en six ans sur les Villes & Villages de cette Pᵛ ovince, qui sont sous la cruelle & ravissante patte de la tyrannie des Chefs de la feinte union. Quelles Villes en quinze ans (que tu dis que le Roi a indignemedt regné) il a si cruellem en traitées en cette Province, que vous avez en moins de quatre ouᵗ cinq mois, fait Issurtile, Fleurei (1), Verdun, Tournus, & le Mont Saint Vincent (2)? Je ne veux chercher les exemples des cruautés & barbares déportemens de cette feinte union hors de notre Province, m'assurant que l'échantillon qu'elle en a laissé,

(1) C'est Fleury en Bourgogne,
(1) En Bourgogne,

fera preuve fuffifante qu'il ne faut efperer que toute ruine &
défolation de ce parti. Car fi ce font coups d'apprentifs qu'ils
nous ont fait voir, que faut-il attendre d'eux quand ils feront
maîtres paffés ? C'eft une chofe vilaine & deshonnête de blâmer en autrui ce que par affection on approuve en foi-même. Et
toutesfois vous avez fait tuer votre Roi, pour avoir exigé de
fes Sujets plus qu'il ne devoit, & vous décuplez les Charges,
encore que vous n'aïez pouvoir ni autorité fur eux qu'autant que
la tyrannie que vous avez ufurpée fur aucuns d'iceux vous en
donne. Si toi & les Partifans de la feinte union, aviez par ce
coup déchargé la France de tributs, fubfides, impôts, & indue
exaction, rendu le commerce libre par toute la France, délivré le plat pays du cruel ravage de la Gendarmerie, rétabli le
pur & faint Service de Dieu par-tout, & fait que juftice &
paix (que vous avez de tout point bannies de cet Etat) fuffent
baifées & accolées, on pourroit préfumer que ce coup viendroit
de la main de Dieu (comme tu dis) parcequ'il auroit été fuivi
de tous bons effets. Mais les ruines, horreurs, & défolations,
fureurs, cruautés, & tout le pis qui fût en la boîte de Pandore,
s'étant par ce malheureux coup éparfes & femées par toute la
France, nous font dire que Satan en a été l'Auteur, & ceux de
la feinte union les Exécuteurs. Quand Dieu a fufcité quelque
Libérateur à fon Peuple élu, & lui a commandé de tuer les
Tyrans & Perfecuteurs de fon Peuple, les appellés à cela
(aïant executé fes divins mandemens) ont été préfervés de
tous dangers ; & les enfans de Dieu ont par tels effets reffenti
leur entiere délivrance. Judith fufcitée par le Seigneur pour délivrer les Bethuliens de la cruelle tyrannie & opreffion d'Holoferne, lui fit prendre la tête fans aucun peril ou danger de fa
perfonne. Qu'en advint-il ? Tout l'oft (1) d'Holoferne fut rompu, & les Bethuliens au même inftant délivrés. Le Peuple
d'Ifrael reconnoiffant fon peché, Dieu fufcita Aod pour le délivrer de la perfécution d'Æglon Roi des Moabites. Aod va
trouver le Tyran, lui fit entendre qu'il avoit quelque chofe à
lui dire, il le tire à part en fa chambre fecrete ; lors feignant
lui tenir quelques propos, tira un couteau qu'il tenoit caché
après fa cuiffe, & lui planta & laiffa aux tripes, le laiffant mort
fur le champ. Tout beau, encore que ton Jacobin en ait fait
autant au feu Roi, fi y a-t-il autant de difference entre l'un
& l'autre, qu'entre le commandement de Dieu & l'inftigation

(1) C'eft-à-dire toute l'Armée.

de Satan. Car l'un a tué son Roi légitime à la suasion de ses Sujets révoltés, & l'autre a tué un Etranger par un instinct de Dieu. Aussi se sauva-t il le coup fait, sans danger, & toute l'armée d'Æglon fut sur le champ détruite, & le Peuple de Dieu délivré de sa persécution. Mais ton Jacobin y est demeuré pour gage, restant l'armée du Roi entiere, & son légitime successeur avec les héritiers de la Couronne, & toute la Noblesse qui l'assistoit, en bonne résolution de punir sa felonnie & rebellion de tous ceux qui ont trempé (en quelque maniere que ce soit, soit de conseil ou aveu) à si inhumain & barbare assassinat. Et à ce propos aïant recouvré un sonnet composé par un Gentilhomme de vertu & d'honneur sur ce sujet, il m'a semblé n'être impertinent de le faire voir à chacun, combien que ce ne soit l'intention de l'Auteur.

> Æglon pour en Aod avoit trop de fiance,
> Sous un feint pour-parler reçut plaie mortelle.
> Un traître Jacobin (d'une ruse pareille)
> Occit en trahison Henri tiers, Roi de France.
>
> Mais il y a entr'eux trop grande différence ;
> Car l'un occit son Roi pour l'injuste querelle
> Des Sujets révoltés, l'autre d'une allumelle,
> De l'Ennemi de Dieu abbatit l'arrogance.
>
> Aussi Dieu approuva le coup par Aod fait,
> Quand de son Peuple élu il fit tomber en main
> (Après la mort d'Æglon) tout l'ost Moabitain.
>
> Au contraire en horreur du traître Jacobin,
> En brief, il permettra tout le Peuple mutin
> Etre par l'ost du Roi entierement défait.

Si le sacrifice de la vie de ton Jacobin avoit eu autant d'efficace que celui de Curse Chevalier Romain, tu aurois quelqu'occasion d'en publier la mémoire à la postérité : mais aïant produit un effet tout contraire, tu te fusses bien passé de graver la preuve de ta felonnie en ton bel avis plein d'impiété. Vraiment je demeure d'accord avec toi, qu'un frénetique mendiant, possédé de Satan, & instigué par ceux qui se vouloient faire voie à la tyrannie, sous prétexte de la juste punition de ce nouveau Satan, Prince d'orgueil & rebellion, qui fut exécuté selon son

démerite à Blois, étoit plus digne perfonnage à jouer le dernier acte de cette horrible & monftrueufe tragedie, qu'un brave
foldat ou hardi guerrier, armé de toutes pieces & monté à
l'avantage, par le trop facile accès que le fervent zele de la
Religion du Roi donnoit à l'un, la défiance qui en eût éloigné
l'autre. Mais ce qui montre que le traître Jacobin n'étoit guidé
par l'efprit de Dieu, ains de Satan, c'eft le témoignage que
nous avons de la fainte Ecriture, que Satan conduit à perdition tous ceux qui le prennent pour guide : & au contraire,
l'efprit de Dieu vivifie & conduit au port de falut tous ceux
qui voguent fous fon Nord. Et toutesfois Bernard n'obmet aucun artifice pour embellir la louange de fi cruel parricide. Parricide eft-il vraiment, d'avoir tué fon Roi : puifque les anciens
Ethniques mêmes ont tenu pour Peres du Peuple leurs Rois.
Combien qu'il ait pu apprendre cette belle Sentence d'eux,
qu'il n'y a crime fi grave, déteftable ni exorbitant, qui fe doive
venger par parricide. Il dit que cette abomination fut faite le
premier jour du mois d'Août, auquel on célebre la fête du jour
que S. Pierre fut délivré des liens & prifons d'Herodes, pour
figne, dit-il, que ce même jour les François furent délivrés de
la tyrannie, & remis en la jouiffance de leurs premiers droits.
Mais la vérité du fait (à chacun notoire) le dément affez : car
les Citadelles, Châteaux & Villes occupées pour fervir de ceps
& liens à ceux, qui devant le trépas du Roi, abaïoient à la
Couronne pour captiver la volonté des bons François, montrent par trop quelle liberté eft reftée à la plûpart du peuple
François, & notamment aux Bourguignons. Il met en avant
certaine excommunication du feu Roi, de laquelle il dit que la
Sorbonne avoit donné les premiers avis. A quoi fe voit l'obeiffance qu'ils ont toujours par ci-devant prêché & enfeigné être
due aux Princes fouverains, & qu'ils n'ont fuivi la fainte réfolution & fage réponfe de tous les Prélats du Roïaume de France,
affemblés à Paris par le Roi Philippe-le-Bel, auxquels aïant re-
cité la nouvelle façon de faire du Pape Boniface huitieme qui
qui l'avoit excommunié, & mis fon Roïaume en proie, & leur
demandant à qui ils devoient la fidélité & obeiffance, & les
hommages, jurifdictions, Villes, & honneurs qu'ils tenoient :
ils lui répondirent d'une même voix, qu'ils n'étoient fujets ni
vaffaux d'homme du monde que de lui, & ne devoient obeiffance ni fervice à autre qu'à lui : pour la perfonne, couronne,
grandeur & majefté duquel ils étoient prêts d'emploïer leurs

vies & biens, comme ses très humbles, très obeissans serviteurs & sujets. Aussi du Haillan rapporte une belle réponse que le Roi Philippe-le-Bel fit sur ce sujet audit Boniface, auquel il envoïa Nogaret avec une armée, portant decret de prise de corps, en vertu duquel prit le Pape prisonnier (1). Cette excommunication donc a été conseillée (comme il dit) par la Sorbonne : mais à quelle fin, puisqu'il ne peut ignorer que le Roi & le Roïaume de France sont exempts de la puissance des Papes, comme il est dit en l'extravagante *meruit. T. de Privileg.* aux extravag. *commun.* Et rapporte Bodin, qu'il y a la Bulle du Pape Clément V, par laquelle non seulement il absout Philippe-le-Bel & ses Sujets de l'interdiction du Pape Boniface, ains aussi déclare le Roi & son Roïame exempts de la puissance des Papes. Et même Alexandre quatrieme, Pape, donna ce privilege au Roïaume de France, qu'il ne peut être interdit. Ce que depuis a été confirmé par sept Papes consecutivement, Grégoire VIII, IX & XI, Clément IV, Urbain V & Benoît XII, desquels les Bulles sont au Trefor de France. Pepin & Lotaire s'étant rebellés contre Louis-le-Debonnaire leur pere, on fit courir un bruit que le Pape Gregoire IV venant en France (à la priere desdits enfans), avoit déliberé d'excommunier l'Empereur & tous les Evêques de France, s'ils ne vouloient obeir à sa volonté, & à celle de ces jeunes Princes. Dequoi les Evêques, avertis, s'assemblerent & résolurent de n'obéir aucunement au commandement du Pape : & que s'il se jouoit de les excommunier, ils l'excommunieroient lui-même, vu, disoient-ils, que l'autorité des anciens Canons ne lui permettoit pas une si libre puissance. Et toutesfois la prétendue excommunication de Bernard a été conseillée par la Sorbonne, aussi pleine de felonie, que lui, que le Chef de sa feinte union, & autres qu'il dit l'avoir procuré, pourroient être.

Que plut à Dieu que le glaive materiel de ton Jacobin, n'eût eu non plus de pouvoir que le spirituel de ton matois, à la charge que l'un & l'autre eussent perpétuellement servi de jaquet, afin que leurs noms eussent mieux symbolisé avec leurs déportemens que l'inclémence du Jacobin n'est conforme au surnom qu'il porte. Or, Messieurs, vous avez connu par le propre témoignage de l'Avocat Bernard, les rares vertus & bonnes qualités, dont le Ciel avoit comblé à pleine main le feu Roi, &

______

(1) Voïez l'Histoire des Démêlés de Philippe-le-Bel avec le Pape Boniface VIII, par feu M. Baillet *in-12.*

que les défordres & durs traitemens du Peuple, & autres crimes font calomnieufement par lui impropérés à Sa Majefté: parquoi j'eftime que chacun de vous n'eft fi peu clairvoïant, qu'il ne juge aifément que la tyrannie dont il accufe fauffement notre Roi, ait été feule caufe motrice & efficiente de l'affaffinat commis en fa perfonne. La comparaifon que Bernard fait du felon affaffinat de fon Roi, avec la jufte punition que Sa Majefté fit faire à Bois, de la felonie, rebellion & infolens déportemens des freres de leur Chef, montre bien que de-là viennent nos larmes & vraie fource de notre malheur; à favoir, qu'après l'ambition, le feul defir & la vengance de leurs morts eft le comble de toutes nos miferes & la feule caufe de la mort du Roi. Mais fi Bernard & trois ou quatre de ceux qui pour le jourd'hui tiennent les premiers rangs au parti de l'union, vouloient mettre la main à leurs confciences (fi aucunes ils en ont) & vous éclaircir à la vérité des caufes & moïens qui murent le Roi à venir à telle extrêmité, il n'y a aucun qui ne juge qu'il a exercé très bonne juftice, & non pas commis homicide en la perfonne du feu Duc de Guife & du Cardinal fon frere.

Je ne vous ramenerai l'ancienne querelle de ceux de Lorraine (fe difant très fauffement defcendus de Charlemagne) contre les Capetiens, qu'ils ont fait publier leur avoir ufurpé notre Couronne; ni la haine invéterée de cette fatale Maifon, contre celle de Bourbon, de laquelle tout le monde eft témoin oculaire, qu'ils ont perfécutée à feu & à fang fous un faux prétexte de Religion. Cette premiere a été affez remuée par plufieurs autres difcours mieux polis que celui-ci. Il eft affez notoire de quels artifices depuis la mort de feu Monfieur, frere du Roi, ceux de Lorraine ont ufé pour faire déclarer ceux de Bourbon incapables de toutes fucceffions à cette Couronne, jufques-là qu'en l'an 1585, ils auroient été fi outrageux, que de vouloir mefurer leurs forces en pleine campagne avec celle de leur Roi & naturel Seigneur, pour le contraindre à nommer un fucceffeur à fon Roïaume, & difpofer par teftament (en l'Avril de fon âge) de fa Couronne : que les loix fondamentales de fon Roïaume avoient exempté de toute difpofition, foit entre les vifs ou pour caufe de mort. Les intelligences qu'ils ont pratiquées tant avec les anciens & capitaux ennemis de la France, qu'avec les Sujets mal advifés de Sa Majefté, dont ils firent du tout éclore les premiers effets aux barricades de Paris, pour chaffer honteufement leur Roi de fa premiere & principale Ville;

les

les Places fortes par eux occupées; la division semée par toutes les principales Villes de ce Roïaume, & les révoltes d'icelles contre le Roi, par eux procurées, étoient les jeux & passetemps du feu Duc de Guise; pendant que le Roi ne pouvant trouver lieu de sûr accès en son Roïaume, par ses pitoïables lettres imploroit l'aide & faveur de ses bons Sujets, pour le garantir des furieux & felons déportemens du Duc de Guise. Toutesfois comme Sa Majesté étoit remplie d'une bonté & douceur naturelle, pensant aprivoiser cette bête, plus farouche & cruelle qu'un tigre d'Hircanie, au lieu de lui faire sentir les peines de droit établies contre les criminels de leze-Majesté, elle auroit mis sous les pieds tous ses felons déportemens,& pour l'astreindre à plus étroite obligation de fidélité, il l'auroit créé son Lieutenant Général par toute la France. Mais cette autorité a autant servi à assouvir son extrême ambition, & étancher la soif de sa félonnie, que l'huile jettée sur le brasier à éteindre le feu. Si des beaux Gouvernemens & grands états dont les Rois de France l'avoient honoré & tous ceux de sa Maison, & les Charges honorables que le Roi défunt leur avoit données en ses armées, leur avoient acquis beaucoup de pratiques & intelligences parmi les premieres & principales Villes de France; ce dernier état les avoit beaucoup augmentés, & avoit ouvert le chemin au Duc de Guise, pour se faire de Serviteur Maître, de forte que de trois partis, qu'on disoit être en France, celui de Lorraine a été jugé le plus fort. Par tels moïens il leur a été facile de faire député tels qu'ils ont voulu par toutes les Provinces de leur intelligence, pour assister aux Etats généraux, que le Roi avoit convoqués à Blois. Je n'amenerai pour preuve de ce autre exemple que celui de cette Province, où vous connoissez les noms, qualités & partis de tous ceux qui furent députés pour la Noblesse & le Tiers-Etat. Car quant aux Ecclésiastiques de toute la France, ils étoient tous à la dévotion de ceux de Lorraine. Et ne pouvez ignorer les lettres que le Duc de Mayenne écrivit aux Villes pour député des gens à sa poste, & à quelques Particuliers (qu'il n'estimoit être affidés à leur parti) pour ne s'approcher de telle élection. Tellement que (si l'on veut parler à la vérité, & sans déguiser les affaires) l'on peut nommer ladite assemblée, plutôt conventicule de gens brigués & monopolés par la Maison de Guise, qu'assemblée des Etats Généraux de France. Aussi dès l'ouverture desdits prétendus Etats, au lieu de suivre le texte de la plûpart des caïers des Provinces qui desiroient l'union de tous les Sujets de Sa Majesté en une seule Religion Catholique, Apostolique & Romaine, par bons & doux moïens, qui exemptassent cet Etat de la prochaine & imminente ruine, de laquelle la continuation des guerres civiles qui l'ont de si long-temps sapé & miné, le menacent. Quelques surbornés du Duc de Guise, (notamment l'Evêque de (1) Bazas) le treizieme jour du mois d'Octobre 1588, s'ingerant de semondre les Députés du Tiers-Ordre, délibérerent s'il seroit pas expédient de supplier Sa Majesté de faire jurer en corps d'Etat (pour Loi fondamentale du Roïaume) ce pernicieux Edit d'union, que le Duc de Guise avoit peu auparavant extorqué (à main armée) de Sa Majesté, & fait jurer par tous ses Sujets. Cause unique & efficiente de tout le désordre que nous voïons à présent fremiller par toute la France. Comme cette proposition suggerée par l'artifice des Partisans du Duc de Guise chatouilloit fort les oreilles desdits Députés, qui (sauf bien petit nombre) étoient du tout à sa dévotion ; sans en conférer avec ceux de la Noblesse, ni s'informer si la proposition de l'Evêque de Bazas venoit d'une résolution prise en la Chambre de ceux du Clergé, qui étoient fort joïeux que les fols eussent fait l'entrée, fut conclu pour la proposition dudit Evêque de Bazas. Cette résolution rapportée à ceux du Clergé, ils répondirent qu'ils avoient bien pareille volonté, mais que certaine modestie les avoit retenus de la publier, montrant par-là à ceux du Tiers-Etats qu'ils étoient très mal avisés de n'avoir su se contenir aux termes de modestie. Eux donc joints & de même avis, tâcherent par tous moïens d'attirer les Nobles à leur résolution. Mais comme l'intégrité & candeur n'est si aisée à ébranler & corrompre en la Noblesse, qu'aux autres deux Ordres, (encore qu'une grande partie des Députés de la Noblesse fut du tout à la dévotion du Duc de Guise,) si ne purent-ils être induits à adherer à telle résolution prise à leur insu, & qu'ils jugeoient devoir être peu agréable au Roi. Enfin (comme par succession de temps, la pierre dure se laisse miner & caver par la molle chute de l'eau) ils se laisserent couler à cet avis, sous des reserves & modifications qui furent peu agréables aux deux autres Ordres. De fait ceux du Clergé & du Tiers-Etat firent leur requête ensemblement par la voix de l'Archevêque d'Ambrum (1) & dudit Bernard ; & ceux de la

(1) Arnauld de Pontac, Evêque de Bazas en 1572, mort le 4 Février 1605 : c'est à lui que Gilbert Genebrard a dédié sa Chronologie.

(2) Guillaume d'Avançon, d'une famille noble de Dauphiné, mort en 1608 ; il avoit assisté au Concile de Trente.

Nobleſſe ſéparement & à part. A tous leſquels Sa Majeſté fit réponſe qu'il ne deſiroit rien tant que l'obſervation de cet Edit,
en l'aïant déja juré & fait jurer par tous ſes Sujets. Mais de le
vouloir aſtreindre par nouveau ſerment à l'obſervation d'icelui,
ce ſeroit rendre ſa fidélité & religion ſuſpecte à tous ſes bons
Sujets; partant qu'il ne le pouvoit faire, & qu'on ne lui en parlât plus. Voire depuis il envoïa le Préſident Faulcon (1) par les
Chambres du Clergé & du Tiers-Etat, pour leur faire entendre qu'ils ne l'importunaſſent plus de telles requiſitions; & en
celle de la Nobleſſe, pour les remercier de ce qu'ils ne s'étoient
joints aux autres à faire telle requête. Mais les proxenettes des
perturbateurs de l'Etat (ſoufflant de tant plus le feu de la ſédition) embraſerent plus fort ces factieux à pourſuivre l'effet de
leur premiere réſolution. Tellement que le Vendredi ſuivant
fut réſolu par ceux du Clergé & du Tiers-Etat, que l'on en feroit recharge au Roi, & en cas de refus ſeroit prié de les licencier, & leur permettre de ſe retirer, pour le peu de fruit qu'ils
eſpéroient de ladite aſſemblée, en laquelle le fait de la religion
étoit differé en derniere réſolution. Le Roi, voïant l'artifice
dont l'on uſoit pour rendre cette aſſemblée ſans aucune réſolution, afin de rendre ſes actions ſuſpectes & odieuſes à ſon Peuple, & par ce les diſtraire de ſon obéïſſance, averti de cette
réſolution, le ſoir même aſſembla ſon Conſeil en ſon cabinet,
où ils demeurerent juſques ſur les dix heures. Pour contreminer
l'artifice de ſes ennemis, il prévient ceux qui avoient été députés pour lui réitérer leſdites réquiſitions, & envoie Monſieur
Merle ſon Maître d'Hôtel en leurs Chambres, pour leur faire
entendre qu'ils envoïaſſent un de chacune Province par devers
Sadite Majeſté; auxquels (étant en ſon cabinet) il déclara qu'elle
entendoit de jurer & faire jurer cet Edit pour Loi fondamentale du Roïaume, à la charge que par même moïen un chacun
jureroit toutes les autres Loix fondamentales du Roïaume, mêmement en ce qui concernoit les crimes de leze-Majeſté. Sous
cette déclaration & modification de la Nobleſſe, ce bel Edit
fut derechef juré, au grand regret & contre l'intention de Sa
Majeſté. Voilà Meſſieurs l'une des échelles que ces bons François dreſſerent dès lors au Duc de Guiſe pour écheller la Couronne de France; d'autant qu'aïant fait prêter le ſerment au
Roi, aux Princes & Officiers de la Couronne & à tous les Députés de ne recevoir, après le décès du Roi, ni de prêter obéïſ

(1) M. Faulcon de Ris, Premier Préſident au Parlement de Rouen.

T ij

sance à Prince quelconque qui fut Hérétique ou fauteur d'héréfie, ils penfoient avoir exclus de la fucceffion de la Couronne le Roi de Navarre, qu'ils tenoient pour Hérétique & tous les Princes du Sang l'aïant affifté en fa querelle contre les Lorrains. Les logis du Duc de Guife, du Prévôt des Marchands de Paris, & du Préfident de Nulli, où nuitamment ou avant jour fe faifoient ordinairement les conventicules & particulieres affemblées des conjurés contre le Roi, fon Etat & les Princes du Sang, étoient l'Afrique qui produifoit journellement les monftrueufes propofitions, lefquelles étant rapportées aux Chambres des Députés, étoient incontinent reconnues pour Loix fondamentales du Roïaume, tant la plus grande part des Députés, Partifans & Mercenaires du Duc de Guife, furmontoit la meilleure. Je laifferai à difcourir ci-après en plus commode endroit, des pratiques & importunités dont ceux de l'Eglife & du Tiers-Etat uferent pour nommément & précifemment faire déclarer le Roi de Navarre indigne & incapable de toutes fucceffions, & même de la Couronne, & rapporterai feulement une propofition qu'aucuns defdits Partifans oferent bien faire & fuggerer pour exclure pareillement de toute fucceffion à la Couronne tous ceux defquels les peres étoient morts Hérétiques, encore que les enfans d'eux fuffent Catholiques : qui étoit le vrai moïen d'en exclure tacitement tous les fucceffeurs des deux Princes de Condé, pere & fils, d'autant qu'ils étoient bien avertis que Monfeigneur le Prince de Soiffons avoit été difpenfé par Sa Sainteté, & réhabilité du port d'armes qu'il avoit fait avec le Roi de Navarre à la bataille de Coutras, & de conféquent qu'ils ne l'en pouvoient exclure comme fauteur d'Hérétiques. Mais cette mine fut auffi-tôt éventée que commencée. Tellement que tout cet artifice s'en étant allé en fumée, & le Roi aïant fait difficulté de condamner le Roi de Navarre fans l'ouir & appeller, & avant qu'il fût duement contumacé, le Duc de Guife fut jufques-là tranfporté, qu'il fit deffein de trouffer le Roi allant (comme il faifoit fouvent) à la Nouhe, le mener prifonnier à Paris, & y tranferer les Députés, pour leur faire achever les Etats à fa fantaifie. De cela & du confeil qui en avoit été tenu, fut donné certain avertiffement au Roi par Madame d'Aumale, & la dépêche que le Duc de Mayenne fit de quelqu'un vers le Roi avec exhortation de faire diligence, parce qu'il y avoit péril en la demeure, rendit tant plus les déportemens du Duc de Guife fufpects à fa Majefté. Ce foupçon fut grandement aug-

menté par la réponse que ledit Duc de Guise fit à la feu Reine
mere, quand il lui dit que le Roi vouloit faire jurer en corps
d'Etat aux Députés & à tous les Princes, Seigneurs & Officiers
de sa Couronne, les autres Loix fondamentales de son Roïaume, & déclarer les cas du crime de leze-Majesté, disant tout
hautement qu'il n'en feroit rien ; & encore plus les insolens & au-
dacieux propos que le Jeudi 22 jour du mois de Décembre 1588,
il eut avec Sa Majesté se promenant sous les galeries du jardin
de Blois, touchant la démolition de la Citadelle d'Orléans, démission du Sieur d'Entragues du Gouvernement de ladite Ville,
récompense de quarante mille écus qu'il offroit à Entragues pour
la démolition des murailles de ladite Ville, qu'il disoit être
les plus cheres murailles de France, & remise qu'il feignoit
vouloir faire de son état de Lieutenant Général, qu'il disoit
être un pouvoir imaginaire, en parchemin seulement & plein
d'envie. Le Roi ne sachant plus comme retenir ce Protée,
voïant que l'amnistie qu'il avoit fait de sa felonnie des armes qu'il
avoit ouvertement levées contre Sa Majesté, de la révolte qu'il
avoit procurée de ses Sujets des principales Villes, barricades de
Paris & infinis autres crimes de leze-Majesté par lui commis, ne
servoit de rien ; que l'Edit d'union qu'il avoit extorqué à main
armée de lui (& qu'il lui avoit fait tant de fois jurer) ne lui
avoit fait changer de peau, & renoncer à toutes pratiques &
intelligences qu'il avoit, tant dedans que dehors ce Roïaume,
comme il avoit solemnellement promis & juré ; que l'excessive
autorité qu'il lui avoit donnée en son Roïaume n'auroit en rien
amoindri sa felonnie, ains lui avoit donné des aîles pour voler
plus haut, jusqu'à attenter de renverser l'Etat de Sa Majesté,
par ceux même qu'elle avoit convoqués pour la réduire en sa
premiere splendeur, le braver de paroles & par effet en la présence de tous ses Etats ; avoir voulu attenter à la personne sacrée
& inviolable de son Roi ; traversé par tous moïens ses saintes intentions, pour le rendre odieux à son Peuple ; fait refus de
jurer les Loix fondamentales du Roïaume, & les cas & chef de
crime de leze-Majesté, tels que le Roi les avoit envoïés aux Députés des Etats ; & finalement voïant que les doux médicamens (desquels il avoit usé) avoient plutôt irrité qu'amorti
la rage de sa fureur, se résolut (comme le bon Médecin qui aux
extrêmes maladies use d'extrêmes remedes) d'y appliquer le cautere & le feu, tellement que le Vendredi 23 jour de Décembre il auroit de son autorité roïale (comme Loi animée qu'il

étoit) condamné la felonnie & rebellion du Duc de Guise à mort, & ordonné à ses Gardes plus prochaines, d'en faire l'exécution, qui le païerent de ses mérites sur le champ. Tous les gens de bien qui assisterent aux Etats & plusieurs même de ceux qui pour le jourd'hui tiennent des premiers rangs au parti de la désunion de Bourgogne, savent bien juger en leurs ames, si j'ai déduit que la nue & simple vérité, sans aucun fard ni déguisement. Soit donc jugé sans passion, si celui qui en une Monarchie, non-seulement sans le consentement de son Souverain, mais pour lui faire tête en Champagne, en la premiere & principale Ville de son Roïaume, avoit dressé & pratiqué ligues & associations, tant dedans que dehors son Roïaume, chassé Sa Majesté de Paris, bandé ses Etats contre Elle, conspiré de l'enlever par force de la Nouhe, pour l'emmener contre son gré à Paris, défaire & jurer cet Edit de désunion de tous ses bons Sujets d'avec elle, & commis tant de crimes de leze-Majesté contre son Souverain, n'étoit pas même digne d'une plus ignominieuse & exemplaire punition que celle que le Roi a ordonnée.

Voire, mais (dira Bernard) on lui devoit faire son procès, selon les formes ordinairement observées, le rendre convaincu desdits crimes avant que le condamner & le faire exécuter. Mais il sait, ou doit savoir, qu'ès choses notoires, il n'est besoin d'aucunes preuves; que les crimes de leze-Majesté sont des plus énormes qui se puissent commettre en un Etat Monarchique, desquels on ne doit ni ne peut jamais donner grace ni rémission; & qu'en certain cas, un Juge peut procéder extraordinairement, & sans observer aucune formalité de justice contre les délinquans. Combien plus grand doit être le pouvoir d'un Prince souverain, qui est la Loi animée, & duquel c'est une espece de sacrilege, de révoquer en doute l'autorité, pour la punition des plus exécrables crimes qui se pouvoient commettre en son Etat. Il dira encores que pour le moins le Roi se devoit abstenir du Cardinal de Guise qui étoit Prêtre & Cardinal sacré. Mais il avoit trempé en la même felonnie, participé aux ligues & intelligences, dedans & dehors le Roïaume, pris les finances sacrées du Roi, saisi ses Villes & commis mêmes crimes de leze-Majesté que son frere, voire avoit servi de trompette à tous ceux du Clergé, auxquels, pour raison de sa dignité, il présidoit, pour les bander contre leur Prince Souverain. Le chapeau rouge & caractere de Prêtrise, n'exempterent point le Cardinal Carafe des mains du Pape Pie IV, qui le fit étran-

gler & représenter tout mort avec son habit de Cardinal devant la porte de l'Eglise (1), pour beaucoup moindre occasion. Le Pape Innocent VII étant retourné de Rome dont il
avoit été chassé pour ses dissolutions, fit crever les yeux au Cardinal Jean qui l'avoit repris. Et pour cela les Sujets des uns &
des autres ne se sont révoltés ni rebellés contre leur autorité.
Les Ducs de Guise & de Mayenne n'étoient Souverains, ains
Sujets du Roi, ont-ils eu plus d'autorité de faire tuer, voire
tuer de leurs propres mains à moindre occasion Saint Maigrin,
Sacremore de Birague & plusieurs autres, qui ne leur étoient
en rien tenus ni sujets, que le Roi, de faire exercer sa justice
sur ses Sujets, aïant commis actes de felonnie & crimes de
leze-Majesté contre lui & son Etat?

Mais le Roi avoit fait loi d'oubliance du passé: tant plus
devoient-ils être retenus aux bornes & de toute humble obéissance & service envers Sa Majesté, & renoncer par effet (comme de parole ils l'avoient juré) à toutes ligues & partialités
contraires à son autorité. Ce que tant s'en faut qu'ils aient fait,
que par le contraire, se dispensant eux-mêmes du serment qu'ils
en avoient fait, ils n'ont depuis cessé, par leurs indues pratiques, de traverser les saintes intentions de Sa Majesté, la
combattant de l'autorité de ses Etats par eux corrompus, pour
monopoler. A nouveaux accidens, nouveaux conseils. Les Rois
ne prennent point plaisir de voir de si hautes têtes de pavots en
leurs jardins. Jugez, Messieurs, qui êtes de qualité, que vous feriez
à votre compagnon (afin que je ne parle point de votre serviteur) qui par vos propres Sujets vous auroit envahi, déchas-
sé de votre maison au péril de votre vie, & bandé tous ceux
de votre famille contre vous? Qui est le Gentilhomme qui
sans offenser son honneur en voudroit tant souffrir, non de son
Sujet, mais de son compagnon? Comme voudrois-tu que le Roi
eût souffert en son Etat ce que le moindre & le plus abjet du
monde ne seroit loué de souffrir en sa maison? Voilà, Messieurs la source de tous nos maux & la cause du parricide commis en la personne du feu Roi, doué (comme dit ce même
Orateur Bernard) de toutes les vertus & perfections qu'on a
vues reluire en tous ses Prédécesseurs pour bien gouverner cette
Monarchie. Si le seul respect du bien public eût poussé (comme dit Bernard) le Diable emmoiné de sacrifier sa vie pour

____

(1) Ce fait arrivé vers l'an 1559 ne peut qu'être blâmé, de même que celui d'Inno-
nent VII, mort en 1406.

vanger la querelle de Dieu, défendre son Eglise, ramener la
liberté aux François & mettre fin à la tyrannie formée du feu
Roi, que n'entreprit-il ce qu'il a si felonnement exécuté, dès-
lors qu'il s'apperçut des prodigieux impôts, cruelles exactions,
profuses prodigalités, parjuremens publiques, infâmes pollutions, prostitutions forcées & autres crimes détestables, couverts
& masqués d'un faux visage de Pénitent, de Pelerin, de Hieronymite & feintes dévotions du Roi, sans attendre de lui qu'il
fût venu à l'extrême desir qu'il avoit de tout redresser & de
faire tout d'un coup ce beau présent à son Peuple, de l'affranchir de toutes charges, & qu'il eût fait suffisante preuve de
l'intégrité de ce saint desir, par la remise qu'il auroit faite de
sept millions de livres, pour une fois, des charges qu'il sentoit lever sur son Peuple? Hélas, ce malheureux coup n'a pas
réparé ses désordres, mais a empêché le remede que le feu Roi
entendoit d'y appliquer. Et maintenant ce Bernard chante le
grand *Te Deum*, de ce que celui qu'il a lui-même publié avoir
été comblé de plus grand & rare zele de la Religion que nul
autre Monarque du Monde, duquel il a tant recommandé la
dévotion, la prudence, la justice & clémence, a été si cruellement assassiné, & nous exhorte à ne recevoir le Roi de Navarre
pour notre Roi, parcequ'il est Huguenot, chef & fauteur d'hérétiques. Cela, Messieurs, n'est-ce pas proprement se servir du
nom de Dieu & de sa sainte Religion Catholique, pour masquer la felonnie & ambition de celui qui s'est fait créer & déclarer Lieutenant général de la Couronne, par ceux qui n'ont
pouvoir, office ni autorité en ce Roïaume, sinon celle que la
licence débordée d'une rebellion & sédition populaire leur a
donnée? Mais quoi, si on croit à ce babillard, la Religion
qui n'a pu garantir de mort le Roi, qu'il confesse avoir été des
plus religieux qui furent oncques, sert maintenant de prétexte pour en faire autant contre le Roi de Navarre qu'il appelle
Hérétique. Que plût à Dieu que toi & tes semblables eussiez
la sainte Religion aussi empreinte en vos cœurs, qu'elle vous
est fréquente en la bouche pour masquer vos pernicieuses pratiques, vous n'approuveriez par les massacres de notre Roi contre l'un des principaux Commandemens de Dieu qui défend
l'homicide; vous auriez eu en respect votre Roi, puisque Dieu
vous commande d'obéir aux Principautés & Gouverneurs, quoique dyscoles & mal vivans, d'autant, comme dit Saint Paul,
que qui resiste à la puissance, resiste à Dieu, duquel le Prince
est

est serviteur pour punir & faire justice en son ire de celui qui
fait. Et quelle plus grande hérésie sauroit-on penser que de
maintenir propositions contraires à l'exprès commandement de
Dieu, de maintenir qu'il soit louable aux Sujets, non-seulement de s'élever, mais de faire massacrer son Roi Souverain?
Est-ce bien sentir de la foi, d'assister & favoriser les desseins
de ceux qui remuent toutes les pierres pour arracher la Couronne des mains de ceux auxquels elle appartient de droit,
pour en orner le chef du Prince des rebelles & pertubateurs du
repos public, puisque Dieu par exprès nous défend, non pas
seulement de ravir, mais de convoiter l'avoir, voire le bœuf
& l'âne d'autrui? Si Catilina vivant en personne, comme il est
encore en cette maison de Guise, accusoit Cethegus de sédition, qui donneroit audience? Comment donc veux-tu que
nous prenions conseil d'un pollu en si infâme hérésie, pour re-
purger l'hérésie qu'il veut que nous croïons être au Roi de Navarre? Celui seul est hérétique qui opiniâtrement se dévoie des
principaux articles de la foi. Vois Bernard, si cette définition
convient bien à toi & à tes semblables, & te souvienne que
Panorme, l'un de tes plus grands Docteurs canoniques a écrit
que celui qui erre en la foi & estime sa créance être la vraie
foi que tient l'Eglise, étant néanmoins prêt de se corriger,
s'il est enseigné du contraire, ne peut être dit hérétique. Le
Roi de Navarre (dès le berceau) a été instruit en la Religion prétendue Réformée & a toujours cru ce qui lui a été enseigné des Ministres de sa Religiou, être la vraie foi que tient
l'Eglise, offrant néanmoins de se reconnoître, s'il est enseigné qu'il soit en erreur : il ne peut donc être Hérétique.
Ceux donc qui empêchent qu'il ne soit instruit, sont seuls
cause de ce qu'il continue à croire ce qu'il croit. De dire
qu'il soit relaps, tu te trompes ; car il ne peut être sorti du
lieu où il n'entra jamais ; il n'a jamais tenu la Religion Catholique, il n'en est donc point déchu ni relaps : car de dire
que la mine qu'on lui fit faire après la Saint Barthelemi, l'ait
rendu Catholique, & que pour y avoir depuis renoncé, il soit
relaps, c'est abus : parceque, comme a dit Saint Augustin en
plusieurs endroits, & plusieurs autres anciens Docteurs, la Religion repose en l'entendement, lequel ne se gagne que par
persuasions fondées sur les Ecritures saintes & canoniques, &
non par la force ou par les armes. Par quoi tu es autant éloigné de la vérité, si tu estimes par la force & violence qui fut

faite au Roi de Navarre , après le cruel carnage de la Saint Barthelemi , il eût embrassé la Religion Catholique , de laquelle il fût forcé de faire en apparence telle quelle profession ; que si tu disois que les Chrétiens, qui, épouvantés de la persécution du temps des mauvais Empereurs , furent contraints de sacrifier aux Idoles , fussent Païens. Mais quand il seroit relaps , & plus que relaps, si Dieu te commande de remettre la faute à ton prochain septante fois sept fois, pourquoi veux-tu restreindre la miséricorde de l'Eglise, Epouse de J. C., tellement qu'elle ne puisse plus admettre la pénitence de celui qui seroit rechu en péché. C'est donc la vraie hérésie des Novatiens , qui fut condamnée au Concile de Rome , qui fut tenu sous l'Empire de Decius , laquelle tu veux renouveller , en jettant le feu par la gorge contre les Hérétiques. Il ne te sert rien aussi d'exagérer les désordres commis par ses Soldats aux guerres que ceux de Guise lui ont suscitées & entretenues à nos dépens , quasi depuis qu'il est au monde , parcequ'à celui doit être imputé le mal , qui en donne l'occasion. Il ne s'est oncques mis sur l'offensive , se contentant de se tenir sur la défensive ; & n'a jamais pu par leur moïen goûter tant soit peu le fruit d'un assuré repos. Si donc sa juste défense (que les Loix naturelles & divines ont permise à tous animaux) l'a contraint de soutenir si long-temps la guerre , on ne lui doit rien imputer des désordres qui suivent ordinairement les guerres , mêmement les civiles. Que si l'on met en contrebalance les mauvais œufs que ce maudit corbeau a éclos d'une part & d'autre , le trait de la balance tombera du côté de ceux de ton parti. Et ne faut point que tu mettes en avant ton Catholique Anglois, & autres Livres auxquels tu nous renvoies pour nous faire condescendre à ton opinion : car l'apologie & autres responsifs à ces beaux Livres que tu nous mets en jeu , leur ont bien rivé les clous, & montré que les Auteurs d'iceux (tout ainsi que la sotte perdrix, pour s'être couvert la tête ou fermé les yeux, s'estime n'être vue de l'oiseau non plus qu'elle le voit), après s'être poché les yeux par leur aveuglée rebellion , nous estiment tous aveugles, & ne connoître , par leurs effets, que ce beau titre de Religion ne leur sert que de masque & prétexte pour couvrir de quelque titre spécieux leur felonnie & rebellion. Je crois, à la vérité, qu'il n'y a homme de bien en France qui ne souhaite l'unité en la Religion , & sur-tout un Roi bien zélé & instruit aux mysteres d'icelle. Mais aussi les gens de bien, & zélés à la conservation & augmentation du bien de cet Etat, n'approuveront jamais les mauvais delleins de ceux , qui (couvrant leurs pallions d'un malque de Religion) tâchent de remettre & continuer de faire voguer cet Etat à la miféricorde & injure des vagues, & impétuofité des mauvais vents, des partialités & divifions qui l'ont de fi long-temps agité , & qu'il eft à deux doigts près de fon dernier naufrage. Le Roi de Navarre n'eft Turc, ni Païen, ni Juif, il reconnoît le même Dieu, en trois perfonnes, que nous , & tout ce qui eft porté au Symbole de Nicée. Il eft , dis-je, d'accord du Symbole des Apôtres, Commandemens de Dieu , de l'Oraifon Dominicale , & des faintes Ecritures du vieil & nouveau Teftament avec nous. Ce font les principaux points & myfteres de notre foi. Si en l'expofition de quelques autres points, il eft de differente opinion que nous, n'y a-t-il pas moïen d'en faire conciliation , ou rejetter ce qui fera du lueil parmi le froment , par une fainte & charitable conference, & difpute de gens bien verfés aux faintes Ecritures ? Pourquoi donc ferons - nous difficulté d'en faire éclaircir celui qui , par la Loi Salique (feule fondamentale de cet Etat), eft légitime fuccelleur de la Couronne ? Pouvons-nous fapper le fondement, fous un feint prétexte de Religion, fans la totale ruine & fubverfion de cet Etat ? Quand nous l'aurons inftruit, il aura même créance que nous, & n'y aura rien à douter en fon facre. Ne mets plus en avant ton Edit de feinte union , extorqué par force du feu Roi, & autorifé pour Loi fondamentale par les pratiques & monopoles des Etats corrompus par l'artifice des Lorrains : car toutes chofes forcées & extorquées font nulles de tous droits , & ne peuvent produire aucune obligation efficace & valable. L'Avocat Bernard , au difcours qu'il fait de ce qui fe paffa aux Etats, depuis le 4 jufqu'au neuvieme jour du mois de Novembre 1588 , a entierement pratiqué la regle de Ciceron, baillée fous la perfonne de Marc Antoine Orateur, qui eft de ne rien dire contre foi , ou (comme dit Ariftote) de tellement déguifer la vérité , qu'à peine on en puiffe découvrir le mafque. Mais afin que vous ne foïez pipés fous l'appât d'un fi menfonger difcours, je vous repréfenterai fommairement la vérité, fans fard ni déguifement , le mieux qu'il me fera poffible. Je fuis donc d'accord que le quatrieme jour du mois de Novembre , à la fuggeftion du Cardinal de Guife, lequel (comme nous avons dit) à raifon de la dignité, tenoit rang de Préfident en la Chambre du Clergé , fut ourdie la confpiration contre le Roi de Navarre, pour le faire déclarer

1589.

V ij

criminel de Lèze-Majesté divine & humaine, ses biens confisqués & incorporés à la Couronne, indigne de succéder à icelle,
& à toutes successions qui lui pourroient avenir : & fut résolu
qu'il en seroit communiqué aux autres Chambres. Cela fut fait
en la Chambre du Tiers-Etat par l'Evêque de Bazas, l'Abbé de
Cîteaux, & autres qui eurent charge d'en faire de même à Messieurs de la Noblesse. Et peut bien être que les Partisans de la
Maison de Guise, étant en plus grand nombre, emporterent à
la pluralité de voix, qu'il en seroit fait humble supplication à Sa
Majesté. Ce qui fut fait du très grand regret de tous les gens
de bien surmontés par le plus grand nombre : & fut la parole
portée par l'Evêque d'Ambrum, autant Partisan qu'il y en eût
point. Sa Majesté prudemment répondit, qu'il étoit raisonnable
(avant que de passer outre au jugement de telle conséquence)
de faire de nouveau admonester le Roi de Navarre de retourner à la Religion Catholique, & de recevoir instruction en
la foi & créance d'icelle, pour retourner au giron de notre
Mere sainte Eglise, laquelle ne ferme la porte à personne : que
s'il refusoit de le faire, il pouroit plus justement se condescendre à leur réquision & prononcer son Arrêt contre lui. Mais pour
tout cela, suivant le discours que Bernard fait de ce qui se passa
le septieme dudit mois, ces Partisans ne laisserent de jetter le
feu par la gorge, & craignant (s'il étoit admonesté, suivant
l'intention du Roi) qu'il ne renversât les desseins de ceux qui
l'aimoient mieux pour jamais le voir tel qu'ils le tiennent, &
privé de l'héritage que la Loi Salique lui défere, que Catholique, avec notre Couronne, empêcherent par tous moïens qu'il
ne fût appellé & semond de retourner à l'Eglise Catholique,
insistant à la condamnation d'icelui sans qu'il fût plus avant ouï
ni contumacé. Et pour y forcer le Roi, ceux du Clergé & du
Tiers-Etat, résolurent de ne passer outre à aucun acheminement
d'autres affaires d'importance, que le Roi ne leur eût résolument
accordé leur requisition, aïant fait requérir ceux de la Noblesse
de faire ce même ; lesquels aïant les armes nettes, & moins
sujettes à corruption (combien que les effets montrent encore pour le jourd'ui, qu'ils étoient pour la plûpart Partisans
du Duc de Guise), n'y voulurent condescendre, ains déclarerent qu'ils trouvoient la réponse du Roi très pertinente, &
qu'il ne leur appartenoit pas de le forcer en ses justes volontés.
Mais ce fut autant d'huile qu'ils jetterent, pensant éteindre
les ardentes & furieuses passions des autres corrompus Dépu-

tés de l'une & de l'autre des Chambres , perséverans en leur
opiniâtreté. Sa Majesté avertie de cela , envoïa Monsieur de
Rambouillet , & le Président du Ris , par toutes les Chambres,
pour avertir les Députés qu'ils euffent à prendre quelques bonnes
& faintes réfolutions fur les autres plus importantes affaires d'E-
tat, dont le Public reffentit quelque particulier profit, & qu'on
n'eût à l'importuner par requêtes particulieres , qui ne fervoient
qu'à prolonger la fainte réfolution des Etats ; ains qu'ils dreffaf-
fent quelques chapitres de leurs caïers, qui lui feroient repré-
fentés afin de les réfoudre cependant qu'ils vacqueroient au furplus. La réponfe de la Nobleffe fait foi que Bernard nous
trompe, en ce qu'il dit que les trois Ordres demeurerent d'accord d'opiniâtrer que le Roi leur accordât cette injufte requête.
Bien peut-il être, qu'en la conférence des trois Ordres, les deux
auroient emporté le tiers , & les articles été emploïés au caïer général , felon l'intention des auteurs d'icelui ; mais que les gens
de bien aient jamais trempé en fi grande infidélité, non. Et
quelque témoignage que Maître Jean Saunier, le Préfident de
Nulli & l'Avocat Bernard aient pu porter aux Chambres, de
l'intention de Sa Majefté: fi ne la pouvons ni devons-nous croire
autre que celle qu'il auroit déclarée de fa propre bouche à ceux qui
premierement lui firent cette impertinente requête : étant ces
trois témoins notoirement fufpects en la caufe du Roi de Navarre. Et n'eft de merveille fi (après la mort du Duc de Guife)
les Députés des trois Ordres ne voulurent rien muer ni altérer
dudit article , parceque leur felonnie n'avoit été éteinte par la
mort du Duc de Guife ; auffi eut-il été jugé indigne de la gravité
& folide jugement requis aux premiers Confeillers des Etats de
France , de fi légerement fe rétracter d'une opinion qu'à cor
& à cri ils auroient voulu contraindre le Roi de recevoir, comme jufte & fainte , agréable à Dieu & profitable à fon Roïaume.
Car fi c'eft chofe indigne à toute perfonne (comme difoit l'Empereur Juftin) de contredire en pleine affemblée à ce que publiquement & à claire & intelligible voix l'on auroit déclaré,
& fe rendre contraire à fon propre témoignage, combien eut-il
été plus repréhenfible auxdits Députés , de fi-tôt changer d'avis
en fait d'importance ? Or, donnons que les caïers des trois Ordres aient été chargés de cet article en la même forme & fubftance qu'il auroit été auparavant accordé entr'eux, aveuglés en
leur fureur & rebellion ; cela importe-t-il aucune condamnation
du Roi de Navarre , par la bouche & ordonnance du feu Roi?

Les requêtes ne font pas la loi, mais l'ordonnance du Roi fur
icelles. Le Roi convoque fes Etats, qui ne fe peuvent licencier ni
départir fans l'exprès congé de Sa Majefté. En l'affemblée des trois
Etats, chacun en particulier & tous en général ploient le genouil
devant le Roi, ufant feulement d'humbles requêtes & fupplica-
tions, que le Roi rejette ou reçoit comme bon lui femble. Voïez
donc comme Bernard vous trompe fous prétexte d'une requête,
tumultuairement & par monopole préfentée au Roi par fes
Etats, fuffifamment réprouvée par le facré oracle de fa bouche
lorfqu'elle lui fut premierement préfentée ; que le Roi défunt ait
condamné le Roi de Navarre comme Hérétique, relaps, criminel de leze-Majefté & indigne de la fucceffion à cette Couronne & toute autre. Mais accordons-lui, pour lui faire plaifir,
qu'il foit ainfi qu'il le veut faire accroire : comment lui & fes
Partifans, qui veulent être tenus pour fermes pilleurs (je dis pil-
liers) comme de l'Eglife Catholique, donnent-ils tant de poids
au jugement de celui qu'ils publient partout pour un tyran,
exacteur, parjure, affaffinateur, hypocrite & excommunié, &
qui, comme tel, l'ont par felonnie fait affaffiner ? Dis-moi, je
te prie Bernard, quand je t'accorderois que le feu Roi auroit
déclaré le Roi de Navarre incapable de toute fucceffion à la
Couronne de France, pour les crimes que fauffement tu lui
improperes, eftimes-tu que telle déclaration du Roi auroit plus
d'efficace pour priver le Roi de Navarre du droit qui lui eft acquis par la Loi Salique, que l'exhédération qu'en l'an 1420 le
Roi Charles fixieme fit de Charles feptieme fon fils, lors Dauphin, quand il inftitua le Roi Henri d'Angleterre (aïant époufé
Catherine fa fille) pour fon héritier univerfel & fon fucceffeur
à fa Couronne ? L'hiftoire de France nous enfeigne que combien que l'Anglois du vivant du Roi Charles fon beau-pere eût
été faifi & vêtu quafi de toutes les Villes & Forterefles de ce
Roïaume, & le Roi Charles feptieme (après la mort de fon
pere) fut réduit à telle extrêmité, qu'il fut furnommé le petit
Roi de Bourges, pour ne lui être quafi refté que la feule Ville
de Bourges en fon pouvoir ; ce néanmoins à l'aide de la Nobleffe
de France, & de Jeanne la Pucelle, il déchaffa l'Anglois & recouvra tout fon Roïaume ; tant la domination de l'Etranger a
toujours été infupportable aux Seigneurs & Gentilshommes, &
généralement à tous autres François. Eftimes-tu donc que le Roi
de Navarre tenant encore la plûpart des Provinces de ce Roïaume, & le cœur du plus grand nombre des François avec tous

les Officiers de la Couronne, presque toute la Noblesse, & les
crédits & intelligences qu'il a avec les Princes Etrangers, ne soit
pas en brief assisté de la grace de Dieu, pour punir l'horrible
massacre de son bon frere le défunt Roi, ramener ses pauvres
Sujets séduits par les artifices de ton Parti, à son obéissance,
recouvrer toutes les Villes & Forteresses de son Roïaume usur-
pées & distraites de son pouvoir, & punir la felonnie des auteurs & fauteurs de la misérable rebellion ? L'Eglise, dis-tu,
l'a condamné & le Pape excommunié. Qu'il soit ainsi ; n'as-tu
jamais lu que les enfans de l'Empereur Louis débonnaire se
sont plusieurs fois rebellés contre leur pere, même qu'une fois il
l'avoient fait déposer de son Empire par un Concile qu'ils firent
assembler à Lyon, & prendre l'habit de Moine en l'Abbaïe de
Saint Medard de Soissons ? Et toutesfois les grands Seigneurs
& la Noblesse de France, qui n'avoient participé à cette si malheureuse conspiration, s'assemblerent en armes pour redeman-
der leur Roi, & firent si bien qu'il leur fut délivré, la Couronne remise sur son chef, & le baudrier de Chevalerie lui
fut ceint comme auparavant, dont toute la France reçut un
merveilleux contentement. Qui estimes-tu qui doive avoir plus
d'autorité, le Pape ou un Concile ? Si tu t'en veux rapporter à
Panorme, il te dira que si deux contendent du Papat, il faut
assembler le Concile, qui est seul Juge compétent de tel différend. Aussi lisons-nous que le Roi Philippe le Bel appella au
Concile, de l'excommunication & interdit que le Pape Boniface VIII avoit fait de lui & de son Roïaume. Et plus ouvertement le Concile de Constance, décreta que dès-lors les
Papes seroient jugés par le Concile ; dont s'ensuit que le Concile est par-dessus le Pape ; & toutesfois la Noblesse de France
ne laissa rétablir le Roi Louis Débonnaire en son Roïaume,
duquel il avoit été privé par le Concile de Lyon. Et tu veux que
pour une excommunication qui se peut aisément révoquer nous
courions sus au Roi de Navarre & lui empêchions la succession qui
lui est ouverte par la Loi du Roïaume. Lothaire & Pepin aïant
pour la seconde fois spolié l'Empereur Louis Débonnaire, leur pere
de son Roïaume, & icelui constitué prisonnier, le Comte d'Estable
& le Comte Egard, Guerin & Bernard & autres de la Noblesse accompagnés de grandes forces venues de Bourgognes, pour-
suivirent si bien sa restitution & délivrance qu'ils le mirent en
liberté & lui restituerent son Roïaume usurpé par ses propres fils.
Que diroient ces bons Seigneurs, s'ils entendoient que la Noblesse de France (particulierement celle de Bourgogne, qui

entre toutes les autres Provinces eft plus recommandée de zele
& fidélité envers fes Rois) favorife un Cadet de Lorraine à
ufurper la Couronne roïale, à l'encontre du légitime Succeffeur d'icelle, puifqu'ils n'ont pu fouffrir que les fils, auxquels
(après la mort de leur pere) elle appartenoit, en aient an-
ticipé le maniement du vivant de leur pere ?

Les prédéceffeurs de ceux que tu blâmois, d'avoir pris les
armes pour la punition du cruel affaffinat de leur Roi, & pour
conferver la Couronne au légitime fucceffeur d'icelle, ont-ils jamais fait reluire leurs armes que pour le fervice de leur Roi & repos de leur Patrie ? C'eft pourquoi Monfieur de Tavanes & les autres Seigneurs, Gentilshommes qui fe font joints à lui pour fi jufte
querelle (fuivant les veftiges de leurs prédéceffeurs) ne veulent
que leurs épées tranchent, finon pour la vengeance de l'injuftice
faite au Roi, la liberté de la Patrie, la tuition & défenfe du
légitime Succeffeur de la Couronne & entiere ruine & extirpation de la tyrannie formée, du Tyran ufurpateur du bien d'autrui & de tous fefdits Partifans. Toutesfois c'eft à leur grand regret qu'ils n'ont pu ni ne pourront réprimer la fuite des malheurs que les guerres civiles tirent ordinairement après elles. Et
ne leur faut imputer le ravage que Bernard dit avoir été fait en
l'Abbaïe de Citeaux, par les gens de guerre qui en chafferent
la garnifon que l'Abbé (fuivant le parti des rebelles) y avoit mife
pour tenir les champs & courir fus aux bons Sujets & Serviteurs
du Roi. Eftimes-tu pas que fi ce féditieux Abbé eût pris pour
toutes armes celles qui lui étoient ordonnées de Dieu (qui font
le jeûne & l'oraifon) pour la confervation & tuition de fon
Abbaïe, elle n'eût été auffi bien réfervée & défendue de toute
hoftilité, qu'ont été les Filles de Maizieres & la Ferté; encore
que les Abbés tiennent le parti des rebelles, fi on y eut mis garnifon comme à Citeaux, ne crois-tu pas qu'elles euffent été traitées de même ? Mais je te demande fi aux facs & brigandage d'If-
furtille, Fleurei, Verdun, Tournus, le Mont Saint Vincent
& furieufes courfes que les Soldats de ton parti ont faits & continuent de faire par toute la Province, ils ont été & font retenus de fourrager le plat païs, voler Païfans, brûler les Villages,
fourrager les Villes, maffacrer les bons & méchans, jeunes &
vieux, de tous âges & fexe, forcer les filles, violer les femmes,
fe baigner au fang des meurtris, fouiller les chofes facrées, piller & faccager les Temples & Eglifes, blafphêmer le nom de
Dieu, & fouler aux pieds tous droits divins & humains ? Mon
ami

ami, tu vois bien la paille en l'œil des Serviteurs du Roi, & ne sens la poutre de rebellion qui aveugle toi & tes semblables. Tu nous taxes aussi d'avoir enfreint l'Edit d'union (que nous avons juré par la force des commandemens de votre Souverain, & non de cœur ou volonté libre) que toi & tes adhérans avez contraint le feu Roi de faire, & faire jurer à ses fideles Sujets. Et vous trouvez bon de continuer en votre rebellion, sans vous départir des ligues, pratiques, associations & intelligences que vous avez dressées & entretenues tant en cet Etat que dehors, contre la personne & autorité de votre Roi, repos & tranquillité de ses bons Sujets, combien que par trois diverses fois vous eussiez solemnellement juré & promis le contraire. Mais quand ces sermens n'eussent servi qu'à piper le Roi, il vous fit assez clairement entendre, par la harangue qu'il vous fit à l'ouverture des Etats, que Dieu & votre devoir vous y obligeoient suffisamment, d'autant, disoit-il, que toutes ligues, associations, pratiques, menées, intelligences, levées d'hommes & d'argent & réception d'icelui; tant dedans que dehors le Roïaume, sont actes de Roi, & (en Monarchies bien instituées) crimes de leze-Majesté, sans l'autorité & permission du Souverain. Mais vous y avez ajouté les prises de ses Villes, deniers du Fisc, la révolte des Sujets, l'affront fait à sa propre personne, & plusieurs actes indignes non-seulement des Sujets, mais des plus horribles & barbares ennemis que porta oncques la Scythie, jusqu'à avoir fait proditoirement & par felonnie, assassiner votre propre Roi, tel que l'a peint Bernard, par la harangue qu'il fit au mois de Janvier 1588, lorsqu'il vous avoit publiquement conjuré, par la réverence que vous deviez à Dieu, par le nom de vrais François, c'est-à-dire, de vrais amateurs de votre Prince naturel & légitime, par les cendres & mémoire de tant de Rois ses prédécesseurs, qui nous ont si heureusement gouvernés, par la charité que vous portiez à votre Patrie, par les gages & ôtages qu'elle a de votre fidélité, vos femmes, vos enfans & vos fortunes domestiques, vous eussiez à vous réunir & rallier avec lui, pour combattre les désordres de la corruption de cet Etat, par votre suffisance, par votre intégrité, par votre diligence, bannissant toutes pensées contraires, & n'y apportant (à son exemple) que le seul desir du salut universel, & aussi aliénés que lui, de toute autre affection que celle de bons Sujets, comme il n'en avoit que celle de bon Roi. Les malédictions, abjurations, protestations, ajournemens qu'il donna à ceux qui l'abandonneroient à une ſi digne & ſi ſainte & louable action, ne ſe repréſentent-elles pas en vos eſprits, pour ſervir de gênes, furies & bourreaux à vos conſciences, quand vous penſez en vous-mêmes que par vos parjuremens, felonnies & rebellions vous avez fruſtré toute la France de ſes ſaints deſirs? Mais la maladie de ſédition & ambition ne ceſſe jamais de travailler ceux qui en ſont entachés comme vous, juſqu'à ce qu'ils aient trouvé un Médecin qui les guériſſe de toute maladie. Et toutefois vous nous reprochez que nous n'obſervons point le bel Edit de feinte union, & voulez couvrir votre ordure du précieux manteau de zele de Religion, & ſous ce prétexte reclamer ceux qui ſe ſont maintenus en leur devoir contre votre parti. Si vous aviez commencé votre rebellion à l'avénement du Roi de Navarre pour lui clore le pas à la Couronne comme Hérétique, chef & fauteur d'héréſie, les plus groſſiers ſe pourroient perſuader que la Religion ne ſerviroit de maſque & prétexte à votre rebellion, mais de juſte occaſion de guerroïer les Hérétiques. Mais avant qu'il y eût aucune apparence que la Couronne de France dût tomber aux jours du Roi de Navarre, vous aviez ja commis tant de rebellions, felonnies & crimes de leze-Majeſté contre le feu Roi, que Bernard par ſa harangue a élevé au plus haut ſommet de catholicité, que tous les bourreaux du monde ne ſeroient baſtants pour vous punir. Le feu Roi & le Roi de Navarre étant preſque de même âge, à qui avoit-il été révélé laquelle des deux buletres ſeroit tirée la premiere, ſinon à ceux qui de longue main avoient projetté de faire mourir leur Roi? Si rien que la crainte d'avoir un Roi Hérétique ne vous a mis aux champs, pourquoi avez vous premierement fait ſentir les griffes de votre felonnie au feu Roi qui étoit ſi approuvé Catholique? L'Avocat Bernard, Meſſieurs, vous appelle en ſociété des felonnies, brigandages & cruel aſſaſſin, que ceux de ſon parti ont commis en la perſonne de leur Roi, & pour courir ſus au Roi de Navarre, ſous prétexte de Religion. Et pour le rendre plus odieux, il vous le peint maſſacrant les Eccléſiaſtiques, pillant les Reliques, ruinant les Temples & polluant les Autels, c'eſt-à-dire, il vous veut faire mirer en ſes paſſions, afin que vous croyiez tout ce qu'il imagine être véritable, tout ainſi que celui qui regarde par une verriere rouge, bleue ou d'autre couleur, a opinion que tout ce qu'il voit ſoit de même couleur que la verriere par laquelle il regarde. Car qui eſt-ce qui oſeroit dire, qu'aux Païs auxquels il eſt Souverain il ait rien alteré ou innové de l'état de la Religion telle qu'il l'a trouvée à son avenement ? Et qu'aux lieux où il avoit trouvé l'exercice de la Catholique, il ne l'ait soufferte telle que sa mere l'avoit laissée ? Voire qu'il a maintenu les Ecclésiastiques sous sa protection, tout ainsi que ses autres Sujets. La prise de Niort, d'Estampes, du Mans & autres (prises, par assauts ou par surprises) seroit bien suffisante preuve en quel respect lui ont été les lieux sacrés, les personnes Ecclésiastiques, & l'honneur des femmes & filles. Et toutesfois ce bel aviseur vous le figure pire qu'un loup-garou, mangeur de petits enfans, voire de charettes ferrées ; & veut que vous satisfassiez à l'obligation qu'il dit que le Comte de Brissac a faite pour vous, de maintenir ce bel Édit de désunion. Il ne fut oncques votre élu, ains de ses Partisans, desquels la plus grande part surmontant la meilleure, l'avoit choisi pour porter la parole, s'assurant bien qu'il ne chanteroit autre partie que celle qu'ils lui avoient notée. Mais pourquoi vous voudroit-il obliger à la promesse de celui qui a si proditoirement enfreint celle qu'il avoit par divers & réitérés sermens faite au Roi de se départir de toutes partialités préjudiciables à Sa Majesté & à son autorité ? Chacun sait le serment qu'il fit entre les mains du Roi, le jour même que la felonnie du Duc de Guise fut punie. Et ses déportemens ont depuis montré qu'il fait de sa foi comme de ses étrivieres, qu'il allonge & accourcit quand il lui plaît. Et toutesfois ce ne sera du tout désavouer la parole que (sans charge de vous) le Comte de Brissac a portée, si vous reconnoissez le Roi de Navarre pour votre Roi, puisqu'il s'offre d'être instruit, si on lui fait paroître qu'il soit en erreur, & à ces fins demande un Concile libre général ou national. Si vous croïez Bernard, vous n'ajouterez foi à ces promesses, parce, dit-il, qu'elles sont captieuses & qu'il ne faut se fier à celui qui trompe Dieu, ni s'assurer en celui qui l'a si souvent fausse. Voilà une fort belle conséquence, si les fondemens en étoient aussi vrais que celui qui les a forgés en est trop hardi inventeur. Celui trompe Dieu, qui sciemment prend son nom & sa sainte foi en vain, pour sous son masque piper les simples & les précipiter à quelque impiété contraire à ses saints commandemens. En quoi est-ce que le Roi de Navarre, sous prétexte de la Religion (qu'il a sucée avec la mamelle de sa nourrice) s'est essaïé de piper ou circumvenir aucun ? Qui est-ce qui (avec vérité) lui pourroit reprocher qu'il ait jamais manqué de sa parole ? Il fait, dit-il, la guerre aux meilleurs Catholiques. Je le nie : car les vrais & meilleurs Catholiques sont joints avec lui pour la vengeance du felon assassinat de notre Roi & punir la rebellion de Bernard & ses semblables. Il a quitté, dit-il, la Messe, pour aller au Prêche. Et comme auroit-il quitté ce qu'il ne tint jamais ? Il a chassé les Prêtres, Chantres & Chapelins du Roi, pour retenir des Ministres auprès de soi. Encore qu'il n'en soit rien ; si ainsi étoit, que voudrois-tu qu'il en fît, puisqu'ils lui étoient inutiles & à grand charge & qu'il ne croit à leurs traditions ? Permets qu'il soit enseigné, & lors il reprendra ceux que tu dis qu'il a déchassés. Il a envoïé du Harlai Sansi vers les Protestans, & le Conseiller Lambert aux Suisses Huguenots. Tu imposes à la Noblesse, & es très mal informé des mémoires & instructions du Conseiller Lambert, qui étoit allé implorer l'assistance que les sieurs des Ligues (tant d'une que d'autre Religion) doivent par la capitulation qu'ils ont avec le Roi de France, pour la manutention de son Etat & vengeance de l'assassinat du feu Roi, leur bon compere, & pour empêcher que par les impostures ordinaires, tu leur emforcelasses l'entendement pour les attirer à ta rebellion comme ceux de ton Partti ont voulu faire. Il a reçu les Ambassadeurs d'Angleterre à Dieppe : le feu Roi les reçut bien à Paris & fit alliance avec leur Reine, reçut l'Ordre de la Jarretiere, & donna le sien à l'Ambassadeur d'icelle. Pour cela, ne l'as-tu point dépeint des couleurs d'un Hérétique par ta belle harangue. Ce bon Roi Henri II, que vous n'oseriez (que dis-je, n'oseriez, puisque vous avez bien osé en tuer le fils.) qualifier autre que très Catholique, entreprit bien la tuition des Princes protestans & de la liberté de la Germanie contre l'Empereur Charles-le-Quint. Le pere de celui qui, sous ce beau masque de Religion, vous a tous monopolés & ligués contre votre Roi, s'étant avec autant d'affection & valeur emploïé en cette guerrelà, qu'autre Sujet ou Capitaine François, pour cela voudroit-il rendre la Religion de son Pere suspecte & tous ses Oncles, qui suivoient le Roi auxdites guerres ? Si Charles V n'a pas été repris pour s'être servi des Princes Protestans d'Allemagne aux guerres qu'il a eues contre nos Rois, & encore moins d'avoir traité alliance avec le Roi de Perse, par son Ambassadeur Robert l'Anglois ; si le Roi François premier & tous nos autres Rois ses Successeurs ; si les Rois de Pologne, les Vénitiens, les Genevois & Ragusiens ont bien accordé avec le Turc, trouves tu étrange si le Roi de Navarre a continué les alliances que nos Rois ses Prédécesseurs lui ont acquises, tant avec la

Reine d'Angleterre, qu'avec les Seigneurs des Ligues ? Tu es meilleur Espagnol que François. Car tu voudrois qu'il quittât ses bons comperes, afin qu'ils s'alliassent avec le Roi d'Espagne, qui y prétend dès si long-temps. Tu as bien appellé l'Espagnol & un tas de petits Princes qui ne reconnoissent autre Religion que celle de Machiavel, en participation & société de la proie que vous pensez faire en ce Roïaume. Et tu ne veux pas que le Roi de Navarre leur oppose l'Anglois, l'Allemand & les Suisses, ses anciens amis & alliés de la France, pour les empêcher en leurs pernicieux desseins. Si tu appelles des diables à ton aide, comme tu fais, il sait où recouvrer des exorciseurs pour les déchasser & arracher de leurs griffes crochues ceux que tu y auras mis.

Mais pour revenir à l'erreur que tu condamnes au Roi de Navarre, voïons ce que tu en dis. Tu réputes à erreur ce qu'il a fait publier qu'il feroit tenir un Concile Général ou National & les Etats Géneraux de son Roïaume dans six mois. Si la felonnie, les voleries & brigandages faits par toi & tes Adhérans, ne traversoient son saint zele, & n'ôtoient toute assurance à ceux qui seroient députés pour y assister ; je ne vois pas qu'il ne lui fût aussi bien permis de faire convoquer un Concile (du moins National) qu'il fut à Lothaire & Pepin, fils de l'Empereur Louis débonnaire de faire assembler un Concile à Lyon, par lequel ils firent déposer leur pere de son Empire, ou que jadis il a été permis à Menas, Patriarche de Constantinople, ou à saint Sophrone, Patriarche de Jerusalem, d'assembler les Conciles Nationaux en leurs Dioceses, sous l'Empereur Justinian & Heraclie. Les Papes n'ont pas toujours eu l'autorité d'assembler des Conciles généraux, témoin Zonare en la vie de Constantin le Grand. » Ce religieux Empereur, dit-il, averti » du désordre avenu en l'Eglise par les fausses opinions d'Arius, » fit assembler des Provinces, en nombre de trois cens dix-huit » saints Peres, en la Ville de Nicée ; & fut par décret de ce » saint Concile, l'erreur d'Arius condamnée. Comme encore du temps de l'Empereur Théodose le Grand, par son commandement fut publié le second Concile, auquel furent assemblés en la Ville de l'Empereur cent cinquante Peres qui chasserent hors de l'Eglise Macedonius & ses adhérans. Et en la vie du petit Théodose, il rapporte que Celestin Pape de de Rome, Cyrille, Patriarche d'Alexandrie, Jean d'Antioche & Juvenal de Jerusalem avertirent l'Empereur Théodose & sa

sœur Pulcheria de l'erreur de Nestorius, Patriarche de Constantinople, le requérant que faisant assembler un Concile, il leur
fût permis de s'informer des propositions & articles prêchés par
Nestorius. L'Empereur fit assembler deux cens Peres au Concile
d'Ephèse, auquel présida Cyrille, très saint personnage & y fut
condamnée l'erreur dudit Nestorius. Et pendant l'Empire d'I-
réne & de son fils Constantin, Tarasie Secretaire fut institué
Patriarche de Constantinople, lequel refusa tout à plat d'accepter ladite Charge : & comme l'Impératrice & le Peuple l'im-
portunoient, il leur dit : » Si vous permettez que le Concile
» général soit assemblé & que toutes les Eglises soient unies, je
» me soumettrai à vos volontés : ce que lui étant accordé, l'Im-
» pératrice & lui envoïerent non-seulement à Rome, mais aussi
» aux autres Patriarches, à ce qu'ils eussent à dépêcher quelques
» personnages en leurs lieux pour assister au Concile, qui fut
» par eux assigné à Nicée. Ce ne seroit jamais fait, qui voudroit réciter tous les Conciles qui ont été assemblés d'autre
autorité que de celle du Pape. Et quant à ce que tu dis, que
les Conciles ne peuvent être légitimement demandés ni accordés, sinon quand l'hérésie est en sa naissance ; c'est une pure imposture, car Zonare en la vie de Constantin le Barbu, rapporte
que l'Empereur s'efforçant de réunir les Eglises, étant en discorde, à raison de l'erreur des Monothelites (déja, dit-il, survenue
du temps de son bisaïeul) il fit publier le sixieme Concile à
Constantinople. Or, est-il que cet Empereur regna dix-sept ans,
Constans son Prédécesseur vingt-sept, Constantin un an, &
Heraclie, sous lequel la secte des Monothelites commença,
trente-un ans. Au Concile de Calcedone, qui fut tenu sous
l'Empereur Marcian, & où s'y trouverent six cent trente Peres,
l'erreur d'Eutyches & de Dioscore Alexandrin fut condamnée,
combien qu'elle eût commencé sous le petit Theodose. Dont
est aisé à juger que ces saints Conciles n'ont été accordés à
la naissance desdites hérésies. Soit ainsi que tu dis, que l'E-
glise ne peut faillir, mais pour cela ne faut-il conclure que ce
qui a été décreté en un Concile ne se puisse révoquer par un
autre ; témoin l'erreur des Ariens condamnée par le premier
Concile de Nicée, & toutesfois leur opinion a été depuis établie par sept Conciles, à savoir de Tyr, de Sarde, de Milan,
de Sirme, de Seleucie, de Tarse & de Rimini ; au dernier desquels se trouverent six cens Evêques de leur avis ; & toutesfois depuis, cette erreur a encore été condamnée. Aussi saint

Gregoire de Naziance écrivit à Procopius qu'il n'avoit point
vu de bonne issue d'aucun Concile ou Synode, à cause de l'ambition qui empiroit plus les différends qu'elle ne les amendoit.
Ce n'est à toi ni à moi d'approuver ou réprouver le Concile
de Trente, me remettant aux premiers Etats de Blois & à toutes les Cours de Parlement qui ne l'ont voulu recevoir ni publier en France. Mais si, par nouveau Concile national, ceux
qui tiennent la prétendue Religion, sont ouis & condamnés,
ils n'auront plus à estriver, puisque le Roi de Navarre promet
de se conformer à ce qui en sera décreté. Et ne faut que tu
nous fasses entendre que le Concile national ne se fait que
pour les mœurs & non pour les profonds mysteres de notre
foi ; parce que Zonare te dément assez, quand il rapporte que
Menas étant donné au Patriarchat de Constantinople, il assembla un Concile particulier & national, & y appella Agapete
Pape de Rome, auquel furent condamnés & excommuniés Severe, Eutyches, Pierre, Julien & Antoine leurs sectateurs,
tous Hérésiarches. Et sous l'Empereur Heraclie, comme nous
avons dit, saint Sophrone lors Prélat de Jerusalem, assembla
tous les Prêtres du Diocese & démontra par vaines raisons avec
eux, comme en un Concile national, que ceux qui affermoient
une volonté & une action ès deux natures de Christ, concluoient
aussi tout ouvertement & faussement qu'il n'y avoit qu'une nature en lui. Je ne vois donc point comment on puisse dénier
un Concile, du moins national, pour instruire & ôter d'erreur le Roi de Navarre, & ceux qui croient comme lui. Car
si l'Empereur Alexis, par les fréquentes disputes qu'il eut au
Printemps & une partie de l'Automne auprès de Philippopoli,
avec les Manichées & Pauliens, en ramena plusieurs à la foi
Catholique, il faut espérer qu'un Concile général ou national,
saintement assemblé, aura plus de pouvoir de retirer le Roi de
Navarre d'erreur que les simples disputes de l'Empereur Alexis n'eurent de vigueur à réduire les Manichées à la Religion
Catholique. Et ne te faut croire à ta divination, que le Roi
de Navarre veuille que la demande qu'il fait d'être instruit,
lui serve de piege pour attraper les ignorans & décevoir les simples ; car Dieu s'est réservé le jugement des cœurs & des pensées,
& non à toi, qui possible veux juger un chacun à ta mesure. Reste
un seul point, par lequel tu tâches étouffer la punition de l'assassinat de ton Roi, sous prétexte que la vengeance est contraire au christianisme. Mais la justice faite par un Magistrat

ordonné de Dieu mérite-t-elle le nom de vengeance, défendue de Dieu. En vain est imploré le bénéfice de la Loi, par celui qui la corrompt & renverse. Ceux qui contre la Loi & exprès commandement de Dieu, de guet à pens, font massacrer leur Roi & approuvent telle felonnie, font indignes du nom de Chrétien & du pardon que la Loi de Dieu nous commande de faire à ceux qui nous offensent : car il dit, vous arracherez de mon Autel sacré le meurtrier de guet à pens, & vous n'aurez jamais pitié de lui, que vous ne le fassiez mourir, & alors j'étendrai mes grandes miséricordes sur vous. Tacite rapporte que Germanicus aïant été empoisonné par Piso & Plancina sa femme, approchant l'heure de sa mort, tous ses amis lui toucherent en main, & lui jurerent qu'ils ne mettroient jamais les armes bas, qu'ils n'eussent vengé sa mort, & leur dut-il coûter la vie. Vous en avez fait autant à votre Roi avec tous les Princes, Seigneurs, Officiers de sa Couronne, Gentilshommes & Soldats de son armée. Cette promesse est autorisée de l'exprès commandement de Dieu, & de l'exemple des amis de Germanicus. Vous ne vous pouvez donc en partir sans offenser Dieu & maculer votre foi, qui vous est plus reccommandable que votre propre vie. Continuez donc Messieurs à poursuivre la punition du cruel assassinat de votre Roi, & ne laissez point les armes que vous n'ayiez châtié (selon leurs démérites) les auteurs & fauteurs d'icelui, & vous remettez devant les yeux l'ancienne Noblesse de France, qui tant de fois a libéralement offert sa vie à tous périls pour la conservation & restitution de la Couronne, à ceux auxquels de droit elle appartenoit, jusqu'à n'avoir pu souffrir que les enfans & légitimes successeurs d'icelles s'en soient saisis par anticipation sur leurs peres. Ne permettez qu'un cadet de cadet de Lorraine, un meurtrier & assassinateur de son vrai Roi, un rebelle & criminel de leze-Majesté divine & humaine, orne son chef de ce précieux joïau par usurpation sur les légitimes successeurs d'icelui, & ne vous amusez point au prétexte de Religion, duquel il veut masquer sa felonnie ; car quelle Religion peut-il y avoir en ceux, qui contre l'exprès commandement de Dieu ont fait massacrer leur vrai Roi, ne convoitent, mais ravissent par effet le bien d'autrui, & foulent les Loix de Dieu & de nature aux pieds ? Les anciens ont donné trois marques infaillibles pour discerner la vraie Religion. Qu'elle serve le vrai Dieu, qu'elle le serve selon sa parole, & qu'elle lui reconcilie celui qui la fuit. Et blâme Saint Paul écrivant à Tite, ceux qui faisoient profes-

sion

sion de connoître Dieu, mais le nioient par œuvres abomi-
nables. Est-ce servir Dieu selon sa parole & le connoître, que de
conspirer & se rebeller contre son Roi souverain ? puisque Saint
Paul nous enseigne que toutes puissances sont de Dieu (duquel
ils sont serviteurs pour le bien de leurs Sujets) & nous commande leur obéir. Car, dit-il ailleurs, qui résiste à la puissance, il
résiste à l'ordonnance de Dieu. Est-ce connoître Dieu & le servir selon sa parole, d'avoir pratiqué un malheureux Frerot pour
assassiner son Roi, louer & approuver un si malheureux acte ?
puisque Dieu par exprès nous défend l'homicide, & veut que nous
arrachions de son Autel le meurtrier de guet à pens sans avoir
pitié de lui. Jesus-Christ nous commande-t-il de ravir le sceptre
des mains de celui auquel la Loi du Roïaume le défere ? puisque
par exprès il nous défend de convoiter seulement le bœuf ou
l'âne de son voisin, & qu'il a voulu qu'on rendît à César ce qui
étoit à César. Mais Bernard dira qu'il ne veut autre Roi que
Monsieur le Cardinal de Bourbon. Quel devoir ont-ils fait de
le tirer de la prison en laquelle dès un an passé il est constitué ?
Si du temps de Louis Débonnaire & Charles septieme, la Noblesse eût fait aussi peu de devoir de tirer leur Roi de prison, &
à déchasser leurs ennemis, Louis Débonnaire fût demeuré Moine le reste de sa vie, & l'Anglois seroit encore notre Roi.
Mais c'est assez que ce bon vieil Prince serve de masque pour
faire jouer tout-à-fait le personnage de ce Roi à son Lieutenant
Général, qui s'est élu soi-même. Mais outre ce que Monsieur le
Cardinal ne prétend, ni ne pourroit jamais prétendre droit
quelconque à notre Couronne, quel bien pourrions nous espérer de lui, si par ces bons Catholiques le sceptre lui étoit par
effet mis en main ? ce bon Prince étant âgé de plus de soixante-
dix ans, caduc, décrepit & sur le bord de sa fosse. Quand bien
il seroit déprêtré & dispensé de se marier, il ne nous pourroit
jamais laisser successeur légitime, qu'il ne fût en si bas âge
que la malédiction (prédite aux Roïaumes desquels les Rois sont
jeunes) ne pourroit faillir de tomber sur nous ; tant que ce seroit chose de très mauvaise odeur à ceux qui sentent bien de la
Foi & Religion Catholique, si pour une couronne terrienne il
quittoit la couronne céleste, se faisant lever le caractere de prêtrise, que l'on tient pour indélébile, pour se marier. Et juge-
roit-on qu'il auroit peu de souci perdre le Ciel pour gagner un
petit gazon de terre. Que s'il demeure toujours Prêtre (si tant
est que les Rois soient peres de leurs Peuples) ce nous seroit

opprobre envers les Nations d'être enfans de Prêtres. Aussi voit-on bien que ce n'est là la clause du *committimus*, comme l'on dit. Mais comme l'on ne peut du tout supplanter la Maison de Bourbon, on veut faire porter la marotte à ce bon Prélat, cependant que sous son nom & masque son Lieutenant Général, ou quelqu'un de sa Maison se saisira du sceptre. Ce beau masque de Religion (Messieurs) est une espece de pavot pour vous endormir, cependant que les mutins & factieux couperont la gorge aux enfans de la maison, pour constituer le serviteur en la place du pere de famille. Le Roi de Navarre n'est Hérétique, comme Bernard le publie, puisqu'il déclare qu'il est prêt d'écouter qui l'instruira par la parole de Dieu. Ce n'est par hypocrisie ni dissimulation qu'il vous promet. Ces vices sont vices de valets & esclaves, qui sont contraints de mentir & faire les renards de peur des coups. Il est un Roi qui n'a jamais eu peur de chose du monde, sinon d'offenser Dieu ; lequel l'a affranchi de toute supériorité & puissance humaine. L'avis de Bernard, Messieurs, est du tout dissemblable à la theriaque, laquelle est composée de beaucoup de poisons, par un artifice si admirable qu'elle leur ôte toutes leurs mauvaises qualités, & en fait une médecine très singuliere : au contraire l'avis de Bernard est composé de tant de belles & spécieuses raisons, fondées sur un faux prétexte de Religion, pour conclure à chose reprouvée de Dieu & des hommes, qui est de continuer la rebellion, pour à perpétuité nourrir la guerre civile en cet Etat. Je ne vous dirai pas (Messieurs) comme un Quidam dit aux Atheniens, qui refusoient de dresser des Autels à Alexandre le Grand : Avisons qu'étant trop curieux des Cieux, nous ne perdions la terre. Mais je vous direz bien que vous preniez garde que cuidant quelque peu avancer notre chemin pour aller en paradis, nous ne nous précipitions en enfer de miseres & calamités, & que voulant éloigner du Trône Roïal celui qui n'est qu'à plaisir déclaré Hérétique par Bernard & ses Sectateurs (qui aiment mieux l'exclure de la terre que du Ciel) vous n'y posiez celui qui au mépris de Dieu & de ses saints commandemens, a fait méchamment & malheureusement massacrer son Roi, & a rempli cet Etat de toute rebellion, ou que n'aïant les serres assez fortes pour empiéter si grande proie, il ne la fasse tomber en celles de l'Espagnol, duquel j'estime que la domination ne vous seroit plus agréable que la mort même. Je crois (Messieurs) qu'il n'y a celui de vous qui avec moi ne soit infiniment desi-

reux de voir le Sceptre & la Couronne de France orner le chef
& la dextre d'un Roi craignant Dieu & zélateur de la sainte
Religion Catholique pour nous appeller à une unité de Religion ; mais aussi-tôt que connoissant que le feint zele d'union
de Bernard & de ses Sectateurs à la sainte Religion, n'est
qu'une espece de poison pour vous endormir pour jamais aux
miseres des guerres civiles, vous aurez plus d'égard à la foi &
parole de votre Roi, qui vous donne certaine assurance de sa
bonne délibération, si vous le faites instruire, qu'aux impostures, mensonges & calomnies de Bernard, qui vous appellant
à sa feinte union, veut user envers vous de pareille faveur
que Philippe de Macédoine, qui sépara les Thebains de l'alliance générale de la Grece, pour les ruiner avec moins de difficulté, comme il fit.

Revenons maintenant au discours des exploits des uns & des
autres. Après que les Ligueurs eurent été battus & rebattus à diverses reprises & ès environs d'Arques & de Dieppe, par quatre ou
cinq cens chevaux, & mille ou douze cens Fantassins François,
soutenus de deux mille cinq cens Suisses, encore qu'ils fussent
vingt-cinq mille hommes & plus, à leur compte même : voïant
qu'ils ne pouvoient emmener prisonniers ni le Roi ni les Roïaux,
comme le Duc de Mayenne en avoit fait promesse à ceux de Paris,
(lesquels tôt après son départ avoient retenu ces grandes rues, qui
font le chemin dans la Ville pour aller droit aux Tournelles, séan-
ces & places, ès fenêtres & sur les bancs, toits & boutiques, pour
voir passer le Béarnois lié, garotté, mené en triomphe devant les
Princes de Guise & autres Chefs de l'Union) se retirerent pour la
plûpart à Paris, où ce Duc, qui se faisoit appeller Lieutenant Général de l'Etat & Couronne de France, s'avança à dresser l'état de
sa Maison, tranchant du Roi, & laissant tremper en prison le
Cardinal de Bourbon, Roi imaginaire de la Ligue, sans le secourir d'argent ni de moïens pour se maintenir. Pour contenter
les Parisiens, il dressa des conseils secrets entr'eux, leur commettant le maniement de quelqu'affaires & deniers, dont les
plus habiles se surent prévaloir pour un temps, & jusqu'à ce que
ce Lieutenant épreignit les éponges, serrant à la gorge une partie d'iceux, & partageant avec les autres les dépouilles des Parisiens, qui en peu de mois furent dévalisés, & réduits en pire
état que si les Turcs fussent entrés en leur Ville pour la piller en
guerre ouverte. Mais pour endormir encore davantage les pauvres Citadins, outre les Enseignes & Cornettes que les Chefs

Ligueurs firent accroire avoir conquis en la défaite des Roïaux, menſonge infâme, mais très utile à tels picoureurs pour pincer les bourſes des crédules Pariſiens, tous les jours ſe publioient nouvelles défaites des Partiſans du Biarnois, pour témoignage dequoi le taffetas de toutes couleurs n'étoit épargné à faire guidons & enſeignes, que l'on portoit puis après par les rues avec grandes acclamations de gens apoſtés & des prêcheurs inſpirés de l'Inquiſition & du vent des doublons d'Eſpagne, ſuccédoient autant du miraculeux trophée que l'Union remportoit autant de tous ſes ennemis & nommément du Biarnois, auquel grands & petits en vouloient, pource que c'étoit l'obſtacle qui arrêtoit les déſſeins d'Eſpagne, de Savoie, de Lorraine & de Guiſe, & qui auſſi durant ces fanfares des Ligueurs travailloit à bon eſcient, comme nous avons vu ci-deſſus, réduiſant par amour & par force à ſon obéiſſance le Dunois, le Vendonmois, l'Anjou, la Touraine, le Maine, le Perche & la meilleure part de Normandie ; contraignant près & loin ceux qui n'avoient pas perdu tout jugement d'admirer une extraordinaire faveur de Dieu ſur ce Prince, qui environné de tant d'Ennemis déſeſpérés, accompagné de ſi peu de gens, parmi leſquels mêmes n'y en avoit que trop très mal affectionnés à ſon bien & ſervice, mit à chef tant d'entrepriſes, tandis que ſes Ennemis faiſoient imprimer de petits Libelles contenant qu'il s'étoit retiré à Calais pour avoir ſecours d'Angleterre, ou que même il s'embarquoit pour fuir outre-Mer & gagner quelques terres inconnues pour ſe garantir des mains de la Ligue. Sur la fin de l'année le Duc de Mayenne trouva moïen de ſe rendre maître de Pontoiſe, ou pluſieurs favoriſoient à la Ligue. Cependant le Roi tenoit le Comte de Briſſac enclos dans Falaiſe, laquelle il contraignit à ſe rendre & prit le Comte priſonnier, ſans que les Ligueurs, qui n'en étoient pas loin, oſaſſent venir à ſon ſecours. Trois ſemaines auparavant le Comte étoit venu avec deux Régimens à la Ferté-Bernard, pour ſecourir Boisdaufin & autres Ligueurs aſſiégés en la Ville du Mans qu'ils rendirent, comme nous avons entendu. Mais entendant qu'il ne gagneroit que des coups, s'il attaquoit les Aſſiégeans, le bruit de leurs canons le fit reculer douze bonnes lieues arriere. En ſe retirant il avoit donné dans le quartier des Reiſtres du Roi, emmené pour butin environ quarante chevaux & leurs chariots, ſans tuer un ſeul homme, les Reiſtres s'étant retirés & reſſerrés en lieu ſûr. Là-deſſus les ſiens font courir un faux bruit pour réjouir la Ligue toute confuſe depuis les déroutes d'Arques, que Briſſac étant à cinq lieues de la Ferté avoit, ſans perdre que ſept ſoldats, ſurpris quatre Cornettes de Reiſtres, tué douze de leurs Chefs & quatre à cinq cens autres renverſés morts ſur la place, tous leurs chariots ſaccagés & ſix à ſept cens chevaux pris, les autres Reiſtres, qui ſe ſauverent en fort petit nombre, bleſſés; & tout cela chanté en demie heure. Cet impudent menſonge fut incontinent ſemé par la France; mais la vanité d'icelui apparut en la priſe du Comte, où les Reiſtres qui n'étoient ni morts ni bleſſés, comparurent perſonnellement, & trouverent bien moïen de regagner beaucoup plus qu'ils n'avoient perdu en leurs quarante chevaux & chariots.

Avertiſſement.

Sur la fin de cette année un Ligueur publia certain avis auquel il conſeilloit aux François de ſe mettre ſous la protection du Roi d'Eſpagne. On lui fit une réponſe qui pour diverſes conſidérations mérite d'être ici inſérée. Et pource qu'elle contient exactement les argumens de ce Ligueur, nous n'avons voulu redire pluſieurs fois une même choſe. Telle fut donc la réfutation de ce ce malheureux Ecrit, dreſſé par un Catholique Romain.

REPONSE A UN AVIS

Qui conſeille aux François de ſe rendre ſous la protection du Roi d'Eſpagne.

L'Avis de cet enragé, qui avec du feu, du ſang, des banniſſemens & confiſcations cuide éteindre l'embraſement que ſes pareils ont épars en pluſieurs endroits de ce Roïaume, ne méritoit réponſe aucune, vu la foibleſſe de ces argumens, s'il couroit ſeulement par les mains des ſages. Mais étant principalement fait pour entretenir la folie, voire davantage échauffer ceux qui ci-devant ont été enchantés pour une apparence de zele de Religion, mais indiſcret, il ne ſera hors de propos, découvrir le venin de ſes paroles fardées, afin de détourner ceux qui penſant garantir leur Religion, vies & biens, voudroient ufer de mortel remede, que ce dangereux Charlatan eft allé chercher en la boutique de défefpoir : & montrer aux obftinés que leur méchanceté étant découverte même aux plus fimples, non par une vraie Religion, ains une diabolique opiniâtreté, les incite à décevoir & finalement précipiter leurs concitoïens, en une publique & miférable deftruction, de même religion, vies & biens que ce faux confeiller fait femblant d'avoir en recommandation. Les quatre-vingt-dix articles periodes ou claufes de fon avis, peuvent être reduits en neuf, à favoir :

I. Que le falut du Peuple eft préférable à toutes chofes.

II. Qu'à l'exemple des enfans d'Ifrael, il ne faut en cette guerre, avoir pitié de qui que ce foit, qui contredife ou blâme l'Union, ou fa police, encore moins empêcher le châtiment de ceux qui dans Paris avoient confpiré à l'encontre.

III. Que l'Union n'aïant qu'un homme de commandement, s'il vient à mourir il y a danger que les guerriers de ce Parti dédaignent fuivre d'autres Chefs.

IV. Que le Tyran de Bearn (ils entendent Henri IV notre Roi) eft foutenu de plufieurs Provinces, tant Françoifes qu'étrangeres ; qu'il eft actif, fin & rufé.

V. Que les Provinces qu'entretient l'Union, font environnées d'ennemis, la Ville de Paris épuifée de moïens & fe fût trouvée en extrémité, fans le fecours des doublons d'Efpagne.

VI. Et pource que la juftice du Roi d'Efpagne eft fi droite qu'il ne voudroit entreprendre fur l'Etat François ; fa force eft fi grande qu'il a réfifté ou dompté tous fes Ennemis (hormis ceux des lieux inacceffibles de Hollande & Zelande, & s'eft faifi de Portugal) venant au-deffus de fes entreprifes, c'eft l'avantage du Peuple uni de l'appeller à fa protection.

VII. Que fi à faute d'emploïer l'Efpagnol, le Peuple Catholique cede à l'Ennemi, comme l'on ne peut, dit-il, lui réfifter fans miracle, nous fommes coupables de la perte de notre Religion & de tout ce qui s'enfuivra.

VIII. Que l'exemple des Anglois nous doit mouvoir, lefquels par faute de s'être voulu aider des Efpagnols durant le mariage du Roi Philippe avec Marie leur Reine ont perdu avec leur religion, la vie & les biens.

IX. Qu'au contraire, nous devons imiter nos ancêtres, qui ont emploïé leurs armes, biens & moïens, pour l'inftruction de la même Religion.

Voilà en substance, plus qu’en mêmes mots, le sommaire du bon avis de cet homme passionné. Auquel, pourcequ’il est mêlé de raisons plus politiques & d’Etat que théologales, j’ai pensé ne faire chose contraire à ma qualité si j’y répondois, laissant à un autre plus savant que moi, de battre les raisons de la créance du Roi, laquelle je ne suis pas, & me contentant éclaircir si nous Catholiques paisibles, soit réfugiés ès Villes roïales ou enfermés dans les Ligues, ou Gentilshommes leurs voisins, sommes tenus approuver l’avis de ce furieux, & recevoir les Espagnols, pour aider les Ligueurs contre le Roi, plutôt que se ranger de son Parti, afin d’éviter les miseres qui les menacent & nous aussi, opiniâtrant une résistance appuïée sur une tant foible, dangereuse & vaine protection que celle d’Espagne.

En premier lieu, tout ainsi que je confesse la maxime dont cet aviseur a fait fondement (encore qu’elle soit tirée des Païens) être véritable & qu’elle se pût garder même entre Chrétiens ; aussi faut il m’accorder, que le vrai salut des Chrétiens est celui qui vient de son Dieu, Dieu de paix, de charité, de dilection & miséricorde ; vertus semées parmi sa doctrine, celle de ses Apôtres & autres anciens Docteurs, gens paisibles, enseignés par le saint Esprit & non pas selon la fantaisie de mutins prêcheurs. Et que par le chemin de cette doctrine évangelique, toute humble & paisible, les vrais Chrétiens doivent tendre à ce desiré salut promis de Dieu, qui aïant dit que son Roïaume n’étoit point de ce monde, n’a eu aussi que faire de gensdarmes, ni de subtilités & ruses d’Etat pour planter sa foi ou défendre ceux qui l’ont prêchée & la prêcheront jusqu’à la fin du Monde ; attendu que cette divine vertu, qui toujours accompagne les Apôtres & semeurs de son Evangile, seroit trop frêle si elle avoit besoin de prudence & force humaine, appuie contraire la toute-puissance de Dieu, laquelle empruntant notre sagesse, seroit comme empêchée de faire trouver miraculeux les secrets de sa volonté, si elle s’aidoit d’autres moïens.

Mais pource que cet aviseur ne trouve rien dans les Evangiles, pour autoriser la prise de ces armes contre le Magistrat & ses Concitoïens, il lui suffit d’avoir emprunté un trait des douze tables Romaines, qui parle du salut du Peuple, elles entendoient de la conservation de la société, & non pas de l’ame des Citoïens, & d’autant que notre Seigneur Jesus-Christ a fait rengainer à faint Pierre fon épée , il va chercher celle des Ifraelites, peu convenable aux guerres de ce temps-ci, tellement que l'on peut dire de ce furieux, malheur à vous ô Prophetes , qui faites de l'Ecriture comme d'un nez de cire (1). La Loi premiere a bien dit , que le falut du Peuple , c'eft-à-dire la confervation de la République , eft préferable à toutes chofes ; & j'ajouterai que cela fe peut encore approprier autant aux Chrétiens, que fimples naturels. Car étant la Cité plus qu'une famille ou maifon particuliere , ce qui regarde le falut de plufieurs, eft plus digne. Mais c'eft la queftion (puifque ja nous avons montré quel eft le falut que le Peuple & nous devons chercher) , qui eft ce Peuple que cet Avifeur veut fauver , le faifant paffer par les picques & arquebufades, & commettre tant de méchancetés, & endurer tant de maux, qu'il eft impoffible l'en faire échapper entier.

S'il dit que ce font les François Catholiques, qui ont pris les armes pour la défenfe de leur Region, lui pouvons-nous pas répondre, menteur que tu es, en l'an 1585 , que tu pris les maudites armes , en quel état étoit le Roïaume de France? & ne commençoit-il pas à fe relever & reconnoître, puifque la plûpart de ceux qui avoient été débauchés de notre Eglife y revenoient de gré ou de force , ou incités par la piété du Roi Henri III , qui patientant pour un temps avec eux , les avoit fi mal menés, que privés d'honneurs, dignités, offices, & de fa préfence (dont la Nobleffe Françoife a toujours fait grand état), lui tendoient les mains prêts d'obéir à fa volonté? Et nous, Catholiques paifibles, étant par le même Roi entretenus en la Religion de nos peres , la Ville de Paris fi pleine de biens & d'hommes qu'elle n'étoit pas affez grande pour les loger, qui nous contraignoit fléchir le genouil devant Baal , & laiffer une certaine & abondante paix , pour embraffer la guerre que l'union nous a caufée avec tant de perte & de malheur ?

Que fi (pour n'ufer d'autre fubtilité) je te nie Avifeur, que l'on doive appeller & tenir pour la meilleure partie du Peuple de France, la feule Maifon de Lorraine, & une poignée de Nobles intereffés , & qui avoient confpiré contre le feu Roi, peu de Bourgeois de qualité, un membre de Crocheteurs & populace de néant , à qui nous voïons aujourd'hui manier les Villes mu-

---

(1) C'eft-à-dire, malheur à vous qui tournez l'Ecriture comme il vous plaît , qui l'interprétez felon vos idées particulieres.

tines, pour autorifer fous le nom de Peuple de France l'entrè-
prife des Rebelles, & qui s'enrichiffent de nos malheurs, comment pourra-t-on, dis-je, appeller la meilleure partie du Peuple,
cette faction de larrons & meurtriers, qui ont maffacré le premier
Préfident & Avocat du Roi à Touloufe (1), fi bon Catholiques,
& ennemis mortels du Roi de Navarre & de fes Adherans? Ces
effrontés qui faifant defcendre du Lit de Juftice les Prefidens &
Confeillers du Parlement de Paris (où ils étoient affis pour faire
leurs Etats), les ont emprifonnés en la Baftille? Ceux qui, aux
Confeils & publiques Affemblées, menaçoient, & tous les jours
menacent de mort les paifibles Catholiques, Bourgeois & autres qui vouloient ou veulent que les chofes voifent par raifon?
Ceux qui pour avoir de l'argent mettent les Prêtres & Moines
en prifon, & qui de fi grande rage pourfuivoient nous autres
Catholiques, qui ne voulions forcener comme eux. Notre Communauté Françoife jadis ne fouloit être compofée que d'Eccléfiaftiques & Nobles : mais l'humanité de nos Rois, voïant la
bonne affection des Bourgeois à leur fervice, depuis y ont compris
les plus riches Habitans des Villes, les bons Laboureurs, &
grands Marchands, faifant un Tiers-Etat de ceux qu'on appelloit bonnes gens, non pour être fimples ou ignorans, mais riches & utiles à l'Etat (car les pauvres & menus Artifans s'appelloient jadis communement méchantes gens, non-feulement
pourcequ'ils font mal nés, mais auffi pourcequ'ils n'apportoient
rien au fecours public & commun), jaçoit que de tout temps
lefdites bonnes gens, & petit Peuple ou méchantes gens, ne
fuffent aucunement femonds (2) aux Etats Géneraux de France,
tant s'en faut que la voix des Artifans y fut ouie comme l'union
le veut, & dont il eft demeuré encore quelque marque aux élections des Echevins des bonnes Villes (nommement de Paris)
efquelles eft défendu d'élire gens maniant le marteau & ceints
de tablier : ce qui dura jufqu'à l'élection de Claude Marcel
Orfevre, quand par les rufes de Charles Cardinal de Lorraine,
la bonne mere (lors maniant tout) l'avança pour donner
courage aux autres Artifans de Paris de tenir fon parti, puifqu'il avoit moïen de les faire honorer.

Or combien que toutes vocations, états & métiers faffent
enfemble le Peuple, fi eft-ce que les uns font plus honorables
& utiles au corps univerfel de la France que les autres. Voire

(1) On a parlé de ce fait ailleurs.
(2) C'eft-à-dire, appellés.

Tome IV.   Z

il y a différence entre les Particuliers de chacun état , & néanmoins bons & méchans, sages & fols , sont compris sous le nom
géneral du Peuple. Que si l'Evêque n'est pas toujours plus
grand Theologien que le simple Prêtre , le Prince plus brave
& plus vaillant que le pauvre Gentilhomme , le President de
Cour souveraine meilleur Justicier que le Juge sous l'orme , un
Laboureur de la France ou de Beausse plus grand ménager que
le mercenaire Vigneron , le riche Marchand plus avisé que le
Colporteur : ce n'est pas à dire que sans autre expérience les in-
ferieurs soient préferables à ceux qui , par raison de leurs dignités , doivent être plus estimés , pour le long-temps qu'ils exercent leurs vocations. C'est pourquoi quand nos Rois ont voulu
faire une légitime Assemblée d'États, ils ont fait appeller les
plus apparens des Corps , & non pas les plus grands criards ou
mutins ; puisque nous ne vivons pas sous un Etat populaire ,
ains sous une Monarchie qui se sert de gens choisis , & qui ordonne sur l'avis des Officiers, pesant le Roi les voix , plutôt
que les nombrant, ainsi qu'il s'est vu par la conclusion des Etats
Géneraux , plus souvent faits & conclus suivant la volonté des
Rois, qui ordonnent comme il leur plaît (& toutesfois par conseil & justement) des choses que leur Peuple a proposées & re-
quises.

Mais tout ainsi que , pour embellir notre corps , nature a mis
tous les membres, dont il est composé , en lieux nécessaires &
convenables , voire n'a oublié de couvrir de poil tel endroit
qui semble n'en avoir besoin, & chargé la tête de la chair des
oreilles , qui semble de rien ne servir à l'ouïe ; & a rendu aucunes parties sujettes aux autres ; toutesfois avec telle proportion que le tout assemblé sert à la beauté , perfection & usage
de ce corps ; aussi en un Peuple , les uns étant plus utiles , &
aucuns faits pour instrumens & pour l'exécution des commandemens des autres (comme au corps l'œil qui guide les pieds &
mains , comme l'appréhension avec la raison , l'œil & les autres sens) ; ainsi les plus sages , les Magistrats & autres principaux Membres & Officiers de l'Etat, par raison doivent conduire les plus foibles d'entre le Peuple , j'entends d'esprit , &
non de corps , afin que l'on ne m'amene un Crocheteur portant trois ou quatre cens pesant (entretenu en telle force bestiale, par la nourriture d'un alloïau de bœuf, & d'une quarte
ou deux de vin pour repas) contre quelque foible , mais bien
sage & experimenté Conseiller d'Etat. Considere donc , furieux

Aviseur, les Membres, voire tout le Corps de ce Peuple mutin
que tu veux sauver, & le compare à l'autre partie du Peuple de
France contraire à ton union. Et lors, si tu n'es aveugle, tu con-
noîtras que c'est de la lie contre du bon vin, l'ordure & les
égoûts, non pas les Palais, Temples & ornemens d'une belle
Ville. Car s'il faut éplucher les choses par le menu, de cent ou
six vingts Evêques & Archevêques qui sont au Roïaume de
France, il n'y en a pas la dixieme qui approuve les Conseils
de l'union. De neuf Princes du sang Roïal qu'il y avoit quand
elle commença follier, qu'un ; lequel maintenant renonce à
en être Chef, encore qu'elle l'appelle son Roi, aïant connu par
la mort du feu Roi le respect que les Ligueurs firent à la Roïauté.
De mille Ducs, Comtes, Barons, Seigneurs & Gentilshommes
de marque, pas cinquante. De Juges, peu, & les plus corrompus, écervelés ou ignorans. Des Laboureurs & Artisans, plus
qui la maudissent que qui lui fassent compagnie, puisqu'elle
entretient la guerre à leurs dépens. Quant aux Marchands, si
l'union en a ci-devant abusé quelques-uns, maintenant qu'ils
voient le masque découvert, elle se peut bien assurer, & le crois,
que l'union le connoît déja, qu'ils la détestent, comme empêchant leur trafic, aussi bien que la vie aux manœuvres, pour
être la guerre cause de les faire chomer. Ainsi l'union, mal-
garnie de bon & riche Peuple, mais bien chargée de maudissons
de toutes sortes d'états, n'est accompagnée que de racaille &
gens de sac & de corde, envieux des commodités des plus aisés ; & qui avec les inhumanités & cruautés dont ils ont usé à
l'endroit de leurs Combourgeois paisibles, sous espérance de
butiner, se sont saisis des armes, non par raison & zele de Religion, aïns pource qu'aïant plus de pieds & de bras, ce sot
populaire cuide avoit plus de force, & conséquemment être capable de conduire ce grand Corps. Mais, comme disoit le bon
Capitaine gouteux, ils sentiront bien-tôt que la tête, & non
les pieds, commande, quand ils verront anéantir leur force
dépourvue de bon conseil, qui aussi est un don de Dieu. Ainsi
étant, le Peuple de l'union si pietre, & le but de son salut fondé
sur la défense, la vengeance, le meurtre, & bannissement des
paisibles Catholiques, laissés parmi eux, je ne puis accorder
que la maxime de l'Aviseur soit appropriable à ceux de l'union,
qui n'étant que la boue & l'ordure du Peuple François ne doivent point venir en considération de Membres d'Etat, sinon
pourris & esthiomenés.

Z ij

Or jaçoit que ce que deſſus ſuffiſe pour réponſe audit avis
(les fondemens duquel étant minés , il ne peut demeurer de
bout) , je te veux bien montrer , Aviſeur , que tu es auſſi ignorant par-tout le reſte de ton diſcours , que méchant & impudent ; nous voulant faire croire que les nuées ſont poelles d'airain , & nous païer de bourdes comme ton ſot populace , que
depuis un an la Ligue ne ceſſe d'entretenir de fauſſes nouvelles,
à la ruine de ceux qui s'y ſont engagés. Je dis donc , qu'encore
moins chrétiennement l'union ſe peut aider des exemples rigoureux par les enfans d'Iſrael ſur les Chananéens ennemis : car
outre que par l'Evangile , la rigueur de la Loi ancienne eſt abbat-
tue , & les Iſraélites ont eu un droit particulier , que nul Peuple
ni Prince ne peut tirer en regle ou conſequence , Notre Seigneur
Jeſus-Chriſt defend expreſſément de s'aider des armes , ſinon
celles que le Magiſtrat met dans les mains des ſiens. Que s'il
en falloit uſer en cette querelle (qui n'eſt pas pour la Religion,
ains pour la ſucceſſion en l'Etat , & auſſi que je doute ſi l'on
peut prendre les armes pour la Religion ſinon en défendant) ,
il faudroit quant & quant être aſſuré de la volonté de Dieu par
la bouche de ſes Prophètes , inſpirés de lui , & non pas de
Diables meurtriers enfroqués , comme la plûpart des Corne-
guerres vos Prêcheurs ; & avoir exprès commandement , ainſi
qu'eurent les Chefs qui jadis guerroïoient Amalec & Agag.

Quant à la pitié & miſéricorde , dont l'Aviſeur veut que
chacun ſe dépouille , il montre bien n'avoir d'homme que le
viſage. Et comme dit le même Saint Auguſtin qu'il allegue , il
ne reconnoît pas que Dieu peut faire cette grace aux ſiens , d'é-
tre ſages & miſéricordieux , ainſi que le fut David à l'endroit
de Saül , & l'ont été autres élûs de Dieu , qui ont mieux aimé endurer que ſe venger. Mais je ne t'entends bien , Aviſeur ,
ne pouvant avoir de ton côté ce bon Dieu qui a toujours
prêché la paix & douceur , tu t'es donné à ſes ennemis , leſquels
aux Sorciers allant baiſer le derriere (ainſi qu'il ſe trouve en
pluſieurs procès) ne prêchent jamais que la vengeance. Et pource
tu feras venir les Eſpagnols enfans , noirs comme eux , gens
aux blancs yeux , comme diſoient nos peres , que tu verras Bon-
quins , Bonquinans (1) , auſſi-bien que leurs Compagnons Albanois & Calabrois , s'ils viennent juſqu'à Chevreuſe.

______

(1) C'eſt Bouquins, Bouquinons, du mot   naire étymologique de Ménage, de la nou-
Allemand qui ſignifie vieux Bouc , puant &   velle édition.
répandant la puanteur. Voïez le Diction-

Pour le regard du troisieme article, je te paierai de la chanson : la souris qui n'a qu'un trou sera bien-tôt prise. Et tu ne
dois refuser des chansons, puisque tu donne au Peuple des bourdes en paiement. Mais pour encore y ajouter de la raison, je
dis que l'armée qui n'a qu'un Capitaine, est en grand danger de
se perdre, puisque tant souvent il convient aux Chefs (& plus
en guerres civiles qu'aux autres) s'opposer aux périls & dangers.
Encore quelle honte est-ce que toi, Aviseur, fais aux enfans
de la même Maison, qui ne s'estiment pas moins que le Duc de
Mayenne? & que deviendront les Gentilshommes François de
l'Union, si l'Espagnol est préféré aux charges & commandemens? Vous ne connoissez pas encore leur orgueil.

Quant aux quatre & cinquieme articles, si le tyran de Bearn (1)
est soutenu, & si vigilant & actif que tu dis, & l'Union ne
besogne autrement qu'elle a jusqu'ici fait, il se trouvera bientôt légitime Roi de France, & du consentement même la plûpart de ceux qui ont suivi l'Union : quand ils connoîtront les
incommodités de cette guerre mal conduite par leurs Chefs, la
vuidange de leurs bourses, l'avarice & tyrannie desdits Chefs
seulement unis pour épuiser la substance des ignorans & paisibles
Catholiques. Et que mal aisément, voire impossiblement les doublons d'Espagne pourront satisfaire à la dépense convenable au
soutenement de la guerre Françoise ; étant d'ailleurs les Espanols assez empêchés contre tant d'ennemis que leur ambition
s'est acquise, & qui bien-tôt se montreront sur telle déclaration
& protection de notre France. Mais il suffira à l'Espagnol de
nous avoir mis en branle ; sachant bien que tant plus notre Païs
sera détruit, le Roi aura moins de force à conquerir ce qu'il lui
détient.

La justice du Roi d'Espagne est encore plus considérable pour
l'appeller au secours de la France, car elle sera toujours telle
que celle de son bisaïeul Ferdinand à l'endroit de Frideric Roi
de Naples & ses enfans ; de son pere envers François Sforze Duc
de Milan, Atabalipa & le Roi de Temistitan ; & du même Roi Philippes envers Dom Antonio, Roi de Portugal, sur
lequel il a pris ce Roïaume, pendant que le Pape avoit évoqué
la connoissance du droit des parties contendantes. Ainsi étant ce
droit justicier nourri de pere en fils en ces grandes équités, ne
doutez que quand il se verra le plus fort en France qu'ouverte

____

(1) Le Roi de Navarre depuis Henri IV. Jamais épithete ne lui est moins convenue
que celle de Tyran.

ment il ne déclare, que tout est sien par droit de bienséance.
Et que la France faisant de ses autres morceaux une piece entiere
(car il compte Savoie pour sienne) c’est raison que le Roïaume
lui demeure, pour le garantir des mains des Hérétiques, qui (à son
dire) s’en feroient maîtres. Et pource, encore qu’il se trouvât des
Princes du Sang Roïal Catholiques, ils seront *todos Lutera-
nos* (1) comme ils nous appellerent, quand après avoir mangé
nos bonnes viandes & bu notre vin à l’entrevue de Bayonne, ils
se mocquerent de nous étant de-là l’eau. Encore, ajouteront-
ils, que nos Princes ne seroient assez puissans pour supporter les
frais. Car voilà la justice que l’Aviseur entend, aïant jà dépouillé
toute affection envers sa Patrie pour se rendre Marrane (2). Les
forces du Roi d’Espagne sont grandes à la vérité, mais cette
grosse riviere divisée en tant de ruisseaux, s’est trouvé gueable
voire à des femmes. Je m’en rapporte à votre voisine d’Angleterre, & aux Fromagers Hollandois & Beurriers de Zelande &
Flandres, que ce grand Roi ne peut dompter par faute d’hommes
& d’argent. Et puis il lui convient envoïer des gens en tant de
lieux, au moïen de ses Etats serrés en si divers endroits, qu’il
n’y a Province si peuplée, qui enfin ne se trouvât dégarnie,
fut-elle encore plus abondante d’hommes que l’Espagne, où il y
a six femmes contre un homme.

Enfin la vérité est si forte, que notre Aviseur est contraint
confesser la nécessité de l’Union, & que de cette dangereuse
querelle elle ne peut sortir, sans que Dieu fasse miracle : ou si
l’aide des Espagnols ne la tire du danger. La voilà bien chaude-
ment, puisqu’elle est chûte de la poile au feu, c’est-à-dire,
de traîtres à leur Roi, en mains de maranes. Cependant les
Chefs de l’Union enrichis à notre dommage, quand il ne pourront plus garder le manteau roïal, le lui rendront déchiré de
cent coups de couteau, puis se retireront hors de France, laissant les petits à la merci du victorieux, mais emportant leurs
grands larcins tirés du sang de ceux, qui avec la grace de Dieu
& favorisés par leurs paisibles actions, eussent trouvé meilleur
traitement, tant de leur Roi légitime (méchamment occis à
notre ruine) que de celui que tu appelles tyran de Bearn. Il ne
faut que l’Aviseur allégue l’exemple des Anglois. Car l’assiette

____

(1) C’est-à-dire, tous Luthériens.

(2) C’est-à-dire, Espagnol. Maranes, dit
Ménage, étoient les Espagnols qu’on appelloit ainsi par injures, & qui appelloient de
même les Juifs & les Arabes convertis. Voïez
le Diction. étymolog. de Ménage, au mot
Maranes.

de leur terre est tant favorable à ceux qui y commandent, que bien aisément ils peuvent résister à ceux qui y veulent aborder sans leur congé, étant environnés de la mer, qui empêche les surprises, & incommode les descentes des Etrangers au païs; ce qui n'est pas de notre France, où de plein pied peut entrer le Flamand, l'Artisien, Hannuyer (1), Luxembourgeois, Lorrain, Comtois, Bressan, Savoïard, Piedmontois, Catalan & l'Espagnol. Et Jésuites, maîtres de cet Aviseur, aïant entretenu les plus mal avisés Anglois en la désobéissance de leur Reine (que plusieurs fois ils ont essaïé de tuer) ont été cause de faire ainsi maltraiter les plus opiniâtres : voïant la Reine que leur brutalité ne pouvoit être arrêtée que par le châtiment des animaux farouches, à savoir la prison & la mort. Voilà donc ce qu'en gros, & promptement je puis dire, contre le bestial avis de l'Aviseur.

Depuis j'ai pensé, qu'encore cet avis se pouvoit examiner par le menu, & par articles ou périodes, mais sommairement. Car autrement il y a de quoi faire un gros livre, & je n'ai pas délibéré gâter du papier à contredire de si brutales paroles. Il suffira qu'en brief, je réponde à chacun article séparement ou assemblement, ainsi qu'ils se trouveront liés en même sentence. Et pour y contredire, je dis contre le premier, que le nom du Peuple se doit prendre en général pour tous les Habitans de France, & non pour les mutins, ligués & conspirés pour renverser l'état ordonné de Dieu, & continué par tant d'années, en machinant contre sa vie.

Les deux, trois, quatre & cinq articles sont vrais ; mais c'est l'Aviseur qui veut decevoir les simples, & sous couleur de Religion leur faire oublier l'humilité, patience & douceur, que nous a tant recommandées Notre Seigneur Jesus-Christ.

Le cinquieme montre que l'Aviseur est désespéré, que si cette intention lui fait douter de la grace de Dieu, qui encore est aussi puissant pour inspirer les siens, qu'il fut à l'endroit de David, pour respecter son Roi, quand il seroit tyran & aussi reprouvé de Dieu que le fut Saül.

Sur les six, sept, huit & neuvieme l'on peut dire que quand les Enfans d'Israel ont tué leurs ennemis, ç'a été par exprès commandement de Dieu.

Par le dixieme appellant le Roi bâtard, regarde, Aviseur, à combien de Princes Catholiques tu fais injure. Car s'il l'est, à

____
(1) Il faut *Hennuyer*, habitans du Hainault.

cauſe que ſa mere fut premierement mariée avec le Duc de Cleves, par la force du Roi François I, le mariage aïant été réſous quand le Duc épouſa la fille de Ferdinand Roi des Romains, frere de l'Empereur Charles V, Jeanne Princeſſe de Navarre, demeurant libre, a pu depuis épouſer Antoine de Bourbon, pere du Roi préſent. Que ſi ce dernier mariage ne vaut, auſſi ne fait celui de Cleves, les enfans duquel à ce compte ſont bâtards, & par conſéquent le Pape Paul III un trompeur, qui baille des Bulles aux uns & aux autres, pour valider leurs mariages. Va le dire à Rome, & je t'aſſure que tu auras autre choſe que poire molle, & que du Belloi (1) n'y ſauroit être pirement traité que toi.

Quant à la ſucceſſion à la Couronne de France, venant par la mort du feu Roi Henri III, que tu appelles tyran, les Docteurs (& Balde (2) ſpécialement au livre des Fiefs) tiennent que ceux de la Maiſon de Bourbon venans d'ici à mille ans, ſont capables de cette ſucceſſion, puiſqu'ils ſont de la Maiſon Roïale. Que ſi tu dis qu'il y en a plus prochain, le Roi te répond qu'il ne faut pas en cette ſucceſſion, regarder l'uſage du droit commun, puiſqu'elle ſe gouverne tout autrement que les communes. Et puiſqu'il y a repréſentation entre les enfans des freres, & que les filles en ſont excluſes (qui néanmoins par le droit commun ſont capables de la ſucceſſion de leurs plus prochains) par le même droit & ordinaire repréſentation a lieu *in infinitum*, en la perſonne des enfans de l'aîné, leſquels ſont préférables aux autres plus prochains du mort. Enfin que la bénédiction de l'aîneſſe demeure en ſes mâles, fils de l'aîné. Tu en es bien marri, car tu voudrois que la Couronne fût à bailler, afin de vendre ta voix, & faire un Roi à ton apetit. Mais en dépit de ton viſage ceux de Bourbon le feront, ou il n'y aura point de vrais François en ce Roïaume.

En l'onzieme ce ſont injures particulieres, à aucunes deſquelles le Roi Henri IV peut répondre; Je le nie; & aux autres j'étois forcé, & en danger de ma vie faiſant autrement, auſſi bien que mes ſerviteurs, qui furent tous maſſacrés. Que ſi je n'ai rendu les Villes, auſſi ne m'a-t-on pas tenu les conventions promiſes.

Aux douze & treizieme, faiſant mention des guerres d'Iſrael, il faut que Dieu parle en tel cas : & tels exemples qui

(1) Pierre du Belloy, ou de Belloy, Avocat général au Parlement de Touloufe. On en a déja parlé.

(2) C'étoit un fameux de Jurifconfulto.

ont

ont autre regard, ne peuvent être tirés en conféquence ni en
regle.

Au quatorzieme, s'il faut tout tuer par le commandement de
Dieu, comment te peux-tu difpenfer d'en garder aucuns
pour le refpect des prifonniers de ton côté? Car c'eft être trop
fage que d'interprêter fes exprès commandemens, par autres
paroles que les fiennes, & tu pourras être châtié, comme le
furent les Ifraélites qui épargnerent leurs ennemis, ou retin-
rent leurs biens contre le commandement de Dieu. Mais ce
vous eft tout un, Ligueurs, & favez bien vous difpenfer de
plus, puifque vous avez pris les armes contre l'Oint du Seigneur, aufli rien n'eft faint, ni facré en votre endroit.

Les vingt-un, vingt-deux, vingt-trois, vingt-quatre, vingt-
cinq, vingt fix & vingt-feptieme, font points fi confidérables
en un Etat, que pour les mêmes raifons que tu dis, de bien
grands & fages Capitaines, ont brûlé des papiers & lettres furprifes, d'autres n'ont voulu enfoncer la vérification d'aucunes
dangereufes confpirations. Car toujours a été plus louable la
douceur de Céfar (encore que mortelle à lui-même) que les brutales mauvaifetés & profcriptions de Marius, Carbon & Sylla.
Même plus a été eftimé cet Empereur, qui pour retenir fes Confeillers qui l'animoient à tuer ceux qu'ils foupçonnoient afpirer à fa Couronne, a dit qu'on ne pouvoit tuer fon fucceffeur,
que celui qui fouhaitoit que tout le Peuple Romain n'eût qu'une
tête pour la trancher.

Au vingt-huitieme, Avifeur, l'Union a donné le nom de
tyran à un Roi légitime, feulement depuis la mort du Duc de
Guife & du Cardinal fon frere, pource (difent les écrits qui en
courent) que contre les Loix de France, fans condition &
confrontation de témoignages, fans y emploïer la main de l'exécuteur de la haute juftice, il a châtié ces deux Seigneurs comme rebelles. Car je laiffe les autres points que les femblables ont
allégués en tant & tant de libelles diffamatoires, favez être le
feu Roi, pour montrer qu'il étoit tyran. Mais s'il étoit tel pour
ne garder les anciennes Loix, & faire des injuftes levées fur fon
Peuple, pourquoi accordoient-ils avec lui à Chaalons l'an 1585,
fans parler du foulagement du Peuple, voire de l'affurance de
leurs compagnons même? Pourquoi après les barricades laifferent-ils le bien public? C'étoit pour le furprendre, ou rentrer
en Cour, afin de participer aux libéralités ou plutôt prodigalités de ce mal avifé Prince: lequel tant qu'il a fourni argent

ou bénéfices à ceux de la Maison de Lorraine, ils ne se sont pas
souciés dont ils venoient, ou si c'étoit du sang du Peuple, &
ne l'ont trouvé tyran, sinon quand ils n'ont plus tiré de lui
si grosses sommes que leur avarice s'attendoit d'avoir. Mais quels
sont ces Messieurs de Lorraine ? n'ont-ils pas plus ravi de biens
dans Paris en dix mois, qu'ils y sont maîtres, que le feu Roi
n'en a doucement levé en tout son regne ? Et y a t-il plus grande tyrannie en une République libre (comme le Duc de Mayenne parlant au Recteur le 29 Novembre 1589, appelle l'état de
son gouvernement) que de clore la bouche à quelqu'un aux plaintes de ses malheurs ? Les Parisiens donc verront emporter leurs
biens, mettre en prison, tirer & massacrer leur parens & amis
sans oser branler. Qui ouit jamais parler en France de telle
cruauté ? Et toutesfois, si est-il force, quand l'on est pressé de ses
ennemis (quels qu'ils soient) de parler de leur avantage, pour
aviser au moïen de leur résister, & par conséquent du Roi,
puisqu'il tient la campagne, & tous les jours va rognant les
aîles de l'Union, qui voloit trop haut. Quant au feu Roi, il
ne peut être appellé tyran pour l'exécution du Duc de Guise &
Cardinal son frere, puisqu'en tels crimes dont ils étoient chargés, un Lieutenant de Roi peut châtier sur le champ ceux qu'il
jugera coupables de semblables fautes qu'eux. Et à plus forte raison le Roi même, qui représente tous les Juges ensemble, &
passe sur les formalités des procédures de justice, en faits qui
lui sont notoires, n'étant sujet à icelles, comme ses autres Juges, auxquels pour éviter aux abus, en tous cas (hors de leze-
Majesté & danger présent) l'on a ôté cette puissance absolue,
jointe seulement à la Souveraineté ; afin de ne leur donner
trop de pouvoir. Quant au fait particulier desdits Sieurs freres, j'emploie ce qu'ont allégué ceux qui ont justifié cette
foudaine, & à nous malheureuse, mais au Roi nécessaire, ven-
géance.

Sur les vingt-neuf, trente, trente-un & trente-deux, par lesquels tu veux que tous Catholiques se retirent ès Villes liguées.
Je te demande comme peuvent si-tôt laisser leur Patrie, tant
de gens jeûnes & vieux ? Où trouveront-ils moïen de vivre
en Païs étranger ? Quelle pitié d'abandonner les lieux de sa
naissance, les sépulchres de ses peres & aïeux, pour se ranger
avec les meurtriers de leur Roi, lâches, couards & battus de
tous côtés.

Au trente-troisieme, si tu appelles méchans ceux qui ne trouvent pas bons tous les déportemens de l'Union, je ne sais comme l'on te doit appeller, toi qui fais faire & pousse les gens à tant de nouveautés. Mais crois que le nombre des tiens se trouvera moindre que celui de ceux qui souhaitent ta destruction, & de tes semblables.

Au trente-quatrieme, je prie Dieu qu'il t'aveugle plutôt que jamais tu voies ce temps-là auquel les Espagnols soient maîtres de Paris & de la France. Ce seroit faire de Paris un Païs. Car de qui pourroit être rempli ce grand espace de Ville, puisque j'ai montré que toi & les tiens n'êtes que la lie & les ordures du Peuple?

Au trente-cinquieme, faisant mention de la désolation des François, Saint Augustin parle des Enfans de Dieu, & non de l'Union, qui jamais ne sera seule, tant qu'il se trouvera des larrons, voleurs & traîtres.

Au trente-sixieme, il y a doute qu'ils ne vinssent si tard; car vous autres Ligueurs êtes tant habiles preneurs, que je crois qu'un Catholique chassé de Gentilli, viendroit trop tard pour trouver une autre maison aussi bien garnie que la sienne, quand il se voudroit arrêter même à Saint Marcel; tant s'en faut qu'il put arriver à temps pour se loger devant le Palais. Et encore moins un autre, qui auroit quitté quelque bon endroit de Tours ou de Bordeaux.

Au trente-septieme, où tu fais valoir l'excommunication contre ceux qui quittent la Ligue, tu le prens trop cruement. Car je t'ai formé une appellation comme d'abus contre cette excommunication, qui ne peut avoir lieu au Roïaume de France, aïant été faite contre les privileges d'icelui, la liberté de l'Eglise Gallicane, voire contre les Canons.

Au trente-huit, trente-neuf & quarantieme, chacun ne peut pas quitter son Etat pour devenir guerrier. Et si les Soldats d'une part & d'autre ont enlevé les chevaux de labeur, les chemins étant empêchés par les courses des garnisons, comme se labourera la terre, & le Marchand pourra-t-il trafiquer?

Au quarante-un & quarante-deuxieme, je voudrois bien savoir à quoi l'on connoît un Catholique simulé. Car celui qui va à la Messe semble être bon Catholique. Aussi n'est ce mot de simulé, trouvé par les suppôts de l'Union, que pour fureter les maisons de nous paisibles, & donner curée aux enragés. Et les Chefs de l'Union montrent par les captations, & emprisonnemens, qu'ils les veulent tenir en monture, pour les dépouiller

bien vêtus, ou tirer engraissés, encore si vous vendez leurs
meubles & prenez le fruit des immeubles, que garderez-vous
à ceux qui auront été chassés par le Roi, vous ne les reverrez
pas au Bailli (1) Petau (méchamment par vous tué avec son fils
à Estampes) car il n'eût pas été assez riche pour les contenter.
Même, quel profit tirerez-vous de ces nouveaux venus ? avant
que soïez assurés d'eux, que les aïez reconnus ? qu'eux mêmes
soient logés en leurs nouvelles colonies, & puissent faire valoir
les maisons & héritages que leur avez baillés ? Il se passera bien
du temps avant que puissiez tirer commodités de telles trans-
migrations ; mais durant la confusion, il y a danger que votre
Ennemi ne fasse bien ses besognes.

Au quarante-troisieme, il est aisé à pousser des méchans e
mal faire, mais les bons se paient de raison. Quant à ce Roi de
Navarre, que tu appelles Renegat, encore ne l'est-il pas tant
que le fut saint Pierre, qui par trois fois renia notre Seigneur
Jesus-Christ vivant, & tous les jours faisant miracles devant
lui (2). Toutesfois tout Renegat qu'il fût, il eut depuis les brebis de Dieu en gouvernement ; le même Jesus-Christ a-t-il oublié sa miséricorde ? Quant à l'humanité du Roi, il l'a montrée
en tous les endroits, où il est entré ; & tous les jours la montre, plus que les siens ne veulent ; & en des endroits, ce disent-ils, mal emploïée, tant à l'endroit des Villes que Gentilshommes, Bourgeois & Soldats qu'il prend de force ; & néanmoins tout incontinent qu'il leur a donné la vie, relevent les
armes contre lui. Pour le regard de sa vaillance que tu appelles
Arabesque, on la trouve mâle & Françoise, & tant de beaux
exploits siens, donnent assez à connoître quelle différence il
y a entre la sienne & celle des Lorrains. Quant à sa chasteté,
c'est à sa femme à s'en plaindre, aussi-bien qu'une femme des
Chefs de l'Union, de celle de leurs maris. Mais les Dragons du Roi
de Navarre ne sont venimeux, ni ses Anglois n'auront de pieces de fer à leurs côtés, que pour châtier les Rebelles, là où
les Espagnols & Calabrois en ont pour les chevres & brebis.
Au quarante-quatre, c'est un grand bourreau que la conscience,
Toutesfois c'est grande consolation aux gens de bien, de voir
les méchans toujours trembler comme Caïn & continuellement

______

(1) On dit qu'il étoit de la même famille
que les savans Paul Petau, & le Pere Denys
Petau, Jésuite, si connu par le grand nombre & la solidité de ses Ouvrages.

(2) Cette comparaison ne devoit point
être faite ; & l'Auteur abuse étrangement du
terme de Renegat.

avoir peur, entendant la revange. Car pour le regard de la boucherie de quatre heures, que tu dis avoir été accordée par le Roi, s'il eût pris la Ville de Paris; je crois que c'est chose controuvée pour aigrir les Parisiens. Et toutesfois eût-ce été humanité, au prix de celle que ceux de Guise firent faire par toute la France l'an 1572, le jour de saint Barthelemi. Quant aux mariages des filles & femmes des Villes prises, tu reproches au Roi ce que les Chefs de l'Union feront, quand abandonnés des gens de bien, pour leur tyrannie ou venue des Espagnols, ils auront tué & massacré les bons & paisibles Catholiques, partissant nos maisons & nos filles, pour récompenser leurs Soldats, ainsi que le Duc de Mayenne a jà pratiqué ce secret, quand il enleva la Brue du sieur de la Vauguion, pour la marier à son plaisir, qui fut un des signalés actes de son voïage de Guienne, auquel en quinze mois il prit tant de nobles Cités & Châteaux, qu'on ne les peut trouver en la Carte Gallicanne. Au quarante-cinq & quarante-six, c'est bien dit; il n'est que pêcher en eau trouble. Ce que vous prendrez sera par vous rendu bien tard. Mais l'on voit que les Commissaires de l'Union laissent si peu de commodités à ceux dont ils se doutent, que je crois qu'ils n'ont dequoi vivre; tant s'en faut qu'ils puissent aider autrui; pour le moins ne suis-je pas de ceux-là, car ils tiennent tout ce que j'avois, ou gueres ne s'en faut.

Au quarante-sept, ils se sont retirés fuïant la tyrannie & rage de tes semblables, brutal aviseur que tu es.

Au quarante-huit, quarante-neuf, cinquante & cinquante-un, ceux qui ont lû les livres, savent bien qu'en séditions l'on ne tue pas tout, mais ceux qui ont les armes au poing, & la vie desquels il y a apparence ne se devoir amender par la grace qu'on leur en feroit. Je m'en rapporte à Saluste, voire à Ciceron même, lequel étant d'un naturel craintif & par conséquent sanguinaire & vindicatif, confesse qu'il n'étoit besoin de trop enformer la recherche des complices d'une conjuration jà découverte. Car tel se cache, qui découvert, se mettroit en désespoir & celé perd sa mauvaise volonté.

Au cinquante-deux, trois & quatre, c'est une maxime de Rois, de faire recherche des meurtriers de leurs Prédécesseurs, pour les châtier, afin de détourner les autres de pareille audace; car, combien qu'ils s'aident de la trahison, ils haïssent le traître & par conséquent jamais ne s'y fient. A cette cause assure-toi que ceux du feu Roi ne font que traîner leurs liens, aïant ce Prince fait du bien à trop de gens, lefquels feroient les plus indignes de vivre, que gens qui eurent l'honneur d'approcher un Roi tant humain & la courtoifie même, ainfi que bien favent ceux qui l'ont connu, ou requis de quelque chofe, que je crois qu'il n'y a vrai François qui ne le veuille venger, pour effacer cette vilaine tache, d'avoir approuvé le meurtre de fon Roi. Je confeffe toutesfois que par le droit des gens les Conjurateurs peuvent être châtiés; mais je ne fais pas comme Meffieurs demeurés à Paris pour tenir le Parlement, pourront condamner ceux, qui au danger de leur vie, furpaffant leur foible naturel, fe font efforcés de les délivrer de la tyrannie qui encore les molefte. Car quant à la Reine d'Angleterre, elle ne fit exécuter à mort que les Jéfuites, jà par elle bannis de fon Roïaume, & ceux qui débauchés par eux, effaïoient faire du remuement en fon Etat.

Au cinquante-cinq, fix, fept & huit, fi tu le dis pour le Prefident de Blanc-Menil(1) & fes femblables, n'eft-ce pas cruauté de faire mourir telles gens, qui aïant paffé tout le temps de leur vie fans fe mêler que de leurs affaires ou domeftiques ou de leur vocation, l'outrageufe tyrannie en laquelle ils fe font vus tomber & leurs concitoïens, à penfer à une entreprife furpaffant leurs forces naturelles. Il faut donc bien, s'ils ont confpirés (car ils ne nient) que ç'ait été un merveilleux mouvement de leur ame, un dépit & injuftice infupportable, qui ait époinçonné de fi foibles perfonnes, de fi douces ames, contre de fi cruels & défefpérés tyrans, que les Chefs & Confeil de l'Union. En quoi l'on connoît la vraie charité des gens de bien envers leur Patrie, qui leur fait expofer leurs biens fi grands, leur vie tant honorable, pour délivrer plus petits qu'eux. Mais il ne faut s'émerveiller fi tant de coquins & gens de néant fe font élevés du côté de l'Union, n'aïant que perdre & efpérance de profiter, ou s'avancer aux honneurs, en faifant nouveau monde, comme ils déliberent, s'ils ont le deffus. Et il n'eft raifonnable, que pour affurer un petit nombre de féditieux, l'on doive faire mourir tant de gens de bien & d'honneur.

Au cinquante-neuf, vous êtes bien mal, Ligueurs, fi vous n'avez qu'un Chef & vos gensfont tant défobéiffans. Et toi, Avifeur, tu parles bien en défefpéré; mais c'eft l'or d'Efpagne qui commence à opérer & te fait dreffer l'échaffaut pour monter fon Roi au trône François. Tant y a que c'eft porter en homme

(1) Potier de Blancmefnil.

qui fe défie de Dieu ; car fi ton parti eft le meilleur, ne te faut-il pas affurer en Dieu, protecteur des bons, fans ainfi te défefpérer?

Au foixante, un, deux, trois, quatre, cinq & fix, où tu parles des moïens de faire la guerre, je te dis que notre Roi a tout le Septentrion fi peuplé de gens, les trois quarts de la Germanie & Suiffe, tous ceux qui craignent la perte de l'Etat François & redoutent la tyrannie ou grandeur des Efpagnols. Regarde, Avifeur, quel nombre ceux-là peuvent faire, & fi tu fais bien compter tu verras la foibleffe de ton Parti. Puis tant de gens qui ont l'humanité en recommandation & en horreur le dégât d'une fi noble Province que la France, fe tairont-ils ? Et le Roi fe renforçant tous les jours, par la conquête des Provinces qu'il met fous fon obéiffance, manquera-t-il de moïens ?

Au foixante-fept, les tranchées de Dieppe, étoient-elles fi hautes, & garnies d'hommes, que foixante mille qu'il y avoit en l'Armée de l'Union ne les euffent fu forcer ? Pourquoi eft-ce que quatorze cens Cavaliers Ligueurs fuirent à Arques, devant deux cens Roïaux, laiffant l'avantureux affammé Sagone mort, & tous les fantaffins qui étoient dans le Village de Martinglife. Et fi le Roi étoit affiégé à Dieppe, pourquoi le Duc de Mayenne le laiffa-t-il dégager, quand les Comte de Soiffons & Duc de Longueville s'approcherent, accompagnés de huit mille hommes ou plus, & en fi belles plaines qu'il s'en trouve entre Beauvais & Eu, lefquelles encore il laiffa forcer à la barbe de fon Armée fi grande que j'ai dit? Ce n'eft point prudence ni defir d'épargner le fang François, c'eft vrai couardife & lâcheté qui tient les Soldats de l'Union.

Au foixante-huit & foixante-neuf, où tu dis que la Ligue ne peut réfifter au Roi fans miracle, cette confeffion eft bien lourde ; car pourquoi a la Ligue commencé la guerre étant fi foible ? Pourquoi a-t-elle caché aux fimples qui font entrés en l'Union, cette infaillible néceffité ? Or eft le certain, que fi leurs Chefs euffent été fi grands & bons Capitaines qu'ils font eftimés, ils fe pouvoient affurer de telles contraintes, ou s'ils ne l'avoient prévue, ils méritent d'être réputés ignorans de leur métier : mais le Duc de Mayenne étant Capitaine fi grand, il lui fuffifoit venir à fon intention, pource qu'aïant jà comploté de faire ce fervice à l'Efpagnol au préjudice du feu Roi & maintenant des Princes de Bourbon, il voïoit que pour rendre l'Etranger ou foi-même maîtres de la France, il n'avoit autre plus prompt moïen, que la faire entrer en guerre civile, afin que les Princes & meilleure Noblesse s'entretuassent. En quoi l'on connoît la déposition de Salcede être véritable, & la participation que l'Ambassadeur d'Espagne a en vos conseils & résolutions.

Au soixante-dix & soixante-onze, pauvre Aviseur, si la Noblesse Françoise dépitée de la trahison & meurtre pratiqués contre son Roi légitime, s'est rangée du côté de celui-ci seulement afin de venger la mort de leur Roi, que penses-tu qu'elle fera, quand elle se verra traitée avec cette arrogance Mahometane, que l'Espagnol retient en ses paroles, contenances & mœurs? Assure-toi qu'elle ne pourra si-tôt oublier la courtoisie Françoise, aïant été nourrie & élevée d'enfance parmi ses Rois, qui aussi instruits en cette humanité de si long-temps continuée, ont plus commandé à leurs Sujets comme Peres, que comme maîtres orgueilleux, & à la façon des Rois d'Espagne, qui se vantent d'être issus *del sangue delles Gados*, les plus opiniâtres Ariens de tous les Barbares qui jamais affligerent la Chrétienté. Encore pour achever le contredit de ces articles, je crois que l'Union ne demeurera dépourvue de traîtres & brigands, tant qu'il y en aura parmi le monde, car méchans trouvent toujours leurs semblables.

Au soixante-douze, sans doute avec les désespérés qui sont en France & les envieux de notre paix, le Roi d'Espagne a prou de forces pour nous donner de l'ennui, & par surprise joindre à ses Roïaumes morcillés, quelqu'une de nos Provinces & Villes des plus folles & mal gouvernées ou désespérées, & plus aisées à garder par le voisinage de ses anciennes Seigneuries, qui à mon avis est la principale cause de le faire sus son vieil age & le dire, entrer en une si dangereuse & possible mortelle guerre pour lui & ses Etats, jà montés au comble de la félicité humaine, & non pas la charité ou zele de conserver la Religion chrétienne, de laquelle l'Espagnol jamais ne se soucia que pour sa commodité. Mais pour forcer tout le Roïaume, il a trop peu de gens & trop d'Ennemis redoutant sa grandeur. Quant à l'Armée qu'il eut à la journée de Lepante, il y fut poussé par nécessité, de conserver ses Roïaumes de Sicile & Naples ; & encore y acquit-il autant de mauvaise réputation, que les Venitiens & Malthois d'honneur, puisqu'au prix de leur sang, par la bonté de leurs Vaisseaux, l'industrie & résolution

de

de leurs Chefs, la victoire fut pour les Chrétiens, fruſtrés néanmoins du fruit d'icelle, étant empêchés de la pourſuivre juſques en Conſtantinople par l'envie des Eſpagnols, contens
d'avoir embarqué les Venitiens en leur ſociété, ſans plus ſe ſou-
cier du recouvrement de Cypre, qui eſt une très certaine marque de leur zele Catholique Arabeſque. Pour le regard de Portugal, l'on ſait bien que Dom Antonio en fut chaſſé, ſous
l'aſſurance de la ſoumiſſion que les parties avoient faite de leur
différend, au jugement du Pape. Avec ce qu'il ne faut pas compter ledit Dom Antonio, pour digne champion contre un ſi
grand Roi, commandant en Europe, Aſie, Afrique & Perou,
ainſi que portent les titres du Roi Philippe; en peut-on dire à
ceux qui voudroient mettre cette conquête en ligne de compte
ce que dit le valet de Marot. Penſez qu'à autres bien ſeroit-il.
Encore moins faut-il parler de l'Armée navale de la Reine
Mere, puiſque la plupart de ceux qui la conduiſirent, eſpagno-
liſoient. Je m'en rapporte à la miraculeuſe retraite de Briſſac &
ſes compagnons. Quant à la défaite que tu dis avoir été faite
nouvellement, des Anglois deſcendus en Portugal, l'on peut
dire qu'ils ont été combattus par la maladie. Mais encore ont-ils
eu plus d'honneur en ce voïage, que les Eſpagnols en leur route
marine de l'an 1588, puiſqu'ils furent premierement combattus
par les Anglois devant Calais, enſuite par la tourmente, aïant leurs
meilleurs Vaiſſeaux été enfoncés ou gagnés à coups de canon,
& le reſte garanti d'une certaine defaite ou priſe par le brouil-
lats & fortunal qui ſe leverent. De maniere que de ſix vingt
Navires & plus, qui étoient partis d'Eſpagne, non-ſeulement
en intention de renouveller les Garniſons du Païs-Bas, mais
de conquérir l'Angleterre, ou pour le moins la France par le
moïen des Ligués, chargés de trente-quatre mille hommes,
l'équipage deſquels avoit coûté un million d'or, & en portoient
trois en argent comptant ou bagues, il n'en retourna pas en
Eſpagne la ſixieme partie, & les meilleurs Vaiſſeaux échoués en
Irlande, furent butinés par les mêmes Anglois, qui de leur
voïage de Portugal retournerent en Angleterre, ſans que jamais l'Eſpagnol oſât les affronter par mer & par terre ou ſortir de Liſbonne, jaçoit qu'ils en euſſent pillé les fauxbourgs à
leur barbe.

Quant à Malthe elle fut défendue par ſes propres Chevaliers,
qui au prix de leur ſang, avoient tellement découragé l'armée
Turqueſque, dépourvue de ſon Chef tué aux approches, qu'il

fut bien aifé aux Efpagnols Siciliens de traverfer ; & pouvoit-on dire d'eux & leur tardif fecours, ce qui jadis fut reproché à un Chevalier couard, qui après une bataille arriva bien armé, que c'étoit faint Erme, des feux jadis appellés Caftor & Pollux, qui apparoiffent aux Mariniers après les tempêtes. Pour le regard de la délivrance de l'Archevêque de Cologne, c'eft plutôt une marque de la juftice des Princes de Germanie, qui ne veulent favorifer les contrevenans au ban de l'Empire, que révérence ou crainte des armes Efpagnoles ; étant certain que les Luthériens font plus forts en la Germanie que les Catholiques, de maniere que le feul refpect de Juftice & foin public, fait que les Catholiques font maintenus en poffeffion de leurs biens, & non pas la force du Roi d'Efpagne ni la crainte des fulminations Papales.

Au foixante-treizieme, le fecours d'un Grand eft toujours redoutable à ceux qui font embrouillés de guerres civiles. Témoin la venue des Carthaginois en Efpagne & Sicile, des Romains ès mêmes Provinces, en la Grece & notre Gaule. Quant à feu Monfieur de Guife, je crois qu'il n'eût voulu être moindre que Charles Martel ; mais l'infidélité du Duc de Mercœur furpaffe la déloïauté du plus ingrat, je ne veux pas dire beaufrere, ains ferviteur qui oncques. Ce qui fait croire de lui toutes les vilenies qui s'en difent, foit pour la vente de la perfonne de Dom Antonio, qu'il ne fut livrer, quand un Capitaine Efpagnol le cuida prendre, foit pour l'occafion qui le mut de fe révolter contre le feu Roi. Car qu'eût-ce été de lui & de fes pauvres freres & fœurs, fans le mariage de la Reine fa fœur avec le Roi Henri III pouvoient-ils tenir rang ? je ne veux pas dire de Princes (car vu leur extrême pauvreté, c'eût été une trop lourde bêtife, de fe le dire hors de Lorraine) mais des moïens Gentilshommes ? toutesfois l'on dit qu'il voit les livres. Ce qui me fait croire qu'il a l'ame auffi cauterifée, que fes actions fe trouvent déraifonnables. Et pource il y a apparence que les Bretons (gens d'efprit) ne voudront pour leur Duc un tel Seigneur ; encore plus Mauclerc que Pierre, qui leur apporta la paix, à eux plus profitable qu'agréable, là ou celui-ci leur engendre une mortelle guerre, jufques dans le cœur de leur Païs. Quant au fecours que les Efpagnols nous ont ci-devant envoïé, ce n'ont été que fagots & allumettes, pour entretenir le feu de fédition en la Maifon de France. Auffi maintenant que le Roi Philippe en voit le maître mort, & qu'on débat la fucceffion, il fe mon-

trera tout autre à l'avenir ; mais pour le jourd'hui il reſſemble
l'Ecoſſois, qui demande ſeulement à loger ſa halebarde & ſon
petit cheval ; puis ſi la Nobleſſe lui fait place, il la chaſſera ou
mettra auſſi bas que celle de Portugal, qu'il a tuée, détruite ou
chaſſée, comme auſſi de plus de quatre ou cinq mille Moines
ou Prêtres de ce Païs, qui ne pourront ſouffrir l'arrogant commandement des Eſpagnols. Pour le regard de la défenſe de
Malthe, la Religion de Saint Jean ſert à lui-même de bouclier
en cet endroit, & eſt un ménage d'Eſpagnols ; leſquels aïant
donné aux Réfugiés de Rhodes, dix-huit lieues d'Iſle cailloneuſe
à garder aux dépens du ſang de la plus gaillarde Nobleſſe de la
Chrétienté, principalement de France, s'en ſert comme d'un
boulevart, pour lui aſſurer les côtes de Sicile & de Naples,
contre les courſes de Pirates Turcs ou Maures, laiſſant cependant conquérir ſur les Princes de la Maiſon d'Autriche, ce
qu'ils avoient de beau & de bon en Hongrie, principal rempart
de la Chrétienté contre les forces des Turcs. Quant à l'Arche-
que de Cologne, ſi l'Eſpagnol lui rend les Places qu'il fait ſemblant de lui garder, je dirai qu'il aura meilleure volonté que
Charles Duc de Bourgogne ſon biſaïeul, quand il aſſiegea Nus
à même intention que celui-ci l'a priſe, & la rendra avec Maſ-
tric, appartenant à l'Evêque de Liege, & qu'il détient encore
ſous prétexte que c'eſt un paſſage de Braban, comme auſſi ce
qu'il tient au Duc de Juliers. Mais le ſecours qu'il offre aux
mal aviſés François, eſt auſſi peu charitable, pource qu'il ne le
fait point pour notre bien, ains pour divertir l'hémoragie qui
apparemment doit ſe montrer en ſes Païs, ſi le notre eſt paiſible, craignant d'être chargé des deux endroits, ſi derechef il eſt
aſſailli par le Turc, cependant il laiſſera là notre France, aïant
trop d'affaires ſe garder d'un ſi puiſſant ennemi. Mais la pur-
gation ſera auſſi mortelle qu'à l'Empire de Grece, qu'elle fut à
l'Afrique, pour la diviſion des Catholiques & Donatiſtes, qui
l'ouvrirent aux Sarraſins.

Au ſoixante-quinze & ſoixante-ſeizieme, le Havre de Grace
fut livré aux Anglois par la volonté de ceux qui lors en étoient
maîtres ; & quand ils le voulurent retenir, ils en furent chaſſés
par ceux mêmes qui les avoient appellés. Ils n'ont rien à Dieppe : & Hollande & Zelande ont été ouvertes aux Anglois, du
conſentement des Habitans. Là où le Roi d'Eſpagne s'eſt ſaiſi
du Portugal durant le procès intenté devant le Pape : le jugement duquel il devoit attendre. Mais ce ſont revérences Eſpa-

gnoles envers le Saint Siege. Auffi falloit-il qu'il lui fît barbe de fouarre (1) auffi bien que fon pere, qui pendant la prifon de Clement VII, Pape, (que fes gens avoient pris dedans Rome) faifoit en Efpagne des proceffions pour fa délivrance, non fans faire rire ceux qui voïoient fon impiété au travers de fon mafque.

Au foixante-dix-feptieme, je ne vois pas que nous aïons eu tant bon marché de l'Efpagnol, en la prifon du Roi François, puifqu'il détient Milan & Aft, le patrimoine de nos Rois, les hommages de Flandres & d'Artois, Lifle, Douai, Tournai, Orchies; qu'il a abattu Terouenne, qu'il reçut deux millions d'or, & la renonciation aux droits des Roïaumes de Sicile & Naples, pour la rançon du Roi François, ou par les derniers traités. Car voilà l'humanité de l'Efpagnol, que encore n'eût laiffé aller ledit Roi, s'il eût penfé qu'il fût échappé de la maladie qui le tenoit, & n'eût vu toute la Chrétienté bandée contre fon opiniâtreté, là où la rançon du Roi Jean, n'apporta point tant de perte; & retournant fous fa foi & l'ôtage de fes deux enfans & peu de Seigneurs, il ne perdit pas tant de terres. Au foixante-dix-huit & foixante-dix-neuvieme, ce ne font pas les Nobles qui en Angleterre font ces outrages; mais en Efpagne, fi quelque François y demande le fien trop importunement à un du Païs, il fe voit tout auffi-tôt dans la prifon de l'Infiquition. Et me fouvient que du temps du Roi Charles, il fallut ufer de repréfailles pour tirer un Marchand de Touloufe, arrêté en Efpagne par une telle fourbe. Et lors fut remarquée l'audace d'un fuppôt de ladite Inquifition, qui fut fi imprudent de vouloir en France informer la créance dudit Marchand, & éxécuter la Jurifdiction de ladite Inquifition. Aux quatre-vingt, un, deux & troifieme, je m'en rapporte à ce qui en eft; mais il eft certain que les Efpagnols tiennent les fortereffes, & y font maîtres plus de force que du gré des Habitans, principalement en Italie, où la crainte de rentrer en leurs guerres les rend plus obéiffans que le refpect de la Juftice Efpagnole. Au quatre-vingt-quatrieme, j'y ai répondu; mais j'ajouterai qu'il vaut mieux être

(1) C'eft-à-dire qu'il fe mocquât de lui; qu'il lui donnât de la paille au lieu de quelque chofe de plus réel. L'ancien proverbe étoit *faire à Dieu gerbe de feurre*, qu'on a depuis corrompu en *barbe de feurre*, comme l'a remarqué Pafquier en fes recherches. Rabelais L. XI *faifoit gerbe de feurre aux Dieux*. On fait venir l'origine de ce proverbe de ceux qui fous l'ancienne Loi offroient feulement à Dieu des gerbes de paille en feignant de lui en donner de bled. Il fignifie ne donner à quelqu'un que le moins qu'on peut. Ici, proprement, c'eft tromper quelqu'un & fe mocquer de lui. Voïez les Remarques fur la Satyre Ménippée, *in-8°*. pag. 111.

à la merci des siens que des Etrangers, & que Dieu châtira l'auteur & premier motif des maux que nous endurons. Que celui est cause d'une querelle, qui le premier en donne l'occasion, & non celui qui de fait ou de parole repousse l'injure à lui faite. Aux quatre-vingt-cinq & sixieme, jamais nos Rois n'ont eu alliance avec les Turcs, sinon pour le trafic de marchandise, ainsi qu'il est vérifié par les réponses qu'en publierent les Rois François I & Henri II, sur pareilles calomnies que mettoient en avant les Ministres de l'Empereur Charles V. Mais l'on peut véritablement dire que depuis que la Maison d'Autriche a irrité ce Prince, elle lui a fait tourner visage sur la Chrétienté; & que les Espagnols par leur ambition, l'ont époinçonné au dommage de la Germanie & des Venitiens; & l'échaufferont davantage s'il connoît que l'Espagnol veut ajouter la France à ses autres morceaux de ses Seigneuries. Et encore lui-même n'a-t-il pas fait paix avec lui? Aux quatre-vingt-dix-sept & huitieme, certainement les Anglois Catholiques ont occasion de regretter la perte de l'usage public des Sacremens de notre Eglise; mais ceux qui en sont cause, ont commis plus grand péché; à savoir ledit Charles V, qui mal à propos poursuivit l'excommunication du Roi Henri VIII, avec lequel néanmoins comme il étoit Espagnollement conscientieux, il s'allia pour l'an 1544 guerroïer de compagnie le Roi François, puis abandonna l'Anglois aussi loïaument au traité de Soissons; se contentant de l'avoir mis en querelle, pendant qu'il désignoit la guerre contre les Protestans. De la perte des Anglois Catholiques ne sont moins causes les Jésuites, qui par leurs vaines remontrances, les incitent à tuer leur Reine, comme aussi ils sont cause de la mort de celle d'Ecosse; & ont cuidé remuer l'Etat de Suede & Moscovie, si les Princes de ce Païs, plus sages, n'eussent chassé ces bouterfeux, & entre autres le Pere Possevin, Jésuite, grand brouillon.

Au quatre-vingt-neuvieme, mais c'est toi qui nous veux enchanter au profit d'un homme, qui fait peu de cas de Dieu & de sa Religion, ainsi que sa cruauté, & deshonnête vie l'ont montré à l'endroit de ses plus proches. Tant y a que le feu Roi étoit Catholique, & celui-ci nous laisse vivre en notre Religion & a juré de nous maintenir en la même liberté de devant son prédécesseur. Ce qui est le plus tolérable que les maux & inconvéniens qui suivent une guerre civile, & le changement d'un Roi légitime à un étranger.

Aux quatre-vingt-dix & onzieme, l'on ne prend point tant de peine comme fait nôtre Roi pour petite choifon (1). Il faut bien qu'il foit pouffé par une plus grande récompenfe, puifqu'il peut être Roi paifible, & du confentement même de la plûpart des Jéfuites, ce difent-ils, s'il vouloit aller à Meffe. Il n'y a bandolier fi acharné au fang, qu'il ne voulût plutôt jouir de ce qu'il defire de l'autrui, de l'avoir par douceur, que par force; tant s'en faut qu'un Roi fi valeureux fe jette aux hazards des batailles & approches des Villes, pour une vaine gloire du monde. Et pource, j'efpére avec l'aide des prieres des bons Catholiques paifibles, la converfion d'une gentille ame, plutôt que fa ruine, à la perte de la Chrétiente; laquelle par tous bons exemples de mœurs, vie & doctrine s'eft plus avancée que par les armes, volontiers inftrumens du Diable plus que de Dieu; ce qui a fait ci-devant dire à la Sorbonne, qu'il ne falloit contraindre les Infideles à prendre notre créance par forces d'armes; n'aïant les Théologiens approuvé les voïages d'outre-mer, que pour recouvrer les terres perdues par les Chrétiens, & en foi défendant. Mais quand Dieu nous voudroit humilier, que de rendre notre Eglife ferve, pour cela ne nous faut-il défefpérer. Car encore vaut-il mieux vivre à l'Allemande ou Polonoife qu'à la Turque. Et fous un pareil traitement que celui de cet Infidele, que la contrainte des Anglois. Que toi enragé cherche, irritant un fi vaillant Prince que notre Roi, lequel fi tu t'efforces de tuer : (comme le feu Roi, & tous les jours tu l'effaies fur la Reine d'Angleterre) tu lui donneras occafion de nous mal traiter, enveloppant de pareils maux entre nous Catholiques paifibles & les zélés mutins. Qui fera tout le contraire de ta propofition, brutal Avifeur, quant au lieu de fauver le Peuple de France, de comble en fond tu le ruineras.

(1) Fortune.

Avertiſſement.

CE qui avint en l'an 1590 en l'état des affaires de France n'eſt pas moins remarquable. Les Ligueurs, appuïés ſur leurs intelligences dedans & dehors le Roïaume, mépriſoient le Roi, nonobſtant ſes heureux ſuccès, & ſe roidiſſoient contre tous évenemeus, à quoi d'un côté leurs Prêcheurs par les Villes les avoient pouſſés durant les Advens, de l'autre infinis Libelles, où par pluſieurs déguiſemens ils s'entretenoient en l'eſpérance qu'ils avoient conçue de pouvoir longuement ſubſiſter dedans cet abyme de confuſion. Entr'autres Libelles ils publierent une copie de Lettres d'un politique (c'eſt-à-dire d'un Partiſan du Roi) demeurant à Tours, envoïées à un autre à Rouen, où ils forgent ce qui leur plaît touchant les deſſeins & prétentions qu'ils attribuent au Roi, & y diſcourent de l'état de ſes affaires à leur plaiſir. Ils firent accroire que ces Lettres avoient été ſurpriſes à Vervin par un Capitaine du Régiment du Marquis de Pienne. Le Peuple de Paris & des autres Villes étoit miſérablemenr pipé par tels artifices, afin de ne ſe laſſer du faix des impôts ravages de ſoldats & calamités qui le preſſoient de tous côtés. Il nous faut maintenant écouter ce Ligueur déguiſé, qui ne s'oſe nommer, & voir ce qu'il dit du Roi & de ſon Parti. Tels donc étoient les mots de cette Lettre.

LETTRE

D'UN LIGUEUR DE'GUISE',

Touchant l'état des affaires du Roi.

MONSIEUR,

Suivant celle qu'il vous a plu m'écrire, datée du 27 du paſſé, par laquelle vous deſirez être éclairci de quelques points, qui vous importent ; j'ai penſé que je manquerois à mon devoir, ſi je ne vous en rendois réſolu par cette préſente, laquelle vous ſera (Dieu aidant) fidellement rendue. Pour le premier point, je ne vois pas grande eſpérance, que puiſſiez être païé des quatre mille écus que ſavez, d'autant que celui qui les devoit délivrer a été condamné, par le Conſeil privé, à de bien grandes & exceſſives ſommes pour avoir favoriſé ceux de l'union.

Au reſte, quant à ce que m'écrivez, touchant les affaires de ce miſerable déſolé Roïaume, je vous dis qu'à grand peine

le Roi pourra-t-il faire ce qu'il pense, vu les grands empêchemens qui lui surviennent de jour à autre, tant par le secours
que Monsieur de Maïenne attend d'Espagne & d'Italie, que
par la diminution de l'armée qui s'amoindrit de jour à autre :
parceque la plûpart de la Noblesse a découvert, que sous prétexte que le Roi se veut faire Catholique, il ne tâche qu'à
s'emparer des Villes & Places fortes, pour abolir par après
l'exercice de la Religion Catholique par tout ce Roïaume, à
quoi il est excité par les Ministres qui se mocquent tout appertement, & des Ecclesiastiques & de la Noblesse qui le suivent.

La résolution des Catholiques l'étonne encore d'avantage,
& c'est ce qui mettra du tout notre édifice par terre : car il
n'est pas incroïable que ceux qui ont eu le cœur de s'opposer au
Roi dernier mort, soutenu de beaucoup de Noblesse (& qui
avoient juré sa ruine) s'avilissent & s'abbaissent sous la diminution des forces de son Successeur, qui ne sauroit, en façon
du monde, soudoïer dix mille hommes. Aussi la plûpart de ceux
qui suivent sous espérance des biens de l'Eglise & des Catholiques, voient bien des effets contraires à ses promesses : car quand
il prend quelque Ville, il distribue les Offices & Bénefices aux
Hugenots & à ceux qui étoient des principaux Conseillers du
feu Roi & complices de la mort de Monsieur de Guise.

Mais ce qui me tourmente le plus, c'est la punition que l'on
fait par toutes les Villes de l'union sur ceux qui sont affec-
tionés au service du Roi. Car à Paris & ailleurs où nos ennemis sont les plus forts, ils ont ruiné la plus grande part de
ceux qui étoient serviteurs du Roi, tant par privation de leurs
états que par confiscations de leurs biens : & ont bien tant
avancé par le moïen de leurs Prédicateurs, qu'ils ont imprimé
dans le cœur du Peuple une haine invétérée contre ceux de
notre parti : de sorte que le plus grand crime qu'on puisse imputer à un homme, c'est de l'appeller politique Bearnois, nom
qui est connu de tout le monde, autant que l'Huguenot, &
n'y a si simple femmelette qui ne sache que yeut dire le
nom de Politique & Bearnois, & qui n'en donne l'interprétation.

Ce qui me fait croire que mal-aisément pourrons-nous jamais rien faire qui vaille : car ce que nous bâtissions à longueur de temps, est détruit en une prédication d'une heure, &
ce qui met le Roi au désespoir, est la venue du Légat du
                                                    Pape,

Pape (1), qui a laiſſé au Peuple une grande édification de ſoi par-
tout là où il a paſſé, aïant confirmé le Peuple Catholique en ſa
premiere réſolution. En quoi le Roi a été bien déçu, qui penſoit le faire condeſcendre à ſa volonté premierement par lettres
amiables, & par la force qu'il ſe promettoit de le faire enlever
ſur le chemin de Dijon à Troye. Mais le Sieur de Saint Paul
avec quinze cens chevaux & cinq mille Lanſquenets a rompu ce
deſſein, aïant conduit ledit Légat à Troye ; de-là il s'achemine
à Paris, où il eſt dévotieuſement attendu (2).

Et ce qui augmente notre malheur, eſt la réſolution des Parlemens qui ont déclaré derechef de ne jamais obéir aux Hérétiques ni à leurs fauteurs ; de ſorte que tous ceux qui ont ſuivi
& ſuivent encore le Roi, ſont exclus de la Couronne, quelque
droit & prétention qu'ils y puiſſent avoir, joint auſſi le zele &
Religion des Députés & Préſidens à ces prochains Etats, qui
ont été choiſis par leurs Provinces pour arrêter auxdits Etats la
ruine des Huguenots & de tous leurs fauteurs. Ce qui me fait
croire que toute la Maiſon de Bourbon ſera déclarée indigne de
la Couronne, excepté le vieux Cardinal ; car le Roi aïant déja
été condamné par le Siege de Rome avec ſes adhérans,
il ne faut pas douter que la Bulle ne s'adreſſe aux autres qui
l'ont ſuivi ; & quand ainſi ne ſeroit, les Etats auxquels il appartient de faire les Rois, leur reprocheront toujours qu'ils
doivent être exclus, tant pour être fauteurs des Hérétiques,
que pour les injures, opprobres & contumelies qu'ils ont faites
au Cardinal de Bourbon, leur oncle, reconnu pour légitime par
tous les Catholiques de l'Union, & par ceux qui quittent de
jour à autre notre parti.

Ces raiſons & autres plus prégnantes ſuffiſent pour donner au
Roi des affaires tout ſon ſaoul, vu la haine que le Peuple lui
porte principalement depuis le pillage des Fauxbourgs de Paris,
depuis lequel temps ſes affaires ſont toujours allées en décadence ;
car en un mois & demi il a perdu Creil, Beaumont, l'Iſle-
Adam, Nanteuil, Dammartin, le Bois de Driemmis, Meulan

---

(1) C'étoit le Cardinal Cajétan ou Gaëtano. Les Lanſquenets, dit M. de Thou,
Hiſt. L. 98, qui étoient au ſervice de Lorraine, paſſerent en Champagne, ſous la
conduite du Capitaine ſaint Paul, & de-là
en Bourgogne, où ils prirent ce Légat & l'eſ-
corterent juſqu'à Paris.
(2) L'Auteur de cette Lettre dit que le Légat édifia par-tout où il paſſa : cela peut

être ; mais M. de Thou, à l'endroit cité ci-
deſſus, dit que les Lanſquenets qui l'eſcorte-
rent, commirent ſur la route des excès intolérables, dont il rapporte pluſieurs ; & il
ajoute que néanmoins le Légat, chemin faiſant, leur donnoit tous les jours l'abſolution, & leur ouvroit les tréſors du Ciel.
Cette conduite n'étoit pas trop édifiante.

& Pontoife, avec lefquelles il pouvoit endommager Paris : depuis la plûpart de fes Lanfquenets fe font débandés, & par les rigueurs de l'hyver la pefte s'eft mife parmi fes Anglois, de forte qu'il en eft mort de deux à trois mille hommes.

D'autre part auffi le peu de moïen qu'il a pour païer fes gens, achemine fes affaires en un piteux état. Car les recettes générales, qui font les vrais nerfs de la guerre, lui font toutes fermées, & les deniers qui en proviennent deftinés à lui faire la guerre. De forte qu'il eft contraint emprunter argent de quelques Gentilshommes pécunieux, auxquels il fait de belles promeffes, appuïées néanmoins fur de foibles fondemens ; car quel moïen y a-t-il qu'il fe puiffe jamais établir ? Les meilleures Villes de France & qui floriffent le plus en piété, ont conjuré fa ruine. Les Catholiques tiennent Paris, Lyon, Touloufe, Rouen, le Havre de Grace, Calais, Amiens, Beauvais, Clermont en Beauvoifis, Laon en Laonnois, Chartres, Orléans, Bourges, Dijon, Mâcon, Châlons, Grenoble, Vienne, Marfeille, Arles, Aix, Reims, Sens, Auxerre & plufieurs autres en grand nombre, lefquelles font toutes régies par de fages Magiftrats. Il n'a que deux Parlemens, Rennes & Bordeaux, encore font Catholiques, & retenus par force ; & les Catholiques en ont fix. Il ne tient pas une Ville de commerce, les Catholiques les tiennent toutes. Il n'a que trois Ports de mer, la Rochelle, Dieppe & Boulogne ; les Catholiques en ont cinq, Calais, Honfleur, le Havre, Narbonne & Marfeille, qui font très fameux : ils ont encore celui de Nantes, qui tient en raifon la Bretagne. Il n'a de revenu que deux millions d'écus, en comprenant le Païs de Bearn. Les Catholiques de l'Union en ont huit millions, fans y comprendre les confifcations des biens de ceux que l'on appelle Politiques & Bearnois, qui fe pratiquent par toutes les Villes de l'Union. Il a fecours d'Allemagne & d'Angleterre ; les Catholiques, celui du Pape, du Roi d'Efpagne, du Duc de Savoie, des Potentats d'Italie, du Duc de Lorraine & des Suiffes Catholiques. Il a quelques Seigneurs de marques ; les Catholiques ont des Princes adroits & courageux, & zélés à la caufe qu'ils foutiennent. Ils font en grande eftime parmi le Peuple François, qui fe fie du tout en eux, prompt aux armes, patient à endurer, libéral à contribuer, pour l'efpérance qu'il a de fe voir en repos, par l'extermination de l'héréfie.

Ces nouvelles & autres que je defirois de vous faire entendre, m'étonnent tellement, que je ne fais par quel moïen finir

mon difcours, car je ne vois pas grande efpérance aux affaires
du Roi ; ce qu'il connoît bien, mais il le diffimule tant qu'il
peut, fe délibérant néanmoins de coucher tout fon refte contre
le confeil de quelques uns de fes plus familiers, & j'ai grande
peur que fe voulant faire Roi contre la volonté des Catholiques, il ne fe perde miférablement, & nous avec lui. Cependant je vous prierai me tenir averti de tout ce qui fe paffera en
ces quartiers de-là, afin que j'ufe de même courtoifie en votre
endroit, ce que je ferai d'auffi bonne volonté que vous baife très
humblement les mains, priant Dieu, Monfieur vous donner fa
fainte grace.

Votre meilleur ami. P. D

*De Tours, le fixieme jour de Janvier mil cinq cent quatre-
vingt-dix.*

Avertiffement.

EN peu de mots ce Ligueur découvre fa croïance. On ne fauroit dire
combien tels charmes avoient d'efficace à faire ouvrir les bourfes du Peuple,
& les chefs de la Ligue pouffoient telle roue foigneufement. Mais tandis
qu'ils s'amufoient à brouiller le papier, le Roi menoit les mains en divers endroits, fur-tout en Baffigni, Normandie & Provence, où l'on en-
levoit de jour à autre quelque plume à la Ligue, laquelle fe tournoit en
tous fens pour s'avancer, fondée principalement fur le fecours attendu des
Efpagnols, comme appert par une Lettre interceptée, que nous avons ici
ajoutée.

LETTRE EN CHIFRE

De Monfieur le Préfident Janin (1)*, adreffante à Monfieur le Confeiller Fiot, l'aîné* (2)*.*

Monsieur, nous envoïons par Monfieur de Carellet les expéditions que Meffieurs de la Ville nous ont demandées. Notre armée & nos ennemis font proches l'un de l'autre de fix lieues. Il ne fe préfente point d'occafion de combat que Monfeigneur de Mayenne ne cherche & ne prenne. Dieu veuille favorifer cette caufe qui eft fienne. On nous promet beaucoup d'affiftance de dehors. Il feroit temps de l'avoir. Car nos maux veulent des remedes foudains, nous attendons dans quatre ou cinq jours quinze cens Lanciers, qui viennent des Païs-Bas. Nos ennemis s'affemblent tous fi bien, que nous croïons qu'ils feront marcher incontinent les Etrangers qui font vers vous pour fe joindre à eux. Auffi vous éviterez cet orage. Il faut toutesfois vous fecourir; car nous tenons pour certain que Monfieur le Maréchal d'Aumont va par de-là pour y faire la guerre. J'y travaille inceffamment, tant en particulier qu'avec Monfeigneur & avec nos amis. Auffi on juge que c'eft des premieres Provinces qu'il faut s'affurer. Nous n'attendons plus que l'argent qui nous a été promis à cet effet par mois. Quant aux obligations efquelles êtes entré, Chautepinot vous portera affurance de Monfeigneur de Mayenne. Mais regardez quelles obligations vous pouvez defirer, en attendant qu'on les acquitte, vous les aurez pour votre particulier. Je vous fupplie jetter vos yeux fur chofe qui foit en notre puiffance, foit offices, bénéfices ou autres biens. On fera difpofé à vous donner contentement; quant à moi je vous fervirai de folliciteur. Quant à autres com-

---

(1) Pierre Jeannin, Préfident au Parlement de Bourgogne, Contrôleur des finances fous les regnes de Henri IV & de Louis XIII, né à Autun en 1540; mort le 31 Octobre 1622, âgé de 82 ans. Il avoit embraffé le Parti de la Ligue, uniquement par zele, mais mal entendu, pour la Religion Catholique, qu'il aimoit ardemment Voïez fa vie & fes négociations qui ont été plufieurs fois imprimées; & fon éloge dans la Bibliothéque des Auteurs de Bourgogne, pag. 335 & fuiv. La Lettre qu'on donne ici, fe trouve auffi dans les *Mémoires de notre temps*, imprimés en 1570 pag. 79

(2) C'eft apparemment Jean Fyot, Seigneur d'Arbois, Montjay & Orrain, Confeiller au Parlement de Bourgogne. Meffieurs Fyot étoient d'une noble & ancienne famille de Bourgogne.

modités préfentes, notre néceffité eft fi extrême, que je ne fauróis la vous repréfenter, & n'étoit l'affurance que Monfieur le Légat & les Ambaffadeurs d'Efpagne nous ont donnée de leurs Majeftés d'un prompt & continuel fecours, nous ferions contraints de quitter la partie. Je fuis très aife que lui fe foit déclaré ouvertement. Monfeigneur lui tiendra tout ce qu'il lui a promis. J'ai fouvent defiré Monfeigneur de Senecé par de-çà, pource que Monfeigneur eft très mal affifté. Nous joindrions nos confeils enfemble, & n'aurions autre but qu'à bien faire. Chacun n'en ufe pas ainfi. Ma franchife ne contentera pas tout le monde. Si vous dirai-je bien qu'on s'eft repenti fouvent de n'avoir fuivi mes confeils, lefquels peut-être étoient moins fages, mais fideles, & euffent été plus heureux. Communiquez s'il vous plaît ce mot à Senecé. Quand il aura reçu mon chiffre je lui écrirai fi particulierement que je lui ferai ennuïeux. Aïez courage pendant nos miferes: Dieu remetttra toutes nos miferes, & ne laiffera jamais périr une caufe fi jufte que la nôtre.

Je fuis votre ferviteur.

De Paris ce 3 Février 1590.

LE Roi d'Eſpagne étoit bien empêché aux Païs-Bas, où le Comte Maurice, fils du feu Prince d'Aurange (1) tailloit de la beſogne au Duc de Parme. Néanmoins préférant ſes prétentions ſur la France à toutes autres conſidérations, & ne voulant perdre les ſommes des deniers fournis aux Chefs & Membres de la Ligue, commanda au Duc de Parme de s'y acheminer, ſur les inſtances que les Ligueurs lui en faiſoient. Suivant quoi d'un côté le Duc envoïa des Troupes en bon nombre, ſous la conduite du Comte d'Egmont, leſquelles bientôt après furent défaites. Et quant au Roi d'Eſpagne, il publia ce qui s'enſuit.

DECLARATION
DU ROI D'ESPAGNE,

Sur les troubles, miſeres & calamités qui affligent la Chrétienté, & notamment le Roïaume de France.

Avec les Lettres de Sa Majeſté au Clergé pour fournir de leurs moïens aux frais de la guerre.

PHILIPPE (2), par la grace de Dieu, Roi de Caſtille, de Leon, d'Arragon, de Portugal, de Naples, de Sicile, Jeruſalem, Navarre, Grenade, &c. Duc de Milan, Comte de Flandres, de Bourgogne & de Tyrol, &c. A tous les Rois, Princes, Potentats, Républiques, Villes & Communautés Catholiques de la Chrétienté, ſalut & fraternelle dilection.

Depuis le temps qu'il a plu à Dieu nous élever à la dignité Roïale, nous n'avons rien tant deſiré que de voir toute la Chrétienté unie en une ſeule Foi & Religion Catholique, Apoſtolique & Romaine, hors laquelle nul ne peut être ſauvé, quelque grand Monarque que ce ſoit. Au moïen dequoi, après qu'il eût plu à Dieu nous faire jouir d'une ferme réconcilia-

---

(1) D'Orange. Maurice de Naſſau étoit fils de Guillaume de Naſſau, neuvieme du nom, & de ſa ſeconde femme, Anne fille de Maurice, Electeur de Saxe. Maurice de Naſ- fau fut lui-même Prince d'Orange après la mort de ſon frere Philippe Guillaume, qui mourut le 20 Février 1618.

(2) C'étoit Philippe II.

tion entre le feu Roi Henri de France second du nom & nous, nous eûmes un extrême regret de la mort du Roi inopinement avenue; s'en étant allée avec lui non-seulement la prospérité de France, mais celle de toute la Chrétienté; s'étant les guerres civiles allumées audit Roïaume, par le moïen des pestiferes héréfies, appuïées de ceux qui les devoient éteindre des premiers; s'étant la France remplie de meurtres, brigandages, voleries, rasemens & démolition d'Eglises, Monasteres & saints Lieux, carnages & boucheries des Religieux, violemens de Nonnains, & mille autres impiétés omises par les détestables Hérétiques de la Secte de Luther & de Calvin. Desquelles choses vivement ému, & pour obvier à ce que le mal ne passât plus outre, nous aurions secouru le feu Roi Charles (1), notre beau-frere, d'hommes & d'argent en son extrême nécessité, ne l'aïant voulu faire qu'à ce point, afin de lever toutes défiances qui eussent pu empêcher le repos dudit Roïaume. Au même temps les Hérétiques par les menées du feu Prince d'Orange, troublerent nos Villes, les distraïant de notre obéïssance, y commettant les mêmes cruautés qu'ils avoient commises en France. Enfin par la bonne conduite & assistance de nos bons & loïaux Sujets, nous sommes demeurés maîtres d'une bonne partie dudit Païs de Flandres; aïant par la grace de Dieu rétabli en beaucoup d'endroits notre sainte Religion Catholique, qui en avoit été bannie l'espace de douze ans, nonobstant tous les empêchemens à nous donnés par les Hérétiques, tant de France que d'Angleterre, qui avoient depuis par secretes menées tâché de nous priver (2) de la Couronne de Portugal, de laquelle nous demeurâmes légitime successeur, par le décès de notre cher & bien aimé Cousin le Roi, Dom Sebastian, que Dieu absolve. A ces causes, considérant le danger imminent de la sainte Eglise Catholique, si l'on ne résiste aux damnables efforts desdits Hérétiques, qui ont mis tels défordres en la Chrétienté, que les Turcs se promettent d'emporter ce qui reste d'entier en icelle, par la division qu'on y voit de tous côtés, même que les Hérétiques les y invitent

(1) Charles IX Roi de France.

(2) En 1589 une Flotte partie d'Angleterre parut sur les Côtes de Portugal, sous prétexte de rétablir sur le trône Antoine, Prieur de Crato qui avoit demeuré long-temps en Angleterre & de le remettre en possession d'une Couronne qu'il prétendoit lui appartenir, & qu'on lui avoit enlevée. Antoine monté sur cette Flotte eut la hardiesse de mettre pied à terre & de se présenter devant Lisbonne avec un gros Corps de Troupes; mais le succès n'aïant nullement répondu à son attente, il fut contraint, faute de provisions, de se rembarquer; & peu après la Flotte d'Angleterre, qui avoit souffert plus de dommage qu'elle n'en avoit fait, fut obligée de remettre à la voile & de reprendre la route d'Angleterre.

par lettres & par préfens, de laquelle defcente (s'il n'y eft remedié) ne fe peut enfuivre que la ruine des Roïaumes Chrétiens,
fpécialement de celui de France, prêt à fe diffiper par la fureur
de la guerre civile. Au moïen dequoi nous prions & requerons
tous les Princes Chrétiens Catholiques, de vouloir fe joindre
avec nous, pour l'extirpation de l'héréfie, délivrance du très
Chrétien Roi de France, Charles dixieme (1), injuftement détenu en captivité par les Hérétiques, afin que moïennant la
grace de Dieu, le floriffant Roïaume de France étant repurgé
d'héréfie, nous tournions nos armes unanimement contre les
autres Provinces commandées par les Hérétiques, afin qu'iceux
étant exterminés, les Chrétiens puiffent arracher des mains des
Barbares & Infideles la Terre Sainte, que l'ancienne Nobleffe
Catholique avoit fi valeureufement gagnée. Proteftant néanmoins devant Dieu & fes Anges, que les préparatifs que nous
faifons, ne tendent à autre but que pour l'exaltation de notre
Mere Sainte Eglife Catholique, Apoftolique & Romaine, repos des bons Catholiques fous l'obéiffance de leurs Princes légitimes, extirpation entiere de toutes fortes d'héréfies, paix &
concorde des Princes Chrétiens : pour à quoi parvenir nous
fommes prêts d'y emploïer non-feulement nos moïens, mais encore notre propre vie, que nous tiendrons bien emploïée en cette
fainte caufe, où il s'agit de l'honneur de Dieu, de fa fainte Eglife
& du bien général de toute la Chrétienté.

PHILIPPE.

Par mandement de Sa Majefté.

Juán de Vasquez.

*Donné à Madrid, le huitieme jour de Mars mil cinq cent
quatre-vingt-dix, le trente unieme de nos regnes.*

(1) Le Cardinal de Bourbon, Oncle du Duc de Vendôme.

LETTRE

LETTRE DU ROI D'ESPAGNE,

A l'Archevêque de Tolede, grand Chancelier & Souverain Président de la sainte Inquisition (1).

NOTRE cher & bien aimé, nous avons bien voulu dépêcher vers votre Réverence le Commandeur de Castille, présent porteur, avec mémoires & instructions, pour dresser un état des Bénéficiers de nos Roïaume, Païs, Terres & Seigneuries qui pourront soudoïer en partie les deux armées que nous faisons dresser pour le secours du Roïaume de France, qui est en un très grand péril, si l'on n'y remedie promptement. A quoi nous desirons dresser tout l'effort de nos armes pour exterminer les héresies, & pour délivrer de captivité notre frere & bon ami, le très Chrétien Roi Charles dixieme, ce qui ne se peut faire sans un bon & notable fond de finances, qui ne se peut faire en France, à cause des calamités & guerres civiles qui y ont eu cours l'espace de trente ans. Au moïen de quoi, mettant en considération la misere des Catholiques d'icelui Roïaume, nous avons avisé (suivant les supplications qu'ils nous ont faites) de les secourir à ce besoin, d'hommes & d'argent, pour s'opposer aux armées hérétiques, qu'ils veulent faire descendre d'Allemagne pour planter l'hérésie en France. Qui est la cause (qu'incontinent les présentes vues) nous vous prions de faire assembler en diligence les Conciles Provinciaux à la maniere accoutumée, & taxer raisonnablement, selon leurs qualités, tous ceux qui tiennent bénéfices en nosdites Provinces, & nous renvoïer les procès verbaux de leurs offres, afin que sur iceux nous puissions faire état de tout ce qui est nécessaire pour l'entretenement desdites forces. Vous exhortant au reste de faire prier Dieu en vos Eglises pour le salut général de la Chrétienté, & principalement dudit Roïaume de France, & pour tous ceux qui ont les armes en main pour la défense de notre sainte Foi & Religion Catholique, Apostolique & Romaine, pour laquelle (& non pour autre con-

___

(1) Cette Lettre est aussi dans le Journal du regne de Henri IV par le sieur de l'Etoille. Il y est dit qu'elle fut criée dans les rues de Paris le Dimanche dix-huitieme jour de Mars; & que le soir du mêmejour, il y eut réjouissance & illumination à l'Hôtel de l'Ambassadeur, & ailleurs dans la même Ville.

fidération) nous voulons expofer tous nos moïens, voire notre propre vie. Cependant vous fatiferez au contenu de cette lettre & des memoires que vous donnera ledit Commandeur de Caftille, & m'affurant que n'y ferez faute, nous nous en repoferons entierement fur V. R. & prierons Dieu vous vouloir augmenter fes faintes bénédictions.

PHILIPPE.

Par mandement de Sa Majefté.

Juan de Vasquez.

A Madrid, le neuvieme Mars mil cinq cent quatre-vingt-dix.

Avertiffement.

Nous verrons ci-après quelle vérité contiennent les Lettres & Déclaration ci-deffus inférées, pourceque le Roi d'Efpagne fe mêloit des affaires de la France, à caufe de l'Etat, ainfi qu'il apperra en la fuite de ces Recueils, non point pour la Religion, qui ne fert que pour couvrir fes deffeins ; ajoutons ici ce qui fut lors publié par un Parifien, Catholique Romain, contre fes entreprifes fur la France ; d'un ftyle brief, mais qui en peu de paroles découvre beaucoup de chofes.

L'ANTI-ESPAGNOL,

Ou brief Discours du but où tend Philippe, Roi d'Espagne, se mêlant des affaires de France (1).

PAR trahisons & menées, l'Espagnol depuis quelque temps nous a enlevé quasi autant de terre qu'il nous en reste; de quoi s'énorgueillissant, lui qui n'avoit pas accoutumé de marcher le premier après nous, a bien osé entreprendre de nous vouloir précéder. Maintenant sachant que la France peut pour quelque temps être malade, mais que quoiqu'il tarde elle reprend sa premiere santé, & se trouvant vive, brusque & ardente à la guerre, enfin vient à bout de ses ennemis; lui se sent âgé, ses enfans foibles, ses serviteurs ambitieux; son Etat décousu; desire avant que de mourir enchaîner ce grand lion, qui pourroit en peu de temps dévorer ses enfans, c'est-à-dire, il se veut rendre maître absolu de la France, sous quelque nom, sous quelque titre & sous quelque prétexte que ce soit. Je ne trouve pas ce desir fort étrange, car c'est bien la plus belle acquisition que jamais Prince fit; mais c'est à nous à y penser auparavant que nous soïons liés, lors il ne sera plus temps. Son Ambassadeur qui est infiniment accort & propre à conduire de grandes menées, a tant fait par ses Prêcheurs & par les confessions des Jésuites (ses épics déguisés, & de longue main entretenus parmi nous aux dépens de nos successions) qu'enfin on lui a passé un contrat, qui est en effet & en substance la vente de la Couronne de France. Il est question maintenant de le ratifier, & de mettre l'Espagnol en possession. On nous dit qu'il n'y faut point penser davantage, parcequ'il est nécessaire, & que sans cela nous sommes tous Héré-

---

(1) Cet Ecrit parut en 1593, sous ce titre : *L'Anti-Espagnol, ou Exhortation de ceux de Paris, qui ne se veulent faire Espagnols, à tous les Francois de leur Parti, de se remettre en l'obéissance du Roi Henri IV & de se délivrer de la Tyrannie de Cassille.* C'est le quatrieme & dernier des quatre *Discours excellens sur l'Etat de la France, in-*12 1593 & 1606. Discours qui sont de Michel Hurault, sieur du Fay, fils du Chancelier de l'Hôpital. C'est aussi au même que l'on donne l'*Anti-Sixte,* contre le Pape Sixte V, qui favorisa tant les Ligueurs. On peut voir sur cela les *Satyr. personnel.*&c. dans le tome VII *des jugemens des Savans* de M. Baillet, *in-*4° avec des notes de M. de la Monnoye, pag. 112 & 266, 267; mais L'Anti-Espagnol avoit déja paru en 1590; & la même année on y fit une réponse intitulée : *Réponse à l'Anti-Espagnol semée ces jours passés à Lyon de la part des Conjurés, qui avoient conspiré de livrer la Ville aux Hérétiques in-*8°, Paris 1590.

1590.
L'Anti-Esp.

tiques. O pauvres misérables ! notre Religion Catholique ne
dépend - elle plus donc que de ce vieil Espagnol ? ne tient-elle
plus qu'à ce filet tantôt pourri ? En sommes nous donc là réduits
que si ce Roi d'Espagne, qui est aux plus dangereuses années
de son âge, vient maintenant à mourir, ou que le Turc l'as-
saille, ou que le Flaman lui r'allume la guerre, ou que le Portugais, qui ne peut plus supporter sa tyrannie horrible, se soulé-
ve, de sorte qu'il n'ait le loisir de se rendre paisible de France ;
qu'en l'un de ces cas, qui peuvent tous advenir ensemble, &
desquels il est très difficile que l'un n'advienne bien-tôt, il nous
faille perdre notre Religion ? Comment, bon Dieu, qui pour
délivrer votre Peuple de servitude, avez fendu les eaux, & fait
un rempart contre la mer de la mer même, ne pouvez-vous aujourd'hui, en tous les secrets de votre grande Providence, trouver un moïen de maintenir la gloire de votre saint nom, sans
que nous soïons contraints de nous rendre esclaves du plus cruel
maître, du plus superbe tyran qui soit sur la terre ? Faut-il, Seigneur, que votre Religion qui de son commencement en la
France acheva de trancher le lien de la servitude du Romain &
fut l'assurance de notre entiere liberté, & le gage de votre faveur envers la France, produisant aujourd'hui des éffets ou tout
contraires, nous fasse nécessairement donner nous-mêmes, à la
tyrannie Espagnole ? O bien heureux donc nos peres, trois & quatre fois bien heureux, qui êtes morts en combattant pour n'être
point Espagnols : faut-il que nous, vos enfans, le soïons maintenant ? Helas ! si votre sang répandu a si peu profité, au moins
ne nous avez-vous point laissé quelque étincelle de votre flamme,
de votre belle ardeur, pour mourir en bataille contre ceux qui nous
veulent ôter notre liberté. Sera-t-il donc lu dans les histoires de
ce temps, qu'une poignée de Huguenots qu'on vouloit forcer
en leur Religion, voire par le feu, se soient néanmoins maintenus toujours François, sans se faire Allemands ou Anglois,
au contraire qu'ils nous aient aïdé à les chasser rudement du Havre de Grace ; & que nous qu'on n'oseroit seulement penser à
contraindre en notre religion, nous qui faisons les deux tiers
de l'armée contraire, soïons si peu affectionnés à l'honneur de
la France & à notre liberté, que du premier coup nous nous
allions tous rendre Espagnols ? Mais il ne prendra pas si-tôt le nom
de Roi tout-à-fait, ains seulement celui de Protecteur. O les grands
Jurisconsultes, & qui entendent bien la signification des mots !
Tout Roi est nécessairement ou tyran ou protecteur. Celui-ci

nous veut faire croire qu'il sera protecteur. Comment protecteur !
Les Romains se contentoient bien du nom de compagnons &
alliés, envers plusieurs de leurs vrais Sujets conquis à la pointe de l'é-
pée ; & cet Espagnol, tout du premier coup prend sur nous un nom
de maître ; mais encore éclaircissez-nous un peu votre dessein : ou
nous n'aurons point d'autre Roi , & le Roi d'Espagne sera bien le
nôtre, ou nous en aurons un autre,& voilà notre Roi en la protection de celui d'Espagne. Quoi, le Roi de France qui n'eut jamais
d'autre protecteur que Dieu & l'épée qu'il lui a mise en la main ,
qui n'eût jamais d'autre Seigneur dominant, faut-il qu'il le dé-
savoue maintenant pour reconnoître l'Espagnol & entrer sous sa
protection ? On nous faisoit entendre au commencement qu'il
ne prendroit titre que de Protecteur de la Religion Catholique
en France : contraire se voit aujourd'hui , car le premier mot de
cet accord porte qu'il est Protecteur du Roïaume & Couronne
de France. Mais figurons-nous que ce qu'on nous disoit fût
vrai , & que nous eussions un Protecteur de notre Foi Catholique , & encore un Roi qui ne fût assez fort pour conserver
notre Religion , & qui eût besoin d'un Protecteur ; lequel des
deux, je vous supplie , lequel des deux commanderoit à la guerre
& aux armées ? qui donneroit les Gouvernemens, les Offices ,
les Bénéfices ? Que s'il leur survenoit quelque débat en leurs ad-
ministrations séparées de la Religion à part, & de l'Etat à part,
si l'un vouloit entreprendre sur l'autre , qui les accorderoit ? O
les belles chimeres ? le monde peut-il avoir deux Soleils, un
même Etat peut-il avoir deux Souverains ; & s'il faut (comme il
est du tout nécessaire) que l'un des deux tienne le dessus, qui sera
le plus grand Maître, à votre avis, ou le Conservateur & Protecteur, ou bien celui qui sera gardé & conservé par une plus grande puissance que la sienne ? Hélas ! ne prend - il pas déja par ses
beaux articles le nom de (Sa Majesté) sans ajouter autre chose ;
quelle différence y a-t-il entre Sa Majesté & le Roi , sinon que
le premier nom est plus superbe? Disons donc plutôt , à parler
franchement (si tant est qu'il nous reste quelque liberté & que
nous ne soïons du tout serfs) disons ce qu'aussi bien chacun
voit assez ; le Roi d'Espagne sera notre maître pour quelque
temps , sous le nom de Sa Majesté & sous le nom de Protecteur
entremêlés, puis pour toujours le nom de Roi. Il aura son
Lieutenant ou Vice-Roi de France comme de Naples pour
quelque mois ; il se servira de ceux qui l'aident aujourd'hui,
puis il les ruinera , au moins il les dépaïsera , craignant qu'ils

ne lui obéiſſent aſſez ſouplement en France. Et nous aurons lors un Dom Ferdinand auſſi bien que ſes autres Sujets. Il faut ainſi parler rondement. N'y a-t-il pas aſſez long-temps que l'on nous pipe, que l'on nous dit en l'oreille, qu'à la vérité on a quelques intelligences avec l'Eſpagnol, mais que ce n'eſt pas pour en venir juſqu'où on pourroit penſer, qu'il s'y attend par avanture bien, mais qu'il le faut ainſi tenir en haleine; n'y a-t-il pas aſſez long-temps qu'on nous veut faire croire qu'il ſe laiſſera tromper par faute de ſavoir prendre ſes aſſurances? Bref, n'y a-t-il pas aſſez long-temps qu'on mine ſecretement l'Etat de France, maintenant qu'on le bat furieuſement, qu'on l'aſſaut à forces ouvertes, nous veut-on encore déguiſer notre malheur, ou bien ſi on nous le penſe adoucir par des eſpérances d'argent. Comme ſi à tout homme de cœur pouvoit avenir choſe plus miſérable en ce monde que d'être contraint de ſe vendre ſoi-même par faute d'argent. Que ſont donc devenues de ſi grandes & immenſes ſommes de deniers, trouvées ès maiſons de cette Ville, & tant d'autres tirés des tailles, des emprunts, de la vente de notre vaiſſelle d'argent, de toutes nos chaînes, de toutes nos bagues? En a-t-on fait tranſporter hors le Roïaume une grande partie? Du reſte on a laiſſé tellement enrichir & regorger quelques belîtres affamés, qu'ils en ſont aujourd'hui demi Princes, en a-t-on encore corrompu les jeunes veuves de Paris & de Rouen? s'en eſt-on doré, paré, habillé, non en gens d'armes, mais en mauvais mariés? Bref a t-on de cette façon ménagé nos finances pour enfin nous rendre ſi pauvres & ſi miſérables, que nous fuſſions contraints d'aller chercher maître? Eſt-ce donc l'occaſion pour laquelle il n'a jamais été poſſible de faire rendre compte à ce Tréſorier Roland (1), de peur que nous ne viſſions le fond ou plutôt l'abîme de nos finances, & que nous connuſſions par ce moïen qu'il n'eſt pas en la puiſſance de l'Eſpagnol de fournir la vingtieme partie de telles & ſi grandes ſommes? Hé, où prendroit-il de l'argent? Ignorons-nous qu'il avoit fait banqueroute à ſes créanciers de Genes, auparavant même qu'il eût perdu cette

---

(1) Nicolas Rolland, l'un des Tréſoriers du Duc de Mayenne, dont il avoit toutes ſes bonnes graces. Il fut fait Echevin par l'autorité du Duc de Guiſe, immédiatement après que le Roi ſe fut retiré de Paris après les Barricades. Lui & ſon frere puîné, qui étoit Elu, furent chaſſés de Paris, lorſque le Roi y entra. Nous croïons du moins que c'eſt de Nicolas dont l'Auteur veut ici parler. Il y avoit dans le même temps un autre Rolland, Général des Monnoies, dont il eſt parlé dans le Procès-verbal de Nicolas Poulain, qui eſt à la ſuite du Journal de Henri III. Voïez ce Journal & les Remarques ſur la Satyre Ménippée, pag. 344, édit. *in 8º* de 1714.

grande armée navale, par lui folement baptifée l'Invincible, de laquelle il nous a tant fait voir le fuperbe inventaire en papier, & puis les miférables éclats à nos portes, le bâton blanc en la main. Voulons-nous bien connoître fa pauvreté. Vendons-nous à lui (puifqu'on le defire tant) vendons-nous, pourvu que ce foit en deniers comptans & non pas en papier, en promeffe, en vanteries Efpagnoles; car auffi bien quand nous ferions ferfs, quelles actions aurions-nous contre notre maître, fa bourfe feroit-elle en notre puiffance, ou la nôtre en la fienne. Qu'on lui donne donc toutes ces fertiles Campagnes, tous ces beaux Fleuves, toutes ces fortes & puiffantes Villes, tant & tant de fuperbes édifices; en un mot qu'on lui donne la France, ce bel œil du monde pour rien, pour rien toutes les richeffes qui y font; qu'on lui donne ce qui eft notre regret extrême, notre mifere infupportable, nos femmes & nos enfans pour rien; qu'il n'achete que nous & encore à vil prix, pourvu que ce foit à argent comptant, qu'il nous baille vingt millions d'or, ce n'eft pas dix écus de chacun. Comment vingt millions d'or, c'eft bien loin de fon intention : il ne nous baillera jamais cent mille écus. O qu'il y a long-temps que nous fommes achetés & païés, excepté trente-deux mille écus qu'il bailla dernierement à nos feize voleurs (1) pour fe hâter de nous livrer. Où nous figuronsnous, je vous fupplie, qu'il prenne tant de millions d'or, fontils auffi faciles à trouver qu'à promettre? comme fi nous ne favions pas bien que les feules rebellions de la Flandre lui coûtent plus d'or qu'il n'en a jamais tiré du Perou, en épuifant toutes les mines, & faifant mourir deux millions de ces pauvres gens par toutes les exécrables cruautés que l'antiquité a inventées & le temps ajoutées; l'hiftoire defquelles imprimée l'an 1584 (2) fut auffi-tôt étouffée par les Jéfuites, qui en acheterent tous les exemplaires & firent faire défenfe de la réimprimer. Braves bouchers, que les mains vous démangent d'effaïer fi l'eftomach du François, qui ne s'humiliera affez-bas devant vous, fera plus

---

(1) C'eft-à-dire à la Faction des *Seize* dont on parle ailleurs.

(2) Il eft vrai qu'on a fait un Ouvrage des cruautés commifes par les Efpagnols dans les Indes. Mais outre qu'on y a, fans doute, exagéré les faits, il eft fûr qu'un homme fenfé ne peut mettre ces cruautés fur le compte de la Religion, qui les a toujours déteftées. Il n'eft pas moins certain, comme on le remarque dans les *Mémoires de Trévoux*, Février 1757, page 453, que par l'organe des Evêques & des Miffionnaires Efpagnols, la Religion en porta fes plaintes à tous les Tribunaux de l'Efpagne : & que fes cris ne s'appaiferent que quand l'autorité fouveraine arrêta le glaive de ces guerriers dont la cupidité armée, en s'enivrant de fang & de richeffes, nuifoit autant au progrès de la foi, qu'elle bleffoit les vues de la faine politique.

mol que celui du pauvre Sauvage. Mais tigres que vous êtes, vous n'en êtes pas encore là, vous n'avez pas affaire à vos Toubinambaux; n'appréhendez-vous point qu'il vous faudra affronter tant de milliers de vrais François, qui vous donneront cent & cent batailles (s'il en est autant de besoin) devant que devenir Espagnols? Quoi! que Maranes (1) soient nos Rois, nos Princes, que le Gentilhomme François fléchisse sous le commandement Espagnol, que la France soit ajoutée entre les titres de ce Roi de Majorque (2), de ce demi More, demi Juif, demi Sarrazin? que toutes les Nations du monde entendent qu'il n'y a plus de Roïaume de France, que la France est Espagnole, que tout ce qui est jusqu'au Rhin, ne sont plus que les Provinces de l'Espagne, & que les trois fleurs de lis sont maintenant attachées en trophées aux armoiries billebarrées de ce Roi universel. O que plutôt la terre s'ouvre, que la mer rompe ses remparts; nous mourrons sans y pouvoir donner ordre, mais que lâchement traîtres à notre propre Païs, nous nous allions tous mettre sous le joug de cet Espagnol! O, mourons plutôt, mourons le coutelas au poing, mourons épais les uns sur les autres, mourons vrais enfans de nos peres, qui pour l'honneur de la France, pour conserver sa liberté ont couvert les plaines de Saint Quentin de leurs corps, celles de Ranti, & de tant d'autres de ces méchans Espagnols. Comment? qu'il nous faille ploier sous ces Castillans. Hé! n'avons nous pas encore cent Seigneurs en France qui mourroient plutôt mille fois que de quitter à quelque étranger que ce soit, le droit qu'ils peuvent avoir à la Couronne, après la Maison Roïale? Cent Seigneurs, dis-je, qui ne sauroient lire un chapitre de nos histoires, qu'ils n'y trouvent les excellens faits d'armes de leurs ancêtres qui sont morts aux batailles que la France a tant de fois données à l'Espagne & à tous ses autres ennemis; ancêtres qui ont toujours été les piliers assurés sur lesquels l'Etat & la Couronne se sont affermis; ancêtres qui ont acquis, conservé & reconquis par leur sang, leurs moïens & leur valeur, la plus grande part de ce beau Roïaume, & qui partant ont transmis en leurs enfans le grand droit qu'ils avoient après les Princes du Sang, en ce qu'ils ont tant aidé à acquerir & conserver: droit qui les met sans doute par-dessus tous ces étrangers, qui sous prétexte de secours ont dès long-temps juré

(1) Maranne; titre injurieux qu'on donna aux Espagnols, & que ceux-ci donnoient aux Juifs convertis. On a déja expliqué ce mot ailleurs.

(1) Majorque, Isle dans la Mer Méditerranée, sur la Côte d'Espagne.

notre ruine. C'est pourquoi aussi nous voïons que l'Espagnol en
veut tant à ces Grands-là & à toute la vraie Noblesse Françoise,
contre laquelle il fait tous les jours envenimer le Peuple de
plus en plus, sachant bien qu'il ne peut jetter le fondement assuré de son usurpation, que sur la ruine entiere de notre Noblesse, qui est du tout incompatible avec lui. O! qu'il sait qu'elle
ne s'accommodera jamais à aller tous les premiers jours de l'an
acheter la Bulette du Castillan, qui lui plaît de porter son épée,
ainsi qu'il est notoire qu'il faut que fasse si peu que reste de Noblesse du Roïaume de Naples, afin que si quelqu'un est remarqué en toute l'année n'avoir été assez humble à un coquin de naturel Espagnol, on lui fasse cette honte, que de lui ôter son
épée au bout de l'an & sans lui dire pourquoi. O! qu'il sait que
notre Noblesse ne pourroit pas endurer de voir toutes les forteresses entre les mains des Castillans, comme il faut qu'elles y
soient généralement toutes par ses maximes d'Etat, qu'il a jusqu'ici fort soigneusement pratiquées. Qu'il sait assez qu'elle ne
pourroit pas tant se contraindre que d'aller adorer tous ces Vices-
Rois qu'il nous envoieroit les uns après les autres. Bref qu'il sait
assez que la Noblesse Françoise aura plutôt la gorge coupée
que l'ame Espagnole. Et voilà pourquoi nos Prédicateurs éblouis
de la lueur de son or, & ensorcelés des grandes espérances d'Abbaïes & Evêchés qu'il leur donne par la spoliation de ceux qui
les tiennent aujourd'hui, fondée sur le Concile de Trente, ne
nous crient, ne nous tempêtent autre chose, sinon qu'il nous
faut défaire de toute cette Noblesse, qui ne sert qu'à nous braver,
& qu'il en faut faire perdre l'engeance. Comment, que nous
étouffions la race de ceux qui ont fait reluire l'étendart François
jusqu'au bout de l'Orient, qui ont poussé dans les Cieux le nom
& l'honneur de la France; que nous massacrions ceux que la nature semble avoir créés pour un modele de valeur & de prouesse?
Bref, que nous rougissions la France du sang de ses plus chers
enfans, à l'appetit de ceux qui ont pratiqué le semblable en
Flandres, aïant commencé par les Comtes d'Aigmont & d'Orne, que cent mille personnes peuvent témoigner être morts très
bons Catholiques, la croix en la main, après s'être confessés à
un Prêtre à la vûe de tout le Peuple, & qui ne furent bour-
rélés par l'Arrêt Espagnol, que d'autant que l'amour de leur
Païs, & de ceux qui étoient nés en même terre qu'eux, ne leur
permettoit pas d'endurer les exécutions d'une absolue tyrannie
Espagnole, & qu'un faquin de Castillan ravît à leurs yeux une

fille riche de cent mille écus. Cette cruauté fut-elle réfroidie
par la mort de ces deux pauvres Seigneurs, ou si elle s'eft toujours embrafée de plus en plus jufqu'à ce qu'elle a eu confommé entierement toute la Nobleffe ? Et de fait, qu'eft-elle de-
venue en tous les quartiers de la Flandre que tient l'Efpagnol ?
Où font maintenant tant de grandes & illuftres Maifons, defquelles toutes les Hiftoires font pleines. O pauvre Nobleffe Françoife ! faut-il que quelque jour l'exemple de ta ruine entiere ferve
aux autres Nations pour fe garder de l'Efpagnol, & que celle
de tes fi proches Voifins ne te puiffe aujourd'hui toucher le
cœur ? Mais de quoi nous foucions-nous tant de cette Nobleffe,
quand elle fera une fois toute éteinte, nous ne paierons par aventure plus de tailles ni de daces : non fans doute, nous n'en
paierons plus ; fi non comme à Naples & à Milan, d'où en
font venues toutes les inventions. Ne voïons-nous pas comme
on a déja commencé à nous décharger : on nous a jettés à la
guerre fous le prétexte du bien public & l'efpérance du foulagement des tailles ; & nous n'y avons trouvé que feu, que fang,
que faccagemens, que raviffemens de nos femmes & filles, &
au bout les tailles redoublées & accompagnées d'infinies nouvelles d'emprunt ; & toute la confolation qu'on nous donne
en fecret eft que, s'il nous refte quelque chofe pour païer taille
à l'Efpagnol, nous aurons bien des Compagnons, nulles Villes
exemptes, point de Nobleffe. Comment, point de Nobleffe ?
Hé ! qui nous défendra donc, fi on nous affaut, ne feront-
ce point ces nouveaux Porte-épées, ces feize nouveaux Chevaliers qui favent fi bien au coin de nos rues égorger Minterne,
& ceux qui ne s'ofent défendre. Ah ! pauvres miférables que
nous fommes, nous craignons la gaillardife de notre Nobleffe
qui a vécu fi long-temps en paix avec nous, & n'appréhendons
point l'avarice, la cruauté, & l'infolence des Efpagnols naturels ; & néanmoins les fimples adoptifs oferent bien le 21 Octobre, arracher d'entre les mains du Parlement, & faire paffer la
Chambre dorée, un Sergent de leurs Compagnons condamné
à la mort pour un affaffinat. Quel Seigneur en France entreprit
jamais telle chofe ? Mais il fembleroit, à nous ouir parler, que
nous balotterions la vie de notre Nobleffe, & que nous puf-
fions, fi nous voulions tout préfentement, lui couper la tête
d'un feul coup. O que nous en fommes bien loin ! c'eft-elle qui
nous châtiera, comme les plus traîtres à notre Païs & les plus
ingrats enfans qui foient au monde, & qui, fans doute, méri-

terions de naître parmi les naturels Esclaves du Castillan, & non
pas en cette belle liberté Françoise. Ne voïons-nous pas que les
trois quarts de cette Noblesse est dès long-temps armée contre
nous, & que les autres voïant aujourd'hui ces beaux Contrats
avec l'Espagnol, pour ne point engraver sur le front de leur postérité une si honteuse tache de trahison (ou manifeste en s'ar-
mant contre le Lys, ou couverte en croupissant en leurs maisons pendant cet embrasement public), s'aprêtent pour bien-
tôt paroître, comme enfans courageux, aux grandes journées
de bataille que la France leur mere, la France généreuse donnera
à l'Espagne, si elle lui trouve assez de cœur & de force pour
vouloir combattre. O qu'il sera difficile de vaincre cette Noblesse toute conjointe ensemble, laquelle étant encore séparée
& combattant contre la nécessité, a déja néanmoins emporté
de grandes victoires, & nous a réduits à une si misérable famine ! Cette Noblesse soutenue par tant de fortes Villes & si
bien munies ; cette Noblesse qui est toujours suivie par tous
les bons Soldats, qui sont aussi les sauvageons sur lesquels par la
prouesse elle est entée ; cette Noblesse secourue par les belles
& fortes armées de ces tant peuplées & puissantes Nations,
tant alliées, qu'armées du nom de la France, ou ennemies de
la tyrannie Espagnole, & qui en veulent aujourd'hui empêcher
l'accroissement ; cette Noblesse conduite par de si excellents
Capitaines, qui, malgré tous ces vents turbulents de sédition,
& au grand regret de l'Espagnol, nous reste encore de la fureur de
nos misérables tempêtes ; cette Noblesse animée & enflammée
à la guerre par l'aspect de ces astres brillants, de ces enfans de
S. Louis, de cette race guerriere qui ne peut mourir qu'au milieu des grandes batailles : bref, cette Noblesse effroïable aux
armes, qui ne sait que c'est que de reculer, non pas même d'a-
voir peur, qui toujours coupe, toujours tranche, toujours passe
avant ; quoiqu'elle soit terrassée par ces Castillans & François
reniés. Est-ce sur cela donc que nos espérances sont appuïées?
est-ce de-là que nous attendons ce repos, ce temps heureux
qu'on nous a tant de fois promis? Mais voulons-nous encore
bien plus clairement voir en quelle fondriere de miseres, outre
la perte de notre liberté, nous nous allons jetter : donnons à
ces Espagnols & à tous leurs Sujets six grosses batailles gagnées
(encore qu'ils en auront plutôt perdu cent, qu'emporté une
seule) combien d'années de guerres, c'est-à-dire, pour notre
regard, de toutes sortes d'afflictions & miseres, leur baillerons-

nous, pour forcer cent puiſſantes Villes & conquérir plus de
trois quarts du Roïaume, qui ſont réſolus d'endurer toutes les
extrémités du monde, plutôt que de reconnoître aucun Roi quel
qu'il ſoit, & ſous quelque titre que ce ſoit, autre que le Roi
légitime, que Dieu, la Nature, & les Loix du Roïaume leur
ont donné. Mais parlons-nous encore de forcer des Villes, nous
qui avons été honteuſement chaſſés de Senlis & de Dieppe;
nous que Saveuſe, Senlis & les Gaultiers, Arques, & nos fauxx-
bourgs ont mis en ſi bonne poſſeſſion d'être toujours battus; nous
qui par nos promeſſes trompeuſes de ſecours avons fait perdre
ceux de Gergeau, de Pluviers, d'Etampes, de Pontoiſe, de
Meulan, d'Eu, de Ginville, de Vendôme, du Mans, de Sablé, de Château-Gontier, de Touvoi, de Laval & d'Alençon;
penſons, je vous prie, penſons plutôt aux néceſſités qui nous
preſſent, aux commodités que nous avons perdues, à celles qui
nous défaillent chacun jour; & non pas à forcer des Villes ſoutenues par tant de Nobleſſe, deſquelles toute la puiſſance du
monde conjointe enſemble ne ſauroit venir à bout. Il eſt vrai
que nous aurons maintenant ces Eſpagnols, ces grands Guerriers. Qui donc? ces trois mille Valons conduits par un François renié. Eh! ne ſont-ce pas les Compagnons de ces Fuïards
de Senlis & d'Arques, qui dix contre un n'eurent jamais la
réſolution d'affronter un petit nombre de Nobleſſe Françoiſe?
Sont-ce là donc toutes ces grandes & magnifiques forces Eſpagnoles (car les Naturels n'ont garde d'abandonner les Citadelles)? Sont-ce là ceux qui, ſans que nous nous mêlions plus
de rien, nous doivent amener un de ces jours tous nos ennemis en la Baſtille en triomphe? Mais s'ils ſont ſi puiſſants, à
quoi tient-il donc qu'ils ne ſe défendent mieux contre les vrais
ennemis de toute la Chrétienté? Comment ſe ſont-ils laiſſés
chaſſer d'Alger, Thunes & la Goulette, & par ce moïen opprimer par les Infideles tant de pauvres Chrétiens? Comment ne
vengent-ils la mort du Roi Sébaſtien, duquel ils ont pris l'hé-
riage? Eſt-ce ainſi que ce Protecteur univerſel de la foi Catholique la laiſſe diminuer du côté qu'il la doit garder? Que s'il
ne ſe ſoucie de l'accroiſſement de Mahomet, & qu'il n'en vueille
qu'à Luther, pourquoi au moins ne ſe hâte-t-il de ſubjuguer ces
Anglois, qu'il menace il y a ſi long-temps, ſans leur faire aucun mal, combien qu'ils lui en aient tant fait ſans l'avoir menacé? Je vois bien que c'eſt: il lui eſt plus facile de faire peur
aux craintifs que mal aux autres; plus aiſé de donner des eſ-

pérances que du secours. Comment ne nous abuseroit-il en ses
promesses de l'avenir (toujours plein d'incertitude), que même en ce qui est du passé , il nous voudroit volontiers faire
croire que nous lui devons l'honneur des batailles , que nous
avons autrefois gagnées sur les Huguenots. Bon Dieu! quels
Chevaliers invincibles que ces Espagnols : ils sont cause de
toutes nos victoires , & si nous n'en avons jamais apperçu un
seul auprès de nous. Ne veut-il point parler de ces quinze cens
Arquebusiers , qui , à la bataille de Dreux , firent de si belles barricades de toutes les charrettes de l'armée , d'où on ne les put
jamais faire sortir pour donner un coup d'Arquebuse , que tout
ne fut fait , & lors ils commencerent à crier : Vive l'Espagne.
Comme si c'eût été eux qui eussent défait les ennemis , lesquels néanmoins ils n'avoient jamais osé regarder , que premier
nous ne les eussions portés par terre , & toutesfois ces quinze
cens-là , étoient tous francs Castillans , & naturels Marranes ,
qu'on nous veut aujourd'hui faire des Géans & des Soldats de
l'autre Monde , afin de couvrir leur petit nombre , & le défaut
du Peuple de ce Païs quasi désert. Mais si cette armée d'Espagne est si mauvaise , à quoi pensoient-ils dernierement ,
quand leur plus grand ennemi dans un Ville notoirement foible , & qui n'avoit jamais été défendue contre une armée. Ils
n'en étoient qu'à trois journées au plus ; comment est-ce que
ces grands Poliorcetes ne vinrent tous ensemble , ils prenoient
Dieppe & tant de Chefs dans trois jours. Dans trois jours, bon
Dieu! L'Espagnol ne sait que c'est de prendre des Villes , sinon
au bout de trois ans; il croupit , il pâtit , qui est la somme de
sa louange; mais ne croïant point une meilleure vie , notoirement Athéïste qu'il est , il ne va jamais à l'assaut : encore il
ne faudroit que le Duc de Parme ne fût point empoisonné d'un
venin lent , qui lui a été envoïé par son bon maître , ainsi
qu'il le publie par-tout: mais figurons-nous-le gaillard & affectionné; figurons-nous une douzaine de batailles gagnées , & les
ennemis réduits dans les Villes ; en voilà encore au moins
pour vingt-cinq ans: n'y en a-t-il pas autant , & plus, que cet
Espagnol est après sa Flandres , & si n'en a pas encore la moitié. Ainsi il faut résoudre ce vieux Roi , & le guérir de
tant de maladies , afin qu'il puisse vivre quatre vingts & dix
ans , ou bien nous voilà sans secours au milieu des guerres où
nous nous serons embarqués. Voilà au plus fort de la tempête, le grand Patron noïé , & incontinent après, misérable

bris du Navire, auparavant pompeux & plein de vent : voilà chacun qui se tiendra à sa piece. Qui doute que les Gouverneurs de ces Etats tant divisés ne se servent du desir de liberté, qui brûle aujourd'ui tous ces pauvres Esclaves de l'Espagnol, ne s'en servent, dis-je, pour s'approprier le Païs qu'ils tiendront. Et voilà lors tous nouveaux conseils, nouveaux desseins, nouvelles alliances ; voilà ceux que nous estimons aujourd'hui les plus grands ennemis de notre Roi, qui, pour se maintenir, se feront ses Serviteurs. Pendant ce grand tremblement de l'Empire Espagnol, que deviendront toutes ces belles forces, desquelles les Jésuites nous veulent aujourd'hui contraindre de croire, sur peine d'être déclarés Hérétiques, que toute notre Religion Catholique dépend. Mais figurons-nous, ce qui est néanmoins comme impossible, que tant de Peuples qui n'attendent que ce jour-là, pour, à quelque prix que ce soit, se délivrer de leur misérable servitude, s'endorment quand il sera venu. Persuadons-nous que les Portugais & Flamands qui ne s'enquierent en particulier d'autres nouvelles que de la santé du Roi Catholique, demeurent engourdis, quand cette tant désirée nouvelle de sa mort leur sera apportée. Feignons encore que tout l'heur qu'on peut souhaiter en tel remuement advienne ; si est-ce qu'à prendre tout au mieux, nous voilà entre les mains d'un enfant, idiot & maladif, ou s'il décede (qui est le vœu de tous les Espagnols) nous voilà entre les mains d'une fille. Quoi, la France en quenouille, comme une appartenance & dépendance d'Espagne ? Quoi ! que tous ces Alexandres & Césars François aux ancêtres desquels les Merovées, les Clodions, les Charlemagnes, les Philippe-Auguste, & de Valois, les Charles VIII, les François I & Henri II, n'ont jamais pu suffir pour éteindre leur soif de combattre, que toutes ces ames martiales soient sujettes à une femmelette & à celui qu'elle voudra choisir pour Mari ? Non, non, la France ne s'acquiert point ainsi ; la France ne se donne point en dot : pour être Roi de France, il faut être né Roi de France, *Vitam tibi contulit idem imperiumque dies.* La France est la mignone de la nature, c'est le partage qu'elle s'est réservé pour en disposer toute seule, sans que les contrats ni les pactions des hommes y puissent rien ; la France ne se gagne pas en une nuit pour coucher avec une fille. Si l'Infante d'Espagne ne se veut point marier qu'elle ne fasse son mari Roi de France, elle peut bien vouer virginité. A ce que je vois donc par ses beaux desseins, le Roi d'Espagne n'est pas tant poussé d'un saint zele & de la seule considération de notre Religion, comme il a envie d'avoir un gendre Vice-roi de France, qui nous mâtine sous les mandemens de Sa Majesté, jusqu'à ce que toutes nos Forteresses soient entre les mains des naturels Castillans, & lors on lui fera changer de place avec le Vice-roi de Naples. Voilà le zele, voilà le desir de ce Roi d'Espagne, voilà son ardeur qui ne vieillit jamais, & ne faut pas qu'en faisant semblant de mépriser à cause de son âge la Couronne de France, & de se contenter des Roïaumes, Duchés & Comtés qu'il en a arrachés & démembrés jusqu'ici, il nous pense piper comme il fit dernierement ceux de Portugal ; car nous savons trop bien que l'avarice & l'ambition ont cela de particulier, qu'elles croissent à proportion que les autres passions diminuent. La jeunesse en est détournée par divers plaisirs, mais à mesure que l'âge les affoiblit, cette ambition (principalement en ceux qui sont nés Grands) entre en leur place, s'augmente & prend tous les jours de plus fortes racines. Mais quand nous ne reconnoîtrions point en cet Espagnol un desir insatiable de s'accroître sous quelque prétexte que ce soit, le soin qu'il doit avoir de ses enfans & l'appréhension de leur laisser en tête un si grand Ennemi & tout ensemble un si grand Roi que le nôtre, estimons-nous en conscience, qu'elle ne le touche d'aussi près, qu'elle ne le pique autant vif, que notre particuliere considération. Voulons-nous encore bien plus clairement connoître son saint zele : pour combien voudroit-il (je vous supplie) qu'il n'y eût aucun différend de Religion en la Chrétienté & que nous fussions tous en repos ? Quoi ! si nous étions dès maintenant en paix sous l'obéissance d'un si grand Roi se tiendroit-il bien assuré au fond des Espagnes ? Ne craindroit-il point qu'aïant reconquis ce qu'on lui a usurpé en son Roïaume de Navarre, poussé d'une juste douleur, par un légitime droit de guerre, il s'en allât victorieux, joignant les Sceptres aux Sceptres & les Couronnes aux Couronnes ? N'est-ce pas ce grand conducteur d'armes, ce Nestor au Conseil, cet Achille au milieu des batailles, qui a plutôt forcé les Villes que les autres ne les ont reconnues, qui en ces deux derniers mois du cœur de l'hiver, a conquis par l'épée cent lieues de païs de long & cinquante de large ? N'est-ce pas cet Alexandre François, que l'Aigle de l'Empire voïant déja orné de deux belles Couronnes, commence à caresser, desirant joindre

ces deux Nations invincibles & ces forces fraternelles enſemble ? Bref n'eſt-ce pas ce Roi de la fleur de lys, au viſage long, au
grand nez, qui eſt appellé par les anciennes propheties (1) à
la Seigneurie du Monde, ce grand Roi qui nous a tant été
promis ?

> Vaillant Monarque invincible, invaincu,
> Victorieux, autour de ſon Eſcu
> (Fraïeur, horreur des guerres échauffées)
> Naîtront lauriers & palmes & trophées ;
> Et par ſur tout fera voir aux François,
> Que vaut l'honneur acquis par les harnois :
> Nul ne vaincra ce Roi de courtoiſie ;
> Mais quand l'épée au poing aura ſaiſie,
> Nul, tant ſoit fort & puiſſant Empereur,
> N'évitera de ce Roi la fureur.

C'eſt donc, à ce que je vois, pour empêcher les victoires d'un
ſi grand Roi & ſes conquêtes ſur l'Eſpagnol ; c'eſt pour cela
qu'on prend tant de peine à nous perſuader tous les jours que
lui qui ne manqua jamais à ſa parole, ne tiendra pas ce qu'il
nous a promis même par ſa derniere Déclaration, en laquelle
comme un bon pere, il a entierement effacé par ſes larmes
de pitié & compaſſion de notre miſerable fureur, toutes nos
fautes paſſées, ſans aucune exception, ſinon de cinq ou ſix
méchantes ames Eſpagnoles, qui ont enſanglanté le nom de la
France du plus cruel & traître parricide que le Soleil vit jamais, parricide commis en la perſonne de celui, pour lequel
conſerver, nous devons tous mourir. N'eſt-ce pas auſſi pour
cette même occaſion que l'Eſpagnol nous fait tous les jours
crier aux oreilles que notre Roi eſt relaps, lui qui n'eut jamais
autre Religion que celle de ſa mere, & qui n'eſt entré en nos
Egliſes qu'une fois & le couteau ſur la gorge ; n'eſt-ce pas pour
cela qu'en déniant la toute-puiſſance de Dieu, on l'appelle
impénitent, comme s'il ne lui pouvoit toucher le cœur ; n'eſt-ce
pas pour cela qu'on appelle Hérétiques tous ceux qui ſont d'avis
de l'inſtruire, afin qu'en lui montrant la vérité, on le ramene en notre Egliſe, non pour s'aſſurer ſes deux Couronnes
de la terre, mais la troiſieme du Ciel. Il faut ainſi dire, il faut

____

(1) Une des Prophéties attribuées à Michel Noſtradamus.

ainſi

ainsi crier pour servir fidelement le Roi d'Espagne, notre
bon Maître, autrement les affaires de Sa Majesté iroient mal,
si ces François s'accordent une fois ensemble. O pauvres misérables ! nous laissons-nous encore ainsi piper par ces traîtres qui sont tous les mois païés de leurs pensions pour la
peine qu'ils ont pour nous acharner les uns contre les autres,
& à nous faire abhorrer le moïen donné de Dieu pour retrancher toutes les hérésies par son glaive flamboïant, qui est sa
parole, duquel les anciens Peres se sont servis trois & quatre
fois pour déraciner une même erreur, & que toute l'Europe
juge nécessaire pour accorder la Chrétienté, éviter sa ruine,
autrement fort proche, & l'invasion du Turc qui ne peut être
arrêtée parmi tant de divisions- Ce sont ces mêmes pension-
naires qui nous voudroient volontiers faire croire que toute la
France seroit Huguenote, combien qu'il n'y ait pas en tout
le monde des Ministres pour en mettre de quarante en quarante lieues. Pensez que la Noblesse qui est catholique, toutes ces puissantes Villes aussi catholiques, tous nos Princes,
tous les Officiers de la Couronne, les Cardinaux François qui
suivent notre Roi, comme le parti de la France & des fleurs
de lys ; tant de Catholiques, dis-je, aideront à nous faire perdre notre Religion Catholique ; & celui-là nous forcera en
nos consciences, qui n'a jamais rien tant détesté que de faire la
guerre aux ames par le fer, & qui au milieu des guerres que nous
lui avons faites, avoit plus de la moitié des Officiers de sa propre
maison, Catholiques & vrais Catholiques ; car ainsi qu'on peut
penser, ils pouvoient être autres, s'ils eussent voulu. Je vois
donc bien maintenant que ce Roi d'Espagne nous fait ainsi
prêcher plutôt pour nous rendre ses esclaves & nous engager
à une guerre perpétuelle contre notre Prince ; c'est-à-dire, à
une perdition entiere, que non pas poussé d'aucune charité
chrétienne. Et à la vérité, quand est-ce que nous avons jamais
reconnu en l'Espagnol aucune charité ? N'est-ce pas cette charité catholique, qui nous a ôté, par une insigne trahison, la
Sicile, la plus belle de toutes les Isles du monde & le prix proposé aux tant célebres guerres de ces deux anciens Peuples courageux ? N'est-ce pas cette même charité qui nous a arraché
le florissant Roïaume de Naples & le Duché de Milan, patri-
moines des Maisons d'Anjou & d'Orléans, & qui en outre avoient
tant coûté d'or & de sang à la France ? N'est-ce pas cette même charité qui nous retient la Souveraineté de Flandres & du

Comté de Bourgogne, qui nous a volé la nouvelle France, qui est encore arrosée des belles rivieres de Loire, de Seine & de Somme N'est-ce pas cette charité Catholique qui surborna par argent & promesse le Confesseur d'un de nos Rois, par les persuasions duquel il démembra de la Couronne de France le Comté de Roussillon ? N'est-ce pas aussi cette même charité, cette même humilité Catholique, de laquelle poussé, il nous a voulu ôter notre place & s'asseoir devant nous ? Comment ? quelle indignité, quelle honte à la France que ce nouveau venu, ce nouveau Chrétien, que nous avons tiré de l'Alcoran & de la Synagogue, qui sans nous seroit encore Sarrasin ou Juif, qu'il ait seulement osé penser d'entreprendre de marcher devant nos Rois très Chrétiens, successeurs des plus grands & plus anciens Rois du monde ? Mais pauvres misérables que nous sommes, nous amusons-nous encore à disputer notre rang ; ce n'est pas de quoi il est question : il y va d'autre chose ; ce Marane veut être notre maître & nous rendre tous ses sujets ? Ses sujets bon Dieu ! Quoi ? la France puissante en armes, la France de tous temps la terreur des autres nations, la France qui ne fut jamais assujettie que par une nécessité de la providence de Dieu, qui vouloit que son fils naquît sous un Monarque, laquelle encore étoit lors divisée en vingt Roitelets ; la France que César a jugée invincible, si elle se trouvoit jamais sous un seul Roi ; bref la France qui ne tient rien que de Dieu & de l'épée, qu'elle soit maintenant sujette, qu'elle soit vassable, qu'elle soit esclave, qu'elle reçoive Vice-Rois, des Lieutenans Généraux, des Gouverneurs de l'Espagne, qui a été long-temps l'une des Provinces qui a toujours été au premier Conquérant, qui est l'égout, la sentine & le ramas de tous les plus infects & misérables Peuples qui ramperent jamais sur la terre. O Clovis, Clovis nostre bon Roi, la race de ces méchans Visigoths, de la charogne desquels, après avoir tué de votre main le Roi, vous engraissâtes la plaine de Poitou, qui ne se tinrent jamais assurés de la fureur de votre épée, qu'ils n'eussent passé les Pyrenées ; cette méchante race veut aujourd'hui seigneurier votre France, elle veut rendre esclave votre Peuple. Mais d'où nous souvenons-nous de si loin : ce Roi Philippe, ce beau Roi Protecteur n'est-il pas fils de Charles-le-Quint, cet ennemi juré de nos peres, qui alluma plus de feux en Picardie & en Provence, que n'eut fait le Turc ou le Scythe : qui nous rançonna de trois millions d'or, dequoi nous nous sommes toujours sentis depuis ; qui avoit bâti tous ses

desseins sur la ruine de notre pauvre France, la fantaisie de laquelle il a laissé par testament à son fils. O braves Macedoniens
qui pleuriez de joie de voir votre Alexandre en la chaire de
Darius, & qui n'aviez autre regret, que de ce que vos peres n'a-
voient participé à ce grand contentement ! Hélas ! misérables
que nous sommes, nous voulons mettre Darius en la chaire d'A-
lexandre, l'Espagnol au Trône Roïal de la France, le Roi Philippe dans le Louvre. O François Premier ! O Henri Second,
nos bons Rois, ressuscitez-vous pour un peu ; ne voïez-vous pas
votre grand & mortel ennemi qui occupe votre Etat, votre
Couronne, votre Ville de Paris, votre Palais, votre Louvre,
qui en prend déja possession par son Ambassadeur, ne le voïez-
vous pas qui s'en va insulter & triompher sur votre tombeau,
voire le violer, le rompre ainsi qu'il a déja fait la sépulture de
votre Connétable ? O que celui-là ne pardonnera pas à vos effi-
gies de marbre, qui a fait mourir les deux derniers enfans de
votre lignée, vos vives images en ce monde. Brave & généreux
Prince Philippe d'Espagne ; si ta bonne fortune ne t'a pas élevé à
l'Empire comme ton pere, au moins l'as-tu bien surpassé en ses
valeureux exploits d'éteindre les Princes de France ; il ne s'étoit
osé servir que du poison de son *de monte Cucullo* exécuté à
Lyon, & si des trois enfans du grand François il nous avoit laissé
un ; mais toi tu es venu à bout de toute la race, & si au poison
secret de tes Salcedes (1), tu as par le moïen de ton Ambassadeur ajusté le couteau d'un Jacobin (2). Pourquoi aussi les eut-il
épargnés sous le prétexte d'alliance, puisqu'il avoit bien fait em-
poisonner sa propre femme leur sœur, voire étrangler son fils
aîné. Courage donc François, opposez-vous aux justes armes,
aux armes partout victorieuses du grand Henri que Dieu a choisi
pour vengeur de tant de sang de Valois, qui lui demande continuellement justice ; suivez gaillards, suivez les enseignes de ce
Bourreau de vos Princes, suivez les étendarts de cet empoison-
neur & assassin héréditaire de la Maison de France, mettez-vous
à la bouche des canons de votre Roi, rougissez la France de
votre sang afin qu'elle devienne Espagnole, pour le moins con-
servez-en quelque morceau à l'Infante d'Espagne ; n'est-ce pas
bien la raison, puisqu'elle est l'aînée, & que sa jeune sœur tient
déja le Marquisat de Saluces, le pied qui nous restoit en Italie,
qu'on lui a baillé en avancement d'hoirie, avec quatre cens pie-

(1) On a parlé ailleurs de Salcede.
(2) Jacques Clément, qui assassina Henri III.

ces de canon, l'arſenal de nos Rois de-là les monts; cet arſenal,
qui faiſoit tout trembler ſous le nom François, cet arſenal qui
faiſoit broncher devant lui les plus fortes murailles, cet arſenal
qui avoit déja franchi le principal rempart de l'Eſpagnol en Italie contre la puiſſance Françoiſe, & qui nous reſtoit un fort
gage pour recouvrer bientôt Naples & Milan. Pauvre France,
hélas! pauvre France, quel breuvage t'a pu tellement aſſoupir que
tu ne ſentes point qu'on te déſarme petit à petit, qu'on t'ôte
tes foudres de la main, qu'on t'attache à la cadene (1), pour incontinent après te jetter en un fond de galere, & là te faire miſérable-
ment périr ſous le bâton de tes vieils ennemis; ou ſi tu les ſens
bien, ſi tu le vois bien, quels charmes donc ma pauvre France,
t'ont pu tellement troubler l'eſprit, que tu cherches aujourd'hui
ta conſervation, ta protection en ceux qui n'ont jamais cherché que ta ruine; & encore que tu écoutes les traîtres, qui afin
qu'on te garotte mieux à l'aiſe & ſans réſiſtance, te diſent à l'o-
reille, qu'on te déliera quand il te plaira, & que tu chaſſeras ces
Eſpagnols toutesfois & quantes que tu voudras : cela eſt ſans
doute, ils ſont tous accoutumés à ſe laiſſer déraciner de-là où ils ont
une fois pris pied, ils ne ſavent pas faire des citadelles,
de grandes & ſuperbes citadelles, cimentées de ſang & bâties
de la ſubſtance des pauvres bourgeois, ils ne ſavent pas ſi bien
mâtiner les Villes par leurs garniſons, & les effraïer tellement
à force de potences, de roues, d'échaffauts, qu'il n'y a perſonne
qui oſe ſeulement lever les yeux. Ceux de Portugal, de Naples,
de Milan & de Flandres en peuvent bien parler : & ſans aller
plus loin, qui eſt celui-là dès maintenant ſi hardi entre nous qui
oſe entreprendre de dire tout haut en la Greve, qu'il n'eſt point
Eſpagnol, qu'il eſt vrai François, qu'il ne ſe voie ſur l'heure attaché
à une potence, comme Hérétique & criminel de leze-Majeſté
divine & humaine; tous ces voleurs toutes ces ſangſues, tous ces
écorcheurs de Peuple, ces Seize & leurs ſuppôts, qui ne vivent,
qui ne s'engraiſſent que de nos entrailles; ne ſont-ce pas autant de miniſtres de la tyrannie Eſpagnole? Miniſtres certainement encore foibles, encore faciles à châtier ſelon leurs mérites, ſi nous avions quelque reſte de courage François, mais
ſi nous nous laiſſons endormir à ces belles paroles, achetées à
deniers comptans, hélas! combien de regrets à ce réveil, quand
nous nous trouverons enchaînés de tous côtés, ſi ſerrés que nous
ne pourrons nous remuer, pas même nous plaindre, aïant ſur

(1) Chaîne à laquelle eſt attaché un Galerien. Figurément, toute incommodité.

le ventre le genouil d'un Castillan, qui nous tiendra continuellement le poignard à la gorge, pour l'y enfoncer au premier
soupir que nous jetterons. O que les vœux viendront tard après
le naufrage ; la répentance après la faute faite ! & si nous voulons connoître combien la longueur est dangereuse de notre part,
regardons, je vous supplie, regardons comme il a déja avancé
d'établir les fondemens de sa domination. Ce grand Cavalier
qu'on a fait élever si haut en la Bastille contre notre Ville, ne
pensez-vous que ce soit des deniers de Bussi le Clerc : pauvres
misérables avez-vous bien si peu de jugement, que vous ne connoissez point qu'il n'emploie pas-là ses voleries, qu'il les envoie
bien plus loin ? Y a-t-il donc encore quelqu'un qui ne sache que
Bernardin Mandosse en a païé les ouvriers par chaque semaine,
& que le Clerc n'est que Lieutenant du grand Commandador
Moreau, qui est en chef Capitaine de la Bastille. N'est-ce pas
aussi ce que l'Espagnol nous promet, de ne point faire arrêter
son poison aux extrêmités ; mais de le faire courir droit aux parties les plus nobles, voire au cœur même ; de ne se point arrêter aux places frontieres, mais de se saisir seulement de toutes
les autres du Roïaume ? & encore estimons-nous en conscience
que ce soit qu'il voulût refuser Cambrai, Amiens, ou Abbe-
ville, ou plutôt les trois ensemble si elles le vouloient recevoir,
ou bien si c'est que les Picards le connoissant de trop longue
main, l'ont refusé tout à plat. Comment donc il a fallu excepter
par force ceux des frontieres, qui se sont bravement résolus de ne
point recevoir l'Espagnol, & nous autres de tout le reste du
Roïaume y sommes compris ; notre Bastille même ne se trouve
point réservée par ce bel accord ; & sans y contrevenir, ces
Castillans pourront un de ces jours à leur aise camper tout notre canon sous ce grand Cavalier, afin d'en foudroïer notre
pauvre Ville, & après la venir saccager, comme ils firent celle
d'Anvers. Et à la vérité, n'est-il pas raisonnable que puisque
cette race noire d'Afrique a si bien commencé, qu'elle acheve
du tout de crever les deux yeux de l'Europe, qu'elle acheve de
ruiner de fond en comble ces deux superbes Villes, ces deux
grands miracles de nature, Paris & Anvers. O Anvers, Anvers,
qui de la plus belle, la plus riche, la plus florissante Ville de la
terre, as été rendue, par ces méchans Espagnols, la plus désolée, la plus ruinée & déserte de la Chrétienté ? est-il possible que
le son de ta chûte, & la renommée de ton hideux & effroïable
sac, n'aient fait sages tous les autres Peuples, principalement

tes voisins? nous montrant si clairement que c'est que l'avarice insatiable de la cruauté tigresse, de la sale & monstrueuse luxure de l'Espagnol, l'embrasement d'une grande partie de ton corps, le pillage en général des trésors de toute l'Europe assemblés en tes beaux Palais, le ravissement de tes femmes, filles & jeunes garçons, forcés par ces Mores en la présence de leurs peres, freres, maris, liés & garottés aux pieds des lits, & au bout des tourmens longs & horribles de tes pauvres Concitoïens; n'ont-ils point fait ressaillir, n'ont-ils point fait trembler tous ceux qui les ont entendus? Pour nous ôter l'appréhension de tant de maux, on nous met devant les yeux la sainte Inquisition. Comment, est-ce là donc le premier présent qu'il nous veut faire, est-ce l'anneau duquel il veut épouser la France, de cette Inquisition espagnole, barbaresque, qui fait pourrir les hommes en prison auparavant qu'ils sachent pourquoi ils y sont; cette Inquisition, qui sous le faux prétexte de Religion, fait misérablement périr tous ceux qui détestent la tyrannie Espagnole; ignorons-nous encore comment on en use à Naples & à Milan, & que ç'a été le moïen couvert de ruiner toutes les grandes Maisons qui avoient autrefois tenu ou favorisé le Parti François? Est-ce-là donc cette sainte Inquisition que les bons Catholiques ne doivent point craindre? non sans doute, ils ne la doivent point craindre, pourvû qu'ils aient l'ame teinte en Espagnol, pourvu qu'il ne leur reste plus aucune souvenance d'être nés francs, d'être nés François, pourvu qu'ils soient devenus vrais esclaves, prêts d'endurer toutes les cruautés, toutes les bravacheries du Castillan, pourvu aussi qu'ils n'aient ni maison, ni office, ni bénéfice, ni autre chose quelconque qu'un Espagnol desire, & encore pourvu qu'ils n'aient ni jeune femme, ni fille, qu'un galand d'Inquisiteur trouve belle à son gré; bref pourvu qu'ils soient de tout point si misérables, que l'envie ou la haine ne puisse trouver aucune prise sur eux : hé! qui est celui-là si net en sa conscience qui se puisse tenir assuré parmi les bourreaux qui renversent tout l'ordre & toutes les formes de justice pour faire mourir tous ceux qu'ils haïssent. Le Recteur (1) de notre Université, choisi par ces Espagnols, demandant dernierement cette Inquisition, nous disoit que si elle fait mourir quelques innocens, que aussi en récompense elle

(1) Si l'on étoit bien sûr du temps dont on veut parler, on pourroit croire que l'Auteur désigne Jean de Magnanes, Angevin, qui fut élu Recteur le 16 Décembre 1589, & encore le 24 Mars 1590, & auquel Thomas Lamy, de Coutances, Supérieur d'Harcourt, succéda le 23 Juin de la même année 1590.

purgera incontinent tout le Roïaume de Huguenots. Cela eſt
ſans doute, auſſi-tôt que le moindre mot qui échappera ſera
un crime irrémiſſible, auſſi-tôt qu'il faudra adorer de tout loin
les Jéſuites, qui ne voudra être mis en une baſſe foſſe ſans avoir
partie ; bref auſſi-tôt que l'Inquiſition ſera bien établie, voilà
ceux de la Rochelle qui nous envoieront les clefs. Mais que
n'en uſe-t-on donc en Flandres ; comment eſt-ce que celui-là
qui a de ſi excellens remedes contre cette maladie, ne ſe guérit
lui-même ; comment veut-il que le voïant tout plein d'ulceres
nous promettre ſanté, nous l'eſtimions plutôt medecin que
charlatan. Je vois bien que c'eſt, il préfere la maladie à la mort
& nous conſeille le contraire ; & ſi ce n'eſt cela, pour quelle
occaſion eſt-ce donc que lui, qui veut être cru un Ange du
Ciel, ſans lequel nous ſerions tous Huguenots, a permis à Anvers
l'exercice libre de la Religion contraire durant quatre années depuis prolongées; le peut-on dénier, n'en avons-nous pas les ca-
pitulations, & ceux qui y vont tous les jours, ne voient-ils pas
leurs Prêches publics ? Sommes - nous donc encore de ceux-là,
qui croient que le Roi d'Eſpagne ne voudroit pas avoir joint la
France à ſes Païs, à condition qu'elle fût toute Huguenote ?
Pourquoi offre-t-il donc tant tous les jours à ceux de Hollande
& Zelande la conſervation de leur Religion, ſans qu'il ſe faſſe
aucun exercice de la nôtre, pourvu qu'ils le veuillent reconnoître ?
La France lui ſeroit-elle en plus grande recommandation que ſon
propre Païs, ou s'il ſeroit plus dégouté & plus difficile à s'accommoder en France qu'en Zelande ? Hélas ! ſommes-nous encore ſi
aveuglés que nous ne connoiſſions pas qu'il en veut aux corps &
non aux ames ? qu'il en veut à la France & non aux Huguenots,
ſinon en tant qu'ils nuiſent à ſon deſſein ? autrement pourquoi
ne s'accorderoit-il auſſi-bien avec ceux de la France, qu'il fait
aujourd'hui avec ceux d'Angleterre, auparavant qu'ils lui euſſent pris l'argent qu'il envoïoit au Duc d'Albe en l'an 69,
juſqu'auquel acte, il avoit alliance offenſive & défenſive avec
ceux qui avoient inimitié jurée avec le Pape ? O le grand Catholique ! ô le grand Protecteur de la Foi catholique ! ſon or
perdu l'émut, & non la Religion perdue : l'intérêt d'Eſpagne
le piqua, celui de Rome ne le toucha jamais ; toutes les fulminations, toutes les plus grandes excommunications contre l'Anglois, n'avoient pas eu la puiſſance de lui faire renoncer à l'alliance d'Angleterre ; mais quelques doublons perdus le firent
auſſi-tôt bondir aux nues. Qu'on diſe tout ce qu'on voudra,

1890.

L'Anti-Es-
pagnol.

qu'on crie, qu'on foudroie, qu'on mêle le Ciel avec la Terre;
fi eft-ce qu'on ne m'ôtera jamais ces deux maximes, l'une que
la Religion de l'Efpagnol confifte à s'agrandir, fon zele à commander à fes voifins, fon ardeur à devenir Monarque; qu'il
n'en a point d'autre & qu'il fe fert de celle du Peuple, felon
qu'elle lui eft à propos pour amplifier fa tyrannie; l'autre que
celui-là ne mérite le nom de Chrétien qui ne croit que Dieu
faura mieux cent fois conferver la gloire de fon nom par l'inftruction des bons Pafteurs, des bons Evêques, des bons Curés & Prêcheurs, que l'Efpagnol ni autre homme quelconque
ne fauroit faire par les faccagemens, blafphêmes, facrileges,
& raviffemens des plus cruels, débordés & infolens gens de
guerre qui furent jamais mis enfemble. Penfons donc enfin, je
vous fupplie, penfons donc un peu à nous, confidérons d'un
côté, l'état heureux de huit ou neuf grandes Provinces qui font
déja en repos fous l'obéiffance de notre Roi; d'un autre côté,
regardons notre lamentable condition: nous ne vivons plus,
nous languiffons miférables, attendant chacun jour la mort,
que l'extrême famine nous apporte petit à petit: confiderons
ce que nous entreprenons de faire, qui eft de continuer à remplir la France de brigandages, de bourreleries, de faire un million de veuves, de pauvres orphelins, pour avancer l'ufurpation Efpagnole & nous rendre les plus miférables efclaves de la
terre, à l'appétit de quelques défefpérés qui ont confommé par
leur horrible forfait toute la miféricorde de notre Roi, à l'appétit de ceux qui par leur contract s'étant efpagnolifés n'ont plus
aucun reffentiment des douleurs de la France, au contraire fe
réjouiffent de fes miferes, s'enrichiffent de fes pertes, s'agran-
diffent de fa ruine. Et fi tout cela ne nous touche point, fi nous
n'avons plus de mouvement au cœur, au moins fervons-nous
de nos yeux, regardons que nous voici enveloppés de tous côtés des belles & floriffantes Armées de notre Roi; regardons
ces grandes & belliqueufes Nations du Septentrion qui rem-
pliffent tout d'armes & de chevaux, non-feulement pour maintenir le Sceptre de la France, mais pour d'une même haleine
aller abbattre l'orgueil de ces Negres, qui par notre noncha-
lance, infultent fi fierement depuis quelques années au Païs de
deçà, nous faifant défaire par nous-mêmes, & trouvant moïen
de triompher & commander parmi nos cruels carnages; & à la
vérité l'heure n'eft-elle point venue qu'il faut aller vanger les
cendres de nos Peres, qu'ils ont induits par leurs penfionnaires

à

à s'entregorger les uns les autres & commettre tant de parricides publics ? Attendons-nous un plus grand Roi, un plus grand Capitaine ? N'y a-t-il pas assez long-temps que nous sommes la fable & le jouet de ceux qui auparavant ne pouvoient ouïr parler de nous sans trembler ? Enfin n'est il pas temps que nous portions à ce Roi d'Espagne la guerre en son propre Païs où la victoire sera aisée & son fruit prompt à la main ? Ceux de Portugal & de Navarre nous tendent les bras : le chemin le plus court pour r'avoir Naples & Milan, ce n'est pas les Alpes, ce sont les Pyrénées, il faut donner droit à la tête, le coup est mortel ; voilà l'Anglois qui lui a déja coupé les veines de son or & ôté la mer : il n'a osé combattre Drack (1) devant Lisbonne : comment se défendra-t-il d'un grand Roi de France, d'un si grand Roi ? il n'a osé attaquer l'Infanterie Angloise : où se pourra-t-il mettre pour éviter la furie de la Cavalerie Françoise, accompagnée de toutes les forces des Païs de deçà ?

Courage donc, vrais enfans de Bellone, que la crainte de notre Roi n'en retienne point, sa clémence est ouverte & très assurée, elle surpasse toutes nos fautes, elle est immense ; le voilà qui nous tend encore les bras à tous, c'est notre pere commun, c'est notre vrai pere, notre pere naturel & légitime, nous sommes tous ses enfans ; mais si nous nous montrons froids à le reconnoître, si nous méprisons sa bonté, si nous nous mocquons de sa douceur, hélas, pauvres misérables, que pouvons-nous attendre, sinon les effets de sa juste indignation, de sa juste colere, afin que notre châtiment serve d'exemple à tous les autres ? Que s'il ne nous reste aucune pitié de nous-même, au moins aïons-en de nos femmes, aïons-en de nos petits, d'autant plus misérables, qu'ils ne sentent point leurs miseres. Sus donc, montrons à ce coup si nous avons en l'ame quelque reste de vrais François : que le desir de conserver notre liberté, & l'appréhension d'une si misérable servitude étouffent toutes nos vieilles querelles, ensevelissons-les dans l'amour de notre Païs ; il n'y a plus d'autres partis que l'Espagnol & le François. Seigneur Dieu, qui avez toujours eu vos yeux de commisération ouverts sur la France, qui l'avez toujours remplie de vos particulieres bénédictions, c'est maintenant que nous avons besoin de votre secours, sur-tout à ce qu'il vous plaise nous défiller les yeux, nous faire voir quels sont nos vrais Ennemis, quel est l'Espagnol, quelle est sa domination, quels sont ses

(1) On en a parlé ailleurs.

desseins sur notre pauvre & désolée France ? Hélas ! Seigneur, ne nous abandonne point en cette extrêmité, que nous sommes prêts, ou d'être précipités en une servitude perpétuelle, ou d'affermir & assurer notre liberté à jamais : assistez notre Roi, nos bons soldats ; envoïez-leur vos Anges pour les fortifier, inspirez-leur à tous une ardeur de combattre, remplissez-leur le front d'horreur, le bras de vigueur ; confortez cette race de saint Louis, Seigneur, qui vous prie continuellement pour ses enfans, que vous ne les veuillez point effacer de votre livre de vie, que vous ne détourniez point votre face de dessus eux, que vous ne les veuillez point perdre, pour mettre en leur place leur vieil Ennemi, l'Ennemi de leurs peres ; mais plutôt qu'il vous plaise conserver à ses héritiers son héritage, redonner à la France sa premiere santé ; afin qu'après avoir rangé sous le joug ceux qui nous en menacent aujourd'hui, nous puissions bien-tôt aller accomplir ses vœux & poursuivre ses guerres saintes contre les infideles, sous les auspices de ce grand Henri, son fils aîné, qui doit élever si haut l'honneur de sa maison & tout le nom François ; & que cette fois l'auriflambe (1) jointe avec l'aigle, puisse par la conduite d'un si grand Roi, d'un si grand Empereur, renverser toutes les superbes Enseignes de Mahomet, & délivrer de captivité votre pauvre Peuple, qui s'assurant sur vos promesses attend ce jour heureux, il y a si long-temps.

(1) C'est la Banniere connue sous le nom d'*Oriflamme*.

Avertissem̃t.

LE Duc de Parme, suivant plusieurs réitérés Mandemens du Roi d'Espagne, avoit envoïé, long-temps avant la Déclaration sus décrite, le Commandeur Moré (1) à Paris avec argent & quelques Soldats, ensemble Lettres de créance pour assurer que bien-tôt l'on auroit puissant secours pour la Ligue qui s'affoiblissoit. Pource que le Roi prosperoit de jour en jour, le Duc de Mayenne bien courroucé dans Paris avec sa Lieutenance de l'Etat & Couronne de France, connut bien qu'il n'avoit pas encore bien assuré son trône. Sur ce, il envoïa postes sur postes au Duc de Parme, menaçant que s'il differe de lui envoïer secours, il faudra entrer en composition avec le Béarnois. Le Duc aïant prêté plusieurs Compagnies dépêcha promptement le Comte d'Egmont (2) suivis de bon nombre de Seigneurs & Capitaines Espagnols, Flamands & Allemands avec quinze cens Lances, quatre ou cinq cens Arquebusiers à cheval, & quelques Régimens d'Infanterie, pour aller au secours de la Ligue, laquelle avoit déja plus de deux mille chevaux & plus de huit mille hommes de pied en campagne. Incontinent ce Comte se met en chemin & les choses passerent comme s'ensuit.

DISCOURS VERITABLE

Sur la Victoire obtenue par le Roi en la Bataille donnée près le Village d'Yvri (3), le quatorzieme jour de Mars 1590 (4).

LA guerre & le feu ont cela de semblable, que comme quand l'un rencontre une matiere de soi bien disposée à brûler, il ne tarde gueres à en faire saillir de la flamme ; au contraire si

(1) C'est Moreo.

(2) Le Comte d'Egmont, dont on parle ici, étoit le fils de l'Amiral d'Egmont, lequel fut décapité à Bruxelles avec le Comte de Horn. Le jeune Comte d'Egmont étoit resté dans le Parti de Philippe II, Roi d'Espagne. Il fut envoïé au secours du Duc de Mayenne avec dix-huit cens lances. A son entrée dans Paris, il reçut les complimens de la Ville : celui qui le harangua aïant mêlé dans son Discours les louanges de l'Amiral d'Egmont son pere ; Ne parlez pas de lui, dit le Comte, il méritoit la mort, c'étoit un Rebelle. Paroles d'autant plus condamnables, que c'étoit à des Rebelles qu'il parloit& dont il venoit de défendre la cause. *Not. sur la Henr. de M. de Volt.*

(3) Ce fut dans une Plaine entre l'Iton & l'Eure que se donna la Bataille d'Yvri.

(4) Ce Discours a paru séparément, à Londres, *in-4°*. Nicolas de Neufville, Seigneur de Villeroy, en a fait aussi un qui est cité Manuscrit par le Pere le Long dans sa Bibliotheque des Historiens de France.

c'eſt quelque ſouche terreſtre & humide, il l'a plutôt réduite en cendres, qu'il en ſoit apparu une ſeule étincelle : ainſi quand l'autre enflamme un cœur généreux, elle le pouſſe auſſi-tôt aux peines & aux périls & ne tarde gueres qu'il n'en apparoiſſe quelque belle lumiere ; mais ſi c'eſt un courage peſant & mol, elle l'appeſantit & amollit davantage, & plus le péril eſt preſſant, & moins il a de force & de vigueur. Les preuves de cela nous ont été ſi familieres aux actions du Roi & de ſes Ennemis, qu'il ne s'eſt paſſé quaſi jour depuis ſon avenement à la Couronne, que nous n'en aïons eu quelqu'une. Mais entre toutes, celle de cette heureuſe victoire, qu'il a plû à Dieu lui donner ſur eux, en la Bataille qui fut donnée près d'Yvri, le quatorzieme jour de ce mois, excede les autres, & eſt ſi célebre & mémorable, qu'elle merite être décrite, & que cette deſcription ſoit bien confirmée par de bons témoignages ; car plus elle ſera véritable, moins elle ſera vraiſemblable & crédible.

Pendant que le Roi recouvra en moins d'un mois par ſieges & aſſauts huit ou dix des meilleures Places de la baſſe Normandie, le Duc de Mayenne menaçoit & ſe vantoit tous les jours qu'il ne faudroit d'y venir avec toute ſon Armée, & lui faire lever le ſiége où il le rencontreroit, même celui de la Ville de Honfleur qui a un Port de Mer. Toutesfois il ne s'en mit jamais en aucun devoir. Sa Majeſté, au contraire, ſans le menacer, aïant recouvré ladite Ville de Honfleur, lui vint faire lever le ſiege qu'il tenoit, il y avoit lors plus de quinze jours, devant la Ville & Fort de Meulan, diſtant dudit Honfleur de plus de trente lieues, lui aïant ce faiſant préſenté la bataille, qu'il y avoit grande apparence qu'il devoit accepter, aïant dèslors une fois autant de forces que Sadite Majeſté en pouvoit avoir. Toutesfois ledit Duc de Mayenne, n'eſtimant pas ſon avantage aſſez grand, ne voulut pas joindre pour cette fois ; & aïant avis que quinze cens lances & quatre ou cinq cens Arquebuſiers à cheval, qu'on lui envoïoit de Flandres, étoient déja entrés en France, il les alla recueillir. Cependant ſadite Majeſté ſe réſolut de reprendre le premier deſſein qu'elle avoit eu d'aſſiéger la Ville de Dreux, où elle fut rencontrée de Meſſieurs le grand Prieur & Maréchal d'Aumont (1) & du Sei-

---

(1) Jean d'Aumont, Maréchal de France étoit fils de Pierre d'Aumont, Gentilhomme de la Chambre, & de Françoiſe de Sully, héritiere de l'ancienne Maiſon de Sully. Il ſervit ſous les Rois Henri II, François II, Charles IX, Henri III & Henri IV.

gneur de Givri, qui lui amenerent de bonnes troupes. Peu de
jours après qu'elle fut arrivée audit siege, & comme elle l'alloit preſſant & achevant, elle fut avertie que le Duc de Mayenne
aïant joint lesdites forces étrangeres, conduites par le Comte
d'Egmont, qui en étoit Général, publioit qu'il venoit droit
affronter l'Armée de sadite Majeſté, aſſurant ceux de son Parti
qu'il la forceroit au combat, en quelque lieu qu'il la pût rencontrer ; & de fait bien-tôt après elle ſut qu'il avoit la tête
tournée vers la riviere de Seine, pour la venir paſſer sur le
Pont de la Ville de Mante, qui tenoit pour eux, & qui n'eſt
diſtante de celle de Dreux que de huit ou neuf lieues. Sur quoi
sadite Majeſté, bien qu'elle eût conſidéré que c'étoit au Duc
de Mayenne, qui ne ſubſiſtoit que par une force empruntée,
de précipiter & hazarder, & qu'à elle le temporiſement ne pouvoit apporter que de l'avantage ; qu'Elle avoit des forces étrangeres en Champagne, qui cheminoient pour la venir rencontrer, qui valoient bien celles de Flandres, qu'avoient recouvert les Ennemis ; que l'évenement d'une Bataille étoit périlleux, mêmement en ces quartiers éloignés des ses retraites, &
que ceux qui font l'injure ſont ordinairement plus courageux
que ceux qui la repouſſent ; elle eut néanmoins d'autres raiſons
plus fortes & ſolides, dont j'eſtime que les plus certaines furent, & la confiance qu'elle a eue en la bonté de Dieu, la
la juſtice de ſa cauſe, & auſſi connoiſſance qu'elle a de ceux
à qui elle a affaire, les aïant déja maniés à Arques & ailleurs,
où ils avoient toujours conſervé leur poſſeſſion de fuir & d'être
battus. Il ſe réſolut donc de ne leur faire point perdre leur
voïage, & aiant eu un avis certain que le Duc de Mayenne &
ſon Armée étoit entierement paſſée & avancée juſqu'au Village de Dampmartin, qui étoit deux lieues en avant vers elle,
partit de devant Dreux le Lundi douzieme, & commença dès-
lors de faire marcher ſon Armée en bataille ; de forte que ceux
de la Ville ſe contenterent d'en voir l'ordre de deſſus leurs murailles, ſans en approcher de plus près. Sa Majeſté vint ledit
jour loger en la Ville de Nonancourt, qui s'étoit peu auparavant fait prendre par aſſaut. Ce fut pour prendre le gué d'une
petite riviere qui y paſſe. Si-tôt qu'elle y fut arrivée, elle fit
avertir que le lendemain un chacun ſe tînt prêt. Le ſoir & la
nuit, s'étant Sadite Majeſté retirée, elle dreſſa & traça elle-
même le plan & l'ordre de ſa bataille (1), lequel dès le grand.

(1) M. de Thou entre ſur cela dans un aſſez grand détail, en ſon Hiſt. L. 98.

1590.
JOURNÉE
D'YVRI.

matin elle montra à M. de Montpensier & à Messieurs les Maréchaux de Biron (1) & d'Aumont, & Baron de Biron (2), Maréchal de Camp, & autres principaux Capitaines de ladite Armée, qui tous d'une voix le trouverent si bien & avec tant de jugement & prudence militaire, qu'ils n'y changerent rien. Elle le mit au même temps entre les mains du Baron de Biron, pour avertir chacun de son rang & place, & choisit ce même matin le Seigneur de Vieq (3), qui est l'un des anciens Messtres de Camp de l'Infanterie Françoise, pour Sergent de Bataille. Cela fait, Sa Majesté voulut entamer ce grand œuvre par une sainte priere qu'Elle fit publiquement à Dieu, l'attestant qu'il connoissoit l'intention de son cœur, & qu'il savoit si c'étoit appétit de sang, desir de vengeance, ou de quelqu'autre dessein de gloire ou d'ambition, qui le fit résoudre à ce combat; qu'il étoit son Juge & témoin irréprochable, que rien ne l'y poussoit que la charité qu'il porte à son pauvre Peuple, duquel il prétere le repos à la sûreté de sa vie; le supplia d'en ordonner sa volonté, comme il voïoit être nécessaire pour le bien de la Chrétienté, & le vouloir en particulier conserver autant qu'il le connoissoit propre & utile au bien & repos de de cet État, & non plus. Cette priere éloquente en termes, mais qui paroissoit encore plus pure & dévote en l'intention, ravit tant tous les assistans, que chacun à son exemple, en fit de même. Et l'on vit aussi-tôt les Eglises dudit Nonancourt pleines de Princes & Seigneurs, Noblesse & Soldats de toutes Nations, ouir Messes, se communier & faire tous offices de vrais & bons Catholiques. Ceux de la Religion firent aussi de leur part leurs prieres & dévotions. Cela fait, on eut jugé aux contenances assurées d'un chacun, qu'il n'y avoit celui qui n'eût une révélation particuliere de son bon Ange de l'heureux succès qui en devoit arriver.

Sadite Majesté fit assigner le rendez-vous au Village de Saint André, distant dudit Nonancourt de quatre lieues sur le chemin pour aller à Ivri, où elle estimoit que l'Ennemi & son ar-

---

(1) Henri de Gontaud de Biron, Maréchal de France, Grand Maître de l'Artillerie: c'étoit un grand homme de guerre. Il commandoit à la Bataille d'Ivry les Corps de réserve & contribua au gain de cette Bataille en se présentant à propos à l'Ennemi.

(2) Charles Gontaud de Biron, fils du précédent, depuis aussi Maréchal de France;

mais qui aïant conspiré dans la suite contre Henri IV, fut décapité dans la Cour de la Bastille en 1602.

(3) Dominique de Vic, Officier dont le zele & la valeur étoient connus, dit M. de Thou, & qui avoit vieilli dans les Armées.

mée fut logée. Au-delà dudit Village y a une fort grande
plaine, bordée à vûe de quelques autres Villages & d'un petit
Bois, appellé la Haie des Prés. Toutes lesdites Troupes y arrivées, Sadite Majesté avec les Maréchaux de Biron & d'Aumont, le
Baron de Biron, Maréchal de Camp, commencerent à les dresser
en bataille, suivant le plan qui en avoit été résolu, qui étoit tel.

S. M. qui a expérimenté en d'autres batailles & combats,
qu'il est plus avantageux de faire combattre la Cavalerie en escadron qu'en haie, même la sienne qui ne porte point de lances, départit toute ladite Cavalerie en sept Régimens, rangés
en autant d'escadrons, & toute son Infanterie aux flancs
desdits escadrons qui avoient chacun une troupe d'enfans perdus. Le front de ladite armée étoit quasi en droite ligne,
toutesfois faisant un peu de corne par les deux bouts. Le premier
escadron de la main gauche, étoit celui du Maréchal d'Aumont,
qui pouvoit être de trois cens bons chevaux, qui avoit à ses
deux côtés deux Régimens d'Infanterie Françoise. Le second
étoit celui de Monseigneur de Montpensier, qui étoit du même nombre de trois cens chevaux, & avoit au côté gauche quatre ou cinq cens Lansquenets, au côté droit un Régiment de
Suisses, couvertes chacunes desdites forces étrangeres, de l'Infanterie Françoise. Un peu devant lesdits deux escadrons, étoit
celui de la Cavalerie légere en deux troupes, l'une où étoit le
Grand Prieur, Colonel d'icelle, & en l'autre le Sieur de Givri (1), Maréchal de Camp de ladite Cavalerie légere, qui pouvoit faire quatre cens bons chevaux. Un peu tirant plus à la
gauche étoit l'artillerie, qui étoit de quatre canons & deux coulevrines. Le quatrieme étoit celui du Baron de Biron, qui pouvoit être de deux cens cinquante chevaux, & en même ligne
que celui desdits Chevaux legers, un peu plus à la gauche &
quasi au-devant de celui de mondit Seigneur de Montpensier.
Le cinquieme escadron étoit celui du Roi, qui faisoit cinq rangs,
en chacun desquels il y pouvoit avoir de front cent vingt chevaux, de sorte qu'il pouvoit être de six cens bons chevaux. Il avoit
à sa gauche deux Régimens de Suisses du Canton de Glaris & des
Grisons, & à sa droite un autre gros bataillon de deux autres
Régimens de Suisses, l'un du Canton de Soleure & l'autre du
Colonel Baltasard (2), qui étoient les deux de dix-huit enseignes,
lesdits bataillons aïant chacun aux aîles, à savoir de la main

(1) Anne d'Anglure de Givri.
(2) Il se nommoit Baltazar Grissac.

droite le Régiment des Gardes & de Brigneux, & de la gauche ceux de Vignolles & de Saint Jean. Le sixieme étoit celui du Maréchal de Biron, qui pouvoit être de deux cens cinquante bons chevaux, aïant aussi à ses côtés deux Régimens d'Infanterie Françoise. Et le septieme étoit celui des Reistres (1), qui pouvoit être aussi de deux cens cinquante chevaux, & qui avoient comme les autres, aux côtés, de l'Infanterie Françoise. Les choses avoient si bien été disposées, & le Roi, Messieurs les Maréchaux & le Baron de Biron y firent telle diligence, qu'en moins d'une heure cela fut mis en l'ordre qu'il devoit être, mieux qu'un Peintre ne l'eût su pourtraire.

Pendant que S. M. fit un peu rasseoir son armée en cet ordre, qui put être sur les deux heures après midi, y arriva Monseigneur le Prince de Conti avec sa Troupe de Cavalerie, & quelque Infanterie, y arriverent aussi ensemble avec les leurs les Seigneurs de la Guiche, grand Maître de l'artillerie, & du Plessis Mornai (2), auxquels sur l'avis de leur arrivée, avoit été donné place dans l'escadron de Sad. M. Cependant elle avoit envoïé les Chevaux légers du côté de la main droite, estimant que l'Ennemi fût logé audit Ivri, qui est un grand Bourg, où il y a un pont sur la riviere d'Urte, & en résolution de l'y aller attaquer. Mais ils n'eurent pas fait un quart de lieue, qu'ils découvrirent & avertirent que l'Ennemi avoit été plus diligent que l'on avoit pensé, qu'il étoit passé tout au-deçà ladite riviere d'Urte (3), & qu'il commençoit à paroître en bataille. L'on a su depuis que cette diligence qu'il avoit faite de passer ladite riviere, n'étoit pas en opinion de trouver l'armée du Roi si près; au contraire, c'étoit pour s'avancer pour la venir rencontrer près de Verneuil, où ils estimoient que Sad. M. sur le bruit de leur acheminement se fût retirée. Et de fait ils avoient déja envoïé leurs Maréchaux de Logis & Fourriers, pour faire leurs logis dans tous ces Villages qui bordoient ladite plaine, où l'armée de Sad. M. s'étoit mise en bataille. Si-tôt que cette nouvelle fut venue, que les Ennemis paroissoient, l'on entendit une allegresse universelle en toute l'armée, à laquelle Sad. M. fit au même temps tourner la tête du côté où ils étoient, & n'eut gueres cheminé que l'on commença à les découvrir à vue, toutesfois fort éloignés, & entre les uns & les autres y avoit un Village, duquel ils s'étoient saisis, que Sad. M. fit incontinent attaquer, & leur fit quitter. Il y avoit

(1) Il avoit à leur tête Théodoric de Schomberg.

(2) On a déja parlé de cet homme célebre.
(3) C'est Eure.

apparence

apparence qu'eux aïant vu le grand chemin que Sad. M. avoit
fait pour les venir rencontrer, ils lui garderoient pour le moins ce
refpect de lui venir un peu au-devant. Toutesfois ils demeurerent immobiles. S. M. voïant qu'il fe faifoit déja tard, & le Soleil prêt de fe coucher, & n'aïant pu reconnoître quelle étoit
l'affiette de leur Camp, qu'il y avoit grande conjecture qu'elle
devoit être avantageufe, puifqu'ils en étoient fi jaloux, qu'ils ne
la voulôient point abandonner; elle ne fut pas confeillée d'avancer davantage, & fe tint ferme, envoïant & allant toujours elle-
même reconnoître l'Ennemi, l'entretenant inceffamment de
quelques efcarmouches, où l'on commença à reconnoître que
la réfolution & valeur étoit bien inégale des uns aux autres. Car
douze de ceux de Sad. M. en faifoient toujours tourner deux fois
autant. Il y fut pris de leurs prifonniers, qui rapporterent que le
nombre de leurs gens étoit plus que l'on ne le difoit, & au refte
que l'on leur faifoit entendre qu'ils venoient plutôt à la fuite
d'une route jà avenue, que pour difputer une bataille. Pendant
que ladite armée étoit ainfi en cet ordre, arriverent les troupes
des garnifons de Dieppe, Evreux & du Pont de l'Arche (1) &
autres Compagnies des Seigneurs & Gentilshommes de Normandie, qui pouvoient être de deux cens bons chevaux & plus,
qui prirent auffi-tôt place dans le Régiment de mondit Seigneur
de Montpenfier. Lefdites deux armées demeurent ainfi tout ce
jour à la vue l'une de l'autre, fans qu'il s'y entreprit rien davantage
que quelques legeres efcarmouches, & la prife de ce Village qu'on
leur fit quitter. La nuit étoit quafi toute fermée qu'elles étoient
encore en bataille. Enfin elles furent contraintes de fe loger. Le
logis de la perfonne de Sad. M. fut à Fourcauville (2), qui eft un
petit Village un peu à la gauche de ladite plaine, où l'armée avoit
été premierement mife en bataille. Le refte de l'armée fut logé
aux autres Villages, que ceux de la Ligue penfoient avoir ce
jour-là pour eux. Comme le Roi avoit été quafi le premier qui
s'étoit le matin trouvé au rendez-vous, auffi fut-il le dernier à
fe retirer au logis, aïant voulu avant que partir voir la forme de
loger des Ennemis, & ordonner de toutes les gardes de fon armée. Etant Sad. M. arrivée à fon logis, qu'il étoit plus de deux
heures de nuit, aïant un peu repu, il envoïa avertir un chacun
de fe tenir prêt à la pointe du jour. Il le fut bien plutôt. Car
s'étant jetté fur une paillaffe, & aïant repofé deux heures, fou-

___

(1) Ces troupes étoient commandées par M. le Commandeur de Chaftes, Gouverneur de
Dieppe.   (2) Ou Foucrainville.

dain il commença à envoïer querir des nouvelles des Ennemis. L'on lui rapporta premierement qu'il y avoit apparence qu'ils eussent repassé la riviere, parcequ'en leur place de bataille il y avoit des feux, mais qu'il sembloit qu'il n'y eut personne derriere. Il y renvoïa pour la seconde fois, & lui fut rapporté que sans doute les Ennemis n'avoient point repassé la riviere, & qu'ils étoient logés aux Villages qui bordent cette riviere d'Urte, derriere leur place de bataille, & reste qu'il n'y avoit point d'apparence qu'ils fussent pour repasser, parceque s'ils l'eussent voulu faire, ils y eussent commencé dès la nuit. Ce rapport conforta S. M. qui sembloit appréhender de perdre cette occasion. Elle recommença cette journée, comme elle avoit fait la précédente, par une priere très dévote qu'elle fit à Dieu publiquement & tout haut, parlant à Dieu devant les hommes ainsi qu'il parle & vit avec les hommes, comme estimant être toujours vu & entendu de Dieu.

Le point du jour venu, les Princes & les Maréchaux commencerent à se rendre près de Sadite Majesté qui mit derechef la forme de la bataille en délibération, où il fut par eux conclu qu'il ne s'y pouvoit rien ajouter de mieux. Pendant que Sad. M. voulut déjeuner, lesdits Princes Maréchaux & autres Seigneurs furent ouir la Messe, & de-là chacun alla repaître. Et encore que cette nuit eut été bien rude pour plusieurs, aïant la plûpart été contraints de camper, toutesfois la confirmation de cette nouvelle, que ce jour-là se donneroit la bataille, les remplit tous de telle allegresse, que le jour couvrit avec les ténébres de la nuit toute la mémoire du mal & de la peine qu'ils y avoient reçue, & tout le jour précédent.

S. M. se rendit au champ de bataille sur les neuf heures, & peu après s'y rendirent toutes les troupes, lesquelles à mesure qu'elles arrivoient, étoient déja toutes savantes de leurs places; de sorte que sur les dix heures du matin toute l'armée étoit en l'ordre qu'elle devoit être.

Celle des Ennemis parut aussi en même temps en lieu un peu plus relevé, & aussi un peu plus reculé, qu'elle n'étoit le jour précédent. L'ordre & disposition de leur armée pour la bataille étoit quasi pareille à celle de Sad. M., excepté que les pointes avançoient davantage, & avoient un peu plus de la forme du croissant. Ainsi que la Cornette de Sad. M. étoit au milieu de ses escadrons, si étoit celle dudit Duc de Mayenne; mais c'étoit au milieu de deux escadrons de lances, de celles qui étoient venues de Flandres, qui pouvoient être de douze ou treize cens lances. Cette Cornette du Duc de Mayenne pouvoit auſſi être de deux cens cinquante chevaux, & bien autant qui étoient de la troupe du Duc de Nemours qui s'y vint joindre, faiſoient un troiſieme eſcadron au milieu des deux autres, faiſant près de dix-huit cens chevaux qui marchoient tous enſemble. C'eſt pourquoi le Duc de Nemours & le Chevalier d'Aumale s'eſtimerent plus ſûrement en ce gros eſcadron, que l'un parmi les Chevaux-legers, & l'autre à la tête de l'Infanterie dont ils ſont Colonels. Au côté dudit eſcadron étoient leurs deux Régimens des Suiſ-ſes, couverts auſſi d'Infanterie Françoiſe. Il y avoit après, deux autres eſcadrons moïens de lances, celui de leur main droite de ſept cens chevaux, & celui de la gauche de cinq cens. Ils n'avoient que deux coulevrines, & deux bâtardes qui étoient à leur main gauche. Sad. M. aïant reconnu qu'ils étoient opiniâtres, & ne vouloient aucunement s'avancer, elle réſolut de faire le voïage entier, en intention de leur en faire la dépenſe, & s'avança de plus de cent cinquante pas, gagnant auſſi par ce moïen le deſ-ſus du Soleil & du vent, qui eût pu rejetter toute la fumée des arquebuſades dans ſon armée, avantage qui n'eſt pas petit un jour de bataille. Comme elle fut rapprochée, Sad. M. & tous ſes Capitaines reconnurent à vue que les Ennemis étoient bien plus grand nombre qu'on n'avoit eſtimé. Car il fut jugé qu'ils étoient plus de quatre mille chevaux, & de dix à douze mille hommes de pied ; mais il ſembla que ce fût un ſurcroît de courage qui leur fut donné. L'armée de la Ligue étoit bien plus chargée de clinquant d'or & d'argent ſur les caſaques ; mais celle du Roi l'étoit bien plus de fer, & ne ſe pouvoit rien voir de plus formidable, que deux mille Gentilshommes armés à cru depuis la tête juſqu'aux pieds, brulans d'affection de faire en telle occaſion un bon ſervice à leur Roi, à leur Patrie, & ſer-vir par même moïen à la conſervation de leurs fortunes & famil-les, qu'ils voïoient que l'on vouloit expoſer en proie aux Etran-gers. Cette réſolution valoit deux fois autant de forces, comme il y parut, & que ce n'eſt pas en cela le nombre qui fait le poids.

Sad. M. étant à la tête de ſon eſcadron, dont le premier rang n'étoit que Princes, Comtes & Barons, Chevaliers du Saint Eſprit & des principaux Seigneurs & Gentilshommes des princi-pales familles de la France, elle recommença à prier Dieu, & fit exhorter un chacun de faire le ſemblable, comme il fut fait avec un zele ſi ardent, qu'il eſt indubitable qu'il pénétra le Ciel.

H h ij

Elle partit auſſi-tôt dudit eſcadron & commença à faire une paſſade à la tête de ſon armée, animant un chacun avec un grande modeſtie, & néanmoins pleine d'aſſurance & réſolution. Retournée qu'elle fut en ſa place, arriva le Sieur de Marivault, qui la vint avertir que ſes Troupes de Picardie qu'amenoient les Sieurs de Humieres (1), de Mouy (2) & autres Seigneurs & Gentilshommes du Païs, qui pouvoient être plus de deux cens chevaux, étoient à deux mille pas du champ de bataille. Pour cela, comme s'il eût été conduit de l'Eſprit de Dieu, qui lui preſcrivoit l'heure qu'il devoit commencer, il ne la voulut pas différer d'un point, & envoïa commandement au Sieur de la Guiche, grand Maître de l'artillerie, de faire tirer. Ce qu'il fit incontinent & avec grande promptitude & très à propos, dont les Ennemis reçurent grand dommage. Il avoit fait tirer neuf canonades avant que les autres euſſent commencé. Après trois ou quatre volées de part & d'autre, l'eſcadron de leurs anciens Chevaux legers, tant François, Italiens, qu'Albanois, qui pouvoient être de cinq à ſix cens chevaux, voulut avancer pour venir à la charge contre celui du Maréchal d'Aumont, menant avec eux les Lanſquenets qui étoient à leurs côtés. Mais le Maréchal voulut entamer le combat, & le leur fit à eux-mêmes ſi rude & furieux, qu'il les perça de part en part, & auſſi-tôt l'on ne vit plus que le dos & les croupes de leurs chevaux, les menant battant juſqu'à un petit bois qui étoit derriere, où il fit ferme pour venir retrouver le Roi, comme il en avoit eu commandement. Au même temps que ceux-là fuïoient, le hoſt (3) des Reiſtres de leur main droite, qui vouloit venir vers l'artillerie y trouvant les Chevaux legers qui s'y étoient avancés, il leur fit une charge, qui fut ſi bien reçue, que ſans les enfoncer ils tournerent tout court ſe rallier derriere.

Cependant un autre eſcadron de lances de Wallons & Flamans voïant leſdits Chevaux legers de Sad. M. un peu ſéparés de ce grand effroi, qu'avoit parmi eux cette troupe de Reiſtres, leur voulut venir faire une autre charge. Mais le Baron de Biron s'avança, & ne l'aïant pu prendre par la tête, en prit une partie de la queue, qu'il perça, & y fut bleſſé au bras & au viſage. Audevant du reſte Monſeigneur de Montpenſier s'achemina, & leur fit une très belle charge, en laquelle aïant lui-même été

---

(1) Charles d'Humieres, Lieutenant de Roi de Picardie.

(2) Iſaac de Vaudray de Moüy.

(3) C'eſt-à-dire le Camp, l'Armée, du mot Latin *Hoſtis.*

porté par terre, & incontinent remonté, s'y comporta avec telle
valeur, qu'il demeura maître de la place. En ce même temps ce gros
escadron du Duc de Mayenne, lequel il n'avoit fait si fort que
pour combattre avec avantage celui de Sad. M. s'avança pour
venir à la charge, faisant marcher à son aîle gauche quatre cens
Arquebusiers à cheval, qu'ils appellent Carabins, qui sont armés de plastrons & morions, lesquels firent une salve de vingt-
cinq pas près de celui de Sad. M. Ladite salve achevée, la tête
desdits gros escadrons affronta celle de celui de Sad. M. du front
duquel on la vit partir la longueur deux fois de son cheval avant
aucun autre, & se mêler si furieusement parmi les Ennemis
qu'il fit bien reconnoître, que si auparavant il avoit, en commandant & ordonnant, bien fait l'office d'un grand Roi & d'un
grand Capitaine, au combat il sut bien faire celui d'un brave
& magnanime Gendarme.

Cette rencontre fut très furieuse; n'aïant néanmoins jamais
été au pouvoir de cette épouvantable forêt de lances, de forcer
l'escadron de S. M., laquelle au contraire fut si bien suivie, qu'elle
perça celui de ses Ennemis, & fut un grand quart d'heure parmi
eux toujours combattant. Cependant ce gros corps, duquel on
avoit ainsi affoibli le fondement, commença à chanceler, & en
moins de rien on vit le dos de ceux qui venoient si furieusement présenter le visage, & leurs têtes & bras encore tous
armés, emploïer l'aide & secours de leurs talons qui ne l'étoient
point.

Ce commencement de victoire ne pouvoit encore réjouir
l'armée ne voïant point le Roi; mais aussi-tôt on le vit appa-
roître couvert du sang de ses Ennemis, sans que, Dieu merci, ils
eussent vû une goute du sien, encore qu'il fût assez remarquable par un grand panache blanc qu'il avoit à son accoutre-
ment de tête, & un autre que portoit son cheval, qui avoit autant donné de terreur à ses ennemis, qu'il donna de consolation à tous les siens quand ils le virent de retour de cette
mêlée; avant que sortir de laquelle, en s'en revenant n'étant
pas accompagné de plus de douze ou quinze de sa troupe, elle
rencontra, entre les deux bataillons des Suisses ennemis, trois
étandarts de Wallons & quelqu'autres qui les accompagnoient,
portant tous les croix rouges, qu'elle chargea si valeureusement, que lesdites cornettes lui demeurerent, & ceux qui les
portoient & accompagnoient tués sur la place. Arrivée qu'elle
fut quasi d'où elle étoit partie, il se fit de toute l'armée en signe

d'action de graces à Dieu de ce qu'il étoit sain & sauve, un cri universel de *vive le Roi.*

Arrivant se joignit à elle ledit Sieur Maréchal d'Aumont, avec une bonne troupe qu'il avoit ralliée, entr'autres dudit Sieur Grand Prieur & de quelques-uns des siens. En même temps arriva aussi le Baron de Biron, & ainsi Sad. M. avec cette ralliée, & qui grossit en un instant, alla trouver le Maréchal de Biron, qui étoit demeuré ferme avec la troupe de conserve, laquelle sans frapper avoit autant ou plus fait de mal aux ennemis que nul autre. Parcequ'aïant vu cela sain & entier, à la tête ce vieil Gendarme & Général d'armée, ils jugerent bien qu'aïant tant entamé de bataille en sa vie, il sauroit bien achever d'en rompre une déja demie ébranlée.

Sad. M. eut ce plaisir de voir ses Ennemis lui laisser la place toute couverte de leurs morts ; & ne restoit plus que leurs Suisses, lesquels bien qu'abandonnés de toute leur Cavalerie, qui à gauche & à droite avoit pris parti, néanmoins ne laisserent de faire très bonne contenance. Il avoit une fois été proposé de les envoïer rompre par l'Infanterie Françoise de main droite, qui n'avoit point combattu. Toutesfois Sad. M. se ressouvenant de l'ancienne amitié & alliance que cette Nation a de tout tems eue avec cette Couronne, elle se contenta (les aïant renvoïés audit Sieur Maréchal de Biron) de leur faire grace, &, au lieu de leur envoïer la mort, comme elle pouvoit faire, elle leur envoïa la vie, & les reçut à grace & misericorde, & aïant mis les armes bas, passerent du côté de Sad. M. Ce qui étoit avec eux de François jouirent de cette même clémence.

Au même instant que le Roi se joignit avec le Maréchal de Biron, il y fut rencontré desdites Troupes de Picardie. Lors, ainsi que premierement Sad. M. avoit dignement fait l'office de Capitaine & de Gendarme, elle voulut faire celui de Général de l'armée, qui est de poursuivre la victoire avec son gros, & aïant jetté devant elle le Grand Prieur, avec une troupe à sa gauche, & le Baron de Biron à la droite, aïant avec elle le reste de sa Cavalerie qui s'étoit ralliée & lesdites Troupes de Picardie, elle se mit à suivre la victoire, étant accompagnée des Princes de Conti, de Montpensier & Comte de Saint Paul, des Maréchaux d'Aumont, de la Trimouille (1), & infinis au-

____

(1) Claude, Duc de la Trimouille. Il avoit un grand courage & une ambition demesurée, de grandes richesses & étoit le Seigneur le plus considérable parmi les Calvinistes. Il mourut à trente-huit ans.

tres Seigneurs, Capitaines & Gentilshommes de ladite armée, laissant le Maréchal de Biron avec le corps d'icelle, qui suivoit après.

Si le combat a été peu honorable pour l'armée de la Ligue, la retraite le fut encore moins, s'étant faite sans aucun ordre ni rien de remarquable, sinon qu'on vit la peur fournir de disposition aux plus indispos, & le prix qui devoit être à aller en avant fut à reculer en arriere.

La retraite se fit de deux côtés, le Duc de Nemours (1), Bassompierre (2), le Vicomte de Tavannes, Rosne (3) & quelques autres prirent la route de Chartres, & le Duc de Mayenne & le gros de ceux qui se retiroient prirent le chemin d'Ivri, pour y passer la riviere. Ils voulurent emmener avec eux leur artillerie. Mais ce métal insensible n'avoit point de peur, aussi ne put-il aller si vîte que les autres, & demeura par les chemins, comme firent tous leurs bagages. Le temps que Sad. M. arrêta à pardonner aux Suisses, donna grand avantage à ceux qui se retiroient; de sorte que quand elle fut arrivée à Ivri, elle trouva que le Duc de Mayenne étoit pieça passé, & avoit après lui rompu le pont, qui fut cause de la mort & perte d'une infinité des siens, spécialement des Reistres, dont une grande partie se noïa, étant contraints, pour empêcher les rues, afin qu'on ne les pût suivre, de couper les jarets de leurs chevaux & en faire des remparts dans lesdites rues, étant le pont dudit Ivri rompu & le gué très dangereux. Sad. M. fut conseillée de venir passer la riviere au gué d'Anet, qui est beaucoup meilleur, qui fut une grande lieue & demie de détour; toutesfois cela n'empêcha pas qu'elle ne trouvât les chemins bordés de fuïards, qui n'avoient pu être si diligens que les autres, lesquels demeuroient à discrétion. Ceux qui voulurent échapper dans les bois, tomboient à la merci des Païsans, qui leur étoient bien plus cruels que n'étoient les gens de guerre.

Sad. M. les poursuivit jusques quasi aux portes de la Ville de Mante, sans que jamais aucun d'eux tournât visage, pour voir qui les poursuivoit. Et si ceux de ladite Ville eussent persisté en leur premiere opinion, qui étoit de ne leur ouvrir point les portes, il n'en fut demeuré un seul qui n'eut été tué ou pris; mais enfin vaincus des prieres & conjurations dudit Duc de Mayenne, ils se con-

---

(1) Charles-Emmanuel, Duc de Nemours, frere utérin du Duc de Mayenne.

(2) Christophe de Bassompierre.

(3) Rosne mourut Rebelle au service des Espagnols devant la Ville de Hulst en 1596. Il se nommoit Chrétien de Savigny de Rosne.

tenterent de les laiſſer entrer, à la charge que ce qui le ſuivoit paſſeroit dès la nuit de-là le pont dix à dix, ce qui fut leur ſalut.

Sad. M. en étant avertie, alla loger au Village de Roſni, à une lieue près de Mante, auſſi mal garni de bagage pour cette nuit qu'étoient ſes Ennemis. Il ſe peut dire avec vérité que cette défaite a été une paſſeroute ſans pareille. Car il ne s'en trouve gueres à qui il ne ſoit demeuré quelque honneur, ſoit au commencement du combat ou en la retraite, excepté celle-ci, qui n'eſt comblée que de honte & de perte. Toute l'Infanterie a été taillée en pieces, ſans ceux qui ſe ſont rendus. Quoi que ce ſoit, il ne leur en reſte point. De leur Cavalerie il a été tué ou noïé plus de quinze cens, & y en a plus de quatre cens priſonniers. Entre les morts ont été reconnus pour principaux le Comte d'Egmont, Chevalier de l'Ordre de la Toiſon, Colonel des Troupes envoïées par le Prince de Parme; le jeune Comte de Brunſvik (1), le Seigneur de la Chaſtagneraye (2) & pluſieurs autres dont on ne ſait pas encore les noms ; des priſonniers ſe trouvent le Comte Danſtafriſt, de la Maiſon Danſtafriſt (3), qui étoit avec les Reiſtres ; & pluſieurs Seigneurs Etrangers, tant Eſpagnols, Flamans qu'Italiens ; & des François, les Seigneurs de Boiſdauphin, Sigongne, qui portoit la Cornette blanche dudit Duc de Mayenne, Meſdavit (4), Fontaine Martel (5), Loncham, Lodonan (6), Falendre, Hengueſſan, les Meſtres de Camp, Treuzai, la Caſteliere, Diſenneux, & infinis autres. Il y a plus de vingt Cornettes de Cavalerie qui ſont demeurées, entre leſquellles eſt leur Cornette blanche, le grand Etendart du Général des Eſpagnols & Flamans, & les Cornettes du Colonel des Reiſtres, plus de ſoixante Enſeignes de gens de pied, tant de François, Flamans que Lanſquenets, ſans y comprendre les vingt-quatre Enſeignes de Suiſſes, qui ſe ſont rendus,

De ceux de l'armée de Sad. M. y ont été tués le Sieur de Clermont d'Entragues (7), Capitaine de ſes Gardes, qui mourut bien près de la perſonne de ſon Maître ; le ſieur de Tich

(1) Eric, Bâtard de Brunſvick.
(2) Jean de Vivonne de la Chateigneraie, frere de Fabien de Vivonne, que les Eſpagnols avoient fait mourir lâchement huit ans auparavant à l'Iſle de ſaint Michel aux Açores.
(3) Le Comte d'Ooſtfriſe, de la Maiſon d'Ooſtfriſe; c'étoit lui qui commandoit les Reiſtres.

(4) Charles-François de Rouxel de Médavy.
(5) François Fontaine-Martel, d'une ancienne famille noble.
(6) M. de Thou écrit ſeulement Lodon.
(7) Charles de Balſac de Clermont d'Entragues, Oncle de la fameuſe Marquiſe de Verneuil. Il étoit Capitaine des Gardes du Corps.

Schomberg

Schomberg (1), lequel aïant commandé & mené de grosses Troupes de sa Nation, se contenta pour cette journée d'être simple Gendarme à la Cornette de S. M. Les Sieurs de Bongaulnai (2), de Normandie, âgé de soixante-douze ans; de Crenai; Cornette de Monseigneur de Montpensier, Fuesquieres (3), & jusqu'à une vingtaine d'autres Gentilshommes pour le plus.

Des blessés, le Sieur Marquis de Nesle (4), lequel bien qu'il soit Capitaine des Gendarmes, voulut combattre au premier rang des Chevaux-legers; le Sieur Comte de Choisi (4), qui avoit amené une bonne troupe, & les Sieurs Do, Comte du Lude (6), Montlouet (7), Lauvergne (8), Rosni (9) & peut-être une vingtaine d'autres Gentilhommes, dont la plûpart ne sont que légerement blessés, & les autres pour le moins sans péril de mort.

La Noblesse Françoise a bien fait connoître en cette occasion, qu'elle n'est point dégénérée de ses ancêtres, qu'elle est toujours très affectionnée envers son Roi & Prince légitime, & que s'il y a de la rebellion, elle vient de la boue & fange du Peuple suscité & ému par les factions des Etrangers, plus par terreur que par ambition. Si jamais Sujets ont pu obliger leur Prince, il se peut dire que le Roi est obligé à sa Noblesse, qui est si volontairement accourue à son secours, sans solde, sans équipage, & quasi sans semonce, & lui a fait un si grand & signalé service.

Le Roi aussi a grandement obligé sa Noblesse, de leur avoir fourni un si beau sujet de faire preuve de leur fidélité & valeur, ressuscitant la réputation de la valeur de leurs peres; mais chacun de sa part paiera avec diverse gratitude cette obligation, le Roi en leur faisant part, selon leurs mérites, des

---

(1) C'est Théodoric de Schomberg, Commandant des Reistres. Il avoit combattu aux côtés de Henri IV.

(2) Il faut de Longuaunay; c'étoit un Gentilhomme de Normandie, âgé de plus de soixante-dix ans.

(3) De Pas de Feuquieres.

(4) Le Marquis de Nesle fut transporté au Château d'Eclimont, appartenant au Chancelier de Cheverni, son Beau-pere, où il mourut le 15 Avril.

(5) Jacques de l'Hôpital, Comte de Choisi.

(6) François de Daillon, Comte du Lude.

(7) François d'Angennes de Mont-Louet.

(8) Il faut de la Vergne. Il avoit été Capitaine des Gardes du Duc d'Alençon, & depuis il avoit servi sous le Duc de Joyeuse dans le Velay. Il mourut de ses blessures peu de jours après.

(9) Maximilien de Béthune de Rosni, depuis Duc de Sully, Surintendant des Finances, Grand-Maître de l'Artillerie, fait Maréchal de France après la mort de Henri IV. Il avoit reçu sept blessures à cette Bataille d'Yvri.

honneurs qu'il a à diſtribuer infinis, & eux en redoublant la
foi & l'affection qu'ils doivent naturellement à ſadite Majeſté.
Il s'eſt pu reconnoître en ce combat deux ou trois choſes
ſi extraordinaires & miraculeuſes, qu'ils ont dû faire juger
que la main de Dieu y a voulu grandement opérer. La premiere a été cette ferme réſolution, qui a toujours été au cœur
de ce Prince de chercher de donner une Bataille à ſes Ennemis, avec ferme confiance que la victoire lui en demeureroit,
& dont nulle raiſon ni prudence humaine ne la put jamais démouvoir, lui qui en toutes autres affaires eſt le plus
maniable & qui défere autant aux avis & conſeils d'autrui.
L'autre, qu'en une même place du combat, au même temps qu'il a
voulu commencer, il a ſemblé que la terre ait fait naître des hommes armés pour ſon ſervice, comme il s'eſt vu, que la veille &
le jour du combat il lui arriva plus de ſix cens chevaux, ſans leſquels néanmoins il étoit tout réſolu de combattre. Et la troiſieme, que de deux mille Gentilshommes François, dont il
n'y en a pas eu plus de douze cens qui avoient combattu,
aient défait & mis en telle route une Armée de quatre mille
chevaux & de douze mille hommes de pied, leur Cavalerie
étant fraîche, bien montée & bien armée. Leur tort eſt leur
ſeule excuſe & ne peuvent par autre moïen en diminuer la gloire
de ceux qui les ont vaincus, que confeſſant qu'ils étoient premierement combattus de leurs conſciences avant que de venir
au combat, où ils ſont venus comme les criminels, qui par
appréhenſion ſont déja demi morts au ſupplice ; car l'attente
de la peine n'eſt moins pénible que le mal, & eſt très certain
que qui l'attend, la ſouffre, & qui l'a mérité, l'attend.

La France leur a pour le moins cette obligation, qu'ils ſont
cauſe que les Etrangers, qui depuis trente ans n'avoient point
combattu contre la Nobleſſe Françoiſe, pourront certifier leurs
Princes, que les enfans frappent auſſi-bien que leurs peres, &
ſe contenteront d'orenavant plutôt de vivre en leurs foïers en
patience, que venir mourir ici ſans honneur.

Les François qui reſtent de cette défaite ont cette conſo-
lation, que c'eſt le mieux qui leur pouvoit advenir que d'y être
vaincus, maintenant que ſans être blâmés de caprice ou lége-
reté avec toute évidente raiſon ils ſe peuvent retirer des mauvais conſeils qu'ils ont pris ; les Peuples reconnoiſſant que le
deſſein de leurs Chefs ſont en leur commodité particuliere, &
non en la choſe dont ils prennent le prétexte ; les Chefs aïant eſ-

saïé que les honneurs & les immunités des Peuples se peuvent
tenir en même compte, & que s'il ne le faut affliger de l'un,
moins le faut-il élever de l'autre. Au reste, que ce n'est pas avec
les murailles, mais avec les hommes qu'on peut faire la guerre,
qu'ils sentent bien qu'ils n'en ont plus, & qu'avant qu'ils en puissent recouvrer, la campagne demeure long-temps ouverte. Mais
le plus grand fondement qu'ils doivent avoir de se résoudre de
tirer du fruit de leur malheur, est en la clémence & débonnaireté du Roi, qui n'a nul fiel, qui ne respire que toute bonté
& douceur, qui épargne le sang de son Peuple plus que le sien,
qu'ils peuvent bien le reconnoître avoir toutes les parties d'un
grand Roi & d'un grand Capitaine ; de ce que Dieu l'aïant
voulu exercer par tant de fortunes extraordinaires, ce qu'aïant
indubitablement été pour le réserver à quelque grand effet extraordinaire, que c'est certainement pour être le Hercule de
nos malheurs, pour être l'Alexandre des rébellions nouées,
liguées & liées ensemble. S'ils le considerent de plus, ils recon-
noîtront que tout ce qu'on a entrepris contre lui, n'a jamais
servi que de l'aggrandir & fortifier davantage ; qu'il en adviendra ainsi de cette rébellion, tant plus elle durera, & est à craindre que cette grande facilité que son bon naturel propose à ses
Sujets désobéïssans, si elle est à présent par eux négligée ; enfin, comme le vin le plus doux fait le vinaigre le plus fort,
qu'elle ne se convertisse en une rigoureuse justice, ce qu'ils
préviendront, s'ils sont bien conseillés. Le chemin plus facile à
la reconciliation est par la repentance. Les plus grands crimes,
comme ils ont été cause du mal, il faut qu'ils le soient du
bien, ainsi qu'ils le peuvent être, & de tel que le fruit qui
en reviendra étouffera la mémoire de tous nos malheurs passés.
Dieu nous fait assez entendre que cela se doit faire, aidant à
la foiblesse de notre jugement par miracles en terre, & figu-
res au Ciel, comme il faisoit au temps que la foi étoit en son
premier âge. Il ne reste sinon qu'il nous fasse la grace de le bien
comprendre, & que nous sachions aussi-bien user de la bonté
& clémence de notre Roi, comme il sait faire de sa victoire,
de laquelle l'on n'a point vû que l'effet lui ait tant plu que lui
en déplaît la cause. Ceux des Villes de Vernon & de Mantes,
qui ont deux des principaux ponts de la riviere de Seine, lesquels les premiers ont eu recours à sa clémence, seront bons
témoins si leur condition en est empirée. Dieu veuille que les
autres puissent suivre ce bon exemple, & que le reflux de la

I i ij

réunion à l'obéissance de Sa Majesté soit aussi prompt que le flux de la séparation en a été violent & rapide, afin que nous sauvions cet âge d'être remarqué à la Postérité, comme il en a été menacé pour le siecle des Parricides de leur Patrie (1).

LETTRE DU ROI

Ecrite à M. le Duc de Longueville, reçue le dix-septieme Mars 1590, sur la victoire obtenue par Sa Majesté contre les Rebelles.

MON COUSIN,

Nous avons à louer Dieu. Il nous a donné une belle victoire. La bataille s'est donnée. Les choses ont été en branle. Dieu en a déterminé selon son équité. Toute l'armée ennemie en route. L'Infanterie, tant Etrangere que Françoise, perdue. Les Reistres pour la plûpart défaits. Les Bourguignons bien écartés. La Cornette blanche & le canon pris. La poursuite jusques aux portes de Mantes. Je puis dire que j'ai été très bien servi. Mais du tout évidemment assisté de Dieu, qui a montré à nos Ennemis qu'il lui est égal de vaincre en petit ou grand nombre. Sur les particularités, je vous dépêcherai au premier jour; mais pour ce qu'il est question d'user de la victoire, je vous prie, incontinent la présente reçue, de vous avancer avec toutes vos forces sur la riviere de Seine vers Pontoise ou Meulan, ou tel autre lieu que jugerez propre, pour vous joindre avec moi. Et croyez, mon Cousin, que c'est la paix de ce Roïaume & la ruine de la Ligue, à laquelle il faut convier tous les bons François à courir sus. Venez donc, je vous prie, & menez avec vous mes Etrangers, que je pense vous être joints à cette heure. Je prie Dieu, mon Cousin, vous avoir en sa garde. De Roni, à une lieue de Mantes, le 5 Mars 1590. *Et au-dessous est écrit de la propre main du Roi :* Votre frere a fait paroître qu'il craignoit aussi peu les Espagnols que moi. Il a très bien fait; ils ne s'en retourneront pas tous. Nous avons presque tous les Drapeaux,

---

(1) Dans le sieur Marcel, on a une Lettre de M. de Gontaut, Baron de Biron, Maréchal de France, mort en 1592, sur ce qui s'est passé en la Bataille d'Yvri. C'est au tom. 4 de l'Ouvrage de Marcel, de *l'Origine de la Monarchie Françoise*, pag. 643 *in-12.* Paris 1686.

& ceux des Reiſtres. Il eſt demeuré douze ou quinze cens hommes de cheval. Meſſieurs de Humieres & de Mouy ſont arrivés à
la premiere volée du canon. Dedans deux jours je vous enverrai
les particularités.

HENRI.

LETTRE DU ROI,

ECRITE AU MAIRE DE LANGRES,

*Touchant la victoire que Dieu lui a donnée ſur les Rebelles
Ligueurs , le 14 Mars 1590.*

MOnſieur Rouſſart , il a plu à Dieu m'accorder ce que j'a-
vois le plus deſiré : d'avoir le moïen de donner une bataille à
mes Ennemis, aïant ferme confiance que étant-là, il me feroit
la grace d'en obtenir la victoire, comme il eſt avenu ce jour-
d'hui. Vous avez ci-devant entendu comme après la priſe de
Honfleur je leur vins faire lever le ſiege qu'ils tenoient devant la
Ville de Meulan, & leur préſentai la bataille, qu'il y avoit apparence
qu'ils duſſent accepter, aïant dès-lors en nombre deux fois autant de forces que j'en pouvois avoir ; mais pour eſpérer le pouvoir faire avec plus de ſûreté, ils voulurent differer juſqu'à ce
qu'ils euſſent joint quinze cens Lances que leur envoïoit le Prince de Parme, comme ils ont fait depuis quelques jours , & dès-
lors publierent partout qu'ils me forceroient au combat en quelque lieu que je fuſſe , & en penſoient avoir recouvré une occaſion fort avantageuſe, de me venir rencontrer au ſiege que je
faiſois devant la Ville de Dreux ; mais je ne leur ai pas donné
la peine de venir juſques-là ; car ſi-tôt que je fus averti qu'ils
avoient paſſé la riviere de Seine ; & qu'ils tournoient la tête devers moi , je me réſolus de quitter plutôt le ſiege que de faillir à
leur venir au-devant ; & aïant ſu qu'ils étoient à ſix lieues dudit
Dreux, j'en partis Lundi dernier douze de ce mois, vins loger
à la Ville de Nonancourt, qui étoit à trois lieues d'eux , pour y
paſſer la riviere. Le Mardi je vins prendre les logis qu'ils vouloient pour eux , & où étoient jà arrivés les Maréchaux des Logis. Je me mis en bataille dès le matin en une fort belle plaïne à
une lieue de celui qu'ils avoient fait le jour précédent, où ils pa-

rurent auſſi-tôt avec toute leur armée ; mais ſi loin de moi, que je
leur euſſe donné beaucoup d'avantage de les aller chercher ſi
avant, & me contentai de leur faire quitter un Village qui étoit
proche de moi, duquel ils s'étoient ſaiſis ; enfin la nuit nous
contraignit chacun de ſe loger, ce que je fis aux Villages les
plus proches. Ce jourd'hui aïant fait de bon matin reconnoître
leur contenance, & m'aïant été rapporté qu'ils s'étoient repré-
ſentés, mais encore plus loin qu'ils n'avoient fait. Sur ce je me
ſuis réſolu de les approcher ſi près que par néceſſité il ſe faudroit
joindre, comme il eſt avenu ; entre les dix & onze heures du matin, les étant allé chercher juſqu'où ils étoient plantés, & dont
ils n'ont jamais avancé que ce qui fut fait de chemin pour venir à
la charge. La bataille s'eſt donnée, en laquelle Dieu a voulu faire
connoître que ſa protection eſt toujours du côté de la raiſon ; car
en moins d'une heure, après avoir jetté toute leur colere en deux ou
trois charges qu'ils ont faites & ſoutenues, toute leur Cavalerie a commencé à prendre parti, abandonnant toute leur Infanterie, qui étoit en très grand nombre ; ce que voïant leurs Suiſſes ont eu recours à ma miſericorde, & ſe ſont rendus les Colonels, Capitaines, Soldats & tous leurs Drapeaux. Les Lanſquenets & François n'ont pas eu le loiſir de prendre cette réſolution ; car il y en a été taillé en pieces plus de douze cens des uns
& autant des autres, le reſte priſonnier & mis en route dans le
Bois à la merci des Païſans. De leur Cavalerie, il y a de neuf cens
à mille, & de quatre à cinq cens démontés ou priſonniers, ſans
leurs valets qui ſont en grand nombre, & ce qui s'eſt noïé au
paſſage de la riviere d'Urte, qu'ils ont paſſée à Ivri, pour la
mettre entre nous deux : le reſte des mieux montés s'eſt ſauvé
à la fuite ; mais je ne les ai point abandonnés qu'ils n'aient été
près de Mantes, où l'on me vint avertir qu'on leur avoit fermé
les portes : ſi cela eſt, ils ne demeureront pas là ; j'eſpere que la
victoire ſera entiere ; que c'eſt déja, Dieu merci, une avance : leur
Cornette blanche m'eſt demeurée, & celui qui la portoit, priſonnier ; douze ou quinze autres Cornettes de leur Cavalerie, &
deux fois autant de l'Infanterie, tout l'Artillerie, infinis Seigneurs,
priſonniers, & de morts un grand nombre, même de ceux de commandement, que je ne me ſuis amuſé à faire reconnoître ; mais je
ſais qu'entr'autres le Comte d'Egmont, qui étoit Général des
forces qui lui étoient données de Flandres, a été tué : tous les
priſonniers diſent que leur armée étoit de quatre mille chevaux
& de douze à treize mille hommes de pied, dont je crois qu'il

ne s'eft pas fauvé le quart. Quant à la mienne, elle pouvoit être de deux mille chevaux, & de huit mille hommes de pied, même il m'en arriva depuis que je fus en bataille, le Mardi & le Mercredi, plus de fix cens chevaux; même la derniere Troupe, la Nobleffe de Picardie, qu'amena le Sieur de Humieres, qui étoit de trois cens chevaux, arriva qu'il y avoit demi-heure que le combat étoit commencé; c'eft une œuvre miraculeufe de Dieu qui m'a préfervé & voulu donner cette réfolution de les attaquer, & puis la grace de la pouvoir fi heureufement accomplir; auffi à lui-feul en eft la gloire; & de ce qui en peut par permiffion appartenir aux hommes, elle eft dûe aux Princes, Officiers de la Couronne, Seigneurs & Capitaines, de toute la Nobleffe qui s'y eft trouvée & accourue avec telle ardeur, fi étant fi heureufement emploiée, que leurs prédéceffeurs ne leur ont point laiffé de plus beaux exemples de leur générofité qu'ils en laifferont à leur poftérité. Comme j'en fuis grandement content & fatisfait, j'eftime qu'ils le font de moi, & qu'ils ont vu que je les ai voulu emploier en lieu dont je leur ai auffi ouvert le chemin. Je fuis toujours à la pourfuite de la victoire avec mes Coufins les Princes de Conti, Duc de Montpenfier, Comte de Saint Paul, Maréchal d'Aumont, Grand Prieur de France, la Trimouille, le Sieur de la Guiche, Givri, & Capitaines & autres Seigneurs; mon Coufin le Maréchal de Biron étant demeuré au corps de l'armée pour y attendre de mes nouvelles, qui iront toujours, comme j'efpére, en profpérant. Vous entendrez par prochaine dépêche, qui de bien près fuivra celle-ci, plus amplement les particularités de cette victoire, dont je vous ai bien voulu donner ce mot d'avis, pour ne vous différer par plus longuement le plaifir que je fais que vous en recevrez. Je vous prie auffi en faire part à tous mes autres bons Serviteurs de la Province, & furtout d'en faire rendre graces à Dieu, lequel je prie, Monfieur Rouffart, vous maintenir en fa fainte grace.

1591.

LETTRES DU ROI.

Signé, HENRI.

Et plus bas, POTHIER.

Ecrit au Camp de Roni, le 14 Mars 1590.

Sur la refcription : à Monfieur Rouffart, Maire de ma Ville de Langres.

CANTIQUE DU ROI,

SUR LA VICTOIRE PAR LUI OBTENUE,

Le 14 Mars 1590.

A L'ETERNEL SAUVEUR, &c.

PUisqu'il te plaît, Seigneur, d'une heureuse poursuite
Epandre libéral sur moi ton Serviteur
Un monde de bienfaits, & qu'ore en ma faveur
Tu as mis justement mes ennemis en fuite :

Je ne veux me cacher sous un ingrat silence,
Ou trop fier m'assurer en ma foible vertu,
Je veux dire que toi ce jour as combattu,
Et rompu des méchants la superbe arrogance.

Je chante ton honneur sous le faix de mes armes,
A ta sainte grandeur je rapporte le tout :
Car du commencement, du milieu jusqu'au bout,
Toi seul m'as garanti au plus fort des alarmes.

L'ennemi forcenant, appuïé sur son nombre,
Se promettoit le gain du combat furieux,
Enflé de trop d'orgueil, pensoit victorieux
Verser dessus mon chef un si mortel encombre.

Rien que sang, rien que meurtre, en son camp ne raisonnne,
Là l'Espagnol cruel, & l'avare Germain,
L'Italien, le Suisse, & le lâche Lorrain,
Se vantent, insensés, de perdre ma Couronne.

Du plus haut de ton Ciel, regardant en la terre,
Méprisant leur audace, & de graves sourcils
Dédaignant ces mutins, soudain tu les as mis
Au plus sanglant malheur que peut porter la guerre.

J'ai vu l'étonnement, & ma troupe ébranlée
A demi l'a senti ; mais alors tout cerain
De ton secours, Seigneur, j'ai suivi mon dessein,
Et marché courageux encore en la mêlée

Comme

Comme l'Ours, qui defcend du haut de la montagne,
Étonne, furieux, le troupeau qui s'enfuit,
Cette armée, par moi étonnée, produit
Le femblable foudain, & quitte la campagne.

La victoire branloit douteufe & incertaine,
Certaine toutesfois elle tourne vers moi,
Mes gens reprennent cœur, & fecourent leur Roi,
Renverfent foudroïant cette troupe inhumaine.

L'heure à demi encor ne s'étoit avancée,
Qu'avancé je me vis au-deffus des méchants :
Et méprifant l'effort de leurs glaives tranchants,
J'ai vu en ma faveur leur fureur renverfée.

Du courfier généreux la carriere plus vîte
Leur eft tardive & lente, & de tous ces fuïards
Courants, épouvantés, rompus de toutes parts
J'ai la terre jonché en leur honteufe fuite.

Là j'ai foulé l'orgueil de l'Efpagne trop fiére,
Et au prix de fon fang j'ai gravé valeureux
Du tranchant coutelas fur fon foldat peureux
De fuite & lâcheté la fale vitupere.

L'Italie a fa part en cet honteux diffame,
Le Valon, le Lorrain en perdent leur honneur,
Le déloïal François en reçoit la terreur,
Dont tremblant, étonné, ma douceur il réclame.

Le jour ceffe plûtôt que la chaffe ne ceffe,
Tout ce camp défolé ne fe peut affurer ;
Et à peine la nuit les laiffe refpirer,
Car les miens courageux les pourfuivent fans ceffe.

Mille & mille font morts, & en cette pourfuite
J'ai vu les grands effets de ton faint Jugement,
Qui tarde quelque temps, mais plus violemment
Les méchants en ruine après il précipite.

C'eft toi, Seigneur, qui as parachevé cet œuvre,
Cet œuvre tout entier, ô mon Dieu, tu as fait,
Tu t'es fervi de moi pour le rendre parfait,
Et fur moi en cela ta bonté fe décœuvre.

Tome IV. Kk

Humble, reconnoiſſant tes faveurs paternelles,
Je voue à ta grandeur tout ce qui eſt en moi;
Et puiſque je n'ai rien que je n'aie de toi,
A toi rendre s'en doit les graces ſolemnelles.

Seigneur, tu m'as donné cette volonté bonne
De ne reſter ingrat; donnes-m'en les effects,
Car je veux témoigner les biens que tu me fais,
Et faire que ton nom par la France reſonne.

Ni le Sceptre roïal ni la grandeur mondaine,
Des divers Courtiſans les projettés deſſeins
Jamais n'empêcheront qu'au milieu de tes Saints,
Je ne chante toujours ta grandeur ſouveraine.

Je ferai que ton Nom très ſaint & admirable
En ma France ſera ſaintement révéré,
Afin qu'étant de moi & des miens adoré,
De plus en plus, Seigneur, tu me ſois favorable.

La Ligue par menſonge a pris commencement,
En faux tours gît ſa vie, en fraudes ſon attente,
Faux ſemblant eſt ſa force, & tout déguiſement
Entretient ſa vieilleſſe; enfin eſt morte à Mante
Cette menteuſe Ligue, en ſes maux ſeulement,
Que ſouffrent les François, trop vraie & trop patente.

Cette Ligue menteuſe, afin que je ne mente,
Sa farce malheureuſe a fini près de Mante.

Avertissement.

LEs Suisses restoient en pied de tout le reste de l'Armée Ligueuse ; auxquels il étoit aisé de faire sentir combien ils étoient mal avisés de prendre ce Parti ; mais le Roi voïant qu'ils s'humilioient, leur fit grace, de laquelle ils étoient indignes, & les renvoïa chez eux aux conditions que s'ensuivent, accordées le 18 jour de Mars 1590.

CAPITULATION

ACCORDE'E PAR LE ROI AUX SUISSES DE LA LIGUE.

SERA baillé aux Suisses un Commissaire pour les remener, avec honnêtes Lettres à leurs Supérieurs ; contenant, encore que lesdits renvoïés ne fussent pas dignes de sa bonne grace & miséricorde pour avoir contrevenu au serment de la paix perpétuelle & de la derniere alliance, toutesfois que pour la bonne amitié, que Sa Majesté leur porte, & pour cette seule considération, il les leur renvoie, & les prie de faire auxdits renvoïés telles reprimandes de leurs fautes, que les autres ne tombent à l'avenir en semblables. Autrement Sadite Majesté changeroit sa clémence en justice, selon le devoir de la guerre.

Pour les mêmes considérations ledit Commissaire baillera de la part de Sa Majesté les Enseignes à leursdits Supérieurs, dont elle leur a fait présent, encore que ce soit contre le droit de la guerre, pource que les Enseignes sont marques de la victoire.

Sera baillée une commission audit Commissaire, pour faire bailler gratuitement du pain & du vin auxdits renvoïés ; & outre leur sera baillé un écu pour homme que Sa Majesté leur donne.

Moïennant la grace que le Roi leur fait, ils jureront de ne contrevenir jamais au serment desdits Traités de paix perpétuelle & derniere alliance ; ensemble de retirer les Compagnies qu'ils ont sous leurs Régimens à Paris, & ailleurs en ce Roïaume, s'il y en a, & leur seront baillés Passeports & Lettres nécessaires.

Promettront auſſi de faire tout ce qu'ils pourront pour retirer les Compagnies de Suiſſes qui ſont à Lyon & Dijon, outre celles de leurs Régimens.

Leur ſera baillé un Trompette pour aller à Paris faire leurs excuſes & proteſtations, & pour retirer les Enſeignes de leurs Régimens qui y ſont.

S'adreſſeront pour le regard de leur paiement, comme bon leur ſemblera, tant au Duc de Mayenne, qu'à autres qui leur ont répondu.

Etat de la Ville de Paris après la Déroute d'Yvri.

QUANT aux Ligueurs, après cette défaite, le Duc de Mayenne s'encourut ſur un cheval Turc, pour prendre Mante par le guichet, où étant arrivé, il dit à ceux qui gardoient la porte : Mes amis, ſauvez-moi & mes gens, tout eſt perdu ; mais le Béarnois eſt mort. Cependant les victorieux faiſoient inventaire de ſes coffres & bahus, où fut trouvé l'étendart principal de la Ligue, où étoit peint un crucifix, ſur taffetas noir, avec ces mots, *Auſpice Chriſto*, lequel étendart fut depuis porté & pendu au grand Temple de Mante. Pour réjouir ceux de Paris, on fit courir des menſonges en Libelles imprimés, qu'au premier aſſaut donné à Dreux, les Habitans avoient tué plus de cinq cens hommes au Roi & bleſſé autant ou plus ; que le Maréchal de Biron y avoit été navré à mort, & le Baron ſon fils atteint d'une arquebuſade à la joue, autres Seigneurs & Gentilshommes rudement bleſſés & priſonniers ; que le Roi avoit perdu cinq cens hommes à Poiſſi ; qu'en la Bataille y avoit eu long combat & perte preſqu'égale, & que ſi le Roi n'étoit mort, il ne valoit gueres moins. Mais ce mort, ou demi, étant tôt après entré à Mante & reçu en grande allegreſſe par les Habitans, y ſéjourna quinze jours pour rafraîchir ſon Armée. Cependant les Pariſiens & ceux de ſaint Denis penſoient à ſe mutiner. Le Duc de Mayenne aïant ſéjourné quelques jours à ſaint Denis (car il n'entra point dans Paris, redoutant la colere du Peuple auquel il avoit promis monts & merveilles) prit le chemin de Flandres pour aller quérir ſecours. Le Commandant Moréo courut en poſte vers le Duc de Parme, pour lui dire des nouvelles de France. Quant au Roi, il s'approcha de Paris au mois d'Avril, ſe rendit maître de Corbeil-fur-Seine, de Lagni-fur-Marne & de Melun, puis tenta Sens en Bourgogne, où il ne fit rien par la faute de quelques-uns defquels il penfoit devoir être mieux fervi. Retourné en diligence vers Paris, le 25 Avril, il fe faifit du Pont de Charenton & de quelques autres Places ès environs pour la commodité de fon Armée, où il y avoit environ douze mille hommes de pied & trois mille chevaux. Les Parifiens étoient fix fois autant, & le Duc de Nemours y commandoit, lequel faifoit faire quelques forties, mais rares & en petites troupes, pource qu'il n'y avoit rien à gagner que des coups pour les Ligueurs, étonnés d'une part de la profpérité du Roi, de l'autre tellement étourdis par les crieries de Boucher, Guinceftre (1), le petit Feuillant (2), Feuardent (3) & autres telles trompettes de féditions, que quiconque parloit entr'eux de Traité de paix étoit en danger de mort. Comme de fait alors ils tuerent & jetterent en la riviere quelques paifibles Catholiques Romains qui parloient d'entendre à quelque reconciliation. Somme, ces zélés renouvellerent lors les miferes que fouffrit Jerufalem affiégée par Titus. Plufieurs Prêtres & Moines prirent les armes entr'eux, & en fut faite revue fous la charge d'un nommé Roze (4), Evêque de Senlis, autrefois Prédicateur du feu Roi, & du Prieur des Chartreux (5). En leur revue ils portoient fur leurs habits des plaftrons & cuiraffes, avec les morions en tête, fpectacle feriail s'il en fut onçques. Au lieu d'Enfeignes ils avoient un grand Crucifix & l'Image de la Vierge Marie; chacun de ces nouveaux Soldats traînant quelque arquebufe, picque ou hallebarde rouillée, certains Curés & Vicaires fervant de Caporaux & Sergens debandés. Le Peuple fut ému de cette mommerie, qui fervit à égaïer la Ligue.

(1) On a parlé ailleurs de Boucher & de Guinceftre.

(2) Bernard Perfin de Montgaillard, Religieux Feuillant, Abbé d'Orval, fameux Ligueur. Sa vie a été compofée par André Valladier, Abbé de faint Arnoul de Metz, fécond, mais très mauvais Ecrivain, auffi-bien que Prédicateur de fon temps. Mais cette vie n'eft qu'un panégyrique, qui fut prononcé trois jours de fuite les 10, 11 & 12 Octobre 1628, quatre mois & deux jours avant la mort de celui qui en eft l'objet. Voïez les Remarques fur la Satyre Ménippée, in-8° pag. 53 & fuivantes; & encore ailleurs; & le Diction. hiftor. & critique de Bayle.

(3) Il faut Feuardent; c'étoit un Cordelier zélé pour la Ligue. Il la prêchoit en chaire.

(4) Guillaume Rofe. I' en eft fouvent parlé dans la Satyre Ménippée, & dans les Remarques fur cet ingenieux Ouvrage.

(5) Voïez la Defcription de cette bifarre & ridicule proceffion dans l'Hiftoire de M. de Thou, liv. 98 à la fin, & dans la Satyre Ménippée.

Avertiſſement.

AVANT que de paſſer plus avant au Diſcours de ce Siége, nous en-
tremêlerons, comme en ſon endroit plus propre, ce qui s'enſuit, pour montrer l'animoſité de grands & petits à l'encontre de leur Seigneur ſouverain.
Nous repréſentons ce qu'eux-mêmes en ont publié.

ARREST,

DE LA COUR DE PARLEMENT DE ROUEN,

*Contre les Gentilshommes, & autres qui perſiſtent à la ſuite de
Henri de Bourbon, Roi de Navarre.*

EXTRAIT DES REGISTRES DE PARLEMENT.

VU par la Cour, toutes les Chambres d'icelles aſſemblées, les
procédures, decrets & informations faites à la requête du Procureur général du Roi contre les Gentilshommes de cette Province,
qui portent les armes contre la Majeſté du Roi Charles dixieme,
ſouverain Seigneur : & pour cet effet ſe ſont retirés en l'armée
de Henri de Bourbon, Mémoires trouvés au lieu de Riqueville
ſurpris allant à Dieppe, Lettres de par Henri de Bourbon adreſ-
ſantes au Vicomte d'Aranchal, informations de l'Aſſemblée
faite à Caen au mois de Mars paſſé, en laquelle a été conclue
l'entiere ruine de cette Ville & des principaux Magiſtrats &
Bourgeois d'icelle, confeſſions & dénégations des priſonniers
exécutés le ſeptieme de ce mois, & autres pieces réſultans de ladite
matiere; concluſions dudit Procureur général du Roi, & tout
conſidéré ; La Cour a fait & fait très.exprès commandement
à tous Gentilshommes & autres, qui ont juſqu'à préſent ſuivi
le Roi de Navarre, de ſe retirer dans huit jours (pour toutes
préfixions & délais en leurs maiſons; avec aſſurance qu'ils bail-
leront de ne jamais porter les armes pour ledit Roi de Navarre), ou de ſe rendre en l'armée Catholique conduite par le
ſieur Duc de Maïenne Lieutenant général de Sa Majeſté, &
repréſentant ſa perſonne en tous ſes Païs, Terres & Seigneu-

ries ; autrement & à faute de ce faire dans ledit temps & icelui
paſſé ladite Cour , les a déclarés & déclare atteints & convaincus du crime de Leze-Majeſté divine & humaine , & comme
tels , punis là où ils pourront être appréhendés ; leurs biens acquis & confiſqués au Roi , & où il ſe trouveroit qu'aucuns d'eux
tinſſent quelques Fiefs & Seigneuries mouvans de la Couronne
de France , ſeront réunis & incorporés au Domaine d'icelle.
Et ſera le préſent Arrêt envoïé à la diligence du Procureur général du Roi à tous ſes Subſtituts , pour le faire garder & obſerver de point en point ſelon ſa forme & teneur , & du devoir
qu'ils y auront fait certifieront la Cour au mois , à peine
d'être punis de mêmes peines que ceux , avec leſquels ils con-
jureront. Fait en Parlement , leſdites Chambres aſſemblées ,
le Mardi dixieme d'Avril 1590.

1590.

ARREST DU
PARLEMENT
DE ROUEN.

Signé , LOVVEL.

    L'Arrêt ci-devant a été lû & publié par les Carrefours de
cette Ville de Rouen , par moi Loys Marc Huiſſier en la Cour
de Parlement , accompagné de Guillaume Duret , Jean Gymet
& d'un autre Trompette , le Mercredi onzieme Avril mil cinq
cens nonante.

MARC.

Avertissement.

IL nous convient maintenant reprendre le Siege de Paris, en la considération duquel, suivant notre dessein en ces Recueils, il nous suffira
d'inserer divers Traités qui en ont été publiés de part & d'autre, pour
le contentement des deux Partis & pour instruction à la Postérité.

RÉSOLUTION

DE MESSIEURS

DE LA FACULTE' DE THEOLOGIE DE PARIS (1),

*Sur les articles à eux proposés par les Catholiques Habitans de
la Ville de Paris, touchant la paix ou capitulation avec l'Hérétique, & admission de Henri de Bourbon à la Couronne de
France.*

*Avec une Lettre aux Habitans Catholiques des Villes de la France
qui ont juré la sainte Union.*

MESSIEURS,

 Puisque c'est aux extrémités, que la vertu des affligés,
d'une part, & la foi des amis, de l'autre, se fait paroître, si
pour en produire les effets, la mutuelle correspondance est
toujours nécessaire, ce sera à nous comme n'êtes ignorans du
mal qui nous presse, & ne doutons que ne compatissiez à nos
miseres, ainsi vous faisans certain de notre résolution der-

(1) Cet Ecrit parut dans le même temps
en Latin & en François, avec la Lettre qui
suit, en 1590 *in*-8° & à Lyon chez Pillehotte
en 1593. Voïez ce qu'en dit M. de Thou
vers la fin du Livre 98 de son Histoire. On a
déja remarqué ailleurs que la Faculté de
Théologie, par une conclusion raisonnée,
du premier Février 1717, a déclaré nuls &
supposés, comme aïant été donnés dans des
temps de troubles, les Décrets séditieux publiés vers la fin du regne de Henri III & au
commencement de celui de Henri IV. Cette
Conclusion est imprimée en Latin & en François, dans le Recueil de M. d'Argentré, iu-
titulé, *Collectio judiciorum de novis erro-
ribus, &c. in-fol.* tom. 2, pag. 484 & suiv.
& à la page précédente 483, on dit que la
Lettre Latine qui suit cette résolution
n'étoit point, non plus que la Résolution elle-même, le véritable Ouvrage de la
Faculté; qu'au moins on n'en a point de
preuves assurées, ne se trouvant point dans
ses Registres. *Nullum*, lit-on, *in tabula-
rio, nullum in ullo Libro Sacræ Faculta-
tatis, nec in ullo eorum monumento etiam in-
formi, reperitur indicium eorum Decretorum
aut Epistolæ : immò nihil quod illud redoleat
vel tantillum.*

niere

tiere en l'état que sommes réduits, vous fortifier en la vôtre, & sommer réciproquement de l'effet de vos saintes promesses. Nous louons Dieu de ce qu'aïant eu de sa grace cet honneur, que d'être comme segregés parmi tant de siens Ennemis pour embrasser sa sainte cause, & vous y aïant conviés, il nous a estimés dignes, comme ses autres Serviteurs de nous faire part de sa croix & faire boire en son calice, & sceller par la tentation l'acceptation qu'il avoit faite du sacrifice de nos volontés & du serment que saintement & communément avec vous lui avons ci-devant prêté, de courre contre ses Ennemis tous les dangers & hazards de sa sainte & digne querelle. Un œuvre si haut & si saint méritoit bien cette estime. Et puis c'est au besoin qu'on voit l'espérance des enfans & la providence du pere. Dieu ne nous a trompés encore (quoiqu'il nous ait châtiés) & savons qu'il ne le fera. Nous ne lui manquerons aussi, s'il lui plaît nous en faire la grace. Et vous dirons avec Saint Paul : ne perdez cœur pour nos miseres qui est votre gloire & la nôtre, & plus encore de celui pour l'honneur de qui nous souffrons. Ce n'est en vain ni à tâtons que nous marchons en cet endroit. Nous savons là où nous allons, & comme fidele est celui entre les mains de qui nous avons commis le dépôt de nos ames : nous savons que c'est de roidir, pour ne fléchir devant Baal & n'obéir à l'Hérétique. C'est le fruit de l'affliction d'avoir appris plus que jamais d'ester à ce qu'avons promis tant sur les saints fonts de baptême, que depuis en notre union & ne perdre à un coup ce beau titre de très Chrétiens, pour la maintenue duquel nous serons liés ensemble. Notre fondement est trop bon pour nous en laisser débouter. Le feu, le glaive, la famine & toute extrêmité quelconque, font de trop petite énergie pour les contrepeser au mal qui seroit, d'avoir consenti à établir l'impiété par le regne d'un Hérétique. Tant de saints avertissemens, de saintes prédications, dont Dieu nous a favorisés & nous favorise tous les jours, auroient peu profité en nous, si nous n'étions là parvenus. Et pource que cela seroit peu, si ne vous conjurions aussi à en faire & user de même, aussi qu'il nous faut éviter aux bruits qu'on auroit fait courir de nous & de nos déportemens au contraire de vérité, & à ce que la lâcheté des uns & malice des autres n'accuse de présomption la fermeté & la constance où nous serions résolus, & pour ôter tous les scrupules que le monde pourroit donner & suggerer aux plus infirmes, en ce temps principalement où y a prou de telles gens pour perdre & détruire les autres, avons pensé être à propos, même à

1590.

RÉSOLUT. DE
LA FACULTÉ
DE THÉOLOG,
DE PARIS.

1590.

Résolut. de
la Faculté
de Théolog.
de Paris.

lors que plus que jamais fommes preffés de l'Ennemi (& croiffons de courage auffi) vous faire part du témoignage qu'avons de Dieu dedans nos ames pour affurer nos confciences ; le tout par le prudent avis qu'aurions eu depuis quelques mois de l'affemblée vénérable de Meffieurs les Théologiens de la Sorbonne de Paris, fur les demandes par nous faites des points qui y font réfolus, pour raifon d'aucuns parmi nous, qui foit par leur infirmité ou plutôt par les artifices & rufe de nos ennemis, fembloient en avoir quelque doute & vaciller aucunement. Dont devrez avec nous faire encore d'autant plus de cas, qu'outre que c'eft à ce College de juger entre lepre & lepre, & que le Saint Siege de Rome leur fait de tout temps cet honneur que d'en approuver les avis, & l'a fait de fraiche mémoire en termes beaux & authentiques, pour les déterminations qu'ils auroient faites recentement fur l'affaire que chacun fait, ont d'abondant pour cet égard plus murement & péfamment donné leur réponfe & avis pour en lever tous les fcrupules. Sur lequel nous étant fondés & confirmés plus que jamais, comme fur ce que ne doutons être la voix du S. Efprit, pour coucher de tout notre refte à garder ce précieux gage de la Foi & Religion qu'avons reçu de nos peres, & fceller par l'effufion de notre fang & de nos vies, le zele & la dévotion qu'avons juré d'y apporter, nous remettant devant les yeux tant de miracles fignalés qui nous ont gardés jufqu'à hui, marques & fignes évidens de Dieu, qui s'approche de nous pour nous fauver & délivrer de fes ennemis & les nôtres, louant Dieu de ce qu'un même efprit guide les Princes & Seigneurs & plus notables Magiftrats avec le Peuple débonnaire, pour d'un pareil confentement, fuivant ce digne & faint avis d'une faculté fi célebre, chaffer arriere l'Hérétique, & ne permettre qu'il foit dit, que ce noble fceptre François foit pollué de l'héréfie. A tant, Meffieurs, nous vous prions & conjurons au nom de Dieu d'y jetter votre vue auffi, de l'embraffer & careffer pour vous y roidir comme nous. Et quand ores il aviendroit (ce que Dieu ne veuille permettre) que pour nos énormes péchés fuffions livrés à l'Ennemi, nos ames reftant invaincues pour le benir en l'exécution de fa fainte & droite juftice, prenant à confolation d'avoir jufqu'aux derniers abois réfifté à fes ennemis, & à fon imitation portant après lui notre croix, donné à la poftérité & tout le refte du Roïaume exemple de vertu & conftance, fans encourir aucune tache de foibleffe ou de lâcheté & pufillanimité de courage, c'eft lors, que plus nous vous prierons ne quitter pour cela le train de votre constance premiere, pour jamais ne subir le joug d'un Prince qui soit Hérétique, ou favorise l'Hérétique, ou sous la puissance duquel on coure hazard d'hérésie. Ains ôtant du milieu de vous le mal de cette impiété, occasion de scandale, vous rendre dignes des faveurs de cette bonté paternelle de celui que nous croïons qui ne nous faudra au besoin. Comme aussi nous de notre part (afin de parler comme Job) quand bien il nous auroit occis, ne laisserons d'espérer en lui, & le prier comme nous avons fait, & encore plus le ferons, Messieurs, vous donner amplement ses saintes bénédictions.

A Paris.   Par vos humbles & affectionnés freres & serviteurs, les Bourgeois Catholiques de la Ville de Paris.

1590.
RÉSOLUT. DE
LA FACULTÉ
DE THÉOLOG.
DE PARIS.

Ad Civium Parisiensium de Henrico Borbonio postulata Facultatis Theologiæ responsum.

ANno Domini millesimo quingentesimo nonagesimo, ineunte mense Maio, cùm in Gallia bellorum motibus omnia miscerentur, ipsaque adeò Parisiorum Urbs in magnas angustias redigeretur, & alii pacem, id est, Henricum Borbonium in Regem admitti suaderent, alii constantissimè reniterentur, utrique verò validis se rationum momentis niti arbitrarentur, intereàque, ex opinionum diversitate dissensiones oriri ac in dies dividi Populum conspiceretur in summum præjudicium Religionis Catholicæ & publicæ quietis, progressum verò inimicorum & hæreseos : oblatus fuit Facultati Theologiæ Parisiensi libellus supplex Præfecti Mercatorum, Scabinorum, & multorum Civium melioris notæ, nec non publici Scribæ manu subsignatus, & Urbis quoque sigillo munitus, quo rogabantur Magistri dictæ facultatis ut sententiam suam dicerent, super quibusdam propositionibus ad eam rem attinentibus : quarum resolutionem ad sedandas dissensiones & tranquillandas memoratorum Civium totius Regni conscientias, gloriamque Dei Opt. Max. promovendam, ac profligandam hæresim plurimum conferre, nec sine Religionis periculo, suo judicio, omitti posse dicti Cives affirmabant.

Quæstiones erant.

An adveniente morte Regis optimi Caroli X (quod absit) aut

eodem in favorem Henrici Borbonii cedente regni jura, in terea dum injusto carcere detinetur, teneantur Galli aut pos
sint, tutâ conscientiâ, dictum Henricum, aut alium Principem fautorem hæreseos in Regem admittere, etiam posito quod à criminibus & censuris fuerit absolutus, cùm subsit evidens periculum perfidiæ & subversionis Religionis ac Regni?

An suspectus hæreseos aut ejusdem fautor dici possit, qui pacem cùm dicto Henrico fieri procurat aut permittit, cùm impedire possit?

An ista sint de jure divino, & an omitti possint à Catholicis sine peccato mortali, & pœna damnationis; prædicto vero Henrico opponere se toto studio meritorium sit, &, si ad sanguinem usque resistatur, martyrium dici possit?

Super quarum dubitationum determinatione sacra Facultas per juramentum convocata, sæpiusque cùm publicè in Collegio Sorbonæ post Missam de Spiritu Sancto tum privatim vocato selectorum Magistrorum cœtu congregata, matura deliberatione præhabita, cunctisque capitibus serio sigillatim ac diligenter, quoad fieri potuit, examinatis & discussis, in hunc tandem modum censuit.

Jure divino prohibentur Catholici hæreticum hominem aut fautorem hæreseos & hostem Ecclesiæ notorium, multóque magis relapsum & à sancta Sede nominatim excommunicatum, ad regnum admittere.

Quod si ejusmodi quispiam absolutionem à criminibus & censuris in foro exteriore impetraverit, & tamen subsit manifestum simulationis ac perfidiæ & eversionis Religionis Catholicæ periculum, is nihilominus eodem jure excludi debet.

Quicunque autem satagit ut is ad regnum perveniat, aut ei studet ac favet, aut etiam ad regnum promoveri permittit cùm impedire possit & ex officio debeat, sacris Canonibus est injurius, de hæresi meritò suspectus, & religioni atque Ecclesiæ perniciosus, contra quem eo nomine agi potest & debet, cujuscunque gradus & eminentiæ sit.

Cum igitur Henricus Borbonius, hæreticus, fautor hæreseos, hostis Ecclesiæ notorius, relapsus & nominatim excommunicatus sit, &, si forte absolutionem in foro exteriore impetraret, manifestum appareat simulationis ac perfidiæ, & eversionis Religionis periculum, eum Christianissimi Regni aditu, etiam absolutione obtenta, & quovis alio legitimo hærede mortuo vel cedente, Franci prohibere, & à pace cum eo facienda abhorrere tenen-

tur, & qui ei favent Canonibus injurii, de hæresi suspecti, & Ecclesiæ perniciosi, ac ut tales serio seduloque coercendi ac punien-
di sunt.

Ut autem qui dicto Henrico ad regnum aspiranti favorem
suppetiasve quovis modo ferunt, Religionis desertores sunt,
& in continuo peccato mortali manent; sic qui se illi quocum-
que possunt modo zelo Religionis opponunt, plurimum apud
Deum & homines merentur, & ut illos Satanæ regno stabiliendo
pertinaces æterna pœna damnandos, sic hos, si ad sanguinem
usque resistant, æternum in præmium & ut fidei propugnatores
martyri palmam consecuturos judicare par est.

Conclusum, nemine repugnante, in tertia congregatione ge-
nerali super ea re facta, in majore aula Collegii Sorbonæ,
omnibus & singulis Magistris per juramentum vocatis, septima
die Maii, anno M. D. XC.

1590.

RÉSOLUT. DE
LA FACULTÉ
DE THÉOLOG.
DE PARIS.

TRADUCTION.

L'An de notre Seigneur 1590 au commencement du mois de
Mai, les choses étant fort troublées en France, même la Ville
de Paris étant ja réduite en grande détresse; les uns demandant
la paix, c'est-à-dire, que Henri de Bourbon fût reçu pour Roi,
les autres y résistant très constamment & s'estimant les uns les
autres bien fondés en raison, de laquelle diversité d'opinions on
voïoit naître plusieurs dissensions & le Peuple se diviser de jour
en jour, au grand préjudice de la Religion Catholique & du
repos public, & au progrès des Ennemis & de l'hérésie : a été
présentée à la sacrée Faculté de Théologie une Requête, signée
du Prevôt des Marchands, Echevins & plusieurs bons Bourgeois & du Greffier public, & encore munie du sceau de ladite
Ville, par laquelle les Docteurs de ladite Faculté étoient requis de dire leur avis sur aucunes propositions appartenantes à
ce desquelles lesdits réquérans disoient la résolution pourroit
beaucoup servir pour appaiser lesdites dissensions & mettre en
repos les consciences des bons Catholiques de tout le Roiaume,
& avancer la gloire de Dieu & ruiner l'hérésie, & icelle ne
pouvoit à leur jugement être omise sans grand danger de la
Religion.

Les Questions étoient :

Si advenant la mort du Roi très Chrétien Charles X, ce

qu'à Dieu ne plaife, ou au cas qu'il vînt à céder fon droit du Roïaume à Henri de Bourbon durant fon injufte détention, les François font tenus ou peuvent en fûreté de confcience recevoir pour Roi ledit Henri, ou autre Prince fauteur d'héréfie, même fuppofé qu'il fût abfous des crimes & cenfures qu'il a encourus, confideré le péril évident de perfidie & de la fubverfion de la Religion & du Roïaume?

Si celui qui pourfuit la paix être faite avec ledit Henri, ou la permet y pouvant empêcher, peut-être dit fufpect d'héréfie ou fauteur d'icelle?

Si cela eft de droit divin, & fi on y peut manquer fans péché mortel & peine de damnation, & au contraire fi c'eft chofe méritoire de s'oppofer par tous moïens audit Henri, & au cas qu'on réfifte jufqu'à la mort, fi cela peut être appellé Martyre?

Sur la détermination defquels doutes, la facrée Faculté étant convoquée par ferment, & plufieurs fois affemblée, tant en publique Congrégation au College de Sorbonne, après avoir célébré la Meffe du faint Efprit, qu'en compagnie des Députés, après une mure délibération, & aïant examiné & débattu le plus exactement qu'ils ont pu tous les points l'un après l'autre, a enfin déclaré fon avis en cette maniere.

Il eft, de droit divin, inhibé & défendu aux Catholiques recevoir pour Roi un Hérétique ou fauteur d'héréfie, & Ennemi notoire de l'Eglife, & plus étroitement encore de recevoir un relaps, & nommément excommunié du faint Siege.

Que s'il échet qu'aucun diffamé de ces qualités ait obtenu en jugement extérieur abfolution de fes crimes & cenfures, & qu'il refte toutesfois un danger évident de feintife & perfidie, & de la ruine & fubverfion de la Religion Catholique, icelui néanmoins doit être exclus du Roïaume par même droit.

Et quiconque s'efforce de faire parvenir un tel perfonnage au Roïaume, ou lui aide & favorife, ou même permet qu'il y parvienne y pouvant empêcher, & le devant felon fa charge, celui-ci fait injure aux facrés Canons, & le peut-on juftement foupçonner d'héréfie & réputer pernicieux à la Religion & à l'Eglife, & pour cette caufe on peut & doit agir contre lui fans aucun refpect de dégré ou prééminence.

Et pourtant, puifque Henri de Bourbon eft Hérétique, fauteur d'héréfie, notoirement Ennemi de l'Eglife, relaps & nom-mement excommunié par notre faint Pere, & qu'il y auroit danger évident de feintife & perfidie, & ruine de la Religion Catholique, au cas qu'il vînt à impétrer extérieurement fon ab-folution, les François font tenus & obligés en confcience de l'empêcher de tout leur pouvoir de parvenir au Gouvernement du Roïaume très Chrétien, & de ne faire aucune paix avec lui nonobftant ladite abfolution, & quant ores tout autre légiti-me fucceffeur de la Couronne viendroit à décéder ou quitter de fon droit ; & tous ceux qui lui favorifent font injure aux Canons, font fufpects d'héréfie & pernicieux à l'Eglife, & com-me tels doivent être foigneufement repris & punis à bon efcient.

Or, tout ainfi comme ceux qui donnent aide ou faveur en quelque maniere que ce foit audit Henri prétendant au Roïaume font déferteurs de la Religion & demeurent continuellement en péché mortel, ainfi ceux qui s'oppofent à lui par tous moïens à eux poffibles mus du zele de Religion, méritent grandement devant Dieu & les hommes ; & comme on peut à bon droit ju-ger qu'à ceux-là, étant opiniâtres à établir Roïaume de Satan, la peine éternelle eft préparée, ainfi on peut dire avec raifon, que ceux-ci feront récompenfés au Ciel du loïer éternel, s'ils perfiftent jufqu'à la mort, & comme défenfeurs de la Foi rem-porteront la palme du Martyre.

Ce que deffus a été conclu & réfolu fans aucune contradic-tion le feptieme jour de Mai, l'an 1590, en la troifieme Con-grégation générale fur ce faite en la grande Salle du College de Sorbonne, tous les Docteurs de ladite Faculté en général, & chacun en particulier, aïant été appellés par ferment à la-dite Congrégation.

Avertissement.

LEs deux Discours suivants comme le précédent imprimés à Paris, montrent ce que l'on peut penser de l'état de cette pauvre Ville bridée par la Ligue.

DISCOURS VERITABLE

De tout ce qui s'est passé en la Ville de Paris, & ès environs, tant de la part du Roï de Navarre & de son Armée que de la part de Monseigneur le Duc de Nemours & les Habitans de Paris depuis la retraite dudit Roi de Navarre de devant Sens jusqu'au douze Juin 1590 (1).

Avec un Arrêt de la Cour de Parlement, par lequel il est défendu à peine de la vie, de ne faire aucun traité ni composition avec ledit Roi de Navarre.

LE Roi de Navarre n'aïant pu faire à Dreux & à Sens ce qu'il prétendoit, délibéra de faire marcher son armée droit à Paris, pour essaïer s'il pourroit l'emporter par l'intelligence ou autrement, qui fut la cause, que après avoir surpris le pont Charenton & Saint Maur (où il fit pendre quelques Catholiques) il

(1) Ce Discours est de François Panigarole, Evêque d'Ast, Italien & Ligueur, mort en 1594. Il avoit été Cordelier. Après avoir en sa jeunesse prêché les massacres en la Cour de Charles IX; il étoit retourné en France à la suite du Légat Cajetan, pour prêcher la rebellion aux Parisiens. C'est ce qu'on dit dans les Remarques sur la Satyre Ménippée, pag. 127. On y ajoute ce qui suit: » Il lui étoit un jour échappé de dire » à quelqu'un en particulier, qu'il eut » mieux valu faire une bonne paix, que » de laisser languir & crier à la faim tant » d'ames innocentes qui en mouroient » journellement à Paris pendant le Siége. » Là chose aïant été rapportée aux *Seize*, » ils lui dirent que s'il ne parloit autrement » ils l'enfermeroient dans son froc & en son » habit comme dans un sac, & en cette » façon l'envertoient par eau porter au » Bearnois (Henri IV) parole de paix à » saint Cloud. Lui qui craignoit les *Seize*, » fit aussi-tôt sonner le sermon, auquel, » à cause du pathétique de ce Cordelier, le » Peuple se trouva en foule; puis étant en » tré bien avant en discours, il dit; qu'il » y avoit des malveillans qui avoient dit » qu'il étoit homme de paix & avoit été si » osé que de dire, qu'il falloit entendre à » la paix; que tous ceux-là en avoient mé » chamment menti; alors il s'écria, *guerra*, » *guerra*, *guerra*, & entra si fort en colere » qu'il oublia de boire un coup au milieu de » son sermon comme il avoit accoutumé.

s'en

s'en vint pour en faire autant à Saint Denis, où il fut si bien repouſſé par les Sièurs de Vaudargent, du Bourg & de la Chanterie & autres réſolus Catholiques, qu'il fut contraint tourner viſage contre Paris, penſant loger ſon armée au Fauxbourg S. Martin, aïant au préalable logé ſon artillerie à Montfaucon, qui fut la cauſe que les Pariſiens étant ſortis ſous la conduite des Sieurs de Montilli, de Dizemieux, de la Caſtiliere & autres Gentilshommes de Monſeigneur le Duc de Nemours, ils repouſſerent l'Ennemi par trois fois : à la derniere fut bleſſé le Sieur de la Noue, qui fut ſoudain panſé par le commandement du Roi de Navarre ſur les dégrés dudit Montfaucon : tout cela s'eſt paſſé depuis le huitieme de Mai juſqu'au quinzieme, qu'il fit brûler les moulins qui étoient de ce côté-là. Le Jeudi dix-ſeptieme de Mai, Monſieur de Vitri arriva à Paris avec trois cens chevaux, où s'étant rafraichi juſqu'au jour de l'Aſcenſion, qui étoit le dernier jour de Mai, où l'on fit à ce même jour proceſſion générale, où furent portées toutes les Reliques de Paris & de Saint Denis, avec une telle dévotion & affluence de Peuple, qu'il ne s'en étoit point faite de ſemblable, Monſeigneur de Nemours, Monſeigneur le Chevalier d'Aumale & autres Seigneurs Catholiques y aſſiſterent, à l'iſſue de laquelle ils jurerent ſur le grand Autel de Notre-Dame d'emploïer tous leurs moïens, voire leur vie propre pour la conſervation de la Religion Catholique, de la Ville de Paris & autres de ce Roïaume, avec proteſtation de plutôt mourir que de prêter obéiſſance audit Roi de Navarre, le ſemblable fut fait par le Peuple avec une grande conſtance, en laquelle ils furent confirmés par la lecture des lettres de Monſeigneur le Duc de Mayenne, qui avoit ſon armée à Peronne preſque toute dreſſée avec force munitions, deſquelles il les devoit aſſiſter en bref. Cependant les Hérétiques faiſoient leurs parades des deux côtés de l'eau, qui fut la cauſe que mondit Seigneur de Nemours & le Sieur de Vitri firent une ſortie vers Saint Marceau, étant apperçus par l'Ennemi ils leur donnerent effroi, de ſorte qu'ils furent contraints ſe retirer vers Juviſy. Cependant Monſieur le Chevalier d'Aumale ſortit avec cent chevaux & trois cens Arquebuſiers vers la Porte Saint Antoine le Dimanche troiſieme Juin, où il eſcarmoucha de ſorte les Bearnois, qu'avec l'artillerie qui étoit ſur les remparts, il en demeura plus de quatre cens, pourſuivant le reſte juſqu'à Charenton, qui furent ſi preſſés qu'il s'en noïa plus de quarante. Le Mardi douzieme Juin, le Roi de Navarre alla aſſieger le Bois de

1590.
Evenemens
ès environs
de Paris.

Vincennes ; mais avec le secours qu'y mena mondit Seigneur le Chevalier d'Aumale, qui étoit de quatre cens chevaux & mille Arquebusiers, il fut contraint de lever le siege, après avoir perdu quelques-uns sous lui, mais incontinent remonté & secouru par Monseigneur le Chevalier d'Aumale. Le Jeudi quatorzieme Juin, Givri étant venu avec quelques trompettes pour braver les Catholiques, se vit incontinent chargé par ledit Sieur de Vitri, de sorte qu'il fut contraint se retirer à Charanton, aïant perdu vingt-sept des plus braves Soldats qu'il eut.

Le lendemain Messieurs du Parlement firent publier un Arrêt contre ceux qui seroient si hardis que de parler d'aucune composition avec le Roi de Navarre. Ce qui a de plus en plus accouragé les Catholiques, joint aussi l'arrivée du Sieur de Saint Paul à Meaux avec quelques forces.

Le dix-septieme de Juin, le Bearnois envoïa quelque nombre de Cavalerie & Arquebusiers à cheval, pour empêcher que le Sieur de Saint Paul ne se mît en campagne pour faire conduire quelques munitions. Ledit Sieur en étant averti, va au-devant avec quelque nombre de Cavalerie & Infanterie, & les attaqua si rudement qu'il en demeura plus de deux cens de ceux du Bearnois sur la place, & seulement en est demeuré quatre ou cinq de ceux dudit Sieur de Saint Paul, lequel depuis a pris un bateau chargé de munitions, qui alloit à l'armée du Bearnois, lequel poussé de rage de se voir ainsi bravé, & pour montrer que encore qu'il eût fait cette perte de munitions il n'en étoit pas en nécessité, tira soixante-cinq coups de canons en ruine, où par la grace de Dieu il ne fit aucun mal, sinon qu'il rompit les jambes à un Avocat des plus grands Politiques & des plus affectionnés à son Parti qui fut dans Paris.

Le dix-huitieme de Juin, pensant les intimider, continua sa batterie, & tira plus de cent quarante coups, qui firent encore moins de mal que le premier jour, n'aïant abbatu qu'un pot à moineau. Tout cela étonna si peu ceux de Paris, que pour cela ils n'ont fermé leurs boutiques, ni moins l'exercice de la Justice, ni les Etudes n'ont cessé un seul jour.

Le dix-neuvieme de Juin, le Bearnois commença de bon matin à faire jouer le canon, tout en un coup vers Monfaucon, où étoit son gros, où ils furent tellement écartés que plusieurs aïant été tués, il s'ôta de-là & fit incontinent enlever les morts.

Voilà en somme tout ce qui s'est passé en cette Ville jusqu'au dix-feptieme de ce mois de Juin, où l'on peut confidérer la bonté de Dieu envers nous, qui parmi tant de malheurs a tellement uni le Peuple fous l'obéiffance du Duc de Nemours, que l'on efperc chaffer le Roi de Navarre des environs de Paris avec l'affiftance & fecours de Monfeigneur le Duc de Mayenne, qui a joint les Troupes de Monfeigneur le Marquis de Melenai, & du Vicomte de Tavannes à Soiffons avec bon nombre de Seigneurs & Gentilshommes Catholiques, qui fe font voués à Dieu pour exterminer de ce Roïaume les Hérétiques qui l'ont rempli de défolation.

Extrait des Regiftres de Parlement.

CE jourd'hui, fur ce que le Procureur Général du Roi a dit à la Cour, que à l'occafion du fiege mis devant cette Ville par Henri de Bourbon, quelques-uns mal affectés au falut public & à la confervation de la Religion Catholique, veulent contre l'intention du Peuple, moïenner quelque compofition avec ledit Henri de Bourbon : ce qui eft totalement contraire aux fermens de l'Union & Arrêts de ladite Cour, qui par faute d'être obfervés s'enfuivroit la ruine de la Religion Catholique, fac de cette Ville de Paris & autres de ce Roïaume, aufquelles elle fert d'exemple ; partant requeroit qu'injonctions fuffent faites à toutes perfonnes, de quelque état, qualité, dignité & condition qu'ils foient, à peine de la vie, de ne parler en quelque forte & maniere que ce foit de compofition avec ledit de Bourbon, fes agens & négociateurs ; ains s'oppofer directement à tous ceux qui feroient fi malheureux que d'y penfer ; attendu qu'il s'agit de la perte ou confervation non-feulement de cette Ville, mais auffi de tout le Roïaume.

La Cour a ordonné & ordonne que nul dé quelqu'état, dignité, qualité & condition qu'il foit, ait à parler d'aucune compofition avec ledit Henri de Bourbon, à peine de la vie, ains s'y oppofer de tous les moïens, fans y épargner aucune chofe, voire jufqu'à y expofer & épandre leur propre fang. En outre ordonne ladite Cour que tous les Habitans de ladite Ville aient à obéir au Sieur Duc de Nemours, Gouverneur de l'Ifle de France, en tout ce qui leur fera commandé de fa part par leurs Capitaines ; & fera le préfent Arrêt lu & publié par tous les Carrefours de cette Ville, afin que nul n'en prétende caufe d'ignorance. Fait en Parlement le quinzieme jour du mois de Juin, l'an 1590.

DU TILLET.

M m ij

Avertissement.

Voilà comme les Parisiens se roidissoient contre la tempête, étant incités à ce faire par les Chefs de la Ligue, qui semoient des bruits de leurs valeureux exploits pour envenimer & endurcir le menu Peuple, qui eût à combattre contre la famine, tandis qu'on le paissoit de l'espoir d'une prochaine délivrance. Il nous faut voir ce qu'un des leurs nous a écrit de leur misérable état. Il n'en a dit que le moins qu'il a pu : qui toutesfois suffi pour montrer l'horrible malheur de ces nouveaux Zélateurs.

DISCOURS
BREF ET VERITABLE

Des choses plus notables arrivées au Siege mémorable de la renommée Ville de Paris & défense d'icelle, par Monseigneur le Duc de Nemours contre le Roi de Navarre (1).

Par Pierre Corneïo, Ligueur.

IL est survenu si peu de profit à la louable prétention & ardent zele des Catholiques de ce Roïaume, & tant de dommages en la Ville de Paris & celles qui lui sont voisines, de la victoire obtenue (contre tout droit & justice) par les Hérétiques de France & ceux qui les défendent, en la bataille d'Ivri, du quatorzieme Mars de cette année, que nous pouvons dire justement cette journée être un miroir & comme un tableau, auquel les Princes & conducteurs d'armée voient clairement, & leur est représenté le poids avec lequel ils doivent balancer telles journées, & combien de choses ils se doivent mettre devant les yeux auparavant que de jouer à un coup de dez, & mettre au hazard d'un douteux & périlleux succès de combat, ce que le plus sou-

---

(1) Ce Discours fut imprimé à Paris, chez Millot en 1590 *in-8°*. Pierre Corneïo étoit Espagnol. On dit qu'on a encore de lui l'Histoire des Guerres civiles de Flandres. Le même Discours a été aussi imprimé en Langue Castillane ou Espagnole, & imprimé plusieurs fois en cette Langue, comme à Sé- ville en 1591 *in-8°*; & à Madrid en 1592. On en cite aussi une édition sous le titre de Bruxelles qui est peut être la même que celle de Séville. Il y en a une en France dans la Satyre Ménippée *in-8°*. On sent trop dans ce Discours la plume d'un Ligueur & d'un ami zélé de ce Parti Fanatique.

vent ne se peut jamais recouvrer. Car combien que la justice de
la cause se doive autant estimer comme la moitié de la victoire, & qu’il se dise ordinairement qu’un procès bien fondé est
à demi gagné; toutesfois Dieu permet le plus souvent, ou pour
les péchés de son Peuple, ou pour expérimenter & faire que les
élus soient connus, ou pour autres considérations de sa providence, que les siens soient affligés & tourmentés, comme il se
lit en plusieurs endroits de la Bible, & se connut trop vrai en
la susdite journée, en laquelle les Catholiques n’aïant pour but
que la conservation de la Foi, & étant en plus grand nombre
avec autant de valeur que l’Ennemi pour le moins, Dieu rab-
baissa tellement en un instant leur espérance, qu’en un quart
d’heure ils furent quasi maîtres du champ, & en demi quart
d’heure depuis mis en route & vaincus. Doncques la nouvelle
de cette malheureuse perte sue en cette fameuse & célebre Ville
de Paris, la plus grande & plus peuplée de l’Europe, elle commença à ouvrir les yeux & considérer le misérable état auquel
elle étoit réduite pour lors ; elle se voïoit la premiere & le chef
de ce Roïaume, & celle qui avoit commencé la guerre, qui
étoit épandue par tous les endroits d’icelui ; elle se voïoit sans
pierres ni murailles vives qui la pussent défendre, sans Gouverneur
ni Magistrat qui lui commandât, & sans aucune police ni pour
s’entretenir ni se maintenir, ains chacun vouloit être le maître,
comme il arrive à une Aristocratie & gouvernement de plusieurs,
où il y a un Peuple indomptable, confus, superbe, riche &
rebelle, comme étoit celui-ci. Elle étoit outre cela tant dépourvue d’artillerie & munitions de guerre, qu’il n’y avoit qu’une
seule piece montée, & qui put promptement servir, parceque tout
le surplus en avoit été tiré & perdu aux rencontres passées. Les
murailles étoient si mauvaises, que par plusieurs endroit on y
montoit & descendoit sans difficulté ; & surtout si peu de provision de pain, vin & autres choses nécessaires à la vie, que personne n’estimoit quasi avoir provision pour quinze jours, ce qui
rendoit les cœurs des Habitans si froids, & leurs esprits si peu
accordans entr’eux, que sans doute si le Roi de Navarre eut bien
su se servir de l’occasion & user de sa fortune, il eut obtenu sans
peine ce que depuis il lui a coûté beaucoup à poursuivre, & à la
fin a été contraint laisser. Mais comme il demeura enivré de sa
victoire, & lui sembla que tout ce sur quoi il mettoit la main
seroit terrassé, & que personne ne lui résisteroit, il se contenta
d’entrer en la Ville de Mante, qui lui porta les clefs, & le re-

connut pour son Roi légitime & Seigneur, contre le serment qu’elle avoit fait le jour auparavant à l’Union des Catholiques, & là fit loger sa Cour & attendit là, rafraîchissant son armée, quelques poudres & munitions qu’on lui envoïoit d’Angleterre. Cette dilation & demeure, qui fut de quinze jours, on doit croire qu’elle avint par ordonnance de Dieu pour la conservation de Paris, parceque pendant on fit provision de la plus grande partie des choses qui défailloient, ou au moins de celles qui étoient plus nécessaires pour se défendre valeureusement & avec tant d’honneur, comme elle fit, entrant en icelle très grande quantité de bled, d’avoine & autres grains, jusqu’à trois mille muids & davantage, & plus de dix mille muids de vin, en quoi Dieu commença à montrer sa céleste providence pour le salut de cette Ville, en laquelle y avoit si peu d’ordre & tant de désordre, que personne ne pensoit ni à la provision générale de la Ville ni aucun Particulier à ce qui lui pouvoit avenir & arriver, ains s’assuroient tant aux Villes & passages qu’ils tenoient sur la Riviere, & en la grande quantité du Peuple qui étoit en leur Ville, qu’ils ne pensoient jamais leur pouvoir arriver chose qui leur fît ennui. Saint Denis s’assura aussi de cette façon, pour être voisine de Paris.

Or en ce temps arriva en ladite Ville de Saint Denis Monseigneur le Duc de Mayenne fort las & recru selon sa disgrace, suivi d’assez petit nombre de gens, & tous les Espagnols qui étoient restés de la bataille, où la même nuit qu’il arriva l’allerent visiter & se condouloir avec lui de cette perte, Monsieur le Légat (1) & l’Ambassadeur d’Espagne (2), l’animant & l’encourageant en ce qu’il avoit justement commencé, lui offrant tous l’aide & le secours qu’ils pourroient à l’avenir. L’Archevêque de Lyon (3) y alla aussi & plusieurs autres Seigneurs de Paris (4) pour le même effet, encore que de ceux de la Ville il y en allât moins qu’il ne pensoit, pourquoi leur dit, qu’il connoissoit à ses dépens le proverbe latin fort véritable : » quand tu seras heureux tu compteras beaucoup d’amis » , & qu’il estimoit ceux qui étoient-là venus ses seuls amis, & de qui il se pouvoit fier ; & que les autres en sa prospérité l’aimoient & en son adversité ap-

---

(1) Le Cardinal Cajétan dont on a déja parlé.

(2) Dom Bernard de Mendoze.

(3) C’étoit Pierre d’Espinac. Voïez le *Gallia christiana nova*, tom. 4.

(4) Madame de Montpensier y vint pareillement.

prêtoient déja les épaules ; & pourtant qu'il étoit befoin qu'ils euffent grand foin de ces deux Villes de Paris & Saint Denis, comme les clefs defquelles pendoit tout ce qui avoit été commencé, & fur lefquelles devoit fe fonder tout ce qui étoit à avenir. Et aïant fait ces remontrances, le jour enfuivant partit pour s'en aller vers la Picardie pour lever des forces. En ce temps le Commandeur Moré (1), Chef de la plus grande part des forces étrangeres, avec lefquelles le Roi d'Efpagne avoit donné fecours à la France, étoit à Paris, donnant ordre à la provifion des deniers pour la folde des gens de guerre, munitions & autres chofes néceffaires à la Ville; lequel fi-tôt qu'il eût reçu cette nouvelle, partit, tant pour faire que les Troupes de Flandres qui s'en retournoient, à caufe de la perte de leur Général le Comte d'Aiguemond (2), demeuraffent, que pour aller avertir le Prince de Parme de ce qui fe paffoit pour lors, & faire diligence de remedier à ce qui fe devoit craindre pour l'avenir. Doncques s'étant paffé jufqu'à quinze jours, fans que le Roi de Navarre fe remuât, lui étant arrivé une partie des munitions qu'il attendoit, & lui femblant que fon armée s'étoit affez repofée, partit de Mante avec icelle, & chemina en intention d'ôter le commerce de la Riviere à Paris, duquel elle fe maintenoit, & paffant aux environs d'icelle, commanda à quelque Cavalerie s'avancer pour connoître & tenter la volonté de ceux de la Ville de Corbeil, affife fur la Riviere de Seine, diftante de Paris de fept lieues, qui eft comme la clef de tous les vivres qui defcendent par cette Riviere. Cette Cavalerie gagna les Fauxbourgs fans beaucoup de réfiftance, & le lendemain les Habitans, qui n'avoient voulu recevoir garnifon de Catholiques, fe rendirent à volonté, où entrant le Roi de Navarre, fe fit reconnoître pour Roi, & féjourna-là quelques jours, fe réjouiffant, comme fi la perte de Paris n'eût confifté qu'à gagner ce Peuple ; & de fait tous ceux qui étoient avec lui le penfoient auffi. La Ville de Lagni, fife de l'autre côté fur la Riviere de Marne, quafi vis-à-vis dudit Corbeil, fe rendit auffi, fi bien que par ce moïen ferrant plus étroitement les Rivieres d'une part & d'autre, il fit mettre du canon d'une part & d'autre, pour empêcher que pas une flotte, tant petite fut elle, put paffer. Ceux de Paris, encore que du commencement ils s'étonnaffent

---

(1) On a déja dit qu'il fe nommoit *Moreo*. Voïez fur ce Difcours M. de Thou en fon Hiftoire Liv. 98.

(2) C'eft d'Egmond. On en a parlé ci-deffus.

& euffent peur à caufe de ces pertes, & qu'il y eût autant de diverfité d'opinion au Peuple, comme au changement de prix &
cherté des viandes, ils s'affurerent toutesfois fur la préfence &
aide des Seigneurs qui étoient en la Ville, defquels nous parlerons après, & fpécialement avec la doctrine & perfuafion des
Prédicateurs, qui eut tant de puiffance, que les tribulations très
fuffifantes pour les étonner, ils les prenoient pour occafions de
s'encourager : chofe qui fe doit attribuer à miracle & à la feule
volonté de Dieu, qui manie les cœurs des hommes ainfi qu'il lui
plaît, & en fait ce qu'il veut. Car de voir un fi grand Peuple,
comme celui de Paris, fi fuperbe & indompté, & à qui perfonne ne pouvoit donner le frein, & principalement lorfqu'il
étoit une feconde Babilone, où chacun fans Loi, fans Roi, ni
Juftice, tiroit là par où bon lui fembloit, & le voir néanmoins
s'accorder tout enfemble à une voix, d'aimer mieux mourir que
fe foumettre à un Hérétique, & que fi quelqu'un étoit fi hardi
de dire le contraire, il étoit mis à mort, fans forme ni figure
de procès, ou jetté en l'eau (ce qu'ils ont fait à plus de vingt)
& à aucuns pour avoir feulement dit qu'il étoit bon & néceffaire de faire la paix avec l'Ennemi. Toutes ces chofes confidé-
rées, il n'y a perfonne qui ne doive dire que ce font des merveilles plus qu'admirables que Dieu a faites en la confervation de ce
Peuple. Les Parifiens élurent donc pour leur Gouverneur
Monfeigneur de Nemours ; & commencerent à fortifier leurs
murailles & abattre plufieurs maifons & édifices des Fauxbourgs,
qui pouvoient fervir à l'Ennemi à les endommager & les empêcher de les pouvoir battre, & pour faire ces chofes plus diligemment, voïant que la Ville étoit fi grande & le temps fi
court, ils envoïerent tous les jours de chaque maifon des hommes pour y travailler, & tous les pauvres auffi y étoient reçus:
pour lefquels païer, chacun felon fon pouvoir & moïen y con-
tribuoit volontiers, & alloient de bons Bourgeois eux-mêmes
aux murailles faire la paie. Ils demanderent outre, cette garnifon d'étrangers (chofe qui ne s'étoit jamais vue auparavant en
ce Peuple), fi bien que l'on fit entrer trois mille Lanfquenets,
qui furent diftribués une partie à la garde de l'Arfenal où font les
munitions de guerre & artillerie, & le refte par les endroits de
la Ville les plus néceffaires à garder, & avec cette ordonnance
fe délibérerent d'attendre ce que le Roi de Navarre voudroit entreprendre ; qui s'en alla après avoir fortifié Corbeil, prendre
les autres Places qui font fur les Rivieres qui paffent par la Ville
de

de Paris, & la premiere qu'il attaqua fut Montereau (1), qui
se rendit sans faire de résistance ; de-là passa à Melun, Ville
d'importance & forte, tant à cause du pont qui est sur la Riviere, qu'à cause que la plus grande partie d'icelle est environnée d'eau, si bien qu'elle se peut facilement défendre avec peu
de gens ; à cause de quoi Monseigneur de Mayenne y avoit mis
des garnisons. Mais le Gouverneur & les Soldats voïant que l'Ennemi avoit fait dresser sa batterie, & même ja fait quelque brêche, estimant ne pouvoir être secourus, se rendirent, & se
donnerent à lui quelques-uns de ladite garnison. De-là il s'en
alla camper devant la Ville de Sens, en laquelle il délibéroit
mettre sa Cour & son Conseil ; & arrivant il fit mettre en batterie six pieces de canon, aïant peu auparavant exhorté ceux de
dedans par ses hérauts & personnes particulieres qu'il envoïa,
pour faire qu'ils le reçussent & reconnussent pour Roi, leur offrant toute douceur & bon traitement de vrai Seigneur, & au
cas qu'ils ne le voudroient faire, les batteroit comme ennemis.
Le Gouverneur, appellé le Sieur de Chanvallon, & les Gentilshommes voisins qui s'étoient retirés dans la Ville, faisant peu de cas
de ces belles promesses & terribles menaces, se résolurent de ne
le recevoir, s'il ne se mettoit au giron de l'Eglise, de laquelle
il avoit été séparé par l'héréfie, & se fît Catholique. Ce que
voïant le Roi de Navarre, les fit battre par deux endroits, &
leur fit donner un assaut, contre lequel ils se défendirent si valeureusement, encore qu'il y eut fort peu de gens de guerre,
comme dix-huit cens hommes tout au plus dans la Ville, qu'ils
ne le firent pas seulement retirer avec grande perte des siens,
mais le contraignirent après en second assaut, de s'en aller & lever
le siege ; aussi qu'il n'avoit plus de moïen de les presser davantage & faire nouvelle batterie, n'aïant aucunes munitions, & ne
sachant pour lors d'où en prendre. Si bien que laissant cette
Ville, il s'en vint le chemin de Paris le jour Saint Marc vingt-
cinquieme Avril, & vint mettre son canon devant Charenton,
à la vue de la Ville, où il y avoit dix Soldats Parisiens dans une
Tour, qui se défendirent courageusement trois ou quatre jours,
mais feignant un jour de vouloir parler à eux fit aller par un autre côté de cette Tour pour les surprendre ; ce qu'aïant fait &
gagné le Pont, il fit pendre leur Capitaine, & le même jour se
présenta à la Ville, où il gagna quelques maisons & puis tout ce
qui étoit autour d'icelle, & ce pour tout. Et à cela s'étant pas-

(1) Sur la Riviere d'Yonne.

fés quelques jours, il délibéra de tenter les forces des Parisiens, & pour cet effet fit attaquer le Fauxbourg Saint Martin avec grand nombre d'Infanterie & Cavalerie, mais il fut si bien défendu qu'il n'y put rien faire, & fut contraint se retirer avec perte de beaucoup de ses gens & beaucoup de blessés, entr'autres le Sieur de la Noue, une des meilleures têtes qu'il y ait en son armée, lequel eut son cheval tué sous lui, & reçut un coup de mousquet en la cuisse. Ce qui abbattit tellement le cœur des ennemis, qu'ils se retirerent vîtement & avec si peu d'ordre, que si ceux de Paris les eussent poursuivis, ils leur eussent pris deux pieces de canon qu'ils avoient amenées pour exécuter leur dessein. Les Seigneurs & grands personnages, de qui la présence a maintenu Paris jusqu'en l'extrêmité à laquelle elle est venue, qui est la plus grande & la derniere, à laquelle un Peuple, comme celui de Paris, & de sa condition, puisse être réduit, étoient plusieurs ; parcequ'outre Monseigneur de Nemours, Chef & Gouverneur de la Ville, il y avoit Monseigneur le Légat, l'Ambassadeur d'Espagne, l'Ambassadeur d'Ecosse, Archevêque de Glascou, Monseigneur le Cardinal de Gondi, l'Archevêque de Lyon, l'Evêque de Plaisance, Panigarole, Evêque d'Ast, l'Evêque de Rennes, l'Evêque de Senlis, l'Evêque d'Ast (1) ; & des Princesses, y avoit Madame de Nemours, Madame de Mayenne avec Messeigneurs ses enfans, Madame de Guise & Madame de Montpensier. Outre cela y avoit de grands Prédicateurs, qui avoient plus de puissance par leur doctrine & persuasion envers le Peuple, que personne du monde, & principalement Pierre Cristin (2), de qui l'éloquence (comme d'un Demosthene) tenoit & manioit leurs cœurs, ainsi que desiroient ces personnages & Seigneurs Etrangers : Monseigneur le Chevalier d'Aumale, Colonel de l'Infanterie de France, avec plusieurs Gentilshommes & ses Capitaines : & outre il y avoit le Parlement, & les autres Compagnies ordinaires de la Ville, le Prevôt des Marchands & Echevins d'icelle. Lesquels tous voïant que le siege continuoit, & le courage & résolution de ceux qui étoient assiégés croissoit & se résolvoit de mourir plutôt que se rendre, chacun se délibéra de mettre la main à la pâte, les uns donnant quelque argent pour païer les Soldats & fournir aux frais de la guerre, comme faisoient mondit Seigneur le Légat & l'Ambassadeur d'Espagne, tant de leurs moïens que de ceux de

____

(1) On a déja fait connoître presque tous ces personnages.
(2) Ce Pierre Christin, Prédicateur séditieux, étoit de Nice en Provence.

leurs maîtres ; les autres faifant la guerre aux forties & efcarmouches avec l'Ennemi, & autres aux fortifications des murailles,
fondre l'artillerie & la faire monter & mener fur lefdites murailles, lever les parapets, mettre des chaînes à la Riviere, &
toutes autres chofes néceffaires en matiere d'armes pendant un
fiege d'une telle & fi importante Ville. Auffi ceux de qui dépendoit le gouvernement & adminiftration de la police, connoiffant la grande faute qu'ils avoient faite pour n'avoir bien garni
la Ville de munitions ; ils y voulurent remedier, en faifant une
recherche générale des grains, & comptant le nombre de perfonnes qui étoit en la Ville, pour juger combien de temps elle
pourroit tenir, à raifon d'une livre de pain par jour pour chaque
perfonne. Il fe trouva deux cens mille perfonnes ; & de bled
environ pour les nourrir un mois. Ils compterent auffi l'avoine
qui y étoit, pour s'en fervir après, faute de bled, & en trouverent quinze cens muids. Et afin que le bled durât plus & fût dé-
penfé au profit des pauvres, ils ordonnerent par le confeil &
avis de quelques bons Bourgeois, zélés & affectionnés Catholiques (fpécialement d'Antoine l'Ami, Marchand & des premiers, & très Catholique), que l'on choifiroit en chaque quartier un Boulanger, auquel on délivreroit du bled, à raifon de
quatre écus le feptier, pour le vendre en pain aux pauvres, à
raifon de fix blancs. Or il ne leur reftoit plus que favoir au vrai
la réfolution du refte des Bourgeois & du commun du Peuple,
& la volonté qu'ils avoient de fe défendre, parcequ'en une fi
grande multitude, il ne fe peut faire qu'il n'y ait beaucoup de diverfes opinions. Pourquoi favoir ils firent une affemblée générale de Ville, & là jurerent tous de mourir plutôt que de recevoir un Hérétique pour Roi ; & non-feulement cela, mais encore découvrir & révéler tout ce qu'ils fauroient fe faire ou pratiquer à l'encontre de cette fainte Union ; qui fut caufe que quelque peu après on découvrit quelque entreprife fecrete de l'Ennemi, de laquelle étoient quelques perfonnes de la Ville affez notables, dont les uns furent mis hors & les autres exécutés ; & par
ce moïen l'état de la Ville, pour un temps fut plus affuré. Mais
parcequ'on voïoit qu'encore qu'il y eut affez bon nombre de
gens de pied dans la Ville, toutesfois il y manquoit de la Cavalerie pour faire les efcarmouches ; Monfeigneur de Nemours
fit appeller le Sieur de Vitri, qui avoit une fort belle Compagnie de cent cinquante hommes, avec promeffe de deux mille
écus pour l'entretenir, lequel y vint, & lui fut païé ladite fomme par l'Ambaffadeur d'Efpagne.   N n ij

L'ennemi qui fe voïoit lors avec quinze mille hommes, à fa-voir, douze mille de pied & trois mille chevaux, voïant qu'il n'avoit pu prendre les Fauxbourgs, logea fon camp aux lieux plus proches de la Ville (plus loin toutesfois que la portée du canon), & environna d'une part & d'autre la riviere, courant toute la Campagne d'autour, pour empêcher qu'il n'entrât en l'un ni en l'autre lieu chofe du monde. Il penfoit bien que la Ville de Paris aïant été quinze jours en cet état, feroit contrainte fe rendre, ou pour le moins qu'il y auroit quelque remuement & mutinerie dans la Ville à caufe des vivres ; & tous ceux qui en étoient fortis, & étoient avec lui, croïoient le même: & ce qui leur faifoit croire, étoit qu'ils favoient le peu de pro-vifion qu'il y avoit en icelle, n'y en aïant autre, excepté celle que les plus riches avoient pour leur famille, & aucuns Bou-langers & Marchands pour fort peu de temps, ce qui à compa-raifon d'un fi grand Peuple n'étoit qu'un grain de millet dans un grand champ ; outre qu'ils confidéroient que ce Peuple accoutumé à fes aifes & commodités, & de voir toujours les Places bien pleines de pain & d'autres denrées, ne les voïant plus, fe mutineroit & feroit une fédition tout incontinent ; qui fut caufe qu'il ne fe foucia pas beaucoup de faire autre effort que de prendre les paffages. Cependant ceux de dedans fai-foient tous les jours des forties, tant de gens de pied que de che-val, & ramenoient toujours quelques prifonniers, & demeurerent ainfi depuis le douzieme de Mai jufqu'au commencement de Juin. En ce temps le fieur de Potrincourt rendit le Château de Beau-mont à faute de vivres & munitions, l'aïant premierement défendu auffi vaillamment comme il fe pouvoit defirer ; &, cette Place étant rendue au Roi de Navarre, vint faire dreffer trois batteries en ruine à la Ville de Paris, faifant tirer trois ou quatre jours affez furieufement, avec treize pieces de canon ; & tira fi heureufement pour ceux de dedans, que le premier jour, qu'il y fut tiré bien cent coups de canon, il ne fut bleffé qu'un feul homme, & les autres jours ne fit pas plus d'effet ; toutesfois il ne laiffoit de faire tirer, pour étonner ce Peuple qui n'étoit accoutumé à fe voir battre de telle façon, & qui ne s'étoit jamais vu affiégé. Cependant, Monfieur de Nemours avoit fi bien fait planter l'artillerie (laquelle, en peu de temps, on avoit fondue & montée, qu'il y en avoit jufqu'à foixante & cinq pieces), & mettre fur les murailles & lieux d'où il pouvoit faire offenfer l'ennemi, qu'on répondoit fort fouvent à leurs

canonades ; mais c'étoit sans beaucoup d'effet tant de part que
d'autre ; & lui cependant sortoit quasi tous les jours aux escarmouches , & tant les Soldats & Gens de guerre qui étoient
dans la Ville, comme les Bourgeois même qui étoient animés
& encouragés par la belle résolution où ils voïoient être entre
les Gens d'Eglise , qui firent un jour leur montre en fort belle
Ordonnance , & avoient pour leur Capitaine l'Evêque de Senlis ; & pour les autres Chefs & Soldats , le Prieur des Chartreux avec plusieurs de ses Religieux , les Fueillans & les Capucins , tous lesquels accompagnés de quelques Habitans de la
Ville , dévots & Religieux , portant un crucifix & image de la
Vierge Marie pour enseigne , armés par-dessus leurs habits ordinaires , allerent par la Ville , avec résolution de défendre , par
la force , leur Religion , comme vrais Machabées , ou mourir
en la défense d'icelle (1). Voir donc ainsi cette belle & dévote
Assemblée (en laquelle il y en avoit à qui les os perçoient quasi
la peau de jeûnes & abstinences, comme les Fueillans qui ne
mangent que du pain avec des herbes crues , ou pour toute déli-
catesse , cuites avec du sel & de l'eau), cela enflamma les
cœurs des Habitans , de telle façon , & d'un feu si vif , qu'il
sembloit que toute la Mer ne fût pas bastante pour en éteindre
la moindre étincelle.

. Or il ne manquoit qu'une chose , à savoir de pouvoir réparer
le peu de soin que l'on avoit mis à pourvoir la Ville des choses
nécessaires , dont on commençoit fort à ressentir l'incommodité , & le dommage qu'apportoit cette petite prévoïance : à
quoi pensant remédier , on ordonna que les Païsans , bouches
inutiles & mendiants , qui étoient bien trente mille , & que l'ennemi avoit fait entrer en la Ville , en fussent mis hors : mais
ceux qui avoient la charge d'exécuter cette Ordonnance , pensant qu'il n'étoit de l'honneur & grandeur de la Ville , le faire ,
& ne pouvant croire , pour l'abondance qu'ils avoient toujours
vue en icelle , qu'ils pussent si-tôt manquer , ne la vouloient
mettre en exécution , encore qu'en toutes autres Villes bien
policées l'on ait toujours accoutumé en telles occasions faire
le semblable ; si bien que pour ne l'avoir fait , ils vinrent à
une si grande disette , que ne se voïant plus de vivres ni d'argent pour païer les Soldats , parceque les Bourgeois disoient
qu'il ne leur étoit possible de rien fournir , alléguant pour excuse , que tant de deniers qui avoient été levés & païés par eux,

____
(1) Voïez ci-devant ce qu'on a déja dit de cette Procession.

avoient été mal emploïés, mal ménagés, & diffipés par ceux qui les avoient maniés, fans jamais vouloir rendre compte, & perfonne ne l'ofoit demander, de peur d'encourir leur mauvaife grace; fi bien qu'il fût néceffaire de prendre fecours d'ailleurs. Et avifa Monfieur le Légat (1), Monfieur de Paris (2), & l'Ambaffadeur d'Efpagne (3), qu'il valoit mieux que les Eglifes & Paroiffes donnaffent tous les ornemens d'argent qu'ils avoient, fors ceux qui étoient néceffaires au Service Divin, à condition qu'ils feroient rendus dans trois mois, pour païer les gens de guerre, & que lefdits fieurs Légat & Ambaffadeur fecouroient les pauvres, & leur feroient des aumônes; & de fa part offrit l'Ambaffadeur d'Efpagne Dom Bernardino de Mendoze, donner chaque jour (pendant le fiege) pour fix vingts écus de pain, tant aux pauvres honteux, qu'aux autres de la Ville, ce qu'il fit; & de ces aumônes, les pauvres fe fentirent beaucoup allégés. L'ennemi cependant qui travailloit à ôter toutes les commodités de vivres, penfa qu'ôtant les moulins il y avanceroit beaucoup, tellement qu'il les fit tous brûler, qui fut une très grand perte à ceux de la Ville qui en tiroient très grand profit & revenu : mais on trouva tout auffi-tôt moïen d'en faire d'autres dans la Ville, les uns à bras, les autres qui fe tournoient avec des chevaux.

Or il ne faut douter que le Roi de Navarre, encore qu'il affiégeât, ne defirât autant ou plus la paix, comme ceux qui étoient affiégés; & comme toutesfois il ne la voulut demander, penfant que telle demande ne feroit féante au titre qu'il prétendoit, les Gentilshommes de fa fuite prierent le fieur de Saint Gouart (4), qui avoit été n'agueres Ambaffadeur à Rome, de communiquer avec Monfieur le Légat, lequel alla en la maifon du fieur de Gondi, aux Fauxbourgs Saint Germain, pour le voir avec Monfieur le Cardinal de Gondi; & ce qui fe fit là, fut qu'on affura que la réfolution des Catholiques étoit de mourir, plutôt tous, que recevoir un Hérétique pour leur Roi, & fe départirent d'enfemble là - deffus. Ce qu'aïant fu la Nobleffe, bon nombre d'entr'eux prenant le Comte de Soiffons pour Chef, le prierent de porter la parole, & faire favoir au Roi de Navarre, l'état auquel les affaires fe

---

(1) C'étoit toujours le Cardidal Cajétan.　　(4) M. de faint Gohart-de-l'Ifle. Il avoit
(2) Le Cardinal Pierre de Gondi.　　été Ambaffadeur en Efpagne de la part de
(3) Dom Bernard ou Bernardin de Men-　　Henri III,
doze.

trouvoient pour lors , à cause de cette résolution , la grande perte de Nobleſſe qu'il ſe devoit attendre de faire , la ruine d'une ſi belle & floriſſante Ville , comme celle de Paris , & finalement la déſolation de ce Roïaume , qui étoit toute apparente , s'il ne ſe faiſoit Catholique. Mais il fit la réponſe que fit le Prince d'Orange en Flandres , ſur même ſujet , que pour gagner un Roïaume , il ne quitteroit pas ſa Religion , & ne vouloit changer celle que ſes Miniſtres lui avoient appriſe , & que qui le voudroit ſuivre , le fît , car il étoit fermé là : ſinon ceux qui ne trouveroient bonne cette ſienne réſolution s'en allaſſent. La faim commençoit déja à preſſer ceux de Paris , & ceux de Saint Denis auſſi , qui étoit ce en quoi ſe fioit le plus le Roi de Navarre , avec les menées ſecretes qu'il tramoit en la Ville de Paris : mais Dieu permit que , comme elles ſe devoient exécuter , elles fuſſent découvertes ; dont aucuns de ceux qui en étoient , furent exécutés , entr'autres un nommé Regnard , Procureur au Châtelet de Paris , & les autres empriſonnés , & le reſte s'enfuit avec lui , faiſant que de la fleche dont ils viſoient contre les autres , ils fuſſent frappés eux-mêmes ; & ne profitant autres choſes , par leur entrepriſe , que de confirmer les cœurs des Catholiques à porter plus patiemment la faim , & attendre le ſecours que Monſeigneur de Mayenne pratiquoit du Roi d'Eſpagne , lequel pour être très grand , venir de loin , & falloit pour le lever & entretenir beaucoup de deniers , ne ſe pouvoit avoir ſi-tôt comme l'on deſiroit , & la néceſſité le requeroit. Et afin que cette difficulté & empêchement ne ſe ſût par le Peuple , & que cela ne fût cauſe de leur faire perdre courage (comme ſans difficulté on devoit croire qu'il le feroit), mondit Seigneur de Mayenne envoïoit fort ſouvent des Meſſagers , pour aſſurer du ſecours qu'il eſpéroit , & qu'en peu de temps il viendroit avec icelui , & les Prédicateurs le diſoient en leurs ſermons , & en aſſuroient le Peuple , tellement qu'il s'entretenoit , non toutesfois ſans fâcherie , avec ces eſpérances (invention ſans laquelle à grand peine eut-on pu venir à bout de ce qui avoit été ſi heureuſement commmencé), parceque Paris étant compoſé de deux ſortes de perſonnes , les uns riches , aiſés , & qui vivent à leur plaiſir , les autres pauvres & petites gens qui ne vivent qu'au jour la journée (1) , & voir ceux-là , qui au lieu des viandes délicates qu'ils avoient accou-

___

(1) Voïez la deſcription de cette diſette dans l'Hiſtoire de M. de Thou , Livre 99 , année 1590.

tumé de manger, n'ufoient plus que de pain d'avoine, & de chair d'Ane, Mulets & Chevaux, encore s'en trouvoit-il peu & bien cher. Ceux-ci ne gagner pas un liard, & n'avoir par de quoi acheter des bouillies qui fe vendoient, faites de fon d'avoine, qui étoit tout ce que mangeoient les pauvres, tant la cherté de toutes les autres chofes étoit grande. Ce n'étoit pas pour efpérer les pouvoir tenir long-temps. Toutes ces néceffi-tés furent telles & fi grandes, que les prieres s'augmentoient tous les jours : & en une Affémblée de Ville qui fut faite, l'on fit un vœu au nom de toute la Ville, à Notre Dame de Lo-rette ; & promit-on que fi - tôt que l'on feroit délivré de ce fiege, on lui feroit préfent d'une lampe & un navire d'argent, pefant trois cents marcs, avec autres offrandes & actions de grace, en reconnoiffance du bien que fes prieres auroient ap-porté. L'on faifoit outre cela des Proceffions fort dévotes de gens qui alloient nuds pieds, & fe faifoient en chaque Paroiffe des prieres de huit jours, où avec grand dévotion le faint Sacrement mis fur le Maître Autel, elles fe faifoient conti-nuellement, & ainfi l'une après l'autre en faifoient de même, & là les nuits les Oraifons continuoient comme de jour, ce qui certainement a plus défendu la Ville, que les armes des Habitans quelles qu'elles fuffent.

La faifon lors étoit de cueillir les grains & faire moiffon, qui étoit fort belle, & en grande quantité tout autour de la Ville, fi bien que ceux de dedans qui étoient fort preffés de faim, s'efforçoient d'aller couper, & les ennemis les empêcher le plus qu'il leur étoit poffible ; tellement qu'à cette occafion ils ve-noient fouvent aux mains, & s'efcarmouchoient : de façon que fi les uns fe vantoient d'avoir la fleur de la France, & l'élite des Capitaines pour commander, & des Soldats pour exécuter, les autres qui étoient peu en nombre ne leur cédoient rien, ne fe montroient moindres en valeur ni hardieffe ; & en cette faim ne fe rendoient pas feulement admirables, & éternifoient leur nom ceux de Paris, mais auffi & principalement Monfeigneur de Nemours, à qui la louange d'honneur (qui ne périra jamais) eft due, pour le travail, le foin, la diligence, la fageffe & la difcrétion dont il a ufé en la garde & défenfe de cette Ville, (comme auffi mérite avoir part en cette louange Monfeigneur le Chevalier d'Aumale, un des plus vaillans Princes de l'Eu-rope) & les fieurs de Vitri, Grandmont, Potrincour, & au-tres Gentilshommes qui ont expofé leur vie à la défenfe
d'icelle,

d'icelle, & tous les jours ont fait des sorties & escarmouches, principalement lorsque les Ennemis devoient être amusés, pour donner loisir aux pauvres d'aller couper quelques grains autour de la Ville ; qui fut cause de quelque soulagement de la grande nécessité, & fit secours pour quelques jours, & eut monté à beaucoup, si la multitude du Peuple n'eût été si grande.

Ceux qui donnoient ordre à la police (ou pour ne savoir comment, ou pour ne pouvoir) y alloient si lâchement, qu'à faute d'avoir fait sortir les bouches inutiles & les pauvres dont il y avoit fort grand nombre, il fut nécessaire, pour éviter au désordre qui en pouvoit arriver, que ceux qui avoient commencé à faire des aumônes, principalement l'Ambassadeur d'Espagne, parceque M. le Légat y avoit déja tout emploïé sa vaisselle d'argent, mais aussi les augmentassent, comme fit ledit Ambassadeur, donnant chaque jour pour six vingt écus de pain & de grandes chaudieres de bouillie, faite comme nous avons dit ci-dessus, qui étoit le seul manger des pauvres, & ainsi nourrissoit plus de deux mille personnes, sans l'argent qu'il bailloit pour les gens de guerre, auxquels ne pouvant fournir par ce moïen, il leur donnoit même de ses chevaux pour tuer & manger. En quoi il n'emploïa pas seulement tout ce qu'il avoit de deniers, mais aussi tout son crédit, à s'engager, & vendit ses bagues & vaisselle d'argent, sans retenir qu'une cuilliere pour soi. Pour lequel zele & affection qui ne pouvoit être plus grand, ainsi comme il étoit bien voulu & loué des bons, il étoit tant blâmé de ceux qui étoient mal affectionnés, qu'ils disoient tout haut, qu'il étoit cause que la Ville ne se rendoit, & le menaçoient de le tuer ; ce qu'ils penserent bien exécuter au tumulte qui arriva au Palais peu de temps après, comme nous dirons tantôt, mais en aïant été averti il se tint en sa maison & y mit quelques gardes de Lansquenets, jusqu'à ce que les choses fussent un peu appaisées.

Saint Denis cependant étoit tellement pressé de faim, qu'ils étoient réduits à ne manger chacun par jour que quatre onces de pain de son, dont Monseigneur de Nemours étant infiniment en peine, desirant de conserver cette Ville, faisoit tenir tous les jours quelque moïen de les secourir ; mais la difficulté y étoit si grande, à cause de la grande garde que faisoient les Ennemis autour d'icelle, qu'il ne lui fut possible de leur donner rafraîchissement. Toutesfois à la fin, comme le

Tome IV. Oo

bruit couroit tous les jours plus grand du secours proche, & que Monseigneur de Mayenne étoit près, il lui sembla qu'il valoit mieux hazarder vingt ou trente hommes, que de laisser perdre une Place de telle importance à Paris, étant le secours si proche comme il pensoit qu'il le fût, & l'écrivoit mondit Seigneur de Mayenne. Tellement qu'il prit trente des mieux montés de ses Gardes & leur faisant prendre à chacun un sac de farine à l'arçon de la selle, les fit tenir prêts pour passer de vîtesse jusqu'à saint Denis, pendant qu'il amuseroit les Ennemis, lui, Monseigneur le Chevalier d'Aumale & quelques Gentilshommes, faisant sortir ses gens par une autre porte. Ce qui fut exécuté hardiment & heureusement de quelques-uns, mais les autres qui ne furent si heureux & ne purent passer, tournerent bride incontinent & revinrent à Paris ; & ce peu de choses encouragea bien un peu ceux de saint Denis, mais voïant que le secours dont on parloit ne venoit point, & qu'il n'y avoit plus moïen de tenir, se rendirent à composition, la plus belle & honorable qui fut jamais vue. Car ils obtinrent tout ce qu'ils demanderent, emporterent tout ce qu'ils voulurent, & leur bailla-t-on encore des chevaux pour conduire leur artillerie, chose qui n'a pas accoutumé se donner à ceux qui sont vaincus ; mais le Roi de Navarre trouvoit cette Ville de telle importance, tant pour incommoder davantage Paris, que pour se loger qu'il ne se soucioit pas à quel prix il eût cet avantage.

Peu de temps auparavant, comme il faisoit faire quelques approches à ladite Ville, le sieur de Bregneu y fut blessé & comme il fut près de mourir, fit une belle confession en la présence des principaux & plus Grands de l'Armée, & dit qu'il ne sentoit sa conscience chargée de rien tant que d'avoir servi un Roi hérétique, & avoir porté les armes contre une si juste & sainte cause que celle des Catholiques, ce qui donna à penser à ceux qui étoient Catholiques, & entr'autres choses encore qui étoit arrivée peu auparavant ; à savoir, que les Minimes du fauxbourg saint Honoré n'avoient voulu recevoir à la Communion ceux qui s'y présenterent de leur Armée, & leur eussent refusé l'entrée de leurs maisons, s'il eût été en leur puissance, à cause qu'ils étoient tous excommuniés, comme fauteurs, adhérans & assistans à un hérétique, qui fut cause qu'aucuns d'entr'eux parlerent au Roi de Navarre de se faire Catholique. Et ledit sieur de saint Gouard envoïa vers M. le Légat, pour le prier de conferer encore avec lui, pour aviser s'il n'y auroit point quelque moïen de paix & reconciliation pour soulager ce pauvre Roiaume, & y aïant eu assurance de part & d'autre pour conférer librement, ils se virent au fauxbourg Saint Germain, Monsieur le Cardinal de Gondi y étant, présent ; mais ils ne firent rien, parce que lesdits Seigneurs n'avoient charge ni pouvoir de rien faire ni dire, sinon, que si le Roi de Navarre ne se faisoit Catholique (ce qu'il ne vouloit faire, ni que pas un des siens se mêlât de lui en parler) ceux de Paris desiroient plutôt mourir que d'admettre un Hé-rétique pour Roi. Les affaires demeurerent quelques jours en ces termes, renforçant cependant l'Ennemi chaque jour de nouvelles troupes qui lui venoient, & les Assiégés attendant le secours qui leur approchoit, jusqu'à ce que voïant le Roi de Navarre qui ne pouvoit empêcher que ceux de la Ville ne sortissent, & qu'ils ne coupassent les bleds, qu'ils ne tuassent des siens & qu'ils n'en prissent, comme entr'autres ils prirent le sieur d'Andelot, frere de Chastillon, tous deux fils du feu Amiral qui fut tué à la saint Barthelemi ; aiant eu principalement renfort dudit Chastillon de bien deux mille hommes de pieds Gascons, & huit cens chevaux, se délibera d'exécuter une chose, laquelle s'il eût plutôt faite, lui eût pu servir à venir à bout de son dessein : ce fut de prendre tous les fauxbourgs, ce qu'il fit la nuit du Vendredi 27 de Juillet, & tout aussi-tôt les fit fortifier avec retranchemens & barricades, & fit approcher le canon d'un jet de pierre des portes de la Ville, & faire beaucoup de trous aux maisons qui commandoient aux murailles, pour empêcher ceux de la Ville, s'avancer sur icelles, ni aller sur le rempart. Les assiégés pensoient bien que telles approches étoient pour venir aux mains, ou pour donner l'escalade, ou pour miner ; à cause de quoi Monseigneur de Nemours ne dormoit ni nuit ni jour, donnant ordre à fortifier & remparer les lieux les plus foibles, mettant quelquefois lui-même la main à l'œuvre. Et parceque l'Ennemi commençoit à battre vivement la porte de saint Honoré, il la fit le jour même terrasser & la remparer de telle façon, qu'il rendit ce lieu-là assuré contre tout ce que l'Ennemi y pouvoit attenter. Avec tout cela la faim & la né-cessité qui étoit en la Ville, étoit très grande, parcequ'encore que les Huguenots de Sancerre se fussent obstinés à défendre leur Ville, jusqu'à manger du pain d'ardoise & d'autres pierres mises en poudres avec du vin ; ils étoient peu & quasi tous gens de guerre & soldats qui pouvoient, plus facilement que le

Peuple de Paris accoutumé à la paix & à l'aise, supporter cette nécessité, & avec tout cela je vis beaucoup de fois manger de l'oint de quoi on fait de la chandelle & servoit de pain à manger aux pauvres ; & les riches (encore qu'aucuns eussent quelque chose de reste) la plus grande part mangeoit du pain d'avoine & de son, & encore par poids ; ce qui s'est pratiqué jusqu'aux maisons des Princes & Princesses, qui ne donnoient à leurs Gentilshommes à chacun par jour que demi-livre ou peu plus de ce pain. Cette nécessité & misere croissoit d'heure en heure, à cause même que la chair de cheval étoit si chere pour la grande quantité du Peuple qui étoit dans la Ville, que les petits n'en pouvoient acheter ni avoir un morceau & étoient contraints de manger des chiens & des herbes crues sans pain ; & au lieu de vin, parcequ'il y en avoit fort peu, boire de la tisanne qui se vendoit par les carrefours, comme autrefois on faisoit la malvoisie. Encore la patience en ce, étoit si grande, qu'avec toutes ces calamités & miseres, ils aimoient mieux mourir que recevoir un hérétique, & faire paix avec lui.

Et parcequ'il lui sembloit que ne pouvant entrer par force, cette nécessité étoit une belle occasion pour lui ; il pratiqua secretement avec les serviteurs qu'il avoit dans la Ville, une sédition & mutinerie sous prétexte de la faim, pensant cependant trouver moïen de se saisir de quelque porte, & se faire maître de la Ville ; mais cette menée ne fut pas si secrete qu'elle ne fut sue de quelques-uns, & même le temps & la nuit qu'elle se devoit exécuter ; & entr'autres Pierre Cristin, duquel il a déja été parlé, en avertit Monseigneur de Nemours, lequel fut toute la nuit à cheval à faire la ronde, & donna si bon ordre à la Ville, que l'Ennemi n'eut moïen d'exécuter son entreprise ; mais le lendemain le Conseil s'assemblant au Palais, il vint un nombre de pauvres gens, qui commencerent à demander la paix, & firent quelque tumulte ; mais parcequ'on en étoit averti, il fut aisé d'y remedier, & fut appaisé de cette façon pour quinze jours. Au bout desquels au même lieu vint une plus grande troupe de gens, avec armes, demander ou la paix ou du pain ; & le premier qui se présenta & se voulut opposer à eux, qui fut un honnête Marchand, homme de bien & bon Catholique, & Capitaine de son quartier, nommé le Gois, ils le blesserent de telle façon, que peu de jours après il en mourut. En cette rumeur courant par toute la Ville, Monseigneur le Chevalier d'Aumale avec les Gentilshommes & Capitaines y arriva

auſſi-tôt , lequel faiſant fermer toutes les portes du Palais,
fit · prendre priſonniers tous ceux qui s'y trouverent avec armes , & le lendemain il y en eut deux de pendus des principaux au même lieu & qui avoient bleſſé le Capitaine le Gois. Ils
confeſſerent l'entrepriſe , & que l'Ennemi à leur faveur ſe ſai-
ſiſſant du Palais , devoit par icelui entrer en la Ville ; mais Dieu
qui la gardoit , rompit & mit à néant ce deſſein. Et cela fut
cauſe (voïant que la néceſſité preſſoit de telle façon , & qu'elle
apportoit couleur aux méchans de faire ces déſordres) que l'on
commença déſormais à ſonger s'il n'y auroit point quelque moïen
de traiter paix. Pour à quoi parvenir , on raſſembla le Conſeil,
où étoit Monſeigneur le Duc de Nemours , Monſieur le Cardinal de Gondi , Monſieur l'Archevêque de Lyon , des Préſidens
& des Conſeillers de la Cour de Parlement & autres principaux
de la Ville. En ce Conſeil il fut fort débatu s'il étoit néceſſaire
ou expédient de s'accorder avec le Roi de Navarre ; les uns diſoient qu'il valoit mieux mourir , que donner la Couronne de
France à un Hérétique & relaps , même qui avoit déclaré peu
auparavant , que pour gagner un Roïaume , il ne voudroit perdre ſa Foi (ſi Foi ſe doit appeller celle qui lui a été enſeignée) ,
& alléguoient davantage , qu'étant la façon des Courtiſans d'i-
miter leur Roi , tant en ſes mauvaiſes que bonnes façons de
vivre , comme l'on avoit vu en Angleterre & autres Provinces ,
il en aviendroit un très grand détriment à ce Roïaume & à
toute la Chrétienté , & que quant à ce qu'aucuns ſe perſuadoient
que quand il ſeroit Roi qu'il abjureroit ſon opinion , c'étoient
des eſpérances trop frivoles , & des tromperies d'un homme qui
les avoit déja trompés.

Et que quant à ce qu'il promettoit d'être protecteur de la Religion Catholique , Apoſtolique & Romaine , & qu'il y main-
tiendroit chacun , & donneroit liberté à tout le monde ſans force quelconque , de vivre en quelle Religion il lui plairoit , c'é-
toit choſe trop inuſitée & trop peu aſſurée , qu'un Hérétique
vécut avec un Catholique en paix , tant s'en faut qu'il les voulut défendre ; parcequ'en Allemagne ils vivent bien ainſi les
uns avec les autres ſans diſſenſion , cela vient de la bonté &
douceur des Catholiques , parcequ'il n'y a point de Seigneur
en toute icelle Hérétique , qui permette un Catholique vivre
en ſon Païs , encore qu'il y en ait de Catholiques qui y laiſſent
bien des Hérétiques. Mais encore que toutes ces raiſons euſſent
été fort bien débattues de part & d'autre , la néceſſité fit condeſ-

cendre en l'opinion plus douce en apparence, & fut arrêté que Monfieur de Paris & Monfieur de Lyon iroient trouver le Roi de Navarre, pour voir s'il fe pourroit faire quelque paix univer-felle pour tout le Roïaume. Et tous furent de cet avis, excepté Monfeigneur de Nemours, lequel pour s'excufer d'y condefcen-dre, dit qu'il avoit juré & promis avec les autres Princes de dé-fendre la Religion Catholique, & qu'il ne pouvoit faire chofe qui préjudiciât à ce ferment, fans le confentement des autres Princes qui avoient promis comme lui, & que la garde de la Ville de Paris lui aïant été baillée par fon frere, il étoit réfolu de mourir, ou de la lui remettre en l'état auquel il l'avoit reçue, ou au moins plutôt confummée que perdue par fa faute. Les Dé-putés (la néceffité de la Ville croiffant d'heure en heure) parti-rent & allerent trouver le Roi de Navarre, qui étoit venu à S. Antoine, fort près de la porte de la Ville, pour les recevoir. Il les reçut plus froidement qu'ils ne penfoient; & lui aïant pro-pofé ce dont ils étoient chargés, à favoir le bien qui arriveroit en ce Roïaume d'une paix univerfelle, & que cela confiftoit feu-lement en ce qu'il pouvoit faire, d'embraffer la Foi que les Rois fes prédéceffeurs avoient tenue, moïennant quoi, la Ville de Paris étoit prête de le recevoir pour Roi, & s'affuroit que les autres Villes en feroient autant; il leur fit réponfe qu'il favoit bien que la Ville de Paris avoit le couteau fur la gorge, & que ce qu'ils venoient à lui c'étoit l'extrême néceffité qui les y contrai-gnoit, toutesfois fi elle fe vouloit rendre à lui, il la recevroit à mifericorde, fans y comprendre aucune autre Ville, ni parler de laiffer fon héréfie, parcequ'il étoit réfolu de ne laiffer jamais fa Foi, & qu'ils s'en retournaffent, parcequ'il ne vouloit qu'ils allaffent communiquer avec le Duc de Mayenne. Que ce n'étoit pas affaire aux Vaffaux de donner des conditions à leur Roi, mais bien au Roi de leur pardonner. Eux lui dirent, qu'ils n'a-voient charge de rien faire fans parler premierement à Monfieur de Mayenne, & ne le pouvant obtenir, furent contraints s'en revenir à la Ville. Cela donna opinion au Roi de Navarre que les Parifiens étoient fort preffés, & que facilement il les éton-neroit, & les pourroit emporter, fi bien qu'il fit mettre treize pie-ces de canon devant la muraille, proche la Porte Saint Ger-main, & en un endroit foible, où le foffé étoit fec & n'étoit gueres creux; mais Monfieur de Nemours fit telle diligence de faire fortifier cet endroit, terraffant premierement la Porte, & abbattant quelques vieilles mafures, qui étoient au-deffus d'icelle, afin que l'Ennemi venant à les abattre, elles ne lui serviffent à combler le foffé, ou offenfaffent ceux de la Ville, mettre artillerie fur le rempart, faire feux artificiels s'ils venoient à l'affaut ou donnaffent l'efcalade, garnir cet endroit des meilleurs Soldats qui fuffent en la Ville, & y être lui-même nuit & jour, que cela fit qu'il garantit ce lieu.

Il fut auffi qu'on le minoit & que l'on étoit déja bien avant; mais aïant donné ordre que la mine fut bien-tôt éventée, il la rendit inutile. Mais le Roi de Navarre voïant que de tenter la batterie, & faire miner plus avant, ni donner efcalade (encore qu'il eut plus de deux mille échelles) ce feroit trop périlleux & de peu de profit; il penfa qu'il valoit mieux tenter un autre chemin, plus sûr & plus doux, qui fut de belles paroles & de promeffes, fe fouvenant peut-être du proverbe que l'on dit : que les dons & préfens rompent les rochers mêmes, & ainfi envoïa vers Monfeigneur de Nemours & à Madame de Nemours (1) divers meffagers; tantôt des lettres, tantôt des perfonnes exprès; leur remontrant l'opiniâtreté de ne fe vouloir rendre, vu l'extrêmité en laquelle ils étoient, & le bien & avantage qu'il devoient attendre, s'ils fe vouloient départir de cette opiniâtreté; qu'il feroit ce qu'ils lui demanderoient : & la lettre qu'il écrivit à mondit Seigneur de Nemours, étoit telle.

MON COUSIN,

» Vous avez fait affez paroître votre valeur & générofité en
» la défenfe de Paris jufqu'ici; mais de vous opiniâtrer davantage
» fous une vaine attente de fecours, il n'y a aucune apparence;
» & fi vous me contraignez de tenter la force, vous pouvez pen-
» fer qu'il ne fera lors en ma puiffance d'empêcher qu'elle ne foit
» pillée & faccagée. Encore quand le fecours que vous atten-
» dez viendroit, vous favez qu'il ne peut paffer jufqu'à vous fans
» une bataille, laquelle devant que me donner ni préfenter, vo-
» tre frere fe fouviendra de la derniere; & quand bien Dieu me
» défavoriferoit tant, pour mes péchés, que je la perdiffe, votre
» condition feroit encore pire (pour n'avoir voulu reconnoître
» votre Roi légitime & naturel) de tomber fous la domination

(1) C'étoit la veuve de François Duc de Guife, & mere du Duc de Nemours. Cette Princeffe, dit M. de Thou, étoit d'un caractere doux & pacifique, & paffoit pour favorifer en fecret le parti du Roi dans l'efpérance, dit-on, d'obtenir de ce Prince fa fœur en mariage pour fon fils.

» des Espagnols, les plus fiers & cruels du monde. Partant je
» vous prie de vous souvenir de ce qui s'est passé, & jetter les
» yeux sur ce qui peut avenir, & me reconnoître pour tel que
» devez, votre Roi & bon ami.

Toutes ces diligences & pratiques n'eurent autre effet, sinon
de le confirmer davantage en la résolution qu'il avoit dès long-
temps prise; & écrivit à un des Maréchaux de France, pour le
prier de dire au Roi de Navarre, qu'encore qu'il fût son Serviteur, il l'étoit encore plus de la Religion Catholique & de la
Foi, qui ne lui permettoit de le reconnoître, à cause de sa prétendue Religion; mais qu'embrassant la vraie, & se faisant Catholique, il seroit le premier qui travailleroit à le faire reconnoître & à la paix, & que ceux de Paris lui ouvriroient les portes; mais autrement qu'ils étoient délibérés mourir plutôt tous,
& lui avec eux, que de contrevenir à ce qu'ils avoient tous
promis. Voilà donc l'état de cette louable Ville, tant pressée
de faim, que non-seulement les pauvres en mouroient, mais aux
plus grandes maisons & plus riches, comme celles de Monsieur
le Légat, de l'Ambassadeur d'Espagne, des Princes & Princesses, chaque jour les Gentilshommes n'y mangeoient que six onces de pain; en la plûpart des autres maisons, on ne pouvoit
quasi rien donner aux serviteurs, & tout le menu Peuple enduroit la même nécessité. La chair étoit fort chere à cause de la
grande quantité de chevaux & mulets que l'on y avoit mangés,
comme de deux mille chevaux & huit cens ânes que mulets; &
les pauvres mangeoient des chiens, des chats, des rats, des
feuilles de vigne & autres herbes qu'ils trouvoient, encore
étoient ils fort chers. Entr'autres le Gardien des Cordeliers m'a
assuré qu'en trois semaines on n'avoit pas mangé en son Couvent
un morceau de pain, & qu'ils n'avoient qu'un peu de ces herbes
que nous avons dit, & de ces bouillies faites de son d'avoine,
comme les autres. Et beaucoup de ceux qui n'avoient de quoi
acheter de ces petites choses, mouroient par les rues (qui doit
bien tourner à la louange de la Chrétienté, & compassion de ce
pauvre Peuple), & s'en trouvoit quelques matinées cent, cent
cinquante & quelquefois jusqu'à deux cens de morts de faim
par les rues; & de compte fait, il se trouve qu'en trois mois il
est bien mort treize mille personnes de faim. C'étoit-là le changement de la gloire & triomphe de cette belle Ville, laquelle
au lieu de ces belles & riches tapisseries, vaisselle d'argent,
joïaux

joïaux & pierres précieufes ; au lieu des beaux carroffes, coches & chevaux, qui promenoient les Gentilshommes & Dames
par la Ville, ne fe voïoit autre chofe que chaudieres de ces
bouillies & herbes cuites fans fel ; & marmites de chair de cheval, âne & mulet de quoi le pauvre Peuple Chrétien & Religieux fe maintenoit. Les peaux mêmes & cuirs defdites bêtes fe
vendoient cuites, dont ils mangeoient avec autant d'appetit,
comme ils euffent fait des meilleures viandes du monde. Le
boire ne les foutenoit gueres davantage, parceque (comme j'ai
dit) les tavernes & cabarets de bons vins, s'étoient changés en
trafic de je ne fais quelles eaux, comme tifannes mal cuites &
mal faites, qui fe vendoient par les carrefours. La mufique qui
s'y entendoit, étoient les cris des pauvres, des vieilles gens,
pauvres femmes & petits enfans, qui demandoient du pain fans
que perfonne leur en pût donner ni les fecourir. Et puis s'il falloit trouver un peu de pain blanc pour un malade, il ne s'en
pouvoit trouver, ou bien c'étoit à un écu la livre. Le beure,
qui étoit auparavant le commun manger des pauvres, & fe donnoit à quatre ou cinq fols la livre, valoit deux & trois écus ; les
œufs dix & douze fols la piece ; le feptier de bled valoit cent &
cent vingt écus, & toutes les autres chofes à l'équipollent. J'ai
vu manger à des pauvres, des chiens morts tous crus par les rues ;
aux autres des tripes, que l'on avoit jettés dans le ruiffeau ; & à
d'autres des rats & fouris, que l'on avoit femblablement jettés ;
& furtout des os de la tête des chiens moulus (chofe quafi incroïable, & que la Ville de Paris fi abondante autrefois, fut
venue à telle extrêmité) ; car comme l'Ambaffadeur d'Efpagne
peu auparavant eut conté en une compagnie, qu'en une Place
du Grand Turc, affiégée par les Perfes, on y avoit mangé du
pain des os mis en poudre, cela non-feulement ne put être cru,
mais fut interprêté de plufieurs mal affectionnés, finiftrement
& en mauvaife part. Cela fe pratiqua à la fin, & l'ai vu de mes
propres yeux (1).

Le bois ne faifoit pas quafi moindre befoin que le refte, fi
bien que pour brûler, il falloit rompre tables, lits, chaires,
bancs, & mêmes les couvertures des maifons, & les pauvres vendoient un peu de ce bois pour quelque morceau de
pain d'avoine.

(1) M. Dupuy dans fes Notes fur la Satyre Ménippée dit, qu'on nomma ce pain le
pain de Madame de Montpenfier, parce
qu'elle en avoit loué l'invention. Il ajoute,
que cela dura peu, parce que ceux qui en
mangerent en mourirent. Voïez fur toutes
ces miféres l'Hift. de M. de Thou, L. 99.

Tome IV.   P p

Ces miseres & calamités étoient suivies de plusieurs maladies, entr'autres d'enflures, dont tous les pauvres étoient tourmentés, comme l'hydropisie; mais la médecine qu'ils y faisoient étoit la patience, de laquelle il étoient tellement armés, qu'elle augmentoit encore plus que leur mal, & ne laissoit-on de faire infinies processions, avec les indulgences & pardon que Monsieur le Légat leur donnoit, qui se gagnoient en la plûpart des Eglises, avec les sermons qu'ils oioient, qui leur faisoit prendre tant de courage, avec tout ce qu'ils enduroient, que les sermons leur servoient de pain; & quand un Prédicateur les avoit assurés qu'ils seroient secourus dans huit jours, ils s'en retournoient contens, & s'entretenoient de cette espérance, encore qu'on leur eût donné beaucoup de telles remises & dilations, & ne leur souvenoit plus de ce qu'ils avoient enduré, si bien qu'il se peut dire que les Prédicateurs ont été la cause de la belle résolution de ceux de Paris, comme Monseigneur de Nemours l'a été de leur persévérance en icelle, & de tenir la main que personne ne se lâchât, & principalement des plus grands, où il y avoit plus de danger, ce qu'il fit avec tel soin, discrétion & diligence que fit jamais homme.

Doncques les choses étant en tel état, on sut pour le vrai que Monseigneur de Mayenne n'avoit pas seulement joint les forces que le Roi d'Espagne lui envoioit, & que le Prince de Parme n'envoioit pas seulement ce qu'il avoit en Flandres, mais qu'il y venoit en personne au hazard & péril de son Gouvernement, & des Païs-Bas, & qu'ils venoient au secours de Paris, & qu'il étoit arrivé à Meaux avec mondit Seigneur de Mayenne, qui avoit déja une armée de quinze mille hommes (1). On entendit aussi les nouvelles de la belle réception qu'on lui avoit faite en ladite Ville, & la protestation aussi qu'il fit, que l'intention du Roi d'Espagne n'étoit autre que de favoriser l'intention des Catholiques, & avancer la sainte Union d'iceux, extirper les

---

(1) Le Prince de Parme arriva le 22 Août 1590. On dit ici qu'il étoit à la tête de quinze mille hommes. M. de Thou en compte dix de pied, & trois mille chevaux. Un autre Historien dit douze à treize mille hommes. Le Prince de Parme étoit suivi de plusieurs Princes & Seigneurs, comme des Princes de Chimai, d'Ascoli, & de Château-Beltran (ou plutôt, de Château-Porcien, Principauté en Champagne, qui étoit dans la maison de Croy, comme celle de Chimay; d'Emmanuel de Lalain, Marquis de Renty, Commandant des Chevaux Legers; des Comtes de Berlaymond & d'Aremberg; de Don Antoine de Zuniga, qui étoit retourné en Flandres depuis le départ du Duc de Mayenne, de Dom Sanche de Leyva, de Dom Alfonse Idiaquez, de Pierre Gaëtano, de Jean-Baptiste Taxis, Provedidor de l'Armée, &c. Voïez l'Hist. de M. de Thou, Liv. 99.

héréfies, & empêcher qu'il ne vînt à la Couronne un Roi Hérétique & contraire à la Religion Catholique, Apoftolique &
Romaine, & qu'il étoit délibéré pour ce faire d'y emploïer
tout, jufqu'à fa propre vie, fans defirer ni Place, ni Ville,
ni Château, comme aucuns difoient, & l'Ennemi faifoit courir
le bruit.

Le Roi de Navarre, qui jufques-là n'avoit pu croire la venue
du Prince de Parme, fut contraint le croire, & qu'il étoit venu
avec plus de force qu'il ne penfoit ; & encore peut-être penfoit-
il en lui-même, que fon armée fut de douze à treize mille hommes de pied, & trois mille cinq cens chevaux, tous gens les
plus aguerris & réfolus qu'on vit jamais, comme nous dirons
après. Voïant donc le peu d'apparence qu'il y avoit de prendre
Paris de force, ni par la faim, & le grand péril auquel fe voïoit
tomber, s'il ne donnoit ordre à fes affaires promptement, il écrivit aux Prélats, (lefquels il n'avoit voulu laiffer paffer peu de
jours auparavant, pour aller trouver Monfeigneur de Mayenne) les priant d'aller vers lui, leur envoïant un ample fauf-con-
duit, & la carte blanche par le Sieur d'Andelot prifonnier, pour
faire la paix comme ils voudroient, réfervant toutesfois l'article
de la Religion, parcequ'il y vouloit mourir (dis-je en fon héréfie, non pas Religion), & ainfi partirent encore une fois Monfieur le Cardinal de Gondi & Monfieur l'Archevêque de Lyon,
avec quelqu'autres, pour aller trouver Monfeigneur de Mayenne ; mais l'Ambaffade fut tellement fans fruit, que n'en aïant été
rien fait, Monfieur le Cardinal de Gondi fe retira en fa maifon,
& Monfieur de Lyon, après avoir fait au Navarre la réponfe
de Monfeigneur de Mayenne, qui étoit, qu'il étoit déja trop tard,
& qu'il ne pouvoit plus rien faire fans l'intention du Prince de
Parme, & qu'il ne fe pouvoit plus traiter de paix, pour les raifons que nous dirons après, il s'en retourna vers Monfieur de
Mayenne ; & ainfi demeura le Roi de Navarre comme hors d'efpoir à demi de la Couronne qu'il efpéroit, & les fiens du tout
hors de l'attente qu'ils avoient de piller Paris. Chofe qui ne leur
fut pas moins fâcheufe à fupporter, que la faim aux affiégés,
parcequ'ils étoient fi mal équipés, & avoient fi peu d'argent,
que la plus grande part étoient quafi tous nus, fans chemife,
chapeaux, fouliers, mal armés, leurs chevaux harraffés & mal
équipés, avec plufieurs autres incommodités qui s'endurent en
un fiege. Pour aufquelles remedier, ils ne pouvoient faire autre
chofe, que vendre fecrettement de la viande aux affiégés, les

paſſeports qu'ils obtenoient à cet effet, pour les uns & pour les autres, & qu'on leur donnoit à faute d'autre choſe pour les païer.

Le Prince de Parme donc arrivé à Meaux, accompagné de tous les Princes & Seigneurs de ſa Cour, Eſpagnols & Italiens; à ſavoir le Prince (1) d'Aſcoli le premier après lui, & la ſeconde perſonne de ſon Conſeil, le Prince de Château Beltran, le Prince de Chimai, le Marquis de Ranti, le Comte de Baerleimont, le Comte d'Aremberg, Dom Sance de Leyva, avec infinis Gentilshommes & Capitaines, comme Jean-Baptiſte de Taxis, qui a été autrefois Ambaſſadeur en France, & eſt à cette heure Superintendant Général de l'armée) Dom Alonſe Ydiaquez, Dom Antonio de Zugninga Meſtres de Camp du Régiment d'Eſpagnols; Pierre Gaetan, Meſtre de Camp du Régiment des Napolitains, & Capechuca Romain, Meſtre de Camp d'autre Régiment d'Italiens; & tous les Soldats & autres Gens de guerre, les plus vaillans qui porterent jamais armes.

Deux jours après vint le Sieur de la Motte (2), Gouverneur de la Ville de Graveline, Capitaine des meilleures & plus vieilles bandes que le Roi d'Eſpagne ait à ſon ſervice. Il amena quand & lui l'arrierre-garde de l'armée, faiſant office de Meſtre de Camp général & de l'artillerie. Et le jour ſuivant toute l'armée commença de marcher en ordonnance vers Paris, dequoi le Roi de Navarre averti par ſes Coureurs, il aſſembla tous ſes gens qui étoient fort écartés, & le trentieme d'Août levant le ſiege, commença à marcher vers Monſeigneur de Mayenne avec toute ſon armée, qui étoit environ de ſeize mille hommes de pied, & de quatre à cinq mille chevaux, étant délibéré de donner bataille, laiſſant les fauxbourgs de Paris libres; mais au reſte en tel état, qu'il n'y avoit rien d'entier en iceux, & ſpécialement en quelques Egliſes, où ils avoient tout gâté, rompu & jetté par terre les reliques d'icelles.

Mais ce département vint ſi à propos, que s'il eût tardé encore deux ou trois jours ceux de Paris euſſent été contraints lui ouvrir les portes & encore à le prier d'entrer dedans; & ſe voïant libres ſi inopinément, la réjouiſſance n'y fut pas moindre qu'avoit été la triſteſſe auparavant. Et M. le Légat avec Monſeigneur de Nemours, les autres Seigneurs, & la plus grande partie du Peuple, allerent le même jour à la grande Egliſe,

(1) Voïez ſur les noms ſuivants la Note précédente.
(2) Valentin de Pardieu de la Motte.

où se fit (pour rendre graces à Dieu) une solemnelle Procession, chanter *Te Deum* ; & le jour d'après, la pauvre Ville affligée commença à prendre un peu de repos, cependant que le Roi de Navarre alloit présenter inconsidérément la bataille à Monseigneur de Mayenne, lui envoïant un Héraut pour la demander, lequel mondit Seigneur de Mayenne envoïa au Prince de Parme, & l'aïant ainsi renvoïé par deux ou trois fois, il pria le Prince de Parme lui faire réponse, parcequ'il avoit charge de lui parler, tout ainsi qu'à Monseigneur de Mayenne. Lors le Prince de Parme lui répondit : dites à votre Maître que je suis venu en France par le commandement du Roi mon Maître, pour mettre fin & extirper les Hérésies de ce Roïaume, ce que j'espere faire, avec la grace de Dieu, devant que d'en sortir, & si je trouve que le chemin plus court pour y parvenir soit de donner bataille, je lui donnerai & le contraindrai la recevoir, ou ferai ce qu'il me semblera pour le mieux.

Aïant fait cette réponse, l'armée chemina, & vinrent assiéger Lagni ; & de l'autre côté de la Riviere, Monseigneur de Mayenne, & lui, firent mettre sept pieces de canon devant la Ville, qui la battirent le Vendredi, veille de Notre Dame de Septembre, depuis le matin jusqu'à midi, & par un pont de bateaux qu'ils avoient fait faire un peu au-dessous, ils firent donner l'assaut. Le Roi de Navarre les pensa secourir avec quelque Cavalerie & un Régiment de Gens de pied, mais la plus grande partie d'iceux fut mise en pieces par quelques gens du Prince de Parme ; & ceux qui purent entrer dans la Ville, fut à l'heure que les Catholiques y donnoient l'assaut, si furieux, qu'ils l'emporterent, & mirent au fil de l'épée tous les Soldats qui y étoient jusqu'à six cens, & le Gouverneur de la Ville, nommé le sieur de la Fin, prisonnier, & bien cent autres, tant Capitaines, que Gentilshommes. Pour se venger de quoi, le Roi de Navarre releva son camp secretement, & le Dimanche suivant sur les onze heures de nuit, envoïa grande quantité des siens dans le fauxbourg Saint Jacques de Paris, qui donna une allarme à toute la Ville ; mais demeurerent là sans faire bruit, & que personne les vit.

Les premiers qui sortirent après l'allarme donnée, furent les Jésuites, qui s'en allant incontinent à la muraille proche leur maison, qui est depuis la porte de Saint Jacques jusqu'à celle de Saint Marcel, & voïant qu'il n'y avoit point de Garde, s'y

mirent en fentinelle dix d'entr'eux ; & comme ceux de la Ville
virent l'allarme paffée, & qu'on ne voïoit paroître perfonne,
la plus grande partie s'en retourna en fa maifon : mais ces bons
Peres, ou pour rendre meilleur compte de ce qui fe pafferoit
cette nuit, ou par infpiration divine pour le falut de la Ville,
ne fe voulurent encore retirer, & demeurerent ainfi quafi jufques fur les quatre heures du matin, & lors ouirent quelque
petit bruit au foffé, à l'endroit où ils étoient, & s'arrêtant tout
coi, jugerent bien qu'il y avoit là grande troupe de Gens,
mais l'obfcurité étoit fi grande, à caufe d'une bruine qu'il faifoit, qu'ils ne les pouvoient voir ; qui fut caufe qu'ils commencerent à crier à l'allarme ; mais les ennemis ne laifferent pourtant de planter fix ou fept échelles, & monter à la muraille :
& le premier qui parut, vint droit au lieu où étoit un des Jéfuites, qui lui donna un fi grand coup, d'une vieille halebarde
qu'il avoit, qu'il la rompit en deux fur fa tête, & le firent
tomber du haut de la muraille en bas, & en firent autant à
deux autres, ces bons Peres, & à un qui avoit déja jetté une
échelle dans la Ville pour defcendre, mais ils l'acoutrerent fi
bien avec deux pertuifannes qu'ils avoient, qu'ils lui ôterent
l'échelle qu'il tenoit avec la main gauche, & ne lui donnerent
loifir de fe fervir d'un coutelas qu'il avoit en la main droite,
encore qu'il leur en tirât beaucoup de coups : mais à la fin laffé
& bleffé d'un coup à la gorge, il tomba comme les autres (1).
A ce bruit arriva un Avocat Anglois nommé Guillaume Balden,
& un Libraire nommé Nivelle, lefquels trouvant un de ces
bons Peres après un qui vouloit monter, & le vouloit empêcher, lui aiderent à le jetter par terre, & le tuerent ; & cet
Avocat en voïant un qui étoit déja fur la muraille, & prêt de
mettre fon échelle dans la Ville, lui donna un fi grand coup
d'épée fur la main, qu'il la lui coupa, & le contraignit fe retirer
bien vîtement : cependant chacun de la Ville arriva en cet
endroit, & on jetta tant de paille allumée dans le foffé, que les
ennemis (qui étoient bien déja là deux mille), voïant la clarté, &
qu'ils étoient découverts, fonnerent la retraite, & laifferent là
leurs échelles. Ce fut là le troifieme & plus apparent moïen
que ces gens aveuglés eurent de prendre la Ville, parceque fi au
lieu de fix échelles qu'ils mirent, ils en uffent mis fix cens, & en
divers lieux, comme ils pouvoient faire, en aïant plus de quinze

____

(1) M. de Thou, dans fon Hiftoire, Liv. 99, paroît beaucoup douter de ce fait : &
il dit de Cornelio, Auteur de ce récit, que c'eft un écrivain peu exact.

cens (le Peuple & tout le monde étant tant las & fatigué), ils fussent venus à bout de leur entreprise ; mais Dieu les voulut aveugler comme les autres fois, & que ces bons Peres eussent cette gloire d'avoir défendu cette Ville, non seulement par leur doctrine, mais aussi avec les armes, & au prix de leurs vies. Que s'il se voit par ce discours, que cinq choses sont en la conservation de ce Peuple, faillant l'une desquelles, à ce qu'il semble, il seroit impossible de la conserver ; à savoir, l'esprit & la valeur de Monseigneur de Nemours, Gouverneur d'icelle, la présence de Monsieur le Légat, les aumônes de l'Ambassadeur d'Espagne, la persuasion des Prédicateurs, & les nouvelles écrites par Monseigneur de Mayenne, & publiées par les Princesses, nous pouvons dire que la sixieme & plus apparente des autres a été la diligence & le soin de ces bons Peres. Dequoi honteux, le Roi de Navarre, de n'avoir pu venir à bout de son entreprise, a rompu son armée, après avoir perdu cinq ou six mille hommes en plusieurs & diverses rencontres contre les Catholiques, & s'en va avec le reste vers la Normandie, comme l'on dit ; & étant Paris si bien muni comme il est aujourd'hui, qu'il se peut dire être un miracle, parceque, sans que les passages fussent ouverts, le bled qui coûtoit six vingts écus le septier, se donna à trois & quatre écus.

Avertissement.

ENCORE que ce Ligueur Corneïo amoindrisse les choses en des endroits, les grossisse en d'autres, faisant le censeur & discoureur très impertinent en la plupart de son Discours ; si a-t il reconnu (contraint par la force de la vérité) beaucoup de choses qui découvrent les malheurs de la Ligue, nommément de la Ville de Paris, lors réduite sous le pouvoir des Chefs Ligueurs, lesquels pendant que le Peuple mouroit de faim de tous côtés, faisoient bonne chere, tirant vivres de divers endroits par la faveur qu'ils avoient en l'Armée du Roi. Et pource que Corneïo, soit par ignorance, soit par malice, a oublié & déguisé beaucoup de choses, nous ajouterons des autres Discours pour plus ample connoissance des miseres de Paris.

BRIEF TRAITÉ
DES MISERES DE LA VILLE DE PARIS (1).

HENRI de Bourbon, par la grace de Dieu, Roi de France & de Navarre, légitimement venánt à la succession de la Couronne de France, l'a trouvée dans un piteux état, d'autant qu'elle étoit presque toute ruinée, & prête d'être mise par lambaux, sa fille aînée la Ville de Paris ne le voulant avouer ni recevoir pour Pere & pour Roi, elle avoir (oublieuse de son devoir) rejetté hors de sa maison son Prince naturel, Henri troisieme de ce nom, & en sa place reçu des déloïaux étrangers, lesquels en ont fait à leur plaisir, en abusant malheureusement, tant que ses membres tombent par morceaux, pour la faim qu'elle endure aujourd'hui (punition qui suit justement sa débauche); elle qui avoit été par ses prédécesseurs Rois de France si cherement nourrie, & tant honorée, qu'il n'est possible l'exprimer. Là ils ont fait leur ordinaire résidence, si qu'elle étoit la gloire & la splendeur de tout ce Roïaume. Feu d'immortelle mémoire Henri de Valois troisieme de ce nom, l'a chérie & honorée plus que tous : contre lui toutesfois cette malheureuse a déploïé l'hypocrisie de son cœur, lors principalement que la tenant assiégée, il tâchoit lui faire reconnoître la faute qu'elle avoit commise, s'étant révoltée contre lui. Car lors, à son infâme paillardise, elle a ajouté le meurtre de son Roi & son Pere, qu'elle a fait commettre par un Moine Jacobin, qui sans craindre Dieu, sans honorer le saint & l'oint du Seigneur, a osé, méchant & cruel Assassin, baigner & rougir ses mains au sang de son Roi, qui étoit si zélé Conservateur de la Religion Catholique, Apostolique & Romaine. Henri de Bourbon, aujourd'hui, par la grace de Dieu, notre Roi & Prince légitime, a vu toutes ces choses, lesquelles eussent été suffisantes pour émouvoir en lui une juste colere, afin d'exterminer cette belle débauchée ; mais la clémence, dont il est naturellement doué, a suspendu l'effet d'une juste

____

(1) On ignore l'Auteur de ce Discours ; mais il est aisé de sentir en le lisant que c'étoit un Anti-Ligueur. On l'a réimprimé dans la Satyre Ménippée in-8°. Il peut servir de supplément au Discours précédent.

rigueur,

rigueur, d'autant que par les moïens les plus doux, dont il s'eſt pu aviſer, il a toujours tâché l'amener à ce point, que de lui faire reconnoître ſa faute. Qu'ainſi ne ſoit, après qu'il eût obtenu une heureuſe victoire contre ſes ennemis, près de Mante-ſur-Seine, le 14 de Mars 1590, il fit approcher ſon armée près ladite Ville, & ſe ſaiſit des fauxbourgs, ſans paſſer plus outre, eſpérant que, ſe voïant réduite à quelqu'extrémité, elle reconnoîtroit ſa faute, & viendroit lui crier merci. Choſe qu'il eût deſirée plus que toute autre, tant il eſt affectionné à la conſervation entiere de l'Etat & Couronne de France. Mais lorſqu'il tendoit les bras à cette miſérable débauchée, pour l'encourager tant plus à ſe venir rendre à lui, plus elle s'eſt montrée endurcie & opiniâtre à ſa rébellion, dont il a juſtement été ému de la preſſer par famine, faiſant boucler & fermer ſes portes par la priſe des fauxbourgs, pour empêcher qu'autres vivres n'entraſſent dedans la Ville. Les portes aïant été ainſi bouclées l'eſpace de dix ou douze jours, les pauvres Artiſans qui gagnent leur vie au jour la journée, & qui n'ont autre proviſion que celle qu'ils ont accoutumé de faire une ou deux fois la ſemaine, ou tous les jours, ne trouvant plus de pain pour argent, commencerent à crier à la faim. Qui fut cauſe que Meſſieurs de Nemours (1), le Chevalier d'Aumale, Madame de Montpenſier, le Prevôt des Marchands s'aſſemblerent, pour ouir les cris & gémiſſemens de ce pauvre Peuple déſolé, qui les étonnerent fort. Toutesfois, pour y remédier, ils firent crier à ſon de trompe par les carrefours, que tous ceux, de quelque qualité ou condition qu'ils fuſſent, qui avoient du bled de proviſion pour plus de deux mois, euſſent à porter le reſte au marché, pour vendre, ſur peine de confiſcation de tout ce qu'ils auroient. La criée étant faite, le bled ne défaillit au marché, ni le pain chez les Boulangers l'eſpace de trois ſemaines. Toutesfois l'abondance n'étoit telle, que la livre de pain ne ſe vendît cinq ſols tournois, qui étoit grande cherté, laquelle pourtant ne détournoit ce Peuple (aveuglé en ſon malheur), de chanter ordinairement chanſons à la louange de la Ligue, ſe vantoit bienheureux d'être à un Roi Catholique Romain ; ſavoir, le Roi d'Eſpagne. Bernardin Mendoze, Ambaſſadeur pour lui à Paris, aïant reconnu ce Peuple ſe réjouir

(1) Charles de Savoie, Duc de Nemours, frere de mere de Duc de Mayenne. C'étoit, dit M. de Thou, un jeune Prince actif, brave, vigilant, qui par de belles qualités avoit mérité la place qu'il occupoit, & que l'on avoit ôtée au Duc d'Aumale, qui s'étoit rendu ſuſpect aux Princes mêmes de ſa Maiſon par ſon malheur ou ſa lâcheté.

de ce qu'il s'étoit rendu au Roi d'Espagne, fit battre une grande
quantité de demi sols, marqués des armoiries d'Espagne, lesquels il faisoit jetter à poignées par les carrefours, où il voïoit
grand nombre de Peuple, qui faisoit que cette populace crioit:
Vive le Roi d'Espagne. Il continua par plusieurs fois de faire
jetter de ces demi-sols, tellement que le Peuple vivoit plus à
son aise, à cause de la largesse de Mendoze. Mais ce fut grand
pitié, quand ce Peuple ne trouva plus de bled au marché, ni
de pain chez les Boulangers, les susdits demi-sols ne furent plus
de mise ; de sorte que le Peuple fut contraint de vivre à la façon Espagnole, faisant ordinaire d'herbes & racines. Cette
façon de vivre les fit discontinuer de chanter les louanges de
la Ligue, étant assez empêché de déclarer les calamités, que
la faim lui faisoit souffrir. Elle fut en peu de jours si extrême,
qu'elle fit mourir sept ou huit mille personnes. Dix ou douze
jours après, que ce Peuple ne mangeoit pain d'ordinaire, les
principaux de la Ville commencerent à s'étonner, qui fut cause
que les Intendans de la Police s'assemblerent pour remédier à
ce mal en quelque sorte. En cette Assemblée, ils délibérerent
mettre hors la Ville une quantité des plus pauvres & malades :
chose que les Gouverneurs de la Ville jugerent non moins nécessaire & profitable aux pauvres malades, qu'utile pour la conservation de la Ville ; qui fut cause, que quelques-uns des susdits Intendans de la Police, allerent parlementer sur la muraille de la Ville aux Gens du Roi, qui étoient logés aux fauxbourgs, afin de supplier Sa Majesté qu'il lui plût laisser sortir
quelque nombre de ces pauvres gens, qui mouroient tous les
jours de famine. Ce que Sadite Majesté ne voulut permettre,
ains plutôt fit crier de sa part, qu'on ne laissât sortir personne
hors ladite Ville. Ce misérable Peuple étoit déja assemblé en un
certain lieu, pour sortir, ne desirant autre chose ; mais après
avoir entendu la réponse du Roi, comme forcené, jetta cris si
horribles & grands, que ceux qui étoient aux faubourgs les
purent facilement entendre. C'étoit chose horrible, que de
voir & ouir ce pauvre Peuple. Bernardin Mendoze & l'Archevêque de Lyon passant un jour devant le Palais, où il y avoit
une grande multitude de ces pauvres gens criant à la faim,
Mendoze leur fit jetter un nombre de ces demi-sols ; mais le
Peuple n'en fit compte, ains disoit : Las, Monsieur, faites-nous
jetter du pain, car nous mourons de faim. L'Archevêque de
de Lyon voïant ce Peuple ne tenir compte de l'argent, fut ébahi;

& de ce pas s'achemina vers Meſſieurs les Gouverneurs, leur remontrer qu'il étoit néceſſaire de pourvoir à ce pauvre Peuple,
puiſque le Roi de Navarre n'avoit voulu qu'il ſortît hors de la Ville. Sa remontrance entendue, les Gouverneurs firent crier à ſon
de trompe, que tous les Curés & Marguilliers des Paroiſſes
euſſent à ſe trouver le lendemain, vingt-cinquieme Juin, au Palais, pour aviſer ſur la néceſſité des pauvres, qui mouroient de
faim par les rues. Ledit jour, étant aſſemblés, fut remontré
par un certain Marguillier, parlant au nom & en la perſonne
de tous, qu'il ſeroit bon que les Eccléſiaſtiques nourriſſent
quinze jours tous les pauvres qui étoient en la Ville. Or, il
y avoit deux ſortes de pauvres, les uns n'avoient ni pain ni
argent ; les autres avoient bien de l'argent & ne trouvoient du
pain pour emploïer leur argent. Cette Remontrance propoſée,
un Eccléſiaſtique parlant au nom de tous, dit qu'ils ne le pourroient faire ſans en communiquer aux Députés du Clergé.
Sur quoi le ſieur de Nemours commanda auxdits Eccléſiaſtiques d'en ordonner incontinent, ſans aucun délai, d'autant
que la néceſſité le requeroit. Ce commandement étant fait,
les Prélats s'aſſemblerent & ordonnerent qu'on feroit une viſite
par toutes les maiſons des Eccléſiaſtiques, pour puis après en
ordonner ſelon la quantité des vivres qui ſe trouveroit auxdites maiſons. Tyrius Recteur du College des Jéſuites (1), ſup-
plia le ſieur Légat du Pape, qu'il lui plût les exempter de
cette viſite. A quoi le Prevôt des Marchands en préſence de
tous répondit : Monſieur le Recteur, votre priere n'eſt civile
ni chrétienne, n'a-t-il pas fallu que tous ceux qui avoient du
bled l'aient expoſé en vente, pour ſurvenir à la néceſſité publique ? Pourquoi ſerez-vous exempts de cette viſite ? Votre vie
eſt-elle de plus grand prix que la nôtre ? Cette réponſe (2) entendue, le Recteur fut honteux, & eût bien voulu ne s'être trouvé en aſſemblée. On commença la viſite par la maiſon des Jéſuites, en laquelle on trouva quantité de bled & de foin, &
du biſcuit, pour les nourrir plus d'un an. On trouva auſſi grande quantité de chair ſalée, laquelle ils avoient fait ſécher pour
la mieux garder. Si bien, qu'il y avoit plus de vivres en leur
maiſon, qu'aux quatres meilleures Maiſons de Paris. Or on ne

<hr>

(1) On lit dans le Journal de Henri IV par
l'Etoille, que ce Recteur étoit accompagné
en cette occaſion du Pere Bellarmin, qui a
été depuis Cardinal, & de qui l'on a un

grand nombre d'Ouvrages, ſur-tout de con-
troverſe.

(2) On lit cette Réponſe dans le Journal
de Henri IV ; Juin 1590.

viſita Maiſon des Eccléſiaſtiques, en laquelle il n'y eût du biſcuit au moins pour un an ; même celle des Capucins (leſquels on dit ne vivre d'autre choſe que de ce qu'on leur donne tous les jours, & ne réſerver rien au lendemain, ains tout leur reſte le diſtribuer aux pauvres) ſe trouva fort bien munie. Dont pluſieurs furent étonnés, eu égard à la façon ordinaire dont ils vivent. La viſite étant faite, on porta l'inventaire des munitions & vivres, trouvées ès Maiſons deſdits Eccléſiaſtiques, aux Gouverneurs de la Ville, & pareillement au Légat du Pape leſquels firent faire recherche des maiſons des pauvres, qui ſe trouverent au nombre de douze mille trois cens maiſons, dont il y en avoit ſept mille trois cens de ceux qui avoient argent, mais ne trouvoient du pain pour l'emploïer ; & cinq mille maiſons de pauvres néceſſiteux. Là-deſſus ils ordonnerent que les Eccléſiaſtiques donneroient à manger une fois le jour, quinze jours durant, aux pauvres néceſſiteux pour rien, & aux non pauvres, à chacun d'eux une livre de pain par jour, & ce portant un merreau, marqué des armoiries de la Ville. On leur donna les rôles des pauvres & non pauvres, leſquels aïant reçus, prirent jour pour diſtribuer les vivres : cependant envoïerent leurs commis par toutes les maiſons pauvres, leur faire commandement d'amener trois jours devant la diſtribution, leurs chiens & chats, au lieu qui leur ſeroit dit & déclaré. Ils furent très aiſes d'accepter cette condition, ſe réjouiſſant de ce qu'ils pourroient avoir du pain par ce moïen tant plus facilement. Ceux qui avoient charge de diſtribuer les vivres, aïant reçu les chiens & les chats de ces pauvres gens, en tuerent une quantité, les firent cuire dedans de grandes chaudieres avec herbes & racines, telles qu'ils les pouvoient recouvrer, puis diſtribuerent le potage aux pauvres, & à chacun un petit morceau de chair de chien & de chat & environ un once de pain. Aux non pauvres chacun une livre de pain commun pour ſix ſols tant qu'il dura, & quand il finit, on leur bailla du biſcuit, pour huit ſols la livre. Les quinze jours expirés, les Eccléſiaſtiques furent quittés de leur devoir en ce point. Mais pour lors la miſere & néceſſité du Peuple fut plus grande qu'auparavant, d'autant qu'ils ne trouvoient plus ni herbes ni racines, ni autre choſe dont ils ſe puſſent nourrir. Ils avoient recours aux pleurs & gémiſſemens, qui retentiſſoient ſi loin, que les plus reculés les pouvoient ouir. On ne pouvoit trouver autre choſe par la Ville, que corps morts. A peine pouvoit-on fournir

jour & nuit à les charrier, pour les enterrer. Plufieurs fe jetterent par-deffus les murailles dans les foffés, pour échapper
la faim, lefquels allerent vers Sa Majefté, la requerir, qu'il
lui plût laiffer fortir un certain nombre de ces pauvres gens.
Les pleurs & larmes de ceux-ci eurent tant de force, qu'elles
émurent Sa Majefté à pitié & compaffion, de forte qu'Elle
leur permit librement faire fortir le nombre par eux requis, qui
étoit de trois mille, mais il en fortit plus de quatre, fans que
ceux de la Ville en fuffent aucunement marris, d'autant qu'ils
euffent voulu que tout ce Peuple eût été hors la Ville. Mais les
Soldats qui étoient aux fauxbourgs, aïant vu fortir une fi grande
multitude, repoufferent les autres dedans, fi bien qu'ils contraignirent les Parifiens de fermer leurs portes. Lors ceux qui
étoient fortis commencerent à crier *Vive le Roi*. Sa Majefté
leur permit fe retirer là par où ils voudroient en fon Roïaume.

Quelques-uns de ces pauvres miférables, qui étoient demeurés dans la Ville, fe fouvinrent de ceux de Sancerre, lefquels
fe voïant réduits à l'extrémité, par la longueur du fiege, fe nour-
rirent de peaux, qu'ils purent trouver, ne pardonnant à leurs accoûtremens faits de peaux. Qui fut caufe, qu'ils recoururent
aux Prêtres, auxquels ils avoient mené premierement leurs chiens
& chats, defquels ils acheterent les peaux, jufqu'au nombre
de trois mille, dont ils païerent quatre mille francs. Mais leur
malheur fut, quand ils les voulurent porter en leurs maifons ;
car les pauvres gens qui étoient parmi les rues, fe jetterent
fur les peaux, & par force les emporterent toutes ; de forte que
les Marchands eurent beaucoup à faire de fe fauver d'autant
qu'ils s'étoient voulu oppofer à eux. C'étoit chofe lamentable
& déplorable que de voir ce pauvre Peuple mordre dedans
lefdites peaux, tant il étoit preffé par la faim. Les fufdits Marchands fe voïant privés de ce dont ils penfoient fe nourrir &
faire grand gain, retournerent vers les Prêtres pour en acheter
d'autres, mais ils les trouverent enchéries d'un tiers par peau ;
pourtant ne laifferent-ils d'en acheter. Or, pour les porter en
plus grande affurance en leurs maifons, ils épierent la commodité de la nuit, laquelle ne les garantit d'en perdre un grand
nombre ; car paffant par les Corps-de-Garde, le refte qui demeura au cloître des Moines & Prêtres, ne demeura gueres
fans être cherement vendu. On afferme que quelqu'un d'entr'eux a dit qu'ils en avoient vendu pour plus de trente mille
écus ; car durant la diftribution, ces Prêtres prévoïant que les

chiens & chats feroient de requête, avoient apofté quelques
pauvres perfonnes, lefquelles ils nourriffoient afin de prendre tous
les chiens qui fuivoient ceux ou celles qui viendroient à la Meffe.
Quoi que ce foit, ils ont fi bien fait, que peu de temps après
on ne vit chien ni chat dans Paris. Or, par le moïen defdites peaux, plufieurs prolongerent leurs jours, mais bien peu de
temps, d'autant que huit ou dix jours après la diftribution un
grand nombre de Peuple mourut dans ladite Ville. On ne pouvoit aller par les rues de Paris, fans voir un très pitoïable fpectacle ; car on voïoit ces pauvres gens mourir de faim à toute
heure du jour. On voïoit les Corps-de-Garde, Places où les
Marchands fouloient déploïer & étaler leurs marchandifes. Brief
on ne voïoit autre chofe en tous endroits que la main de Dieu,
qui battoit juftement le Peuple maffacreur. La famine fut fi
grande, que les meilleures maifons s'en reffentirent. Les chevaux des Chefs de guerre ne mangeoient que bien peu de foin
& de paille ; car l'avoine étoit pour la nourriture des ferviteurs & fervantes de leurs maifons, lefquels on dit y en avoir
dès-lors à fuffifance. Une fervante mourut en la maifon de
Madame de Montpenfier, que l'on dit être morte de faim.
Huit jours après mourut un Gentilhomme, Coufin du Prevôt
des Marchands, auquel les Médecins avant fa mort ordonnerent un reftaurant de la cervelle d'un chien, pour ne trouver
mieux, encore ne la put-on recouvrer par toute la Ville pour
or, ni pour argent. Ce Gentilhomme voïant que l'on ne pouvoit recouvrer un chien par toute la Ville, à quelque prix que
ce fût, fachant que Madame de Montpenfier en avoit un petit, & que fon Coufin le Prevôt des Marchands avoit facile
accès vers ladite Dame, le fupplia prendre pour deux mille écus
de chaînes & bagues d'or, afin de les porter à ladite Dame,
pour avoir fon petit chien. Ledit fieur Prevôt des Marchands
aïant pris lefdites chaînes & bagues alla vers ladite Dame, à
laquelle il dit : Madame, je viens ici de la part de Monfieur
d'Orlan, mon Coufin, lequel vous connoiffez, vous n'igno-
rez (comme je crois) qu'il eft malade d'une véhémente &
dangereufe maladie, de laquelle il n'y a efpérance qu'il échappe,
s'il n'eft bientôt & promptement fecouru. On lui a ordonné
un reftaurant de la cervelle d'un chien, mais il ne nou a été
poffible en recouvrer un par toute la Ville. Donc il m'a prié
venir vers vous, chargé de ces chaînes & bagues d'or, lefquelles il
vous offre, vous fuppliant lui donner votre petit chien, afin

que par votre moïen il foit fecouru en cet extrême danger, auquel il fe voit expofé. Lors elle répondit, fi votre Coufin me requeroit l'aide de tout ce qui eft en ma puiffance & de mes amis, je m'emploierois librement en votre faveur pour lui. Quant à mon petit chien, je le réferve pour le foulagement de ma vie. Vous voïez la famine nous menacer tous d'une cruelle mort, fi le Roi d'Efpagne ne nous donne bientôt fecours, dont je ne puis moins, que de garder mon petit chien pour pareille néceffité que celle de votre Coufin, s'il plaît à Dieu l'envoïer. Et pour ce je vous prie m'excufer vers lui, & prier de ma part ne le prendre à la mauvaife part. Telle réponfe ouie, ledit Prevôt s'en retourna vers fon Coufin, fans avoir rien obtenu, lequel à faute de fecours mourut la nuit fuivante.

Bien-tôt après décéda une Dame Parifienne, riche de trente mille écus, après le décès de laquelle on découvrit qu'elle avoit mangé deux de fes enfans, par la maniere qui s'enfuit. Les enfans étant morts de faim, cette Dame leur mere leur fit faire à chacun un cercueil, puis en préfence de gens y fit mettre & enferrer fes deux enfans. Tout auffi-tôt qu'elle fe vit feule, elle les ôta, & mit en leur place autre chofe d'égale péfanteur, puis fit porter folemnellement les cercueils au lieu deftiné pour la fépulture, felon la coutume & ufance de l'Eglife Romaine. La Dame étant de retour en fa maifon, appella fa fervante, & lui dit: ne me décéle, je te prie. Ce que la fervante lui accorda facilement. Lors elle lui montra les corps de fes deux enfans, difant: la néceffité en laquelle tu vois que nous fommes, m'a fait garder ces deux corps, afin que les mangions, & puis nous mourrions, prends-les donc, & les mets en pieces, puis nous les falerons du refte de notre fel, & tous les jours en mangerons en lieu de pain. Mais la pauvre mere défolée ne mangeoit morceau, qu'il ne fut abreuvé de fes larmes. Or gueres de temps ne paffa que la pauvre femme ne mourut, laquelle fes héritiers firent enterrer honorablement. Après l'enterrement ils fe mirent à chercher, plutôt le pain que l'or & l'argent, eftimant que la défunte n'étoit fans provifion de pain & de vin. Cherchant ils ouvrirent un buffet, dans lequel ils trouverent une cuiffe des fufdits enfans, dont ils furent grandement ébahis. Ils appellerent la fervante, laquelle leur dit librement comme le tout s'étoit paffé. Après lui avoir donné fon congé, elle s'en alloit mandiant fon vivre, & racontant cet étrange accident par les rues; de façon que la connoiffance de ce cas parvint jufques aux plus petits de la Ville.

Or ce cas tant étrange, survenu à une Dame opulente &
riche, étonna tellement les principaux Bourgeois de la Ville,
qu'ils s'assemblerent entr'eux, où après avoir bien considéré la
misere en laquelle la Ville étoit, résolurent qu'il ne falloit attendre que la faim les contraignit de manger leurs enfans, comme cette Dame avoit fait. Pour ce conclurent remontrer aux
Gouverneurs l'étrange accident survenu à ladite Dame ; & qu'il
étoit nécessaire d'aviser à deux choses : ou de leur donner des
vivres, ou leur permettre se rendre au Roi de Navarre, vu qu'il
ne falloit attendre aucun secours du Roi d'Espagne ; & qu'il leur
devoit suffire d'avoir vu mourir de faim en la Ville, tant grands
que petits, trente mille personnes de compte fait ; & sur ce prier
lesdits Sieurs Gouverneurs, leur donner réponse du jour au lendemain, pource qu'ils ne pouvoient plus attendre. Comme par
eux fut délibéré, ainsi tôt après fut exécuté. Le Sieur de Nemours les aïant ouis haranguer de la façon, leur répondit, ce
que vous demandez est de telle conséquence, qu'en si peu de
temps nous ne pouvons vous en résoudre, mais ce sera le plutôt
qu'il nous sera possible, si bien que vous aurez contentement.
Trois ou quatre jours étant passés sans que les Bourgeois eussent
réponse, se joignirent avec les autres Etats de la Ville, & firent
tant par leur juste importunité, qu'ils firent assembler lesdits
Gouverneurs, lesquels craignoient quelque mutinerie & émotion
populaire, d'autant qu'ils voïoient les petits & les grands parler
de se rendre au Roi de Navarre, si on ne leur donnoit des vivres, chose impossible pour lors. Car à peine pouvoit-on fournir
vivres à la Gendarmerie, ordonnée pour la garde de la Ville, qui
pour cette cause étoit très mal contente.

Pour ces causes s'assemblerent les Sieurs de Nemours, Chevalier d'Aumale, Madame de Montpensier, Prevôt des Marchands, le Légat du Pape, Cardinal de Gondi, Archevêque
de Lyon & Bernardin Mendoze. Assemblés ils conclurent envoïer des Ambassadeurs au Roi de Navarre, à savoir le Cardinal
de Gondi & l'Archevêque de Lyon, feignant faire la paix avec
lui, & que ce pourroit être le moïen de faire sortir deux Ambassadeurs, l'un vers le Duc de Parme, Lieutenant du Roi d'Espagne, pour lui remontrer, que s'il n'envoïoit prompt secours
à la Ville de Paris, elle étoit perdue ; l'autre vers le Duc de
Mayenne ; pour cet effet furent élus deux Gentilshommes. Or
les Sieurs Cardinal & Archevêque firent refus d'aller vers le
Roi de Navarre, si premierement ils n'étoient absous par le
Légat

1590.

MISERES DE
PARIS.

Légat du Pape, & qu’ils n’euſſent un ſauf-conduit de Sa Majeſté. Ils furent abſous ſans délai par le Légat du Pape. Un Gentilhomme fut député pour aller vers S. M. afin d’obtenir ſauf-
conduit, lequel l’obtint facilement. Abſous qu’ils furent, &
aïant reçu le ſauf-conduit, ils ſortirent avec les deux autres Gentilshommes, accompagnés de douze chevaux, le ſixieme d’Août.
Comme les deux Prélats parlementoient avec le Roi, le Gentilhomme qui devoit aller trouver le Duc de Parme paſſa finement, & fit ſon voïage. Mais l’autre qui devoit aller trouver le
Duc de Mayenne, attendit que les Délégués ſe retiraſſent à Paris, où après s’être retirés, l’Ambaſſadeur alla ſe jetter aux pieds
du Roi, lui demander pardon ; qui uſant en ſon endroit de ſa
douceur accoutumée, le reçut humainement. Après y avoir été
reçu amiablement, il fit le récit des choſes ſuſdites au Princes
du Sang & à toute la Nobleſſe.

Davantage il raconta, qu’en pluſieurs endroits de la Ville,
principalement aux lieux où grand nombre de perſonnes étoient
mortes parmi les rues, qui n’étoient peuplées, pluſieurs bêtes
venimeuſes s’étoient engendrées en ſi grand nombre, qu’elles
commençoient déjà à s’épancher parmi la Ville. Dit davantage,
pluſieurs corps avoir été trouvés rongés des ſuſdites bêtes, à ſavoir ſerpents & crapaux. Raconta auſſi, que le dernier jour de
Juillet, Monſieur de Nemours ſortant du matin de ſa maiſon,
fut rencontré par un homme, qui lui dit : Monſieur, n’allez
plus outre dans cette rue, d’autant que bien près d’ici j’ai trouvé
une femme demie morte, aïant à ſon col un ſerpent entortillé.
Ce qu’aïant entendu ledit Sieur ne paſſa outre, ains ſe retira
en ſa maiſon, où il envoïa querir un Jéſuite & Pignarolle, Cordelier, auxquels il fit le recit de cette pauvre femme, dont il
avoit oui l’avanture étrange ; puis les pria lui déclarer, ſi faire ſe
pouvoit, que ſignifioient ces bêtes venimeuſes qui s’engendroient
par la Ville. Or dedans la chambre dudit Sieur étoient deux
Chambrieres, qui ouirent les interrogats, l’une deſquelles s’a-
vança de dire : par ma foi, Monſieur, c’eſt un jugement de
Dieu. J’ai grand peur que ces bêtes ne nous viennent manger en
votre maiſon. Lors ledit Sieur les tança, & les fit ſortir toutes
deux de ſa chambre. Etant ſorties, Pignarolle prit la parole,
& dit, Monſieur, il me ſemble, toutes ces choſes être une illu-
ſion, par laquelle le Diable tâche de vous épouvanter, afin que
laiſſiez & abandonniez cette Ville, & que par ce moïen les méchans Hérétiques y entrent, qui ſont déjà aux portes, n’atten-

dant autre chofe. Or nous vaudroit-il mieux être dévorés de ces bêtes, que laiffer entrer en cette Ville les maudits Hérétiques. Or tant que vous avez votre honneur en recommandation, nous croïons que ne voudriez commettre une telle lâcheté, ni pareillement tant de grands Seigneurs, qui ne font en cette Ville, que pour la garder au Roi d'Efpagne, duquel nous efpérons avoir bien-tôt fecours. Qui fut la fin du difcours de ce Cordelier.

Le Gentilhomme aïant achevé de faire le recit de toutes les chofes fufdites aux Princes & à la Nobleffe, tous furent merveilleufement étonnés, aïant entendu au vrai les chofes avenues dedans Paris. Laquelle peu de jours après fut fecourue par le Roi d'Efpagne, qui envoïa le Duc de Parme, avec environ dix-huit mille hommes; qui fut caufe que S. M. quitta les Fauxbourgs de Paris, efpérant de donner bataille au Prince de Parme. Pour cela toutesfois la Ville ne fut gueres foulagée; de forte que nous pouvons bien dire avec la Chambriere de Monfieur de Nemours: que le jufte jugement de Dieu pourfuivoit la Ville de Paris.

Autre Difcours fur le fujet précédent.

LE Duc de Mayenne s'étant fauvé de vîteffe dedans Mante, après la défaite de fon armée à Ivri, partit incontinent de-là pour venir à Saint Denis confulter avec fes principaux affociés fur ce qui étoit à faire. Lui & la Dame de Montpenfier fa fœur firent femer un bruit dans Paris, que le Bearnois (ainfi appelloient-ils le Roi) étoit ou mort ou tellement bleffé qu'il n'en pouvoit échapper. Mais ce mort étant au bout de quinze jours approché de Paris, pour effaïer d'amolir la dureté de ce Peuple, nul ne s'en donna gueres plus de peur que le Duc de Mayenne, qui fous couleur de vouloir ramaffer fes forces & faire venir le Duc de Parme, vers lequel le Commandeur Moré s'en étoit fui, il ne ceffa de courir jufqu'à ce qu'il fut en Flandres, où il fit aux dépens de Paris des conventions honteufes avec les Efpagnols pour les amener en France, ce qui ruina du tout fa réputation. Car paravant la Ligue fe vantoit avoir affez de moïens pour bâtonner le Roi, & trois fois autant de forces qu'il en avoit. Et combien que les Ligueurs euffent toujours été battus, fi grommelloient-ils fans ceffe, jufques lors que leur caquet fe foumit à l'arrogance Efpagnolle, tellement que ce grand & gros Lieutenant ou Maître de l'Etat & Couronne de France s'en alla

rendre valet & esclave de la plus insolente Nation du monde,
s'assujetissant à l'homme le plus fier & ambitieux qu'il eut su choisir. Ce qu'il sentit tôt après, en ce que le Duc de Parme le faisoit nacquetter & attendre à sa porte, avant que lui faire réponse
des moindres affaires, dont quelquelques Gentilshommes de sa
suite furent extrêmement dépités ; mais le Lieutenant n'avoit
honte de se prostituer, deshonorant la France & le nom de
Lorraine, tant il étoit transporté d'appetit de vengeance & d'ambition.

Pendant ces indignités & deshonnêtes soumissions, le Roi
ferma aux Parisiens la Riviere de Seine en haut & en bas, par
la prise de Mante, Poissy, Corbeil, Melun & Montereau, puis
leur ôta la plaine de l'Isle de France, par la prise de Saint Denis.
Paris étant assiégé, le Duc de Mayenne s'avançoit au petit pas ;
& sur les rapports que les plus zélés Ligueurs lui faisoient, que
la famine contraindroit cette grande Ville de tendre bien-tôt les
mains, il répondoit que la prise en seroit plus préjudiciable au Roi,
lequel dissiperoit son armée en telle conquête, tellement qu'on en
auroit meilleur marché. Mais l'intention du Roi n'étoit de prendre Paris ni par surprise ni autrement. Car outre ce qu'il ne pouvoit
aïant trop peu de gens, il ne vouloit pas voir, moins encore procurer la ruïne de la Ville Capitale ; encore que plusieurs de ceux
qui y étoient, notamment les Chefs, méritassent d'être exterminés. Il avoit pitié de tant de gens mal conseillés ; pourtant es-
péroit-il que l'affliction leur donneroit intelligence. Si dès le
lendemain de leur siege il fussent entrés en composition, c'étoit
honneur & profit pour eux. C'eut été faire grand gain en leur
perte. Mais ils aimerent mieux brûler à petit feu, dont s'ensuivit une désolation extrême. Ils mangerent leurs meubles & leur
argent, l'alliance des Soldats & la survenue des Marans Espagnols, acheva d'y corrompre les mœurs & la pudicité. Leurs
reliques furent troussées, les anciens joïaux de la Couronne des
Rois furent fondus, les Fauxbourgs ruinés, déserts & abattus ;
la Ville devint pauvre & solitaire, les rentes de l'Hôtel de Ville
furent amorties, les terres d'alentour en désolation. Cent mille
personnes y moururent en l'espace de trois mois, de faim, d'ennui,
de pauvreté, par les rues & dans les Hôpitaux, sans misericorde
& sans secours. L'Université fut convertie en désert, ou servit
de retraite aux Païsans, & les classes des Colleges se virent remplies de vaches & de veaux. Au Palais ne se trouverent plus que
Ligueurs & fourbisseurs de nouvelles ; l'herbe crut à l'aise par

les rues, les boutiques pour la plûpart demeurerent fermées; au lieu de charettes & de coches, ne paroiſſoient qu'horreur & ſolitude; les aſſiégés ne pouvant tirer vivres qu'à la merci des garniſons miſes par le Roi dans Saint Denis, au Fort de Gournai, Chevreuſe & Corbeil. La plûpart de la tempête tomba ſur le menu Peuple & ſur quelques familles aſſez aiſées avant la guerre. Les Eccléſiaſtiques, munitionnés, ne parloient que de patience. Roze, Guinceſtre, Feuardent, Pichenat, Commolet, Pelletier, Boucher, Garin, Chriſtin & autres Prédicateurs ſéditieux (1) foudroïoient ſans ceſſe contre le Roi & les ſiens, ne paſſoient ſermons ſans faire mention du ſecours d'Eſpagne. Les ſeize d'un côté, quarante de l'autre, puis les fauteurs du Parlement, pouſſoient à la roue. Les Chefs, entr'autres le Duc de Nemours, qui machinoit de grandes choſes, aïant commodité de vivres pour eux, ſe ſoucioient du Peuple autant qu'ils eſtimoient néceſſaire pour empêcher qu'on ſe mutinât. L'or d'Eſpagne étoit le ciment de cette miſere, attendant la venue du Duc de Parme. S'il ſe trouvoit quelques Curés, comme entr'autres Benoît (2) & Meurenne (3), Curés de Saint Euſtache & de Saint Meri, qui exhortaſſent le Peuple à modération, on les chaſſoit. Nul n'étoit Catholique zélé, s'il ne tranſmuoit le feu Roi & le vivant en Sorcier, Diable & Hérétique damné. Tout étoit plein de factions en cette miſérable Ville, leſquelles toutes vomiſſoient un feu perpétuel de haine capitale contre le Roi. S'il ſe montroit gracieux, ils l'appelloient lievre & renard; ſi, ſevere, tous les Tyrans du monde avoient été gens de bien au prix de lui. Et plus leur néceſſité croiſſoit, plus dépiteuſement mordoient-ils la pierre qui leur étoit jettée d'en-haut, comme ils témoignerent en tout ce premier ſiege, puis en ce qui ſuivit la retraite des Eſpagnols; bref comme en un corps maléficié, tandis que les humeurs peccantes y ſéjournent, il n'y a eſpérance de ſanté; ainſi tandis que les Chefs de la Ligue, à ſavoir ceux de Gui-

___

(1) On a déja eu occaſion de faire connoître ces Prédicateurs ſéditieux.

(2) C'eſt René Benoît, dont on a déja parlé.

(4) Il ne ſe nommoit point *Meurrenne*, mais Claude *Morenne*, ou *Demorenne*, ainſi qu'il ſigne lui-même à la fin de quelques vers Latins qu'il adreſſa en 1586 à Meſſieurs Briſſon & Mangot, pour les remercier d'avoir adjugé la cure de Saint Côme à Jean Hamilton. Claude de Morenne, qui étoit demeuré fidele à Henri IV, ou du moins qui fut des premiers à le reconnoître, fut nommé, par récompenſe, à l'Evêché de Scez, ou il mourut le 2 de Mars 1606. Il eſt connu par ſes Poëſies Françoiſes, ſes Diſcours, & autres Ecrits. Voïez ce qu'on en dit dans les *Remarques ſur la Satire Ménippée*, in-8°. pag. 9, & 311, & plus au long, dans la *Biblioth. Franç. ou Hiſtoire de la Litterat. Françoiſe*, &c. Tome 14, pag. 48, & ſuiv.

fé, le Légat du Pape, l'Ambaſſadeur & les Agens d'Eſpagne, les Seize, les Quarante, les Prédicateurs ſéditieux furent dedans Paris, & gouvernerent le Peuple, ce corps demeura en état miſérable. Mais à meſure que ces humeurs s'évacuerent, la ſanté revint à ceux qui fuſſent enfin péris totalement, ſi les principaux de la Ligue euſſent encore tant ſoit peu demeurés dedans Paris.

Avertiſſement.

OR, d'autant qu'il a été parlé ès deux précédens, de la Conférence de l'Evêque de Paris & de l'Archevêque de Lyon avec le Roi, nous la repréſentons ici.

RECUEIL

De ce qui s'eſt paſſé en la Conférence des ſieurs Cardinal de Gondi & Archevêque de Lyon avec le Roi (1).

CEUX de Paris s'étant depuis douze jours en çà aſſemblés cinq ou ſix fois, non ſans grande contradiction de Meſſieurs de Nemours, Chevalier d'Aumale, Dame de Montpenſier, Prevôt des Marchands & autres, enfin vaincus par l'importunité du prétendu Parlement & du Peuple, réſolurent d'envoïer au Roi Meſſieurs le Cardinal de Gondi & l'Archevêque de Lyon, qui n'y vouloient aller qu'ils ne fuſſent munis d'une décharge contre l'excommunication du Pape. Le Légat, avant que de l'octroïer, conſulta avec Panigarole, Tirius le Recteur des Jéſuites & Bellarminus (1) ſur trois articles, *Utrum reddentes urbem Heretico Principi, ob neceſſitatem famis, ſint excommunicati? Utrum adeuntes Principem hæreticum ut eum convertant, vel ut conditionem Eccleſiæ Catholicæ faciant meliorem, incurrant excommunicationem Bullæ Sixti quinti?* Sur ce leſdits Docteurs répondirent, *negativè, quod non incurrunt.* Leſdits Ambaſſadeurs, munis de ce, demanderent ſauf-conduit au Roi pour le venir trou-

(1) Voïez l'Hiſtoire de M. de Thou, Livre 99.
(2) C'eſt le Pere Bellarmin, depuis Cardinal.

ver à Saint Denis. Il leur manda qu'ils le vinssent trouver à Saint Antoine des champs. Hier, sixieme du présent mois d'Août il y alla, accompagné de mille ou douze cens Gentilshommes du moins (1). Ils le vinrent trouver dans le Cloître entre midi & une heure. Ils lui firent la révérence, & lui à eux fort bon accueil, *maximo concursu* de la Noblesse qui le pressoit fort. Il leur dit : ne trouvez étrange si je suis ainsi pressé, encore davantage aux batailles. Etant montés en haut, Monsieur le Cardinal de Gondi lui fait une harangue, lui représentant le miserable état de la France ; que les gens de bien de Paris, mus d'un juste desir d'y voir une fin, les avoient dépêchés vers S. M. pour la prier d'y apporter un remede ; & afin qu'il fût général, leur donner sauf-conduit pour aller trouver le Duc de Mayenne, d'où ils retourneroient dans quatre jours, pour l'induire à rechercher S. M. d'une paix générale. Que lesdits quatre jours passés, cela fait ou failli, ils prendroient conseil pour Paris. Allégua pour inconvénient, si le Roi réduisoit les Parisiens au désespoir, l'exemple des Gantois, qui pressés défirent une grosse armée du Roi & du Comte de Flandres ; qu'il ne devoit trouver étrange, si pour leur Religion ils souffroient une si grande faim, car ceux de Sancerre pour la leur, avoient fait le même. Le Roi dit qu'il lui feroit réponse, & entretint à part Monsieur le Cardinal, puis prit à part Monsieur de Lyon. Cela dura deux heures. Puis sommairement délibéra avec ceux de son Conseil. Cela fait, il fit venir lesdits Prélats, auxquels d'une grace indicible, dit la substance qui s'ensuit, mais avec tant de naïveté, que tous les hommes ne le sauroient représenter.

Premierement il demanda leur pouvoir (2), qu'ils présenterent couché en forme d'un Arrêt, portant que les Députés assemblés en la chambre de Saint Louis, avoient ordonné que Messieurs les Cardinal de Gondi & Archevêque de Lyon iroient vers le Roi de Navarre, pour le supplier d'entrer en une pacification générale de ce Roïaume, & iroient au Duc de Mayenne pour l'induire à rechercher cette pacification. Le Roi leur contredit cette qualité de Roi de Navarre, & leur dit que s'il n'avoit que cette qualité, il n'auroit que faire de pacifier Paris & la France ; & que toutefois, sans s'amuser à cette formalité, pour le desir qu'il a de voir son Roïaume en repos, il passeroit

---

(1) Le Roi étoit accompagné du Chancelier de Cheverny.

(2) Il leur envoïa d'abord Louis de Revel, Sécrétaire d'Etat, pour leur demander leurs pouvoirs.

outre, encore que cela fût contre sa dignité. Puis il dit, je
ne suis point diffimulé, je dis rondement & fans feintife ce que
j'ai fur le cœur. J'aurois tort de vous dire que je ne veuille point
une paix générale. Je la veux, je la defire, afin de pouvoir élargir les limites de ce Roïaume, & des moïens que j'en acquerrois
foulager mon Peuple, au lieu de le perdre & ruiner. Que pour
avoir une bataille je donnerois un doigt, & pour la paix générale
deux. Mais ce que vous demandez ne fe peut faire ; j'aime ma
Ville de Paris. C'eft ma fille aînée, j'en fuis jaloux. Je lui veux
faire plus de bien, plus de grace & mifericorde qu'elle ne m'en
demande. Mais je veux qu'elle m'en fache gré, & qu'elle doive ce
bien à ma clémence, & non au Duc de Mayenne ni au Roi d'Efpagne. S'ils lui avoient moïenné la paix & la grace que je lui
veux faire, elle leur devroit ce bien, elle leur en fauroit gré,
elle les tiendroit pour libérateurs, & non point moi. Ce que je
ne veux pas. Davantage, ce que vous demandez differer la capitulation & reddition de Paris jufqu'à une paix univerfelle, qui
ne fe peut faire qu'après plufieurs allées & venues, c'eft chofe
trop préjudiciable à ma Ville de Paris, qui ne peut attendre un
fi long terme. Il eft déja mort tant de perfonnes, de faim, que
fi elle attend encore huit ou dix jours, il en mourra dix ou vingt
mille hommes, qui feroit une étrange pitié. Je fuis le vrai pere
de mon Peuple. Je reffemble cette vraie mere dans Salomon.
J'aimerois quafi mieux n'avoir point de Paris, que de l'avoir tout
ruiné & diffipé après la mort de tant de pauvres perfonnes. Ceux
de la Ligue ne font pas ainfi. Ils ne craignent point que Paris foit
déchiré, pourvu qu'ils en aient une partie. Auffi font-ils tous Efpagnols ou efpagnolifés. Il ne fe paffe jour que les Fauxbourgs
de Paris ne fouffrent ruine de la valeur de cinquante mille livres
par les Soldats qui les démoliffent, fans tant de pauvres gens
qui meurent. Vous, Monfieur le Cardinal, en devez avoir pitié.
Ce font vos ouailles, de la moindre goutte de fang defquelles
vous ferez refponfable devant Dieu. Et vous auffi, Monfieur de
Lyon, qui êtes le Primat par-deffus les autres Evêques ; je ne fuis
pas bon Théologien, mais j'en fais affez pour vous dire que
Dieu n'entend point que vous traitiez ainfi le pauvre Peuple
qu'il vous a recommandé, même à l'appetit & pour faire plaifir
au Roi d'Efpagne & à Bernardin Mendoze, & à M. le Légat. Vous
en aurez les pieds chauffés en l'autre monde. Et comment voulez-
vous efpérer de me convertir à votre Religion, fi vous faites fi peu
de cas du falut & de la vie de vos ouailles ? C'eft me donner une

pauvre preuve de votre fainteté. J'en ferois trop mal édifié. Sur
ce Monfieur de Lyon s'excufa fort, difant qu'il n'étoit point
Efpagnol. Le Roi lui dit, je le veuil croire ainfi, mais il faut
que le montriez par les effets. Au furplus je vous montrerai une
lettre, par laquelle le Roi d'Efpagne mande qu'on lui conferve
fa Ville de Paris, car s'il la perd, fes affaires vont très mal. Ce
qui fut arrêté être vrai par aucuns des affiftans, même par l'un
d'eux qui étoit-là, & qui avoit la lettre & la montreroit. Monfieur le Cardinal prit la parole, & dit : que l'occafion pour laquelle ils demandoient que le traité fût général avec le Duc de
Mayenne, étoit parcequ'ils favoient bien, que Paris étant rendu fans une paix générale, il ne feroit point en fûreté, parceque tôt après le Roi d'Efpagne & le Duc de Mayenne l'iroient
affiéger, & le pourroient reprendre. Joint que fi Paris étoit rendu fans une paix générale, les trois quarts de la Ville s'en
iroient. Sur ce le Roi jettant les yeux fur toute la Nobleffe, dit:
s'il y vient lui & tous fes alliés, par Dieu nous les battrons bien, &
leur montrerons bien que la Nobleffe Françoife fe fait défendre,
Puis foudain fe corrigea. J'ai juré contre ma coutume ; mais je
vous dis encore, que par le Dieu vivant nous ne fouffrirons point
cette honte. Sur ce la Nobleffe a juré fans caufe, & que ce qu'il avoit
dit valoit bien un bon jurement. Puis il dit, que fi fa Ville de
Paris fe dépeuploit d'aucuns méchans, il la repeupleroit de cent
mille hommes gens de bien des plus riches & nullement féditieux, & que partout où il iroit il feroit un Paris. Qu'il y avoit
en cette armée cinq cens Gentilshommes réunis avec lui qui
avoient été de la Ligue, qu'on fut d'eux s'ils s'y trouvoient mal
& s'ils fe répentoient d'être venus à lui. Au furplus, qu'il ne
pouvoit trouver bon que fadite Ville de Paris fût fi foigneufe du
bien du Duc de Mayenne & du Roi d'Efpagne, que de fe
vouloir rendre arbitre de la pacification d'entr'eux & lui. Que fi
c'étoit une République de Venife ou autre Ville franche, cela
feroit tolérable ; mais qu'une Ville fa fujette fe veuille mêler
d'être arbitre entre lui & fes Ennemis, c'eft chofe qu'il ne peut
fouffrir. Au furplus l'abfurdité eft fort grande, qu'une Ville af-
famée & pleine de néceffité entreprenne de perfuader la paix au
Duc de Mayenne, qui eft gros & gras & à fon aife. Il feroit
bien plus à propos & faifable que le Duc de Mayenne, qui
n'eft preffé de néceffité, entreprît de prêcher la paix à ladite
Ville, maintenant preffée de néceffité, & à cette occafion facile à fe laiffer perfuader d'en vouloir fortir. Sur ce l'Archevê-

que

que de Lyon répliqua, que ce qu'ils vouloient traiter la paix générale, étoit pour le bien de la France, & afin de la remettre
tout en un coup en repos. A quoi tout foudain le Roi répondit
en cette forte : & vraiment, afin de vous ôter & à tout le monde l'opinion qu'on pourroit avoir que je vous veuille trop preffer, je me viens d'avifer d'un moïen, fans en avoir communiqué à mon Confeil, par lequel je vous rendrai fatisfaits. Vous
efpérez prompt fecours du Duc de Mayenne : je ferai un accord.
avec vous; dreffons des articles & conditions, fous lefquelles
vous promettrez vous rendre à moi, au cas que dans huit jours
vous ne ferez fecourus du Duc de Mayenne, & me donnerez
ôtages. Je vous accorde, qu'en cas que vous ne foïez fecourus
dans ledit temps, ou que dans le même temps ledit Duc de
Mayenne ne foit d'accord avec moi d'une pacification générale
& des articles d'icelle, de vous recevoir lefdits huit jours paffés
fous lefdites conditions. Et au cas que dans lefdits huit jours
vous foïez fecourus par ledit Duc de Mayenne, ou qu'il fe faffe
une paix générale, en ce cas vous ferez délivrés de ladite promeffe, & vos ôtages vous feront rendus ; pendant lefquels vous
pourrez aller voir ledit Duc de Mayenne. Et voilà tout ce que
je vous puis accorder. Ce que vous préfenterez à ceux de Paris,
afin que chacun connoiffe que je ne leur refufe point la paix, &
que je la leur tends, les bras ouverts, defirant leur falut plus
qu'eux-mêmes. S'ils acceptent cette condition, dans huit jours
ils feront en repos. S'ils cuident attendre à capituler quand ils
n'auront que pour un jour de vivres, je les laifferai dîner & fouper ce jour-là ; le lendemain feront contraints fe rendre la corde au col, au lieu de la miféricorde que je leur offre. J'en ôterai
la mifere, & ils en auront la corde : car j'y ferai contraint pour
mon devoir, étant leur Roi & leur Juge, pour faire pendre
plus de centaine d'eux, qui par leur malice ont fait mourir plufieurs innocens & gens de bien de faim. Je fuis débiteur de cette
juftice devant Dieu. Vous ferez donc, comme je vous ai dit,
entendre ceci à mon Peuple, & je vous fomme & conjure d'ainfi
le faire en préfence de tous ces Princes, & de toute cette belle
& grande Nobleffe, lefquels, au cas que vous y failliez, vous
reprocheront, tout le temps de leur vie, comme encore je ferai,
votre infidélité envers votre patrie, fi vous aurez tu & célé à mes
Sujets le defir que j'ai de leur donner la paix & mettre ce Roïaume en repos. Et au furplus, quand vous célerez cela à mon
Peuple de Paris, vous n'y gagnerez rien ; car mes Soldats, qui

font aux Fauxbourgs, & parlent jour & nuit aux vôtres & à
ceux de Paris, le leur feront entendre, à votre confusion. Sur ce
lesdits Cardinal & Archevêque promirent solemnellement faire
entendre ce au Peuple de Paris. Le Roi continuant puis après
son propos, dit, qu'il n'y avoit Gentilhomme de bonne Maison en tout son Roïaume qui ne lui fût parent ou allié ; & que
à cette occasion, si le Roïaume étoit électif comme la Pologne, la France auroit raison de l'être plutôt que nul autre. Des
vertus & des dons de grace qui peuvent être en lui, qu'il s'en
taisoit, & confessoit qu'il y en avoit peu ; & toutesfois tel qu'il
étoit il ne voudroit être échangé contre nul Prince du monde.
Il s'ébahissoit donc comme il se trouvoit des François si peu amateurs de leur Patrie, de leur liberté, qu'ils le voulussent échanger contre le Roi d'Espagne, Roi vieil, qui tombe toujours de
mal caduc, & qui étoit une planche pourrie ; car lui mort, tous
ses Etats tout d'un coup tomberont en une fort grande confusion. Qu'il avoit beau se fier en un beau nombre de petits Roitelets alliés & ligués ensemble : qu'il voudroit qu'au lieu de cinq
ou six, ils fussent trente. Plus il y en auroit, mieux cela iroit
pour lui : plutôt Dieu lui donneroit moïen de le rendre Roi
de Bresil. Puis se souvenant de la comparaison qu'avoit faite
Monsieur le Cardinal de ceux de Sancerre, leur dit que cet
exemple n'étoit à propos : car ceux de Sancerre s'étoient résolus à
l'extrêmité, pource qu'on leur vouloit ôter la vie, leur Religion,
leur liberté & leur bien ; & moi je veux rendre aux Parisiens la
vie, que Mendoze, Ambassadeur d'Espagne, de présent à
Paris, leur veut ôter par la famine. Quant à la Religion, tous
ces Princes & Seigneurs Catholiques vous témoigneront comme j'en use, & si je contrains tant soit peu leur conscience, ni
en l'exercice de leur Religion ni autrement. Quant à la liberté
& aux biens, je les veux rendre à mes Sujets. Et quant à la comparaison des Gantois, elle n'est pas bonne. Les Parisiens ont
assez montré le cœur qu'ils ont, quand ils se sont laissés occuper leurs Fauxbourgs. J'ai cinq mille Gentilshommes qui sont ici,
qui ne se laisseront traiter à la Gantoise. Plus, j'ai Dieu pour
moi & la justice de ma cause. Monsieur de Lyon prenant la parole, dit, qu'il avoit bonne main à faire la paix, lorsqu'elle fut
faite en l'année 1585, entre le feu Roi & le Duc de Guise. Le
Roi lui dit, qu'il se fût bien passé d'avoir allégué cette paix, en
laquelle on l'avoit déclaré proscrit & indigne du Roïaume.
Mais Dieu, à qui il en avoit appellé, avoit pris sa querelle en

main & difpofé tout au contraire, qu'il avoit eu un bel Arrêt, & n'en reftoit plus que l'exécution. Que cette paix avoit été caufe de la ruine de la France & de la mort du feu Roi. Qu'il falloit qu'à ce coup ledit Sieur de Lyon fît tout au contraire pour bien faire, & lors S. M. le tiendroit pour homme de bien, autrement ne le tiendroit pour tel.

Sur ce, ledit fieur Archevêque répliqua, qu'il n'avoit fait ladite paix, que pour obéir au feu Roi, & fuivant ce qui avoit été réfolu & trouvé bon par tout fon Confeil. A quoi l'un des premiers dudit Confeil répondit, que tant s'en faut que cela fût, qu'au contraire aïant trouvé l'un de ceux qui étoient emploïés audit Confeil, lui dit, que tout ce qu'ils faifoient en ladite paix, n'étoit que pour exterminer la Maifon de France, & fous ce mot d'*Hérétiques*, priver le plus proche parent du Roi, & fous ce mot de *Fauteurs*, les autres.

Le Roi après montra auxdits fieurs de Gondi & de Lyon les Lettres qui venoient d'être furprifes, envoïées par Mendoze au Roi d'Efpagne, par lefquelles il fe plaint que trop tôt les Théologiens ont réfolu qu'il étoit licite à ceux de Paris d'envoïer vers le Roi, qu'ils appellent le Prince de Bearn, pour traiter de pacification, & finit fa Lettre par ce mot : Dieu fauve votre Catholique Majefté, & me veuille confoler. Et étoit ladite Lettre écrite du cinquième du mois : & fur cette occafion, Sa Majefté conta auxdits fieurs de Gondi & de Lyon qu'il avoit nouvelles certaines de Bearn, de la Rochelle & d'Angleterre, que l'armée navale d'Efpagne qu'il envoïoit en Bretagne, compofée de deux mille cinq cens hommes (& que toutesfois ils s'étoient vantés par-tout être de quinze mille hommes), avoit été défaite fur la côte de Bifcaie par les Anglois, & quinze Navires retournés à Coraga, & les gens de pied mis en garnifon fur la côte de Navarre. Avoit auffi nouvelles qu'un des principaux Sécretaires du Roi d'Efpagne, nommé Antoine Perez, aïant été pris prifonnier, & mis à la queftion, & condamné à mort, étoit évadé en Arragon, & que ceux de la juftice l'aïant reçu, avoient mandé au Roi d'Efpagne, que s'il lui vouloit demander quelque chofe, ils lui feroient juftice : & cependant ont élargi ledit Perez (1). Cela fait, le pourparler fe finit, & le Roi après avoir un peu parlé féparément aux uns & aux autres, monta à cheval pour s'en aller.

(1) Antoine Perez avoit rendu de grands fervices à l'Efpagne. Il en eft parlé dans le Journal de Henri IV au mois de Janvier 1596.

SOMMAIRE DISCOURS

*De ce qui eſt advenu en l'Armée du Roi, depuis que le Duc
de Parme s'eſt joint à celle des Ennemis, juſqu'au quinzieme
de ce mois de Septembre, pour ſervir d'inſtruction aux Gouverneurs, Lieutenans - Généraux des Provinces, afin d'en informer les bons affectionnés Serviteurs & Sujets de Sa Majeſté(1).*

AVEC cette grande & heureuſe victoire qu'il plût à Dieu
donner au Roi ſur ſes ennemis, près d'Yvri, le quatorzieme
jour de Mars dernier, il lui donna auſſi cette grace particuliere & extraordinaire, au victorieux de ne s'en être jamais
élevé, ni aux effets, ni aux paroles ; n'en étant au contraire
devenu que plus gracieux & traitable, en aïant beaucoup plus relâché de la rigueur de ſes Edits & Déclarations envers ſes Villes
& Sujets rebelles, depuis ladite victoire, qu'il n'avoit fait auparavant. Ce qui lui valut auſſi, que de quinze ou ſeize bonnes
Villes, qu'il recouvrit en moins de deux mois après, il n'y en
eût qu'une ſeule qui ſe fît battre, toutes les autres ſe rendirent
d'amiable compoſition, & leſquelles ont toujours depuis été des
plus fermes, conſtantes & réſolues à ſon ſervice : comme aïant
expérimenté, qu'aïant été transferées d'une tyrannique uſurpation
à une légitime domination, leur condition s'en étoit rendue
beaucoup meilleure. Peu de jours après cette route, le Seigneur
de Villeroi, qui eſt des principaux Miniſtres de ce Parti, montrant s'en vouloir retirer, & pourvoir à ſon ſalut particulier,
s'approcha de Mante, & eut communication par permiſſion de
Sa Majeſté, avec le Seigneur du Pleſſis Mornai, duquel il eut
de ſa part ſi bon & favorable propos, non-ſeulement ſur ſon
particulier, mais auſſi ſur le fait général qu'il montra de vouloir entreprendre la négociation de la paix. Depuis ouvertement
il retourna pendant que l'on étoit au ſiege de Melun, & combien que Sa Majeſté fût avertie que cette légation ne fût que
toute tromperie, & que l'Ambaſſadeur y pouvoit être trompé le
premier, néanmoins avec cette ſeule confiance que ſa ſeule in-

_____

(1) Ce Diſcours a paru 'abord ſéparément en 1590, *in-8°*, & dans cette édition, on
le dit imprimé à Corbeil.

génuité & franchise pouvoit convertir de mauvais desseins, en résolutions toutes contraires ; comme il est advenu souvent que des conjurations déterminées se sont confondues par l'innocente présence de ceux sur qui elles se devoient exécuter, elle ne laissa de le recueillir avec toute l'humanité, que si elle eût su que sa charge eût été avec aussi bon dessein, qu'elle savoit qu'il étoit le contraire : de sorte que ledit Seigneur de Villeroi en demeura si surpris, qu'il avoua à demi cette sienne conversion, & protesta de s'y vouloir emploïer plus courageusement & fidelement, qu'il n'avoit point fait auparavant. Cependant Sa Majesté aïant en ce peu de temps recouvert tout ce qui est quasi sur les Rivieres de Seine, de Marne, d'Ione & d'Oise, elle résolut de s'approcher de Paris, avec dessein de la recouvrer : & là faire mourir la rébellion, où elle nâquit premierement ; mais d'une mort douce & naturelle, sans violence, effroi ni convulsions. Il la trouva munie de si peu de forces, qu'il la pouvoit emporter par un effort, comme l'une des moindres Villes de son Roïaume : & ce même pouvoir lui a continué pendant quatre mois qu'il l'a environnée, & non-seulement continué, mais devenu d'autant plus facile, que ceux de dedans avoient sur la fin perdu les trois parts de leurs hommes de défense ; & l'armée de Sa Majesté s'étoit fortifiée & augmentée de la moitié. Mais toutes les fois que cela tomboit en délibération, comme les conseils en pouvoient être différens, se présentant en sadite Majesté, que Paris est la capitale Ville, & le principal ornement de son Roïaume, que dans icelle il y avoit tant de Princesses qui lui appartiennent, tant de bonnes & anciennes familles, tant d'Eglises & de lieux saints & de personnes qui les desservent, qui peut-être, pour la plûpart, sont innocens de cette rébellion, & néanmoins étant la Ville prise de force, ne pouvoient être exempts & exceptés des excès & violences, qui ne se peuvent éviter en si furieux accident, jamais elle n'a pu consentir à cette résolution, qu'il y fût tenté aucun effort. A peine voulut-elle approuver que l'on se saisît des fauxbourgs, non qu'il ne fût nécessaire de le faire, mais craignant que l'un n'attirât l'autre, que les Soldats se voïant si proches d'un si grand butin, fussent mal-aisés à retenir d'en passer plus outre : comme ce fut la plus grand peine que le Roi & tous ses principaux Capitaines eurent en tout ce siege, que d'empêcher que les gens de guerre n'entreprissent davantage : car de le tenter à l'exécuter, il n'y avoit nulle différence. La prise de tous les dits fauxbourgs qui se fit en un instant, sans aucune résistance, & ce que depuis l'on a vû comme contre la regle, que le moins ne contient point le plus : que néanmoins sept ou huit mille hommes de guerre qui étoient auxdits fauxbourgs, tenoient enfermés plus de trente mille hommes armés, qui étoient dans ladite Ville, a dû être une assez suffisante preuve, que la prise, par son effort, en étoit inévitable. Ainsi Sa Majesté se résolut, pour ne perdre ladite Ville, pour sauver l'honneur de tant de familles, & épargner le sang innocent qui s'y pouvoit répandre, de les matter par la nécessité des vivres, & porter plutôt en patience la longueur du siege, quelle qu'elle put être, que d'y faire autre plus grand effort, & ce avec double dessein, ou qu'il lui succéderoit au fait dudit siege, par le moïen de la nécessité que ceux de dedans ne pourroient supporter, ou que le Duc de Maïenne se rapprocheroit pour les secourir, & lors qu'elle le combattroit, qui étoit ce qu'elle desiroit le plus, pour arracher la racine du mal que d'en couper les branches. Si Sa Majesté eût été aussi ferme & implacable au premier moïen, comme elle s'est montrée très soigneuse de l'autre, la Ville fut indubitablement sienne. La raison de la guerre véritablement vouloit, puisque la résolution avoit été faite de combattre & vaincre l'opiniâtreté de ceux de dedans par le jeûne & l'abstinence, de ne souffrir qu'il y fût porté aucuns vivres, quels qu'ils fussent, & pour qui que ce fût, & de retenir dans ladite Ville tous ceux qui y étoient, sans en permettre sortir un seul, afin que tant plus il y en auroit, tant plutôt les vivres qui y étoient fussent consommés : & cette regle devoit être observée avec toute sévérité, & sans grace & exception. Mais durant le dernier mois de ce siege, la nécessité & la misere fut dans ladite Ville si extrême, les récits en étoient si effroïables de tant de personnes qui mouroient de faim par les rues, de tant d'autres, de qui la rage étoit telle, qu'ils mangerent les chiens tout crus publiquement, les hurlemens du Peuple, les gémissemens des meres qui trouvoient à redire leurs enfans, pénétroient non-seulement l'air, mais aussi les murailles. Sa Majesté ne les a pu entendre avec cette dureté bestiale, comme ceux qui en étoient cause, le voïoient de leurs yeux : eux qui étoient encore pourvus de vivres, tenoient tout ce Peuple pour ames inutiles, & leur tardoit qu'il ne fût déja tout mort & perdu. Comme le courage & magnanimité du Roi est invincible, son humanité & sa bonté fut facile à vaincre, & se rendit bientôt à ses

monftrueufes pitiés, aimant mieux faillir aux regles de la guerre,
qu'à celles de la nature ; même à la fienne qui eft pleine de toute
douceur & clémence. Il confidéra que tout ce Peuple étoit Chrétien, que tous, fes Sujets, la plûpart peut-être innocens, qu'il
falloit les ôter de ce défefpoir avec lequel ils fe perdoient :
enfin fon bon naturel rompit la barriere des Loix Militaires. Il
accorda premierement paffeport pour toutes les femmes & filles
& enfans, & pour tous les écoliers qui voudroient fortir ; il
augmenta depuis pour les Religieux & Gens d'Eglife : il paffa
à la fin jufqu'à ceux qui avoient été fes plus cruels ennemis,
& eut foin, que fortant, ils fuffent humainement recueillis &
reçus en toutes fes Villes où ils fe font voulu retirer : il a permis que les Princes & Princeffes, qui étoient dans ladite Ville,
aient été fecourues de quelques vivres. Cela a été fort ingrate-
ment reconnu, & fe peut confeffer que le fiege en a été plus
long de plus d'un mois qu'il n'eût été ; & par conféquent qu'il
n'a point eu l'effet qu'il devoit avoir. Mais fi cela en eft la caufe,
elle eft fi fainte & agréable à Dieu, qu'il eft très certain qu'il
en fera récompenfé au double, & qu'elle ne vaudra pas feulement le recouvrement de Paris, mais de tout l'Etat, & encore
mieux ; tant les graces & récompenfes du Ciel font infinies. Sa
Majefté outre ce, ne manqua pendant ces extrémités de tous
les offices paternels qui fe peuvent faire, les exhortant par Lettres publiques & Meffagers de recourir à elle avec affurance
pour tout ce qui eft de la Religion Catholique, & de tout bon
autre traitement & repos, elle permit venir à elle de leur part le
Cardinal de Gondi & l'Archevêque de Lyon, qui en partirent
fi fatisfaits & contens, qu'ils pleuroient de regret, de ce qu'ils
voïoient errer plufieurs en l'opinion qu'ils avoient de Sa Majefté, toute autre qu'ils ne devoient avoir : elle leur permit davantage, de paffer jufqu'au Duc du Maine ; mais toutes ces
douceurs ne devinrent en des eftomachs gâtés, que poifons &
venins : comme ce en a été une preuve certaine, & néanmoins bien honteufe, que renvoïant ledit Duc du Maine, lefdits
Cardinal de Gondi & Archevêque de Lyon vers Sa Majefté,
avec proteftation qu'il ne defiroit rien tant que la paix, il écrivoit à la même heure à ceux de Paris par un fien Sécretaire, qui
paffoit à leur fuite, qu'ils ne priffent aucune allarme de ce traité,
& qu'il mourroit plutôt que de faire jamais la paix ; & la Lettre
étant tombée de celui qui la portoit, & repréfentée audit Duc
de Mayenne, il ne put défavouer de ne l'avoir fignée, & lui étans

fait reproche par ledit Archevêque de Lyon, n'eut autre excufe, finon qu'il y avoit été furpris. Mais il eût mieux dit de dire, qu'il penfoit en cela, furprendre & les uns & les autres. Si Sa Majefté aïant été un peu tendre, & en l'obfervation de ce qu'il falloit pratiquer de rigueur contre ceux de Paris, non du tout fi exacte que la Loi de la guerre le vouloit, elle l'a bien récompenfé en foin & diligence pour effronter en campagne fes ennemis, qui eft ce qu'elle a toujours plus défiré, que de ruiner à coups de canon fes Villes & les pauvres Habitans d'icelles. Dès le commencement du fiege, aïant été averti que le Duc du Maine à fon retour de Flandres, où il étoit allé mendier du fecours au Duc de Parme, & en aïant déja recueilli quelques troupes, étoit parti avec Balagni (1) & Saint Paul, pour s'acheminer & approcher de Paris, elle partit de fon armée avec une troupe de Cavalerie fans bagage, fit dix-fept lieues d'une traite pour le rencontrer, & ne le faillit que d'une heure, l'aïant contraint de fe renfermer dans la Ville de Laon. Depuis aïant encore, ledit Duc de Mayenne, recouvert un nouveau fecours, & s'étant acheminé jufqu'à Meaux, publiant qu'il venoit donner la bataille : Sadite Majefté repartit de fon armée avec une troupe de Cavalerie, & fut pour le rencontrer jufques près dudit Meaux ; mais elle le trouva renfermé entre la riviere de Marne & celle qui vient de Creci, plus craignant d'être affiégé, que fe mettant en devoir de défaffiéger les autres. C'étoit en attendant le Duc de Parme, à la venue duquel & dès le lendemain de fon arrivée, ils publioient partout qu'ils donneroient la Bataille, à quoi Sa Majefté fe réfervoit plus qu'à nulle autre chofe. Et de fait étant ledit Duc de Parme arrivé, & joint ledit Duc du Maine, ils commencerent deux jours après à cheminer & pafferent le ruiffeau qui paffe au Village de Claye & au Château de Frefnes, où ils logerent, & eftimant Sa Majefté que le lendemain elle auroit la Bataille, s'étant recommandée à Dieu, comme en telles occafions c'eft toujours par où elle commence ; & aïant exhorté un chacun d'en faire le femblable, elle partit du Village de Chalict près Paris, le Mercredi 29 du mois paffé & affigna le rendez-vous de toute fon Armée pour le lendemain à la Plaine de Bondy, qui eft à la tête de la Forêt d'Yvri, qui étoit le droit chemin de l'Ennemi, & pour être préparé pour lui aller audevant, s'il prenoit le chemin des côtés pour éviter le paffage

____
(1) Jean de Montluc de Balagny.

de ladite Forêt. Aïant ce même jour retiré fon Infanterie qui
étoit aux Fauxbourgs de Paris, pour fe trouver à la Bataille,
l'Armée tout ce jour demeura en ladite place de Bondi en bataille, fans qu'il y eût nouvelles de l'Ennemi. Sa Majefté l'y
fit venir & tenir le lendemain, fans qu'il comparût aucun
defdits Ennemis de part ni d'autre; c'eft pourquoi elle réfolut le Vendredi les approcher de plus près, & de prendre le
logis de Chelles (1), & y aïant euvoïé à cet effet le Seigneur
de Laverdin, l'un de fes Maréchaux de Camp, & le Seigneur
de Chaftillon (2), y arrivant déja fur le foir, ils y trouverent
les Maréchaux & Fouriers des Ennemis qui commençoient à
y faire leur logis, qu'ils en chafferent; & y étant peu après Sa
Majefté arrivée, & aïant découvert quelques fept ou huit cents
chevaux defdits Ennemis, où, comme l'on a rapporté, étoient
les deux Chefs; elle leur fit une charge avec beaucoup moindre nombre, & les remena jufques dans leurs logis. Le lendemain Samedi premier de ce mois, que Sadite Majefté fe tint
pour toute affurée d'avoir la bataille, Elle donna le rendez-
vous à toute fon Armée à une place de bataille au-deffus dudit
Village de Chelles, qui étoit une Plaine qui a derriere deux
côtés à la tête d'un petit Bois, féparé d'un ruiffeau, & dans
ledit Bois un Château nommé Brou, & par-delà eft un marais
féparé d'un peu de Plaine, qui eft entre ledit Château & ledit Marais, par un autre petit ruiffeau qui étoit le logis qu'a-
voit pris l'Ennemi. L'Armée de Sadite Majefté fe trouva toute
rangée en Bataille fur les onze heures. Le Duc de Parme gagna
un côteau, pour la reconnoître, & l'aïant vue, l'on dit qu'il
fît un foupir fi profond que l'on penfoit que ce dût être le
dernier qu'il dût jamais faire, & fe retournant audit Duc du
Maine, lui fit de très grands reproches, que ce n'étoit pas
cette Armée de dix mille hommes, qu'il lui avoit affuré qu'il
auroit à combattre, qu'il en voïoit là comparoître plus de vingt-
cinq mille & en la meilleure ordonnance qu'il avoit jamais vu.
Cet étonnement ne lui doit pas être reproché pour faute; car
il y avoit bien dequoi en étonner un qui eût vu & mené
de plus grandes Armées qu'il n'a fait, comme il fe peut dire

---

(1) Chelles eft un Bourg connu par une
Abbaïe de Filles, qui porte ce nom. Fau-
chet, dans fes Antiquités, dit que ce lieu a
auffi été appellé Sainte Baudour, ou fainte
Baupteur. Voïez l'Hiftoire du Diocefe de
Paris par M. l'Abbé Lebeuf, tome 6, p. 31

& fuiv., Art. *Abbaïe, Paroiffe & Doïenné
de Chelles.*

(2) M. de Châtillon étoit auffi Maréchal
de Camp. Voïez M. de Thou, Hiftoire,
Livre 99,

Tome IV   T t

véritablement, que c'étoit la plus belle Armée qui se soit vue de long-temps en France. Il s'y retrouva pour le moins dix-huit mille hommes de pied, dont il y en pouvoit avoir six mille Etrangers, & bien cinq à six mille chevaux, entre lesquels il y avoit près de quatre mille Gentilshommes François & des meilleures Maisons de la France ; il y avoit six Princes, deux Maréchaux de France, & de Capitaines & Chefs d'Armées, plus qu'il n'y en a en tout le reste de la Chrétienté. Ledit Duc de Parme au lieu de venir au combat, changea d'armes à tous les siens, & au lieu de lances, leur mit des pioches en la main, & ne firent toute la nuit que se retrancher dans ledit Marais, où, tant la Cavalerie que l'Infanterie logea toute au picquet. Dès l'après-dîner du Samedi Sa Majesté leur fit quitter le ruisseau, le Bois & la Maison qui est dans le Bois, & se retirerent tous dans ledit Marais ; & dès-lors au lieu de bataille, ledit Duc de Parme ne pensa plus qu'à se retrancher & fortifier, comme il fit, très fortement. Sa Majesté, la nuit venue, se vint loger audit Village de Chelles. Elle continua tous les jours suivans par tous les moïens qu'Elle put pour les attirer au combat, leur faisant attaquer incessamment des escarmouches, où il demeuroit toujours quelques-uns des leurs. Mais pour tout cela, il n'y eut ordre de les picquer davantage, confessant publiquement que la fantaisie de la Bataille leur étoit passée dès l'après-dîner du Samedi. Ils résolurent quelques jours après, d'attaquer la petite Ville de Lagni (1), qui leur étoit proche de demie lieue derriere eux, & aïant fait un pont à bateaux, joignant quasi ladite Ville, le huitieme dudit mois à la pointe du jour, ils y passerent la plupart de leur Infanterie, & la faisant battre de neuf pieces, la riviere entre deux, la brêche fut plutôt faite que Sa Majesté n'en fut quasi avertie, parceque le vent étoit tellement tourné & le brouillard si grand & épais, que les coups de canon ne s'entendoient pas. Il y avoit deux ou trois cens hommes dedans qui la défendirent néanmoins si bien, qu'ils y en firent perdre de ceux des Ennemis beaucoup davantage, & si le secours qui y fut envoïé y fut arrivé un peu plutôt, ils ne l'emportoient pas, encore qu'il y ait mille Villages en France qui se peuvent mieux défendre. Il a bien paru qu'ils ne la tiennent pas en autre considération, l'aïant fait déman-

(1) Ce lieu a aussi une Abbaïe de Moines de l'Ordre de saint Benoît, qui porte le même nom.

teler depuis qu'ils l'ont prife. Sadite Majefté eftimant que cela
leur auroit peut-être enflé le courage, Elle les attaqua encore
le lendemain plus qu'auparavant, mais ils s'en picquerent encore moins. Enfin aïant confidéré que la plupart de cette Nobleffe, qui étoit accourue fans équipage, fous le bruit de la Bataille, connoiffant que l'efpérance en étoit perdue, preffoient
de fe retirer; Elle eftima qu'il étoit temps de penfer à faire la
guerre d'autre mode avec les Ennemis, que pour les attirer à
un grand combat, dont ils avoient fait connoître qu'ils n'en
vouloient point tâter. Toutesfois avant que d'entrer en cette
délibération, Elle voulut tenter encore une occafion de les y
faire venir & fe réfolut de montrer de vouloir faire encore un
effort à Paris. Pour cette occafion, Elle partit elle-même le
dixieme au foir dudit Chelles, avec une bonne troupe d'Infanterie & quelque Nobleffe, pour fe rendre à la pointe du jour
aux portes de Paris, & y donner une efcalade; aïant commandé que l'Armée partît le lendemain, pour fe trouver à la
Plaine de Bondi; cela avec ce deffein, que fachant les Ennemis qu'Elle auroit donné à Paris, qu'ils fe mettroient à la
fuite de l'Armée, & que ce feroit une occafion de combattre:
mais l'entreprife aïant été découverte, elle n'eût point lieu, &
auffi peu eût l'autre; car lefdits Ennemis n'oferent pour cela
déloger de leur Marais, craignant toujours quelque fauffe amorce pour les attirer où ils avoient réfolution de ne venir point;
ce qui fe confirma plus par cette occafion, que par aucune
autre, puifque fentant les forces de Sa Majefté féparées, ils
ne s'en étoient pas émus davantage; qu'il ne falloit plus attendre que pour quelqu'autre que l'on leur pût offrir, ils le fiffent
déformais. C'eft pourquoi Sadite Majefté étant venue retrouver l'Armée en ladite Plaine de Bondi, où elle avoit été tout
le jour, attendant fi les Ennemis approcheroient, n'aïant
aucunes nouvelles de leur délogement, Elle réfolut de venir
loger ce même jour à Gonneffe. Le lendemain aïant affemblé
tous les Princes, Officiers de la Couronne & autres grands
Capitaines, qui fe retrouverent en ladite Armée, & y aïant
amplement été difcouru & traité que la réfolution du Duc de
Parme étoit affez manifefte & déclarée, de ne vouloir point
combattre; que de l'y penfer forcer avec le temps, fe logeant
toujours près de lui, qu'en cela il auroit avantage, étant fon
Armée fraîche & fur la folde, compofée d'Etrangers, qui ne
fe débandent point. Au contraire, celle de Sa Majefté, pour

T t ij

la plupart déja harraffée, & ne recevant point de paiement, de retourner au fiege de Paris, puifque la réfolution de Sa Majefté étoit de ne le prendre point de force ; que d'en attendre la néceffité, le terme feroit trop long, parcequ'aïant eu liberté du côté de la Beauffe, qu'auffi depuis l'acheminement à Chelles, ils fe feroient fournis affez pour fe fubftanter quelque temps ; que puifque l'Ennemi ne vouloit faire la guerre à notre mode, qu'il étoit expédient de la faire à la fienne, & n'aïant pas voulu avoir cet honneur d'être combattus de tant de gens d'honneur, qui s'étoient affemblés pour cet effet, qu'il les falloit faire combattre & détruire par la néceffité de vivres & autres incommodités, qui ne fauffent point compagnies aux Armées qui doivent faire l'exercice qu'il faudra qu'elle faffe. Que Sa Majefté pourvoïant fes Villes qui font fur la riviere de Seine, de vivres & fortes Garnifons, c'étoit toujours tenir Paris autant affiégé, que par la préfence d'une Armée. Que cependant une fi forte que cèlle qu'elle a, n'étoit point néceffaire près d'Elle ; qu'une force médiocre lui peut fuffire, avec laquelle fi l'Ennemi attaque quelque chofe, Elle lui puiffe être auffi-tôt fur les bras. Que renvoïant fes forces dans les Provinces dont elles font parties, c'étoit grandement confoler lefdites Provinces, & y faifant rafraîchir lefdites troupes leur donner moïen d'y acquérir quelque chofe ; que lorfque les forces Etrangeres entreront, les troupes ainfi rafraîchies, retournans & lesallant joindre, Sad. M. fe trouvera avec deux fois autant de forces que elle en a maintenant, & aura cependant empêché tellement celle des Ennemis, qu'elles n'auront pas fait grand exploit, & leur retombant les autres fur les bras, ce fera bien pour les contraindre de faire encore pis que de fe retrancher dans les Marais. Cette opinion étant accompagnée de bonnes & grandes raifons aïant été trouvée la meilleure, il fût en ce confeil célebre conclu & arrêté par Sa Majefté, de faire ce qui avoit été propofé. Aïant voulu commencer par la Ville S. Denis, pour la défenfe de laquelle il y eût preffe, à qui en auroit la charge chacun eftimant qu'il y auroit de l'honneur à y acquérir ; enfin elle demeura audit Seigneur de Laverdin qui l'accepta avec actions de graces. Il fut auffi pourvu de fortifier de bonnes & fortes garnifons les Villes de Melun, Corbeil, Senlis, Meulan, Mante & plufieurs autres, la moindre defquelles peut fuffire de mettre à la litiere toute l'armée du Duc de Parme ; elle réfolut par même moïen de renvoïer en Touraine, Anjou & le Maine Monfieur le Prin-

ce de Conti ; en Normandie Monſieur de Montpenſier , en Picardie Monſieur de Longueville , en Champagne Monſieur de
Nevers , en Bourgogne Monſieur le Maréchal d'Aumont , chacun avec très bonnes forces ſuffiſantes de mettre leſdites Provinces en repos & patience. S'étant reſervée S. M. une armée
médiocre , & néanmoins encore aſſez forte & puiſſante pour
faire tête à ſes Ennemis , & les empêcher de rien entreprendre
qu'il ne leur ſoit auſſi-tôt ſur les bras ; les voulant toujours tenir
de ſi près , qu'en peu de temps il puiſſe être à eux , quand il
verra qu'il ſera à propos. Aïant jugé que cette forme de guerre
en la réſolution où ſont les Ennemis de ne vouloir point combattre , leur ſera plus incommode qu'une autre. C'eſt la pure
hiſtoire de ce qui s'eſt paſſé en ſon armée , depuis que le Duc
de Parme eſt joint à celle des Ennemis , & les principales raiſons qui l'ont fait réſoudre à la ſéparation ſuſdite de ſes forces ,
dont elle a deſiré par cette mémoire , que les Gouverneurs &
Lieutenants Généraux de ſes Provinces , ſes Cours de Parlemens ,
ceux de ſa Nobleſſe , ſes Villes & autres Officiers ſoient inſtruits
pour en pouvoir informer ſes autres bons & fideles Sujets , à ce
qu'ils connoiſſent que cette réſolution n'a point été légerement
faite , ni par force & contrainte , mais avec mure délibération
& toute prudence militaire , & par l'avis & conſeil des plus
grands & ſages Capitaines qui ſoient aujourd'hui en l'Europe,dont
S. M. eſt encore aſſiſtée ; & que de ladite réſolution il ne s'en doit
attendre que tout bon ſuccès. Que c'eſt Dieu même qui s'en eſt
mêlé à bon eſcient , montrant toujours qu'il tient cette juſte
cauſe en protection ; n'aïant voulu permettre que tant de Princes , tant de grands Seigneurs & ſages Capitaines , tant de Nobleſſe qui ſuffiſent pour à cette Couronne en acquérir trois ou
quatre autres , s'expoſaſſent au péril d'un combat contre ces
Étrangers , qui tous quaſi mercénaires , & la perte de tous leſquels ne poiſe pas celle du moindre d'une centaine de Princes
& Seigneurs qui s'y pouvoient perdre. L'on voit auſſi clairement
qu'il a jugé qu'ils méritent d'être combattus de telles mains ,
qu'il a réſolu de les faire périr avec moins d'honneur , & les détruire & défaire par deux Ennemis inteſtins , qui ſont déja dans
eux-mêmes , la néceſſité des vivres qu'ils ſouffrent extrême ,
& la diviſion qui eſt déja ſi grande , que les François ne pouvant plus ſupporter l'inſolence des Eſpagnols , ſe ſont pour la
plûpart déja tous retirés , ne reſtant plus cette armée compoſée
que des Etrangers , qui menent pour trophée le Duc de Mayen-

ne & ce peu qui y reste de François. Car d'autres n'en ont-ils point encore acquis, n'aïant attaqué un seul combat; & en tous ceux qui leur ont été faits, y aïant toujours eu du pire. Ils n'ont point recouvert leurs Drapeaux, qu'ils perdirent à Ivri, ni aucuns autres, pour les retirer par échange. Ceux de Paris ne peuvent pas vanter leur enragée opiniâtreté pour constance : ils doivent reconnoître que c'est Dieu qui l'a ainsi permis, pour leur faire faire leur pénitence plus longue, & à ce qu'ils fussent eux-mêmes les exécuteurs des premiers supplices qu'il leur a ordonnés ; aïant pour le second cette consolation & récompense de leur patience & grand service fait audit Duc du Maine, de voir les Espagnols maîtres d'eux, de leurs maisons, de leurs femmes & de leurs filles ; servant maintenant d'exemples aux autres, qui leur en auroient du servir pour prévenir ce malheur, qui les opprime & opprimera jusqu'à ce que Dieu permette que S. M. les en délivre. Le Duc du Maine a bien occasion de sentir & juger maintenant que le theriac est bien pire que le venin ; que le remede qu'il a cherché est bien plus dangereux que le mal dont il a voulu se garantir. S'il est fils de son pere, il doit appréhender la contrariété qui se lira en l'histoire de leur vie : l'on y verra que son pere se trouva à l'une des Portes du Roïaume, qu'il défendit si bien qu'il y fit mourir plus de trente mille ou Espagnols, ou de ceux qui étoient en l'armée d'Espagne, & les renvoïa avec cette honte ; & que celui-ci les aura été querir jusques chez eux, pour leur livrer sa femme, ses enfans & sa Patrie. Mais le vice a ses dégrés, comme la vertu, & qui s'est une fois dévoïé du droit chemin, s'égare aisément encore davantage. Le Roi d'Espagne ne se sent pas frustré de la récompense qui lui est due, de ce trouble qu'il soutient & nourrit en ce Roïaume, couvrant son ambition sous le faux prétexte de Religion, qu'il doit premierement pratiquer chez lui & en ôter le paganisme, qui y est si ordinaire, & dont il tire profit & revenu, souffrant qu'en Grenade, en Andalouzie & en Arragon, il y ait plus de Villages sans Chrétienté, qu'il n'y a de Chrétiens en ses meilleures Villes. Dieu veut qu'il vive, pour en la fin de sa vie en faire le jugement que mérite un tel sacrilege que celui qu'il commet, enfreignant les traités qu'il a avec cette Couronne, qui ne sont pas écrits au papier & au parchemin seulement, mais en la mémoire des hommes, comme les bases de la foi publique. Le Duc de Parme, qui avoit si prudemment présenté la raison pour laquelle l'on lui vouloit faire faire l'entreprise d'Angleterre, s'est défailli en

celle-ci, dont il ne tardera gueres de connoître qu'il y aura plus
de lieu de pénitence que de remede. Bref Dieu fait clairement
connoître qu'il fait confondre tous les mauvais deſſeins, & fait
que le ſupplice ſuit de bien près le péché. Tout le mal que ceci a
produit, c'eſt qu'il a d'autant retardé l'effet des bonnes intentions de S. M. n'aïant pu pour les grandes & continuelles affaires qu'elle a ſupportées, effectuer encore la convocation qu'elle
avoit réſolu de faire des principaux de ſon Etat, pour avec eux
aviſer profondement à ce qui eſt néceſſaire pour le bien & repos
d'icelle, qu'elle reclame comme le ſien, étant inſéparables l'un
de l'autre ; n'aïant auſſi pu prendre le loiſir de ſe conſeiller avec
Dieu premierement, puis avec les hommes, deſquels elle peut
être aidée & aſſiſtée pour ſe réſoudre ſur ce que tous gens
de bien & qui ſont affectionnés au bien de ſon ſervice & au repos de cet Etat deſirent. Il ſe peut eſpérer que par cette ruſe
Dieu veut à cette fois guerir la maladie ; il faut unaniment l'invoquer & prier tous de nous en faire la grace, avec laquelle l'aide des hommes n'y défaudra point. La Nobleſſe a aſſez fait connoître en toutes les occaſions qui ſe ſont offertes, la bonne
intention qu'elle a d'y ſacrifier ſa vie, pour délivrer ſon Roi &
le Roïaume de ce chancre de rebellion. Il faudroit auſſi que la
France quittât le nom & le langage François, ſi à ce coup elle
ne le délivre de tant de tyrannaux qui l'oppriment & qui ont
deſſein de la déchirer & partager. S. M. proteſte devant Dieu
qu'elle ne dépouillera ſes armes que cela ne ſoit, qu'elle eſt réſo-
lue d'y donner tout le reſte de ſa vie, ſi tant y eſt néceſſaire ;
elle aſſure auſſi tous les Princes, Officiers de la Couronne, Cours
de Parlemens, tous les Ordres de cet Etat, de ne ſe relâcher
aucunement, au contraire ſe roidir à bon eſcient contre la tourmente, pour conduire enſemblement ce vaiſſeau au port de ſalut, où nous voïons Dieu nous tendre les bras, les aſſurant qu'il
n'y ſera pas plutôt arrivé, qu'il ne donne tout le premier temps
qu'il aura, pour donner à ſes Sujets tout le contentement qu'elle
pourra & que Dieu lui inſpirera de ce particulierement. Ils deſirent d'elle & à ſon pauvre Peuple tout le repos & ſoulagement
qu'il ſera poſſible, ne deſirant vivre que pour pouvoir durant ſa
vieilleſſe acquerir ce bien, qui eſt tout le fruit & loïer qu'il de-
ſire de ſes labeurs.

Retraite du Prince de Parme en Flandres, & ce qui advint à la Ligue alors.

TANDIS que les Parifiens luttoient avec la famine & la mort, le Pape Sixte cinquieme mourut le 27 d'Août (1), & eut pour Succeffeur un Genevois, furnommé Urbain VII (2), lequel on fit déloger bien vîte de ce monde (car il ne fut Pape que treize jours) pour faire place à Sfondrate, Cardinal de Cremone, qui fe fit furnommer Gregoire XIV (3), vrai patron de la Ligue & du tout Efpagnol. Le Duc de Parme avec fa puiffance aïant débouclé Paris, affiegea Corbeil, laquelle il prit avec très grande perte de fes gens, & encore plus de fa réputation. Car ce fut-là que fa forte armée s'affoiblit, & que durant qu'elle s'y amufoit, le Roi fe remit fus & dreffa de nouveaux deffeins, qui réduirent la Ligue en plus grandes difficultés que paravant. Les Agens du Roi d'Efpagne eftimoient bien remplir dès lors fa bonne Ville de Paris (ainfi l'Efpagnol appelloit-il en fes lettres) de Compagnies Efpagnoles & Wallonnes. Mais d'un côté il n'y avoit gueres à manger ; de l'autre, fi-tôt que les Chefs de la Ligue & les Seize & Quarante de Paris fe virent un peu au large, ils commencerent à remercier le Duc de Parme, & le prier de s'en retourner prendre repos à Bruxelles. Cette priere étoit un fecret commandement ; car d'une part fon armée diminuoit à vue d'œil, de l'autre il fe voïoit au milieu d'une populace inconftante, & ne pouvoit fe fier en gens qui n'avoient point de foi. Leur laiffer les forces pour les maîtrifer, c'étoit les perdre & fe hazarder lui-même à être défait, pource que le Roi lui feroit incontinent fur les bras. Pourtant délibéra-t-il s'en retourner le mieux accompagné qu'il craignoit, de peur d'être battu, & partit fur la fin de Novembre. Toutes fes forces lui firent bien befoin, encore le Roi ne laiffa-t-il de le convoïer

(1) 1590. M. de Thou, Liv. 100, met fa mort le 29 Août. Il avoit foixante-dix ans, & avoit été fur le fiege de Rome cinq ans quatre mois & trois jours. Ses exactions, ajoute le même Hiftorien, & les nouveaux tributs qu'il impofa, le firent tellement haïr, que dès que le Siege fut vacant, le Peuple courut au Capitole pour y brifer la ftatue qu'on y avoit érigée de fon vivant. Voïez dans le même Hiftorien, *ibid.* fon caractere & fes actions principales.

(2) Urbain VII étoit Cardinal du titre de faint Marcel, & il fe nommoit Jean-Baptifte Caftagna ou Caftanée. Il étoit né à Rome, & il eut pour Pere Côme, Genois de Nation, & pour Mere une Dame Romaine de la Maifon de Ricci. Il tomba malade le jour même de fon élection, & il mourut treize jours après, fans avoir été couronné. Pompée Hugonio fit fon Oraifon Funebre.

(3) Il fe nommoit Nicolas Sfondrate. Il étoit Milanois. Son Pontificat dura peu, étant mort vers la fin de 1591. Il étoit feptuagenaire.

harcelant

harcelant & harraſſant juſqu'aux frontieres d'Artois, & dîmant de jour à autre ſon armée, pour apprendre aux Eſpagnols que France étoit un fardeau trop péſant pour leurs épaules. Si-tôt qu'ils fuirent, Corbeil & les autres Places qu'ils avoient priſes, ſe virent regagnées ſur eux à la confuſion des Ligueurs ſurtout des Pariſiens, auxquels la venue du Duc de Parme fut une pur-gation de bourſes & une joie de papillon. En divers endroits du Roïaume, comme en Bretagne, Provence, Languedoc, la Ligue ſe remuoit & faiſoit quelques exploits au préjudice des af-faires du Roi. Cela étoit un accroiſſemenr de confuſion, les Li-gueurs n'aïant leurs armées compoſées que de gens qui ne pré-tendoient qu'attiſer de plus en plus le feu de cette guerre ci-vile, ſans deſirer qu'on l'éteignît. Car ce qu'ils feignoient vouloir que l'Eſpagnol s'en mêlât, n'étoit que pour lui tirer des mains ſes doublons, & puis après le renvoïer à vuide en lui crachant au dos.

AU commencement de cette année le Roi continua de reſſerrer ceux de Paris, leſquels aïant été quelque peu ſoulagés ſe retrou-verent en mêmes difficultés que devant. La Reine d'Angleterre, ſa Nobleſſe & quelques Marchands envoïerent bonne ſomme d'argent au Roi, pour le ſoulagement de ſes forces. Le Sieur des Diguieres (1) chaſſa la Ligue hors de Grenoble, Parlement de Dauphiné, contraignant un nommé d'Arbigni qui y comman-doit, d'en ſortir, ſans que le Duc de Savoie ni aucun autre Ligueur pût venir à temps au ſecours. Ce fut un exploit de très grande importance, & un coup que la Ligue n'aïant ſu parer, de-puis ſes affaires allerent en décadence, ſurtout en Dauphiné & ailleurs. En Normandie le Duc de Montpenſier s'empara de Honfleur, & contraignit les Ligueurs de ſe reſſerrer. Le Vicomte de Turenne venu en Allemagne pour la levée des Reiſtres, com-mença de dreſſer l'armée, de laquelle le Prince d'Anhalt fut dé-claré Chef. D'autre côté le nouveau Pape promit à la Ligue huit mille hommes de pied & quatre mille chevaux, ſous la conduite de Sfondrate ſon neveu.

PENDANT ces entrepriſes, le Chevalier d'Aumale en fit une ſur Saint Denis, eſtimant s'en rendre maître. Il y alla avec

(1) François de Bonne de Leſdiguieres. On prétend au reſte, que c'eſt par abus qu'on le nomme Leſdiguieres & qu'il fau-droit dire Des Diguieres.

forces armées ; mais il n'en revint pas, ains une contreintelligence lui aïant été dreffée, on le laiffa entrer, puis lui & les fiens furent chargés fi rudement, que la plûpart demeurerent roides morts fur les carreaux. C'étoit un des principaux Chefs de la Ligue, laquelle en mena grand deuil (1). On lui fit quelques épitaphes, que nous n'avons voulu omettre.

Epitaphes du Chevalier d'Aumale.

Celui qui fuit, il échappe fouvent ;
Mais qui tient bon & fe met trop avant,
Souvent fe perd, & eft trouffé en male :
Je m'en rapporte au Chevalier d'Aumale,
Combien qu'il eût aux mains quelque vertu,
S'il eût des pieds auffi bien combattu,
A faint Denis, comme en mainte rencontre,
Nous ne plaindrions ici fa malencontre.

Autre.

Celui qui gît ici fut un hardi preneur ;
Qui fit fur faint Denis une fine entreprife ;
Mais faint Denis plus fin que cet entrepreneur,
Le prit & le tua dedans fa Ville prife.

Autre.

Saint Antoine pillé par un Chef des Unis,
Alla, comme au plus fort, fe plaindre à faint Denis,
Qui lui a de ce tort la vengeance promife,
Un peu de temps après, ce pillard entreprit
De prendre faint Denis ; mais faint Denis le prit,
Et vengea deffus lui l'une & l'autre entreprife.

(1) Claude de Lorraine dit le Chevalier d'Aumalle, Chevalier de l'Ordre de Malte. Mezerai dit que plufieurs foupçonnerent le Duc de Mayenne de l'avoir fait tuer, pour fe défaire d'un homme dont la trop grande autorité parmi les Ligueurs lui donnoit de la jaloufie, & qui étoit d'ailleurs choqué de fon efprit féroce. On fait du Chevalier d'Aumalle un portrait affreux dans les Remarques fur la Satyre Ménippée, & en plufieurs endroits des préfens Mémoires, où on le repréfente auffi comme un infigne débauché. Son corps fut trouvé nu & aïant le vifage enfanglanté & défiguré d'une grande balafre ; il ne fut reconnu, dit-on, qu'à des chiffres qu'une de fes Maîtreffes, nommée la Raverie, lui avoit gravés fur le bras. Voïez l'Hift. de M. de Thou, Liv. 101, ann. 1591. Ce fut le 3 Janvier 1591, que mourut le Chevalier d'Aumalle,

Un cas merveilleux avint au corps de ce Chevalier. Aïant été mis dans une biere en une Chapelle de l'Eglise de Saint Denis, attendant ce que le Roi ordonneroit qu'on en fît, le lendemain ainsi qu'on voulut tirer le corps pour l'embaumer, la biere fut trouvée toute pleine de rats & de souris (1), qu'on eut toutes les peines du monde à chasser dehors, surtout un qu'il fallut empoigner à belles mains & l'arracher hors d'une des plaies. Surquoi furent faits divers Epigrammes latins & françois, dont j'ai retenu ces deux.

> Mure salax animal nullum est magis, adde rapaxque,
>   At magis iste salax, at magis iste rapax.
> Nil mirum est igitur, si extincti funus honorant
>   Mures qui inter eos Rex statui poterat.

L'autre en vulgaire.

> Qui est ce corps, qu'embaumé, dans Paris
> L'on porte en terre avec pompe roïale (2)?
> C'est, ce dit-on, le Chevalier d'Aumale,
> Qui la Couronne en saint Denis a pris.
>
> Pourquoi n'a-t-on apporté les souris
> Et tant de rats trouvés dans sa biere?
> C'eût bien été (ce fit une tripiere)
> Pour les zélés dans Paris un repas.
> Un autre dit, c'en est la fourmilliere
> Que ce Paris; mais il ne le sait pas.

Les Ligueurs qui firent à Saint Denis une perte notable & de ce Chef & de plusieurs autres des plus assurés en leurs Troupes, publierent, pour consoler leurs Partisans, un discours de l'entreprise du Roi sur Paris, dont lui & autres de son Conseil n'étoient d'opinion. Combien qu'en ce discours y ait beaucoup du levain de la Ligue, toutesfois nous l'avons ici inseré.

(1) Ce fait n'est vrai qu'en partie. On dit seulement qu'un rat lui rongea le bout du nez, ou, selon Mezerai, dans sa grande Histoire, le bout d'une oreille. Voïez les Remarques sur la Satyre Ménippée, in-8°. pag. 83 & 363, & le Journal de Henri IV, Janvier 1591.

(2) Les parens du Chevalier envoïerent à saint Denis un cercueil de plomb, pour y mettre son corps & le porter à Paris, où il fut enterré à saint Jean en Greve. Il avoit d'abord été porté en terre dans l'Eglise de saint Denis, & mis dans un cercueil de bois. L'on avoit couvert son corps d'un poêle de damas blanc aux armes d'Anjou.

LETTRE

Contenant le Discours de l'entreprise du Roi de Navarre sur la Ville de Paris, le vingtieme jour de Janvier 1591, & d'autres choses avenues en même temps.

MONSIEUR,

Lorsque votre avertissement fut reçu, Monsieur de Belin (1), Gouverneur de cette Ville, & Messieurs les Prevôts des Marchands & Echevins avoient été avertis de plusieurs endroits qu'il y avoit entreprise sur cette Ville de Paris, ce que le Roi de Navarre s'efforçoit de déguiser par divers moïens, feignant vouloir attaquer Meaux ou Pontoise, & publioit partout qu'il n'assiégeroit, sinon pour y former au même instant deux ou trois furieuses batteries ; mais votre lettre étant venue à bon port l'on y ajouta beaucoup de foi. Et au même instant, qui fut le Jeudi, mesdits Sieurs de Belin, Prevôt des Marchands & Echevins, se résolurent pourvoir à tout ce qui étoit nécessaire pour éviter une surprise, mêmement aux portes, d'autant que l'Ennemi n'avoit pu tellement déguiser son dessein que l'on n'eut bien connu qu'il tendoit à se saisir des portes, fut par intelligence du dedans, fut par suprise ou stratagême : le Jeudi dix-septieme au soir l'on eut avis certain que le Duc de Nevers aïant levé le siege devant la Ville de Provins, qu'il avoit publiée lui être rendue, feignoit le mal-content, & comme Catholique, disoit ne vouloir plus faire service à un Roi de contraire Religion, qui au lieu de six mois demandés à la Noblesse pour s'instruire, en avoit fait passer dix-sept, & méconnoissant les moïens que Dieu lui avoit donnés de s'établir, si après la victoire d'Ivri & conquêtes d'aucunes Villes il eut abandonné son erreur, avoit persisté, ajoutant foi à ses Ministres, qui le confirment. Afin que l'on ne prît ombre de ce qu'il faisoit acheminer ses Troupes à Lagni, il disoit qu'il vouloit les remettre ès mains du Roi de Navarre, & en après se retirer à Coulommiers, & de-là en Nivernois. Pareillement l'on eut avis que ce même jour les Troupes du Duc d'Espernon pas-

______

(1) Le Marquis, ou selon d'autres, le Comte de Belin ; il avoit été Capitaine d'un Régiment des Gardes Françoises.

foient la riviere d'Oife à Beaumont & tiroient vers S. Denis.
Au même temps on fut que le Sieur de Givri avoit paffé à Lagni, & que de toutes parts les Troupes fondoient en la France
au-delà de Saint Denis, le Chef étant à Senlis. Cela fut caufe
que le Vendredi au foir Monfieur le Gouverneur ordonna ce qui
étoit néceffaire pour la défenfe de la Ville, & mit quelques Soldats dehors, pour découvrir fi l'Ennemi approchoit, afin de
donner le fignal. D'autre part Meffieurs les Prevôt des Marchands
& Echevins avertirent les Colonels & Capitaines pour faire les
corps-de-garde la nuit chacun en leur quartier, & outre prierent
en particulier plufieurs notables Bourgeois, veiller en leurs maifons & fe tenir prêts avec le meilleur nombre de leurs amis qu'ils
pourroient. Et pour autant que l'Ennemi n'étant, finon à quatre ou cinq lieues au plus, pouvoit fe rendre à la diane ès environs de la Ville, il fut réfolu faire fonner le tocfin à quatre
heures du matin, ores que l'Ennemi ne parut point, pour doute
que l'on avoit que fi l'on attendoit à donner l'allarme en la néceffité, les Bourgeois fatigués, & la plûpart relevant de maladie, fuffent tardifs à s'armer. Or il avint que dès les onze heures
du foir les Bourgeois eurent l'allarme par ceux mêmes qui étoient
fortis de la Ville, auffi qu'à la même heure un Gentilhomme de
ce Parti envoïa un des fiens, qui déclara avoir vu l'Ennemi cheminer au-deça de Lagni. Cela fut caufe que la meilleure part de
la Ville s'arma fort promptement, & furent faits feize gros aux
feize quartiers de la Ville, outre les corps-de-garde. Je vous puis
dire & affurer que jamais il ne fut une telle allegreffe & difpofition, la faim, le froid & toutes autres incommodités étoient
oubliées, & n'y avoit celui qui ne defirât voir l'Ennemi, pour
l'efpérance que l'on avoit que s'il eut attenté quelque chofe, il
eut été bien repouffé. D'autre part Monfieur de Belin (1) alloit
vifiter les murailles, remparts & places : les Prevôt des Marchands & Echevins, chacun felon leur département, faifoient
le femblable. Outre ce il y avoit plufieurs Gentilshommes ordonnés par les quartiers, notamment Monfieur du Saulfai, frere
de Monfieur le Cardinal de Pellevé, Monfieur de Grammont (2),
les Sieurs de Tremblecourt (3), de Serrillac (4), de la Chevalerie (5), de Gauville, de Jauges (6), de Marin de Fortez (7), & au-

_____

(1) François d'Avetton de Belin Gouver-   (4) Frere de M. de Belin.
neur de Paris. On en a déja parlé ci-deffus.   (5) Tiercelin de la Chevallerie.
(2) Théophile Roger de Grammout.   (6) De Beaujeu de Jauges.
(3) Louis de Beauveau de Tremblecourt. (7) De Marins de Forcez.

tres, avec les Capitaines des Régimens de Messieurs le Marquis de Maignellai (1), de Tremblecourt & du Comte Colalte (2), & n'y avoit aucun qui ne s'emploïât à une si juste défense.

Le lendemain matin étant rapporté par les Païsans qu'ils n'avoient vu aucun ès environs de la Ville, l'on pensa que cette allarme fut fausse & donnée pour reconnoître quelle seroit la volonté des Bourgeois en un besoin.

Ce fut un sujet propre aux Politiques & autres qui savoient le dessein de l'Ennemi, afin de divertir le Peuple de s'armer & lever si légerement sans cause, à l'appétit de quelques personnes qui se soucioient peu de sa santé. Ces propos furent semés au Palais & ailleurs, par les fauteurs & adhérans de l'Ennemi, à quoi fut aussi-tôt remedié, pource que le soir fut donné mandement à quelques Capitaines, avertir les Bourgeois, que s'ils défailloient eux rendre au corps-de-garde au premier signal de l'allarme, l'on mettroit leurs portes bas & se saisiroit-on de leurs personnes. Et pour le doute que l'on avoit de la porte saint Honoré, l'on y fit porter de la terre & du fumier.

La nuit venue, il fut donné pareil ordre & reglement qu'en la nuit précédente, pource que l'on étoit très bien averti que l'Ennemi s'acheminoit & avoit une grande entreprise, dequoi les Politiques de la Ville, femmes & amis des absens, étoient aussi avertis à ce qu'ils n'eussent à sortir de leurs maisons, sinon pour se rendre en quelques lieux de franchises qui leur avoient été remarqués par l'Ennemi ; & pareillement fut donné ordre aux gardes pour le lendemain Dimanche, à ce que pendant la procession générale ordonnée pour rendre graces à Dieu de l'élection de notre Saint Pere le Pape, Gregoire XIV, il ne fut fait quelque surprise.

Environ la minuit l'on eut avis certain que l'ennemi étoit fort près en plusieurs gros. A l'heure même l'on donna l'allarme par la Ville, & au son du tocsin le Peuple fut armé fort promptement, sinon aucuns reffroidis à la défense de la cause, qui ne vouloient sortir, vrai est que le commandement qui fut donné d'abattre les portes de ceux qui faisoient le renard, fut cause que d'autres se montrerent plus éveillés que possible ils n'eussent été, mais Dieu voulant continuer ses miracles sur cette Ville en fit reconnoître beaucoup qui jugerent le péril être commun à tous, & se montrerent affectionnés à la défense.

(1) Florimond d'Halewin de Menelay.
(2) Colalte (le Régiment Allemand du Comte de Colalte).

Comme l'ordre eut été établi partout, l'on découvrit que l'Ennemi entroit au Fauxbourg de saint Honoré. Environ sur les trois heures, se présenterent quelques Capitaines des Ennemis, habillés en Païsans, conduisant des chevaux chargés de farines, lesquels demandoient qu'on eut à les faire entrer. Ils ne paroissoient, sinon dix ou douze, & l'un d'eux fut interrogé par le Sieur de Tremblecourt, qui étoit à la porte saint Honoré, & enquis s'il avoit vu les Ennemis, dit qu'il avoit vu douze ou quinze chevaux des Ennemis qui battoient les chemins, pour découvrir ceux qui apportoient les vivres, mais qu'ils s'étoient cachés & craignòient qu'ils ne les vinssent voler aux Fauxbourgs.

A vrai dire ces Païsans déguisés jouerent si bien leur rôle, que l'on demeura en doute de leur qualité, & leur fut dit que la porte avoit été terrassée dès le soir précédent, & qu'ils allassent passer au long de la Riviere, où on les recevroit par un bateau, ou bien qu'ils allassent à la porte saint Denis. Ce n'étoit ce qu'ils cherchoient, & aïant entendu cette mauvaise nouvelle, ils se rejettent dans le Fauxbourg à la faveur de la nuit fort obscure, & rapporterent ce qu'ils avoient entendu.

Il y avoit lors aux Capucins environ soixante Capitaines en habits de Païsans, armés dessous avec le pistolet, & conduisoient des chevaux & charettes. Le dessein des ennemis étoit de trouver quelques personnes à la garde de cette porte, qui par intelligence ou facilité leur en fît ouverture, & au même instant donner en bas au long de la Riviere, laquelle pour être fort basse ne donnoit jusqu'à la muraille, & étoit facile y passer dix ou douze de front sans mouiller le genouil, comme aussi de donner l'escalade en divers lieux.

Pour cet effet l'Ennemi faisoit conduire grande quantité d'échelles avec des petits ponceaux & des mantelets & claies, maillets & autres instrumens & engins, pour briser les portes & serrures, si faisoit trainer deux pieces de canon pour rompre les barricades que l'on eut pu faire dedans la Ville. Pour l'exécution il y avoit soixante Capitaines ou autres personnes déterminées, & couverts d'habits de Païsans, lesquels devoient saisir la porte leur étant ouverte.

La premiere Troupe qui les suivoit, étoit déja dans le Fauxbourg, conduite par le Sieur de Laverdin, accompagné de cinq cens hommes, armés de cuirasses à l'épreuve, & deux cens Arquebusiers. La seconde Troupe étoit de quatre cens hommes, armés de cuirasses, & huit cens Arquebusiers, conduits par le Baron de Biron (1). Celle-là étoit suivie d'autres grandes Troupes, conduites par le Sieur de la Noue & après lui marchoient les Suisses & le canon.

Les Sieurs de Givri, Marmault (2), Sourdi (3), Dunes (4) & infinis autres, avoient leurs Troupes & leurs départemens. Le Roi de Navarre étoit au bout du Fauxbourg avec Monsieur de Longueville, le Sieur d'Espernon & autres, tous à pied, & n'y avoit que Monsieur de Nevers à cheval (5), accompagné de cinquante ou soixante.

Tout le bagage étoit à couvert derriere Montmartre, & y eut un silence admirable; car il ne fut oui voix aucune, ni vu feu ou lumiere; de sorte qu'il étoit impossible juger ou prévoir qu'à la portée de deux mousquets au plus, il y eut une si grande armée, laquelle séjourna sept ou huit heures. Mais leur étant rapporté que les portes saint Honoré & autres étoient terrassées, ils penserent que leur entreprise étoit découverte. Lors fut tenu conseil si on passeroit outre, & le Roi de Navarre vouloit tenter la fortune & hazarder quelques hommes, dequoi la Noue & autres, par trop discretement pour nous, ne furent d'avis; & vous puis dire que s'ils se fussent présentés ils eussent été bien reçus; & que si l'on eut estimé que le Peuple dut être si animé & affectionné, non-seulement l'on eut laissé les portes en l'état qu'elles étoient, mais on les eut ouvertes, aïant été terrassées & murées pour crainte de trahison & surprise à heure inopinée, sur plusieurs avis reçus que l'Ennemi se vantoit avoir des portes à son commandement.

Le matin l'ennemi se retira, aïant laissé quelques troupes aux fauxbourgs pour favoriser sa retraite; lors vous eussiez entendu parmi eux infinis discours : aucuns blâmant l'entreprise, comme trop légere & sans sujet, & qu'il ne falloit travailler la Noblesse & Gens de guerre, ni les faire venir de si loin sous une espérance & entreprise fondée sur un sac de farine. Les autres qui vouloient excuser la promptitude de leur Chef disoient que leurs intelligences avoient manqué, & certainement il y a grande apparence que ceux-là disoient vrai, tant pour ce qu'ès troupes y avoit nombre de Parisiens, parens & amis de quelquesuns qui pouvoient favoriser l'entreprise, que pour n'être croïable

____

(1) Charles de Biron.
(2) C'est Marivaux.
(3) De Sourdis.

(4) De Balsac de Dunes.
(5) Il étoit à cheval à cause de la foiblesse de sa cuisse.

qu'un

qu'un Prince tant eſtimé entre les ſiens, & accompagné de Capitaines qui veulent être tenus pour les premiers de l'Europe, eût fait une entrepriſe avec ſi peu de ſujet, aïant été publié par toutes les Villes de ſon parti, en ſon armée & ailleurs, que dedans le 20 de Janvier il ſeroit maître de Paris. Cela étoit ſi commun que l'on avoit ſurpris des Lettres écrites à Tours le treizieme, par leſquelles aucuns mandoient à Paris, qu'ils y ſeroient bientôt, & que l'on préparât la chemiſe blanche.

Si les Grands de l'armée diſcouroient de l'entrepriſe, les ſimples Capitaines & Soldats en parloient avec paſſion pour être fruſtrés du butin & de l'eſpérance du paiement de leurs ſoldes. Les Bourgeois de Paris à la ſuite de l'armée étoient plus fâchés, pource qu'il y avoit trois mois qu'ils minutoient le Maître (ainſi l'appellent-ils) de faire acheminer ſes Troupes, lui donnant aſſurance de la facilité de l'exécution de l'entrepriſe par les avis de ceux de dedans.

Au reſte, Monſeigneur, le Duc de Mayenne aïant été averti de cette entrepriſe, dépêcha ſoudain un nombre de Soldats choiſis ès Régimens des Eſpagnols & Napolitains, dont les premiers ſont entrés en cette Ville avec le ſieur du Peſché (1), & les autres ſont demeurés à Meaux, pour crainte que l'ennemi n'y entreprît quelque choſe. Et pour rendre grace à Dieu & reconnoître tant de miracles procédant de ſa bonté infinie, l'on fit priere publique le Mardi 22, où aſſiſterent les Cours & Magiſtrats, avec grand nombre de Peuple.

Au même inſtant nous avons eu nouvelles du bon ſuccès des affaires de Bretagne & priſe de la Ville de Daunebont (2), par Monſeigneur de Mercur (3), en laquelle il a trouvé huit canons que les ennemis y avoient laiſſés : la Ville s'eſt rachetée du pillage moïennant vingt mille écus : les Gens de Guerre ſont demeurés à la diſcrétion du Vainqueur.

D'autre part, Monſieur de Montpenſier a levé le ſiege d'Auraches (4), après y avoir conſommé grande quantité de munitions, & inutilement fait trois brêches, qu'il n'a pu affranchir, pour la réſiſtance de l'Evêque & du Capitaine Picard ſon frere, & autres Seigneurs & Gentilshommes du Païs qui s'étoient jettés dedans la Place, laquelle a été fort ſecourue

(1) Louis Duval du Pêcherai.
(2) C'eſt de Hennebont, Ville de Bretagne, en l'Evêché de Vannes, ſur le Blavet.

(3) C'eſt Mercœur.
(4) C'eſt d'Huray, Ville de la baſſe Bretagne, du Dioceſe de Vannes, & proche de ladite Ville.

de munitions de guerre par les Habitans de Saint Malo.

Nous efpérons que Dieu , par fa bonté , convertira notre captivité & calamité en une douce liberté & joie; du moins la confolation demeure aux cœurs des gens de bien , qui fe réputent heureux d'être vifités de la main de Dieu , & qui ont ferme confiance que le fecours divin ne leur manquera , & fufcitera les hommes pour leur délivrance , felon que nous en voïons l'acheminement , tant par les promeffes de notre Saint Pere le Pape , que par la publication faite ès Païs-Bas du Roi Catholique , avec mandement général à tous Seigneurs & Gens de guerre pour eux rendre près la perfonne de l'Alteffe du Duc de Parme au 20 de Février , afin que felon la promeffe qu'il a faite , il puiffe arriver pour notre fecours.

Les Parifiens s'entretenoient dans leurs miferes en grande efpérance du fecours d'Italie & d'Efpagne. Quant au nouveau Pape , aïant affemblé fes Cardinaux , il excommunia derechef le Roi & fes Adhérans , faifant dreffer un monitoire , envoïant à cette fin Landrian (1), Nonce dudit Pape , en France , où le Cardinal de Plaifance (2), fon Légat , étoit , & n'en bougea de long-temps après. Pareillement il octroïa aux Ligueurs un fecours de fix mille Suiffes , deux mille pietons & quinze cens chevaux fous la conduite de Francifque Sfondrate fon neveu , accompagné du Marquis de la Corne (3) , de Vergile Urfin & autres Chefs. Le Roi d'Efpagne envoïa une armée navale en Bretagne , qui fe faifit du Port de Blavet , grandement fortifié depuis. La Noue y fut envoïé pour faire tête aux Efpagnols , lefquels prétendent droit fur cette Province , alléguant que n'étant demeuré fucceffeur de la race de Valois , Elizabeth Reine d'Efpagne fille de France , aïant deux filles , à l'aînée d'icelles appartient le Duché de Bretagne : mais icelui Duché étant annexé à la Couronne , pour n'en pouvoir être démembré , comme les Hiftoires en font foi , l'Infante d'Efpagne peut autant , felon le droit , être Ducheffe de Bretagne que Reine de France. Le Comte de Briffac délivré de prifon , où il avoit été détenu fept mois , fut envoïé demander fecours pour la Ligue au Duc de Parme , lequel fit du froid au regard des gens : mais pour ne renvoïer Briffac à vuide & tenir les Chefs Ligueurs en haleine , lui bailla quelque fomme de doublons pour fubvenir à ce qui étoit urgent. Tandis , le Roi ne dormoit pas , ains fit l'entreprife

(1) Landriano. On en a déja parlé. (3) Afcagne de la Cornia.
(2) Philip. de Sega , dont on a déja parlé.

sur Chartres, Ville de très grande importance, de laquelle finalement il se rendit maître, à l'aide, entr'autres, du sieur de Châtillon, qui, par son industrie à dresser un pont (comme c'étoit l'un des plus ingénieux & valeureux Gentilshommes de France), contraignoit les Assiégés de venir à composition. Mais il sera bon de déclarer cela un peu plus amplement.

DISCOURS,
TOUCHANT LE SIEGE DE CHARTRES,

Es mois de Février & suivans 1591.

LE fait de Paris aïant succédé, comme nous avons vû ci-dessus, sans perte de part & d'autre, le Roi retiré à Senlis prit son chemin vers la Brie, & se rendit à quatre lieues de Provine (1) accompagné du Duc de Nevers, chacun estimant qu'il voulût assiéger cette Place. Il en fit semblant, de sorte que la Ligue y envoïa promptement cinq ou six cens Pietons & deux cens chevaux : mais voïant qu'il ne faisoit point d'approches, on crut qu'il en vouloit à ceux de Trois (2) ou de Sens, attendant l'arrivée du Maréchal de Biron qui avoit reçu à Dieppe quelques poudres & boulets envoïés d'Angleterre. Ils furent confirmés en cette opinion, entendant que le Roi marchoit vers Montereau Faut-Yone : là-dessus fut semé un autre bruit, que le Roi alloit à Tours remédier à quelque désordre qui y étoit survenu : ce que les Ligueurs surent bien amplifier, jusqu'à imposer des faux blâmes aux Princes du sang. Mais leurs inventions furent nuisibles à eux-mêmes : car le Roi qui se tint caché dix ou douze jours avec le Duc de Nevers, aïant mandé au Maréchal de Biron (lequel étoit vers Mantes, de retour de Normandie, après avoir pris Caudebec, Harfleur, Fescamp & autres Places, bref, réduit toute la Normandie à l'obéïssance du Roi, hormis le Havre, Rouen, Pontoise, & deux ou trois autres Places), qu'il feignît de traverser la Beausse pour le venir joindre ; mais que soudain il tournât la tête vers

(1) C'est Provins.
(2) C'est Troyes.

Chartres pour l'inveſtir, avant qu'il y pût entrer aucun ſecours, d'autant que la Ville n'avoit autre garniſon que les Bourgeois, encore diviſés, pluſieurs y étant affectionnés au parti duRoi, nommément l'Evêque. Ce que le Maréchal exécuta ſi promptement & tant à propos, que Chartres fut environnée en peu de jours, le 9 Février. Le Roi ſe rendit le lendemain à Eſtampes, où il reçut nouvelles que le Régiment du Capitaine la Croix, compoſé de ſoixante Cuiraſſes & de deux cens Arquebuſiers, ſorti d'Orléans pour entrer dans Chartres, avoit été entierement défaits, réchappé que cinq montés à l'avantage, dont la Croix étoit l'un. Item, que la Chaſtre avoit été contraint de lever le ſiege de devant Aubigni en Berri, & depuis ſes troupes défaites par le ſieur de Châtillon. Qu'en Poitou, un Régiment de la Ligue avoit été défait par le Gouverneur de Châtelleraut. Que le Duc de Nemours s'étoit retiré des quartiers de Langles, après quelques picorées & ravages, prenant le chemin de Lyon. Ceux de Chartres ſe défendirent courageuſement avec ce peu de garniſon qu'ils avoient : mais le camp y aïant ſéjourné deux mois & demi ou environ, ſans que la Ligue leur donnât ſecours, prévoïant que le pont que l'on dreſſoit pour venir aux mains avec eux ſeroit leur ruine, entrerent en capitulation, accordée le Vendredi devant Pâque, laquelle contenoit, que ſi dedans huit jours ils n'étoient aſſiſtés par le Duc de Mayenne (qui étoit à Soiſſons), ils ſe rendroient au Roi. On envoïa des Députés vers le Duc, lequel ne bougea, mais ſeulement envoïa un ſien Maître d'Hôtel & deux Meſtres de Camp, avec dix ou douze chevaux, pour tâcher d'entrer en la Ville, avec intention & charge de faire opiniâtrer les Aſſiégés. Mais tout cela aïant été pris, le Vendredi dix-neuvieme jour d'Avril ſur les quatre heures du ſoir le Roi entra en armes dedans Chartres, & y coucha trois nuits. Le Samedi matin, les ſieurs de Grandmont & de la Bourdaiſiere (1), ſuivis de Soldats de la garniſon, & de ſept ou huit cents Ligueurs de la Ville, ſortirent avec les armes : & ſoudain le Maréchal de Biron y entra avec 1200 Arquebuſiers & 300 chevaux, garniſon y aſſignée; & en fut le gouvernement redonné au ſieur de Sourdis, lequel par avant y commandoit. Sortirent auſſi force Dames & Demoiſelles Ligueuſes en carroſſes & chariots, qui ſe firent conduire à Orléans. La Ville étoit tellement retranchée & fortifiée par dedans, qu'elle fut jugée plus forte qu'Orléans : auſſi le Roi ne voulut-il rien ha-

______

(1) Georges Babou de la Bourdaiſiere.

farder, autrement il eût perdu la plûpart de fes forces. Tous
les retranchemens étoient beaux & bienfaits : deux mille Prifonniers y travaillerent jour & nuit. Le Roi n'y perdit perfonne
de qualité que le fieur de Bclesbat. Le Roi aïant tiré quelques
fommes de deniers des Habitants, qui s'étoient foumis à fa miféricorde, partit incontinent ; & après avoir réduit Aulneau &
Dourdan à fon obéiffance, retourna à Senlis. En ces entrefaites
fut publiée la Lettre que nous avons ici inferée.

COPIE DES LETTRES MISSIVES,

Envoïées de la part du Seigneur Duc de Luxembourg (1)
au Pape.

TRE's SAINT PERE,

DE ce que j'ai cru être de mon devoir, & de la charge que
j'ai eue de tous les Princes du Sang, Ducs, Pairs, Maréchaux,
Officiers de la Couronne de France, qui fuivent le Roi, je
penfe m'en être acquité le mieux qu'il m'a été poffible, tant
que j'ai été à Rome, de leur part, du vivant du feu Pape Sixte,
y aïant apporté non-feulement ce que j'ai connu être propre
pour la tranquillité de ce Roïaume, mais encore véritablement ce
que j'ai fu être pour le bien & l'avancement de la Religion Catholique, Apoftolique & Romaine, & le repos univerfel de toute la
Chrétienté. Incontinent après mon départ de Rome, j'en écrivis
fort amplement au College des Cardinaux : & pource que la
paffion de quelques-uns d'entr'eux empêcha que mes Lettres ne
fuffent vues ni reçues au Conclave, je m'avifai d'en laiffer une
pour celui qui, par la divine infpiration, feroit élevé en la
dignité Pontificiale. Celui qui avoit charge de la préfenter m'a
fait entendre que V. S. l'avoit fort humainement reçue, &
que même elle étoit difpofée d'y répondre, & en ce qu'elle ju-
geroit être à propos. Mais entendant qu'elle a été divertie de me
faire cet honneur, & me doutant bien que ceux qui ont gagné
cet avantage, s'efforceront de lui perfuader de faire encore pis
contre la France, j'ai voulu prévenir ce mal, ajoutant cette
mienne Lettre à mes précédens avertiffemens, & remettre en
toute humilité à V. S. que ceux qui ne nous veulent point de

____
(1) François de Luxembourg, Duc de Pincy.

bien, & qui fondent leur ambition fur nos ruines, ne cherchent
(fous le prétexe de Religion) qu'à embarquer tout le monde
avec eux , & le foulever contre nous. Et pour faire croire que
c'eft pour la Religion ce qu'ils en font, ils voudroient bien que
V. S. prêtât fon autorité & fon aveu à la guerre qu'ils nous
braffent, afin que cela donnât d'autant plus de couleur à leurs
pernicieux deffeins ; mais en effet, ils n'en feroient pas grand
compte , fi l'efpérance d'en tirer de l'argent ne les convioit davantage que le zele de la Religion. Et pour parvenir à ce point,
ils promettront, quant à eux, d'y fournir de leur part beaucoup
plus qu'ils ne demanderont à V. S. afin de l'engager plus aifément en une guerre, de laquelle elle ne fe puiffe après facilement retirer, & en laquelle ils épuifferont les finances de V. S.
qui pourroient bien mieux fervir autre part qu'à nous ruiner :
ils font d'ailleurs affez fubtils pour le defirer, afin de ne laiffer
en fon entier un fond de deniers fi notable & fi proche du
Roïaume de Naple, qu'on fait bien être du Domaine de l'E-
glife : la confidération de tout cela ne me travaille point , les
menaces de la guerre ne me troublent point l'efprit, j'en ai accoutumé le bruit, & la Nobleffe de France y eft tellement apprife,
qu'elle, avec l'appui de fes amis , n'en peut craindre une nouvelle, de quelque part qu'elle vienne. Mais ce qui me trouble ,
ce qui me paffionne, & qui peut apporter beaucoup d'ébahiffe-
ment aux bons François, vrais Catholiques , fils de ceux qui
ont maintenu le faint Siege envers tous & contre tous , qui
l'ont augmenté de richeffes & grandeurs , fera de voir V. S.
en laquelle , pendant cet orage de guerre , ils efperent trouver un port de tranquillité , non - feulement s'abandonner à la
merci des vents, par maniere de dire , mais quafi les expofer
en proie à leurs cruels ennemis. Le Pape Sixte , d'heureufe mémoire , circonvenu par les artifices de nos Adverfaires, avoit
au commencement eu la même volonté , & avoit commencé
de s'y emploïer à bon efcient. Mais depuis qu'il eut reconnu la
vérité de nos affaires , & découvert l'ambition de ceux qui depuis fort longtemps ont commis les maux, qu'on voit maintenant éclorre, il changea de réfolution , & ce qu'il avoit projetté avec violence , il réfolut de l'exécuter avec la douceur ;
ce qu'il avoit voulu faire comme ennemi, il commença à le
faire comme pere. Auffi ai-je cette ferme croïance que Dieu
permettra que les ennemis de la mémoire de ce Saint Pere,
& qui en veulent obferver la fouvenance en blafphêmant cette

sienne Sainteté, intentionneront ceux qui la rendront plus illustre & plus belle, par le contraire évenement de ce qu’ils pensent, attendu que les gens de bien connoîtront que S. S. étoit
vraiement conduite de l’Esprit de Dieu, au chemin qu’elle
tenoit pour appaiser nos troubles. Dieu est juste, & comme
tel, ne voudra que la justice de la cause des bons François
soit foulée aux pieds, ains qu’elle sera prudemment considé-
rée par V. S. La France a eu premierement recours à la divine bonté, & puis par mon entremise au saint Siege, duquel,
jusqu’ici, elle n’a reçu aucun déplaisir, que ce qui est procédé
de la mauvaise volonté de certains Ministres, qui se sont portés,
non comme Juges équitables, mais comme Parties passionnées,
non pour y faire luire la paix, mais pour y allumer la guerre.
Je supplie très humblement V. S. penser que les François de-
vront faire maintenant, s’ils se trouvent non-seulement abandonnés d’elle, mais aussi poursuivis ouvertement. Il y auroit
à craindre que là où ils ne pourront apporter assez de résistance
d’eux-mêmes, ils n’en cherchent ailleurs, pour se défendre de
leurs ennemis par leurs ennemis, & que pour dernier refuge ils
ne s’allient plutôt avec qui que ce soit, que de se soumettre à
nulle autre domination, qu’à celle que les Loix du Roïaume
ont établie, pour légitime succession de la Couronne Françoise; ce que je dis d’appréhension du mal que je prévois inévitable, dont l’ennui me redouble, quand je considere que deviendra la Religion, & en quel danger elle sera exposée. Et
si elle venoit à se perdre (Dieu me retire plutôt de ce monde,
afin de ne voir un tel malheur en mon vivant), qui en sera coupable, sinon ceux qui sous le faux prétexte de Religion, & qui,
aveuglés d’ambition & d’avarice, favorisent l’injustice d’une
telle guerre ? On nous veut faire entendre, que V. S. envoie de l’argent aux Parisiens, & qu’elle promet beaucoup d’assistance à leur parti : on dit davantage, qu’elle envoie un Prélat en France pour y voir des affaires, & en être averti par
lui, selon la vérité. Je ne puis croire le premier, ne me pouvant persuader tant de précipitation de sa part, que de nous
vouloir condamner sans nous ouir, comme cela seroit un préjugé. Quant à la venue du Prélat, j’en loue la résolution ;
mais il est à désirer qu’il ne fasse comme ceux qui y sont venus
devant lui, qui aïant charge de voir l’Etat de la France, &
en donner avis, se joignirent au parti des Rebelles, & qu’il ne
vienne avec volonté de nous ruiner, mais d’appaiser la guerre,

qu'il n'ait l'efprit préocupé de paffion , l'ame aveuglée d'avarice, d'ambition & des penfions d'Efpagne : en fomme, que ne penchant ni d'un côté ni d'autre , il vueille tenir la balance jufte, & rapporter à V. S. la vérité de nos divifions. Mais je ne doute point que, par fon extrême prudence, elle ne faffe élection d'un perfonnage pourvu de fi bonne qualité , qu'elle ferve hors de crainte d'en être trompée, comme le faint Siege l'a été ci-devant, & nous exempte des dangers, où par tel inconvénient nous nous fommes trouvés. Car, quant à moi, quelques avis qu'on me donne de beaucoup de lieux, quoique plufieurs perfonnes veuillent dire que V. S. fe laiffe aller aux perfuafions des Miniftres & Penfionnaires d'Efpagne, toutesfois je ne l'ai jamais voulu croire, oppofant toujours à leurs avertiffemens ce qu'elle daigna me dire quand je la rencontrai en Tofcane, auprès de Torniceri , comme elle s'acheminoit à Rome, pour fe trouver à l'élection d'un Pape , après la mort de Sixte cinquieme. Car entr'autres chofes, elle me fit cet honneur de me dire ,, Il étoit néceffaire que le Roi de ,, France fût Roi de France , & celui d'Efpagne Roi d'Efpagne, ,, & que la grandeur de l'un fervît comme de barriere à l'ambi- ,, tion de l'autre. ,, Par ce peu de mots j'ai fermé la bouche à plufieurs, & découvert en meilleure part la créance qu'ils avoient de V. S. m'étant toujours réfervé de le lui faire entendre comme je fais , la fuppliant très humblement, que toutes les fois qu'il fera queftion de traiter de nos affaires, qu'elle fe daigne fouvenir & croire que l'intention de tous les Princes du Sang , Ducs, Pairs, Maréchaux, Officiers de la Couronne, de toute la Nobleffe , & de tous les bons François , eft de n'être jamais autres que très Catholiques, efpérant , par leurs fervices, de pouvoir obliger leur Roi de reconnoître la vérité de la Religion Catholique, Apoftolique & Romaine , pour en faire la profeffion comme tous fes prédéceffeurs ont fait. Et quant aux autres François qui fuivent le parti contraire, ce font perfonnes corrompues par l'ennemi, qui, pour fe maintenir, ont attiré le pauvre Peuple, & l'ont abufé fous le prétexte de la Religion. Là-deffus, confidérera, s'il lui plaît, que pendant une telle guerre, le moïen d'inftruire le Roi, & le rammener à la connoiffance de la vraie Foi, nous eft ôté, & le repos des Chrétiens & Catholiques d'autant retardé. Le zele que j'ai à ma Réligion , & la connoiffance que j'ai de ces affaires, pour les avoir maniées à Rome, & même pour obvier & prévenir les

fubtilités ,

fubtilités, dont nos ennemis ufent à l'endroit de ceux qu'ils veulent circonvenir, font que tant plus librement, j'ai ofé prendre la hardieſſe d'en écrire à V. S. & accompagner par cette mienne Lettre, celle qui fera préfentée par ce Gentilhomme de la part des Princes & Nobleſſe qui eſt en cette armée, lequel ils ont expreſſément dépêché vers V. S. en attendant que les autres Princes & Nobleſſe (maintenant difperſée par le Roïaume) y envoient tous enſemble de leur part, pour fe conjouir avec elle de fon aſſomption au Pontificat, & lui faire plus amplement entendre l'état auquel maintenant nous ſommes, comme, fans doute, ils feront bientôt, & principalement s'il plaît à V. S. me tant honorer que de m'avertir par ce même Gentilhomme, comme elle aura agréable cette ambaſſade, & enſemble me faire cet honneur de prendre en bonne part ce que je lui écris, croïant que mes paroles ne procedent que d'une extrême fincérité de confcience & d'affection que j'ai au bien de ma Religion, & au repos de ma patrie, de laquelle je ne ferai jamais déferteur, comme je n'oublierai auſſi l'obéiſſance & le ſervice que je lui dois, de laquelle baiſant très humblement les pieds : Je prie Dieu, TRÈS SAINT PERE, vouloir aſſiſter & ouvrer (1) par fon Saint Efprit, & lui donner très heureuſe & longue vie,

Votre très humble & très obéiſſant
Fils & Serviteur,

FRANÇOIS DE LUXEMBOURG.

Au Camp devant Chartres, le 8 d'Avril 1591.

Avertiſſement.

Nous infererons ici, puiſque l'ordre du temps le requiert, ce qui advint en ce même mois d'Avril en Provence. Encore que cela ſemble devoir être réſervé pour le difcours des guerres faites contre le Duc de Savoie : toutesfois d'autant que l'exécution notable dont eſt ici queſtion s'eſt faite en une des Provinces du Roïaume & où les Fauteurs de la Ligue fe trouverent, ce n'étoit pas raiſon de l'omettre.

(1) Faire agir.

VERITABLE DISCOURS

*De la défaite de l'Armée rebelle au Roi, en Provence, faite
par celle de Sa Majefté à Efparron de Pallieres.*

Le quinzieme Avril 1591 & ès jours fuivans.

LE fieur des Diguieres, commandant les forces de Dauphiné, fe joignit à Monfieur de la Valette & fes troupes le
jour de Pâque 14 Avril audit an, au Village de Vivon, où il y
a un Château qui avoit été pris le jour de devant par compofition, réfolus d'aller avitailler Berre affiégée & preffée par l'ennemi.

Etant en ce lieu, avis certain eft donné que l'ennemi étoit
logé en corps d'armée, compofé de mille Maîtres, & de feize
ou dix-huit cents Arquebufiers, tant Provençaux, Efpagnols,
que Savoyards, en trois Villages, à favoir, l'avant-garde à
Efparron de Pallieres (1), la bataille à Rians (2), & l'arriere-
garde à Saint Martin de Pallieres ; ces trois lieux diftans les
uns des autres de demi-lieue, & de deux lieues de Vivon,
avec affurance qu'il ne fe parloit entr'eux que de combattre
l'armée du Roi, dont déja ils fe promettoient la défaite.

Sur cet avis, il eft réfolu entre les Chefs de l'armée de Sa
Majefté, qui étoit de huit à neuf cents Maîtres, & deux mille
Arquebufiers, d'aller droit à l'ennemi en l'ordre qui enfuit, à
favoir, que les troupes du Dauphiné marcheroient en avant-
garde, dont la premiere tête feroit conduite par le fieur du
Poet ; en la feconde troupe, fuivant de fort près ledit fieur du
Poet, le fieur de Mures avec fa Compagnie jointe à celle du
fieur des Diguieres : que ledit fieur de la Valette conduiroit
le gros de la bataille ; après lui le bagage : & pour l'arriere-
garde cent Maîtres, conduits & commandés par le fieur de
Buons.

En cet ordre, le Lundi quinzieme, on marche droit à Efparron ; & étant fur le côteau oppofite, l'ennemi fe voit rangé en bataille, non toutesfois fi avancé à la plaine comme il
étoit à defirer, mais affez proche du Village, & devant la Ca-

(1) Paillers.   (2) Bourg, près Aix en Provence.

valerie l'Infanterie étoit avancée à la faveur de quelques fossés
& haies.

On a su que l'intention de l'ennemi n'étoit de combattre là,
& qu'il avoit été surpris; dont y a apparence par ce qui fera ci-
après dit.

Cependant que l'armée du Roi s'avançoit dans la plaine,
l'arriere-garde, logée à Saint Martin, joignit ceux d'Esparron
ainsi rangés. Etant donc avancés à port de mousquet, on envoie un Régiment au flanc de l'ennemi, qui au premier salut
quitte son champ de bataille, & gagne un petit côteau qui étoit
au-dessus du Village, dont le derriere lui étoit libre. Tout aussi-
tôt l'avant-garde de l'armée du Roi gagne ce champ, où elle
fait ferme, cependant que l'Infanterie escarmouchoit d'une part
& d'autre celle de l'ennemi logée au Village, & celle du Roi
essaïant de la repousser.

Mais voïant qu'il ne se pouvoit faire qu'avec beaucoup de
perte, pour être l'ennemi haut & avantageusement logé, le
sieur des Diguieres avec sadite avant-garde fait un grand tour
pour trouver le moïen de gagner le derriere de l'ennemi: ce
qui fut fait. Ce que voïant un escadron de deux cents chevaux conduits par le Comte du Bar, & que ledit sieur des Diguieres venoit droit à lui, il s'ébranla par deux fois, & enfin
prend la fuite, laissant l'Infanterie & environ trois cents chevaux engagés dans le Village. Cet escadron est suivi jusqu'à
ce qu'il se jette sur les bras du Comte Martinengue, venu à
Rians avec cinq cents chevaux.

Etant joints, ils font une charge aux nôtres, qui la soutien-
nent ferme; puis chargent l'ennemi de telle vigueur, qu'ils le
mettent en route, en le menant battant une lieue durant. En
cet exploit l'ennemi a fait perte de deux cens Maîtres, trois
Cornettes & un Guidon; le reste de l'ennemi se retirant en désordre à Rians.

Au même temps que cette route se faisoit, l'on travailloit à
gagner le Village où l'ennemi s'étoit barriqué à la hâte; mais
la nuit étoit si proche, & l'ennemi si avantageusement logé,
que pour ce jour on ne gagna que quelques maisons, où l'on
se barriqua, posant les Gardes à l'entour, afin que ceux de
dedans ne se sauvassent à faveur de la nuit & du Païs assez
propre pour l'Infanterie; car l'armée du Roi se campa à la
plaine.

Le seizieme, quelques Soldats qui s'étoient retirés dans une

Eglife, où étoit le fieur de Cucuron, dans un Colombier, &
dans un Moulin-à-vent, jufqu'au nombre de deux cents, fe
rendent à difcrétion : l'on en a gardé pour prifonniers quelques-
uns, & le refte a été pendu.

Le lendemain 17, ceux qui étoient au Village d'Efparron,
preffés de faim & de foif, empêchés d'une grande quantité de
morts ou bleffés, & fans efpérance d'aucun fecours, fe rendent la vie fauve ; & à l'inftant, après la foi donnée, fortent
trois cents chevaux, & mille hommes de pied défarmés retenus prifonniers. Entr'autres le fieur Alexandre Vitelli, le fieur
de Saint Roman, & trente Capitaines, foit de Cavalerie ou
d'Infanterie. Il y a été gagné quinze drapeaux, une infinité de
chevaux & bagage : tout le butin venu à connoiffance a été
parti par moitié entre les fieurs de la Valette & des Diguieres,
& depuis difperfé aux Compagnies.

Cette perte coute à l'ennemi cinq cens Maîtres, morts ou
prifonniers, & quinze cents Arquebufiers.

De notre côté nous avons perdu un feul homme de marque,
qui eft le jeune Buons, une vingtaine de morts, & une centaine de bleffés.

Le Duc de Mayenne n'aïant pu fecourir Chartres pourfuivit
en ce temps l'entreprife fur Château-Thierri qu'il affiégea. Trois
jours après qu'il fe fût campé devant avec les forces de la Ligue, aïant fait une brêche qui n'étoit raifonnable, la Ville
fut abandonnée. Pinart qui commandoit dedans la Place pour
le Roi ne voulut permettre à quelques Gentilshommes de bon
cœur de réparer cette brêche qu'ils montroient pouvoir en peu
d'heures rendre plus forte qu'auparavant ; mais fit retirer chacun au Château, au moïen de quoi le Duc jetta incontinent dedans la Ville un Régiment d'Efpagnols & un de Wallons, qui n'oublierent leur métier de piller & violer. Mais le
marché en étoit fait long-temps auparavant, comme auffi du
Château, qui étant battu par un endroit foible & où il n'y
avoit point de retranchement, les Affiégés voïant que la muraille ne valoit rien, & que le canon la perçoit tout outre,
voulurent fe mettre en devoir de retrancher & remparer ; mais
Pinart le fils dit n'en être befoin, pource que les Affiégeans
(qui n'avoient encore tiré que quarante coups) cefferoient bien-
tôt. Incontinent Pinart le pere tira de fa pochette la capitulation fignée par le Duc de Mayenne & par lui. Les Affiégés
furent fûrement conduits où ils voulurent aller ; mais tous les

meubles portés dans le Château demeurerent en proie aux Espagnols, qui ne voulurent ocques laisser entrer un seul François dans la Ville, & pillerent outreplus plusieurs Maisons de Gentilshommes ès environs, sans se soucier de quelle Religion ou parti ils étoient. Le Roi fut très mal content du fait des Pinarts, & disoit-on qu'il avoit donné la confiscation de leurs biens au sieur de Givri. Le Parlement de Châlons informa contr'eux, étant accusés de n'avoir jamais voulu laisser entrer aucunes forces dedans, fut pour crainte d'être dépossédés, fut pour mieux exécuter la promesse faite long-temps auparavant de rendre la Place. Le sieur d'Essommes frere du Cardinal de Lenoncourt, après avoir quitté & remis les sceaux de la Ligue ès mains du Président de Nulli, se retira dedans Château-Thierri, dont il eut le gouvernement à cause de son Abbaïe d'Essommes qui est au fauxbourg, & son Lieutenant fut le Capitaine Pescher. Après cet exploit le Duc de Mayenne & autres de sa Maison firent un voïage à Reims, où ils firent un nouvel Archevêque. D'autre part, le Duc de Savoye, l'Agent du Duc de Lorraine, & le Président Janin, l'un des principaux Conseillers du Duc de Mayenne, s'embarquerent à Marseille sur la fin d'Avril pour aller en Espagne, afin d'en rapporter argent & instructions bien particulieres de ce que la Ligue auroit à faire à l'avenir tant delà que deçà les Monts, tandis que la famine continuoit à presser les Parisiens, que les Garnisons du Roi à saint Denis & sur les Rivieres épuisoient de deniers.

En ce mois d'Avril (aucuns disent le dernier jour de Mars) le sieur de Brion fut surpris par Guyonvelle Ligueur dedans Mirebeau en Bourgogne, & arrêté prisonnier. On lui tua huit Soldats & furent trouvés bonne somme de deniers, force bleds, nombre de chevaux & beaucoup d'armes en ce Château. Au même mois le Vicomte de Turenne arriva à Francfort pour hâter l'Armée des Reistres qui s'apprêtoit pour le secours du Roi, lequel étoit près à assurer à soi toute la Normandie, avant que penser à la Picardie, tandis que le Comte Maurice & les Etats d'Hollande tailloient de la besogne au Duc de Parme, lequel ès mois de Mai, Juin & Juillet perdit plusieurs Places & beaucoup de gens en rencontres & escarmouches. En ces entrefaites le Roi étoit sollicité par plusieurs de pourvoir de quelqu'assurance pour ses paisibles Sujets, tant de l'une que de l'autre Religion, *item* d'obvier aux nouveaux attentats du Pape & de ses adhérans contre la France, au moïen de quoi étant à Mante-sur-Seine, il fit au commencement de Juillet l'Edit, & la Déclaration qui s'ensuivent.

EDIT DU ROI.

Contenant rétablissement des Edits de pacification faits par le défunt Roi Henri III, sur les troubles de ce Royaume.

HENRI, par la grace de Dieu, Roi de France & de Navarre ; à tous présens & à venir, salut. Chacun a pu clairement connoître par quels moïens & subtils artifices le défunt Roi Henri, dernier décédé, notre très honoré Sieur & frere, fut importuné & contraint par ceux qui ambitieusement ne tendoient qu'à troubler le repos de cet Etat, à revoquer les Edits qui longtens auparavant avoient été faits par les Rois nos prédécesseurs, avec les murs & prudens avis des Princes du Sang, autres Princes, Officiers de la Couronne, Archevêques, Evêques, Prélats & autres Seigneurs, grands & notables personnages, tant du Conseil desdits Rois nos Prédécesseurs, que des Cours de Parlement ; sous l'observation & entretenement desquels Edits, ce Roïaume s'étoit tant bien conservé, même les Sujets d'icelui toujours maintenus en l'obéissance de leur Roi & Prince naturel, & en la fidélité & commune volonté de rendre tout devoir & service à repousser l'invasion des Ennemis de cedit Roïaume. Lesquels aïant par diverses pratiques séduit & corrompu grand nombre de nos Sujets naturels, sous les moïens & prétextes qu'ils jugent être plus propres pour décevoir la simplicité d'aucuns : connoissant d'ailleurs que ce qui les pouvoit le plus empêcher en l'exécution de leurs pernicieux desseins, étoient les Edits qui avoient si long-temps & heureusement fait vivre nosdits Sujets en tout repos & tranquillité, n'auroient jamais cessé que lesdits Edits ne fussent revoqués ; s'assurant que par ce moïen les mêmes premiers troubles, qui avoient été composés & pacifiés par lesdits Edits, reprendroient leur premiere naissance, & que les choses tomberoient en telle confusion & désordre, que chacun, au moins les mal affectionnés à leur devoir, pourroient aisément prendre quelque couleur d'élévations nouvelles & rebellions ; ce que les effets ont depuis assez témoigné, en ce qu'aussi-tôt que lesdits Edits de Pacification furent revoqués par l'Edit du mois de Juillet 1585, au même temps les troubles renouvellerent de toutes parts en ce Roïaume. Et non content de ce premier Edit de revocation, qu'ils jugerent n'être encore moïen assez suffisant pour parachever le dernier effet de leurs mauvaises intentions, par toutes sortes d'artifices, impressions & conjurations, notredit feu Sieur & frere, après la rebellion de sa Ville de Paris, fut contraint lui-même consentir & faire procéder à la publication d'un autre Edit fait à Rouen au mois de Juillet 1588, la substance duquel montre assez de quelle force & violence icelui notredit feu Sieur & frere avoit été violenté d'y consentir. Depuis l'observation duquel Edit les choses allerent si avant, au mépris & diminution de son autorité, usurpée par ses Ennemis, que non-seulement la plûpart de ses bonnes Villes ont été distraites de son obéissance, mais aussi toute espece de rebellion & conjuration avec les Ennemis de cette Couronne a eu tel progrès, que notredit feu Sieur & frere, avec perte de la plus grande partie de son Etat, y a été, contre l'ancienne fidélité des François, cruellement assassiné ; exemple trop remarquable à la honte & deshonneur de ceux qui peuvent avoir prémédité & procuré un si scéleré (1) acte. Et d'autant qu'il ne seroit raisonnable que telle revocation de si bons & saints Edits forcée & si injuste, qui a causé tant de malheurs & tristes accidens en cedit Roïaume, & qui a été revoquée en effet par notredit feu Sieur & frere, demeurât encore à présent en sa force & vigueur ; voulant aussi éteindre & assoupir la mémoire des causes & origine de tant d'afflictions, pertes, ruines & autres sortes de désolations & calamités advenues par ladite révocation d'Edits qui avoient été si murement considérés par les plus grands personnages de ce Roïaume, amateurs de la Religion Catholique, Apostolique & Romaine, & du bien & conservation de cette Couronne ; avons, avec les prudens avis des Princes de notre Sang, Princes, Officiers de la Couronne, Sieurs de notre Conseil & autres grands & notables personnages de ce Roïaume, étant (2) lez-nous pour ces causes & autres bonnes considérations à ce nous mouvans, par ce notre présent Edit irrévocable, cassé, revoqué & annullé, cassons, revoquons & annullons de pleine puissance & autorité Roïale, par ces présentes lesdits deux Edits faits ès mois de Juillet 1585 & 1588, portant révocation

_____

(1) C'est-à-dire si criminel ; de *Scelus*, crime, action noire.
(2) C'est-à-dire auprès de notre personne.

des Edits auparavant faits par nosdits prédécesseurs Rois sur la pacification des troubles de cedit Roïaume ; ensemble tous les Jugemens, Sentences & Arrêts donnés en vertu d'iceux, sans qu'ores (1) ni à l'avenir ils soient ou puissent être effectués ni exécutés en façon quelconque. Voulons & nous plaît que les derniers Edits de pacification soient ci-après entretenus, exécutés, gardés & observés inviolablement par tous nos Païs, Terres & Seigneuries de notre obéissance, comme ils étoient du vivant de notredit feu Sieur & frere, & lors de la révocation d'iceux, & lesquels Edits nous avons à cette fin, en tant que besoin seroit, confirmés & autorisés, confirmons & autorisons de nos plus ample puissance & autorité que dessus par cesdites présentes, le tout par provision, jusqu'à ce qu'il ait plu à Dieu nous donner la grace de réunir nos Sujets, par l'établissement d'une bonne paix en notre Roïaume, & pourvoir au fait de la Religion, suivant la promesse que nous avons faite à notre avénement à la Couronne. Espérant que ladite observation & entretenement desdits Edits produira le même fruit, repos & tranquillité à nos Sujets, qu'elle a apportés en ce Roïaume, du regne de nosdits prédécesseurs Rois, pour, après l'honneur de Dieu, nous rendre l'obéissance que bons & loïaux Sujets doivent à leur Roi légitime & naturel. Si donnons en mandement à nos amés & féaux Conseillers les gens tenant nos Cours de Parlemens, Chambres de nos Comptes, Cours de nos Aides, Baillifs, Sénéchaux, leurs Lieutenans, & à tous nos autres Justiciers & Officiers qu'il appartiendra, que notre présent Edit ils fassent lire, publier & enregistrer, entretenir, garder & observer inviolablement de point en point, selon sa forme & teneur, cessant & faisant cesser tous troubles & empêchemens au contraire, Car tel est notre plaisir. Et afin que ce soit chose ferme & stable à toujours, nous avons fait mettre notre scel à cesdites présentes, sauf en autres choses notre droit, & l'autrui en toutes, Donné à Mantes, au mois de Juillet, l'an de grace mil cinq cens quatre-vingt-quatre ; & de notre regne le deuxieme (2).

Signé, H E N R I.

Et sur le repli, par le Roi, étant en son Conseil.

F O R G E T (3).

(1) Maintenant, présentement, à cette heure.

(2) Voïez M. de Thou, en son Histoire, Liv. 101, ann. 1591 sur la fin dudit Livre.

(3) C'étoit Pierre Forget, sieur de Fresne.

Et

Et scellé en double queue de lacs de soie en cire verte.

Lu, publié & regiftré, oui & ce requerant le Procureur Général du Roi : a ordonné & ordonne la Cour que copies fignées feront envoïées à chacun des Bailliages & Sieges de ce reffort, pour y être lues & publiées, l'Audience tenante. Enjoint aux Subftituts dudit Procureur Général tenir la main à ladite publication & exécution d'icelui Edit, & en certifier la Cour dedans quinzaine.

A Chaalons, en Parlement, le vingt-quatrieme jour de Juillet mil cinq cent quatre-vingt-onze.

LETTRES PATENTES DU ROI,

Contenant déclaration de l'intention qu'il a pour maintenir l'Eglife & Religion Catholique, Apoftolique & Romaine en ce Royaume ; enfemble les droits & anciennes libertés de l'Eglife Gallicane (1).

HENRI, par la grace de Dieu, Roi de France & de Navarre, à tous ceux qui ces préfentes Lettres verront, falut. Comme nous avons Dieu pour juge de nos intentions, auffi eftimons-nous avoir affez juftifié au monde, que nos deffeins, tous nos déportemens & ces violens labeurs que nous avons depuis notre premier âge fupportés fans intermiffion, n'ont jamais tendu qu'à l'établiffement d'une bonne & perdurable paix en ce Roïaume ; par laquelle, bien que nous aïons efpéré remettre le repos, la fplendeur & l'opulence, qui par la continuation des guerres civiles s'y étoient perdues & dépéries ; toutesfois c'a principalement toujours été pour le defir de voir affoupis & éteints les fchifmes & divifions, qui ont de long-temps travaillé l'Eglife & cet Etat, aïant toujours eu cette ferme créance, que le foin du repos des confciences ne procede pas feulement, mais donne la loi, forme & compofe celle de toutes les autres fortunes temporelles. Cet ardent defir que nous en avons ci-devant porté, premierement comme Prince Chrétien, foigneux par bonnes œuvres d'en mériter le titre, & puis pour le rang que nous avons tou-

---

(1) M. de Thou parle avantageufement de cette Déclaration, dont il donne un précis exact, fur la fin du Livre 101 de fon Hiftoire. Ces Lettres patentes ont paru dans le temps, féparément, à Châlons chez Guiot, *in-8°.*

jours tenu en ce Roïaume, & l'intérêt que nous avons à la confervation de ce qui eſt de la dignité d'icelui, s'eſt en nous augmenté
& accru autant qu'il eſt compréhenſible: depuis le funeſte accident
de la perte du feu Roi dernier, notre très honoré Seigneur & frere,
il a plu à Dieu, par le droit de légitime ſucceſſion, nous appeller à
cette Couronne, & que nous nous ſommes ſentis chargés & reſ-
ponſables de la conſervation de tant de Peuples, & avec pouvoir &
autorité d'ordonner nous-mêmes de ce qu'auparavant nous ne
pouvions qu'interceder envers les autres. Ce fut auſſi le premier
acte que nous voulûmes faire en cette dignité ſouveraine, que
déclarer ſolemnellement que nous ne deſirions rien plus que la
convocation d'un ſaint & libre Concile, par lequel ce qu'il y a
de différent & diſcordant au fait de la Religion, pût être ſi bien
éclairci & vuidé, qu'il ne pût jamais être en aucune diſpute &
incertitude; & que pour notre particulier nous ne portions nulle
opiniâtreté ou préſomption de ſcience ou doctrine, que notre
intention étoit de recevoir plus volontiers que jamais toute bonne inſtruction qui nous pourroit être donnée. Et ſi par icelle
Dieu nous faiſoit la grace de reconnoître ſi nous ſommes en erreur, de nous en départir, & nous réduire à ce qu'il permettra
que nous verrons & jugerons être de notre ſalut & de ſes commandemens. Aïant cependant juré & promis que nous ne chan-
gerions ou innoverions, ni ne ſouffririons être rien changé ou
innové au fait & exercice de la Religion Catholique, Apoſtolique & Romaine, laquelle nous voulons conſerver & maintenir, & ceux qui font profeſſion d'icelle en toutes les autorités,
franchiſes & libertés, comme il eſt particulierement porté par
l'acte de ladite Déclaration, ſignée de nous & qui a été vûe &
regiſtrée en toutes nos Cours de Parlement. Ce qu'aïant été ainſi
connu & notoire à un chacun, devoit ſuffire pour amortir & éteindre cette guere de rebellion, ſi le prétexte qu'en ont pris les auteurs d'icelle eût été véritable, & qu'il fut, comme ils le publierent, ſur le fait de la Religion, pour le bien de laquelle convocation dudit Concile, & notre ſoumiſſion particuliere à une
nouvelle inſtruction, étoit le meilleur acheminement qui s'y
pouvoit deſirer. Mais eux, qui craignent & abhorrent le plus ce
qu'ils veulent perſuader de deſirer le mieux, qui fuient la lumiere
pour demeurer dans les ténebres, leſquelles tiennent en protection les fautes & les crimes, preſſés de leurs conſciences, qui
leur en font autant de juges irréprochables, aïant plus de ſoin
de ſe parer contre la juſtice des hommes que contre celle de Dieu;

quand ils ont vu plus de difposition à l'ordre, c'eft lors qu'ils fe font précipités en la plus grande confufion, & par leurs feuls dé-portemens, ils fe font eux-mêmes convaincus, comme malicieufe-ment ils ont abufé d'un faint nom de Religion pour couvrir leur infatiable ambition. Les premiers mouvemens & le temps de leur foulevation le manifeftent affez, s'étant rebellés fous le nom & prétexte de ladite Religion contre le feu Roi notre très honoré Seigneur & frere, qui a toujours été très Catholique, & lorfque plus il faifoit la guerre pour ladite Religion Catholi-que. La continuation de leurs procédures a toujours depuis con-firmé le premier jugement que l'on en a dû faire, tant, que fans qu'il ait été befoin de plus particuliere information, ils ont d'eux-mêmes découvert fi clairement leurs deffeins, qu'il n'y a fi fim-ple qui ne voie que le fait de la Religion, dont ils s'arment le plus, c'eft de quoi il s'y agit le moins. Les ligues & affociations qu'ils ont faites pour l'invafion de ce Roïaume avec le Roi d'Ef-pagne, les Ducs de Savoie & de Lorraine : le partage de toute l'ufurpation faite & à faire, qui en eft conclu entr'eux, témoi-gnent affez que ce trouble n'eft qu'une faction d'Etat, qu'ils ne tiennent cette guerre qu'en trafic & commerce, & pour y profi-ter feulement. Ce n'eft plus auffi qu'envers les plus fimples, & ceux lefquels ils veulent affocier en la dépenfe feulement & non au profit qu'ils en efpérent, qu'ils font valoir leurs prétextes, comme ils ont fait à l'endroit des derniers Papes, pour leur faire cherement païer le titre imaginaire qu'ils leur fuppofent de chefs & fupérieurs en cette caufe. Mais cette leur malice fut bien-tôt découverte par le feu Pape Sixte (1), que l'on a vu en fes derniers jours fe répentant d'avoir été par eux abufé, bien réfolu de fulminer contre eux rigoureufement, & plus qu'à leur inftigation il n'avoit auparavant fait contre d'autres. Ils ont de-puis acquis en cette dignité un fujet pour eux plus convenable, pour le moins jufqu'ici. Sa trop facile crédulité, & la violente & précipitée condamnation qu'il a faite contre ceux qui n'ont été ouis ni défendus, fait préfumer qu'il foit plutôt partial en cette caufe, que pere commun & égal à tous, tel qu'il devroit être ; aïant été averti, que fur la fimple déclaration qui lui a été faite de la part defdits rebelles, que nous avions conjuré contre la Religion Catholique, que nous rejettions toute inftruction, il nous a tenu pour incapable d'icelle, & par un Nonce envoïé

1591.

LETTRES
PATENTES DU
ROI.

(1) C'eft le Pape Sixte, V du nom, M. de Thou rapporte dans fon Hiftoire, au lieu é plus haut, cet endroit de la Déclaration de Henri IV.

Z z ij

exprès, il a fait jetter des monitions en aucune Ville de ce Roïaume contre les Princes, les Cardinaux, & Officiers de la Couronne, Archevêques, Evêques, Prélats & autres, tant du Clergé, de la Noblesse, que du Tiers-Etat qui sont à notre service,
& nous ont gardé la fidélité & obéissance que naturellement ils
nous doivent; étant ledit Nonce entré en cestui notre Roïaume
sans notre congé & permission, ni nous avoir donné aucun avis de
son voïage ni de sa charge; s'étant au contraire addressé auxdits
Ennemis & aux Villes qu'ils usurpent, pour y recevoir d'eux les
instructions de ce qu'ils voudroient qu'il fît, comme étant plus leur
Ministre que de celui de qui il est envoïé. En quoi nous reconnoissons avoir à rendre graces à Dieu de ce qu'il a permis que nosdits
Ennemis & rebelles soient réduits à cette nécessité, que leurs
plus fortes raisons, & sur lesquelles sont fondées leurs principales inductions, se puissent si aisément convaincre de fausseté,
& reconnoître pour impostures & calomnies, comme ils n'en
pouvoient alléguer une plus grande, que d'imposer que nous rejettions l'instruction que nous avions promis de recevoir, laquelle au contraire nous recherchons & desirons avec entiere affection, & l'aurions déja reçue sans exercice violent & continuel, auquel les affaires que nous donnent lesdits Rebelles nous
tiennent, sans y avoir encore eu un seul jour d'intermission &
de repos. Et l'autre n'est pas moindre, de dire que nous aïons
rien innové ou altéré au fait de la Religion Catholique, Apostolique & Romaine, de quoi nous les voulons bien tous pour témoins, s'ils peuvent remarquer que nous aïons souffert ou permis, depuis notre avénement à cette Couronne, qu'il y ait été
arrêté aucune chose. La seule disposition aussi du gouvernement
de cet Etat, les peut convaincre de fausseté, étant les Princes de
notre Sang, les Officiers de la Couronne, les Gouverneurs &
Lieutenans Généraux de nos Provinces, nos principaux Conseillers & Ministres & ceux qui manient & expédient nos plus
importantes affaires, tous de la Religion Catholique : aïant en
notre Conseil d'Etat les Cardinaux & principaux Prélats de ce
Roïaume, nos Parlemens, tant remplis d'Officiers Catholiques;
qui sont, avec la conviction de leurs impostures, toutes bonnes
& suffisantes cautions de l'accomplissement de la promesse que
nous avons faite pour la conservation & manutention de ladite
Religion Catholique, Apostolique & Romaine. Laquelle desirant inviolablement effectuer, & à ce que nos bons & fideles
Sujets Catholiques en soient informés & assurés : nous déclarons

derechef par ces préfentes, & conformément à notredite précédente Déclaration, proteftant devant le Dieu vivant, que nous
ne defirons rien tant que la convocation d'un faint & libre Concile, ou de quelque affemblée notable, fuffifante pour décider
les différends qui y font au fait de la Religion, pour laquelle
nous recevrons toujours en notre particulier toute bonne inftruction, ne reclamant rien tant de fa divine bonté, finon qu'il nous
faffe la grace, fi nous fommes en erreur, de le nous faire reconnoître, pour nous réduire au plutôt à la meilleure forme, n'aïant autre
plus grande ambition, que de voir de notre regne Dieu fervi
unanimement de tous nos Sujets felon fa loi & commandement,
ainfi que la France foit toujours l'affurance du nom Chrétien,
& en nous fe conferver auffi légitimement ce titre, qu'en aucun
autre de nos prédéceffeurs.

Promettons cependant & jurons de vouloir conferver la Religion Catholique, Apoftolique & Romaine & tout l'exercice d'i-
celle en toutes fes autorités & privileges, fans fouffrir qu'il y
foit rien changé, altéré ou attenté, auffi peu que nous fouffri-
rions qu'il fût fait à notre propre perfonne, felon qu'il eft plus
amplement porté par notredite précédente Déclaration, laquelle nous avons de nouveau confirmée, approuvée & rati-
fiée, confirmons, approuvons & ratifions par ces préfentes. Et
pour le regard de l'entreprife faite par ledit Nonce (1), combien que les fautes qui font en la caufe, au jugement & en l'e-
xécution qui en a été faite, foient telles & fi évidentes, qu'elles rendent toute fa procédure nulle & de nul effet & valeur;
toutesfois parceque cela regarde non-feulement notre perfonne
& ceux qui y font à préfent intéreffés, mais auffi nos fucceffeurs & les dignités & autorités de cet Etat, ne voulant que de notre regne il y foit rien attenté ou entrepris, ni auffi peu que notre
nom ait pu fervir d'y faire aucun préjudice, reconnoiffant auffi
que les privileges de l'Eglife Gallicane y peuvent être intéreffés,
à la protection & confervation defquels nous nous fentons particulierement obligés par notre fufdite promeffe, comme à chofe
dépendante de la dignité & du fait des Eccléfiaftiques de ce
Roïaume: nous voulant que cela foit publiquement réparé, fans y
rien prononcer de notre feule autorité, nous avons réfolu remet-

____

(1) C'étoit Marfilio Landriano, dont on
a déja parlé, & contre lequel le Parlement
féant à Châlons avoit donné l'Arrêt mentionné ci-deffus. Henri IV avoit trouvé cet
Arrêt digne de la fermeté du Parlement, &
il voulut l'appuïer & le confirmer par la Déclaration dont il s'agit ici.

tre tout ce fait à la Justice ordinaire, pour y procéder selon les
Loix & Coutumes du Roïaume, la garde & conservation desquelles appartenant naturellement à nos Cours de Parlemens,
nous leur en avons délaissé & remis toute la jurisdiction & connoissance.

A ces causes, nous mandons & enjoignons aux gens tenans
nos Cours de Parlemens, qu'ils aient, incontinent ces présentes
reçues, & sans intermission & délai, à procéder contre ledit
Nonce, & ce qui a été par lui exécuté en ce Roïaume, sur les
requisitions qui en seront faites par nos Procureurs Généraux &
selon qu'ils verront être à faire par raison & justice. Exhortons
aussi les Cardinaux, Archevêques, Evêques & autres Prélats
de ce Roïaume, d'eux assembler promptement & aviser à se
pourvoir par les voies de droit & selon les saints decrets & canons, contre lesdites monitions & censures induement obtenues & exécutées, & à ce que la discipline Ecclésiastique ne
soit aucunement intermise, ni les Peuples destitués de leurs
Pasteurs & des saints ministeres & offices qu'ils doivent attendre d'eux. A quoi ceux desdits Prélats qui défaudront, comme
ils s'accuseront déserteurs desdits privileges de l'Eglise Gallicane, aussi ils demeureront indignes de la jouissance d'iceux & de
tous autres. Mandons en outre auxdits gens tenans nosdites
Cours de Parlement, & à tous Baillifs, Sénéchaux ou leurs
Lieutenans & autres nos Officiers qu'il appartiendra, que ces
présentes ils fassent lire, publier & enregistrer, & en ce où
échera exécution, les faire observer & enregistrer selon leur
forme & teneur. Car tel est notre plaisir, en témoin de quoi
nous avons fait mettre notre scel à cesdites présentes. Donné
à Mantes, le quatrieme jour de Juillet, l'an de grace mil cinq
cent quatre-vingt-onze, & de notre regne le deuxieme.

Signé, HENRI.

Et sur le repli, par le Roi, étant en son Conseil.

FORGET.

Et scellé en double queue du grand scel de cire jaune.

Lues, publiées & regîtrées, oui & ce requerant le Procureur
Général du Roi: a ordonné & ordonne la Cour que copies
signées seront envoïées à chacun des Bailliages & Sieges de ce

reffort, pour y être lues & publiées, l'Audience tenante. Enjoint aux Subftituts dudit Procureur Général tenir la main à la
publication & exécution defdites Lettres, & en certifier la Cour
dans quinzaine. A reçu & reçoit ledit Procureur Général appellant comme d'abus des Bulles notoires, publiées par
le prétendu Nonce du Pape, fulmination & exécution d'icelles:
l'a tenu & tient pour bien relevé, aura audience au premier
jour; & lui fera commiffion délivrée pour informer contre ledit
prétendu Nonce & fes adhérans; pour l'information faite & rapportée par devers la Cour, & vue, être ordonné ce que de raifon: aura auffi ledit Procureur Général acte de la proteftation
par lui faite de fe pourvoir au futur Concile.

1591.
LETTRES
PATENTES DU
ROI.

*A Chaalons, en Parlement, le vingt-quatrieme jour de Juillet
mil cinq cent quatre-vingt-onze.*

Avertiffement.

RESTE d'ajouter les Arrêts des Parlemens de Tours & de Châlons, fur
le fait du Nonce, fusmentionné.

ARREST

DE LA COUR DE PARLEMENT,

SE'ANTE A TOURS.

*Sur les Bulles Monitoriales de Grégoire (1), fe difant
Pape, &c*

LA Cour ordonne (2) que fur le repli des Lettres fera mis: *lues,
publiées & enregiftrées; oui,* & ce requerant le Procureur Général du Roi. Et, aïant égard au furplus des conclufions par lui
prifes, a déclaré & déclare les Bulles monitoriales données à
Rome le premier jour de Mars 1590, nulles, abufives, fédi-
tieufes, damnables, pleines d'impiétés & impoftures, contraires

---

(1) C'étoit le Pape Grégoire XIV.
(2) Cet Arrêt fut rendu à la Requête du   Procureur Général, Antoine Séguier, Avocat du Roi, portant la parole.

aux saints décrets, droits, franchises & libertés de l'Eglise Gallicane: ordonne que les copies scellées du sceau de Marcelline Landriane (1), soussignées Sesteline Lampineto (2), seront lacérées par l'Exécuteur de la haute justice, & brûlées à un feu, qui pour cet effet sera allumé devant la grande porte du Palais. A fait inhibitions & défenses, sur crime & peine de leze-Majesté, à tous Prélats, Curés, Vicaires & autres Ecclésiastiques, d'en publier aucunes copies; & à toutes personnes, de quelqu'état, qualité & condition qu'elles soient, d'y obéir, d'en avoir & retenir. A déclaré & déclare Gregoire, se disant Pape, quatorzieme de ce nom, ennemi de la paix, de l'union de l'Eglise Catholique, Apostolique & Romaine, du Roi & de son Etat; adhérant à la conjuration d'Espagne, & fauteur des Rebelles; coupable du très cruel, très inhumain & très détestable parricide, proditoirement commis en la personne de Henri III, Roi de très heureuse mémoire, très Chrétien & très Catholique. A inhibé & défendu, inhibe & défend sur semblable peine, à tous Banquiers répondre ou faire tenir par voie de banque à Rome ni or ni argent, pour avoir Bulles, Provisions, Dispenses & autres Expéditions quelconques; & si aucunes sont obtenues, aux Juges d'y avoir égard. Ordonne la Cour que Marcelline Landriane, soi disant Nonce dudit Gregoire, porteur des Bulles, sera pris au corps & amené prisonnier en la Conciergerie du Palais, pour là procès lui être fait & parfait. Et si pris & appréhendé ne peut être, ajourné à trois briefs jours au plus prochain lieu de sûr accès de la Ville de Soissons. Enjoint à tous Gouverneurs de Villes & Capitaines des Châteaux & Places fortes de l'obéissance du Roi, de donner confort & aide au susdit décret. Et pour rendre la sainte & juste intention du Roi notoire à ses Sujets, ordonne que copies collationnées, tant des Lettres-Patentes que du présent Arrêt, seront mises & affichées par les carrefours & principales portes des Eglises de cette Ville, & envoïées aux Bailliages & Sénéchaussées de ce ressort, pour être lues, publiées, registrées & affichées comme dessus; & aux Archevêques & Evêques, pour être par eux notifiées aux Ecclésiastiques de leurs Dioceses. Enjoint aux Baillifs & Sénéchaux, leurs Lieutenans généraux & particuliers, procéder à la publication; & aux Substituts du Procureur général de tenir la main à l'exécution, informer des contraventions, & certifier la

(1) Marsilio Landriano.
(2) Il se nommoit Sextilio Lampini.

Cour de leurs diligences, au moins sur peine de privation de leurs états. A Tours, en Parlement, le cinquieme d'Août 1591. *Et exécuté ledit jour de relevée. Et plus bas est écrit*: collationné à l'original, par moi, Conseiller, Notaire & Sécrétaire du Roi, commis par la Cour à l'exercice du Greffe d'icelle. *Signé* FAR-DIEU, *avec un paraphe.*

ARREST

DE LA COUR DE PARLEMENT DE CHÂLONS,

Au mois de Juin 1591.

ENTRE le Procureur Général du Roi, appellant comme d'abus de l'ottroi & exécution des Bulles monitoriales, excommunications & fulminations décernées à Rome contre le feu Roi Henri III, de ce nom, que Dieu absolve, & le Roi à présent régnant; ensemble de l'ottroi des Bulles de la légation du Cardinal Cajetan, & encore appellant comme d'abus de l'ottroi d'autres Bulles émanées de Rome le 1er Mars 1592, procédures & publications faites par Marcelin Landriano, soi disant Nonce du Pape, comme nulles, abusives, scandaleuses, séditieuses, & faites outre les saintes Loix & Conciles approuvés, droits & libertés de l'Eglise Gallicane, & de tout ce qui en est ensuivi : & Demandeur en crimes & délits d'une part, & ledit Marcelin Landriano Referendaire, soi disant Nonce du Pape, entré en ce Roïaume clandestinement sans congé & permission du Roi, Intimé, Défendeur & Défaillant, d'autre.

La Cour, faisant droit sur l'appel interjecté par ledit Procureur Général, & en adjugeant le profit du défaut, dit qu'il a été mal, nullement & abusivement octroïé, procédé & exécuté, tant contre le feu Roi Henri III, que Dieu absolve, que contre le Roi, à présent régnant, ses Vassaux & Sujets. Bien appellé par ledit Procureur général du Roi, a cassé, révoqué & annullé, casse, révoque & annulle toutes lesdites bulles, procédures, excommunications & fulminations, comme abusives, scandaleuses, séditieuses, pleines d'impostures, & faites contre les saints Décrets, Constitutions canoniques, Conciles approuvés, & les droits & libertés de l'Eglise Gallicane. A ordonné & ordonne que si aucuns ont été excommuniés par vertu defdites procédures, ils feront abfous; & feront lefdites bulles & toutes les procédures, faites en vertu d'icelles, brûlées en la Place publique de cette Ville par l'Exécuteur de la Haute-Juftice. Ordonne que ledit Landriano, prétendu Nonce, entré clandeftinement en ce Roïaume, fans congé & permiffion du Roi, fera pris au corps & mené prifonnier ès prifons roïales de cette Ville de Châlons, pour être contre lui procédé extraordinairement, & où pris & appréhendé ne pourroit être, fera adjourné à trois brefs jours en la maniere accoutumée; & à celui qui le livrera à la Juftice, fera baillé la fomme de dix mille livres. A fait inhibitions & défenfes à toutes perfonnes, de quelqu'état, qualité & condition qu'elles foient, de retenir, receler, attirer ou heberger ledit prétendu Nonce, fur peine de la vie; & à tous Archevêques, Evêques, & autres Eccléfiaftiques, de recevoir ni publier, ou fouffrir de publier aucunes Sentences ou procédures venant de la part dudit Nonce, fur peine d'être punis comme Criminels de lèze-Majefté. A déclaré & déclare les Cardinaux, étant à Rome, Archevêques, Evêques, & autres Eccléfiaftiques qui ont confeillé & figné ladite Bulle & Excommunication, & qui ont approuvé le très inhumain, très abominable & très déteftable parricide, proditoirement commis en la perfonne dudit défunt Seigneur Roi très Catholique, déchus du poffeffoire des bénéfices par eux tenus en ce Roïaume; enjoignant au Procureur Général du Roi les faire faifir & mettre ès mains du Roi, & y faire établir bons & fuffifans Commiffaires, faifant inhibitions & défenfes à toutes perfonnes de porter ou envoïer or ou argent à Rome, & de s'y pourvoir pour les provifions & expéditions des bénéfices, jufqu'à ce que par le Roi en ait été ordonné. Et aura le Procureur Général acte de l'appel par lui interjetté au prochain futur Concile, légitimement affemblé, de l'inftitution de Grégoire XIV, au faint Siege Apoftolique.

Avertissement.

LE Parlement de la Ligue à Paris indigné de ce qui avoit été fait à Châlons fit un Arrêt contraire, que nous inserons. J'eſtime qu'il n'en fit pas moins contre celui de Tours (1).

ARREST

DE LA COUR DE PARLEMENT,

Contre certain prétendu Arrêt donné à Châlons ſur le fait des Bulles de la Légation (2).

SUR la remonſtrance faite par le Procureur Général du Roi à la Cour, toutes les Chambres aſſemblées, de certain prétendu Arrêt nul, ſcandaleux & ſéditieux, donné à Châlons le dix-huitieme jour de Novembre dernier, contre les Bulles de la légation & facultés octroïées par N. S. Pere Clément VIII (3) au Cardinal de Plaiſance, ſon Légat en France, & vérifiées en ladite Cour : Vû copie dudit prétendu Arrêt imprimé, intitulé Arrêt de la Cour de Parlement ſéant à Châlons, contre le Reſcrit en forme de Bulle adreſſé au Cardinal de Plaiſance, publié par les Rebelles de Paris au mois d'Octobre dernier, & *ſigné*, SAGEOT. Oui ledit Procureur Général en ſes concluſions,

Ladite Cour n'aïant, comme elle n'a jamais eu autre intention, que de chaſſer l'héréſie de ce Roïaume, & maintenir la Religion Catholique, Apoſtolique & Romaine, & l'Etat Roïal & Couronne de France, ſous la protection d'un bon Roi Catholique & François,

A déclaré ledit prétendu Arrêt nul, de nul effet & valeur, comme donné par gens n'aïant aucun pouvoir ni juriſdiction,

---

(1) M. de Thou, Liv. 101 de ſon Hiſt., dit poſitivement que le même Parlement de la Ligue à Paris rendit un Arrêt contre celui de Tours ; & le célebre Hiſtorien en donne le précis. Ledit Arrêt avoit en effet paru, in-8° à Paris chez Nivelle en 1591.

(2) Cet Arrêt a paru ſéparément, *in-8°.*, Paris, Thierri, 1591.
(3) Clément VIII, Florentin, nommé auparavant Hippolyte Aldobrandini, ne fut élevé ſur le Siege de Rome qu'après la mort d'Innocent IX, arrivée le 30 Décemb. 1591.

& fauſſement uſurpant le titre & qualité de Cour de Parlement, vrais Schiſmatiques & Hérétiques, ennemis de Dieu &
de ſon Egliſe, & perturbateurs de l'état & repos public de ce
Roïaume ;

A ordonné & ordonne que ledit prétendu Arrêt, comme
plein de ſcandale, ſchiſme, héréſie & ſédition, ſera laceré en
jugement, l'Audience tenante, & les fragmens d'icelui ars &
brûlés par l'Exécuteur de la Haute-Juſtice, ſur la pierre de marbre étant au pied des grands dégrés du Palais.

A fait & fait inhibitions & défenſes aux Prélats, Seigneurs,
Villes, Communautés, & à toutes perſonnes de quelque qualité & condition qu'elles ſoient de recevoir ledit prétendu Arrêt, y obéir, le mettre à exécution, & s'en aider, ni de le
retenir & avoir pardevers eux ; enſemble à tous Huiſſiers, Sergens, & autres Officiers & Miniſtres de Juſtice, de faire aucune
ſignification dudit prétendu Arrêt, Exploit d'ajournement,
ſoit par attaches & affiches, à ſon de trompe & cri public,
ou autrement, audit Cardinal de Plaiſance, Légat du ſaint
Siege, ou autre pour lui, ſur peine d'être punis, comme perturbateurs de la paix & union de l'Egliſe, & du repos public
de ce Roïaume.

Enjoint ſur les mêmes peines à toutes perſonnes, de quelque qualité & condition qu'elles ſoient, de porter honneur,
reſpect, révérence & obéiſſance à notre ſaint Pere Clément
VIII, tenant à préſent le ſaint Siege Apoſtolique, comme Chef
univerſel de l'Egliſe ; enſemble reconnoître ledit Cardinal de
Plaiſance Légat du ſaint Siege en ſa Légation, charge & facultés à lui octroïées, ſuivant la vérification d'icelles faite en
ladite Cour.

Exhorte tous Prélats, Princes, Seigneurs, & Gentilshommes Catholiques de ce Roïaume, de ne ſe laiſſer aller aux artifices des Hérétiques & leurs adhérens en ce qu'ils ſement ;
que l'Aſſemblée des Etats Généraux publiée en cette Ville,
ne tend qu'à faire tomber l'Etat Roïal & Couronne de France
ès mains des Etrangers, & croire que l'Aſſemblée deſdits Etats
n'a été ordonnée à autre fin, que pour maintenir la Religion
Catholique, Apoſtolique & Romaine, & procéder à la déclaration & établiſſement d'un Roi très Chrétien, Catholique &
François, & tel qu'il ſera aviſé par les Etats ſelon les Loix du
Roïaume, & en cette créance ſe trouver à l'Aſſemblée deſdits
Etats ordonnés & publiés à cette fin.

1591.

ARREST DU
PARLEMENT
PARIS.

Enjoint à tous Gouverneurs, Baillifs, Sénéchaux de ce ressort, & leurs Lieutenants, de tenir la main, à ce que ceux qui sont & seront ci-après en chemin, pour se trouver à l'Assemblée desdits Etats, y puissent venir librement, & à cette fin leur prêter tout secours, confort & aide : & leur a fait & fait inhibitions & défenses, & à tous autres, de ne faire ou souffrir être fait aucun empêchement à ceux qui viendront en l'Assemblée desdits Etats, sur peine d'être punis comme perturbateurs de la paix & union de l'Eglise, & de l'état & repos public de ce Roïaume.

Sera délivrée au Procureur général commission, pour informer particulierement contre ceux qui ont présidé, opiné & assisté audit prétendu Arrêt, ou requis & pris conclusion pour icelui, & contre tous ceux qui ont prêté & prêteront ci-après conseil & aide à l'exécution dudit prétendu Arrêt, pour l'information faite & rapportée, être contr'eux procédé ainsi qu'il appartiendra par raison.

Et sera le présent Arrêt lû & publié à son de trompe & cri public par les carrefours de cette Ville & lieux accoutumés, & les copies d'icelui envoïées par tous les Sieges de ce ressort, pour y être publiées en jugement, l'Audience tenante, dont des Substituts du Procureur général seront tenus certifier ladite Cour quinze jours après ladite publication.

Signé, Du TILLET.

Publié en jugement le vingt-deuxieme Décembre, & ledit jour exécuté sur la pierre de marbre, & publié à son de trompe & cri public par les carrefours de cette Ville de Paris.

Avertissement.

SUr ces Arrêts du Parlement de Tours & Châlons un très docte Perfonnage, requis de ce faire par quelques grands Seigneurs du Roïaume, écrivit le Traité fuivant, lequel étant digne de demeurer entre plufieurs utiles Difcours publiés de notre temps, à caufe d'infinies difputes & fermes décifions qui y font propofées, j'ai été d'avis qu'il fût inféré mot à mot en ce volume.

MAINTENUE ET DEFENSE

Des Princes fouverains & Eglifes chrétiennes, contre les attentats, ufurpations & excommunications des Papes de Rome.

A TRES ILLUSTRE SEIGNEUR

Monfeigneur Henri de la Tour, Duc de Bouillon, Comte de la Marck, Brayne, Montfort, Prince fouverain de Sedan, Jamets, Raucourt, Vicomte de Turenne, Maréchal de France, &c.

MONSEIGNEUR,

Plufieurs de ceux qui confiderent l'état préfent de notre France (laquelle nous pouvons dire être en guerre à la follicitation du Pape & de ceux qui n'euffent jamais pris les armes fans le mandement, aveu & autorité d'icelui), ont eftimé qu'il n'y avoit autre moïen de la remettre en paix, & reconcilier les deux partis enfemble, que la force & les armes. Toutesfois, depuis qu'il vous plut, fur le point de votre acheminement en France, de me donner charge de répondre à l'excommunication de Grégoire XIV, qu'il avoit peu auparavant jettée, tant contre la perfonne de notre Roi, que contre ceux qui le fuivent, j'eftimai alors que votre avis étoit contraire à ceux dont ci-devant j'ai parlé.

(1) Cet Ecrit eft d'un Auteur fenfé, qui connoiffoit bien les droits des Souverains & qui étoit, avec raifon, attaché à Henri IV, comme au légitime Succeffeur de la Couronne. Le Pere le Long, dans fa Bibliothe-que des Hiftoriens de France, penfe que l'Auteur étoit Proteftant : cela peut être ; mais un Catholique n'auroit pas mieux parlé.

Cela fut cause que je me mis au plutôt qu'il me fut possible à remarquer les vices, nullités & injustices de cette téméraire & furieuse excommunication; espérant que, comme Dieu bénissoit de jour à autre, les armes, la vertu & prouesse de ce grand, généreux & magnanime Prince Henri de Bourbon, Roi très Chrétien de France & de Navarre, ensemble celles de ceux qui l'accompagnent, & particulierement les vôtres, l'on pourroit de même, par le moïen & force de la vérité & raison, gagner quelque chose sur les cœurs & intérieur des hommes : confirmant & assurant d'une part les uns en la sainte résolution qu'ils ont déja prise de maintenir leur Roi, & amenant au contraire les autres à la même fidélité & obéissance.

Les uns disent qu'ils doivent, plus ils sont & se sentent Chrétiens & Catholiques, reconnoître leur Roi naturel pour Souverain, quoiqu'il fût tenu Hérétique, Relaps & Excommunié des Papes de Rome. Les autres, au contraire, disent qu'ils ne peuvent & ne doivent le reconnoître, étant tel; voire même qu'il leur est loisible de lui faire la guerre, encore qu'il ne les forçât en leur Religion & conscience.

Ces derniers prennent pour couverture de leur dire ce qu'ils entendent là-dessus leur être dit & annoncé, tant par le Pape que ses Complices & Adhérens.

Or, est il que s'ils considéroient de près les raisons qui se peuvent tirer, tant de l'état présent & avenir du Roiaume, que de l'Eglise antique, vraie, Chrétienne, Apostolique, Catholique & vraicment Romaine, ils n'entreroient jamais en un tel parti, duquel la ruine ne peut être que proche, manifesté & certaine.

Qu'ainsi soit, ils font, à mon avis, état de ces trois choses principalement; c'est à savoir du nombre des Villes & Alliés qui tiennent & suivent leur Ligue : plus, de la qualité, vertu & grandeur de leurs Chefs, Souverains & Subalternes : finalement, de la justice de leur cause. Reste de leur monstrer qu'ils bâtissent sans Dieu, & que sur la glace d'une nuit leur ligue & union est fondée.

Pour les joindre de près, & en ce qui concerne premierement le premier article, ils se méprennent; car ils voient & peuvent voir clairement que les deux tiers de la France sont déja en l'entiere obéissance du Roi. Mais quand bien il ne seroit ainsi, pourquoi donc avec ce grand nombre de peuple, duquel ils se glorifient, n'ont plutôt secouru Paris qu'ils n'ont fait? Pourquoi

y ont-ils laissé mourir de faim tant de milliers d'hommes ? Pourquoi n'osent-ils aujourd'hui se présenter en bataille rangée contre
notre Roi ? Ne leur est-ce pas un argument très manifeste qu'ils
sont en leur ligue ou inférieurs en nombre, ou lâches & peu
vertueux en leurs courages ? Mais qu'ils voient, au contraire, les
Peuples, Alliés & Amis du Roi, le nombre, la richesse & constance d'iceux, & ils y trouveront enfin la ruine certaine & néceffaire d'eux & de leur ligue.

Je viens au second point, concernant la qualité & vertu des
Chefs d'un parti & d'autre, laquelle, s'ils veulent considérer de
près, ils trouveront sans doute qu'ils ont encore moins de forces & de troupes qu'ils ne pensent. D'où estiment-ils que leur
soit venu le malheureux succès de tant de journées & de batailles, sinon de la lâcheté & pusillanimité de leurs Capitaines ?
Au contraire, & quant à la personne du Roi, ils sont contraints
de confesser, que l'on ne voit rien aujourd'hui de si généreux &
magnanime. Eux tous disent de lui ce que disoient anciennement les Gentils de leurs parens & amis & familiers qui se ran-
geoient & s'étoient rangés au Christianisme : *Bonus vir Gaius
Seius, sed malus tantùm quòd Christianus. Tertull. Apologetici* 3.
Gaius Seius est un très homme de bien ; mais il y a cela de mauvais en lui, c'est qu'il est Chrétien. Je passerai à sa bonté & clémence, qui ne le rend pas moins admirable & suivi que sa vertu,
Combien il a bien fait, même à ceux qui lui ont été les plus Rebelles ? S'il eût voulu tout à plat leur denier des vivres, d'où
eussent-ils vécu ? S'il eût voulu ruiner leurs maisons des champs,
quelles richesses leur fussent aujourd'hui demeurées ? S'il eût voulu
(& avec exemple) en investir le premier occupant, à certaines
conditions, réserves & services, combien eût-il fait de Comman-
deurs & Gens de guerre ? Si ce n'étoit que par une occulte &
particuliere providence de Dieu, le Roi n'eût été si debonnaire
qu'il est, il n'y eût aujourd'hui (parlant selon les hommes & leur
prudence) aucuns de ses Rebelles & Ennemis en être ; de sorte
que le mettant avec l'Empereur Titus, nous le pouvons hardiment & justement appeller, *Amorem & delicias generis humani.
Suet. in Tit.* Qu'ils voient en outre ceux qui sont près de Sa
Majesté, & nommément ceux auxquels Dieu a fait cette grace
particuliere d'être Princes du Sang & Maison de France. En y
a t-il un seul qui tienne le parti de la Ligue ? Ne suivent-ils
pas tous, nul excepté, le parti de notre Roi ? Que dis-je, ôtons
pour le présent toutes particulieres affections de consanguinité,

1591.

DÉFENSE DES
ROIS ET DES
EGLISES CON-
TRE ROME.

& ils y verront les plus illuftres & fignalés de la Nobleffe, les plus dévotieux & religieux du Clergé, & les plus graves & honorables du tiers & dernier Etat. Qu'ils fachent encore que quelques fermens, exorcifmes & adjurations qu'ils faffent de leur côté, il y en a maint & maint devers eux qui gémiffent fous le faix & tyrannie de leur Ligue.

Enfin, ils trouveront les vrais, naturels & plus vertueux de la France fuivre le parti du Roi, & non celui de la Ligue. Qu'ils voient à l'oppofite leurs premiers Chefs & Gouverneurs, & ils les trouveront être vraiement Etrangers, s'il en fût oncques. Ils ne confiderent pas que l'Efpagnol empiete peu à peu la France, & qu'il y bâtit des Citadelles : ils diffimulent qu'il ravit la pré- fence due de toute ancienneté à la France fur l'Efpagne : ils permettent qu'un Duc de Savoye fe foit approprié le Marquifat de Saluces. Dieu fait encore s'il eût pu garder la Provence, s'il l'eût reftituée à ceux qui s'en font ici qualifiés Comtes. Quant aux autres, je me déporte d'en dire davantage, efpérant que, comme ils font en partie ou niés en France, ou plus conformes aux façons & mœurs d'icelle, ils pourront auffi plus facilement être réunis que les autres. Les illuftres Maifons d'Angleterre & de Bourgogne après tant d'injures & guerres réciproques, n'ont- elles point été reconciliées à nous ? Et puis, quel bien leur peut-il advenir enfin d'avancer tellement l'Efpagnol en la Fran- ce ? N'ont-ils pas été contraints en ces guerres de s'abaiffer fous les Officiers d'Efpagne, lefquels notoirement ils furpaffent en grandeur & antiquité de Maifon ? Ne perdent-ils point encore toute efpérance de retirer à eux les Païs de Calabre, Naples, & autres que l'Efpagnol leur détient ? Mais que ceux de la Ligue regardent en après, leurs Chefs fubalternes, & ils connoîtront qu'en l'état & gouvernement des affaires les pieds ont emporté la tête.

Je ne veux ici exagérer les chofes paffées ou préfentes, ains plutôt y apporter un remede à l'avenir : car j'ai efpérance que Dieu touchera enfin les cœurs les plus rebelles & adverfaires. Il y a lieu & moïen de repentance pour eux, & de rentrer en grace, tant avec leur Roi naturel qu'avec leurs autres Compa- triotes. Ils portent, à mon avis, leur grace toute fcellée & expédiée en leur main, fi ès lieux où ils font, ils fe mettent à faire autant pour le Roi, qu'ils ont fait ci-devant pour la Ligue. Or, quand bien ils voudroient perfifter en guerre plus longue- ment, que feront-ils autre chofe enfin, finon de fe ruiner eux-mêmes, & inciter le Roi à uſer des remedes, leſquels juſqu'ici a épargnés : deſquels, s'il vouloit uſer, j'oſerois aſſurer qu'en peu de temps il auroit mis fin à nos miſeres ? Et peut-être auſſi ſeroit-il à craindre que cette trop grande patience envers les ennemis, ne tournât, par néceſſité, en peine & cruautés ſur les fideles ſerviteurs de Sa Majeſté.

Je viens maintenant au troiſieme point & à la juſtice de cette cauſe, ſur laquelle nos adverſaires fondent leurs conquêtes, leur défaillant le nombre, qualité, & la vertu de leurs Peuples, Chefs & Capitaines.

Je leur dis en peu de paroles, que l'Excommunication jettée par Grégoire, & à ſon aveu autoriſée & reçue par la Ligue, eſt directement contraire à la Loi de Dieu, tant aux Commandemens ouverts & exprès de ſa parole, qui veulent que l'on obéiſſe à ſon Prince ès choſes temporelles, qu'à la vie & pratique des ſaints & fideles ſerviteurs de Dieu (1).

Pour la leur démontrer & faire comprendre d'autant mieux, je leur demande s'ils oſeroient dire, qu'un des Saints Peres & Patriarches ait jamais fait ligue contre ſon Prince de contraire Religion ? Pourront-ils montrer que quelque grand Pontife de la Loi ait pris les armes contre ſon Prince, pour le déchaſſer du Roïaume, à cauſe de ſa Religion ? Pourront-ils dire cela d'un ſeul Prophète, depuis le premier juſqu'au dernier ? Y a-t-il Jéſuite aujourd'hui qui oſât dire que Jeſus-Chriſt ait jamais fait ligue contre les Supérieurs, pour les déjetter de leur Trône & Juriſdiction temporelle, à cauſe de la Religion ? Y a-t-il Pape de Rome, qui nous ſache montrer que Saint Pierre ou Saint Paul (deſquels ils ſe diſent ſucceſſeurs) aient fait mourir leurs Supérieurs pour être de diverſe & contraire Religion à la leur, & qu'ils aient excommunié les Sujets leur portant obéiſſance ? Y a-t-il Evêque ou Cardinal qui oſât dire que quelqu'Apôtre ou Diſciple du Seigneur ait jamais dreſſé une armée contre ſon Prince, pour être d'autre Religion que la ſienne ? Y a-t-il Docteur en l'Egliſe qui oſât dire, que Saint Athanaſe, Saint Ambroiſe, & tels autres Saints Docteurs de l'Egliſe, ſe

(1) C'eſt par cette raiſon qu'une excommunication lancée contre un Souverain, & qui tend à ſéparer ſes Sujets de la fidélité & de l'obéiſſance qu'ils lui doivent, eſt une excommunication injuſte, qui n'oblige point & qui ne doit point empêcher de faire ſon devoir. Tous ceux qui ont traité ſenſément & ſans prévention de cette matiere, ont développé ce point avec toute la clarté poſſible & en ont prouvé la vérité avec la plus grande ſolidité. On peut voir en particulier, le Traité des excommunications par M. Dupin, en deux volumes *in-12* ; & les Ecrits faits contre la Propoſition 91 de la Bulle *Unigenitus* du Pape Clément XI.

soient emparés des Villes & Places de leurs Supérieurs, & aient appellé les Etrangers pour les déchasser, pourcequ'ils n'étoient pas seulement hérétiques, mais persécuteurs de l'Eglise ? Y a-t-il Assemblée, Concile ou Synode, qui puisse dire que les saints & œcumeniques Conciles n'aient prié Dieu pour leurs Supérieurs, Princes, Hérétiques & Persécuteurs ? Y a-t-il Gentilhomme qui osât dire, que la Noblesse Catholique & Chrétienne n'ait été, & peut être en bonne conscience, au service domestique de ses Princes, Persécuteurs & ennemis de l'Eglise, voire même qu'elle n'ait reçu l'ordre de Chevalerie, ou bien des dignités, honneurs & grades politiques de leur main ; & (qui est le plus à noter) qu'elle ne les ait accompagnés ès Temples où ils alloient faire leurs dévotions particulieres, selon leur foi & religion ? Y a-t il Parlement ou Gens de Justice Catholiques qui puissent dire, que les Corps de Justice Chrétiens n'aient reçu les Loix politiques & civiles de leurs Princes, quoiqu'Hérétiques ; & qu'ils n'aient accepté d'eux des Etats & Offices de Judicature, & en telle acceptation, qu'ils ne leur aient prêté le serment de fidélité, & leur aient rendu entiere obéissance, tant en leur propre personne, qu'en y contraignant les autres par les chemins & voies ordinaires de Justice ? Bref, y a-t-il Chrétien Orthodoxe & Catholique qui ose aujourd'hui dire, que les Chrétiens n'aient païé tribut à leur Prince de contraire Religion à la leur, ou qu'ils ne les aient suivis en guerre, exposant leurs biens & vie pour eux ?

C'est ce que j'entends leur montrer en ce Traité, s'ils en venoient là, que de-là manier.

Cependant que peut & doit aujourd'hui dire & conclure là-dessus une ame fidelle, Chrétienne & sainte, sinon qu'il lui convient promptement se rendre au parti de son Roi, quoique l'on le dît Hérétique ; & ce pour obéir à la parole de Dieu, & se rendre conforme à la vie de l'Eglise, du vieil & nouveau Testament : & davantage penser que tout ce que l'on lui dira du contraire, est une pure tentation & imposture, quelque prétendu Pasteur, Evêque, Pape ou Ange que ce soit, qui dise ou veuille dire pour une telle ligue.

Que doit en outre espérer un vrai fidele & Chrétien des Rebelles, ennemis & conjurés contre notre Roi, sinon une confusion & ruine, puisque l'on les voit fouler aux pieds les saints Commandemens de Dieu, & (à masque ouvert) dépiter Jesus-Christ & son Eglise ? N'ont-ils point assez connu par la mort subite de Sixte V, Grégoire XIV, & fes fucceffeurs, que leurs excommunications étoient déplaifantes à Dieu (1) ? Ne voient-ils point que voulant ôter à notre Roi non-feulement le Roïaume, mais la vie, ils y ont perdu l'un & l'autre ? Qui doute qu'il n'advienne le même au Pape qui vit aujourd'hui (& à ceux qui le fuivront), s'il ne révoque les injuftes excommunications de fes devanciers ?

C'eft à vous, Princes & Magiftrats, Souverains de la Terre, vrais Lieutenants & Vicaires de Dieu, Mainteneurs & Confervateurs de fa Loi, Peres Nourriciers & Tuteurs de fon Eglife, auxquels ce fait touche. Vous n'êtes plus affurés au-dedans de vos Palais & Citadelles, ni de la foi de vos Domeftiques, fi l'on accorde cet article à ces publics Meurtriers & Affaffins ; c'eft à favoir, qu'ils aient puiffance de difpenfer vos Sujets du ferment qu'ils vous auront une fois prêté & juré, & de vous faire meurtrir, voire même par un Moine, ou bien s'en glorifier quand le coup fera donné. Vous voïez la conftance de notre Roi, & avez (graces à Dieu) jufqu'ici bien commencé de le fecourir; fon fait auffi eft le vôtre : aujourd'hui à lui, demain à vous. Votre demain feroit encore plus proche s'ils étoient venus à ce qu'ils prétendent : vous êtes libres fi perfonnes le font au monde ; & néanmoins, fi leur dire a lieu, il ne vous fera dorénavant plus permis de vous enquerir d'une Religion, finon autant qu'il plaira à un Pape. Si le cas advenoit que vous euffiez préferé une Religion à une autre, fera-t-il dit pourtant que vous deviez être déjectés de vos Sujets & Vaffaux ? Ils qualifient & condamnent notre Roi pour hérétique & relaps ; mais il leur a été répondu ce qu'Æmilius Scaurus répondit à fon Adverfaire devant le Peuple Romain : *Pedianus in orat. pro Scauro. Valer. 7. 5. Quintinlian. 12. Auctor de viris illuftrib.* Meffieurs, dit-il, Varius Sucronenfis accufe Æmilius Scaurus d'avoir été corrompu par le Roi Mithridates. Æmilius Scaurus le nie. Auquel des deux voulez-vous plutôt ajouter foi ? De même le Roi leur a nié & nie encore ce qu'ils difent. Il y a plufieurs Rois, Princes & grands Etats qui le nient avec lui. Il ne refufe néanmoins de s'en tenir au Décret & à l'Arrêt d'un faint général & libre Concile, auquel vous avez (Princes & Etats fouverains) lieu, voix

(1) Ce raifonnement n'eft pas jufte. Ces excommunications lancées par les Papes dénommées étoient nulles & illicites de plein droit, & on ne devoit y avoir aucun égard; mais la mort fubite de ces Papes n'étoit pas par elle-même une preuve que Dieu défapprouvât leur conduite. On peut n'avoir fait que des actions convenables & felon l'ordre de la juftice, & mourir fubitement.

& féance , quand bien le Pape ne le voudroit. C’eſt le lieu &
le Tribunal ſeul auquel votre Religion doit être débattue ; c’eſt-
là , s’il s’agit de votre état , où votre cauſe doit être vuidée ,
non par l’autorité d’un ſeul Evêque de Rome, ou ſes Légats,
mais par l’avis , conſeil & jugement des autres Rois & Princes de la terre, vos confreres.

Voilà dont il s’agit aujourd’hui en France, & où il faut inſiſter autant que nous aimons le bien, la paix & tranquillité,
non-ſeulement de ce Roïaume, mais de l’Europe ; laquelle nous
voïons par nos guerres civiles & peu Chrétiennes, être lâchement & perfidieuſement miſe en proie à un Turc & Infidele.
Voilà comment, pires que les Juifs, par nos ſéditions Eccléſiaſtiques, nous livrons ès mains du faux Prophète Mahomet
Notre-Sauveur Jeſus-Chriſt, l’Egliſe & Religion qu’il nous a
laiſſées.

Qu’ils ne diſent point, qu’il eſt aujourd’hui impoſſible de ſe
reconcilier enſemble , après tant d’injures d’une part & d’autre.
Les Hiſtoires ſont pleines de telles amniſties & oublis des choſes
paſſées. Nous trouvons même que le Peuple Romain n’a jamais eu de plus fideles alliés & amis que ceux qu’il avoit expérimenté par armes être ſes plus rudes & opiniâtres ennemis.
Nous trouvons que le même Empire, n’a été autre choſe qu’un
corps compoſé de Vainqueurs & de Vaincus : & que les deux
Peuples ainſi conjoints, n’ont rien eu de plus glorieux en ſoi,
que d’avoir converti leurs vieilles & anciennes querelles en une
ferme & conſtante amitié, L’on a vû des ſéditions à Rome &
le Peuple ſéparé d’avec le Senat , avoir été réuni & reconcilié
par la remonſtrance d’un ſeul Menenius Agrippa. L’on a vû ès
guerres de Charles cinquieme & François premier , des injures
atroces d’une part & d’autre , que l’on eſtimoit à jamais devoir
être reconciliables , leſquelles néanmoins par l’intervention de
deux pauvres Moines, ont été quelquefois aſſoupies & changées
en une bonne & ſainte paix & alliance. Gand, Anvers, & autres Villes du Païs-Bas, quelles injures & opprobres ont elles fait
à l’Eſpagnol ès guerres dernieres, leſquelles néanmoins vivent aujourd’hui ſous l’Eſpagne ?

Qu’ils ne diſent non plus que c’eſt choſe impoſſible, que deux
Religions diverſes vivent ſous une même Principauté & Roïauté,
Car on leur montre le contraire par expérience ès Roïaumes de
Hongrie, Bohême, Pologne, & autres, ès Villes, Bourgades
& Villages, deſquels il ſe trouvera quelquefois, non-ſeulement

1591.

DÉFENSE DES
ROIS ET DES
EGLISES CON-
TRE ROME.

deux, mais dix & douze Religions diſſemblables. Je ne dirai rien de l'Empire Romain & du Turc, ſous leſquels ont été & ſont encore reçues toutes eſpeces de Religion indifferemment. Je me contenterai de dire, que les Villes du Pape & autres Evêques, où les Juifs ont leur exercice libre, nous enſeignent aſſez que deux Religions ſont compatibles ſous un même Etat. Que ſi en cela il ſurvenoit quelqu'autre plus grande difficulté, je réponds, qu'un ſeul Concile National même, pourra remédier à telles allégations & occurrences. Venons-y ſeulement armés non de babil & de langage, mais de piété & ſainte vie. Il ne faudra, peut-être, que le plus ſimple & idiot de toute la compagnie, pour enſeigner les plus ſages, & faire ouverture d'une ſainte & perpétuelle union & concorde en l'Egliſe.

Qu'ils ceſſent cependant de vouloir forcer par armes la conſcience de leur Prince, ainſi qu'ils deſirent & ſouhaitent n'être forcés en la leur : l'équité y eſt manifeſte. Se diſent-ils, ou ſe veulent-ils faire paſſer pour vrais Chrétiens ? qu'ils nous montrent donc que Chriſt a été notre Chriſt, Roi, Légiſlateur & Prophéte, pour avoir uſé du glaive matériel ſur les Princes, & avoir conduit des armées contre les Juifs de ſa Nation ou bien contre ſes Supérieurs ; ſi peut-être en cela ils n'aiment mieux reſſembler au faux Prophete Mahomet qu'à Jeſus-Chriſt. Ceux de la Ligue ſe diſent-ils être de l'Egliſe Apoſtolique ? Qu'ils nous montrent donc que les Apôtres aient à feu & à ſang pourſuivi les mêmes Juifs & les Gentils leurs adverſaires ? Ils ſe qualifient être de l'Egliſe Romaine fondée, diſent-ils, par Saint Pierre : Qu'ils nous montrent donc que Saint Piere & Saint Paul aient ſouffert mort à Rome en donnant un coup de couteau au ventre de Neron, comme de nos jours un Moine a donné au Roi dernier de très illuſtre mémoire, du commandement ou aveu du Pape ? Qu'ils nous montrent qu'il ſoit loiſible à un ſujet de forcer la conſcience de ſon Roi, & que Dieu lui a mis le glaive en main à cet effet ? Mais où ne leur montrerai-je que Dieu l'ait mis en la main d'un Roi ſur le Peuple ?

Pour fin & concluſion de mon dire, qu'ils ſe ſouviennent de ce que les ſaints Peres ont écrit contre la perſécution qu'ils ſouffroient des Gentils, & qu'ils leur ont ſoutenu en face, de bouche & d'eſprit, que *Religionis non erat erga religionem. Tertul. ad Scapulam. Clemens 10. Recognitionum. Lactantius 3. Inſtitut. 20.* Qu'ils ſe ſouviennent que les mêmes Peres ont écrit que, *Fides eſt ſumenda non imponenda.* Plus, que le vrai moïen de défendre une Religion, n'étoit point en la force, ni aux tourmens, ni aux perſécutions, *non in ſevitia, ſed patientia & morte : non in verberibus, ſed in verbis : non in occidendo, ſed in moriendo : non in ſcelere, ſed fide.* Autrement, que la Religion n'étoit point défendue, ains trahie & vendue. Qu'il n'y avoit rien plus contraire à la vérité & juſtice que la violence & la cruauté ; finalement, que contraindre autrui par armes à une Religion, c'étoit plutôt *carnificina quædam quàm pietas* (1).

C'eſt en ſomme (Monſeigneur) ce que par votre avis & aveu j'eſpere par votre faveur traiter plus amplement en ce Diſcours. Dieu vueille que le ſaint zele que vous avez apporté en ceci au bien du Roïaume, puiſſe ſortir tel effet que l'avez deſiré, & que quelqu'autre de mes Compagnons & ſemblables (leſquels j'adjure au nom de la Patrie & de l'Egliſe à cette fin) ſe mettent à traiter plus dignement cette matiere & point de conſcience que je n'ai fait, non-ſeulement par écrit, mais encore de vive voix, s'il eſt poſſible, ès lieux & aſſemblées publiques & toutes telles autres occurences eſquelles ils verront pouvoir, ſelon les graces infinies que Dieu leur a départies, faire ſervice très agréable à Dieu, à leur Roi & à leur très chere Patrie ; & ſi poſſible eſt (ſelon la magnanimité de leur courage & les moïens qu'ils ont en main) d'effectuer le tout, plutôt que le dire.

Cependant je vous ſupplierai de prendre ce mien œuvre pour arrhe & témoignage de quelqu'autre meilleur qui pourra ſuivre ci-après, & du très humble ſervice que je vous ai dédié ; priant Dieu, au reſte, qu'il béniſſe de plus en plus vos juſtes & ſaintes armes ; enſemble celles de notre très illuſtre & très Chrétien Roi, avec tous ceux qui l'aiment & le ſuivent, pour parvenir d'autant mieux à la paix & au bien tant ſouhaité de ce Roïaume.

---

(1) Quiconque eſt inſtruit, comme il doit l'être, de la Religion Chrétienne & de la Doctrine qu'elle enſeigne, ſait que les premiers Fideles obéiſſoient aux Idolâtres même & aux Perſécuteurs : Que les ſaints Docteurs n'ont jamais ceſſé d'inſpirer les ſentimens de fidelité qui ſont dûs aux Princes de la Terre ; que les déciſions des Conciles ont frappé d'Anathême toute Doctrine capable de révolter les Peuples contre leur Souverain ; que l'enſeignement perpétuel des Paſteurs a toujours été de dire avec S. Paul : *Obéiſſez tous à vos Maîtres temporels :* que l'Ecriture ſainte inculque par-tout la même Doctrine ; & que dans le 17e ſiecle & dans le nôtre, on a vu une foule d'Ecrivains célébres s'élever avec force contre la Doctrine meurtriere des Rois, enſeignée par quelques Caſuiſtes.

R E P O N S E

AUX COMMONITOIRES

ET EXCOMMUNICATIONS DE GREGOIRE XIV,

Jettées contre très illustre, très victorieux & très auguste Prince Henri de Bourbon, Roi très Chrétien de France & de Navarre, qui en général & à l'avenir peut servir de maintenue & défense à tous Princes souverains & Eglises, contre les attentats, usurpations & excommunications des Papes de Rome (1).

BRIEF AVERTISSEMENT,

Au Clergé de France, représentant au vrai les Ligues que les Chrétiens ont faites contre les Supérieurs Payens & hérétiques Persécuteurs de l'Eglise.

OMNIBUS Imperatoribus precamur vitam prolixam, Imperium securum, domum tutam, exercitus fortes, Senatum fidelem, populum probum, orbem quietum & quæconque hominis & Cæsaris vota sunt. *Tertullianus* 30. *Apologetici.*

Ne de cæteris affligas nos & administrationibus propriis moveas, præstesque hoc potius, ut Episcopi cum populo quisque suo orationibus vacare deprecarique pro Imperio, salute ac pace tua possint : quam divinitas sempiternam tibi largiatur. *Synodus Ariminensis apud Theodoretum, lib.* 1. *c.* 29. *& 30. & Sozom. lib.* 4. *c.* 17. *la même : Jube ad ecclesias* nos redire nostras, ut omnipotenti Deo & Christo Filio ipsius Domino & servatori nostro, pro statu potentiæ tuæ, unà cum populo, quemadmodum fecimus & facimus, maximo studio supplicare possimus.

Si in morte Langobardorum me miscere voluissem, hodie Langobardorum gens nec Regem, nec Ducem, nec Comi-

---

(1) Claude Fauchet, Président de la Cour des Monnoies, le célébre Guy Coquille, Jurisconsulte & Historien, Charles Faye, Sieur d'Espeisse, & plusieurs autres, ont aussi écrit contre les Bulles Monitoriales de Gregoire XIV ; leurs Ouvrages sont imprimés. Si l'Ecrit, qui est rapporté ici, a pour Auteur le même qui a composé le précédent, le Pere le Long a eu raison de dire que c'étoit la production d'une plume Protestante. Mais ce qui y est dit en faveur de la souveraineté des Rois, de l'indépendance de leur Couronne, & de l'obéissance qui leur est dûe par leurs Sujets, est conforme à la Doctrine de l'Eglise Catholique.

res haberet : fed quia Deum timeo , in mortem cujuslibet hominis me mifcere formido. *Gregorius Papa, lib. 7. epift. ad Salvianum.*

Saint Ambroife étant fommé par les Députés de l'Empereur de fe partir des Temples & Eglifes, & les laiffer aux Hérétiques Ariens, répond en cette maniere , *epift. 32. ad Marcellinum.* Vultis in vincula eripere? vultis in mortem? voluptas eft mihi. Non ego me vallabo circumfufione populorum, nec altaria tenebo , vitam obfecrans, fed pro altaribus gratius immolabor. Le même, *in oratione contra Auxentium.* Coactus, repugnare non novi. Potero dolere, potero flere, potero gemere. Adverfus arma, milites, Gothos quoque, lachrymæ meæ mea arma funt. Talia funt munimenta Sacerdotum. Aliter nec poffum refiftere.

1591.

DÉFENSE DES ROIS ET DES EGLISES CONTRE ROME.

Sommaire général de ce Traité.

I. Des Commonitoires & Excommunications de Gregoire XIII, contre Henri de Bourbon, Roi très chrétien de France & de Navarre.
II. Arrêts des illuftres Cours de Parlement de Châlons & de Tours, contre lefdits Commonitoires.
III. Des raifons & autorités de la fainte Ecriture contenues efdits Commonitoires, mal appliquées & en partie falfifiées par le Pape.
IV. Que les Papes n'ont que voir fur la France en général, & que l'on ne doit craindre, ni fe foucier de fes Excommunications contraires à la parole de Dieu & injuftes.
V. Exhortation générale à Meffieurs du Clergé, de la Nobleffe , Gens de Juftice & tiers-Etat du Roïaume de France.

I.

LE Pape Gregoire XIII fait entendre par un Libelle & Commonitoire, en date du 1 de Mars, au Clergé & Gens Eccléfiaftiques de France, qu'il les fufpend & excommunie, fi dedans quinze jours ils ne fe retirent de l'obéiffance & fuite de Henri de Bourbon, Roi de France & de Navarre ; & en outre, fi dedans autres quinze jours enfuivans, ils ne le laiffent, il les prive de tous leurs bénéfices & états. Par un autre Commonitoire de même date, qu'il adreffe à la Nobleffe, Gens de Juftice & Tiers-Etat de France, il les invite à faire le même ; & en cas qu'ils ne lui obéiffent, il les menace de tourner fa bonté & pitié paternelle en févérité de Juge. Il déclare en outre ledit Henri de Bourbon être excommunié & déchu de tous fes

Tome IV.   Ccc

Roïaumes & Seigneuries, pour être Hérétique & Relaps; &
d'abondant promet auxdits Etats de France de leur envoïer des
forces, pour d'autant mieux exécuter en effet sadite excommunication.

I I.

Ces deux Commonitoires étant apportés au Roïaume, la
Cour de Parlement séant à Châlons, sur la requête faite par
Monsieur le Procureur Général du Roi, montrant de combien
la conservation du Roïaume lui touchoit de près, déclare ces
deux commonitoires & libelles être injurieux, scandaleux & diffamatoires, tendans à sédition & à l'éversion de l'Etat, Maison
& Couronne de France, pour y introduire l'Etranger, & en
outre iceux procéder de fait & non de droit; & comme tels,
ordonne iceux devoir être lacerés, l'Audience tenante. Fait
inhibitions & défenses à toutes personnes de quelque qualité,
condition & prérogative qu'elles soient (à peine de la vie) de
les publier & s'en aider directement ou indirectement. Ordonne
encore qu'il sera diligemment informé contre ceux qui auront
contrevenu à cet Arrêt. Finalement, pour faire paroître qu'elle
y alloit à bon escient & en toute rondeur, elle fait lacerer iceux
libelles en pleine Audience, icelle Cour séante, le Lundi dixieme de Juin dernier.

La Cour séante à *Tours*, a passé plus outre. Car le 5 Août
elle a fait lacerer & brûler publiquement par l'Exécuteur de haute
Justice lesdites lettres commonitoriales du Pape. Défend à tous
d'obéir à icelles, & d'en avoir même ou retenir une copie. Déclare Gregoire (soi disant Pape) ennemi de la paix & union de
l'Eglise Catholique, Apostolique & Romaine, du Roi & de son
Etat; adhérant à la conjuration d'Espagne; fauteur des rebelles;
coupable du très cruel, très inhumain & très détestable parricide, proditoirement commis en la personne de Henri III,
Roi de très heureuse mémoire, très Chrétien & Catholique.
Ordonne que Marcellinus Landrianus (1) (soi disant Nonce dudit
Gregoire) porteur des Bulles, sera pris au corps & amené prisonnier en la Conciergerie du Palais, pour le procès lui être fait
& parfait; & si pris & appréhendé ne peut être, ajourné à trois
briefs jours, au plus prochain lieu & sûr accès de la Ville de Soissons. Enjoint à tous Gouverneurs de donner confort à l'exécution de cet Arrêt. Ordonne en outre, icelui Arrêt être lû, pu-

____

(1) On a déja observé qu'il se nommoit Marsiliano Landriano.

blié & affiché en tous les Bailliages & Sénéchauſſées, & même
aux Archevêques & Evêques de le notifier aux Eccléſiaſtiques de
leur Diocèſe.

I I I.

En quoi il me ſemble icelles Cours avoir procédé ſelon la
gravité, ſplendeur & intégrité de leur charge, pour les raiſons
qui s'enſuivent.

Premierement, pource que le Pape Gregoire n'uſe d'aucune
raiſon pertinente en ſes deux Mandemens & Monitoires, n'aïant
en iceux allégué un ſeul paſſage de l'Ecriture du vieil ou nouveau Teſtament, pour colorer la révolte, rebellion & embraſement qu'il entend faire en la France; ſi ce n'eſt, peut-être celui-ci : quelle convention y a-t-il de Chriſt à Belial ? en l'application duquel il commet (ſauf correction (1) néanmoins) une lourde & inſigne faute, donnant la gêne aux Ecritures, & leur faiſant dire ce à quoi elles n'ont jamais penſé. L'intention de l'A-
pôtre eſt de montrer par cette autorité, que le Fidele n'a ni ne doit
avoir aucune participation intérieure & ſpirituelle avec l'Infidele, & ne veut par cela inférer qu'un Sujet & Vaſſal (voire
même un du Clergé) doive dénier l'obéiſſance extérieure & politique à ſon Prince, encore qu'il fût Infidele & de contraire
Religion. Autrement (au dire du Pape Gregoire) Saint Paul
auroit grandement failli de ſubir la Juriſdiction de Neron,
Idolâtre, & d'avoir appellé à Ceſar; comme auſſi au compte du
Pape, Saint Pierre devroit être tenu pour Hérétique, en ce que
de ſon temps il n'avoit jetté ſes excommunications & foudres
contre les Empereurs de Rome, & qu'il n'auroit fait aucune
ligue & union contr'eux, pour les priver de leur juriſdiction temporelle.

Les premiers Evêques de Rome ſavoient auſſi bien, ou mieux,
ce paſſage de Saint Paul, que les Papes qui vivent aujour-
d'hui; comme auſſi la primitive Egliſe n'en étoit ignorante, laquelle pour cela n'a laiſſé de païer tribut à ces Princes, quoique
Idolâtres & perſécuteurs de l'Egliſe. Elle n'a fait conſcience de
recevoir leurs loix & ordonnances politiques, de ſubir leurs jugemens, de les ſuivre en guerre, & d'expoſer ſes biens & ſa vie,
voire même de prier Dieu pour eux.

S. Auguſtin, *Sermon.* 18 *de verbis Dom.* 21 *quæſt.* 4 *c. Excite,* in-

(1) Le *Sauf correction* eſt ici de trop : la nullité des Bulles Monitoriales & leur injuſtice ſont démontrées, de même que la très fauſſe application du paſſage allegué.

terprétant ce paſſage d'Iſaïe, *chap.* 52. ,, Retirez-vous, ſortez de-là , & ne touchez choſe qui ſoit immonde ‹‹ , dit que cette retrai-te , ſortie & ſéparation ſe doit faire *contactu cordis , non corpo-ris.* Par-là nous voïons comment & en quelle ſincérité le Pape Gregoire nous interprete les ſaintes Ecritures, les accommodant à ſes paſſions & fureurs , & non au vrai ſens & intention des Apôtres. Par-là auſſi peut voir le Clergé de France , ce qu'il doit eſperer à l'avenir d'un tel Paſteur & Evêque.

Or voilà la plus feriale autorité qu'il allegue. Il eſt vrai-ſemblable que s'il en eût eu de meilleures & plus apparentes , il ne les eut oubliées en un fait ſi important comme eſt ce-lui-ci.

Car ce qu'il met au frontiſpice de ſon Commonitoire : ,, que Chriſt a édifié ſon Egliſe ſur la chaire de Saint Pierre ,, (1). Les petits enfans mêmes s'en mocquent. d'autant qu'à ſon dire il voudroit nous perſuader que l'Egliſe eſt fondée ſur lui-ſeul , puiſ-qu'il ſe maintient ſéoir en la chaire de Saint Pierre ; & delà vou-droit faire croire que Saint Pierre auroit été de ſon vivant quelque grand guerrier & ligueur , lequel nous ſavons avoir perdu la vie en ſon Apoſtolat , non comme un bouttefeu ſan-guinaire , ſpoliateur & meurtrier des Princes ; mais au contraire leur avoir rendu le devoir & obéiſſance de Sujet , quoiqu'ils fuſſent de contraire Religion à la ſienne , meurtriers & perſécu-teurs de Jeſus-Chriſt & de ſon Egliſe.

Et puis , qu'il ne déplaiſe au Pape , il nous ſert encore en ce premier mets , d'une lourde & inſigne fauſſeté. Car l'Ecriture ne dit pas que Jeſus-Chriſt ait fondé ſon Egliſe ſur la chaire de Saint Pierre (comme dit & écrit le Pape Gregoire) mais *ſuper hanc Petram* , comme les Evangeliſtes le témoignent. Il y a autant à dire entre ces deux propoſitions qu'entre le Ciel & la terre. *Hæc Petra* , c'eſt Jeſus-Chriſt & non autre , ou bien , comme dit l'Abbé Panormitain (2), *quæſt.* 1, *numero* 10, *eſt arti-culus ille fidei per Petrum confeſſatus , dum dixit Petrus , tu es Chriſtus filius Dei vivi* , c'eſt l'article de foi confeſſé & recon-nu par Saint Pierre , lorſqu'il dit à Jeſus-Chriſt , tu es le Chriſt Fils de Dieu vivant. La Gloſſe du droit Canon, *Diſtinct.* 19, ç. *ita*

---

(1) C'eſt ſur la prédication de ſaint Pier-re & des autres Apôtres , & ſur la Confeſ-ſion de la Divinité de Jeſus-Chriſt , faite par le premier des Apôtres ; mais l'Egliſe de Rome eſt conſidérée comme le centre de l'unité.

(2) Antoine Tudeſchi , Archevêque de Palerme en Sicile , qui avoit aſſiſté au Con-cile de Baſle , & qui a écrit un excellent Traité ſur ce Concile , lequel a été traduit en François par M. Gerbais , Docteur de Sorbonne , & Profeſſeur Roïal.

dominus, l'interprete aussi en cette maniere, *Cathedra Petri*, (ainsi qu'ils disent) c'est la succession des Evêques de Rome depuis Saint Pierre jusqu'à Gregoire qui vit aujourd'hui. Or l'Eglise Chrétienne peut dire hardiment sans reproche & sans hérésie, que Christ est la pierre seule & unique sur laquelle elle est & entend être bâtie. Qui en cherche d'autre, il ne peut être que mal fondé, mal appuïé & mal logé. Quant aux Evêques de Rome (comme chacun sait) ils ne sont ni Fils de Dieu, ni Médiateurs & Sauveurs de l'Eglise. Nous savons quelle est & quelle a été leur vie par le passé ; nous n'en voulons d'autres témoins que leurs propres histoires. Qu'ils ne nous mettent donc plus en avant leur chaire de S. Pierre, que nous ne leur disions quant & quant avec S. Jerôme, *Epistola* 1, *ad Heliodorum, distinct.* 40, *c.* 12. » ceux-là ne sont point fils des Sts. qui occupent la » chaire des Saints, mais ceux qui font leurs œuvres. Nous leur dirons encore avec le Cardinal de Aliaco (1), *lib. de annatis non solvendis*, que le Siege de l'Eglise de Rome a été reconnu véritablement pour le premier, à raison des vertus & mérites de ceux qui y ont été Evêques (2) ; mais que les derniers ne correspondent pas aux premiers. Nous leur dirons avec Saint Bernard, *Sermon* 3, *super cantica*, qu'ils ont été appellés pour être Ministres de Jesus-Christ, & néanmoins ils servent à l'Antechrist.

Or non content d'avoir ainsi gêné & falsifié les Ecritures, pour nous achever de peindre, il nous vient enfin précipiter en un abîme & cahos d'autorités confuses, quand il dit que notre Roi *incurrit in pœnas à sacris Canonibus aliifque Constitutionibus & Legibus statutas* ; nous laissant deviner quels & où peuvent être contenus ces canons, ces constitutions & ordonnances, par lesquelles il soit loisible à un Pape d'excommunier & déjetter (même pour hérésie) les Rois & Princes de la terre, hors de leurs Trônes, Roïaumes & Principautés. Comme ainsi soit que ni de droit, ni de coutume, nos Rois de France ne sont & n'ont jamais été Sujets des Papes, ni pour l'excommunication spirituelle, ni pour la temporelle, ce que ci-après je leur ferai toucher au doigt & voir à l'œil.

---

(1) C'est le Cardinal Pierre d'Ailly.

(2) Ces déclamations, & plusieurs autres qui sont semées dans cet Ecrit contre les Papes ne prouvent point la These principale de l'Auteur, & ne donnent aucune atteinte à la Jurisdiction légitime des souverains Pontifes. Mais nous ne prétendons point réfuter ces déclamations. On a entre les mains d'excellens Traités sur la primauté de saint Pierre, & sur la véritable autorité du Siege de Rome.

IV.

La seconde raison, qui peut fortifier l'Arrêt des susdites &
illustres Cours de Parlement, est que (comme remontra l'Université de Paris sous le Roi Charles VI.) *Regis & Curiæ est, Ecclesiæ Gallicanæ oppressioni providere*: plus, les Canonistes même
confessent, (*Johannes Andrea* (1), *c.* 1 *de privilegiis. in* 6.)
Card. consil. 143 *incip. Punitus*, avenant le cas que le Pape commande quelque chose contre l'utilité publique, que l'on peut
arracher son Rescrit des mains de celui qui en est porteur, ou
bien le renvoïer, comme il est venu, à celui qui le lui a baillé, avec
sa courte honte. Je sais bien que l'on me dira que le Pape a puissance de lier & délier; mais pour le faire court, je me contenterai de dire avec les mêmes Canonistes, *Hostiens.* (2) *& Innocent. in cap. quando in translat. prælat. cap.* 4. *de jure juran-
do*, que cela s'entend *clave non errante.* J'ajouterai aussi qu'Innocent a eu grace de dire qu'encore que le Pape porte en ses
armoiries deux clefs, pour montrer la puissance qu'il a de lier &
délier, il ne peut néanmoins user *clave potestatis*, qu'il n'ait premierement sondé s'il pourra faire quelque chose *cum clave discre-
tionis*.

Le Pape Innocent III. *Magnæ extr. de velo*, écrivant à un
Evêque de Troys (3), dit qu'en toutes affaires il faut regarder
à trois choses, c'est à savoir : *Quid liceat secundum æquitatem :
quid deceat secundum honestatem, & quid expediat secundum utili-
tatem.* Autrement ceux qui voudroient servir aux Papes contre
ce que je viens de poser, ressembleroient à ceux dont parle
Felin (4), *Felin in cap. in litteris.* 4. *extr. de testit.* Qui servent à
leurs maîtres *per fas & nefas*, ou plutôt à Pilate, *qui ob timo-
rem Cæsaris Christum injuste damnare ausus est. Accus. in l. De-
curio.* 42, *c. de pœnis.*

Qui fait que le Docteur Cepola (5), *Cautel.* 2, *n.* 6. *per Gloss.
in c.* 2 *de filiis Presbyt.* à juste occasion déplore la calamité &

(1) Jean André, célebre Jurisconsulte,
né à Mugello, Ville de l'Etat de Florence,
vivoit dans le quatorzieme siecle. On a dit
de lui, qu'il étoit le plus habile de tous les
Canonistes, & que lui seul avoit plus il-
lustré le Droit Canon que plusieurs autres
Docteurs n'ont fait dans tout un siecle.

(2) C'est-à-dire, le Cardinal d'Ostia :
c'étoit Henri de Suze, Archevêque d'Em-
brun. Il est mort en 1282.

(3) Il faut de Troyes.

(4) C'est Félinus Sandeus, d'une famille
noble de Ferrare, qui vivoit au quinzieme
siecle, & au commencement du seizieme.
Il a été Auditeur de Rote, puis Chanoine
de Ferrare.

(5) Barthelemi Cœpola, de Verone, qui
vivoit dans le XVe siecle.

misere des pauvres Prélats & Evêques, qui craignent les lettres du Pape & n'osent lui contredire, jaçoit qu'ils ne doivent les craindre. Accurse (1) dit davantage, *Glossa solenne*, *in novella de mandatis Principum*, 17, *c. 4 in verbo nuncians*, c'est à savoir que n'obéissant point en tels faits au Pape, ils ne désobéissent point aux loix, mais au contraire ils font service & au Pape & au Prince. Nos François (considérant en général l'Eglise Gallicane ou bien nos Rois, les Parlemens & les Universités de la France, voire même quelques Colleges) ont en cela été un peu plus libres que les autres, tant pour être assez éloignés des Papes, que pour être de leur nature assez brusques, prompts & soudains à la main (2). Et qu'ainsi soit, du temps d'Innocent III, le Légat du Pape avoit excommunié ceux de la Ville du Mans. *C. cum inter. 5 extr. de consuet. iis conjunctis quæ tibi addita sunt in majori edit. Rom. jussu Gregorii XIII.* Pour cela les Doïens & Chapitre de Saint Pierre, qui prétendoient être de leur premiere fondation libres & exempts des excommunications du Pape, ne laisserent de tenir les portes de leur Eglise ouvertes à tous venans, & de faire à leur ordinaire, comme s'ils n'eussent point été excommuniés. Ils firent davantage ; car ils se mirent à célébrer leur service avec plus grande solemnité & carrillon de cloches qu'ils n'avoient jamais fait ; montrant par cela (quelques privés & particuliers qu'ils fussent) la leçon aux grands & puissans Roïaumes, que l'on ne doit tenir compte des excommunications injustes des Papes. Je me contenterai pour le présent de réciter ce que fit Robert d'Anjou, Roi de Naples, contre les Commonitoires du Pape Jean XXII. Car voici comme en parle Bartole (3), *Tit. de Pace Constant. §. in Christi nomin. in verbo Coronam.* Comme le Pape Jean XXII, dit-il, eut menacé de faire merveilles contre le Roi Robert, il lui répondit en peu de paroles : vous ferez, nous ferons, & je me défendrai. Cela montre que nos Princes François, quelques dévotieux qu'ils aient été, n'ont pas toujours tenu les Papes pour Dieux en terre.

La France, qui a été de long-temps, *jure sive proprio*, *sive privilegiato*, libre & exempte des excommunications des Papes

1591.

DÉFENSE DES ROIS ET DES EGLISES CONTRE ROME.

---

(1) François Accurse, Florentin, est connu de tous les Jurisconsultes : il vivoit dans le treizieme siecle.

(2) La vraie raison n'est pas celle que l'Auteur rapporte : si les François ont plus résisté que les autres aux entreprises de la Cour de Rome, c'est parcequ'ils ont mieux connu leurs propres droits, & l'esprit des Canons.

(3) Bartole, né à Saxo-Ferrato, Bourg de la Marche d'Ancone, vivoit dans le quatorzieme siecle : il n'est pas moins connu, ni moins cité qu'Accurse.

& qui s'eſt toujours vertueuſement oppoſée à icelles, comme
procédantes de fait & non de droit (ainſi que je ferai voir ci-
après en ſon lieu) peut & doit aujourd'hui, à juſte raiſon, condamner, déteſter & punir tels attentats du Pape, ſeulement
avertirai-je en paſſant d'une choſe véritable, que les Papes ont
autrefois oſé excommunier nos Rois, non pour ne vouloir aller
à la Meſſe (car il ſe trouvera que nos Rois ont en telle dévotion
ſurpaſſé même les Papes) mais pource qu'ils ne leur accordoient
tout ce qu'ils vouloient uſurper ſur la France, tant y a qu'il ſe
trouve que les Etats du Roïaume unanimement en telles procédures & cenſures des Papes, ont toujours ſuivi leurs Princes, &
ont pris & épouſé leur parti contre les Evêques de Rome. Il ne
nous faut donc point ici prendre une nouvelle réſolution & hardieſſe, mais ſeulement ſuivre & imiter celle de nos ancêtres,
qui ont même il y a 1084 ans tenu, arrêté & décrété en plein
Concile, que le Clergé de France devoit préférer le commandement de ſon Roi à celui du Pape. Car voici ce qu'au Concile
d'Agde, l'an 506 (1), il fut décreté : *Canone 36. Concilii Aga-
thenſis, tom. 2 Conciliorum, pag. 507 diſtinct. 18 ſi epiſco.* ſi un Métropolitain ſignifie aux Evêques de ſa Province qu'ils aient à ſe
trouver ou à l'élection du Pape ou à un Concile, ils doivent s'y
trouver à jour préfix, excepté qu'ils fuſſent détenus d'une grande
maladie, ou que le Roi leur eût fait un mandement contraire.
Le même fut encore pratiqué du temps de Louis & Charles,
Rois de France. Le Pape Nicolas (2) avoit convoqué un Synode à
Rome, *23 quæſt. 8, c. reprehenſible. 19.* Charles fit défendre aux
Evêques de s'y trouver, leur commandant qu'ils euſſent chacun
en leur Diocèſe à prendre garde jour & nuit aux incurſions ordinaires des Pirates & Corſaires. Et de ce nous appert par la plainte qu'en fit ce Pape, *c. repréhenſible*, qui pour toutes raiſons
alléguoit, que ce n'étoit le devoir d'un Evêque d'aller en guerre, ains de vaquer à prieres & oraiſons. Si eſt-ce que la gloſſe ne
laiſſe de dire, *in dicto c. ſi epiſc. & d. c. repréhenſibile*, que le
commandement d'un Roi doit être préféré à celui d'un Pape,
principalement quand il eſt fait aux Evêques qui tiennnent des

(1) Ce Concile s'aſſembla le 11 de Septembre. Il y eut vingt-quatre Evêques &
dix Députés. On y fit quarante-huit Canons
ſur la Diſcipline, auxquels on en a ajouté
depuis, vingt cinq autres, tirés apparemment de quelques Conciles ſuivans.

(2) Il y a apparence que l'Auteur veut
parler du Pape Nicolas I, & que les Rois
Charles & Louis, ſont Charles le Chauve,
& Louis le Begue. Le Synode de Rome eſt
peut-être celui de 863.

biens

biens du Roi en Fief & en Régales ; secondement s'ils sont appellés pour fait qui concerne le Roïaume.

Oui, mais (dira quelqu'un) le Pape a toujours été estimé pere
de l'Eglise. Ceci vraiment est un grand combat à ceux qui le
tiennent pour tel. Mais quand ils voient qu'au lieu d'appaiser ses
enfans, il les souleve en une guerre civile, pleine de feu & de
sang, & que pour s'entrecouper mieux la gorge, il leur envoie
ses commonitoires & excommunications, voire même des armées, & qu'en ce faisant il suscite le pere contre l'enfant, l'enfant contre le pere, qu'il arme le serviteur contre le maître, le
voisin, le parent & le prochain contre son semblable, le vassal
contre son Seigneur, le Sujet contre son Prince : quand ils
voient que par cette guerre, de gens d'Eglise il les fait devenir
soldats, rebelles & meurtriers ; quand ils voient que par ses excommunications & factions, il introduit en tous les endroits de
la France l'Etranger ; qu'il permet & fait qu'il s'y niche, qu'il
s'y fortifie & qu'il y impose ses loix & tributs, le tout à l'exclusion du vrai & naturel Roi, des Princes du Sang, Officiers de
la Couronne, & généralement de tous vrais & naturels François ;
quand ils voient que par le moïen & intervention du Pape, ce
beau & florissant Roïaume est mis en tant de parties, par tant
de tyranneaux ; alors le sens commun & de nature nous contraint de dire, à l'exemple de ce grand Salomon, *Cap. Afferte
mihi extra de præsumpt. Hic non est verus Pater Francorum.*
Nous pouvons hardiment dire avec l'Empereur, qu'en coupant &
faisant couper la gorge à tant de François. *L. Divus Hadrian.
ff. ad L. Pomp. de parricid,* il fait plutôt acte de brigand que
de pere. Nous lui disons avec Antonin, Archevêque de Florence, *Titul.* 17, §. 9 ; il se montre par tels assassinats & meurtres,
successeur de Romulus & non de Saint Pierre, appellé pour paître le troupeau du Seigneur. C'est lors, que les François doivent
combattre pour leur Patrie, sans avoir égard ni à la qualité du
Pape ni à ses prétendus privileges, desquels il se rend indigne,
pour n'en user ainsi qu'il doit, ne faisant compte en un point de
telle importance, ni des commandemens de Dieu, ni de la
vie & exemple des Prophetes, moins encore de celle de Jesus-
Christ, de ses Apôtres & Disciples, de la primitive Eglise, Sts.
Conciles, Docteurs & Saints Peres de l'Eglise, voire même de
ses prédécesseurs Papes, ainsi que par ci-après je leur ferai voir
par le menu. Qu'il ne soit donc plus qualifié pere de l'Eglise,
moins encore appellé Saint Pere ; moins soit-il oui & cru en

telle qualité ; souvenons-nous de ce que dit le Glossateur de droit canon, qu'il ne faut pas toujours croire à un homme saint. 11 *Quæst.* 3 *c. si is qui præest. in verb. si nos.* Les Martyrs, dit Saint Cyprian, *Sermone de Lapsis distinct.* 50 *, c. si quis præpost.* 27 , font quelquefois des commandemens avant que mourir ; mais s'ils ne sont justes & fondés en la parole de Dieu, quelques Saints & Martyrs qu'ils soient, l'on ne les doit écouter. Fait à ce propos, ce qu'écrit Saint Chrisostôme, *Oper. imperf. in Matth. Homil.* 43 *, ad cap.* 23 *distinct.* 40 *, c. multi sacerdotes,* 12 : il y a beaucoup d'Evêques, dit-il, il y a aussi peu d'Evêques : il y en a beaucoup de nom & peu d'effet ; la chaire ne fait point l'Evêque, mais l'Evêque fait la chaire ; ce n'est point le lieu qui sanctifie l'homme, mais c'est l'homme qui sanctifie le lieu. Tout Evêque n'est pas Saint, mais tout Saint a droit de se qualifier Evêque (1). Cela montre que sans avoir égard à la sainteté & chaire prétendue du Pape, la France doit vertueusement s'opposer à un tel ennemi public & conjuré du Roïaume.

Innocent (2) nous témoigne, *C. inquisitioni* 44 *extr. de sent. excom. c. cauto. de consuetud. de concess. præb.* que l'on peut s'opposer au Pape & ne lui obéir, *ubi timetur scandalum.* Et voulons-nous un plus grand que celui-ci, quand ses prédécesseurs & lui (par leur conjuration) ont été cause de faire mourir de faim plus de cinquante à soixante mille ames dedans une Ville de Paris ? Combien de Peuple a été mis à mort en cette guerre à l'appétit de cet homme ? Combien de gens riches & aisés ont été réduits au sac & à mendicité ? Combien de Villes & Places démolies ? Quand un Turc fût entré dans la France, eût-il su faire pis, que ce qui s'est fait à l'appétit de ces Etrangers ici ?

V.

Je prie donc le Clergé de France, comme étant le premier & plus vénérable de tous, de considerer exactement l'attentat de cette Ligue, & de se résoudre à l'obéissance qu'il doit à son vrai & naturel Prince, suivant le mandement qui lui est fait ès saintes Ecritures, suivant encore l'autorité des Conciles, tant universels que de France, & des Sts. Peres, voire même des anciens Papes, que je leur proposerai ci-après. Et singulierement pren-

(1) Non quant à l'Ordre, ni à la Jurisdiction.
(2) C'est le Pape Innocent III.

DE LA LIGUE. 395

dre garde à la liberté de l'Eglife Gallicane, laquelle cet homme veut ravir par la force & importunité de fes excommunications & commonitoires.

Le Pape Gelafe & Gratien difent, 11 *queft.* 30 *fi is qui* 101, que comme le Supérieur ne peut contraindre fon Sujet à mal faire, auffi l'injufte excommunication faite, ne peut tenir, foit envers Dieu, foit envers fon Eglife.

S. Jérôme, *lib.* 3 *fuper Matth.* 11, *queft.* 3, *c. quomodo* 44, nous témoigne, que comme le facrifice ne peut faire que l'homme qui eft fain foit lépreux ; auffi l'excommunication injufte de l'Evêque ne peut aucunement lier ceux qui font nets en leur ame.

Le Pape Grégoire premier, dit que l'Evêque qui jette une excommunication injufte, déchet du droit & puiffance qu'il avoit d'excommunier. *Homil.* 26, *in Evan.* 11, *queft.* 3, *c. ipfe* 160.

Juftinian dit que l'injufte excommunication retourne & doit retourner fur la tête de celui qui l'a jettée, & que celui qui eft injuftement excommunié doit être tenu abfous. *Nov. de fanctiff. Epifc.* 123 *c.* 11.

Penfons un peu où tend l'excommunication de ce Pape. Il veut excommunier les Etats de France, pour ce qu'ils font confcience de couper la gorge à leurs freres & propres parens, pour ce qu'ils ne lui veulent fervir d'affaffins & meurtriers à gage. L'injuftice donc de cette excommunication étant telle, la France a droit de ne fe point tenir excommuniée par icelle, ains elle doit efpérer que la confufion retournera fur celui qui l'a jettée.

J'efpere que la Nobleffe fera le même, puifque leurs ancêtres l'ont ainfi pratiqué & gardé de toute ancienneté, quelques religieux & dévotieux qu'ils fuffens envers les Papes ; & qu'en faifant autrement, elle va perdre fes dégrés & franchifes. Sont-ils Nobles ? ont-ils de belles Maifons ? ont-ils des filles pudiques & dignes de quelque bon parti ? ont-ils des Charges de Provinces, de Ville, de Guerre & de Confeil ? ce fera dorénavant pour quelques Mores reniés, que l'on leur envoiera en France, & puis, qu'ils s'en voifent plaider en Efpagne pour être confinés ou à un cachot perpétuel de l'Inquifition, ou bien aux Indes & Galeres, comme fils, parens ou alliés de Lutheranes & Hérétiques ; comme ceux qui ont été fi peu vertueux de n'avoir fu garder la France fans le fecours du Pape & d'Efpagne, comme ceux qui ne fe font rangés de ce parti , sinon à coups & force de commonitoires. Voilà comment ils sont & seront écrits sur le papier rouge de leurs Ennemis. Du moins doivent-ils attendre d'être sifflés , mocqués & montrés au doigt. Ils étoient les enfans du Roïaume, & ils y deviendront Etrangers & valets. Voilà le fruit & la métamorphose de cette Ligue pour la Noblesse.

J'ai la même espérance des autres Parlemens, Gens de Justice & Tiers-Etat , lesquels peuvent voir qu'ils vont autrement changer de Seigneurs, de Loix & d'Ordonnances. Ils savent la tyrannie de cet Ennemi : s'il n'a point épargné le sang roïal de la France, que fera-t-il sur ceux qui sont de moindre étoffe ? Combien d'exactions faudra-t-il faire sur le Peuple pour entretenir les Garnisons que leur baillera cet Ennemi , craignant les révoltes ordinaires & usitées ès Païs de nouvelles Conquêtes ? Combien faudra-t-il récompenser de Ligueurs sur leur bourse ? Mais, que deviendra la splendeur de ce grand & ancien Roïaume , quand ces nouveaux Conquéreurs voudront avoir chacun leur part ? De dix en dix lieues il faudra changer de Seigneurie & de monnoie. Leurs grands parlemens & recette s'en vont bas par ce moïen. Mais qu'ils considerent l'opposition juste, qui leur est & fera faite par le Roi ; qu'ils considerent ses forces & sa vertu, laquelle tôt ou tard demeurera, Dieu aidant, victorieuse.

Le plus expédient est, que ceux du Clergé de France disent au Pape ce que disoit saint Augustin à Secundinus, Manicheen : » Aies telle opinion de nous que tu voudras, ce nous est assez » que notre conscience ne nous accuse point devant les yeux » du Seigneur. *Lib.* 1 *contra Secundinum Manichæum* 1 , c. 1 1 » *quest. c. sent.* 1.

Ils peuvent (avec (1) Balde) *in l. Jurisjurandi C. de testib.* dire au Pape, que *salva sua Majestate,* il se peut aussi bien abuser en ses excommunications qu'un autre. Ce fait ne touche de plus près à autres qu'à l'Eglise Gallicane, *propterea esse debet ut quæ tota sustineat pondus & æstus diei.*

OR,voici ce qu'en général l'on peut remarquer contre les commonitoires de Grégoire ; reste de voir plus particulierement les nullités & injustices contenues en iceux.

---

(1) Pierre Balde , dit *Ubaldus* , ou *de Ubaldis* , de Perouse , Jurisconsulte des plus habiles, vivoit dans le 14e siecle. Il a eu entre ses Eleves , le Pape Gregoire XII, Pierre de Belfort , Cardinal, & autres personnes illustres.

De l'Hérétique: & si notre Roi est tel ? Plus, si pour Hérésie le Roi peut être excommunié du Pape?

La premiere nullité est , qu'il excommunie & condamne notre Roi, comme Hérétique, qui toutesfois ne l'est point, & lequel même (quand il seroit tel) ne peut pour cause d'héréfie être excommunié ni déjetté de son Roïaume.

Saint Augustin répondant (*Epist.* 162, 24 *quest. c. dixit Apostolus* 20) à la demande de Glorius Eleufius & autres (1), comment & de quels Hérétiques se devoit entendre ce passage de saint Paul à Tite : ʺ Rejette l'homme hérétique après la preʺ miere & seconde admonition ʺ, donne cette belle & sainte résolution. L'Apôtre, dit-il, a bien écrit telles choses. Mais ʺ ceux qui défendent leur opinion, quelque fausse & perverse ʺ qu'elle soit, sans pertinacité & animosité, qui principalement ʺ ont pris une telle opinion, non de leur propre & privée audace ʺ & présomption, mais de leurs peres séduits & tombés en erʺ reur, & qui cherchent prudemment & soigneusement la véʺ rité, offrant de changer d'avis quand le contraire leur sera ʺ montré ; ceux - là ne doivent être mis au rang des Hérétiʺ ques (2).

Nous prendrons cette sentence de saint Augustin en cet argument, pour Majeure. Oïons la Mineure de ce Syllogisme.

Le Pape dit en un de ses commonitoires, que Henri Roi de Navarre, dès son premier âge a été infecté d'héréfie par feu sa mere & qu'il y a long-temps persévéré ; & en l'autre il dit : que le Roi Henri, dès son jeune âge a été corrompu par la mauvaise instruction de sa mere hérétique. Je laisse maintenant faire la conclusion au Pape, si son esprit est capable de faire un syllogisme. Car de - là tout notoirement le Clergé de France peut voir qu'au dire & jugement de saint Augustin & de tous les Papes, qui ont jusqu'ici souffert que cette sentence fût insérée & mise au cours Canon & Droits des Papes, notre Roi n'est & ne doit être tenu pour

---

(1) Il faut, de Glorius, Eleufius & autres. On croit qu'ils étoient de la Ville de Tuburfique, situé entre Hippone & Constantine Eleufius avoit été Tribun à Thamugade , & il se convertit , comme quelques autres, à la lecture des Lettres que saint Augustin lui écrivit , de même qu'à Glorius, &c.

(2) C'est par ces paroles que saint Augustin commence sa Lettre à Glorius, & autres, à qui elle est adressée C'est aujourd'hui la 42e Lettre, dans l'Edition des Bénédictins.

Hérétique, & par conséquent que les vrais & naturels François doivent plutôt se tenir à cette sainte ordonnance & résolution de saint Augustin & autres Papes infinis en nombre que d'un seul Pape Gregoire, qui veut, contre l'autorité de ses Prédécesseurs, non-seulement tenir notre Roi pour hérétique, mais qui plus est, l'excommunier tant de l'Eglise que de son Roïaume.

Pour le second, est remarquable qu'en la susdite autorité il est dit, celui-là ne doit être tenu pour Hérétique, qui n'est *pertinax*, & qui demande d'être instruit. *S. Thomas* a tenu le même, *Secunda secundæ quest.* 11 *art,* 2, & avec lui tous les scholastiques, entre lesquels Astensis *in summa*, a bien su remarquer, que tout homme qui est dévoïé de la foi, n'est pas hérétique, mais seulement celui qui est dévoïé avec une pertinacité.

Alexandre de Alés, *Secunda secundæ Tit. de hæresi.* tient qu'il faut trois choses concurrentes en l'homme pour le qualifier hérétique ; c'est à savoir la crédulité en la partie raisonnable, la volonté en la partie concupiscibile, & la pertinacité en la partie irascible ; autrement, celui qui erre simplement en la foi n'est tenu pour hérétique principalement s'il se présente & offre d'entendre les raisons contraires, & de se corriger au cas qu'on lui montre son erreur. *Text. in c, dicit Apost.* 24 *quest.* 3 *&c. qui in Ecclesia, nec licuit ubi Gloss. distinct.* 17 *text. in cap, Hæc est fides* 24 *quest. c. damnamus, de summa Trinit. in verb. Pertinaciter.*

Hostiensis (1) dit le même, en la Somme qu'il a composée, *in verbo hæreticus.* Outre les scholiastiques, les Canonistes & les Docteurs civils tiennent le même, c'est à savoir, que l'hérésie est un dévoiement de la foi de Jesus-Christ & de la Religion Catholique, *cum pertinacia. Clement* 1. §. *porro de summa, & ibi Card. in pr. quest.* 2 *Clement* 1 §. *ult. de usuris. Panorm. in rubr. de sum. Trin. Isern. c.* 1 §. *quocunque. de consuetud. Orlandin tract. de Hæret. in pr. Johan. Andr. in cap. si diligenti de foro com. Felin in rubr. de Hæreticis & in c. qualiter de accusat.*

Voilà comment ils parlent proprement de l'hérésie. Et à ce, n'est contraire la Loi 2, *C. de Hæreticis*, en laquelle ceux-là sont dits être contenus sous le mot d'hérétiques, *qui vel levi argumento* sont dévoïés de la Religion Catholique, Car, comme Accurse a bien su remarquer en cet endroit, *leve argumen-*

(1) Ou le Cardinal d'Ostie, ou d'Ostia. On en a parlé plus haut.

tum ne signifie pas une preuve telle quelle, mais un des moindres articles de foi, lequel ne doit être ignoré de pas un ; & pourtant le même Accurse ajoute que celui-là est hérétique *qui pertinaciter illud asserit* ; ce sont ses mots. Dont aussi Gratian, Valentinian & Théodose Empereurs, en la Loi 2. *C. de summ. Trin.* appellent l'hérésie *obstinatioris animi dementiam*

Pour le troisieme, saint Augustin *Lib. de utilitat. credend. c.* 1. 241 *& distinct.* 3 *c. hæreticus est.* 28, nous fournit d'une autre raison pertinente, par laquelle nous pouvons dire & assurer que notre Roi ne peut être qualifié hérétique. Celui-là, dit-il, est hérétique, qui introduit & suit des fausses & nouvelles opinions, pour acquerir par icelles des biens en ce monde & principalement de l'honneur & des principautés.

Si notre Roi eût voulu chercher la grandeur & la gloire de ce monde, des biens & des Roïaumes temporels, il ne lui falloit point être Hérétique, pour en avoir. Il fut maintenant possesseur paix & aise, s'il eût voulu reconnoître le Pape pour supérieur. Il pouvoit, aïant son Roïaume en paix, autant s'avancer ès biens de ce monde, que Prince qui porte aujourd'hui couronne sur la tête : rien ne l'a contraint de demeurer en cette Religion, que ceci qu'il croit & a toujours cru, que la Religion, en laquelle il a été instruit par feu sa mere, est la vraie, sinon que le Pape lui ait montré du contraire par bonnes & vives raisons des saintes Ecritures. Car le moïen de l'édifier & de l'instruire n'est point le glaive matériel, ains celui dont parle l'Apôtre, qui pénetre au dedans de l'esprit de l'homme.

Pour le quatrieme ; supposons qu'il fut hérétique, si est-ce encore qu'il n'est loisible ni au Pape ni aux Sujets & Vassaux du Roi se liguer contre lui pour le déjetter de son Roïaume. Et pour cet effet je leur veux spécifier les Empereurs, Princes & Rois Hérétiques, auxquels l'Eglise Orthodoxe, Catholique, voire même Romaine, a porté honneur, obéissance & révérence.

Je commencerai premierement par ceux qui ont fait acte d'Hérétique, & puis je viendrai particulierement à ceux qui l'ont été publiquement & ouvertement. Je commencerai donc par Constantin le Grand. Or, encore que je sache que le Pape & ses Conseillers trouveront ceci fort nouveau, si est-ce que je représenterai Constantin tel qu'on le trouve aux Histoires, sauf de me corriger quand l'on m'aura montré du contraire.

Pour commencer par cestui-ci, je ne demanderai point qui mouvoit l'Eglise de reconnoître Constantin pour Empereur, supposé qu'il n'étoit point né d'un vrai & légitime mariage : ains d'Helene, Concubine de Constantin (*Suidas* & *Eutrope*) En telle sorte que Constantius douta de le tenir pour fils, sinon après qu'il eut remarqué en lui, qu'il lui retiroit de visage, *Cassiodor*. Je ne leur demanderai non plus, qui mouvoit l'Eglise d'alors, de le reconnoître pour Empereur, lorsqu'il fit mourir son fils Crispus & Fausta sa propre femme ; & ce encore pour dépiter sa propre mere Helene, qui se lamentoit de ce que Constantin avoit fait mourir son propre fils Crispus. *Zosimus* (1) 3 *Evagr.* 40 *Suidas in voce Constantinus. Sext. Aur. Victor.* Passant de cettte cruauté à une avarice extrême, il imposa sur ses Sujets un tribut qu'il appella χρυσάργυρον, comme qui diroit or-argent, lequel il exigeoit non-seulement sur les ânes, chevaux, mulets & chiens ; mais encore sur les putains, paillardes, maquerelles & telles sortes de gens. Je m'assure tant sur la conscience de Grégoire Pape de Rome, que si notre Roi en avoit fait la vingtieme partie, il ne faudroit de le tenir pour tyran & excommunié. Je ne leur demanderai non plus, qui mouvoit tant d'Eglises, tant de Papes & Evêques Catholiques à le reconnoître Empereur de Rome, quand au commencement de son Empire & à la suasion de sa femme Fausta, , il demeura Païen & Idolâtre par plusieurs années. *Socrates lib.* 1, *c.* 1 *in fine.* Je ne leur demanderai non plus, pour quelle espece de Chrétiens les Orthodoxes pouvoient tenir Constantin, quand il ne se feroit fait baptiser qu'un peu de temps avant que mourir. *Euseb. lib.* 4 *de vita Constant. c.* 61, 62. *Theodoret* 1 *c.* 31. *Evagr. c.* 41. *Sozome* 2 *c.* 31.

Je sais bien qu'ils me répondront, que Constantin attendoit l'occasion de se faire baptiser au Fleuve du Jourdain, où il avoit entendu que Jesus-Christ avoit été autrefois baptisé ; mais j'ajoute & demande, si Constantin faisoit en cela acte de bon & vrai fidele, d'astreindre la vertu, force & efficace de son baptême aux eaux du fleuve du Jourdain ; car sans doute, s'il eût eu autant de foi que l'Eunuque (duquel est parlé aux Actes

---

(1) Zosime a trop pris à tâche de maltrai- / écrite par le Pere de Varenne, Théatin ; & zer Constantin. Ceux qui seroient curieux / sur-tout la Préface de cette Histoire. Ce n'est d'examiner les reproches que l'on fait ici à / point ici le lieu d'entrer dans une pareille cet Empereur, peuvent lire son Histoire, / discussion.

des Apôtres *ch.* 8 *v.* 36) il se fût fait baptiser à la premiere
eau qu'il eût trouvée.

Laissant toutes ces demandes & objections , je demande
maintenant, qui mouvoit Constantin aïant pris Licinius (son
Contendant à l'Empire, & qui plus est, son beau-frere , mari
de Constantia , sœur de Constantin) Idolâtre & persécuteur de
l'Eglise, de ne lui point ôter la vie comme à un Tyran & Ennemi conjuré des Chrétiens (supposé que nous sommes venus en
un temps auquel les Moines osent tuer & meurtrir leurs Rois du
mandement & consentement des Papes) , qui le mut au contraire de le traiter humainement & de lui donner pour demeure
la Ville de Thessalonique , à la charge d'y vivre en repos, sans
que Constantin le forçât en sa conscience & en sa Religion ? Je
sais bien que du depuis Constantin fit mourir Licinius (1) ; mais
j'ajoute que ce ne fut point pour être de contraire Religion à
la sienne , ains pour avoir contrevenu à la promesse qu'il avoit
faite à Constantin & s'être révolté. Il le fit mourir non comme
persécuteur de l'Eglise, mais comme rebelle Ligueur & pertur-
bateur du repos public; encore que Eutropius , *Lib.* 10. dise
que contre la foi & le serment qu'il lui avoit donné. Mais passons encore ceci sous silence. Que me diront-ils quand je leur
montrerai que Constantin permit & souffrit à sa sœur Constantia d'être Arriene ? *Rufin* , 1. 11. Et qu'ainsi soit , Constantin
étant venu voir & consoler sa sœur Constantia lorsqu'elle se
mouroit, Constantia entr'autres ses dernieres paroles , lui dit ,
qu'elle se sentoit mourir contente quant à sa personne ; mais
qu'elle étoit en peine du salut de Constantin, & qu'elle craignoit
qu'un jour l'Empire ne lui fût ôté , pource qu'il persécutoit une
Religion innocente, c'est-à-dire des Arriens, & pourtant qu'elle
le prioit instamment de croire, en un point & affaire de telle & si
grande conséquence , à un certain Prêtre Arrien qui étoit là présent. Quoi ! ce grand & religieux Constantin fit-il mettre sa sœur
Constantia ou ce Prêtre Arrien à l'Inquisition ? Tant s'en faut
qu'il fit état de la remontrance que lui avoit faite sa sœur Constantia , Arrienne , il révoqua par la persuasion de ce Prêtre Arrien
(dont je viens de parler) & fit venir en Cour l'Hérétique Arrius.

---

(1) Il n'est pas bien certain si ce fut Constantin qui fit mourir Licinius ; on trouva ce
Prince étranglé , & quelques Historiens
croient que ce furent quelques Soldats, à
qui il étoit odieux, qui s'étoient vengés
de lui par cette voie. Mais l'Auteur a raison
de dire que ce ne fut pas comme persécuteur de la Religion qu'il fut mis à mort,
quoique cette mort fût un juste châtiment
des maux qu'il avoit fait souffrir à ses
Sujets, & principalement aux Fideles.

Il permit qu'il diſputât contre les Catholiques. Il paſſa encore plus outre : car il chaſſa en exil le ſaint & catholique perſonnage Athanaſe, Evêque d'Alexandrie (1). *Theod. l c. 29, c. 22 & 23.* Quoi plus ? Conſtantin, proche de ſa mort, mit ſon teſtament en dépôt ès mains de ce même Prêtre Arrien, pour le remettre du depuis ès mains de ſon fils Conſtantius, qu'il ſavoit être Hérétique & Arrien (2). Par-là nous voïons que Conſtantin a préféré un Hérétique & Arrien à tout autant qu'il avoit de Prêtres & Evêques Catholiques. Je ſais bien que l'Hiſtorien Theodoret dit que Conſtantin fia ſon teſtament ès mains de ce Prêtre Hérétique, pource qu'il le connoiſſoit fidele & loïal. Mais de-là je retire deux points remarquables. Le premier eſt, que comme les Papes ont tenu juſqu'ici Conſtantin pour Prince très Chrétien, & néanmoins nous voïons qu'il a laiſſé vivre en ſes païs, voire même en ſa Cour & près de ſa perſonne, les Hérétiques & Arriens ; de même pouvons-nous vivre les uns avec les autres ſous un même Roi & même Prince, ſans que pour cela il nous faille couper la gorge pour le fait de la Religion. L'autre point eſt, que comme un Prince Chrétien a fait état d'un Prêtre Hérétique pour ſa fidélité & loïauté ; de même & à plus forte raiſon, un Sujet Catholique, Fidele & Chrétien, peut & doit converſer avec ſon Prince, quoiqu'il fut Hérétique, ſingulierement quand le Prince eſt conſtant & loïal en ſes paroles, & qu'il aime le Peuple & la Juſtice, voire quand par la vaillantiſe de ſa perſonne il donne manifeſte apparence de rétablir un jour l'ancienne ſplendeur de la Couronne.

J'ai dit aſſez de Conſtantin : je viens aux autres. Je demanderai maintenant qui a mu les Catholiques de reconnoître Jovian pour Empereur, lorſque ſi lâchement & avec un traité le plus infâme qui jamais advint à l'Empire de Rome, il céda là plus grande partie de l'Orient, & en conſéquence tant de ſaintes & grandes Egliſes qui y étoient, à un Sapores, Roi de Perſe, Idolâtre & perſécuteur d'Egliſe, ſinon que le devoir de la vraie Egliſe eſt d'obéir à ſon Prince, quoique même il amoindriſſe la grandeur, la paix & commodité des Egliſes ? *Ammian lib. 2, 5 (3).*

(1) Ces faits ont déshonoré Conſtantin, & l'Auteur ne pouvoit en faire un ſujet de louange

(2) Ruffin & Socrate le diſent : ce fait cependant eſt revoqué en doute ; & il ſeroit étonnant, s'il étoit vrai, que Saint Athanaſe ne l'eût pas ſu, & qu'il n'en eût rien dit.

(3) Il faut voir ſur ces faits, l'Hiſtoire de Jovien, ſi exactement & ſi élégamment écrite en notre langue, par M. l'Abbé de la Bletterie.

Qui a ému les Chrétiens & Catholiques d'obéir à Valentinian, lequel nous lifons n'avoir pas eu feulement en un même
temps deux femmes, mais qui pour couvrir fon vice fit une
loi, par laquelle il permettoit à chacun d'en avoir deux? *Paul.
Diacon. in Valentiniano & Valente. Zonaras tomo 3 in Valentiniano.*

Qui a mu l'Eglife de reconnoître Gratian pour Empereur,
vu qu'il nous confte que fa Cour étoit remplie de Sujets &
Princes Païens & Infideles, & notamment qu'il faifoit plus
d'état des Alains, Idolâtres qu'il avoit en fa Cour, que de tous
autres Sujets Catholiques qu'il eût? *Paul. Diacon. in vita Gra-
tiani.*

Le Pape voudroit-il dire qu'Honorius déchût de toutes fes
Seigneuries & Jurifdictions, pour avoir abandonné en premier
lieu les Gaules à Alaric, Prince & Hérétique Arrien; & en fecond lieu la Gaule Narbonnoife à Walia, Vifigot, qui faifoit profeffion de la même fecte & héréfie Arriene? Déchut-il
de l'Empire, quand il époufa les deux fœurs, c'eft à favoir
Marie & Thermantia, filles de Stillicon, Vandale & Arrien?
Diacon. (1) *in Arcad. & Honorio. Zonaras tom. 3 in Honor.*

Le jeune Theodofe a-t-il été excommunié par les Papes,
quand il confentit de païer fix mille livres comptant, dix mille
livres de tribut à un Païen, Attila Roi des Huns, pour le faire
retirer des terres de l'Empire? ou bien quand par Triquetius fon
Lieutenant, il abandonna & délaiffa une partie d'Afrique aux
Vandales, Hérétiques Arriens? *Paul. Diacon. lib. 4 in Arcad. &
Honorio.*

Voudroit-il dire que l'Empereur Zenon ait été excommunié
par les Papes, quand il abandonna l'Italie (oïez Papes de
Rome) à Theodoric, Roi Oftrogot, faifant profeffion de la
Doctrine d'Arrius, au cas qu'il la pût recouvrer de la main
d'Odoacer, Roi des Herules, qui l'avoit ravie & tenue quelque temps contre les Empereurs de Rome. *Diacon. lib. 6 in
Odoac.*

Dira-t-il que Juftin, pere du grand Juftinian, ait été excommunié quand il rendit & reftitua les Eglifes aux Hérétiques
Arriens d'Orient, les Eglifes, dis-je, que les Hérétiques avoient
auparavant ravies, violées & ufurpées fur les Orthodoxes & Catholiques? *Diacon. lib. in Juftin.*

Voudra-t-il dire que Jean, Pape de Rome, & les autres Evê-

____

(1) C'eft, Paul, Diacre

ques d'Italie ont été Hérétiques & Apostats de leur Religion, quand par un ambassade solemnel, ils prierent l'Empereur Justin de ce faire, ainsi que je dirai en une autre nullité? Mais que dira le Pape Gregoire de ce que je lui vai proposer? L'Empereur Maurice écrivant à Gregoire, Pape de Rome, surnommé le Grand, l'avoit qualifié en ses lettres 4 *Epist.* 95, & appellé fat & sot, l'accusant d'avoir été cause de la perte d'Italie, & que les Lombards & Nations Barbares s'en étoient emparés. Pour cela Gregoire, Pape de Rome, écrivant à Maurice & se complaignant à lui de ce qu'il l'avoit (comme dit est) qualifié fat, ne laisse néanmoins de l'appeller *Dominum*, voire même *piissimum Dominum suum*. Pour cela il ne laissa de prier Dieu pour la prospérité de l'Empereur Maurice, le suppliant au reste de ne point ajouter foi à Arnulphe & Leon ses accusateurs. De tous ces exemples, voici ce que nous pouvons retirer contre le Pape Gregoire.

Pour le premier, que pour sauver un Etat, un Empire & un Roïaume, & pour obvier à plus grands maux, & par ainsi pour n'arracher parmi la zizanie le bon bled, un Prince Orthodoxe peut souffrir un sujet ou compagnon Hérétique; qu'il peut leur abandonner quelques Villes, Provinces ou Places pour y faire leurs cérémonies; qu'il peut encore les admettre aux dignités, graces proches de sa personne, sans qu'il soit loisible aux Evêques de Rome de s'ingérer ou mettre le nez en telles affaires, moins encore de mettre le feu en une Province déja assez désolée de soi-même; comme étant les Princes & Rois temporels en telles occurences ceux à qui le fait touche de plus près, sans que les Evêques ou le Clergé doivent entreprendre de vouloir commander à ceux que Dieu leur a donnés pour supérieurs? étant assez aux Evêques & au Clergé, en tel cas, de vacquer diligemment aux choses spirituelles, jeûnes, & oraisons & amendemens de vie, attendant qu'il plaise à Dieu de réunir par sa bonté infinie un Peuple divisé en soi-même.

Pour le second, je retire de tous ces exemples, que comme un Prince (pour les causes que dessus) fait bien & sagement de supporter un compagnon Vassal & sujet Hérétique & se servir de lui pour le bien & conservation de son Etat; à plus forte raison un Sujet (de quelque grande qualité & condition qu'il soit) doit supporter son Prince, quoiqu'il fut vraiement Hérétique, sans vouloir, par une ligue & rebellion, être Roi de son Roi, étant chose certaine que Dieu a mis le glaive en la main des Rois & Princes de la terre, & qu'au contraire il ne l'a point baillé à un Sujet ou Populace.

Et puis enfin, quelle ânerie est-ce, de dire qu'un Peuple ne doive être forcé par un Prince en sa Religion, & cependant qu'il veuille forcer son Roi en la sienne? & non-seulement le forcer, mais le priver de ses Etats & Seigneuries?

Je viens maintenant au point & au but principal de ce traité, c'est-à-dire aux Princes qui ont été vraiement Hérétiques.

Je leur proposerai en premier lieu Constantius, fils du grand Constantin, Hérétique Arrien, & qui plus est, non-seulement Hérétique, mais extrême ennemi & persécuteur des Fideles & Catholiques.

Ne fut-ce point lui qui fit assembler le Concile de Tyr, auquel les Evêques Arriens condamnerent Saint Athanase, non-seulement comme Hérétique, mais comme un ruffien, paillard, meurtrier & magicien? *Rufin.* 1, *cap.* 16, 17, 18.

Ne fut-ce pas lui, qui cinq ans après la mort de feu son pere Constantin, fut présent au Concile d'Antioche, auquel Athanase fut derechef accusé d'avoir envahi l'Evêché d'Alexandrie? *Socrat.* 2 *hist. Ecclésiast.* 5.

Ne fut-ce point lui, sous lequel Athanase fut accusé d'avoir dérobé le bled, que l'Empereur Constantius avoit donné pour nourrir & alimenter les pauvres d'Alexandrie ; & fut contraint de se sauver à Rome vers le Pape Julius ? 2 *Socrat.* 130.

Ne fut-ce point lui, sous lequel trois ans après il se tint un Concile en Orient par les Arriens ; & onze ans après la mort de Constantin, les mêmes Arriens tinrent un Concile en Philippes, Ville de Thrace, auquel ils condamnerent le mot de *consubstantialité*, comme anathême, pendant qu'au même temps les Catholiques assemblerent en Sardice, Ville d'Illirie, leur Concile, par le consentement & autorité de Constans, Empereur d'Occident, frere de ce Constantius ? 2. *Socrat.* 15. & 16.

Voïons qu'il fit depuis la mort de son frere Constans & depuis les victoires qu'il eut ès Gaules, contre les Tyrans Magnentius, Decentius & Sylvanus, aïant établi & constitué pour Cesar, Gallus en l'Orient, & ès Gaules, Julian, ses cousins germains : car ce fut lors que Constantius persécuta les Eglises Orthodoxes, plus que devant.

Et qu'ainsi soit , il assembla un Concile en la Ville de Milan, où toutesfois il ne fut rien effectué pour la diversité d'opinions; qui fut cause que Constantius ordonna que le Concile œcumenique & universel se tiendroit à Rimini , où les Orthodoxes & Evêques Catholiques se montrerent si ignorans & si peu versés aux bonnes lettres , que leur étant demandé par les Evêques Ariens lequel des deux ils aimoient mieux recevoir & adorer ou le Homooufion , ou bien Christ , les pauvres Orthodoxes furent si dépourvus , dis-je , de bonnes lettres , que n'entendant point ce que vouloit dire ce mot Homooufion , ils le condamnerent comme un mot nouveau & inconnu ès écritures; & en outre déclarerent adorer Christ , & non le Homooufion ; & davantage que ce mot seroit raïé & biffé du Symbole de Nice. Là-dessus Constantius ordonna que Ursatius dresseroit un formulaire du Symbole fait à Rimini , & que ce formulaire seroit envoïé par toute l'Italie , avec charge expresse que tous les Evêques qui n'y voudroient souscrire , seroient démis de leurs Evêchés , & en leur place seroient mis & établis d'autres. Ursatius arrivé à Rome , dépose le Pape Liberius , & met en sa place Felix , Hérétique Arrien , lequel aïant été chassé par le Peuple , & Liberius révoqué , Ursatius s'en retourna en Orient ; où étant , il assembla de nouveau un Concile à Nice , Ville de Thrace , où furent confirmés les decrets du Concile susdit de Rimini , & d'iceux dressé un formulaire sous le nom du Concile de Nice , pour d'autant mieux éblouir les yeux des Orthodoxes , & leur faire prendre ce Symbole Arrien pour celui de Nice , en Bithinie , qui est le Symbole Catholique. *Socrat. l. 2 , 29. Rufin lib. 1 , 20 , 21.*

Peu après, l'Empereur Constantius, incité par l'Hérétique Macedonius , Archevêque de Constantinople , fit un Edit , par lequel il commandoit , ,, que les Eglises de ceux qui recevoient la ,, consubstantialité de Jesus-Christ avec le Pere (il entendoit les Orthodoxes d'une part , & les Hérétiques Novatiens d'autre part , qui s'étoient en cela unis & joints ensemble contre les Arriens) ,, fussent détruites,,. En l'exécution duquel Edit il survint de grands troubles , & furent commis une infinité de meurtres horribles. Ces choses étant ainsi passées, l'Empereur Constantius voulut derechef assembler un Concile Œcumenique en la Ville de Nicomedie, ce qui ne se put faire , pour le tremblement de terre qui y survint : comme aussi n'étant pas trouvé commode qu'il se tint à Nice, ni en Tarse de Cicilie : enfin il ordonna qu'il se tiendroit à Seleucie ,

Ville d'Ifaure. Là, après maintes grandes difputes, les Orthodoxes eurent le deffus. Pour cela l'Hérétique Acacius & fes complices ne fe rendirent point. Ils firent affembler un nouveau Concile à Conftantinople, de cinquante-un Evêques, où ils arrêterent que les decrets du Concile de Rimini feroient fuivis ; & en ce Concile Ulphilas, grand Evêque des Goths, s'y trouva, & le fouffigna avec les Hérétiques. 2 *Socrat.* 30, 31, 32, 33.

1591.

DÉFENSE DES ROIS ET DES EGLISES CONTRE ROME.

Je ne dirai point quel changement d'Evêque a fait cet Empereur Conftantius pendant qu'il a regné. Si dirai-je en paffant, qu'en parlant d'Athanafe avec Liberius, Evêque de Rome, il ne l'appelloit autrement que *impium, fceleftum, fceleratum,* ajoutant que les victoires contre Magnentius & Decentius ne lui pouvoient être fi agréables, comme lui feroit la dépofition du fcélérat Athanafe. Et de fait Saint Athanafe fut fi cruellement & de fi près perfécuté par cet Empereur Conftantius, qu'il fut contraint de fe cacher, & (qui eft prefque incredible) pour être mieux à couvert, de fe retirer en la maifon de la plus belle fille qui fut en Alexandrie, fans que perfonne fut où il étoit, & ce par l'efpace de fept ans, dont il commença de fortir lorfqu'il entendit la mort de cet Empereur Conftantius. 2 *Theodoret.* 15, 16. *Sozomen.* 5.

Tel fut cet Empereur envers Athanafe, lequel il defiroit être condamné auffi par le Pape Liberius, qui néanmoins fe montra fort conftant en cette affaire. *Ammia lib.* 14. Si eft-ce que par toutes fes cruautés & perfécutions, Liberius, Evêque de Rome, n'a jamais publié un Monitoire contre Conftantius, & ne l'a jamais déclaré être déchu *ipfo jure* de tous fes Etats : au contraire l'a toujours reconnu pour fon Prince & Seigneur. Les Conciles univerfels des Orthodoxes firent le même envers cet Empereur, ainfi que je ferai encore voir en une autre nullité.

Les Saints Peres & Evêques d'alors garderent la même modeftie 2 *Sozomen.* 32. jufques-là, que Cyrillus, Evêque de Jerufalem, Orthodoxe & Catholique, aïant été dépofé de fon Evêché en un Concile, appella du Concile à ce même Empereur Conftantius, fon fouverain & fuperieur, quoiqu'il fut Hérétique & Arrien. Acte, par lequel nous remarquons que ce n'eft de ce temps qu'il eft loifible d'appeller comme d'abus d'un Concile à fon fouverain Magiftrat & Seigneur, & que le Souverain, pour héréfie qui foit en lui, ne déchet de la jurifdiction, même fpirituelle qui lui appartient, comme à un Magiftrat, fur fes

Sujets les Evêques Orthodoxes & Catholiques. Ce que je prie d'être exactement considéré par le Clergé de France. Voilà quant au Clergé & Gens d'Eglise.

La Noblesse de Constantius (quelque Catholique qu'elle fut) ne laissa non plus de respecter son Prince, quoiqu'Hérétique & persécuteur de l'Eglise. Nous trouvons que cet Empereur a regné treize ans avec son frere, & depuis la mort d'icelui vingt-cinq ans, qui est en somme trente-huit ans, esquels nous ne trouvons point qu'un seul Gentilhomme, Prince, ou Communauté se soit élevé contre lui pour cause d'hérésie. 2 *Socrat. ult.*

Magnentius, & son frere Decentius & Sylvanus se révolterent véritablement ès Gaules ; mais ce fut l'ambition & convoitise de commander qui les fit soulever, & non la diversité de Religion. Et puis ils eurent telle fin qu'ils méritoient : car Magnentius se tua ; Decentius se pendit ; Sylvanus fut tué vingt-sept ou vingt-huit jours après qu'il eut accepté le titre d'Empereur. Nepotianus & Gallus, parens de Constantius, n'eurent pas un meilleur succès, car Nepotianus fut tué par Magnentius : Gallus fut décapité du commandement de Constantius. Quant à Vetranio, Constantius lui donna la vie, pource qu'il étoit fort âgé & presque radoteux. Si la Noblesse Orthodoxe fit honneur à Constantius pendant sa vie, elle ne lui en fit pas moins après sa mort, & qu'ainsi soit, Constantius mort, Jovian, Seigneur Orthodoxe Catholique, fut délégué de la Noblesse pour accompagner & conduire son corps jusqu'à Constantinople, & lui faire ses obseques & funérailles. 2 *Socrat.* 27 *Sext. Ruff, Eutrop. liv.* 10. *Sex. Aurel. Vict, in histor. antiqua. Ammian.* 21 *in fine.*

Le Tiers-Etat, les Parlemens, Gens de Justice & corps de Ville, ne furent pas moins obéissants à cet Empereur Arrien, qu'a été le Clergé & la Noblesse. Ce qui se peut amplement vérifier, tant par les Edits & Ordonnances qui nous restent de cet Empereur, que par les Officiers qu'il auroit établis au régime & gouvernement de la Justice, & notamment de la Ville de Rome, en laquelle nous trouvons qu'il auroit établi pour Gouverneurs & Prevôts de la Ville Orphitus, & après celui-ci Leontinus (du vivant de Liberius, Evêque de Rome,) homme sévere & cruel, sous lequel fut apporté d'Egypte le grand Obelisque, qui avec grands coûts & dépens, fut mis & posé au grand Cirque de Rome. Depuis, Bassus fut Prevôt de Rome, & après son décès, Artemius fut élu Vicaire de Rome, & derechef après

celui-ci

celui-ci Tertullus fut Prevôt, lequel je trouve avoir été Païen
& Idolâtre. Car comme il fut survenu à Rome une grande faute
de vivres, & que le Peuple s'en prenoit à lui, il lui remontra
que ce n'étoit sa faute, & qu'au reste il avoit tel espoir aux Dieux,
qui avoient jusques-là maintenu & augmenté Rome, que bien-
tôt le peuple connoîtroit l'assistance des Dieux. Là-dessus Tertullus aïant fait quelques sacrifices en la Ville d'Ostie au Temple de
Castor & Pollux, la tourmente s'appaisa sur la mer, & survenant
un vent à souhait, les navires arriverent à bon port, pleins de
toutes sortes de vivres. Depuis celui-ci, Maximus fut Prevôt de
la Ville de Rome, sous lequel y eut abondance de vivres. J'obmets de réciter les Consuls & les autres Gouverneurs qui furent
mis ès Provinces, & particulierement en notre Ville de Paris,
par cet Empereur. *Ammian. l.* 14, 15, 17, 21.

Tant y a que nous connoissons par-là qu'un Empereur ne déchet pas de son Empire pour être Hérétique. Nous apprenons
encore que les Evêques de Rome n'ont joui ni possedé icelle du
vivant des enfans de Constantin; ce que vraisemblablement ils
eussent fait, si tant est que Constantin (comme ils disent) eut
donné Rome en propriété aux Evêques d'icelle. Dumoins les
Papes eussent fait quelque proteste contre les Prevôts & Gouverneurs de Rome établis par l'Empereur Constantius, pour la
conservation de leur droit à l'avenir. Nous retirons encore de
ce que dessus, que les Papes n'ont point fait difficulté de rendre
obéïssance aux Gouverneurs, mêmes Idolâtres, que les Empereurs Hérétiques leur baillent. Ceci soit dit de Constantin
Arrien.

Je viens à l'Empereur Valens, lequel fut infecté de la même
héréfie Arrienne, à laquelle il se rangea pour avoir été baptisé
par Eudoxius, Evêque Arrien. 4 *Socrat.* 1 *Paul. Diacon. in Valentiniano & Valente.*

Entr'autres faits de Valens, celui-ci est notable, c'est que non-
seulement il persécuta les Orthodoxes en général, mais particulierement les Moines, en ce qu'il fit un Edit, par lequel il
commandoit ,, que tous Moines eussent à retourner en leurs
,, Villes pour y rendre le devoir, tant aux affaires de la Justice,
,, qu'ès corps & maisons de Ville pour la police '', dont ils se
vouloient exempter, sous prétexte de leur feinte Religion & so-
litude. La peine qu'il mit sur ces pauvres Moines, fut ,, que ceux
,, qui seroient trouvés contrevenir à son Edit, eussent les étri-
,, vieres ''. Cet Edit fut virilement exécuté par les Gouverneurs

d'Egypte, d'autant que c'étoit le païs auquel cette espece de Moines s'étoit nichée à troupes à milliers plus qu'en autre Province. C'est aussi de ces gens dont parlent Valentinian & Valens au Code, en la loi *Quidam. C. de Decurionib. lib.* 10, adressé à Modestus, Maire ou Prevôt du Palais, en laquelle ces deux Princes appellent ces Moines, *Ignaviæ sectatores*, c'est-à-dire fainéants. Valens fit encore pis. Car comme les Goths, qui étoient lors Païens & Idolâtres, lui eussent demandé des Evêques Chrétiens pour être instruits en la Foi Catholique, Valens leur envoïa des Evêques Arriens, & fut cause que toute cette grande & populeuse Nation devint Arrienne & Hérétique, & par conséquent que l'Arrianisme fut planté ès Provinces du depuis conquises par les Goths ; c'est à savoir en la Thrace, Italie, la Gaule Aquitanique & Narbonoise, l'Espagne & l'Afrique. 4. *Socrat.* 19 *Paul. Diacon. in Valente solo. Paul. Diacon. Valent.* 7 *Sozomen.* 38. 4 *Socrat.* 27.

Les Villes encore lors furent tellement mêlées, qu'en une même Ville il se trouvoit un Evêque pour les Orthodoxes, & un autre pour les Arriens, chacun d'iceux s'attribuant le titre d'Evêque. Comme, pour exemple, en Alexandrie Athanase étoit Evêque des Catholiques. Lucius aussi étoit Evêque des Arriens, & après sa mort, un certain nommé George. En Antioche, ils étoient encore plus bigarrés ; car Euzoius étoit Evêque pour la faction Arrienne. Quant aux Consubstantialistes, (c'est-à-dire, ceux qui croïoient la consubstantialité du Fils de Dieu avec son Pere), les uns avoient pour Evêque Paulinus, les autres Meletius. En Constantinople, Eudoxius étoit Evêque des Arriens, & occupoit tous les Temples : au contraire, les Orthodoxes n'avoient qu'un petit Temple dedans la Ville où ils s'assembloient. *Socrat. lib.* 4. *c.* 1. 12. 16.

Les Macédoniens avoient par-tout leurs Temples, lesquels encore au point de la consubstantialité étoient joints avec les Orthodoxes contre les Arriens, en telle & si ferme union, que Liberius Evêque de Rome, répondant aux Lettres d'Eustathius, Theophilus & Sylvanus, Evêques & Hérétiques Macédoniens, ne fait conscience de les appeller *honoratissimos fratres, & Episcopos.* 4. *Socrat.* 11. J'obmets ici les autres persécutions faites & advenues sous cet Empereur, & de son commandement, par lesquelles il appert que non-feulement il étoit Hérétique, mais encore ennemi juré des Catholiques. Sous cet Empereur vivoit & florissoit Saint Basile, Grégoire Nazianzene (qui succéda à ſon Pere en ſon Evêché.) Athanaſe. Comme auſſi vivoient les deux Macaires, Paulus, Heraclides & pluſieurs autres ſaints perſonnages. 6. *Soʒomen.* 16. 6. *Soʒomen.* 17. 19. 20. En Occident vivoit Liberius Evêque de Rome, qui n'obmettoit choſe quelconque pour gagner Auxentius Evêque de Milan, Arrien, après la mort duquel, Saint Ambroiſe fut pourvu de l'Evêché. 6. *Soʒom.* 24.

Nous ne liſons point de tous ceux-ci, qu'ils aient publié des monitoires contre Valens, ou qu'ils aient armé les Sujets contre un tel Prince Hérétique : telle a été la modeſtie, la religion & ſainteté de ces perſonnages, ſur leſquels je prie le Clergé Eccléſiaſtique de France de prendre plutôt exemple, que d'ajouter foi aux commonitoires furieux de Grégoire, Pape de Rome ; cela ſoit dit de Valens.

Venons à Anaſtaſius Empereur Hérétique, lequel nous liſons avoir ſuivi l'héréſie & impiété d'Euthyches, c'eſt-à-dire, avoir nié qu'il y eût deux natures en Jeſus-Chriſt ; voilà pour un. En voici un autre, Hormiſdas, Pape de Rome, avoit envoïé vers cet Empereur un nommé Evodius Evêque, & avec lui quelques autres Députés pour tâcher à retirer l'Empereur de ſon opinion & héréſie. Quel traitement leur fit l'Empereur ? Il les chaſſa de la Cour ; il les fit mettre dedans un Navire à demirompu, leur faiſant défenſe de n'aborder en aucun Port de la Grece. *Paul. Diaco. in Anaſtaſ. lib.* 7. Voilà comment il traita les Légats & Députés du Pape. Quoi plus ? Il bannit Euphemius & Macedonius Patriarche de Conſtantinople, pource qu'il ne vouloit condamner le Concile de Chalcedonie, perſiſtant en cela de mal en pis en l'héréſie & ſecte d'Euthyches, Severus & Dioſcorus. *Zonaras tom.* 3. *in Anaſt.* Il voulut encore ajoûter au Symbole des Apôtres, que les Grecs appellent Triſagion, comme qui diroit trois fois ſaint : ces mots, *Qui crucifixus eſt pro nobis,* voulant par cela donner à entendre que la Déité de Jeſus-Chriſt avoit été auſſi bien crucifiée que ſon Humanité ; tel fut l'Empereur Anaſtaſe. Pour tel fut cet Empereur : oïez, oïez Papes de Rome ce que trois de vos Prédéceſſeurs ont fait à cet Empereur. Gelaſe premier, Pape de Rome, n'envoïa jamais contre lui une armée, moins jetta-t-il ſes commonitoires pour ſoulever les Sujets contre lui. Tant s'en faut, voici comme il lui récrit : ›› Très glorieux Fils, comme ›› je ſuis né Romain, ainſi je vous aime, honore, & reçois pour ›› Empereur Romain : *tom.* 2. *Concil. p.* 445, *a.* & après, *ibid.*

» *p.* 445, *b.* Ne vueillez, je vous prie, vous courroucer contre
» moi ; car voici l'amour que je vous porte : Je fouhaite que le
» Roïaume temporel que vous avez vous foit perpétuel ; & que,
» comme vous commandez au monde, vous puiffiez régner
» avec Jefus-Chrift. » Par-là, il fe voit que ceux, qui ont penfé
que Gelafe ait excommunié l'Empereur, fe trompent : de forte
que ce qui fe lit au chapitre *duo funt*, n'eft qu'une admonition
paternelle, & non une excommunication. *Platina in Gelafio* 1.
Fafcic. tempor. dift. 96. *c. duo funt.*

Anaftafe Pape, fuccéda à Gelafe. Quelques-uns ont écrit
qu'il auroit excommunié cet Empereur, mais cela fe réfute par
l'Epitre qu'il lui écrit : l'infcription eft telle ; *tom.* 2. *Concil. p.* 463.
& *feq.* A très glorieux & très clément fils Anaftafe Augufte Anaftafe
Evêque. La foufcription eft telle, le Dieu Tout-puiffant (très
glorieux, très debonnaire & toujours augufte Sire) conferve
en fa perpétuelle garde votre regne & fanté. Quant au fond
de la Lettre, le Pape parle ainfi : Je fupplie votre clémence ;
je vous fupplie très humblement : J'avertis votre férénité, très
glorieux & très debonnaire Fils Augufte ; votre très facrée
férénité fait. Voilà, en fomme, l'excommunication furieufe,
que le Pape Anaftafe jetta fur Anaftafe Empereur Hérétique.

Symmachus Pape, écrivant au même Empereur Anaftafe,
ufe de ces mots : *tom.* 2. *Concil. p.* 496. » Etant inftruit en la
» doctrine du Seigneur & des Apôtres, je mets en peine de ren-
» dre bénédictions à vos maudiffons, honneur à vos injures, &
» charité à la haine que vous me portez. » Je trouve que l'Empereur lui répondit en ces termes : *Fafcic. temp.* : Nous (pour être
Empereur) voulons comander, & non être commandés. Mais
qu'eft-ce encore que Juftinian appelle cet Empereur ; *divæ me-*
moriæ & divæ recordationis principem, l. ab Anaftafio Cod.
mandati. l. Legem. Anaftafii Cod. de bonis quæ liberis.

Je viens à l'Empereur Juftinian, très renommé, & tel reconnu
pour les Loix qu'il nous a laiffées ; lefquelles mêmes ont été
alléguées par les Papes, non comme autorités & témoignages
d'un homme particulier, mais comme Loix & Ordonnances
d'un vrai & légitime Empereur. Nous lifons, *Zonaras in Jufti-*
niano, qu'à la perfuafion de fa femme Theodora hérétique,
il tourmenta fon pauvre Peuple d'une infinité de tributs & de
fubfides : voire même qu'il auroit vendu fes Ordonnances &
la Juftice, occupé les biens de fes Sujets pour en bâtir des

Temples. Car s'il y eût jamais Prince qui ait bâti, c'a été celui-ci. *Evagrius 4. Hiſtor. 29. & Procopius lib. de ædificiis Juſtiniani. Cedrenus in Juſtiniano.* Qui me fait croire que toutes les Loix qu'il a faites contre les Grecs, Gentils & Hérétiques, ce n'a point été tant pour le zele qu'il portoit à la Religion, que pour avoir la confiſcation de leurs biens, & par ainſi moïen de bâtir ſes Temples & autres édifices. Outre tout ceci, nous liſons que Juſtinian a été hérétique, & en ſeroit venu là que de vouloir faire publier un Edit, par lequel il déclaroit que le Corps de Jeſus-Chriſt n'avoit ſouffert mort & paſſion, ni les autres accidens naturels & ordinaires à l'homme. Il voulut bannir à cette occaſion Anaſtaſe Evêque d'Antioche, qui le reprenoit. *Paul. Diacon. in Juſtinia.* Pour cela les huit Papes qui ont été de ſon temps, & ſingulierement les derniers, Agapetus, Silverius, Vigilius, Pelagius & Jean, du temps deſquels il fut Eutychien l'eſpace d'environ trente ans (car je trouve qu'il peut l'avoir été autant, quoique quelques-uns veuillent dire, que ſur la fin de ſes jours il fit profeſſion de cette héréſie), pour cela, dis-je, ces Papes ne l'ont jamais denié à Seigneur. *Zonaras in Juſtiniano.* Agapit Pape, fut même devers lui en Ambaſſade plaider la cauſe de l'hérétique Arrien & meurtrier Theodatus. Il fit enlever Silverius Pape, d'autant qu'il étoit accuſé d'avoir voulu trahir & livrer la Ville de Rome aux Goths d'Italie. Il fit enlever encore Vigilius Pape, pour n'avoir voulu réintégrer l'hérétique Antemius. *Joan. Stella. lib. 2. de vitis Pontif. Paul. Diacon. ibid.* Il eut pour femme Theodora, non-ſeulement hérétique, mais encore perſécutrice des Orthodoxes, laquelle nous ne trouvons point qu'il ait répudiée ; tant s'en faut, il confeſſe en ſes Novelles, *Novella ut judices ſine quoquo ſuffragio 85. 1.* avoir pris conſeil d'elle ès affaires même de Juſtice. Les Officiers de l'Empire étoient contraints de prêter pareil ſerment à l'Emperiere Theodora, *de Novella 8. Titul. 3. ibid. Jusjurandum quod præſtatur ab is qui adminiſtrationes ſuſcipiunt, &c.* qu'à Juſtinian. Pour tel qu'ait été cet Empereur, où eſt la ligue que le Clergé ait jamais faite contre Juſtinian ? Bélizaire & Narſes (quelques religieux Capitaines qu'ils fuſſent) ne lui ont-ils point conqueſté l'Italie & l'Afrique ? Tribonien a été ſon Chancelier. Les Parlemens & Senats d'Orient, Illirie, de Rome & d'Afrique, lui ont obéi, ils ont reçu ſes Magiſtrats, Loix & Ordonnances. Je laiſſe maintenant juger aux trois Etats de France, ce qu'ils doivent à notre Roi : puiſque

nous ne lifons point qu'en 38 ans, 7 mois & 13 jours, qu'a ré‑
gné Juftinian, fes Sujets fe foient élevés ou ligués contre lui. *Zo‑
naras in Juftiniano.*

Je viens à Juftin Curopalates, ou bien à Juftinian le jeune,
que nous lifons avoir été Hérétique Pélagien. *Paul. Diacon. in
Juftin. minore.*

Heraclius, Empereur, étoit Monothelite, c'eft‑à‑dire du
nombre & fecte des Hérétiques qui croïoient qu'en Chrift il
n'y avoit qu'une feule volonté & action. Cet Empereur avoit
été confirmé en cette héréfie par Sergius, Archevêque de Conf‑
tantinople, auquel mort il fubrogea Pierre, faifant profeffion
de la même héréfie. *Zonaras, Paul. Diacon.*

Conftant ou Conftantius, Empereur (petit‑fils d'Heraclius)
fut auffi Hérétique & Monothelite. Il fit mourir le très docte &
religieux Evêque Maximus. Il fit faifir & enchaîner Martin,
Pape de Rome, oïez Papes, lequel il rélégua en Ponte, où il
le fit mourir. Il en fit mourir encore beaucoup d'autres, pour
être contraires à fon héréfie. *Zonaras tom. 3 in Conftante nepote
Heracli. 1. Platina in Martino.* 1 *pag.* 39.

Jufqu'ici les Papes fe font portés modeftement envers leurs
Princes. Je dirai en autre endroit de quand ils ont commencé
leur tyrannie, & entrepris de fufciter les Sujets & Vaffaux con‑
tre leurs Souverains. Ce nous eft affez d'avoir montré qu'en l'ef‑
pace de fept cens ans & plus, les Papes ne fe font jamais ufurpé
& attribué cette puiffance, de fe liguer ou faire ligue contre
leurs Maîtres, moins encore d'entreprendre fur les Princes &
Rois de la terre & fur leur temporel.

*Des Relaps en héréfie : & fi notre Roi eft tel ? & encore qu'il
fût tel, à favoir s'il peut être excommunié par le Pape
& délaiffé de fes Sujets ?*

La deuxieme nullité eft, » qu'il condamne notre Roi comme
» relaps », qui toutesfois ne l'eft point. Et pour le mieux don‑
ner à entendre, je réciterai premierement les raifons, par lef‑
quelles notre Pape Gregoire veut qualifier d'un tel titre notre
Roi ; il dit donc en fes commonitoires que notre Roi étant venu
en âge de difcrétion, en laquelle il pouvoit difcerner le bien
d'avec le mal, après quelques difputes tenues contre les Ca‑
tholiques, auroit publiquement en la grande Eglife de Paris &
en la préfence du Roi, des Princes & Seigneurs du Roïaume,

1591.
DÉFENSE DES
ROIS ET DES
EGLISES CON-
TRE ROME.

abjuré l'héréſie en laquelle il avoit été nourri, & au contraire
juré la Religion Catholique. Plus, qu'il auroit encore demandé
abſolution à Gregoire XIII, pour lors Pape de Rome, & qu'à
icelui il auroit par ſes ambaſſadeurs offert obéiſſance ſolemnelle.
Que du depuis il ſe ſeroit départi de cette promeſſe, & auroit
violé ſa foi & perſécuté les Egliſes, & par conſéquent ſeroit relaps & retombé en héréſie.

Cette objection eſt de belle défaite ; mais ajoutons qu'elle eſt
ſubreptice & obreptice, & qu'il obmet la vérité du fait, c'eſt à
ſavoir la force qui fut faite lors à notre Roi. Chacun ſait le lâche tour qui lui fut joué en la Ville de Paris. Tous ſavent quel
meurtre & maſſacre fut celui de la Saint Barthelemi, & comme
la foi publique lui fut violée, tant pour le regard de ſa perſonne,
que de ſes Alliés, Gentilshommes & Serviteurs. Il vint à Paris
pour épouſer la ſœur du Roi Charles IX ; mais cela fait, on lui
tua traîtreuſement tous ceux qui l'avoient accompagné, & qui
faiſoient profeſſion de même Religion. Le même fut fait par
tous les endroits de la France ; les enfans pendans à la mamelle,
voire même ceux qui étoient dans le ventre de leur mere, ne furent point exceptés. Pour le regard de la perſonne de notre Roi,
chacun ſait comment il fut arrêté. C'eſt lors que l'on exigea de
lui les promeſſes deſquelles fait mention le Pape en ſes commonitoires. Le fait aïant été tel comme je viens de le poſer, en
quelle conſcience peut le Pape appeller notre Roi relaps & retombé en héréſie ?

Pour mieux lui faire entendre ceci, je dis qu'il faut ſuppoſer
en matiere de relaps trois temps pour le moins : c'eſt à ſavoir le
temps de l'héréſie, le temps de l'abjuration & le temps de la
rechute.

Quant au premier temps, nous avons montré ci-devant en la
premiere nullité, que par la réſolution de Saint Auguſtin, des
Papes, de Saint Thomas & des Scholaſtiques, des Docteurs &
Interprêtes du droit canon & civil, que notre Roi ne ſe peut
être dit ni qualifié Hérétique, & par ainſi défaillant ce premier
terme, il s'enſuit qu'il ne peut être dit relaps en héréſie, puiſqu'il ne ſe trouve jamais y avoir été enveloppé. Quant au ſecond
temps, qui eſt de l'abjuration faite par notre Roi, il faudroit
pour s'en vouloir ſervir valablement qu'elle eût été faite volontairement & ſans force. Or eſt-il que le Roi (par ce que j'ai montré
ci-deſſus) fit ſes déclarations au milieu des maſſacres, étant preſſé & forcé, tant par le Roi que par le Pape & ſes ſuppôts ; de-là

il s'enfuit que Gregoire ne se peut prévaloir de cette prétendue abjuration.

Les Docteurs tiennent que la force & violence peut être suffisamment prouvée par deux témoins, voire singuliers. Or combien y a-t-il de Nations qui peuvent témoigner de cette force ? Il ne faut autres témoins que le tableau du massacre que les Papes tiennent en leur Ville de Rome entre leurs plus précieux reliquaires. *Bald. in l. de quib. ff. de Legib, Innoc, in c. super hoc de rennunciat. Abbas in c. 1, quod metus causa & in disputat. incip. miles Astensis.*

De là je tire cette conséquence, que la force étant plus que vérifiée & prouvée ; tout autant de promesses que l'on auroit su lors tirer du Roi, sont nulles, inciviles, méchantes, injustes, illégitimes & de nul effet, lesquelles ne peuvent être alléguées par les Papes, qu'ils n'alléguent par même moïen leur propre honte & turpitude.

Jé conclus encore que le Roi sans aucune note & reproche se peut faire relever de telles déclarations. Le droit non-seulement Civil est pour lui, mais encore le droit Canon des Papes, *cap. ult. de appellat. c. 1. & poss. de his que vi metusve causa fiunt.*

Les Canonistes tiennent que le contrat est nul auquel le consentement a été prêté de force, si en icelui le consentement devoit être prêté volontairement & librement. Car encore que la volonté contrainte & forcée se puisse dire tellement quellement volonté ; toutesfois volonté forcée n'est point une volonté libre, & par ainsi défaut en icelle la qualité requise en la liberté, qui est de l'essence & substance du contrat & abjuration. *Panorm. in c. eum locum desponf. lib. 17. quæst. 1 g. merito.*

Et puis en matiere de confession, reconnoissance & telles œuvres (que les Scholastiques appellent à leur mode méritoires) le consentement doit être totalement libre & non forcé, ainsi que tiennent les Canonistes & Scholastiques. Cela fait que l'abjuration prétendue & alléguée par le Pape, ne lui peut servir en rien que ce soit pour convaincre notre Roi d'être relaps en héréfie.

Je ne dirai rien des decrets du Concile d'Ancyre, par lesquels ceux, qui pour crainte de perdre leur vie, avoient sacrifié aux Idoles, furent distingués de ceux qui volontairement avoient sacrifié, & par ainsi reçus promptement à la communion des

Fideles

Fideles, d'autant que ce qu'ils avoient fait avoit été fait par force. *Canon 6. Conci. Ancyran. tom. 1. Concil. p. 449. & apud Balfa-mon. c. 6 Synod. Ancyran. diftin. 50. paragrapho presbyterium 32. paragrapho ult.*

1591.
DÉFENSE DES
ROIS ET DES
EGLISES CON-
TRE ROME.

Saint Auguftin a raifon de dire, que nul d'entre les hommes ne fe peut vanter d'être fi vaillant & magnanime, qu'il faffe ce qu'il veut de fa chair & de fon corps. *lib. 1. de Civit. Dei. 18. 32. quæft. 5. c. Itane.*

Chacun fait jufqu'où fe peut étendre la force & la tyrannie des hommes.

Mais comme dedans un miroir, voïons-nous en S. Pierre, qui eft celui duquel les Papes, fur toute autre perfonne du monde, fe glorifient d'être fucceffeurs : une femme lui demandant s'il n'étoit pas des Difciples de Jefus-Chrift, il dit qu'il n'en étoit pas. Peu après quelqu'autres demanderent s'il n'étoit point des Difciples de Jefus-Chrift, il le nia derechef, & dit qu'il n'en étoit point. Derechef le coufin de celui auquel S. Pierre avoit abbatu l'oreille, lui difant ne t'ai-je pas vu au jardin avec lui ? tu es Galiléen : il le nia, & dit qu'il ne favoit ce que l'on vouloit dire.

Le Pape peut voir cet exemple comment peu de gens ont fait varier Saint Pierre. Qu'il ne faffe donc fonner fi haut ce qui avint lors à notre Roi, environné & détenu de tant d'ennemis. Ce qui eft avenu à Saint Pierre & à un prétendu Evêque de Rome, peut auffi bien avenir & être avenu à un Roi.

Mais qu'eft-ce que Saint Ambroife, au fermon foixante-quatorze qu'il a fait de la foi de Saint Pierre, dit que Saint Pierre devint plus fidele depuis qu'il eut pleuré & gémi fa faute, qu'il n'étoit auparavant, & qu'il reçut depuis plus de grace qu'il n'en avoit perdu ? Que le Pape encore fe fouvienne de ce que le même Saint Ambroife dit, que cela ne mérite d'être appellé crime, qui eft fait par force. *lib. 1. de Jacob. & vita beata. c. 3. 1.*

Les Docteurs tiennent que la crainte d'un Roi ufant de menaces & mettant à mort ceux qui ne veulent confentir à tout ce qu'il commande, eft excufable en celui qui lui obéit ; enforte qu'il peut être réintégré & reftitué, *tanquam adverfus juftum metum.* Le Docteur Balde même tient que les menaces des Grands font caufe fuffifante, *ad inducendum juftum metum. 1. non eft verifimile §. fi cuft. ff. quod metus cauf.* Or eft-il que chacun

Tome IV.   G g g

fait ce que le défunt Roi Charles IX fit à notre Roi en la journée
de S. Barthelemi.

Fait à ce que deſſus, que les Papes mêmes tiennent en leur
droit Canon, que le vœu qui a été fait par force & contrainte
n'oblige point celui qui l'a fait ; de maniere qu'un tel vœu ne
vaut même *ipſo jure*, ſans qu'il y faille aller par relief ou
autres tels remedes, *quæſt. t. 1. non eſt, c. licet. c. 1. 3. quod metus cauſa*.

Ne fait non plus pour le Pape, ce qu'il dit que notre Roi
auroit lors envoïé ſes Ambaſſadeurs vers le Pape Gregoire XIII,
pour lui jurer fidélité. Car je lui réponds que par la conſtitution
de Gregoire IX, il eſt expreſſément ordonné qu'un Procureur
doit être mis, établi & conſtitué *per eum qui plena gaudeat libertate*, autrement l'acte eſt nul, & ne ſe peut prévaloir la partie
adverſe de ce qui aura été fait & géré par un tel Procureur ou
ambaſſade. *Gregorius IX nobili viro Ubaldo civi Piſano, in c. ac-
cedent. 10. extr. de Procurat.* Par ainſi le Pape Gregoire voulant
ſe ſervir de la ſoumiſſion faite par les Ambaſſadeurs de notre
Roi, contrevient même aux ordonnances de ſes majeurs, ſuppoſé qu'il lui appert que le Roi fût forcé lors d'envoïer les ſuſdites ambaſſades, & qu'environné de tant de maſſacres, *non
poterat liber procuratorem liberè ordinare* ; qui ſont les mots
propres & formels dont uſe Gregoire IX en la ſuſdite conſtitution.

Ne fait non plus ce qu'il peut alléguer du ſerment prêté au
défunt Pape Gregoire XIII. Car en quelque ſorte que nous
prenions l'avis des Canoniſtes, ce ſerment ne peut obliger notre
Roi. Hoſtienſis, après Tancrenus, dit que le jurement qui a
été tiré par force & violence n'oblige en aucune façon celui qui
a juré. Alanus dit qu'un ſerment prêté par force, n'oblige celui
qui a juré, ſi lorſqu'il a juré il n'avoit volonté de le tenir. Un
autre dit qu'un jurement par force oblige véritablement celui
qui a juré ; mais il ajoute que celui qui tient un tel ſerment commet un péché veniel. Du moins, que ſi *non excuſat à tanto, excuſat à toto*, & qu'il ne mérite point une grande cenſure, *in
ſumm. tit. quod metus cau. §. in hac, argum. 22. quæſt. 4. Canon. inter cetera 31. quæſt. 2. c. Lotharius 15. quæſt. 6. c. 1.
per cap. 1. de obligat. per c. verum de jurejur. c. ſatis, quod metus
cauſa*.

Mais voïons un exemple ſignalé. Le Pape Paſchal II, aïant
été pris par l'Empereur Henri V, fut contraint d'avouer & confirmer par ſon ſerment toutes les inveſtitures qu'avoit faites l'Em-

perent. Paſchal fit depuis aſſembler un Concile à Rome, auquel
entr'autres choſes, il retracta ce qu'il avoit juré & promis à
Henri; juſques-là qu'il dit que tout ce qu'il avoit juré étoit mal
fait (1). Là-deſſus un Bruno, Evêque, aïant pris la parole : ſi ce
qu'a fait & juré le Pape, dit-il, eſt mal fait & contient héréſie, il s'enſuit que celui qui a juré telles choſes ſoit Hérétique.
Lors le Cajetan s'étant levé : comment, dit-il, oſes-tu bien en
plein Concile & en notre préſence appeller le Pape Hérétique ?
l'écrit & le ſerment qu'a fait le Pape eſt mal fait, mais il n'eſt
point Hérétique. Vous vous trompez vous-même, (dit un autre
Evêque) car je maintiens que ce que le Pape a fait & juré n'a
été mal fait, d'autant que c'eſt une choſe ſainte de délivrer le
Peuple de Dieu. Or eſt-il que le Pape Paſchal, parcequ'il a con-
tracté & accordé avec l'Empereur, a délivré l'Egliſe d'une perſécution ; & ſingulierement pour ce qui nous eſt commandé ès
ſaintes écritures de mettre notre vie pour nos freres Quoi que ce
fut, le Pape fut diſpenſé de ſon ſerment, & cela fait, il ſe mit
à jetter ſes excommunications ſur l'Empereur comme & plus
que devant. *Abbas Urſperg. anno* 1116. *Platina in Paſchal.* 11.
pag. 78. *a.*

Il ſe voit par ceci que les Papes ne veulent ſe tenir obligés
par un ſerment qu'ils auront prêté par force & contrainte. En
quelle conſcience doncques oſent-ils objecter à notre Roi une
promeſſe qu'il auroit faite par force ? Qu'y a-t-il plus inique
que ceci ? Paſchal ne voulut être perfide en ne tenant ſon ſerment qu'il avoit prêté à l'Empereur Henri ; Gregoire au contraire veut que Henri, Roi de France & de Navarre, ſoit obligé
par un ſerment fait & prêté par force, ou bien qu'il eſt & ſera
relaps. Telle eſt & a été la tyrannie des Papes.

Le Pape Vigilius I, pour parvenir au Papat, avoit volontairement & de propos délibéré promis à l'Emperiere (2) Theo-

---

(1) Paſchal II avoit été arrêté à Rome
par Henri V, le 12 de Fevrier de 1111 : il
recouvra la liberté le 9 Avril, en accordant
les inveſtitures à Henri, qu'il couronna
Empereur le même jour. Paſcal révoqua
ce privilége extorqué par force, l'année
ſuivante, dans un Concile qu'il tint le 18
Mars 1112 ; mais il refuſa d'excommunier
l'Empereur Henri. Ce privilége extorqué
par violence fut caſſé comme contenant,
» qu'un Evêque élu canoniquement par le
» Clergé & le Peuple, ne ſera point ſacré
» qu'il n'ait reçu auparavant l'inveſtiture
» du Roi «. Ce qui eſt, ajoute le Concile,
contre le ſaint Eſprit, & l'inſtitution canonique. Ce Concile étoit compoſé d'environ
cent Evêques.

(2) C'eſt, l'Impératrice. Ce qu'on dit ici
du Pape Vigile n'eſt nullement conſtaté ;
quoiqu'il ſoit vrai que ſa réputation ne ſoit
pas encore lavée des accuſations formées
contre lui, au ſujet de ſon entrée ſur le
Siége de Rome.

dora de s'unir avec l'Hérétique Anthemius (1). Que fit Vigilius, étant parvenu à cette dignité ? il ne tint point sa promesse, ajoutant pour raison que nul n'étoit obligé de garder un serment inique. *Platina in Vigilio* 1. *p.* 32. *b.* Et de fait il est ainsi : & à ce propos Saint Augustin dit que David fit bien de ne point tenir ce qu'il avoit témérairement juré de tuer Nabal. *Canon de sanctis* 22. *quæst.* 4. *c. quod David.* 3. *c. juravit David.* 4. Beda & la Glosse ordinaire disent le même. *Homilia* 44. *in Natal. Dom. & quæst.* 4. *c.* 6. *c.* 1. *in Matth.*

Car je ne veux entrer si avant de dire que *in malis promissis non est servanda fides;* ce que néanmoins a écrit Isidore, Evêque de Seville, & après lui les Papes. *lib.* 2. *Synonimis.* 22. *quæst.* 4. *c. in malis* 5.

Ce m'est assez que d'avoir montré la force & la contrainte qui fut faite lors à notre Roi. Cela suffise pour cette nullité.

Du Roi persécuteur de l'Eglise : & si un Prince, pour être tel, peut être excommunié & déjetté par ses Sujets & Vassaux Chrétiens, fideles & Orthodoxes ?

La troisieme nullité est, qu'il excommunie notre Roi, " comme persécuteur de l'Eglise ", qui toutesfois ne l'est point, & lequel encore ne pourroit & ne devroit être excommunié en cette forme, (c'est-à-dire déjetté de son Roïaume) supposé qu'il fût vraiement persécuteur de l'Eglise. Ceci se peut vérifier par les saintes Ecritures.

Achab fit pis en Israel que tous ceux qui avoient été devant lui. 1. *Reg.* 16, 17 & 18. Il prit à femme Jezabel, fille du Roi des Sidoniens. Il servit à Baal. Il mit à mort autant de Prophêtes du Seigneur qu'il en put trouver, tant lui que sa Jezabel. Néanmoins Elie, Prophête du Seigneur, doué de tant de puissances & de miracles, que même il disoit qu'il n'y auroit ni rosée ni pluie en Israel s'il ne le commandoit, parlant à Abdias, Maître d'Hôtel du Roi Achab ; Vas, dit-il, dis à ton Seigneur, voici Elie. Or faut-il noter que cet Abdias étoit fidele, & qui avoit caché les Saints Prophêtes, & les avoit préservés autant qu'il avoit pu de la fureur de Jezabel. Néanmoins

____

(1) Ce n'est point Anthémius, mais Anthime, Evêque de Trébisonde, qui fut fait Patriarche de Constantinople après la mort d'Epiphane, l'an 535. Au-dehors, il faisoit profession de la Foi Catholique ; mais il étoit Eutychien dans l'ame. Ce fut l'Impératrice Théodore, qui étoit dans les mêmes sentimens, qui se servit, pour le faire élire, du pouvoir qu'elle avoit sur l'esprit de Justinien.

voici Elie qui lui dit, dis à ton Seigneur. Qui montre que même les Prophêtes & la Noblesse fidele n'ont point tenu leurs Rois persécuteurs de l'Eglise, déchus de leur Roïaume *ipso jure*, pour leur persécution, comme veut dire & nous persuader le Pape Gregoire. Elie ne parle pas ainsi, quelque grand Prophête qu'il fût. Oüi ; mais Elie fit mourir les Prophêtes de Baal : il les fit mettre à mort par le Peuple. Il est vrai, mais ce fut par vocation particuliere & extraordinaire, qui ne peut être tirée en conséquence ni en exemple par personne qui soit, après qu'il eût montré au Peuple, par un miracle visible, & après avoir fait descendre le feu du Ciel, en témoignage que les Prophêtes de Baal étoient faux Prophêtes. Il faut encore ajouter qu'Achab ne s'opposa point à cette punition : Achab savoit bien ce qu'avoit fait Elie : il en porta les nouvelles à Jezabel. Ce ne fut point aussi lui qui menaça Elie de le faire mourir, mais ce fut Jezabel. Quoi que ce soit, Elie ne suscita point le peuple contre Achab ni Jezabel; tant s'en faut, il se met en fuite, il se retire au desert, il chemine quarante jours & quarante nuits jusqu'à ce qu'il fut parvenu en la montagne d'Oreb. Il lui prédit depuis bouche à bouche ce qu'il lui aviendroit, & à Jezabel sa femme & à toute sa race. Mais en cela il ne faisoit que prédire ce que l'esprit de Dieu lui faisoit entendre, sans se rendre ni mutin, ni rebelle, ni liguer contre son Prince. Je serois trop long si je voulois remarquer tout ce qui se pourroit recueillir du Vieux Testament, appartenant à cette question. Je passerai au Nouveau.

Saint Jean-Baptiste a été persécuté : Christ l'a été encore davantage : les Apôtres l'ont été de même : les premiers Papes (& en grand nombre) l'ont été jusques-là qu'ils y ont tous laissé la vie ; pour cela ils n'ont point dénié obéissance aux Princes qui les ont persécutés. Je me contenterai de représenter ici une insigne persécution, c'est à savoir celle qui a été sous Julian l'Apostat ; à celle fin que le Pape Gregoire connoisse que les causes qu'il prend pour fonder & colorer l'excommunication de notre Roi, sont injustes, déloïales & méchantes.

Chacun sait quelle a été l'instruction premiere de Julian, (1) & comme en l'Eglise Chrétienne il étoit Lecteur, l'office duquel étoit de lire aux jours des assemblées publiques, en plein Temple, & en la face de l'Eglise, les saintes Écritures. Nous lisons encore qu'il se fit raire (2) la tête, & qu'il contrefit le Moine pour per-

____

(1) Il s'agit ici de l'Empereur Julien, qu'on a surnommé l'Apostat.

(2) C'est-à-dire, raser.

suader d'autant mieux à l'Empereur Constantius qu'il ne devoit avoir aucune crainte de lui, comme aussi depuis étant Lieutenant Général des Gaules, & faisant sa résidence en la Ville de Paris, il entra au Temple des Chrétiens, pour d'autant mieux persuader à tous qu'il étoit bon Chrétien & Catholique. 3. *Theodoret. 2. 5. Sozomen. 2. Ammian. Marcell.* Tous savent encore comme étant parvenu au dégré de l'Empire, il se seroit révolté de la Foi & Religion Chrétienne, & auroit fait profession ouverte du Gentilisme ; & que pour la conservation & augmentation de la Religion des Gentils Idolâtres, il auroit dressé & fondé des Hôpitaux, Colleges & tels lieux de piété, à l'exemple & imitation des Chrétiens ; que passant outre il auroit persécuté outrageusement les Catholiques & Orthodoxes, jusqu'à ne les admettre aux dignités, voire même jusqu'à leur défendre d'apprendre & enseigner les bonnes lettres. Je ne répéterai point ici le nombre des Martyrs qui ont souffert la mort sous cet Empereur, & comment lui étant d'esprit sublime, fin & rusé, en ses persécutions fit pis par son astuce, que si à feu & à sang il eût persécuté continuellement l'Eglise. *Julian. in epist. ad Urtium Pontif. Galatiæ. Ammian. lib. 25.* Pour tout cela je ne vois point en tout son Empire un seul Chrétien qui ait fait ligue ou monople (1) contre lui. Je vois bien quelques libelles (2), quelques paroles & complaintes des Chrétiens, mais je ne vois aucune révolte ou ligue.

Saint Athanase vivoit de son temps, Evêque d'Alexandrie ; Meletius étoit Evêque d'Antioche ; Saint Babilias (3) & autres florissoient parmi l'Orient ; Felix étoit lors Evêque de Rome. Nul d'iceux (quelques saints Evêques & Zélateurs de la Foi Apostolique, Catholique & Romaine qu'ils aient été) n'y fait assemblée, ou convoque un Synode, pour déclarer Julian déchu de l'Empire. Je ne vois point que le Pape d'alors fît commandement au Clergé & à la Noblesse, Parlemens & autres Sujets de l'Empire, de se retirer de la sujetion & obéissance de Julian, Tant s'en faut qu'ils l'aient déjetté & méconnu en sa vie, qu'ils ont même retiré, enseveli & enterré son corps au Temple des saints Apôtres. Car voici comme en parle Jean, Evêque de Citre (4), sur les réponses à Constantin Cabazilas, Archevêque

---

(1) Monople, pour Monopole, qui signifie une Assemblée populaire, une cabale sécrete, qui se fait au désavantage de l'Etat. Ce mot est vieux en ce sens, qui n'a jamais été le sens propre.

(2) Le terme de *libelle* ne doit se prendre ici que pour *écrit*, en général.

(3) C'est, saint Babylas.

(4) C'est de Cirte, Ville de Numidie.

de Duraze (1). » Les sépultures, dit-il, des Empereurs & Rois » Infideles se trouvent, voire même en nos Temples. Pour exem- » ple, celle de Julian l'Apostat se trouve au Temple des saints » & bienheureux Apôtres, près de Constantinople, comme » aussi les sépultures d'autres tels Apostats & ennemis de notre » Foi se trouvent en plusieurs de nos Temples ». Voilà en brief l'honneur, le respect, la fidélité & la révérence que porta le Clergé Orthodoxe, Catholique & Chrétien à son Prince, Apostat & persécuteur horrible de l'Eglise.

Voïons quelle fut la Noblesse Chrétienne sous cetui-ci même, & montrons que l'opinion de Saint Thomas est fausse, quand il dit qu'en ce temps-là l'Eglise en son commencement n'avoit point la puissance de déjetter ses Princes & Empereurs, & qu'elle aima mieux lors obéir à Julian l'Apostat ès choses qui ne concernoient point la Foi ni la Religion, pour éviter, dit-il, un plus grand péril de la Foi, *Secunda secundæ, quæst.* 12. *art.* 2. Pour retourner à la Noblesse de Julian, nous trouvons que Valentinian, fils de Gratian, Maire du Palais, Tribun & Capitaine de la Bande ou Compagnie des Ecuïers, & qui depuis parvint à l'Empire, Prince très Chrétien, comme il se verra puis ci-après, n'a pas obéi quant à la Police & Etat à Julian son Prince Apostat, Idolâtre & Persécuteur de l'Eglise ; mais qui plus est, l'a suivi & accompagné jusqu'au dedans du Temple, où Julian l'Apostat, Idolâtre, alloit sacrifier à ses Idoles. Et entr'autres choses celle-ci est remarquable. 3. *Theodor.* 6. *Paul. Diacon. in Valentiniano & Valente.* Car comme Valentinian, en qualité de Capitaine des Gardes de Julian, marchoit devant son Maître & l'accompagnoit au Temple de la Déesse Fortune, (à laquelle Julian alloit faire ses offrandes & sacrifices) l'un des deux jetteurs d'eau benite (qui étoient à l'entrée du Temple çà & là) jetta de son eau benite sur Valentinian, qui lui donna du poing sur la joue, disant qu'avec son eau benite il ne l'avoit point purifié, mais souillé. Pour cette cause Julian voulut contraindre Valentinian, ou bien d'abjurer sa Religion Chrétienne, ou bien de quitter ses dignités : Valentinian aima mieux quitter ses dignités que de changer de Religion. Or étoit cela à mon avis un assez notable affront, à un tel & si puissant Courtisan que Valentinian, pour le rendre mal content, & de mal content, ligueur, supposé qu'il n'avoit faute lors de Chrétiens persécutés & mal contents. Et néanmoins nous ne voïons, ni pour le zele

(1) C'est Durazzo, dans l'Albanie, Province de Grece.

qu'il eût à la Religion Chrétienne, ni pour l'injure qu'il eut reçue de Julian, qu'il ait fait union offenſive ou défenſive
contre ſon Maître. Le reſte de la Nobleſſe Chrétienne ne fut
pas moins religieuſe envers cet Idolâtre. Car elle le ſuivit en ſon
expédition & guerre Perſique ; & entre toutes les Bandes & Troupes qui le ſuivirent, l'Hiſtorien Marcellin *lib.* 23. recommande
ſingulicrement les Troupes Gauloiſes. Depuis, étant advenu
que Julian mourut en cette guerre, la Nobleſſe délégua Procopius, *Ammia. lib.* 23 *&* 24. pour conduire & faire enterrer le
corps de Julian en Tarſe de Cilicie, ainſi que Julian avoit commandé, dont depuis il fut tranſporté en Conſtantinople au Temple des ſaints Apôtres, ainſi que j'ai dit ci-deſſus. Quoi davantage ? Juvian (1), ſucceſſeur de Julian, Juvian, dis-je, Empereur & recommandé par les nôtres pour Prince Orthodoxe &
Catholique, rebrouſſant ſon armée de Perſe, paſſant par la
Ville de Tarſe, fit enrichir & orner la ſépulture de Julian, quoiqu'il eût été Apoſtat & perſécuteur des Egliſes. *Ammian. lib.*
25. Ce ne ſuffit-il point au Pape Gregoire & à ceux qui le ſuivent ? qu'il liſe ce que Saint Ambroiſe nous a laiſſé par écrit
touchant la Nobleſſe & Milice Chrétienne de Julian, *quæſt.*
3, 1 *Julianus.* ” Julian l'Empereur, dit Saint Ambroiſe, encore
” qu'il fût Apoſtat, a eu néanmoins ſous ſoi des Gens de guerre
” Chrétiens, avancés dans les troupes pour la défenſe du païs,
” ils lui obéiſſoient „. Le même eſt confirmé par Saint Auguſtin,
in Pſalm. cujus autoritas refertur in c. Imperat. §. *Julian.* 11.
quæſt. 3 ” Julian, dit-il, a été Empereur Infidele ; n'a-t-il pas
” été Apoſtat, Perſécuteur & Idolâtre ? Et néanmoins les Sol-
” dats Chrétiens ont fait ſervice à ce Prince Infidele, Quant il
” étoit queſtion de Religion Chrétienne, ils ne reconnoiſſoient
” autre que celui qui eſt au Ciel : quand il leur commandoit d'a-
” dorer les Idoles & de leur offrir de l'encens, ils préféroient
” Dieu au commandement de Julian, Au reſte quand il leur di-
” ſoit avancez vos troupes, faites moi la guerre à un tel ou tel
” Païs, incontinent ils lui obéiſſoient. Ils mettoient différence
” entre le Seigneur éternel & le temporel, & néanmoins ils
” étoient ſujets à un Seigneur temporel, pour & à cauſe du Sei-
” gneur éternel „. Ces paſſages de S. Ambroiſe & S. Auguſtin,
tranſcrits & répetés même au droit canon des Papes, ſont évidens ; & m'émerveille, comme Gregoire, Evêque de Rome, a
été ſi oſé en ſon commonitoire de s'addreſſer à la Nobleſſe &

____

(1) C'eſt, Jovien,

Milice

Milice de France, vu que nous voïons par ces exemples que le Sujet, quelque homme de guerre qu'il foit, quelques troupes qu'il puiffe faire & mettre enfemble, ne doit fe liguer contre fon Prince, quoiqu'il foit Apoftat & perfécuteur de l'Eglife. Ceci foit dit pour la Nobleffe de Julian.

Voïons quels ont été les Gens de Juftice & les grands Parlemens de l'Empire envers lui. Nous trouvons que les Loix de Julian ont été reçues ès Sieges de Judicature. Theodofe & Juftinian, mêmes Empereurs, les ont avouées, puifqu'il les ont répétées en leurs Codes. Pour éviter prolixité, je renvoie ceux qui voudront dire du contraire aux Loix qui portent l'infcription de Julian. N'a-t-il point outre ceci établi fes Officiers ès Villes de l'Empire? Rome ne lui envoïa-t-elle point fes ambaffades & Députés, comme à fon fouverain Prince? Ne mit-il point en icelle Apronianus Prevôt & Gouverneur de la Ville? Ne mit-il point Octavian, Proconful en Afrique? Ne fit-il point Venuftus Lieutenant en Efpagne, & Rufinus Arabius Comte d'Orient? Salufte ne fut-il point fous lui Gouverneur & Lieutenant des Gaules : quelles marques veut-on plus grandes à un vrai & légitime Empereur que celles-ci? *Ammian. lib. 23. in prin.*

Pour mettre fin à cet Empereur, nous trouvons encore que les Empereurs Arcadius & Honorius l'ont appellé en leurs conftutions, *Divæ memoriæ Principem.* Mais peut-être que le Pape Gregoire dira que cet Empereur (dont j'ai parlé ci-devant) a été Idolâtre & non Hérétique. Et qu'un Hérétique étant pire qu'un Idolâtre, ce ne doit être de merveille s'il dit que l'Hérétique déchet de fa Roïauté pour être Hérétique, fuppofant que l'héréfie eft un péché plus déteftable que l'idolâtrie. C'eft où je l'attendois. Car felon fa doctrine il lui faudra dire d'orenavant que notre Roi de France (qu'il appelle Hérétique) fait pis en adorant un feul Dieu & Jefus-Chrift, que Julian n'a fait en adorant fes Idoles; & que lui Pape aimeroit beaucoup mieux fe mettre à facrifier des bœufs à des faux Dieux avec Julian, que d'adorer en efprit & en vérité un feul Dieu avec notre Roi, voire même il faudra qu'il dife qu'il aimeroit mieux adorer Venus, Priapus, Fortune & tels monftres avec Julian, que de mettre fon entiere efpérance en Jefus-Chrift, avec Henri de Bourbon, Roi de France & de Navarre. Voïons où l'ignorance & malice mene cet homme. Il faut qu'il confeffe que fa Religion a plus de conformité & correfpondance avec celle des Gentils

Tome IV. Hhh

1591.

DÉFENSE DES ROIS ET DES EGLISES CONTRE ROME.

qu'avec celle que Luther & Calvin ont annoncée de notre âge; s'il dit ou veut dire que l'héréfie eft pire que l'idolâtrie, & l'Hérétique plus déteftable que l'Idolâtre. Il diffimule que le Roi (qu'il appelle hérétique, impertinent & relaps) a une même fainte Ecriture que lui, même Loi, même Décalogue & Commandemens en l'Ecriture, même Foi & Symbole (1), même Priere & Oraifon du Seigneur. Il ne confidere point qu'il admet le Baptême & la fainte Cene. Nos Rois lui ont acquis le titre de très Chrétien pour avoir vindiqué les Papes & l'Italie de la fervitude des Lombars; plus pour avoir délivré de la main des Infideles Jérufalem, la Paleftine & la Terre Sainte. Ne pourronsnous pas donc & à meilleur titre, dire affurément notre Roi être très Chrétien, quand nous voïons qu'il vindique à Jefus-Chrift, qu'il foit l'unique Roi, Légiflateur, Prophete, Interceffeur & Médiateur de l'Eglife? Quelles marques faut-il davantage à un Roi très Chrétien & très Catholique, que celles-ci.

Or je ne veux pour le préfent (& pour autres refpects) entrer avant en matiere, & montrer particulierement la juftice de la foi & religion de mon Prince. Je reprendrai mon repos, concernant la comparaifon de l'Idolatrie & l'Hérétique, & dirai que puis qu'au dire du Pape Gregoire l'Hérétique eft pire que l'Idolâtre, il faut qu'ouvertement il déclare qu'il aimeroit beaucoup mieux faire profeffion du Gentilifme, & être Idolâtre avec Julian, que de croire ce que tient & croit notre Roi, à jamais très illuftre; ou bien préférant la doctrine, la foi & la vie de notre Roi à celle de Julian, il faut par néceffité qu'il confeffe qu'un Roi Hérétique, non perfécuteur & violent, mais paifible, déchet moins de fon Roïaume, pour l'héréfie, que Julian l'Apoftat pour fon idolatrie & perfécution; & de-là, il faut qu'il confeffe que fi l'Eglife Orthodoxe, Chrétienne & Catholique, a bien obéi à Julian Apoftat, Idolâtre & ennemi conjuré de l'Eglife, à plus forte raifon l'Eglife, le Clergé, la Nobleffe & les Parlemens de France doivent tout honneur, obéiffance & fujetion à leur Roi, quoique le Pape le tienne pour Hérétique, qui n'eft tel, Dieu mercie, ni Idolatre, ni perfécuteur des Evê-

---

(1) Cela n'étoit pas vrai avant l'abjuration de Henri IV. Il n'avoit pas la même foi que l'Eglife Catholique, ni le même Symbole, puifqu'il ne croïoit, ni ne profeffoit tout ce que l'Eglife croit & profeffe. La foi n'eft pas réduite au Baptême, & à ce que l'Auteur entend par la *fainte Cene*, qui dans le langage des Proteftans, exclut la préfence réelle de Jefus Chrift dans l'Eucharistie.

ques & Clergé de France, ainsi que peuvent testifier ceux qui suivent son parti.

Qu'il ne dise point, que tout Hérétique est persécuteur de l'Eglise, & que l'Eglise ne peut être sous un Persécuteur. Nous n'avons que faire d'entrer en ces présomptions cérébrines (1) & ombrageuses, quand nous voïons par expérience qu'il advient du contraire. En veut-il des exemples en l'antiquité? Sous l'Empereur Constantius hérétique, les Orthodoxes n'ont-ils point eu leurs Temples & Assemblées? N'ont-ils point tenu des Conciles au vu, au su, & par la permission de Constantius? Le même n'a-t-il point été sous Valens & autres Empereurs hérétiques? *Diac. in Arcadio & Honor. &c.* Je viens aux plus Barbares. Alaric, aïant pris Rome, n'épargna-t-il point les Temples & ceux qui s'étoient retirés dedans? Genseric, Wandale & Arrien, s'abstint de tuer, & de brûler Rome, & se contenta seulement des dépouilles d'icelle. Ricomer, Goth & Arrien, se comporta tellement ès combats qu'il eut dedans la Ville de Rome, que les deux tiers d'icelle où il habitoit, furent exceptés. Theodoric, Goth & Arrien, commanda absolument à Rome; il y établit ses Officiers, il carressa le Senat & le Peuple autant ou plus que jamais Constantin & ses successeurs: il embellit la Ville d'édifices, voire toute l'Italie: il donna aux pauvres Bourgeois de Rome deux mille muids de bled par chacun an. Le même (au schisme avenu entre Symmachus & Laurent Evêques de Rome, & la Ville étant partie (2) en deux, au moïen des brigues d'une part & d'autre, jusqu'à des meurtres qui se commettoient à cette occasion) vint en personne à Rome, quelqu'Arrien qu'il fût. Il fit tenir un Synode (3) où Symachus fut élu Evêque de Rome, & donna en récompense à Laurent l'Evêché de Nurcie (4). *Paul. Diac. 6. in Odoacro, in Anastaf. Aquilegion. lib.* 10. *in Anastaf.*

Nous lisons même aux tomes des Conciles, que le Synode, duquel je viens de parler, fut tenu *sub Theodorico Rege ex præcepto gloriosiss. Regis Theodoric.* là où même il est qualifié,

---

(1) Qu'on s'imagine, produites par la fantaisie; de *cerebrum*, tête, cervelle.

(2) Symmaque, né en Sardaigne, Diacre de l'Eglise de Rome, fut ordonné Pape le 22 de Novembre 498. Le Patrice Festus, pour parvenir à son but de faire souscrire l'Hénotique, fit ordonner l'Archi-Prêtre Laurent, ce qui causa un Schisme. L'affaire portée au jugement de Théodoric, il prononça ce qu'on rapporte ici. Symmaque mourut le 19 de Juillet de l'an 514.

(3) Ce Synode est celui de l'an 500.

(4) C'est l'Evêché de Nocera. Ce fut moins *en récompense*, que Laurent eut cet Evêché, que pour faire cesser le Schisme.

piiſſimus & bonæ converſationis affectum habens. Voilà quant à
Theodoric.

Totilas, Goth & Arrien, ſe comporta avec les Romains,
ainſi que fait un pere avec ſes enfans. *Paul. Diac. in Juſtin.* 7.
Alboin Roi des Lombards, aïant conquêté la meilleure partie
d'Italie, fut rendu doux & traitable, tant à ſes Sujets qu'à ſes
Voiſins, par les remontrances de Paul, Patriarche d'Aquilée, &
de Felix, Evêque de Treviſe. Le temps me défaudroit ſi je voulois inſiſter plus avant ſur cette matiere. Qu'il ſuffiſe au Pape,
que Jeſus-Chriſt a prédit à l'Egliſe qu'elle auroit des perſécutions & qu'il n'appartient point aux Chrétiens de s'imaginer ici-
bas un Paradis de Mahomet, plein de voluptés & de plaiſirs;
qu'il ſe ſouvienne que l'Egliſe ne peut dire avec la paillarde,
dont eſt fait mention en l'Apocalypſe, *ſedeo Regina, vidua
non ſum, luctum non video.* Mais enfin quelle inconſidération
eſt-ce de ſe plaindre des perſécutions & néanmoins publier la
guerre par tous les endroits de la France, laquelle nous ôte
le repos & la tranquillité, que les Egliſes pourroient avoir
deſſous le paiſible gouvernement d'un Prince tel que le nôtre?
De-là nous concluons que pour ce regard, l'excommunication
du Pape eſt nulle, incivile & de nul effet, puiſqu'il appert
que notre Roi n'eſt ni perſécuteur des Egliſes Catholiques,
ainſi que peut avoir appris, connu & entendu le Pape Gregoire,
des Cardinaux, Archevêques, Evêques, Abbés & autres Prélats qui ſuivent le parti de leur Roi, ni déjectable de ſon Roïaume, encore qu'il fût tel.

Du Pape Juge en ſa cauſe; & s'il peut, étant partie formelle au Roi, l'excommunier & déjetter de ſa Royauté?

La quatrieme nullité eſt, que le Pape excommuniant ainſi
notre Roi pour cauſe d'héréſie, veut & s'ingere de juger en ſa
cauſe, ſuppoſe que le Roi ſe prend à partie, & qu'à l'exemple de ſes ancêtres & prédéceſſeurs Rois, il maintient n'appartenir à un Pape de déjetter les Rois de leur temporalité &
de faire rebeller leurs Sujets. Il peut auſſi ſavoir combien d'articles différens le Roi & ceux qui le ſuivent, préſentent à
l'Egliſe univerſelle contre le Pape, tant contre ſa puiſſance
qu'il a uſurpée en l'Egliſe de Dieu ſur les autres Evêques,
ſiens compagnons & confreres, qu'en beaucoup d'autres points
concernans les héréſies qui n'ont jamais été traitées ci-devant

aux Conciles, comme l'on fera apparoir par le menu. Qui fait
que le Pape s'étant ingéré de condamner notre Roi, après qu'il
a été pris à partie, veut, contre tout droit & équité, même
contre le droit des Papes ses prédécesseurs, juger sa cause.

Qu'il soit ainsi, voici comme les Empereurs Valens, Gratian & Valentinian (autresfois Maîtres & Supérieurs de Rome,
& par conséquent des Papes) parlent en leurs Edits. *l. un. c.
ne quis in sua cauf. jud.* nous commandons par cet Edit général, que nul ne soit juge, ou ose juger en sa cause, comme
étant chose du tout indigne & injuste de donner cette puissance à aucuns de juger en sa cause & en son fait propre. Cette regle est tellement vraie, que même une partie ne peut se
priver & renoncer à cette exception, *Tu as jugé en ta cause*,
ainsi qu'Accurse plus amplement a noté sur le code, ajoutant
pour confirmation de son dire, cette raison, c'est à savoir,
que nul ne peut renoncer à ce que le droit défend. *l. c. in fin.
C. ne fidejuff dot. dent.*

Or, si cela est vrai par le Droit civil, il ne l'est pas moins
par le Droit des Papes. Car, voici comme Fabian Pape écrit
aux Evêques d'Orient, *Ep.* 1. 4. *queft.* 4. *c.* 1. Nul, dit-il,
n'entreprenne & soit si hardi d'être accusateur, juge & témoin
tout ensemble, d'autant qu'en tout jugement il est nécessaire
qu'il y ait toujours quatre personnes, c'est à savoir des Juges
qui usent d'équité en leurs sentences, des témoins qui soient
véritables en leur déposition, des accusateurs qui maintien-
tiennent en leur dire, & des défendeurs qui donnent & four-
nissent des défenses. Je demande maintenant au Pape, qui ont
été les accusateurs de notre Roi ? & outre iceux, qui ont été
les témoins ? Je demande quand, on a sommé notre Roi de
donner ses défenses ? Mais singulierement, comment & en quelle
équité peut juger le Pape en la cause où il est principale partie ? Le
Pape Damasus dit le même, qu'on ne peut être accusateur & juge
tout ensemble, ains que chacun se doit contenter d'être ou
accusateur ou juge seulement. 8. *epift.* 7, *queft.* 4, *c. nullus.*

Mais peut être que quelqu'un dira que cette regle n'a ni lieu
ni pouvoir en la personne des Papes. Tant s'en faut qu'il soit
ainsi, que l'Auteur même de la Glosse du cours du Droit Canon
reconnoît cette regle avoir lieu même sur les Papes. »Le Pape,
»dit-il, qui a quelqu'affaire avec autrui, ne peut être juge en
»sa cause, *Gloff. diftinct.* 16. *in c. consuetudo* 16. *in verb.
Ecclef.*

Mais outre ceci, voici un témoignage qui fermera la bouche à nos adverfaires. Le Pape Nicolas écrivant à l'Empereur Michel, *queſt. 6. C. ep. ſuſpecti.* 15. lui remontre qu'Ignace, Patriarche de Conftantinople avoit été mal excommunié, pourcequ'il avoit été condamné par des Juges, qui étoient ou ſes parties ou ſuſpects. Qu'en cela ils avoient contrevenu, premierement à la raiſon naturelle, qui nous enſeigne que l'on ne ſauroit faire plus grand plaiſir à un Ennemi, que de le faire juge de ſon adverſaire ; ſecondement, qu'ils avoient contrevenu au décret & au Canon premier du Concile de Conftantinople : plus à l'exemple d'Athanaſe, Evêque de Parene, lequel cité par trois fois par ſon Patriarche & n'y étant venu, fut finalement par lui condamné, dont (& pourceque le ſuſdit Patriarche lui étoit ennemi) il auroit appellé au premier Concile, qui fut celui de Chalcedonie. Que ſi cela avoit été trouvé injuſte en un Patriarche, qui avoit condamné Athanaſe ſon inférieur Evêque, duquel il étoit partie & ennemi, le même devoit être trouvé plus étrange en ceux de Conftantinople, qui avoient oſé excommunier leur propre Patriarche & Supérieur, & duquel ils étoient ennemis. Le Pape Nicolas paſſe plus outre, & prenant pour témoin de ſon dire, l'autorité du Pape Gelaſe, qui par ſes reſcrits auroit autrefois repris les Evêques de Conftantinople, lorſqu'ils s'en faiſoient croire pour le regard de leur autorité & puiſſance : Je leur demande, dit-il, où ils veulent que ce différend ſoit décidé? Sera-ce par eux, pour faire qu'ils ſoient & ennemis & témoins & juges tout enſemble? Or, eſt-il que les affaires du monde ne doivent point être commiſes à un tel jugement, combien moins donc les divines & eccléſiaſtiques. L'Empereur Juſtinian, dit-il, Prince très religieux, a bien ſu ordonner qu'il fût permis à un chacun de recuſer un Juge & d'avoir recours à un autre, Nature nous enſeigne même cela. S. Athanaſe a fait le même & a décliné les embûches que lui faiſoient ſes Ennemis. S. Jean Chryſoſtome refuſa de ſe trouver au Concile qui étoit aſſemblé contre lui. Or voilà ce que nous a laiſſé par écrit le Pape Nicolas, à l'exemple & inſtruction duquel nous demandons au Pape Gregoire ſi lui & les ſiens peuvent excommunier notre Roi, *ut iidem inimici ſint & teſtes, & judices.* Et là-deſſus nous lui oppoſons tout ce qu'auroit remontré le ſuſdit Pape Nicolas à l'Empereur Michel ; c'eſt à ſavoir, la raiſon naturelle, les Conciles, les Loix des Empereurs & les exemples des ſaints Athanaſe & Chryſoſtome.

Or, ce que deſſus eſt principalement vrai, lorſque l'affaire dont il s'agit eſt de conſéquence, comme l'a remarqué le Docteur Socinus en ſes regles, *reg.* 196 *&* 203. *arg.* 1. *Senatus conſulto ff. de offic. præſid.* mais ſingulierement ceci de vrai, lorſqu'on ſe veut ingérer de juger ſa partie adverſe, ſur laquelle l'on n'a aucune Juriſdiction, & que celui qui s'ingere de juger eſt pour juſtes cauſes recuſé & tenu Juge incompétent. Or, ferai-je ceci après apparoir, que les Rois de France ne ſont juſticiables des Papes, ſoit pour le ſpirituel & en ce qui concerne proprement l'excommunication, ſoit au temporel, ſur lequel le Pape n'a que voir. J'ai encore montré & montrerai ci-après par-tout ce diſcours que le Pape eſt plus ſuſpect en cette cauſe, & que notamment il eſt & doit être recuſé. Néanmoins en paſſant je lui veux faire toucher ceci au doigt. Le Pape ne peut nier les écrits, les complaintes & proteſtes que ceux qui ſont de même Religion que notre Roi, ont faits contre lui. Il ſait qu'il eſt pris à partie par eux. A quel titre donc ſe veut-il ingérer, de juger & excommunier notre Roi, ſinon qu'il veuille faire acte de témoin, partie & juge tout enſemble? L'on lui maintient qu'à faux titre il a occupé la Chaire de ſaint Pierre, & en outre la ſuperintendance ſur ſes freres; c'eſt à ſavoir ſur les autres Evêques de l'Egliſe. L'on lui maintient qu'il n'a rien que voir ſur la temporalité des Princes. L'on lui maintient qu'il y a beaucoup de choſes à réformer, tant en lui qu'en ſes membres, comme il appelle. Voilà la cauſe pour laquelle il excommunia notre Roi, ne ſe ſouvenant de ce que Gregoire (reprenant Januarius d'avoir excommunié un qui lui avoit dit une injure) nous a laiſſé par écrit: ,, Tu ne te ſou-,, viens point, dit-il, des choſes céleſtes, ains tu regardes ſeulement ,, les choſes d'en-bas, qui excommunies autrui pour t'avoir dit ,, une injure, & ce contre les regles ſaintes. *lib.* 2. *indict.* 10. *ep.* 34. 24. *queſt.* 4. *c. inter quærelas* 27.

Si peut être le Pape ne vouloit dire, que lui & ſes Prédéceſſeurs ont été & ſont inexcuſables: car je ne ſuis pas ignorant de cette belle ſentence de Boniface, rapportée dedans le Cours Canon, où il dit que le Pape devenant inutile & lâche, mene avec ſoi une troupe infinie d'ames à la gêne & aux enfers. Et néanmoins quel qu'il ſoit, nul vivant ne ſe doit ingérer de juger le Pape. *c. ſi Papa diſtin.* 40. *Naucler. general.* 26. Comme auſſi je ſais bien qu'ils révoquent en diſpute, à ſavoir, ſi un Pape entretenant la femme d'autrui, peut être accuſé d'adultere, &

& qu'ils en reviennent là, de dire, que quant à la femme elle peut être accusée, mais non quant au Pape, attendu sa sainteté. *Pileus Modicenfis quæstione 44. incipiente ; Rosella accufatur de adulterio commisso cum Romano Pontifice.*

Or, encore que cette premiere fentence montre affez d'elle-même, de quelle boutique elle eft fortie; fi eft-ce que je la vais montrer fauffe par leurs livres. Premierement je maintiens que le Pape peut errer en la foi & s'y méprendre ; car au paffage de Boniface fufmentionné, il eft expreffément dit, que le Pape ne peut être jugé par autrui, *nifi deprehendatur à fide devius.* Qu'il fe fouvienne encore que les Scribes & Pharifiens, Hérétiques & Perfécuteurs de Chrift, ont eu la féance en la Chaire de Moïfe. Qu'il ne dife point que la Chaire de faint Pierre a été en cela plus privilégiée que celle de Moife : & que Boniface aïant dit du Pape, *nifi deprehendatur à fide devius,* a ufé d'un fi, qui n'advient jamais ; confidéré que Chrift a prié pour la conftance & ftabilité de faint Pierre. Je ne veux que le Pape Gregoire, *lib. 9. epift. 39, 2. queft. 7. c. Petrus 40.* pour lui fermer la bouche : Pierre, dit-il, avoit reçu la puiffance du Roïaume, & néanmoins lui qui étoit le premier d'entre les Apôtres, a été auffi le premier duquel on s'eft plaint. Ne fe contente-t-il point de cette autorité ? Qu'il écoute donc faint Ambroife, *c. 5. Luc. 24. queft. 1. c. non turbas.* » La Navire, » dit-il, qui a dans foi faint Pierre, n'eft jamais troublée, mais » bien celui qui a dedans foi Judas ». Par là il montre que la Chaire de Rome peut auffi-tôt être fournie d'un Judas que d'un faint Pierre.

Je ne veux point ici entrer ès vies paffées des Papes, de peur qu'on ne penfe que j'en aie aux perfonnes & non à la chofe. Seulement lui dirai-je, que quelque Pape qu'il foit, il faut qu'il fe reconnoiffe fujet à péché & qu'il fe conféffe auffi-bien que les autres. *Martin de Cazariis. tract. de Cardinal. Voïez le Can. omnis utriufque Sexûs, de pœnit.* Joint qu'au Concile de Conftance, il fut nommément arrêté, qu'on pourroit dorénavant demander un Concile, toutesfois & quantes qu'il y auroit de néceffité de réformer l'Eglife *in capite & membris.* Tout cela montre, que le Pape aïant été pris à partie par ceux qui fuivent la Religion du Roi, n'a pu juger en cette caufe, moins encore excommunier (ainfi qu'il fait) notre Roi & ceux qui le fuivent, pour n'avoir jurifdiction fur eux, foit ecoléfiaftique ou temporelle.

Si

Si un Pape peut condamner ou excommunier un Roi, sans l'avoir cité, adjourné, & oui ses raisons & défenses?

La cinquieme nullité est, qu'il condamne & excommunie notre Roi sans l'avoir cité & entendu en ses défenses. Ulpian dit *L. inauditum filium 2. ff. ad L. Corn. de sicar.* qu'un pere ne peut tuer son fils, quelque grande que fut anciennement la puissance paternelle, sans premierement l'avoir oui en ses défenses & raisons. Je dis au semblable que le Pape, qui se qualifie Pere spirituel de toute l'Eglise, n'a pu ni du excommunier un tel Prince que le Roi de France, réputé & tenu ci-devant premier fils de l'Eglise, sans avoir entendu les motifs de sa foi. Les Païens mêmes ont bien connu qu'il n'est loisible à un Magistrat de châtier un Sujet sans l'avoir oui en ses excuses. *Cicero. 1. de legibus.* Combien donc moins le Pape peut excommunier un Roi de France, qui n'est ni son Vassal ni son Sujet? Seneque dit que l'on ne peut punir un traître sans l'avoir oui: *10. Controv. ult. cur me submoves (inquit) ante actionem, cum nec proditores inauditi pereant?* Le Pape Urbain (1) excommunia un Roi de Gallice avec tout son Diocese *quod provincia Episcopum inauditâ causâ in carcerem conjecisset. Plat. in Urban. 11.* Si mettre un Evêque en prison sans l'avoir oui en ses défenses mérite une excommunication, que doit mériter Gregoire, Pape de Rome, quand il excommunie & déjette de son Roïaume un Roi de France, sans avoir entendu ce qu'il veut dire, & quand par une telle excommunication, il met le feu & la guerre civile en tous les endroits du Roïaume? Ceux du Conseil de la Roue (2) de Rome reconnoissent en leurs décisions, que quand même il seroit question de condamner un Diable, si faudroit-il néanmoins auparavant l'ouir que de le condamner *decis. 364. incip. Cum jura. decis. 201. incip. Luet in causa in novis.* Ils se fondent sur ce que Dieu ne voulut condamner Adam, sans l'avoir premierement appellé & lui avoir dit: Où es-tu? Plus, qu'il fit le même envers Cain, quand il lui demanda: Où est ton frere Abel? Saint Paul demande à ses adversaires, s'il leur étoit loisible de le condamner sans l'avoir oui & lui avoir fait légitimement son procès *Act. 17, v. 27. c. 22. v. 25,* Que le Pape nous dise,

____

(1) C'est le Pape Urbain II, élu le 12 de Mars 1088, mort à Rome le 22 Juillet 1099.
(2) C'est le Conseil de la Rote.

quand, par qui & devant qui il a appellé & cité notre Roi ? L'a-t-il jamais appellé à un Concile ? Que dis-je, le lui a-t-il jamais voulu accorder ? Peut-il dire qu'il foit venu en France pour conférer avec lui ? Peut-il dire même, qu'il l'ait appellé à Rome pour rendre raifon de fa foi ? Mais pofons qu'il l'eut appellé à Rome; ne fait-il pas que ce lieu n'eft pas fûr pour un Roi de France ? Veut-il ignorer que les terres par lefquelles il lui conviendroit paffer lui font ennemies & conjurées ? Nous dirons donc ici au Pape, ce que le Pape Clément V dit au Concile de Vienne, pour & en la caufe de Robert Roi de Si-cile, *Clement. Paftorales 2. de fent. & re judicata.* L'Empereur Henri avoit condamné le Roi Robert abfent, d'avoir la tête tranchée. Le Pape Clement prenant la caufe du Roi Robert maintient en plein Concile, que cette fentence donnée par l'Empereur étoit nulle; premierement, pour avoir été rendue par un juge qui ne pouvoit être abordé fûrement par le Roi Robert ; fecondement, pour avoir été rendue en un lieu no-toirement fufpect ; troifiemement, pour avoir été donnée con-tre un abfent, non cité, non oui, & par conféquent non dé-fendu. Pour le dernier, qu'elle avoit été rendue fans avoir pris un bon & mûr confeil, ains précipitamment, & fur-tout en un crime de telle conféquence. Il n'y a pas une nullité ici, qui ne ferve au fait de notre Roi contre le Pape Gregoire. C'eft un Pape qui excommunie un Roi de France, auquel il ne peut avoir libre & fûr accès, les chemins lui font totalement fuf-pects & contraires ; il eft, lui abfent, non cité, non oui, non défendu, condamné : il s'agit de le priver du Roïaume, & néanmoins l'on entreprend de l'excommunier.

Barthole tient, qu'en toutes dépofitions que fait le Pape, il faut que *caufa fit vera & difcuffa*, autrement que la dépofi-tion qui eft faite par le Pape eft nulle. Il tient même que l'on peut en un tel cas fe défendre contre un Pape à main forte & armes ouvertes, *tit. de Pace Conftant. paragrapho in verb. Coronam fac. notat. extra de foro comp. & in c. cum fic c. fuper litteris de refcript. Innocentius in c. cum fuper de offic. de le-gation. cap. 1. paragrapho ulterius titul. de milite vafallo qui contumax.*

*Si un Pape peut excommunier un Roi ou Prince pour cause d'Hé-
résie, sans qu'au préalable le Roi ou Prince se soit confessé &
reconnu Hérétique, ou que véritablement il ait été convaincu
de fait, de droit ou de présomption?*

La sixieme nullité est, que le Pape excommunie norre Roi,
sans qu'il ait confessé être Hérétique, ou qu'il ait été convaincu
pour tel par aucune espece de notoriété de fait, de droit &
de présomption. Car voici ce que saint Augustin dit, *Homilia* 5 *de utilitate pœnitentiæ* & 21 *quest.* 1 *c.* 1. Nous ne pouvons, dit-il, condamner une personne, s'il n'est ou convaincu,
ou vraiement qu'il ait confessé le fait dont il est accusé. Et
en un autre endroit, *Homil. de pœnitent.* 50, *c.* 12 *& 2 quest.*
1 *c. multi* 16. nous ne pouvons défendre la Communion à
quelqu'un (jaçoit que cette défense ne soit mortelle, ains serve
de médecine & de remede) s'il n'a bien confessé, ou bien s'il
n'est convaincu par-devant le Juge séculier ou ecclésiastique.

Gratian dit encore le même: nul ne peut être condamné
ni excommunié, sinon qu'il ait judiciairement confessé le fait
& crime duquel il est accusé ou qu'il ait été convaincu 24 *quest.*
1. *in prin.* Innocent III écrivant aux Patriarches de Constantinople dit, qu'il ne peut condamner un qui n'a jamais été cité,
ni convaincu, ni absent, ni contumacé, *c. inter quatuor* 8.
extr. de maior. & obedient.

Que le Pape dise maintenant, où, quand & par-devant qui
notre Roi se soit reconnu & confessé hérétique; ou bien cessant cela, quand, comment & par qui il a été convaincu d'hérésie? Pour tenir & déclarer un homme convaincu, il faut que
le Juge oie au préalable, sur le fait dont il est question, *testes
innocentes & canonicè examinatos*, comme il est porté par la
constitution du Pape Felix, 2 *questione* 1 *c. primates.* Que le
Pape dise le nom des témoins qu'il a examinés; qu'il nous
dise encore la forme qu'il a tenue à les examiner; plus, quand
& comment il a sommé notre Roi de fournir de contredits &
de reproches.

Le fait est trop notoire, disent-ils: il est vrai que le Pape le
dit; mais qu'il tourne le feuillet & il trouvera que les Roïaumes
d'Angleterre, d'Ecosse, de Dannemarck le nient; il trouvera encore que la meilleure partie de l'Empire & des Roïaumes de
Pologne, Hongrie & Bohême, Suisse, Païs-Bas & de la France

nient le même. A quel titre donc peut-il objecter au Roi une
notoriété de son hérésie ? Comment peut-il dire notoire ce ,
dont tant de Peuples & Provinces doutent ?

Le Pape Gregoire dit que c'est une chose inique & de mauvais exemple, de jetter une sentence d'excommunication en un
point & fait douteux. *Gregor. Constantio Mediolanen. 8 ep. 30, 11,
quæst. 3 , c. grave 74.* Le Pape Alexandre dit, que l'on doit se
donner garde de dire une chose notoire, qui est douteuse :
*Cùm multa notoria dicantur quæ notoria non sunt. c. consuluit.
14 Ext. de Apellat.* C'est ce que maintenant nous disons au
Pape Gregoire , & qu'en cette excommunication il s'est équi-
voqué & mépris, prenant pour notoire ce qui ne l'est pas. Nous
lui disons encore , que c'est de ce jugement sien & sentence
de notoriété , dont le Roi appelle , & dont peuvent appeller
tous ceux qui le suivent : c'est le grief où le Roi est interessé.
C'est dont aujourd'hui l'on dispute.

J'accorderai avec saint Ambroise , que les choses manifestes
n'ont besoin d'accusation. J'accorderai encore avec le Pape
Nicolas, que l'on ne garde point l'ordre de justice, quand le
crime est en la vue d'un chacun ; & avec le Pape Etienne ,
qu'il ne faut point demander des témoins en une cause manifeste
& connue. *Gloss. in c. cupientes 16 §. quod si per 20 in verb.
privatos de electio. & ibi Philip. Francus. Panorm. in c. per-
venit de appella. & consilio 10. Bald. in l. un. c. de delict. de-
funct. Roma. cons. 492. 2. quest. 1 c. manifest. 2 quest. 1 c.
Lothar. 2. 1. C. de manifesta.* Mais je nie, que ce que l'on appelle hérésie au Roi, & en ceux qui le suivent, soit une chose notoire, manifeste & sans doute. Que le Roi n'ait maintenu par
armes sa vie, quand elle lui a été recherchée , il ne le nie
point, *id notorium est facti* ; & tellement notoire , qu'attendu
& vu les grandes forces de ses Ennemis, & le peu qu'il avoit
de son côté, l'on peut dire que c'est Dieu seul qui a combattu
& non lui. Or, ce notoire ne mérite point de peine ; car même
selon le droit de nature , il est permis à un chacun de se défendre.

Que si le Pape veut passer plus avant & dire que cette Religion qui a été maintenue par notre Roi est hérésie manifeste
& notoire, & que pour icelle il doit être excommunié & chassé
de ses Sujets; alors le Pape entre *in notorium juris* , c'est-à-
dire , en une notoriété de droit , laquelle on a toujours niée
au Pape , & laquelle encore on lui nie pour le présent. Les

Canoniftes appellent Notorium juris , *de quo aliquis eft con-feffus vel condemnatus. Gloff. in c. Manifefta 2. queft.*

1591.

DÉFENSE DES
ROIS ET DES
EGLISES CON-
TRE ROME.

Pour le premier, il ne fe trouvera que le Roi fe foit jamais confeffé hérétique : pour le fecond, on ne lui peut objecter qu'il ait été légitimement condamné, pour ce qu'il n'a point été cité ni appellé. L'on lui a refufé & refufe-t-on encore foit de l'inftruire ou d'entendre fes raifons.

Que l'on ne dife point qu'il eft condamné du Pape. Car un chacun fait que le Pape eft fa partie formelle, & de cela j'ai dit en une autre nullité plus amplement. Que l'on ne dife point auffi que les Conciles en ont déja connu ; car je montre en une autre nullité, que jamais il n'a été oui, ni entendu en aucun Concile ; & par ainfi il ne peut être dit légitimement condamné par les Conciles.

J'ai dit du notoire préfomptif, confidéré lequel, notre Roi ne peut & ne doit être excommunié & privé de fon Roïaume. Car chacun fait que l'excommunication & privation du Roïaume eft un fait des plus importans qui fe puiffent trouver au monde. Or, eft-il qu'en fait de telle importance, on ne peut condamner autrui par foupçon & prefomption ; ains il faut que les preuves foient plus claires que le Soleil du Midi, comme on dit. Refte donc, que le Roi ne peut être excommunié par fes Sujets pour hérérique notoire, puifqu'il n'y a notoriété de droit, ni de fait, ni de préfomption qui faffe contre lui. Par conféquent que le Pape a dû garder en fon excommunication l'ordre ufité de droit ; c'eft à favoir les citations, délais & telles autres folemnités requifes en un vrai & légitime jugement. Qui fait que la fufdite excommunication faite par le Pape Gregoire eft nulle & de nulle valeur.

Mais fuppofé que le fait dont eft queftion fût notoire, ne feroit-ce pas encore une belle marque à l'Eglife de Rome & au Pape d'avoir gardé l'ordre de droit en un fait de telle conféquence que ceftui ? Pour le lui mieux faire entendre, je le menerai en l'Ecole de Dieu & de Jefus-Chrift. Car c'eft de là que fortent les bons & favans Jefuites. Le crime & le péché d'Adam & Cain étoit notoire à Dieu, & néanmoins, nonobftant cette notoriété tant de fait que de droit, il vient trouver ces malfaicteurs, il les interroge, il entend leurs défenfes & excufes ; il les provoque même à les lui bailler. *Genefe* 3. 4. Voilà pour le fait de deux particuliers. Eft-il queftion de faire le procès & le jugement à des Villes entieres de Sodome &

Gomorrhe ? voici ce qu'en écrit le Pape Evariftus. *2. queft.
1. c. Deus Omnipotens.* le Dieu, dit-il, tout-Puiffant, pour
nous faire entendre qu'il ne nous faut point précipiter à donner un jugement, encore que toutes chofes fuffent nues & ouvertes à fes yeux, toutesfois il ne voulut jamais juger du péché de Sodome, qu'il n'eût premierement connu ce que l'on
difoit d'elle. Et qu'ainfi foit, voici Dieu même parle, *Genefe* 18:
Je defcendrai maintenant & verrai s'ils ont accompli par fait
felon le cri qui eft parvenu à moi, & s'il eft ainfi, que je le
fache. Par-là, nous voïons que Dieu tout-Puiffant, auquel
rien ne peut être caché, mais au contraire auquel toutes chofes
font notoires & manifeftes, a voulu lui même s'enquérir & s'informer, non pour montrer qu'il fut ignorant du fait, mais pour
nous donner un exemple & nous faire entendre qu'il ne faut
point que nous foïons foudains à juger, & que nul de nous
ne doit préfumer de croire, que fon prochain ait fait une faute avant qu'elle lui ait été prouvée; *& poft*, fi Dieu qui connoît toutes chofes, n'a point voulu croire ni juger du péché
de Sodome, qu'il n'eût lui & en perfonne connu le tout
par bons & fideles témoins; nous qui fommes hommes & pécheurs, auxquels font inconnus les fecrets jugemens de Dieu,
mettons peine de ne juger ou condamner autrui avant que nous
aïons une vraie & jufte preuve contre lui. Voilà comme en
faits notoires, manifeftes & évidens le Pape Evariftus veut que
fes fucceffeurs & ceux qui viendront après lui, jugent. Jean
le Moine Cardinal, Gloffateur de l'extravagante *rem novam*
titre *de vita & honeftate Clericorum*, fe fondant fur cette raifon, tient que le Pape même doit, *etiam in notoriis, fervare
juris ordinem in citando.*

Je fais bien que le Pape dira, que ce feroit une chofe difficile d'affembler les Conciles pour tout autant d'hérétiques qui
fe pourroient préfenter à la difpute; mais remettant ceci à une
nullité, je dirai en paffant, que quand il eft queftion d'une
perfonne qui tient le dégré de Roïauté, & de tant Peuples &
Nations qui le fuivent, les Papes doivent alors à bon efcient
penfer que le fait n'eft point fi notoire qu'ils difent, & que
quand bien il le feroit, fi eft-ce qu'il eft très équitable, eu
égard à la circonftance des perfonnes, de garder les formalités ordinaires de droit. Et de ce je me contenterai de lui en donner pour le préfent un exemple. Le fchifme du Pape Benoît XIII
appellé *Petrus de Luna*, Arragonois (duquel le Sorbonifte

Gerſon (1) diſoit & avec une plaiſante rencontre , que *Nunquam erat pax futura in Eccleſia , donec auſerretur Luna*) étoit notoire à tout le monde. Néanmoins, pour fermer la bouche aux calomnies , quelles formalités & cérémonies furent gardées , avant que de juger ? Combien fit de voïages , à cette occaſion , ce grand & vertueux Empereur Sigiſmond ? Combien de Rois , de Nations & de Peuples furent appellés à la contumace & condamnation de ce Prêtre ? Combien de fois fut il cité ? Combien de délais lui furent-ils donnés ? & combien d'Evêques furent empêchés en ce jugement au Concile de Conſtance ? Et néanmoins il n'étoit queſtion que de dépoſer un lequel on tenoit pour vrai & notoire ſchiſmatique.

Pour réſoudre enfin cette nullité , nous maintenons que puiſque le Pape a oſé excommunier notre Roi , *non convicta culpa* , que ſon excommunication eſt nulle & injuſte , & notamment en ce que le Pape oſe entreprendre de déjetter notre Roi de ſa Roïauté , comme ſi le Roïaume de France lui étoit feudataire , ſuppoſé que les feudaliſtes tiennent , que même le Pape ne peut déveſtir ſon Vaſſal , *niſi convicta culpa. Bald. & Laudenſ. in feud. tit de nat. feud 7. per illum textum.*

Jean Cardinal, ſur l'extravagante *Rem non novam* ſuſdite , montre par vives raiſons , que celui qui a été dépoſé par le Pape , ſans qu'il ait été convaincu , peut & doit être reſtitué, 1°. de la part du Juge, ſentence duquel doit être conforme à celle de Dieu , lequel ne juge choſe qui ne lui ſoit très manifeſte ; 2°. de la part de l'accuſé, lequel peut amener ſes excuſes ; 3°. de la part du principe formel de juger , ne peut être équitable , ſinon qu'il ſoit fait avec prudence. Et quant au Pape , la vérité pour le premier & en commun lui doit être connue par les Loix publiques , divines & humaines ; en particulier , par titres , témoins & autres tels documens de la fin du jugement , lequel ne peut être admiſſible , s'il eſt donné , la cauſe étant ignorée & non diſcutée. Au reſte , que la Principauté du Pape n'eſt point deſpotique , comme Maître ſur l'Eſclave & Serviteur , qui n'a droit de ſe revanger , mais politique , comme du pere ſur les enfans , qui ont droit de réſiſter & ſe défendre , ſuppoſé que *non ſumus ancillæ filii , ſed liberæ , qua libertate Chriſtus nos liberavit. Galat. 4.* Voilà commme ce Cardinal parle.

____
(1) Jean Gerſon avoit été Chancelier de l'Univerſité de Paris.

De la précipitation : & si un Pape peut excommunier un Roi précipitamment ?

La septieme nullité est, » que cette excommunication, tant » du Roi que du Clergé, est faite précipitamment, & à la » hâte, sans avoir fondé les remedes qui doivent précéder l'ex- » communication.

Qui est contrevenir à la police ancienne de l'Eglise Galli- cane, qui veut expressément que l'on ne jette une excommu- nication sur autrui, *nisi in subsidium*, & défaillans tous au- tres remedes. Et à ce propos fait le Canon 56 du Concile de Meaux, *tom. 3. Concil. pag. 875. a.* par lequel il est dit que nul ne peut être excommunié sans le consentement de l'Ar- chevêque, & encore que telle excommunication ne peut être jettée, sinon pour un péché, & sur celui qui autrement n'aura pu être corrigé. Voilà l'ordre que les Eglises Gallicanes ont vou- lu être observé en fait & maniere d'excommunication. Que Gregoire nous fasse apparoir que lui ou le Clergé de France ait voulu garder ce décret au fait & en la personne de leur Roi.

Saint Ambroise appliquant à la puissance d'excommunier le fait de saint Pierre, lorsqu'il coupa l'oreille au serviteur du Pontife : Gardons, dit-il, d'abattre l'oreille à autrui, pendant qu'on lit la Passion du Seigneur. *in cap. 22. Luc. libr. 10. ca- pite 12. & 24. quest. 1. cap. si Petrus* 17. Nous pouvons ici dire le même, que le Pape ne pouvoit excommunier ni retran- cher notre Roi, soit de l'Eglise, soit de son Roïaume, pen- dant qu'il s'est offert & présenté pour être instruit en la vie, doctrine & Passion de notre Sauveur Jesus-Christ. Voïez quelle précipitation & aveuglement : le Roi cherche & demande ins- truction, & on la lui refuse.

Gregoire I, rapportant le Canon trente-un du Concile d'Aix, il faut, dit-il, que ceux qui gouvernent l'Eglise se souvien- nent qu'en l'Ecriture elle est appellée Colombe, *quæ non un- guibus lacerat, sed alis piè percutit. Homil. 20. super Joh. 26. tom. 3. Concil. p. 733.* Dirons-nous ici, que Gregoire ait en- suivi le conseil de son prédécesseur en cette excommunication ? Voudra-t-il dire que ce soit *alis piè percutere*, que d'excom- munier tout un Roïaume pour suivre son Prince ? Ne de- vons-nous pas dire plutôt, que c'est vraiement *unguibus la- cerare.*   Isidore

Ifidore fe complaignant (& ceci même eſt répété aux Conciles d'Aix la-Chapelle); il y a, dit-il, de certains Docteurs, qui par une rage & fureur convertiſſent la médiocrité & température de la diſcipline, en une beſtiale & & furieuſe cruauté. Et dont ils pouvoient guerir leur troupeau, c'eſt de-là dont ils le bleſſent. *lib.* 3. *de ſummo bono.* 40. *To.* 3. *Concil. p.* 70.

Le Pape n'excommunie pas ſeulement le Roi, mais le Clergé, la Nobleſſe & le Tiers-Etat. L'affaire, je vous prie, ne valoit-elle pas bien que l'on y appellât l'Egliſe Univerſelle?

Que le Pape ſe ſouvienne quel ſcandale & mal apporta en l'Egliſe l'inconſidérée excommunication que fit le Pape Victor des Egliſes d'Orient & d'Aſie. *Euſeb.* 5. *Hiſtor.* 23. *Socrat.* 5. *Hiſt.* 21. *c. celebritatem* 22. *de conſecrat. diſtin.* 3.

Le Pape Pie, prédéceſſeur de Victor (1), avoit tâché de perſuader aux Egliſes que l'on devoit célébrer la Pâque le Dimanche d'après le quatorze de la Lune de Mars. Pour raiſon de ſon dire, il alléguoit que le ſaint Docteur Hermes (2) lui étoit apparu, & le lui avoit ainſi dit, lequel l'avoit auſſi appris d'un Ange du Seigneur, qui lui étoit apparu en habit de Berger. Voilà la pertinente raiſon de ce Pape. Victor voïant que cette rêverie du Pape Pie avoit peu ſervi, s'aviſa qu'il feroit mieux de l'emporter ſur les Egliſes d'Orient par force d'excommunications; & néanmoins les Egliſes d'Aſie célébrant la Pâque le 14 de Mars, ſe fondoient ſur la tradition qu'elles avoient eue de Saint Jean. Victor au contraire maintenoit que la Pâque ſe devoit célébrer le premier Dimanche d'après la Lune de Mars; & pour preuve de ſon dire, alléguoit une tradition contraire de Saint Paul. Pour colorer encore mieux ſon dire, il remontroit que l'Egliſe Chrétienne n'étoit plus aſtrainte aux Fêtes, Jours & cérémonies de l'Egliſe Judaïque, & qu'en un tel jour de Dimanche, Jeſus-Chriſt étoit reſſuſcité. Fondé ſur telles raiſons, il excommunia les Egliſes d'Orient, d'Aſie, dont il fut aigrement repris par ſaint Irénée, Evêque de Lyon (3). Qui montre aſſez que les Egliſes de France ne doivent tenir pour oracles les excommunications que font les Papes. Cela fut cauſe

---

(1) Pie I ne fut pas prédeceſſeur immédiat du Pape Victor. Pie, qui remplit le Siége depuis l'an 142 juſqu'à l'an 157, eut pour ſucceſſeurs, avant Victor, ſaint Anicet, ſaint Soter, & ſaint Eleuthere, auquel Victor ſuccéda vers l'an 193.

(2) C'eſt, ſans doute, Hermes, l'un des plus anciens Auteurs Eccléſiaſtiques de qui on a *le Paſteur*, où il y a diverſes apparitions.

(3) Saint Irenée reprit le Pape Victor, mais non *aigrement* : il ne lui allégua que des raiſons.

Tome IV,

que les Eglifes d'Orient fe féparerent d'avec celles d'Occident.

La précipitation des Monitoires du Pape fe montre encore en la brieveté du temps qu'il donne aux Sujets du Roi, à fe réfoudre & fe retirer & départir de leur Prince naturel. Les Loix veulent, que fi l'Empereur commande à un Senat ou Gouverneur de Province qu'il faffe quelqu'exécution extraordinaire, que l'on ne lui obéiffe dedans trente jours, pour voir fi pendant ce temps, la fureur du Prince s'appaifera. Car quelquefois le Supérieur commande à la chaude quelque chofe, dont il fe repent tout à loifir par après. *l. fi vindicati c. de pan.* Cette Loi a été trouvée fi équitable par les Papes, que même ils l'ont apportée en leur Droit Canon. *facit c. fi quando 5. extr. de refcriptis*, comme auffi elle eft digne d'être gardée, quand ce ne feroit que pour Saint Ambroife, qui confeille cette Loi à l'Empereur Theodofe. Or, eft-il que le Pape Gregoire commande au Clergé de France qu'il ait à fe retirer du Roi dedans quinze jours, fous peine d'excommunication. Voïez la précipitation & foudaineté de cet homme! Comme fi en un tel divorce & féparation de tant de Sujets & de Peuples, accompagné de la mort & ruine de tant de Provinces, que l'on pouvoit prendre une réfolution affurée dedans quinze jours, fingulierement quand il s'agit de fe départir d'un, auquel les droits, tant de nature que de l'Etat & Roïaume, voire même les faints Commandemens de Dieu, aftraignent & lient, ainfi que je ferai voir en plufieurs endroits de ce Traité.

Entr'autres chofes fingulieres que le Cardinal de Alliaco (1) remontre en fon livre de la Reformation de l'Eglife, celle-ci eft la feconde : que l'on devoit remédier à la foudaineté des excommunications jettées, tant par les Papes que par les Officiers & Facteurs : que l'excommunication ou bien le glaive de l'Eglife, qui en la primitive Eglife étoit redoutable, pour en ufer peu fouvent, eft fait maintenant contemptible pour en avoir abufé tout au rebours. Chofe périlleufe, dit-il, & qui ne fe doit faire, finon à ceux qui autrement n'ont pu être corrigés. Nous dirons donc ici ce que l'Eglife Gallicane écrivit au Pape Anaftafe, concernant le fait des excommunications : que fi les Evêques d'Italie fe mêloient d'excommunier la France ils fentiroient au réciproque ce que pouvoit auffi de fon côté l'Eglife Gallicane : c'eft qu'il ne falloit tenir ce Médecin-là

____

(1) Le Cardinal Pierre d'Ailly, élevé par fon feul mérite.

pour sage, qui de premier saut se mettoit à couper bras & jambes à un malade, sans avoir au préalable connu la qualité de la maladie. Cela suffise quant à cette nullité.

Des Conciles & de leur autorité : & si le Pape peut lui seul excommunier un Roi, requerant & demandant un Concile sur un point ou plusieurs points nouveaux, ou jà décidés par les anciens Conciles ?

La huitieme nullité est, qu'il excommunie notre Roi sans lui avoir voulu accorder un Concile qu'il a demandé & demande encore. Je dis pour le premier, que cette forme de procéder est contre ce que les Anciens ont observé ; les Anciens, c'est-à-dire, la primitive & ancienne Eglise. Qu'ainsi soit-il, l'on a tenu le Concile de Nice en considération d'Arrius, qui nioit la divinité du Fils de Dieu, sous Constantin le Grand. *Euse. 3. de vita Constant. Rufin. 1. c. 1. Cedren. in Constan. Nou. 131. c. 1. dist. 16. c. prima autem Synod.* L'on a tenu celui de Constantinople en considération de Macedonius qui nioit la Divinité du saint Esprit, & ce, sous l'Empereur Gratian & Théodose premier. *Socrat. 5. Hist. Ecclef. 8. d. c. 1. §. 2.* L'on a tenu celui d'Ephèse 7. *Socrat. 8. d. c. prima §. 3.* à l'occasion de Nestorius, qui disoit que la Vierge Marie n'étoit point & ne se pouvoit dire Mere de Dieu, lequel aussi introduisoit deux Personnes en Jesus-Christ ; & ce, sous Theodose second. L'on a tenu celui de Chalcedoine pour l'Hérétique Eutyches, qui disoit que Christ n'avoit en soi qu'une nature Divine ; & ce, sous l'Empereur Martian. *2. Evagr. 1. Nou. 131. c. 1. dec. prima §. 4.* L'on a tenu un second Concile en Constantinople contre Theodorus Mopsuestianus (1) qui nioit le même que Nestorius ; & ce, sous l'Empereur Justinian 1. *d. c. prin. §. 5.* L'on a tenu un autre Concile en Constantinople contre Macaire, Evêque d'Antioche & ses adhérans, qui mettoient en Jesus-Christ une seule volonté & opération ; & ce, sous l'Empereur Constantin, surnommé le Barbu. *d. c. prim. §. 9.* Je ne veux ici faire une liste des Conciles tenus à l'occasion des Hérétiques. Ce m'est assez de dire, que Nicolas II, Pape, au Concile de Rome a bien entendu Beranger simple Diacre d'Angers, qu'il maintenoit être Hérétique. *c. Ego Berengarius 42. de consecrat. distin. 2.* Tous ces Conciles ici

(1) Théodore, Evêque de Mopsueste.

ont été tenus pour & à l'occafion de certains Perfonnages particuliers. Combien plus doit-on octroïer un Concile à un Roi?
Si l'on n'a fait confcience de traiter en plein Concile l'opinion de Berenger, Sujet & Vaffal d'un Roi de France; combien plus l'a-t-on dû octroïer à notre Roi, eu égard à fa qualité & à fa perfonne? Voilà pour le premier.

Je dis pour le fecond, que d'honnêteté & civilité, voire
même d'office, le Pape devoit offrir à notre Roi un Concile.
C'étoit là, s'il avoit confiance en la juftice de fa caufe, où il
pouvoit bravement triompher de fon adverfaire. Si le Pape
fe tient pour lumiere de l'Eglife, il ne pouvoit craindre ce
qu'il tient au Roi pour ténebres. Son office de Pere & de Pafteur, & fingulierement d'Evêque de Rome & Œcumenique
(comme il fe qualifie) le devoit inciter de provoquer notre
Roi à une telle lucte (1). Il devoit lui-même venir en France.
Mais, quoi? il en faigne du nez (comme l'on dit) il s'excufe en fes commonitoires fur trois empêchemens. Il allegue
fon âge, fon indifpofition & fes affaires. Si l'âge & l'indifpofition lui doivent fervir d'excufe, où eft-ce que les Cardinaux
ont eu les yeux, quand ils l'ont mis en une telle charge, en
laquelle il étoit du tout inutile? mais encore qu'ainfi fût, il
pouvoit bien fe faire amener en France, n'aïant faute ni de
mulets ni de valets pour ce faire. Du moins parlant ainfi haut,
comme il fait, nous donne-t-il à entendre, qu'il eft en vie,
laquelle vie il doit expofer pour fes Ouailles, s'il veut porter à jufte titre le nom de bon & fidele Pafteur. Voilà quant
à fon âge & indifpofition; car quant à fes affaires chacun
fait qu'il n'a aujourd'hui affaire de telle importance en fon Eglife
que celle de France.

Le Pape Jean (2) pour les troubles d'Italie fe mit en mer &
alla vers l'Empereur Juftin jufqu'à Conftantinople, plaider
même la caufe des Hérétiques Arriens. *Paul. Diacon. lib. 9.
in Jufliniano* Etienne, Pape (3), vint en France trouver
le Roi Pepin & lui demander fecours contre Aftolf, Roi des
Lombards, qui tourmentoit la Ville de Rome. *Platina in Stephano* 2. Le Pape Pafchal II vint en France & tint un Concile à Troyes pour reformer la vie débordée des Prêtres. *Platina in Pafchali* 2. Gregoire II aïant entendu que par la lon-

---

(1) A un tel combat. Il faut écrire *lutte.*   au commencement du fixieme fiecle.

(2) C'eft Jean I, & l'Empereur étoit auffi   (3) C'eft Etienne II, qui fiegeoit au mi-
Juftin I du nom. Ils vivoient l'un & l'autre   lieu du huitieme fiecle.

gue réſidence des Papes en la Ville d'Avignon, les affaires
d'Italie étoient en mauvaiſe diſpoſition, au deſçu de tous Cardinaux, fit appareiller vingt-une Galeres ſur le Rhône, feignant
d'avoir quelqu'entrepriſe en main : & finalement aïant trouvé
ſes occaſions, fit voile à Gênes, & de-là, prenant le chemin
de terre, à cauſe de l'Hiver, ſe rendit en la Ville de Rôme.
Platina in Gregor. 2. L'Empereur Sigiſmond, tout Empereur
& âgé qu'il étoit, combien a-t-il fait de ſaints voïages vers
les Rois de France, d'Angleterre & d'Arragon, pour les induire, même par ſa préſence, d'autant mieux à mettre ordre
aux ſchiſmes qui étoient lors en l'Egliſe? Tous ces exemples
montrent évidemment que le Pape ſe mocque du monde &
de l'Egliſe, quand il dit en ſes commonitoires, qu'il n'a pu venir en France, pour remédier aux troubles qui y ſont, attendu
ſon âge, ſon indiſpoſition & ſes affaires. Voilà pour le ſecond.

Je dis pour le troiſieme, que cette ſentence d'excommunication, étant intervenue depuis que notre Roi & tous les
ſiens ont appellé à un ſaint & libre Concile, eſt nulle ; d'autant que par le moïen de cet appel & proteſte, le Pape a eu
les mains liées ; la cauſe du Roi & des ſiens aïant été dévolue à un autre Juge que le Pape. Qu'il ne ſe diſe point être
par-deſſus les Conciles : car nous ne diſons pas ſeulement avec
les Canoniſtes négativement, *Gloſſ. in c. ſicut in verb. præſumat
diſtinct.* 15. que le Pape ne peut changer les décrets des Conciles ; mais parlant encore plus catégoriquement & affirmativement nous diſons avec eux, *Gloſſ. in c. Anaſtaſ. in verb.
Conſil. diſti.* 19. 2. *Gloſſ. in c. ſicut in verb. hortam.* 12. *q.* 7.
que le Concile eſt par-deſſus le Pape. Nous diſons encore avec
eux-mêmes, que c'eſt le Concile qui peut juger du Pape, *arg.*
1. *legimus ibi quia mihi profers, &c. diſt.* 93. comme étant
l'autorité de toute l'Egliſe plus grande que celle d'un ſeul Evêque de Rome. C'eſt-là que les Papes ont été remis & ajour-
nés (1). Que dis-je, que le Pape m'excuſe maintenant, c'eſt là
où les Papes ſes Prédéceſſeurs ont été jugés, châtiés & dépoſés.

---

(1) On peut lire ſur ces vérités les Traités
où l'on diſcute l'autorité des Conciles &
des Papes ; tels que ceux de M. Arnauld,
Docteur de la Maiſon & Société de Sorbonne, de M. l'Evêque de Burigny, de
l'Académie des Belles-Lettres de Paris, de
M. du Sellier, autrement le Pere Tranquille de Bayeux, Capucin, retiré à
Utrecht, &c. parmi les Ouvrages plus anciens, ceux de Jean Gerſon, de Nicolas
Clémangis, &c. & les Ecrits faits dans ces
derniers temps en faveur de l'appel au futur
Concile.

Qu'il life les Actes de Marcellin. *tom.* 1. *Concil. p.* 445 ; qu'il life les Actes de Symmachus & de Benoît 14. & infinis autres ; & il trouvera ce que je dis être véritable. 2. *q.* 7. *c. nos fi* 41. §. *item Symmachus Seffion.* 30. *Concil. Conftant. tom.* 4. *Concil. p.* 380. *a.*

Puis donc que notre Roi & ceux qui le fuivent avoient demandé un Concile, le Pape n'a fu paffer outre à fon excommunication. Et à ce propos faint Auguftin, *Ep.* 137. 2. *q.* 1. *c. nomen presbyterii*, écrivant au Clergé du Peuple de Hippone, & lui rendant raifon pourquoi il avoit excommunié un certain Prêtre : je n'ai ofé, dit-il, effacer ou ôter du nombre des Prêtres le nom d'un tel, de peur que je ne fuffe eftimé faire injure à Dieu, fans l'examen & connoiffance duquel, la caufe dont il s'agit eft pendante, fi je voulois m'ingérer de prévenir fon jugement par le mien, ce que même ès affaires du monde les Juges n'ont accoutumé de faire. Car toutesfois & quantes que la caufe (pour le doute qui eft en elle) eft dévolue au Juge fupérieur, l'inférieur ne peut, lorfque la caufe eft pendante vers le fupérieur, s'immifcuer ou fourrer, ni changer rien en icelle.

Qu'il ne fe dife point que les anciens Conciles ont condamné & tenu pour héréfie la Religion que tient aujourd'hui le Roi, partant que c'eft à tort qu'il demande un Concile. Car pour le premier je dis, que cette raifon fait formellement contre les Papes ; & qu'ainfi foit, le Cardinal Jacobatius (1), au Livre 4 qu'il a fait des Conciles, tient que le Pape ne peut connoître feul & fans un Concile, *de dubiis per Concilia jam decifis*, & dit que c'eft ainfi qu'il faut entendre *le chap. Anaftafius & le chap. ficut diftin.* 15. *lib.* 4. *Concil. artic.* 2. *n.* 15. *tom.* 13. *tractatuum editor. juffu Gregor. XIII, pag.* 242. *col.* 3. Et pour le regard des doutes qui n'ont été décidés par les Conciles, il dit véritablement, que le Pape les peut décider ; toutesfois voici l'avis dont il eft : je crois néanmoins, dit-il, que le plus fûr feroit de dire que le Pape ne peut décider les nouveaux différends qui furviennent en l'Eglife fans les Cardinaux & autres Théologiens, & qu'encore il feroit beaucoup mieux de ne rien faire en tels articles fans un Concile.

Nous maintenons donc que les chofes étant ainfi, le Pape

---

(1) Dominique Jacobatio, Cardinal, Evêque de Lucerico. Il étoit Romain. Il fut élevé au Cardinalat par Leon X, le 2 de Juillet 1517, à l'âge de foixante-quatorze ans. Son mérite étoit connu depuis long-temps. Son Traité *de Concilio* eft très eftimé. On en a plufieurs Editions ; & cependant cet Ouvrage eft devenu rare.

n'a pu feul excommunier notre Roi , fans avoir entendu au préalable l'avis d'un Concile. Car plus il dit que les Conciles en ont
déja connu , plus il dit que ce n'eft point à lui feul d'en connoître , ains à ceux qui ont déja connu de la caufe , & qui font faifis d'icelle par prévention ; autrement ce feroit renverfer & confondre l'ordre de l'Eglife , & attenter fur l'autorité des Conciles
& de l'Eglife Univerfelle.

Je fais bien que le Pape Gelafe eft de cet avis , que l'on ne
doit à tout propos demander des Conciles , fi l'affaire dont il eft
queftion a été déja décidée. *epift. ad Epifc. Dardanæ 2. quæ. 1.*
c. matereis ; mais j'ajoute que Gelafe nous veut tromper , fi d'avanture il ne fe trompe foi-même. Car de dire que l'on n'a jamais
traité une même matiere en divers Conciles, cela (fauf correction) eft une pure impofture (1). Et qu'ainfi foit, le Concile de
Conftantinople n'a pas été tenu contre Neftorius , mais encore
celui de Chalcedoine, *diftinct. 15. c. 1. Ifidor. 5. Etymol. 16.*
En combien de Conciles a été difputé le fait des Arriens ? Le fait
de Beranger a été difputé à Rome , & néanmoins le Concile de
Conftance n'a laiffé de remettre fur le bureau la même matiere
propofée par Jean Hus & Jerôme de Prague.

Mais pour contenter ces gens : montrons-leur par vives raifons
que la Religion de laquelle fait profeffion notre Roi (2), n'a jamais été condamnée par les Conciles. Premierement je leur demande comment il fe peut faire que les anciens Conciles aient
condamné une Religion , de laquelle ils n'ont jamais oui &
entendu les raifons. Il peut bien être que les anciens difputans
avec Beranger, les Albigeois, Jean Hus & tels autres perfonnages, ont oui & entendu ce qu'ils difoient : mais à ceci j'ajoute
deux chofes ; la premiere, qu'il fe peut faire que ceux d'alors n'étoient capables de juger des raifons & témoignages que l'on leur
amenoit , comme pourroit faire aujourd'hui l'Eglife au milieu
de tant de bénédictions & connoiffances des langues & fciences , dont & defquelles nos prédéceffeurs ont été ignorants : cho

(1) C'eft une autre chofe de dire que
plufieurs Conciles ont pu , & ont traité en
effet la même matiere ; & autre , de dire
qu'on ne doit pas *à tout propos* demander
la tenue des Conciles pour des chofes déja
décidées. Le Pape Gelafe qui l'a ainfi penfé,
felon notre Auteur, n'a point voulu tromper , & ne s'eft point trompé. L'envie de
trop déprimer les Papes , égare quelque
fois notre Auteur dans fes raifonnemens.

(2) Henri IV , avant fon abjuration ,
profeffoit le Calvinifme. Or , toutes les
erreurs que foutiennent les Calviniftes
avoient déja été condamnées en elles mêmes , foit directement , foit indirectement
par les anciens Conciles ; & toutes l'ont
été expreffement par le Concile de Trente ,
contre les nouveaux Hérétiques dont le
Roi étoit Partifan.

se qui ne se peut nullement nier. L'autre raison est, que du côté du Roi (1), de ceux qui le suivent, ils peuvent amener des textes & autorités que nos majeurs n'ont jamais allégués ; de sorte que si l'on considere, tant ceux qui se présentent au jugement de l'Eglise, que ceux qui veulent juger, l'on trouvera que ce dont il s'agit aujourd'hui en l'Eglise, n'a jamais été entendu, ni décidé, ni condamné par le passé.

Qu'il se souvienne encore que ce qu'écrit le Docteur Nicolaus de Clamengiis (2) est très vrai ; c'est à savoir que ceux qui tiennent les Conciles ne doivent s'appuïer sur cette raison, » nous sommes un Concile universel, soïons assurés que nous » ne pouvons errer ». Il est dit en un autre endroit (traitant de l'autorité des Conciles), que les Conciles dépendent souventesfois de la voix & opinion d'un seul, & que comme ce seul se peut tromper, aussi avec soi tout un Concile entier. Qu'il faut enfin reconnoître que cette prérogative appartient à un Dieu seul de n'être point trompé. Que les Conciles sont composés d'hommes, qui ne sont ni Dieux, ni Anges, ni Saints confirmés & demeurans jà au Ciel en état de perfection. Qu'étant hommes, ils sont fragiles, pécheurs & menteurs. Que nul ne peut assurer certainement qu'un Concile ait été assemblé, *virtute Spiritus sancti*, d'autant que nul ne peut dire qu'il soit digne & de la grace de Dieu, & que Saint Paul même dit de soi, qu'encore qu'il ne se sentît coupable de quelque chose, si toutesfois ne se sentoit-il pour cela justifié. Que vraisemblablement la grace du Saint Esprit peut assister à quelques-uns assemblés au Concile, mais qu'il ne s'ensuit pourtant que le Concile ne puisse faillir, & que cela n'a lieu, si la multitude & assemblée (pour ses péchés & indisposition) étoit digne d'être trompée & déçue. Qu'au Concile tenu sous le Roi Achab, le Saint Esprit auroit été véritablement sur le Prophête Michée ; mais pour cela qu'il n'avoit rien su gagner sur le Roi Achab & ses Prophêtes. Qu'il falloit se souvenir de ce que le Seigneur dit, par Jérémie : ne veuillez vous appuïer sur

1) Tout ce raisonnement est faux. La Foi de l'Eglise sur tous les points contestés par les Calvinistes étoit établie depuis long-temps, tant par les preuves les plus formelles, que par les décisions les plus claires ; tant par le raisonnement, que par l'autorité la plus légitime.

(2) Nicolas de Clemangis, Ecrivain très connu. Il vivoit encore en 1425, & il étoit mort en 1440. Il étoit de Clemangis, lieu situé au Diocèse de Châlons. Tout ce que l'Auteur, qui cite ce Docteur, dit de la faillibilité des Conciles universels est faux quant aux décisions qui regardent le Dogme, puisque le Concile Général réprésente l'Eglise qui est infaillible dans ses décisions. Il entend mal ce que Clemangis dit sur cela ; & la plûpart de ses raisonnemens sont si évidemment faux, qu'ils ne méritent pas d'être réfutés.

de

les paroles de menfonge, difant, c'eft le Temple du Seigneur ; que le même Efprit avoit dit : doncques cette maifon a été faite une fpelonque de brigands ? Je ferai à cette maifon, en laquelle vous mettez votre affurance, comme j'ai fait à Silo, je vous jetterai loin de ma face. Plus, que le même Seigneur avoit dit à Jérémie : ne veuille point prier pour ce peuple, ne fais priere pour lui, & ne te mets point devant moi, car je ne t'exaucerai point. Que cela avoit été dit en figure de l'Eglife Judaïque ; mais que (felon les traditions des Apôtres) cela appartenoit auffi à l'Eglife Chrétienne. Que pour certain les promeffes de Dieu ne trompoient aucun, mais qu'il étoit feul qui connût avec qui il habite par grace. Qu'en un feul pouvoit réfider toute l'Eglife, ainfi que l'on dit, qu'elle demeura en une feule Vierge Marie au temps de la paffion de Jefus-Chrift. Que l'affemblée d'un Concile ne pouvoit être de plus grande prérogative que celle des Apôtres, qui toutesfois avoient tous fui & tremblé. Qu'un Concile ne pouvoit être plus grandement privilegié que l'Eglife univerfelle militante, laquelle, felon le dire de l'Apôtre & Saint Auguftin, ne peut être fans macule ni ride. Qu'il falloit fe fouvenir de cette parole du Seigneur, où il dit, qu'il n'étoit point auteur des Conciles où il fe traitoit du fang, c'eft-à-dire des affaires mondaines, temporelles & charnelles. Que cela s'étoit occulairement & vifiblement montré au Concile de Rome, affemblé par Balthafar Coffa, nommé Jean XXIV. Car comme en pleine affemblée le Pape fe fut mis en chaire, il furvint un hibou étrangement gros, lequel fe planta droitement à l'oppofite & à la vûe du Pape, le regardant en face : qui fut caufe que chacun fe tournant devers fon compagnon, commença de dire, *In fpecie bubonis fpiritus adeft*, voici l'Efprit en forme de hibou & chathuant. Et de-là tous commencerent de jetter les yeux fur le Pape & à fe rire de lui. Le Pape de fon côté fe trouva bien ébahi & devint tout confus ; en forte que ne fachant dequel côté fe tourner, & n'aïant autre remede, il fe leva & ne fut rien effectué ce jour-là ; par ainfi on voit qu'au lieu d'une colombe, les hibous quelquesfois ont defcendu fur les Conciles (1). Enfin le fufdit Docteur remontre que les Conciles univerfels pouvoient errer, pource que tous ceux qui y font appellés regardent feulement à une paix charnelle, qui eft la mere de toutes voluptés & corruption de l'Eglife, & que peu y viennent qui aient foin des

---

(1) Cette miférable hiftoriette devoit-elle être rapportée férieufement dans un écrit de la nature de celui-ci ?

chofes fpirituelles, au contraire ils y apportent un fat orgueil & une opinion préfomptive de leur fageffe, fur laquelle ils s'af-furent davantage que fur la grace de Dieu, ne fe fouvenans qu'il eft écrit de leur fageffe : *perdam fapientiam fapientum, & prudentum prudentiam reprobabo.* Mais encore qu'une des plus grandes raifons qui faifoit chopper & faillir les Conciles, étoit que les Evêques & ceux qui y viennent font négligens de regar-der les faintes Etritures & les écrits des Saints Peres, dont & defquels ils devroient prendre leur réfolution ès affaires de l'E-glife, & non de leur tête & particuliere fageffe.

Voilà comment Nicolas de Clamengiis, Diacre de Baïeux (1), de fon temps a maintenu par vives raifons, que même les Con-ciles ont pu faillir (2); de forte que dire que les Conciles ne peu-vent errer, pource que le Saint Efprit y a préfidé, eft une pau-vre impofture; car (comme dit Hoftienfis & le Cardinal) *in c. quia propter. §. ult. de Election. in 6.* nous n'en pouvons aujour-d'hui rien affurer, d'autant que la colombe, qui fouloit ancien-nement nous apporter le Saint Efprit, a été tuée par le corbeau. Nous pouvons encore dire avec d'autres, que plufieurs telles affemblées ont été tenues, non par le Saint Efprit, mais par l'Ef-prit de Balaam, *d. c. quia pro. verf. nifi alteri c. offici. c. ad nof-tram de elect. in 6.*

Que le Pape ne dife point que le Roi & ceux qui le fuivent font en petit nombre, & qu'en cela ils fe doivent rapporter au jugement de l'Eglife de Rome & de ceux qui en font profeffion. Premierement le Pape fait que la confeffion que tient notre Roi, eft fuivie & tenue ès meilleures Provinces de l'Europe, & que quand l'on auroit bien compté, l'on en trouveroit autant du parti du Roi que contre (3). Mais quand il feroit feul, qu'il fe fouvienne qu'un feul Paphnutius a bien été entendu au Con-cile de Nice, voire même que ce feul perfonnage auroit empê-ché que le Concile ne paffât outre à défendre le mariage des Prêtres (4). *Tripart. hift. l. 2. c. 1. 4. c. Nicena fyno. 12. diftin.* 13. La Gloffe même du droit Canon dit, qu'un feul peut s'oppo-fer à une multitude, quand il eft fondé en raifon. Je lui en vais bailler un exemple infigne.

---

(1) Il falloit dire, Chantre & Archidia-cre de Bayeux.

(2) Encore une fois, Clémengis n'a point dit que les Conciles Généraux repréfentant l'Eglife univerfelle, ont failli ou pu faillir dans les décifions de foi, mais feulement les Conciles particuliers. S'il l'eut dit, il auroit avancé une erreur.

(3) L'erreur du grand nombre ne peut préjudicier à la vérité.

(4) Ce fait eft très contefté, & plus d'un Hiftorien le tient pour faux.

Conftantius demandant à Liberius, Evêque de Rome, quelle partie du monde il faifoit, pour s'oppofer à tant d'Eglifes Arriennes, & tenir le parti d'un feul Athanafe? Liberius lui répondit & véritablement. La parole de Dieu, dit-il, n'eft point diminuée par ma folitude ou pource que fuis je feul. Car autrefois il s'en eft trouvé trois feulement qui ont réfifté à l'Edit. *Theod. l. 2. c.* 16. Or Liberius entendoit parler les trois, qui n'avoient voulu obéir à l'Edit de Nabuchodonofor. En quelque forte que le veuille prendre le Pape, il n'a pû ni dû entreprendre d'excommunier notre Roi ni fes Sujets le fuivant ou favorifant, que le Concile eft requis & demandé par le Roi. J'ajouterai encore ceci à fa confufion, c'eft que le Concile de Conftance (ainfi que témoigne le Cardinal Jacobatius en fon Livre des Conciles) *lib. 4. art. 2. n.* 22. il eft expreffément ordonné qu'en trois cas l'on doit tenir un Concile: premierement pour les points & articles qui concernent la foi: fecondement pour l'extirpation des fchifmes: tiercement pour la réformation du chef & des membres, c'eft-à-dire du Pape & de ceux qui fe reconnoiffent inférieurs à lui. L'Abbé Parnormitain (1), *quæ.* 1. *num* 18. dit, qu'encore que le Pape ne le veuille, l'on peut appeller & tenir un Concile en ces trois cas: le premier quand il commande quelque chofe contre la foi: lors le Concile être par-deffus le Pape, & qu'il eft loifible fe retirer de lui: fecondement, quand par le commandement du Pape eft changé l'état univerfel de l'Eglife: tiercement, lorfque de fon commandement on craint un futur fcandale, & qu'en tels faits on ne lui doit point obéir. Le Pape n'aïant rien voulu faire de tout ceci, nous l'envoïons à ce que Gregoire I a écrit à l'Evêque Felix, *lib. 2. epiftol.* 31. 25. *queft.* 2. *c. fi ea.* 4. fi je défais, dit-il, ce que mes majeurs & devanciers ont ordonné, on verra que je n'édifie pas, mais détruits, & en ferai à bon droit convaincu.

Or ceci n'eft nouveau aux Papes de fuir la lumiere des Conciles. Et qu'ainfi foit, le Cardinal de Alliaco, au Livre qu'il a fait de la réformation de l'Eglife, & qu'il préfenta à l'Empereur Sigifmond au Concile de Conftance, l'an 1415, dit qu'entre tous les remedes de la réformation de l'Eglife, celui-ci eft le premier & le plus fouverain, de tenir & affembler fouvent des Conciles Univerfels & Œcumeniques, & que plufieurs accufoient l'Eglife & la Cour de Rome de n'avoir voulu des Conciles: qu'ils eftimoient encore la caufe de telle négligence à con-

(1) Nicolas de Tudefchi, Voïez ce qu'on en a dit plus haut.

voquer des Conciles être en ceci principalement, à celle fin que
la Cour de Rome pût commander absolument & à sa volonté,
& envahir les droits des autres Eglises. Plus, que l'Eglise de
Rome étoit diffamée de cette négligence ou mépris. Que le seul
remede étoit, pour la défense de son honneur & de sa réputation, d'assembler & tenir souvent des Conciles : autrement,
que suivant le dire de Saint Augustin, si elle est cruelle & im-
pudente, si elle n'a soin & égard à sa bonne réputation. Qu'encore
que la primitive Eglise des Apôtres eût pu pourvoir au bien des Fideles par lettres, si est-ce qu'elle auroit tenu des Conciles, ainsi
qu'il se voit ès Actes des Apôtres, *chap.* 12, 15, 16. Que c'étoit en
cela principalement que l'Eglise devoit imiter les Apôtres. Que
de ce mépris étoient venus les schismes en l'Eglise. Que comme
de la déformité de la Cour de Rome provenoit un grand scandale à l'Eglise, aussi pouvoit-il avenir un grand bien de sa reformation ; mais que, soit pour les points de la Foi, ou l'état
universel de l'Eglise, c'étoit aux Papes de demander & rechercher
un Concile, d'autant que c'est une chose trop périlleuse de
commettre notre Foi au jugement d'un seul homme, tel qu'est
le Pape. Que c'est aux Conciles où l'on doit remédier à l'état
pompeux de Rome, pour lequel entretenir, les Papes prennent
occasion de surcharger les autres Eglises d'impôts & d'exactions,
dissimulant que de droit celui qui a dévoré & dissipé ses biens &
revenus par sa faute, n'a aucun recours ni action pour les recouvrer & prendre sur autrui. Que c'est aux Conciles où l'on reme-
dieroit à la multiplication & nombre effréné d'excommunications, par le moïen desquelles les Papes & ses Serviteurs se faisoient craindre. Que c'est là où l'on devoit connoître de la
multitude des Loix, Constitutions, Décrets & Canons des
Papes. Plus, du nombre infini des Jeûnes, Messes, Images,
Fêtes, Temples & nouveaux Saints, faits & introduits par les
Papes. Voilà ce que ce Cardinal a écrit des Conciles, qui me
semble assez condamner l'excommunication de notre Pape Gregoire.

Enfin nous le renvoïons à la réponse que fit la France, au
temps de Saint Louis, au Pape Gregoire X. Qu'elle s'émerveil-
loit comment il avoit osé entreprendre d'excommunier un tel
Prince que l'Empereur Frideric II, lequel encore qu'il eût mérité d'être déposé, *tamen non nisi per Generale Concilium cassan-
dus judicaretur*, ne devoit toutesfois être jugé & déposé que par
un Concile universel. *Matthæus Pari. in Historia Anglicana in
Henrico III, pag.* 500.

Cela fuffife donc pour le préfent, quant à cette nullité.

De la converfation extérieure que doit le Sujet Chrétien & Ortho-
doxe à fon Prince, quoiqu'Hérétique & Perfécuteur : & fi elle
lui peut être ôtée par fes Vaffaux & Sujets, même à l'infliga-
tion des Papes ?

1591.

DÉFENSE DES
ROIS ET DES
EGLISES CON-
TRE ROMÉ.

La neuvieme nullité eft, qu'il défend la converfation extérieure du Sujet avec le Prince Hérétique, ainfi qu'il appelle,
laquelle converfation extérieure nous trouvons avoir été gardée
& entretenue par les Sujets Orthodoxes avec leurs Princes Infideles & Hérétiques. Et qu'ainfi foit. Abraham, pere des Fideles, Ifaac & Jacob, ont demeuré en la terre promife comme
étrangers pour le regard extérieur de la police, mais encore
étrangers pour le fait de la Religion. Les mêmes (comme auffi
Jofeph) ont habité & vécu en Egypte fous les Pharaons & Rois
Idolâtres. *Ad Heb.* 13. *v.* 9. 10. *Gen.* 28. *& feq. Jofeph.* 8. *hift.* 9.
Elie, Elifée, les Prophêtes, Saint Jean, Jefus-Chrift, les
Apôtres & la primitive Eglife ont auffi extérieurement converfé
avec & fous des Idolâtres, Hérétiques & débauchés de la vraie
Foi. Ils ont converfé extérieurement parmi les Scribes, Phari-
fiens, Saducéens, Efféens & tels autres Hérétiques de Judée.
Quels que fuffent ces Rois & Empereurs Idolâtres, quels que
fuffent les Herodes en Judée, ils n'ont laiffé de converfer extérieurement en leurs Païs & ès terres de leur obéiffance. Ils n'ont
point cherché de Roi temporel pour eux à part. C'étoit à un
Theudas (1) & à un Judas Galiléen & à tels monftres de Ligueurs,
que les révoltes appartenoient, & non à Chrift & aux Apôtres.
Act. 5. *Jofeph.* 8. *c.* 1.
Saint Paul, difent-ils, commande à Tite qu'il rejette l'homme Hérétique après la premiere & feconde admonition. *ad Tit.*
3. *verf.* 10, 11. Il eft vrai ; mais ils commettent plufieurs fautes
en l'application de ce paffage. Premierement, appliquant ce
paffage à une telle ligue que la leur, & à la dépofition des Rois ;
ils diffimulent que neuf verfets auparavant le même Apôtre
commande à Tite d'admonefter les Fideles » d'être fujets aux
» Principautés & d'obéir aux Gouverneurs », qui montre affez
que cette autorité (qu'ils nous oppofent) ne peut être appliquée
au fait dont il s'agit aujourd'hui, pour s'en prévaloir à déjetter
notre Roi de fon Roïaume. La feconde fallace qu'ils commet-

(1) C'eft, Théodas.

tent, est en ce que par ce mot de rejetter, ils entendent leur ligue & élévation d'armes ; ils entendent une occupation de Villes & Places. Là où chacun sait que l'intention de l'Apôtre jamais n'a été telle, nous aïant lui-même montré par sa vie que cela ne se peut ni ne doit pratiquer par gens de sa sorte, ou qui font profession d'en être ; c'est à savoir Papes, Evêques, Clergé & telles gens; ains qu'il a voulu dire seulement, qu'il faut condamner l'Hérétique quant à sa Doctrine, sans toutesfois venir aux feux & aux fureurs, que nous voïons aujourd'hui embrasées par nos Ligueurs au-dedans de notre France. La troisieme fallace qu'ils commettent ici, est au mot Hérétique. L'Apôtre parle expressément de celui qui est tel. Or est-il qu'ils ne peuvent qualifier notre Roi Hérétique, aïant montré en une autre nullité, que par ce que nous ont laissé écrit Saint Augustin & les Papes, notre Roi ne peut être dit ni qualifié de ce nombre.

Voïons une autre objection, par laquelle ils tâchent d'éblouir les plus simples. Ils disent que Saint Jean. *Ep.* 1. *verf.* 10, 11. commande que si quelqu'un vient à nous, n'apportant point cette Doctrine qu'il venoit d'annoncer, nous ne le recevions point en notre maison & ne le saluions point; que celui qui le salue communique à ses œuvres mauvaises. Ce seroit merveilles si ces gens pouvoient une seule fois alléguer l'écriture en son vrai sens. Je leur demande qui est cette Doctrine dont parle l'Apôtre, n'est-ce point celle qu'il oppose à celle dont il avoit parlé aux versets précédens, quand il dit que plusieurs séducteurs étoient entrés au monde, lesquels ne confessoient point Jesus-Christ être venu en chair, & que tels hommes étoient séducteurs & Antechrists. Voilà le but, l'intention & le sujet de l'Apôtre. Ceci étant posé, je leur demande si jamais ils ont oui que notre Roi ou ceux de sa Religion aient maintenu de bouche ou d'écrit, que Jesus-Christ n'est point venu en chair. Qu'ils voient les livres de ceux de la Religion, ils y trouveront cet article : que Jesus-Christ étant la sagesse de Dieu & son Fils éternel, a vêtu notre chair, afin d'être & Dieu & homme en une personne, voire homme semblable à nous, sinon qu'il est pur de toute macule. Quand donc il appert que, tant le Roi que ceux qui sont de même Religion que lui, confessent que Jesus-Christ est venu en chair, Saint Jean ne commande-t-il point assez ouvertement que le Pape & le Clergé de France les reçoivent aux mai-

fons, que l'on les falue & que l'on communique à leurs œuvres ?

Oui ; mais, difent-ils, Saint Jean étant en Ephefe, comme
il fut une fois entré au bain (où étoit l'Hérétique Cerinthus)
pour s'y baigner, il s'en retira hors foudainement, difant à fes
compagnons qu'il fe retiroit de peur que le bain & la maifon ne
tombât fur lui. *Eufe.* 2. *c.* 14. Mais qui eft celui pour le premier
qui ne voie que ceci eft impofé à Saint Jean, fi on le prend
cruement comme ils veulent ? Comme eft-ce que Saint Jean eût
fait confcience de fe laver au bain où étoit Cerinthus, vu que
Chrift même a bien admis le traître Judas à la Cene ? O'ions ce
qu'en dit Saint Auguftin, *ep.* 48. *ad Vincent.* 23. *q.* 4. *c. quam
magnum* 10. pour les méchans, dit-il, il ne faut point délaiffer
les bons. Ainfi les Prophetes ont enduré ceux contre lefquels
publiquement ils ont préché. Non pour cela laifferent les Prophetes de communier au Sacrement de ce Peuple, comme notre
Seigneur même a bien enduré le traître Judas jufqu'à la fin, lui
permettant qu'il célébrât la fainte Cene avec les autres Difciples ;
ne plus ne moins encore que les Apôtres ont enduré ceux qui par
envie (vice propre & familier du Diable) annonçoient Jefus-
Chrift. Pour le fecond, voïons fur quel fondement eft appuïée
cette hiftoire. Irenée récite, *lib.* 3. *c.* 3. que quelques-uns
avoient oui dire à Polycarpe, que Saint Jean auroit fui le bain
où étoit l'Hérétique Cerinthus. Eufebe confeffe, *lib.* 4. *c.* 14.
tenir cette hiftoire d'Irenée. De ces deux les autres l'ont appris.
Je laiffe aux plus fages Jurifconfultes à penfer ce témoignage, &
que peut (en un fait de telle importance), *teftimonium de au-
ditu alieno*, fondé fur le dire d'un feul homme. Pour le troifieme, on pourroit auffi dire, qu'ils ne voient point le labyrinthe
où ils entrent. Car celui qui tenoit ce bain public, ou il étoit
Chretien, ou il ne l'étoit pas. S'il étoit Chrétien, il ne falloit
pas à leur compte qu'il y reçût Cerinthus ; que s'il n'étoit pas
Chrétien, Saint Jean devoit faire autant de difficulté d'y aller
pour lui, que pour Cerinthus. Pour le quatrieme, & pour
faire beau jeu à nos adverfaires, je leur accorde qu'il foit ainfi,
& que Saint Jean n'ait point voulu entrer en particulier avec
Cerinthus en lieu où il fut, afin que perfonne ne prît occafion
de penfer ni foupçonner mal de lui. Mais là-deffus je leur demande ce qu'il y peut avoir de femblable de Cerinthus à notre
Roi, & de ce feul homme à tant de Peuples qui font profeffion
de la Religion Réformée en France, qu'il fe faille ainfi départir

d'eux. Saint Jean & Cerinthus étoient tous deux Sujets d'un même Prince & Empereur : pour la police l'un étant particulier comme l'autre, n'avoit que voir fur fon compagnon. Il pouvoit donc bien être loifible à Saint Jean de ne fe trouver où étoit l'Hérétique Cerinthus, fans qu'il faille de là inférer l'injufte & déloïale révolte que quelques Sujets veulent & prétendent faire contre leur Prince, auquel naturellement & de tout droit ils font obligés. Saint Jean n'étoit étreint à Cerinthus par droit de fujetion ou vaffelage, comme eft le Clergé de France à fon Roi. Ce n'étoit qu'une retraite particuliere & privée, pour laquelle l'Empire de Rome ne laiffoit pourtant d'être Empire : là où celle-ci eft publique, au moïen de laquelle ce grand & floriffant Roïaume ceffe & va ceffer d'être Roïaume, fi Dieu par fa grande bonté n'y met la main. Pour le cinquieme, voïons combien en un tel fait plus prudemment & fagement parle Saint Auguftin, *Sermon* 18. *de fermon. Dom.* 23. *quæft.* 4. *c. recedite* 9. Retirez-vous, fortez de là, ne touchez point à chofe qui foit impure & fouillée. Comment cela fe doit-il faire ? dit-il, par l'atouchement du cœur & non de la chair. Qu'eft-ce que de toucher une chofe impure, finon que de confentir au péché ? Qu'eft-ce que de fortir de-là, finon faire ce qui appartient à la correction des méchans, autant que, fauve & maintenue la paix publique, il eft loifible à un chacun felon fon dégré & perfonne ? T'a-t-il déplu que ton prochain ait péché ? Tu t'es affez abftenu de toucher une école fouillée. L'as-tu repris & admonefté ? L'as-tu même felon l'exigence du fait châtié ainfi qu'il méritoit, fans rompre néanmoins, en forte que ce foit, l'union ? Tu es forti d'avec lui. Moïfe, Ifaïe, Jeremie & Ezechiel ont dit de même que tu dis : garde encore s'ils ont délaiffé le Peuple & s'en font allés en d'autres Provinces. Combien & de quelle véhémence Jeremie a-t-il repris les pécheurs & méchans garnemens du Peuple ? néanmoins il étoit parmi eux, il entroit avec eux au Temple, il étoit en la même affemblée que ces méchans-là. Mais pourquoi ? c'étoit vraiement fe féparer d'eux que de leur montrer leurs fautes, c'étoit fortir d'avec eux, c'étoit ne point toucher une chofe pollue, que de ne point confentir avec eux, & cependant n'être muet à les reprendre. Voilà en brief comme Saint Auguftin interprête la retraite que doivent faire les Fideles d'avec les Hérétiques & infideles. Pour le fixieme, Chrift nous a affez montré de quelle retraite il entendoit parler, quand il dit à fes Difciples qu'ils fe gardaffent du levain des Phari-

fiens,

fiens, *Matth.* 16. *verf.* 12. entendant par ce mot de levain, non
la converfation extérieure, qu'ils pouvoient avoir tous les jours
avec les Pharifiens & tels Hérétiques fous une même police &
Etat, fous un même Prince, voire même dedans un même
Païs, même Ville & même maifon: mais le levain de leur Doctrine & héréfie. Pour le feptieme, fait à ce propos ce que Saint
Paul écrit aux Corinthiens: fi aucun des Infideles vous convie,
dit-il, & que vous y vouliez aller, mangez de tout ce qui eft mis
devant vous, fans en enquérir rien par confcience. Or fi ç'eût été
un point de doctrine que de ne point converfer avec un Hérétique,
S. Paul n'eût pas dit, fi vous y voulez aller, d'autant que les poinrs
de doctrine ne font mis à la volonté & difcrétion des Chrétiens. Pour le huitieme, fait encore ce qu'écrit le même Apôtre en la même Epitre, où il nous enfeigne, que le mari fidele
ne peut délaiffer fa femme infidelle, fi elle peut demeurer avec
lui; comme au contraire la femme fidelle ne peut délaiffer & fe
féparer de fon mari infidele, s'il confent & veut habiter avec elle. Mais voïons la raifon & avec quelle efpérance S. Paul dit telles
chofes; parceque le mari infidele, dit-il, eft fanctifié par la femme,
& la femme infidele eft fanctifiée par le mari. Que fais-tu, femme,
fi tu fauveras ton mari, ou que fais-tu, mari, fi tu fauveras ta
femme? Il dit puis après, qu'en toutes les Eglifes il l'ordonne
ainfi: il dit enfin qu'il eftime avoir l'efprit de Dieu. Difons
le même en l'union & le mariage du Sujet avec le Prince. Que
fais-tu, Sujet, fi tu fauveras ton Prince? Mais quand bien tu ne
le fauverois, fi eft qu'il te faut demeurer avec lui, puifqu'il veut
que tu y demeures & qu'il ne veut point t'abandonner & faire
divorce avec toi. Et à ce propos, fait ce que Gregoire au
Concile tenu à Rome, entr'autres chofes auroit ordonné *lib.*
5. *Regeft.* & 11. *queft.* 3. *c. quoniam multos* 1. *c.* 3. qu'une
femme ou autre perfonne domeftique, quelle qu'elle foit, ne
peuvent pas feulement rendre le devoir à leur Supérieur excommunié, mais davantage font tenus & contraints de le leur
rendre comme auparavant. Et le Pape Innocent III répete &
confirme la même Ordonnance en fes Conftitutions *c. inter alia*
31 *de fententia excommunicationis* 3. Pour le neuvieme, fait
à ceci l'exemple de la primitive Eglife. *Theodoret* 15. Julien
Apoftat étant à Antioche fit confacrer par fes Prêtres & Sacrificateurs Païens toutes les fontaines qui étoient en la Ville
& ès Fauxbourgs, eftimant par cette rufe, que les Chrétiens, qui
en ufroient bon gré mal gré, feroient contraints de faire honneur

1591.

Défense des
Rois et des
Eglises con-
tre Rome.

& hommage aux Dieux des Idolâtres. Il fit faire le même sur le
pain, la chair, le fruit & les herbes qu'on apportoit au marché. Que firent les Chrétiens là-dessus ? S'abstinrent-ils de
converser avec les Idolâtres, ou s'enfuirent-ils d'eux, comme
l'on veut faire croire que saint Jean fit de Cerinthus ? Nullement. Ils se contenterent de blâmer en leur ame cette cruauté,
achetant au reste & usant de telles viandes prophanées & pol-
lues : & ce, comme dit l'Historien Theodoret au lieu que dessus, suivant l'avis & mandement de l'Apôtre, 1. *Corin.* 10.
disant, ce qui se vend au Marché, mangez de tout, sans en
enquérir par conscience ; & à ce propos fait la réponse de
Hincmarus, Evêque de Reims au Pape Hadrian : Les Evêques
de votre Siege, dit-il, & autres de grande autorité & sainteté,
n'ont point fait conscience de converser, de saluer & de parler
aux Rois & Empereurs hérétiques, schismatiques & tyrans :
comme pour exemple à Constantius, Arrien, à Julien l'A-
postat, & Maximin Tyran. Pour le dixieme, regardons que
fait le Pape encore de ce temps. Il souffre les Juifs en ses
Terres, nonobstant qu'ils médisent de Jesus-Christ à pleine
bouche, & l'appellent Imposteur & faux Prophete. Il fait cela
pour de l'argent, tant en Italie qu'en Avignon : comme aussi ces beaux Religieux & Chrétiens d'Espagne, commercent,
trafiquent & hantent avec les Turcs, Mores, Renégats, & telles bêtes ennemies de Jesus-Christ, & cependant ils font conscience de converser avec ceux qui mettent leur entiere espérance en Christ, duquel ceux-là médisent à pleine bouche.
Finalement, nous voïons en ceci le malheur de la France ; c'est
que nonobstant les grands bienfaits que les Papes ont reçus
d'elle, celui-ci la veut contraindre de se séparer de son
Roi, de ses propres freres, enfans & parens, sans qu'ils y contraignent la Pologne, la Hongrie & la Bohême. Si (peut-être)
il ne vouloit dire, qu'il a plus de puissance & de droit sur l'E-
glise Gallicane, qu'il n'a sur les Nations & Peuples que je
viens de nommer ; ce sera à l'Eglise Gallicane de maintenir
en ceci ses franchises & libertés, si elle ne veut devenir serve
& captive de cet homme. Passons à d'autres nullités.

Des Tributs : & si pour héréfie un Roi doit être spolié d'iceux par ses Sujets Orthodoxes, ou excommunié des Papes ?

La dixieme nullité eft, qu'il entend priver le Roi de ses tri-buts & revenus ordinaires qui lui font dûs par fon Peuple ; qui eft directement contrevenir aux faintes Ecritures & à ce que la fainte Eglife Orthodoxe a tenu & gardé. Pour le premier, nous trouvons que Chrift s'eft confeffé tributaire d'Augufte, *Luc* 2. *v.* 1. quand Cyrenius étant Gouverneur en Syrie, Jo-feph & Marie allerent en Béthléhem déclarer leurs familles, leurs biens & moïens. Le même Jefus-Chrift avoit coutume de païer les didrachmes, ainfi que répondit faint Pierre aux Péagers de Capernaum, *Matth.* 27. *v.* 24 Et de fait, Jefus-Chrift aïant commandé à Pierre de jetter fon rets en la mer, il lui dit que du ftatere, qu'il trouveroit au ventre du poiffon, il païât le péage, de peur de ne faire fcandale, encore qu'il eût droit de s'en affranchir. Ce paffage eft fi ouvert & ex-près, que le Pape Urbain a été contraint de confeffer 23. *q.* 8. *c.* *Tributum* 22. que l'Eglife même doit païer tribut à fon Supérieur des biens temporels qu'elle tient. Le tribut, dit-il, fut trouvé dan la gueule du poiffon que pêcha faint Pierre ; de-là vient que l'Eglife paie tribut des chofes extérieures qui font en vue ; *item*, des chofes extérieures & temporelles ap-partenantes aux Eglifes, ainfi qu'il a été ordonné anciennement, pour la paix & le repos auquel les Magiftrats fuperieurs doi-vent entretenir leurs Sujets, l'on doit païer le tribut aux Em-pereurs.

Nous lifons en un autre endroit que les Pharifiens & Hé-rodiens voulurent furprendre & tenter Jefus-Chrift, lui deman-dant s'il étoit loifible de donner le tribut à Cefar, ou non: *Matth.* 22. *verf.* 19. *Marc.* 13. *Luc* 20. *verf.* 20. Jefus leur dit : pour-quoi me tentez vous ? Apportez-moi un denier, ou bien la monnoie du tribut, que je la voie. Lui étant préfentée, il leur demanda, de qui eft cette image ou écriture? Aïant entendu de leur bouche qu'elle étoit de Cefar : *Rendez donc*, dit-il, *à Cefar ce qui eft à Cefar, & à Dieu ce qui eft à Dieu.* Tertul-lien au livre de l'Idolâtrie, fur cet exemple de Jefus-Chrift, avec très bonne grace diftingue ces deux efpeces de tributs ; Rendez, dit il, à Cefar l'image de Cefar, qui eft en fa mon-noie ; Rendez à Dieu l'image de Dieu, qui eft en l'homme ;

M m m ij

enforte que comme tu rends à Cefar le tribut qui lui eft dû en argent, tu rends auffi à Dieu pour tribut ta perfonne. C'eft l'homme (dit le même Auteur au quatrieme livre *contra Marcionem*) qui eft dû à Dieu pour avoir été frappé à l'image, femblance, nom & matiere de fon Créateur. Par-là, nous voïons qu'un Sujet Catholique ne fe peut exempter de païer le tribut à fon Prince, quoique de contraire Religion. Ceci étant confideré par faint Ambroife, c'eft un grand & fpirituel argument, dit-il, *ad cap. 5. Lucæ, lib. 4. c. penul. 11. diftinct. 11. c. magnum*, par lequel les Chrétiens font inftruits d'être fujets à leurs Supérieurs & de ne point défobéir à leurs Edits & Ordonnances. Car fi le Fils de Dieu a bien païé le tribut, *Quis tu tantus es, qui non putes effe folvendum?* Le même pouvonsnous dire au Pape & aux Ennemis du Roi, & à ceux qui lui veulent fouftraire le devoir & tribut de fes Sujets. Si le Fils de Dieu & faint Pierre ont bien païé leur tribut à leurs Supérieurs Idolâtres & à un Herodes, *quis tu tantus es*, qui veuilles & ofes aujourd'hui défendre à Vaffaux & Sujets fideles de ne point païer le tribut à un Roi que tu dis Hérétique ? Saint Paul dit : Rendez à tous ce qui leur eft dû, le tribut à qui il eft dû, le péage à qui le péage eft dû, *Roman. 13.*

Saint Ambroife, *in oratione contr. Aurel. queft. 8. c. convenior.* s'excufant de ce qu'il avoit fait refus aux Députés de l'Impératrice Juftine, Hérétique & Arrienne, de leur abandonner les Temples, qu'elle commandoit être baillés aux Arriens, dit entr'autres, qu'en cela il a fait le devoir d'un vrai Pafteur & Evêque ; que véritablement tout étoit au commandement & fervice de l'Empereur ; toutesfois que l'Empereur n'étoit Maître des Temples & des Eglifes. Et enfin, le tribut, dit-il, eft à Cefar, nous ne le nions pas : les Eglifes font à Dieu, c'eftpourquoi l'Empereur n'en peut difpofer. Ce lieu nous montre que faint Ambroife a reconnu que le tribut étoit dû à un Prince Hérétique, encore qu'il s'ingérât d'occuper les Eglifes des Orthodoxes. Là même encore, il dit : fi l'Empereur demande quelque chofe qui m'appartient, c'eft à favoir, un héritage, une maifon, de l'or ou de l'argent, ou bien telle autre chofe qui foit en ma puiffance, je la lui offre de bon cœur. Quant aux Temples, je n'y ai aucun pouvoir ; ils m'ont été baillés en garde & dépôt, & non pour en être propriétaire & maître. Le même encore en un autre endroit : fi l'Empereur, dit-il, demande le tribut, nous ne lui dénions point ; les Champs &

Terres appartenantes à l'Eglise paient tribut : veut-il même
avoir les cens & terres appartenantes à l'Eglise ? il s'en peut servir, qu'il les prenne, s'il lui plaît, je ne les donne point à
l'Empereur, mais aussi je ne les lui refuse point.

Saint Augustin, *serm. 6. de verb. **D**om. quest. 3. c. qui resistit.*
dit le même que saint Ambroise. Si l'Empereur, dit-il, me
commande quelque chose que Dieu me défend, que vous en
semble ? L'Empereur me commande-t-il que je lui paie le tribut, que je le suive & lui fasse service ? Je le ferai, mais ce ne sera
point en Idolâtrie. Qui me le défend ? Un qui est plus grand
que lui. Je lui dirai, excusez-moi, Sire, vous ne me mena-
cez que d'une prison, & Dieu me menace des enfers.

Je me contenterai de ceci, pour montrer que les Sujets, de
quelqu'état qu'ils soient, ne peuvent en bonne conscience dénier le tribut à notre Roi, encore qu'il fût vraiement hérétique ; je dirai davantage, encore qu'il fût Hérétique, Persecu-
teur de l'Eglise. Par ainsi se voit l'injustice & impiété de cette
excommunication Papale ; d'autant que par icelle il avoue que
les Ligueurs s'emparent des revenus & tributs dûs au Roi leur
vrai, naturel & légitime Prince. Ceci suffise pour cette nullité.

*De l'honneur & amour dû au Roi Hérétique par le Sujet Or-
thodoxe : & si pour Hérésie un Sujet Chrétien doit dénier
l'un ou l'autre à son Prince Hérétique ?*

La onzieme nullité est, que par son excommunication il prive
& dépouille notre Roi de l'honneur & amour que lui doivent ses
Sujets fideles, encore qu'il fût de contraire Religion. Cet honneur consiste en deux points ; l'un en l'honneur que prête & rend
le Sujet à son Prince ; l'autre ès dignités, dégrés & honneurs
que le Sujet reçoit au contraire de son Roi. L'un & l'autre doit
être en la personne du Fidele, sans que pour cela sa conscience
doive être intéressée. Au contraire, ne le faisant, il doit se tenir pour infidele & contrevenant au mandement de Dieu. Et
qu'ainsi soit.

Abraham a demeuré au Païs d'Abimelech, Roi de Gerar en
Palestine : il reçut de lui des bienfaits, tant en argent qu'en
terres ; il fit pacte & alliance avec lui. *Genes.* 20. Jacob reçut
des biens & possessions du Roi Pharao en Egypte. *Genes.* 43. Joseph interpréta les songes de Pharao : il ne dédaigna point d'ê-

1591.

DÉFENSE DES
ROIS ET LES
EGLISES CON-
TRE ROME.

tre Officier de cet Idolâtre : il reçut encore de son Prince Païen un anneau, des robes de fin lin & un collier d'or ; il ne refusa point d'être monté sur le chariot du Roi Pharao, & que le Peuple agenouillé devant, lui criât *Abreth*, c'est-à-dire pere du Roi, selon qu'aucuns interprêtent les propos de Moïse. Il prit encore, de la main du Roi, Assenet, fille de Putiphar, Sacrificateur Idolâtre. Il fut le premier Gouverneur en Egypte, *au même liv.* Abdias étoit Maître d'Hôtel de ce grand Achab. Il est porté en l'Ecriture que cet Abdias craignoit fort le Seigneur, & que quand Jezabel faisoit tuer les Prophêtes, il en cacha cinquante en une fosse, & dix en l'autre, & les nourrissoit de pain & d'eau. Ce fut lui aussi qui introduisit Elie vers Achab. *1. Rois.* 18. Naaman étoit chef de l'armée du Roi de Syrie. Celui-ci aïant protesté & promis au Prophête Elisée de ne plus sacrifier aux Idoles, lui demande conseil & avis sur une occurrence remarquable. Le Seigneur, dit-il, veuille pardonner cette chose à ton serviteur : quand mon Maître entrera en la maison du Dieu Remon, pour illec adorer, & qu'il s'appuiera sur ma main, & que j'adorerai en la maison de Remon, le Seigneur me veuille pardonner cette chose quand j'adorerai en la maison de Remon. Que lui dit Elisée là-dessus ? va en paix, dit-il. Je confesserai qu'Elisée n'approuva point l'adoration & idolâtrie ; mais tant y a que nous voïons en sa réponse, que la diversité de Religion n'empêche point qu'un Sujet, comme Officier du Roi, du Roïaume, ou vraiement de la Couronne, rende d'une part obéissance à son Prince, quoiqu'Idolâtre, voire même ès lieux auxquels le Prince exerce ses particulieres superstitions & cérémonies ; & cependant qu'il puisse comme fidele retenir en sa conscience la sincérité de sa Religion. *2. Rois 2.*

Daniel, Prophête du Seigneur, fut constitué par ce grand Nabuchodonosor, Maître des Magiciens & Astrologues, Chaldéens & Devins de Babilone. Il interprêta le songe de son Roi Balthasar, & pour récompense il reçut de lui la robe d'écarlate & un collier d'or en son col ; il fut déclaré, par Edit public, la troisieme Personne du Roïaume. Il fut depuis Serviteur & Officier de Darius, Roi des Medes, jusqu'à être constitué par lui l'un des trois, devant lesquels les cent vingt Sénéchaux du Roïaume rendoient leurs comptes, quoiqu'il fut en après persécuté & jetté en la fosse des lions, par la pusillanimité du Roi Darius, qui déféra en cela par trop aux importunités & injustes demandes des Princes des Medes, Ennemis de Dieu & de la Re-

ligion de Daniel. Il profpera encore depuis fous le regne de
Cyrus, Idolâtre, *Daniel.* 5 *& 6.* Zorobabel fe reconnut Sujet
de Cyrus ; il impétra de lui, tant pour foi que pour ceux de
fa Nation, & de retourner en Jerufalem & d'y bâtir le Temple : en outre, de remporter les Vaiffeaux que Nabuchodonofor avoit emportés en Babylone lorfqu'il prit Jerufalem. Aggée
& Zacharie prophétifoient pour lors & enfeignoient les Juifs
qui étoient en Judée & en Jerufalem 1. *Efth.* 1. Efther,
Juive de Religion, tant s'en faut qu'elle ait dédaigné la domination du Roi Affuerus, Idolâtre, qu'elle accepta même
d'être fa femme ; comme auffi Mardochée, Oncle d'Efther,
quelque zele qu'il eût à fa Loi, ne laiffa de fuivre & fréquenter la Cour de fon Prince, quoiqu'Affuerus fût Païen & Infidele. Il fit avertir le Roi Affuerus de la Conjuration qu'avoient
faite deux de fes Gardes Eunuques pour le tuer : il ne refufa
point, pour récompenfe de fes agréables fervices, de recevoir de la main de fon Prince l'anneau d'Aman, & d'être
tenu & honoré pour la feconde perfonne d'après fon Roi. *Efth.* 2.
Efdras fut en grace du Roi de Perfe, & reçut de lui aveu pour
recueillir & emmener des Juifs qui étoient par-ci, par-là en
Païs étranges & les conduire en leurs Païs avec la faveur, l'a-
dreffe & le bénéfice du Roi qui étoit Infidele 1. *Efd.* 7. 8.
Nehemie étant demeuré en la Ville de Sufan avec beaucoup
d'autres Juifs fous l'obéiffance des Rois de Perfe, vint en telle
dignité, qu'il fut même Echanfon du Roi Artaxerxes : il obtint de lui pouvoir de réédifier les murs de Jerufalem, & à cet
effet Lettres addreffantes au Gouverneur qui étoit en Jerufalem
de la part des Rois de Perfe. *Nehem.* 1. S. Pierre écrivant de Babylone (c'eft-à-dire de Rome, comme j'ai montré en une autre nullité) aux Eglifes fidelles, leur commande expreffément d'honorer
leurRoi. 1. *Pierre,* 1 *&* 5. S. Paul aïant été frappé par le commandement du Souverain Sacrificateur Ananias, averti de ceux qui
étoient préfens qu'il injurioit le Souverain Sacrificateur de Dieu,
s'excufa en ces termes : Je ne favois pas qu'il fût fouverain
Sacrificateur : car il eft écrit, tu ne médiras point du Prince
de ton Peuple. Le même parlant à Agrippa le qualifie honorablement du titre de Roi, *Act.* 23.

Mais que diront-ils de ce que Tertullien écrit, *ad Scapul.*
c. 31. 52. des Chrétiens qui étoient accufés comme Rebelles,
Ligueurs & Séditieux ? Le Chrétien, dit-il, fait que fon Prince eft conftitué en ce dégré & grande dignité par un Dieu fou-

verain. Auſſi eſt-il néceſſaire au Chrétien, d'aimer ſon Prince, de lui porter révérence & reſpect. Pour le faire court, nous aimons, dit-il, & reſpectons nos Empereurs, ainſi & autant qu'il nous eſt loiſible & qu'il leur eſt expédient. Nous les honorons comme ceux d'entre les hommes qui tiennent le premier rang après Dieu, comme ceux qui ne cedent qu'à un ſeul Dieu. Nous avons montré en une autre nullité que les Chrétiens, Princes & Seigneurs, ont ſuivi & accompagné Julien juſqu'au dedans même des Temples Idolâtres, où il alloit ſacrifier. Je ſerois trop long de rechercher les exemples à ce propos. Et partant je finirai cette nullité.

Des vœux & prieres que doit le Sujet Catholique à ſon Prince Hérétique : & ſi pour Héréſie, un Sujet Chrétien doit faire conſcience de prier Dieu pour ſon Roi Hérétique, tant en ſa maiſon que publiquement, ès Temples & autres lieux publics ?

La douzieme nullité eſt, qu'il prive par le moïen de ſon excommunication notre Roi des prieres que ſes Sujets Catholiques lui doivent non-ſeulement en leurs maiſons particulieres, mais encore en leurs Meſſes, cérémonies & dévotions Eccléſiaſtiques & publiques.

Joſeph (quelque fidele qu'il fût) appellé pour interpréter le ſonge du Roi Idolâtre, *Geneſ.* 41. Dieu, dit-il, ſans moi, répondra ce qui eſt pour la proſpérité de Pharaon, *Geneſ.* 41. Baruch, Prophéte, tant en ſon nom qu'au nom de Jechonias fils de Joachim, Roi de Judas, enſemble des Principaux du Sang Roïal, des Anciens & de tout le Peuple depuis le plus petit juſqu'au plus grand, qui demeuroient en Babylone au fleuve de Sud, après avoir pleuré, jeûné & prié en la préſence du Seigneur, & avoir recueilli çà & là de l'argent, ſelon qu'un chacun avoit de puiſſance ; Baruch le Prophéte, dis-je, & ſes compagnons envoïerent en Jeruſalem à Joachim le grand Sacrificateur, & aux autres Sacrificateurs, & à tout le Peuple qui étoit reſté en Jeruſalem, écrivant en ces termes : voici, nous vous envoïons de l'argent, duquel vous acheterez des oblations pour faire holocauſte pour le péché, & de l'encens pour faire l'offrande que vous offrirez ſur l'Autel de notre Dieu, prians pour la vie de Nabuchodonoſor, Roi de Babylone & de Balthaſard ſon fils, afin que leur vie dure autant ſur la terre que le Ciel, & que le Seigneur nous donne force, illu-
minant

minant nos yeux. Afin que nous vivions fous l'ombre de Nabuchodonofor & Balthafar fon fils, auquel nous fervons, tellement que nous aïons leur bonne grace: *& poft*, lifez ce livre que nous vous envoïons, pour être récité au Temple du
Seigneur aux jours folemnels & qui font commodes *Baruch*. 1.
Ceci peut être confirmé par l'autorité du Prophéte Jérémie,
lequel appelle ce Nabuchodonofor, ferviteur du Seigneur, comme auffi le même dit, que la gent qui ne foumettra fon col
au joug de Nabuchodonofor fera vifitée du Seigneur par l'é-
pée, famine & pefte, jufqu'à ce qu'elle foit confumée. Daniel étant jetté en la foffe aux Lions, du mandement même
de fon Roi Darius, prie pour lui, & lui fouhaite vie éternelle:
Dan. 6. Nehemie fouhaite pareillemeet au Roi Artaxerxes vie
éternelle, qui eft, à mon avis, le fouhait que l'on fauroit faire
le plus agréable à un Prince, pource qu'il n'a faute que de
vie pour jouir des honneurs auxquels Dieu l'a mis, *Nehem.* 1.

Il nous eft commandé en la fainte Ecriture de prier Dieu
même pour ceux qui nous perfécutent & qui nous courent fus,
& ce afin que nous foïons enfans de notre Pere qui eft ès Cieux;
qu'en cela il nous faut être parfait, comme le Pere qui eft ès Cieux
eft parfait, & qu'il faut encore en cela furpaffer les Peagers
qui aiment & prient feulement pour ceux-là, defquels ils reçoivent falaire & profit, *Matth.* 5. *Luc.* 6. Si ceci eft dit &
commandé de Jefus-Chrift à quelques-uns; à mon avis, ce doit
être au Pape auquel il doit être commandé, s'il veut fe faire
paffer pour parfait & difciple du Seigneur.

S. Paul, entr'autres chofes qu'il recommande à Timothée, 2.
Timoth., preffe & recommande fingulierement celui-ci, que l'on
faffe prieres, même pour les Rois infideles : j'admonefte, dit-il,
» avant toutes chofes, que l'on faffe requêtes, prieres & fuppli-
» cations & actions de graces pour tous hommes, pour les Rois,
» & pour tous ceux qui font conftitués en dignité, afin que nous
» menions vie paifible & tranquille en toute honnêteté & tran-
» quillité, d'autant que cela eft bon & agréable à notre Dieu.
Prenons garde à ce paffage; Saint Paul dit qu'il recommande
cela avant toutes chofes. Il dit afin que l'Eglife mene vie paifible & tranquille, il dit que cela eft bon & agréable à Dieu.
Voïons l'autorité du Pape Gregoire & de ceux qui le croient.
Le Pape veut qu'avant toutes chofes le Clergé de France tienne
fon Roi pour déjetté de l'Eglife & du droit de Roïauté, il veut
qu'il fe rebelle contre lui pour mener une vie paifible & tran-

1591.
DÉFENSE DES
ROIS ET DES
EGLISES CON-
TRE ROME.

quille. Il dit que reconnoiſſant leur Roi à Seigneur, ils font une choſe déſagréable à Dieu. Qu'y a-t-il, je vous prie, de plus contraire que ceci ? Ce que Saint Paul commande d'un côté, celui-ci le renverſe & détruit de l'autre.

Paſſons à la primitive Egliſe. Tertullian en ſon *Apologetic.* 39. parle ainſi : nous prions, dit-il, pour la ſanté de nos Empereurs, le Dieu Eternel, le vrai Dieu, le Dieu vivant. Celui-là eſt le Dieu que les Empereurs ſouhaitent ſur tous Dieux leur être favorable : *& poſt*, les Chrétiens, dit-il, quand ils prient, ils regardent le Ciel, & tiennent leurs mains ouvertes, pource qu'elles ſont innocentes ; ils ont la tête nue, pource qu'ils n'ont rien fait dont ils puiſſent avoir honte ; ils prient ſans être admoneſtés de ce faire, parcequ'ils le font volontairement & de cœur. Quand à nous Chrétiens, tous tant que nous ſommes, nous prions Dieu pour les Empereurs, leur ſouhaitant longue vie, leur Empire aſſuré, leur famille en ſureté, leur Sénat fidele, un Peuple obéiſſant, le reſte du monde en repos ; bref, tout ce qu'un homme & un Empereur ſauroit ſouhaiter : *& poſt*, Vous Gouverneurs des Provinces, faites ce qu'il vous plaira de nous ; ôtez-nous l'Eſprit priant Dieu pour nos Empereurs. Le même Auteur répondant au chapitre ſuivant, à la réplique des Païens, qui diſoient que ce que faiſoient en cela les Chrétiens étoit toute feintiſe, & pour éviter les perſécutions : vraiement, dit-il, voilà une belle réplique. Regardez les commandemens que Dieu nous a donnés. Voïez nos ſaintes Ecritures : nous ne les cachons point : pluſieurs des vôtres même nous les prennent & dérobent. Vous y trouverez qu'il nous eſt commandé (& ce pour montrer que nous ſommes bien voulans à tout le monde) de prier Dieu, même pour nos ennemis, & de ſouhaiter bien à ceux qui nous perſécutent. Il nous eſt donc commandé de prier Dieu pour vous, ſuppoſé que c'eſt par vous que nous ſommes perſécutés & accuſés devant nos Princes, comme criminels de leze-Majeſté. Mais conſiderez encore ceci, qu'il nous eſt commandé nommément & manifeſtement de prier Dieu pour nos Rois, nos Princes & Supérieurs, afin que nous vivions en tranquillité. Cela ſe peut voir à l'œil. Car ſi l'Empire Romain univerſel étoit ébranlé, il faudroit par néceſſité que nous, qui ſommes membres d'icelui, fuſſions quant & quant envelopés en ces miſeres. Sachez encore, dit-il, que nous avons une autre raiſon, pour laquelle il nous eſt néceſſaire de prier Dieu pour l'Empire. Nous ſavons que la fin du monde eſt retardée, *Commeatu Romani Imperii*, c'eſt-à-dire que la fin du monde n'adviendra, que l'Empire Romain ne foit mis bas. Or eft-il qu'il n'y a Chrétien qui ne fouhaite que Dieu lui faffe la grace de ne point voir un temps fi lamentable. Voilà comme aïant même égard à notre bien particulier, nous fommes contraints de prier Dieu pour la profpérité & longueur de l'Empire. Le même Auteur, au livre qu'il adreffe à Scapula, nous a laiffé ceci par écrit. Marc Aurelle, dit-il, en fon expédition Germanique, impétra des pluies & de l'eau du Ciel, par les prieres que firent à Dieu les Bandes & les Troupes Chrétiennes qui étoient en fon armée. Quand eft-ce que les féchereffes du Ciel n'ont été chaffées par les prieres que nous avons faites à Dieu, nous mettant à genoux & en jeûnes ? Le même en fon *Apologetique*, *chap.* 5. Si l'on recherche, dit-il, les lettres de l'Empereur Marc Aurelle, l'on trouvera qu'il étancha la foif qui lui furvint en fon armée d'Allemagne, *Chriſtianorum militum precationibus impetrato imbre*, par les pluies que les Soldats Chrétiens impétrerent de Dieu par leurs prieres. Le même eft confirmé par Juftin, Martyr, *in Apolog.* 2. *c.* 7. *lib.* 1. *c.* 5. Eufebe, *lib.* 7. *c.* 15. Orofius, *lib.* 10. Paul Diacre & Nicephore, *lib.* 4. *c.* 12. Or ai-je bien voulu mettre ceci un peu plus au long, pour faire voir d'autant mieux au Clergé de France l'impiété de celui qui les détourne de l'amitié, & affection & honneur qu'ils doivent, felon Dieu, à leur Roi.

Voilà quelle a été la fainte & primitive Eglife, laquelle je fais que tous bons & fideles Chrétiens aiment, & aimeront beaucoup mieux fuivre, que ce qui a été depuis innové par quelquesuns, & fingulierement ès fureurs populaires, telle que fut celle qui advint fous l'Empereur Philippicus (1), contre lequel le Peuple fe mutina, parcequ'il maintenoit l'opinion des Monothelites, en telle façon qu'il ne voulut même recevoir l'effigie de fon Prince dedans le Temple, ni fouffrir que l'on fît mention de lui aux prieres de l'Eglife. *Paul. Diacon. l.* 8. *Paul. Aquileg. l.* 20. *Zonaras, tom.* 2. *in Philip.* L'on voit bien par-là que ce fut une rage & émotion populaire, qui n'a ni fondement ni exem-

---

(1) Philippicus eft Philippique Bardanes Empereur d'Orient dans le huitieme fiecle. C'étoit un Prince peu eftimé & qui fe fit même méprifer par fa faute. Les Hiftoriens difent qu'il ne s'étoit jamais vu tant d'impiété & fi peu d'efprit en un Prince qu'en celui-ci. Pour complaire à un Moine qui foutenoit les erreurs des Monothélites, il voulut faire abolir dans un Conciliabule, les Décrets du fixieme Concile général, dans le temps que l'Empire étoit expofé aux courfes des Bulgares. Quelques Patrices indignés de ce procédé, lui creverent les yeux & l'envoïerent en exil le troifieme Juin veille de la Pentecôte, de l'an 713.

ple en la sainte Ecriture, & directement contraire à ce que les
Prophêtes, les Apôtres & la primitive Eglise ont tenu & gardé,
contre laquelle il n'y a exemple ni prescription de temps qui
vaille. Je montrerai aussi en un autre endroit que l'Eglise Orthodoxe assemblée en un Concile général a prié pour l'honneur
& la vie de son Prince Hérétique. Cela suffise quant à cette nullité.

Du secours personnel que le Sujet Chrétien doit à son Prince, encore qu'il fût Hérétique; & qu'il ne lui peut être ôté par le Pape.

La treizieme nullité est, qu'il veut faire par son excommunication, que les Sujets délaissent & ne suivent leur Prince en
guerre, pour lequel néanmoins ils doivent exposer non-seulement leurs biens, mais aussi la vie.

David s'étant retiré en la Terre des Philistins Idolâtres, avec
ses deux femmes & six cens hommes, ne s'est pas seulement qualifié Serviteur du Roi Achis, mais encore il lui a offert son
service, même contre Israel & ses freres, participans de même
foi & Religion. Il l'a suivi & accompagné en ses guerres contre
Israel. Les Princes des Philistins, envieux & soupçonneux de
David, dissuadoient à Achis de le mener avec soi en guerre, lui
remontrant qu'il ne devoit se fier en un Israélite; Achis persuadé par ses Serviteurs résoud de renvoïer David en sa maison.
Que dit là-dessus David à Achis? Qu'ai-je fait? dit-il, & qu'as-tu
trouvé en ton Serviteur depuis le jour que j'ai été devant toi jusqu'à ce jour-ci, que je n'aille point batailler contre les ennemis
du Roi mon Seigneur? *Samuel* 1. 27. *v.* 5. Je sais bien que cet
exemple est un peu chatouilleux, & ne veux entrer pour le présent si avant que d'examiner le fait de David; mais tant y a,
voici ce qu'il offrit à Achis, qu'il appelle son Roi & son Seigneur, en qualité de bon Serviteur & Sujet.

Saint Jean-Baptiste (duquel l'écriture dit qu'entre les nés
des hommes il n'y a jamais été un plus grand que celui-ci) interrogé de certains Soldats comment ils se devoient comporter
en leur vocation, pour réponse il leur dit qu'ils ne tourmentas-
sent personne, qu'ils ne fissent aucun outrage, & qu'ils se con-
tentassent de leurs gages. S'il eût été loisible à une personne Ecclésiastique de débaucher un Sujet de son Prince, ne devoit-il
pas dire à ces Soldats, que singulierement ils se donnassent garde
de servir à Herode, consideré qu'il avoit épousé la femme de
son frere Philippe contre la loi; & même qu'il étoit en cette

erreur d'eſtimer que les ames des morts entroient en d'autres corps, ainſi qu'il ſe peut recueillir d'autres paſſages de l'Ecriture ? La Légion Chrétienne, ſurnommée la foudroïante, a ſui-vi Marc Aurelle en ſes guerres de Germanie (1), comme nous avons n'agueres entendu. Les Chrétiens ont auſſi ſuivi l'Empereur Conſtantius, Arrien, comme auſſi Julian l'Apoſtat, ainſi que nous avons montré en un autre endroit, en leurs guerres & expéditions, quelques lointaines qu'elles aient été. Paſſons à une autre nullité.

De la révolte & priſe d'armes du Sujet Orthodoxe contre ſon Prince Hérétique : & ſi elle lui eſt loiſible & permiſe.

La quatorzieme nullité eſt, qu'il fait par ſon excommunication, que les Sujets prennent les armes contre leur Prince.

Nous voïons au Païs d'Egypte la poſtérité de Jacob, croî-tre & ſurpaſſer en nombre l'arene (2) de la mer, nous y voïons les Iſraélites pirement traités que les bêtes ; nous voïons Moïſe, Serviteur de Dieu, y avoir appris la ſageſſe du Païs, & avoir été autant hardi à la main que nul autre, & même doué de la puiſſance de faire des miracles, qui ſuffiſoient pour renverſer cent Païs d'Egypte, s'il eût voulu ſe liguer. Nous l'y voïons accompagné de ſes freres Aaron & Joſué, & de ſix cens mille hommes ſans les femmes, petits enfans & étrangers volontaires. Néanmoins nous ne voïons point qu'il ait ſurpris les Villes de ſon Prince, ou qu'il ait déchaſſé les Pharaons de leur légitime ſucceſſion. Il s'eſt retiré du Païs de ſa naiſſance pour éviter l'ire & la cruauté de ſon Roi, recommandant ſon exil & ſa retraite à Dieu, qui le tiroit miraculeuſement d'Egypte. Voilà la ligue que fit Moïſe, merveilleuſement différente de celle que le Pape Gregoire veut perſuader à ces bons Catholiques. Combien de fois Moïſe alla-t-il trouver Pharaon pour lui remontrer ſa tyrannie ? Combien de miracles fit-il pour lui perſuader ſes ſaintes remontrances ? Il garda ces formalités avant que de ſe retirer.

---

(1) Cette Légion, toute ou preſque toute compoſée de Chrétiens, étoit la Légion dite Mélitine : le ſecours qu'elle obtint de Dieu par ſes prieres, lorſqu'elle combattoit ſous les ordres de Marc Aurele, l'an de Jeſus-Chriſt 174, & qui ſauva l'Armée de ce Prince, la fit ſurnommer la *Légion foudroïante*, ſelon l'Hiſtorien Enſebe. Mais cet Ecrivain s'eſt trompé ; cette Légion étoit ainſi appellée dès le temps de Trajan ; ce qui eſt prouvé par une inſcription. Le miracle qu'elle obtint fut ſi éclatant, que Marc Aurele ne put ſe diſpenſer d'en faire part au Sénat, dans une Lettre qu'il lui écrivit exprès.

(2) C'eſt-à-dire, le ſable, *arena*.

Tant y a que nous ne lifons autre chofe de Moïfe, finon
qu'il s'eft retiré d'Egypte. Auffi eft - ce le devoir & l'office
d'un Sujet fidele perfécuté par fon Seigneur & Souverain,
de fe difpofer à patience, ou bien de fe retirer ailleurs loin
de fa Patrie, fans y émouvoir une guerre civile, ou rebellion populaire contre celui que Dieu lui a donné pour Seigneur.

S. Pierre, voïant que Judas trahiffoit Jefus-Chrift fon Maître,
& le livroit aux Juifs pour le faire mourir, tira fon glaive, & en
frappa le ferviteur du Sacrificateur, & lui emporta l'oreille.
Jefus - Chrift lui dit-il qu'il continuât de frapper ? Remets,
dit-il, ton glaive en fon lieu, d'autant que tous ceux qui auront pris le glaive, periront par le glaive. Chrift ne veut point
dire par ces paroles, que tous ceux qui prendront le glaive,
periront du glaive : car autrement il s'en enfuivroit que tout
Magiftrat qui prend & porte le glaive periroit du glaive ; mais
il veut dire que tout homme fujet, & fingulierement une perfonne Eccléfiaftique, qui aura pris le glaive contre fon fuperieur,
perira du glaive : car il étoit queftion de réfifter aux Officiers
envoïés par le Magiftrat ordinaire pour prendre Jefus-Chrift.
Voilà un Arrêt rendu par le Fils de Dieu contre tous les Ligueurs, très remarquable. Et pourtant je demande à Gregoire
(qui fe dit Succeffeur de Jefus-Chrift & de Saint Pierre) qui
le meut de vouloir renverfer ce précepte ? A la premiere entrée
de cette Ligue, c'étoit le devoir de Gregoire & de fes devanciers de dire au Clergé & aux Etats de France fe voulant
mettre en armes contre leur Roi : Mettez votre glaive en fon
lieu, autrement vous perirez du glaive. Les Papes, à mon avis,
devoient tenir ce langage, ce leur eût été un figne qu'ils étoient
Difciples & Succeffeurs de Chrift & de Saint Pierre. Ils ont
bien fait pis : car ne fe contentant pas de les laiffer perir en leur
opinion & révolte, notre Grégoire les a même incités à fe
rebeller. Il leur promet même de leur envoïer une armée ; il ne
leur a pas feulement promis, mais de fait l'a déja envoïée ;
voilà un beau Succeffeur de Jefus-Chrift & de Saint Pierre (1) !
N'eft-ce pas un évident argument, qu'il ne tient compte ni de
l'un ni de l'autre ?

Entrons à la primitive Eglife des Chrétiens, & voïons quelle
Ligue elle a faite contre fes Empereurs de contraire Religion

____

(1) Gregoire XIV n'en étoit pas moins Succeffeur légitime de faint Pierre ; mais il abufoit de fon autorité.

& perſécuteurs de l'Egliſe. Tertullien écrivant à Scapula , nous ſommes accuſés & diffamés, dit-il, comme criminels de leze-Majeſté , & néanmoins il ne ſe trouvera point que les Chrétiens aient jamais ſuivi la Faction & Ligue d'Albinus, de Niger, de Caſſius. Le Chrétien n'eſt ennemi de perſonne, moins donc l'eſt-il de ſon Prince Le même Auteur en ſon Apologétique : dont & de quelle Religion, dit-il, penſez-vous que les Ligues de Caſſius & Niger ont été? Ils ont été de la Religion que tiennent les Romains , & non de celle des Chrétiens. Mais peut-être que quelqu'un dira, que les Chrétiens n'avoient des forces pour faire une Ligue. Tertullien au même Apologétique , *chap.* 7. obviant à cette calomnie, répond en ces termes: que les Chrétiens d'alors ſurmontoient en nombre les Mores d'Afrique, plus les Marcomannes & les Parthes ; que toutes les Villes de l'Empire, la Terre-ferme, les Iſles, les Communautés & Hôtels-de-Ville, voire la Cour du Prince, les Parlemens de l'Empire, les Juriſdictions & Sieges inférieurs & ſubalternes, étoient remplis de Chrétiens ; qu'il n'y avoit guérres que les Chrétiens n'euſſent oſé & pu entreprendre & même ſoutenir, aïant pour eux une telle multitude de Peuples; ſi ce n'eût été qu'en la Religion chrétienne, il eſt commandé de ſe laiſſer tuer, plutôt que de tuer autrui ; que dit-il davantage? Que les Chrétiens d'alors pouvoient, ſans armes & ſans ſe faire déclarer rebelles, ſe retirer en quelque Païs étrange , & par telle retraite faire entendre à leurs Empereurs & Princes Païens, quel nombre de Peuple ils perdoient en perdant leurs Sujets Chrétiens ; que par un tel abſentement de Païs , les Chrétiens pouvoient rendre les Villes de leurs Empereurs plus déſertes & ſolitaires que ſi eux-mêmes les euſſent déſolées & détruites de leurs propres mains & de leurs armes. Voilà en ſomme ce que dit Tertullien à ce propos.

Nous avons montré ci-deſſus , comment ſaint Ambroiſe, Evêque de Milan, étant ſollicité par Juſtine (1) Emperiere de ſouſcrire au Concile Arrien de Rimini & de rendre les Temples aux Arriens , contre cette fureur des Hérétiques & de l'Emperiere il ne ſe feroit point défendu de main ou par armes aucunes, ains par continues jeûnes & prieres ; mais voici ce qu'en un autre paſſage il écrit : Je ſuis, dit-il, *ep. 23. ad Marcellin. ſoror. 23. q. c. convenior.* 21. convenu par les Gouverneurs & Officiers de l'Empereur de rendre les Temples aux

______
(1) L'Impératrice Juſtine.

Arriens, difant qu'en cela l'Empereur ne fait rien que ce qui lui eft permis, & que toute chofe eft fienne ; je leur ai fait cette réponfe: que s'ils me demandoient quelque chofe qui m'appartînt, je leur octroïerois librement : Si l'Empereur, dit-il, demande mon patrimoine, prenez-le, s'il demande mon corps, je m'y préfenterai volontiers ; voulez-vous me mettre en prifon ; voulez-vous me tuer, je prendrai cela à plaifir ; & ufe de ces termes, *Non ego me vallabo circumfufione populorum* : Je ne ferai aucun amas de Peuple pour y réfifter. Le même, en l'Oraifon contre Auxentius, 23, *queft. 8. c. convenior.* 21 : Me veut-on contraindre, dit-il, je ne fais que c'eft de me défendre : je pourrai me lamenter ; je pourrai gémir, contre les armes, contre les foldats de la Nation des Goths, qui nous font contraires, je n'ai autres armes que mes pleurs. *Talia enim funt munimenta Sacerdotis : aliter nec debeo nec poffum refiftere.* Telles font les défenfes du Clergé, autrement je ne puis lui réfifter.

Oïez Meffieurs du Clergé de France : faint Ambroife vous dit, que contre la rigueur extérieure des Princes Hérétiques qui vous veulent forcer de foufcrire à leurs Conciles hérétiques, qui vous veulent contraindre de bailler vos Eglifes à des Hérétiques, vous n'avez & ne devez autres armes que vos pleurs & prieres. Il dit que vous ne devez & ne pouvez réfifter à tels vos Princes Hérétiques en autre façon. Voïez donc en quelle confcience le Pape vous veut perfuader, non-feulement une féparation extérieure & civile de notre Prince, mais qui plus eft, une furieufe Rebellion & Ligue.

J'ai dit & montré par ailleurs par un témoignage de Gregoire (1) qu'il ne fe voulut mêler contre les Lombards & les faire chaffer d'Italie ; ajoutant, que s'il eût voulu le faire, il en avoit tels moïens, qu'il n'y fût demeuré ni Roi, ni Duc, ni Comte de cette Nation ; mais que rien ne l'avoit empêché, finon qu'il ne fouhaitoit la mort de perfonne.

Voilà ce que Grégoire I dit. Gregoire XIV dit tout le contraire : il excommunie notre Roi, non-feulement de l'Eglife, mais de la temporalité & du Roïaume : il fournit des deniers & Armée pour ce faire ; il publie fes monitoires par fon Landriano, & tels boutefeux parmi la France, pour y femer la fédition, la révolte & la guerre. Je laiffe juger à tous, s'il ne fe montre pas en cela plutôt Succeffeur de Judas & Mahomet

____

(1) C'eft le Pape faint Gregoire, furnommé le Grand.

que

que de Chrift & des Apôtres (1). Ceci fuffife quand à cette
nullité.

De la Jurifdiction du Prince Hérétique; & fi le Sujet Catholique la lui peut ou doit dénier ?

La quinzieme nullité eft, qu'il veut fpolier le Roi de fa Jurifdiction, qui lui appartient fur fes Sujets, encore qu'il fût de
contraire Religion qu'eux.

S. Paul aïant été mis en prifon en la Ville de Philippes,
Actor. 16. & y aïant eu le fouet pour l'Evangile, fait refus de
fortir de la prifon, finon qu'au préalable on lui ait montré en
jugement qu'il eût mérité une telle injure. Il demande le même en Jerufalem au Centenier qui le tenoit lié & garotté,
s'il étoit loifible de fouetter un Romain qui n'avoit été, ni oui
ni condamné. Feftus lui demandant, *Actor.* 25, s'il vouloit
être renvoïé en Jerufalem, & fubir là jugement, faint Paul
lui dit qu'il étoit en la juftice de Cefar, & que c'étoit là où il falloit qu'il fût jugé. Paul vouloit dire, à mon avis, puifque
fon procès lui avoit été encommencé en la juftice de Cefar,
c'étoit là auffi où il devoit être parachevé, & ceci même eft
confirmé au droit civil, *lib.* 1. *Cod. ubi de criminib. v.* 2. S.
Paul entre plus avant & dit, que là où on voudroit paffer plus
outre & le mettre entre les Juifs, qu'il en appelloit à Cefar;
chofe que nous favons avoir été permife, *Imperator* 25. *ff. de
Appel.* aux Sujets provinciaux de l'Empire. Saint Auguftin
écrivant à Petilianus : fi pour votre défenfe, dit-il, vous voulez alléguer les Loix de l'Empire, nous ne l'empêchons pas;
Saint Paul l'a bien fait, lorfque contre les injufticcs de quelques Romains il s'eft qualifié Citoïen de Rome. *lib.* 2. *contra
litteras Petilian. v.* 5. *c. diftinct.* 10. *c. fi in adjutorium.* 7. Ceci
encore mieux eft vérifié ès Loix des Empereurs Idolâtres & Hérétiques, que Théodofe & Julien Empereurs ont raportées en
Codes, dont & defquelles Loix nos Peres ont ufé par le paffé,
& dont nous ufons encore pour le jourd'hui prefque en toute
l'Europe.

Davantage, fi un Prince pour être de contraire Religion à

---

(1) L'abus de l'autorité n'ôte point la légi-
timité de la fucceffion. Cette comparaifon
d'ailleurs fent trop l'injure; & on l'a déja
remarqué, c'eft un peu trop le caractere
de cet Ecrit, qui d'ailleurs contient d'excel-
lentes chofes & montre un Ecrivain très inftruit.

celle des Chrétiens , déchet , *ipso jure* de sa Jurisdiction , qu'é-
toit-il besoin à Jesus-Christ & aux Apôtres, ainsi qu'à la primitive Eglise, de les qualifier Puissances ordonnées de Dieu ?
Eux , qui pour maintenir la vérité ont exposé & mis leur vie,
eussent-il oublié un tel point de foi, & si important que celui-ci ? nous avons montré en un autre endroit, que les Orthodoxes du Concile de Rimini ont reconnu la Jurisdiction de Constantius. Nous avons montré par même moïen que les Orthodoxes ont appellé à leurs Princes (quoiqu'Hérétiques) des jugemens & sentences iniques données contr'eux. Nous avons aussi
montré que les Evêques de Rome ont reconnu la Jurisdiction
des Princes qui leur ont commandé, encore qu'ils fussent Hérétiques.

J'ajouterai cet exemple en passant : le Pape Gelase écrivant
au Roi Théodoric, Arrien & Maître de Rome , & pourtant
Souverain du Pape, use de ces mots, *distinct*. 11. *c. certum* 52,
Nous estimons , dit-il , pour le sûr, que votre magnificence
aïant commandé qu'on garde les Loix des Empereurs en la dé-
cision des procès & causes ordinaires, qu'à plus forte raison
elle entend qu'elles soient gardées ès causes qui concernent
la révérence de saint Pierre : d'autant que par - là , votre
félicité sera augmentée. Voïez comme ce Pape écrit à un
Hérétique. Il reconnoît qu'il a la puissance de faire Loix à
Rome , qu'il a puissance de confirmer & infirmer celles des
Empereurs ; il reconnoît qu'il a puissance de faire des Ordonnances concernantes les causes de saint Pierre & du Papat ;
il l'appelle magnifique ; il lui souhaite augmentation d'heur &
de félicité. Voilà comme ont parlé les anciens Papes.

Pour le faire court, que le Pape montre un seul exemple en
l'Antiquité , par lequel on voie que les Prophétes , les Apôtres & les saints Péres aient décliné la Jurisdiction temporelle de leurs Princes de contraire Religion, comme de Juges
incompétens , privés & déchûs du droit de juger & tenir Roïaume ou Principauté ; pour mon regard , je leur donne gain de
cause. N'est-ce pas là les mettre en un beau champ de Bataille ?
Mais montrons-lui au contraire que les Papes ont été sujets à
la Jurisdiction des Empereurs. Le Pape Paschal (1) avoit été
déféré vers l'Empereur Loïs (2) d'avoir fait tuer Theodorus,
& Leon, son Gendre, & ce pour ce qu'ils étoient fideles ser-

____

(1) C'étoit Paschal I, ordonné le 25 Janvier 817 , mort l'an 824.
(1) C'est Louis le Débonnaire.

viteurs du jeune Lothaire, fils de l'Empereur (1). Felix (2) envoie fe purger vers l'Empereur ; mais cela ne fuffit ; car l'Empereur envoïa fes Ambaffades jufqu'à Rome, pour favoir la vérité du fait. Là, en plein Concile, le Pape Felix fe purge de ce dont il eft accufé. L'Empereur aïant reconnu de tout comme il alloit, défifta d'en faire autre recherche. *Ammonius 4. de Hiftoria Francorum* 111. *pag. c.* 18. *& s.* 19. *Sigebert anno* 823. Cela montre que les Papes ont été judiciables des Empereurs ; tant s'en faut qu'ils aient eu pouvoir & puiffance fur la temporalité des Empereurs & Rois de la terre. Je fupplierai le Lecteur d'avoir recours aux autres endroits, efquels j'ai traité de la fupériorité des Empereurs & Rois de France fur les Papes.

De la temporalité & droit de Jurifdiction temporelle du Pape fur les Princes & Rois de la Terre, & particulierement fur les Rois de France : & s'il peut les priver de leur temporalité pour Héréfie qui foit en eux ?

La feizieme nullité eft, qu'il s'attribue & ufurpe une Jurifdiction & Souveraineté temporelle fur le Roi & le Roïaume de France, laquelle il n'a jamais eue, ni de fait, ni de droit.

Pour le premier (3), faut remarquer que pas un des Souverains Sacrificateurs en l'ancienne Loi, ne s'eft attribué la Souveraineté du temporel, par-deffus les Rois & les Princes deftinés pour le gouvernement extérieur du Peuple. Voilà quant à l'Eglife du Vieil Teftament.

Pour le fecond, il eft très certain que les Papes ne peuvent s'immifcuer davantage en la temporalité, que Jefus-Chrift, faint Pierre & les autres Apôtres. Or eft-il pour le regard de Jefus-Chrift, qu'une multitude étant venue pour le ravir & faire

(1) L'autorité des François à Rome, dit Mezerai, incommodoit fort le Pape Pafcal. Il fe trouva que Theodore Primicere (Primicier) de l'Eglife, & Leon le Nomenclateur, fon Gendre, furent aveuglés & puis décollés dans fon Palais, fans autre fujet, difoit-on, que parcequ'ils étoient trop affectionnés au jeune Roi Lothaire (fils de Louis.) Il fe purgea par ferment, continue Mezerai, devant les Ambaffadeurs de l'Empereur, qu'il n'avoit point confenti à ce meurtre; mais il refufa de livrer les meur-

triers.

(2) Il faut *Pafcal*, & de même quelques lignes plus bas, où on lit encore *Felix*.

(3) Sur cette propofition décidée ici affirmativement, que le Pape n'a aucun pouvoir fur le temporel, on peut lire le Tom. 4. livre 4 du Traité de l'Autorité du Pape, par M. deBurigni, imprimé à la Haye en 1720. Les preuves de l'affirmative de cette propofition y font abondantes, & à ce qu'il paroît, toutes fans réplique.

Roi, il se retira seul à la Montagne: *Jean.* 6. Le même montra assez que son Roïaume n'étoit point temporel, quand la femme adultere lui étant amenée, il ne la voulut condamner, *Jean.* 8. Le même, interrogé, s'il étoit le Roi des Juifs, répondit ouvertement que son regne n'étoit point de ce monde, *Jean* 18. Le même encore répondit aux Hérodiens qu'ils eussent à rendre le tribut à Cesar: vraisemblablement il eût répondu qu'ils le devoient rendre, tant à lui, qu'à ses Successeurs Evêques de Rome, si tant est, que lui ou les Apôtres eussent eu puissance sur la temporalité des Rois de la Terre, *Matth.* 22. Le même encore déclare à ses Disciples, que les Rois de la Terre leur commandent & qu'ils leur sont Sujets.

Pour le troisieme, Saint Pierre parlant à l'Eglise, dit & lui commande d'être sujette soit au Roi, comme le premier, soit aux Gouverneurs du Roi, comme envoïés de lui; & ce, pour l'amour de Dieu, & pour être telle la volonté de Dieu. Il ne dit point qu'ils soient sujets aux Rois, pourcequ'ils prennent leur Jurisdiction temporelle des Papes, *Pet.* 2.

Pour le quatrieme, Saint Paul écrivant aux Romains dit, que tous doivent être sujets aux Puissances souveraines, & qu'il n'y a point de souveraineté, si ce n'est de Dieu, 2, 3. Le même écrivant à Tite, lui dit qu'il remette souvent en mémoire au Peuple de Dieu, d'être soucieux des bonnes œuvres, & qu'il se reconnoisse Sujet des Principautés & Puissances, & qu'il leur obéisse, *Tit.* 3. *v.* 1. *juncto cap.* 2. *v. penult. & vit.*

Pour le cinquieme, Clément en son Epitre à Jacques frere du Seigneur, montre que Dieu n'a point voulu que les Evêques fussent Juges, ou prissent connoissance des affaires du monde, de peur qu'étant enveloppés aux affaires des hommes, ils ne pussent vaquer à la parole du Seigneur, *quest.* 1. *c. te quidem opportet,* 10.

Pour le sixieme, Saint Augustin, *tract.* 6. *c.* 1. *Johan. dist.* 8. *c.* 1. reconnoît que le droit humain est contenu aux Loix des Empereurs & souverains Magistrats, & que Dieu distribue aux hommes le droit humain par les Empereurs & les Rois de la Terre.

Pour le septieme, Nicolas I, Pape, écrivant à l'Empereur Michel (1), dit, que Jesus-Christ a séparé la Puissance temporelle de l'ecclésiastique, *Actibus propriis & dignitatibus distinctis.*

____

(1) C'est Michel IIIe du nom, fils de Théophile, Empereur d'Orient : ce Prince fut assassiné le 24 Septembre de l'an 867, aïant régné vingt-cinq ans, huit mois & quelques jours.

Secondement, que cela a été fait comme par une médecine à ce que les Empereurs Chrétiens, pour la vie éternelle s'adreſſaſſent aux Evêques : au contraire les Evêques de Rome, pour les affaires du monde, fuſſent réglés & gouvernés par les Loix Impériales ; & que comme le Roi, pour être occupé aux affaires du monde, ne doit préſider aux cauſes Eccléſiaſtiques ; ainſi l'Evêque de Rome ne doit s'impliquer des affaires du monde. Voilà le partage des Juriſdictions, reconnu par les Papes, encore que par icelui le Pape Nicolas s'en faſſe croire, pour s'imaginer & s'attribuer une Souveraineté ſpirituelle ſur les autres Evêques, *ep. 7. ad Michael. Imp. diſt. 10. c. quoniam 8.* Le même ſingulierement, en la même Epitre *diſtinct. 9. 6. c. cum ad verum 6. junctis iis quæ addita ſunt in nova editione, juſſu Gregorii XIII*, uſe de ces mots : avant que Jeſus-Chriſt vînt au monde, il s'eſt trouvé que quelques-uns ont été Rois & Sacrificateurs enſemble. L'Ecriture ſainte nous témoigne, que Melchiſedec a été tel. Le Diable (notez ceci, Meſſieurs, les Papes) a imité ceci en ſes membres, & a fait que les Empereurs Païens fuſſent enſemblement & Empereurs & grands Pontifes ; mais quand il a fallu venir à la vérité, du depuis l'Empereur ne s'eſt attribué ce qui eſt du droit des Pontifes, ni le Pontife n'a uſurpé les droits des Empereurs.

Pour le huitieme, le Concile de Paris, tenu l'an 826 ſous Louis Lothaire (1), montre par pluſieurs autorités que les Roïaumes ne ſont point conférés par les hommes, ains de Dieu en la main duquel les Roïaumes conſiſtent. Le même reprend ceux qui diſoient que cela s'entendoit des Rois électifs, & non de ceux qui venoient au Roïaume par ſucceſſion. Par-là nous voïons que les Rois tiennent leur Roïaume de Dieu & non des Papes ; & par ainſi que les Papes n'ont pouvoir de les démettre, puiſqu'ils n'ont pas la puiſſance de les mettre, ſi d'aventure ils ne ſe veulent mettre au lieu de Dieu, qui eſt blaſphême notoire.

Pour le neuvieme, nous trouvons que nos Rois, en qualité de Rois de France, ont eu le pouvoir de mettre, confirmer & établir les Papes en leur Evêché & Pontificat. Choſe qui montre aſſez, que tant s'en faut que les Papes aient eu droit

(1) Il faut Louis & Lothaire. Ce Concile n'eſt pas de 826., mais de l'an 829. Quatre Métropolitains y aſſiſterent, & en tout 25 Evêques. Les Actes de ce Concile ſont diviſés en trois livres ; & il y eſt également fait mention des devoirs des Rois comme de ceux des Sujets ; & auſſi des devoirs des Evêques.

sur la temporalité de nos Rois, qu'au contraire nos Rois ont
eu puissance sur l'élection, confirmation & spiritualité des
Papes.

Il me reste de prouver ceci ; car je tiens tant des Papes,
qu'ils ne m'en croiront jamais s'il ne leur est montré par bons
& exprès témoignages. Pour cet effet, je ne me servirai en ceci
que de leurs propres livres. Charlemagne, Roi de France, étant
venu à Rome, après avoir vaincu Didier, Roi des Lombards,
assembla & convoqua un Synode au Patriarche de Lateran (1)
en l'Eglise de Saint Sauveur. Là se trouverent cent cinquante-
trois, tant Evêques qu'Abbés, lesquels avec le Pape Hadrian
donnerent à Charles le droit & puissance d'élire les Evêques
de Rome, de pourvoir aux affaires qui surviendroient au Papat & à l'Evêché de Rome. *distinct*. 63. c. *Hadrian*. 22.

Louis Débonnaire & Lothaire ont usé d'un même droit.
Car comme Gregoire IV eût été élu en leur absence, Gregoire
ne voulut jamais se qualifier Pape de Rome, qu'il n'eût eu le
consentement des Empereurs. *Platina in vita Gregorii IV* ; de
sorte que l'on voit par-là que le Canon *Ego Ludovicus*, *distinct*.
63. est très suspect, d'autant que par icelui l'Empereur Louis
déclare céder au Peuple de Rome le droit d'élire les Papes,
comme s'il y eût eu plus de cervelle & d'entendement en une
Populace qu'en un Empereur. Mais la fausseté de ce chapitre se
montre en ceci : c'est que le Pape Etienne III (qui étoit du
temps de ce Louis) reconnoît que l'élection des Papes se doit
faire en présence des Députés de l'Empereur, non-seulement
pour l'ancienne coutume, mais pour empêcher les violences &
scandales qui se commettent aux élections des Papes, *distinct*.
63. c. *quod sancta* 28.

La même fausseté se montrera encore par les exemples que
je vais alléguer, qui montrent & montreront qu'encore que
l'Empereur Louis eût fait telles choses, cela néanmoins jamais n'a
été gardé ni pratiqué de bien long-temps après. Et qu'ainsi soit,
Louis II confirma par ses Ambassadeurs Benoît III. Il confirma
depuis (lui présent) Nicolas I, & encore du depuis par ses Ambassadeurs il confirma le Pape Hadrian II. Jaçoit qu'en l'élection de cet Hadrian, soit le Peuple, soit le Clergé de Rome
s'en fit croire, n'aïant appellé en l'Election les Ambassadeurs
de l'Empereur, dont les Ambassadeurs furent fort indignés,

(2) A saint Jean de Latran. Le Pape Adrien dont on parle ici, c'étoit Adrien II, mort
l'an 872. Le Concile dont il est question, est celui de l'an 858.

Quoi que s'en foit , fi eſt-ce que , tant le Peuple que le Clergé ,
s'en excuſa envers l'Empereur , lui faiſant entendre que ce n'a-
voit point été pour le mépriſer , mais de peur que cela ne tirât
en conféquence , & que l'on eſtimât qu'un Pape ne ſe put élire
fans la préſence des Ambaſſadeurs de l'Empereur. *diſtinɩ. 63.
c. cum Hadrian. 19.* Les Papes mêmes , en leurs rapſodies nouvelles qu'ils ont faites du droit Canon , ajouterent que l'Empereur Louis prit cette excuſe en paiement pour bonne monnoie ,
même qu'il loua le Peuple & le Clergé de Rome de ce qu'il
avoit fait , déclarant qu'il n'avoit rien plus cher que de rendre
à l'Egliſe le privilege qui lui appartenoit ; toutesfois la fauſſeté
de ces additions ſe montrera encore par ce que je vais dire , *in
novis additionib. d. cap. cum Hadria. faɩis juſſu Gregorii XIII.
Platina in vita Adrian. 2.*

Charles-le-Chauve étant à Rome , confirma Jean IX , le
Succeſſeur duquel nommé Martin occupa l'Evêché *malis arti-
bus* , comme dit Platine ; c'eſt à ſavoir fans qu'il eût le conſentement de l'Empereur. Adrian III , Succeſſeur de Martin , aïant
aſſemblé le Sénat & le Peuple , fit tant , qu'il fut arrêté que
d'orénavant on n'attendroit plus le conſentement de l'Empereur , & que le tout devoit être remis à la liberté du Clergé &
du Peuple. Platine remarque que ce qui donna occaſion à
Adrian de faire un tel décret , fut que l'Empereur Charles s'é-
toit retiré d'Italie avec ſon armée , pour faire la guerre aux Normands qui s'étoient rebellés. Cela fut cauſe que les vingt-quatre
Papes qui le ſuivirent , commencerent à faire de beaux jeux à
Rome aïant été tous Schiſmatiques , ſe dépoſans , ſe tuans &
déterrans même l'un l'autre , de maniere que Platine eſt contraint de les appeller *monſtra & portenta. in Benedicɩo IV.* Il
ajoute encore *in vita Formoſi. 1.* que ceci avint ſous le déclin
des Empereurs , leſquels fans difficulté , s'ils fuſſent demeurés
tels qu'ils étoient auparavant , euſſent empêché les Papes d'attenter une telle tyrannie en l'Egliſe. Quoi que c'en ſoit :

Ottho I , Roi des Teutons ou Allemands , étant parvenu au
Roïaume d'Italie , reçut en plein Synode en la Ville de Rome , tant de Leon , Pape , que tout le Clergé & Peuple de
Rome , tant pour lui que pour ſes Succeſſeurs à toujours , le
droit d'élire les Papes , & de pourvoir aux affaires concernantes
l'Evêché de Rome. *diſtinɩ. 63. c. in Synodo congregata 23.*
Les Succeſſeurs d'Ottho ont joui tous de ce privilege. Entre
iceux Henri IV , Empereur , fut ſollicité par Gregoire VII de

lui remettre ce droit, ce que toutesfois il ne voulut faire. Henri V fut finalement contraint de le remettre à Paschal II, l'an 1110. *Platina.*

Voilà comme les Empereurs ont perdu ce droit, lequel il ne faut pas seulement commencer à Charlemagne, mais de plus haut à Constantin, Constans & ses enfans. Je me contenterai pour le présent, qu'à l'instance du Pape Boniface, Honorius, Empereur, fit une Ordonnance touchant l'élection des Papes, par laquelle il commande qu'en l'élection des Papes, l'on se donne garde d'y procéder par ambition, ligues & telles menées. *dist.* 97. *c. victor. Honor.* 2. & *ibi Gratian. initio. d. distinct.* 97. *distinct.* 79. *c. si duo.* 8. Or en vain Honorius eût-il fait cette Ordonnance, s'il n'eût eu puissance sur ceux qui élisent les Papes. Nous avons montré en un autre endroit, comme à l'instance du Pape Simplicius, Odoacer (1) ordonna en plein Concile, tenu à Rome, *distinct.* 9. 6. *c. Bene.* 1. que l'on n'eût à procéder en l'élection des Papes sans le consentement du Roi.

Nous avons encore montré comme Theodoric, Roi d'Italie, mettoit & démettoit les Papes, ainsi qu'il voïoit être expédient pour les schismes qui advenoient en l'Eglise de Rome.

Nous avons aussi montré ailleurs comme Justinian aïant recouvré la Ville de Rome, a mis & démis les Papes selon l'exigence des affaires, & qu'il n'a pas seulement exercé cette souveraineté sur les Papes, étant présent, mais absent par ses Lieutenans d'Italie & de Rome. Que dis-je ? même par des femmes, ausquelles nous lisons avoir été donné cette commission de connoître des accusations, mœurs & vies des Papes, voire même jusqu'à les saisir au corps, & les envoïer vers l'Empereur en Constantinople, liés & garrotés.

Maurice, Empereur, jouit encore du même droit. *Paul. Diac. in vita Mauricii.* Car comme Pelagius II eut été établi sans le commandement de l'Empereur, il lui envoïa ses Ambassades pour s'excuser, alléguant pour ses raisons que l'on n'avoit pu sortir de Rome, ni envoïer des Messagers, pource que les Lombards tenoient lors assiégé de tous côtés la Ville de Rome. Platine ajoute que *nihil tum à Clero eligendo Pontifice actum erat, nisi ejus electionem Imperator approbasset : in vita Pelag.* 11. Et faut encore noter que le Député qu'envoïa Pelagius

(1) Ou Odoacre.

vers l'Empereur Maurice, fut Gregoire, qui lui fuccéda au Papat. Conſtantius & Conſtans eurent cette même prérogative. *diſt. 63. c. Agatho.* 21. Car Vitalianus, Pape, leur envoïa ſes Députés, *cum Synodica epiſtola juxta conſuetudinem, ſignificans de ordinatione ſua.* Conſtantin envoïa au Pape Agatho un mandement, *diſtin. 63. c. Agatho 21. in pr.* par lequel il déclaroit que l'on n'eût d'orénavant à recevoir aucun Pape à Rome ſans au préalable avoir la confirmation de l'Empereur, *ſecundum antiquam conſuetudinem, ut cum ejus ſcientia & juſſione debeat ordinatio provenire.* Il n'eſt pas juſqu'aux Exarches qui n'aient en cela repréſenté la perſonne de leurs Maîtres, c'eſt-à-dire des Empereurs : & qu'ainſi ſoit ; Severinus, Exarche d'Italie, confirma le Pape Severin. *Platina in Severino.* Par ceci il appert que de tout temps les Empereurs & Souverains de la Ville de Rome ont eu de droit, de coutume & de fait, juſqu'en l'an 1110 de Jeſus-Chriſt, leur pouvoir & leur puiſſance à élire, mettre & confirmer les Evêques de Rome. Les Cardinaux ont eu après le droit de les élire, depuis que Henri (comme a été dit ci-devant) eut quitté le droit des élections des Papes. *Platin. in Nicolao. 1. diſtinct. 79. c. ſi quis pecun. Platina in Paſchal. 2.*

Pour le dixieme, & pour montrer que les Papes n'ont eu que voir en la temporalité des Rois & Princes de la terre, eſt remarquable, que les Papes pour le droit de leur confirmation, en ſigne de reconnoiſſance, avoient coutume de païer aux Empereurs certaine ſomme de deniers ; ce que l'Empereur Conſtantin remit au Pape Agatho, & conſéquemment aux Papes de Rome. Les Papes encore étoient tenus de donner pour leur bien-venue aux Evêques qui avoient aſſiſté à leur élection, ainſi qu'il ſe peut voir aux nouvelles de Juſtinian. *diſtinct. 65. quia ſancta 28. in fin. ibi niſi quæ antiqua exigit conſuetudo. Gloſ. in c. Agath. d. diſt. 63. diſt. 63. d. c. Agatho. Sigebert. in Chronico an. 680. Nou. de ſanctiſ. Epiſc. 23. c. 3. diſtinct. 63. c. Hadrian. 22.*

Pour l'onzieme, c'eſt que les Papes ont même reconnu que les Archevêques, Evêques & autres Prélats, doivent prendre leur inveſtiture du Roi : de maniere que l'Evêque ne peut être conſacré, s'il n'eſt approuvé & inveſti par le Roi ; & l'Evêque qui auroit été autrement conſacré, doit être anathématiſé & ſes biens confiſqués, s'il ne vient à ſe répentir. Le même a été reconnu par le Pape Leon, en la perſonne d'Ottho & de ſes Successeurs. *distinct.* 63. *cap. in Synodo* 22. Ceci montre que les Papes n'ont rien au temporel des Evêques, moins donc au temporel des Roïaumes. Mais de ceci, de la puissance des Rois ès choses Ecclésiastiques, nous en dirons en une autre nullité.

Pour le douzieme, c'est que les Papes se sont reconnus sujets aux Loix des Empereurs. Qu'ainsi soit, voici comme Leon IV écrit au Roi Lothaire : Touchant vos Edits & Commandemens impériaux, tant de vous que de vos Prédécesseurs, nous promettons de les tenir & garder sans faute, de tout notre pouvoir, tant pour le présent qu'à l'avenir : que si quelqu'un par avanture vous disoit autrement, sachez pour certain qu'il en a menti. *distinct.* 10. *c. de capitalis.* 9. Or faut-il noter qu'il est ici parlé des Loix & Ordonnances que Charles, Louis & Lothaire, Rois de France, avoient commandé être gardées en Italie, *libr.* 3. *leg. Longobar. Act.* 35. Il faut encore noter que Leon ne dit pas seulement qu'il gardera les Loix Impériales faites par Lothaire & ses Prédécesseurs, mais aussi celles qui ont été faites, tant de son propre mouvement que du conseil du Clergé de France. Voilà comment Gregoire XIII en ses nouvelles additions, qu'il a fait faire au Cours Canon, prend ce passage, interprêtant ces mots : *Præceptis Imperialibus vestris vestrorumque Pontificum*, lesquels montrent que ces Empereurs faisoient les Ordonnances, *adhibitis in concilium Pontificibus regni.* Voilà ce qu'écrit Gregoire XIII en ses additions, par où il reconnoît qu'il n'est pas seulement sujet à l'Empereur, mais à son Conseil & aux Conseillers & Clergé, duquel le Roi, Prince Supérieur, prend avis. Le même Leon écrivant au même Lothaire, le supplie que comme le Peuple Romain avoit vécu jusques-là sous les Loix Romaines, qu'il plût à Sa Majesté de le laisser vivre sous telles Loix. *dist.* 26. *c. ult.* Lothaire pour réponse donne option au Peuple de choisir l'un des deux, ou bien de retenir les Loix Romaines, ou bien celles que lui & ses Prédécesseurs avoient faites. Quoi que c'en soit, en un sens & en l'autre, tant le Peuple de Rome que le Pape Leon, se reconnoissoient Sujets pour le temporel aux Rois & Princes leurs Supérieurs. Car en effet, Lothaire donnant option de prendre les Loix Romaines, il les faisoit siennes & propres, en les confirmant & approuvant. Ce que dessus n'est pas seulement vérifié par les Loix des Chrétiens, concernant le temporel sur les Papes, mais encore par les Princes Hérétiques, ainsi qu'il se voit par l'écrit du Pape Gelafe au Roi Theodoric , auquel le fufdit Pape reconnoît que Theodoric avoit puiffance non-feulement de faire des Loix concernant les affaires temporelles , mais encore *circa reverentiam beati Petri Apoftoli. diftin.* 10. *c. certum eft magnificentiam veftram.* Nous avons encore montré en autre endroit que les Empereurs (mêmes Hérétiques) ont eu puiffance de faire des Edits & Ordonnances, & par icelles aftreindre les Papes. Qui montre que les Papes font fujets aux Empereurs & Rois de la terre pour le temporel, & par conféquent que fauffement ils difent la temporalité des Roïaumes leur avoir été baillée.

Pour le treizieme , c'eft que les Papes fe font reconnus fujets au Jugement & à la Jurifdiction des Empereurs, & de cela nous appert par l'écrit de Leon IV , à Louis, Empereur, 2. *quæft.* 7. *c. nos fi.* Celui-ci avoit été accufé de vouloir transférer & tranfporter l'Empire aux Grecs. Si nous avons fait , dit-il , quelque chofe qui ne dût pas être faite, & comme Sujets n'avons obfervé vos juftes Ordonnances, nous nous offrons de l'amender à votre jugement & de vos ambaffades ; & pourtant nous fupplions bien humblement Votre Majefté & clémence d'envoïer par deçà vos Députés, pour s'informer de tout ce qui nous eft objecté, comme fi votre Impériale Majefté fut préfente.

Pour le quatorzieme , c'eft que la fupériorité des Empereurs par-deffus les Papes, s'eft montrée encore en ceci, que les Empereurs allant en la rue marchoient au-deffus des Papes. *Platina in Pafchali* 2. *ibi pofitis deinde militibus in ftationibus fuis una cum Pontifice , ad dexteram tamen Princeps ingreditur. Ottho Frifingenfis.* 2. *c.* 18 , 19. Car pour le préfent je ne veux être fi exact, que de conclure pour la temporalité des Empereurs, de ce qu'écrivant aux Papes, ils mettoient leur nom devant celui des Papes. Et de ce nous appert par les lettres & complaintes, qu'en fait le Pape Hadrian IV à l'Empereur Frederic (1). Ha-

---

(1) C'eft l'Empereur Frédéric I. Adrien IV lui avoit écrit en des termes qui fembloient infinuer qu'il avoit reçu l'Empire du Pape. Une telle Lettre choqua les Allemans, qui s'en plaignirent à fes Légats. On rapporte qu'un des deux dit : » De qui donc l'Empereur » tient-il l'Empire, fi ce n'eft du Pape ? » Ce Difcours échauffa fi fort les Allemands, que le Comte Othon eut tué fur le champ le Légat , fi l'Empereur ne s'y fût oppofé. Frederic fit part de ce qui s'étoit paffé entre le Légat & lui, par la Lettre qui eft apparemment celle dont on parle ici. Il la rendit publique : il y foutient que l'Empire ne dépend point du Pape ; vérité qu'il enfeigna ouvertement dans plufieurs Edits. Les Archevêques & Evêques d'Allemagne écrivirent à Adrien, que toute l'Allemagne avoit été furprife de fa Lettre, & qu'ils ne pouvoient pas l'approuver. Adrien récrivit , qu'on avoit mal entendu les expreffions de fa Lettre ; cette explication réunit les efprits.

P pp ij

drian lui avoit récrit que l'Empereur ne faisoit pas bien écrivant aux Papes, de mettre son nom devant celui des Papes, & qu'en cela *insolentiæ, ne dicam arrogantiæ, notam incurrebat*. Fridèric lui répond vraiement en Empereur ; c'est à savoir que les Papes devoient prendre garde à la vie & doctrine de Jesus-Christ. Que les Papes n'avoient aucun droit de Régale, sinon autant que leur avoient donné les Empereurs. Que de droit & de toute ancienneté cela avoit été reçu & gardé, que les Empereur écrivants aux Papes, mettoient leur nom devant celui des Papes. Que les Papes écrivants aux Empereurs usoient de la même liberté. Que cela se pouvoit vuider par la lecture des Annales. Qu'en exigeant l'hommage & le droit de Régale des Evêques & du Clergé, il ne faisoit rien qui ne fut à faire. Que celui qui avoit institué les Evêques & les Empereurs (c'est-à-dire Jesus-Christ) n'avoit imposé aucun tribut aux Rois de la terre ; au contraire, que tant pour soi que pour Saint Pierre, il avoit païé le tribut à ses Supérieurs ; donnant par cela à connoître que les Papes devoient faire le semblable, & n'étoient exempts de païer le tribut. Enfin il le prie d'aviser à soi, & qu'il faisoit bien mal à un Empereur de voir, *superbiæ detestabilem bestiam usque ad sedem Petri reptasse*. Voilà ce que l'Empereur écrivit au Pape. Passons plus outre.

Du Roïaume temporel du Pape : de quand les Papes ont commencé de déjetter par excommunications les Empereurs & Rois de leur Jurisdiction temporelle, & à quels Empereurs, Rois & Princes, cela est advenu.

Nous avons montré ci-devant que les Papes de Rome n'ont eu aucun droit sur la temporalité des Princes & des Rois, si nous regardons aux Saintes Ecritures & aux saints Conciles. Car c'est de fait & de pleine force, qu'ils se sont attribué cette puissance.

Le premier des Empereurs qui se trouve avoir été assailli sur la temporalité de son Empire, soit par le Pape ou Clergé de Rome, c'est à mon avis l'Empereur Philippicus (1).

Cet Empereur avoit fait une Ordonnance, par laquelle il commandoit que l'on eût à ôter des Temples toutes les images qui y étoient. Cela fait, il écrit & mande au Pape Constantin (2)

---

(1) On a parlé de cet Empereur ci-dessus.

(2) Le Pape Constantin étoit un homme d'une grande douceur. Il est bien sûr qu'il ne devoit, ni ne pouvoit obéir au comman-

qu'il eût à faire le même à Rome : ce qu'il ne voulut faire ; & là-deſſus le Peuple ordonna que ſon nom, ſes lettres & ſon effigie ne ſeroient reçues & gravées de-là en avant en airain ou en plomb. *Paul. Diac. liv. 8. in Philippico. Platina in Conſtant. 1. pag. 45.*

Leon (ſurnommé l'Abbateur d'Images (1)) fit un pareil commandement au Pape Leon, qui ne voulut auſſi obéir ; avec lequel ſes troupes (qui étoient à Ravenne & à Veniſe) ſe joignirent, & même vouloient procéder à l'élection d'un nouvel Empereur, ſi le Pape ne les eût empêchés. *Paul. Diac. lib. 8. in fin.* Mais le Pape Leon ſe contenta de faire que Rome & l'Italie ſe départît de l'obéiſſance de Leon, Empereur, ſans que l'on procédât à nouvelle élection. *Paul. Aquil. lib. 21. hiſtor. Sigebertus, anno 728.* C'étoit, à mon avis, un acte digne du Pape, d'autant que par ce moïen taiſiblement il ſe faiſoit Empereur & manioit tout, dont il ſe fût totalement privé, s'il eût conſenti que l'on eût élevé un autre Empereur.

Henri IV, Empereur, ſemble avoir été le troiſieme ſur lequel telle tempête ſoit tombée. Cet Empereur (ſuivant le droit ancien de ſes majeurs & ancêtres Empereurs) avoit nommé & pourvû aux Bénéfices Eccléſiaſtiques ceux qui lui avoient plu. Gregoire VII (1), qui auparavant s'appelloit Hildebrand, trouvoit mauvais qu'un Empereur ſe mêlât de telles choſes. Aïant donc aſſemblé un Concile à Saint Jean de Latran, il excommunia ceux qui conféroient les Bénéfices par argent, diſant & ſe vantant tout haut qu'il excommunieroit même l'Empereur s'il ne changeoit. L'Empereur trouva ces paroles un peu bien dures ; & pourtant, après avoir pris conſeil, l'Empereur dépêcha Sigefredus, Archevêque de Mayence, vers Rome ; lequel y étant arrivé, fait commandement aux Cardinaux de laiſſer le Pape Gregoire, & de venir en Allemagne vers l'Empereur, pour procéder à une nouvelle élection de Pape. Gregoire aïant entendu ce commandement, ne le peut bonnement digerer, & pourtant de ſon côté il commence d'aſſaillir l'Empereur. En

---

dement de Philippique, ce commandement étant injuſte & preſcrivant une choſe qui étoit contraire au culte religieux des Images. Conſtantin eſt mort le 18 Avril 715.

(3) Ou Iconoclaſte. Ce Leon étoit celui qui fut ſurnommé l'*Iſaurien*. Mais il n'y eut point, du temps de ſon regne, de Pape du nom de Leon ; il n'y eut que Gregoire II & Gregoire III. Leon l'Iſaurien mou-rut le 18 Juin 741.

(1) On peut voir ſur les démêlés de ce Pape avec l'Empereur, l'Hiſtoire d'Allemagne par le Pere Barre, Chanoine régulier de ſainte Genevieve, & beaucoup d'autres Ecrits qui ſont fort connus. M. l'Abbé Fleuri, dans ſon Hiſtoire Eccléſiaſtique, s'étend auſſi beaucoup ſur ces démêlés.

premier lieu il prive de toute dignité l'ambaſſade de l'Empereur, voire même l'Empereur & tous ſes adhérans. La forme
qu'il tint en cette dégradation, fut telle. Il commence d'adreſſer ſa priere à Saint Pierre & Saint Paul : il les adjure ſur la puiſſance qu'il tenoit d'eux, de favoriſer ce que lui Gregoire entendoit exécuter contre l'Empereur Henri. Cela fait, il jette ce
foudre qui s'enſuit : Je déjette le Roi Henri, fils de l'Empereur
Henri, de l'adminiſtration Impériale & Roïale, pour avoir mis
la main audacieuſement & témérairement ſur l'Egliſe. J'abſous
tous Chrétiens qui ſont Sujets à l'Empire, du ſerment par lequel
ils ont coutume d'offrir fidélité à leurs vrais & naturels Princes.
Car celui-ci eſt digne d'être privé de ſa dignité, puiſqu'il
amoindrit & diminue la majeſté de l'Egliſe. En outre, pource
qu'il a mépriſé mes admonitions ou plutôt les vôtres, tendan-
tes au bien de lui & de ſes Sujets, & s'eſt ſéparé de l'Egliſe,
qu'il cherche de mettre bas par ſes ſéditions ; je le déclare excommunié & anathême. Là-deſſus, Gregoire, étanr repris de
ce qu'il excommunioit trop tôt un Empereur, dit que Chriſt
aïant donné puiſſance de lier & délier & de paître ſes ouailles,
n'avoit point excepté les Rois. Du depuis l'Empereur Henri
aïant fait ſa paix avec Gregoire, & voïant néanmoins que
Gregoire lui avoit ſous main ſuſcité pour adverſaire Rodolphe,
Duc de Saxe, l'Empereur recommença d'attaquer ce Pape. Gregoire auſſi de ſon côté recommença à faire pis que devant. Il ne
s'attaque plus à la ſimonie de l'Empcréur, mais à la collation
ſimple & nue des Bénéfices ; & pourtant il commence d'excommunier tous Rois, Princes & Empereurs qui avoient entrepris de
conférer un bénéfice Eccléſiaſtique. Il excommunie encore tous
ceux qui les avoient reçus ; & paſſant outre, il excommunie derechef l'Empereur Henri, l'appellant *feram beſtiam*. Finalement
adreſſant ſa parole à Saint Pierre & à Saint Paul : vous confirme-
rez donc à cette heure, ô bienheureux Apôtres, ce que j'ai fait
contre l'Empereur, à ce que tous ſachent ſi vous pouvez lier &
délier au Ciel, & que quant à nous, nous avons puiſſance de
donner & ôter les Empires, Roïaumes, Principautés & tout
ce que peuvent tenir & poſſéder les hommes. Car ſi nous pouvons juger des choſes qui appartiennent à Dieu, que doit-on
penſer des choſes inférieures & profanes ! Et s'il vous appartient
de juger les Anges qui ſont par-deſſus les Princes qui ſont orgueilleux, qu'eſt-ce que vous voudrez faire ſur ceux qui ſont
moindres que les Anges ?

Voilà en somme quelle fut l'excommunication faite par Gregoire VII. Tout ce que put faire l'Empereur, fut de defcendre en Italie avec une bonne & puiffante armée pour impofer filence à cet enragé & enchanteur; & de fait il parvint jufques-là que Gregoire fut contraint de s'enfuir de Rome, où l'Empereur mit en fa place l'Antipape Clement. A ce Gregoire fuccéda Victor III (1) & Urbain II (2), lequel au Concile de Clermont en Auvergne, fufcita la croifade, pour recouvrer la Terre Sainte de la main des Infideles.

Pafchal II fuccéda à Urbain (3). Celui ci, comme fi c'eût été quelque Triacleur (4) & nouveau Prophête, étant élu Pape, fut revêtu d'une robe de pourpre. La tiare lui fut mife fur le chef, & monté fur un cheval blanc, fut conduit jufqu'au Palais de Latran; où s'étant un peu repofé au portique qui regarde le Midi, il monta enfin au veftibule du Palais, où on lui ceignit un baudrier, duquel dépendoient fept clefs & fept fceaux, à celle fin que tous connuffent qu'il avoit, (*fecundum Septifariam Spiritus fancti gratiam*) la puiffance de fermer, fceller, ouvrir & renfermer. De-là il fut voir les lieux qui font affectés aux feuls Pontifes, tenant en fa main un fceptre. Peu de jours après il fut confacré, & fe préfenta en Ville portant la couronne fur la tête. *Platine.* Nous voïons par ce bel habit Papal, de quand les Papes ont commencé de tenir boutique & école ouverte d'excommunier. Je laiffe au refte juger à tous Chrétiens, fi cet habit eft convenable à un Prêtre. Tant y a que l'on vit de ce temps force prodiges au Ciel, dont Pafchal ne s'émut gueres; toutesfois aïant entendu que l'Evêque de Florence difoit tout haut que l'Antechrift étoit né, il fe tranfporta en Florence, où aïant conféré avec l'Evêque, connoiffant qu'il varioit çà & là en fon dire, fe contenta de l'avoir rabroué de paroles.

J'obmets ici les excommunications des autres Empereurs, pource que quelques autres en ont touché en leurs écrits, & que cela mérite de foi-même une hiftoire particuliere. Si dirai-je en paffant que la réponfe que fit Frideric Barberouffe à Hadrian (5) eft remarquable; c'eft à favoir que tous ceux qui di-

1591.

DÉFENSE DES ROIS ET DES EGLISES CONTRE ROME.

(1) Il fut élu le 24 de Mai de l'an 1086, & mourut au mois d'Octobre fuivant.
(2) Urbain II fut élu le 12 Mars 1088.
(3) Le 13 Août 1099.
(4) Charlatan, qui vend fes drogues dans les Places publiques, en particulier de la Thériaque.
(5) C'étoit le Pape Adrien IV, mort en 1159.

foient & voudroient dire, que les Empereurs recevoient la Couronne Impériale pour bénéfice & comme Vaſſaux du Pape, ceuxlà ſe ſouvenoient peu de l'inſtitution de Jeſus-Chriſt & de la Doctrine de Saint Pierre ; & que davantage ils en avoient menti. Que les Empereurs ne tenoient leur Empire que de Dieu ſeul, par l'élection des Electeurs. *Radevic. lib. 1. c. 10.* Contre ces lettres, Hadrian ne fit trop grande replique, & ne dit pour toutes raiſons, ſinon que l'on avoit mal entendu ſes lettres, & que le mot *Contulimus*, dont il avoit uſé, ne ſignifioit autre choſe que *Impoſuimus* ; & par-là il montroit que les Papes ne conféroient la Couronne & temporalité aux Empereurs, ains ſeulement comme ſimples Miniſtres lui impoſoient le Diadême ſur la tête, ne plus ne moins qu'un Valet-de-chambre met quelquesfois le chapeau ſur la tête d'un Prince auquel il fait ſervice, ſans que pour cela il faille conclure ou dire qu'un Valet ſoit par-deſſus ſon Roi.

Reſte maintenant de voir quand les Papes ont commencé & voulu attenter de déjetter nos Rois de leur temporalité par leurs foudres & excommunications. Mais d'autant que ceci a été rapporté à une autre nullité, j'éviterai pour le préſent cette redite, & prierai le Lecteur d'avoir recours en tel endroit.

De quelles raiſons les Papes ſe ſont ſervis pour maintenir qu'ils étoient même Seigneurs temporels de tout le Monde ?

J'ai ci-devant dit comment les Papes ſe ſont maintenus de fait être Seigneurs de tout le monde, même quand au temporel ; reſte de voir à quel droit & titre ils ſe ſont attribués un tel empire. Je me réſoud pour le préſent en ceci d'uſer de brieveté. Boniface VIII, à mon avis, a été le premier qui par écrit & ordonnance publique ait oſé franchir le ſault. Car les Papes ne pouvoient par la donation ſuppoſée de Conſtantin (à toute rigueur) prétendre, par icelle, que la temporalité ſur la Ville de Rome & ſur les Provinces d'Occident, dont je parlerai ci-après plus amplement. Ce Boniface donc VIII fit un Edit *Extrav. Unam ſanctam, de majoritate & obedientia*, par lequel il déclara que toutes créatures doivent néceſſairement pour leur ſalut croire qu'elles ſont Sujettes au Pape de Rome, voire même pour le temporel. Voïons maintenant ſes raiſons & comment cet Animal ſyllogiſe. Le premier argument eſt tel, Il n'y a qu'un

Chef

Chef en l'Eglife, & non point deux Chefs: autrement l'on feroit l'Eglife un monftre. Pour éviter donc cette abfurdité, il
ne doit avoir qu'un Chef en l'Eglife vifible, duquel dépende
le glaive fpirituel & temporel. Le fecond, Chrift dit à Saint
Pierre, pais mes ouailles. Il dit mes ouailles généralement, non
particulierement celle-ci ou celle-là. Et partant foient Grecs,
foient autres, s'ils ne fe reconnoiffent être Sujets de l'Eglife
de Rome, ils ne font point de la bergerie de Chrift; d'autant
que (comme dit Saint Jean), il n'y a qu'une bergerie & un
Pafteur. Le troifieme, que les Apôtres aïant dit à Jefus-Chrift,
il y a ici deux glaives. Ici, c'eft-à-dire en l'Eglife : Chrift ne
leur dit point qu'il y en avoit trop d'un, mais feulement leur
dit qu'il en avoit affez. Dont il s'enfuit que Saint Pierre a eu
en fa puiffance les deux glaives, c'eft à favoir le fpirituel & le
temporel. Le quatrieme, Chrift dit à Saint Pierre qu'il remît
fon glaive en la gaîne. De-là il s'enfuit que Saint Pierre a eu
même le glaive temporel. Car autrement, il ne l'eût fu ren-
gaîner, s'il ne l'eût eu; & par conféquent ceux qui nient le
glaive temporel avoir été en la puiffance de Saint Pierre, font
mal verfés en la Sainte Ecriture. Le cinquieme, tout ce qui
eft fait de Dieu eft fait avec ordre, autrement il y auroit confufion. Or eft-il que l'ordre eft tel en nature, que l'inférieur eft
fujet au fupérieur, & par conféquent pour mettre ordre entre le
glaive fpirituel & le temporel, il faut confeffer par néceffité que le
glaive temporel eft fujet au fpirituel. La majeure eft fondée fur ce
que dit S. Denis; c'eft à favoir que les chofes moindres & inférieures ne peuvent être remifes en ordre, finon par les fupérieures.
La mineure eft de foi manifefte. Le fixieme, ceux qui tiennent
les biens temporels, doivent aux Gens d'Eglife (comme à leurs
Supérieurs) les dixmes & prémices. Et par ainfi, ils confeffent
que la temporalité de biens eft fujette, inférieure & vaffale de
la fpiritualité, puifqu'elle lui paie tribut. Comme au contraire,
l'Eglife & les Eccléfiaftiques, donnant leurs bénédictions & fanc-
tifications aux perfonnes Laïques, montrent affez que la temporalité eft inférieure au glaive fpirituel. Le feptieme, le Prophête Jeremie fut envoïé par le Seigneur en cette forme : voici
je t'ai conftitué fur les Gens & les Roïaumes. Or eft-il que cette
Prophétie n'étoit qu'ombre de la vérité qui devoit avenir en
l'Eglife Chrétienne. De-là il s'enfuit que l'Eglife eft conftituée
fur toutes Nations & Roïaumes. Le huitieme, l'Apôtre dit que
l'homme fpirituel juge toutes chofes, & n'eft jugé de perfonne.

Tome IV. Qqq

1591.

DÉFENSE DES
ROIS ET DES
EGLISES CON-
TRE ROME.

Or eſt-il que les Papes ſont figurés par l'homme ſpirituel, & les Seigneurs de la terre par l'homme terreſtre. Il faut donc que les Rois & Princes de la terre, ſoient jugés par les Papes, ſans que nul puiſſe juger d'eux. Le neuvieme, Chriſt dit à S. Pierre, ce que tu auras lié, ſera lié, ſans exception de perſonnes, dont il s'enſuit que ſi un Roi ou un Prince ſe trouve déſobéiſſant à Saint Pierre & à ſes Succeſſeurs, il peut être lié & châtié par les Papes ſuivant l'ordonnance de Dieu. Le dixieme, ſi l'on mettoit deux Puiſſances égales, l'une en la main des Papes, l'autre en la main des Rois, l'on mettroit par conféquent en nature deux principes ſouverains & égaux. Or eſt-il que de mettre deux principes ſuprêmes & égaux, c'eſt être Hérétique & Manichéen. L'onzieme, Moïſe au commencement de Geneſe, n'a pas dit qu'aux commencemens Dieu avoit créé le Ciel & la Terre; mais il a dit *in ſingulari* au commencement, pour montrer de-là que toutes choſes procédent de l'unité. Voilà les magnifiques raiſons de Boniface (1), par leſquelles il bâtit la puiſſance des Papes ſur la temporalité des Rois & des Princes, leſquelles je ceſſe de réfuter; pour ſe réfuter aſſez d'elles-mêmes, tant elles ſont impertinentes, qu'il ſemble qu'elles aient été miſes en avant pour faire rire le monde ſeulement.

Du Temporel de la Ville de Rome : & de quand les Papes ont commencé de s'en emparer : & ſur quel fondement eſt bâtie cette conquête ; enſemble de la donation de Conſtantin & de la fauſſeté d'icelle ?

J'ai montré ci-devant que les Papes, ſoit de fait, ſoit par telles quelles raiſons, ſe ſont maintenus ſuprêmes & ſouverains, même en la temporalité de tout le monde, dont il s'enſuit, à leur dire, qu'ils ſont Maîtres, tant de l'Italie que de la Ville de Rome. Néanmoins pource que ces argumens n'étoient encore tombés en leur tête, ils ſe contenterent d'avoir forgé la donation de Conſtantin, la ſubſtance de laquelle eſt telle.

Les Papes diſent, *diſtinct. 9. 6. c. Conſtant. 13. c. Conſtan.* 14. que l'Empereur Conſtantin après avoir été baptiſé & guéri de la lépre par le Pape Sylveſtre, par ſa pragmatique, & ce du conſentement de ſes Satrapes, Parlement & Peuple, recon-

---

(1) Boniface VIII. Il alla juſqu'à cet excès de déclarer Manichéens ceux qui nioient le pouvoir du Pape ſur le temporel.

noiſſant de combien eſt plus grande l'autorité du Pape de Rome que celle des Empereurs, lui étant pour la quatrieme fois
Conſul avec Gallicanus, confeſſa avoir donné au Pape Sylveſtre lors vivant, pour lui, ſes Succeſſeurs & à toujours, la Ville
de Rome, d'Italie & toutes les Provinces, Villes & Places d'Occident, pour en diſpoſer & y commander à ſa volonté, comme
vrai Seigneur, Propriétaire & Maître. Et que pour plus ample
atteſtation de ce qu'il entendoit faire, dès lors il ſe déſſaiſiſſoit des
Provinces que deſſus, & inveſtiſſoit Sylveſtre; & davantage,
qu'il lui donnoit le Palais de Latran, le Diadême & la Couronne qu'il portoit, plus, la mitre blanche & l'ornement des
épaules Impérial, la robe de pourpre & le roquet d'écarlate. Et
encore pour plus grande preuve, déclaroit avoir ôté la couronne d'or de deſſus ſa tête, pour la mettre ſur celle de Sylveſtre.
Et d'autant que Sylveſtre (pour l'humilité qui étoit en lui) n'a-
voit voulu permettre que Conſtantin lui mît une Couronne
d'or deſſus la tête; qu'au lieu d'icelle, il lui mettoit dès à préſent ſur la tête une mitre blanche, pour le faire ſouvenir que
Jeſus Chriſt étoit reſſuſcité des morts. Entendoit néanmoins
que là où les Succeſſeurs de Sylveſtre voudroient porter cette
Couronne d'or, qu'ils le puſſent faire. Et pour mieux montrer,
que lui Conſtantin ſe ſentoit inférieur à Sylveſtre, qu'il recon-
noiſſoit tenir & prendre avec ſes mains le frein du cheval de
Sylveſtre, prêt à lui ſervir de palfrenier ou laquais toutesfois &
quand il lui plairoit. Que quant à lui, il prétendoit ſe retirer
en Orient & y établir d'orénavant ſon Empire, ſans qu'il pût
prétendre choſe aucune ſur la Ville de Rome & les Provinces
qu'il venoit de céder & tranſporter à Sylveſtre, lui ſemblant
choſe très abſurde qu'un Empereur terrien & mondain eût puiſſance & juriſdiction ès Villes & lieux auxquels le Chef des Evêques de la Religion Chrétienne auroit été mis & établi par l'Empereur du Ciel.

Voilà la ſubſtance de cette prétendue donation (1), contre
laquelle encore que pluſieurs gens de bien & grands perſonnages

(1) Il y a long-temps que cette prétendue
donation de Conſtantin n'eſt plus conſidérée que comme une chimere, & une fable
inventée dans des temps d'ignorance. Les
François, fondés ſur la vérité hiſtorique &
ſur l'ordre des temps, ſoutiennent contre
les Défenſeurs de la prétendue donation de
Conſtantin, que les ſouverains Pontifes

doivent les terres qu'ils ont poſſedées d'a-
bord dans l'Occident à nos Rois de la ſeconde Race. Othon le Grand, premier Empereur de ce nom; eſt d'accord avec nos
Auteurs: il a reconnu par un diplôme impérial, Pepin & Charlemagne, les plus anciens Fondateurs de la puiſſance temporelle
de l'Egliſe de Rome.

1591.

DÉFENSE DES
ROIS ET DES
EGLISES CON-
TRE ROME.

ont écrit devant nous, & de ce temps; si tâcherai-je de ma part de la débattre comme fausse, par quelques raisons particulieres & assez démonstratives.

Que depuis la mort de Constantin jusqu'à Charles Martel, Pepin, Charlemagne, &c. la temporalité de Rome n'a point appartenu aux Papes.

Pour le premier, c'est qu'il faut qu'ils confessent que ou cette donation est fausse, ou que l'extravagante de Boniface VIII (dont j'ai parlé ci-dessus) le soit. Car nous voïons que par une convention faite avec le Pape Sylvestre, Rome, l'Italie & l'Occident est donné, *privilegio singulari*, aux Papes; & par ainsi, faussement Boniface voudroit maintenir *Jure Naturali & Divino*, que la Jurisdiction des Papes s'étendit sur tout le monde, sans en rien excepter.

Pour le second, Constantin par son testament partageant l'Empire entre ses enfans, laissa à Constantin (1) tout ce qu'avoit tenu Constantius son pere : c'est à savoir (2) les Alpes, la Gaule, l'Espagne & la Bretagne; à Constantius il laissa l'Orient, la Thrace, la Ville de Constantinople; à Constans il laissa toutes les Terres d'entre deux : c'est à savoir l'Italie, Rome, Afrique, Sicile, les Isles, Illyrie, Macedoine, l'Achaïe & la Morée. Ceci nous est témoigné par Eusebe, au livre de la vie de Constantin, *chap.* 51. & par tous les Historiens. *Zonar. tom. 2. in Constant. Sext. Aurel. Victor.* Ce partage dément la susdite prétendue donation, si peut-être Constantin n'eût été ivre quand il testa, ce que jusqu'ici pas un des Papes n'a maintenu. Mais voïons un peu la pratique de cette donation, & si elle a été jamais gardée depuis Constantin. Pour lui faire savoir les histoires de la Ville en laquelle il est Evêque, je lui vais réciter de Successeur en Successeur ceux qui ont commandé en la Ville de Rome jusqu'à l'an 1400, & plus.

Constans, fils de Constantin, donc eut (comme j'ai dit) l'Italie & Rome. Du vivant de celui-ci, Constantin, son frere, fut tué près d'Aquitaine; finalement lui Constans, fut aussi tué

---

(1) Son Fils aîné.

(2) Les Gaules, l'Espagne, & la Grande Bretagne. Constance, son second fils, eut l'Asie, la Syrie & l'Egypte. Et Constant, le plus jeune des trois Freres, posseda l'Italie, l'Afrique, avec une partie de l'Illyrie. Le partage de Delmace fut la Thrace, & l'autre partie de l'Illyrie qui comprenoit l'Achaïe & la Macédoine. Celui d'Annibalien étoit formé de l'Armenie Mineure, des Provinces du Pont & de Cappadoce, dont Césarée étoit la Capitale.

au Château d'Helene, près d'Espagne. Conſtantius étant demeuré ſeul des enfans de Conſtantin, fut maître de Rome paiſible, y mettant ſes Officiers & Gouverneurs, ſans que jamais
les Papes ſe ſoient oppoſés ou à lui ou à eux, ni fait proteſte que
Conſtantin leur avoit donné Rome & l'Italie. L'ordre après fut
tel. Julian ſuccéda à Conſtantius. Juvian (1) ſuccéda à Julian.
Valentinian poſſéda ſemblablement Rome & l'Italie paiſiblement, pour le regard des Papes. Gratian, fils de Valentinian,
ſuccéda à ſon pere, & s'aſſocia pour l'Empire Theodoſe. Valentinian le jeune, frere de Gratian, regna après en Occident
du temps de Theodoſe. Ce Valentinian fut étranglé par Arbo-
gaſt (2), ſon Lieutenant, comme entre les Tyrans Maximus (3),
Adrogatus (4), Victor, Eugenius (5), Arbogaſtes tyranniſerent
l'Occident. Quant à Theodoſe, il mourut à Milan. Honorius,
fils de Theodoſe, ſuccéda à l'Empire d'Occident, & eut pour
Gouverneur Ruffin Gaulois. Arcadius ſon frere eut l'Empire
d'Orient, & eut pour Tuteur & Gouverneur Stiliçon, Wandale. Du temps de cet Honorius, Radagaiſus (6), Goth, entra en Italie. Les Romains diſoient tout haut que ces maux leur
étoient avenus à cauſe qu'on leur avoit changé la Religion
Païenne en celle des Chrétiens. Pour cette raiſon ils élurent
deux Chefs de guerre Païens; c'eſt à ſavoir Sarus, Goth (7), &
Wirdin, Hunois, leſquels firent en telle ſorte, que Radagaiſus
fut vaincu & pris priſonnier. Depuis celui-ci Alaric entra en
Italie. Il demanda des Terres à l'Empereur Honorius. Au lieu
de l'Italie Honorius lui donna les Gaules. Comme Alaric s'ap-
prête pour s'y en aller, Stilico penſant attraper Alaric, donne
la conduite de ſon armée à Saul, homme Païen. Celui-ci voulant charger Alaric à un jour de Pâque, eſt vaincu & tué par
Alaric.

---

(1) C'eſt, Jovien.

(2) Arbogaſte, Gaulois d'origine, étoit
un eſprit fier, cruel, ambitieux, né pour
la tyraunie. Un jour que Valentinien ſe
promenoit après le dîner ſur le bord du
Rhône, il le fit étrangler par des Eunuques,
qui enſuite le pendirent à un arbre avec
ſon mouchoir, pour faire croire qu'il s'é-
tpit donné la mort à lui-même. C'étoit en
392.

(3) Il y a eu dans le même ſiecle deux
Maximes qui ſe ſont fait proclamer Empe-
reur, le premier étoit Général de l'Armée
Romaine en Angleterre: il s'empara des
Etats de Valentinien. Le ſecond, étoit ſim-
ple Senateur: il épouſa Eudocie, veuve de
Valentinien.

(4) Adrogatus, c'eſt, peut-être, Andra-
gate, qui aſſaſſina Gratien.

(5) Eugene fut mis ſur le Trône d'Occident par Arbogaſte. Il faut conſulter ſur ces
faits & les ſuivans, les Ecrivains de l'Hiſtoire Romaine.

(6) C'eſt, Radagaiſe.

(7) Sarus, Goth, étoit d'une valeur extraordinaire.

Alaric voïant cette trahifon , tout furieux & victorieux qu'il eft , prend le chemin d'Italie , & finalement fe rend maître de Rome. Atolf fuccede à fon parent Alaric : il vient à Rome. Il emmene avec foi Placidia , fille de Theodofe , & la prend pour femme. Par l'avis de Placidia , il eft perfuadé de rechercher l'Empereur Honorius de paix. Enfin prenant la route de la Gaule Narbonnoife , il fut tué. Genferic lui fuccéda , après lequel regna Walia. Celui-ci renvoïa Placidia à Honorius , en reconnoiffance de quoi Honorius lui donne l'Aquitaine. Honorius fe remet à Rome. Il prend pour adjoint de l'Empire Conftantius , & lui baille pour femme fa fœur Placidia : finalement il meurt à Rome. Valentinian , fils de Placidia , fœur d'Honorius , fuccéda à l'Empire d'Occident après Honorius. Celui-ci tua Jean le Tyran. Il chaffa encore par fon Capitaine Ætius les Huns , qui étoient venus en Italie par le moïen de Jean fufdit. Il prend la fille de Theodofe , Empereur d'Orient , à femme. Quelques années après , Atila , Roi des Huns , (aïant été défait en Gaule par Ætius le Romain) fe jette en Italie. Il prend Aquilée , & fe délibéroit d'aller droit à Rome. Néanmoins Valentinian lui aïant envoïé le Pape Leon pour ambaffade , fit paix avec lui. Quelque temps après Valentinian tua de fa propre main Ætius , avec lequel périt la force de l'Empire d'Occident. Ce meurtre couta la vie à Valentinian : car peu après il fut tué en la Ville de Rome par les amis d'Ætius. Maximus envahit incontinent l'Empire : il ne fut que deux mois Empereur : il fut tué de fes Soldats & jetté dedans le Tybre. Genferic , Wandale , en cette même année prit Rome , & la pilla , & puis fe retira. Avitus , qui du vivant de Maximus s'étoit fait proclamer Empereur en Gaule , après la retraite de Genferic , fut appellé à l'Empire. Majorianus après la mort d'Avitus occupa l'Empire à Ravenne , lequel il ne tint que quatre ans. Severus après la mort de Majorianus , fut fait Empereur à Ravenne. Antemius fut , après la mort de Severus , fait Empereur du confentement de l'armée, Il vint à bout des révoltes de Servandus , Lieutenant Général des Gaules & de Romanus , Patricien , auquel il fit trancher la tête. Cela fait , il entre en contefte & différend avec fon gendre Richimer , Patricien , Goth de Nation. Celui-ci même étant venu de Milan à Rome , brouilla tellement les affaires en la Ville , qu'il tint & occupa une partie d'icelle contre Antemius. Le combat fut donné dedans la Ville , où Richimer eut le deffus , & y tua fon pere, Richimer demeura donc Maître de Rome après la mort d'Antemius. Olyberius lui succéda, & ne dura que sept mois. Liberius ou Glicerius fut élu à Ravenne par les troupes qui y étoient, après la mort d'Olybrius. Nepos, Patricien, aïant amassé quelques troupes, dépouilla Glicerius de la dignité Impériale, & le contraignit d'être Evêque de Salone, en Dalmatie. Augustulus parvint après lui à l'Empire, après qu'Aurestes, pere d'Augustulus eut donné la chasse à Nepos. Odoacer Herule vint depuis en Italie, & contraignit Augustulus de lui remettre l'état de dignité d'Empereur. Theodoric, Goth, survint en Italie, & défit Odoacer. Il s'empare de Rome, où il commanda en Maître & Souverain, tant sur le temporel que sur le spirituel. Il se servit même de Jean, Pape, comme d'ambassade, ainsi que j'ai dit ailleurs. Alaric ou Athalaric, son fils, lui succéda. Amalasuenta, mere d'Alaric, succéda à son fils, & ajoignit à soi pour participant de l'Empire Theodatus. Theodatus aïant fait étrangler en un bain Amalasuenta, envoïa vers Justinian en ambassade le Pape Agapitus, & par ce moïen appaisa Justinian. Witiges après la mort de Theodatus, occupa le Roïaume & prend à femme la fille d'Amalasuenta. Belissaire, Lieutenant Général de Justinian, prend Rome : il envoie le Pape Sylverius prisonnier à Constantinople. Il prit encore Witiges. Après la prise de Witiges, Hildebrand est élu par les Goths pour Roi du Païs qu'ils tenoient de deçà le Pô, après la mort duquel Eraric lui succede. Totilas (que quelques-uns appellent Badiula) aïant succédé à Eraric, amasse des forces & reprend Rome, & se comporta avec les Romains comme avec ses enfans. Narses, Lieutenant Général de Justinian, défait Totillas & le tue; & par ainsi revint à l'Empire d'Italie. Il défit aussi Bucelin, Lieutenant Général de Theodobert, Roi de France, qui couroit le Païs d'Italie. Il eut quelques autres victoires au même Païs. Depuis, étant accusé sous Justinian II de faire plusieurs concussions en Italie, l'Empereur lui envoïa pour Successeur Longinus, Exarche. L'Emperiere d'autre part s'étant mocqué de lui, pource qu'il étoit Eunuque, il en conçoit un tel déplaisir, qu'il met la Nation des Lombards au-dedans de l'Italie, lesquels firent tant par leurs armes, qu'ils y établirent un grand & puissant Roïaume, lequel dura jusqu'à Charlemagne. Tiberius succéda à Justinian II, que quelques-uns appellent Justin. Maurice son gendre lui succéda. Celui-ci envoïa cinquante mille écus à Childebert, Roi de France, pour se jetter sur les Lombards qui ravageoient l'Italie. Childebert y étant

1591.

Défense des Rois et des Eglises contre Rome.

entré & les Lombards lui aïant donné ce qu'il demandoit, s'en retourna en France, dont Maurice étant fâché, & lui redemandant ses cinquante mille écus, Childebert en tint si peu de compte, qu'ils sont encore à païer. Pelagius étoit alors Pape & ne put (au moïen que Rome étoit assiégée des Lombards) envoïer vers l'Empereur, se confermer si-tôt qu'il étoit requis, si est-ce qu'il envoïa s'excuser. De son temps, les Evêques de Ravenne se départirent de ceux de Rome. Smaragdus Patrice étoit pour lors Exarche à Ravenne. Celui-ci fit paix avec Autaris Lombard pour trois ans. Pour lors, il advint à Rome un tel déluge, que la Ville pensa être inondée. La peste y fut aussi extrême. Pour appaiser l'ire de Dieu, le Pape Gregoire composa une Litanie solemnelle. Severus succéda en l'Exarchat de Ravenne ; du temps duquel s'augmenta grandement la puissance des Evêques de Ravenne. Romanus depuis succeda à Severus & fut Exarche à Ravenne. Phocas succéda à Maurice. Celui-ci octroïa au Pape de Rome, que l'Eglise de Rome fût Chef de toutes les autres. Il lui octroïa même le Temple de Pantheon, lequel il dédia à tous les Saints. Cela montre que les Papes n'étoient Seigneurs de Rome, puisque même il leur falloit demander jusqu'à un Temple à l'Empereur, s'ils le vouloient avoir. Heraclius lui succéda, du temps duquel vint & se montra Mahomet. Constantin, son fils, lui succéda. Heracleonas & Martine tinrent depuis l'Empire. Constans fut après Empereur. Celui-ci voïant qu'on ne faisoit rien contre les Lombards, jetta sa fureur sur ceux de Rome. Le Pape avec le Clergé & Peuple de Rome, l'alla recevoir six lieues par-delà Rome. Etant depuis venu en la Ville, il prit tout ce qu'il y avoit de beau & de bon aux Temples des Gentils : il découvrit même le Temple Pantheon que Phocas avoit donné au Pape, & ôta les tuiles d'airain d'icelui. Il prit les vaisseaux sacrés des Eglises des Chrétiens, & de-là se retira en Sicile. Constantin succéda à Constans. De son temps survint l'hérésie des Monothelites, pour laquelle fut tenu un Concile à Constantinople, auquel le Pape Agatho envoïa ses Députés. Celui-ci fit une Ordonnance, que dorénavant, celuilà seroit Pape, que le Clergé, le Peuple & l'Armée Romaine d'Italie auroit élu, sans autrement attendre la volonté de l'Empereur, ou de l'Exarche d'Italie, comme il se faisoit auparavant. Justinian (surnommé le nez coupé) succéda à Constantin. Celui-ci s'efforça de faire enlever le Pape Sergius, pourcequ'il cequ'il ne vouloit confentir à fon héréfie. Ce Juftinian fut chaffé de fon Empire & puis réintégré. Il commanda au Pape Conftantin de le venir trouver en Conftantinople, ce qu'il fit : & aïant changé fon héréfie, confirma tout les privileges qui avoient été par avant donnés à l'Eglife de Rome par les Empereurs. De fon temps, Theodore fut Exarche, & après lui Jean Platina. La Capitale des Exarches étoit Ravenne : celle des Lombards étoit Pavie. Leontinus prit Juftinian, & lui coupa le nez. Tiberius ou Abfimarus lui fuccéda, & lui rendit le même qu'il avoit fait à Juftinian. De fon temps, Theophilacius fut envoïé pour Exarche en Italie. La gendarmerie de l'Empereur fe mutina contre celui-ci, pourceque tous les Exarches auparavant, avoient pris cette coutume, de s'entendre plutôt avec les Papes, qu'avec leurs Empereurs. Le Pape Jean s'interpofa ; & le tout appaifé, Théophilacius fe retira à Ravenne. Ce différend de la gendarmerie contre les Exarches, fut caufe que les Lombards augmenterent grandement leur Roïaume en Italie. Philippicus fut Empereur après celui-ci. Il étoit Monothelite & condamnoit auffi l'adoration des Images. Il vouloit contraindre le Pape Conftantin de fe foufcrire en l'héréfie des Monothelites ; cela fut caufe que le Peuple fe mutina contre lui en la forme qu'avons dite ailleurs. Juftinian, furnommé le nez coupé, fut réintégré par après. De fon temps, Aripert, Roi des Lombards donna à l'Eglife de Rome les Alpes, depuis Turin jufqu'à Gênes. Cet Empereur fut fort ami des Papes, & en leur faveur, il fit faifir Felix, Archevêque de Ravenne, qui ne vouloit reconnoître pour fes Supérieurs, les Papes. Ce Felix lui fut envoïé enchaîné à Conftantinople : il le relegua en Pont, & lui fit crever & perdre les yeux, en le contraignant de regarder dans un vafe d'airain ardent. Anaftafius ou Artemius lui fuccéda. Theodofius fut par après Empereur. Celui-ci (& Anaftafius) furent bons amis des Papes. De fon temps il y eut à Rome un très grand déluge : comme auffi l'Eglife de Pavie fut affujettie à celle de Rome & diftraite par ce moïen de l'Archevêché de Milan. Plus, Luithprand, Roi des Lombards, prit Ravenne & en remporta les dépouilles à Pavie. Leon, fon Succeffeur, abattit les Images. Il commanda à Ravenne, que l'on fît le même, dont il furvint une grande diffenfion entre ceux qui tenoient fon parti, & ceux qui tenoient celui du Pape, enforte que Paulus l'Exarche avec fon fils y furent tués. Cela fut caufe que Leon envoïa folliciter les Lombards

1591.
Défense des
rois et des
Eglises contre Rome.

de se départir des Traités qu'ils avoient avec l'Eglise de Rome, mais ce fut en vain; car Gregoire eut paix pour les Romains avec le Roi des Lombards & le Duc de Spolete en Benevent. De son temps, il mourut de peste à Constantinople près de trois mille personnes. Enfin cet Empereur fut excommunié par Gregoire III; qui fut cause que Luithprand, voïant la dissension des Empereurs & des Papes vint assiéger Rome. Le Pape Gregoire n'eut autre recours qu'à la France & à Charles Martel, grand Maire du Palais de France. Celui ci envoïa vers Luithprand ses Ambassades, le prier, comme bon ami & compere, qu'il lui voulût faire ce bien de ne point assiéger Rome, & que cela lui déplaisoit ; ce qu'il fit. Luithprand mort, Aldebrand son petit-fils lui succéda ; & à celui-ci Rachis, avec lequel les Papes firent alliance. Celui-ci fut dépouillé & dévêtu du Roïaume par Astolf son frere. Cet Astolf menaçoit fort le Pape & les Romains, & vouloit attenter sur Rome. Pour le regard de la France, Charles Martel mort, Pepin son fils lui succéda, lequel, l'an 753, fut fait Roi de France. Constantin succéda à Leon. Celui-ci défendit les Images & l'invocation des Saints. Cependant le Roi Astolf, Lombard, vouloit contraindre les Romains de lui païer tribut par chacun an, & imposer sur chaque tête un écu. Le Pape Étienne s'adresse à l'Empereur Constantin ; mais ce fut en vain. De-là, il vint en France vers le Roi Pepin, lequel étant descendu en Italie avec une forte & puissante Armée contraignit tellement Astolf, qu'il promit de rendre tout ce qu'il avoit pris aux Romains : Là-dessus, Pepin se retire en France. Astolf, tant s'en faut qu'il tînt ce qu'il avoit promis, qu'il vient assiéger Rome, brûle & détruit les Fauxbourgs & lui fait un tel dommage, qu'elle n'en avoit reçu un pareil depuis le déclin de l'Empire Romain. Le refuge du Pape fut de venir vers Pepin, lequel descendant en Italie avec une Armée, est à son arrivée abordé par Gregoire premier Secretaire de l'Empereur Constantin, lequel le supplie au nom de l'Empereur, qu'au cas qu'il conquêtât l'Exarchat de Ravenne, qu'il n'eût à le rendre aux Papes ou aux Romains, parcequ'il appartenoit aux Empereurs. Pepin fit réponse, qu'il n'étoit venu en Italie en autre intention, que pour bien faire aux Papes & aux Romains. Ce qu'il montra par expérience ; car il contraignit Astolf de leur rendre tout le Païs d'entre le Po & l'Appenin depuis Plaisance jusqu'à Venise, & tout ce qui est dedans le Fleuve Isaurus, l'Apennin & la mer

Adriatique, voire même tout ce qu'Aſtolf avoit pris au Païs d'Etrurie, & des Sabins. Quant à Pepin, il voulut ſe retenir au pied des Alpes & ne retourner en France, qu'Aſtolf n'eût effectué ce qu'il avoit promis. Aſtolf mort d'apoplexie, Didier paracheva de rendre au Pape ce qu'Aſtolf n'avoit pu rendre & par ainſi ceſſa le nom d'Exarche en Italie, qui avoit duré cent ſoixante-dix ans; enſorte que par les bienfaits des Rois de France, les Papes furent faits grands Seigneurs. Mais Didier ne garda pas long-temps ce qu'il avoit promis. Les Papes eurent derechef recours à Charlemagne, lequel deſcendant en Italie, prit Didier, & tout ce que tenoient les Lombards. Il vint à Rome, où il fut le très bien venu du Pape. Il donna au Pape tout ce qui eſt depuis le Païs de Gênes, juſqu'aux Alpes, l'Iſle de Corſique, tout le Païs d'entre Luques & Parme : & davantage, Friul avec l'Exarchat de Ravenne, enſemble les Duchés de Benevent & de Spolete; & par ainſi prit fin le Roïaume des Lombards, l'an 776, lequel avoit duré en Italie 204 ans. Peu de temps après, l'Empereur Conſtantin devint ladre, dont Platine eſtime que la fauſſe opinion de la donation de Conſtantin le grand a eu ſon origine, s'étant mépris quelques Hiſtoriens au nom de ce Conſtantin. Leon ſuccéda à ce Conſtantin. Cet Empereur n'eut autre plaiſir, que de ſe faire brave, avec perles, diamans & telles vanités du monde : Conſtantin ſon fils ſuccéda & Iréne ſa Mere. Sous iceux fut tenu le ſecond Concile de Nicé, contre ceux qui condamnoient les Images; mais Conſtantin ne voulut garder ce Concile, & priva ſa Mere du Gouvernement de l'Empire. Il vouloit ſuborner ſes Lieutenans qu'il avoit ſur les fins d'Italie, mais l'Empereur Charles les maintint. Le Pape Hadrian cependant fit tenir un Concile à Rome, où furent condamnés ceux qui défendoient les Images. Depuis, l'Impératrice Irene ſe ſouvenant du tour que lui avoit joué ſon fils, fit tant qu'elle le ſaiſit au corps; elle lui fit même crever les yeux & mettre en priſon. Advint de ce temps, que Paſchal & Campulus (1) conjurerent contre le Pape Leon, juſqu'à le battre de telle ſorte qu'on penſoit qu'il dût perdre les yeux & la langue. Eux & le Pape ſe pourvoient vers Charlemagne, lequel leur promit d'en connoître à ſa premiere commodité. Venu à Rome, accompagné des Evêques, tant d'Italie que de France, il leur demande ce qu'ils avoient à dire ſur la vie & mœurs du Pape

____
(1) Ou Campelle.

Leon, tous lui répondirent, qu'il n'appartenoit à un (princi-palement à une perfonne Laïque) de juger le Chef de l'Eglife. Charles aïant oui cette magnifique réponfe, defira d'en con-noître : or, c'étoit ce que Leon demandoit. Là-deffus, Leon montant en chaire & tenant les Evangiles en fes mains, jure qu'il étoit innocent de ce dont on l'accufoit. Voilà comme il fut quitte à bon marché de fon accufation. Ceci advint l'an 800. Cela fait, le Pape & les Romains voïant les maux de l'Italie pour & à caufe de l'abfence des Empereurs d'Orient, firent tant que Charles fut proclamé Empereur & Roi d'Italie avec Pepin fon fils. Iréne, Impératrice d'Orient lui envoïa fes Am-baffades le requérir de paix & d'alliance, & qu'en ce faifant l'Empire feroit divifé en cette forte ; c'eft que tout le Païs, depuis Naples, & la Ville Manfredonia avec la Sicile, appar-tiendroit à Charles. Il eft vrai que Platine en cette partie de Charles, par gaufferie (comme il eft vrai-femblable) excepte les Terres qui appartenoient à l'Eglife de Rome. Voïez Pla-tine ès Vies des Papes fous les Empereurs fufnommés.

Or, ai-je bien voulu déduire cette Hiftoire d'un peu plus haut, pour montrer que la donation de Conftantin eft fauffe. Car, par ce que j'ai dit ci-deffus, il appert que pour le regard du temporel, les Papes n'ont été Maîtres d'Occident ni d'Ita-lie ; & que ce qu'ils ont eu, c'a été des bienfaits & de la libé-ralité de Charles Martel, Pepin & Charlemagne, Rois de France. Et quand bien le Pape voudroit s'attribuer les Provinces fuf-dites, que nos Rois leur ont données, fi eft-ce qu'il fe voit par l'accord de Charlemagne avec Iréne, Impératrice de Conf-tantinople, que le Pape n'a que voir fur les autres parties de l'Italie qui ont appartenu à Charlemagne & à fes fucceffeurs ; moins donc peut-il prétendre fur la temporalité de France, d'Allemagne & d'Efpagne. Et par ainfi, injuftement & mal-heureufement ofe-t-il entreprendre de vouloir déjetter notre Roi de la temporalité de fon Roïaume (1).

____

(1) Tous les Faits énoncés dans cet Ar-ticle n'y font que préfentés. C'étoit le but de l'Auteur. Les Ecrivains de l'Hiftoire Ro-maine détaillent ces mêmes Faits. On peut les confulter.

Que le temporel de la Ville de Rome a appartenu aux Rois très Chrétiens de France, & que les Papes se sont reconnus (pour le regard d'icelui) Vassaux & Sujets du Roi de France.

Mais je ne me contente point encore de ceci, ains lui veux-je montrer par bonnes & vives autorités, qu'il n'a point été souverain en la partie que nos Rois de France lui ont donnée, ains qu'en icelle ils ont été Sujets & Vassaux de nos Rois. Et qu'ainsi soit; Louis débonnaire succéda à Charlemagne, son pere, tant au Roïaume de France qu'à l'Empire. Etienne IV, Pape, le vint trouver jusqu'à Orléans, d'autant que la faction de Campulius (1), dont a été parlé ci-dessus, menaçoit Rome de quelque sédition. Louis le reçut humainement, & lui eût tenu plus longuement compagnie, n'eût été que l'Empereur étoit contraint d'aller en Gascogne & en Bretagne, pour y appaiser quelques révoltes qui y étoient survenues. Toutesfois avant que de partir, le Pape Etienne, pour imiter en cela Jesus-Christ, qui avoit pardonné à ses ennemis, impétra de l'Empereur Louis, qu'il fût permis aux bannis & autres que l'Empereur Charlemagne avoit confinés en prison, pour l'injure qu'ils avoient faite au Pape Leon, de retourner en la Ville de Rome. *Platina in Stepha.* 4. Cela montre que la Jurisdiction de Rome appartenoit aux Empereurs, & non point aux Papes. Car autrement le Pape eût demandé en vain licence, permission, grace & abolition à l'Empereur, si l'Empereur n'eût eu aucun pouvoir sur la Ville de Rome.

Pour le second, ceci appert en ce que Paschal I (2) aïant été élu & créé Pape sans l'autorité & consentement de Louis Débonnaire, le Pape envoïa incontinent ses ambassades vers Louis, qui rejetterent toute la coulpe & la faute de cette élection sur le Peuple & le Clergé de Rome, ajoutant qu'il avoit été forcé par eux d'accepter cette charge. Louis aïant reçu cette satisfaction, répondit au Peuple & Clergé qu'ils prissent garde d'observer les ordonnances & conventions de leurs Majeurs, de peur

---

(1) La faction de Paschal & Campel avoit éclaté sous le Pontificat de Leon III, prédécesseur d'Etienne IV. Leon fut très maltraité par ces séditieux, qui furent condamnés à mort. Leon obtint leur grace, & ces Revoltés n'en profiterent point ; ils re- commencerent à remuer sous Etienne IV, qui avoit été ordonné le 22 Juin 816, & qui mourut le 24 Janvier 817.

(2) Paschal I succéda à Etienne IV le 25 Janvier 817, & mourut le 11 de Mai 824.

que de-là en avant ils ne fiſſent rien contre Sa Majeſté. *Platina in Paſchal. I.*

Pour le troiſieme, Lothaire, fils de Louis, venant en Italie, mit un Magiſtrat à Rome, auquel le Peuple s'adreſſoit pour le fait de la Juſtice : car ceux de Rome, depuis Charles Martel & ſes enfans, avoient uſé de quelque liberté, après une longue & brieve ſervitude. *Platina in Eugen. 2.*

Pour le quatrieme, c'eſt que Gregoire IV aïant été élu ne voulut exercer le Pontificat avant qu'il fut confirmé par les Ambaſſades de l'Empereur Louis, qui pour cet effet avoient été envoïés & délégués pour connoître diligemment de cette élection (1). Or eſt-il que Louis ne faiſoit pas cela mû d'orgueil, mais de peur qu'il ne diminât les droits de l'Empire. *Platina in Gregor. 4.* Vous voïez par là, Meſſieurs du Clergé de France, qu'entre les autres droits de l'Empire, celui-ci en eſt un, de connoître de l'élection des Papes, non-ſeulement étant l'Empereur préſent, mais encore (qui eſt moins) par ſes Ambaſſades. Vous voïez que ce n'eſt point orgüeil qui ait mu les Empereurs de ce faire, ains ſeulement le droit de l'Empire. Et ceci eſt encore plus remarquable en la perſonne de Louis Débonnaire, lequel, à la relation de tous les Hiſtoriens, a été le plus dévotieux en ſa Religion qu'il ſe ſoit trouvé entre tous les Empereurs & Rois de France. De ce temps les Mores occuperent une partie de la Sicile. L'Empereur Louis & Lothaire, ſon fils, firent réponſe au Pape Gregoire, que cette guerre & défenſe appartenoit à Michel, Empereur de Conſtantinople ; toutesfois qu'ils étoient prêts d'y entrer à communs frais & dépens, ſi l'Empereur Michel y vouloit entendre de ſon côté.

Pour le cinquieme, Lothaire aïant ſuccédé à Louis Débonnaire, ſon pere, en l'Empire & Roïaume d'Italie, communiqua à ſon fils, Louis, le Roïaume d'Italie, où il l'envoïa avec une bonne & puiſſante armée, & lui donna pour conſeil (pource qu'il étoit jeune) entr'autres Drogon, Évêque de Metz. Le Clergé de Rome alla devant lui une lieue de la Ville, chantant, *Benedictus qui venit in nomine Domini : Hoſanna in excelſis. Platina in Sergio* 11. *p.* 55.6 (2). Il fut incontinent couron-

---

(1) Gregoire IV ſucceda à Valentin. Il fut intronifé avant que d'être ordonné, parceque, pour ſon ordination, il fallut, comme on le dit ici, attendre l'Envoïé de l'Empereur. On peut placer ſon ordination ſur la fin de l'an 827. Ce Pape mourut au mois de Janvier de l'an 844, ſelon d'autres, en 843.

(2) Lothaire avoit trouvé mauvais qu'on

né Roi d'Italie par le Pape Sergius, lequel voïant que l'armée de Louis faisoit un grand dégât à Rome, fit tant qu'enfin il se retira, après lui avoir baillé tout ce qu'il demandoit. De ce temps (mais sous Leon (1) IV), les Mores & Sarrasins faisoient leur appareil naval pour venir piller Rome; toutesfois le Pape Leon & en personne eut une insigne victoire d'eux près d'Hostie (2). La partie de Rome qui est de-là le Tybre, fut par le même Leon fortifiée de fossés & de portes, & de son nom appellée la Ville de Leon. Il la paracheva en six ans, & la fit habiter par ceux de Corsique qui avoient été chassés de l'Isle par les Sarrasins, leur assignant des champs & des terres pour labourer. L'on dit encore que de ce temps Aginulphus, Roi d'Angleterre, rendit son Roïaume tributaire à l'Eglise de Rome, imposant sur chaque maison un denier d'argent (3). Mais le mal pour les Papes, fut qu'une femme parvint lors au Papat & fut appellée Jean VIII. Celle-ci allant à l'Eglise de Lateran, accoucha en pleine rue, & mourut, après avoir tenu le Pontificat deux ans, un mois, quatre jours. Je laisse ici le reste à voir dedans Platine, pource qu'il n'est trop honnête ni séant à réciter (4). *Platina in Joann. 8*

Pour le sixieme, c'est que le Pape Benoît III aïant été élu, l'élection qui avoit été faite par le Clergé & le Peuple, fut sujette à la confirmation de Louis, Empereur (5). Je cesse ici d'alléguer d'autres exemples, par lesquels il appert que les élections des Papes ont été sujettes à être confirmées par les Rois &

---

eût ordonné Sergius sans sa participation; & ce fut en partie pour cela qu'il envoïa en Italie Louis son Fils, qu'il déclara Roi d'Italie. Louis vint à Rome, où il fut reçu avec de grands honneurs, comme on le dit ici. On examina & on confirma l'ordination de Sergius, qui tint le Siége de Rome trois ans, moins dix-huit jours, & mourut le 27 Janvier 847.

(1) Successeur de Sergius; mort le 17 de Juillet de l'an 855.

(2) Les Sarrazins ne se retirerent qu'après avoir fait bien des actes d'hostilité, & chargés de butin. Une tempête qui s'éleva peu après leur retraite, les fit presque tous périr.

(3) Ce fait est mal rapporté ici. Ce Roi d'Angleterre étoit Ethelulphe. Il vint en effet à Rome sous le Pontificat de Benoît III, qui siégea depuis 855 jusqu'en 858. Il y offrit à saint Pierre une couronne d'or du poids de quatre livres, & plusieurs autres présens. De plus, il laissa par son testament trois cents marcs d'or par an à l'Eglise Romaine, cent pour saint Pierre, cent pour saint Paul, & cent pour les largesses du Pape.

(4) L'Auteur, s'il eut été bon critique, n'eut pas adopté cette fable de la prétendue Papesse Jeanne, que les Protestans ne croient plus eux-mêmes depuis long-temps. David Blondel, un de leurs meilleurs Ecrivains, l'a refutée sans replique: en quoi il avoit été précédé, & a été suivi par plusieurs autres Auteurs de différentes communions. Il seroit inutile de s'y arrêter ici plus long-temps.

(5) Benoît III aïant été intronisé, on dressa le décret d'Election, qui fut signé du Clergé & des Grands, & envoïé aux Empereurs Lothaire & Louis.

Empereurs, d'autant que tous ces exemples ne tendent qu'à une même raison. Si dirai-je en passant que toutes ces confirmations montrent assez que les Papes n'étoient maîtres de Rome, puisque leur confirmation dépendoit d'autrui, tant pour le spirituel que pour le temporel. *Platina in Benedicto. 3. p. 57. b.*

De la temporalité de la Ville de Rome sur le déclin de la Race de Charlemagne, & après : & que les Papes ne l'ont eue qu'en l'an 1400, & après sous Boniface IX ; & par ainsi depuis cent quatre-vingt-onze ans & moins.

Sur le déclin de la race de Charlemagne, & sous les Berangers (qui de Ducs de Frioul, & étant des restes des Lombards d'Italie, avoient occupé l'Empire & le Roïaume d'Italie) toutes choses étant venues en confusion (jusques-là que Platine *in Benedicto IV & in Christophoro I*, est contraint d'appeller les Papes, qui furent lors, *Monstra & Portenta* (1) ; les Romains s'étoient établis sur eux deux Consuls annuels de la Noblesse, & un Prevôt, pour les affaires concernantes la Justice & douze Conseillers, qu'ils appelloient *Decarchonas*, qui représentoient tellement quellement le Senat ancien, & les élisoient de la populace. Ils avoient encore leur territoire ; c'est à savoir les lieux prochains de la Ville & autres bonnes Provinces. *Plat. in Joann. 13.*

Je commencerai à Jean XIII (2), obmettant ceux qui l'ont précédé, & supplierai le lecteur de me supporter, si quelquefois il trouve quelque chose de la vie débordée des Papes, d'autant que n'est point que j'en aie aux personnes, mais pour faire d'autant mieux entendre le fil de cette histoire, l'assurant

---

(1) Platine n'est pas toujours un bon garant du mal qu'il dit des Papes : il étoit trop enclin à les maltraiter. C'est cependant la seule autorité sur laquelle notre Auteur s'appuie dans tout ce qu'il raconte ici au désavantage des souverains Pontifes. Nous ne prétendons pas faire l'apologie de ceux-ci ; mais nous disons seulement qu'on met sur leur compte plus d'un fait incertain ; & que le récit de notre Auteur ne fait rien d'ailleurs à la cause qu'il a entrepris de soutenir. Quand les Papes, dont il parle, auroient été encore plus licentieux, leur

jurisdiction en eut-elle été moindre ?

(2) C'étoit Jean XII & non XIII. Il avoit été ordonné après le 20 Août 956. Il est vrai qu'il fut déposé pour ses crimes ; dans un Concile, tenu en présence de l'Empereur Othon, au mois de Novembre 963. Leon VIII fut ordonné, pour lui succéder, le 6 Décembre de la même année ; mais Benoît, Diacre de l'Eglise Romaine, fut élu malgré l'Election de Leon, après la mort de Jean XII, arrivée le 14 Mai 964. Leon mourut en 965, & Benoît la même année à Hambourg.

que je ne dirai rien fans autorité. Jean XIII parvint au Papat par force, *Platina in vita Joan.* 13. C'étoit un homme fort vicieux, adonné à la chaffe & aux paillardifes. Deux Cardinaux s'adreffent à Ottho de Germanie (qui étoit pour lors renommé pour les victoires qu'il avoit eues fur la Boheme & la Hongrie), il vint à Rome. Voïant qu'il ne pouvoit détourner ce Pape de fa méchante vie, il convoqua un Synode, & mit en la place de Jean un nommé Leon, Citoïen de Rome, *perfuadente Clero*, comme dit Platine. Ottho s'étant retiré de Rome, le Pape Jean eft rappellé par ceux de fa faction, il chaffa le Pape Leon. Finalement ce Pape vivant en fon ancienne façon, eft furpris en adultere & tué fur le fait. Ceux de Rome élifent en fa place un nommé Benoît. *Plat. in Benedict. V.* Ottho refufe de le confirmer; au contraire, il les contraint de recevoir Leon. Il reçut d'eux le ferment qu'ils ne changeroient rien en ce que lui Ottho auroit ordonné & établi pour le fait de l'Evêché de Rome, menant avec foi le Pape Benoît en Allemagne, qui peu après mourut de deuil à Haifbourg (1), & par ainfi Otthon tranfporta toute la puiffance & autorité d'élire le Pape, du Clergé & Peuple de Rome aux Empereurs. *Platina in Leone, p. 64. 2.*

Jean XIV (2) fuccéda à Leon: les Romains aïant déja pris une coutume de chaffer les Papes, & après avoir appellé à leur aide Jofroi, Comte de Champagne, prennent ce pauvre Pape & l'envoient en exil (3). *Platina in Joann.* 14. Ottho aïant été averti de ceci, defcend en Italie avec fon fils; où aïant connu ce qui s'étoit paffé, fait prendre les Confuls, le Prevôt & le Senat de Rome, & les fait mettre aux fers. Etant mieux informé, il envoie les Confuls en Allemagne, fait prendre les Sénateurs. Quand à Pierre, Prevôt de la Ville (qui étoit la fource de tous ces maux) l'aïant fait trainer & battre de verges par certains endroits de la Ville, il l'envoïa en Allemagne enchaîné. L'on ajoute encore de ce Pierre qu'il fut plus cruellement châtié, ce que j'obmets pour brieveté.

Benoît VI fuccéda à Jean XIV (4); Cyntius (5), Citoïen de Rome le prit & le mit en prifon, où il le fit étrangler, ou bien (comme quelques uns difent) mourir de faim. *Platine*, en fa

---

(1) A Hambourg.

(2) Il faut, Jean XIII.

(3) Il rentra dans Rome, fur la fin de l'an 966, & mourut au mois de Septembre 972.

(4) A Jean XIII. Benoît fut ordonné le 28 Novembre 972.

(5) C'étoit Crefcentius, fis de Theodora, fi connue dans l'Hiftoire de ce temps là. Benoît fut étranglé l'an 974.

vie. Bonus II (1) lui succéda, & après lui Bonifacius VII (2). Celui-ci fut contraint de s'enfuir à Constantinople; mais avant que ce faire, il fit sa main, aïant emporté avec soi tous les plus beaux joiaux de l'Eglise de Saint Pierre, dont il fit argent à Constantinople; au moïen duquel étant retourné à Rome, il s'efforça de l'emporter par corruption, ce qu'il fit, aïant premierement fait crever les yeux à Jean, Cardinal, qui lui faisoit tête. Ottho étant depuis mort à Rome du temps de Benoît VII, les Allemands l'emporterent, & élurent Ottho, neveu du défunt. *Platin.* en la vie de Benoît.

Jean XV (3) succéda à Benoît. Ferucius, pere de Boniface II le saisit au corps & mit en prison, où il mourut pauvrement. *Platine.* Jean XVI (4) lui succéda, lequel fut fort diffamé de ce qu'il donnoit tous ses biens & revenus à ses parens & alliés. *Platine.* Jean XVII fut fait Pape après lui. *Platine.* De ce temps Crescentius, Consul de Rome, s'étant efforcé de se rendre Seigneur de Rome, fit tant que le Pape fut contraint de s'enfuir. Depuis, toutesfois craignant Ottho, fit sa paix avec le Pape, après s'être humilié devant lui. Gregoire V, Saxon de Nation, fut contraint de se retirer en Allemagne, après que les Romains eurent fait Crescentius de nouveau Consul avec toute puissance. Celui-ci fit un nouveau Pape, appellé Jean, que Platine *in Joan. XVIII* appelle *furem & latronem* : Ottho vint à Rome. Crescentius s'étant retiré en la Forteresse d'Hadrian, & comme il en vouloit sortir pour aller trouver Ottho, fut tué par la populace. Quant au Pape Jean, il eut les yeux crevés, & peu après fut tué (5). Gregoire réintégré (6), pour

(3) C'est Donus II. Il est mort avant le 25 Mars 975.

(2) Ce fut Benoît VII, non Boniface VII, qui succéda à Donus, au mois de Mars 975. Il est vrai que François, Diacre de l'Eglise Romaine, avoit été ordonné contre les regles, & placé sur le Siége de Rome, sous le nom de Boniface V I I, immédiatement après la mort de Benoît VI, selon le Pere Pagi ; mais il fut chassé un mois après son Election, & s'enfuit à Constantinople. C'étoit avant l'Election de Donus II, que Baronius met, mal à propos, avant Benoît VI, au lieu de le faire son successeur. Boniface étant revenu de Constantinople, fit enfermer, non le Diacre Jean, comme on l'appelle ici, mais le Pape Jean XIV, qui avoit été légitimement élu le 10 de Juillet 984, & il continua de siéger encore six mois, pendant que Jean XIV étoit en prison.

(3) Il faut Jean XIV.

(4) Au lieu de Jean XVI, il faut, Jean XV, & ainsi des autres du nom de Jean, dont il est ici parlé : Jean XVI, au lieu de Jean XVII, &c.

(5) Ce prétendu Pape, qu'on nomme ici Jean XVIII, étoit Philagate, Evêque de Plaisance, que Crescentius fit élire Pape, pendant la vie de Gregoire V, & qui tint le Siége de Rome depuis le mois de Mai 997 jusqu'au mois de Mars 998. L'Empereur Otton III étant revenu cette année en Italie, cet Antipape s'enfuit, & fut arrêté par les gens d'Otton, qui lui couperent la langue & le nez, lui arracherent les yeux; & le jetterent en prison.

(6) Gregoire V revint à Rome, d'où

mieux confirmer l'état de l'Empire, l'élection de l'Empereur fut attribuée aux Allemands. Ce qui fut cause que ce droit fut plutôt déféré aux Allemands qu'aux François, fut que la race de Hugues Capet s'étoit nouvellement investie du Roïaume de France, & par ainsi assez empêchée en ses propres affaires. *Platina in Gregorio V.*

Sylvestre II, François, n'eut autre chose de remarquable, sinon qu'il fut insigne Magicien (1). *Diabolum secutus cui se totum tradiderat.* Je laisse d'en dire davantage. *Platina in Sylvestro II.* Du temps de Jean XIX, l'Empereur Ottho eut pour Gouverneur en Italie un nommé Hugo; Seigneur très renommé, *Platina in Joan.* 19. *p.* 66. *b. Jean XX.* Et depuis Sergius IV lui succéderent. Sous celui-ci tous les Princes d'Italie par un commun accord prirent une résolution de chasser les Sarrasins de Sicile. Guillaume Ferrabach, fils de Tancre, lequel étoit fils du Duc de Normandie, s'empara sur iceux du Roïaume de la Pouille. Je laisse les prouesses de sa postérité pour le présent. Après la mort d'Ottho III, Henri de Baviere fut élu Empereur suivant l'institution de Gregoire V. Du temps duquel, Benoît VIII, Pape, fut chassé de Rome & puis réintégré. Pendant que cet Empereur travailloit aux affaires d'Allemagne, l'Italie eut de fortes & grandes guerres contre les Sarrasins. *Platine in Benedicto VIII.* Conrad de Sueve fut élu Empereur après la mort d'Henri. Sous celui-ci plusieurs Villes d'Italie se mirent en liberté. Il assiégea Milan, mais aïant changé d'avis il alla droit à Rome se faire couronner; il dompta les Sclavons & Hungarois, qui avoient donné secours aux rebelles d'Italie. Il reçut en sa protection Raoul de Bourgogne, tourmenté de diverses séditions. Il tâcha d'appointer les Grecs & les Normands, qui se combattoient pour le Roïaume de la Pouille; menaça les Romains, s'ils se hasardoient de tourmenter les Papes. *Platina in Joanne XVI.*

Henri II succéda à l'Empire de son pere; sous celui-ci les Romains chasserent le Pape Benoît (2), comme un fainéant.

Crescentius l'avoit chassé; & il y mourut le 18 Fevrier 998.

(1) Sylvestre II, nommé auparavant Gerbert, Archevêque de Reims, puis de Ravenne, & enfin Pape, étoit un homme très savant; mais il ne fut rien moins que Magicien, comme on le dit ici. Voïez ce qui en est dit dans l'Histoire Littéraire de la France, & dans la nouvelle Histoire de Reims, imprimée en 1756, *in*-12. Le Pape Sylvestre II est mort le 11 de Mai 1003. Les Papes qu'on nomme après lui, succéderent l'un après l'autre dans l'ordre qui est ici rapporté. Mais au lieu de Jean XIX & XX, il faut Jean XVII, Jean XVIII.

(2) C'étoit Benoît IX. Il fut chassé l'an 1038, & rétabli la même année; puis chassé

Platina in Benedicto IX. Ils mirent en son lieu Sylvestre III. Peu après il est réintégré ; finalement craignant la mutation, vendit son droit à Sylvestre. Et par ainsi Sylvestre entra en cette dignité *per posticum, ut fur & latro. Platina in Sylvestro III.* L'Empereur Henri fut contraint de descendre en Italie. Il déposa Benoît, & Sylvestre & un autre Gregoire (1). Il mit en leur place le Pape Clement II. Et ainsi Clement fut fait Pape (2). *Annuente Henrico, vel imperante & cogente potius. Platina in Gregorio VI, in Clemente II.* Il contraignit les Romains de lui jurer que jamais ils ne se mêleroient d'élire les Papes, s'ils n'y étoient contraints par le mandement de l'Empereur, lequel voïoit en cela la corruption qui y étoit. Henri étant retourné en Allemagne, les Romains empoisonnerent le Pape Clement ; le venin leur fut baillé par Damasus, qui lui succéda (3), lequel *Pontificatum per vim occupavit, nullo cleri populique consensu. Platina in Clemente II & in Damaso II.* Ce même Empereur, à la requête des Romains (qui lui avoient envoïé leurs ambassades pour lui demander un bon Pape) leur donna Leon IX (4). Celui-ci persuadé par le Moine Hildebrand (5) ne voulut entrer à Rome en habit de Pontife, disant qu'il aimoit mieux obéir à Dieu qu'à l'Empereur. Et pource aïant remis l'élection au Clergé de Rome ; & le Clergé voïant l'honneur que celui-ci lui avoit fait, à la persuasion du même Hildebrand, l'élurent pour Pape. Ce même Empereur mit Victor II pour Pape, ce que le Clergé & Peuple de Rome furent contraints de trouver bon, craignant la puissance de l'Empereur, & aussi pour ne contrevenir au serment qu'ils lui avoient fait. *Platina in Leone IX. in Victor. II.*

Henri III succéda à son pere. Celui-ci fut tenu par Etienne IX (6), Pape, suspect d'héréfie, *Platina in Stephano IX,* par-

de nouveau l'an 1044. Il n'est pas vrai qu'il ait vendu son droit à l'Evêque de Sabine ; mais celui-ci fut mis sur le Siége de Rome par les Romains, & prit le nom de Silvestre III. Ce fut à Jean Gratien que Benoît, rentré pour la deuxieme fois à Rome & s'y voïant méprisé, céda le Pontificat moïenant un somme d'argent. Benoît revint encore, & enfin se démit volontairement.

(1) C'est celui qu'on nomme Gregoire VI. Il renonça au Pontificat, de gré ou de force, vers la fin de l'an 1046.

(2) Il se nommoit auparavant Suidger; il étoit Saxon de naissance, & Evêque de Bamberg. Il fut intronisé le jour de Noel 1046, & mourut le 9 Octobre 1047.

(3) C'est Damase II. Mais on n'a point de preuves certaines qu'il ait empoisonné son prédécesseur. Ce Damase mourut le 8 d'Août 1048.

(4) C'étoit Brunon, Evêque de Toul depuis 22 ans.

(5) Le même qui a été depuis Pape sous le nom de Gregoire VII.

(6) Etienne IX étoit frere de Godefroi, Duc de Lorraine, l'un des plus grands Princes de son siecle.

ceque (à son opinion) il diminuoit l'autorité des Papes. La mere de cet Empereur mit en Italie pour Gouverneur un certain Gibert de Parme, homme renommé. De ce temps vivoit Godefroi, pere de la Comtesse Mahault, laquelle donna Luques, Parme, Regio, Mantoue & une partie de la Toscane aux Papes. *Platina in Benedicto II.*

A ce Pape succéda Nicolas II, à celui-ci Alexandre II, & derechef à icelui Gregoire VII (1). Celui-ci fut saisi au corps par Cincius, Romain, & ceux de sa conjuration; mais il fut contraint enfin de se retirer vers l'Empereur. Lequel étant informé de la vie de ce Pape, & s'efforçant de le démettre, fut par lui excommunié, dont néanmoins (après qu'il fut extrêmement humilié devant le Pape) il fut absous. Mais ce ne dura gueres, d'autant que le Pape l'excommunia derechef. L'Empereur vint à Rome assiéger le Pape, lequel fut contraint de s'enfuir. *Platina in Gregorio.* A ce Gregoire succéda Victor III, & à celui-ci Urbain II, sous lequel fut entreprise la guerre sainte.

Ce Pape fit l'Archevêque de Tolede Primat d'Espagne. A celui-ci succéda Paschal II.

Henri IV aïant succédé à son pere, contraignit le Pape Paschal, étant à Rome, de confirmer les Evêques auxquels l'Empereur avoit conféré les Evêchés; & de ce ils firent une solemnelle transaction, laquelle du depuis le Pape révoqua, étant mis en liberté (2).

De ce temps mourut la Comtesse Mahault (3). Au contraire vivoit Saint Bernard.

Paschal étant retourné à Rome, les Romains le prierent de mettre en la place de Pierre, Lieutenant de la Ville, le fils du défunt. Mais le Pape en fit refus, d'autant que celui-ci n'étoit parvenu encore en l'âge de dix ans, dont il survint à Rome une telle sédition, que le Pape fut contraint de s'absenter. L'Empereur Henri quelque temps après vint à Rome, où n'y aïant

(1) Si fameux par ses entreprises sur le temporel des Rois, & ses disputes avec Henri IV, Roi de Germanie.

(2) Pascal II fut arrêté à Rome par Henri V le 12 Fevrier 1111 : on en a déja parlé ailleurs; de même que de la révocation qu'il fit de ce qu'il avoit accordé par force à l'Empereur.

(3) C'est la Comtesse Mathilde, Comtesse de Toscane, fille de Boniface, Marquis de Toscane, & de Beatrix, que l'on croit avoir eu pour pere l'Empereur Conrad II. Mathilde épousa Guelfe le jeune, Duc de Baviere. Elle fit beaucoup de bien au saint Siege pendant sa vie; & à sa mort, elle lui fit une donation de tout ce qu'elle possedoit. Elle mourut le 24 Juillet de l'an 1115, âgée de 76 ans. Plusieurs Historiens ont écrit la vie.

trouvé le Pape, il se fit couronner par l'Archevêque de Bra-
cara (1). *Platina in Paschali II.*

A celui-ci succéda Gelase II, l'élection duquel ne fut approuvée par Cincius Fregepane (2). Et de fait il prit & foula aux
pieds le Pape & le mit aux fers. Mais Cincius finalement fut
contraint de demander pardon au Pape. Quelque temps après
l'Empereur Henri donna la chasse à Gelase, & créa un nouveau Pape appellé Gregoire (3), lequel il recommanda à Fregepane (4), Gentilhomme Romain. Calixte II lui succéda, &
après lui Honorius II, & derechef après lui Innocentius II, contre lequel Pierré, Citoïen Romain, fit un Contre-Pape, appellé
Anaclet (5), après la mort duquel les Romains créérent des Senateurs, pour gouverner la République Romaine & le païs qui
leur appartenoit. *Platina in Innocentio II.* Après celui-ci, fut
Celestin II, puis Lucius II, & après Eugenius III (6). Celui-
ci contraignit les Senateurs de demander paix & se démettre
de leur Magistrat; mais cela ne dura gueres, parce qu'Eugenius
étant venu à Rome, le Peuple le contraignit bientôt vuider.
Platina in Eugen. III.

A celui-ci succéda Anastase IV, puis Adrian IV (7). Le Peuple
de Rome s'efforça de persuader à ce Pape de lui remettre ses
Consuls, ensemble le libre gouvernement & administration de
Rome : ce qu'il refusa ; & davantage contraignit les Consuls de
se démettre de leur état, & de laisser au Pape le libre gouvernement de la Ville.

Frideric I vivoit en ce temps. Il vint à Rome avec une grosse
armée, où étant, il lui survint une sédition du Peuple. Peu
après que les Romains firent grande instance envers le Pape
Adrian IV de leur restituer leur liberté. *Platina in Hadriano
IV*. A celui-ci succéda Alexandre III. Victor (8) lui fut opposé

(1) Il faut, de Brague, en Portugal.
C'étoit Maurice Bourdin, François, né à
Limoges, depuis Anti-Pape.

(2) Cencio Frangipani.

(3) Maurice Bourdin, dont on vient de
parler : il prit le nom de Gregoire VIII.

(4) Frangipani.

(5) Pierre de Leon, Prêtre Cardinal, qui
prit le nom d'Anaclet II. Cette Election
causa un Schisme dans l'Eglise.

(6) Il avoit été Disciple de saint Bernard;
& c'est à lui lui que ce saint Docteur a adressé
son excellent *Traité de la Considération*, &
plusieurs Lettres, le tout rempli d'instructions très utiles. Ce Pape fut obligé de sortir deux fois de Rome ; & l'an 1147 il vint
en France, l'asile ordinaire & assuré des Papes contre leurs Persécuteurs. Il retourna
depuis en Italie, & mourut à Tibur la nuit
du 7 au 8 Juillet 1153.

(7) Adrien IV étoit Anglois de Nation. Il
fut placé malgré lui sur le Siege de Saint
Pierre.

(8) Octavien, qui prit le nom de Victor
IV. L'Empereur Frédéric I le fit reconnoître
dans un Conciliabule tenu à Pavie, l'an 1160.
Mais Victor mourut l'an 1164.

pour Pape. L'Empereur Frideric commanda à l'un & à l'autre de l'aller trouver à Pavie. Sous celui-ci ceux de Tusculum & d'Alba refuserent de païer le tribut à ceux de Rome, à raison de quoi il survint une guerre entre eux. Derechef survint entre le Pape & le Peuple de Rome un différend. Il ne vouloit entrer en composition aucune avec ceux de Rome, que premierement ils n'eussent déposé leurs Consuls. L'affaire en vint là, qu'il fut arrêté que les Consuls ne feroient aucun acte de leur charge, que premierement ils n'eussent prêté le serment au Pape d'être fideles à l'Eglise de Rome. *Platina in Alexand. III.* Lucius III, son successeur, voulut derechef mettre bas les Consuls; mais en vain. Car il fallut gagner le haut. Ceux que l'on put prendre de son parti, on leur creva les yeux. *Platina in Lucio III* (1).

Urbain III lui succéda, & après lui Gregoire VIII, en après Clement III, en après Celestin III; celui-ci n'approuva que Tancre (2) fût Roi de Sicile, tira hors du Monastere Constance, fille de Roger, laquelle il maria à Henri VI, fils de l'Empereur Frideric, à la charge de tenir les deux Siciles en fief du Pape, & lui en païer certain tribut par chacun an. A celui-ci succéda Innocent III, puis Honorius III. *Platina in Honorio III.* Celui-ci excommunia l'Empereur Frideric II, pource qu'il entreprenoit sur les terres de l'Eglise. A celui-ci succéda Gregoire IX, avec lequel l'Empereur Frideric fut enfin reconcilié à force d'argent; mais cela ne dura gueres, au moïen des guerres qui survinrent à cause de Encelin de Pavie, qui tenoit pour l'Empereur, & Cincius Senateur de Rome.

Jacques Caboche, Citoïen Romain, & les Venitiens tenoient le parti du Pape. Ferrare fut aussi recouvrée sur Salinguerre, & donnnée par le Pape en gouvernement à Azo de Este, l'an 1240. *Platina in Gregorio IX.* L'Empereur étant en Italie pour savoir qui tenoit lors son parti, appella les siens Gibelins; ceux du Pape Guelphes (3). Celestin IV lui succéda; après lui Innocent IV, lequel excommunia l'Empereur. Celui-ci ne vouloit venir à Rome à cause de la puissance qu'avoient les Senateurs, qui lui sembloit un peu trop grande pour les Papes & la Cour de Rome. *Platina in Innocentio IV.* A celui-ci succéda Alexandre

---

(1) Lucius mourut à Verone, où il avoit été contraint de se retirer, le 24 Novembre 1185.

(2) C'est Tancrede, fils naturel de Roger Roi de Sicile.

(3) On a parlé ailleurs des Guelfes & des Gibelins.

IV (1). Du temps duquel Manfred (2), Roi de Sicile (fils bâtard de l'Empereur Frideric) fit quelques entreprises sur le territoire des Papes. Sous celui-ci mourut Encelin, dont a été parlé ci-dessus ; après la mort duquel toutes les Villes de la Gaule Cisalpine se mirent en liberté. Après celui-ci Urbain IV fut fait Pape. Il étoit natif de la Ville de Troyes (3). *Platina in Urbano IV.* De son temps le Peuple de Rome n'obéissoit point au Pape, & mettoit en la Ville tel Magistrat qu'il lui plaisoit, jusqu'à y mettre d'autres que ceux qui étoient natifs de la Ville de Rome, & de ce nombre fut Branchaleone, de la Ville de Bologne, Seigneur magnanime & de très grand conseil, lequel enfin ils démirent, aïant procédé à une élection d'un nouveau Magistrat, qu'ils appellerent Banderesios. Ils donnerent à ce Magistrat *vitæ ac necis hominum arbitrium.* Or furent principalement contraints ceux de Rome ce faire, pour résister à Manfred, Roi de Sicile, qui les tourmentoit, contre lequel encore le Pape appella Charles, frere du Roi Louis de France (4).

Ce Charles étoit venu Rome sous Clement IV, mania les affaires comme Senateur, jusqu'à ce qu'il fut proclamé Roi de Jerusalem & de Sicile, à la charge de païer tous les ans au Pape quatre mille écus, & avec promesse de ne jamais accepter l'Empire, encore qu'on le lui offrît volontairement. Cela fait, il obtint une victoire contre Manfred, où Manfred demeura, & depuis une autre contre Conradin, petit fils de l'Empereur Conrad, auquel il fit par le commandement du Pape trancher la tête (5).

A ce Pape succéda Gregoire X, puis Innocent V, puis Adrian V & après lui Jean XXII. Après celui-ci Nicolas III, de la Maison des Ursins, fut Pape (6). Il ôta à Charles d'Anjou, Roi de Sicile, le Vicariat de Toscane, donnant à entendre que l'Empereur Rudolf (7) ne feroit point autrement le voïage

---

(1) Alexandre IV mourut le 25 de Mai de l'an 1261. Ce fut lui qui établit des Inquisiteurs en France, à la priere de saint Louis.

(2) C'est Mainfroi.

(3) Il se nommoit Jacques Pantaleon, & il étoit Patriarche de Jerusalem. Ce fut lui qui institua la Fête du Saint Sacrement.

(4) C'étoit Charles, Comte d'Anjou, Frere de Saint Louis.

(5) C'est l'opinion de quelques Auteurs. M. Fleury dit au contraire, que le Comte d'Anjou fut repris au sujet de cette mort,

par le Pape Clément IV à qui cette cruauté déplut, ainsi qu'aux Cardinaux. Sponde, suivi par le Pere Pagi, le justifie encore mieux, en prouvant que Charles ne fit mourir Conradin que près d'un an après la mort de Clément.

(6) Tous ces Papes se succéderent en peu d'années ; Grégoire X aïant été couronné en 1272, & Nicolas III étant mort en 1280 au mois d'Août.

(7) C'est Rodolphe.

d'outre

d'outre mer, fi la Tofcane ne lui étoit rendue; mais c'étoit pour s'en emparer foi-même, comme il fit. L'office de Senateur, qui auparavant étoit commis à des Princes & des Rois, il le transporta à foi feul. Il incita le Roi Pierre (1) d'Arragon de vindiquer le Roïaume de Sicile, à caufe de Conftance fa femme, fille de Manfred, dont a été parlé ci-deffus. Il vouloit faire de fa Maifon deux Rois, l'un de Tofcane, l'autre de Lombardie, pour chaffer d'un côté les Allemands, & de l'autre les François. A celui-ci fuccéda Martin IV, lequel reftitua à Charles d'Anjou la dignité de Senateur; à raifon de quoi furvint une grande fédition à Rome, pour laquelle appaifer le Pape fut contraint d'accorder aux Romains qu'ils pourroient élire de leurs Citoïens deux Senateurs pour gouverner la Ville: ce qu'ils firent, & ainfi élurent Annibal & Pandulphe Sabelli (2). De ce temps les François furent chaffés de Sicile par Pierre d'Arragon, que le Pape pour cette caufe excommunia. Les François furent contraints de fe retirer à Naples. A celui-ci fuccéda Honorius IV, fous-lequel le Senateur Romain Pandulphe Sabelli fe fit renommer pour fa grande juftice. De ce temps l'Empereur Rudolf aïant envoïé fon Chancelier en Tofcane, vendit à ceux de Luques leur liberté pour mille deux cens écus, & à ceux de Florence pour fix mille, & à toutes autres Villes qui voulurent l'acheter. Chofe que le Pape trouva fort bonne, d'autant que par ce moïen les Papes étoient un peu plus libres des Empereurs qu'ils n'étoient auparavant. A ce Pape fuccéda Nicolas IV, fous lequel Michel Paleologue, Empereur de Conftantinople, mourut. Le Clergé d'Orient & les Moines ne le voulurent enterrer, pource qu'il avoit foumis les Eglifes d'Orient à celle de Rome: qui fut caufe que fon fils Adronic ne reconnut par après les Papes de Rome. A ce Nicolas fuccéda Celeftin V, qui d'Hermite fut fait Pape. Celui-ci, pour être fimple homme, fut perfuadé de fe démettre du Papat, par une rufe infigne (3) de Boniface fon fucceffeur (4), qui lui envoïa de nuit certains hommes (comme fi c'euffent été quelques efprits du Ciel) lui crier

(1) Pierre troifieme du nom, Roi d'Arragon, qui s'empara en effet de la Sicile, après l'horrible maffacre connu fous le nom de *Vêpres Siciliennes.*

(2) Ou Savelli.

(3) On a déja fait voir ailleurs que la rufe dont on veut parler eft une fable; & que Platina fur lequel l'Auteur fe fonde, ne dit pas même ce qu'on lui fait dire.

(4) C'eft celui qui a été fi connu par fes démêlés avec Philippe le Bel, Roi de France; il mourut le 11 d'Octobre 1303, après huit ans neuf mois & dix-huit jours de Pontificat, à compter du jour de fon élection.

qu'il eut à se démettre du Pontificat, s'il vouloit être sauvé : ce qu'il fit, aïant premierement fait une constitution par laquelle il ordonnoit qu'un Pape se pouvoit soi même démettre de son état.

Ce Boniface VIII envoïa l'Evêque d'Apamée à Philippe, Roi de France, lui commander qu'il eût à aller ou envoïer recouvrer la Terre sainte. Cet Evêque fut si outrecuidé de menacer le Roi, s'il n'y alloit ou envoïoit. Mais de ceci j'ai dit en une autre nullité. A ce Pape succéda Benoît IX, & après lui Clement V, natif de Bordeaux ; après lui Jean XXIII, natif de Cahors, après lui Benoît XII, natif de Toulouse. Celui-ci séant en Avignon, envoïa un Légat en Italie au Senat & Peuple de Rome, pour leur persuader, *ut Senatoriam dignitatem (quandiu Regio nomine gesserant) suis tandem & Ecclesiæ auspiciis administrarent*, qu'ils administrassent la dignité de Senateur sous l'autorité du Pape & de l'Eglise, laquelle par un long-temps ils avoient administrée comme Rois & Maîtres de la Ville : & en ce faisant, la dignité du Senateur fut prolongée pour cinq ans à Etienne Colonna, & à lui ajoints des Assesseurs annuels.

A celui-ci succéda Clement VI, natif de Limoges, sous lequel Nicolas Rance (1), Citoïen Romain, Greffier de son état, homme éloquent, persuada le Peuple de Rome de reprendre sa liberté. Il se qualifioit en ses titres ainsi : Nicolas, Tribun sévere & clement de la liberté de paix & de justice, & illustre libérateur de la sacrée République Romaine. Il vint en telle estime, que plusieurs Villes d'Italie demanderent son alliance ; plusieurs aussi pensoient que celui-ci dût remettre en son ancien état l'Empire Romain. Mais voulant s'approprier Rome, il fut contraint de s'enfuir. Ce Pape acheta la Ville d'Avignon de Jeanne, Reine de Sicile, & la prit sans bourse délier, en paiement pour les arrérages des censives & du tribut que Jeanne lui devoit, à cause du Roïaume de Naples. Après celui-ci Innocent VI, natif de Limoges, fut Pape. Celui-ci eut pour Lieutenant en Italie un certain nommé Giles, lequel y fit fort bien les besognes du Pape. Après celui-ci étant envoïé Arduin (Bourguignon de Nation, Abbé de Citeaux, homme mal propre aux affaires), les Princes & Peuples d'Italie entrerent plus que devant en ar-

---

(3) C'est Nicolas de Rienzi, dit Gabrini, dont la conjuration a été écrite en notre Langue par le Pere du Cerceau, Jésuite ; & depuis par M. Dujardin de Boispreaux ; ancien Maître des Requêtes. Fortifiocca l'avoit écrite en Italien.

mes. De ce temps la Ville de Rome derechef fut en trouble, en la création des Senateurs de la Ville ; mais le Pape leur envoïa Remond de Ptolomée, Citoïen de Siennes, pour Senateur, qui le fut un an, & ce l'an 1359. Les Romains pour cela ne cefferent : car aïant chaffé celui-ci, ils établirent fur eux fept Citoïens avec fouveraine puiffance, lefquels ils appellerent Réformateurs de la République. A cette occafion le Pape créa pour Senateur Hugues de Lufignan, Roi de Cypre, & lui commanda d'abolir ces nouveaux Réformateurs. A celui-ci fuccéda Urbain V, natif de Limoges (1). Celui-ci renvoïa en Italie pour Légat Giles, Efpagnol, dont a été parlé ci-deffus, lequel fit tellement, tant par fon confeil que par fes forces, que ceux qui avoient entrepris fur l'Eglife de Rome, furent contraints de reconnoître & faire la volonté du Pape. Peu après le Pape vint à Rome, pour appaifer les autres différends. Après lui fuccéda Gregoire XI, natif de Limoges (2). Au temps qu'il fut fait Pape, le Senateur qui étoit mis à Rome pour rendre le droit & faire juftice au Peuple, n'étoit que femeftre. Les Banderefes au refte avoient la garde de la Ville, & manioient tout l'Etat. Or furent-ils appellés Banderefes, parcequ'ils étoient pris & élus des Tributs de Rome, qui avoient chacune leur Etendart & Bandiere. Enfin voïant que l'Italie étoit en grand trouble, il s'échappe de France, & fe retire à Rome. Toutes les vies des Papes fufmentionnés & des fuivants, font décrites par Platine : ce que nous difons pour une fois, pour n'ufer plus de répétition.

A ceftui-ci fuccéda Urbain VI, Italien ; dont étant déplaifans les Cardinaux de France, fe retirant en la Ville de Fundi, créerent pour Pape le Cardinal de Geneve (3), qu'ils appellerent Clément VII. Ce Pape Urbain étant entré en quelque contefte avec Louis d'Anjou, Roi de Naples, fut faifi par Raimon Balliani, de la Maifon des Urfins, & de-là mis fur quelques Galeres Genevoifes, de la compagnie duquel cinq Cardinaux furent mis dedans des facs, & de-là jettés en Mer. Après cet exploit, Urbain fut remis en liberté & même revint à Rome, où les Banderefes (c'eft à favoir, les Magiftrats de Rome)

---

(1) Urbain n'étoit point né à Limoges, mais à Grifac dans le Gevaudan, au Diocèfe de Mende.

(2) Né à Maumont, au Diocèfe de Limoges.

(3) Robert de Geneve, Cardinal du titre des douze Apôtres. C'eft l'origine de ce long & fàcheux Schifme qui affligea fi long-temps l'Eglife, jufqu'à l'élection de Martin V faite au Concile de Conftance.

lui firent beaucoup de fâcherie. Boniface IX succéda à cestui-ci, lequel fut si vertueux & si sage, que de tous les Papes il a été le premier qui ait attiré vers soi toute la force & puissance du Peuple de Rome, établissant à sa volonté les Magistrats ; & pour mieux maintenir cette autorité nouvellemeni acquise, il fit fortifier le Castel Saint Ange, ensemble les Ponts de la Ville. Or ceci advint en cette maniere : approchant l'an du Jubilé, les Députés de la Ville de Rome l'envoïerent requérir qu'il vînt d'Assise à Rome. Le Pape ne demandoit pas mieux, toutesfois il dit qu'il n'iroit point, pourcequ'ils n'avoient voulu recevoir des Sénateurs de la Noblesse, selon la coûtume & ordonnance des Papes ; ains qu'ils avoient élu des Conservateurs à leurs fantaisies, hommes peu idoines, & par la licence desquels les Magistrats Bandereses entreprenoient & manioient tout. Pour cette cause, le Peuple de Rome mit bas les Banderefes, & reçut pour & au nom du Pape, Sénateur Malateste, de la Ville de Pisaure homme très docte. Le Peuple de Rome donna encore au Pape de l'argent pour faire son voïage de Rome, où étant venu & aïant fortifié le Castel Saint Ange (comme a été ci-devant dit) de murailles & de Tours, *dominatu urbis sensim potitus est*, l'an 1400, qui étoit l'an du Jubilé. Celui-ci mit les Annates sur Bénéfices (1), prenant sur iceux le revenu de la premiere année. InnocentVII lui succéda, sous lequel le Peuple Romain s'étant mutiné, & lui aïant demandé *libertatem sibi restitui*, item *reddi sibi Capitolium, pontem milvium, & arcem Hadriani, & schisma de Ecclesia tolli* : lui être rendu sa liberté, plus le Capitole, le Pont & la Forteresse du Castel Saint-Ange, & être pourvu au Schisme de l'Eglise ; Innocent renvoïa les Députés du Peuple vers Louis, son Neveu. Celui-ci aïant entendu les Députés du Peuple, les fit mettre à mort & jetter par les fenêtres, disant qu'il n'y avoit moïen autre de remédier aux séditions & schismes que les tuer & jetter ainsi par les fenêtres. Grégoire XII lui succéda, & à lui Alexandre V, puis Jean XXIV, puis Martin V. Eugene II (2) lui succéda, sous lequel, derechef le Peuple créa sept Citoïens Romains, qu'il appella Gouverneurs, *penes quos vitæ & necis hominum summa potestas erat*, qui avoient puissance de vie & de

---

(1) C'est Thierri de Niem qui le dit: mais quelques autres Ecrivains font remonter l'établissement des Annates plus haut. Voïez sur cela le Traité des Annates, donné en François, il y a quelques années, *in-12.*

(2) C'est Eugene IV, élu au mois de Mars 1431, mort le 23 Février 1447.

mort souveraine ; mais cela ne dura que cinq mois.

Voilà enfin comme les Papes se sont faits Maîtres & Seigneurs de Rome, lesquels nous renvoïons, non à autres qu'au Peuple de Rome, qui lui a maintenu jusqu'au Pape Eugene, environ l'an 435, que la Souveraineté de Rome lui a appartenue & non aux Papes. Qui montre que la donation de Constantin est une pure & vraie fable & imposture, & que tant s'en faut que les Papes aient la temporalité de tout le monde, qu'une petite poignée de gens même (c'est-à-dire, le Peuple de Rome) leur a maintenu jusqu'en ce temps, qu'ils n'avoient rien au temporel de leur Ville. De-là s'ensuit que tortionnairement & abusivement, il entreprend de priver notre Roi de sa temporalité; car si je soutiens que le Pape a moins de droit sur la temporalité des Rois que sur Rome, laquelle a été tenue, tant par les Empereurs que par le Peuple, plus de mille ans après la donation de Constantin. Ce sera à la Noblesse & Peuple de Rome, de regarder quelque jour à ses droits, & de retirer à soi sa liberté que ces Tyrans leur ont ôtée. Et peut-être que le Peuple de Rome trouvera secours, quand il y voudra entendre.

Avant que de clorre ce Traité, je dirai que la même fausseté par laquelle ils ont attribué à Constantin la donation, dont nous avons ci-dessus parlé; de même ont-ils voulu faire croire au monde, qu'Aribert, Roi des Lombards, leur avoit donné tout le Païs depuis Rome jusqu'aux Alpes, Turin & Païs de Gênes. De même le Pape Jean VIII voulut faire croire au Roi Louis & à la France, que l'Empereur Charles le Chauve avoit donné à l'Eglise de Rome l'Abbaïe de saint Denis en France. *Aimo. in 5. Histor. Francor.*

Cela suffise quant à cette nullité.

Des Patriarches, Prophetes & grands Pontifes : & que contre leur vie, doctrine & exemple, le Pape & les Ligueurs veulent exommunier notre Roi.

La dix-septieme nullité est, qu'il excommunie notre Roi contre ce qu'auroient gardé & observé les saints Patriarches, Prophetes, grands Pontifes du Vieil Testament. Il me faut donc prouver que nul de tous ceux que je viens de nommer, n'a jamais excommunié & n'a tenu pour excommunié & déjetté de ses honneurs & souverainetés ses Supérieurs, quoique réprouvés même & déjettés de Dieu, quoiqu'Idolâtres & Persécuteurs ; moins encore les ont-ils tués & maſſacrés, ainſi que voudroit faire le Pape Gregoire avec tous ceux qui le ſuivent.

Jacob étoit frere puîné d'Eſaü, ſur lequel Eſaü avoit droit de ſupériorité pour la primogéniture, qui étoit entre les anciens grandement eſtimée. Et néanmoins, encore que l'Ecriture nous témoigne que Dieu eût déclaré qu'il aimoit Jacob & haïſſoit Eſaü, & que le plus grand ſerviroit au plus petit ; pour cela Jacob n'a laiſſé (pendant qu'il a vécu) de reconnoître Eſaü pour Supérieur. *Geneſ.* 15. *v.* 2. *Geneſ.* 25. *v.* 28. *Malach.* 1. *v.* 2. 3. *Rom.* 9. Il s'inclina ſept fois en terre auparavant qu'il s'approchât de lui : interrogé par Eſaü, ce qu'il vouloit avec toute la troupe qu'il lui avoit amenée : pour trouver grace, dit Jacob, devant mon Seigneur. Eſaü aïant refuſé les préſens de Jacob : non, dit Jacob, je te prie, ſi maintenant j'ai trouvé grace devant toi, prens mon préſent, pourtant que j'ai vu ta face, comme ſi j'euſſe vu la face de Dieu, & m'a plû. Eſaü aïant reçu les préſens de Jacob, lui dit, partons & je cheminerai devant toi : Jacob lui répondit ; mon Seigneur ſait que les enfans ſont tendres ; je te prie que mon Seigneur paſſe devant ſon ſerviteur, & je me conduirai juſqu'à tant que je parvienne à mon Seigneur. Eſaü là-deſſus lui voulant laiſſer de ſes gens pour l'accompagner ; Jacob le remercia, diſant : Pourquoi cela ? J'ai trouvé grace, mon Seigneur. Nous voïons par cet exemple, que Jacob (quelque ſerviteur & ami de Dieu & quelque fidele qu'il fût) n'a laiſſé de reconnoître en terre pour ſon Supérieur celui même qui étoit haï & reprouvé de Dieu ; l'appellant ſon Seigneur, s'inclinant en terre devant lui, & diſant, qu'aïant vu ſa face, il lui ſembloit avoir vu la face de Dieu. Je paſſerai ſous ſilence, comme Joſeph & avec lui le Peuple d'Iſrael qui lui a ſuccédé, n'ont point tenu les Pharaons d'Egypte déchus de leurs Roïaumes & Seigneuries, pour être perſécuteurs de l'Egliſe, quelque ſervitude que ſouffroit en Egypte le Peuple de Dieu.

Saül avoit été réprouvé de Dieu, 1. *Samuel*, 15. 30. & lui avoit été annoncé par Samuel, que ſon Roïaume ſeroit baillé à un autre : pour cela Samuel a-t-il délaiſſé d'être ſujet de Saül ? L'a-t-il excommunié ? A-t-il dit aux Lévites, & autres ſujets, qu'ils euſſent à ſe retirer de Saül, & que s'ils ne ſe retiroient, dedans un certain temps, de l'obéiſſance de leur Roi, il les excommunieroit, & confiſqueroit leurs biens & Seigneuries ?

Tant s'en faut; nous trouverons que Samuel a depuis honoré Saül, en la présence des Anciens & du Peuple d'Israel, 1. *Samuel* 22. v. 17. 18. 19. Ce n'est encore tout. Ce même Saül avoit fait tuer par Doeg Iduméen, les Sacrificateurs du Seigneur, & en outre avoit fait passer au fil de l'épée Nobé (Ville des Sacrificateurs) tant femmes qu'enfans, voire mêmes les petits enfans qui tétoient, leur mettant à sus qu'ils étoient ligués contre lui avec David, & qu'ils savoient sa fuite & retraite, de laquelle ils ne l'avoient averti. Pour cela Samuel & David, Prophêtes du Seigneur, quelque zèle qu'ils eussent à leur Religion & à la conservation de l'Etat, & ordre de sacrificature, n'ont jamais fait liguer ni armer le Peuple contre Saül : ils n'ont point surpris ses Villes : Samuel ne fit point d'alliance avec les étrangers, pour tuer Saül. Il se trouve que David a eû quelquefois entre ses mains, & en son pouvoir, Saül, son persécuteur & son ennemi, & même qu'il a eu moïen de le tuer, & lui ôter la vie, ou bien de le saisir au corps : l'a-t-il fait pourtant ? O'iez Pape, ce qu'écrit votre Gratian, 2. *quæst.* 7. *can. plerumque.* David (dit-il) étoit un homme humble & débonnaire, & qui, par le Seigneur, avoit été ordonné successeur de Saül ; il lui advint de couper le bout du vêtement de Saül, dont il pleura amerement, jaçoit que Saül n'avoit autre avantage sur lui, que d'être, ou avoir été oint Roi avant que David.

Mais quelqu'un dira, que Saül enfin fut tué par l'Amalécite ; je l'accorde : mais j'ajoute, que David n'en fut le meurtrier ; je nie encore qu'il ait approuvé un tel meurtre, quelques outrages qu'il eut reçus de Saül. Tant s'en faut, qu'aïant entendu les nouvelles de la mort de Saül, il s'en soit réjoui, qu'au contraire il coupa & déchira ses vêtemens, tant lui que tous les hommes qui étoient avec lui. Ils en porterent le deuil ; ils en jeûnerent jusqu'au Vêpres, 2. *Samuel*, 1. Et d'abondant, pour testifier combien il avoit en horreur & exécration qu'un Sujet tuât son Prince, il fit mettre à mort l'Amalécite, qui (en bonne intention toutesfois) pensoit avoir fait un grand service à Saül, que de l'ôter des langueurs & angoisses de mort où il étoit réduit. La raison qui mut ce grand serviteur de Dieu à ce faire, est remarquable ; pourquoi (dit-il) n'as-tu craint de mettre ta main pour tuer le Christ & oint du Seigneur ? Ton sang soit sur ta tête. Ce ne fut point encore assez à David ; il se mit en nouvelles pleurs : il voulut témoigner par ses cris, & un chant lamentable, de combien il avoit honoré & respecté son Prince,

quoique déjetté de Dieu. Il déplore la perte qu'avoit faite la
Noblesse d'Israel ; il souhaite que la mémoire de cette défaite
soit ensevelie, & que les Gentils ne s'en réjouissent : il souhaite
au lieu où avoit été donnée cette bataille, que la pluie ni la rofée du Ciel ne tombe jamais sur lui. Il rejette la mort du pere
& du fils ; c'est à savoir de Saül & de Jonathan, lesquels ne
s'étoient point abandonnés l'un l'autre : il dit aux filles d'Israel,
qu'elles avoient perdu celui qui les faisoit aller braves & bien
vêtues : bref, il n'y a cœur si dur, qui ne s'amolisse aux regrets
& soupirs de ce grand Prophête. Considérons quels furent les
autres Sujets de Saül. Ce pauvre Prince étant mort en guerre
(comme dit est) avec ses enfans, les Philistins victorieux leur
couperent la tête, & les pendirent ès murailles de Bethsan. Les
Habitans de Jabes en Galad, aïant oui cette nouvelle, tous les
hommes vaillans se leverent, & cheminerent toute la nuit, &
emporterent les corps de Saül & de ses fils de la muraille de
Bethsan, & s'en vinrent à Jabes, & là les brulerent, puis prirent
les os, & les ensevelirent sous un arbre à Jabes, & en jeûnerent sept jours : voilà quant à Saül.

David fit lâchement & perfidieusement tuer un sien fidele
serviteur Urie, pour jouir d'autant mieux de sa femme Beth-
sabée, 2. *Samuel*, 11. L'on pouvoit dire lors, en apparence,
que David, par ce meurtre & adultere, s'étoit rendu indigne
de la Couronne, & que ses sujets (singulierement les Ecclésiastiques) le devoient délaisser & excommunier pour en prendre un autre : mais voïons ce qui en advint. Nathan le Prophête le vint trouver, pour lui donner à entendre son péché :
mais comment ? fut-ce pour monter en chaire, & le rendre
odieux au Peuple ? fut-ce pour donner à son Roi meurtrier &
adultere un coup de couteau dans le ventre, comme de nos
jours un scélérat Moine a osé faire à son Roi ? Comment
est-ce que ce Prophête parle à David ? en paroles les plus
modestes que l'esprit de l'homme pourroit imaginer, 2. *Samuel*, 12.

Manasses avoit fait réédifier les hauts lieux, que son saint
& religieux pere Ezechias avoit détruits. Il avoit fait relever les
autels à Baal, & planter un Bois, comme avoit fait Achab ; il
adora l'armée du Ciel, c'est-à-dire, le Soleil, la Lune, & les
Etoiles, & leur servit. Il fit pis qu'avoient fait les Amorrhéens
devant lui ; il répandit en outre le sang innocent, tant qu'il en
remplit Jerusalem depuis un bout jusqu'à l'autre. Entre le nombre

bre des tués, les Auteurs Hébreux & autres témoignent qu'il fit auſſi mourir le Prophête Iſaïe, ſon oncle. L'Ecriture Sainte pour cela laiſſe-t-elle de qualifier Manaſſes pour Roi? Ne liſons-nous point ès ſaintes Ecritures, qu'il a regné 53 ans en Jeruſalem, ſans que le Peuple fidele & zélé à ſa Religion, pour quelque perſécution qu'il ſouffrît, fît ligue & union contre lui en ce long temps qu'il a regné? 2. *Reg.* 21. *&c.*

Jeroboam (diſent-ils) s'eſt départi de Salomon pour ſon idolatrie. Mais où trouveront-ils que Jeroboam ait jamais ſpolié Salomon de ſon Etat? Depuis la mort de Salomon, les dix lignées ſe départirent véritablement de Roboam; mais ce fut pour les tributs & impôts qu'il leur mettoit. Le Peuple demandoit à Roboam diminution des Tailles & Subſides. Mon pere (dit il) vous a châtiés de verges, mais je vous châtierai d'eſcorgées. Lors le Peuple, aïant tyrannique réponſe, dit: Quelle part avons-nous avec David? Il n'y a point d'héritage au fils d'Iſaie. O Iſrael! va en tes Tabernacles; & toi David retourne en ta maiſon. Mais que nos adverſaires regardent encore quel fut ce vaillant & magnifique ligueur Jeroboam. Aïant été choiſi par les dix lignées pour Roi, & craignant que les Sujets allant en Jeruſalem tous les ans pour y ſacrifier, par ce long commerce de Religion, ne vinſſent un jour à ſervir Dieu avec Roboam & ſes Sujets; il fit bâtir deux Temples, l'un en Dan, l'autre en Bethel. Il y mit deux veaux d'or, diſant fauſſement & méchamment à ſon Peuple, que c'étoient les Dieux qui l'avoient fait monter hors de la Terre d'Egypte. Il y établit des Sacrificateurs, qui n'étoient point enfans de Lévi. Il ne faut donc plus trouver étrange, ſi un abominable & ſcélérat perſonnage prit ſes commodités parmi un Peuple mutin & débauché; & davantage, il faut que nos adverſaires remarquent, que la lignée de Juda (qui étoit la principale de toutes les lignées, & de laquelle eſt né notre Sauveur Jeſus-Chriſt), plus, que la Ville Capitale du Roïaume, c'eſt à ſavoir Jeruſalem, tint ferme pour ſon Prince naturel, & n'entra jamais en ligue avec Jeroboam; & puis, à vrai dire, oſeroient-ils juſtifier l'exemple, ni de ce Peuple mutiné, ni de Jeroboam? l'Ecriture le condamne en tant de paſſages, ſi clairement, que nul ne peut jamais l'amener pour exemple approuvé, qu'il ne condamne & approuve l'autorité de la ſainte Ecriture. Mais venons au point. Où trouveront-ils que notre Roi ait jamais honoré les Images comme Salomon, & qu'il ait jetté de l'encens? qu'il les ait, à la façon

des Idolâtres, portées sur les épaules par les rues, & qu'il se soit
agenouillé devant elles? Où trouveront-ils que notre Roi ait
menacé son Peuple de le châtier d'escorgées? Osent-ils dire qu'ils
se soient jamais plaints & retirés du Roi, pour ses impôts &
subsides? Mais qui les a appauvris, & fait mourir malheureusement de faim, sinon leur ligue à jamais détestable?

Qu'ils ne disent point que Joïada, grand Pontife, fit une
sainte Ligue contre Athalia, & la mit à mort; car ils doivent
immédiatement ajouter, que ce grand Pontife fit sa Ligue pour
établir au Roïaume Joas, qui restoit seul du vrai & légitime
sang Roïal. Qu'ils ajoutent qu'Athalia étoit une femme étrangere, 2. *Reg.* 11. *v.* 1. & qui avoit mis à mort (ce lui sembloit) toute la lignée & semence d'Ochozias. Le seul Joas
(comme de notre âge notre Roi) avoit évadé ce massacre,
comme par miracle. Joiada fit donc bien (étant grand Pontife) de prendre la cause de Joas, vrai & naturel successeur de
la Couronne, contre l'étrange Athalia. Il fit donc bien de
faire entrer le Clergé en une si sainte Ligue, pour prendre le
parti de son vrai & naturel Prince, & partant j'userai de cet
exemple qu'ils nous objectent, mais ce sera à leur confusion,
& à leur honte; & dirai, que comme le grand & souverain Sacrificateur de la Loi, & avec lui les Lévites, ont bien fait de
prendre le parti de leur vrai, légitime, & naturel Prince, contre une étrangere Athalia; que de même le Pape (soit disant
grand Pontife de l'Eglise) & généralement le Clergé de France,
doivent unanimement faire le semblable, pour & en considération du vrai & naturel Roi de France, & avec lui des Princes
de son sang, contre les Etrangers d'Espagne, de Savoie, &
de Lorraine.

Mais voïons maintenant le principal fondement de leur Ligue, Matathias & les Macchabées (disent-ils) se sont retirés de
l'obéissance de leur Roi Antiochus, 1. *Macch.* 2. Je l'accorde;
mais voïons l'inégalité de cet exemple au nôtre. Antiochus
Epiphanes, c'est-à-dire illustre, ou plutôt Epimanes (comme
quelques-uns l'appellent) c'est-à-dire le furieux & enragé, suscité par quelques méchans garnemens d'Israel, vint en Jerusalem, où il avoit spolié & ravi l'or, l'argent & les meubles
du saint Temple, pillé & saccagé toute la Ville, mis à mort
la plupart des Habitans & emmené le reste captif, peuplé icelle
en leur lieu, d'Etrangers; & en outre, commandé à tous Juifs
(de quelque sorte, qualité & condition qu'ils fussent) de chan-

ger de Religion & facrifier aux Idoles, profaner les Sabats , fouiller le Sanctuaire, bâtir des Autels & y facrifier des pourceaux & telles autres bêtes défendues & tenues pour immondes en la Loi de Moïfe, de ne plus circoncir leurs enfans, le tout fur peine de mort ; & pour les achever de peindre, il mit fur le faint Autel de Jerufalem une Idole abominable ; il brûla encore les faints Livres de la Loi. Les enfans, qui fe trouvoient avoir été circoncis depuis fon Edit, étoient, eux & leurs meres, & ceux qui les avoient circoncis, mis à mort. Il exerça les mêmes cruautés ès autres Villes de Judée. Et de fait, comme fes Lieutenans fuffent venus en la Ville de Modin, ils voulurent forcer (comme deffus) la confcience des plus apparens de la Ville, & nommément de Mathatias, duquel nous parlons à cette heure. Ce grand & excellent perfonnage & zélé en fa Loi fit refus d'obéir à un tel Edit. Néanmoins comme les Lieutenans d'Antiochus vouloient, en la préfence de Matathias, contraindre un Juif de facrifier aux Idoles, cet acte déplut tellement à Mathatias, que perdant toute patience, il tua fur la place, non-feulement le Juif (qui s'étoit jufques-là oublié de commettre une telle abomination), mais encore celui qui l'avoit forcé & contraint de facrifier aux Idoles. Tout ce que put faire lors Mathatias, ce fut de s'enfuir & de fe retirer aux Déferts de Judée, avec fes cinq fils , & tous tels autres qu'il put amaffer. Cet amas de Peuple étant découvert, les Lieutenans d'Antiochus ne faillirent auffi-tôt de lui courir fus. Les pauvres Réfugiés furent fi fimples en leur Religion paternelle, qu'étant chargés & affaillis en un jour de Sabath, ils aimerent mieux fe laiffer tuer, qu'en fe défendant & combattant fembler avoir violé leur fête de repos. Néanmoins Mathatias confidérant l'importance d'un tel accident, prit réfolution de fe défendre à quelque jour qu'il fût affailli. Dieu bénit tellement cet homme, que ceux qui cherchoient fa ruine, eurent toujours du pis. Finalement, avant que de mourir, il recommanda la continuation de cette guerre à fes enfans.

Qui eft-ce qui ne voit, que la caufe & l'origine de cette élévation eft fondée fur l'extrême tyrannie & impiété d'Antiochus & de fes Lieutenans, qui vouloient forcer les confciences de leurs Sujets ? Sur cela, je demande à nos Ligueurs, où ils trouveront que notre Roi ait jamais fait un tel Edit qu'Antiochus, & qu'il ait fait défenfe d'aller à la Meffe, voire même ès Païs anciens de fon obéiffance ? A-t-il jamais forcé le

V v v ij

moindre des François en sa Religion & conscience ? Ne voient-
ils pas combien de Cardinaux & Evêques le suivent ? combien
de Peuples, de même Religion qu'eux, lui obéissent, vivant
en plein repos & tranquillité sous son obéissance ? Quelle Noblesse, & combien de Peuples l'aiment & tiennent son Parti,
tant dedans le Roïaume que hors d'icelui, qui toutesfois reconnoissent (Dieu merci) que notre Roi n'est ni Persécuteur,
ni Ennemi de leur Religion ? Les Ligueurs encore doivent considérer, qu'entre ce que fit Mathatias & ce qu'ils font, il y a
grande différence. Mathatias, lui & ses enfans se mirent en
fuite au Désert de Judée, plutôt que de se révolter ; là où
les Ligueurs ont occupé de premiere abordée les principales
Villes de la France, sans que notre Roi ait fait un seul Edit
ou menace contre leur Religion. Antiochus vouloit forcer la
conscience de ses Sujets ; ceux de la Ligue, au contraire veulent forcer celle de leur Roi. Cela suffise pour cette nullité.

*De Jesus-Christ : & que l'excommunication faite par Gregoire
est contre la forme d'excommunier prescrite par Jesus-Christ.*

La dix-huitieme nullité est, qu'il excommunie notre Roi
contre la forme d'excommunier prescrite par notre Sauveur
Jesus-Christ.

Pour le premier, c'est que Jesus-Christ en tout son Ministe-
re, n'a, par aucunes monitoriales censures, ou excommuica-
tions, jamais entrepris sur la temporalité des Rois, ainsi que
je dirai ailleurs.

Secondement, la forme d'excommunication qu'il nous a donnée est telle, *Matth.* 18. *verf.* 5. *& sequent.* Celui qui a été
offensé par autrui, il doit premierement l'aller trouver seul,
& tâcher par une remontrance particuliere de le gagner ; s'il
ne veut entendre & connoître son péché, l'on doit y retourner pour la seconde fois & faire les mêmes remontrances en
préfence d'un ou deux témoins : que s'il ne tient contre cette
admonition & remontrance, alors celui qui a été offensé doit
le dire à l'Eglise ; lors s'il ne veut entendre à l'Eglise, il doit
être tenu comme Ethnique & Peager. Voilà la forme primitive & perpétuelle de l'excommunication, mise & établie par
Jesus-Christ, laquelle obmise ou bien oubliée, fait que l'acte
de l'excommunication jettée par Gregoire est nulle, comme
pêchante en la forme & solemnité essentielle. Là-dessus, je

demande au Pape (qui eſt accuſateur en ce fait) quand lui, ou autre pour lui, a gardé cette forme que je viens de dire ? Le Pape eſt-il venu en perſonne remontrer au Roi ſon héréſie Lui a-t-il envoïé un Légat en ſa place ? L'a-t-il jamais dit à l'Egliſe ? Qui eſt l'Egliſe, ſinon, ou celle de France, ou bien l'univerſelle ? A-t-il jamais aſſemblé l'une ou l'autre pour lui dire ?

Le Pape Nicolas (1) reprenant Lothaire, Roi de Lorraine, de ce qu'il avoit répudié ſa femme légitime, pour prendre en ſon lieu une Concubine, le prie inſtamment de ſe déporter d'un tel acte, 11. *queſt.* 3. *c. præcipue.* Il lui fait entendre qu'il ſera contraint de prendre deux ou trois témoins avec ſoi, ſuivant le précepte du Seigneur. Enfin, dit-il, donnez-vous garde que nous ne le diſions à l'Egliſe. Le Pape Nicolas montre aſſez par cette procédure, que même un Pape ne peut, lui ſeul, excommunier ſingulierement de telles perſonnes publiques que les Rois, ſans qu'il ait aſſemblé l'Egliſe ou un Synode. Et de fait le même Nicolas procédant à l'excommunication de deux Conſeillers de Lothaire (c'eſt à ſavoir, de Tithe, grand Archevêque de Treves, & de Gontier, Archevêque de Cologne) aſſembla un Synode pour cet effet.

Nous trouvons auſſi, que toutesfois & quantes que les Papes ont eu affaire avec les Empereurs & les Rois, ils n'ont voulu y procéder à l'étourdie, mais en bonne forme, & qu'en tels points ils ont toujours aſſemblé de grands & puiſſans Conciles, 2. *queſt.* 1. *c. ſcelus ult.* 1. *queſt. c.* 10. Gregoire III, ſur le différend qu'il eut avec l'Empereur Leon, Abbateur d'Images, convoqua un Concile à Rome, de neuf cens trois Evêques. Gregoire VII, ſur le débat qu'il avoit contre l'Empereur Henri, aſſembla à Rome un Concile de cent dix Evêques. Innocent IV voulant procéder contre l'Empereur Frederic II, aſſembla l'an 1249 le Concile de Lyon.

La raiſon eſt en ceci très juſte & très manifeſte, en ce que les Canoniſtes mêmes (tenant que le Pape a toute puiſſance) diſent, que cette pleine puiſſance, s'entend ſainement & qu'il ne peut rien faire ſeul, mais ſeulement comme Chef univerſel de l'Egliſe, préſuppoſé que la puiſſance eſt & réſide en l'Egliſe, *tanquam in fundamento,* comme en ſon fondement, *ſed in Papa tanquam in principali miniſtro.* Voilà ce que croient même les Canoniſtes, à la confuſion du Pape, *c. ad Apoſto-*

____

(1) C'eſt Nicolas I, mort en 867.

de re. Par-là se voit l'incivilité & injustice de Gregoire en ses Commonitoires, en ce que lui seul a osé (sans avoir convoqué l'Eglise) excommunier l'Eglise de France, & non-seument un Roi, mais généralement toute les Églises Françoises qui le suivent.

Qu'il ne dise point l'avoir dit aux Prêtres & Moines qui suivent le Parti de la Ligue ; d'autant que chacun sait qu'ils sont parties formelles du Roi. Le sang d'Abel le juste, c'est-à-dire du défunt Roi, crie vengeance contr'eux. Ils ont avoué & avouent que leurs Moines aient tué leur vrai & naturel Prince. Ils en sont venus là, que d'avoir jà admis le joug des Etrangers, & de souffrir qu'à armes ouvertes, ils s'emparent çà & là des Provinces & Villes du Roïaume. Ils ne se montrent & en l'un & en l'autre, ni vrais & naturels François, ni Chrétiens. Voilà l'obéissance, qu'ils entendent porter à leurs Rois & le zele dont ils sont poussés envers leurs freres & compatriotes, voire même envers leur Patrie. En tout évenement, ces Rebelles & Conjurés ne sont à conférer ni en qualité, ni en nombre, aux Catholiques qui suivent notre Roi; & partant, c'est de ceux-ci desquels devoit le Pape avoit pris conseil en cette excommunication, & non de ces pestes publiques, qui ont conjuré contre Dieu & les puissances établies par lui.

Venons à une autre nullité de Gregoire.

Des Apôtres : & que contre leur vie, doctrine & exemple le Pape & ses suppôts excommunient le Roi.

La dix-neuvieme nullité est, que par son excommunication il introduit une rebellion de Sujets contre un vrai & naturel Prince, directement contre la doctrine, vie & exemple des Apôtres, pour montrer qu'il leur est loisible de se liguer contre un Roi Hérétique, & de le jetter hors du Roïaume. Quelques-uns d'entr'eux disent que saint Pierre a fait mourir Ananias & Saphira pour avoir menti au Saint Esprit. Plus, que Saint Paul a châtié d'un aveuglissement Elimas, pour être Magicien & renverser les voies du Seigneur. Plus, qu'il livra à Satan celui qui entretenoit la femme de son pere. Finalement qu'il commande à Tite de rejetter l'homme Hérétique après la premiere & seconde admonition. *Act.* 3. 5. 1. *Cor.* 5. *Tit.* 3. De sorte qu'à leur dire Saint Pierre & Saint Paul ont été de grands Ligueurs. Mais si ainsi étoit, pourquoi est-ce que Saint Pierre écrivant de Baby-

Ione, 1. *Petr.* 1. *v.* 17. *& cap. ult.* c'eft-à-dire de Rome (fi nous croïons l'opinion de Papias, de Saint Jerôme &- de Lyranus) *apud. Eufeb.* 2. *c.* 111. *In vita Marci Evang. c.* 47. *Efaiæ. Et in præfat. libri de Spiritu Sanct.* aux Eglifes de Pont, Galatie, Cappadoce, Afie & Bithinie, leur enjoint d'honorer le Roi? Pourquoi Saint Paul a-t-il fubi la Jurifdiction d'un Idolâtre? *Act.* 3. 15. Pourquoi fe fert-il des loix, droits & privileges oc-troïés aux Bourgéois & Citoïens de Rome? *Act.* 16. *&* 22. Ne voient-ils pas qu'au fait d'Ananias, Saphira & Elimas, ce font purs & vrais miracles perfonnels, qui ne peuvent être tirés en conféquence? Que fi l'Apôtre eût entendu par ces paffages, que des Fideles fe foulevaffent contre leur Prince de diverfe Religion; pourquoi d'autre côté Saint Paul écri-vant de Corinthe à Rome & aux Romains, commande-t-il que toute perfonne foit fujette aux puiffances fupérieures? *Rom.* 13. Pourquoi ajoute - il les raifons de ce commande-ment?

Voici la raifon qu'allégue Saint Paul: la premiere eft, qu'il n'y a point de puiffance finon de Dieu. La feconde, que qui ré-fifte à la puiffance, réfifte à l'ordonnance de Dieu. La troifie-me, que ceux qui y réfiftent, feront venir damnation fur eux-mêmes. Voilà l'Arrêt que donne Saint Paul contre ceux qui fe liguent ou veulent liguer contre leurs Princes, même de diverfe Religion.

Qu'ils ne difent point que les Apôtres n'avoient des forces pour faire une ligue, & que s'ils en euffent eu, ils n'euffent failli d'en fufciter. Je leur veux montrer que les Apôtres n'a-voient aucune faute de gens, voire même qu'ils avoient plus de Provinces en main, que les Ligueurs de France n'ont de Villes. En une feule prêche de Saint Pierre, il s'en trouva trois mille, *Act.* 2. 5. 41. qui furent baptifés. En une autre, il s'en trouva cinq mille, *Act.* 4. *v.* 4. qui crurent à la parole; j'obmets les autres conquêtes de Saint Pierre faites à Lyde, Joppe, Cæfarée & autres endroits où il a prêché l'Evangile. J'obmets encore celles de Philippe en Samarie, Gaza, Azo-tus & Cæfarée : plus, celles de Saint Barnabé en Tarfe & An-tioche. Nous apprenons même de leurs Livres que Saint Tho-mas auroit eu pour fon département les Parthes, Medes, Ela-mites, la Taprobane & l'Inde, de-là le Fleuve du Gange. Plus, que Saint Barthelemi avoit les Brachmes & l'Inde, de de-çà le Gange. Saint André avoit la Scythie. Saint Jean avoit l'Afie mineure. Il difent même que Saint Jacques avoit l'Efpagne : que Judas Thaddæus avoit les parties inférieures de Pont & de Méfopotamie. Voilà pour l'Afie. Quant à l'Afrique , ils difent que Saint Matthieu avoit l'Æthiopie : Saint Marc avoit l'Egypte : Saint Simon Zelotes avoit la partie qui s'appelle Afrique. *tom. 3. Expof. in Genefim. 3. Eufeb. c. 1. 3. Nicepho. 1. Hieronym. ad Marcell. 3. Eufeb. 1. 2. Niceph. 40. 2. Niceph. 43. 2. Niceph. 40.* Il y avoit auffi grande quantité de Chrétiens en la partie de Cyrenes & de Cypre. *Act. 11.* Je laiffe à fpécifier les conquêtes de Saint Paul, les Provinces & les Villes où il a heureufement avancé l'Evangile du Seigneur. *Actor. 9. ad finem ufque , Roman. 15. Coloff. 1.* J'obmets encore les Difciples des Apôtres, comme de Timothée à Ephèfe , de Tite en Candie , de Crefcens & de Saint Denis Aréopagite (1) en la Gaule. *3. Eufeb. 4.*

Qu'ils ne difent donc plus que les Apôtres n'ont point fait de ligues contre leurs fupérieurs , par faute d'hommes , puifqu'ils voient par les dénombremens que je leur viens de faire , que les Apôtres pouvoient dreffer de grandes & puiffantes armées. Que s'ils difent que cela étoit peu au prix de la puiffance Romaine , qu'ils fe fouviennent que les victoires ne confiftent au nombre d'hommes , mais en la conduite ; qu'ils fachent que les Apôtres avoient encore la puiffance des miracles , outre la juftice & l'équité de leur caufe. Qu'ils confiderent auffi que Saint Paul écrivant aux Romains , dit qu'il ne faut pas feulement être fujets aux puiffances fupérieures pour l'ire , mais encore pour la confcience. *Rom. 13. 5.* Pour l'ire , dit-il , qui eft tout autant à dire que s'il difoit pour les forces , & la puiffance , & les armes des Supérieurs. Mais de ceci je toucherai encore plus particulierement , traitant de l'exemple & reponfe de la primitive Eglife ; & ce en une autre nullité.

Des faints Peres : & que contre leurs confeils , le Pape & fes Suppôts excommunient ceux qui fuivent le Roi.

La vingtieme nullité eft , que cette excommunication a été faite contre le confeil des Saints Peres.

Saint Auguftin dit ainfi : la correction & le châtiment ne s'ap-

---

(1) On a démontré depuis long-temps que faint Denis, Apôtre de la France , & de Paris en particulier , eft très différent de faint Denis, l'Aréopagite, converti par St Paul.

plique jamais avec fruit, sinon quand celui qui est repris n'a point avec soi conjointe une multitude de Peuples. Que s'il avient que la maladie se soit épanchée dedans un grand nombre d'hommes, alors il ne reste autre remede aux bons, sinon de pleurer & gémir. *lib.* 3. *contra Epis. Parm.* 1. 2. 23. *quæst.* 4. *C. Nova pot.* 32. *Item.* Toutesfois & quantes que la contagion du péché s'est saisie d'une grande multitude de Peuple, lors la sacrée misericorde de Dieu est nécessaire, & faut remettre le tout à Dieu, puisque les remedes des hommes ne peuvent rien faire. Car de vouloir en tel cas excommunier une telle grande multitude d'hommes, c'est une chose qui profite peu ou point, pour le regard des méchans; & qui au contraire est fort dommageable pour les bons. Il se trouve aussi que telles excommunications troublent souventesfois plutôt les méchans, auxquels jamais ne défaut l'audace de mal faire. Le même Saint Augustin dit, que quand quelqu'un des freres. c'est-à-dire des Chrétiens qui sont au dedans de l'Eglise, sera trouvé en un péché d'excommunication & anatheme, qu'il soit excommunié, s'il n'y a danger aucun d'exciter un schisme en icelle *lib.* 3. *contra Episc. Parmen. cap.* 2, 23. *quæst.* 4. *c. cum quisque* 19.

Voilà les conseils de Saint Augustin, par lesquels il appert que quand le péché est épandu en une grande multitude d'hommes, il faut suspendre l'excommunication, il faut remettre le tout à Dieu. C'est là où la vraie Eglise doit pleurer & gémir; c'est le seul remede, dont elle doit user : autrement elle profite peu d'un côté aux méchans, & d'autre elle nuit beaucoup aux Fideles & gens de bien : elle trouble les uns, & ne corrige les autres. Bref, elle introduit un Schisme en l'Eglise. C'est-là donc où il falloit que le Pape Gregoire jettât les yeux avant que d'excommunier le Clergé de France qui suit son Roi. Il devoit considérer la multitude du Peuple qui suit son parti, il devoit considerer ceux qui sont infirmes, & qui ne peuvent pas si-tôt digerer le commandement qui leur est fait par le Pape. A ce propos Ivo, Evêque de Chartres (1) dit, que les Rois ne doivent pas ainsi & si âprement être repris de nous, quand ils abusent de leur puissance, ains les faut remettre seulement au ju-

---

(1) Ives, Evêque de Chartres, grand Canoniste. On peut voir sa Vie & sa Doctrine dans l'Histoire Littéraire de la France, par quelques Religieux Bénédictins, Tome 10, page 102 & suiv.

gement de Dieu, lorsqu'ils ne font compte des remontrance
Ecclésiastiques.

Des saints Peres & de la forme d'excommunier, qu'ils ont gar-dée en l'excommunication de leurs Souverains & supérieurs Hérétiques.

La vingt-unieme nullité est, que cette excommunication est
faite contre la forme des excommunications, tenue & gardée
par les Saints Peres.

Je sais bien que Saint Ambroise n'admit en l'Eglise de Milan l'Empereur Theodose, d'autant qu'il avoit fait mourir en la
Ville de Thessalonique dix-sept mille personnages, tant mauvais que bons, pource qu'ils lui avoient tué son Prevôt, nommé Boteric. De-là ils concluent que les Saints Peres aïant eu
puissance d'excommunier un Empereur; les Papes par conséquent ont même puissance sur les Rois & souverains Princes.
11. *Rufin.* 18. *Sozome* 7. *C.* 24. 11. *distin.* 3. *C. Apud Thes-
sal. Zonar. in Theodosio.* Mais, Dieu merci, nous avons dequoi leur montrer qu'ils n'ont jamais bien lu ni considéré cet
exemple.

Premierement, si cet acte de Theodose méritoit une excommunication, pourquoi les Papes d'alors n'entreprirent-ils eux-
mêmes cette charge d'excommunier Theodose ? pourquoi ne
commencerent-ils les premiers ? pourquoi souffrirent-ils que Saint
Ambroise entreprît sur leur jurisdiction, & leur montrât leur
leçon, & que Saint Ambroise servît en cela d'exemple aux Papes & non les Papes à lui ? Car il est vraisemblable que si quelque Evêque eût voulu prétendre le droit de déjetter un Empereur par excommunication, sans difficulté les Papes de Rome
eussent voulu maintenir telle chose être de leur gibier, à l'exclusion des autres Evêques.

Secondement, que diront-ils, qu'en leur droit Canon allégué
ci-dessus, il est porté que Theodose *arguebatur ab omnibus Episcopis Italiæ.* Or en ceci il y a deux choses remarquables : la premiere est qu'il dit, *arguebatur :* qui est beaucoup moins que *excom-
municabatur ;* & néanmoins par cet exemple de Saint Ambroise,
les Papes veulent montrer qu'il leur est permis d'excommunier
les Princes. Voilà comme leur étant donné un pied, ils en veulent prendre deux. La seconde est, qu'ils disent que *ab omni-*

bus Episcopis Italiæ arguebatur, qui montre que cela n'appartient pas au Pape seul, mais plutôt à toute l'Eglise.

Tiercement, il faut considerer que Saint Ambroise *ab ingressu quidem Ecclesiæ Theodosium prohibuit*. Mais ce fut lorsqu'il s'ingéra d'entrer en Eglise : sans cela Saint Ambroise ne se faisoit point partie formelle contre lui. *Gratian 2. q. 7. Nos si incompetenter 41.*

Pour le quatrieme, il faut remarquer que Saint Ambroise lui refusa seulement la porte à l'entrée du Temple, sans addresser aucun Commonitoire au Clergé, à la Noblesse & aux Parlemens de l'Empire. Pour cette défense que faisoit Saint Ambroise, Theodose n'étoit point déchu *ipso jure* de son Empire. Saint Ambroise fit en cela ce qu'il pensoit être de sa charge, sans attenter au temporel. Il avint au même Empereur un autre accident en sa Ville Capitale de Constantinople. *Zonaras in Theodosio.* Les Chrétiens y avoient brûlé une Synagogue des Juifs, nouvellement bâtie du consentement d'Honorat, Gouverneur de la Ville, homme Païen & Gentil. Theodose sur les plaintes à lui faites par son Gouverneur, vouloit contraindre les Chrétiens de Constantinople de rebâtir à leurs dépens la Synagogue, & faisoit instance là-dessus autant qu'il lui étoit possible, dont néanmoins il fut détourné par les remontrances de Saint Ambroise. Après cette fureur populaire, ce même Empereur reçut encore une autre indignité en la Ville d'Antioche. Il les avoit surchargés de quelques nouveaux Edits & nouvelles Tailles, dont le Peuple étant irrité, s'échauffa de telle force, qu'il traîna par les rues la statue de la femme de Theodose ; au moïen dequoi depuis il ôta à ce Peuple tous ses privileges, & les mit à Laodicée, Ville prochaine d'Antioche ; & sans la remontrance de Flavian, leur Archevêque, il eût châtié exemplairement cette Ville. Et c'est de ces statues dont parle Saint Jean Chrisostome, pour lors Prêtre en Antioche, en l'Oraison intitulée des Statues. Nous voïons par-là comment les Evêques des plus grandes Villes se sont comportés avec Theodose depuis le fait de Thessalonique. Quoi plus, depuis même, il fit assembler le second Concile de Constantinople, où ils ont, lui & son fils, présidé en la présence de cent cinquante Evêques, qui s'y étoient assemblés de toutes les parties du monde. Il disposa du depuis, & avant que mourir, de l'Empire, laissant à son aîné Arcadius, l'Orient, & à Honorius, son puisné, l'Occident avec la Ville de Rome. 8. *Sozom.* 1.

Xxx ij

J'ajouterai encore aux faits de ce Prince, ce que le Moine Suidas écrit de lui. C'est que voulant forcer & contraindre le Parlement de Constantinople à changer sa Religion Païenne en celle des Chrétiens, il fut cause que l'Empire Romain fut grandement diminué. Le zele n'étoit que bon, mais il n'étoit pas selon la science & police du monde. En vain donc nos adversaires veulent-ils se servir de l'excommunication de S. Ambroise, pour en tirer celle qu'ils veulent faire de notre Roi.

Montrons encore d'abondant quel a été Saint Ambroise envers ses Souverains Hérétiques persécuteurs, & voïons s'il les a méconnus à Seigneurs, & si jamais il a fait aucune ligue contre eux. Justine (mere de l'Empereur Valentinian) Hérétique Arrienne, vouloit contraindre Saint Ambroise, entre & sur tous les Evêques Catholiques, de souscrire & de recevoir le Concile Arrien de Rimini. Elle persécuta Saint Ambroise pour cet effet autant qu'il lui fut possible. Néanmoins les anciens nous témoignent de Saint Ambroise, qu'il ne se défendoit point de la main ou par armes, mais par jeûnes & veilles continues, ne bougeant d'auprès l'Autel ; par icelles ses prieres espérant que Dieu seroit sa défense & celle de l'Eglise. *Ambroif. Ep. 33. ad Marcell. 3. Rufin. 15, 16, 23. quæst. 8. C. Convenio.*

Nous pouvons encore remarquer par la conversation des Saints Peres avec les Hérétiques, qu'ils ne les ont point tenus déchus de leur Roïauté pour fait d'hérésie. Paulinus, Evêque de Nole, se rendit volontairement prisonnier des Wandales, Arriens, pour redimer le fils d'une pauvre veuve, qui se lamentoit vers lui de la captivité de son fils (1). *Paul. Diac. lib. 5. in Martiniano & Valentiniano.* Epiphanius, Evêque de Pavie, moïenna la paix entre Richimer, Goth Arrien, & l'Empereur Antimus. Il fit le même entre Nepos & Eurichus, Roi Visigot de Tholose, & Arrien. Il donna courage à Theodoric, Goth Arrien, contre Odoacer, Roi des Herules, en Italie. Il alla en ambassade en faveur du même Theodoric, Arrien, vers Gondebault, Roi de Bourgogne, pour rédimer de lui quelques prisonniers Hérétiques. Saint Severin donna sa bénédiction à Odoacer. Saint Benoît fut cause que Totilas, Roi Goth Ar-

____

(1) Ce fait de la captivité volontaire de saint Paulin, Evêque de Nole, est révoqué en doute par les meilleurs critiques. Il y en a cependant d'autres qui l'admettent. On peut consulter sur cela la septieme Dissertation Latine de M. le Brun des Marettes, à la suite de son Edition des Œuvres de saint Paulin, *in-4°. pag. 139 & suiv.*

rien, regna en Italie sur ses Sujets, comme un pere avec ses enfans. Fulgentius, Evêque de Carthage, écrit à son Prince Thrasymundus, Arrien, en toute douceur & simplicité. Quoi plus? Platine, en la vie de Jean III, dit que Rotharis, Roi des Lombards, Arrien, étant enterré en l'Eglise de Saint Jean-Baptiste, un certain Prêtre lui déroba le vêtement qu'il avoit & que l'on lui avoit laissé en l'enterrant; mais que Saint Jean apparut à ce Prêtre, le menaçant de le faire mourir, si jamais il rentroit en son Eglise. *Paul. Diac. in Leon & August.* 10. Cela montre aux Papes qu'il n'est pas même jusqu'à leurs Saints (1) qui ne reconnoissent les Hérétiques être capables de la Roïauté, & d'être mis en terre sainte.

Je ferai fin à cette nullité, priant le Lecteur d'avoir recours aux autres exemples, que j'alléguerai particulierement en d'autres nullités.

Des Conciles Catholiques : & comment ils ont prié Dieu pour leurs Princes Hérétiques, & se sont reconnus leurs Vassaux & Sujets, voire mêmes ès affaires & négoces Ecclésiastiques : & pourtant l'excommunication faite par le Pape contre la Personne du Roi, & de ceux qui le suivent, est directement & formellement contraire aux saints Conciles.

La vingt-deuxieme nullité est, que contre la doctrine & forme gardée & tenue aux Conciles, il a excommunié & veut que le Clergé de France tienne pour excommunié notre Roi pour hérésie.

Premierement, ceci nous appert singulierement par les actes du Concile de Rimini (1). Car voici comme les Evêques Orthodoxes, Catholiques & Romains écrivent à l'Empereur Constantius, Hérétique & Arrien, en leur premiere Epître Synodique : 2. *Theodoret.* 10. 4. *Sozomen.* 17: Par le mandement de votre débonnaireté, nous Evêques d'Occident, nous sommes assemblés en la Ville de Rimini : *& post.* Nous supplions votre équité & justice, qu'il lui plaise recevoir nos Ambassades, & leur donner bénigne audience, & que vous ne vouliez endurer que l'on innove quelque chose au deshonneur de ceux qui sont décédés. Nous supplions aussi qu'il vous plaise commander que ceux qui

---

(2) *Jusqu'à leurs Saints :* expression indécente; un Ecrivain plus modéré auroit dit jusqu'aux Saints que l'Eglise Romaine revere comme tels.

(1) Ce Concile se tint en 359. Constance étoit alors Empereur.

ont été contraints de se retirer loin de leurs charges, soient réin-tégrés en icelles. Nous vous supplions instamment encore que rien ne soit changé de ce qui a été ci-devant arrêté, & que nous obtenions de vous, que nous Evêques avec tout notre Peuple & troupeau, puissions prier Dieu pour votre Empire, prospérité & paix, laquelle nous prions Dieu qu'il vous donne à toujours.

En la seconde, voici comme ils écrivent, 2. *Theodoret.* 20. A Constantin (1), victorieux Empereur, la Compagnie des Evêques assemblés à Rimini ; nous avons reçu les lettres de votre clemence, Sire & très glorieux Empereur, par lesquelles vous faites entendre que vous n'avez pu entendre nos Députés pour les affaires publiques, & nous commandez que nos attendions ici leur retour. Derechef, très glorieux Empereur, nous vous supplions, avant que l'hyver soit plus âpre, qu'il plaise à votre clémence de commander que nous en retournions en nos Eglises, à ce que nous puissions prier le Dieu tout puissant & Christ son fils notre Seigneur & Sauveur plus ardemment (ainsi que nous avons toujours fait & faisons encore) pour la prospérité de Votre Majesté.

Par-là nous voïons que les Orthodoxes & Catholiques assemblés aux Conciles, ont reconnu que leur Prince, quoiqu'Hérétique & persécuteur de l'Eglise, avoit néanmoins puissance sur le Clergé & les Evêques Catholiques de leur assigner un lieu pour tenir leurs Conciles, de leur prolonger le temps & le délai de les tenir : que le Clergé en telles affaires ne pouvoit procéder à tenir un Concile, sans le vouloir, mandement & consentement de son Prince, quoiqu'Hérétique, ce qu'ils montrerent assez, en aïant envoïé à Constantius leurs lettres & ambassades, comme si a été vu ci-dessus. Mais ceci est encore remarquable, que tous ces bons & saints Peres reconnoissent franchement & chrétiennement avoir toujours prié & prier encore eux & tout leur Peuple pour la santé, prospérité, paix & tranquillité de leur Prince, quoiqu'il fût Hérétique & ennemi de leur Eglise.

Pour le second, il appert par les actes du Concile de Rome, tenu sous le Pape Symmachus (2), que les Conciles ont reconnu les Hérétiques ne décheoir pour l'hérésie, de leurs Roïaumes.

_____

(1) Ce n'est point à Constantin, mais à Constance.

(2) Le Pape Symmaque mourut le 19 Juillet de l'an 514. Il tint plusieurs Conciles à Rome, en 499, 500, 502, 503, 504.

Acta Synodi Romanæ sub Symmacho, Ca. 1. & seq. dist. 96. cap. 1.
Odoacer Hercule (1) avoit commis pour Gouverneurs à Rome
un nommé Basilius. Celui-ci étant au Temple de Saint Pierre
en l'assemblé des Evêques, leur avoit déclaré de la part de son
Maître, que par le conseil même du Pape Symplicius, le meilleur étoit, qu'avenant la mort d'un Pape, nul ne s'ingérât d'en
élire un autre sans consentement du Roi Odoacer. Quelque
temps après, Symmachus étant parvenu au Pontificat de Rome,
voulut retracter cet Arrêt, tant d'Odoacer que de Basilius, son
Lieutenant Général (2). Il demande donc aux Evêques, qui
étoient là assemblés, ce qu'il leur sembloit de ce decret & déclaration faite *in Mausoleo apud Beatum Petrum Apostolum, per su-
blimem & eminentissimum virum Præfectum Prætorio, itaque
Patricium, agentem vices Præcellentissimi Regis Odoaceris.*
Tous dirent d'un commun consentement, que ce decret n'é-
toit point valable, se fondant sur cette raison, que par ce moïen
Laici in suam redegerant potestatem electionem Pontificum. Nul
d'entr'eux ne dit que c'avoit été un Hérétique qui l'avoit fait.
Je tais encore, que Symmachus & ses compagnons dissimulent,
qu'Odoacer & Basilius se comporterent en ce decret sagement.
Et ex admonitione Papæ Simplicii; de sorte que le tout avoit
été fait par le consentement du Pape. Mais peut-être que Symmachus ne pensoit que l'on dût prendre si près garde en ce
decret.

Pour le troisieme, c'est que ce Concile Orthodoxe appelle
Theodoric *Regem Præcellentissimum,* & qu'il reconnoît Ba-
silius pour son *Præfectus Prætorio,* Patrice & Lieutenant à
Rome.

Pour le quatrieme, c'est qu'étant avenu un Schisme entre
le Pape Symmachus & Laurent, Theodoric, Roi d'Italie &
de Rome, Hérétique Arrien, fit tenir un Synode à Ravenne,
où la cause aïant été débattue en sa présence, il confirma Symmachus en son élection, & donna à Laurent l'Evêché de Nuce-
rie (3). *Paul. Aquil. lib. 15. hi in Anastasio. Platina in vita
Symmac.* 1. Par-là il se voit clairement que tant s'en faut que
les Princes aient été méconnus par les Conciles Orthodoxes,

(1) C'est, Odoacre, Roi des Hérules.

(2) Ce fut dans le Concile de Rome de l'an 502, qu'on abolit la Loi d'Odoacre, qui portoit défense de faire l'Election du Pape sans le consentement du Roi d'Italie : on y fit aussi quelques décrets pour empê-cher l'aliénation des biens d'Eglise.

(3) L'Evêché de Nocera. Ce fut dans le second Concile de Rome, tenu l'an 500, sous Symmaque, qu'on donna à l'Anti-Pape Laurent cet Evêché de Nocera pour faire cesser le Schisme.

pour leur héréfie ; que les mêmes Conciles ont reconnu qu'un Roi Hérétique avoit puiſſance de confirmer un Pape & de diſpoſer des Evêchés. Il y a davantage, c'eſt que quatre ans après, Laurent aïant été rappellé par la faction de Feſtus & Probinus, Senateurs, le Roi Théodoric dépêcha un certain Pierre, Evêque d'Alco (1), pour chaſſer & dépoſer l'un & l'autre, & être pourvû d'un en leur lieu. Toutesfois Symmachus ſe purgea depuis en un Concile de cent vingt Evêques (2), & fit tant que Pierre & Laurent furent chaſſés. *Platina.* Hormiſdas I, Succeſſeur de Symmachus, tint auſſi un Concile Provincial en la Ville de Rome *hortante eodem Theodorico*, où l'héréſie d'Eutyches fut condamnée.

Pour le cinquieme, nous avons montré en une autre nullité que Juſtinian étoit Eutychien ; & néanmoins ſous lui fut tenu le Concile de Conſtantinople. Nous ſavons auſſi que par ſes Conſtitutions & Novelles, entr'autres choſes, il confirme les quatre principaux Conciles. *Nov.* 123. & 131. Il ordonne encore en quel temps les Evêques, Patriarches & Métropolitains devoient tenir les Conciles. Qui montre que les Princes, Rois & Empereurs Hérétiques n'ont été tenus pour déchus de leurs droits à cauſe d'héréſie, par les Conciles mêmes univerſels.

Des premiers Papes de Rome : & comment ils ſe ſont comportés envers leurs Princes & Seigneurs Hérétiques, qu'ils les ont reconnus pour vrais & naturels Princes, qu'ils ſe ſont reconnus leurs Sujets, qu'ils ont prié Dieu pour eux, & que contre leur exemple & vie, le Pape a excommunié notre Roi, & ſoulevé ſes Sujets contre lui.

La vingt-troiſieme nullité eſt, que contre la vie & exemple des anciens & premiers Papes de Rome, Gregoire XIII excommunie notre Roi.

Pour le premier, cela eſt remarquable, que ſous les Empereurs Idolâtres, nul des Papes (encore qu'ils aient été environ trente-quatre, & qu'il y eut multitude de Chrétiens épars

---

(1) C'étoit Pierre, Evêque d'Altino.

(2) Ce fut dans le quatrieme Concile Romain, aſſemblé l'an 503, appellé *Synodus Palmaris*, peut-être à cauſe du lieu où il a été tenu : il y avoit 115 Evêques qui y déclarerent le Pape Symmaque, quant aux hommes, déchargé des accuſations intentées contre lui ; laiſſant le tout au Jugement de Dieu. Et dans le Concile, tenu encore à Rome l'an 504, on lut, avec l'approbation dudit Concile, l'Apologie du même Pape, par Ennodius, de Pavie.

çà & là, & en nombre ainsi que j'ai montré en une autre nullité) n'a fait aucune ligue contre ses Empereurs. Ils ont aimé
mieux tous mourir que d'occuper les Villes de leurs Princes, &
faire soulever leurs Sujets contre eux.

Je viens aux Hérétiques. Julius, Liberius & Felix, Papes,
ont été Sujets de Constantius, Arrien. Le même Felix a été
sous Julian l'Apostat. Cyricius a été du temps de Valent, Arrien, Empereur d'Orient : Valentinian lors & Gratian tenant
l'Empire d'Occident. Zosime étoit Pape lorsqu'Alaric, Roi
Goth, prit Rome ; le Successeur duquel, nommé Astolf, se délibéroit de ruiner totalement Rome, & d'en bâtir une autre, qu'il
vouloit nommer Astaulfia. *Paul. Diac. in Martinian. & Valen-
tinia. Platina in Leone.* Leon I alla au-devant d'Attila, qui
avoit pris Aquilée, Milan, Pavie & autres Villes d'Italie, lui
remontrer qu'il ne devoit passer plus outre, ains prendre garde
à Alaric, qui avoit bien peu de temps survécu après la prise de
la Ville de Rome. Le même alla au-devant de Genseric, Wandale, Arrien, & le reçut dehors la porte de Rome, le priant
qu'il lui plût se contenter du pillage de la Ville, sans la
vouloir ruiner à feu & à sang : ce qu'il fit, & se retira de la Ville
quatorze jours après. Lors ceux de Rome élurent pour Empereur
Avitus, après lequel fut élu à Ravenne Majorianus, après lui
Severus, & derechef après celui-ci Antemius. *Paul Diac. ib.
Platina in Leone.*

Hilaire premier fut du temps de cet Antemius, contre lequel Antemius Richimer, Goth, son gendre, s'éleva, & s'empara de la moitié de Rome. Olibrius envoïé par l'Empereur
Leon, s'empara d'une autre partie de la Ville. Billimer, Gouverneur des Gaules, y accourut aussi pour secourir Antemius.
Enfin Richimer demeura le maître, & mit à mort son beau-
pere. Rome fut pillée, excepté les deux parties où s'étoit tenu
Richimer, lequel mourut trois mois après. *Paul. Diac. in
Leone & Martiniano.* A Richimer succéda Olibrius, qui ne regna que sept mois. A celui-ci succéda Liberius, élu à Ravenne,
qui fut chassé par Nepos, comme aussi celui-ci eut la chasse, &
lui succéda Augustulus, fils d'Oreste ; il ne regna que onze mois,
& de peur qu'il eut, il se déposa volontairement de l'Empire,
& le laissa à Odoacer Herule, qui fut Roi de toute l'Italie, &
même de Rome. Celui-ci tint l'Italie quatorze ans, & fut tué
par Theodoric, Goth, Arrien, auquel l'Empereur Zenon avoit

Tome IV. Y y y

donné l'Italie & Rome, s'il la pouvoit retirer des mains d'Odoacer. *Paul. Diac. in Zenone.*

Simplicius, Pape, fut du temps de ce Theodoric, lequel
comme Roi de Rome & d'Italie, fut reçu à grande joie par
ceux de la Ville, laquelle il embellit de bâtimens ; toutesfois il
ne la fit point sa capitale & principale demeure, mais Ravenne, qui fut cause de la grandeur de Ravenne. Or qui mut
Theodoric à délaisser Rome, c'est-à-dire, à n'y habiter, ce fut,
à mon avis, pource que tous ceux qui l'avoient prise & y avoient
voulu résider, avoient peu vécu après, ainsi qu'il se voit par
ce qui a été dit ci-dessus. Il ne laissa néanmoins d'y avoir
toujours son Gouverneur & d'y établir ses Officiers, d'y faire
publier ses Edits & Ordonnances, comme faisoient auparavant
les Empereurs de Rome, quand ils en étoient maîtres, ainsi
qu'il se voit singulierement en Cassiodorus & Sidonius Apolli-
naris. *Plat. in Felice.*

Felix III, Gelase I, Anastase II & Symmachus, furent du
temps de ce Theodoric, & singulierement ce dernier fut créé
Pape par le même Theodoric, Roi Arrien, ainsi que raconte
Platine en la vie de Symmachus. Hormisdas I, Pape, fut du
temps de ce même Theodoric. Ce Theodoric fit mourir les
Consuls, Symmachus & Boetius (1), pource qu'ils tâchoient
par tous moïens de remettre Rome en liberté. *Platin. in
Hormis. I.* Le même permit à ce Pape d'envoïer vers l'Empereur Justin ses Députés, lui congratuler au nom de l'E-
glise, pour le bien de la paix qu'il offroit à la Chrétienté.

Jean I lui succéda. Du temps de celui-ci, l'Empereur Justin
voulut chasser les Arriens d'Orient. Theodoric en étant averti,
envoie vers lui ce Pape Jean, & avec lui Theodorus & les deux
Agapites, lui remontrer que s'il ne cessoit de persécuter les Arriens, qu'il feroit le même en Italie contre les Orthodoxes &
ceux de sa Religion. Justin n'en voulut rien faire du premier
coup ; néanmoins le Pape & ses Compagnons, Ambassadeurs
de cet Hérétique, firent tant, par leurs pleurs & remontrances,
que l'Empereur Justin restitua les Arriens, & leur permit de vivre partout l'Orient à leur mode. Jean retourné en Italie, vint
trouver le Roi Theodoric à Ravenne, où il fut très mal reçu,
pource qu'il étoit de la confession de Justin Empereur, & non

---

(1) Le célèbre Boece, un des plus grands   François par M. l'Abbé Gervaise, frère de
hommes & des plus savans de son temps.   l'Abbé de la Trappe de même nom.
Nous avons ses Ouvrages, & sa vie en

de celle de Theodoric. Peu s'en fallut que Theodoric ne le fît incontinent mourir : toutesfois l'aïant mis en prison, il y mourut de faim & de pauvreté. *Platina in Joanne I. Paulus Aquileg. in Juſtino.*

Felix IX, Jean II & Agapet (1), furent Sujets d'Amalaſuenta (2) & d'Athalaric, ſon fils, & après la mort d'Amalaſuenta (qui étoit fille de Theodoric, duquel nous avons parlé ci-deſſus) de Theodatus. Celui-ci avoit été adopté par Amalaſuenta pour compagnon & participe du Roïaume : néanmoins il la fit mourir. Si étoit-ce une Princeſſe fort vertueuſe, & tellement inſtruite ès Lettres Grecques & Latines, qu'elle ſe pouvoit comparer avec les plus doctes de ce temps-là. L'Empereur Juſtinian fut fort irrité de cette mort, & délibera d'en avoir raiſon ſur le traître Theodatus (3). Pour cela le Pape Agapetus ne refuſa point de recevoir le commandement de Theodatus, & d'aller trouver l'Empereur Juſtinian, envers lequel il fit tant enfin, que Theodatus eut paix avec lui. Par-là nous voïons que les Papes n'ont fait conſcience d'obéir à un Roi Hérétique. L'Hiſtoire même porte que Juſtinian (vers lequel il alla) étoit infecté de l'héréſie d'Eutyches. *Paul. Diac. 7. Platin. in Felice 4. Joan. 2. & Agapeto.*

Sylverius I (4) après la mort d'Agapet I fut élu Pape *jubente Theodato* (comme dit Platina) choſe qui fut trouvée fort mauvaiſe, pource que (ainſi comme dit le même Platina) les Papes étoient élus & mis de l'autorité & confirmation des Empereurs, & non des Rois Goths, Arriens, qui étoient en Italie. Cela fut en partie cauſe que Juſtinien ramentevant ſa vieille querelle contre Theodatus, envoïa en Italie ſon Lieutenant Beliſſarius. Celui-ci prit d'arrivée Naples, puis Rome; les Goths s'étant retirés à Ravenne, par ce moïen Rome retourna en la puiſſance des Empereurs ; mais cela ne dura gueres, comme nous ouirons ci-après. Vitiges (5) avoit lors ſuccédé à Théodatus, lequel ſe vint préſenter devant Rome avec cent dix mille hommes, où Beliſſaire s'étoit retranché avec cinq mille hommes tout au plus. Cependant Theodora, femme de Juſtinian, hérétique Eutychienne, à la ſuſcitation de Vigilius, Diacre de Rome, mande à ce Pape Sylverius qu'il eût à ſe déclarer contre Menas & prendre le parti de l'Hérétique Antimus

---

(1) Agapit.
(2) Amalaſonthe.
(3) Theodat, Roi d'Italie, ou Roi des Goths.

(4) C'eſt Sylvere. Il fut élu après Agapit, qui étoit mort à Conſtantinople.
(5) Vitigés.

dont nous avons parlé ci-dessus. Sylverius n'en vouloit rien faire. L'Impératrice fit commandement à Belissaire de chasser Sylverius hors de l'Evêché de Rome, & de mettre en sa place Vigilius. Belissaire étant totalement attentif à la charge qu'il avoit contre Vitiges & les Goths d'Italie, donna & subdélégua à cette commission sa femme Antonine, laquelle (après avoir oui la déposition des témoins présentés & confrontés à Sylverius, & vu qu'ils lui maintenoient qu'il avoit voulu trahir la Ville de Rome, & la remettre ès mains de Vitiges & des Goths Arriens, le contraignit de se démettre de son Pontificat & de prendre un froc & habit de Moine, & depuis le relégua en une Isle de Pont, où il mourut (1). Il est vrai que le Moine Gratian, en son décret, rapporte certains lopins de Lettres de ce Sylverius, par lesquelles ce Sylverius déclare avoir excommunié ceux qui l'avoient ainsi enlevé : secondement Vigilius 2. *question* 4. Mais voïons une très belle offre que je vais faire au Pape Gregoire, c'est qu'il ait à élire l'un des deux, ou bien de tenir ce passage rapporté par Gratian, faux & supposé : ou bien qu'il confesse que ce Pape Vigilius aïant été Pape dix-sept ans, six mois, seize jours (2) la Chaire de saint Pierre a eu par un tel espace de temps un Pape excommunié. En quelque sorte qu'il se tourne & qu'il le veuille prendre, il se trouvera, à mon avis, bien empêché.

Vigilius I aïant été fait Pape, du mandement (comme dit est) de l'Impératrice Theodora, & ce encore par Antonine, femme de Belissaire (qui nouvellement avoit défait & pris le Roi Vitiges) ne lui tint ce qu'il lui avoit promis, c'est à savoir, de rétablir l'Hérétique Antemius ; alléguant pour ses raisons qu'il n'étoit obligé de tenir une méchante promésse. L'Impératrice Theodora considérant que celui-ci lui avoit insignement menti, elle le menaça de le faire accuser, comme aïant été cause & principal motif de l'exil de son devancier Pape Sylverius. Enfin, voïant qu'elle ne gagnoit rien sur lui, elle le fit saisir au corps & enlever au Temple de sainte Cicile, lorsque Vigilius faisoit ses largesses au Peuple de Rome, le jour de

(1) Sylvere accusé d'intelligence avec les Goths sur des Lettres fabriquées, fut enlevé & envoïé en exil à Patare en Lycie par Belisaire, qui fit ordonner à sa place Vigile, Diacre de l'Eglise Romaine, le 22 Novembre 537. Tout cela se passoit pendant que Vitigés assiegeoit Rome, à l'insçu de Justinien ; mais ce Prince l'aïant appris, donna ordre qu'on rétablît Sylvere. Peu après, par les intrigues de l'Impératrice Theodora, Sylvere fut conduit dans l'Isle Calmaria, où il mourut de faim, le 20 Juillet, après avoir tenu le saint Siege deux ans, & environ quarante-deux jours.

(2) Il fut Pape dix-huit ans & demi.

fa nativité. Etant ainfi faifi, & après avoir reçu du Peuple coups de bâtons & de pierres, & plufieurs injures, il fut mis dedans un Navire, où il confeffa tout haut qu'il avoit bien mérité un tel traitement, & davantage ; de-là il eft conduit en Conftantinople, où perfiftant en fa réfolution premiere, il fut encore mieux bâtonné que devant. On lui jetta une corde au col & fut traîné ainfi parmi la Ville jufqu'aux Vêpres. De-là il fut mené en prifon, où, pour toute viande, il n'eut que du pain & de l'eau. Les Prêtres qui l'avoient accompagné furent tous envoïés en exil, ou confinés aux métaux. Enfin les Romains fuppliant pour lui, & aïant auffi changé d'opinion, inftant encore Narfes (nouveau Lieutenant de l'Empereur en Italie) il fut relâché, tant lui que fes compagnons, & venant à Rome, il mourut du calcul (1) à Syracufe, Ville de Sicile.

Pelagius I fuccéda à Vigilius. De fon temps, Totila, Goth, prit Rome & la pilla. Il recouvra auffi toute l'Italie, de laquelle néanmoins il ne jouit gueres. Car Narfes, Lieutenant général de l'Empereur, qui au refte avoit été autrefois fimple Libraire (2), & qui plus eft, étoit châtré, le défit & le tua & après lui, Tejas, qui lui avoit fucédé. Cela fait, Narfes vint à Rome, remercie Dieu des victoires qu'il avoit obtenues fur les Goths, lefquels avoient tenu l'Italie foixante & douze ans. Rome devint par ce moïen en la puiffance des Empereurs.

Jean I fuccéda à Pelagius, du temps duquel Sophie, Impératrice, femme de Juftin (Succeffeur de Juftinian) à l'inftigation de quelques Courtifans, qui ne pouvoient fouffrir la grandeur & l'heur de Narfes, fit un affront & une injure infigne à ce grand Capitaine Narfes. Celui-ci (comme il a été ci-devant dit) étoit châtré. L'Impératrice lui envoïa, par mocquerie, une quenouille & de la laine, comme s'il eût été une femme, l'admoneftant par-là, qu'il devoit plutôt s'amufer à filer, que de conduire une Armée : elle lui manda en outre, qu'il eût à retourner à Conftantinople. Narfes lui manda à l'encontre, qu'il lui fileroit une telle piece, qu'elle, ni fes envieux, ne la démêleroient de leur vie. Là-deffus Narfes écrit à Alboin, Roi des Lombards, qui avoit occupé la Pannonie, c'eft-à-dire, la Hongrie, qu'il eût à laiffer le Païs où il étoit, pour

---

(1) C'eft-à-dire de la pierre. Vigile mourut le 10 de Janvier de l'an 555.

(2) Narfès avoit été Quefteur ou Tréforier de l'Armée Romaine. Depuis il monta aux plus grandes dignités, fut Conful, Patrice, Général de l'Armée Romaine, &c. ; il étoit Perfan de Nation & Eunuque.

prendre possession de l'Italie, qui valoit, sans comparaison, beaucoup mieux que la Pannonie, où il demeuroit. Alboin fit ce que lui écrivit Narses. Il descend donc en Italie, il prend Piedmont, Pavie, Milan, Veronne, laquelle il fit sa Capitale. Les Empereurs pour lors, commencerent de tenir leurs Lieutenans généraux d'Italie, en la Ville de Ravenne. Ces Lieutenans s'appellerent Exarches (1). Le premier qui porta ce titre en Italie, fut un nommé Longinus. Qui les mut de faire plutôt leur résidence à Ravenne qu'à Rome, ce fut, à mon avis, ou pour la même cause, que les Goths y avoient fait leur résidence, ainsi que j'ai dit ci-dessus, ou, peut-être, qu'ils étoient par ce moïen plus proches des Lombards, & leur faisoient d'autant mieux tête, ou pourceque Ravenne se trouvoit mieux accommodée que Rome, qui avoit été tant de fois prise & pillée. Tant y a que cette résidence des Exarches à Ravenne fut cause que les Evêques d'icelle commencerent à lever les cornes, & prétendre la primauté par-dessus ceux de Rome. Jean donc voïant le pauvre & piteux état de Rome & d'Italie, mourut de regret.

Pelagius II succéda à Benoît. Celui-ci fut du temps de Eularic Flavius, Lombard, lequel les Lombards d'Italie élurent Roi, après qu'ils eurent demeuré vingt ans sans Roi, depuis la mort d'Alboin. Maurice, Empereur, incita contre cet Eularic, Sigebert, Roi de France, lequel aïant eu mauvaise rencontre en son entreprise, fit par cette occasion, enfler le cœur aux Lombards ; car ils s'épandirent aussi-tôt jusqu'en Sicile, & n'eut été les pluies & grands débordemens d'eau, cet Eularic prenoit Rome. Sur ce débordement d'eau survint l'élection de ce Pelagius, qui fut cause qu'il fut créé sans le commandement de l'Empereur Maurice, Pelagius voïant que l'Empereur en pourroit être fâché, s'envoïa excuser par le Moine Gregoire, qui depuis lui succéda au Papat.

Gregoire I (2) fut élu & confirmé du mandement de l'Empereur Maurice, & ce, à l'instance du Gouverneur de Rome, Ce Gregoire étoit Romain, & de son naturel magnifique & libéral. On lui impute d'avoir renversé & démoli tous les beaux Temples & Edifices des Païens à Rome, d'autant qu'ils incitoient ceux qui les voïoient debout d'admirer la grandeur & religion des Païens. De ce temps, l'Empereur Maurice avoit pour

_____

(1) Il faut Exarques.
(2) C'est saint Grégoire le Grand, qui a honoré le saint Siege par ses vertus, & éclairé l'Eglise par ses Ouvrages.

Exarche à Ravenne un nommé Romanus. Il fit aussi une Loi (que tout homme d'entendement dit avoir été faite par Maurice avec grande raison, & pour d'autant mieux entretenir ses Armées & Troupes de guerre, dont il avoit besoin, contre les Lombards d'Italie) que nul Soldat ne se pût faire Moine, s'il n'étoit manchot, boiteux ou estropié, c'est-à-dire, sinon qu'il n'en pût plus. Cet Edit déplut au Pape Gregoire, qui fut cause que le Pape remontra à l'Empereur qu'il ne devoit point faire publier un tel Edit, au mépris de la religion de celui qui l'avoit mis & fait Empereur, c'est-à-dire, au mépris de Dieu. Maurice ne fit pas beaucoup de compte de cette remontrance, ains passant plus outre, il manda à Gregoire, qu'il eût à reconnoître Jean, Archevêque de Constantinople, pour Evêque Œcumenique de l'Eglise, c'est à-dire, pour son Supérieur. Gregoire trouva ce commandement bien crud ; toutesfois il s'y comporta fort sagement, lui remontrant que cela ne se pouvoit faire, attendu que la puissance de lier & délier avoit été baillée à saint Pierre & à ses Successeurs, & non aux Evêques de Constantinople. Partant le supplioit, qu'il lui plût ne point mettre telles séditions en l'Eglise, en un temps si trouble & calamiteux. Maurice voïant le peu de respect qu'on lui portoit à Rome, retire les garnisons qu'il avoit en Italie, & suscite outre cela le Lombard Agilulphus d'assaillir, autant qu'il pourroit, la Ville de Rome ; ce qu'il fit, mais il n'y gagna rien. Le Pape Gregoire faisant en ceci acte de vaillant Capitaine, & encourageant, tant les Romains que les Villes circonvoisines, à se bien défendre, avoit attiré à soi Aric, Duc de Benevent, qui ne vouloit reconnoître Agilulphe pour Supérieur. *Georg. Merula, lib. 1. de illustr. Mediolan.*

De ce temps mourut Severus, Patriarche d'Aquilée (1), Hérétique, qui fut cause de grands maux. Car après sa mort, Agilulphus, Roi des Lombards, y mit pour Patriarche un nommé Jean : d'autre part le Pape Gregoire mit de son côté Condiamus Gradensis (2) en la Ville de Friul. Depuis, Maurice ne païant point son Armée, fut tué par Phocas. Or, en cette Histoire ceci est remarquable, que ce Pape Gregoire s'accommode avec ces Lombards, quoiqu'ils fussent Hérétiques. Et qu'ainsi soit, voici ce qu'il écrit : *Lib. 7. epist. 1, 2, 4, quæst.*

---

(1) Où de Grade. Il mourut l'an 606.

(2) Candien, de Grade, petite Isle dans la Mer d'Istrie, où les Evêques d'Aquilée s'étoient refugiés, & où ils avoient établi leur Siege depuis l'invasion des Lombards.

8. *c. fi in morte* 20. Si je me fuſſe voulu mêler, (dit-il) de la mort des Lombards, la Nation Lombarde n'auroit aujourd'hui ni Roi, ni Duc, ni Comte; mais d'autant que je crains Dieu, je n'oſe point me mêler en la mort de qui que ce ſoit. Nous pouvons dire hardiment que ce Gregoire ici a été celui qui a commencé de mettre les Papes hors de page, & d'ouvrir les moïens à ſes Succeſſeurs pour s'emparer de la Ville de Rome.

Sabinianus I ſuccéda à Gregoire. Celui-ci étant requis en un temps de grande famine de ſecourir les Pauvres, s'excuſa ſur les largeſſes de ſon Prédéceſſeur, diſant que Gregoire, pour avoir la bonne grace du Peuple, avoit diſſipé & donné tout le Patrimoine de l'Egliſe. Boniface III ſuccéda à Sabinian : du temps duquel étant avenu le meurtre de l'Empereur Maurice, & aïant Agilulphe, Roi Lombard d'Italie, entendu que l'on avoit dreſſé à Rome la ſtatue de l'Empereur Phocas, (c'étoit une cérémonie par laquelle les Romains témoignoient être Sujets des Empereurs) Agilulphe ſe jetta ſur la Ville de Cremone, & la raſa : il prit auſſi la Ville de Mantoue. Ces victoires des Lombards étant en Italie d'une part, & Boniface faiſant inſtance d'autre, envers Phocas l'Empereur, Phocas fut enfin contraint d'accorder au Pape de Rome ce qu'il demandoit : c'eſt à ſavoir, que l'Egliſe Romaine ſeroit Chef de toutes les autres Egliſes. Or, en cela Phocas fit un grand coup pour ſoi; car par ce titre fameux & plein d'ambition, qu'il accordoit au Pape, & ſans grands frais, ou bourſe délier, il retint en ſon obéiſſance la Ville de Rome, qui s'en alloit autrement prendre parti avec les Lombards, ou autres. Ce ne fut néanmoins ſans avoir beaucoup de contradictions & oppoſitions de l'Egliſe de Conſtantinople, car ceux de Conſtantinople diſoient que la premiere Chaire de l'Egliſe devoit être là où étoit le Siége de l'Empire. Ceux de Rome au contraire alléguoient que Conſtantinople n'étoit qu'une Colonie & Fille de Rome, & que Rome étant la Mere, elle méritoit d'avoir la primauté. Ils alléguoient encore que les Empereurs prenoient le titre d'Empereurs de Rome, & non de Conſtantinople, & pour le dernier ils retomboient à leur refrain ordinaire de la Chaire de ſaint Pierre.

Boniface IV, Succeſſeur de Boniface III, impétra du même Empereur Phocas le Temple de Rome, nommé Pantheon *(1)*.

____

(1) Ce Temple étoit ainſi nommé, parcequ'il étoit conſacré à tous les Dieux. Il avoit été bâti autrefois par Agrippa, 25 ans avant J. C. C'eſt aujourd'hui l'Egliſe nommée à Rome, Notre-Dame de la Rotonde.

Ceſtui-ci,

Celui-ci, au lieu que le Temple étoit dédié à la mere des Dieux & à tous ses enfans, le consacra à la Vierge Marie & à tous les saints Martyrs. Je ne dirai autre chose de cette métamorphose pour le présent. *Deusdedit* 1 , & après lui, Boniface V succéderent , lesquels furent du temps de l'Empereur Heraclius : sous lequel se montra en Orient ce monstre & faux Prophete de Mahomet. Cestui-ci par ses armes en Orient , & les Papes par leurs excommunications & autres pratiques en Occident , acharnés sur l'Empire de Rome (comme deux chiens sur un os) n'ont cessé jusqu'à ce qu'ils l'aient rendu en l'état auquel il est aujourd'hui ; ce qui nous montre & fait voir à l'œil , ce qu'avoit prédit saint Paul être vrai , c'est à savoir que l'Ante-Chrift ne seroit jamais connu ni manifesté : sinon après que l'Empire de Rome auroit sa splendeur.

La cause qui mut Mahomet & ceux de son parti à se mettre aux champs , fut que l'Empereur Heraclius avoit fait un édit , par lequel il commandoit aux Juifs de se faire baptiser. Les Sarrasins & Arabes là-dessus s'éleverent l'an 623 , & enleverent en peu de temps l'Asie & l'Afrique de la main des Empereurs , pendant que Sizebidus tout à plat enleva l'Espagne à l'Empire. Peu après , & du temps de Jean IV , Rotharis Lombard fit profession ouverte de l'Arianisme , & n'y eut lors Ville en Italie , où il n'y eut un Evêque d'une Religion , & un autre de l'autre. Nous voïons cependant par ce bel édit d'Heraclius , quel fruit a apporté à l'Eglise l'inconsidéré zele de forcer les consciences en la Religion.

Par ce que dessus nous recueillons encore que les Papes ont même reconnu pour leurs Supérieurs des Empereurs & Princes Hérétiques , sans que nous lisions qu'ils aient publié des Bulles & Commonitoires telles que Gregoire XIV veut aujourd'hui jetter sur notre Roi , & derechef nous voïons par-là qu'il suit en ceci plutôt son ambition & opinion particuliere , que l'exemple & vie de ses ancêtres. Tant y a que le Clergé de notre Eglise Gallicane a dequoi suffisamment appaiser sa conscience , quand il suivra plutôt la vie des anciens Papes , que de celui-ci lequel on fait allumer cette guerre en France , non pour zele qu'il porte à sa Religion , ains pour maintenir sa vie & puissance , laquelle il craint lui être ôtée par ceux qui le tiennent comme captif & prisonnier , s'il faisoit ou vouloit se montrer pacifique à l'exemple d'Urbain son prédécesseur.

Tome IV   **Z z z**

De l'Eglise Gallicanne premiere, & qu'elle n'a excommunié ses Rois pour cause d'Hérésie : & pourtant que contre l'exemple de la primitive Eglise Gallicane le Clergé de France Ligueur, voudroit excommunier son Roi.

La vingt-quatrieme nullité est, que contre l'exemple de l'Eglise Gallicane premiere, il veut exciter le Clergé contre son Roi, pour & à cause d'hérésie.

Chilperic (1) (comme nous témoigne Gregoire, Archevêque de Tours, *lib.* 1. *c.* 44.) étoit Arrien ; autres disent Sabellien. Ce Chilperic composa un livre, par lequel il montroit que l'on ne devoit faire aucune mention de ce mot de Trinité, & que c'étoit un blasphême d'attribuer le mot de personne à Dieu, supposant que ce mot n'appartenoit qu'aux créatures & aux hommes. Il maintenoit encore que ce n'étoit qu'une personne, du Pere, du Fils & du Saint Esprit ; qu'ainsi il étoit apparu aux Prophetes, ainsi avoit-il été annoncé en la loi. Ce livre aïant été fait comme je viens de dire, Chilperic adressa un jour sa parole à Gregoire, Archevêque de Tours : Je veux, dit-il, que vous & tous les autres Docteurs des Eglises, suiviez cette mienne confession. Gregoire, comme avisé qu'il étoit, ne s'étonna point de ce commandement ; il s'efforça (comme Sujet) de le détourner de cette hérésie, mais ce fut en vain. Pour cela, ni Gregoire, Archevêque de Tours, ni les Evêques, ni le Clergé de France n'excommunierent point leur Roi : ils ne firent aucune ligue contre lui. Tant s'en faut, Chilperic fut reçu honorablement en sa Ville de Paris. *Gregor. Turonensis* 6. *c.* 27. & 45. Son fils Theodoric (2) y fut baptisé par l'Evêque de Paris, nommé Raguemodus (3). Mais voici le pis : Chilperic maria une sienne fille à un Roi d'Espagne, qui étoit Arrien. Pour l'accompagner & pour conduire les grands tresors qu'il envoïoit à son nouveau gendre, il contraignit plusieurs honnêtes personnages de la Ville de Paris de la suivre & accompagner en Espagne, tellement, dit-il, que les pleurs qui se faisoient à Paris, se pouvoient comparer à celles d'Egypte. Voici encore ce que nous lisons de ce Chilperic. Il se plaignoit souvent

(1) Roi de Soissons.   (2) C'est Thierri.
(3) C'est Raguemonde.

des Gens de l'Eglise & de leurs revenus, & pour cet effet, souvent il tenoit ce langage. Voici, nous sommes devenus pauvres, nos biens ont été transportés & donnés aux Eglises. Il n'y a que les Evêques qui regnent ; notre honneur est perdu & a été transporté aux Evêques. Il n'avoit plus grand plaisir que de brocarder les Gens d'Eglise ; ne se contentant point des paroles, il vint aux faits. Il ouvrit & rompit les testamens qui étoient gardés aux Temples : il foula aux pieds les mandemens de feu son pere. Outre cela il étoit diffamé de paillardise, d'avarice & de cruauté. Es mandemens qu'il faisoit, il ajoutoit ordinairement cette clause : quiconque aura contrevenu à notre mandement & ordonnance, nous voulons & mandons qu'il ait les yeux crevés. Toutes ces choses émûrent bien ses Sujets de l'appeller entr'eux le Neron & Herodes de leur temps ; mais tant y a que tout tel qu'étoit Chilperic Hérétique & Tyran, tous tels au contraire qu'étoient le Clergé & Gens d'Eglise de la France, ils lui demeurerent toujours fermes Sujets & Vassaux. Et même étant avenu que Chilperic fut tué à Chelles (1), Malufus (2), Evêque de Senlis, prit le corps, il le fit laver & revêtir d'habits & vêtemens convenables ; il passa la nuit en prieres & oraisons, il fit mettre le corps du Roi dedans un bateau, de-là vint à Paris, & l'enterra en l'Eglise de Saint Vincent, qui est celle que nous appellons aujourd'hui Saint Germain des Prés, où l'on voit encore sa sépulture, qui y a été déja plus de mille ans. Voilà la rebellion que fit le Clergé de France contre un tel Roi. Il est vrai qu'il fut tué ; mais ce fut par l'impiété de Fredegonde, sa propre femme, laquelle estimant que ses amours avec Landri, Maire du Palais, étoient découvertes, & craignant le châtiment de son mari, se résolut enfin de le faire tuer. Ce que j'ai bien voulu ajouter, à celle fin que l'on ne pense que c'ait été pour son hérésie qu'il a été tué.

(1) Chilperic I fut tué à Chelles l'an 584.
(2) Ce Prélat se nommoit Malulfus : Hugues de Flavigni, dans sa Chronique, le nomme Madelulfus ; Aimoin, Madalulfus: on le trouve aussi nommé Madulfus, & Mallufus. Il étoit Successeur de Sanctin. Voïez le *Nova Gallia Christiana*, tom. 10. pag. 1382, 1383.

*Des droits & privileges des Rois de France : par lesquels il appert
que les Rois de France ne peuvent être excommuniés par les
Papes ; & par ainsi, que contre tout droit & équité naturelle
il est excommunié du Pape & de ses Suppôts.*

La vingt-cinquieme nullité est que contre les droits, privileges
des Rois de France, & contre les paches (1) & conventions faites entr'eux & les Papes de Rome, il excommunie ou veut excommunier un Roi de France.

Entre les droits & privileges de nos Rois, celui-ci se trouve,
qu'un Roi de France ne peut être excommunié par les Papes,
Évêques de Romes.

Premierement, il appert de ceci par les Bulles d'Alexandre
IV, Nicolas III, Martin III, Gregoire VIII, IX, X, XI,
Clement IV, Urbain V, lesquelles Bulles sont insérées au stile
& regiftres de Parlement, ainsi que témoigne du Molin (2) ès
Apostilles qu'il a faits sur le stile du Parlement, & Chopin (3)
en son livre du Domaine (4), *dern. chap. page* 625. *num.* 4.

Secondement, il appert de ceci par l'extravagante de Clement
V, insérée au Cours Canon (5), par laquelle Clement V déclare
la Bulle du Pape Boniface VIII (6) ne préjudicier en rien aux
droits des Rois, Roïaume & Clergé de France. Or est-il que
Boniface VIII auroit maintenu en sa Bulle, *Extravag. Unam
sanctam de majoritate & obedientia*, que toute créature étoit sujette à l'Eglise de Rome, tant au spirituel qu'au temporel. Il
maintenoit donc que les Papes pouvoient excommunier les Rois
de France : car cet article fait la meilleure partie de la souveraineté du Pape. Clement déclare que cette Bulle ne fait préjudice
aux droits du Roi, Roïaume & Clergé de la France ; & par ainsi
il déclare que le Roi, le Roïaume & le Clergé de France demeurent *in eodem statu, in quo erant ante definitionem præfatam
Bonifacii VIII.* Davantage que par l'extravagante de Boniface

(1) Pactes, (*Pacta*)

(2) Charles du Molin, ou du Moulin,
célebre Avocat au Parlement de Paris, mort
à Paris le 27 Décembre 1566. Ses Apostilles sont de la même année : c'est le dernier
de ses ouvrages.

(3) René Chopin, d'Angers, qui fut an-
nobli avec toute sa postérité par Henri III
l'an 1578, pour avoir composé l'ouvrage
que l'on cite ici.

(4) *De Domanio Corona Franciæ :* Ce
Livre a été traduit en François.

(5) C'est-à-dire dans le corps du Droit
Canon.

(6) C'est la fameuse Bulle *Unam Sanctam,*
qui fut l'ouvrage du Concile tenu à Rome
le 30 Octobre de l'an 1302.

VIII, *Rex*, *Regnum & Regnicolæ Franciæ non erant amplius subjecti Ecclesiæ Romanæ*, *quàm antea extabant*. Voilà ce que de bonne foi a reconnu le Pape Clement V (1). Donnez cette autorité & pouvoir à Gregoire XIV, qu'il puisse excommunier le Roi & le Clergé avec tous ses Sujets, de quoi servira la déclaration du Pape Clement? Ne sera-t-elle pas illusoire? Veut-il prendre cette déclaration du Pape Clement *in vim privilegii?* c'est-à-dire comme un privilege & un passedroit que font les Papes au Roi, Roïaume & Clergé de France, qu'ils ne font pas à tous les autres Rois? Je dis que le Pape ne peut aujourd'hui enfreirdre ce privilege, attendu que Clement reconnoît avoir donné ce privilege, premierement *merito Philippi Regis*, qui vivoit de son temps : secondement *meritis progenitorum ejus*, tiercement *Regnicolarum puritati & devotioni*. L'on peut davantage dire que ce n'est point *mera donatio Pontificia;* mais qu'en cela le Pape Clement *renumeratus est ea mercede officium Regum Regni & Regnicolarum Franciæ*. arg. *l. Aquil. Regul.* 27. *ff. de dona.* L'on lui maintient encore que ce privilege ne peut être ôté à un Roi de France, attendu qu'il lui appartient réellement & pour le mérite de ceux qui ne peuvent aujourd'hui (pour être ja décédés) démériter du Pape. Mais on lui dit & soutient bien davantage, c'est que la susdite déclaration du Pape Clement V n'est point un privilege Papal, mais *abundans cautela tollendæ omnis dubitationis causâ adjecta*. Ce que montre assez icelle Bulle, quand elle dit que *in eodem statu sunt quo erant antè :* & en un autre endroit que, *Non sunt amplius subjecti Ecclesiæ Romanæ quàm antea ;* de sorte que le Pape Clement *jus vetus Regum Franciæ tantùm declarat*, & ne leur donne rien de nouveau.

Tiercement, il appert de tout ce que dessus, *per antiquum usum Regni & Regum Franciæ*, qui ont résisté aux excommunications attentées sur les personnes & le Roïaume par les Papes; & par ainsi nous lui allons montrer que *morum majorum nostrorum & de jure primævo*, le Pape n'a que voir sur les Rois & Roïaume de France, non-seulement sur le temporel, mais encore pour le spirituel & ses excommunications. Je prendrai en

---

(1) Par sa Bulle du premier Fevrier de l'an 1305. Il y déclare que celle de Boniface VIII ne porte aucun préjudice au Roi ou au Roïaume de France, & ne rend point les François plus Sujets à l'Eglise Romaine qu'ils l'étoient auparavant. Clement V se nommoit avant son Pontificat Bertrand de Got : Il a été le dernier Pape François.

premier lieu le point & la perfonne du Roi, & puis je parlerai plus amplement, en une autre nullité, du droit du Roïaume & Clérgé de France.

Louis Débonnaire fut menacé par le Pape Gregoire IV d'être excommunié. Celui-ci étant venu en France pour favoriser l'impiété & rebellion des enfans du Roi contre leur propre pere, le Roi & l'Eglife Gallicane lui fit cette réponfe. *Aimoinus de geftis Francorum* 14. que s'il s'ingéroit d'excommunier le Roi, il s'en retourneroit lui-même excommunié, & que les anciens canons ne lui apprenoient de faire telle chofe.

Charles-le-Chauve avoit empiété la fucceffion de Lothaire fon neveu, Roi de Lorraine. Adrian II voulut commander au Roi de fe départir de ce qu'il avoit occupé, fur peine d'excommunication. Les Etats de France & de Lorraine (tenus à Reims) firent réponfe, qu'on n'avoit jamais oui un tel commandement, & que le Pape (fans qu'il en fut requis) fe mêlât du droit des Roïaumes. Ils lui répondirent encore que par l'excommunication des Papes l'entrée du Paradis ne leur feroit empêchée. Mais voïons plus diftinctement ce que Charles-le-Chauve écrivit à Hadrian : Nous Rois de France, dit-il, nés du fang Roïal, avons été jufques ici tenus non pour Vidones (1) ou Sujets des Papes, ains pour Maîtres & Souverains de notre Païs : auffi le Pape Leon & le Concile de Rome ont bien reconnu que les Rois & les Empereurs ont été établis de Dieu pour commander ici bas en terre; & que tant s'en faut que les Rois aient été bénéficiaires des Evêques, qu'au contraire ce que les Evêques tiennent eft de la permiffion & libéralité des Rois : à ceci eft encore conforme le dire de Saint Auguftin : c'eft à favoir que ce qu'un chacun tient & poffede, eft par le droit & bienfait des Empereurs & non des Evêques : que fi vous voulez prendre la peine de regarder vos regiftres & archives, vous trouverez que nul de vos devanciers n'a jamais fait un tel mandement à pas un de mes prédéceffeurs : partant qui eft l'enfer qui nous a vomi un tel changement de loix ? quel Diable venu des cavernes profondes & ténebreufes, s'eft mis à dégorger contre nous un tel mandement ? Voilà, Meffieurs du Clergé de France, ce qu'un de vos Rois Catholiques, Apoftoliques & Romains a écrit à un Pape

____

(1) Vidones, pour Vidames, *Vice Dominus*, *Pro Dominus*; Seigneur qui releve d'un autre. *Dam* fignifioit autrefois *Dominus*, ou *Seigneur*, ou *Monfieur*,

de Rome, touchant la puiſſance d'excommunier, qu'il vouloit voler & ravir ſur la France. Philippe Auguſte ou Dieudonné, fut interdit de ſon Roïaume par Innocent III, pource qu'il avoit répudié ſa femme Juguebergue (1), ſœur du Roi de Dalmatie, laquelle il tenoit priſonniere au Château d'Eſtampes, pour épouſer Marie (2), fille du Duc de Boheme : mais les Etats s'y oppoſerent & releverent un appel de cet interdit. *C. Novit ille 7. Ext. de offic. Judic. Legati c. 1. ext. de poſtulat. prælator.*

Saint Louis s'eſt oppoſé aux nouvelles inventions & exactions des Papes, ainſi qu'il appert par ſon Edit de l'an 1128 & par une autre ſienne Pragmatique. *Ext. part. 3. ſtili Parl. tit. 39.*

Philippe le-Bel fut ſollicité par l'Evêque d'Apamée, ou de Pamiers (3), Légat du Pape Boniface VIII, d'aller au voïage d'outre-mer, & menacé d'être interdit au cas qu'il n'y allât. Le Roi fit mettre en priſon cet Ambaſſadeur. Boniface en étant averti, envoie l'Archidiacre de Narbonne lui faire commandement de relâcher ſon Légat, & au cas qu'il ne le fît, d'excommunier le Roi & déclarer ſon Roïaume dévolu à l'Egliſe de Rome. Le Roi délivra l'Ambaſſadeur du Pape, plutôt à mon avis, pour ne pas ſembler violer le droit des Gens, que pour reſpect qu'il portât au Pape ; & qu'ainſi ſoit, le Pape lui aïant mandé qu'il étoit ſon Sujet, tant au ſpirituel qu'au temporel, & qu'il n'appartenoit aux Rois de confirmer les Bénéfices : Le Roi lui mande que Sa Sainteté (ou plutôt fatuité) ſut que les Rois n'étoient ſujets des Papes ni en l'un ni en l'autre, & que ceux qui vouloient dire le contraire étoient des fols & acariaſtres. Le Comte d'Artois encore fit brûler publiquement en la Cour du Palais la Bulle du Pape. Le Roi fit en outre aſſembler à Paris un Synode du Clergé & Nobleſſe de France & des Etats du Roïaume, où il fit entendre les injures qu'il recevoit du Pape : plus, l'ambition d'icelui, & du moïen qu'il avoit tenu pour oc-

---

(1) C'eſt Ingeburge, Princeſſe de Dannemarck : au moment même de la cérémonie du mariage, le Roi prit pour elle une averſion inſurmontable, quoiqu'elle fut belle & vertueuſe, & qu'il l'eut recherchée avec empreſſement. Environ quatre mois après il fit caſſer ſon mariage dans une Aſſemblée d'Evêques & de Seigneurs, tenu à Compiegne.

(2) D'autres l'appellent Agnès : elle étoit fille du Duc de Meranie & de Bréme. Le Roi l'épouſa l'an 1196. Il reprit depuis Ingeburge.

(3) Bernard de Saiſſet, premier Evêque de Pamiers. Il s'étoit fait ordonner Evêque malgré Philippe le-Bel.

cuper le Papat injuſtement. Là fut arrêté que le Siege de l'Evê-
ché de Rome étoit vaquant, & que de tels attentats la France
appelloit à un Concile. Boniface aïant de ſon côté convoqué un
Synode, auquel il donna le Roïaume de France à l'Empereur
Albert : le Roi Philippe penſa là-deſſus qu'il étoit de ſon devoir
de dompter l'arrogance de ce Pape. Et pourtant donne charge à
Sara (1) Colonne (qui étoit lors connu & renommé au Port de
Marſeille) & à Nogaret, Chevalier François, d'aller publier à
Rome ſon appel : mais ils avoient mandement ſecret de ſe ſaiſir
du Pape. Sara s'écoule dans l'Italie en habit de Valet. Nogaret
fit tant, qu'il tire quelques troupes de Charles de Valois, qui
étoit lors en Italie, juſqu'à deux cens hommes de cheval. Cela
fait, Sara Colonne envoïa Nogaret en la Ville de Ferentino,
pour ſe trouver prêt quand il lui manderoit. D'autre côté Sara
Colonne aïant amaſſé quelques Gibelins (le parti deſquels avoit
été grandement tourmenté par le Pape Boniface) entre par leur
moïen en la Ville d'Anagnie, où il prit de nuit le Pape Boniface, lequel il mena à Rome, où trente-cinq jours après il mourut de déplaiſir (2). Après la mort de celui-ci, Benoît XI fut élu
Pape, lequel étant informé du droit de Philippe, le déclara
abſous, & avec lui Jean & Jacques, Cardinaux de la Maiſon
des Colonnes. *Platina in Benedicto XI.* A celui ci ſuccéda Clement V, lequel étant ſollicité en la Ville de Poitiers d'excommunier le Pape Boniface défunt, & de donner abſolution à
Nogaret & Sara Colonne (dont a été parlé ci-deſſus) refuſa de
faire le premier, c'eſt-à-dire d'excommunier Boniface : bien
s'accorda-t-il d'abſoudre le Chevalier Nogaret, à la charge que
pour pénitence il iroit faire la guerre contre les Sarraſins. *Platina in Clement V. in f. p.* 105. Pour retourner à Philippe-le-Bel,
il fit l'an 1303 cette renommée ordonnance, qui a été depuis de
ſon nom appellée la Philippine (3), par laquelle il défend à tous
Evêques & Curés & autres Gens d'Egliſe de ſon Roïaume, de
n'exiger nouvelles dîmes, premices & autres tels impôts. Il reprit la Juriſdiction des Eccléſiaſtiques, ainſi qu'il ſe voit au traité
qu'en a fait Maître Pierre de Cunieres, ſon Avocat (4). *Extat*

(1) Ou Sciarra.

(2) Voïez l'Hiſtoire des différends de Philippe le Bel avec Boniface VIII, par feu M.
Baillet, & la nouvelle édition des Libertés
de l'Egliſe Gallicane, *in-folio*; où il ſe trouve un grand nombre de pieces ſur ce différend, ou qui y ont rapport.

(3) L'Ordonnance dite *Philippine* eſt de
Philippe de Valois, & de l'an 1334.

(4) Pierre de Cugnieres, Avocat du Roi
au Parlement de Paris, a vécu dans le treizieme & quatorzieme ſiécle. Il entreprit de

parte 3. *ſtili Parlementi, tit.* 34. 6. 1. Louis Hutin (1) remit en évidence toutes les conſtitutions de ſes prédéceſſeurs, concernant les exactions Papales & de l'Egliſe de Rome. Jean, Roi de France, homologua les Edits de ſes devanciers contre les attentats du Pape. Charles V montra de même, *Molinæus in ſecretis Franciæ, p.* 125. qu'il ne craignoit les excommunications des Papes, en ce qu'il fit compoſer par quelques gens de bien & ſavans perſonnages de ſon Roïaume, un Livre, intitulé *Somnium viridarii* (2), contre l'ambition des Papes & leurs opinions erronnées & hérétiques. Il fit l'an 1379, le 5 Janvier, publier un Edit, que nul n'eût à publier une excommunication ou interdit contre les Villes, Corps & Communautés du Roïaume. *Extat hoc Edictum in antiquis conſtitutionibus Regum.*

Charles VI fit un Edit, par lequel il chaſſa tous les Receveurs du Pape & Cardinaux : fit défenſe de ne conférer benéfice aux Etrangers : fit mettre en ſa main tout le temporel des Bénéfices, Abbaïes & Evêchés que les Etranges & principaux les Cardinaux, réſidens en Cour de Rome, levoient, & deſquels ils tranſportoient les fruits hors du Roïaume : ordonna que les revenus d'iceux ſeroient recueillis par les Commiſſaires députés par Sa Majeſté ; & de ce il conſte par l'Edit qu'il en fit l'an 1406 (3). *Extat hoc Edictum in parte* 3. *ſtili Parlementi, tit.* 3. 7. §. 1. Le Pape Benoît XIII excommunia pour cet effet le Roi, Princes & tous ceux qui lui étoient adhérans. Il envoïa en France un libelle diffamatoire contre le Roi, lequel par Arrêt du Parlement fut publiquement lacéré (4). Ceux qui l'avoient

ſoutenir devant le Roi Philippe de Valois en 1329, que la Juriſdiction Eccléſiaſtique étoit une uſurpation ſur les droits des Souverains. Mais il s'emporta trop contre le Clergé. Il fut réfuté par Pierre Bertrand, Evêque d'Autun, qui eut pour récompenſe une nomination au Cardinalat. La Croix du Maine, dans ſa Bibliotheque Françoiſe, dit que Cugnieres étoit Seigneur de Santine, près de Verberie, dans le Duché de Valois, qu'il fut Archidiacre en l'Egliſe de Notre-Dame de Paris, & que depuis il ſe maria avec Jeanne de Neri. Son ouvrage pour les Droits du Roi, & pour les Juges ſéculiers, & ſes Repliques à Pierre Bertrand, ſont à la fin du Traité des Régales par Ruzé. Le *Libellus Bertrandi adverſus Magiſtrum de Cugnieres* eſt dans la nouvelle édition des Libertés de l'Egliſe gallicane, *in-fol.* tome 2.

(1) Louis X, dit Hutin, mort en 1316, n'aïant regné qu'un an, un mois & ſept jours : il mourut dans la vingt ſixieme année de ſon âge.

(2) Le Songe du Vergier, écrit d'abord en Latin, & mis preſque dans le même temps en François, eſt attribué à Philippe de Maiſieres, Chancellier de Chypre, dont on ne le croit point Auteur. Par d'autres il eſt donné à Jean de Vertus. Cet Ouvrage ſe trouve en François dans la nouvelle édit. des Libertés de l'Egliſe Gallicane, *in fol*, tom. 2 avec une Diſſertation préliminaire ſur l'Auteur & ſon Ouvrage.

(3) Cet Arrêt eſt imprimé dans la nouv. édit. des Libertés de l'Egliſe Gallic. tom. 2. p. 174.

(4) Voïez la nouv. édit. des Libertés de l'Egliſe Gallic. t. 2, p. 183, & t. 1. p. 80.

Tome IV.   Aaaa

apporté firent amende honorable , étant trainés par le Bourreau & revêtus de Mitres , où étoient peintes les armoiries du Pape. Fut ordonné qu'il seroit fait enquisition de ceux qui tiendroient le parti du Pape. Depuis l'an 1418 , mois de Mai , fut donné un Arrêt au Parlement de Paris , par lequel fut ordonné que l'on n'obéiroit aux mandemens du Pape Martin V.

Charles VII défendit à tous les Prélats de son Roïaume d'aller au Concile où ils étoient appellés par le Pape Eugene IV ; & l'an 1438 , étant à Bourges , il fit une pragmatique sanction contre les annates , réservations , graces expectatives & autres telles marchandises de Rome (1). Il fit publier l'an 1440 ses Patentes , par lesquelles il défend d'admettre , publier & exécuter les Bulles des Papes , concernant les Citations , Préventions & autres Censures de la Cour de Rome , & de châtier les contrevenans comme rebelles (2).

Louis XI , pour se défendre des censures & excommunications du Pape , fit par un Arrêt de la Cour de Parlement de Paris , & par son Procureur Général , appeller du Pape au futur Concile , & par Edits de l'an 1464 , 1478 , fit défense de ne porter argent en Cour de Rome , ni de prendre aucune Bulle du Pape (3).

Charles VIII lui succéda , sous lequel l'an 1496 , l'Université de Paris appella comme d'abus de certaines exactions & usurpations du Pape , contre les Decrets & Ordonnances du Roi , & fut ladite appellation admise en la Cour de Parlement (4).

Louis XII aïant recouvré plusieurs Villes en Italie , les soumit & donna à Jules II , Pape de Rome. Celui-ci pour reconnoissance suscita contre le Roi les Espagnols , Allemands , Suisses & Anglois ; mais le Roi , l'an 1511 , assembla un Concile à Tours , où il fut arrêté que le Roi se devoit soustraire de l'o-

---

(1) Voïez les Lettres de l'Assemblée de Bourges , dans la nouvelle édition des Libertés de l'Eglise Gallicane , *in-fol.* tom. 2. page 60. L'Assemblée de Bourges fut tenue le 7 Juillet 1438 : la plûpart des Evêques & des principaux Jurisconsultes du Roïaume s'y trouverent. La Pragmatique Sanction , plusieurs fois imprimée depuis , & avec des Commentaires , fut enregistrée au Parlement le 13 Juillet 1439.

(2) Ces Lettres Patentes sont dans la nouv. édit. des Libertés de l'Egl. Gallic.

tom. 2. page 200.

(3) Voïez le Recueil des Piéces citées ici, dans la nouv. édit. des Libertés de l'Eglise Gallic.

(4) Il y a deux Actes d'appel de l'Université de Paris ; mais ils sont tous deux de 1491. On les trouve en Latin dans la Collection des Piéces sur nos Libertés , déja citée , tome 2 , page 50 & 55. Voïez aussi l'Hist. de l'Université de Paris par du Boullay , sous ladite année.

béiſſance du Pape, & le châtier par armes. Fut tenu depuis un Concile à Piſe, où Jules fut ſuſpendu de ſon Etat ; à raiſon de quoi le Pape excommunia le Roi & le Roïaume de France, donnant abſolution de tous péchés à ceux qui auroient tué un François, & ne ceſſa juſqu'à tant qu'il eût chaſſé & d'Italie & de Milan les François. Au moïen de cette excommunication de Jules, Ferdinand, Roi d'Arragon, s'empara de la meilleure partie du Roïaume de Navarre ; & en ſpolia Jean d'Albret (lors abſent) qui en étoit Roi, à cauſe de Catherine ſa femme, fille de Gaſton de Foix, Roi de Navarre, & ce pourceque ledit Jean d'Albret s'étoit trouvé au Concile de Piſe contre Jules (1). De ce Jean d'Albret eſt venu Henri d'Albret, Roi de Navarre, pere de Jeanne d'Albret, femme d'Antoine de Bourbon, pere & mere du très illuſtre & très Chrétien Prince Henri, Roi de France & de Navarre, à préſent vivant & regnant. Voilà comment nos Rois de France, enſemble le Roïaume en général, a vertueuſement réſiſté aux excommunications, interdits & cenſures des Papes.

Qu'ils ne diſent point que le Pape Nicolas (2), environ l'an 865, commença d'excommunier les Rois & le Clergé de France. Car pour le premier, je dis que Lothaire (qui fut menacé d'être excommunié) encore qu'il fût de la Maiſon de France, ſi étoit-il proprement Roi de Lorraine, & non de France. *1 c. præcipuæ Gualdradæ* 3. 11. *quæſt.* 3. *c. Teugaldum* 10. 2. *quæſt.* 1. *C. ſcelus* 21.

Secondement, encore qu'il eût été de la Maiſon de France, ſi eſt-ce que la connoiſſance qu'eût le Pape Nicolas touchant ce fait, lui fut attribuée par compromis, & non point comme à un Papé : d'autant que voici les propres mots dont uſe le Pape Nicolas, *Regino lib.* 2. Il n'appartient point, dit-il, à d'autres d'en connoître, puiſque, tant Lothaire que Thietberge, ſa femme, s'en ſont rapportés à notre jugement. Car même, ſelon les Canons, il n'eſt pas loiſible d'appeller des Juges, auxquels d'un commun conſentement on s'eſt rapporté.

Pour le troiſieme, c'eſt que Gontier, Archevêque de Cologne, & Tiegant (3), Archevêque de Treves, aïant été excom-

---

(1) Il faut voir ſur ces faits, l'Hiſtoire du Concile de Piſe, par Jacques Lenfant ; & la nouvelle Hiſt. de LouisXII par M. l'Abbé Tailhé. Plus, la nouvelle édition des Libertés de l'Egliſe Gallicane, où l'on a réuni bien des Piéces concernant ledit regne de Louis XII, depuis 1497 juſqu'en 1514.

(2) C'étoit Nicolas I, élu en 858, & mort en 867.

(3) C'eſt Theutgaud.

muniés (comme Conseillers de Lothaire, & aïant consenti &
approuvé la répudiation de sa femme Tietberge, pour prendre
Valdrade (1) ledit Gontier dit tout ouvertement : que jamais il
n'avoit été oui ni lu, qu'un Métropolitain de France fut dégradé
sans le consentement de son Prince & la présence des autres
Métropolitains. *Regino*. Gontier avoit raison de dire ce qu'il
disoit. Car nous lisons qu'au Concile de Soissons, l'an 744 (2),
l'Evêque Adalbert, Hérétique, fut condamné par vingt-trois
Evêques, *cum consensu Principis Pipini , populi & Optimatum
Francorum consilio, tom. 3. Concil. p. 453. b. in f.* qui montre
assez que Gontier avoit juste occasion de dire que les dépositions des Gens d'Eglise en France ne se faisoient *fine consensu
Principis*. Et de fait, Gontier ne laissa de continuer en son
grade, office & dignité, comme aussi Valdrade (c'est celle qu'a-
voit prise le Roi Lothaire) ne se sentit excommuniée du Pape.
De sorte que ce fut une excommunication advenue de fait, &
non de droit.

Pour le quatrieme, c'est qu'il nous faut considerer ici trois
causes, qui avançoient lors grandement les excommunications
des Papes. L'une & la premiere est , la bêtise & l'ignorance
extrême, qui étoit lors au Clergé de France. Car voici ce que
les Légats du Pape, Hagan & Roboald (3) retournant à Rome
& rapportant au Pape ce qu'ils avoient connu du fait du Roi
Lothaire , c'est à savoir du divorce qu'il avoit fait avec Tietberge , & de son nouveau mariage avec Valdrade, disent au Pape
Nicolas : *Regino lib.* 2. *anno* 865 , qu'ils n'avoient trouvé au
Roïaume de Lothaire un seul Evêque, duquel l'on dût faire
état, & que l'on pût dire être instruit en la discipline Ecclésiastique, ainsi qu'il falloit. L'autre cause est, que le Pape Nicolas
fut tellement ambitieux & entreprenant sur les Rois, que depuis Gregoire jusqu'à lui , il ne s'en étoit trouvé un , qui fut
parvenu à telle dignité & puissance ; & qu'ainsi soit, Regino
dit, *lib.* 2. *Chron. anno* 868 , que ce Nicolas commanda aux
Rois & Princes , & interposa sur eux son autorité, comme s'il
eût été Maître & Seigneur de tout le monde (4). La troisieme
cause est, que l'Etat de l'Empire se diminuoit peu à peu , tant

(1) Ou Waltrade : elle étoit concubine
de Lothaire.

(2) Ce Concile fut assemblé le 3 Mars.
Vingt-trois Evêques s'y trouverent par ordre
du Prince Pepin , & y firent dix Canons.

(3) Il faut Jean & Rodoalde.

(4) On ne peut nier cependant que Nicolas I n'ait reçu de grands éloges de la plûpart des Ecrivains , & qu'il ne les ait méri-
tés par son zele, par sa fermeté, & par
toutes ses grandes qualités. C'est le dernier
Pape dont Anastase a écrit la vie.

pour la multitude de ceux qui commandoient, que pour l'in-
suffisance de leur esprit ; qui mût Othon Evêque de Frisingen
de dire : voïez comme le Roïaume (c'est-à-dire l'Empire) dé-
croissant, l'Eglise est venue en telle autorité qu'elle juge même
les Rois. En peu de paroles, il nous donne à entendre , que
la grandeur & Empire des Papes, ensemble leur science, entreprise & usurpation, est venue & a commencé par le declin
de l'Empire Romain ; qu'ils ne disent pas non plus , que les
Papes ont excommunié quelques Empereurs d'Allemagne &
de Constantinople, & en outre quelques Rois de l'Europe. Car
par cela ils montrent non point le droit qu'ils aient eu sur eux ,
mais la tyrannie qu'ils ont voulu exercer sur autrui. Quoi que
s'en soit, les exemples étant étrangers, ne peuvent apporter
préjudice à notre France, ni diminuer les droits tant du Roi
pour sa personne, que des Etats pour l'entier & le gros du
Roïaume. Par ainsi nous voïons en cette troisieme raison qu'un
Roi de France ne peut être excommunié du Pape.

La quatrieme raison particuliere concernant la nullité de
cette excommunication faite par le Pape Gregoire , c'est qu'il
veut priver par son excommunication notre Roi des Fiefs & Seigneuries qui lui appartiennent : supposé que le Pape Innocent III , écrivant au Clergé de France , reconnoît n'avoir puissance de connoître des Fiefs , & par conséquent des Vassaux
mouvans du Roi. Car voici comme il parle en sa décretale ,
concernant le fait de Philippe Auguste contre Jean Roi d'Angleterre (1) : nous n'entreprenons point à connoître du Fief,
duquel la connoissance appartient au Roi de France , mais de
son péché , duquel nous appartient la censure ; *c. novit ille* 13.
ext. de judiciis. Par ainsi , il se voit que le Pape n'aïant que
voir sur les Fiefs , Vassaux , & Sujets mouvans du Roi , il

---

(1) Innocent III , l'an 1208 le 24 de
Mars , fit mettre en interdit par ses Légats
le Roïaume d'Angleterre , sur le refus que
fit le Roi Jean de rappeller l'Archevêque &
les Moines de Cantorberi qu'il avoit chassés.
L'an 1211 il déclara les Sujets de ce Prince
absous du serment de fidélité. Et l'année
suivante 1212 il donna une sentence , encore plus irréguliere , par laquelle il le dé-
posoit du Trône. Mais le fait de Philippe-
Auguste contre Jean , Roi d'Angleterre,
consiste en ce que le Roi Jean aïant fait
tirer son neveu Artus , Comte de Bretagne ,
d'une Tour où il le faisoit garder, le tua de
sa main dans un bateau , & fit jetter le
corps dans la Seine le Jeudi-Saint 3 d'Avril
1203 ; ce qui porta Philippe-Auguste à faire
citer Jean comme son Vassal , pour répondre sur ce fait. Mais Jean n'aïant pas com-
paru , Philippe entra en Aquitaine , puis en
Normandie , & y fit plusieurs conquêtes sur
le Roi d'Angleterre. Le Pape Innocent III
s'entremit pour appaiser ce différend. On
peut voir la suite de cette affaire dans ceux
qui ont écrit l'Histoire de l'Eglise , & celle
de France.

ne les peut excommunier pour suivre & accompagner leur Roi.

La cinquieme particuliere raison est, que nous avons montré ci-devant par le Concile d'Agde, que le Clergé de France appellé pour l'élection d'un Pape, y doit veritablement comparoir, excepté qu'ils soient détenus d'une grande maladie, ou que le Roi leur fasse un mandement contraire. *cap.* 2. *distinct.* 18. *c. si Metrop.* 13. Ce que nous avons montré encore avoir été observé sous Charles le Chauve en un autre endroit, & dont même appert par le Droit Canon des Papes. 3. *quest.* 8. *c. reprehens.* 10.

Pour le sixieme c'est, que ce qui a été loisible aux autres Rois & Princes, de même doit être permis à notre Roi : or, est-il que nous trouvons, que tous ceux qui ont voulu faire état des excommunications des Papes, à tous tant qu'ils ont été, il leur en a mal pris, soit en leur honneur, soit en celui de ses Sujets. Au contraire ceux qui ont tenu les Papes tels qu'ils sont, & qui ne les ont craints en leurs excommunications & anathêmes, ceux-là se sont maintenus en leur état & honneur, à la confusion des Papes & de leurs Suppôts.

Pour preuve de ce que je dis, quel honneur fut-ce à Henri IV Empereur, d'aller nuds pieds demander pardon au Pape Gregoire VII en la Ville de Canusium (1), & d'avoir demeuré trois jours en tel état au plus rude & fâcheux temps de l'hyver, avant que d'être admis devant le Pape, pendant que Gregoire étoit à son aise avec la Comtesse Mahault sa concubine ? Combien plus fit-il acte digne de soi quand quelque temps après il descendit en Italie, & assiégea le même Gregoire au Château Saint Ange, lui opposant en tête un nouveau Pape Clement, avec tel succès que Gregoire fut contraint de s'enfuir de Rome, après avoir été libéré par Guichard le Normand (2) ?

Quel honneur fut-ce à Frideric I (3), quand pour rentrer en grace avec Alexandre III, il se prosterna en terre au Temple de Saint Marc de Venise, devant ce Pape, & qu'il souffrit que le Pape lui dit : il est écrit, tu marcheras sur l'Aspic & le Basilic, & fouleras de tes pieds le Lion & le Dracon ? En quel

---

(1) Le Château de Canosse, que la Comtesse Mathilde avoit dans la Lombardie près de Rege ou Regio. La Comtesse Mathilde étoit liée avec Gregoire VII. Mais elle n'étoit nullement sa concubine.

(2) C'étoit par Robert Guischard. Gregoire VII se retira alors à Salerne, où il mourut le 25 Mai 1086.

(3) C'est celui qui est surnommé Barberousse. L'événement rapporté ici est du premier d'Août de l'an 1177.

état fut-il rendu, quand répondant au Pape, qu'il ne lui faisoit
point cet honneur, comme à lui, mais à Saint Pierre : le Pape
lui répondit : *& mihi & Petro.*

Stevanus (1), au livre qu'il a composé de l'adoration des pieds
du Pape, écrit que Martin Roi d'Arragon (2) pour être absous
de l'excommunication du Pape, se présenta devant Hugues
Evêque de Valence à tête & pieds nuds, & qu'il souffrit que
l'Evêque lui mît une corde au col. Le même dit-on être avenu
à Francisque Dandulus (3) Duc de Venise. *Mer des Historiens.
Annales Hollandiæ.* Clement avoit excommunié les Vénitiens,
d'autant qu'ils avoient occupé Ferrare sur Frisius d'Est (4) Vassal
du Pape. Pour se rédimer de cette excommunication, il lui
fut enjoint, de se trainer à quatre pieds le long de la chambre du Pape, aïant un collier au col, comme si c'eût été
quelque esclave ou galiot. Voilà l'état, auquel sont tombés
quelques-uns pour avoir sans raison respecté les Papes.

Resteroit maintenant de voir l'antithese de ceux qui ont su
retenir leurs dignités & prééminences contre l'arrogance des
Papes, & de leurs excommunications. Mais d'autant que j'ai
dit de ceci à la fin de cette œuvre, je prierai le lecteur d'y avoir
recours, s'il lui plaît.

*De la Jurisdiction de l'Eglise Gallicane, & que le Pape entre-
prend sur icelle, voulant ou s'ingérant d'excommunier
notre Roi.*

La vingt-sixieme nullité est, qu'il entreprend sur la Jurisdiction de l'Eglise Gallicane. Car s'il appartenoit à quelqu'un d'excommunier le Roi d'à présent ce seroit à l'Eglise Gallicane de
connoître de cette excommunication, & non point au Pape.
Ce seroit devant l'Eglise Gallicane que le Roi devroit comparoître, & non point devant les Evêques de Rome : Et pour
vérification de ceci :

Le Pape Fabian (5) écrivant à l'Evêque Hilaire dit, *Epi. 3.
c. 4. quest. 6. c. 1.* que chaque cause doit être demenée & vuidée au lieu où le crime a été commis. Le même encore dit, *ibid.*

---

(1) Joseph Stevan ou Stevain : Son Livre
est intitulé : *De osculatione pedum Romani
Pontificis* : à Cologne, 1580, *in-8°.*

(2) Martin succeda à Jean I, son frere, le
19 Mai 1395.

(3) François Dandolo, mort en 1339.

Le Pape étoit Clement V.

(4) C'est Frisque ou François d'Est, Gou
verneur de Ferrare, fils naturel d'Azon IV,
Marquis d'Est & de Ferrare. Frisque mourut
à Venise en 1309.

(5) Dans le troisieme siecle.

c. 2. que l'accufé ne doit être contraint de répondre en un autre endroit que pardevant le Juge de fa Province. Le même
encore dit : que quiconque eft convenu, pardevant celui qui
n'eft point fon Juge, il a puiffance de fe taire. *ibid. c. 3.*

Le Pape Sixte III (1), écrivant aux Evêques d'Orient, appelle les jugemens faits & donnés contre la forme que deffus,
*Peregrina judicia : Epift. ad Oriental. c. 3. 3. queft. 6. c. peregri-
na judicia.* 12. Le Pape Anaclet appelle tels Juges, *extraneos
Judices.* 3. *q. 6. c.* 15. Il eft vrai que le premier dit, *falva in omnibus Apoftolica autoritate :* & l'autre, *nifi Apoftolicæ fedis de-
creverit autoritas,* qui eft une queue affez familiere & ufitée
aux Evêques de Rome : mais encore elle ne fait rien pour eux.
Car fi faudroit-il, pour fatisfaire à fes décrets, que le Pape
nommât un autre Juge que foi, d'autant que s'agiffant ici de
fa caufe, il ne peut être Juge en icelle, comme il a été dit ailleurs.

Cette regle fe peut encore vérifier davantage par ce que je
vais dire.

*Que les Papes n'ont plus de puiffance d'excommunier, qu'un au-
tre Evêque ou un autre Prétre ; & que le Pape en cela (comme en toute fa vocation) a fon territoire affigné & limité.*

Cette nullité fe confirme encore, en ce que le Pape (quelque
fucceffeur de Saint Pierre qu'il fe dife) tant par la parole de
Dieu, que par l'ufage primitif de l'Eglife, a & doit avoir
fon territoire & troupeau limité : de forte que fe mettant à
excommunier ceux qui ne font de fon territoire, il excede fa
Jurifdiction.

Je fais bien qu'ils difent que Chrift a donné à Saint Pierre
les clefs du Roïaume des Cieux. *Matth.* 10. *v.* 19. *Joan.* 28.
Cela eft bien vrai, mais il faudroit qu'ils montraffent que Chrift
les eût feulement données à Saint Pierre. Au contraire il nous
appert qu'il les a données à tous les Apôtres, quand il leur dit,
que ce qu'ils lieroient feroit lié, ce qu'ils déliéroient feroit délié.
Matth. 18. *v.* 18.

Ils ajoutent que Chrift dit à Saint Pierre, tu es pierre, &
que fur cette pierre il édifieroit fon Eglife. Nous ne prendrons
point la peine de répondre à ceci, pource que Saint Cyprian
(en fon traité de l'Eglife) y a répondu fuffifamment en cette

(1) Dans le cinquieme fiecle.

maniere

maniere : qu'en cela Christ a voulu montrer qu'il n'y a qu'une Eglise & un seul Evêché, duquel chaque partie est possédée solidairement par chacun Evêque, 24. *q.* 1. *C. loquitur.* 18. Il dit encore que Christ après sa résurrection, donna une pareille puissance à tous ses Apôtres : ainsi que mon pere m'a envoïé, ainsi je vous envoie : recevez le Saint Esprit. Il parle encore plus clairement en ces termes sur le même passage, disant : les autres Apôtres étoient cela même qu'étoit Pierre, en pareil honneur & puissance.

Ils disent que Christ dit à Saint Pierre qu'il repût ses ouailles. Il est vrai. Mais il faut aussi qu'ils reconnoissent que Christ dit à tous les Apôtres, toute puissance m'est donnée au Ciel & en la Terre : allez donc, & endoctrinez toutes gens, les baptisant au nom du Pere, du Fils & du Saint-Esprit, & les enseignant de garder ce que j'ai commandé. Je suis avec vous jusqu'à la fin du monde. *Matth. ult. in f. Mar. ult. in f.* Ne voient-ils point par là que Christ leur a donné toute puissance ? Ne leur dit-il point assez, qu'ils repaissent le troupeau du Seigneur, quand il leur dit endoctrinez, baptisez, enseignez ? Mais que diront-ils, que le même a été commandé aux Anciens & Prêtres de l'Eglise ? 1. *Petri* 5. Paissez le troupeau de Christ qui vous est commis, dit Saint Pierre. Que si paître les ouailles du Seigneur étoit être Pape de Rome & Evêque universel de l'Eglise, il faudroit dire d'autant de Prêtres qu'il y a en l'Eglise, autant y auroit-il de Papes de Rome & Evêques universels. Mais qu'est-ce encore que Saint Jerôme ne dit pas seulement en cet endroit, & parlant des Evêques, *Pascite*, mais *Regite gregem Christi ? ad Evagr. Episcop. Epist.* 85. *tom.* 2.

Jean & Jacques, fils de Zébedée, demandant à Christ que l'un d'eux fût mis à sa dextre & l'autre à sa senestre ; les autres Disciples (du nombre desquels étoit Saint Pierre) furent mal contens de cette demande, *Matth.* 20. *vers.* 23. *& seq. Mar.* 10. *v.* 41. *Luc.* 22. *v.* 8. *& seq.* Or est-il à noter que Christ ne répondit point à cette demande. Vous souvenez-vous pas que j'ai dit à Pierre qu'il repût mes ouailles, & que je lui ai donné les clefs du Roïaume des Cieux ? C'est celui-là que je veux être Chef universel de l'Eglise après ma mort : vous lui obéirez tous & dépendrez de lui : vous lui serez inférieurs : il sera mon Vicaire, duquel vous dépendrez tous, & non-seulement vous, mais ceux qui vous succéderont. Christ ne leur dit point telles paroles : oïons donc ce qu'il leur dit : entre les Princes du monde, les uns dominent fur les autres ; entre vous l'un ne dominera fur l'autre, mais quiconque de vous voudra afpirer d'être le premier, celui-là faffe & rende fervice aux autres.

Veulent-ils en voir la pratique après la mort de Jefus-Chrift ? Pierre endure qu'il foit envoïé par fes freres : Pierre endure qu'il foit repris par Saint Paul, pource qu'il étoit à reprendre. *Galat.* 2. Pierre reconnut que Saint Paul avoit été envoïé de Dieu pour annoncer l'Evangile aux Gentils. Il teftifie cet envoi de Saint Paul par un figne vifible, en lui baillant les mains d'af-fociation, tant à lui qu'à Barnabas, pour annoncer l'Evangile aux Gentils. Je fais bien que quelques Sophiftes difent ici que Saint Paul, par ce que je viens de dire, fut envoïé de Saint Pierre, & par ainfi qu'il étoit inférieur. Mais l'Ecriture les convainc, parcequ'au même endroit Saint Paul dit qu'il n'a rien appris de Saint Pierre, & que Saint Pierre ne lui a rien apporté davantage que ce qu'il avoit. Plus, que Saint Pierre reconnut que la prédication de l'Evangile du prépuce, étoit commife à Paul. Et puis il faut que ceux-ci ajoutent que Saint Pierre feul ne bailla les mains à Paul, mais avec lui Jacques & Jean. Ceci leur coupe la gorge. Car cela montre que Saint Pierre n'avoit point feul puiffance d'envoïer. Il y a davantage, c'eft que Jacques eft nommé le premier avant Saint Pierre : comme auffi l'Ecriture ne dit point que les mains furent baillées à Saint Paul, à ce qu'il fe reconnut inférieur de Saint Pierre, mais elle dit ouvertement que les mains d'affociation lui furent baillées. Il fut compagnon & non inférieur. Et pour montrer que non-feulement ils s'abufent, mais qu'ils nous veulent féduire ; qu'ils lifent les Actes des Apôtres, ils y trouveront que l'Eglife d'Antioche étant en priere & en jeûne, le Saint-Efprit dit : féparez-moi Barnabas & Saul, pour l'œuvre auquel les ai appellés. Par-là ils voient que ce n'a point été Pierre qui ait appellé Paul, mais le Saint-Efprit ; que ce n'a point été à Rome où il ait été appellé, mais en Antioche. Il eft même là ajouté, que ceux de l'Eglife, après avoir jeûné & prié, mirent les mains fur eux & les envoïerent. Voilà l'envoi de Saint Paul, fi tant eft que les Papes l'aient jufqu'ici ignoré ou diffimulé. De forte que ce feroit de lui dont les Papes devroient prendre leur grandeur (fi grandeur devoit être en l'Eglife) & non de Saint Pierre. Et par ce moïen tous les paffages que deffus allégués par les Papes, *Pafce oves meas, & fuper hanc petram : Dabo tibi claves*, & tels autres, s'en vont à vau-l'eau, puifque nous avons montré par ce que dessus, que Saint Paul a été Apôtre des Gentils, & par conséquent de Rome, & non Saint Pierre. Il y a plus, c'est que Saint Pierre écrivant à l'Eglise, *1. Petri* 5. se reconnoît Prêtre & pareil en l'ordre de Prêtrise que ses confreres, comme tel aussi se seroit reconnu Saint Jean, en son Epître 2. & 3, au commencement d'icelle.

Mais veulent-ils savoir d'où est venue la constitution d'Evêque ? Qu'ils écoutent Saint Jerôme, & il leur montrera & fera entendre d'où est venu qu'en l'Eglise Evêque a été établi. *ad Evagr. Episc. Ep.* 85. *1. 2. hist.* 93. *c. legim.* 24. Car aïant dit pour le premier que par le témoignage de l'Apôtre, il est montré que *iidem sunt Presbyteri qui Episcopi*, & que même les Apôtres (quelques Evêques qu'ils fussent) se seroient qualifiés Prêtres, ajoute ce qu'il s'en suit : ce que depuis, dit-il, un a été élu pour être par-dessus les autres, cela a été fait pour obvier aux schismes, de peur qu'un chacun tirant à soi l'Eglise, ne la rompît : que cela se vérifioit par la coutume de l'Eglise d'Alexandrie, en laquelle depuis Saint Marc, Evangeliste, jusqu'à Heraclas & Denis, Evêques, les Prêtres avoient toujours élu un de leurs corps, & l'avoient mis au plus éminent dégré, l'appellant Evêque ; comme quand une armée élit un Empereur, & que les Diacres élisent le plus vigilant d'entre eux, & l'appellent Archidiacre (1). Que l'Eglise de Rome n'a rien en cela de particulier sur les autres qui sont éparses par tout le monde. Qu'en Gaule, Bretagne, Afrique, Orient, Inde & autres Nations lointaines, cette regle déja récitée se gardoit ainsi. Que quand bien l'Eglise de Rome voudroit mettre en avant son autorité, que l'autorité de l'Eglise Universelle étoit plus grande que la sienne. Qu'en quelque part que fût un Evêque, ou à Rome, ou à Eugubium, ou à Constantinople, ou à Regio, ou en Alexandrie, ou à Thanis, *Ejusdem meriti, ejusdem erat Sacerdotii*, il étoit de même mérite & de même autorité au gouvernement de l'Eglise. Qu'il ne nous faut en telles affaires Ecclésiastiques faire plus d'état de la coutume de la Ville de Rome que d'autres. Et à ceci fait ce qu'eux-mêmes ont écrit des Evêques : c'est à savoir qu'il sont confreres du Pape. Plus, au lieu & en la place des Apôtres, Vicaires de Jesus-Christ. *Clementina de*

1591.
DÉFENSE DES ROIS ET DES EGLISES CONTRÉ ROME.

---

(1) On peut voir sur l'origine des Archidiacres, leur pouvoir, & leurs fonctions, *l'Histoire des Sacremens*, par Dom Char- don, Religieux Bénédictin, tom. 6, *in-12.* au commencement.

pœn 12. *q.* 1. *c. videntes dift.* 21. *c. novo , dift.* 93. *c. legitimus*
37. *q.* 1. *c. mulieres.*

Voilà comment les Papes & Evêques de Rome ne se peuvent
qualifier ni en mérite , ni en autorité , ni en pouvoir ou Jurifdiction , pour plus grands que les autres , n'aïant par conféquent rien à voir sur toutes les Provinces que je viens de nommer, & nommément sur les Gaules, dont & desquelles Saint
Jerôme fait mention au lieu sus allégué. Ce paffage montre
évidemment que les Papes de Rome ont eu leur Jurifdiction li-
mitée; comme les Gaules, la Bretagne , l'Afrique, Perfe,
Orient, Indes, & autres Nations étrangeres, ont eu la leur :
que comme il eft Evêque de Rome, un autre l'eft d'Eugubium,
de Conftantinople , Regio , Alexandrie & Thanis, avec tel
mérite & tel pouvoir.

L'Abbé Panormitain (1) dit, *queft.* 1. *numero* 23, qu'en la
primitive Eglife s'étant mû un doute fur le fait de la Circonci-
fion , l'on envoïa, dit-il, non pas à Pierre feul, mais à toute
l'Eglife qui étoit en Jerufalem ; & que l'on ne lit point que Pierre
eut lors plus grande autorité que les autres Apôtres & Anciens
de l'Eglife ; mais que la réponfe fut donnée du commun confentement & au nom de tous.

Paffons outre , & confirmons encore ce que nous avons pofé
ci-deffus.

De la puiffance Eccléfiaftique du Pape , & fur quelles raifons elle
eft fondée : & particulierement du droit des Patriarches
en l'Eglife.

Anaclet , Pape , écrivant aux Evêques d'Italie, dit , que fa
divifion des Provinces en l'Eglife a été faite long-temps devant
l'avenement de Jefus-Chrift ; mais que depuis icelui les Apôtres
& Saint Clement ont renouvellé cette divifion en cette forme.
Ep. 2. *ad Epifcopos Italiæ. Gregor. lib.* 6. *Regiftri Ep.* 35.
diftin. 99. *C. provinciæ.* Pour le premier , c'eft que là où étoit
la Capitale de la Province , & où anciennement féoient les Primats, Juges ès caufes Civiles & Criminelles, vers lefquels les
Sujets s'adreffoient pour leurs affaires, ne pouvant s'adreffer à
l'Empereur, là les Loix Divines & Eccléfiaftiques ont mis des
Patriarches & des Primats, auxquels les Evêques inférieurs pourroient avoir recours en leurs appellations & autres occurrences

(1) On a déja fait connoître de qui il s'agit.

Ecclésiastiques. Pour le second, c'est qu'ès Villes Métropoli-
taines où il y avoit de moindres Juges, là y auroit été mis un
Métropolitain ou Archevêque. Anicet, Pape, dit le même
écrivant aux Evêques de Gaule. *distinct.* 99. *C. Nulli Archie-*
piscopi. Voila ce qu'en disent les Papes, & par ainsi nous voïons
que cette institution a été moulée dessus le gouvernement temporel du monde.

Justinian nous donne ceci plus clairement à entendre, nous
faisant voir que les Primats, Patriarches & Archevêques (car
ceci n'est qu'un) ont été mis, tant ès deux Villes Roïales de
Rome & de Constantinople qu'ès Villes où faisoient leur principale résidence ceux qu'ils appelloient *Præfectos Prætorio.* Et
qu'ainsi soit, voici comme Justinian, en la Novelle qu'il a faite
touchant les privileges de l'Archevêque de Justiniane premiere,
& de la séance du *Præfectus Prætorio* d'Illyrie (1), parle : anciennement, dit-il, le Gouverneur Général d'Illyrie, tant pour les
causes civiles que pour celles des Evêques. Quelque temps après,
& du temps d'Attila, ces Provinces étant ruinées, Apenius, *Præ-*
fectus Prætorio, se retira de la Ville de Thessalonique. Lors,
dit-il, le titre d'Evêché fut mis en la même Ville, où s'étoit retiré le *Præfectus Prætorio*, & par ainsi l'Evêque de Thessalonique acquit cette prérogative, non pource qu'elle lui fut due,
mais sous l'ombre de la résidence que faisoit en icelle le *Præfectus*
Prætorio.

Justinian considérant telles choses, & que Dieu avoit augmenté son Empire, tant de-çà que de-là le Danube, voulant
aussi honorer la Ville de laquelle il étoit né, transporta le Siege
du *Præfectus Prætorio* d'Illyric (2) en la susdite Ville, dont il
avoit pris naissance, laquelle de son nom il appella Justiniane
premiere, & par ce même moïen y établit le Siege de l'Archevêque d'Illyrie, lui donnant sur la Dace Méditerranée & Riben-
se (3), sur la seconde Mysie, Dardanie, Prævalitane, seconde
Macedoine, & partie de la seconde Pannonie, la premiere dignité, la souveraineté de Prêtrise, le souverain titre. Il veut
qu'il soit en icelles Provinces seul Archevêque, que lui & ses
Successeurs aient la puissance de confirmer les Evêques, d'ouir
leurs différends, tant eux présens que par leurs Députés, sans

---

(1) C'est-à-dire du Préfet du Prétoire
d'Illyrie.

(2) L'Illyrie, aujourd'hui l'Esclavonie.

(3) Ripense, *Dacia Ripensis*, pour la
distinguer de la partie nommée *Dacia Me-*
diterranea, connue aujourd'hui sous le nom
de Transylvanie.

que l'Evêque de Thessalonique pût prétendre aucun droit à
l'avenir sur icelles Provinces (1).

Le même Justinian, en sa Novelle des Titres & Privilèges
Ecclésiastiques, ordonne que ce même Archevêque soit mis &
établi par le Concile des susdites Provinces & Métropolitains,
& qu'il tienne pareil lieu que l'Evêque de Rome ès Provinces
qui lui sont sujettes. Il donne en la même Novelle pareil titre
& droit à l'Evêque de Carthage. Par-là nous voïons que la Hierarchie Ecclésiastique a été établie, muée & changée selon le
bon plaisir & la volonté des Empereurs, & non par les Apôtres;
& par ainsi ce que dit Nicolas, Pape, écrivant aux Milanois,
distinct. 22. cap. 5. se trouve faux, que c'a été l'Eglise de Rome
qui a institué les Patriarchats, Primautés, Métropoles, Evêchés,
& telles autres dignités & ordres.

Voïons plus particulierement les dégrés de cette Hierarchie,
& sur quelles raisons ils sont fondés, & comment ils ont varié.
Anaclet dit, que le premier Siege de l'Eglise, c'est Rome, & qu'il
tient le Primat (2), non point des Apôtres, mais de la bouche
même de Notre Sauveur Jésus-Christ. *distinct. 22. C. sacro sancta.
2.* Toutesfois il colore cette primauté, de ce que même Saint
Pierre & Saint Paul ont reçu le martyre à Rome. La premiere
raison de ces deux est fausse. Car encore qu'on leur confesse
que Jésus-Christ ait dit à Pierre : *Tu es Petrus & super hanc Petram, &c.* toutesfois cela ne fait non plus pour la Ville de
Rome que pour la Ville d'Antioche, en laquelle il a premierement habité; que jamais il fut à Rome, ainsi que le Pape Anaclet reconnoît au même endroit que dessus. Et puis s'il falloit
avoir égard en telles affaires de primauté sur les Eglises, à la
mort de celui-ci ou de celui-là, la primauté doit être plutôt
mise en Jerusalem, où Jésus-Christ a été crucifié & est mort

(1) L'Auteur du Traité de l'autorité du
Pape, imprimé en 1720, tom. I, pag. 124
& suiv. répond à ce qu'on dit ici de Justinien
& de la Ville de Thessalonique.

(2) Pour la primauté. Comme on a déja
eu occasion de parler de la matiere qui est
ici traitée peu exactement, on ne repetera
point ce qu'on en a dit. Il est sûr que la
primauté de saint Pierre a toujours été reconnue dans l'Eglise; que l'Evêque de Rome est le Successeur de saint Pierre; & que
l'on peut très bien prouver, comme on l'a
prouvé en effet, cette primauté du Pape,
par l'autorité qu'il a exercée dans les différentes parties de l'Eglise, & par les aveux
qu'elles ont fait de sa primatie. On peut
voir la réunion de ces preuves dans le tome
premier du *Traité de l'Autorité du Pape,*
imprimé en 1720 à la Haye, en quatre petits vol. *in-8°.* On a déja cité cet ouvrage;
& nous y renvoïons pour ce qui est dit ici,
& dans la suite du même Ecrit, au sujet de
la Jurisdiction des différentes Eglises Pa-
triarchales. On ne doit point exiger de nous
une réfutation en forme de ce que l'Auteur
anonyme de l'Ecrit présent dit de faux ou
de peu exact.

pour le falut & rédemption de tous les Fideles, qu'en la Ville de Rome, où Saint Pierre & Saint Paul ont été, à leur dire, Martyrs.

Le même Anaclet paffant plus outre, dit, que le fecond Siege eft en Alexandrie, pource que Saint Pierre y avoit envoïé Saint Marc, lequel y auroit prêché l'Evangile, & de-là en Egypte, où même il auroit été mis à mort. Il dit que le troifieme Siege eft en Antioche, pource que Saint Pierre habita là avant qu'il vînt à Rome, & qu'il y auroit mis pour Evêque Saint Ignace; & encore que ce feroit là où premierement les Difciples de Jefus-Chrift auroient été appellés Chrétiens. Cet ordre pofé ainfi par le Pape Anaclet, fut depuis changé au Concile tenu fous Juftinian, auquel la premiere féance fut donnée à celui de Rome, la feconde à celui de Conftantinople, la troifieme à celui d'Alexandrie, la quatrieme à celui d'Antioche, la cinquieme à celui de Jerufalem. *dinſtinct. 22. C. Renovante. b. 6. Synod. fub Juſt. c. 16.* Le même fut confirmé au huitieme Synode, tenu fous Adrian, Pape fecond, *chap. 21. diſtinct. 22. c. ultimo.* Voilà quelle a été la conftance des premiers Sieges en l'Eglife, que les Empereurs & Synodes ont changée ainfi qu'ils ont vu être expédient. De-là néanmoins les Papes tirent qu'ils ont la puiffance fuprême fur tous les Evêques du monde: chofe qu'il nous faut réfuter.

Que chaque Patriarche par les Décrets anciens a eu autant & pareille puiffance ès Provinces qui lui ont été commifes, que le Pape a eu ès Provinces qui lui ont été attribuées.

Le Concile de Nicée premier ordonne, *C. 6. Synod. Nicenæ primæ, diſtinct. 65. v. Mos antiquus perducat. b.* que l'Evêque d'Alexandrie ait toute puiffance en Egypte, Libye & Pentapoli (1), & que le même eft tenu en l'Evêque de Rome: c'eft à favoir qu'il a toute puiffance fur les Provinces qui lui font attribuées (2). Plus, que le même eft en l'Evêque d'Antioche, qu'il

___

(1) Ou la Pentapole.

(2) Le Canon cité dit feulement: »Que les anciennes coutumes foient gardées, & que l'Evêque d'Alexandrie ait l'autorité fur l'Egypte, la Lybie & la Pentapole, &c. « Et les Anciens ont ainfi interprêté ce Canon; favoir, que l'Evêque de Rome & celui d'Alexandrie font confiderés dans le Concile comme Métropolitains. Le Concile, dit M. de Tillemont, compare ici les Eglifes de Rome & d'Alexandrie, en ce qu'elles avoient de commun, c'eft-à-dire, dans la Jurifdiction qu'elles exerçoient toutes deux immédiatement fur quelques Provinces, qui n'avoient point de Métropolitain Eccléfiaftique comme les autres. Ainfi, quelques bornes que l'on donne à l'Eglife de Rome à l'égard de cette Jurifdiction,

a toute puiſſance ſur les Provinces qui reſſortiſſent à lui ; c'eſt à ſavoir la Syrie, la Cœliſyrie, Meſopotamie & les deux Cilicies. Plus, que l'Evêque de Jeruſalem a mêmes droits, réſervé néanmoins le droit de la Ville de Cæſarée, Métropolitaine de Jeruſalem ; c'eſt-à-dire que l'Evêque de Jeruſalem ait pareille puiſſance ſur les Provinces de Paleſtine, Arabie & Phœnicie, ſans entreprendre rien ſur celui de Cæſarée, qui étoit Métropolitain de Paleſtine. Et par ainſi le ſuſdit Canon de Nicée veut que le Métropolitain de Cæſarée garde ſa dignité & ſes droits anciens ſur ce qui lui reſte & n'a été transféré au Patriarche de Jeruſalem. *C. 7. Nicen. Synodi primæ, diſtinct. 65. C. quoniam mos antiq. Balſamo d. c. 17.*

Par-là nous voïons que quel droit les Papes de Rome ont eu ſur les Provinces qui leur ont été baillées en charge, tel droit a eu l'Evêque d'Alexandrie ſur l'Egypte, & Lybie & Pentapoli ; tel droit a eu icelui d'Antioche ſur les deux Syries, Méſopotamie & les Cilicies ; tel encore à eu celui de Jeruſalem ſur la Paleſtine, l'Arabie & Phœnicie. La cauſe de ce département eſt fondée ſur la ſeule & ſimple coutume ; de ſorte que comme l'Evêque de Rome eſt fondé en coutume, les autres auſſi le font, *diſtin. 75. C. Mos antiq. c. quoniam mos antiq.* Quoi que s'en ſoit, il appert par l'autorité ſuſdite du Concile univerſel de Nicée, que tous les Patriarches ont une même puiſſance, & que l'un n'a que voir ſur l'autre (1).

De la preſſéance des Patriarches.

Les Papes, pour ce que je viens de dire, ne laiſſent de ſe qualifier premiers des Evêques : mais en cela ils ſe montrent purs Sophiſtes. Car quand Juſtinian a dit en ſa Novelle 131. *C. 2,* que le Pape de Rome étoit *primus omnium Sacerdotum*, il n'a point voulu dire, qu'il lui appartînt de mettre & démettre les autres Patriarches, & connoître de leurs cauſes, mais ſeulement a voulu dire que *Prior omnibus Epiſcopis & Patriarchis ſederet, Conſtitu.* 119. Voilà comme Julian Patrice interprete les mots de Juſtinian. Et qu'ainſi ſoit, Juſtinian veut, que l'Archevêque de Conſtantinople *ſecundum habeat locum poſt ſenioris*

---

cela ne reſſerre point la primauté qu'elle a dans toute l'Egliſe, qui ne lui a jamais été commune avec l'Egliſe d'Alexandrie, ni aucune autre.

(1) Mais il faut toujours entendre que leur autorité ne reſſerre point la primauté de l'Egliſe de Rome.

Romæ sedem : qui montre qu'il n'eſt point là parlé de Juriſdiction, mais ſeulement de la ſéance. Quand il veut que l'Evêque
de Conſtantinople *aliis omnibus ſedibus proponatur*, il ne veut
pas dire , que l'Archevêque de Conſtantinople a Juriſdiction ſur
celui d'Alexandrie , d'Antioche , Jeruſalem , ou autres : mais
ſeulement, ſi par cas d'aventure ceux-ci ſe trouvoient tous en
une aſſemblée, que celui de Conſtantinople doit ſéoir devant
les autres ; ainſi eſt-il de l'Evêque de Rome. Davantage , le même Juſtinian parlant au même endroit de l'Archevêque de Juſti-
niane premiere , dit qu'il a ſous ſa Juriſdiction les Evêques des
Provinces des deux Dacies , de Privalie , Dardanie , Myſie la
haute , & Pannonie. Il ne dit pas qu'il doive être conſacré , ou
élu des Papes de Rome, mais qu'il doive être conſacré , & mis
par les Evêques des Provinces qui lui ſont ſujettes. Il dit davantage , que *eadem jura ſuper eos habet* , *quæ Papa Romanus
habet ſuper Epiſcopos ſibi ſuppoſitos. Nov.* 131. *C.* 3. *Julian. Pa-
tric. conſtit.* 119. *mun.* 108. Il veut encore que l'Evêque de Carthage , d'Afrique , ait les mêmes privileges qui leur appartiennent d'ancienneté. *d. Nov.* 131. *c.* 4.

Du titre d'Evêque œcumenique ou univerſel , & de Primat ſur tous les Evêques : & que nul ne ſe peut qualifier tel.

De cette preſſéance dont a été parlé ci-deſſus , les Papes ont
pris une autre hardieſſe de ſe qualifier Evêques Œcuméniques ,
Univerſels & Primats , non-ſeulement de tous les Evêques ,
mais généralement de toutes les Egliſes. En ceci ils ont directement contrevenu aux Ordonnances des Saints Conciles , &
Décrets des Peres , voire même aux conſtitutions de leurs An-
téceſſeurs Evêques de Rome.

Au Concile d'Afrique il eſt dit , que l'Evêque du premier
Siege ; (écoutez Papes de Rome , c'eſt de vous que l'on parle)
ne ſe puiſſe qualifier Prince des Prêtres , Souverain Prêtre ,
ou de tel titre qui en approche : mais qu'il ſoit ſeulement qualifié Evêque du premier Siege , *c.* 6. *diſtin.* 99. *C. primæ ſedes
Epiſc.* 3.

S. Chryſoſtome dit qu'entre les Serviteurs de Chriſt , l'on ne
doit diſputer du Primat , & que quiconque voudra affecter le
Primat en terre , trouvera confuſion au Ciel : & ne ſera trouvé
entre les Serviteurs de Chriſt celui qui voudra s'attribuer cette

Tome IV. C c c c

Primauté. *Diſtinct.* 40. *C. multi Sacerdot. Chryſoſtom. in Matth. hemil.* 43. *C.* 23.

Pelagius II écrit en cette ſorte aux Evêques convoqués par Jean, Évêque de Conſtantinople : que nul (dit-il) des Patriarches n'uſe de ce titre d'Evêque univerſel ; car ſi un Patriarche ſe qualifie univerſel, le nom de Patriarche eſt ôté aux autres Patriarches. Mais cela ſoit éloigné de l'affection d'un Fidele, & que nul n'uſurpe un titre par lequel il puiſſe diminuer (voire en la moindre partie) l'honneur de ſes freres. Et pourtant que votre charité ne qualifie plus autrui en ſes lettres du titre d'univerſel Evêque, de peur qu'elle ne ſe prive de ce qui lui eſt dû, en donnant à autrui ce qui ne lui eſt pas dû. *Diſtinct.* 99. *C. Nullus Patriarcharum.* 4.

Saint Gregoire écrivant à Eulogius Patriarche d'Alexandrie, & répondant à ſes lettres : voilà (dit-il) au premier commencement de vos lettres vous faites ce que j'ai défendu, m'appellant de ce titre orgueilleux, Pape univerſel. *Ibid.* 7. *Epiſt.* 3. *in dict.* 1. *diſtinct.* 99. *Cod. Ecce S.* Je vous prie, pour la Sainteté qui eſt en vous, de ne plus faire telles choſes, pourcequ'en donnant à autrui plus que la raiſon ne veut, vous vous ôtez ce qui vous eſt dû : je ne cherche point de me faire paroître par ces grands titres, mais de me maintenir en bonne & ſainte vie. Je n'eſtime point honneur ; mon honneur eſt que mes freres aient entierement ce qui leur appartient ; je ſuis lors vraiment honoré, quand chacun de mes freres tient, & garde l'honneur qui lui eſt propre. Que ſi votre Sainteté m'appelle Pape univerſel, elle nie qu'elle ait quelque choſe, puiſqu'elle me donne tout. Or, cela ſoit loin de moi : je fuis ces titres, qui enflent l'homme à vanité, & bleſſent la charité chrétienne. *Item*, Votre Sainteté ſait que ce titre a été offert à mes Prédeceſſeurs par le Concile de Chalcédonie (1), & autres ſuivans ; toutesfois nul de mes Prédeceſſeurs n'a jamais voulu uſer de ce titre.

---

(1) C'eſt Calchedoine. L'intention de ceux qui ont compoſé le vingt-huitieme Canon de ce Concile, a été plutôt d'élever Conſtantinople, que de deshonorer Rome. Ce Canon, qui confirme le onzieme du Concile de Conſtantinople, ſuppoſe que Rome jouiſſoit pour lors de la Primauté, qu'on ne peut en effet lui conteſter. C'eſt pourquoi Zonare réfute avec grande raiſon ceux qui prétendoient que ce Canon égaloit entierement les Evêques de Rome & de Conſtantinople.

*Des Eglises d'Afrique & de leur Patriarchat : & de quand, &
avec quelles fauſſetés les Papes ont voulu attenter & uſurper ſur
icelles la Primauté, Juriſdiction & Droit d'appellations.*

Du temps d'Honorius & de Théodoſe, environ l'an de
Chriſt 418, fut tenu le Concile 6 de Carthage, un certain Prêtre nommé Appianus (1) accuſé de pluſieurs crimes, fut dépoſé
de ſa Charge, & excommunié par les Egliſes d'Afrique. Celui-
ci voïant que ſon honneur étoit perdu, ſe retire à Rome vers
le Pape Sozimus, auquel il donne à entendre ſon fait. Sozime
averti de ce qui étoit paſſé, députe Fauſtinus Evêque, Philippus & Aſellus, Prêtres, leur donnant mandement de faire reſ-
tituer Appianus en ſa Charge, par ceux d'Afrique : & en outre
un mandement par écrit (qu'ils appelloient de ce temps-là
Commonitorium) par lequel le Pape Sozimus déclaroit & donnoit à entendre aux Evêques aſſemblés à Carthage, qu'au Concile Œcumenique de Nicée il avoit été arrêté, être loiſible à
tout Evêque condamné par un Synode, d'en appeller à l'Evêque
de Rome, & qu'en tel fait l'Evêque de Rome pouvoit, ou bien
déleguer la cauſe d'appel à d'autres Evêques voiſins, ou bien
envoïer ſes Légats vers le Synode qui auroit donné la Sentence,
pour revoir & repaſſer la cauſe jugée en forme d'appel, ou bien
renvoïer purement & ſimplement la cauſe à ceux qui en avoient
premierement connu, ſans leur donner pour adjoint Légat,
ni autre. Voilà la ſubſtance du Canon prétendu de Nicée allegué par Sozimus, Pape de Rome, à 217 Evêques aſſemblés à
Carthage.

Voïons, je vous prie, l'iſſue de ce procès. Aurelius Pape (car
ainſi il eſt nommé) c'eſt-à-dire, Aurelius, Evêque de Carthage,
préſida en ce Concile, avec Valentius, Evêque du premier Evêché de Numidie : Aurelius, Evêque de Carthage, comme Préſident au ſuſdit Concile, entame la parole & dit à l'aſſemblée,
que les Députés du Pape de Rome étoient arrivés, requerant
leur être fait droit ſur certains points par eux propoſés, ſuivant
les Décrets du Concile de Nicée ; & néanmoins avant que de
paſſer outre, il étoit d'avis que l'on fît publiquement & préſen-
tement la lecture des Canons du Concile de Nicée, tels qu'ils
étoient trouvés juſqu'ici en Afrique (2). Ainſi qu'Aurelius pro-

(1) Il ſe nommoit Appiarius.
(2) On a déja parlé de ce fait dans une Note ci-deſſus.

posa, ainsi fut-il fait, & furent lus les Canons du Concile de Nicée par Daniel, Notaire. Cela fait, Faustinus Légat du Pape dit, qu'il étoit venu avec lettres & certain mandement verbal, de la part de l'Evêque de Rome. Aurelius lui répond qu'il pouvoit exhiber son mandement ; étant exhibé, on fait lecture d'icelui. L'on y trouve le Canon de Nicée que j'ai spécifié ci-dessus, concernant les appellations au Pape de Rome. Là-dessus, Alypius, Evêque de Tagasta, député pour la Province de Numidie, prit la parole & dit, que lui & ses compagnons avoient déclaré par leurs premieres lettres, qu'ils vouloient garder en tout & par tout le Concile de Nicée ; mais qu'ils n'y trouvoient point le Canon allegué par le Pape, & Faustinus son Légat ; & pourtant (adressant sa parole, non à Faustinus Légat du Pape, mais à Aurelius Evêque de Carthage) : je serois d'avis, qu'il plût au Saint Pape Aurelius (car ainsi appelle-t-il Aurelius Evêque de Carthage) d'écrire aux Evêques & Patriarches de Constantinople, Alexandrie & Antioche, qu'il leur plût nous envoïer les exemplaires entiers du Concile de Nicée, pour ôter à Faustinus, Légat de l'Evêque de Rome, toute matiere de douter ; & cependant, & par forme d'interim, disoit être d'avis que l'on suivît les Canons du Concile de Nicée, tels qu'ils avoient en Afrique, & davantage que l'on écrivît au Pape Boniface, Successeur de Sozimus, & qu'on le priât d'envoïer aussi les exemplaires qu'il avoit du Concile de Nicée. Là-dessus Faustinus, Légat du Pape, par forme de proteste, déclare, que ce que venoit de dire l'Evêque Alypius (& qui avoit été suivi par toute l'assemblée) ne pouvoit préjudicier aux droits de l'Evêque de Rome, ni même au Canon de Nicée sus allegué par le Pape ; au reste, qu'il étoit d'avis de n'empêcher en ce fait autre Evêque, que celui de Rome, pour ne mettre division entre les Eglises, & que le Concile devoit en ce point suivre ce que le Pape de Rome lui en écrivoit. Nonobstant les injustes protestes & remontrances de Faustinus, Aurelius & le reste des Evêques demeurerent en leur premiere opinion. Là-dessus Notatus, Légat de la Province Mauritanie Sitiphense (1) dit, que ce qui étoit contenu ès lettres de Faustinus, touchant les appellations aux Evêques de Rome, n'étoit point contenu au Concile de Nicée, & pourtant qu'il requeroit que présentement lecture fût faite des Canons de Nicée.

____

(1) La Mauritanie étoit partagée en trois Provinces : celle, dite *Sitifensis*, où étoit la Ville de *Sitif*, depuis, *Steffe*, en étoit une.

Aurelius, Evêque de Carthage, commande à Daniel Notaire, d'en faire lecture. Le Notaire répond que ce Canon n'étoit point du Concile de Nicée, mais du Concile de Sarde (1). Ozius Evêque, prenant la parole dit, que quoi que s'en fût, il trouvoit ce Canon très équitable. Augustin, pour lors Evêque de Hipone se leve, & dit que cet article pouvoit être suivi, sauf néanmoins à s'en enquerir plus diligemment, quand on auroit recouvré les exemplaires du Concile de Nicée. Plusieurs furent de cet avis, & même Faustinus, Légat du Pape. La conclusion néanmoins de ce Concile fut, que l'on suivroit les Canons du Concile de Nicée, tels que pour lors ils se trouvoient à l'assemblée, attendant, ou que l'on eût recouvré de Constantinople, Alexandrie & Antioche quelques autres exemplaires, ou bien qu'autrement en fût décidé par un nouveau Synode. La teneur des lettres qu'ils écrivirent à Boniface, Pape de Rome, fut, de lui faire entendre tout ce qui s'étoit passé en cette assemblée, & de le prier qu'il ne souffrît rien être innové contre les vraies décisions du Concile de Nicée. Finalement, aïant recouvré, par le moïen de Cyrillus, Evêque d'Alexandrie, & d'Atticus Evêque de Constantinople, les vrais exemplaires du Concile de Nicée tant souhaités, ils écrivirent à Celestin, Successeur de Boniface, & lui firent entendre comme le tout étoit passé, du temps de Sozime & Boniface ses Prédécesseurs, lui font savoir aussi comme Appianus (2), auteur & origine de tous ce procès, avoit reconnu en pleine assemblée ses fautes (3), & qu'ils trouvoient fort mauvais, que ce Prêtre étant tel, Faustinus son député eut pris si formellement la cause d'un tel homme en main, & que pour la défense d'icelui, il eut tant de fois mis en avant un Canon de Nicée, qui ne se trouvoit en aucun exemplaire, & par icelui maintenu que l'on pouvoit appeller aux Papes de Rome; qu'ils le prioient de ne plus recevoir ceux qui feroient excommuniés par les Eglises d'Afrique; lui font entendre, que ceux de Nicée avoient fort religieusement ordonné, que les causes devoient être décidées en leurs Provinces, quand bien ce ne feroit que pour la commodité des témoins; qu'ils ne trouvoient en aucun Synode (quel qu'il fût) qu'un Evê-

---

(1) Du Concile de Sardique, en Illyrie, tenu en 347.

(2) Appiarius.

(3) Il reconnut & confessa ses crimes dans un Concile tenu à Carthage vers l'an 425. Le Concile en écrivit au Pape Céles- tin, en révoquant la permission accordée aux Afriquains d'appeller au Pape, en 419; résolus de juger & de finir en Afrique toutes les affaires qui y naissoient, suivant les vrais Canons du Concile de Nicée.

que de Rome eut cette puiſſance & ce droit, d'envoïer un ſien
Légat en Afrique pour connoître des appellations Eccléſiaſtiques. Que pour le regard du Canon ſuſmentionné de Nicée,
après avoir recouvré des anciens exemplaires de Cyrillus, Evêque
d'Alexandrie, & d'Atticus, Evêque de Conſtantinople, ils ne
l'avoient trouvé en aucun des ſuſdits exemplaires, & partant
qu'ils le prioient que dorénavant il n'envoïât plus en Afrique ſes
Exécuteurs, Légats, ou Juges, de peur qu'il ne fût vû introduire en l'Egliſe une Empire & Juriſdiction comme Civile &
Temporelle. Un homme qui eut eu de l'honnêteté & de la honte
en ſoi, ſe fut contenté d'un tel jugement, craignant d'être
deux fois déclaré fauſſaire : néanmoins les Papes, qui ont accoutumé de prendre de toutes mains, n'ont ceſſé de pourſuivre
le droit de primauté ſur l'Afrique, juſqu'à ce qu'ils aient obtenu ce qu'ils demandoient, en la forme qui s'enſuit.

Boniface, en ſon Epître à Galatius Evêque d'Alexandrie, *tom.
2. Concil. 5. p.* 44. lui écrivant de la reconciliation de l'Egliſe
de Carthage ; après lui avoir fait entendre que Dieu avoit
diſtribué les dégrés en ſon Egliſe, ajoute qu'il l'avoit bien voulu avertir, c'eſt-à-dire, qu'il lui vouloit impoſer ; car cette
Epître, ainſi qu'il ſe verra ci-après, eſt une vraie fable & im-
poſture) de la reconciliation de l'Egliſe de Carthage avec celle
de Rome, entendant par le mot de reconciliation, de la ſubmiſſion de l'Egliſe de Carthage à celle de Rome, & par ainſi que
les Papes de Rome avoient ce qu'ils demandoient. Que pareilles ſubmiſſions avoient encore été faites par quelques Egliſes
d'Orient, & que cette nouvelle ſubmiſſion de l'Egliſe de Carthage avoit été faite par Eulalius, Evêque d'icelle. Puis, reprenant un peu le fait plus haut : Aurelius Evêque de Carthage
(dit-il) de ſon temps, par l'inſtinct du Diable, lui & ſes Colleges (1), il entend 217 (2) Evêques, qui furent aſſemblés au
Concile de Carthage, entre leſquels Saint Auguſtin étoit,
avoient commencé de braver l'Egliſe de Rome : mais voïant
Eulalius qu'il étoit ſéparé de la communication de l'Egliſe de
Rome, pour les péchés d'Aurelius, il ſe feroit humilié & reconnu, requerant être reçu en la paix & communion de l'Egliſe de
Rome. Et pourtant s'étant ſouſcrit lui, & ſes Colleges Evê-

(1) Collegues.

(2) Il n'y eut que 114 Evêques . Ce Concile eſt celui qui fut tenu à Carthage le 8
Novembre 398. Il n'eſt point ſuppoſé, comme les Proteſtans le prétendent ; mais quelques-uns des Canons ne ſont point de ce
Concile. Tout ce qu'on dit ici de la Lettre
de Boniface eſt outré, & manque de vérité
en pluſieurs points.

1591.
DÉFENSE DES
ROIS ET DES
EGLISES CON-
TRE ROME.

ques d'Afrique, il a condamné tous les Décrets & écritures qui se trouveront avoir été faites (en quelque maniere que ce soit) contre les privileges de l'Eglise de Rome. Voilà comme les Papes témoignent avoir conquêté les Eglises d'Afrique. Et cela est remarquable, que les Papes osent dire que le Concile de Carthage, de 217 Evêques, *instigante Diabolo contra Romanam Ecclesiam superbiit.* Plus, qu'Eulalius & l'Eglise de Carthage avoient été séparés de communion de l'Eglise Romaine, *peccato Aurelii*, appellant péchés les Décrets du Concile de Carthage : plus, qu'Eulalius auroit condamné tous les Décrets faits contre les privileges du Pape, entendant par ce mot de Décrets, l'Arrêt du susdit Concile de Carthage.

Je laisse au Lecteur Chrétien à juger la vérité de cette Epître : je lui laisse à juger de l'impudence de Boniface, qui ose jusques-là de calomnier une telle & si solemnelle Assemblée Ecclésiastique, & dire qu'elle ait été tenue, *instigante Diabolo*, & que les Décrets d'icelle, *sunt peccata*, qui aient mérité que les Eglises d'Afrique aient été séparées de l'Eglise de Rome.

Des Eglises d'Orient & de Constantinople, & de quand & comment les Papes ont voulu usurper sur icelles, la Primauté, Jurisdiction & Droit d'appellations.

J'ai dit des conquêtes d'Afrique : je viens à celles d'Orient.

Le premier & le plus insigne attentat que les Papes de Rome aient montré sur les Eglises d'Orient, est, à mon avis, lorsque Victor s'ingera d'excommunier toutes les Eglises d'Asie pour ne garder la fête des Pâques, ainsi qu'il vouloit, dont il fut repris aigrement au nom de toute l'Eglise Gallicane, par Irenée, ainsi que nous témoigne Eusebe, en son Histoire Ecclésiastique.

Le second témoignage signalé qu'ils alleguent, pour montrer que les Eglises d'Orient sont sujettes à l'Evêque de Rome, est la Constitution de Justinian, de l'an 534 ou environ. *L. inter claras juncto capite reddentes honorem. C. de summa Trinitate, d. cap. reddentes.* L'Empereur, écrivant à Jean Archevêque de Rome, (telle qualité lui donne-t-il) & aïant dit qu'il soumet & unit au Siege de Rome tous les Prêtres de l'Orient, reconnoissant Rome pour Chef de toutes les autres Eglises ; le Pape Jean interpretant les mots susdits de Justinian, dit que l'Empereur en cela étoit louable, de ce qu'il avoit ainsi soumis à l'Eglise de Rome toutes ces choses, là où Justinian avoit dit seulement,

Omnes Sacerdotes, d. l. inter claras in princ. reste le mot de soumettre, dont l'on veut que Justinian ait usé au susdit Chapitre. Mais à ceci il y a plusieurs réponses : la premiere est, que plusieurs ont remarqué cet Edit de Justinian pour suspect, & qu'ainsi soit, le susmentionné Edit est daté du 4e. Consulat de Justinian, qui est l'an 533. Justinian, écrivant à Epiphanius Archevêque de Constantinople dit, qu'il avoit, touchant l'union des Eglises, écrit au Pape de Rome. *L. 7. C. de summa Trinitate.* Cela étant la susdite Constitution de Justinian se trouve tout notoirement fausse en sa date, d'autant qu'il ne pourroit faire mention l'an 533 d'une Constitution datée de l'an 534. Par-là il se voit que ceux qui ont fabriqué cette loi, *inter claras*, n'ont pas été assez fins en leur fausseté & mensonge; la seconde raison est, qu'au susdit Edit adressé par Justinian au même Epiphanius, il le qualifie Patriarche Œcuménique, qui est à dire, Patriarche universel, & en conséquence par dessus le Pape (1). Pour la troisieme, c'est que le même Justinian en un autre endroit, dit en termes ouverts, que l'Eglise de Constantinople est Chef de toutes les autres Eglises. Pour la quatrieme, c'est que le même Justinian en ses Novelles, pour tout titre qu'il donne au Pape de Rome, c'est qu'il le qualifie Evêque du premier Siege, donnant à celui de Constantinople, de Justiniane premiere, & de Carthage, pareil droit en leurs Provinces que l'Evêque de Rome avoit sur les siennes : ce que particulierement, pour le regard de l'Archevêque de Justiniane, il confirme en sa Novelle 11. Pour le cinquieme, c'est qu'avant Justinian, l'Empereur Zeno, environ l'an 476, avoit donné aux Evêques de Constantinople le droit de prefféance sur tous les Evêques, & auroit qualifié l'Eglise de Constantinople, *Matrem Christianorum omnium, & Orthodoxæ Religionis. L. decernimus* 16. *C. de sacro-sanctis Ecclesiis.* Pour le sixieme, c'est que par la susdite Ordonnance, *inter claras*, Justinian déclare qu'il ne souffrira qu'il se fasse aucune chose en l'Eglise, sans en avoir demandé l'avis des Papes. Et cependant nous lisons, que Théodora, femme de Justinian, auroit fait saisir le Pape Sylverius pour vouloir approuver l'hérésie d'Antemius, Evêque de Constantinople : & qu'en outre, ledit Sylverius auroit été pour cette occasion relegué en une Ile. *Paul Diac. lib. 7 in Justinia.* Qui montre assez que cette submission prétendue de Justinian, est une pure fable, & moquerie : si quelqu'un (peut-être) ne veut appeller

---

(1) La conséquence n'est pas juste, & ne resserre en rien la primauté du Pape.

ſubmiſſion, l'empriſonnement & relégation du Pape Sylverius, faite du ſu, conſentement & vouloir de l'Empereur. Pis encore fit-il à Vigilius, comme j'ai montré ci-deſſus.

Le troiſieme témoignage dont ils ſe ſervent pour prouver que les Egliſes de Conſtantinople & Orient ſont ſujettes à celle de Rome, eſt l'Ordonnance de l'Empereur Phocas, lequel commanda que le Siege de l'Egliſe Romaine fût Chef de toutes les Egliſes. *Paul. Dia. lib. 8. in vita Phocæ. Platina in Bonifacio* 3. Oui; mais il faut ajouter ce qui ſuit incontinent après, que l'Egliſe de Conſtantinople ſe qualifioit auparavant, premiere de toutes les Egliſes. On lui peut dire davantage, & lui alléguer que l'Empereur Maurice, Prédéceſſeur immédiat de Phocas, approuva le Synode tenu par les Grecs, auquel Jean, Archevêque de Conſtantinople, auroit été déclaré Patriarche œcumenique & univerſel; & que même l'Empereur Maurice auroit commandé au Pape Gregoire de tenir les Evêques de Conſtantinople pour œcumeniques. *Platina in Gregor.* 1. On peut encore repliquer que le Pape ſe ſert mal de la Conſtitution d'un Meurtrier manifeſte, lequel auroit malheureuſement & méchamment tué ſon Souverain & Empereur Maurice avec tous ſes enfans, tant mâles que filles, voire même juſqu'à un petit enfant à la mammelle. *Zonar. tom.* 3. *in Phocæ tyranni.* Et ſemble que Phocas connoiſſant les meurtres qu'il avoit commis, & qu'il s'étoit rendu par iceux odieux aux Grecs, voulut par ce moïen s'acquérir un ami en Occident : c'eſt à ſavoir le Pape & ſes Succeſſeurs, pour s'en ſervir comme de retraite, ſi d'aventure il étoit chaſſé par les Grecs à cauſe de ſes meurtres.

Quoi que s'en ſoit, pour cela l'Egliſe d'Orient ne s'eſt jamais tenue ſujette du Pape juſqu'en l'an 1202, auquel les François commencerent à s'emparer de Conſtantinople, qui ne voulurent jamais donner ſecours à Alexius, qu'il n'eût promis de ſoumettre l'Egliſe Grecque à celle de Rome. Finalement les François s'étant emparés de Conſtantinople, ſoumirent entierement l'Egliſe Grecque aux Papes. Mais cette ſoumiſſion ne dura gueres, même elle apporta la ruine des François, que les Grecs commencerent à haïr à cauſe d'icelle ſoumiſſion. Et de ce temps reſtent quelques Conſtitutions Papales, adreſſées aux Empereurs de Conſtantinople, par leſquelles on voit que les François, Empereurs de Conſtantinople, s'étoient aucunement ſoumis aux Papes. Entre icelles cette eſt remarquable, en laquelle le Pape reprend l'Empereur de Conſtantinople, de ce qu'il faiſoit ſéoir

près du scabeau de ses pieds & à gauche l'Archevêque de Constantinople , lui donnant à entendre que le Patriarche de Constantinople étoit un grand & honorable Membre de l'Eglise , &
que les autres Rois & Princes faisoient bien la révérence aux
Archevêques & Evêques leurs Sujets , & en outre les faisoient
séoir en une place honorable près d'eux. *C. colli. 6. c. inter
quatuor 8. Ext. d. majorit. & obedient. C. quanto 4. ext. de con-
suetu. c. ult. ext. de Confir. utili vel inutili. c. Author. 4. ext. de just.
d. c. sollicitæ.*

Michael Paleologue aïant chassé les François de Constantinople , vint au Concile de Lyon ; & là auroit soumis les Eglises
d'Orient au Pape , dont étant retourné en Constantinople , il fut
tellement haï des Grecs , ses Sujets , qu'ils lui dénierent même la
sépulture. *Platina in Nicolao IV. in f. p. b.* Andronique Paleologue , son fils , fut contraint à cette occasion (pour conserver
son Empire) de ne point garder le contrat de feu son pere fait
avec les Papes ; qui fut cause que ne laissant plus venir les appellations de Grece à Rome , Clement V , l'an 1307 , l'excommunia. Depuis les Grecs sont demeurés en leur état , jusqu'au
dernier déclin de leur Empire. Je sais bien que les Papes disent
que cela fut cause de leur faire perdre leur Empire ; mais s'il en
falloit venir là , il faudroit par même moïen que les Papes con-
fessassent que les Païs & Roïaumes que Luther & autres de
notre temps , ont conquêté sur les Papes , auroient été perdus
pour les fautes , erreurs & hérésies des Papes : ce que je m'assure
toutesfois qu'ils ne voudront jamais confesser.

J'ai dit d'Afrique & d'Orient : voïons maintenant d'Occident ,
& des autres Parties du Monde.

*Des Eglises d'Occident , & de leurs Patriarches : & depuis quand
les Papes ont occupé sur iceux la Primauté , Jurisdiction ,
& Droit d'appellations.*

Je commencerai par celle de Ravenne , & puis dirai de celle
de Milan pour le regard de l'Italie. Pour le regard donc de
l'Archevêque de Ravenne , il faut supposer que depuis la prise
de Rome par Alaric , & la mort d'icelui , l'Empereur Honorius
semble s'être plû à Ravenne plutôt qu'à Rome ; car ce fut là
qu'il adopta pour compagnon de l'Empire , Constantius , & qu'il
célébra l'an 30 de son âge. *Paul. Diac. lib. 4.*

Quelques-uns disent , & même ceux (*Rubeus 2. histor. Ra-*

venna. Pignus in historia Principum Estensium) qui ont écrit
l'Histoire de Ravenne, que Honorius aïant vu que ceux de Rome avoient élu un Empereur (pource qu'Honorius avoit abandonné l'Espagne aux Alains & Wandales) transporta le Siege
de l'Empire d'Occident, de Rome à Ravenne, & que non content de cela, il attira Alaric en Italie. Ils disent encore que Valentinian, Successeur d'Honorius, aïant entendu que Sizulphus
avoit défait Boniface en Afrique, pour en rendre graces à
Dieu, donna de beaux privileges à l'Eglise de Ravenne, & à
Jean, lors Evêque d'icelle, auquel il donna pouvoir de porter le manteau Impérial, lui assujettissant encore une grande
quantité de Villes & Evêchés d'Italie, qui fut cause de grandes dissensions, singulierement contre les Papes de Rome.
Du depuis je trouve que Genseric auroit pris Rome, & plusieurs autres après lui, lesquelles prises auroient été quasi
comme fatales à tous ceux qui auroient pris Rome. Ce
qui mut les derniers Seigneurs de Rome (comme Odoacer
& Theodoric) d'habiter plutôt à Ravenne que non pas à
Rome.

Je trouve encore du depuis que les Goths aïant été chassés
par Narses, l'Empereur Justinian II lui envoïa pour Successeur
Longinus, *Paul. Diac. lib. 7. in Justin. l. Platina in Joanne 3.*
lequel (peut-être) pour les causes que dessus, fit sa résidence à
Ravenne : comme aussi demeurant en icelle, il étoit plus proche des
Lombards, qui vouloient empiéter l'Italie. Celui-ci commença d'ê-
tre appellé Exarche, lequel nom demeura à ceux qui le suivirent.
A Longin succéda Smaragdus, lequel demeura à Ravenne, fit
paix avec Rotaris, Rois des Lombards, pour trois ans, du temps
de l'Empereur Maurice. De son temps étoit Jean, Evêque de
Ravenne. *Paul. Diac. in Mauricio.* Après Smaragdus succéda
Romanus. *Platina in Frego, l. p. 35. Paul. Diac. lib.* Bref, cette
demeure des Exarches ou Lieutenans Généraux des Empereurs
à Ravenne, fut cause de faire enfler le cœur aux Evêques de
cette Ville, parceque, ni l'Empereur ni les Exarches, ne demeuroient point à Rome, & par ainsi l'Evêque de Ravenne (comme plus proche du Lieutenant Général de l'Empereur) vouloit
se mettre par dessus l'Evêque de Rome, considéré même que les
Exarches avoient cette puissance de confirmer les Papes, &
que l'élection faite par le Clergé & le Peuple, n'étoit point
valable qu'elle ne fût confirmée, ou par l'Empereur, ou par son
Exarche. *Platina in Severino 1.* Je trouve encore que les Arche-

vêques de Rome créoient des Cardinaux. *Cardinalis de Aliaco tractatu de Annatis. Jacobatius Cardinalis tract. de Conciliis.*

Pour retourner aux Evêques de Ravenne ; à Jean (dont a été fait mention ci-dessus) succéda Marinian. Celui-ci reçut le manteau du Pape Gregoire. *Sigon. 1. de regno Italiæ, anno* 595. A celui-ci succéda Jean IV, lequel s'accommoda à l'Eglise de Rome. *Sigo. 2. de regno Italiæ, anno* 612. A celui-ci succéda Jean V, puis Bonus, puis Maurus. *Sigo. 2. de regno Italiæ, anno* 618. Celui-ci fut cause que l'Eglise de Ravenne se départit de l'Eglise de Rome. Il fut incité à ce faire par la faveur de l'Empereur Constant : & pourtant il ne voulut prendre ni sa confirmation , ni le manteau du Pape. Il se contenta de se faire consacrer par trois de ses Suffragans : & pour le regard du manteau , il le reçut de l'Empereur ; & même sans l'autorité du Pape , il créa ses Suffragans. Cela fut cause que l'Eglise de Ravenne fut par plusieurs années tenue pour Hérétique , & appelloit-on cette hérésie , Autocephaliane.

Pour retourner à Maurus ; celui ci , l'an 657, refusa d'aller trouver le Pape Vitalianus ; cela fut cause que le Pape l'excommunia. Mais cet Evêque fit le même du Pape. Il mourut l'an 672 , aïant commandé à son Clergé de ne jamais obéir ni reconnoître le Pape de Rome ; ce qu'aïant entendu le Pape Deodatus , ordonna que l'on ne lui feroit aucunes obseques ni funérailles. Reparatus succéda à celui-ci en l'Evêché de Ravenne , & fit le même que son Prédécesseur. Il s'achemina vers l'Empereur , & impétra les mêmes droits qu'avoit impétrés son devancier : il mourut l'an 677, & lui succéda Theodore. *Sigo. 2. de regno Italiæ , anno* 677, 679. *Plat. in Dono* 1. *p.* 41. Celui-ci, l'an 679, voulut corriger les mœurs dépravées du Clergé ; pour cela le Clergé ne voulut l'accompagner le jour de Noel , dont se voulant venger Theodore , écrivit à Donus , Pape de Rome , qu'il lui soumettoit l'Eglise de Ravenne ; & de-là même alla à Rome adorer le Pape. Après lui succéda Damanius , qui fut consacré par le Pape Sergius. *Sigo. 2. de regno Italiæ , anno* 688. Après lui Felix fut fait Archevêque de Ravenne. Celui-ci étant à Rome , laissa par écrit sa confession de foi telle qu'il lui plut , & de-là retourné à Ravenne , persuada à ceux de la Ville de se soustraire de l'obéissance du Pape. *Sigo. 2. de regno Italiæ , anno* 508. L'Empereur Justinian en étant averti , commanda à Theodorus Patrice , Lieutenant Général de l'armée de Sicile (*Sigo. 2. de regno Italiæ , anno* 709) de se saisir de Felix ; dont étant

averti Felix, leva, au plutôt qu'il lui fut possible, des voisins & des
Eglises sujettes, tout tel secours qu'il put, en telle maniere qu'il
voulut empêcher le Patrice Theodorus d'aborder dedans la Ville; mais enfin Theodorus aïant pris icelle & Felix, il le mit aux
fers & l'envoïa à Constantinople. L'Empereur fit chauffer des
lames d'airan, lesquelles il opposa aux yeux de Felix, & par ce
moïen lui fit perdre la vûe, puis le relégua en Pont ; mais il fut
depuis restitué en son Eglise, tout aveugle qu'il fût, après s'être
humilié au Pape. *Sigo. 2. de regno Italiæ, anno* 715. Quelque
temps après (c'est à savoir l'an 720). Luitprant, Roi des Lombards, prit Ravenne sur Paulus l'Exarche, & emporta la meilleure partie des dépouilles à Paute, & changea l'Exarchat d'icelle
en Duché, où il mit Hildebrand, son petit-fils, qui fut Roi
après. Mais tout aussi-tôt, à l'aide des Venitiens, elle fut reprise,
Paul, Exarche, réintégré, Hildebrand pris, Peredeus tué. *Sigo.*
3. *de regno Italiæ, anno* 725. L'an d'après étant survenu un commandement de l'Empereur de mettre bas les images, le Peuple
émut une sédition, à l'instigation du Pape Gregoire ; Paul, Exarche, y fut tué, Pierre, Duc & Gouverneur pour l'Empereur à
Rome, y eut les yeux crevés. En campagne, le Duc & Gouverneur Exhilaratus fut tué avec son fils Hadrian. *Sigon.* 3. *de*
regno Italiæ, anno 726. L'an d'après, Rome & le Duché d'icelle
fut établi & mis en la main des Papes. Eutychius cependant,
pour & au nom de l'Empereur, se saisit de Ravenne. Il fit alliance avec Luitprant, Lombard, l'an 728, par le moïen duquel
il reprit Rome, en laquelle Eutychinus fit sa demeure. *Sigo.* 3.
de regno Italiæ, anno 727. A Felix succéda Jean V. & après lui
Jean VI. Après lui Sergius. *Sigon. ibid. anno* 732, 734, 752,
757, 764. De son temps & d'Eutychius Exarche, Astaulf, Roi
des Lombards, prit Ravenne : & ainsi finit le gouvernement de
cetteVille, qui avoit duré, depuis Honorius, environ trois cens ans,
& qui avoit été siege & domicile perpétuel de l'Empire en Italie.

Depuis l'an 755, Pepin contraint Astaulf de rendre l'Exarchat & autres terres, lesquelles il donna au Pape, lequel depuis
commit le Gouvernement de la Ville à l'Archevêque. Au moïen
de ce l'Archevêque prit le titre d'Exarche. A celui-ci Michael
succéda, & fut mis par Maurice, Duc de Rimini ; mais il fut
démis, & en son lieu élu Leon, Archidiacre. A celui-ci succéda
Jean VII, & à icelui substitué Gratiosus, après lui Jean VIII.
Sig. ibid. 755, 770, 773, 776.
Après celui-ci fut Valerius, puis Marinus Petronax, puis

1591.

DÉFENSE DES
ROIS ET DES
EGLISES CON-
TRE ROME.

Jean IX. Celui-ci aïant été démis de son Archevêché l'an 860, eut recours à l'Empereur. A celui-ci succéda Jean X, puis Pierre, & à celui-ci Jean II. Celui-ci fut depuis Pape, surnommé Jean X, où il parvint par le moïen d'Albert, Marquis de Toscane. Après lui succéderent Pierre, l'an 963; Honestus, l'an 973; Julian, l'an 996; Gerbert, Archevêque de Reims, l'an 996, qui depuis fut fait Pape, appellé Sylvestre II. Après lui sont Leo, l'an 998; Frideric, l'an 1000; Anelbert, l'an 1003; Arnold, l'an 1004. *Sig. libro 4, an.* 809, 810, 824, 856, 898, 904, 907, 913. Herebert, l'an 1024; Gubehard, l'an 1030. Vidigenus fut déposé par l'Empereur Henri II, l'an 1046. Hunfrid lui succéda, qui étoit auparavant Chancelier d'Italie. De son temps survint un grand débat entre les Patriarches, pour la presséance. Car, comme l'an 1047 que le Pape Clement eut assemblé un Concile, le Pape s'étant assis, le Patriarche d'Aquilée se mit à la dextre, & celui de Ravenne à la gauche, survint celui de Milan, qui demanda être à la dextre. Le Milanois disoit qu'au Concile sous Symmachus, Pape, le Patriarche de Milan avoit eu la premiere séance. Et au contraire, celui de Ravenne montroit par les lettres de Jean neuvieme, Pape, que cela avoit été fait par Pierre, Archevêque de Ravenne, le voulant ainsi pour lors; mais qu'au reste le Pape avoit ordonné qu'en l'absence de l'Empereur, la dextre seroit donnée à l'Archevêque de Ravenne: lui présent, la senestre. L'an 1051, celui-ci fut reconcilié par l'Empereur au Pape Leon, peu après il fut empoisonné.

Henri fut mis en son lieu par l'Empereur Henri, l'an 1052. Celui-ci suivant les traces de son Prédécesseur Hunfrid, fit fort & ferme la guerre à l'Eglise de Rome, pour laquelle il fut au Concile de Latran condamné. Il ne laissa néanmoins de continuer ses brigues.

Gibert fut mis après lui par l'Empereur, l'an 1070. Celui-ci fut excommunié par le Pape, l'an 1077, 1078. L'an 1080 étant absent de la Ville, le Pape envoïa son Député à Ravenne, qui absout le Peuple de son excommunication. L'an 1102 un certain Maginulfus se qualifia Pape à Ravenne, honneur qui ne lui dura gueres. Finalement l'an 1106, le Pape Paschal, pour abaisser les Archevêques de Ravenne, ôta de leur obéissance les Evêques de Bologne, Modene, Rege, Parme & Plaisance. Voilà comme les Papes gagnerent la superintendance sur les Archevêques de Ravenne.

Voïons maintenant de celle de Milan. L'an 845 Engilbert,

Archevêque de Milan , se départit de l'Eglise de Rome , l'exemple duquel fut de telle autorité envers ses Successeurs , qu'environ trois cens ans & plus , dénierent obéissance aux Papes. Entr'autres l'an 1058 , le Pape Etienne voulut contraindre les Ecclésiastiques & ceux du Clergé de Milan de laisser leurs femmes (car pour lors étoient-ils mariés); mais Gui , Archevêque de Milan , aïant assemblé les Evêques qui lui étoient sujets , arrêta qu'il seroit permis à ceux du Clergé d'être mariés. *Sigon. 9. de regno Italiæ , anno* 1058.

Platine , en la vie d'Etienne IX , dit que l'Eglise de Milan pour lors fut réduite à l'obéissance de l'Eglise Romaine , de laquelle elle avoit été séparée environ deux cens ans. Ce qui ne peut être , par ce que je viens de dire , & que même cela n'avint sinon l'an 1095 , lorsqu'Urbain étant à Milan , tira Arnoulf de son Monastere , & le fit Archevêque de la Ville , lui donnant le manteau, que les Latins appellent *Pallium* ; & par ainsi il réduisit l'Eglise de Milan à celle de Rome. *Sigon. 9. de regno Italiæ , anno* 1095. Le Peuple au commencement en fit quelque difficulté ; mais enfin tous trouverent bien ce qui avoit été fait par le Pape. Voilà quant à Milan & à l'Italie.

Quant à l'Empire , nous trouvons que l'an 1122 l'Empereur Henri céda , & transporta à Caliste II , Pape , tous les anciens droits Imperiaux d'investir les Evêques & gens d'Eglise. *Abbas Ursperg. anno* 1122. *Henric. Mutius , lib. 6.*

Quant à l'Espagne , il semble qu'elle fut rendue sujette du Pape sous Urbain II ; car ce fut celui-ci qui donna à l'Archevêque de Tolede venu à Rome , le *Pallium* , & autres priviléges, jusqu'à le faire Primat de toute l'Espagne : comme aussi ce fut lui qui excommunia le Roi de Galice avec tout son Diocése , & ce pour avoir mis en prison un Evêque. Je laisse ici les autres Nations , pour éviter prolixité.

Quant à la France , reste voir les droïts & prérogatives de l'Eglise Gallicane , & singulierement de la puissance de nos Rois au fait, état & Causes Ecclésiastiques , non-seulement sur les choses , mais aussi sur les personnes & actions (1).

---

(1) Malgré tout ce qu'on a dit jusqu'ici de la Jurisdiction des Eglises dont on vient de parler , & qui auroit demandé un Commentaire, si c'en étoit ici le lieu , il n'en est pas moins certain , que l'autorité du Pape a été reconnue dans les Patriarchats de Constantinople, d'Alexandrie , d'Autioche , de Jerusalem ; qu'elle a été pareillement reconnue dans l'Afrique, l'Illyrie , les Gaules, l'Espagne , l'Angleterre , en Allemagne & dans le Nord. C'est ce qu'on peut voir démontré dans le *Traité* , déja cité , *de l'autorité du Pape* , imprimé en 1710 : Livre 1. Chap. 4 , depuis la page 107 jusqu'à 144 , & même dans toute la suite du Tome 1 dudit Traité.

*De la Jurifdiction & Puiffance Eccléfiaftique des Evêques &
Métropolitains de France, à l'exclufion des Papes & Evêques
de Rome.*

Je fais bien qu'il femblera fort étrange au Pape, quand on
lui dira qu'il n'a nulle puiffance fur les Eglifes de France,
Evêques & Prélats d'icelle (1). Néanmoins fi faut-il qu'il fe
paie & contente de raifon, s'il fe veut faire paffer & alouer pour
animal raifonnable.

Or, de ceci, premierement nous appert-il, par ce que nous
avons dit ailleurs, que les Territoires, Diocèfes & Diftraits
ont été diftingués, tant par la fainte Ecriture, que par les
faints Conciles, & par ainfi il doit fe contenter de ce qui lui a
été commis, fans empiéter fur les autres.

Pour le fecond, Gregoire écrivant à Auguftin, fon Légat,
ufe de ces mots : nous ne te donnons aucune puiffance fur les
Evêques de Gaule. *Gregor. Auguftin. Anglor. Epifcop. refpon.
9. 25. diftinct. 2. c. in Galliarum Epifcop. 3.* Or, l'on pen-
feroit par ce paffage, que le Pape eût puiffance de donner
autorité fur icelle. Mais voici la raifon qu'incontinent il ajoute :
nous ne te donnons aucune puiffance fur les Evêques de Gaule,
pource, dit-il, que du temps de mes Prédéceffeurs, l'Evêque
d'Arles a eu le *Pallium*, lequel nous ne devons priver de l'autorité qu'il a reçue. Pourtant s'il advient que tu paffes par la
France, & qu'il faille ufer en quelque point d'autorité, le
tout foit renvoïé au fufdit Archevêque d'Arles, de peur que
l'on ne contrevienne à ce que l'inftitution ancienne de nos Peres
a une fois établi.

Voilà comment, par la confeffion des Papes mêmes, les Evêques de Rome n'ont que voir fur les Evêques de la Gaule ; ains
feroit, à fon dire, l'Evêque d'Arles qui auroit cette connoiffance. Ce ne feroit point encore des bienfaits des Evêques de Rome, que cela eût été ainfi établi, mais (comme
il dit) *ex antiqua Patrum inftitutione*, laquelle ne peut être
changée par les Papes, fi ce n'eft qu'ils fe veuillent faire déclarer larrons & innovateurs des privileges appartenans aux Eglifes, *25. queft. 2. c. Privileg. & c. Privileg. 17.* Car voilà

---

(1) Non quant au temporel ; mais il a
droit d'avis & d'inftruction. L'Auteur paroît
toujours confondre dans ce qu'il dit ici, &
dans la fuite, la Jurifdiction fpirituelle avec
la temporelle.

comme parle le Pape Leon ès Lettres qu'il écrit à Marcian, l'Empereur, & de ceux qui entreprennent fur les autres Evêques. *Ep. 52. & 54. ad Marcian, Auguft. 25. queft. 2. c. privilegia 17.*

Mais, pour dire ce qu'il me femble de la vérité de ce Refcrit de Gregoire, je n'eftime point que jamais les Evêques d'Arles aient eu cette puiffance fur le refte des Evêques de la Gaule, & ne fe trouvera en aucun Concile, ou en autres Ecrits, moins encore en l'ufage, que cela jamais ait été gardé & fuivi. Il me fuffit d'avoir montré par la confeffion de Gregoire, que ni les Evêques de Rome, ni fes Nonces & Ambaffades n'ont aucune autorité ni fupérintendance fur les Evêques de France.

Pour le troifieme, cela eft montré par les élections, nominations & confirmations des Evêques ; car en la primitive Eglife Gallicane il ne fe trouvera point que les Evêques de France aient été élus, nommés & confirmés par les Papes. Voici comme étoit l'ancienne coutume.

Etant advenu le décès d'un Evêque, le Clergé & le Peuple étoient affemblés. Ils préfentoient leur nomination au Roi : le Roi avoit la puiffance d'accepter celui qui étoit nommé, ou bien d'en nommer un autre, & mettre tel qu'il vouloit, ainfi que nous avons montré, traitant de la Jurifdiction Eccléfiaftique de nos Rois, *c. 2. Concil. Arven. fub Theodeberto, anno 533, tom. 2. Concil. p. 558.* Et eft notable qu'au Concile d'Orléans 111, il eft nommément porté, que cette forme d'élire l'Evêque (le Clergé, le Peuple & le Métropolitain étant appellés) *eft juxta antiquos Canones. Can. 3. Concil. Aurelian. fub Childeberto, anno regni ejus 26. tom. 2. Concil. p. 566. b.*

Pour le quatrieme, cela eft montré par la nomination, élection & confirmation des Métropolitains, lefquels n'ont point été nommés, élus ou confirmés par les Papes, ains par les Evêques, entrevenant la confirmation du Roi, le tout remis encore à fon bon plaifir, comme il a été démontré ailleurs.

Pour le cinquieme, ceci fe peut montrer par la puiffance d'abfoudre d'Héréfie, ainfi qu'il fut ordonné au Concile d'Orléans 1111, fous le Roi Childebert, fans qu'il foit fait mention qu'ils aient demandé cette puiffance des Papes ou Evêques de Rome, *tom. 2. Concil. p. 571.*

Pour le fixieme, ceci eft confirmé par le Droit des appellations, *c. 5. & 9. in f. Concil. apud Palatium vernum habiti*

Tome IV. E e e e

sub Rege Franc. Pipino tom. 3. *Concil. p.* 44., *&c.* 73, 74. *Concil. Aquisgr. sub Ludovico, anno* 816. Les Moines, Moinesses & Prêtres appelloient de l'Evêque au Métropolitain, du Métropolitain au Synode Provincial, du Provincial au Nationnal, de tous les Evêques, & de-là, *Reus judicio Regis, exilio condemnari poterat.* Par-là on peut voir qu'il n'y avoit point d'appel aux Papes, mais que le tout se terminoit dans la France, sans aller à Rome.

Pour le septieme, c'est que nous avons montré ailleurs que le Clergé de France étoit plus obligé & tenu à son Roi que non aux Papes.

Pour le huitieme, c'est qu'en la convocation de tous les Conciles de France il ne se trouve (en quelque Concile que ce soit) la clause, *Nisi autoritas Romanæ Ecclesiæ aliter imperaverit :* ou bien celle-ci, *Salvo in omnibus jure Sanctæ Romanæ Ecclesiæ :* ou bien, *Salva in omnibus Apostolica autoritate :* clause que Gratien, 25. *quæ.* 1. *inf.* témoigne avoir été usitée en quelques Conciles tenus par les Papes, comme aussi il ne se trouve esdits Conciles, que le Clergé de France ait jamais fait priere pour Pape, ni pour Eglise de Rome : ce que néanmoins il eût véritablement fait, s'il eut dépendu des Papes de Rome : supposé que le susdit Clergé de France, ès Conciles, faisoit prieres pour les Rois de France, à la volonté encore desquels rapportoit la confirmation desdits Conciles, reconnoissant qu'il avoit puissance d'y ajouter ou diminuer.

Pour le neuvieme, cela appert par la disposition des Evêques & premiers Prélats de France, déposés par les Rois, ou par les Conciles tenus de leur mandement, ainsi que nous avons déja montré en un autre endroit.

Pour le dixieme, c'est que les Conciles de France avoient cette puissance d'amonester leurs Supérieurs, s'ils faisoient autrement que de raison. Et à cet effet, nous lisons que Neomenius (1) (soi disant Roi de la petite Bretagne, & ce néanmoins Vassal de la France) fut admonesté par le Concile de Tiars (2) (Ville Métropolitaine de l'Armoric) qu'il eût à chan-

---

(1) C'est Nominoé, qui aïant été fait Gouverneur ou Duc de Bretagne par Louis le Débonnaire, fut fidele à l'Empereur pendant sa vie ; mais qui se croïant dégagé par sa mort, des sermens qu'il lui avoit faits, prit le titre de Roi de Bretagne.

(2) Ce fut à Rennes que se tint ce Concile l'an 849. Loup, Abbé de Ferrieres, écrivit la Lettre que les Evêques de cette Assemblée adresserent à Nominoé. C'est la Lettre 84e. parmi celles de cet Abbé, dans l'édition de ses Œuvres donnée par M. Baluze, page 126 & suiv. Cette Lettre est pleine d'avis & d'instructions, & en même temps remplie

ger de mœurs & de façon de vivre. *Lupus, Ab. Ferrarienſ. in Epiſtol.*

Pour le dernier, je remets & renvoie le Pape à l'uſage de l'Egliſe Gallicane, & à ce qu'elle auroit contradictoirement & en fait pareil obſervé & répondu aux Papes.

Or, voïons comme les Evêques de France parlent au Pape Anaſtaſe, & aux Evêques d'Italie. S'ils s'ingerent (diſent-ils) de vouloir uſer de leur cautere contre nous, ils ſentiront ce que la vertu & ſévérité Gauloiſe peut ſur eux; laquelle, ſans cauſe, ils tentent & provoquent. La même Egliſe Gallicane au Concile de Reims, écrivant au Pape Jean: Nous voudrions bien ſavoir & entendre (dit-elle) pourquoi entre & ſur tous autres, nous devrions préférer votre Apoſtolat. Mais qu'il nous ſuffiſe, étant Chrétiens de tenir cette Sentence de Jeſus - Chriſt pour vraie: Il n'en y a qu'un qui ſoit Maître par-deſſus nous tous, & qu'au reſte nous ſommes tous freres. Mais que veut dire ceci, qu'au même Concile de Rheims, Arnulphe, Evêque d'Orléans dit tout haut; que demander avis au Pape de Rome, c'étoit demander avis d'une buze ou ſtatue de marbre (1)?

J'ai dit devant, que le Pape Hadrian voulut s'ingerer d'excommunier Charles le Chauve: Il commanda à Hincmarus, Evêque de Rheims, de le délaiſſer. Quelle réponſe lui fit Hincmarus? Nul de vos dévanciers (dit-il) n'a jamais entrepris de faire un tel commandement à mes Prédéceſſeurs, ni vos Prédéceſſeurs, même Evêques de Rome, ni autres Evêques (de quelqu'autorité & ſainteté qu'ils aient été) n'ont fait conſcience de ſuivre leurs Rois & Empereurs Hérétiques, Schiſmatiques, & Tyrans: comme pour exemple Conſtantin Arrien, Julian l'Apoſtat, & Maximus Tyran. Tous mes compagnons auſſi me diſent, que les hiſtoires nous témoignent, que les Roïaumes de ce monde s'acquierent par armes, & s'augmentent par victoires, & qu'ils ne s'obtiennent par les excommunications

---

de reproches, Loup de Ferrieres parle encore de Nominoé dans quelqu'autres de ſes Lettres.

(1) Il s'agit ici du Concile de Reims de l'an 992, aſſemblé au ſujet de la cauſe d'Arnulphe ou Arnoul & Gerbert. Mais ce que l'Auteur fait dire à l'Evêque d'Orléans, eſt rapporté trop durement. Les défenſeurs de ce Prélat prétendoient qu'il falloit recourir au Pape avant que de terminer cette affaire: Arnulphe fit ſeulement remarquer qu'un Pape, ſans charité, reſſembloit à l'Ante-Chriſt, qu'il ſerviroit autant de conſulter une idole, qu'un Pape ſans ſcience & ſans charité; qu'il valoit mieux aller demander les ſentimens des Evêques de la Belgique & de l'Allemagne, que de s'en rapporter au jugement de la Ville de Rome, où tout, ajoutoit-il, étoit venal. Ce qui montre ſeulement qu'Arnulphe ne croïoit pas que le Pape, comme Pape, fût l'organe du Saint Eſprit.

d'un Pape ou d'autre Evêque que ce foit. Quand je leur remontre que toute puiffance de lier & délier a été donnée par Jefus-Chrift à faint Pierre & à fes Succeffeurs, ils me répondent : eh bien donc, avec vos feules Prieres, défendez le Roïaume contre les Normands & autres qui nous affaillent, pendant que nous ferons le refte. Voulez-vous que nous vous défendions par nos armes, comme nous defirons être fecourus de vos prieres ? Ne cherchez donc notre ruine : Allez vers le Pape, & lui dites, que (puifqu'il ne peut être Roi & Evêque tout enfemble, & que fes prédéceffeurs fe font mêlés feulement du fait Eccléfiaftique, & non de l'Etat qui appartient aux Rois) qu'il ne nous mande point de prendre un Roi, qui, éloigné de nous ne nous puiffe fecourir & défendre contre les incurfions fubites & ordinaires des Païens : qu'il ne commande point, à nous François, de fervir à un auquel nous ne voulons point fervir, d'autant que fes prédéceffeurs n'ont point impofé ce joug à nos ancêtres : & quand il le nous voudroit impofer, nous ne le pourrions fouffrir, d'autant que nous avons appris aux faintes Ecritures de combattre jufqu'à la mort pour notre liberté & Patrie.

Mais voïons encore un autre Exemple plus manifefte de la liberté de l'Eglife Gallicane. *Matthæus Paris in Hiftor. Anglic. in vita Henrici III*, p. 500. Le Pape Gregoire X avoit envoïé fes Ambaffades vers le Roi faint Louis, pour lui faire entendre & à fes Barons & Nobleffe, qu'il avoit excommunié & dépofé de l'Empire Frédéric II, & qu'il avoit mis & fubrogé en fon lieu Robert, Comte d'Artois, frere du Roi, priant les uns les autres d'entendre à une telle & fi fainte affaire, & que quant à lui, il emploieroit tous fes moïens. Le Roi prit confeil des fiens fur une telle demande ; mais voici la prudente réponfe que la France fit au Pape ; qu'ils ne favoient de quel efprit & hardieffe le Pape avoit ofé excommunier & priver de l'Empire un tel Prince que Frédéric, lequel entre les Chrétiens n'avoit ni Superieur, ni pareil, & fingulierement pour n'avoir été convaincu ni atteint des crimes dont il étoit accufé. Que s'il le falloit dépofer pour fes démérites, que ce n'étoit à autre de ce faire qu'à un Concile général ; qu'il ne falloit ajouter foi à fes Ennemis, entre lefquels le Pape étoit le Chef & le principal ; que pour le regard de la France, l'Empereur Frédéric lui avoit toujours été bon & loïal voifin, & qu'elle ne l'avoit connu Tyran ni Hérétique. Au contraire, qu'elle favoit

que outremer il auroit fidelement combattu pour Jesus-Christ
contre les Sarrasins, & se seroit mis & exposé en une infinité
de dangers ; que la France n'avoit connu ni trouvé au Pape
tant de zele & de Religion ; que celui qui devoit plus avancer & défendre l'Empereur pour ses mérites, c'étoit celui-là
qui méchamment le vouloit spolier & abbattre ; que quant à
eux, ils ne vouloient se précipiter en un si évident danger, de
se liguer contre un si puissant Prince, & soutenu de tant de
Roïaumes, & auquel enfin le bon droit donneroit la victoire ;
que le Pape montroit en cela ne se soucier du sang des François, mais que ce lui étoit assez d'avoir satisfait à sa passion
& vengeance ; que si le Pape une fois auroit surmonté un tel
Prince que Fr'détic, qu'enfin il voudroit en faire autant aux
autres, & qu'il auroit occasion de s'enfler & enorgueillir, si
une fois il étoit venu à suppéditer un Empereur. Et néanmoins,
à ce que le Pape n'estimât point que l'on n'eût fait état de ses
offres (qui tendoient plutôt à se vanger de Frédéric, que pour
bonne affection qu'il portât à la France) que le Roi envoieroit ses Ambassadeurs vers l'Empereur, pour s'enquérir de sa
Foi & en faire leur rapport ; que s'il étoit bon Catholique,
qu'à tort lui feroit-on la guerre ; au contraire, que s'il n'étoit
tel, ils étoient prêts de lui faire la guerre, comme ils feroient
au Pape, s'il étoit de telle qualité. Les Ambassadeurs du Pape
aïant oui une telle réponse, ils se retirerent tout confus. Quelque temps après, les Ambassadeurs de France vinrent vers l'Empereur, duquel aïant connu la Foi, & lui les aïant assurés qu'à
tort étoit calomnié & accusé du Pape, & les aïant remerciés de
ce que la France ne l'avoit voulu condamner, sans avoir premierement entendu sa confession de Foi, les Ambassadeurs de
France lui dirent : qu'à Dieu ne plaise que notre Nation en
vienne là d'assaillir aucun Prince Chrétien, sans avoir, au
préalable, juste & manifeste cause : que ce n'étoit point
l'ambition qui avoit mu la France de s'entremettre d'un tel
fait, d'autant qu'elle tenoit son Roi surpasser en cela la condition d'un Empereur, en ce que celle du Roi n'étoit sujette
à une élection volontaire, comme celle de l'Empereur ; qu'il
devoit suffire à Robert, Comte d'Artois, d'être Frere du Roi.
Voilà la résolution que prit lors la France sur l'excommunication
que vouloit faire le Pape de la personne de Frederic, Empereur, & sur la subrogation qu'il vouloit faire en son lieu de Robert d'Artois, frere du Roi.

Du Clergé & des Clercs : & que nul ne pouvoit être reçu au Clergé sans le consentement du Roi.

Ceci est vérifié par le Concile d'Orléans, de l'an 506 (1), tenu du commandement de Clovis, auquel il fut arrêté, que nulle personne séculiere ne pût être reçue au nombre & ordre du Clergé, *nisi aut cum Regis jussione, aut cum Judicis voluntate ;* c'est-à-dire, sinon ou par le commandement du Roi, ou la volonté de ses Juges (2). Se trouverent en ce Concile trente-trois Evêques. Au reste, ce Décret fut fait avec grande raison, pour & à cause des expéditions, desquelles jouissoient les Ecclésiastiques, *tom.* 2. *Concil. p.* 110. *& seq.*

Des Evêchés & Abbaïes, tant d'Hommes que de Femmes : & que le Roi pourvoïoit à l'un & à l'autre.

Au cinquieme Concile d'Orléans, fut ordonné, que nul n'eut à obtenir un Evêché par argent ou tel autre moïen, *sed cum voluntate Regis, juxta electionem Cleri ac Plebis. Can.* 10. *Concil. Aurelian.* 5. *anno* 38. *regni Childeberti. Christi* 599 (3). *tom.* 1. *Concil. p.* 575. *b.* Le Concile de Paris remontre & supplie les Empereurs Louis & Lothaire, qu'il leur plaise prendre exactement garde de donner à l'Eglise de Dieu, de bons Pasteurs & Recteurs; & peu après, nous vous supplions semblablement de prendre garde en la nomination des Abbesses, ainsi que plusieurs fois il vous a été remontré, *lib.* 3. *Concil. Paris. cap.* 22. *tom.* 3. *Concil. p.* 817. *ibid. c.* 23.

Quant aux exemples, ils sont infinis & mémorables. Ommatius fut pourvu de l'Archevêché de Tours, *jussu Clodovei Regis, Greg. Tur. lib.* 3. *c.* 16. Depuis celui-ci, Theodorus & Proculus furent pourvus du même Archevêché, *ordinante Clotilde Regina.* Cantinus, fut consacré Evêque d'Auvergne en la Ville de Mets après le décès de saint Gal, *jussu Re-*

---

(1) C'est le premier Concile d'Orléans, tenu, non l'an 506, mais l'an 511, le 10 de Juillet, par l'ordre de Clovis I qui mourut la même année.

(2) Mais le Concile semble restraindre cette défense aux familles des Barbares, qui jusques-là étoient rarement admis dans le Clergé. C'est la remarque de M. l'Abbé Fleuri. En son Hist. Ecclés. t. 7. Le même ne met que trente-deux Evêques, au lieu de trente-trois.

(1) Ce cinquieme Concile d'Orléans n'est pas de l'an 599, mais de l'an 549 le 28 d'Octobre. Cinquante Evêques s'y trouverent. Cette année 549 s'accorde en effet avec la 38e. du regne de Childebert.

gis Theodobaldi. Gregor. 4. *c.* 7. Clothaire retournant d'une victoire qu'il eut contre les Saxons, ceux de la Ville de Tours se
préfenterent devant lui, & lui dirent qu'ils avoient élu pour
Evêque, un nommé Euphronius (1), *Gregor. Turon.* 4. *Hift.
Franc. c.* 15. Le Roi leur replique : j'avois, dit-il, auparavant
commandé que l'on reçût Cato (2); pourquoi eft-ce que l'on n'a
tenu compte de mon commandement? Il eft vrai, dirent ceux
de Tours, mais il n'a voulu accepter cette Charge. Cato fur-
venant là-deſſus, fit une nouvelle Requête au Roi, & le fupplia d'être pourvu de l'Evêché d'Auvergne (3), dont étant
débouté, il recommença à lui demander l'Evêché de Tours :
fur cela, le Roi répond ; j'avois, dit-il, auparavant commandé qu'ils te reçuſſent pour Evêque, mais à ce que j'entends,
tu n'en as tenu compte. Là-deſſus s'étant enquis d'Euphronius,
& lui étant rapporté qu'il étoit petit-fils de faint Gregoire (4):
vraiment, dit le Roi, voilà une des premieres & des plus belles Nobleſſes qu'il puiſſe avoir ; la volonté de Dieu foit faite, & à l'inftant il commanda qu'Euphronius fut reçu pour
Evêque.

Charibert pourvut de l'Evêché de Paris (5) un nommé Paf-
fentius. Car, voici comme Gregoire, Evêque de Tours le nous
a laiſſé par écrit, *lib.* 4. *Hiftor. Francor. cap.* 18. Comme Pien-
tius (6), dit-il, fut décédé en la Ville de Paris, Paſſentius,
qui lors étoit Abbé de faint Hilaire, lui fuccéda *ex juſſu Regis Chariberti*, du mandement du Roi Charibert. Anftrapius
diſoit que ce lui étoit dû ; mais peu lui fervit fa remontrance. Le même Roi nommoit encore les Evêques de la Ville de
Poitiers ; car comme le Duc Anftrapius fe fut fait & rendu
Prêtre, en efpérance qu'il auroit l'Evêché de Poitiers, *Rex
Charibertus in aliam vertit fententiam. Gregor. Turon. lib.* 3. *c.* 26.
Charibert, Roi de Paris, maintint en fon Evêché (7), auquel
il auroit été mis par feu Clothaire, fon Pere.

---

(1) Le même que Trithéme nomme Eu-
fraſius.

(2) C'étoit un Prêtre d'Auvergne.

(3) C'eft-à-dire de Clermont.

(4) Il étoit neveu ou petit-fils de faint
Gregoire, Evêque de Langres. Voïez fur
ces faits, *la Métropole de Tours*, par Maan,
in-fol. pag. 37 & 38.

(5) Il faut, de Poitiers.

(6) C'eft-à-dire faint Pience, appellé
vulgairement faint Pien, ou plutôt faint
Pient. Il étoit Evêque de Poitiers. Il mourut à Paris l'an 564. D'autres prétendent
qu'il mourut à Melle dans fon Diocèfe. Celui qu'on nomme ici *Paſſentius*, étoit Paf-
cent, Abbé de faint Hilaire de Poitiers.

(7) C'eft-à-dire, dans l'Evêché de Saintes. L'Evêque nommé par Clotaire s'appelloit Emerius. Ce ne fut point Leontius, mais
Heraclius qu'on voulut nommer, & qu'on
nomma en effet en fa place. Le Prêtre qui
porta le décret n'eft point nommé. On peut

Or , eſt-il que ceux de la Ville de Xaintes avoient voulu élire en ſon lieu un nommé Leontius. Ceux de Xaintes ſe fondoient ſur ce que le mandement de Clothaire ſembloit être contre les Décrets Eccléſiaſtiques , en ce qu'il commandoit qu'on reçût Emeri ſans le conſeil du Métropolitain , qui étoit lors abſent. Cela fut cauſe que ceux de Xaintes procéderent à une nouvelle élection , laquelle aïant été faite , ils dépêcherent Heraclius , Prêtre de Bordeaux , vers le Roi Charibert , pour lui faire entendre leur nouvelle élection , le ſuppliant qu'il lui plût l'avoir pour agréable , & y conſentir. Le pauvre Heraclius étant arrivé à Paris , vint trouver le Roi , & lui aïant dit que le Siége Apoſtolique le ſaluoit : là-deſſus Charibert lui dit , viens-tu de la Ville de Tours (1) , *ut Papæ illius ſalutem nobis deferas* ? Non (dit Heraclius) , mais le pere Leontius , & les Evêques de la Province m'ont envoïé vers vous , pour vous avertir qu'ils ont dépoſé Emeri , pourcequ'il n'avoit été mis canoniquement ; & pourtant vous ſupplient de trouver bonne leur élection. Le Roi Charibert entre là-deſſus en colere , & commande qu'Heraclius fût jetté hors de ſa préſence , & depuis l'aïant fait mettre en un chariot plein d'épines , il le bannit , lui diſant : Penſes-tu qu'il n'y ait pas un des Enfans de Clothaire qui ne veuille garder ce qu'a fait leur Pere , & qui ne ſe veuille venger de ceux qui ont ſans notre conſentement déjetté un Evêque , que feu notre Pere avoit mis ? Cela fait , le Roi dépêche un ſien Gentilhomme à ceux de Xaintes , & leur fait commander qu'ils euſſent à reprendre Emeri ; leſquels en outre il condamne à païer mille écus d'amende (2). Il condamne auſſi au prorata , les Evêques qui avoient conſenti à ſon élection.

Le Roi Gontran eſt interpellé par ceux de Langres de leur donner pour Evêque un nommé Mondericus , d'autant que Tetricus (3) leur Evêque étoit fort tourmenté d'un flux de ſang, & par ainſi moins capable pour faire ſa Charge. Le Roi leur accorde , à tel ſi , que du vivant de Tetricus Monderic gouverneroit comme Archiprêtre du Château de Tornot , & demeu-

---

voir tout ce récit & ſes ſuites dans l'Hiſt. Eccléſiaſt. de M. l'Abbé Fleuri , Livre 34 ſous l'année 561. Le Leonce dont on veut parler étoit Archevêque de Bordeaux.

(1) Il faut , viens-tu de la Ville de Rome ? ou , comme dit M. Fleuri , avez-vous été à Rome.

(2) M. Fleuri dit mille ſous d'or.

(3) Tetricus étoit le ſucceſſeur de ſaint Gregoire , & l'on ajoute qu'il étoit même ſon fils , ce ſaint Gregoire aïant été marié avant ſon Epiſcopat. Tetricus mourut vers l'an 574.

reroit-là ;

reroit-là ; & qu'avenant la mort de Tetricus il fuccéderoit à fon Evêché, dont il fut depuis totalement privé par le même Roi Gontran, d'autant qu'il étoit accufé d'avoir aidé Sigibert, ennemi du Roi : de forte qu'au lieu de Monderic, ceux de Langres demanderent au Roi pour Evêque un nommé Sylveftre, chofe qui leur fut accordée. Et depuis celui-ci ils impetrerent du même Roi un nommé Papolus. *Greg. 5. c. 40 (1)*.

Childebert pourvut à l'Evêché de Rhodès en cette façon, *Greg. 5. c. 46.* Dalmatius, Evêque de la fufdite Ville décedé (2), plufieurs (comme la coûtume étoit lors) demanderent fon Evêché. Un certain Prêtre, nommé Tranfoladus fe faifoit fort de l'emporter, pour le crédit qu'il penfoit avoir vers le Roi, d'autant que fon fils étoit au fervice de Gogo, Pere nourricier du Roi : & outre cela effaïa de gagner la volonté du Clergé par un magnifique & fuperbe banquet qu'il lui fit. Mais Dalmatius d'autre côté par fon teftament avoit recommandé un nommé Sexenius. La brigue étant telle d'une part & d'autre, le Roi en fon Confeil nomma un Theodofius (3) pour Evêque, après lequel fut mis l'innocent Comte de Cavaillon, *opitulante Regina Brunechilde. Gregor. 6. c. 3.*

Après le décès de Ferreo (4) Evêque d'Ufez, un certain Albinus (qui avoit été auparavant Prévôt) fut fans le confentement du Roi, fait Evêque ; mais il n'y dura que trois mois. Après fa mort un Jovinus (qui avoit été autrefois Gouverneur de la Province) obtint l'Evêché du Roi ; mais il fut prévenu par un Marcel, fils du Sénateur Felix : fur quoi étant convenu par Jovinus, & même arrêté en la Ville, voïant qu'il ne le pouvoit gagner de droit, fit tant de préfens çà & là, qu'enfin il l'emporta. *Gregor. 6. c. 7.*

Clotaire avoit reçu beaucoup de bons & agréables fervices de Domnolus (5), Abbé de faint Laurent à Paris. Le Roi aïant entendu que l'Evêché d'Avignon vaquoit, le voulut pourvoir de ce Bénéfice. Domnolus s'en excufa, & le fupplia fur tous les fervices qu'il lui pouvoit avoir faits, qu'il ne fût point pourvu de cet Evêché, & mis entre des Sénateurs Sophiftes, & des Juges Philofophes. Sur cela étant l'Evêché du Mans en vacance : il y mit Domnolus. *Greg. 6. cap. 3.*

---

(1) Sylveftre n'a pas été plus Evêque de Langres que Moderic. A Tetricus fuccéda Papulus ou Papolus, qui étoit Archidiacre d'Autun.

(2) Dalmatius décéda l'an 583. Il eft honoré comme Saint.

(3) Qui étoit alors Archidiacre de Rhodès.

(4) Il étoit Fils d'Ansbert & de Blithilde, & vivoit vers l'an 552.

(5) Saint Domnole eft appellé par d'au-

Childebert pourvut Nonichius (1) de l'Evêché de Nantes
après la mort de Felix, jaçoit que Felix en mourant eut recommandé au Clergé un nommé Burgudion, âgé de vingt-cinq ans.
Gregor. 6. cap. 15. Gontran pourvut Sulpice (2) de l'Evêché de
Bourges après la mort de Remi. *Gregor. 6. cap. 39.* Le Pape
Gregoire décrivant en ses Epîtres à Théodoric & Théodebert,
Rois de France, *Epistola* 114, 1. *quæst.* 1. *cap. fertur simoniaca*
28, ne les reprend pas de ce qu'ils pourvoient aux Bénéfices, ains
seulement les admoneste de ne les point vendre.

Je me contenterai pour le présent de remarquer ceux ci en
la premiere Race de nos Rois, & d'avoir montré que les Evêques ont été pourvus de leurs Evêchés uniquement, & immédiatement par nos Rois, sans que pour lors s'en mêlât ni Pape
ni Papillon, & qu'il fallût aller en Cour de Rome demander
ces Bulles, moins encore y porter des Annates. Tant y a que
voilà le fondement de la liberté de l'Eglise Gallicane. Voïons
la continuation, & ce qui s'est fait en la seconde Race des Car-
lovinges (3). Je dirai seulement ceci en passant, que le Prince
Carloman, au Concile de France (qui fut tenu l'an 742 (4). T. 3.
Concil. pag. 317.) déclare, que par le Conseil du Clergé &
Barons de France il avoit ordonné en chaque Cité un Evêque.
Le Duc Pepin, sous le Roi Chilperic, déclare au Concile de
Soissons, qu'il avoit mis & pourvus en toutes ses Villes de
bons & légitimes Evêques, tom. 3. Concil. pag. 339. a.

Charlemagne étant parvenu à l'Empire, le Synode de Rome
reconnut lui avoir baillé pouvoir d'élire le Pape & pourvoir au
Siege Apostolique ; davantage, d'investir les Archevêques &
Evêques par toutes ses Provinces ; en sorte que l'Evêque ne
pourroit être consacré, s'il n'avoit été auparavant trouvé pour
agréable, & investi par le Roi : déclare Anathêmes ceux qui auroient contrevenu à cette Ordonnance. Cette puissance a été
gardée sur les Papes par les enfans de Charlemagne & les Suc-

---

tres saint Anolet. Il a assisté au Concile de
Tours de l'an 570.

(1) Nonnechius II du nom, cousin de
saint Felix son prédécesseur ; c'est le premier Evêque de Nantes de la nomination
du Roi. Il vivoit en 584, 588, 592, &c.
Il avoit été marié avant que d'être Evêque.

(2) Robert dans son *Gallia Christiana*
doute avec raison que saint Sulpice soit le
même que l'Historien Sulpice Severe, qui

a écrit la vie de saint Martin & autres Ouvrages.

(3) Ou, Carlovingiens.

(4) En 742 il n'y eut qu'un Concile de
Germanie, que Carloman fit assembler en
effet, & dans lequel on chercha réellement
les moïens de rétablir la Loi de Dieu & la
Discipline Ecclésiastique.

(5) Tenu l'an 744, le troisieme de Mars.

cesseurs, ainsi que j'ai montré en un autre endroit. Je revien-
drai pour le présent à la France.

Charles, Roi de France (1), l'an 869, aïant appréhendé (2)
la succession de son neveu Lothaire, & aïant vacqué en un même temps les Archevêchés de Cologne & de Treves (3), après
avoir pris conseil des Premiers de son Roïaume, il mit en
l'Eglise de Treves Bertulfe, petit-fils (4), d'Aventius, Evêque de
Metz. *Regino Lib. Chronic. 2 anno 869.* Pour le regard de l'Archevêché de Cologne, il survint un grand débat ; car Charles
y voulut mettre l'Abbé Hilduin (5), lequel même il fit consacrer (6) à Aix-la-Chapelle, par Franco, Evêque de Tongres
(cet Evêché a été depuis transporté à Liege) ; l'Empereur Louis
au contraire disoit la succession de feu Lothaire lui appartenir,
pour être frere du Défunt, là où Charles n'étoit qu'oncle. Pour
commencer donc à prendre possession des biens qui avoient
appartenus à feu Lothaire, il dépêche Luitpert (7), Archevêque
de Mayence, pour faire procéder à l'élection d'un Archevêque
de Cologne. Luitpert arrivé au lieu de Duits (8), près Cologne,
manda aux plus apparens du Clergé & du Peuple qu'ils le vinssent trouver. Eux venus, il leur fait entendre la cause de son
arrivée. Là-dessus ceux de Cologne lui disent qu'ils étoient jà
pourvus d'un Evêque, auquel même ils avoient prêté le serment.
Luitpert leur replique en ces termes : si vous ne tenez compte, dit-il,
de l'élection qui nous est concédée par le Roi, il est en sa puissance
& bon plaisir de nous donner tel Evêque qu'il voudra. Cela entendu, tous, d'un commun consentement, élurent un nommé Vilibert (9), lequel ils consacrerent & installerent pour Evêque.
Charles aïant entendu cette nouveauté, se rendit aussi-tôt en la
Ville de Cologne, qui fut cause que Vilibert & ses complices
furent contraints de se retirer en Allemagne.

Charles-le-Chauve recut la foi & hommage de ses Evêques,
lorsqu'il fut sacré par Hincmarus, Archevêque de Reims. Entr'autres, voici le serment de Hincmarus, Evêque de Laon :
*Ego Hincmarus, Ecclesiæ Laudunensis Episcopus, à modo & dein-
ceps, domino & seniori meo Carolo Regi sic fidelis ero & obediens*

---

(1) C'étoit Charles-le-Chauve,

(2) C'est-à-dire, s'étant saisi de la succession. Lothaire étoit mort le 8 d'Août de la
même année.

(3) Ces Evêchés étoient vacans depuis six
ans ; c'est-à-dire, depuis que le Pape Nicolas avoit déposé Teutgaud & Gonthier, en
864.

(4) Il faut Neveu.

(5.) Frere de Gonthier.

(6) Il faut, il le fit ordonner Prêtre par
Francon, &c.

(7) C'est Liutbert

(8) Diuze, aujourd'hui Duyt.

(9) C'est Guillebert.

secundum minifterium meum , ficut homo fuo feniori , & Epifcopus per rectum jus regi effe debet , &c. Ceci encore eft remarquable , que nos Rois ne donnoient pas feulement les Abbaïes entieres , mais davantage les divifoient , en donnant une part à l'un & une à l'autre : qui montre que nos Rois n'ont pas eu feulement le droit de conférer les Abbaïes , mais qui plus eft de les divifer. *Aimon. Monach. hift. Francor.* 34. *pag.* 687. Je me contenterai de ceux-ci pour la feconde race.

Pour le regard de la troifieme (defcendue de Hugues Capet) , ce me fera affez de dire , que Louis le gros rejetta un certain Pierre (1) , envoïé par le Pape Innocent pour être Evêque de Bourges , comme étant intrus fans le fu de Sa Magefté. *Sigebert in chronic. anno* 1143.

Les autres & fubféquens Rois ont , Dieu merci , maintenu toujours ce droit , quelque chofe que lesPapes aient voulu dire , (& fingulierement le Pape Boniface (2)) que le fpirituel & le temporel des bénéfices leur appartenoit.

Les exemples étrangers confirment le même pouvoir de nos Rois. J'ai dit ailleurs des Empereurs , & fingulierement de ceux de Germanie. Quant aux Rois d'Efpagne & de Gallice , voici ce qui fut arrêté au Concile de Tolede XII (3). *Canon* 6. *diftinct.* 63. *c. cum longe es.* A été arrêté entre tous les Evêques d'Efpagne & de Gallice , que fauf & excepté le privilege de chaque Province , il feroit loifible à l'Evêque de Tolede de mettre pour Evêques au lieu & en la place de ceux qui décéderoient , ceux que le Roi auroit élus , & que le fufdit Evêque de Tolede auroit approuvés & agréés , à la charge que dans trois mois le nouvel Evêque fe repréfenteroit devant fon Métropolitain.

La raifon fait à ce que deffus , outre tous les exemples. Pour le premier , à caufe que par brigues & tels moïens illicites , les élections fe faifoient , ainfi que le Pape Gregoire confeffe. Secondement , pour ce que , ainfi qu'il fe voit au Concile de Tolede IX ; il n'appartient à aucun de pourvoir aux Eglifes , finon à ceux qui font fondateurs d'icelles. *in Regefto* 11. *Epift.* 10. 16.

---

(1) C'étoit Pierre de la Chaftre , d'une famille noble du Païs , où Innocent II l'envoïoit. Il étoit Parent d'Aimeric , Chancelier de l'Eglife Romaine. Rejetté par le Roi , il fut facré à Rome par le Pape , & foutenu en France par Thibaud , Comte de Champagne , qui avoit de grandes Terres en Berri.

(2) C'étoit Boniface VIII.

(3) Ce Concile fut affemblé le 9 Janvier de l'an 681. Il s'y trouva trente-cinq Evêques , à la tête defquels étoit faint Julien de Tolede.

(4) Tenu le 2 Novembre de l'an 655.

1591.

Défense des
Rois et des
Eglises cón-
tre Rome.

quæst. 1. *c. hinc est* 39. *c.* 2. *& ib. quæst.* 1. *c. Decernimus.* Or
est-il que le droit de Patronage des Evêchés & Abbaïes *in Am-
biguo*, ne peut appartenir à autre qu'au souverain Magistrat de
la Province. Pour le troisieme, c'est que les Rois & les Princes
en leur Païs ont de fait en quelque sorte succédé au lieu du Peuple, lequel anciennement s'entremettoit de l'élection. Du moins
est-il très certain qu'ils ont chacun en leur Roïaume tout tel
droit qu'avoit Constantin & les autres Empereurs en l'Empire, singulierement le Roi de France, *qui in suo Regno Imperator est.*

Pour obvier aux autorités & exemples des dépositions d'Evêques faites par les Métropolitains & les Evêques de chaque
Province, sans le su & consentement des Papes, Gratian s'est
avisé d'une plaisante solution, 3. *quest. b. c. dudum* 9. *in f.* disant que cela est véritablement avenu; mais que *pro bono pacis
ex dispensatione id toleravit Ecclesia Romana*, c'est-à-dire, que
pour le bien de paix & par dispense l'Eglise Romaine a toleré
telles dépositions, & par conséquent les subrogations d'autres
Evêques au lieu & place des déposés. Mais si la raison de Gratian est vraie, il faudra dire que les Papes de Rome veulent aujourd'hui faire la guerre aux Eglises, quand ils leur veulent
ôter cette liberté, s'ils ont par ci-devant *pro bono pacis* toleré &
souffert telles choses. Mais voïons le plaisant Décret qu'il allegue à ce propos, *ibid. c. hæc quippe* 10. Il introduit Jean
Pape écrivant à Salomon, qu'il qualifie troisieme & dernier Roi
de la petite Bretagne (1); comme si le Pape eut pu lors deviner
que celui-ci seroit le dernier Roi de Bretagne. Voici la substance de la lettre. Le Pape Jean lui récrit, que l'Archevêque de
Tours étoit Métropolitain, & que tous les Evêques du Roïaume de Bretagne étoient Suffragans; que certains Evêques avoient
été déposés par l'Archevêque de Tours, aïant au préalable assemblé douze Evêques, & qu'au lieu d'iceux, il auroit établi &
mis d'autres Evêques. Qu'il le prioit de ne point dédaigner ce
jugement; que s'il le dédaignoit, il le prioit de renvoïer vers
l'Archevêque de Tours les Evêques qu'il avoit déposés : qu'il
pourroit envoïer son Ambassade vers l'Eglise de Rome avec
deux des Evêques démis, & deux de ceux qui avoient été mis
en leur place, pour être fait droit par le Pape aux uns & aux
autres, & qu'il ne savoit meilleur avis en une telle affaire. Mais
d'autant que ceux de Bretagne étoient en different, qui étoit leur

____
(1) Salomon III s'empara de la Souveraineté l'an 855, & mourut en 873.

Métropolitain , jaçoit mémoire d'homme n'ait fouvenance que vous aïez eu en votre Païs ou Ville un Métropolitain ; toutesfois , s'il vous plaît , vous pourrez facilement le connoître ; fuppofé que Dieu vous a donné la paix avec le Roi Charles. Que ſi vous voulez paſſer outre , c'eſt-à-dire , nier que l'Archevêque de Tours ſoit votre Métropolitain ; envoïez-nous vos Ambaſſadeurs , à ce qu'il nous apparoiſſe plus clair que le jour , quelle a été l'Egliſe Métropolitaine de votre Païs anciennement. S'il y eut jamais coq-à-l'âne compoſé pour faire rire le monde , cette Conſtitution eſt de ce nombre ; car que veut dire ceci ? encore que nulle mémoire d'homme ne puiſſe dire en Bretagne , quelle a été leur Métropolitaine ; toutesfois cela ſe pourra facilement ſavoir , depuis que la paix a été faite entre les Rois de Bretagne & de France. Voilà pour un ; voici l'autre. Que ſi , dit-il , contentieuſement vous voulez douter de cela , envoïez-nous vos Ambaſſadeurs , & nous le vous dirons. L'on peut ajouter le troiſieme , c'eſt que le Roi de Bretagne étoit en peine pour ſavoir ſi le ſufdit jugement rendu par l'Archevêque de Tours & ſes Suffragans étoit bon & valable ; le Pape lui répond , qu'il ne ſavoit autre expédient , ſinon que le Roi lui envoie les Evêques dépoſés & ſubſtitués , & il en connoîtra. Je ne paſſe plus avant à cenſurer ce Canon & remarquer les fautes qui y ſont ; ce m'eſt aſſez d'avoir montré que les Archevêques de Tours & leurs Evêques Suffragans ont d'ancienneté eu ce pouvoir de démettre les Evêques , & leur en ſubroger d'autres , ſans le ſu & conſentement des Papes ; quelque choſe que Gratian & ceux qui le ſuivent aient voulu dire , que les Papes aient toleré cela *pro bono paçis*. Car au contraire il ſe peut voir , que jamais l'Egliſe de France ne ſe fût attribuée une telle puiſſance , ſi elle ne lui eut appartenu de droit , de coutume & d'ancienneté.

De la Dépoſition des Evéques & autres Prélats de France : & qu'elle appartient tant à nos Rois, qu'aux Conciles de France.

Saphoracus Evêque fut dépoſé au Concile de Paris (1) , & confiné en un Monaſtere l'an 558, du temps de Childebert , *tom. 2. Concil.*

Prætextatus , Evêque de Rouen, fut dépoſé & banni du Roïaume ſous le Roi Chilperic , & du depuis rétabli par le Cler-

______

(1) Ce Concile eſt d'environ l'an 551. Saffaras , non Saphoracus , étoit Evêque de Paris. Eufebe fut ordonné à ſa place.

gé de France , & non par le Pape (1). *Gregor. 5. c. 18. 5. Aimon.* 25. Salonius & Sagittarius , Evêques, furent déposés en un Synode tenu à Lyon (2) du temps du Roi Gontram : & ce pour les meurtres , larcins , adulteres , & autres tels crimes qu'ils commettoient, & jaçoit que du depuis ils furent rétablis ; toutesfois continuant en leur malversation , le Roi les confina en un Monastere. 5. *Gregor.* 20. Ægidius (3), Archevêque de Reims, fut déposé par le Synode de Metz, 6. *Gregor.* 1. Carloman fut dégradé par le Synode de Senlis & trouvé indigne de l'Ordre de Prêtrise. 5. *Aimon.* 29. Rigobert (4), Evêque de Rheims fut déposé par Charles Martel (nonobstant qu'il l'eût présenté au baptême) parcequ'il lui avoit fermé les portes de Reims , lorsque Charles Martel avançoit son armée contre Reginfroi, Maire du Palais. *Sigebertus anno* 723. Pepin au Concile de Soissons déposa Adalbert (5). *tom. 3. Concil.*

J'ai montré en un autre endroit , comment Gontier Archevêque de Cologne se complaignoit du Pape Nicolas (qui avoit osé entreprendre de le dégrader) disant icelui Archevêque, pour raison de ses complaintes, que jamais il n'avoit été oui , ni lu , qu'un Métropolitain fût dégradé sans le consentement du Prince & des autres Métropolitains. *Regino Lib. 2. an.* 805. Et par ainsi se montre faux le Canon d'Eleutherius , lequel Gratian nous représente en son Décret , 3. *quest.* 6. *c. Quamvis* 7. écrivant aux Provinces de Gaule, qu'encore qu'il soit permis aux Evêques, comme Provinciaux , Métropolitains , & Primats, de connoître des accusations des Evêques , il ne leur est néanmoins permis de procéder outre à la condamnation d'iceux, sans l'autorité de l'Evêque de Rome. Ceci se montre évidemment faux par la raison qu'il allégue , disant cela a été ordonné par les Apôtres & leurs Successeurs , & même par le consentement de plusieurs Evêques. Or seroit-il à desirer qu'il nous montrât quand

(1) Voïez les Historiens Ecclésiastiques. Pretextat vivoit dans le sixieme siecle : il fut exilé en 577.

(2) Ce Concile fut tenu à Châlons-sur-Saône , non à Lyon , l'an 579. Salonius étoit Evêque d'Ambrun , & Sagittaire de Gap. Ils étoient Freres : on les déposa pour leur conduite déréglée. Ils furent ensuite rétablis par le Roi Gontran à la demande du Pape , & enfin déposés de nouveau à Châlons , où il paroît qu'il y eut deux Conciles dans la même année 579

(3) C'est Gilles. Ce Prélat avoit trempé dans plusieurs Conspirations. Il étoit monté sur le Siege de Reims en 570. Voïez toute son Histoire dans l'Histoire de Reims , par M. Anquetil, Chanoine régulier, L. 1. p. 55. & suiv.

(4) Saint Rigobert fut déposé injustement. Il étoit Evêque de Reims dès l'an 596. Voïez l'Histoire citée dans la note précédente , l. 1. p. 73 & suiv.

(5) Adalbert étoit un Hérétique , qui fut condamné au Concile de Soissons de l'an 744 & ensuite au Concile de Rome , assemblé l'année suivante 745.

& en quel lieu les Apôtres ont ordonné qu'il ne fût loisible aux Métropolitains de condamner un Evêque sans l'autorité du Pape de Rome. Il seroit encore à desirer qu'il montrât si telle chose auroit été ordonnée par tous les Apôtres ou par quelques-uns, & par ce même moïen, qui ont été les Successeurs d'iceux qui aient jamais ordonné ce qu'il dit. Il seroit encore à desirer qu'il montrât si ceci a été reçu par le consentement des Evêques de France, ou bien si quelqu'autres étrangers peuvent les y avoir obligés sans y avoir consenti. Par-là se peut voir la fausseté & confusion de ce Canon.

De grands & souverains Patriarches de France, mis & établis par les Rois de France, en leur Païs.

Carloman, Duc & Prince de France, en 743, reconnoît en plein Synode (1), que par le conseil du Clergé & des principaux de son Roïaume, il avoit mis & établi par toutes ses Villes des Evêques, *& super eos Archiepiscopum Bonifacium. tom.* 3. *Concil. pag.* 431. Pepin, l'an 2 de Childebert, & de Christ l'an 744, au Concile de Soissons, parle ainsi : nous avons constitué par le conseil du Clergé & des premiers de notre Roïaume, en chaque Cité, des Evêques, *& super eos Archiepiscopos Abel & Ardobertum* (2), *ut ad judicia eorum de omni necessitate Ecclesiastica recurrerent tam Episcopi quàm alius Populus,* c'est-à-dire, sur iceux les Archevêques, Abel & Ardobert ; à ce que, tant les Evêques que tout le Peuple aient recours vers eux en tous les différends qui leur surviendront concernant les points & faits Ecclésiastiques. *tom.* 3. *Concil. pag.* 439.

Peut-être qu'ils diront qu'au temps de Charles-le-Chauve, le Pape envoïa en France Ansegisus pour Légat, avec telle autorité, qu'il lui donnoit toute puissance sur la Gaule & Germanie, non-seulement pour la convocation des Conciles, mais encore sur toutes autres affaires Ecclésiastiques. Peut-être aussi qu'ils diront que Charles-le-Chauve déféra à ce Légat, suivant l'intention du Pape. *Aimon.* 5. *hist. Franc.* 33.

A cela je réponds que c'étoit contrevenir à ce que Gregoire avoit aupatavant constitué & reconnu ; c'est à savoir que le droit appartenoit à l'Evêque d'Arles, ainsi que nous avons dit ailleurs.

---

(1) Apparemment dans le Concile de Liptines, aujourd'hui Lestines en Cambresis, tenu l'an 743, que Carloman assembla le premier de Mai, & auquel saint Boniface présida.

(2) Abel fut Archevêque de Reims & Ardobert le fut de Sens.

Mais

Mais il est plus expédient de voir ce que fit là-dessus l'Eglise
Gallicane. Le Clergé de France voïant que l'Empereur Charles
s'en faisoit croire & déféroit par trop à Anfegifus, Viceregent du
Pape, s'y oppofa; l'Archevêque de Reims prit la parole, &
dit: que cela étoit directement contrevenir aux faints Décrets.
Les autres Evêques demandent copie à l'Empereur du pouvoir &
mandement donné à Anfegifus par le Pape. L'Empereur leur
refufe, & au moïen des plaintes, il ne fut rien effectué ce jour-
là. Quelques jours après les Prêtres s'attaquerent au Légat du
Pape; cela fut auffi caufe que ce jour-là fut fans effet. Quelques
autres jours après, l'Empereur, rentrant au Synode, envoïa
les Députés du Pape crier après les Archevêques & Evêques de
France, pource qu'ils n'étoient le jour de devant comparus;
mais enfin l'on ne put tirer d'eux autre chofe, finon qu'ils obéï-
roient au Pape, ainfi que leurs Prédécesseurs y avoient obéi. Le
Moine Aimonius eft contraint de confesser qu'il a honte de réfé-
rer les articles propofés par ces beaux Légats de Rome. Il appelle leurs articles *fchedulas ratione & autoritate carentes, capi-
tula fine confcientia, Synodi dictata inter fe diffona, nullam utili-
tatem habentia, ratione & autoritate carentia.* Que fi maintenant
quelqu'un demande pourquoi l'Empereur fe mettoit plutôt du
côté du Pape que du Clergé de France, je réponds que l'affaire
& le fait eft de foi très manifefte. Charles l'Empereur venoit
tout nouvellement d'être couronné par le Pape Jean. Il venoit
fraîchement d'Italie, laquelle il voïoit bien ne pouvoir retenir
fans le moïen & la faveur du Pape, l'autorité duquel étoit pour
lors très grande; de forte qu'il ne lui reftoit plus que d'être tout-
à-fait Empereur. Quoi que s'en foit, l'on voit par le refus fufdit
des Prélats & Clergé de France, que le Pape n'a droit de fupériorité & primauté fur l'Eglife Gallicane, ains que cette prérogative appartient à l'Eglife Françoife & à fes Métropolitains,
*fecundùm facros Canones, imò & juxta decreta fedis Romanæ
Pontificum, & ex facris regulis.* Ce font les mots dont ufa lors
le Clergé de France contre les Députés du Pape. *Aimon. 5.
hiftor. Francor. 332. pag. 6-8. lib. 5. & feq. ibidem, pagina 679.
lin.* 1. & 2. Et par ainfi ce qu'en auroient fait, tant le fufdit
Charles-le-Chauve qu'autres nos Rois, feroit à titre de précaire.
Et de fait, nous lifons que les excommunications & reftitu-
tions que fit en France le Pape Jean, furent faites *confentiente
Rege atque Epifcopis,* (comme dit le Cardinal d'Aliaco (1)

(1) Le Cardinal Pierre d'Ailly.

Tome IV.

Gggg

parlant des Annates) *per modum permiſſionis, facultatis & be-*
nignæ tolerantiæ, quæ (ſecundùm Innocentium & quoſcunque
Doctores) poteſt revocare quandocumque, ann. 5. *hiſt. Franc.* 37.

Des Conciles de France, & de leur convocation : qu'ils ont été con-
voqués par nos Rois, ſans qu'il apparoiſſe avoir demandé congé
au Pape, & ſans en faire aucune mention, non pas même aux Prie-
res faites ès ſuſdits Conciles.

Le Pape s'eſt juſqu'ici perſuadé que les Princes ne pouvoient
convoquer des Conciles en leurs terres, ains que cela étant
choſe Eccléſiaſtique, appartenoit à lui, comme Chef de l'Egliſe.
Mais ceci eſt facile à réfuter, par la ſeule inſpection des Conciles de France. Et qu'ainſi ſoit, nous trouvons que le Concile
d'Orléans premier, a été tenu l'an 506 (1), par le commandement, volonté & juſſion de Clovis, premier Roi Chrétien. *c.* 1.
& 2. Concil. Aurel. tom. 2. *Concil. p.* 511. *a. &c.* 22. *Concil.*
Tur. 11. *tom.* 2. *con. p.* 822. *a.* Le Concile d'Orléans deuxieme
fut tenu *ex præceptione glorioſſ. Regum,* du commandement des
Rois, l'un deſquels étoit Childebert, ainſi qu'il ſe voit en la
ſouſcription dudit Concile, tenu l'an 833 (2). *tom.* 2. *Concil. p.*
551. *b. ibid. p.* 552. *b.* Le Concile d'Auvergne fut tenu *con-*
ſentiente Domino glorioſiſſimo pioque Rege Theodoberto, du conſentement de très illuſtre & religieux Roi Theodobert, l'an
537 (3). *proœm. Concil. Avernenſ. tempore Sylverii Papæ, tom.* 2.
Concil. p. 557. Le ſecond Concile de Paris (4) fut tenu par la
convocation du Roi Childebert, auquel Concile la dépoſition
de Saphoratus (5), Evêque de Paris, faite par ſon Métropolitain, fut confirmée. *proœm. Concil.* 11. *Pariſ. tom.* 2. *Concil. p.*
813. *a.* Le Concile ſecond de Tours (6) fut tenu *juxta conni-*
ventiam glorioſiſſimi Domini Chariberti Regis annuentis, du
conſentement & permiſſion du Roi Charibert ou Cheribert (7),
l'an ſixieme de ſon regne. Entr'autr'autres choſes a été remarquable en ce Concile, qu'il y fut ordonné que chaque Ville
nourriroit ſes Pauvres, & qu'on ne permettroit les Pauvres aller
çà & là mandier. Ceci avint environ l'an 570 (8). *proœm. Concil.*

(1) Ce Concile eſt de l'an 511, non 506.

(2) Il faut l'an 533. Ce ſecond Concile d'Orléans fut aſſemblé par ordre des trois Rois, Theodoric, Childebert & Clotaire, fils de Clovis, le 23 Juin de l'année qu'on vient d'indiquer.

(3) Il faut l'an 535. Ce Concile fut tenu à Clermont en Auvergne. Quinze Evêques du Roïaume de Theodebert y firent ſeize Canons.

(4) Ce Concile eſt de l'an 551, ou environ.

(5) C'eſt Saffarac.

(6) Ce ſecond Concile de Tours fut tenu le dix-ſept de Novembre 566.

(7) Ou mieux, Chérébert.

(8) Non, mais en 566, comme on vient de l'obſerver.

Turon. tom. 2. Concil. p. 817. *b. ibid. p.* 823. Le Concile de Macon fut tenu par la convocation du Roi Gontram, l'an douzieme de son regne, environ l'an 576 (1), *c.* 1. *Concil. Matiscon. tom. 2. Concil. p.* 824. *a. inscript. Concil.* 11. *Lugdun. tom.* 2. *Concil. p.* 485. 2. *a.* Il est vraisemblable que le premier & second Concile de Lyon furent tenus du commandement du même Roi ; d'autant que le premier est daté du 6e. de son regne, & le second de l'an 22 de son regne, & environ l'an de Christ 586 (2).

Le Concile de Valence fut tenu *juxta imperium gloriosissimi Domini Gontramini Regis*, du commandement du même Roi Gontram, l'an 20 (3) de son regne, environ l'an 588. *Inscript. & pro Concil. Valent. tom. 2. Concil. p.* 853. *a.*

L'autre Concile de Mâcon fut tenu l'an 24 du même Roi Gontram ; là où au Canon 20 dudit Concile, nommément il est dit, que l'on tiendroit de trois ans en trois ans un Concile, & ce à l'instance du Métropolitain de Lyon , *unà cum dispositione magnifici Principis, prius definientis locum Mediterraneum, ad quem omnes Episcopi sine labore congregentur* ; aïant eu au préalable la volonté & permission du Roi, auquel appartenoit en ce cas de nommer le lieu où se tiendroit le Concile. Or en cet endroit il semble appeller *locum Mediterraneum*, non un lieu éloigné de la mer, mais un lieu situé au milieu du Païs & de la Province , d'autant que tels lieux sont plus commodes que s'ils étoient sur les limites & confins du Roïaume. En ce même Concile est remarquable le Mandement du Roi Gontram, lequel admoneste le Clergé & la Justice de faire leur devoir, chacun en sa charge. Ceci avint environ l'an 588. *Tom.* 2. *Concil.* 854.

Le Concile de Châlons-sur-Saône fut tenu *ex evocatione & ordinatione gloriosissimi Domini Glodovei Regis*, par la convocation & ordonnance du Roi Clovis, environ l'an 658 (4). *tom.* 3. *Concil. p.* 208. *b.*

Fut tenu aussi en France, l'an 742 (5), un Concile sous Carloman, Duc & Prince de France, où Carloman reconnoît

---

(1) Le premier Concile de Mascon n'est pas de l'an 576, mais de l'an 582, ou environ. M. Fleuri dit l'an 581 ou 583. Il s'assembla le premier de Novembre.

(2) Le Concile de Lyon tenu l'an 583, la vingt-dexieme année de Gontran, est compté pour le troisieme, non pour le second seulement. Le second est de l'an 586.

(3) Il faut l'an 24, & mettre ce Concile en 585 le 2e de Mai. Le Concile de Mâcon dont l'Auteur parle ensuite, fut assemblé la même année 585, le 23 d'Octobre.

(4) Au lieu de 658, il faut 644.

(5) C'est le Concile de Leptines ou Liptines, aujourd'hui Lestines en Cambresis : il est de l'an 743. Carloman l'assembla le premier Mai, & Saint Boniface y présida.

avoir convoqué les Evêques & Prêtres de son Roïaume au Concile, *consilio Servorum Dei & Optimatum Regni*, c'est-à-dire par le conseil des Evêques & Barons de France.

Le Concile de Soissons (1) fut tenu par le décret, conseil, ordonnance & mandement de Pepin. Il y a davantage, c'est qu'en ce Concile Pepin parle ainsi : *Per Consilium Sacerdotum & Optimatum ordinavimus, constituimus & diximus ;* par le conseil du Clergé & des premiers Seigneurs du Roïaume, avons ordonné, constitué & dit. Qui montre que le Roi, ses Princes, Barons & Conseillers de France, ont eu non-seulement séance aux Conciles, mais encore voix opinative & de conseil. *Tomo 3. Concil. p. 439.*

Le même Pepin convoqua le Concile de Vernes-le-Palais (2), *ubi aggregari fecit*, où il convoqua & assembla presque tous les Evêques de la Gaule. Là, les Evêques reconnoissent avoir été appellés pour corriger les abus de l'Eglise, auxquels Pepin vouloit être remedié. *Tomo 3. Concil. p. 439.*

Le Concile de Francfort (3) fut tenu *jussu Caroli Magni*, ainsi qu'il appert par l'Epître qu'il écrit à Elipandus, Métropolitain de Tolede, & aux autres Evêques d'Espagne. Le Concile quatrieme d'Arles fut tenu (4) *jussu Caroli Magni*, l'an 813. *Tomo 3. Concil. p. 679. in pr. linea 20. 21.* Le Concile troisieme de Tours, *Præfa. Concil. 3. Turon. to. 3. Concil. p. 682. a.* fut assemblé par le même, du commandement du même Empereur, ainsi qu'il se voit par ces mots : *Quod à tanto Principe nobis injunctum est, ad statuta loca venimus*, nous sommes venus en ce lieu suivant ce que notre Prince nous a enjoint. Ceci avint l'an 813.

Le Concile de Mayence (5) fut tenu sous le même Charlemagne. Car voici comme Hildebaut, Archevêque du Palais de l'Empereur (6), Ricolfus, Arno & Bernier, Archevêques, & les

---

(1) Ce Concile est celui de l'an 744, le 30 Mars.

(2) M. Fleuri dit qu'il faut entendre par-là le Concile de Vernon-sur-Seine, qui fut tenu l'an 754 le 11 de Juillet. On ne dispute pas sur la date, mais sur le lieu, & l'on prétend que par *Verneuse*, il faut entendre Vern, ou Ver, ancien Palais de nos Rois qui étoit dans le lieu de ce nom, près de Lagny-le Sec, au Diocèse de Meaux. On peut consulter sur cela la *Dissertation* de M. l'Abbé Lebeuf *sur la position du Palais Vernum*, &c. dans le Tome 1 de son Recueil d'*Ecrits pour servir d'éclaircissemens à l'His-*toire de France, *in-12. pag. 88 & suiv. Pepin avoit assemblé dès l'année précédente 753 un Concile à Verberie.

(3) De l'an 794.

(4) Le 10 Mai.

(5) Ce Concile est aussi de l'an 813, on environ. Il fut tenu le 8 Juin.

(6) Hildebalde se disoit Archevêque du Palais, parcequ'il étoit Archevêque de Cologne & Archi-Chapelain. Les autres que l'on nomme ici assez mal, sont *Riculfe*, Archevêque de Maïenne, *Arnon*, Archevêque de Saltzbourg, & *Bernaire*, Evêque de Vormes.

autres Evêques , écrivent au sufdit Empereur. *Humillimi famuli ac missi vestri venimus secundùm jussionem vestram in civitatem Moguntiam.* Nous, vos très humbles Serviteurs & Députés, sommes venus, suivant votre jussion, en la Ville de Mayence. Ceci avint l'an 813 , & fut tenu ce Concile au Cloître de Saint Auban (1). *Præfa. Concil. Maugon. to. 3. Concil. pa. 693. a.*

Le Concile de Reims fut tenu & convoqué *à Domino Carolo piissimo Cæsare, more priscorum Imperatorum*, par l'Empereur Charles, à la façon des anciens Empereurs. Celui-ci fut tenu l'an 813 (2). *Præfa. Concil. Rhem. to. 3. Concil. pa. 700. a.*

Le Concile d'Aix, en Allemagne (3), fut tenu l'an 816, *cum Christianissimus ac gloriosissimus Rex Ludovicus superno munere victor Augustus, Indictione 10. anno imperii 3. Aquisgrani Palatio convocasset Episcopos.* Là où les Evêques lui rendent ce témoignage d'avoir été admonestés & exhortés par lui de leurs charges , voire même aidés de Livres, pour faire leurs extraits des points concernant la Police Ecclésiastique. *Præfa. Concil. Aquis. tom. 3. concil. pagin. 703. a.*

Les Conciles de Paris, Mayence, Lyon, Toulouse, furent tenus en un même an (4), *statuo & decreto Ludovici & Lotharii Imperatorum*, lesquels encore , *generale jejunium per totum regnum celebrare jusserant consilio Sacerdotum & aliorum Fidelium suorum*; & en la Préface du même Concile, cette inscription se lit : *Præfatio Synodi apud Parisiorum urbem, jussu gloriosissimorum Imperatorum Ludovici, Filiique ejus Lotharii habitæ.* Ce Concile fut tenu l'an 829, auquel ce que dessus a été dit du jeûne, est remarquable : car par-là nous voïons qu'un Roi a puissance en son Roïaume d'ordonner & commander un jeûne universel. Et davantage, appert aussi par ce que dessus, que les Rois ès points concernant le fait Ecclésiastique , ne prennent pas seulement conseil du Clergé, mais aussi de leurs autres Sujets. *Epis. Cæsar. Concil. Parif. to. 3. p. 770. b.*

Le Concile d'Aix, en Allemagne, fut tenu *evocante gloriosissimo & Orthodoxo Imperatore Ludovico, invictissimo, Augusto, & post admonente Serenissimo, atque totius Religionis devotissimo præfato Imperatore. Indictione 14. an. Imperii prædicti Cæfaris 24. 8. Idus mense Februario, anno 833 (5). Præfa. Concil. Aquis. tom. 3. Concil. pa. 820.*

<hr>

(1) De Saint Alban.

(2) A la mi-Mai. L'Archevêque Vulfaire y présida. On y fit quarante-quatre Canons.

(3) C'est-à-dire , d'Aix-la-Chapelle.

(4) C'est-à-dire en l'an 829.

(5) Ou plutôt en l'an 836.

(6) Ou plutôt en 847.

1591.

DÉFENSE DES ROIS ET DES EGLISES CONTRE ROME.

Le Concile de Mayence fut tenu *sub Domino Serenissimo &
Christianissimo Rege Ludovico, secundùm jussionem ejus, anno
834* (1). *Præfa. Concil. Maugont. to. 3. Con. p. 832. a.*
Le Concile d'Aix-la-Chapelle fut convoqué *jussu salutifero &
ordine providentissimo piissimi & orthodoxi Ludovici,* anno
837 (2). *Præf. Concil. Aquis. tom. 3. Concil. p. 843. a.*
Le Concile de Meaux fut tenu l'an 845, *pii Regis Caroli
succrescentis feliciter consensu.* 15. *Cal. Julii. præfat. Concil. Mel-
dens. tom. 3. Concil. p. 866. b.* Et un peu devant s'ensuivent les
chapitres du Concile tenu en la Ville d'Aubonne (3), *consensu
Principis ac Episcoporum & cæterorum fidelium probata & confir-
mata.* Le Concile tenu à Saint Medard de Soissons (4) fut tenu,
à regni gloriosi Caroli filii Ludovici Religiosissimi Augusti 13.
Indictione 1. *Episcopis juxta Canonem Synodum celebrare volen-
tibus, annuit idem Rex Carolus, eosque apud urbem Suessionum
in Monasterio S. Medardi & Sebastiani.* 10. *Calend. Maii conve-
nire præcepit. Præf. Synod. apud S. Medard. In suburbio Sues.
tom. 3. Concil. p.* 881. *b.* Le Concile de Valence fut tenu *jussione Lotharii Imperatoris.* 15. *Indictione* 3. *Mensis Januarii* 6.
Idus ejusdem Mensis, anno 855. *Præfa. Concil. Valent. tom. 3.
Concil. pag.* 888. Le Concile de Wormes (5) fut tenu *jussione
excellentissimi gloriosique Domini Ludovici Regis, Indictione
prima,* 16. *Calend. Junii* 868. *præf. Concil. Vormac. tom. 3. Concil.
p.* 977. *b.* Je cesserai de passer plus outre ; seulement dirai-je,
qu'en toutes les autorités que dessus, ceci est remarquable, qu'il
n'y est fait aucune mention du commandement ou permission
des Evêques de Rome. En tout même, il est prié nommément
pour la prospérité du Roi ; en nul il n'est prié pour le Pape : ce
que le Clergé de France n'eut vraisemblement oublié, si les Papes eussent été lors tenus & réputés en France Evêques Œcumeniques & Universels de l'Eglise.

(1) Ou plutôt en 836.
(2) C'est peut-être le Concile de 842.
(3) Dans le Concile de Meaux de l'an 845
on recueillit les Canons de quelques Conciles précédens, qui étoient demeurés sans
exécution ; & M. Fleuri ne nomme que
ceux de Thionville, de Lauriac ou Loiré en
Anjou, de Coulaines près du Mans & de
Beauvais. Il ne parle point de ce qu'on nomme ici *Aubonne.*
(4) L'an 853 le 26 Avril.
(5) Ce Concile de Vormes fut tenu le 16
Mai 868, en présence de Louis de Germanie.

DE LA LIGUE. 599

Le Roi aïant convoqué un Concile, donnoit par écrit les points qu'il vouloit être traités & décidés en icelui.

Au Concile d'Orléans, 1. *C.* 2. *Concil. Aurelian.* 1. *tom.* 2. *Concil. pag.* 511. *a.* Voici comme les Evêques assemblés écrivent à Clovis. Suivant votre volonté & conseil, & les points que vous nous avez donnés, voici ce qu'il nous a semblé. Le Concile de Mâcon fut tenu à la convocation du Roi Gontram, tant pour les causes publiques que pour aviser à la subvention des Pauvres. *Cap.* 1. *Concil. Matisq. tom.* 2. *Concil. pag.* 840. Le Concile de Valence (1) fut tenu par le commandement du Roi Gontram, parceque le susdit Roi, par son Député Asclepiadetus (2) son Réfrérendaire, & par les lettres qu'il auroit écrites audit Synode, leur avoit enjoint *autoritate Apostolica manum sacram confirmare*, de confirmer & soussigner toutes les donations que, tant lui que la Reine sa femme (3) & ses filles avoient faites & entendoient faire à l'avenir. Ceux du Synode firent ce que le Roi avoit enjoint : ils jetterent Sentence d'anathême sur ceux qui voudroient enfreindre lesdites donations. Cependant cela est ici à noter, que le Roi Gontram & les Evêques appellent ici *Autoritatem Apostolicam* la résolution d'un Concile tenu en France : qui montre assez que les résolutions des Papes de Rome ne sont pas seules qui s'appellent Apostoliques, & que nos Majeurs n'ont laissé d'avoir pour eux une autorité Apostolique, sans qu'ils l'allassent mandier à Rome. *Acta Concil. Valent. tom.* 2. *Concil. pag.* 953. *a.* Au Concile de Paris, voici comme parlent aux Empereurs Louis & Lothaire, les Evêques assemblés & appellés en icelui : Votre Sérénité a fait coucher par chapitres les points sur lesquels elle entend que l'on donne ordre. *Lib.* 2. *Concil. Paris. tom.* 3. *Concil. pag.* 812. *b.*

De la séance des Evêques & des Rois aux Conciles (4).

Au Concile 4 d'Arles, les Archevêques & Evêques reconnoissent, *quod unusquisque eorum ex more secundùm ordinationis suæ tempus, in locis debitis resedent.* Que chacun d'eux, suivant la

---

(1) C'est celui du 23 de Mai de l'an 585.
(2) M. Fleuri le nomme Asclepiodote.
(3) Elle se nommoit Austrechilde : & les Princesses ses Filles étoient Cloderge & Clo-dchilde.

(4) Comme on a déja parlé dans les notes des Conciles dont on fait ici mention, on ne répetera point ce qu'on en a dit.

coutume, avoit fa place & féance, felon le temps qu'il avoit été élu & confirmé Evêque. *Prolog. Arelatenf. Synod. tom.* 3. *Concil. pag.* 679. *a.* Quant aux Rois, nous trouvons qu'au Concile tenu à Saint Medard de Soiffons, le Roi y entra, & fe mit au rang des Evêques. *Præfat. Concil. apud. D. Meder. tom.* 3. *Concil. p.* 881. *a.* Le Concile de Pife fut tenu, le Roi Charles y préfent, & en icelui confirmées les Loix & Ordonnances Eccléfiaftiques de fes Prédéceffeurs, l'an 863. *tom.* 3. *Concil. p.* 900.

Je trouve qu'au Concile de Pontigoin (1), Charles-le-Chauve fit féoir Anfegifus (2), Nonce du Pape, devant les Evêques de France ; mais à cela s'oppoferent les François, & nommément l'Archevêque de Reims, difant en la préfence de l'Empereur & de toute l'Affemblée, *hoc factum facris regulis obvire. Aimon, lib.* 5. *c.* 33.

Les Décrets du Concile quelquefois étoient rapportés aux Ordonnances du Roi.

De ceci il appert par le Canon 44. du Concile d'Auxerre, *tom.* 3. *Concil. pag.* 52. *b.* où il eft dit, que l'homme Séculier qui n'aura voulu obéir à la remontrance de l'Archiprêtre, foit tant & fi long-temps banni de l'Eglife, qu'il fera réfractaire ; & en outre, qu'il paie l'amende que le Roi a défini par fon Ordonnance.

La réfolution de chaque Concile étoit préfentée au Roi, remife icelle à fon bon plaifir, pour y changer, ajouter ou diminuer, ainfi qu'il verroit être bon.

Au Concile d'Orléans 1, voici comme Clovis parle : vous nous enverrez vos Lettres, fcellées de votre cachet, à ce que nous confirmions ce qui aura été réfolu & décreté. *C.* 1. *tom.* 2, *Concil. pag.* 511, *a.* Au Concile de Francfort, ou bien en l'Epître qu'écrit Charlemagne, il dit entr'autres, qu'il leur envoie une réfolution, tirée premierement de ce que tiennent les Evêques de Rome, & autres d'auprès : fecondement, de ce que tiennent les Evêques & Eglifes de Milan, Frioul & Patriarchat d'Aquilée : tiercement, l'opinion des Evêques de Germanie,

(1) C'eft de Ponthion, *Concilium Pontigonenfe.* Ce Concile fe tint le 21 Juillet 876.
(2) Anfegife de Sens, que le Pape venoit de nommer Primat des Gaules & de Germanie.

Gaule

Gaule, Aquitaine & Bretagne: pour le dernier, son avis, ainsi que les susdits Evêques d'Espagne avoient par leurs lettres spécialement requis de l'Empereur Charlemagne. Par-là nous voïons de quelle autorité a toujours été estimée la résolution des Princes ès points de la Foi ; & davantage, nous reconnoissons de ce passage la distinction des Eglises d'alors, dont l'une n'avoit que regarder sur l'autre. Car, supposé que l'Eglise de Rome soit ici nommée la premiere, si est-ce que cela ne fait rien pour sa primauté : car autrement il faudroit dire, que celles de Milan, Frioul & Aquilée, nommées en second lieu, avoient autorité sur celles de Germanie, Gaule, Aquitaine & Bretagne; qui est une absurdité manifeste. Et puis la résolution des Evêques de Rome n'est en ce premier rang mise seule, mais celle des autres Evêques d'auprès.

Au Concile de Thionville, voici comme Aftaulf, Archevêque de Mayence, finit l'Assemblée. *Tom. 3. Concil. p. 678. a.* S'il plaît à nos Princes & à leurs Conseillers, nous supplions que chacun ait à déclarer s'il ne veut pas approuver & souscrire ce qui a été arrêté. Tous l'approuverent & se souscrirent, tant le Roi que toute la compagnie. Là même Charlemagne, & Louis son fils, par l'avis des Premiers du Roïaume, confirmerent les immunités données au Clergé par leurs Prédécesseurs Rois, jouxte les saints Canons & Ordonnances des Rois de France, qu'ils appelloient lors *Capitularia*, & notamment confirme ce que l'an auparavant avoit été ordonné, tant par lui que par vingt-deux Evêques, en la Ville de Triburie(1). Enfin, ne se contenant, ledit Charlemagne & Louis son fils, d'avoir confirmé ce que dessus, *& hoc, inquiunt, de nostro adjecimus, &c.* c'est-à-dire, nous avons ajouté ceci du nôtre : c'est à savoir que si quelqu'un est par ci-après trouvé désobéissant, contumax & contrevenant aux susdits Saints Canons & à notre Décret & celui des Evêques, qu'il soit premierement châtié selon que les Canons commandent, & en outre, qu'il ne puisse tenir en notre Roïaume un Bénéfice, & que les biens qu'il tient en alud & propriété soient saisis. Que si par an & jour il souffre que sesdits biens soient saisis sans se présenter, nous voulons que ses biens soient à nous confisqués, & qu'icelui étant appréhendé, soit confiné en prison.

Au Concile 4. d'Arles, tenu sous le même Charlemagne l'an 813, voici ce que les Evêques & Archevêques dudit Synode

(1) Tribur, sur le Rhein, entre Mayence & Oppeinheim.

écrivent à leur Empereur. Voici, Sire, en bref, ce qui nous a semblé digne d'être corrigé, que nous avons ordonné vous être présenté, suppliant bien humblement votre clémence que s'il y a quelque chose de défectueux en ceci, il soit suppléé par votre prudence; comme aussi s'il y a quelque chose autre que la raison ne veut, que par votre juste jugement il soit amendé : au contraire, si le tout a été fait avec raison, que le tout puisse sortir effet par votre aide. *C. 26. Concil. Arelat. tom. 3. Concil. pag. 682. a. b.* Au Concile 3. de Tours, l'Assemblée parle ainsi. Nous avons, Sire, le tout distingué par chapitres pour vous être montré. Ce Concile fut tenu l'an 813. *Præfa. Concil. ter. Turon. tom. 3. Concil. pag. 682.* Au Concile 2. de Châlons-sur-Saône, les Evêques y assemblés usent de ces mots : *Præfa. Concil. Catalon. 2. tom. 3. Concil. p. 686. a.* Les chapitres qui ci-dessus ont été couchés par écrit, a été ordonné qu'ils seront re-présentés à l'Empereur, notre souverain Seigneur, & iceux rap-portés à son très sacré jugement; à ce que, ce qui aura été par nous décreté avec raison, soit confirmé par son sage conseil; comme aussi si nous avons moins dit qu'il ne falloit, qu'il soit suppléé par son sage avis. Et en la fin : *Ca. 67. ul.* voici ce qui nous a semblé être nécessaire, & qu'avons extrait avec la plus grande brieveté qu'il nous a été possible, & que nous avons ordonné être présenté au prudent jugement de l'Empereur notre Seigneur. Ce Concile fut tenu aussi l'an 813.

Au Concile de Mayence, les Evêques écrivent à Charlema-gne en cette maniere. En tout ce que dessus nous avons besoin de votre aide & de votre sainte instruction, pour être par icelle amonestés & enseignés, & aussi à ce que les Chapitres ci-dessus rapportés soient confirmés par votre autorité. Que si votre piété le trouve bon, & qu'elle connoisse qu'il y ait chose qui mérite d'y être corrigée, Votre Majesté commande cela être amendé, à ce que le tout étant ainsi amendé, il nous profite pour mener une sainte vie. Ce Concile fut tenu l'an 813. *Præfa. Concil. Mogon. In f. tom. 3. Concil. p. 694. b.* Au Concile d'Aix, en Allemagne, le même fut observé, car voici la relation : la forme de cette Institution, comme elle eut été recitée devant le Prince (c'étoit Louis Débonnaire) & que l'Assemblée l'eut agréée, & eut dit qu'elle ne trouvoit rien à redire en icelle, le susdit très victorieux Prince, & tous ceux qui étoient avec lui, re-mercierent & rendirent graces à Dieu. Ce Concile fut tenu l'an 816. *Pro Concil. Aquisgr. tom. 3. Concil. p. 704. a.*

Au Concile de Paris, tenu sous Louis & Lothaire, les Evêques parlent ainsi à leurs Empereurs. Ce que nous avons cru devoir
être généralement annoncé au Peuple, nous l'avons distingué ci-
devant par chapitres, & l'avons présenté à votre Sérénité, pour
être lu & confirmé, *lib.* 2. *Concil. Paris. in sing. tom.* 3. *Concil.*
p. 813. *a.* Ceux du Concile de Mayence parlent ainsi à Louis
Débonnaire, Empereur. Nous supplions que ce que nous avons
envoïé soit confirmé par votre autorité. *C.* 31. *seu ult. Concil.*
Maugon. tom. 3. *Concil.* 8. 813. *b.* Ceux du Concile d'Aix. *C.* 27.
lib. 3. *Concil. Aquis. sub Pepin. habito, tom. Concil.* 2. 864. *b.* en
Allemagne, parlent ainsi à Pepin, fils de Louis, très notable, très
glorieux & très renommé par tout le monde & débonnaire Roi.
Nous, vos humbles & fideles Députés, humblement vous prions,
& étant à genouil devant vous, prions votre Excellence que cet
œuvre puisse être agréable & plaisant aux yeux de votre celsitude. La fin du Concile de Saint Médard à Soissons est telle : a
été ordonné par le Synode, & ce du consentement & faveur de
très Chrétien & illustre Roi Charles, que le tout seroit couché
par écrit. *C.* 9. *Concil. Suess. in fine, tom.* 3. *Concil. p.* 887. *b.*

Le Roi connoissoit de la contravention des Conciles.

Ceci fut arrêté au Concile de Soissons sous Pepin : s'il advient, que quelqu'un ait transgressé ce Décret, ou ait voulu
rompre ou mépriser cette Loi, le jugement appartiendra au
Prince, s'il n'en a composé, tant avec les Evêques, qu'avec les
Juges de Sa Majesté. Ce Concile fut tenu l'an 755, *Tom.* 3.
Concil. p. 439. *b.*

De la Jurisdiction Ecclésiastique appartenante à nos Rois
& à leurs Juges.

Nous avons dit ci-devant que nul ne pouvoit être fait Clerc
& être du nombre du Clergé, sans le commandement du Roi,
ou la volonté de ses Juges. Ainsi avoit été ordonné au Concile
d'Orléans l'an 506(1) sous Clovis. *C.* 6. *Concil. Aurelian. tom.* 12.
Concil. p. 510 *& sequentib.* Nous avons dit par même moïen,
que la cause étoit pourceque plusieurs par ce moïen s'efforçoient
de s'exempter des contributions ordinaires imposées pour la conservation du Roïaume & de l'Etat ; qui fut la cause que les

---

(1) On a déja averti que ce Concile étoit de l'an 511.

Empereurs Valentinian & Valens I, *quidam ignaviæ sectatores,* 26. *c. de Decurionibus*, commanderent aux Moines de retourner en leur Païs & en leurs Villes, pour soutenir leurs Charges publiques, ainsi que les autres ; & où ils ne le vouloient faire, lesdits Empereurs les y contraignoient de fait & par force.

S'il avenoit que quelques biens d'Eglise fussent proscrits, il semble avoir été en l'option des Ecclésiastiques de prendre avec leur Partie adverse, des Arbitres, & au défaut de ce, avoir été contraint de plaider par-devant le Juge public. *C.* 12. *Concil. Aurel.* 3. *sub Childebert. Tom.* 2. *Concil. p.* 367.

Les Juges des Villes & des autres Places, étoient tenus de se saisir des Anabaptistes, & les remettre en la Justice du Roi. *C.* 30, *Concil. Aurel.* 3. *Tom.* 2. *Concil. p.* 575.

Le Juge roïal avoit la connoissance de ceux qui se retirant de leur Monastere se marioient. *C.* 16. *Concil. Turon.* 2. *anno.* 6. *Chereberti* 1. *anno Christi* 570. *T.* 2. *Concil. p.* 719. *a.*

Le même Juge roïal connoissoit des Causes Criminelles du Clergé, *veluti de Clericorum homicidio, furto, aut maleficio. Canone* 7 & 8. *Concil. Matisco.* 12. *anno* 1. *Gontranni Regis Christ. ann,* 76. *T.* 2. *Concil. pag.* 840. Ceux du Clergé, au contraire, étant Accusateurs, se devoient pourvoir par-devant le Roi ou ses Juges, *Ibid. Can.* 18. *Tom.* 2. *Concil. p.* 841.

Le Roi & les Juges Roïaux (appellés Comtes) connoissoient des contraventions des Conciles, *Synod. Suess. sub Childerico Rege & Duce Pupino, A.* 744. *p.* 439. *b.*

Nous avons dit en un autre endroit de la nomination, investiture, démission & déposition des Evêques, Abbés & Prélats, que le tout se faisoit par le Roi, ou bien aux Conciles convoqués de son mandement, èsquels étoit traité, débattu & décidé des points & articles présentés par le Roi.

Que de tout temps la Jurisdiction Ecclésiastique a appartenu aux Rois & Magistrats : & comment.

David a composé des Cantiques, qui servent aujourd'hui de Chant & Prieres ordinaires à l'Eglise. Il ordonna des Chantres devant l'Autel, il dressa des ornemens pour les Fêtes, & distribua les temps pour célébrer en perfection le nom du Seigneur. Il fit nombrer les Levites, leur assignant leur Office au Temple. *Ecclesiast.* 47. *v.* 19. *& sequent.* 1. *Chronic.* 23, 24, 25.

Salomon ne bâtit pas seulement le Temple du Seigneur, mais encore en icelui il bénit tout le Peuple. 1. *Reg.*8. Il démit Abiathar, grand Sacrificateur de l'état de Sacrificature, pource qu'il s'étoit mis avec Joab, pour Adonias, contre le Roi David : il mit en sa place Sadoc (qui n'avoit point été Ligueur), pour être grand Sacrificateur en la Maison du Seigneur. 2. *Reg.* 1. *v.* 26, 35.

Josaphat n'ordonna pas seulement des Juges par les Villes, pour les Causes Civiles & Politiques, mais en outre il établit en Jerusalem des Levites, des Sacrificateurs & des Princes des familles pour le jugement du Seigneur, & pour les différends Ecclésiastiques. 2. *Chron.* 19. *v.* 8.

Joas fit publier en Juda & en Jerusalem, que tous eussent à apporter au Seigneur le don que Moïse avoit ordonné au Désert. *Chron.* 24. *v.* 29. 2. *Reg.* 12. *a.* Il prit, par le conseil de Joïada grand Sacrificateur, l'argent qui étoit destiné à la fabrique du Temple, & dont les Sacrificateurs se jouoient. Il le convertit en partie ès gages nécessaires des Ministres de la Loi, partie en l'usage auquel il étoit destiné. Au surplus, l'Ecriture sainte recommande le fait de Joas, & d'icelui (sous le Roi Charles VI) tira l'Université de Paris une conséquence vraie ; c'est à savoir, qu'il appartenoit aux Rois de faire le même que Joas, en leurs Roïaumes, voire même contre les Papes. Ils remontrerent par l'autorité de Saint Ambroise, au Livre des Patriarches, que de nécessité & de leur devoir les Rois devoient défendre l'Eglise. Ils lui remontrent encore que la raison naturelle en revenoit là & que les Nations qui n'ont Loi aucune diroient le même, c'est à savoir, que chacun doit défendre son Eglise contre ceux qui la veulent opprimer.

Ezechias n'ôta pas seulement les hauts lieux, les statues, & les bois mis & inventés par les Idolâtres, mais encore il mit bas le serpent d'airain que Moïse avoit mis, pour autant que les Enfans d'Israel faisoient des encensemens à ce serpent. Il le nomma même Nahustan, par mocquerie, comme qui diroit Ouvrage d'airain, pour donner à entendre qu'il ne falloit point faire encensement à une chose morte. Il ne fit pas seulement venir les Levites en la Maison du Seigneur, mais outre il leur fit commandement de sanctifier, & avec eux la Maison & le Temple du Seigneur. 2. *Reg.* 8, 4, 2. *Chron.* 29. 5. & 30, 3. & *seq.* Il commande à tous ceux d'Israel qu'ils viennent à la Pâque. Lui (avec ses Princes) entre en Synode ; il tint

conseil du jour auquel on célébreroit la Pâque, & des cérémonies & ordre que l'on y garderoit. Il fit davantage : il pria
Dieu pour ceux qui avoient célébré la Pâque avant qu'ils fussent dignement purifiés selon la Loi, pourceque la briéveté du
temps & autres circonstances les avoient empêchés de ce faire.
Il rétablit encore les Bandes des Sacrificateurs & Levites, pour
servir tour à tour. 2. *Chron.* 30, 19. *&* 31, 20. Ordre & police Ecclésiastique qui dura jusqu'au temps de Jesus-Christ,
ainsi qu'il se voit en Saint Luc, où il étoit parlé de Zacharie,
pere de Saint Jean-Baptiste, lequel est dit avoir été du rang &
ordre d'Abia. Or, est-il que cet ordre étoit le huitieme, comme
il se voit ailleurs. *Chro.* 1, 24, 10. Le premier d'iceux ordres,
étoit Joiarib, 1. *Chron.* 24. *v.* 7, duquel l'Historien Joseph se glorifie d'avoir été. *Lib. de vita sua.*

Josias, l'an 12 de son regne, fit démolir les Autels des Baalins &
briser les Images qui étoient sur iceux. Il rompit encore les autres Images de taille & fonte, & les épandit sur les tombeaux
de ceux qui leur avoient sacrifié. Il brûla les os des Sacrificateurs sur les Autels d'iceux, 2. *Chron.* 34, 3. *& seq.* Finalement, le Livre de la Loi & Deuteronome étant trouvé de cas
fortuit parmi les ruines du Temple, par Ezechia, Sacrificateur, &
étant icelui apporté à Josias, il se le fit lire, & d'icelui il regla la Religion. Or étoit-ce le livre, duquel il étoit commandé aux Rois
d'avoir toujours un Exemplaire vers eux, & d'y lire jour & nuit.
Deuter. 17. *v.* 17.

Judas Machabée élut des Sacrificateurs. Il fit nettoïer les Saints
Lieux de Jérusalem, & porter les pierres de contamination en
un lieu souillé. Il consulta ce que l'on feroit de l'Autel des
Holocaustes, qui étoit violé. Il lui survient & à ceux qui étoient
avec lui, un conseil pour le démolir. Ils mirent les pierres sur
la Montagne de la Maison, en lieu convenable, jusqu'à ce qu'il
vînt un Prophête pour répondre de ces choses. Ils prirent des
pierres entieres, selon la Loi, dont édifierent un nouvel Autel,
comme étoit le premier. Il fit célébrer la Dédicace du Temple. Lui, ses freres, & toute l'Eglise d'Israel ordonnerent, que
le jour de la Dédicace de l'Autel fût célébré d'an en an, à
son temps, l'espace de huit jours en joie & liesse, depuis le vingt-
cinquieme jour du mois de Casleu. 1. *Macch.* 4.

Par-là nous voïons, qu'il appartient aux Rois de mettre ordre & établissement en la police de l'Eglise. Nous voïons qu'ils
ont eu puissance de faire des Décrets & Canons en telles affai-

res jufqu'à mettre & démettre les grands Sacrificateurs, abbattre les chofes commandées par la Loi, dont on abufoit, d'établir les Fêtes, de mettre un reglement fur les Lévites & Miniftres du Seigneur, tant pour le fervice Eccléfiaftique, que pour leur fanctification & celle du Peuple & du Temple. Nous voïons encore qu'ils ont eu puiffance d'affembler des Conciles pour cet effet, & qu'en iceux ils ont pris confeil de leurs Princes & autres Officiers politiques.

Le même a été gardé en l'Eglife Chrétienne, ainfi qu'il fe voit en l'Hiftoire de Conftantin & de fes Succeffeurs, & fingulierement de Juftinian en fon Code & en fes Novelles. Ceuxci n'ont pas feulement fait des Ordonnances pour les biens, revenus & poffeffions Eccléfiaftiques, mais encore touchant les perfonnes des Clercs, Diacres, Prêtres, Evêques, Archevêques, Métropolitains, Primats, Papes, Abbés, Abbeffes, Moines, Moineffes. Ils ont été même jufques-là fi curieux, que d'ordonner que les Evêques ne tinffent point en leur maifon une femme étrangere fous le nom & qualité de fœur, car ainfi les appelloient-ils. Plus, que l'on ne bâtît des Monafteres doubles, c'eft-à-dire, d'hommes & de femmes enfemble, & que les uns ne fuffent point proche des autres. Plus, que fous prétexte d'aller prier Dieu, la Nonnain n'allât prier Dieu au Temple des Moines, ni les Moines au Temple des Nonnains. *Item*, que les Portiers d'un Monaftere de Nonnains, fuffent (s'il étoit poffible) gens d'âge & châtrés. *L. eum qui probabilem* 19. *Cod. de Epifcopis, Novella de Epifcopis,* 123. *c.* 36. *Novella, quo modo oporteat Monachos,* 133. *c.* 3. *Novella* 133. *c. & Novella* 79. *c.* 1.

Je ne dis rien de ce qu'ils ont ordonné touchant les Hôpitaux & tels lieux de piété. Je trouve même qu'ils ont fait des Ordonnances concernant les points de la Foi. Pour le premier, & quant aux faintes Ecritures, ils déclarent être loifible & permis les lire, en quelque Langue que ce foit. *Novella* 146.

Ils ordonnent & confirment les Conciles Œcumeniques : ils veulent que l'on tienne deux fois l'an un Concile. *Novella c.* 131. *c.* 1. *& 137. c.* 4.

Venons aux Sacremens de notre Religion. Ils veulent & commandent que l'Oraifon du Baptême & de la fainte Cene & Communion foit récitée, non en fecret, mais tout haut, enforte que le Peuple l'entende & foit édifié. *Novella* 137. *c.* 6. Ils veulent que les Prêtres, Evêques & Moines qui ne fauront ces Oraifons fufdites foient châtiés. *Novella de Ordinatione Epifcoporum* 137. *in pr.* & fe complaignent qu'il s'en étoit trouvé de fi ânes, que même ils ignoroient l'une & l'autre priere. Ils déclarent que nul n'ait à célébrer la Cene privement, ains en public. *Novella* 58 & 131. *c.* 8. Ils condamnent ceux qui nioient la Réfurrection, le dernier Jugement, & qui difoient que les Anges n'étoient Créatures de Dieu. *Novella & liceat*, 146. *c.* 2. Ils défendent de jurer *per capillos*, *per caput Dei*, *& his proxima verba*, *Novella & non.*

Combien ont-ils fait de Loix concernant la fainte Trinité, la Perfonne, Nature & Offices de Jefus-Chrift? Y a-t-il héréfie, laquelle ils n'aient cenfurée par leurs Loix? Les Juifs les Hébreux, les Païens & Gentils n'ont-ils pas été réglés & condamnés par eux? J'obmets les cérémonies des funérailles, les privileges & immunités des Eglifes & du Clergé. Les Loix qu'ils ont faites, touchant les fermens, les noces, les ufures, les crimes. Je pourrois faire un nouveau Droit Canon, fi je voulois réciter par le menu les Ordonnances Eccléfiaftiques faites, par les Empereurs, tant pour le réglement des perfonnes, que des chofes & actions, & Appellations & Jurifdictions Eccléfiaftiques. *V. Edictum Juftiniani fidei confeffionem continens.*

N'ont-ce point été les Empereurs qui ont convoqué les Conciles généraux, en telle forte, que ceux qui étoient tenus fans la convocation de l'Empereur, ont été réputés faux & illégitimes? & qu'ainfi foit, comme Ruffin eut objecté à Saint Jérôme l'autorité d'un certain Concile: montre-moi, dit-il, qui a été l'Empereur qui ait commandé que l'on tînt ce Concile. *In apologetico contra Rufinum, ad eundem in Epitaphio Paulæ*

Mais je leur vais montrer par un exemple infigne comment les Empereurs ont été fouverains Juges des points & différends avenus entre les Evêques, voire même par-deffus les Papes. *Donatus, de cafis nigris* (1) (ainfi eft-il appellé par Saint Auguftin), avoit accufé Cæcilianus, Evêque de Carthage, d'avoir livré aux Ennemis de la Religion Chrétienne les faintes Ecritures pour les brûler. *Epiflo.* 162. & 166. & 3. *adverfus Crefconium.* Cette accufation parvint à Conftantin, qui à peine étoit parvenu encore à l'Empire. Conftantin, à l'inftance & priere de Donatus & de ceux qui foutenoient fon Parti, commet

____
(1) C'eft-à-dire, de Cafes noires.

Miltiades

Miltiades, Evêque de Rome, & pour Adjoints, Marc, Reticus, Maternus & Marinus. Ceux-ci, aïant connu de cette cause, trouverent que Cæcilius étoit innocent de ce dont il avoit été accusé. Donatus en appelle à Constantin, lequel commet derechef les Evêques d'Arles & de Syracuse & autres pour connoître de cette cause d'appel. Ceux-ci jugent de même & condamnent Donatus, lequel de nouveau en appelle à Constantin. L'Empereur, encore qu'il sût que l'on ne pouvoit tant de fois appeller en un même fait, fut tel qu'il entendit l'une & l'autre Partie. Donatus ne se contentant de cet Arrêt se met à accuser Cæcilianus d'un autre fait, & lui met en avant, qu'il avoit été créé Evêque par un certain Felix, qui avoit autrefois trahi l'Eglise. Que fit Constantin, renvoïa-t-il la cause au Pape, comme Juge Œcumenique ? Tant s'en faut, il renvoie les Parties devant Ælianus, Proconsul d'Afrique, lequel aïant connu la fausseté de cette accusation, débouta Donatus & ses complices. Cette pertinacité de Donatus fut cause que Constantin fit un Edit rigoureux contre lui & ceux de son Parti. Ceci montre que de tout temps la Jurisdiction Ecclésiastique a appartenu aux Rois, Princes & Empereurs, à l'exclusion des Papes, qui toutesfois se veulent faire passer pour Juges suprêmes.

Conclusion de ce Discours & Traité (1) : *& des remedes contre les Commonitoires & Bulles des Papes.*

L'on voit par ce que dessus, l'impiété, injustice & nullité des Commonitoires & Bulles de Gregoire, toutes manifestes. Reste d'exécuter virilement ce qui a été saintement & religieusement arrêté par les Cours très illustres de Tours & de Châlons. J'ai montré par ci-devant, parlant des Empereurs & Princes, qui par trop ont déféré aux Papes & à leurs excommunications, qu'il leur en a mal pris, & qu'ils y ont perdu leur honneur & réputation : au contraire, ceux qui ont tenu ferme contre icelles & ne se sont souciés des Papes, qu'ils ont maintenu leurs droits & dignités : & de cela nous est apparu par l'exemple de nos Rois.

Resteroit d'en voir quelques exemples étrangers. Je ne répé-

(1) Sur les faits allégués dans la conclusion de ce Traité, il faut voir les pieces que l'on a réuni dans la derniere Edition des Libertés de l'Eglise Gallicane. On multiplieroit trop les Notes, si l'on vouloit en faire sur chaque fait.

terai point ce que j'ai dit de Conſtantin, Theodoric, Juſtinian & Conſtans. Je reprendrai les Empereurs de Germanie.
Otho VII voïant qu'il ne pouvoit détourner Jean XIII de ſa
méchante vie, fit tenir un Concile des Evêques d'Italie, le jugement duquel Jean Pape n'oſa attendre. Otho mit en ſon lieu
Leon VIII. L'Empereur s'étant retiré près de Rome, Jean eſt
rappellé par ceux de ſa faction : peu après il eſt tué en adultere.
Ceux de Rome éliſent en ſon lieu Benoît V : mais Othon les
contraignit de reprendre Leon VIII. Il emmena même avec ſoi
le Pape Benoît en Allemagne, où il mourut à Haiſbourg, de
déplaiſir. Otho III fit crever les yeux à Jean XVIII & le démit
de la Papauté. Henri III, Empereur, étant venu en Italie,
*Benedictum IX Sylveſtrem III & Gregorium VI, tanquam tria
teterrima monſtra abdicare ſe Magiſtratu coegit, & Clementem
II creat.* Il démit de la Papauté Benoît IX, Sylveſtre III &
Gregoire VI, trois Monſtres horribles, & mit en leur place
Clement II. Henri III dépoſa Gregoire VII, & créa en ſon lieu
Clement. Henri V prit Paſchal, & le contraignit de faire ce
qu'il voulut. Le même dépoſa Gelaſe II, & mit en ſa place
Maurice, Archevêque de Brachara, qu'il nomma Gregoire.
Frideric I dépoſa Alexandre III, au lieu duquel il mit premie-
rement un nommé Octavius, & ſubſtitua à icelui mort un nom-
mé Guido Cremenſis ; & derechef à celui-ci décédé, fut mis
Succeſſeur Jean Alle, de Syrmium en Hongrie. Frideric II,
contre Gregoire IX, inventa la faction Gibeline, pour diſcerner les ſiens d'avec ceux du Pape, qu'il appella Guelphes. Il ré-
duiſit Gregoire en telles miſeres, qu'il en mourut de déplaiſir.
Voïez Platine, ès vies des Papes ſuſnommés.

Je laiſſe les autres Empereurs, & me contenterai de dire que
les Citoïens Romains mêmes ont montré leur autorité ſur les
Papes. Ainſi nous liſons que le Comte Geofroi prit Jean XIV
& le relégua en Campagne. Cinthius (Citoïen de Rome) prit
Benoît VI, il le mit en priſon, où ſelon qu'écrivent quelques-
uns, il le fit étrangler, ſelon d'autres il le fit mourir de faim.
Ferrucius, pere de Boniface VII, fit mourir de pauvreté en
priſon Jean XV, & ce à cauſe que Jean avoit quelques années
auparavant réſiſté à l'élection de Boniface VII. Creſcentius
chaſſa de Rome Jean XVII. Le même donna la chaſſe à Gregoire V, en telle ſorte qu'il fut contraint de s'enfuir en Allemagne ; il mit en ſon lieu Jean XVIII. Richard, Comte de
Champagne, oppoſa au même Paſchal un nommé Gilbert, &

après sa mort un Albert. Ceux de la Ville d'Averse lui oppo-
serent d'autre côté un Theodoric, comme ceux de Ravenne un
Maginulphus. Leo Fregepagne (1) démit Celestin & mit en
son lieu Honorius II. Quelques Citoïens de Rome firent le
même à Pierre, lequel ils opposererent à Innocent II. *Voïez
Platine.*

Je ne dirai rien ici des Rois de Sicile & Naples, & comme vertueusement ils se sont maintenus par armes contre les
Papes, quelques Vassaux & Voisins qu'ils lui fussent; ce m'est
assez de dire que Pierre d'Arragon, étant enquis par le Pape
Martin III de ce qu'il vouloit exécuter avec tant d'appareil de
guerre qu'il faisoit, répondit au Pape qu'il déchireroit sa chemise si elle savoit son secret. Et qu'ainsi soit, il mena si dextrement son entreprise, qu'avec la faction de Jean de Procide, il
envahit le Roïaume de Sicile sur Charles d'Anjou, auquel Roïaume il se maintint de fait, nonobstant les excommunications, &
quoiqu'il fût excommunié du Pape. *Plat. in Mart.* 1. Ses Successeurs, Rois d'Espagne, n'ont autre droit sur la Sicile, que
de ce Pierre d'Arragon excommunié, auxquels nous voïons notoirement que l'excommunication des Papes est tournée en bénédiction & bonheur.

Les Florentins priverent le Pape Jean de pouvoir conférer
aucun bénéfice au Territoire de Florence dedans cinq ans, pour
un seul abus que le Pape Jean avoit commis en conférant une
Abbaïe, assise en la Jurisdiction & Ressort des Florentins, *Car-
din. de Alliaco, Tract. de Annatis non solvend.* Si une seule Communauté de Florence a bien osé faire telle chose pour une
seule Abbaïe, combien plus le Roïaume de France, voulant le Pape Gregoire excommunier tant de Prélats, &
bref tout un Clergé & Roïaume, pource qu'ils suivent leur Roi?

Valdemarus, Roi de Dannemarck, écrivit ainsi à un Pape:
nous te faisons entendre que nous avons & tenons notre vie d'un
seul Dieu: la Noblesse, de nos Majeurs & Ancêtres: le Roïaume,
de nos Sujets: la Foi, de l'Eglise de Rome, laquelle (si à l'occasion d'icelle tu nous portes envie) nous te renvoïons par ces
Présentes.

De-là résultent plusieurs moïens contre les Papes & leur
tyrannie, dont le premier est, de se retirer de lui, suivant le
conseil de l'Université de Paris, donné au Roi Charles VI,
contre le Pape Benoît, Entendant avec la susdite Université

______

(1) Léon Frangipani.

par le mot de retraite *subtractionem*, *nedum finantiariam sed*
plenariam, que non-feulement l'on lui dénie les Annates & autres finances & voleries qu'il commettoit ci-devant en la France, mais que totalement l'on fe retire de lui.

Il fera bon d'ouir & de répéter les raifons qu'allégua lors l'Univerfité de Paris, en la préfence du Roi & de toutes les Chambres
du Parlement.

La premiere eft, qu'il eft écrit de Saint Paul, que l'Eglife
fe peut retirer *ab omni fratre ambulante inordinate*. 2. *Thef.*
III. Or, difoient-ils, que le Pape marchoit en cela fans ordre, en ce qu'il tiroit tout à foi, & ne laiffoit aucun aliment
& nourriture aux autres Membres de l'Eglife, & vérifioient cela
par le menu & par dénombrement des exactions qu'il faifoit en
la France.

La feconde raifon eft, que le Clergé étoit libre, & fingulierement celui de France; & partant que le Clergé de l'Eglife Gallicane fe devoit fouftraire du Pape, fuivant le dire du même
Apôtre: *flate, & nolite iterum jugo fervitutis contineri*: & que la
France *erat non ancillæ filia, fed liberæ. Gal.* 2.

La troifieme, que fi un Prince ou Seigneur Politique & Lay
entreprenoit telles chofes fur la France, il feroit eftimé Tyran,
à plus forte raifon le Pape devoit être tenu pour tel *cum Minif-*
ter fit non Dominus Ecclefiæ.

La quatrieme, que les rapines, larcins & tyrannies du Pape
étoient directement contraires à la vie de Samuel & de Saint
Paul, defquels le premier, avant que de mourir, voire même que
d'abandonner fa charge, parle ainfi au Peuple d'Ifrael: me voici,
témoignez de moi dèvant le Seigneur & fon Oint, fi j'ai pris le
bœuf d'aucun, ou fi j'ai pris l'âne d'aucun, ou fi j'ai fait injure
à aucun, fi j'ai foulé aucun, fi j'ai pris falaire de la main d'aucun; &
je vous en ferai reftitution. 1 *Samuel.* 12. Et ils répondirent: tu ne
nous as point fait d'injures, & ne nous as point foulés & n'as pris
aucune chofe de la main d'aucun. L'autre, c'eft-à-dire Saint Paul,
parle ainfi: je n'ai convoité ni l'or, ni l'argent, ni la robe d'aucun: même vous favez que ces mains m'ont adminiftré les chofes qui m'étoient néceffaires & à ceux qui étoient avec moi: &
peu auparavant: Je fais qu'après mon départ il entrera parmi
vous des loups qui vous greveront, n'épargnant point le troupeau. *Actes des Apôtres* 20. v. 33. 34. Voilà comment l'Univerfité de Paris confeille au Roi & à la France de fe retirer
du Pape, comme d'avec un loup, qui n'épargne point le troupeau.

1591.
Défense des
Rois et des
Églises con-
tre Rome.

La cinquieme raifon eft, que l'Eglife a promeffe de Dieu d'être fecourue contre les loups raviffans, voire même d'être libérée de leurs pattes. Et pour cet effet, la fufdite Univerfité de Paris alléguoit ce paffage d'Ezechiel. *Ezechiel 34.* Mes troupeaux ont été en proie, & mes ouailles en dévoration, parcequ'il n'y avoit point de Pafteur. Car ceux qui fe difent Pafteurs de mon troupeau, ils ne l'ont point cherché, ains ils fe font feulement faoulés, & n'ont repu ma Bergerie. Pourtant, dit le Seigneur, je les ferai ceffer, & n'auront plus la charge fur mon troupeau. Je délivrerai mon troupeau de leur gueule, & ne leur fervira plus de mangeaille. De-là ils concluoient qu'il fe falloit fouftraire du Pape, non-feulement pour le regard feul des affaires des finances, mais entierement & pour toutes autres affaires.

La fixieme eft, que cette rapacité & tyrannie Papale étoit contre les Conciles & les Saints Peres. Et par ainfi ils montroient que leur fubtraction & retraite qu'ils faifoient, étoit fondée fur la décifion des Conciles & des Saints Peres ; & qu'en telles affaires l'Eglife Chrétienne & Françoife devoit plutôt jetter l'œil fur ce que difent & ont dit les anciens Conciles & Saints Peres, que fur les Monitoires & Commandemens des Papes.

La feptieme eft, que le Roi & les Conciles, Parlemens de France, devoient tenir la main à une telle retraite. *Autoritate, naturali ratione, proprii Jurisjurandi debito, & antecefforum noftrorum exemplo.* Quant à l'autorité que Saint Ambroife, au Livre des Patriarches, dit, *C. dicat aliquis 23. quæft. 5.* que la défenfe des Eglifes appartient de néceffité aux Rois. Que quant à la raifon naturelle, *Gentes etiam quæ legem non habent,* les Nations même les plus barbares, qui n'ont aucune loi, en reviendroient-là de dire qu'il eft loifible à l'Eglife de fe retirer d'un tel loup & voleur que le Pape.

Pour le regard du ferment qu'il fait, venant à la Couronne, de garder aux Prélats & aux Eglifes (qui lui font baillées en garde) leurs anciens & canoniques Privileges, la Juftice eft de les défendre contre ceux qui les veulent opprimer.

Quant à l'exemple, qu'il étoit manifefte & évident, pour le premier, au Roi Joas. *2. Regum 12. 2. Paralip. 24.* De fon temps les Sacrificateurs fe jouoient de l'argent deftiné à la fabrique du Temple. Joas, par le confeil de Joiada, grand Sacrificateur, prit cet argent, & le retourna en un meilleur ufage, & ce qu'il fit fut agréable au Seigneur. Pour le fecond, que chacun favoit ce que les Rois de France avoient auparavant fait contre Boniface, Clement, Gregorius, & autres Papes.

La huitieme raison est, que l'on ne pouvoit qualifier une telle retraite du nom de persécution & désobéissance. Premierement, pource qu'il faut obéir plutôt à Dieu qu'aux hommes. *Act.* 5. Secondement, que même par le dire du Pape Pelagius, ils ne pouvoient être dits persécuteurs de l'Eglise. *Cap. non vos* 41. 23. *quæst.* 3. pource que celui qui punit un fait ou un mal, ou bien celui qui défend qu'il ne se fasse, celui-là ne peut être dit persécuteur, mais plutôt aimer & porter amitié.

Pour le neuvieme, que quel que fût le Pape, sa puissance & dignité étoit plutôt inhérente à l'Eglise qu'à sa personne, & par ainsi qu'il falloit en cela plutôt avoir égard au bien & à l'utilité de l'Eglise Gallicane, qu'à celle du Pape ou de l'Eglise Romaine. Et cependant, que les énormes exactions & pilleries du Pape étoient la ruine de l'Eglise, & non son avancement; ruine, disoient-ils, parcequ'il s'ensuit de-là la source & origine d'un horrible schisme.

L'Université de Paris, pour les raisons que dessus, requéroit, tant du Roi, que de la Cour, sans être admise en procès ordinaire, lui être fait droit par provision sur la retaite & soustraction par elle prétendue, & que telles pestes mortiferes n'étoient pas seulement à rejetter, mais davantage se doivent totalement ôter, étant permis (par le droit des gens) d'arracher le glaive des mains de celui qui nous veut tuer, voire même en repoussant sa violence, le tuer.

Oïons maintenant les conclusions du Procureur Général du Roi, & ce qu'il alléguoit pour lors à la confirmation de ce que dessus, & mettons ici pour le dixieme, que les Eglises ont été fondées & dotées par les Princes temporels, & pourtant que leur dot & patrimoine ne pouvoit être pris sans leur consentement. Qu'encore que Constantin ait donné une prééminence à l'Eglise de Rome, nonobstant l'opposition faite par celles de Constantinople & Alexandrie, que par cela jamais il n'avoit entendu, qu'il fût loisible au Pape de mettre des impôts sur les Eglises. Que tel droit étoit même pour le regard des Archevêques, auxquels les Canons défendent d'imposer aucun tribut sur les Suffragans. Que si le revenu de l'Eglise Romaine étoit amoindri, alors elle pouvoit y procéder par voie de Requête, & demander *subsidium charitativum*, & ce néanmoins, *cum consilio, moderamine & justa causa* : plus, *absq. prejudicio,* davantage *culpa non præcedente, durante necessitate, & de consensu ac benignitate Principum, Patronorum & aliorum Prælatorum, & non cum gravamine assiduo.* Voilà les droits de l'Eglise Gallicane. Le même Procureur du Roi passa encore plus outre & remontra, que le Pape en telles exactions se rendoit conforme aux Pharisiens, qui prenoient de leur temps décimes même des herbes. Que l'Eglise Gallicane pour son particulier intérêt, avoit raison de s'opposer à telles exactions & écorcheries des Papes; d'autant que par icelles elles avoient été détruites & ruinées. Que pour le regard du Roi, il pouvoit en un tel fait imiter & suivre les exemples des Empereurs Constantin, Théodose, Honorius & Charlemagne, & autres ses devanciers, *qui corruptelis contra Ecclesiam ipsam quandocumque attentatis, solerter obviarunt, & sucurrerunt liberaliter.* Que tout le subside & l'aide que l'on pouvoit apporter à l'Eglise Gallicane contre les Papes, étoit *in hujusmodi abusionibus non obedire & obedientiam subtrahere.* Et qu'en un tel point l'Eglise Gallicane ne commettoit aucun péché, & que pour elle étoit l'autorité de Saint Thomas & autres Auteurs de l'Eglise Catholique. En somme, voilà les points & raisons sur lesquels l'Eglise de France se retira & sépara lors des Papes de Rome; & suivant icelles peut & doit encore aujourd'hui se départir du Pape Gregoire & ses Adhérans.

Le second seroit (pour maintenir d'autant mieux cette retraite) d'opposer au Pape un Primat, ou Conseil Ecclésiastique, avec tous droits de souveraineté, sauf néanmoins le droit du Roi, de l'Eglise Gallicane universelle & du Roïaume, ainsi que j'ai montré avoir été fait par Carloman & Pepin. Les Archevêques de Constantinople, Milan, Ravenne se sont ainsi opposés aux Papes, lesquels je trouve avoir même excommunié les Papes & fait des Cardinaux. Les Eglises d'Afrique firent le même aussi envers les Papes, auxquels ils donnerent honnêtement leur congé, disant que les Papes n'avoient que voir sur les Eglises d'Afrique. Et faisant ainsi, les finances & premiers honneurs Ecclésiastiques demeureroient en France & seroient destinés & assurés aux naturels François, dont ils sont entierement privés; aïant ceux de Rome & les Cardinaux tellement bâti leurs brigues, qu'ils n'élisent jamais un François pour Pape. Les mérites, tant de la Noblesse que des Gens de Lettres & de vertu, seroient d'autant plutôt & mieux reconnus & récompensés par ce moïen.

1591.

DEFENSE DES ROIS ET DES EGLISES CONTRE ROME.

Le troisieme expédient, seroit d'interpeller les Nations voisines à faire le même, pour d'un commun accord faire que les Papes se continssent en leurs limites ; d'autant qu'ils ne se mêlent pas seulement d'excommunier les Rois & les déjetter de leur Roïaume, mais encore de les faire meurtrir & d'approuver les rebellions des Sujets contre iceux & les assassinats commis en leur personne. La France peut dire aux Potentats & Républiques d'Italie, voire de l'Europe, *hodie mihi, cras vobis.* Si les Papes n'ont fait conscience de faire rebeller les Vassaux contre les Rois, que feront-ils contre les Ducs & Républiques ? C'est à eux d'y penser, & ce, d'autant plus que le fait leur touche de près, & pour la proximité de ces Arsacides : que si cela ne peut être si-tôt effectué, j'espere que Dieu fera la grace à notre Roi & à ceux qui l'aiment & le suivent d'en avoir un jour leur raison, & que comme nos Rois ont porté le titre de très Chrétiens pour avoir doté l'Eglise de Rome des grands revenus qu'elle tient aujourd'hui, & l'avoir défendue en ses nécessités, ils seront aussi les premiers qui mettront la main à sa réformation.

Je supplie cependant le Lecteur de prendre en bonne part cette défense, que j'ai mise en lumiere pour montrer le bon droit de mon Roi, & de ceux qui le suivent, & au contraire les conjurations & entreprises malheureuses de Gregoire XIV & de ceux qui le croient. Du moins, je me console, qu'il nous a provoqué de ce faire par ses Foudres, Bulles & Commonitoires, & qu'en ce faisant, nous ne sommes aggresseurs, ains sommes sur notre défensive, fondée en droit de nature & divin. Je me console encore en ceci, que j'ai fui & évité tout ce que je pouvois dire, tant contre sa Personne que contre les autres Papes, ses Prédécesseurs, & me suis contenté de traiter les questions dont il s'agit aujourd'hui en la France, à laquelle le Seigneur veuille donner une sainte & perdurable Union à la confusion & honte de ceux qui l'ont voulu mettre en ruine,

Avertissement.

Avertissement.

MAINTENANT il faut revenir aux affaires de la Ligue. La plûpart des Prisonniers de Blois, lorsque les Duc & Cardinal de Guise furent tués, étoient échappés, qui d'une façon, qui d'une autre. Restoit le principal, détenu au Château de Tours, sous assez bonne garde, le jeune Duc de Guise, lequel les Ligueurs desiroient fort, & disoient tout haut plusieurs, que si après la mort de son Pere, & avant la venue de son Oncle le Duc de Maïenne, il eût été dedans Paris, pour certain les Parisiens l'eussent nommé & couronné leur Roi. Mais quand son Oncle eut obtenu le titre de Lieutenant général de l'Etat & Couronne de France, il ne se donna pas grande peine de l'état de son Neveu, la Chaire Roïale n'étant pas assez grande pour deux, & lui ne voulant pas descendre, pour y laisser monter un plus jeune que lui. Mais d'autres Chefs de la Ligue voulant donner contrecarre au Duc de Mayenne, firent diverses entreprises pour l'enlever, lequel finalement se sauva de prison le quinzieme jour d'Août, s'étant glissé avec une corde par une des fenêtres de sa prison, trouva ce qu'il lui falloit, aposté de longue main, puis se retira vers le sieur de la Chastre, qui avoit disposé en chemin une bonne Troupe pour le conduire à sauveté. La Ligue fit feux de joie de cette délivrance, estimant avoir provision toute prête en ce jeune Prince, pour en faire un Roi tout neuf, au besoin. Mais le Lieutenant général, son Oncle avoit autre pensée ; & le Roi légitime poursuivoit à faire sentir aux Ligueurs qu'il étoit leur Maître, comme les Discours suivans en feront foi.

DISCOURS,

Du Siege & de la prise de la Ville de Noyon, faite à la vue du Duc de Mayenne & de toute son Armée.

Le 19 d'Août 1591.

Avec la Capitulation.

CE qui s'est passé au Siege & en la prise de Noyon mérite d'être su & connu, non tant pour le recouvrement de ladite Ville, (bien qu'elle soit de grande conséquence, forte d'assiette, & l'un des bons Evêchés de Picardie, & des anciennes Pairies de France) que pour plusieurs choses extraordinaires & remarquables qui sont advenues audit Siege, lequel devoit

Tome IV.   Kkkk

par raifon être le fujet & le lieu d'un combat, dont l'évenement eut été quafi définitif de cette caufe. Après le voïage que le Roi fit au mois de Juin dernier, en Normandie, pour l'entreprife de la Ville de Louviers ; qu'il exécuta fi heureufement, qu'il la furprit & prit de force en deux heures, en plein jour, après avoir tiré de Dieppe une très grande quantité de munitions, & icelles fait conduire en la Ville de Mantes, y aïant trouvé arrivés ceux de fon Confeil, qui étoit auparavant à Tours, & lefquels il y avoit mandé ; & féjourné audit Mantes quinze ou feize jours, pour y réfoudre & conclure avec eux fes principales & preffées affaires, il en partit, en réfolution de s'en aller en Champagne, pour (en attendant que fon armée étrangere s'approchât) y emploïer fes forces, & y recouvrer quelques Places que les Ennemis y occupent, & avifa par même moïen de prendre fon chemin par la Picardie, pour, en y paffant, diftribuer des poudres & munitions à aucune des Villes de la Province qui en avoient befoin, fans deffein d'y faire aucun féjour. Mais y étant, les Principaux du Païs lui firent tant d'inftances de leur vouloir recouvrer ladite Ville de Noyon, dont ils fe plaignoient recevoir de grandes incommodités, même pour le paffage de Compiegne à Chauni, Saint Quentin & Corbie : affurant au refte que la garnifon en étoit fi foible, qu'elle ne pouvoit tenir quatre jours contre Sad. M. que pour le defir qu'elle avoit de gratifier ceux du Païs, particulierement la Nobleffe, qui s'eft toujours montrée fort affectionnée à fon fervice, elle ne leur voulut pas dénier ce peu de temps, pour leur donner ce contentement ; & partit de Creil avec une troupe de fa Cavalerie, à laquelle fe joingnit Monfieur le Duc de Longueville, & fit inveftir ladite Ville de Noyon le 25 du mois paffé. L'armée y arriva le lendemain, & fut fu qu'à la vérité l'avertiffement qui avoit été donné de la foibleffe de la garnifon étoit vrai. Mais ladite Ville étant environnée de divers ruiffeaux d'un côté & d'autre, & d'une montagne couverte de vignes, elle fut malaifée à inveftir de tous endroits. De forte qu'avant que l'armée y fût arrivée, Rieux, qui commandoit pour la Ligue dans Pierrefons (1), qui eft fort proche dudit Noyon, & dont il favoit très bien les avenues, pour être du Païs, entra en ladite Ville avec cinquante Chevaux & autant d'Arquebufiers, qu'ils avoient en croupe. Ce fecours encouragea les Habitans, qui d'ailleurs étoient affez mal affectionnés ; de forte qu'ils s'opiniâ-

______

(1) Place avantageufement fituée au Duché de Valois.

trerent de tenir, étant aussi assurés d'être secourus du Vicomte
de Tavannes (1), qui avoit repris sa charge de premier Maréchal
de Camp de l'armée, & que le Duc de Mayenne avoit laissé
dans le Païs avec quatre ou cinq cens Chevaux & quatre Régimens de gens de pied. Le premier qui voulut entreprendre d'y
mener du secours, fut la Chanterie, l'un de leurs Mestres de
Camp (2), qui fut défait avec son Régiment par la Garnison de
Chauni, & néanmoins entra en ladite Ville, lui douze ou treizieme. Le Régiment de Tremblecourt (3) avoit aussi été commandé pour y entrer ; mais il n'en approcha pas si près, &
fut entierement défait par les garnisons de Castelet & Corbie ;
dont ledit Vicomte de Tavannes irrité, il resolut d'entreprendre d'y mener lui-même le secours. Et de fait, aïant assemblé
en la Ville de Roye, qui n'est qu'à quatre lieues dudit Noyon,
quatre cens Cuirasses & cinq cens Arquebusiers, il en partit la
nuit du premier du présent mois d'Août, aïant fait reconnoître
son chemin dans le Bois, & se rendit à une heure après minuit
à une mousquetade de la Ville, sans avoir été découvert ni
donné aucune allarme. Mais la premiere Garde de cheval qu'ils
rencontrerent, qui ne pouvoit être que de trente ou quarante
Chevaux, leur donna tel épouvantement, qu'y étant aussi accou-
rues les autres Compagnies qui là étoient proche, tout cela fut
mis en route, avec aussi grand désordre, que s'ils eussent été
combattus de trois fois davantage qu'ils n'étoient. De sorte que
l'allarme n'en fut pas plutôt sentie dans le camp, qu'on n'en
voïoit aucune apparence à plus d'une lieue de-là, tant leur fuite
fut vîte & soudaine. Ledit Vicomte de Tavannes, qui vouloit
faire la retraite, fut blessé & pris, & bon nombre des autres
Chefs. Il en fut tué grand nombre, spécialement par les Païs-
fans ; & l'eussent tous été entierement, sans les bleds qui n'é-
toient pas encore coupés, où il s'en trouva encore deux jours
après qui n'en avoient osé sortir ; mais pour le moins ce qui se
sauva fut sans armes : car ils les laisserent par les chemins, qui
en étoient couverts, tant de celles de cheval que de pied. Ce
fut l'effet d'une peur aussi étrange, qu'il s'en soit vu de long-
temps. Monsieur le Duc d'Aumalle, qui étoit à Amiens, voulut venir réparer cette faute, & se vint loger en la Ville de
Han (4), qui est de même distance dudit Noyon de quatre

_____

(1) Jean de Saulx, Vicomte de Tavannes,   (3) Beauvais de Tremblecourt.
Commandant des Milices de Picardie.   (4) Ham.
(2) Mestre de Camp d'un Régiment.

lieues ; mais avant que rien entreprendre, ne se pouvant gueres fier à sa bonne fortune, il voulut assembler tout ce qu'il y avoit de forces dans le Païs : enfin le 7 dudit mois, il fit partir à la pointe du jour trois cens des meilleurs Chevaux qu'il eut, & bien autant d'Arquebusiers, conduits par le Sieur de Bellengyse (1), Maréchal de Camp de son armée, les Sieurs de Longchamp, Gribonval (2), & quelques autres des principaux Gentilshommes & Capitaines qui fussent près de lui, pour enlever le logis des Chevaux-legers du Roi ; & entreprendre mieux, s'ils en voïoient l'occasion. Ce qu'ils commencerent bien d'exécuter, & donner dans le Quartier desdits Chevaux-Legers, qui sont bien plus accoutumés d'assaillir & poursuivre, qu'à reculer, & de battre que d'être battus. Aussi les ennemis y furent fort bien reçus, encore que la partie fût fort inégale ; mais à l'allarme y arriverent les Seigneurs de Largerie (3) & de Launai (4), avec leurs Compagnies, qui sont très belles : & s'étant joints auxdits Chevaux-legers, renforcerent le combat, duquel après plusieurs charges, (l'avantage aïant toujours été de notre côté) chacun commençoit à se retirer de part & d'autre ; mais Monsieur le Baron de Biron (4) y survint, & combien qu'il ne fût accompagné que d'une douzaine des siens, toutesfois les nôtres, à l'ouir nommer, se rencouragerent, & le voïant parmi eux, retournerent à la charge de telle sorte, qu'ils chasserent les ennemis jusques dans les portes dudit Han. Le combat fut grand, car il s'y fit plus d'une douzaine de charges. Il y demeura, des ennemis, plus de soixante morts sur la place, qui étoient tous hommes armés, & y en a plusieurs de leurs Chefs, entr'autres Dom Francisco Guevara (6), qui étoit le meilleur Capitaine de Chevaux-legers que le Roi d'Espagne eût aux Païs-Bas. Il en demeura plus de quatre-vingt de prisonniers, entre lesquels y a plusieurs Chefs & hommes de commandement, & entr'autres ledit sieur de Longchamp, qui est tenu pour l'un des plus hasardeux Capitaines qu'ils aient, & auquel il est venu à propos d'avoir été pris, pour se venir purger du reproche que le Vicomte de Tavanes lui donnoit, d'avoir été cause de la premiere route, où il étoit avec lui, & dont ils ne sont pas bien d'accord. En somme cette défaite ne fut pas moindre, morts ou prisonniers, de cent Cinquante chevaux, qui n'étoient pas des pires. Des nôtres il s'y en perdit une douzaine ; mais

(1) Du Hamel de Bellinglise.
(2) Robert de Grouches de Griboval.
(3) Louis d'Ognies de la Hargerie, fils du Comte de Chaulnes.
(4) Christophe de Lanoy, frere utérin de

M. de la Hargerie.
(5) Charles de Biron.
(6) François de Guevara, Capitaine des Chevaux-Légers.

d'hommes de commandement, il n'y eut que le Maréchal-des-logis de ladite Compagnie des Chevaux-légers du Roi, qui a été bien regretté, comme il étoit un brave Gentilhomme. Ledit sieur de Mayenne arriva ce même jour tout à propos audit Han, pour avoir le plaisir de voir retourner ceux qui étoient échappés de ce combat, qui n'étoient pas en grand nombre ; encore y en avoit-il peu qui ne se fussent fait signaler de quelque coup d'épée ou de pistolet. Le lendemain matin à son lever il eut un autre plaisir, d'ouïr battre l'Abbaïe (1), qui est à un Faux-bourg dudit Noyon, qui n'est gueres moins forte que la Ville, étant bien flanquée & fossoïée. Si-tôt qu'il y eut un trou dans la muraille à pouvoir passer, on trouve les François d'un côté, & les Anglois d'autre ; ils donnerent à l'envi, de sorte qu'ils l'emporterent d'assaut, & y en fut tué des ennemis une vingtaine, & quarante-cinq qui se rendirent, auxquels le Roi donna la vie. La prise de ladite Abbaïe donna grand avantage pour le Siege ; parceque de ce côté se pouvoit faire une batterie, qui voïoit toute la courtine du lieu où se devoit faire la brêche. Ledit sieur de Mayenne, dès lors qu'il vit passer le Roi vers ledit Noyon, esti-mant (comme il est à présumer) avoir assez suffisamment pourvû à ce que S. M. eût pû entreprendre, par les forces qui étoient demeurées près ledit sieur Duc d'Aumalle ; & ledit sieur de Tavannes partit de Rouen, où il étoit allé, & s'en vint à Beau-vais, auquel lieu il avoit donné assignation à Villars & autres. Lors le sieur d'Alincourt, aïant dressé une entreprise sur Mantes, alla querir ledit Duc pour l'exécuter. A quoi icelui Duc prêta l'oreille ; & à cet effet vint à Pontoise, reprit Conflans, & passa la Seine pour aller à Mantes ; aïant mandé les Garnisons de Paris, qu'ammenerent les sieurs de Belin & de Vitri, & la Garnison de Dreux, faisant le tout ensemble environ six cens hommes de pied & cinq cens de cheval. Et avec cette troupe arriva ledit Duc de Mayenne, environ une heure après minuit, à cinquante pas de ladite Ville, où ledit Duc avec lesdits Belin, Vitri & d'Alincourt, mit pied à terre, pour voir si ceux de la Ville, avec lesquels il avoit intelligence, se présenteroient pour lui donner entrée, comme on lui avoit promis. Mais à l'instant il reçut lettres d'eux, par la voie de Pontoise, qui lui donnerent avis que l'exécution ne se pouvoit faire pour ce jour. Venant le jour à paroître, les Sentinelles apperçurent les Ennemis, & avertirent le sieur de Buhi, Lieutenant pour le Roi, en l'ab-sence de M. d'O, & le sieur de Rosni, Gouverneur de ladite

(1) L'Abbaïe de saint Barthelemi.

Ville, qui pourvurent incontinent à la sûreté d'icelle, & firent
tirer quelques arquebusades & coups de pieces sur lesdits Ennemis, qui paroissoient encore. Aïant failli cette entreprise, il
voulut s'approcher de Houdan, qui est un Bourg clos, à quatre
lieues dudit Mantes, où étoient sept ou huit cens Suisses du Régiment de Soleurre, qui avoit été licentié, & qui étoient-là
attendant quelque argent qui leur avoit été promis pour s'acheminer en leur Païs. Ledit sieur de Mayenne les voulut premierement étonner par menaces, que s'ils ne se rendoient, il les
forceroit dans leur logis. Mais les aïant trouvés fort résolus à se
bien défendre, il en eut si maigre réponse, qu'il convertit son
langage de braverie en un autre de courtoisie, & se réduisit à
leur vouloir faire prendre passeport de lui, pour passer sur les
Villes de son Parti. De sorte que n'aïant pû rien profiter en ce
voïage, il s'en revancha sur toutes les vaches du Païs qu'il fit
emmener, qui n'étoit récompense digne de tant de peines qu'il
avoit prises. Aïant eu à son retour la nouvelle de la défaite &
prise dudit sieur de Tavannes, il résolut d'en avoir raison, &
incontinent dépêcha vers le sieur de Rosne, (qui conduisoit
son armée, & étoit déja bien avant en Champagne) de retourner tout court, pour se venir rejoindre à lui pour le secours dudit Noyon, & d'y amener toute ladite armée, à laquelle s'étoit
nouvellement joint le Prince d'Ascoli, que le Duc de Parme y
avoit envoïé avec près de mille Chevaux, & trois ou quatre mille
hommes de pied : de sorte que ledit Rosne pouvoit avoir plus de
douze cens Chevaux, & de six à sept mille homme de pied.
Toutesfois il se vit par la réponse dudit Rosne, qui fut interceptée, qu'il mandoit qu'il obéiroit à ce commandement
qu'il avoit eu ; mais que, connoissant bien le naturel du Roi,
qui n'est pas de souffrir approcher de lui ses Ennemis, sans
aller au-devant, il étoit résolu de ne s'avancer point, que ledit
sieur de Mayenne ne le vînt recueillir, comme il fit quelques jours après, aïant ramassé toutes ses Garnisons de la
Picardie & du long de la Riviere de Marne, qui s'étant jointes
ensemble près de Laon, arriverent à la Ferre le jour même que
S. M. y faillit une entreprise, qui eût infailliblement réussi, sans
une femme, qui découvrit une méche de l'un des Soldats de
l'entreprise. Ledit sieur de Mayenne voulut venir audit lieu de
Han, prenant toûjours toutesfois le plus long, pour mettre un
ruisseau ou quelque marais entre le Roi & lui. Et fit encore bien
mieux étant audit Han ; car il logea toute son armée au-delà de la
Riviere de Somme, publiant néanmoins toujours qu'il donneroit

la bataille, n'aïant autre appréhension, sinon que le Roi levant le
Siege en une nuit, lui échappât, & ne lui laissât que son artillerie & bagage pour butin. Au contraire, S. M. n'en voulut pas
hâter son Siege d'une heure, & n'en augmenta pas un pouce
de la hauteur & longueur qu'elle vouloit sa tranchée, aimant mieux
différer davantage & hasarder moins ses gens de guerre, comme il
y a paru: car a été le moins meurtrier Siege qui se soit fait de toutes
ces guerres. S. M. étoit bien avertie que ledit sieur de Mayenne
se fortifioit toujours de quelque Cavalerie, mais on n'a jamais
reconnu qu'elle s'en soit aucunement émue; au contraire montré
d'être plus contente, lorsque l'on lui rapportoit la résolution que
ledit sieur de Mayenne avoit du combat, & qu'en cette intention il avoit fait ses Pâques le Jeudi, jour de la Notre-Dame,
& depuis une déclaration publique, que tous ceux qui fuiroient
en cette bataille, feroient honteusement dégradés des armes;
combien que S. M. n'eût qu'un tiers moins de gens de guerre
que ses Ennemis, car ils confessent eux-mêmes qu'ils avoient
près de deux mille cinq cens Chevaux, & plus de dix mille hommes de pied; & elle n'eût pû avoir douze à treize cens Chevaux
François & de trois à quatre cens Reistres, & environ six mille
hommes de pied; néanmoins sa résolution étoit, sans lever le
Siege, & y laissant deux mille hommes de pied pour le moins,
de donner avec le reste la bataille, & aller au-devant de l'Ennemi une grande lieue & demie, s'il se fût mis en devoir d'approcher. Il avoit estimé de faire batterie le Vendredi; mais parcequ'il lui sembla que les entrées du fossé n'étoient pas aisées pour
ceux qui devoient aller à l'assaut, il voulut encore différer jusqu'au lendemain, s'étant contenté d'envoïer ledit Vendredi M.
le Maréchal de Biron avec toute son avant-garde, reconnoître
la place de la bataille, & les avenues de l'Ennemi; ce qui étoit
bien nécessaire de faire reconnoître par tels yeux, car c'étoit le
plus grand coup d'état qui se fût offert de long-temps. Il en rendit bonne raison à S. M. & de tout ce qui étoit entre son armée
& celle de ses Ennemis, qu'il étoit allé reconnoître jusques
dans les portes dudit Han. Le lendemain Samedi 17, Sad. M.
aïant résolu de faire battre en batterie dès le matin, elle fit retourner ledit sieur Maréchal de Biron à la guerre du côté de
l'Ennemi, avec quatre ou cinq cens Chevaux, lesquels conduits
de si bonne main, en valoient deux fois autant d'autres. Aussi
assura-t-il bien S. M. en partant, qu'il lui donneroit bon loisir,
& à toute l'armée, de monter à cheval, & prendre leur place
de bataille, avant que l'Ennemi y pût arriver. Sur ce, aïant la

batterie été commencée, qui étoit de douze canons & une coulevrine ; à savoir six canons & la coulevrine qui battoient à la breche, quatre du côté de l'Abbaïe qui battoient en courtine, & deux autres d'un autre côté qui battoient en ruine. A la troisieme volée qui fut tirée, ceux de dedans demanderent à parlementer, & offrirent de rendre la Ville, au cas que dans le lendemain pour tout le jour ledit sieur Duc de Mayenne ne donnât la bataille, & ne fît lever le Siege, ou qu'il ne fît entrer mille hommes de guerre de secours dans ladite Ville, comme il se voit plus à plein en la capitulation qui est à la fin de ce Discours. S. M. leur accorda leurs demandes, encore qu'il fût infaillible qu'il eussent été emportés dans trois heures après, n'aïant jamais été les gens de guerre plus délibérés pour l'assaut, qu'étoient pour celui-là ceux qui devoient donner les premiers, & à leur tête ledit sieur Baron de Biron étoit déja prêt d'entrer dans le fossé. Mais Sad. M. le voulut ainsi, pour par cette Capitulation faire un appel audit sieur de Mayenne pour la bataille qu'il avoit tant jurée & protestée, aïant, outre quelque inspiration de Dieu qui lui en promettoit la victoire, beaucoup de signes pareils à ceux qu'il eut le jour de la bataille d'Ivri, même de ce que ledit jour & la veille il y survint pour le moins trois cens Gentilshommes, dont il y avoit tel, qui devoit avoir fait en ces deux jours trente & quarante lieues pour y pouvoir arriver. Ladite Capitulation conclue, ledit sieur Maréchal de Biron retourna sans avoir fait aucune rencontre, que d'une Compagnie de Chevaux-Légers Italiens, qui fut défaite, & en fut pris une vingtaine. Tout le reste de l'Armée Ennemie avoit ce jour-là gardé la chambre, pour le moins rien n'avoit voulu prendre l'air ; & falloit que le vent fût fort contraire, puisqu'ils n'avoient point entendu le canon. Le sieur de Brouilly (1) qui étoit dans ladite Ville, porta audit sieur de Mayenne la nouvelle de la Capitulation, qu'il eût bien voulu qu'on eût eu occasion de lui porter plus loin ; comme à la vérité il ne s'est rien passé de toutes ces guerres qui regarde tant sa réputation. Ce que ledit sieur de Brouilli même, à son retour, n'a pu mieux excuser, sinon de dire que les Espagnols avoient si mauvaise opinion de leur Cavalerie, qu'ils n'ont point voulu combattre les premiers, craignant d'être abandonnés ; de sorte que le même honneur & dispute qu'il y a aux autres armées à qui aura la pointe, elle est en la leur à qui ne l'aura point,

____

(1) Brouilly de Mevilliers.

aïant

aïant été une seconde honte audit sieur de Mayenne & aux
siens, voire plus grande que la premiere, d'avoir refusé la Bataille, de s'être ainsi laissé offenser & gourmander par une poignée d'Espagnols qui sont avec eux. S'il n'y a point pour eux
pour cela d'excuse, ils ont pour le moins quelque consolation de la
nouvelle qui leur est venue en même temps, que le Duc de
Parme étant au Siege du Fort qui est devant Numegue, lui aïant
été défait par le Comte de Nassau six des meilleures Compagnies de Cavalerie qu'il eût, du nombre desquelles est la sienne,
la Cornette prise & tous les Chefs des autres Compagnies demeurés morts ou prisonniers, lorsqu'il a plus montré de s'en
vouloir ressentir, ç'a été qu'en craignant d'avoir encore pis,
il a levé honteusement le siege & s'en est retiré. Peut-être aussi
que ledit sieur de Mayenne, qui manie un Etat populaire, où
il faut tenir égalité en ses affections, n'a point voulu laisser
cette jalousie aux Villes du Mans, Vendôme, Falaise, Chartres, Dourdan, & toutes celles de la Normandie, qu'il a ci-devant laissé perdre, qu'il leur eût voulu préférer celle-ci de Noyon,
& la secourir mieux qu'il n'avoit fait les autres, encore qu'il
s'y fût bien obligé de pareilles promesses & sermens ; mais en
nulle n'a-t-il tant été engagé de sa réputation, qu'en celle-ci.
Et pour l'honorer davantage, le Roi voïant qu'il n'avoit point
voulu venir à lui, se résolut le lendemain de l'effet de la Capitulation, d'aller avec moins de la moitié de sa Cavalerie droit à
eux jusqu'à Han, où étoit ledit sieur de Mayenne, & y demeura deux heures entieres à la portée de leur canon, par lequel
ils firent faire toute leur honnêteté, en aïant salué Sa Majesté
de plusieurs volées, & toutesfois sans aucun dommage ; ils
en reçurent bien davantage ; car, Sadite Majesté leur tua à
leur vue, de leursdits Espagnols, & en emmena de prisonniers, lesquels ils ne se mirent en aucun devoir de recourre ; & furent si incivils, qu'ils laisserent retourner Sadite
Majesté sans la reconduire, encore que leur Armée fût toute
en bataille. S'il n'a point voulu accepter le combat à parti si
avantageux, d'être d'un tiers plus en nombre que n'étoit le Roi,
comment s'y pourra-t-il résoudre d'y venir, quand l'Armée de
Sa Majesté sera composée de dix mille Chevaux, & de vingt-
cinq mille hommes de pied, comme elle le sera dans la fin
du mois prochain ? Il aura bien meilleur marché & plus d'honneur, & tous les siens aussi, de combattre & vaincre leur opiniâtreté, & ce mauvais Démon qui les possede : car cela vaincu,

Tome IV.   LIII

la bonté & clémence de Sa Majesté leur sera aisée à vaincre, qui est la victoire la plus honorable qu'ils pourroient avoir, & à laquelle Dieu leur fera la grace de vouloir plutôt aspirer qu'à aucune autre, comme ce leur est assez d'argument de connoître qu'ils ont à combattre une Puissance supérieure à celle des Hommes, aux bons François de rendre graces à Dieu de la protection en laquelle il témoigne assez qu'il tient toujours cette juste cause.

CAPITULATION.

LE Samedi, dix-septieme jour d'Août 1591, le sieur de Villes commandant à Noyon, a promis, tant pour lui, que pour les Gentilshommes, Gens de guerre & Habitans de ladite Ville, de remettre icelle Ville de Noyon entre les mains du Roi dans de Lundi ensuivant, heure de midi, avec l'artillerie, munitions de Guerre & de vivres qui sont en icelle, si dans le jour de Dimanche 18, pour tout le jour, le Duc de Mayenne ne donne la bataille à Sa Majesté, & lui fait lever le Siege, ou s'il ne jette pour le moins mille hommes de guerre en ladite Ville.

Sortira ledit sieur de Villes, les Gentilhommes & Capitaines, avec leurs armes, chevaux & bagages ; les Soldats avec leurs armes & chevaux seulement.

Les Habitans de la Ville faisant ce qu'ils doivent, seront reçus aux graces du Roi, & traités comme bons Sujets. Et si aucuns se veulent retirer, faire le pourront avec les Gens de guerre.

La Mere dudit sieur de Villes pourra demeurer en la Ville & jouir de ses biens, en faisant les soumissions de fidélité accoûtumées.

Sera permis au sieur de Villes d'envoïer le sieur de Brouilli au Duc de Mayenne, pour l'avertir de ce que dessus, & le Roi lui donnera sûreté pour ce faire.

Et pour l'accomplir, promet ledit sieur de Villes bailler pour ôtages le sieur de Rieux, l'Abbé de Genlis, & quatre Habitans de la Ville, choisis pas Sa Majesté, lesquels il promet rendre, au cas que les conditions ci-dessus soient accomplies.

Sa Majesté mettra dans la Ville deux Capitaines, pour empêcher, durant ledit temps, qu'on ne travaille plus à la Fortification & Réparation.

DISCOURS

*De la défaite de l'Armée du Duc de Savoie (1) faite par le
Seigneur Des-diguieres (2) en la Plaine de Pontcharra, près
le Château de Bayard, Vallée de Graisivodan.*

Le dix-huitieme jour de Septembre 1591 (3).

APRÈS la prise de la Ville de Lùs (4) en Provence, le sieur
Des-diguieres voulant se prévaloir du temps & le faire profiter
au service du Roi, cependant que l'Armée de Sa Majesté étoit au
Siege de Gravaison (5), empêchant le Duc de Savoie d'entendre ailleurs, résolut, avec ce peu de forces, dont il avoit rangé
ladite Ville de Lus au devoir, d'aller assiéger Dignes, & pour cet
effet partit des Mées le 24 d'Août.

Arrivé près ladite Ville, se rendit d'abord Corbon (6), à deux
mousquetades dudit Dignes. Et sur la délibération d'exécuter
cette entreprise, nouvelles assurées arriverent que l'Armée de Savoie, composée de sept cens Maîtres & sept mille Arquebusiers,
chose notoire à chacun, confirmée par plusieurs avis, & qui depuis s'est trouvée véritable, que cette Armée, dis-je, commandée
par les Sieurs Amedeo (7), Alivera (8) & Marquis de Tresvic, avoit
assiégé Morestel (9) depuis n'agueres fortifié, pour couvrir Grenoble du côté de Savoie.

Sur ce nouvel avis, il fallut nécessairement changer de délibération, & au lieu d'assaillir, se résoudre de secourir & dé-

(1) Charles-Emmanuel, Duc de Savoie.

(2) François de Bonne, Duc de Lesdiguieres, Pair & Maréchal de France, Maréchal
des Camps & Armées du Roi, Lieutenant
général pour Sa Majesté en Dauphiné, &
ensuite Connétable de France

(3) Claude Expilly, Conseiller du Roi en
son Conseil d'Etat & Président au Parlement
de Grenoble, a donné aussi une Relation en
prose de cette Bataille de Pontcharra ; & sur
le même sujet il a aussi composé un *Hymne*
en vers françois, adressé à M. de Lesdiguieres, & envoié à M. de Fresne-Forget, Conseiller du Roi en son Conseil d'Etat & Secretaire des Commandemens de Sa Majesté.
Ces deux pieces sont dans le Recueil des Poé-

sies de M. d'Expilly, grand *in* 4°. à Grenoble 1624. L'*Hymne* est une description aussi
détaillée que celle qui est en prose. Il avoit
été témoin de ce qu'il raconte.

(4) Le Château du Luz appartenoit à l'Archevêque d'Aix.

(5) C'est Graveson.

(6) C'est Courbon.

(7) Amédée, Bâtard du Duc Emmanuel
Philibert de Savoie.

(8) Dom Oliverès, Espagnol, vieil Officier, très expérimenté, qui avoit été honoré des premieres Charges eu Flandres, &
emploïé en Afrique pour le service du Roi
son Maître.

(9) Ou Moretel.

fendre, voire ufer de diligence, parceque la Place n'étoit fi bien fortifiée & pourvue qu'il étoit à defirer, comme chofe entreprife & exécutée dedans quatre jours, pendant lequel temps ledit fieur Des-diguieres étoit fur la Frontiere pour reconnoître l'Armée du Pape, paffant par Montmellian, afin d'en donner avis au Roi, empêcher qu'elle ne courût & ravageât la Vallée de Graifivodan (ce qu'elle eût fait, n'eût été l'obftacle que lui donnoit la Troupe dudit fieur Des-diguieres,) & fe préparer au Siege, dont Grenoble étoit menacé par ladite Armée.

Le 25 dudit mois & le jour fuivant, ledit fieur Des-diguieres fortit de Provence, après avoir laiffé quelque Compagnie des fiennes audit Corbon, en attendant que M. de la Valette (1) y en eût établi à fa volonté, & fans congédier ni débander aucunes Troupes, leur fit prendre le chemin où la néceffité preffoit.

Depuis ledit jour, jufqu'au 12 de Septembre, ledit fieur Des-diguieres travailla à affembler de fes Amis, fi bien que le même jour il fe trouva à Grenoble & Villages circonvoifins, accompagné des Sieurs de Mures (2), de Briquemaud (3), le Morges (4), de Prabaud (5), & autres Gentilshommes & Capitaines (6), avec trois cens Maîtres au plus & deux mille fept cens Arquebufiers.

L'Ennemi aïant fu l'arrivée des Troupes, dont le nombre lui étoit incertain, leva fon Siege, lequel, à la vérité, il n'avoit pas mis trop près de Moreftel, & s'en alla loger à Pontcharra, demi-lieue loin au-deffus de ladite Place ; & travailla à retrancher & batriquer les venues de ce Logis, avec apparence de le vouloir garder, & logea auffi quelques Troupes en des Maifons là auprès. Et quant à la Troupe dudit fieur Des-diguieres, l'Infanterie prit Logis au Cheilas, & la Cavalerie à Goncelin (7) & Tenfin, tellement que la tête de cette petite Armée n'étoit qu'à demi-lieue de l'Ennemi.

On emploïa le quinze à reconnoître la forme du Logis de

(1) Bernard de Nogaret, Seigneur de la Valette.

(2) Imbert de Borrelon, fieur de Mures & de Chonas, Baron d'Auberive.

(3) De Briquemaud Noyan.

(4) M. de Morges étoit Gouverneur de Grenoble : il fe nommoit Abel de Beranger, fieur de Morges, de faint Jean d'Herans & de Termini.

(5) Gafpard de Bonne, fieur de Prabaud, Gouverneur de la Ville & Citadelle d'Ambrun.

(6) M. d'Expilly les nomme à la fin de la Relation citée ci-deffus.

(7) C'eft Goufelin.

l'Ennemi ; & le feize (en attendant ledit Sieur Des-diguieres, demeuré malade à Grenoble d'un catarre qui le retint là
l'efpace de quatre jours,) le Sieur de Belier (1) avec quelques
Arquebufiers à cheval, enfonça la Garde d'une Compagnie de
Cavalerie, donna dedans leur Logis, & la défit entierement. Il
y demeura une vingtaine d'hommes fur la place, vingt-fept
chevaux de fervice, & des cafaques, lances & autres armes
gagnées.

Le 16 les Sieurs de Mures & Morges, ne voulant perdre
temps, allerent avec quelques-uns de leur Compagnie reconnoître de fi près la Garde de l'Armée, qu'ils entrerent pêle-mêle
dedans & la rejetterent fur les bras de ladite Armée. Et n'eût été
que le chemin étroit fut embarraffé de trois ou quatre chevaux tombés, qui fervirent de barriquade aux Fuïards, ils les euffent pour-
fuivis davantage : il mourut là quelques-uns de l'Ennemi, & y fut
gagné de bons chevaux.

Ledit fieur Des-diguieres arrivé le même jour, n'oublia pas
d'emploïer le 17 à bien voir le Logis des Ennemis, confidérer l'affiette du lieu qui leur étoit favorable, & dont ils fe pourroient aider fi on les alloit attaquer ; & le jugea fi bien, que
de la même façon qu'il l'avoit prémédité, voire figurée fur
une feuille de papier, l'Ennemi fe trouva le lendemain dix-
huit du mois en Bataille. L'ordre en étoit tel : fa tête étoit
tournée vers Grenoble ; à la main gauche étoit fon Infanterie, fur un côteau de Vignes en rond, au-deffous du Château
de Bayard ; à fa main droite, la Riviere de l'Ifere ; & entre ladite Riviere & le Côteau fa Cavalerie en trois Efcadrons,
dedans les Prés qui font proches de la Maifon du Sieur de
Bernin (2) : & au-devant de cette Cavalerie, environ quarante Maîtres avancés en un Champ plus relevé que les Prés,
auxquels on ne pouvoit aller dudit Champ qu'à la file, y aïant
un Vallon ou précipice, qui empêchoit les nôtres d'aller à
eux en Bataille.

Les Ennemis s'étoient mis en cet ordre, parceque de loin
ils avoient découvert la Troupe dudit fieur Des-diguieres venir
à eux. Etant donc arrivés à deux moufquetades du Champ de

---

(1) François de Gallés, fieur de Belliers, en vers François, dans le Recueil de fes Poé-
Prere de Louis de Galles, fieur de la Buiffe, fies, pag. 427 & fuiv.
Gentilhomme ordinaire de la Chambre du
Roi, Maréchal de Camp dans l'Armée de Sa   (2) David du Terrail, fieur de Bernin, ar-
Majefté, &c. M. d'Expilly a fait fon éloge   riere-Neveu de Pierre du Terrail, dit le Che-
valier Bayard.

Bataille de l'Ennemi, il fit faire alte aux siens en un bas près la Riviere, où ils étoient couverts d'arbres, afinde n'être reconnus. Cependant le sieur de Prabaud avec quinze cens Arquebusiers suivoit le Côteau à main droite, en deux Troupes, dont l'une tenoit le haut, pour déloger ceux qui occupoient le Côteau, & l'autre suivoit le chemin au bas, pour faire quitter l'Infanterie que favorisoit la Cavalerie de l'Ennemi. Et en attendant que ledit sieur de Prabaud s'avançât, on fit paroître quelqu'Infanterie & Cavalerie sur le Champ où étoit la Garde de l'Ennemi. Et peu de temps après cette Cavalerie, qui n'étoit pas plus de vingt Maîtres, conduits par le sieur de Verace (1), Lieutenant de la Compagnie du sieur de Briquemaud, alla droit à ladite Garde, qui ne voulut point attendre, mais quitta sa place pour se retirer au gros. Voïant cette contenance, & que d'ailleurs notre Infanterie avoit commencé à ébranler celle de l'Ennemi qui étoit sur ledit Côteau, ledit Sieur Des-diguieres fit monter ses Troupes sur le Champ de Bataille qu'il avoit choisi, qui étoit celui même où la Garde de l'Ennemi étoit auparavant posée.

Et sur le champ se rangea ainsi, L'Infanterie conduite par le sieur de Prabaud, tenoit la main droite, comme il a été dit. Le sieur de Mesplais (2) avec un Bataillon d'Infanterie, la main gauche sur le bord de la Riviere ; la Cavalerie au milieu, rangée en trois Escadrons, se suivant l'un l'autre, sans comprendre les coureurs, en forme d'avant-garde, commandée par le sieur Briquemaud : l'Escadron qui le suivoit de près, conduit par les Sieurs de Mures & de Morges ; le second, la Cornette dudit sieur Des-diguieres, conduite par le sieur de Poligni (3) ; & le dernier, c'étoit la Cornette blanche, accompagnée de cinquante-deux Maîtres couverts, & toutesfois paroissoient pour cinq cens Maîtres, parcequ'il y avoit à la queue six vingt Arquebusiers à cheval, & les Valets aïant tous l'épée à la main ; ce qui donna beaucoup d'effroi à l'Ennemi. A la main gauche, y avoit un Bataillon d'Infanterie pour favoriser ladite Cornette Blanche, qui servoit d'arriere-garde.

---

(1) Guillaume Budé, sieur de Verasse, petit-Fils du savant Guillaume Budé, si connu par son érudition & sa probité.

(2) Expilly écrit Mexplès, & M. de Thou Mesplez. Voïez M. de Thou en son Histoire,

Livre 102. Il étoit Béarnois.

(3) Jacques, sieur de Polligny, Lieutenant de la Compagnie d'Hommes d'Armes de M. de Lesdiguieres,

Ainſi rangés, en même temps que l’eſcarmourche s’échauf-
foit entre l’Infanterie, d’une part & d’autre, & que celle de
l’Ennemi commençoit à quitter ſon Logis, on chargea la Cavalerie de l’Ennemi, qui au premier abord, fit aſſez belle contenance, & ſoutint cette charge, puis pouſſa un peu notre
avant-garde, qui ſe voïant ſoutenue, tourne & rompt l’Ennemi, qui avoit mis tous ſes Eſcadrons en un, pour mieux fuir.
Toutesfois il fit encore un tourne dedans les Prés qui ſont de la
Maiſon du ſieur de Bernin, & attendit notre avant-garde de la
longueur de la lance. Puis il commença à fuir & continua, étant
pourſuivi juſqu’à Montmelian (1), où les Fuïards ne ſe retirerent
tous, parceque les uns ſont morts ſur la place, & les autres s’en
allerent à vau de route vers la Rochette, Aiguebelle, Miolans &
dedans les Bois.

Le nombre des morts paſſe deux mille cinq cens. Il s’y eſt gagné plus de trois cens chevaux. Il y a quelques Priſonniers,
la plus grande part Capitaines, Lieutenans ou Enſeignes;
dix-huit drapeaux, portant la croix rouge, & une Cornette y
ont été pris.

Le ſieur Amedeo (2) s’eſt ſauvé à Miolans. Les Sieurs Marquis
de Trevic (3) & Olivera (4) ont été perdus dedans les Bois l’eſpace
de trente-ſix heures, & depuis ſe ſont ſauvés à Montmellian. Les
bagages entierement demeurés. La plûpart des principaux Chefs
de l’Ennemi ſe trouvent perdus.

Et le dix-neuf, deux mille Romains & Milanois, qui s’étoient
ſauvés dans le Château d’Avalon avec le Comte Galeotte de Beljoyeuſe (5) leur Chef, ſe ſont rendus à la diſcrétion. La furie
des Soldats n’a pu pardonner à ſix ou ſept cens d’iceux qui ont
été taillés en pieces, & le reſte avec le bâton blanc mis en lieu
de ſûreté par ledit ſieur Des-diguieres, ſous les promeſſes qu’ils
ont faites de ſe retirer en leurs Maiſons, ſans jamais faire la guerre
contre le Roi.

Cette victoire eſt de tant plus ſignalée, pour ne s’y être perdu aucun homme de marque des nôtres. Et après la recherche
faite par les Compagnies, s’eſt trouvé un Cheval-léger du ſieur
de Briquemaud & deux Soldats morts, le ſieur de Vallouze (6) &
deux Soldats bleſſés.

---

(1) C’eſt Montmeillan.
(2) Amédée, Frere naturel du Duc de
Savoie, ainſi qu’on l’a déja obſervé.
(3) De Trevico.
(4) Ou Oliverés, ſelon Expilly.

(5) Le Comte Galéas de Beljoyeuſe,
deſcendu de Louis de Beljoyeuſe, ou Bel-
gioioſo, qui étoit Gouverneur de Pavie,
lorſque le Comte de Lautrec prit cette Ville.
(6) Claude Baron, ſieur de Vallouzes.

Il semble que la mémoire de ce grand Capitaine le Chevalier de Bayard (1), en son temps si affectionné à la France, n'ait voulu permettre que ses anciens Ennemis reçussent autre traitement à la vue d'une Maison que lui-même avoit fait bâtir.

Le butin n'a pas été si petit, qu'il ne se monte à plus de deux cens mille écus, la plus grande partie en chaînes, bagues, or, argent monnoïé, vaisselle d'argent, riches accoûtremens, & le reste en chevaux & armes.

A Dieu en soit gloire, & le contentement aux Serviteurs du Roi.

(1) Pierre du Terrail, surnommé Bayard, du nom de ce Château qu'il avoit fait bâtir.

Avertissement.

APrès ces exploits de guerre, plusieurs qui avoient adhéré à la Ligue voïant que les affaires ne succédoient pas selon qu'ils l'avoient estimé, commencerent à se refroidir, & à chercher les moïens de se repatrier ; de ce nombre étoient quelques Officiers de Justice, contre lesquels (pource qu'ils vouloient de prime fault rentrer ès Charges publiques) fut faite la docte Remontrance qui s'ensuit.

REMONTRANCE

FAITE AU GRAND CONSEIL DU ROI,

Sur le rétablissement requis par les Officiers qui ont suivi la Ligue.

Par M. FRANÇOIS DE CLARI , Conseiller & Avocat général de Sa Majesté ; audit Conseil (1).

C'EST une chose étrange que les corps les mieux composés, & de la plus forte température, quand après un long bonheur de santé , ils se trouvent enveloppés en quelque maladie populaire , sont beaucoup plus combattus du mal, que les corps mal sains , imbéciles & foibles, qui languissent d'ordinaire ès inquiétudes d'une fievre lente. Cela vient de ce que les corps intempérés vivent par la fievre en une consomption d'humeurs perpétuelle, & l'assiduité de la maladie leur sert comme de purgation ; là où au contraire la petite qualité d'humeur piquante, qui ès personnes bien saines ne peut troubler l'harmonie des humeurs naturelles par aucun apparent effort croupissant, négligée, laisse toujours quelque excrément, qui gagne le corps pied à pied, & après un long amas de matiere plus vieille & plus tenante, à la premiere émotion agite avec plus de vio-

---

(1) Cet Ecrit a paru d'abord en 1591 , in-8°. C'est au même François de Clari que l'on attribue l'Ecrit intitulé , *Philippiques contre les Bulles & autres Pratiques de la Faction d'Espagne, pour le Roi Henri IV*, par F. D. C. in-8°. à Tours, 1595, chez Mettayer.

La troisieme Philippique de cet Auteur ne parut qu'après la mort de Gregoire XIV, arrivée le 15 Octobre de l'an 1592. Pierre Cayet en parle dans sa *Chronologie Novennaire*, pag. 453.

Tome IV. Mmmm

lence la bonne conftitution naturelle. Il en eft avenu de même à
cette Compagnie, Meffieurs, laquelle étant l'un des plus fains
& plus floriffans Corps de Juftice de France, qui a donné de
fi grandes preuves de fa fidélité au Roi, comme il étoit impoffible de fe défier que quelqu'un de ce Sénat fi grave, dût manquer de devoir à fon Prince, qu'il a l'honneur de fuivre de plus
près que tous les autres Ordres : on a vu, autant à notre regret
comme à notre malheur, la peftilente maladie de la Ligue
ramper & fe couler dedans ; & , foit par contagion ou par
quelque difpofition mauvaife, en avoir occupé une partie.
Mais comme ès occurences des maladies naturelles, les corps
plus fains & plus robuftes ont cet avantage fur les plus maladifs
& plus délicats, de mieux réfifter au mal ; de forte qu'en cette
contention d'humeurs, la bonté du naturel fe renforçant au fecours des parties vitales, plutôt que de fuccomber au mal, décharge
quelquefois le fardeau de la maladie fur les parties les plus débi-
les ; de même, la vertu du Confeil, fe faifant admirer par la réfiftance qu'elle a faite à cette fievre chaude de la Ligue, a fi bien
confervé ce qui étoit de plus entier & de plus noble, que la maladie n'a eu prife que fur les parties les plus foibles & moins capables de la fanté. Toutesfois le Confeil ne s'étant jamais éloigné
de l'amour & defir naturel que chaque Corps doit avoir à fa confervation & à la guerifon de fes membres offenfés, n'a oublié
ni épargné aucun remede propre pour rappeller ceux qui fi librement ont voulu mourir en leur maladie. On n'a point irrité le
mal par des médicamens aigres & violens ; on a doucement
provoqué la force de chacun, on l'a fomentée, on l'a aidée,
on a moderé la douleur d'un long & fréquent liniment de patience. Le feu Roi même, & le Roi d'aujourd'hui heureufement regnant, *tanquam amici medici*, ont mieux aimé tenter la reftitution de la fanté dé tous ces Officiers malades, par les indulgens
moïens de clémence, que par la fevere guerifon de la correction des Loix. Par trois Edits ils leur ont donné temps pour fe
reconnoître, & promis abolition du mal paffé, s'ils revenoient
au fervice de leurs Majeftés. *Et ficut medicinæ ufus apud ægros,*
etiam apud fanos honori eft, ita clementiam quamvis pœna digni
invocent, etiam innocentes colunt ; ainfi, le Confeil inclinant à
la bénignité de nos Princes, très aife de cette grace, a pour-
chaffé leur retour, chacun leur a tendu la main : mais ils ont mé-
prifé le bénéfice du Roi, & les avis falutaires de leurs amis, fe
font plus orgueilleufement élevés, & ont voulu furieufement

perdre tout ce qui les a voulu fauver. Que pouvoit-on faire à une obftination fi grande ? La maladie étoit violente, mortelle, contagieufe : deux crimes mortels & capitaux, de perduellion & de Majefté, avoient fuffoqué leur naturelle vertu, par le mépris de fanté & par leur réfiftance aux médicamens, la maladie étoit défefpérée. Les extrêmés maladies demandent des remedes extrêmes. Enfin il a fallu que par trois Edits vérifiés au Confeil, les Officiers qui avoient fuivi la Ligue, aient été déclarés rebelles & criminels de leze-Majefté, & comme tels privés de leurs Etats, qu'on a éteints & fupprimés. Cette fection de membres ne s'eft pû faire qu'avec larmes, qu'avec le fentiment & la douleur de tout le corps : mais elle étoit néceffaire, elle étoit falutaire, bien que douloureufe. Les remedes les plus fains font les plus fenfibles, & donnent de plus vives pointes. Maintenant après que la plaie eft reprife, que la coupure eft confolidée & la cicatrice endurcie, quelques-uns de ces Officiers retranchés demandent d'être réincorporés avec nous: comme enfin par l'heureux fuccès des affaires du Roi, ils demanderont tous l'entrée & leur reftitution au Confeil. A cette fin on vous préfentera, comme quelques-uns ont déja fait, des lettres de la clémence de notre Prince. Et tout ainfi qu'ès corps des animaux, que nous appellons infectes, les parties qu'un Berger en paffant aura coupé de fa houffine, effaïent de fe reprendre par la force & la chaleur du foleil: de même fous l'ardeur de l'amour paternelle du Roi, fous l'afpect & le doux foleil de fa clémence, tous ces membres coupés tenteront de fe renouer à nous. Ce fera à vous, Meffieurs, de juger s'il eft raifonnable, s'ils ne demandent pas trop tard leur rétabliffement, s'ils ne font pas indignes de rentrer au Confeil. Pour nous, nos charges & honneurs nous obligent à vous repréfenter ici la Juftice, & vous prier de la conferver telle en une caufe qui offenfe le Roi, qui bleffe la France, qui intéreffe le Confeil, & vous touche vous-mêmes, comme chacun l'admire en vous ès caufes de la Juftice ordinaire. Nous ne ferons jamais, Meffieurs, fi dépouillés d'humanité, ni fi peu fenfibles du malheur d'autrui, que nous n'adorions la clémence de notre Prince, parcequ'elle eft très néceffaire en la Maifon des Rois, où elle ne trouve pas toujours la place : *in eoque mirabilior, quo rarior,* Que les Princes recherchent curieufement tous les moïens de leur établiffement ou de leur confervation, ils n'en trouveront jamais de pareils à la clémence. C'eft une fortereffe que l'amour des Sujets, qui ne peut naître que de la clémence.

1591.

REMONTR. DE FRANÇOIS CLARI.

M m m m ij

Augufte, bien que fage, & d'un naturel doux, fe laiffa emporter au commencement de fon Empire à la févérité & à la cruauté, comme à un torrent, penfant par les peines voir la fin de fes ennemis, & par la terreur contenir en devoir tous les autres. Mais comme un arbre coupé produit une infinité de jettons, ainfi la mort ou la peine d'un feul Citoïen lui apportoit la haine & l'envie de plufieurs autres, fes parens & fes amis, qu'il offenfoit tous d'une feule vengence, comme il les pouvoit tous obliger d'un pardon. Son efprit affailli de beaucoup de cogitations, flotant, agité de la diverfité des penfées que lui produifoit le foin de fon Empire & de fa vie, ne fut jamais étancher la caufe des guerres civiles, que par le confeil de fa femme, qui le défarmant de rigueur, le fit regner par la clémence. A cette feule réfolution s'affura fon efprit incertain & travaillé ; & par l'évenement, il reconnut combien cette douceur affermit fon Empire, combien elle lui engendra d'amitié & de gloire tout enfemble : car tout ainfi que la face du monde eft beaucoup plus belle & plus agréable, quand le Soleil riant éclot un jour ferain de fon œil, qu'elle n'eft alors que le Ciel eft couvert de nuages, que les éclairs fendent l'air de tous côtés, que le tonnere gronde épouvantablement ; ainfi la douce Roïauté, & la clémente adminiftration de la chofe publique, eft mille fois plus belle & plus aimable qu'un Empire noir de courroux, troublé de colere, rougiffant de fang & de vengeance. Parcequ'encore que la peine n'atteigne que les mauvais, la colere des Princes reffemble au foudre, qui ne tombant qu'à la ruine d'un feul, épouvante d'horreur tout le refte du monde. Cette voie de clémence a femblé la plus certaine & plus affurée à notre Prince pour fon établiffement, la plus accommodée à la bonté de fes mœurs, & la plus digne de la générofité de fon naturel. En quoi certes, comme en autres vertus, il furpaffe tous les Princes du monde : car l'entrée de fon regne *Parifimonia fuit etiam perfidiffimi fanguinis.* Là où Augufte ne fe laiffa gagner que bien tard à cette vertu. Et peut-on dire avec Seneque, *non tam in eo clementiam fuiffe, quàm laffam crudelitatem.* Pour ne point parler de Sylla, *cui clementiam hoftium tantùm inopia dedit.* Mais le Roi, dès fon avenement à la Couronne, a ouvert les portes & le fein de la mifericorde, & ne permet jamais, comme difoit ce Prince Romain, *deliciæ humani generis,* que perfonne fe retire mal content de fa face. Il en a donné de grandes preuves, par les Lettres de rétabliffement qu'il a accordées aux Officiers rebelles qui ont voulu

ruiner ſon Etat : que j'eſtime en lui une auſſi grande marque de
juſtice que de clémence. Cet excès de douceur aux Princes, eſt
juſtice. Sera-ce donc juſtice à vous, Meſſieurs, de ſuivre l'ordre
de la juſtice du Roi : ou ſera-ce injuſtice de vous oppoſer aux effets de ſa clémence ? Certes, & s'y oppoſant, c'eſt quelquesfois
juſtice, comme en cette occaſion, & ſi ce n'eſt pas contredire
au Prince, qui s'eſt montré miſericordieux. La juſtice des
Princes, & la juſtice des Magiſtrats, s'appuient ſur diverſes regles, les meſures n'en doivent pas être pareilles. Car qui ne ſait
que l'importunité extorque toutes choſes de la main des Rois ?
que les Princes ne doivent refuſer aucune grace à perſonne,
pour vivre dans le cœur & l'amour de leurs Sujets, ſe répoſant
ſur la juſtice de leurs Officiers, qui renverſeroient l'Empire s'ils
fléchiſſoient à la même bénignité ? Auprès de la douceur des
Princes, s'aigrit la juſtice du Magiſtrat, comme quelques animaux à la trop grande douceur du muſc. Cette néceſſaire contrariété a conſervé notre Etat, comme une contrariété tempé-
rée fait ſainement vivre nos corps, & fait ainſi durer le monde.
En quoi nos Rois ſe ſont montrés beaucoup plus ſages que tous
les autres Princes, introduiſant en leur Roïaume cette prudence
d'Etat, de ne retenir vers eux qu'une partie de juſtice, ſe dé-
chargeant de l'autre ſur la conſcience de leurs Cours Souveraines : car la Juſtice conſiſtant en la récompenſe & en la peine,
nos Rois, pour être aimés de leurs Sujets, ont tourné vers eux
la face riante de Juſtice, qui eſt la récompenſe & la grace ; &
faiſiſſant leurs Magiſtrats ſouverains de l'autre partie rigoureuſe,
qui eſt des peines & ſupplices, les obligent autant à la ſévérité,
comme ils ſe laiſſent aller à la clémence. C'eſt pourquoi ils ne
veulent pas qu'on ſe relâche à tous les dons qu'on tire de leur
libéralité, ni qu'on embraſſe toutes les graces & autres lettres
qui peuvent être contraires à l'Etat, ou apporter quelque plaie
& quelque dommage au Public, comme ceux-ci. Hé combien
de fois les Compagnies Souveraines de ce Roïaume ſe ſont elles
oppoſées à la volonté des Rois, leur remontrant le préjudice
qu'elles leur feroient de la ſuivre ? ſe préſentant à leurs Majeſtés
avec les plus vives, les plus hautes & plus ſignifiantes marques
de Magiſtrat, comme plus prêtes à dépouiller leurs dignités,
voire avec leurs vies mêmes, que d'entrer en la vérification des
Edits ou autres Lettres, que la malice du temps avoit arraché
d'eux, ſans fléchir ſous la préſence des Dauphins ni ſous l'œil
ſevere du Roi même ? Cela, c'étoit rendre la juſtice, c'étoit faire

la juſtice en ſouverain Magiſtrat François. Enfin qu’eſt-il toujours arrivé de cette réſiſtance? Quand on a repréſenté à nos Rois, que les ames des Juges étoient jurées de ne ſuivre pas toujours le commandement, ſelon la puiſſance dont ils avoient honoré les Magiſtrats dès la création des Ordres de la Juſtice Souveraine de France; qu’on leur a remontré que les Cours Souveraines étoient comme les Tuteurs de l’Etat, & que la portion envieuſe de Juſtice étoit échue au partage des Juges, ils ont loué leur refus & pris en bonne part les remontrances. Et au ſujet qui ſe préſente, nous vous prions de révoquer en mémoire la créance que le Roi vous a fait entendre, de ne laſſer point de bien faire la Juſtice, ſans vous arrêter aux Lettres de rétabliſſement que ſa clémence ne pouvoit refuſer. Mais eſt-ce clémence au Magiſtrat de recevoir les pardons & rétabliſſemens des Officiers rebelles? profanerons-nous la clémence du Prince? Serons-nous ſeveres & cruels, ne nous laiſſant point gagner à la même humanité du Roi? Si nous en prenons l’avis de Seneque, il nous réſoudra en un mot, *tam crudelitatem eſſe omnibus ignoſcere, quàm nulli: morbum eſſe omnibus arridere, non hilaritatem, imbecilles eſſe oculos, qui ad omnium lippitudinem ſuffunduntur.* Il faut garder quelque ordre & diſcrétion en la Juſtice, car tous les péchés ne ſont pas égaux, & montrer plus de ſévérité envers les uns qu’envers les autres, *non eſt crudelitas, ſed diſciplina.* Voudroit-on accoupler le Magiſtrat avec le Peuple, & pardonner à l’un auſſi facilement qu’à l’autre? voudroit-on dire que tous deux ont également failli? Que le Serviteur qui ſait la volonté de ſon Maître n’offenſe pas davantage que celui qui l’ignore? Que celui-là ne ſoit plus coupable, qui devant corriger la rebellion, l’excite, l’échauffe, l’entretient, l’autoriſe? Le Magiſtrat & le Peuple ne peuvent être paralleles. Que ſi on veut tant égaler les péchés, qu’au moins on ne rende point les Magiſtrats plus capables de miſericorde que le Peuple, puiſqu’ils ont plus grievement offenſé: qu’on ſe contente de ne les inquiéter, ni en leurs biens, ni en leurs vies, comme le Peuple: que la grace du Prince ſoit bornée de cette raiſon, qu’elle ſoit reſtrainte à ce tempéramment, elle ſera aſſez pleinement étendue par cet effet. Mais de remettre ces rebelles aux dignités qu’ils tenoient de la ſeule main du Prince, où eſt-ce qu’on auroit pris ce mauvais exemple. Les Officiers de la Ligue ont trop peu priſé leurs Charges, & en ont abuſé; ils les ont quittées, & déſavoué les tenir du Roi: on n’a fait que les prendre au mot. En ce point, c’eſt juſtice de vouloir ce qu'ils ont voulu, de fuivre ce qu'ils ont préjugé eux-mêmes en leur caufe : ils nous ont montré ce que nous devions faire. Toutesfois n'aïant rien que ce qu'ils ont demandé, voïons s'il a été raifonnable de nous accommoder à l'appétit corrompu de ces malades, fi on a bien fait de les priver de leurs Etats, fi ç'a été pour jufte caufe, & fi nous fommes feuls & premiers auteurs de cette juftice, qu'ils appellent rigueur. La raifon des Edits du Roi, & la juftice des Arrêts du Confeil, pour deftituer les Officiers rebelles, eft fondée fur la notoriété, charges, informations & confeffions, qui les convainquent d'avoir été de la Ligue. Ce crime a deux chefs & péche contre les deux plus grandes Loix de l'Etat, *leges horrendi criminis*, de Perduellion & de Majefté. De nier qu'ils aient encouru les peines de ces Loix, je ne penfe pas qu'ils en puiffent avoir l'affurance ; ils implorent feulement la mifericorde du Prince & la grace du Confeil. Que s'ils demandent en quoi ils ont été de la Ligue : mais en quoi n'en ont-ils point été ? N'ont-ils pas juré plufieurs fois la Ligue, & avec elle la ruine du Roi, de l'Etat & de nous ? Ne fe font ils pas affemblés au Confeil de la Ligue ? N'en ont-ils pas été les Confeillers, n'ont-ils pas offert de l'argent pour en être ? N'ont-ils pas été du fecret Confeil des Ducs de Mayenne & d'Aumalle ? N'ont-ils pas appellé un Roi étranger, notre ancien ennemi ? Ne fe font-ils pas voulu donner à lui ? Mais pour les autres, qui fe prétendent moins coupables, ne confefferont-ils point qu'ils fe font affemblés & demeuré près de deux ans entiers avec les Confpirateurs & Ennemis de l'Etat, qu'ils avoient par Arrêt déclarés rebelles à Vendôme ? N'ont-ils pas juré la Ligue plufieurs fois avec eux, & fait tous actes de rebellion contre le Roi ? Etant auparavant Magiftrats fouverains ? n'ont-ils pas autorifé la confpiration par leur préfence ; & par longue fréquentation des rebelles, n'ont-ils pas participé à leur confpiration ? Mais ils fe font comportés modeftement. Quoi ? pour être de la Ligue, faut-il tout remplir de meurtre, de fang & de carnage, n'avoir rien d'inviolable ni de facré ? Les plus criminels du Confeil, qui font gloire d'être de la Ligue, n'avoueront jamais de s'être élancés en pareils débordemens. Et pour les autres, ne reconnoîtront-ils point de bonne foi ce qu'ils ne peuvent mettre en doute, qu'ils ont ordonné de tenir un grand Confeil à Paris, qu'ils ont effaïé d'en tranfporter la dignité au Parti de la Ligue ? N'ont-ils pas tenu le Confeil autre part qu'en fon lieu naturel, qui eft près du Roi, & par un fi long temps ? N'ont-ils pas défavoué d'être Officiers du Roi, & rendu la justice sous autre nom que du Roi ? N'ont-ils pas reconnu le Duc de Mayenne pour Lieutenant Général de l'Etat, Roïal & Couronne de France ? N'ont-ils pas été Juges sous ses auspices ? N'ont-ils pas opposé en sa faveur leur Grand Conseil au Grand Conseil qui suivoit le Roi, pour donner au Duc de Mayenne les mêmes marques de Souveraineté qu'ils tenoient du Roi ? Etant hommes privés & interdits (car nul ne peut avouer le Magiftrat, que du Prince légitime, comme il est dit en l'Exode & aux Nombres); ne se sont-ils pas portés pour Juges Souverains sous la Ligue ? Si ce ne sont crimes de Perduellion & de Majesté, si ce n'est être de la Ligue, il n'y a donc point de Ligueurs en France. Mais encore, qu'ils nous répondent s'ils ont empêché qu'on n'ait appellé un Roi étranger, & qu'on ne se soit voulu donner à lui, pour ne dire point s'ils l'ont procuré, ou s'ils y ont consenti eux-mêmes ? s'ils n'ont pas reçu tous Edits & Réglemens du Duc de Mayenne, en lieu de ceux du Roi ? s'ils n'ont pas méprisé ceux du Roi ? Et, ce qui est plus miserable, n'ont-ils pas dépendu comme esclaves *togata mancipia*, du Conseil des Quarante, élevés à ce conciliabule de la lie & de la boue du Peuple ? N'ont-il pas reçu d'eux les formes de juger, les attributions de Jurisdiction & les Réglemens ? N'ont-ils pas acquiescé à leurs commandemens & défenses, proftituant lâchement à cette vermine, le nom qu'ils retenoient du Conseil ? N'ont-ils pas conçu les commissions sous autre nom que du Roi ? N'ont-ils pas fait ou vu casser les Sceaux du Roi ? N'ont-ils pas reçu les Arrêts scellés d'autre Sceau que du Roi, & changé l'ordre, la forme & la conception des Arrêts ? Quoi davantage ? n'ont-ils point fourni de l'argent pour l'entretenement de la guerre contre le Roi? N'ont-ils jamais porté les armes pour la Ligue ? Ne les ont-ils point fait prendre à leurs Serviteurs & Domeftiques ? Ne se sont-ils pas quelquefois enorgueillis de nos pertes ? Ne se sont-ils pas insolemment réjouis de la mort du feu Roi ? N'ont-ils pas participé à toutes les tristesses publiques de la Ligue ? Enfin n'ont-ils pas pâti & duré avec les plus exécrables Ligueurs jusqu'à l'extrêmité ? N'ont-ils pas enduré des sieges rigoureux avec eux, sans les avoir jamais voulu quitter ni démordre leur Parti, que lorsque la nécessité & la faute de toutes choses les en a arrachés ? Considerez maintenant, Messieurs, si les Edits ne sont pas saints, qui les ont privés de leurs Etats, si vos Arrêts ne sont pas justes, si la cause n'est pas bien légitime & nécessaire, s'ils n'ont point été de la Ligue, si tous

ces

ces crimes ne font au premier chef de Majesté. Consultons-en
toutes les Loix de Majesté, *Juliam*, *Cæliam*, *Apulejam*,
Corneliam, *Papiam*, *Variam*, toutes conçues, promulguées, &
pour venger la Majesté offensée, & pour priver de dignité &
de vie tout ensemble les rebelles Officiers. O'iez *Scævolam* (1),
Saturnium (2) & les autres Jurisconsultes qui en ont parlé, il ne
s'en verra un seul qui les excuse. Et puis ils trouveront étrange
qu'après être notoirement atteints & convaincus de tant de crimes de Perduellion & de Majesté, après s'y être si longuement plon-
gés on ne les admette plus en leurs Charges ? Qu'ils regardent
que par la clémence du Roi, ils évitent les autres peines dernieres de glaive, de feu, du dévorement des bêtes, tous supplices
ordinaires du crime de Majesté : que le genouil à terre & le regard
baissé ils adorent humblement le Roi, qui leur laisse les biens
& la vie. Mais pour le rétablissement en leurs premiers Offices,
c'est trop d'impudence à eux de le demander, en aïant tant
abusé ; nous ne devons pas penser que le Roi le veuille, nous
ne devons pas faire cette plaie à l'Etat de les y recevoir. Et en
cela serons-nous sans exemple ? Ès autres Nations & Républiques bien formées, ne nous a-t-on point ouvert le chemin ?
Nous confirmerons-nous en cette premiere résolution des Arrêts
du Conseil, si juste & si claire, sans la lumiere des autres Etats les
mieux ordonnés & du nôtre même ? faut-il allumer des torches
en plein midi ? Rome ne vit jamais personne convaincu de Perduellion ou de Majesté, qui ne perdît la dignité & la vie : témoins ces Gracques, Remueurs d'Etat, ce Catiline (3), Con-
jurateur, ce Sp. Cassius, ce Manlius, ce Claudius Nero, Censeur. Et bien qu'il semble que Ciceron veuille faire accroire que
Cæso Quintius, & Furius Camillus, condamnés pour crime de
Perduellion, après avoir prévenu la mort par un bannissement
volontaire, furent rappellés & remis en leur premiere dignité

1591.

REMONTR.
DE FRANÇOIS
CLARI.

(1) Il y a eu trois Jurisconsultes de ce nom *Antonius Publius Mutius* Scevola & *Anto-nius Quintus Mutius* Scevola, surnom-mé l'Augure, le même que Ciceron intro-duit dans ses Livres *De Oratore*; & *Quintus Mutius* Scevola, qui fut Proconsul d'Asie. On peut voir une Notice de la Vie de ces trois Jurisconsultes, dans les *Vies des Juriscon-sultes* par Taisand, *in-4°.* pag. 390 & suiv. A la fin de ce qu'il dit du troisieme, il cite tous les Anciens qui ont parlé de ces trois Scevola ; tels que Ciceron en plusieurs de ses Ouvrages, Valere Maxime, Velleius Pater-culus, Florus, &c.

(2) Il faut, sans doute, *Saturninus*. Il y a eu deux Jurisconsultes du même nom : *Claudius Saturninus*, qui vivoit dans le second siecle, sous Antonin le Pieux, qui lui adressoit des rescrits ; & *Venuleius Satur-ninus*, qui vivoit dans le troisieme siecle, & qui fut Conseiller de l'Empereur Severe. Voiez Taisand, au Livre cité dans la note précédente, pag. 507, 509.

(3) Catilina. On peut consulter sur lui & sur ceux qu'on nomme aprés, ceux qui ont écrit de l'Histoire Romaine.

par le Peuple, appaisé & adouci; en ce qu'il avance qu'ils avoient été condamnés *Centurietis Comitiis*, qui est la vraie marque pour les désigner atteints de Perduellion : car en l'ordre de la Justice Romaine, entre les Jugemens publics, la seule Perduellion étoit jugée par semblables Comices, depuis le temps de Coriolanus. Toutesfois Tite-Live assure au contraire que l'un de ces deux Romains, sans être condamné, s'exila volontairement; l'autre, pour Péculat, n'encourut qu'une amende pécuniaire, ce qui n'eût été jamais supporté par le Peuple Romain en un crime de Perduellion ou Majesté. Le Peuple généreux, jaloux de son Etat, eut poursuivi leurs vies, même jusqu'aux extrêmes & dernieres terres. Sous l'Empire, je sais bien qu'Auguste donna la vie à Lucius Cinna, accusé de conspiration, & lui offrit le Consulat sans l'avoir demandé : mais ce fut après avoir fait passer par le tranchant de l'épée un grand nombre de Magistrats & simples Citoïens; las de meurtre, odieux de vengeance, pensant par ce bienfait obliger un grand ennemi non convaincu, & par-là éteindre la flamme d'une grande sédition, qui alloit embraser la Ville. Depuis lui, qu'on voie comme les factions ont été vengées sur les Magistrats par les Princes Romains ses Successeurs, par Tibere sur Sejanus, & en cette grande révolte de Germanie & autres occasions. Sa réponse est assez connue, par laquelle il fit entendre au Préteur, qui alloit trop mollement en la coercion & supplice de ce crime, qu'il exerçât plus vivement ces Loix de Majesté. L'Histoire nous montre assez comment se gouvernerent en la punition des Magistrats rebelles, Galba, Otthon & les Vespasians : quels se firent voir Marcus Antonius contre Cassius, Commodus (1), contre Perennis Préfet (2), Septimius Severus, ès factions d'Albinus & Niger; Alexandre, fils de Mammée (3), contre Flavinianus & Chrestus, les primiers Officiers de sa Cour, soupçonnés de trahison; Gordianus, en la sédition d'Afrique, Philippus sur ceux qui s'étoient élevés avec Marinus (4). Arelianus contre Longinus (5), qui avoit conseillé Zenobia, & avec quelle mocquerie il pardonna à Tetricus, lui ôtant sa dignité. De même sévérité se firent reconnoître Probus en la sédition de Bonosus, Diocletian, Maximian & autres, sous l'Empire des-

(1) L'Empereur Commode, fils d'Antonin le Philosophe & de Faustine.

(2) Perennis, ou Perennius, Préfet des Gardes Prétoriennes.

(3) Alexande Severe, fils de Mammée.

(4) Carvilius Maninus, qui aïant été envoïé contre les Goths se laissa proclamer Empereur & trahit ainsi Philippe qui l'avoit envoïé.

(5) C'est le Célébre Auteur du *Traité du Sublime.*

quels un feul Officier, Civil ou Militaire, atteint de rébellion,
& Criminel de Majefté, n'a prefque jamais obtenu fa vie, qui
eft bien loin de la confervation de fon état. Et comment eût-
on continué en Charge un Officier rebelle, qu'on a exautoré &
privé du baudrier militaire, les fimples Soldats Romains qui
avoient confenti aux féditions contre les Empereurs, parcequ'ils leur avoient fait ferment de fidelité, étoient à leurs gâges
& à leur folde, bien qu'ils n'euffent ni jurifdiction ni commandement, comme on le vit au regne d'Alexandre Severe, de Julian
l'Apoftat, & autres. De laquelle peine les Prétoriens n'échap-
poient jamais, qui aïant l'honneur d'être plus près du Prince &
de la garde du Prince, s'ils fe laiffoient aller aux Révoltés,
étoient toujours privés de leur Milice, paffés ignominieufe-
ment fous le joug, comme fous Vitellius & fous Severe, bien
fouvent décimés & centefimés, comme par Julian. Mais le fort
de la décimation n'exemptoit jamais de peine & de honte les
Magiftrats, Chefs, Tribuns & autres qui avoient quelque Charge
en l'armée, qui n'entroient point au privilege de la décimation.
Ouvrez ici les yeux, Meffieurs, fur cette forme de Juftice: les
fimples Soldats Romains, fans charge ni dignité quelconque,
pour avoir donné confentement aux rebellions, étoient raïés
du ferment de la guerre, renvoïés en leurs maifons, comme
fimples Quirites, & perdoient le nom de Soldats, *tradite
noftra viris ignavi figna Quirites*. Tous les Chefs & Magiftrats en perdoient la vie; & nous admettrions aux Charges des
plus grands Juges de France, ceux qui ont tant offenfé en cette
dénaturée révolte contre notre Prince? Peut-être que les Empereurs après s'être faits Chrétiens, aïant appris de pardonner en
l'Eglife, en ont ufé plus doucement. On fait affez comment
s'y porta Conftantin, comment fon fils Conftantius fe vengea
cruellement fur Gallus & ceux qui avoient fuivi fon parti ; fur le
Préfet, qui favorifoit Dalmatius, nommé Empereur par Conftantin même fon pere, fur Optatus, Patrice, & autres. Mais
lorfque Julian fe fut déclaré Empereur, n'envoïa-t-il pas Leo-
nes (1), avec charge expreffe d'ôter la Dignité & le Magiftrat à
tous ceux qui l'avoient affifté? C'eft ainfi que Valentinian fit
revivre les Loix de Majefté en la fédition de Firmus, qui s'étoit
élevé contre lui, & que pour la feule défiance de ce crime, il
ôta la Préfecture de la Cour à Salluftius: c'eft ainfi que fon frere
Valens fe porta généreufement contre Procope, Marcellus &

(1) C'eft le Quefteur Leonas.

Theodore ; Theodofe le Grand, ès factions de Victor, Maximus & Eugene, mais un peu bien aigrement en l'émotion de Theffalonique. Tel a été l'ordre de la Juftice de fes enfans contre Ruffin & Stilico ; c'eft pour cela même que Deuterius, & Pierre, Sécrétaire d'Etat, accufés feulement de l'amitié de Stilico, furent chaflés de leurs Etats ; & Limenius ne perdit le Souverain Magiftrat de l'Empire, que pour avoir été trop doucement recueilli par le Tyran Conftantin. C'eft ainfi que fe firent craindre Leon & Zenon contre le Parti de Bafilifque ; c'eft ainfi que Juftin punit Vitalianus, premier Officier de l'Empire ; c'eft ainfi qu'il étouffa la faction d'Amantius & Theoritianus ; Juftinian la fédition d'Hypatius, & ç'a été la juftice & l'affurance de l'Etat des Empereurs. Arnandus ne fe vit priver de fa double Préfecture, qu'en vengeance de fes révoltes. Que fi fur le déclin de l'Empire Grec, ès familles des Romains, Comnenes, Paleologues & autres, on a laiflé vivre quelques Magiftrats rebelles, après leur avoir ôté leur Offices, on les a ordinairement tondus & enfermés dans des Monafteres, les puniffant comme d'une mort civile. Si par fois donc on leur a laiflé la vie, on a fi peu permis qu'ils aient retenu quelque veftige de leur premiere dignité, que Conftantius aïant pardonné à un Factieux, voïant que par mégarde, & d'étonnement de fa fortune, il avoit encore des fouliers de couleur à fes pieds, enfeignes de dignité entre les Princes Grecs, il ne voulut jamais permettre qu'il lui fût préfenté avec cette légere marque de grandeur. C'étoit être jaloux des Charges de l'Empire, de ne pouvoir feulement voir les fouliers de la dignité. Pour notre France, nos Livres nous font voir un bon nombre des plus grands Officiers de la Couronne, comme Maires du Palais, Connétables & autres, à qui ce crime d'infidélité à coûté l'honneur & la vie. Mais pour les Magiftrats de la Juftice ordinaire, pourquoi eft-ce que Maître Jean des Marais, Avocat Général du Roi en la Cour de Parlement de Paris, perdit fon Etat & fa vie au regne de Charles fixieme, finon pour n'avoir empêché & réprimé la révolte des Parifiens pendant l'abfence du Roi & fon voïage en Flandres ? On ne le pouvoit accufer de cette fédition, il avoit autresfois fidelement fervi le Roi, & entré au Confeil des affaires de Charles cinquieme ; & toutesfois ne le pouvant atteindre de rebellion, on le convainquit de lâcheté. On pardonna bien au Peuple, mais le Magiftrat ne trouva point de grace. C'eft pour la feule crainte des factions, que Philippe-le-Bel ôta les Offices à tous les Magiſtrats de Flandres, Militaires & Civils ; & que ſous le Gouvernement du Dauphin Charles ſeptieme, de l'avis de ſes oncles, on mit hors de Charge les plus grands Officiers de la Couronne. La vengeance de ce crime s'eſt élancée juſques ſur les Evêques, qu'on a deſtitués des Charges Eccléſiaſtiques, leur faiſant faire le procès criminel, comme à Prætextatus, Archevêque de Rouen, à Ebon, Archevêque de Rheims & à Wenillon. On s'en eſt adreſſé au Papes mêmes, lors Sujets de nos Rois, comme fit l'Empereur Louis au Pape Leon quatrieme, à l'exemple de Juſtinian & des Princes Goths & Lombards qui avoient regné en Italie. Et en la queſtion préſente nous avons trois Edits vérifiés au Conſeil, par leſquels les Officiers rebelles & ligueurs ſont déclarés privés de leurs Etats : ce ſont nos Loix, Loix jurées qui nous lient : pourquoi nous en départirons-nous ? Ces Officiers n'ont-ils pas été de la Ligue ? Sont-ils revenus dans le temps des Edits ? Mais agiſſons plus doucement avec eux ; quand ils n'auroient été ni Factieux ni Ligueurs, ce qu'ils ne peuvent mettre en doute, ne ſe ſont-ils pas retirés vers les Ennemis du Roi ? *nonne transfugæ ?* Et ce crime a été vengé de mort par Fabius Maximus, les deux Afriquains, Jules Ceſar & Julian l'Apoſtat. Que ſi ce nom leur déſagrée, ne reconnoîtront-ils point qu'ils ſont déſerteurs de leur Prince, de l'Etat, de leur Païs & de leurs Colléges ? Ne ſe ſont-ils pas retirés de vous, Meſſieurs, vous ont-ils aſſiſtés en vos Charges ? vous ont-ils accompagnés en cette guerre civile ? *Eſt capitale, munus ſuum aut ſtationem deſeruiſſe*, par les Loix militaires des Romains. Mais ils ſont revenus à nous volontairement. Oui, ſi le bonheur des affaires du Roi, la force & la contrainte ne les eût ramenés. Mais tels que cela, *emanſores*, ils ſeroient punis comme déſerteurs, par Edits de Germanicus. Enfin, n'auront-ils rien fait ? ne trouveront-ils point de nom à leurs crimes ? qu'ils confeſſent pour le moins qu'ils ont été timides & lâches ; que l'impreſſion & la crainte les a jettés en ce mal. Et pour moindre faute l'Armée Romaine fut décimée par Appius Claudius. Pour ne s'être pas montrés aſſez courageux, pour n'avoir pas aſſez bien fait en la guerre des Samnites, les Conſuls Romains dépouillerent publiquement le pourpre, furent ignominieuſement paſſés ſous le joug, &, comme dit Tite-Live, *ut quiſque gradu proximus, ita ignominiæ objectus*. La trop grande lâcheté des Magiſtrats, mêmement en une émotion civile, eſt Sœur de la Trahiſon. Que dirons-nous de ces froids, qui ont été comme ſpectateurs de cette guerre, qui n'ont voulu ſervir le Roi, ni au Conſeil ni autre part, qui ont regardé l'avantage pour se joindre après au plus fort, sans s'engager au service de S. M. ? Certes nous ne les excusons point, ils sont plus dangereux; ames tiedes, périlleuses en un Etat, ennemis couverts, qui étudient les almanachs à l'avenir, & ne vivent qu'en girouettes. Il faut ès guerres civiles, que le Magistrat & l'homme de bien, comme disoit Solon, prenne l'un ou l'autre parti, mais il doit élire le meilleur. Ce n'est pas assez au Magistrat de ne se mêler de rien : on ne lui demande pas seulement ce qu'il a mal fait, mais ce qu'il n'a pas bien fait : c'est crime au Magistrat de n'avoir pas bien fait. Ces froideurs ont toujours été jugées capitales ; car Lætus, l'un des Chefs de l'armée de Severe, pour avoir regardé le combat, sans s'être voulu mêler en la guerre Lyonnoise, fut condamné à mort ; & Chararic (1) en notre France, appellé au secours de Clovis, pour même crime, fut appliqué à même peine. Ces prudences particulieres, ces discrétions d'un Magistrat pour le bien de ses affaires, sont criminelles de Majesté. Dion raconte qu'Auguste fâché contre ceux qui avoient failli de se trouver à jour nommé au Sénat, tira par sort chaque cinquieme pour le mettre à l'amende ; & ici, après être mandés par tant d'Edits, par tant d'Arrêts du Conseil, pressés de leur devoir même, les uns voïant l'Etat en branle, lui ont finement dérobé leur épaule, les autres se sont retirés aux ennemis du Roi, quelques-uns ont établi un faux & contraire Grand Conseil ; & tous ces crimes si étranges nous passeront devant les yeux ? On nous en portera la puanteur au nez, & elle ne nous émouvera point ? Les Loix se plaindront d'avoir été violées, & nous n'oirons point leur plainte ? Nous laisserons ainsi pour la poudre la discipline des Loix qui ont conservé la France ? Toutesfois, parceque se sont Loix Civiles, Loix d'Etat rigoureuses, mesures inégales à la clémence des Princes, jettons nos yeux sur l'Eglise, qui est la miséricorde même, qui ne ferme son giron à personne ; voïons si pour lui avoir manqué de foi ou de courage, elle n'a pas privé de dignité ses sacrés Ministres, bien qu'ils eussent un caractere qui ne se peut effacer. Certainement les Canons des Apôtres dégradent tous les Clercs, qui s'étant enrôlés sous les enseignes de souverain Empereur, aïant quelque Charge en l'Armée de son Eglise, ont désavoué son nom par crainte au temps des Persécutions, & les réduisent au rang des Chrétiens Laïcs. La crainte ne les délivre point de la perte des Charges Ecclésiastiques. Cette Constitu-

(1) Chararic. On croit qu'il regnoit dans Arras ou à Terouane: Clovis I le força lui & son fils, de prendre les Ordres sacrés & ensuite il les fit assassiner.

tion des Apôtres, comme plus juste que rigoureuse, fut étendue par les Peres du Concile de Nice, sur les simples Chrétiens, qui avoient fléchi aux afflictions de Licinius, à qui ils ordonnerent de demeurer trois ans entre les Ecoutans, (qui étoient les Païens & Hérétiques) d'être sept ans avec les Catéchumenes, & de prier deux ans entiers avec les Fideles, avant que de pouvoir être reçus à la communication des Sacremens. Ils ne soulagerent pas les Catéchumenes mêmes, à qui ils enjoignirent, s'ils étoient tombés en infidélité, d'être trois ans entre les Ecoutans; car par l'Architecture des premiers Temples de l'Eglise, toutes ces demeures étoient distinctes & séparées, selon la diversité des Ordres, comme nous voïons par la belle structure du Temple de Tyr, bâti par l'Evêque Paulinus, dont Eusebe rapporte le Panégyrique en son Histoire, & autres témoignages. Pareille dégradation, & privation de Cléricature & d'Office, fut ordonnée contre ceux qui reviendroient de l'hérésie de Paulianistes; & l'Eglise a suivi la même prescription d'ordre & de jugement. Je sais bien que les Peres accorderent aux Evêques, qui se départiroient de la présomptueuse & affectée innocence des Novatiens, de pouvoir rentrer en leurs dignités, si déja il n'avoit été pourvu d'autres Prélats en leurs places; mais c'étoit, comme Balsamon remarque, parceque ces Peres ne s'étoient pas autrement voulu retirer de l'Eglise, n'étant convaincus que trop de cruauté envers leurs freres, qu'ils refusoient de recevoir à pénitence. Quant à Eusebe de Nicomédie, & Theognis, à qui les Evêchés furent rendus, & Chrestus & Amphion contrains de les leur céder, ne se fit pas de l'ordonnance de l'Eglise, mais du commandement de l'Empereur, comme dit Socrate; & la restitution d'Appiarius, simple Prêtre de l'Eglise d'Afrique, fut bien débattüe dans le sixieme Concile de Carthage. Mais pour les rébellions, désobéissances, & conjurations faites contre les Evêques, & autres Supérieurs, par ceux qui tenoient quelques Charges en l'Eglise, ils en ont toujours été déclarés irrémissiblement déchus, non pas en un Concile seulement, mais unanimement au Concile de Calcedoine, au Concile de Constantinople *in trullo*, au sixieme Concile de Carthage, & autres semblables. Les termes sont bien plus forts en l'obéissance des Princes temporels, à qui les Evêques doivent toute subjection; & en les offensant, ils sont dégradés eux-mêmes par les Canons des Apôtres. L'Eglise donc, bien que douce & miséricordieuse,

encore qu'elle remette les fautes, refufe de rendre les Dignités à ceux qui en ont abufé, qui lui ont été infideles, ou qui
ont conjuré contre leurs Supérieurs, c'eſt la juſtice de la clémence de l'Eglife. Et, s'il eſt permis à notre curioſité d'entrer
plus avant avec les Peres en la recherche & fpéculation des
hauts Myſteres & Secrets de Dieu; quand on demande, pourquoi eſt-ce que Dieu pardonna à l'Homme, & que l'Ange ne
trouva point de grace? il ne fe préfente point de raifon de
différence de Dieu à Dieu, de fa Juſtice à fa Juſtice (comme il n'y en peut avoir aucune) finon que l'homme n'étoit
que fimple créature, & l'Ange étoit un nom de dignité en
l'Empire célefte. Le Magiſtrat & la dignité de l'Ange révoqua,
retint, & empêcha la miféricorde de Dieu. Pourquoi donc
maintenant, Meſſieurs, contre tout l'ordre des Etats politiques
humains, contre les Loix de France, contre la fainte Difcipline dont notre Mere l'Eglife corrige fes Enfans, contre la
Juſtice de Dieu même, que fans impiété nul ne peut accufer
d'inclémence, voudrions-nous rétablir aux Charges & Dignités
du Confeil, ceux qui en ont été privés comme indignes par
tant d'Edits, par tant d'Arrêts, pour des crimes de Perduellion
& de Majeſté horribles, & qui l'ont ainfi préjugé en leur caufe? Nous nous laiſſerons donc gagner à des feintes larmes?
Nous ploïerons à fi foibles fecouſſes? Nous voudrons donner
la main à des hommes qui fe noïent, & ils nous fubmerge-
ront avec eux, & nous perdrons dans le gouffre de la Ligue?
Où courons-nous, Meſſieurs, où nous emporte notre malheur?
Rétablir ceux qui ont renverfé l'Etat, qui ont voulu perdre le
Confeil, qui ont ruiné la France? Notre fortune eſt-elle fi
paſſée, que la mémoire ne nous en reſte plus? La chûte a-t-elle
été fi légere, pour relever ceux qui nous ont fait chopper?
Sommes-nous fi bien confirmés de la maladie de cet Etat,
que nous n'en aïons plus d'altération contre la caufe du mal?
Nous verrons donc l'objet de notre perte, & nous irons au-
devant lui faire careſſe? Nous verrons ceux qui nous ont manqué de foi, & nous nous commettrons encore à eux? C'eſt
vouloir jouer trop librement de fon reſte; la maladie eſt bien
dangereufe, fi elle nous apporte un fi grand étonnement d'efprit, un fi pefant aſſoupiſſement de membres, & une fi univerfelle privation de fentiment; elle tire à la mort, fi nous man-
quons ainfi de connoiſſance. Que l'Efpagnol ne fe mette donc
pas tant en peine, nous nous déferons bien, encore un coup,

fans

1591.

REMONTR.
DE FRANÇOIS
CLARI.

sans lui. Ses grandes Armées, de Mer & de Terre, périssent & s'évanouissent incontinent devant nous ; il reconnoît qu'il ne nous peut surmonter que par nous-mêmes ; que sans les infideles Officiers, qui étoient près du Roi & parmi nous, il ne savoit par où nous entamer : de-là notre mal a pris origine, il le veut poursuivre par où il l'a commencé ; mais nous voudrons bien lâchement périr en cette infortune, si nous en embrassons les instrumens, si nous nous trahissons ainsi nous-mêmes. A quoi pensons-nous ? Nous ne faisons que sortir d'un malheur, il nous tient encore par le pié, & nous en voudrons provoquer un plus grand ? Nous avons purgé le Conseil, & venant de prendre médecine nous tiendrons du poison en l'autre main ? Nous avons déchargé le Conseil de ces noires & corrompues humeurs Espagnoles ; nous l'avons nettoïé de ces excrémens fiévreux ; nous avons vuidé tout ce sang recuit & brûlé, & nous renfermerons encore dans nous-mêmes la cause de notre mal ? A peine commençons-nous de reprendre notre haleine, pâles & demi-morts de l'orage passé, tous moites & dégoutans d'eau salée, ne commençans qu'à recueillir les premieres tables de notre naufrage, étendans encore nos misérables reliques sur le bord, nous irriterons de nouveaux flots, nous attirerons les mêmes vagues qui nous ont perdus ? Nous verrons le Flux & la Marée remonter à nous, & nous ferons la moitié du chemin pour y entrer ? Nous n'avons pas encore sacrifié à Neptune du danger où le malheur nous avoit précipités, & par dessein nous en ferons naître un autre ? Nous nous résoudrons à un plus malheureux voïage ? Qui aimera tant le danger, périra justement au danger ; mais injustement accusera Neptune, qui fera naufrage deux fois. Les rechûtes sont pires que les maladies ; nos forces ne sont ni entieres, ni pareilles, pour résister de nouveau au mal ; nos corps sont trop débilités, ce n'est plus rien que l'ombre de la France, que le squelette du premier Corps de cet Etat. Voudrions-nous bien, Messieurs, nous faire encore un coup misérables, & toute la France avec nous ? Si nous n'avons pitié de nous-mêmes, tant de pauvres François, alliés de notre fortune, attachés à notre fortune, ne nous émouvent-ils point ? La vengeance de la France, notre Mere, ne nous fait-elle point revenir le cœur ? Ce n'est pas la robbe sanglante de Cesar qui vous demande ici justice, c'est la France même, votre Mere, prosternée à vos piés. La voilà en robbe poudreuse, toute déchirée, les cheveux arrachés, la

face teinte de ſang, toute couverte de bleſſures & de plaies.
Le ſang rebondit encore contre le bandage, il regorge par deſſus les ligatures, nous ne le pouvons rétancher ; la voilà toute
plombée, toute meurtrie de coups, toute étonnée, hors d'haleine, tremblante encore d'effroi, nous ne la pouvons raſſurer :
& un ſi effroïable ſpectacle ne nous trouble point la vûe, & ne
nous perce point le cœur ? C'eſt la France qui eſt Partie en cette
cauſe, c'eſt elle qui eſt la Partie offenſée en cette cauſe, &
nous ne lui ferons point ouverture de Juſtice ? Où ſeroit donc
cette grande juſtice du Conſeil, tant renommée par tout le
monde, tant redoutée par les Officiers rebelles, qui ne l'ont
oſé rechercher qu'à l'extrêmité ? N'en avons-nous point aujour-
d'hui pour la France, de qui nous la tenons. La mort cruelle
du feu Roi, Pere de la France, qui crie vengeance devant la
juſtice de Dieu, ne nous interpelle-t-elle point de la Juſtice
qu'il avoit conſignée, comme un ſacré dépôt, entre nos mains ?
Serons-nous ſi perfides dépoſitaires, de ne d'en ſervir point au
beſoin ? Le ſang inviolable de l'Oint de Dieu, du Pere commun
du Païs, accuſe ſi hautement les meurtrieres viperes, & tous
ceux qui les ont aſſiſtés, qui d'horreur ne ſe ſont départis d'avec
ceux qui ont autoriſé le prodige de ſon meurtre, qui ont croupi
ſi longuement dans la Ville meurtriere ; & nous ſerons immobiles au regard de cette abomination ? Notre eſtomac ne s'chauf-
fera point de colere ? Ses manes ſacrées ſe plaignent de voir
leurs cendres Roïales ſi longuement repouſſées, par les Rebelles,
de l'honneur du tombeau de tant de Rois leurs Peres. L'ombre
errante ſe lamente autour du corps privé de ſépulture, & cette
ſi vive plainte des Morts, ne nous frappe point les oreilles, le
triſte ſon n'effraie point nos eſprits ? Sommes-nous ici plus in-
ſenſibles que les Morts ? Eſt-ce l'horreur du crime ou la foibleſſe
de notre courage, qui nous tient ainſi étonnés ? Si tous les Officiers rebelles n'ont bâti l'exécrable deſſein de ce meurtre, n'ont-
ils pas participé à l'abominable effet par leur préſence, par l'aſ-
ſiſtance qu'ils ont depuis donnée aux Meurtriers, & par la réſiſ-
tence qu'ils ont faite avec eux, lorſque notre valeureux Roi en a
pourſuivi la juſtice ? N'en ont-ils pas fait leur cauſe ? N'ont-ils
pas communiqué à la furieuſe joie dont la Ligue s'éleva par la
mort du feu Roi ? N'en ont-ils point reſſenti dans le cœur quelques étincelles d'aiſe, penſant par-là avoir échappé ſa colere &
le châtiment de leur rebellion, qu'ils n'ont fait qu'allonger ? Si
cette mort les eût touchés de quelque trait de déplaiſir, de l'agi-

tation de leur douleur n'en fut-il point forti , comme du fein
d'une nue , quelque éclair d'ardeur Françoife , pour faire voir à
cette lueur aux Serviteurs du Roi quelque marque de leur regret
& de leur fidélité fi fecrette ? Dès-lors ne virent-ils pas bien clair
dans la Ligue ? Doutoient-ils plus que ce ne fût pour ruiner la
France & tous les Princes , légitimes Succeffeurs de cet Etat ,
puifqu'on avoit fi cruellement entrepris contre le Chef ? La puanteur de ce méchef ne les devoit-elle pas faire fortir de Paris par-
deffus les murailles , quand les portes qui leur étoient bien libres ,
leur euffent été défendues ? Mais encore , peut-on avoir fi long-
temps habité avec des Meurtriers fanguinaires , tout découlans
de fang Roïal , avoir reçu tous Edits & formes de Juftice de leurs
fanglantes mains , fans que par l'affidue fréquentation & par la
contagion on n'en rapporte la tache de quelque goutte de ce fang
Roïal ? Si dans leurs cœurs , comme ils le feignent , ils étoient
fi Serviteurs du Roi , fi ce defir François fi caché n'étoit encore
bien mur , s'il n'étoit affez couvé dans leur diffimulation pour
éclore à fon temps , quand eft-ce qu'ils nous ont produit le fruit
de ce faux germe ? L'effroi , la trance , l'étonnement d'un fi déteftable meurtre , cette lampe de la France éteinte ne les en
devoit-elle pas faire avorter ? Le muet enfant de Crœfus voïant
au fac de la Ville de Sardis , qu'un des Soldats de Cyrus alloit
frapper fon pere d'un poignard , s'écria fi hautement , fauve le
Roi : l'amour du fils rompit d'un effort les liens de la langue ,
brifa les empêchemens de nature , la nature força la nature ; &
ceux-ci voudront être réputés avec nous pour Enfans légitimes ,
qui n'ont pas feulement tréfailli aux pointes de ce mal , qui n'ont
pas crié au Meurtre , qui n'ont fait aucun devoir de vengeance ,
qui n'ont jamais abandonné les Meurtriers qu'à l'extrêmité , qui
ont foutenu le fiege avec eux contre le Roi , quand il en a fi
juftement pourfuivi la punition ? Mais nous-mêmes , fans nous
reffentir de la mort du feu Roi , oferons-nous bien nous dire
fes Enfans ? Ne penferons-nous pas dérober injuftement la belle
gloire de ce nom ? Voudrons-nous bien fans mérite avoir part
au bien de l'hérédité & reftitution de l'Etat de France contre
l'autorité du Sénatufconfulte , fans quelque léger effai de juftice ,
pour ne dire point , fans un bon effort de vengeance ? Notre Roi
généreux travaille inceffamment depuis deux ans pour avoir la
raifon de ce meurtre , il n'a ni bien , ni contentement , ni repos ; le regret de la mort du feu Roi l'entame mille fois plus
avant que le defir de fa naturelle hérédité ; & nous ne le fervi-

1591.
REMONTR.
DE FRANÇOIS
CLARI.

O o o o ij

rons point de nos Charges en un fujet fi jufte ? Nous ferons tiedes en cet endroit de fon fervice ? Nous manquerons en cette occa- fion à fon honneur, à la mémoire du feu Roi & à notre fidélité même ? Que deviendroit, Meffieurs, cette fidélité que vous avez fi cherement gardée à vos Princes, à la perte de vos biens, au péril de vos vies même ? En voudriez-vous faire aujourd'hui fi bon marché ? Car ce feroit une efpece d'infidélité, de vouloir communiquer les facrés myfteres de vos Charges & les affaires du Roi, à ceux qui l'ont fi infidélement fervi, & de vouloir par- ticiper en même Confeil avec eux. Que diroit-on de vous ? quand le devoir & la confcience ne vous retiendroient point, l'apparence humaine ne vous arrêteroit-elle pas tout court ? On diroit que vous avez bravé notre fidélité, quand il n'y auroit point oc- cafion de la perdre, que vous n'en aviez que pour le jour & pour la montre ; que vous avez compofé la févérité de vos vifages contre la Ligue, quand vous n'aviez eu rien à démêler contre les Ligueurs, que vous avez lutté contre une nue, que vous n'avez combattu que fous l'ombre, que fur l'arene le cœur vous a failli chaftes, pour n'avoir pas été follicités. C'eft en l'action que la vertu fe parfait, c'eft ce bel œuvre qui doit couronner notre vertu : il n'eft pas temps de perdre l'haleine fur le prix de la courfe. A cette étrainte fe verra la force de nos volontés ; ici on connoîtra fi ces diamans de conftance briferont fous le cifeau ; ce coup de touche découvrira fi cet or fi luifant eft maffif ; ici s'éclorront nos penfées ; ici s'épanouiront les fleurs de lis, que nous avons au cœur ; à ce jour nous ferons reconnoître qui nous fommes ; à cette épreuve, aux éclairs de ce Soleil, fe jugera l'Ai- gle Roïal. Si les autres Compagnies fe font un peu relâchées en la réception de leurs Officiers, voïez comme elles s'en trouvent, oïez comme elles s'en plaignent, comme elles admirent l'ordre que vous y avez gardé jufqu'ici, comme elles ont commencé de le fuivre ; & fi, toutes chofes pareilles, la faute des autres Ma- giftrats n'égale point celle de notre ordre. Car les autres étoient engagés en leurs Compagnies, qui étoient toutes dreffées & éta- blies ès Villes de la Ligue : là où ceux-ci ont érigé un Grand Con- feil à Paris, où il n'étoit point, & où il ne devoit pas être. Le Grand Confeil reluifant à la fuite du Prince, en fa place na- turelle, ils en ont créé un autre fous la Ligue, & s'en font dit les Magiftrats jufqu'à l'extrêmité. Et bien qu'ils euffent de quoi s'excufer envers les Rebelles, s'ils n'exérçoient leur Jurifdiction, pour n'avoir ni facs, ni regiftres, ni autres chofes néceffaires,

n'aïant rien à quoi s'emploïer; toutesfois d'une malice pourpen-
fée en l'injure du Prince, ils ont bâti un Grand Confeil fantaf-
tique, pour inftruire des procès en l'air, juger des caufes ima-
ginaires, décider des idées & des fecondes intentions, penfant
rehauffer la Ligue par le fantôme de leur Magiftrat, & l'égaler
au Roi en grandeur & fouveraineté. Cette faute peut-elle trouver quelque excufe ? Qui eft celui qui aura un manteau pour la
couvrir ? De quelle agréable couleur la pourra-t-on embellir,
pour faire feulement que notre œil la fupporte ? Combien penfez-vous, Meffieurs, que la préfence des Magiftrats a formé la
Ligue, a conforté la Ligue, a qualifié la Ligue ? Certes c'eft par
eux que la Ligue a ofé faire juger au Peuple que la révolte étoit
jufte & légitime, voïant un fi grand nombre de Magiftrats qui
repréfentoient le Roi, qui n'avoient leur autorité que du Roi,
à qui le Prince avoit fait part des plus vives étincelles de fa lumiere, fe tint de fon côté, contre le Prince. Car tout ainfi que
pour la foibleffe & imbécillité de notre vûe, nous ne pouvons fixe-
ment regarder le foleil, ni le bien voir que dans l'eau claire ou
autre chofe, qui, comme un miroir, nous le repréfente; ainfi le
Peuple incapable des fecrets & confeils du Prince, ne reconnoît
jamais la juftice de fes deffeins, que par le moïen du Magiftrat,
en qui reluit la face du Prince, qui eft comme Médiateur entre
le Prince & le Peuple. Tous les Magiftrats qui ont fuivi la Ligue,
pour l'avoir tant aidée, & pour être la feule caufe qu'elle a duré
jufqu'ici, font donc coupables d'un grand crime : mais les nôtres
d'un beaucoup plus grand. Car c'eft vraiment par eux que la Ligue
a penfé fe vanter d'avoir tout l'Etat entier de fon côté, voïant
prefque tous les Ordres de la Juftice Souveraine de France, &
une partie du nôtre même, qui doit toujours fuivre le Roi, fe
tenir du Parti de fa faction. Ce a été un des plus grands coups
d'Etat de la Ligue. Jamais cruelle guerre n'étonna tant le Peuple Romain, que quand ès guerres civiles il vit reluire pareilles
Enfeignes de chaque côté. C'eft de quoi nous penfoient accabler
les Rebelles, oppofant au Roi mêmes marques de Juftice & de
Souveraineté, élevant les Aigles contre les Aigles, les Enfeignes
contre les Enfeignes, *Ecce pares aquilas, & pila minantis pilis.*
Mais quoi ! dira-t-on, ne recevons-nous point d'excufes ? n'ad-
mettons-nous point des juftifications ? Cette grande révolte de
la Ligue les a enveloppés dans Paris. Hé, que n'en font-ils depuis fortis comme les Serviteurs du Roi ? Il eft quelquefois impoffible d'éviter un malheur; & comme dit un Ancien, *Plerum-*

1591.

REMONTR.
DE FRANÇOIS
CLARI.

que fortuna pro culpa eſt. Comme en Eſté, lorſque le Ciel eſt ſerain & calme, il s'éleve tout-d'un-coup une nuée, qui mouille tout le monde, & ſurprend les plus aviſés ; ainſi il a été mal aiſé que cette tempête de la Ligue n'ait ſaiſi & empêché beaucoup de gens de bien dans les Villes ; mais la faute n'eſt pas en cette premiere mouillure : le vice conſiſte à l'avoir laiſſé ſécher ſur ſoi, à s'être ſi longuement veautré dans la boue de cet orage. Mais la femme, les enfans, le bien, les amis, la piété des peres & meres, peuvent tenter les plus conſtans, comme Martius. Oui ; mais le Prince, le Païs, le Public ſe donnent la premiere place en l'ordre de notre naiſſance. Il faut prendre nos peres ſur les épaules, comme Enée, & les arracher des flammes, non pas brûler avec eux dans le feu des factions civiles ; ou bien, dire avec Saint Jerôme, *per calcatum perge patrem : pietatis genus eſt in hac re eſſe crudelem.* Quant à nos fortunes privées, le bien public nous les doit faire oublier ; ce n'eſt pas en ces occaſions qu'il nous faut reſſouvenir de nos affaires, & que le ſoin domeſtique nous doit empêcher ; c'eſt autant de plomb à nos aîles, autant de poids pour nous faire aller à fond, & nous empêcher de revenir ſur l'eau ; nous ne ſaurions bien fendre les vagues de cette mer civile ſi émue, enveloppés des ſoucis de nos familles. Il ne faut coucher ici que du Public. C'eſt fort peu de prudence de penſer à ſes affaires particulieres, lorſque le général ſe perd. L'Etat ne ſe rétablit pas à ſi petites pieces, ni les parties qu'avec le tout ; la charge eſt trop grande, il faut combattre en troupe, il faut le ſauver en gros. Quand la tempête aſſaut un vaiſſeau & l'accable preſque de nauffrage, le menaçant tantôt de le jetter contre un banc, tantôt de le choquer contre un rocher, l'élevant après juſqu'aux nues pour le mieux abîmer juſqu'aux enfers, ce ſeroit faute d'humain ſeçours aux Marchands qui ſeroient dedans de penſer ſe ſauver, en chargeant leurs denrées ſur leurs épaules, cela ne décharge pas le vaiſſeau, ils ſont toujours dedans, & ne ſe peuvent ſauver qu'avec lui ; mais ce ſeroit grande perfidie aux Pilotes de ne penſer qu'à ſoi, & vouloir évader ſeuls de la tourmente. Il faut détendre les voiles, détâcher le cordage, abbattre le mât, jetter dans la mer tout le poids qui peut ſurcharger le vaiſſeau, & tous les Mariniers, juſqu'aux plus bas & plus vils offices de la ſentine, ſe doivent ranger à leur devoir. Ainſi étant impoſſible de trouver ſalut en cet Etat qu'avec l'Etat même, ſi c'eſt folie aux Particuliers, c'eſt trahiſon aux Magiſtrats, comme Pilotes, qui doivent faire voguer ce navire, de ne l'avoir fecouru au befoin, d'avoir voulu échapper à part, & n'avoir point ramé avec nous. Si vous en eufliez fait de même, Meſſieurs, que ſeroit maintenant devenu le Conſeil? les Rebelles y trouveroient-ils bien les places qu'ils y demandent? Ne penſez-vous pas, ſi vous euſſiez manqué comme eux de fidelité & de courage, que le Roi nous eût effacés & ſupprimés d'un trait de plume, pour ne nous en relever jamais? Car quand bien tous les autres Ordres euſſent été rétablis, la Ligue, qui a toujours envié au Roi l'autorité, le ſerment, & la ſuite ordinaire de notre Magiſtrat, eut demandé notre ſuppreſſion, comme elle le fit entreprendre aux Factieux Députés qu'elle avoit envoïés aux derniers Etats de Blois; & lors, ne trouvant rien qui intercedât pour nous, accablés de notre infidélité même, la gloire & la mémoire du Conſeil s'en alloit enſevelie. Mais ce fut à la grande émeute de ces Etats ligués, que le feu Roi connut combien ſon grand Conſeil lui étoit néceſſaire, au contraire de leurs remontrances, & contre leur faction; quand preſque toutes les Compagnies Souveraines de France furent empriſonnées, branlerent, donnerent du nez à terre, ou s'éleverent contre lui, qui recourut incontinent à vous, pour vérifier les Edits contre les Rebelles, & faire le procès à leurs principaux Chefs. A vous, dis-je, à qui toute la Juſtice ordinaire commença de s'adreſſer. Ce fut alors que le Roi vit mieux que jamais de quoi leur ſervoit ſon grand Conſeil; & toutesfois ceux-ci ne vous pouvant faire perdre cette gloire, ont tâché de l'obſcurcir par un contraire Parti, & demandent maintenant leurs Places, en un lieu dont ils ont par deux ans tant hai la ſéance, & querellent leur portion d'une hérédité qu'ils ont voulu ruiner. Mais pourquoi y reviennent-ils? La cauſe de leurs excuſes ne dure-t-elle point encore? Eſtimez-vous, Meſſieurs, que le deſir du ſervice du Roi, ou l'honneur de votre Compagnie, les ramene? Penſez-vous que la même ardeur de cette affection Françoiſe, qui vous a tant fait courir de fortune, les ait arrachés de Paris? C'eſt la force, c'eſt la contrainte, ne pouvant plus habiter en un lieu que le Roi a tant incommodé. Ce ſont les amis de notre fortune, non pas les nôtres; oiſeaux paſſagers qui nous ont quitté en hiver, & nous reviennent voir au printemps, & qui nous laiſſeroient encore un coup, ſi la ſaiſon redevenoit dure. Ils ſe diſent nos Amis, parcequ'ils nous ont trouvés ſeveres Ennemis: ils ſe diſent nos Amis, ne pouvant plus être nos Ennemis. Car en quoi n'ont-ils point été nos Ennemis?

1591.

REMONTR.
DE FRANÇOIS
CLARI.

N'ont-ils pas toujours été avec nos plus grands Ennemis ? ne les ont-ils pas aidés contre nous ? N'ont-ils pas perseveré en faction avec eux jusqu'à l'extrêmité ? N'ont-ils pas souffert le siege avec eux, & supporté les mêmes extrêmes & dernieres incommodités ? C'est être bien associé avec nos Ennemis, c'est une ligue bien tenante, de ne s'en départir que quand on n'en peut plus. Sans cette nécessité nous ne les verrions pas ici ; & peut-être que tels sont sortis de Paris, qui s'en sont depuis repentis, oïant dire qu'on y vivoit un peu plus commodément, & y retourneroient volontiers, si les autres Rebelles les vouloient recevoir ; en cela plus exacts que nous (pour ne dire point plus justes) de ne les vouloir plus admettre pour s'en être distraits, bien que par une violente contrainte. Tirés donc par force hors d'une Ville pestiferée, ils ne se peuvent plus mêler avec nous ; nous en devons fuir la contagion. Hé ! de quelle façon les pourroit-on remettre, pour les bien renouer à vous ? A quel poil, à quel lustre pourroit-on recoudre des pieces si differentes pour rapporter à votre fidelité ? A quel jour pourroit-on après mettre ce corps, pour ne rendre point de faux ombrages ? Quelle harmonie pourroit-on attendre d'instrumens si discordans, montés à si divers tons ? Verroit-on le grand Conseil de France bigarré de couleurs ? Cette couleur de sang d'Espagne ne tacheroit-elle point la candeur de votre loïauté ? Verroit-on le grand Conseil de France écartelé d'Espagne ? Le grand Conseil de France, mi-parti d'Espagne, tiercé de Lorraine ? Nous feroit-on ici un Conseil de pieces rapportées, un Conseil de marqueterie ? Quel mêlange peu sortable, de voir les Criminels de Leze-Majesté assis entre les Juges ? Seroit-il bien possible, que ce sieges d'honneur, marques éternelles de la Souveraineté du Roi & de vos fidelités, pussent admettre des personnes si infideles à leur Prince, & si adversaires au Conseil ? Ne romproient-ils point sous le faix & la pesanteur de leurs crimes ? Ces éclairs de ces fleurs de lis ne leur éblouiroient-ils point la vue ? Ces belles fleurs de lis de France ne se hérisseroient-elles point en épines poignantes auprès de ceux qui les ont tant fait déchirer ? Ne leur seroient-elles point en perpétuel effroi de vengeance ? Mais encore, quand ils pourroient regagner quelque place au Conseil, ne penseroient-ils pas naître en un autre monde, voir un ciel tout nouveau, & respirer un air contraire ? Eux, dis-je, qui ont vu briser les Sceaux du Roi, rompre les Armoiries de France, & diffamer le nom du Roi, qui ont fait tant d'actions

sous

1591.

REMONTR.
DE FRANÇOIS
CLARI.

fous l'aîle & l'autorité d'un Tyran, voïant le nom du Roi fi re-
ligieufement adoré parmi nous, ne penferoient-ils point fe contraindre à des mœurs fi diverfes, & jurer des Loix toutes contraires? Ne croiroient-ils pas, que, contre leur deffein, la fortune, comme une vague, les eût jettés d'Efpagne en France?
Et fi quelques-uns avoient rompu la haie pour rentrer au Confeil, ne penfez-vous pas qu'ils ne font que fonder le gué, &
dreffer une planche pour attirer tous les autres, & les plus factieux, pour y être après auffi forts que vous, afin qu'on ne les
regarde plus fur l'épaule, qu'on ne leur reproche jamais leur
perfidie? Ne nous feront-ils point encore un Parti & une Ligue
dans le Confeil même? Mais comment y pourroient-ils faire
leur Charge? Quelle fidelité pourroient demander les Officiers
qui viendront après au Confeil, ceux qui l'ont ainfi violée à leur
Prince? Quel ferment recevroient des Avocats & des Parties,
ceux qui l'ont fi lâchement fauffé au Roi? A qui feroient-ils
fideles, au Roi ou à la Ligue, aïant rompu la foi à tous deux?
Quand il faudroit prononcer un rigoureux Arrêt contre la Ligue, de quel front, de quel vifage, de quelle contenance, de
quelle affurance en pourroient-ils opiner? S'il falloit faire le
procès à des Ligueurs, oferoient-ils condamner leurs Complices? Oferoient-ils punir ceux qu'ils ont pouffés à ce crime, de
qui ils ont tant loué les méchantes actions, à qui ils ont donné
l'exemple de mal faire? Blâmeroient-ils en autrui, ce qu'ils ont
tant prifé en eux-mêmes? Ne trembleroient-ils point en parlant
des autres? Ne penferoient-ils pas inftruire un procès criminel
contre eux-mêmes? Ne craindroient-ils point que les traits de
Juftice, qu'ils lanceroient fur les autres, rejailliffent plus vivement contr'eux? Et vous, Meffieurs, oferiez-vous faire ouverture des affaires du Roi en la préfence de ceux qui ont ainfi mé-
prifé fon fervice, & foulé fon autorité aux pieds? Oferiez-
vous bien permettre que des Ligueurs traitaffent les affaires du
Roi? Voudriez-vous bien que les Ligueurs jugeaffent des biens,
de la vie, de l'honneur, & de toutes les plus hautes fortunes
des bons Serviteurs du Roi, defquels ils ont fi fouvent confpiré
la ruine? Viendront-ils exécuter parmi nous, fur les meilleurs
François, les deffeins de la rage & vengeance de la Ligue; ne
doutez-vous pas qu'ils foient envoïés pour cet effet? Quels nouveaux articles de la Ligue? Ne vous aïant pû vaincre par armes, ni par tous les moïens dont elle nous a affaillis, toujours
plus foible, toujours battue & miférable, hors d'efpérance de

Tome IV. Pppp

reſſource , toutes les autres trames de ſes trahiſons lui défaillant, elle nous enverra maintenant les Officiers rebelles pour dé-truire les meilleurs Serviteurs du Roi , arracher notre brave No-bleſſe , opprimer d'injuſtice les Hercules de France , & acca-bler d'iniques & rigoureux ſuffrages , ce qu'elle n'a pû ſurmon-ter par armes ? Sa foibleſſe abbattra donc nos forces ? Elle nous perdra dans nous-mêmes d'une ruine Cadmée ? Elle viendra aſſouvir juſques dans notre ſein les cruels appetits de ſa fureur ? Nos priſons , deſtinées à la punition de la Ligue , ſeront donc les trophées de la Ligue ? Faudra-t-il que les plus gens de bien , & les plus néceſſaires au Roi , que les plus vaillans hommes de France , qui l'ont ſi courageuſement ſervi en la conſervation de cet Etat , odieux aux Rebelles pour leurs fideles ſervices , at-taqués dorénavant par des ſuppoſées calomnies de la Ligue , ſoient jugés par des Ligueurs , leurs mortels & jurés ennemis ? La fidélité ſera donc un nouveau crime devant des Juges infi-deles , ſi contraires à la loïauté , qui ont juré des Loix ſi cruel-les ſous la Ligue , contre la foi des bons Sujets du Roi ? Enfin , les voix ſe prenant plutôt au compte , qu'au poids , *numeratis , non ponderatis ſententiis* , ne craignons-nous pas que ces Fac-tieux affoibliront beaucoup les affaires du Roi , s'ils ne les peu-vent perdre ? Que le Conſeil perdra beaucoup de ſa premiere chaleur , & par ainſi de ſa premiere gloire ? Vous y penſerez murement , ainſi qu'il eſt néceſſaire , Meſſieurs ; vous avez trop à cœur le ſervice du Roi , vous en êtes picqués trop avant pour le deſtituer en cette cauſe. Vous vous reſſentez trop des plaies de la France , pour en perdre ſi-tôt la douleur. Vous aimez trop l'honneur du Conſeil , qui ne peut être ſéparé du vôtre , pour le proſtituer ici. Vous avez trop bien commencé pour demeurer en ſi beau chemin. Vous vous roidirez donc contre cet effort , vous repouſſerez ce ruineux mêlange , vous défendrez vivement l'entrée du Conſeil à tous ces rebelles Officiers. Repréſentez-vous le bel ordre de votre commencement ; les yeux de chacun ſont fichés ſur vous pour en attendre l'iſſue ; nous en eſperons une auſſi ſainte & généreuſe fin , comme les commencemens & les progrès en ont été juſtes & courageux.

Avertissement.

Resteroit maintenant de venir à la considération du Siege de Rouen & du secours au dernier voïage du Duc de Parme en France, auquel pensant donner un pied assuré aux affaires de son Maître, il y reçut telle bastonnade, que s'étant retiré sans faire ce qu'il projettoit, il n'y est point venu depuis, mais est allé en son lieu, laissant la Ligue au besoin. Or, d'autant que cela requiert un bien ample récit, & qu'il y a beaucoup de pratiques mêlées parmi, nous le réserverons pour le commencement du cinquieme Volume.

Pour la clôture de celui-ci, au regard des affaires de France, d'autant qu'en ces temps là le Roi étoit environné de gens qui estimoient que se rangeant à l'Eglise Romaine, il éteindroit incontinent tous les feux de la Ligue, & remettroit la France en paix. Entre plusieurs Ecrits & Discours faits en cette année 1591, en fut dressé un, duquel nous avons tiré ce qui s'ensuit, sur la résolution de cette instance.

RÉPONSE

A l'Instance & Proposition que plusieurs font, que pour avoir une
Paix générale & bien établie en France, il faut que le Roi change
de Religion & se range à celle de l'Eglise Romaine (1).

Nul ne doute que la paix ne soit le seul moïen de restaurer cet Etat. Nous confessons tous, que la division de la Religion y a été le premier sujet de la guerre civile. Mais quand & quand de ces deux propositions on saute à une troisieme ; qu'il faut donc que le Roi se faisant Catholique, ôte cette division, & que cela est le seul & unique moïen d'avoir une paix générale, sûre & bien établie, cette proposition est si plausible, si spécieuse au vulgaire, & j'ose dire encore, si captieuse, qu'il faut des oreilles merveilleusement nettes, pour en juger l'artifice.

---

(1) On a vû ailleurs un Ecrit sur le même sujet. Celui-ci est d'un Politique qui paroît ne pas plus tenir à l'Eglise Catholique, Apostolique & Romaine, qu'à la Secte de Luther ou de Calvin. Au reste, cet Ecrit, avec de fort bonnes choses, contient encore plus de déclamations, qui se détruisent par elles-mêmes.

Car, enfin, c'eſt par une voie oblique charger le Roi de toute l'envie, & le rendre coupable des maux, qui ſont depuis trente ans enracinés en notre État, & qui y germent encore. Sur cette diſpute au commencement de ſon regne on murmura un peu. Auſſi à la vérité ce ſoudain changement fut étrange, non-ſeulement en la perſonne du Prince, mais aux volontés des plus ſignalés du Roïaume, qui ſe venoient agenouiller devant lui, contre qui, ſix mois auparavant ils avoient tiré l'épée. Les nôtres même tout au rebours, eſtimant qu'il ſeroit forcé en ſa conſcience, crierent d'appréhenſion, & firent de leur côté des remontrances pour le ſupplier de demeurer ferme ; mais néanmoins la raiſon où il ſe mit, & la procédure qu'il tint pour le contentement des Seigneurs Catholiques ; & au contraire celle des Ennemis, qui, après avoir maſſacré un Roi plus que dévot, n'étoient pas pour poſer les armes à la premiere Meſſe d'un nouveau Réduit, firent lors ceſſer cette rumeur : depuis peu elle s'eſt réveillée, on en parle, on en imprime des livres ; ſignes qui ont accoutumé de précéder un plus grand mal ; & de nouveau, il s'en eſt vû quelques-uns auxquels encore que l'on ait déja répliqué, je ne ſuis néanmoins pas content de cela.

Or, quand j'entendrai les pauvres ignorans, ſoit de la Religion Romaine, ſoit de la Réformée, qui ſouhaiteront opiniâtrement, l'un, que le Roi change ſa façon de vivre, l'autre, qu'il y perſiſte, j'excuſerai leur zele ; mais quand je verrai quelqu'un d'entre les Docteurs d'Iſrael, d'une part ou d'autre, qui maintiendra cette propoſition, il me ſera ſuſpect : ce n'eſt ni à Rome, ni à Geneve, où ſe font les Chrétiens ; ce n'eſt point un Ouvrage ni un Métier où il y ait Maîtriſe de Ville ; les Chrétiens ſont ceux qui oïent la parole de Dieu & qui la gardent ; la vraie Religion eſt celle qui eſt purement fondée ſur les Ecrits du S. Eſprit (1), tellement que ſi nous avons à ſouhaiter quelque choſe en notre Roi, ce n'eſt pas qu'il ſuive la Secte de Rome (2) ou de Genêve. Tout ainſi comme ces lieux là ne doivent point apporter d'envie à la Doctrine, auſſi n'y doivent point apporter d'autorité ; mais qu'il réduiſe tous ſes Peuples à ſervir Dieu, ſelon que Dieu lui-

---

(1) Si l'Auteur a prétendu exclurre la Tradition conſtante & ſuivie depuis les Apôtres juſqu'à nous, il s'eſt égaré. L'Ecriture & la Tradition ſont les deux fondemens de nôtre Foi,

(2) C'eſt injurier l'Egliſe Romaine que de la qualifier de Secte.

même nous a commandé de le fervir ; qu'il ôte la divifion & fchifme, non du Chriftianifme, car là il n'y en peut avoir, mais des Chrétiens. Qu'il cherche pour cela les voies qu'on a accoutumé de pratiquer en telles chofes, & que fes Prédéceffeurs Rois & Empereurs ont tenues. Qu'il ait le defir de voir tous fes Sujets, auffi bien fous l'obéiffance de Dieu, que fous la fienne ; après, qu'il en ait le vouloir au cœur, les effets aux mains, & penfe qu'il eft auffi bien appellé à fa Couronne pour ôter cette féparation, comme pour rétablir la pureté en la Religion : c'eft ce que nous devons fouhaiter de lui.

Ceux qui eftiment que le Roi fe doit faire Catholique (il me faut néceffairement fervir de ces noms-là), & s'il ne le fait, comme l'on dit, proteftent de tous dépens, dommages & interêts contre lui ; s'ils le lui veulent perfuader, néceffairement, ce fera par deux fortes de raifons ; les unes, & les meilleures, tirées de la Théologie ; les autres moindres, & moins confidérables, certes prifes des Jugemens de l'Etat. Quant à celle de la Théologie, ce n'eft pas mon intention d'en traiter gueres, cela ne fe doit pas faire fi légerement ; & d'ailleurs j'y fuis peu verfé, n'en aïant appris que pour ma provifion. Et ceux qui publient ces Difcours, bien qu'ils y foient doctes, ne s'en font pas fervis ; & je dirai ceci en paffant, qu'en ces Ouvrages chacun y aura pu remarquer, du bon ou du mauvais, ce qu'il aura voulu ; j'y ai noté particulierement qu'ils font tous faits & dreffés exprès pour émouvoir les Peuples & faire crier, *grande eft la Diane des Ephéfiens*, n'y aïant dedans une feule raifon qui ne foit vulgaire & apparentieufe ; comme quand ils demandent au Roi s'il voudroit refufer le nom de Catholique. Qui a jamais ouï parler de rien fi étrange ? Penfent-ils que le Roi, ni ceux qui l'ont enfeigné, aient ignoré la force & la fignification de ce nom-là ? Que difent-ils, que l'Eglife a fa droite fucceffion de Saint Pierre, auffi bien que la Couronne du Roi qui régne, de fon Prédéceffeur Saint Louis ; voilà un bel argument pour établir l'autorité de l'Eglife. Quand ils difent, qu'il faut auffi peu changer une vieille Doctrine pour une nouvelle, comme un vieil Prince pour un nouveau. Quand ils demandent, fi les Miniftres font plus Anges que les Evêques. Quand ils difent, que le Roi a été baptifé à l'Eglife, qu'il y doit mourir, que tous les Rois jufqu'à lui ont été Catholiques. Que S. Louis n'a pas été canonifé à Genève, mais à Rome.

Que si le Roi n'est Catholique, il ne tiendra pas le premier rang des Rois en la Chrétienté. Qu'il n'est pas beau que le Roi prie Dieu d'une sorte, Officiers, les Princes, les Seigneurs d'une autre. Je m'ébahis qu'ils n'ajoutent, lui en une Halle, sous un méchant taudis, & eux en une belle grande Eglise. Quand ils débattent après, que le Roi ne pourra être sacré, ou s'il l'est, ce sera entre les mains d'un Ministre. Et finalement, quand ils le menacent autrement de n'être point enterré à S. Denis, s'il se laisse mourir; cela n'est pas bien traiter une si grande, si sainte & si importante question, ni être bien candide en la dispute. Car enfin, quel sera le fruit de ces Ecrits? D'avoir envoïé toutes ces raisons au Roi en particulier, bien; mais de les publier au vulgaire, à quelle intention? C'est tout ce que je veux maintenant dire en gros de ces labeurs, n'aïant pas accoutumé de blâmer davantage les perles d'un autre.

Tant de gens ont travaillé à répliquer à ces deux noms de Catholique & d'Hérétique, que je m'ébahis comment on en peut abuser. Tant de Doctes ont montré, & par raisons, & par autorité, & par exemples, que l'Eglise a enduré des Rois & Hérétiques, & Athéistes, & Païens; que qui traiteroit cela maintenant, parleroit en vain. Néanmoins, à ouir ces Prêcheurs, vous diriez que le Roi n'entendit jamais ce que c'est que d'être Catholique, & le calomnient là-dessus, comme si refusant ce nom-là, il se déclaroit ou Turc, ou Calicustique. Il y a, certes, raison de dire que Catholique & Chrétien signifient une même chose: que refuser le nom de Catholique est autant comme de refuser celui de Chrétien; mais ce n'est pas comme l'entendent les Auteurs de ces beaux Discours, ou pour le moins comme ils veulent qu'on l'entende. Car ceux qui ne le font (comme j'ai remarqué) que pour contenter le vulgaire, se font douté qu'il n'y avoit rien qui pût être si agréable que cet axiome; il n'est pas Catholique notre Roi, ce dit le Sire Pierre en sa Boutique, il n'est donc pas Chrétien, il est Hérétique; & là-dessus suit la conséquence ordinaire, car bon Chrétien en ce temps-ci est peu, mais bon Catholique est beaucoup.

A la différence de l'ancienne Eglise Judaïque, (qui étoit enfermée & retenue dans les Familles d'un certain Peuple, d'une Nation particuliere, & qui ne se pouvoit communiquer aux autres nullement) la nôtre s'appelle aujourd'hui Catholique, c'est-à-dire Universelle, & qui n'est plus particuliere à quelque Peuple, mais en laquelle tous les hommes généralement peuvent être reçus. C'est l'Eglise qui s'appelle Catholique, mais la Doctrine ne s'appelloit pas du commencement ainsi; ce n'est pas une Doctrine universelle, composée d'Articles généraux, où il soit loisible d'ajouter ou diminuer, étendre ou racourcir; au contraire, c'est une Doctrine très particuliere, fondée seulement sur certains Ecrits, sur certaines maximes & axiomes de la Foi (1); & tant s'en faut qu'elle soit si Catholique, si universelle, & si générale que celle des Juifs, qu'au contraire elle est mille fois plus particuliere, plus étroite, plus spéciale. Lisez le cinquieme Chapitre de S. Matthieu, où le Seigneur, parlant de l'une & de l'autre, y montre une évidente différence; tellement que quand on appelle un homme Chrétien, on lui donne sa vraie épithete; mais de donner l'adjectif Catholique à rien qu'à l'Eglise, pour l'interpréter autant que Chrétien, ou instruit en la Doctrine de Jesus-Christ, ce n'est pas proprement parler. Qu'ainsi soit (il faut que je donne raison aux ignorans, car c'est à ceux-là à qui on s'adresse,) les Epîtres des Apôtres Pierre, Jacques, Jean, Jude, s'appellent Catholiques : est-ce pour la Doctrine ? Tant s'en faut, c'est parcequ'elles ne sont pas particulieres, ni à l'Eglise de Corinthe, ni à celle de Colosse ou d'Ephèse, comme les autres de S. Paul, mais générales & adressées à toutes les Eglises. De fait, nous ne disons pas, je crois la Doctrine Catholique, nous disons, je crois l'Eglise Catholique : ce qui fut ajouté expressément par les Apôtres, ou, quoi que ce soit, par les premiers qui arrêterent peu après eux ces Articles de Foi, d'autant qu'il y en eut après la mort du Seigneur quelques-uns qui doutoient encore si la parole de Dieu & Mysteres du Salut se pouvoient & devoient communiquer aux Gentils; comme à la vérité aussi jusqu'à Saint Paul pas un n'en avoit reçu commandement particulier. Voilà pourquoi il fut résolu qu'on ne feroit plus de distinction de Peuples au Christianisme; que les Juifs n'avoient plus de privilége sur les Gentils; que tout seroit un, & que l'Eglise seroit Catholique & universelle.

(1) C'est mal entendre ce que c'est que l'Eglise Catholique: cette Eglise n'a point de Doctrine singuliere, elle ne s'appuie pas sur certains Ecrits : l'Eglise Catholique est celle qui enseigne; & qui a toujours enseigné la Doctrine de Jesus-Christ, prêchée par les Apôtres & par leurs Successeurs. Elle ne s'appuie que sur les Livres du Nouveau Testament, & sur ceux qui ont été composés depuis, & où elle reconnoît la même Doctrine. L'Eglise de Rome est une Eglise particuliere, mais c'est la principale de toutes les Eglises, qui toutes ensemble ne font qu'une Eglise Catholique, qu'une seule & même Eglise, & la seule Eglise véritable. C'est à ces principes, qu'il faut ramener les écarts de notre Auteur.

Ce fut là la premiere raiſon. Depuis, par la ſuite du temps, voire un moment après la mort du Seigneur, il ſe trouva des opinions diverſes en l'Egliſe ; ce qui montre bien que la perfection, la regle de vérité, la pierre de touche, n'eſt pas attachée à cette Egliſe militante, compoſée d'hommes ſujets à faillir. Ce qui eſt vrai n'a nulle diverſité : or, quand cela advenoit, toute l'Egliſe, c'eſt-à-dire tous les Evêques, tous les Paſteurs, qui ſe pouvoient aſſembler, jugeoient par la Parole de Dieu de cette nouvelle opinion ; & quand elle étoit condamnée, celui qui la tenoit ſe nommoit Hérétique, auquel on oppoſoit les Catholiques, c'eſt à-dire ceux qui ſuivoient le conſentement du plus grand nombre des Evêques unis & s'accordans en une ſemblable opinion ; mais de cela, il ſe parlera tantôt davantage.

Donc ce mot de Catholique a diverſes interprétations ; au contraire, celui de Chrétien n'en peut avoir qu'une. Quand on dit l'Egliſe Catholique, à la vérité, c'eſt autant à dire que l'Egliſe Chrétienne ; car il n'y a nulle Egliſe univerſelle que la Chrétienne. Mais quand on parle de Doctrine Catholique, cela n'eſt pas toujours ainſi, ſi on regarde la propre ſignification du mot, y aïant beaucoup de Doctrines univerſelles, qui pour cela ne ſont pas Chrétiennes. Tous les Arts que nous avons ne ſont-ils pas tels ? Ne les enſeigne-t-on pas univerſellement d'une même ſorte ? C'eſt donc mal argumenter que de conjoindre ſous le nom de Catholique l'Egliſe & la Doctrine, & il y a bien de la différence de dire, la Doctrine doit être univerſellement prêchée d'une même ſorte, où de dire, la Doctrine eſt univerſelle. Le premier eſt véritable ; mais ſi vous interprétez le ſecond, comme font les Catholiques d'aujourd'hui, il faut croire ce que tout le monde univerſellement croit, il ſeroit très faux, & à cette diſtinction il faut avoir l'oreille bien délicate. C'eſt un étrange revers de Médaille de ſoutenir l'Egliſe être univerſelle & par tout le Monde ; il faut donc croire ce que tout le Monde Chrétien, ou la plus grande partie d'icelui, croit. C'eſt un autre merveilleux ſophiſme, dire l'Egliſe eſt Catholique & univerſelle ; vous n'êtes qu'une petite poignée d'hommes, vous n'êtes donc pas de l'Egliſe ; car il s'eſt trouvé ſouvent que les Hérétiques emportoient de nombre les Orthodoxes ; & ſelon cet argument, auſſi peu en ſeriez-vous que nous : nous ſommes plus à votre proportion que vous à celle du reſte du Monde Païen, du Mahumétan. A peine la Chrétienté contient-elle l'Europe : que deviendroit l'Aſie, l'Afrique, & l'Amérique ? C'eſt encore

plus

plus mal conclu de dire, sous ce mot de Catholique, la vraie
Religion & celle qui est approuvée du consentement universel
du Monde, car le contraire se voit à l'expérience ; non-seulement le dire du Seigneur restraint sa Bergerie au plus petit
nombre, mais toute l'Histoire ancienne nous l'apprend.

Or, néanmoins les Catholiques d'aujourd'hui faillent, non-
seulement en leur nom, s'appellant Catholiques Romains, qui
est autant comme qui diroit Chrétiens universels particuliers,
mais encore ils faillent en l'interprétation du nom ; car se di-
sans universels, ou de l'Eglise qui suit la Doctrine universelle,
ils se contredisent, en restraignant cette Doctrine universelle à
celle qui a été, qui est, ou qui sera prêchée en la Ville particuliere de Rome. Il faudroit donc, suivant cette maxime de
Catholique, que la Doctrine ne le fût pas, ce qu'ils nient,
car ils l'appellent la Doctrine Catholique. Il faudroit encore
que la Doctrine reçût son autorité du lieu où elle auroit été
premierement prêchée, ce qui ne se peut soutenir.

Que faut-il donc dire pour conclure cela ? L'Eglise de Dieu
est composée du Corps universel de tout le Monde, & assemblée au son de la Parole de Dieu qui s'est ouie aux quatre Parties de la Terre. Cette Eglise n'étant qu'une, comme le Monde n'est qu'un, ne reçoit aussi qu'une forme, telle que la Parole
de Dieu lui donne ; forme, qui par tout le Monde universel, en
toutes les Parties visibles de cette Eglise, doit être une & semblable, d'autant qu'il n'y a qu'une & semblable Parole de Dieu :
c'est la vraie interprétation du mot de Catholique.

Celui d'Hérétique ne reçoit pas grande interprétation. Les
Anciens donc ont appellé Hérétique celui qui avoit fait choix
d'une opinion particuliere, & qui la soutenoit opiniâtrement
contre le consentement de tous les autres Pasteurs de l'Eglise.
Il falloit proprement dire contre le témoignage de l'Ecriture ;
car cette regle, du consentement des Evêques, eût été fausse
au Concile d'Arimini (1), où il se trouva six cens & tant d'E-
vêques Arriens, contre vingt-cinq Orthodoxes. Et qui eut
voulu dire lors que la vraie intelligence de la Parole Divine
étoit en l'opinion de six cens, au contraire l'Hérésie étoit dans
celle des vingt-cinq ; il y eut du mécompte. Ne lisons-nous pas
que le mensonge se trouva en la bouche de quatre cens Prophètes du Roi d'Israel, & qu'un seul Michée avoit la vérité ? Or,
qu'ainsi ne soit, toutes les déterminations des anciens Conciles

(1) De Rimini.

Tome IV. Qqqq

ne difent pas fimplement, une telle Héréfie a été condamnée par le Jugement de tant & de tant d'Evêques; mais ils difent, l'opinion d'un tel a été condamnée parcequ'il écrit ainfi; ce qui montre que l'Eglife vifible ne fert que comme le Greffier ou Notaire, qui reçoit les Actes publics, & qui en témoigne, n'aïant de lui nulle autorité de les valider. Et s'il faut un plus grand exemple, le Seigneur lui-même, Chef de l'Eglife, dif-putant contre le Pere des Hérétiques, lui allégua-t-il rien que la fimple & pure Ecriture? Lifez le quatrieme Chapitre de Saint Matthieu, toutesfois, parceque le premier Hérétique qui s'é-leva jamais fe trouva feul contre tous les autres; à ce premier là on oppofa fur-le-champ le confentement de tous les autres, qui étoient tous d'accord, & qui tout fraîchement venoient eux-mêmes de recevoir la vive voix de Dieu, ce qui continua toujours depuis. Mais, pour bien parler, il n'y a rien de con-traire au Menfonge & à l'Héréfie que la vérité, & il n'y a nulle vérité que celle qui eft contenue en l'Ecriture Sainte (1); tel-lement que ce n'eft pas le confentement des Evêques, à pro-prement parler, qui condamne l'Héréfie, mais c'eft la Parole de Dieu écrite, fur laquelle ce confentement s'appuie; tout ainfi comme ce n'eft pas la main de l'Orfévre qui éprouve & rend recevable l'or, mais la pierre de touche qui eft en fa main. Il eft néanmoins néceffaire que le jugement & la main de l'Or-févre y foient; car fi la pierre eft maniée par un Maçon, ou par un Tifferant, ce fera pour néant; cependant c'eft toujours la pierre qui fait proprement l'effai, non la main, pouvant cette même main fe fervir d'une fauffe ou d'une mauvaife pierre.

Après, toute opinion ne faifoit pas l'Hérétique, à prendre ce mot en fa propre fignification, mais feulement une opinion qui importoit aux articles de Foi; car quand ce n'étoit que pour les cérémonies, il n'en alloit pas ainfi, & de ce il appert en plu-fieurs lieux de l'Hiftoire ancienne. Mais qui voudra voir cela particulierement, life une Epître de Firmilianus, écrivant à Cyprian. Finalement, il falloit que les Hérétiques fuffent ouis & condamnés par la parole de Dieu, tout de même comme j'ai dit que le Seigneur eut la patience d'ouir & condamner le Dia-ble par l'Ecriture. Pour preuve de cela, qu'on recherche l'ordre qui a été tenu en la condamnation de tous les Hérétiques an-

____

(1) Cela eft faux : l'Ecriture fainte ne dit pas tout. Ce qui a toujours été cru, enfeigné & prêché depuis les Apôtres jufqu'à nous, n'eft pas moins une vérité de Foi, quand on ne pourroit le prouver par le texte des Livres faints.

ciens, Valentinians, Marcionites, Novatiens, Donatiftes, Arriens, Neftoriens, & tous les autres, & on verra fi on y procédoit comme on veut faire aujourd'hui.

Par cette définition, refteroit à favoir fi ceux qui aujourd'hui s'appellent Catholiques, font vraiment Catholiques, fi auffi nous fommes Hérétiques. Il faudroit une grande difpute de Théologie & des raifons bien entendues des Doctes, qui voudroit à pur & à plein réfoudre cette queftion, mais ce n'eft pas ici le lieu. Un acte fi folemnel ne fe doit pas faire avec fi peu de cérémonie.

Quand le temps en feroit venu, & qu'un chacun eût réfolu d'y apporter feulement l'efprit de vérité & de douceur, j'eftime devant Dieu qu'elle feroit bien-tôt vuidée. Mais mon intention n'eft autre pour ce coup, finon de répondre ici à ceux, qui pour la finir ne fe font fervi que de raifons pleines d'apparence, & les païer de même monnoie. Auffi-bien fais-je que l'un & l'autre ouvrage ne fera lu, & ne nuira ou profitera que dans l'efprit du vulgaire. Les Dauphins ne fe prennent pas à fi petits hameçons.

Le premier article que nous avons à conclure enfemble (car encore en faut-il dire quelque chofe) c'eft un terme qui fait préjugé à toute la queftion. Nous nous enquerrons les uns & les autres où il faut chercher les titres de notre falut. Nous maintenons de notre côté, que les feuls écrits des Prophêtes & Apôtres ont l'efprit de vérité ; que tout ce qui a depuis fuivi, voire fut-ce un moment après, n'eft pas autentique ; que toute doctrine, quelle qu'elle foit, & de qui que ce foit, qui n'eft contenue aux faints Livres, n'eft point recevable. Or quels ils font, fi on le veut favoir, outre le confentement de toute l'Eglife ancienne, qui les a une fois approuvés ; qu'on les life en Saint Jerôme & en Cyprian, qui en font la defcription. J'allégue ces témoins-là exprès, parceque nos Docteurs d'aujourd'hui s'y arrêtent quafi plus qu'à Saint Pierre & à Saint Paul. Nous difons encore, que les Pafteurs de cette Eglife vifible, en laquelle nous fommes, n'ont pu depuis les Apôtres introduire rien de nouveau, voire jufqu'au moindre article, excepté en la difcipline, en la police ou en l'ordre, en quoi certainement ils ont toute autorité, mais telle néanmoins que, de ce qu'ils feront, ils doivent (s'il eft poffible) avoir ou exemple ou témoignage, foit de l'Ecriture, foit de l'ufance de la primitive Eglife. Voilà notre fondement. Les autres vont bien plus loin, car ils foutiennent que

Q q q q ij

l'Ecriture Sainte que nous avons, n'eſt pas toute parfaite, &
alléguent le Verſet de Saint Jean, qui dit, Jeſus fit beaucoup
de miracles, qui ne ſont pas écrits en ce Livre. *Item*, il y a pluſieurs choſes que Jeſus a faites, leſquelles étant écrites de point
en point, je ne penſe point que le monde même pût contenir
les Livres qu'on en écriroit, voulant par-là conclure, que doncques tout ce que le Seigneur a fait & dit n'eſt point contenu
aux Livres que nous avons, mais qu'il y en peut avoir encore
quelques autres où ſont écrites d'autres choſes faites par lui ; &
là-deſſus ils produiſent des actes, qu'ils appellent de Saint Pierre,
des Epîtres & pluſieurs autres Livres. Mal conclu tout cela néanmoins ; car il eſt bien clair que ce Verſet de Saint Jean, s'entend de l'Hiſtoire, non de la Doctrine. Qu'ainſi ne ſoit, le
ſuivant le montre, où il eſt ajouté : mais les choſes ſont écrites, afin que vous croïez que Jeſus eſt le Fils de Dieu, & qu'en
croïant, vous aïez vie par ſon nom. Comme diſant, les autres
actions du Seigneur ne ſont compriſes en ce Livre : ce qui y eſt
néanmoins ſuffit pour édifier votre foi, & pour vous montrer la
voie du ſalut. J'aimerois donc autant qu'ils vouluſſent argumenter, tout ce que Dieu fit dès le commencement du monde n'eſt
pas contenu aux Livres de Moïſe ; *ergo* la Doctrine du Vieux
Teſtament n'eſt pas parfaite. Ils tiennent encore, qu'il y a
non-ſeulement la Loi écrite, mais la Loi non écrite, qu'ils appellent la Tradition, c'eſt-à-dire ce que les premiers ont enſei-
gné aux ſuivans, & qui a été ainſi de rang en rang obſervé juſqu'à ce jour. Pour le prouver, ils alléguent quelques paſſages du
Vieux Teſtament, où il eſt ſouvent dit : quand tu verras un tel
& un tel ſigne, tu apprendras cela & cela à tes enfans. *Item*,
pluſieurs témoignages de Tertullian, de Cyprian, Jerôme &
d'autres bons Docteurs anciens, qui ſont pour la Tradition.
Cela eſt vrai, nous l'avouons, pourvu que cette Tradition humaine
ne touche aux points eſſentiels de ſalut : car là elle ne peut rien
introduire, ni de nouveau, ni de contraire : pour les choſes cé-
rémonielles & différentes, oui.

Or quand ils voient que nous en ſommes venus juſques-là, ils
paſſent bien plus outre, & affirment que l'Egliſe eſt par-deſſus
l'Ecriture, que les Livres d'icelle ne ſont autentiques, que parceque l'Egliſe les a déclarés tels, d'où ils tirent un ſecond argument, que puiſqu'elle a eu ce privilege & cette puiſſance d'au-
toriſer une Doctrine, de la diſcerner d'avec une aprocryphe ou
profane, comme de lui donner force & vertu, à meilleure raiſon

doit-elle avoir le droit de l'interprêter ; & par conféquent, qu'il ne faut autre interprétation de l'Ecriture que celle qui fe trouve en l'Eglife. Nous, tout au contraire, proteftons que les faints Livres, efquels la parole de Dieu eft écrite, font les fondemens du falut, de la fontaine defquels l'Eglife puife fon inftruction ; qu'ils ont en eux-mêmes & d'eux-mêmes leur autorité, par la vertu du Saint Efprit, qui les a dictés, voire qu'eux-mêmes portent en eux leur feule & vraie interprétation, laquelle il n'eft loifible de chercher ailleurs que là. Or que notre maxime ne foit très véritable, & la leur, à l'oppofite, très captieufe & très fauffe, je le montrerai, & par autorités, & par l'Hiftoire, & par la raifon, qui nous l'apprend, & puis je les laifferai conclure.

Par autorité, pour abreger, écoutons premierement le Seigneur lui-même, parlant au Deuteronome. Vous n'ajouterez rien, dit-il, à la parole que je vous commande, & n'ôterez rien d'icelle. Tout ce que je vous commande, vous le garderez pour le faire : vous n'y ajouterez rien, auffi vous n'en ôterez rien. Baiffez les yeux, Effrontés, qui ofez ajouter, non pas un iota, mais des troifiemes tables à la Loi de Dieu, qui compofez des cinquiemes Evangiles ; qui pour un feul paffage, canonifez les Livres aprocryphes contre le Saint Efprit ; que direz-vous à cela ? Ecoutons-le encore en Saint Jean : Celui que Dieu a envoïé, annonce les paroles de Dieu, car Dieu ne lui donne point témoignage d'homme. En Saint Matthieu, parlant aux Scribes & Pharifiens, & rapportant contre eux la Prophétie d'Ifaïe : Ce Peuple s'approche de moi de fa bouche & m'honore de fes levres, mais fon cœur eft loin de moi ; mais ils m'honorent pour néant, enfeignant pour Doctrine les commandemens des hommes. Lifez hardiment tout ce Chapitre, Hypocrites, qui féduifez le Peuple, qui vous appellez Rabbi, qui êtes nos Maîtres en la Faculté, & vous verrez fi c'eft à vous à qui Dieu parle.

Ecoutons, après les Oracles des Prophêtes, le fage Augur aux Proverbes : toute parole de Dieu eft purgée, & eft pour bouclier à ceux qui ont efpérance en icelle. N'ajoutes point à ces paroles, de peur qu'il ne te reprenne, & que tu ne fois trouvé menteur.

Saint Paul à Timothée : toute Ecriture eft divinement infpirée ; & quoi ! les hommes, quels qu'ils puiffent être, contrôleront-ils bien la divinité ? jà n'advienne. Aux Galates :

fi nous-mêmes , ou un autre , vous évangelife autrement que nous ne vous avons évangelifés , qu'il foit Anathême.

Le Succeffeur de Saint Paul a-t-il donc eu plus de pouvoir en l'Eglife de Dieu que lui - même ? il ne dit pas un Evangile contraire : il dit , un autre Evangile, un Evangile différent.

Et finalement Saint Pierre : la Prophétie n'a point été jadis apportée par la volonté humaine, mais les faints hommes de Dieu , étant pouffés du Saint Efprit , ont parlé. Cela n'eft-il point exprès & intelligible, & ce qui a été prononcé par le Saint Efprit , fera-t-il autorifé par l'homme ? Jà n'advienne.

Après tous ces Paffages , fi on demande encore des Docteurs de l'Eglife , je n'alléguerai qu'un feul placard de Tertullien , c'eft un des plus proches des Apôtres , & un des plus grands Théologiens qu'il y ait eu , voire de l'autorité duquel ceux qui défendent la Tradition des hommes , fe fervent le plus : car en un Traité qu'il a fait *de corona militis* , il y a deux feuillets tout entiers pour la foutenir. Mais c'eft la tradition cérémoniale : car en tous les exemples qu'il en allégue , il n'y en a pas un qui ne foit tel. Il dit , au Livre *de præfcriptione adverf. Hæret. Nobis verò nihil ex noftro arbitrio inducere licet , fed nec eligere quæ aliquis de arbitrio fuo induxerit. Apoftolos Domini habemus auctores , qui nec ipfi quicquam ex fuo arbitrioque , inducerent elegerunt , fed acceptam à Chrifto difciplinam fideliter nationibus affignaverunt.* Or fi les Apôtres , les bafes , les fondemens , les piliers de l'Eglife n'ont pu rien du tout ajouter du leur, qui excufera leurs Succeffeurs , beaucoup moins privilegiés, de l'avoir fait ? Cela n'eft pas feulement vifible , il eft palpable. Helas ! il n'y a pas un de nous , qui en fa famille ne s'eftime bien affez fage pour commander tout feul , pas un qui voulût permettre à fes Serviteurs d'ajouter ou diminuer à fes commandemens , & nous voulons faire croire à Dieu qu'il n'a pas bien prévu tout ce qu'il nous devoit dire pour notre falut , & qu'en fa Loi il a oublié quelque article , dont il s'en repofe puis après fur la bonne intenl tion des hommes. Cela eft-il tolérable ? Et c'eft pour cela auffi qu'il dit que la fageffe de l'homme eft folie devant lui. Pour cette feule raifon Saint Paul fe mocqua à Athenes des Sages de la Grece,leur montrant qu'en toute leur Philofophie , & naturelle , & furpernaturelle , avec leurs nombres, leurs atômes, leur fcience Egyptien ne, leurs métempſycoſes, avec tous leurs ſecrets, leurs myſ-teres, & publics & cachés, ils avoient montré leur ignorance, n'aïant pu découvrir qui étoit ce Dieu, ce Dieu inconnu, à qui néanmoins, par un naturel inſtinct de la Divinité, ils avoient dreſſé un Autel. Pour cette même raiſon, le Seigneur choſiſſant ſes Apôtres entre tant de milliers d'hommes, de tant & ſi diverſes profeſſions, ne jette les yeux que ſur le pauvre, le ſimple & l'ignorant Pecheur. Sans doute auſſi, il n'y a nulle communication, nulle correſpondance entre le deſir de Dieu & celui de l'homme ; & quand il eſt queſtion de ſalut, les moïens en ſont tellement éloignés de notre entendement corrompu, que tout ce que nous y apporterons du nôtre, y nuira plus qu'il n'y ſervira. Dieu ne ſe plaît qu'à notre humilité & à la confeſſion de notre ignorance. Je ne ſais rien, dit Saint Paul, ſinon un Jeſus-Chriſt crucifié. Qui ſera celui qui me dira pourquoi Dieu choiſit l'agneau, pourquoi il refuſa le porc en l'inſtitution de la Religion Judaïque ? Pourquoi il demandoit le bouc pour le péché, & les deux tourterelles pour le ſacrifice de paix. Com-ment ſe peut-il faire que nous, qui ignorons du tout la raiſon des moindres choſes que Dieu ordonna, puiſſions être ſi pré-ſomptueux, de vouloir ordonner des plus grandes ? On diſpoſe aujourd'hui du ſéjour des ames après la mort, on a mis à l'en-can leurs peines, le ſalut eſt en vente, Paradis à l'enchere ; & tout cela, parcequ'il nous plaît, parceque nous l'avons forgé, il eſt bon. Nous voulons que les Écritures le diſent en dépit qu'elles en aient. Nous rendons Dieu comptable de nos bonnes œuvres. S'il y en a plus qu'il n'en faut à notre gré, nous voulons qu'il nous en tienne compte, & que le reliqua s'emploie pour ceux qui gagnent les pardons. Nous avons introduit là-deſſus le tréſor des œuvres de ſuperérogation. Nous paſſons bien plus ou-tre, nous parlons à la Créature, au lieu de parler à Dieu, & à ceux qui vivans ſe courrouçoient de l'honneur qu'on leur faiſoit : nous nous préſentons devant leurs portraits, nous leurs adreſſons nos prieres, & laiſſons là le grand & le ſeul Interceſſeur, qui néan-moins eſt ſi jaloux de ſon ouvrage, qu'en ce qui concerne le ſa-lut des hommes, il porte impatiemment que perſonne y ſoit mêlé que lui. Certes nous abuſons de la liberté de nos eſprits. Avant que de recevoir en l'Egliſe telles choſes & ſi importantes, il faudroit en avoir des commandemens bien exprès : non pas tirer les Paſſages par les cheveux, pour là-deſſus ſe donner car-riere d'impoſer aux conſciences telle loi que l'on voudra. Un exemple recommandable veux-je alléguer , & qui sans doute nous doit suffire pour captiver nos esprits, toutes & quantes fois seulement que nous pensons qu'il est un Dieu , tant s'en faut que nous devions ni nous enquerir de son être , ni encore moins de ses secrets , ni commenter ses volontés. Job eut cet honneur de parler une fois privément avec son Maître : voire plus , Dieu voïant qu'il murmuroit en lui-même , comme disant : si tu étois mon compagnon , si tu n'étois point Dieu , si tu étois comme moi, je parlerois bien à toi , je te ferois bien ton procès , & te demanderois volontiers pourquoi tu m'afflige , vu que toute ma vie j'ai été homme de bien. Dieu s'abaissa jusqu'à daigner l'écouter. L'histoire nous le témoigne. Job tourmente tout son foible & petit entendement humain à reprocher à Dieu qu'il n'étoit ni juste , ni véritable , puisque contre ses promesses , il avoit permis qu'un Juste, qu'un homme de bien, fut affligé & persécuté. L'Eternel , d'un seul mot , se mocque de ce petit vermisseau , & après l'avoir oui , se contente de lui repliquer : Dis-moi donc , ô Job , si tu veux que je te rende raison de mes actions ; dis moi comment je fis le monde ; dis-moi où tu étois lors ; montre-moi les fondemens de la terre ; montre-moi la matrice de la mer , & lors tu m'appelleras à compte. A cela Job s'arrête , se tait , baisse les genoux & la face , & montre par son épouvantement, qu'il n'y a rien en nous capable d'entendre la moindre chose , non-seulement de ce qui est en Dieu , mais de ce qui est aux hommes.

Or recherchons maintenant l'Histoire , & puisque nous demeurons tous d'accord de la vérité contenue en ces saints Livres , prenons droit par eux. Il appert que les deux premieres parties de l'Ecriture sous les deux temps , à savoir les dix commandemens , en deux tables , sous la loi de rigueur , & la priere , en six articles , sous la loi de grace , représentant tous deux , l'un la justice , l'autre la misericorde de Dieu , ont été visiblement & manifestement prononcées par la sacrée bouche du Seigneur. Est-ce pas assez ? Et qui eut été si hardi , non-seulement entre toute l'Eglise des hommes , mais entre les Saints mêmes de Dieu , pour entreprendre d'autoriser cela. Or quand l'histoire nous l'apprendroit , la substance même de cette loi & de cette priere est telle , qu'il n'y a autre au monde que Dieu qui l'eût pu faire : car quand tous les entendemens humains s'assembleroient , ou pour ajouter quelque chose aux défenses de la Loi, ou pour remarquer aux demandes de la priere quelque défaut,

ils

ils ne le fauroient faire. Dix mots comprennent en un coup tous les péchés du monde : fix autres, tous les fouhaits (qu'un chacun examine cela en foi-même) ; marque certaine que c'eft un ouvrage plus qu'humain. Or le plus grand ne s'autorife pas par le moindre, & telle qu'eft la partie, tel eft le tout : une feule tente de cette tapifferie montre le tiffu de toute la piece. Que l'interprétation outre cela reçue en l'Eglife ne foit pas toujours la véritable, qu'on life le Chapitre 15 de S. Matthieu, & 7 de S. Marc, où le Seigneur montre évidemment aux Scribes & Pharifiens, les Docteurs de l'Eglife, leur fauffe interprétation & tradition.

Finalement, s'il faut chercher la raifon, quelle apparence que les hommes, qui fe reconnoiffent eux-mêmes trop foibles pour être fauvés, fuffent affez puiffans pour autorifer les Livres où font contenus les moïens de leur falut. Les ignorans jugeroient-ils fouvérainement de la fcience, les aveugles trouveroient-ils les principes de la lumiere ? cela n'a point de couleur. On réplique là-deffus, qu'auffi ce ne font pas les hommes qui jugent, mais que c'eft le Saint Efprit, lequel, comme il a touché la bouche & la main de ceux qui écrivoient & parloient, il guide encore les jugemens des Docteurs de l'Eglife, pour interprêter fes écrits. Cela ne va pas ainfi, recours derechef à l'Hiftoire. Dieu parla une fois, & prononça fa Loi, & puis plus : tout ce qui fuivit après interprêta & expofa cette Loi au Peuple. Mais comment interprêter la Loi ? par la Loi même. Le Livre demeuroit toujours autentique, on n'y pouvoit rien ajouter, on n'y pouvoit diminuer. Et bien qu'il fût befoin, le myftere de falut n'étant pas encore confommé, qu'entre le temps de la Loi & celui de la venue du Meffie, Dieu renouvellât fouvent fes Ambaffades, fît naître plufieurs Prophêtes, pour affurer cette Nation incrédule de la vérité de fes promeffes : il ne s'en eft trouvé pas un feul néanmoins depuis Moïfe qui ait rien ordonné, qui ait dit au Peuple : faites ceci ou cela. Mais tous fe font contentés de ce mot : gardez la Loi & les Ordonnances que le Seigneur, Dieu de vos Peres, donna à Moïfe fon Serviteur. Il a été ainfi de l'Evangile. Dieu a fait une fois parler fes Ambaffadeurs, & par eux fît entendre fa volonté : à eux il avoit donné l'efprit de commandement, qu'il retira foudain, & ne laiffa à leurs fuivans que l'efprit d'obéiffance : il connoiffoit trop bien le méchant naturel de l'homme. Et quoi ? fi nous euffions eu tous les jours la liberté d'inventer, d'accourcir ou d'allonger, hélas !

1591.

Si le Roi doit changer de Religion?

combien d'héréfies euffions-nous fait au monde, vu qu'encore aïant notre leçon par écrit, nous ne nous fommes fu garder de la falfifier, de la corrompre, d'y faire des glofes en dépit du texte.

Quand on voit maintenant que nous repartons fur tout ce qu'on nous reproche, on nous demande quelle a donc été l'autorité de l'Eglife, & principalement de la primitive, comme fi nous la voulions entierement anéantir. J'ai déja dit, felon le peu de loifir que j'ai eu, jufqu'où s'étendoit le pouvoir des Pafteurs qui ont fuivi les Apôtres ; il faudroit, à la vérité, un plus grand deffein, pour traiter cette queftion ; mais voici comment néanmoins l'Eglife en a ufé, en ce qui a concerné les Livres de falut.

Eléazar, Phinées, & ceux de leur temps, avoient été témoins oculaires des merveilles faites par la main de Moïfe, qu'un homme n'eut fu faire, s'il n'eût eu l'efprit de Dieu. Eux, qui l'avoient vu & oui, en témoignerent, & l'Eglife recevant leur témoignage, reçut par conféquent les écrits de ce grand Ami de Dieu, affurée & par l'inftinct intérieur du S. Efprit, & par la force occulte de la vérité contenue en ces Livres, qu'ils étoient vrais Livres de falut : mais principalement fondée fur les effets miraculeux de ce grand Perfonnage, qui aïant fait tant de chofes plus qu'humaines, ne pouvoit rien écrire qui ne fût divin. Depuis, le Seigneur envoïant fes Prophêtes, continua en leurs paroles & en leurs écrits, les mêmes & femblables entoufiafmes que Moïfe avoit eus. Ils enfeignent une femblable leçon, ils font pleins d'une même fuite de véritables Prophêtes, marque qu'un même efprit accompagnoit leur bouche & leur main ; il doue ces hommes-là encore de merveilleufes graces, de grands & miraculeux effets ; l'Eglife de leur temps en témoigne, & celle qui fuivit, inftruite par ces marques extérieures & intérieures, reçoit leurs Prophéties & leurs écrits comme chofe autentique. Finalement, le Seigneur lui-même étant venu au monde, parle, enfeigne, & dicte à fes fideles Notaires fes Livres de fa bonne nouvelle ; ces grands Perfonnages témoignent ce qu'ils ont vu & oui de leur Maître, & continuent en leur hiftoire l'accompliffement des Prophéties commencées au Livre de Moïfe, & fuivies en ceux de tous les Prophêtes ; on y reconnoît une évidente fuite d'une même vérité, ce qui ne pouvoit procéder que d'un feul & même efprit, ces grands hommes reluifent de notables faveurs de leur Seigneur, de fciences extraordinaires, de miracles inouis ; l'Eglife de leur temps, qui l'a vu, en a témoigné, & a reçu leurs écrits comme pleins de vérité & d'autorité.

Cette Eglife donc a pu difcerner le vrai d'avec le faux, a pu dire : cette Epître eft de Saint Paul, celle-là n'en eft pas ; mais ce n'eft pas par l'autorité de cette Eglife que le vrai eft vrai, que cette Epître de Saint Paul eft pleine de doctrine véritable ; cela ne dépend que du feul efprit de Dieu. Les Officiers d'un Roi, fes Parlemens, fes Bailtifs, reçoivent bien fes lettres, reconnoiffent fon feing & fes fceaux, ils les vérifient, ils les publient ; mais ils ne les dreffent, ils ne les compofent, ils ne les fignent, ils ne les fcellent pas. Ils les peuvent interpréter ; mais non pas y ajouter rien, ou de contraire, ou de nouveau. Les Orfevres favent bien diftinguer l'or d'avec le cuivre ; mais ils ne font pas l'or pour cela, ni ne peuvent, y ajoutant ou mêlant de l'argent & du plomb, le faire convertir en or, pour y être ajouté ou mêlé.

Or néanmoins, quand il n'eft queftion que d'un Particulier, je ne dois pas, moi, recevoir un livre ou une doctrine, fi je ne la vois premierement reçue en l'Eglife : car ce Particulier ne doit point aller plus avant, & fe doit feulement arrêter à cela. Mais quand dans l'Eglife même entre les Pafteurs d'icelle il y a quelque doute, il faut avoir recours au livre, & que le livre en juge, & voilà la vraie intelligence de cette matiere.

Ce fondement ainfi pofé, & venant à confidérer après ce qui eft de notre créance, je dis outre cela qu'il n'y a raifon aucune de nous donner le nom d'Hérétique. L'Hérétique, à proprement parler, eft celui qui foutient & affirme une opinion qu'il a choifie, non pas celui qui débat & nie l'opinion d'autrui. S'il eft ainfi, on nous fait déja tort de nous donner ce blafon de deshonneur, vu que nous n'affirmons rien être véritable que toute la Chrétienté n'affirme comme nous véritable. Et de cela j'en appelle pour témoin la confcience de ceux même qui nous nomment ainfi. Ce qui ne fe trouva jamais en la doctrine d'aucun Hérétique qui ait jamais été ; donc, pour l'affirmation, nous n'avons nulle erreur. Quant aux négatives, on ne peut auffi nous reprocher que nous aïons jamais nié nul commandement de la Loi, nul texte de l'Ecriture, nul article de Foi ; car quant à la priere pour les Morts, à l'invocation des Saints, à l'opinion des mérites & du Purgatoire, fi nous les nions, nous ne nions nul texte formel, nul commandement exprès ; on

Rrrr ij

sait bien qu'il n'y en a nul pour cela, & que ceux qui les défendent, en tirent les argumens par des inductions de l'Ecriture, ou des exemples de l'ancienneté & des regles de la tradition. On nous fait donc tort quant à ce point-là.

Je m'attends que l'on me répondra sur le champ, que nous
nions le texte, & les paroles expresses aux Saints Mysteres de
l'Eucharistie. Cette question est trop grande pour être enfermée en si petit espace : je n'en dirai que ce mot. Nous ne nions
point les mots, nous nions l'interprétation qu'on leur donne;
voici les deux opinions, qu'on en juge sans passion. Dieu dit :
Ceci est mon Corps : Ceci est mon Sang. Sur cela nous avons
reçu le commandement ; toutes & quantes fois que vous serez
assemblés, faites cela en mémoire de moi. Nous faisons donc
cette action en mémoire du Seigneur, & la faisant les uns &
les autres, avouons la puissance & la sainteté de ce Sacrement
aux uns, de ce sacrifice aux autres ; mais voici la différence.
Les Catholiques Romains disent qu'après la prolation des paroles saintes, le pain se transforme en chair, le vin en sang (1).
Qu'aux especes du pain & du vin ainsi changées, le Sacré Corps
de Dieu se trouve tout tel qu'il étoit en l'arbre de la Croix,
lequel ainsi descendu du Ciel, ils mangent & rompent corpo-
rellement avec les dents corporelles, mais néanmoins en nourriture spirituelle. Nous disons, que prenant le pain & le vin,
signes visibles, signes qui ne seroient point signes, s'ils ne signi-
fioient quelque chose, & qui ne composeroient point un Sacrement, s'ils n'étoient tels ; signes qui ne peuvent être signe
& chose signifiée ensemble ; les prenant, dis-je, les rompant
avec les mains, les mâchant avec les dents corporelles, nous
mangeons par la foi, & spirituellement, le vrai pain qui est descendu du Ciel, le vrai Corps & le vrai Sang du Seigneur en
nourriture spirituelle.

Si cela est Hérésie, Tertullian étoit donc Hérétique, qui dit :
hoc est Corpus meum, *id est, figura Corporis mei* (2). Augustin

____

(1) Et toute la Tradition la plus suivie le
dit avec eux.

(2) Tertullien n'étoit point Hérétique pour
avoir dit ce qu'on rapporte ici de lui. Il est
vrai, dit M. de la Broüe, Evêque de Mirepoix, dans sa troisieme Lettre Pastorale,
qu'il paroît d'abord de la ressemblance entre
ce que dit ici Tertullien, & ce que les
Ministres Calvinistes disent ; mais ce n'est
pas parceque l'on se persuade que les dernieres paroles du passage de Tertullien, *c'est-à-
dire, la Figure de mon Corps*, se rapportent
au mot de *Corps*, qui est immédiatement
devant, & qu'elles n'en font que l'explication. Ces paroles, ajoute le Prélat, se doivent
rapporter, non au mot *Corps*, qui précéde
immédiatement, mais au mot *Ceci*, qui est
un peu plus éloigné ; ensorte qu'il faut ainsi
arranger ces paroles, » Le pain que Jesus
» Christ prit & distribua à ses Apôtres, il

l'étoit, qui dit : *Crede & manducasti* (1). Or, si c'est la plus grande question que nous aïons à débattre, je le dirai hardiment, & oserai hardiment promettre, que si nous venons jamais à un saint & libre Concile, l'esprit de Dieu prononcera sans doute ce qu'il veut qu'on en croie, & est raisonnable de s'en remettre là. Mais, quoi que ce soit, je maintiens qu'il faut, suivant cette regle, qu'on nous montre, ou que tout ce qui est aujourd'hui introduit en l'Eglise, est conforme à la parole de Dieu, ou que depuis les Apôtres, l'Eglise y a pu ajouter & diminuer. Et si cela est, je confesse que nous sommes Hérétiques, si nous ne nous y rangeons. Mais si, au contraire, il demeure véritable, que l'autorité du Saint Esprit, & des Saints Livres écrits par ses Secretaires, va par-dessus l'Eglise visible militante, qu'il n'est point loisible aux hommes de corriger les Livres de salut, non pas même d'y ajouter. Et si nous prouvons au doigt & à l'œil que beaucoup de choses qui sont reçues, sont non-seulement ajoutées, mais contraires à la parole de Dieu, nous ne méritons point ce nom-là, pour demander simplement la réformation.

Voilà ce que j'ai pû recueillir des regles de Théologie, pour répondre à ceux qui, sans parler & sans ouir, nous condamnent sur-le-champ à être déclarés Hérétiques, si nous ne changeons de Religion, & qui veulent que le Roi, s'il ne le fait, soit coupable de l'ire de Dieu sur son Roïaume. Qu'ils jugent de ce que je dis sans passion, comme je l'écris sans passion, & ils verront au moins une chose, que la raison peut plus en telles affaires que la force ; que le parler & l'écouter font trouver la vérité, non pas le quereler & le frapper, & que le Roi, conduit par ce chemin, peut être plus aisément mille fois ramené au lieu d'où on dit qu'il est sorti, que si on mutine tout son Roïau-

---

» le fit son Corps, en disant, *Ceci* ; c'est-
» à-dire, la Figure de mon Corps *est mon*
» *Corps*. Le raisonnement de Tertullien demande nécessairement cet arrangement. Il faut en voir les preuves dans l'endroit cité de la Lettre Pastorale de M. de Mirepoix, pag. 6 & suiv. édit. *in-4°*.

(1) S. Augustin n'étoit pas plus Hérétique, que Tertullien pour avoir dit, *Croïez & vous avez mangé* : ce n'est point en expliquant les Versets du Chapitre de Saint Jean, où il est parlé de l'Eucharistie, que Saint Augustin a écrit ces paroles, c'est en expliquant le Verset 29, où il n'est question que de l'Incarnation du Verbe & de la Foi en ce Mystere, laquelle vivifie ceux qui l'ont. Jesus-Christ y dit, *Que ce que Dieu son Pere demandoit de ceux à qui il parloit, étoit de croire en celui qui l'avoit envoïé* : sur quoi Saint Augustin dit : » C'est donc-là manger » ce pain qui ne périt point ; pourquoi donc » prépares-tu les dents & l'estomach ; crois, » & tu l'as mangé. » Je renvoie encore pour l'entiere intelligence de ce passage à la premiere Lettre Pastorale de M. de la Broue, pag. 15 & suiv.

me contre lui, & que les Papes arment toute l'Europe pour le convertir à coups d'épée.

Quant aux raisons de l'Etat, pour lesquelles on le blâme de n'avoir point fait encore profession de la Religion Catholique, Apostolique & Romaine, je ne sais ce que j'en dois dire. S'il a été loisible à ceux qui n'ont, peut-être, point de Dieu, de mêler les affaires humaines en leur propos. Quand il est question de conseiller un Prince sur le fait du salut, je n'estime pas, moi, qu'en saine conscience je le doive faire pour leur répondre. Il y a outre cela tant de foiblesse & de vanité en leurs discours, que c'est deshonneur de vouloir mettre un bouclier à sept doubles contre des pointures d'abeilles. J'ai déja ci-devant récité quelles sont les grandes causes & notables, pour lesquelles ces beaux Ecrivains lui prédisent sa ruine ou sa conservation ; s'il hâte, ou s'il recule une si solemnelle action, toutes raisons apparentieuses, toutes bonnes pour faire crier au Huguenot, toutes pour plaire aux Crocheteurs ; à la plus grande, à la plus furieuse & à la plus vile partie du Roïaume, toutes pour approuver sur cette querelle la subversion de l'Etat, mais toutes enfin, qui n'ont autre but que de décrier le Roi parmi les Ennemis, & parmi nous, le rendre coupable de tous les malheurs de la France. Aux enfans donc à leur répondre ; car, Juste, la réplique ne seroit pas digne de ta sévérité ; tu sais trop bien que les Rois, tandis qu'ils vivent, ont soin de leur vie ; mais après leur mort ne se soucient pas si on les porte à Saint Denis, ou à Cleri, & ceux-ci cependant cottent cela entre une des plus fortes pieces qu'il y ait pour acheminer la conversion du nôtre. Pour une seule me leverai-je, c'est-à-dire, si je puis retenir ma patience, & cela encore je ne répondrai qu'un mot. Ils assurent le Roi, que, se faisant Catholique, il ôtera le prétexte que ses ennemis prennent de lui faire la guerre, & que toutes les Villes de France soudain se rendront à lui. Ici faudroit-il être lié de quatre chaînes, pour ne perdre point le sens, le jugement, la raison, la patience, à qui voudra froidement ouir, non pas une raison, mais une fable, pleine non-seulement de fausseté ; (ah ! qui s'arme pour regner, ne manque point de prétexte) mais d'artifice, de méchanceté, de trahison. Que pensons-nous faire, en avouant ce prétexte des ennemis ? A qui faisons-nous plus de tort, ou à eux qui se plaisent de voir leurs actions approuvées par là, ou au Roi, à qui, en faisant semblant de le flatter, ont jetté sur ses épaules toute

la charge & le crime des maux de la guerre civile ? J'aime autant que tu lui difes, ô Ecrivain de l'Ante-Chrift : Sire , parceque vous ne voulez pas vous faire Catholique , vous êtes
caufe de quoi les Ennemis prennent juftement les armes , &
de quoi le Roïaume eft juftement puni de Dieu. Y a-t-il donc
encore aujourd'hui quelqu'un qui croie que la caufe de la Religion, foit la caufe de notre guerre ? Hélas! fi vous l'avez cru
jufqu'ici, contre toutes nos véritables proteftations, faites dès
le commencement de la guerre, & depuis, à tout le moins, que
le maffacre d'un Roi Moine, (pardon, Sacrée Majefté, s'il faut
que je parle ainfi) d'un Roi bigot, d'un Roi tout rouge & tout
taché du fang de ceux qu'on appelloit Hérétiques, vous ferve
d'exemple, qu'on ne refpecteroit gueres un nouveau Catholique, un Catholique à l'âge de quarante ans, un Converti à coups
d'épée, un Profès aux remontrances qu'on lui fait, qu'il ne fera
autrement jamais Roi, s'il ne prend l'habit, un Religieux que
l'on calomnie déja d'avoir jetté fon froc aux orties, qu'on appelle Relaps, Impénitent, Excommunié. O quelle manie, que
l'on reçoive ces raifons ! Mais en quels lieux, bon Dieu! les dit-
on, les reçoit-on encore ? Qui que tu fois , qui aie fait ce difcours, tu n'es pas fi ignorant de nos affaires, que tu n'aies déja
lu des livres imprimés à Paris & ailleurs , il y a plus d'un an,
où il eft bien au long traité, que quand le Roi fe fut fait Catholique dès ce temps-là, il étoit déja trop tard, il n'étoit plus
recevable, & eut fallu premierement, qu'une longue & cruelle
guerre contre ceux de la Religion , eut affuré les zélés Catholiques de la fincerité de fa converfion. Comme , à la vérité , je
ne doute point que la premiere demande que l'on lui fera , ce
fera, qu'il change fa profeffion ; mais la feconde, qu'il faffe la
guerre aux Huguenots. Et n'y a pas d'apparence que l'on foit
plus refpectueux en cela à celui-ci, qu'à fon Prédéceffeur, à qui
l'an 85, on fit prendre le harlecret (1) fur cette querelle. Entr'eux,
un Roi ne peut être Catholique, qu'il ne mette tout fon Roïaume en hafard de fe perdre, pour tuer & extirper l'Hérétique.
De cette façon , ils fe plaignoient que le dernier n'étoit pas
vrai & zélé Catholique ; de cette façon , éternellement ils foup-
çonneront la confcience de celui-ci ; car il n'y a entr'eux que
cette feule marque de bon zele.

Gardez vos autres drogueries , ô Vendeurs de triacle (2),
pour ceux qui en font état. C'eft à des hommes à qui vous par-

(1) Sorte de Cuiraffe.

(2) C'eft-à-dire, Charlatans, Vendeurs de Thériaque ou de Mithridate.

lez, non à des enfans. Nous savons mieux que vous quels sont
les Partis de la France, & qui sont ceux d'entre les ennemis
qui ne sont poussés que du zele; nous connoissons toutes les
Villes, savons leur volonté & leur puissance; & quand le
changement de Religion seroit une action indifférente &
vulgaire, il faudroit d'autres assurances que vos foibles paroles, pour faire faire au Roi là dessus un grand & irréparable pas
de Clerc.

Je te prie, Juste, & ceux qui avec toi liront ceci, de m'excuser, si j'abbrege le plus que je puis en cet endroit, & si je tais
toutes ces raisons humaines, en une chose si importante comme le salut & la vie éternelle. Je proteste qu'expressément j'en
retiens mille & mille au bout de ma plume, très fortes & consi-
dérables, & qui auroient pu justement garder notre Roi jusqu'à ce jour, d'apporter aucun changement au fait de sa Religion, principalement de la façon qu'on le desire. Je ne suis
point seul qui les sais, toute la France les voit bien, & les étranges accidens que cette mutation soudaine & violente eut amené.
C'est pourquoi je les laisse, aïant regret même de m'être lâché
jusques-là, d'en avoir seulement ouvert la bouche. Aussi juge-
ras-tu bien que ce n'est que pour me mocquer de ces Historio-
graphes d'Etat, qui pensent lui avoir dit un beau mot, un
grand secret, quand ils ont crié tout haut : Sire, il ne tient
qu'à vous que vous ne soïez Roi paisible; car si vous vouliez
ouir une Messe seulement, tous vos ennemis mettroient le genouil à terre. Je ne suis point ici pour lui dire, si ce seroit bien
ou mal fait de le faire, c'est aux Doctes; mais si vous lui con-
seillez cela pour regner, faites donc que ce ne soit point au
moins en vain (s'il faut que je lâche cette parole). O Conseillers, non du vrai, mais du vraisemblable! Et quoi, avez-vous
déja oublié le feu Roi? vous faut-il tant de fois représenter une
même chose.

Finissons, Juste, car ce ne seroit jamais fait; mais premierement, permets-moi que j'ôte un scrupule à nos Ennemis, duquel ils font un grand boulevart, & sous le parapet duquel beaucoup des nôtres même bien souvent se veulent mettre à couvert; car il semble que ce soit ici l'enchre sacrée de leur folie.
Quand donc ils voient qu'avec tant de vraies causes, on leur
renverse ce faux prétexte, quand on leur montre par l'exemple du dernier Roi que la considération de la conscience de celui-ci, ne leur touche gueres, ils courent à une autre extrêmité,

&

& difent qu'ils font la guerre pour conferver leur Religion feulement; non qu'ils foient pour encore perfécutés, non qu'on les force en leur ame; mais ils craignent qu'à l'avenir cela n'advienne, & qu'un Roi Hérétique n'établiffe fa créance en fon Roïaume, & ruine la vraie Religion : & là deffus le Catholique Anglois fait rage d'arguer, fur l'exemple de fa Maîtreffe.

C'eft ici la meilleure piece de leur harnois, encore eft-elle bien mal clouée. Les Dialecticiens difent que toutes comparaifons font boiteufes, celle-ci n'a pas feulement une bonne jambe.

Le Roi Henri VIII d'Angleterre avoit déja regné dix ans en paix & en autorité en fon Etat, & avoit tout fon Roïaume accoutumé à l'obéiffance. De fon temps, par toute la Chrétienté, la connoiffance des Lettres & des Sciences fut plus reçue & prifée, comme chacun fait, qu'elle n'avoit été 1200 ans auparavant. De fon temps, les plaintes que Luther (1) & les autres firent contre les abus qui s'étoient fourrés en l'Eglife, & particulierement contre l'autorité déreglée des Papes, toucherent tellement les oreilles du monde, qu'auffi-bien en fon Roïaume qu'ailleurs, il fe trouva force gens qui demandoient & defiroient la réformation. Il advint là-deffus un étrange accident; ce Roi, grand Prince autrement, comme ce fiecle-là en fut fertile quafi par tous les Etats, étoit fort adonné aux femmes. Venant à la Couronne, on lui confeilla d'époufer la fille d'Arragon (2), que fon frere aîné avoit eue, mais l'avoit laiffée entiere, comme on difoit, à caufe de la maladie qui lui prit la nuit même de fes noces. Il le fit par confeil, pour être plus fortifié d'alliance; mais peu après il s'en laffa. Toutesfois aïant eu affez de peine d'obtenir la permiffion de la prendre, on lui refufa du tout la difpenfe de la répudier, &, qui plus eft, l'aïant fait de fon autorité particuliere, il fut condamné par le Pape & par fon Légat. Il étoit déja embarqué à quelqu'autre

---

(1) Les plaintes de Luther n'étoient que fimulées; il avoit d'autres motifs pour fe révolter contre l'Eglife, fa Mere & faNourrice; perfonne ne l'ignore. D'ailleurs, quand tous les abus contre lefquels il déclama, auroient été réels, s'enfuivoit-il qu'il étoit bien venu à quitter l'Eglife Catholique dont il avoit profeffé jufques-là les dogmes. L'Eglife n'a jamais approuvé les abus qui fe font gliffés dans fon fein; & ces abus n'ont jamais altéré

la pureté de fa Doctrine.
(2) Catherine, Fille de Ferdinand & d'Ifabelle, Roi & Reine d'Efpagne, qui avoit époufé en premieres noces Arthus, fils aîné de Henri VII, Roi d'Angleterre, & par conféquent frere aîné d'Henri VIII. Voïez fur tout ce que l'Auteur dit ici, l'Hiftoire du Schifme d'Angleterre, par Sanderus, ou la Traduction Françoife de cet Ouvrage par M. l'Abbé de Maucroix.

amour (1), & d'ailleurs son peuple n'étoit gueres aise de cette alliance d'Espagne, qu'on disoit incestueuse, & s'offensoit assez contre le Pape qui le gourmandoit avec cette autorité sur ce sujet là. Ce mal survenant en un temps où l'on crioit contre les Papes, il fut bien aisé de persuader à ce Roi de secouer leur joug, & de se contenter d'avoir la Doctrine Universelle & Catholique (2); mais en son Païs, une Police Ecclésiastique, & un ordre du Clergé particulier qui ne dépendît que de lui. Proposition pour laquelle prouver il n'y auroit gueres de difficulté, & de la vérité de laquelle les Privileges & les Libertés de l'Eglise Gallicane ne s'éloignent gueres. Tant est que là dessus ce Roi, qui étoit, comme j'ai dit, très bien obéi & craint en son Païs, trouvant ses Peuples offensés des abus reçus en l'Eglise, fit proposer à ses Evêques la réformation; où elle fut reçue, & son Clergé avec tout le Roïaume déchargé du joug spirituel & temporel des Evêques de Rome. Que nos Papes y pensent, s'ils veulent: peut-être que nous sommes à la veille d'en faire autant, s'ils ne nous traitent autrement. Or, ceux qui connoissent l'Etat d'Angleterre, savent que le Peuple y est le plus fort, & que les plus Grands de la Noblesse & de l'Eglise sont sujets, à la moindre faute, de passer par les mains du Bourreau. Ceux qui jugent bien des affaires du monde, savent que de tous les Etats, le populaire est le plus capable de recevoir la nouveauté. Il fut donc fort aisé à ce Roi, qui étoit de long-temps obéi, de persuader à son Peuple, ce que son Peuple croïoit déja plus que lui; & je pense, quant à moi, que si en l'an soixante, il se fut trouvé en France un Roi de pareille humeur, il ne lui eut pas été mal aisé d'en faire autant. Car quand les plus en nombre sont persuadés à quelque chose, il est facile d'y faire consentir le reste. Or, aujourd'hui, rapportant l'autre piece de la comparaison, examinons un peu si la même chose se pourroit faire en France. Je dis, que ni ici, ni ailleurs, si le Peuple ne le consent, ne le veut, ne le desire, il est impossible que le Prince apporte aucun changement en la façon du service de Dieu. Si le Roi veut introduire rien de nouveau en son Roïaume, il faut qu'il le fasse, ou de bonne volonté, ou par force; de bonne

(1) Avec Anne de Boulen, fille de la femme de Thomas de Boulen, Chevalier de l'Ordre, née, selon Sanderus, deux ans après le départ de Thomas de Boulen.
(3) Henri VIII ne conserva ni la Doctrine de l'Eglise Catholique, ni les mœurs d'un Prince Chrétien; il est étonnant que l'Auteur contredise si ouvertement les faits les plus connus.

volonté, ou par exemple, ou par perſuaſion. Quant à l’exemple, quoi? n’y a-t-il pas eu autresfois en l’Egliſe des Princes Arriens, Novatiens, Relaps, Païens, Apoſtats, l’exemple deſquels
n’a point encore corrompu ſa pureté? Ce Corps ſacré, tant qu’il
aura la vérité du Saint Eſprit pour guide, n’eſt point ſuſcepti-
ble de mauvaiſe imitation, ni de fauſſe perſuaſion. Le Diable
pourroit montrer tous les Roïaumes du monde, que pour cela
le Fils de Dieu ne ſe jettera point du haut du pinacle du Temple. Il ne le faut point craindre, & ſe faut reſſouvenir du mot
de Caïphe; ſi cette nouveauté (ce n’eſt pas d’aujourd’hui que
l’on appelle ainſi la vérité) procede de Dieu, vous, hommes,
ne la détruirez pas; ſi elle vient d’ailleurs, elle ſe ruinera d’elle-
même.

Quant à la force, jugeons un peu quel ordre le Roi y pourroit tenir. Premierement, il faut qu’il ſe ſaiſiſſe de toutes les
groſſes Villes de France, & qu’il les rempliſſe de gens de ſa
Religion. Bien, pour cela encore il ſe pourroit faire ſi la guerre
dure; car s’il les prend par la force, il y mettra qui il voudra;
mais toujours néanmoins lui faudra-t-il avoir des hommes
étrangers; car il n’y a pas aſſez de Huguenots en France pour
fournir à Paris toute ſeule. Après, il eſt aſſiſté & ſecouru de Catholiques, auſſi-bien que d’autres. Ira-t-il tirer & choiſir un
Gouverneur & une Garniſon Huguenotte en toutes les Villes
qu’il prendra? Que diront là deſſus tous les Catholiques? Cela
ne ſe peut; on voit bien auſſi comme il s’y gouverne. Or, de
l’autre côté, ſi la paix étoit, comment pourroit-il mettre des
Garniſons en toutes ces groſſes Villes-là? Y en a-t-il pas une
qui en voulut recevoir? Et de les y forcer, quoi? Ont-elles
moins de privilege que la Rochelle? Cela ne ſe peut: & à la
vérité auſſi à des Villes pleines de Sujets obéiſſans, il ne faut
autre Garniſon que le Savetier qui a loué le deſſus de la porte.
Voilà pour le Peuple.

Pour la Nobleſſe après, quel moïen de contraindre vingt ou
trente mille Gentilshommes qu’il y a en France, tous les
Princes, tous les Officiers de la Couronne, tous les Seigneurs,
quaſi de marque? avec quoi? où ſe tiendra ce Conſeil? qui aſ-
ſiſtera au Roi pour cela? Et pour le Clergé finalement, tant
que le Peuple & la Nobleſſe ſeront en leur Etat, que toutes ces puiſſantes Places ne ſeront point forcées; qui forcera l’Egliſe? qui contraindra le Clergé? Les Miniſtres de la
Rochelle & de Bergerac, peut-être qu’ils iront citer les Car-

1591.

Si le Roi
doit chan-
ger de Reli-
gion?

dinaux, les Evêques, les Archevêques à Geneve. Vous vous mocquez bien, Hypocrites, quand vous leur voulez faire cette peur, penſez en conſcience que vous le croïez & le craignez fort.

Le plus groſſier eſprit du monde jugera bien, s'il y penſe un quart d'heure ſeulement, que ce que je dis eſt tout plein de vé-rité: mais il faut avoir l'oreille bien fine, pour diſcerner l'artifice de cette peur imaginaire. Le vieux Proverbe François eſt vérita-ble: il n'eſt rien tel que de pêcher en l'eau trouble. J'ai vu des gens qui ne ſont jamais aiſes que quand ils font des empêchés, qui font venir exprès les porteurs de mauvaiſes nouvelles, qui mettent le feu pour faire crier à l'eau. Que feroit le mutin ſans la mutinerie? quelle puiſſance avoit le Clerc en la Baſtille, ſans ſa ſédition? de quoi eût-il gagné trois cens mille écus ſans cela? Et quand le mal n'y eſt plus, il faut dire qu'il y eſt encore, qu'il reviendra. Si on ne tue, ſi on ne brûle, qu'on tuera, qu'on brûlera. Bref, il faut bien ſe garder de laiſſer goûter aux eſprits la douceur de l'ordre & de la paix, il ſe faut bien garder de laiſſer éteindre le feu: car il eſt bien plus mal aiſé à rallumer qu'à l'entretenir. Et voilà comment Dieu a juſtifié nos actions (en ſoit-il loué). Au lieu qu'après les feux, les gênes, les maſ-ſacres, à peine nous pouvoit-on faire prendre l'épée au côté, ceux-ci l'ont déja tirée du fourreau, avant ſeulement qu'on les menace.

Néanmoins, quand tout cela ſeroit ainſi (il n'y a remede, il faut prononcer cette hardie parole, un propos amene l'autre). Quand bien le Roi, ſans être ni vu, ni oui, ni examiné, auroit été déclaré Hérétique, Apoſtat, indigne de la compagnie des Chrétiens; quand même il ſeroit pire que tout cela, quand il ſeroit perſécuteur, dites-moi donc, vous les premiers du Cler-gé, ſi pour tout cela enſemble (& vous voïez que rien de cela n'eſt) il vous eſt loiſible de le déclarer indigne du Roïaume? Monſtrez-m'en une autorité, un commandement, ou un exemple, dites-moi ſi les Sujets d'aujourd'hui peuvent légitime-ment renverſer pour cela l'ordre que Dieu, par le conſentement de tous nos peres & grands peres, par la ſuite de tant d'an-nées, a établi dans ce Roïaume. Dites-moi ſi Saint Pierre & Saint Paul ont jamais pris la puiſſance de donner ou ôter les Etats & les Roïaumes? Si la Diſcipline des Chrétiens, ſi les Cenſures Eccléſiaſtiques étendirent jamais leur pouvoir par de-là la communion du Corps du Seigneur. Si à un Particulier les excommunications ont jamais ôté son bien, comment donc à un Roi son Roïaume? Dites-moi donc encore pourquoi le Fils de Dieu a prononcé, mon Roïaume n'est point de ce Monde. Pourquoi a-t-il dit, rendez à Cesar ce qui est à Cesar? pourquoi s'est-il courroucé à son Disciple, qui se vouloit armer contre le Magistrat humain, lui reprochant qu'il ne consideroit pas que, s'il eût voulu, en un clin d'œil il eut eu des légions d'Anges à ses pieds? Pourquoi lui-même grand Dieu-homme, le Souverain des Souverains, le Chef de son Eglise, plein de puissance, de gloire & de force, a enduré le jugement du Païen, sans en appeller, sans y résister, sans s'en défendre; & vous, petits moucherons, petits vers de terre, contre l'exemple & la défense du Fils de l'Eternel, vous voulez renverser les Roïaumes, vous disposez des Couronnes, vous tuez, vous massacrez les Rois, vous maudissez leur mémoire, vous chassez ceux qui leur succédent? C'est vous qui êtes Hérétiques, & non pas nous; car, ni l'autorité des Ecritures, ni l'exemple de toute l'Eglise, soit lors de sa perfection, soit depuis, ne vous apprend point cela.

Il vous faut pardonner néanmoins, à vous, qui pour l'Hérésie déclarez ce Roi indigne de regner. Vous fites pis à son Prédécesseur l'an passé, pour moindre cause, contre lequel néanmoins il n'y en avoit nul soupçon. Ceux qui veulent tout perdre, ne s'attachent jamais à un seul prétexte.

Or je dirai toutesfois, que si nous étions en un Roïaume électif, & qu'au milieu d'une Assemblée publique, il me fallût persuader aux Peuples de choisir un Roi, sans doute je ne leur conseillerois pas de prendre un Athéiste, un Vicieux, un Hérétique, un Turc, un Juif. Mais quand par l'ordre que Dieu y a établi, il en vient un, quel qu'il soit, Anathême à qui renverse l'ordre établi de Dieu. Que fais-tu, Misérable, à quelle fin Dieu te l'envoie? veux-tu prévenir son jugement? Entre tant de Rois de Judas & d'Israël, à peine Dieu en donna-t-il deux bons à son Peuple. Que fais-tu s'il envoie un Persécuteur pour remettre la Foi, la constance de son Eglise, pour l'accroître par les cendres de ses Saints Martyrs, & la faire prospérer par-là? Mais non. Je me retiens. Non, non, ne craignez point cela, Ecclésiastiques, il n'est pas raisonnable encore que vous nous ôtiez l'honneur de la persécution, l'une des plus certaines marques de la vérité. Les Hérétiques ont toujours été condamnés, jamais perfécutés. Il n'y en a point d'exemple. Et bien que ce foit la caufe qui faffe le martyre, & non le fupplice, Dieu n'a jamais voulu néanmoins que cette fainte Couronne de victoire, ce beau titre d'honneur, ennoblît la tête d'un Hérétique, ou s'il a quelquefois permis en eux le fupplice & les peines, on n'y a jamais vu cette gaie conftance, cette glorieufe joie, ce dédain des tourmens, que les Martyrs ont porté dans les eaux, dans les chartres, dans l'air, dans les flammes, rendant chaque Elément & coupable & témoin de leur innocence.

Dieu ne le veut pas, fon Eglife ne s'accroît point par des profpérités, ni par la faveur des Princes : elle profpére fous les Tyrans, elle fe laboure par le foc des tourmens, elle s'amende avec les ordures & les indignités des Rois du monde, elle fe feme de cendres, s'arrofe de fang & de larmes, les flammes font fon Soleil, les gênes fa rofée. Elle fleurit auffi en l'Automne de la mifere, & ne porte fes beaux fruits qu'en Hyver de l'affliction. Comparez ces qualités avec la façon de votre Gouvernement depuis tant d'années, & vous trouverez que votre luxe, votre opulence, votre aife, votre apparence mondaine, votre pompe, vos Couronnes, vos Thiares, votre fplendeur, l'éclat de votre or & de vos pierreries, tant de richeffes que vous avez fi doucement & fi abondamment poffédées, n'ont rien de commun avec cela, & que certainement fi vous n'aviez d'autres marques, il y en auroit quafi là affez pour dire, vous n'êtes pas l'Eglife de Dieu.

Finiffons donc à cette heure hardiment, & puifqu'il ne faut point dire d'inconvéniens, qu'on ne donne les remedes, que j'acheve par un bon confeil. Je ne parle plus aux ennemis, car je fais bien que ceux-là ont d'autres deffeins en la tête, & ne fe foucient gueres de nos maux, mais je parle à ceux d'entre nous, qui, pouffés d'un bon zele, je l'avoue, & de Religion & de paix, fouhaitent tous les jours que le Roi fe faffe Catholique, croïant que ce foit là le feul moïen de rendre le repos à la France.

Si vous, dis-je, qui avez cette opinion, & qui êtes aheurtés à cela, y voulez bien procéder, encore qu'il foit plus féant de fouhaiter plutôt la réunion de toute l'Eglife, que la converfion d'un feul homme, fuivez l'expédient que je vous vais donner pour y parvenir.

Vous recevez le prétexte de nos Peuples mutinés, qui mafquent leur défobéiffance du voile de Religion, vous recevez

leur dire, & penfez qu'il foit vrai, que fi le Roi avoit oui une
Meffe, ils porteroient foudain leurs armes à fes pieds. Ainfi foit-
il; voïons ce qui en fera à l'épreuve, car, à la vérité, c'eft grande
pitié de voir qu'il y ait des gens parmi nous fi fimples encore,
qui penfent que cette mutation nous donneroit la paix dès le
lendemain, & qui croient qu'il ne tient qu'au Roi que nous ne
voïons revenir le bon temps & la bénédiction de Dieu fur le
Roïaume, voire qui là-deffus murmurent, fe mutinent, for-
ment des chimeres de tiers Parti, où ils embarquent toute la
France par fantaifie. Si ainfi eft, n'en dites pas tant, faites-en
davantage, montrez-nous des effets, non des paroles, des réfolutions, non des confeils, des articles par écrit, non pas des
difcours d'après fouper, des chofes faites, & non des peut-être.
Je vous parle en Politique, & fuis contraint d'ainfi le faire,
foit pour m'accommoder à vous, & vous montrer par la difficulté de l'exécution, que ce que vous propofez eft inutile, foit
parcequ'ainfi, comme j'ai protefté, je ne fais pas état d'en-
feigner la Theologie à aucun, c'eft à moi à l'apprendre.

Je vous confeille donc de commencer premierement par les
Sujets, comme il eft bien raifonnable, & puis vous acheverez
par le Roi. Tâtez un peu le pouls des Catholiques nos ennemis,
vous qui êtes d'accord avec eux en une même façon de fervir
Dieu, & qui n'avez différend que pour le fait de l'Etat, que
vous foutenez, vous, & eux le veulent abattre. Faites que M.
de Mayenne, toutes les Villes de fon Parti, les principaux du
Clergé & de la Nobleffe qui font avec lui, offrent dès-à-pré-
fent, par députés, par délibération commune & publique de
tous, de rendre au Roi une pure, entiere & abfolue obéiffance,
telle que fes Prédéceffeurs l'ont eue, en cas qu'il faffe profeffion de la Religion Catholique, Apoftolique & Romaine. Pendant qu'il s'y difpofera par inftruction (car encore vous jugez
bien qu'il n'y peut pas bondir d'un plein fault, & qu'il faut qu'il
entende en quoi il a erré, autrement il n'y a point de confidération humaine, de Roïaume affez grand ni affez beau, pour lui
rendre indifférent cet article de falut ou de damnation): pendant,
dis-je, que vous l'inftruirez, & peut-être en l'inftruifant vous
vous inftruirez vous-mêmes auffi, faites que les armes fe pen-
dent au croc généralement par toute la France, que les Etrangers fe retirent, qu'ils ne fe mêlent point de nos affaires, ni les
uns ni les autres, qu'ils nous les laiffent décider tous feuls. Vous
m'avouerez qu'il faut que ce foit là néceffairement le premier

appareil. Il faut éteindre le feu qui s'est pris à la cheminée de la cuisine en faisant le festin, premier que de s'asseoir à table. Il faut ôter la fievre du corps, la gangrenne de la plaie, plutôt que de toucher à rien. Et de dire qu'il y a danger là-dessus, que ceux de la Ligue ne demeurassent désarmés cependant, cela est grossier. Cette raison étoit bonne autrefois, peut-être pour les pauvres Huguenots, qui ne tenoient que les Sevennes ; mais à ceux qui font maîtres des plus grosses Villes du Roïaume, & qui ont outre cela auprès du Roi tant de grands Seigneurs de leur Religion, de la foi desquels ils se peuvent assurer, il n'y a pas apparence de craindre cela ; car enfin, ce n'est qu'un désarmement imaginaire. Pour cela le Roi n'entrera pas soudain le plus fort en toutes leurs Villes, ni d'un coup ne leur liera pas les pieds & les poings pour leur ôter la force. Ils seront toujours sur leurs pieds, pour recommencer quand il leur plaira.

Venez après trouver le Roi, bien garnis de votre bâton & bien assurés de votre dire : représentez lui premierement, pour les raisons de l'Etat, le consentement général de toute la France à lui porter obéissance, à établir la paix universellement par tout le Roïaume. Faites-lui juger la différence qu'il y a de posséder un Païs tout acquis, tout paisible, au lieu de travailler avec mille peines & mille hasards de le conquêter. Peignez-lui deux tableaux, l'un de la paix, l'autre de la guerre. En l'un une Ville florissante, riche de tous biens, surperbe d'édifices, pleine de joie & de divers plaisirs, qui lui prépare une belle entrée & magnifique : en l'autre, faites-lui voir un siege, des ruines, des monceaux de pierres & de corps, des murs tous ouverts de brêches, des portes comblées, & pour les amis & pour les ennemis, des Palais par terre, le feu au haut des édifices, le fer & le sang, la force & le pillage au bas : n'oubliez là-dessus toutes les belles paroles desquelles ce sujet est fertile ; & je m'assure que nulle ne vous sera inutile, & que pour cela, pour la paix, pour le bien du Roïaume, il sera bien-tôt persuadé.

Secondement, pour le rendre capable en son particulier de la meilleure Théologie, choisissez du Corps de tous les Catholiques de France, (je ne dis pas seulement de ceux, qui plus sages, n'ont point oublié leur devoir, mais même d'entre les ennemis, afin qu'on ne laisse rien) des plus doctes & plus savans Théologiens que vous pourrez, des plus vénérables & pour la

doctrine

doctrine & pour la vie. Qu'ils parlent à lui, qu'ils l'écoutent, qu'ils lui disent au moins ce qu'ils diroient à un Turc, à un Mahométan : Homme étranger de l'Eglise, tu ne connois point Dieu, tu erres, tu tiens une opinion contraire à la vérité. Est-ce pas le moins qu'on peut devoir à un Roi ? Tout cela sera loisible, il le permettra, il l'endurera. Mais qu'ils permettent aussi qu'on leur réponde : que lui, & ceux avec lesquels il a été instruit, rendent doucement compte de ce qu'ils ont appris & enseigné. Et de leur côté, quand & quand qu'ils ôtent l'animosité, qu'ils lui fassent entendre tout au long la vérité, en quoi on l'a surpris, ce qu'on lui a célé du vrai, ce qu'on lui a ajouté du faux : car on sait bien que sa profession ne lui a pas permis de tout savoir. Et après l'avoir bien instruit, qu'ils l'adjurent par le nom de Dieu, par la considération de son salut, par celle de tant de miseres, dont son opiniâtreté pourroit être cause, qu'il se rende ploïable & docile, & qu'il dépouille toute passion, qu'il débouche ses oreilles & qu'il écoute. Ne doutez point alors qu'en un tel lieu, pour un tel effet, en une si solemnelle Assemblée, l'esprit de Dieu ne fasse profiter cette action, voire quand ce devroit être par un miracle extraordinaire.

Si après cela, contre l'éguillon de Dieu, contre le Saint Esprit, contre la vérité, on reconnoît qu'il soit aheurté à un opiniâtre & malicieux dessein de rejetter le pur service de Dieu, que son but soit de persécuter l'Eglise, non de la conserver, lors il n'y aura plus de permission & plus d'excuse en la rebellion des Sujets, (si aucune il y en peut avoir) pour le moins aurez-vous plus d'occasion de l'appeller coupable de votre misere : mais si on voit aussi évidemment que son but n'a été jamais que de servir à Dieu purement, que de suivre la vérité commandée, qu'à l'entendre & à l'apprendre il a toujours eu les oreilles & le cœur ouverts, voire que pour ne s'en départir, pour ne préférer un Roïaume du monde à celui du Ciel, il s'est mis au hasard, depuis qu'il est né, de perdre mille fois tous ses Etats, toutes ses dignités & sa vie même. Si au contraire (comme Dieu sans doute le mettra au jour) on voit la méchanceté noire de nos ennemis, attachés comme bêtes farouches aux flancs de cet Etat, pour n'en démordre qu'ils n'en aient sucé la vie avec le sang ; alors, au moins, on discernera le vrai d'avec l'artifice ; ceux qui sont coupables de nos maux en seront accusés ; la France verra à qui elle doit le blâme de sa ruine ; & vous,

Tom. IV.   Tttt

plus réfolus à quelque autre remede, aïant perdu l'efpérance de la douceur, jugerez avec nous que la main de Dieu eft fur le Roïaume, prête (je le prévois) d'y faire un grand & notable changement.

DISCOURS SOMMAIRE

De la Guerre du Duc de Savoie contre Geneve, depuis le commencement d'Août 1589 jufqu'à la fin de l'an 1591 (1).

CETTE Guerre du Duc de Savoie contre Geneve, requiert un bien ample récit ; mais le préfent Volume étant déja parvenu à une jufte grandeur, nous marquerons pour le préfent les particularités plus notables, attendant que le temps faffe voir le refte, & décrirons fimplement les chofes.

La mort du Roi (2) remplit de hautes efpérances le Duc de Savoie, qui avoit de grandes intelligences par tout, notamment en Provence, dont quelques Députés du Parlement acheminés vers lui ; il effaïa de faire quelque fin à la Guerre contre ceux de Geneve, & pour cet effet leur ôter Bonne (3), qu'ils avoient prife fur lui. L'Armée des Suiffes avoit lors trêve avec lui, & les affaires étoient fort mêlées. Les nouvelles venoient de France, que le nouveau Roi, abandonné de la plûpart de ceux qui accompagnoient le Défunt, fe retiroit vers Dieppe, & que l'Armée de la Ligue le pourfuivoit, tellement que plufieurs le tenoient à demi perdu. Le Duc faifant valoir fon avantage, s'achemine avec une puiffante Armée contre Bonne, petite Ville, gardée par trois Compagnies de Piétons de Geneve (4). Les Suiffes ne fe fentant affez forts pour dégager les Affiégés, fe tinrent cois ; tellement que la Ville aïant été battue de deux cens coups de Canon, le Vendredi vingt-deuxieme jour d'Août, fur le foir, fut rendue, avec compofition de vies fauves avec l'Epée & la Dague ; mais au fortir deux Capitaines, & prefque tous les Soldats de trois Compagnies, au nombre de trois cens

---

(1) Voïez l'Hiftoire de M. de Thou fur la fin du Liv. 97, & Liv. 99. *Item*, l'Hiftoire de Geneve par Spon, augmentée par Monfieur Gautier, *in*-4°. tom. 1. Liv. III.

(2) Henri III.

(3) Petite Ville fituée à trois lieues de Geneve, à l'Orient d'Hyver ; elle eft divifée en haute & baffe Ville.

(4) Ces trois cens hommes étoient commandés par Jean Aubert.

& plus, enfemble le Gouverneur & un Miniftre (1), furent environnés par la Cavalerie du Duc, dans le Fauxbourg, & taillés en piéces contre la foi promife. Le lendemain l'Armée des Suiffes fe retira, & quelques jours après fe débande, quelque accord aïant été traité. Le Duc étoit confeillé par quelques-uns de fuivre fa Victoire, & s'emparer d'une partie des Païs de la République de Berne; mais par l'avis de l'Ambaffadeur d'Efpagne, il aima mieux traiter certain accord avec les Bernois, parcequ'il vouloit aller en Provence, & brider Geneve, laquelle il efpéroit avoir bientôt en fa puiffance. Après la prife de Bonne il tourna vers le Pas de la Clufe, pour entrer au Bailliage de Gez, ce qu'il fit fans grande réfiftance. Il feroit impoffible de fpécifier par le menu les meurtres, faccagemens, rapts, & ravages étranges de l'Armée du Duc en une étendue de quatre lieues de Païs, abandonné des Suiffes qui le gardoient, & de ceux de Geneve, qui étoient trop peu pour réfifter. En quatre-vingt ou cent Villages bien riches qui y étoient, tout fut pillé; on maffacra plufieurs Vieillards, les Enfans ne furent épargnés, & le Duc vit faire carnage de fes pauvres Sujets, gens qui pour la plûpart n'avoient accoutumé que de gouverner le Bétail; plufieurs Femmes furent tuées, & quelques Filles. J'ai honte de me fouvenir des énormités que les Napolitains & autres y commirent; cela advint environ la mi-Septembre. Tout le Païs d'autour Geneve, nommément du côté de Berne, trembloit. Le Duc, qui avoit hâte & defir d'aller ailleurs, faifoit folliciter ceux de Geneve, pour tirer d'eux quelque fubmiffion, laquelle ils ne pouvoient faire en bonne confcience, comme auffi ils refuferent courageufement, efpérans en Dieu. Cependant on leur dreffoit tous les jours des efcarmouches, jufqu'à leurs portes, efquelles ils ne fe montroient lâches, ou à fortir, ou à canonner les Troupes du Duc quand elles approchoient trop près. D'autre part le Duc, tandis que fon Armée fubfiftoit encore, faifoit tracer un Fort à Verfoy (2), pour les enclorre du côté du Lac, dont nous parlerons maintenant; & parceque les maladies contagieufes fe fourroient en fon Armée, diminuée d'un tiers depuis la prife de Bonne, il réfolut de fe retirer, ce qu'il fit au temps d'hiver. Après fa retraite, ceux

---

(1) Guillaume de Maigne de Marfi. Spon le nomme Mercier, mais fon dernier Editeur dit qu'il s'eft trompé.

(2) Verfoy, Village fur le Lac Léman ou de Geneve, à une lieue de cette Ville. C'étoit alors un petit Bourg, contenant environ foixante Maifons, & qui étoit revêtu de murailles.

de Geneve fe raſſurerent , & parceque le fait de Verſoy eſt notable, nous le décrirons un peu au long. Verſoy fut jadis une
petite Bourgade, comprenant environ ſeptante Maiſons, aïant
Geneve (dont elle eſt diſtante de deux lieues Françoiſes) au
midi d'Eſté ; le Bailliage de Thonon & le Lac à l'Orient ; le
Mont Jura au Couchant, & le Païs de Vau (1) au Septentrion.
Elle étoit ſituée ſur le bord du Lac, aïant deux Portes, & la
Riviere deſcendant des Montagnes ſurnommée la Verſoy, laquelle l'un des bras traverſe la Bourgade par le milieu, & de
l'autre paſſe au long de la Porte tendante à Geneve. Outre plus,
il y avoit une enceinte de hautes Murailles d'un vieil Château,
& une forte Tour antique, haute & élevée. Le Duc de Savoie,
aïant repris le Bailliage de Gez au mois de Septembre 1589,
voïant que Verſoy étoit un lieu du tout propre pour brider
Geneve, réſolut de fortifier cette Bourgade, ce qui fut fait
en grande diligence, à la faveur de ſon Armée, logée ès environs. Premierement donc, il fit barriquer les avenues & endroits foibles, accommoder le vieil Château de pluſieurs Baſ-
tions, & d'une bonne Tranchée, en forme d'Eperon, vers le
Couchant ; clorre les brêches, & dreſſer au bord du Lac une
plate-forme, où furent placées deux piéces de Campagne, qui
fermoient le paſſage aux Barques & Galeres de Geneve, tellement qu'on n'y pouvoit paſſer de jour ſans péril évident, encore que le Lac ait demi-lieue de largeur en cet endroit, à cauſe que les piéces avoient longue chaſſe, & que la navigation
n'eſt pas commode, ſinon en grande eau. La Place étant fortifiée, le Duc la commit au Baron de la Sarra (2), eſtimé l'un
des plus aſſurés Guerriers de la Savoie, auquel il bailla ſix cens
hommes choiſis, tous vieux Capitaines, pour la garde d'icelle,
la faiſant garnir de toutes munitions de vivres & de guerre.
Davantage, outre les deux piéces de Campagne, il y fit amener quatre Canons, avec une très grande quantité de bales &
de poudres. Outre plus, il laiſſa au Baron ſoixante & dix Forçats Turcs & Chrétiens, qui avoient ſervi à la ſtruction du
Fort de Sonzy, pour achever ce qui étoit commencé à Verſoy, où ils travaillerent en telle diligence, avec les Païſans &
une partie des Soldats, qu'en peu de temps ce lieu ſe rendit
merveilleuſement fort, & fut par eux nommé S. Mauris (3).

---

(1) Il faut de Vaux.
(2) Ou de la Serra.

(3) Ou Saint Maurice.

Le Duc, plein de confiance, appelloit ſes Canons Clés de Geneve; & au départ, aïant fort exhorté & prié le Baron de faire
ſon devoir, au mois d'Octobre, ſe retira avec ſon Armée lan-
goureuſe & diſſipée dedans la Savoïe, puis paſſa les Monts.
Cependant le Baron eſcarmouchoit les Barques de Geneve,
& ſe vantoit bien fort. Ceux de Geneve, ſentant bien que
Verſoy les renverſeroit, enfin conclurent de faire un bon effort pour briſer ce joug; & après quelques attaques, plus pour
donner occaſion d'aſſurance que de crainte, le Vendredi ſept
de Novembre 1589, ſur le ſoir, firent amaſſer leurs petites
Troupes, au nombre d'environ cinq cens Hommes de pied,
& environ cent cinquante Volontaires, avec deux Compagnies
d'Argoulets, & deux de Gendarmes, ſous la charge du Sieur
de Lurbigny, commandant auxdites Troupes de la part du Roi
Très Chrétien, accompagnés de ſages & réſolus Capitaines.
Les Prieres faites, ces Troupes bien délibérées ſortirent ſur les
dix heures du ſoir, faiſant porter quelques Pétards, des Echel-
les, & certaines piéces de Bois pour paſſer la Riviere à demi-
lieue de Verſoy. Un peu avant leur ſortie, parut au Ciel certain grand cercle blanc fort luiſant, ſuivi tôt après de quelques
colonnes de feu, dont ceux de Verſoy ſe donnerent peur, diſant que ceux de Geneve les viendroient voir. Mais parcequ'ils
avoient été en allarmes toute la nuit du Jeudi, après avoir
veillé juſqu'à deux heures après mi-nuit, entre le Vendredi & le
Samedi, preſque tous ſe mirent à dormir, tandis que ceux de
Geneve faiſoient chemin; & le Samedi huit, après mi-nuit, paſſerent ſans empêchement la Riviere, près d'un Moulin, & arrivés ſur les deux heures près de Verſoy; après une briéve exhortation de leur Chef, ſe partirent en quatre. Le gros des gens de
pied tira hors la Porte qui tend au Païs de Vau, pour y appliquer le Pétard; la plûpart des Argoulets & Cavaliers firent alte
ſur les Avenues. Quelques armés aïant mis pied à terre furent
ordonnés, les uns pour aller à l'Eſcalade, autres (au nombre
de dix-ſept) ſuivirent un Païſan, qui avec un Lévier ſur l'é-
paule, les guida coïement & dextrement entre la Bourgade &
le Lac, où il les rendit à un paſſage aiſé, & qui étoit l'entrée
par une ruelle dans la Place : lui-même leur montrant le chemin, monta le premier, encourageant ceux qui le ſuivoient.
Quelque Sentinelle proche s'étant ému, les dix-ſept arrivés
avec les Perthuiſanes & Coutelats en main, ſe trouvent dans
Verſoy, où ils commencerent à faire une étrange boucherie

des Gens du Duc, furpris dedans leurs Corps de Garde. Quelques Capitaines fe reveillant en furfaut firent réfiftence ; mais
aïant été renverfés morts, comme le Baron penfoit joindre fon
refte, le Pétard enfonça la Porte de Copet ; les Piétons entrent,
qui pourfuivent l'exploit des dix-fept armés, ceux qui donnoient
l'Efcalade étant auffi entrés au même inftant. Or, comme en
fi promptes exécutions il eft impoffible d'avoir l'œil par-tout, &
que contre efpérance la Place fut fi foudain emportée, le jour
n'étant encore venu, le Baron eut moïen de fe glifler de vîteffe
avec le refte de fes Gens, & une partie de fes Forçats, en l'Enclos du Château, où il y avoit deux Têtes, les quatre Canons
du Duc, & force Munitions de Guerre ; mais les Vivres étoient
demeurées dedans la Bourgade, qui fut incontinent pillée : près
de trois cens Corps de Savoïards, Piémontois & Italiens, éten-
dus morts par les Places & dedans les Maifons, non compris
quelques-uns qui furent brûlés, & autres qui bleffés fe fauve-
rent par le bénéfice de la nuit, s'étant coulé par les Murailles
en bas, gagnant le chemin du Château de la Baftie & de Gez,
à une lieue & demie de-là, où le Duc avoit Garnifons. Le Baron
qui avoit plufieurs fois menacé ceux de Geneve de les contraindre par famine, à fe venir jetter la corde au col aux pieds du
Duc, fe trouva lors enclos avec fes Soldats, défarmés & en
pourpoint pour la plûpart, fans pain, ni vin, ni eau ; néanmoins faifant, comme on dit, de néceffité vertu, pour étonner
les Victorieux, & émouvoir les Garnifons circonvoifines de
Thonon, Bonne, Sonzy, Gez, à le venir dégager, & faire hâter le Sieur de Sonas, qui n'étoit pas loin, avec quatre ou cinq
Cornettes de Lanciers ; comme auffi le Duc lui avoit mandé
que fecours ne lui défaudroit, commença à tonner furieufement
avec fes Canons, jufques fur les trois heures du foir, contre
les Maifons de Verfoy, avec bales du poids de dix-fept livres ;
mais il n'endommagea pas beaucoup ceux de Geneve, lefquels
furent choifir les retraites qui étoient hors de Batterie. Ils y perdirent quatre ou cinq Soldats, & il y en eut feize ou dix-huit
bleffés, prefque tous par leur faute. Le Baron aïant tiré trente-
cinq ou quarante coups ce jour-là, continua le Dimanche, attendant fecours dont ceux de Gez lui donnoient ample fignal,
& bleffa de quelques mufquetades ceux qui fe découvroient un
peu trop. Mais fur le foir, l'eau lui aïant été coupée, & commençant lui & les fiens à défaillir, fans qu'aucun fecours apparut, il demanda parlement & compofition, qui lui fut accor-

dée, & plus gracieuse que lui ni les siens n'avoient mérité, à
cause de leurs insolences, dont l'Histoire entiere nous fera foi;
car on leur permit de sortir avec ce qu'ils avoient d'Armes, la
Mêche éteinte, le Tambour sur le dos, deux Enseignes ploïées,
avec leur Bagage, qui étoit aisé à porter. Ils furent sûrement
conduits jusqu'auprès de Gez, étant au nombre de deux cens ou
environ, en assez pauvre équipage, & tous étonnés d'avoir été
si rudement éveillés & contrains de recevoir le traitement qu'ils
menaçoient de faire à ceux de Geneve. Les quatre Canons, &
deux autres Piéces du Duc, furent amenés à Geneve, avec
cent cinquante Caques de poudre, force bales de fonte, &
grande quantité de Plaques de plomb : *Item*, le reste des farines, dont les Soldats firent grand dégât, car à l'heure de la
prise il y en avoit plus de deux mille Quintaux. Davantage, on
apporta deux Enseignes, & fit-on venir les Forçats, au nombre
de septante & plus, à aucuns desquels depuis la Seigneurie permit se retirer, les autres demeurés volontairement, & traités
humainement, furent emploïés aux nécessités de la Guerre. Le
Fort de Versoy fut tôt après ruiné & esplané, les Murailles du
Château renversées, la Tour sapée & mise par terre, la plûpart
des Maisons du lieu brûlées, afin d'ôter tout moïen de plus fortifier en cet endroit. Au reste, incontinent que ce joug fut bri-
sé, Geneve (rendant graces à Dieu d'une si belle délivrance)
se sentit grandement soulagée ; car Vivres y aborderent à foi-
son du Païs de Vaut, & depuis ont continué, la navigation aïant
été libre jusqu'à présent, graces à Dieu.

Le reste de l'année se passa en légers exploits de Guerre, &
prises de quelques Châteaux. Le Duc qui y perdoit des Gens,
les siens firent quelques approches du Fort d'Arve, mais ils n'o-
serent l'attaquer, ni de soir ni de nuit, & les courses ordinaires
de ceux de Geneve les tenoient en merveilleuses allarmes ; car on
alloit prendre des Prisonniers & du Butin à quatre & cinq lieues
loin de la Ville. On fit rouer tôt après la prise de Versoy un
certain Capitaine Lorrain, nommé Jacques Adenot, pour avoir
machiné la perte de la Ville, à l'avantage du Duc. Sur la fin de
l'année, deux autres Malcontens se retirerent, & depuis y re-
vinrent, mais ne firent rien pour eux ni pour Geneve ; car l'un
se retira du tout finalement avec l'Ennemi ; l'autre, à cause de
ses mauvaises pratiques, perdit finalement la tête sur un échaffaut.

Il nous faut conséquemment toucher un mot de ce qui se

paſſa l'an 1590. Le premier jour de Janvier, quelques Cavaliers de Geneve aïant rudement chargé les Savoïards, tuerent le Sieur de Saint Sergue, avec vingt-cinq ou trente autres, mirent le Baron d'Ermanſſe & les ſiens à vau de route, & gagnerent aſſez bon butin. Les gens de pied firent une entrepriſe ſur le Château de la Baſtie, pour l'avoir par eſcalade, dont ils furent repouſſés. Mais douze jours après le canon y aïant été mené, les aſſiégés ſe rendirent vies & dagues ſauves. Le Château étant Place forte & bâtie de brique, fut démoli, étant placé à côté de Verſoy, qui incommodoit fort la Ville de Geneve. Le dix-huitieme jour du même mois, ceux de Geneve attaquent la petite Ville de Gez, y entrent par ſurpriſe & vîteſſe, tuent quelques ennemis, & quant à ceux qui ne purent ſe ſauver au Château, la plûpart furenr attrapés & dépêchés ſur la Montagne. Quant au Château, aïant été ſerré & battu promptement, il fut rendu le lendemain, les Soldats, au nombre de vingt-ſept, étant ſortis avec l'épée & la dague ſeulement. Le Château fut ruiné. Plu-ſieurs petits Châteaux ès environs de Geneve ſont brûlés. Sur la fin de Mars, le Château de Monthou, plein de mauvais garçons, ennemis jurés de Geneve, & à une lieue de la Ville, fut canoné, forcé, & ces Voleurs, au nombre de trente-ſix ou environ, tués ou précipités des murailles en bas. La nuit du lendemain, dès une heure après mi-nuit, le Fort d'Arve fut attaqué par les Savoïards, qui repouſſés avec perte, re-vinrent deux heures après, où ils ne gagnerent que des Arque-buſades.

Au mois d'Avril advint le ſiége mémorable du Pas de la Cluſe, lequel nous inſererons ici tout du long, ſelon qu'il a été pu-blié ci-devant.

Le Mont Jura aïant quatre ou cinq journées de longueur, commence à l'Occident, à quatre lieues Françoiſes loin de Geneve, tendant à Lyon. En ce même endroit où il aboutit, il a vis-à-vis de ſoi, au Midi, la Montagne de Wache. Entre ces deux bouts de Montagne, fort proche & à la portée du mouſquet l'une de l'autre, coule le Rhône, Fleuve renommé, lequel après divers détours ſe rend à Lyon. Plus avant au Cou-chant, ce même Mont Jura eſt regardé & touché au pied d'une autre Montagne, bien haute, nommée le Credo, mot ſigni-fiant Mont élevé, qui a deſſous & au bas une petite Plaine d'en-viron demi-quart de lieue, & au bout d'icelle un Village, nom-mé Longerai. Au loin du roc de ce Mont Jura, là où il prend

fin,

fin, se voit un chemin étroit, qui va en serpentant, par lequel peut passer un chariot aisé, au reste à couper à cause de ses précipices bien hauts, qui ont le Rhône impétueux au bas. Au milieu de ce chemin, qui est de la longueur de deux mousquetades, y avoit une Forteresse, dont une partie étoit taillée en la Roche même, le reste bâti de pierres solides, spécialement au front qui regarde Geneve, & de superabondant à demi couvert d'un terre-plain, avançant vers Geneve de dix-huit ou vingt pas, bien gabioné. Tout le bas de ce Fort, autrefois creux & servant au passage des charettes & mulets, étoit rempli de terre ; & pour le passage avoit été bâti dehors, & à côté de la Forteresse un Pont-levis, qui gagné n'incommodoit nullement le Fort, ains pouvoit promptement être repris, n'étant tenable que par ceux du Fort, qui étoit hors d'escalade, & n'y pouvoit-on entrer qu'un à un avec grande peine. Sur ce bâtiment partie du Roc, partie de pierres solides, y avoit quelques logis pour le Capitaine & pour environ soixante Soldats, avec quelques creux pour serrer les vivres & munitions. Du côté qui regarde le Wache & Longerai, il est plus découvert, & aisé à battre ; mais difficilement de celui de Geneve, l'artillerie n'en pouvant être approchée plus près que de quatre cens pas ; d'autant que l'an 1589, au mois d'Avril le Canon de Geneve avoit fait quelque effort à l'encontre de cette Forteresse : le Duc prétendant l'assurer encore mieux, fit dresser de l'autre côté du Rhône, & vis-à-vis de la batterie de ceux de Geneve & en ligne, traversant droit à la Forteresse, un Fort, surnommé la petite Cluse, qui lui servit depuis. Ceux de Geneve considérant l'assiette du lieu, autres choses ne faisoient pas état de plus assaillir une telle Place, de difficile conquête, & de grande & périlleuse garde, surtout à celui qui n'est pas maître de la Campagne, & notamment au-de-là du Rhône ; néanmoins l'occasion s'étant offerte d'y penser, ils en acheminerent l'exécution, comme s'ensuit. Il y avoit à une demi-lieue de ce Fort, en deçà, tendant à Geneve, un petit Château, aucunement tenable, nommé Pierre, dans lequel un Savoïard, appellé le sieur d'Arsene, avoit été logé avec cinquante Soldats, qui faisoient des courses & pilleries sur les Païsans du Baillage de Gez, notamment des Villages appartenans à la Seigneurie de Geneve. A l'avis de ceux-là, il sortoit d'ordinaire de la Cluse quelque vingtaine de Soldats, qui n'épargnoient personne, violant femmes & filles, & commettant une infinité d'extorsions. Le Sieur de Lurbigni & ceux de Geneve, après la prife & ruine du Château de Gez & d'autres Places qui nuifoient à la Ville, réfolurent de dompter auffi ceux de Pierre, qui fe confioient fur la diftance du chemin, & s'affuroient de prompt fecours au befoin. Ainfi donc on tire hors deux canons pris fur le Duc à Verfoy, & deux pieces de campagne, en intention d'aller battre vivement ce Château. Et le Jeudi 16 d'Avril 1590 une Troupe de quarante ou cinquante Argolets pique devant à la découverte. Ce même jour étoient fortis de la Clufe vingt-huit ou trente Arquebufiers, pour picorer, & accourus jufqu'au Village de Farges (qui en eft éloigné d'une bonne lieue, en tirant vers Geneve) enleverent la cloche du Temple; ce qui leur couta cher. Car fi-tôt qu'ils furent délogés, les Argoulets de Geneve arrivés à Farges, entendant l'aventure, coururent après; & les aïant attaints à la portée du moufquet, près du Château de Pierre, les chargent, enfoncent, rompent, & en tuent vingt-cinq ou vingt-fix, fans perte ou dommage, finon du Sergent de cette Compagnie d'Argoulets, bleffé au bras, dont toutesfois il n'eft pas mort, & du cheval du Capitaine, tué entre fes jambes. Darfenne & ceux de Pierre firent quelque contenance de vouloir fecourir les autres; mais l'exécution aïant été prompte, & voïant que les Argoulets victorieux leur alloient au-devant, fe renfermerent, & furent incontinent inveftis, & le Samedi fuivant fe rendirent par compofition, n'aïant fait aucune réfiftance. Le Sieur de Lurbigni & ceux de Geneve empoignant l'occafion qui fe préfentoit, envoient promptement trois Compagnies de-là le Fort de la Clufe, rompre quelques ponts & garder certaines avenues, afin que des lieux prochains l'on ne jettât des Soldats dans le Fort; le Capitaine duquel, Piemontois de Nation, avec environ trente Soldats de refte, aïant entendu la défaite des autres, qu'il eftimoit prifonniers, s'étonna: & après beaucoup de regrets, à caufe qu'il avoit perdu la fleur de fes hommes, réfolut de tenir bon, attendant fecours. Or incontinent après la reddition du Château de Pierre, les pieces furent menées de-là Collonges, pour battre les deux Forts & gens envoïés fur la Montagne, tant pour garder le paffage que pour faire couper la roche & préparer des pierres, pour les faire rouler fur le Fort, duquel aïant rompu les meurtrieres à coups de canon, & renverfé la clôture & barricade du ravelin ou terre-plain qui étoit au-devant, ce ravelin fut gagné par ceux de Geneve, le Dimanche 19 d'Avril, malgré la furieufe réfiftance des Affiégés & les ef-

forts des Mousquetaires du Fort de Sainte Vectiere & de la
Montagne du Wache. Le lendemain, étant ceux de Geneve
au pied du Fort, ils presserent les Assiégés avec pétards, sape,
feux artificiels de diverses sortes, iceux étant resserrés au plus sûr
de leur Fort, sur lequel on rouloit des pierres de dessus la Montagne, qui les endommagerent fort, & enfin les eussent accra-
ventés. D'en-bas on leur faisoit de la fumée, & tout le mal dont
étoit possible s'aviser. Leurs Compagnons sur la Montagne au
Fort du Wache leur crioient: courage, courage, leur assurant
que le secours approchoit, comme il faisoit à la vérité; & de
trois côtés des Montagnes, nommément le Dimanche au soir,
l'on fit de grands signals de feu aux Assiégés. Ce nonobstant
le Sieur de Lurbigni, voïant ses petites Troupes, quoique mal
accommodées de vivres, avoit de courage tant & plus résolu
d'essaïer tous moïens pour ce Fort, tant la sappe que les pierres de la Montagne & le feu. Ainsi donc sur le soir du Lundi,
l'on continua vivement la sappe au pied de la Tour. Les Assiégés oïant le bruit, & aïant essaïé (mais en vain) de chasser les
Sappeurs qui étoient bien couverts, pour mieux reconnoître,
feignirent vouloir parlementer; mais pource qu'en lieu de demander composition, le Capitaine parloit haut, le Sieur de
Lurbigni le fit retirer bien vîte, & continuer la sappe. Au
moïen de quoi ils requirent qu'on surseoïât, promettant qu'au
cas que leur secours ne vînt dans une heure du jour, le lendemain
ils sortiroient de la Place, armes & dagues sauves; ce qui leur fut
accordé. Les forces de Savoïe s'étoient amassées cependant en
merveilleuse diligence, & se rendirent ce Lundi 20 au Village
de Châtillon en Michaille, à deux lieues du Fort, vers lequel ils
s'acheminerent. Le tracas du chemin précédent, qui avoit merveilleusement harrassé leurs Piétons, les contraignit de passer la
nuit à une lieue loin de la Cluse. Mais le Mardi de grand matin, ils se jetterent aux champs, au nombre d'environ quinze
cens hommes, commandés de ses rangs en cinq Bataillons, dont
l'un devoit prendre au long du Rhône, l'autre côtoïer la Montagne; les deux étoient de Lanciers, Pistoliers & Arquebusiers à
cheval. Les trois autres, Fantassins, tous mutionnés, qui devoient marcher, par la Plaine, droit à Longerai, où ils pensoient enclore & défaire l'Infanterie de Geneve, qui les aïant
découvert, commence à se retirer, se sentant trop foïble, &
n'aïant aucune Cavalerie pour faire épaule. Les Savoïards voïant
que les Compagnies de Geneve délogeoient, s'avancent. L'heure

aſſignée de la reddition de la Place étoit échue, & le Sieur de
Lurbigni entendant ce qui paſſoit avec bruit des tambours &
trompettes, empêchoit le Capitaine d'entendre les huées &
cris d'allégreſſe de ceux du Wache; il beſogna ſi dextrement,
qu'il fit ſortir ce Capitaine & vingt-huit Soldats qui lui reſtoient,
puis jetta là-dedans quelques gens, faiſant promptement conduire au loin le Capitaine & ſes Soldats. A l'inſtant les Savoïards deſcendoient à puiſſance, & voïant la retraite des trois
Compagnies de Geneve, commencerent à s'élargir ſelon leur
deſſein, faiſant état que rien ne leur échapperoit, notamment
à la faveur du Fort, qu'ils eſtimoient être encore à eux. Ainſi
donc ils commencerent à décocher de merveilleuſe roideur contre ceux de Geneve, qui aïant gagné d'heur un certain petit
Côteau, leur firent un ſi rude ſalut, que leur Infanterie fut contrainte de reculer. S'étant reconnus, ils rechargerent, & un gros
de leurs Cavaliers, avec quelques armés à pied, vinrent fort
près du Fort, appellant le Capitaine par ſon nom, & déploie-
rent une Banderole : mais la réponſe fut à coups de mouſquets,
qui en renverſerent quelques-uns ; davantage, une piece de
campagne joua,& abbattit quelques Cavaliers; puis les Fantaſſins
de Geneve, qui étoient au Côteau, leur faiſant une ſeconde
ſalve, ils ſe retirerent bien vîte, puis au pas, étant éloignés du
Fort, & voïant qu'ils avoient trop retardé, regagnerent à la
débandée le chemin de la Montagne, aïant laiſſé ſur la place
nombre de morts & les chemins teints du ſang de leurs bleſſés,
tellement qu'il ſembloit que ce fut une boucherie. Tandis qu'on
étoit à la Cluſe, les Savoïards vinrent attaquer le Fort d'Arve,
d'où ils furent repouſſés, & en approcherent de la Ville du
côté de Bonne ; mais aïant été découverts, ils ſe retirerent, &
pour décharger leur colere, ſaccagerent pluſieurs pauvres Païſans. Le Duc de Savoie extrêmement indigné de la perte de la
Cluſe, commanda incontinent que l'on fît tous efforts pour la
r'avoir, ce qui étoit très aiſé, pour la commodité du Païs qui
lui appartient de-là ce détroit, auquel les Montagnes, fort
proche commandent ; tellement que ſon artillerie aïant été
amenée ſur un haut, battoit dedans le Fort, contraignant ce
peu d'hommes qui le gardoient, de ſe tenir comme dans terre.
D'autre côté bonnes Troupes, ſous la conduite du Bâtard de
Savoïe, & autres Chefs, s'étant acheminées en diligence, vinrent ſe rendre ſur la Montagne de Gez, & trouvant le paſſage
abandonné par la lâcheté de ceux qui le gardoient, deſcendi-

rent à leur aife, & commencerent à mettre le feu à Crofet, ce qui donna l'allarme par tout le Baillage de Gez. Le fieur de Lurbigni voïant l'irréfolution de la plûpart de ceux qui étoient autour de lui, & aïant eu avis que les Troupes ennemies étoient en beaucoup plus grand nombre qu'il n'y en avoit, fe retira en très grande hâte de la Clufe. Alors la défolation fut extrême par-tout ce Bailliage; le temps étant froid & extrêmement pluvieux, tellement que plufieurs Hommes, Femmes & Enfans furent noïés ès Torrens, qui étoient enflés extraordinairement. Alors les Savoïards recommencerent à faire des ravages horribles en cette miférable étendue de Païs. Cette défolation advint le Dimanche 10 & 11 de Mai, dont les Gêns de bien à Geneve & au Païs de Vau furent merveilleufement émus : car on n'oïoit (furtout à Geneve) que lamentations du tout pitoïables, & les rues & plufieurs maifons étoient remplies de pauvres gens éperdus & tranfis d'afflictions. Or, pour ce que quelques particularités de ces ravages faits à trois diverfes fois n'ont été publiées, nous les repréfentons ici en leur vraie place.

A TOUT LECTEUR CHRETIEN, SALUT.

Chacun fait comme Monſieur le Duc de Savoie, comme l'un des principaux Chefs de la Ligue dreſſée contre l'Etat de la Couronne de France, ſous prétexte d'Union de la Religion Catholique Romaine, a uſurpé notoirement, contre tout droit & raiſon, le Marquiſat de Saluſſes, en partie par intelligence, en partie à vive force, s'y trouvant en perſonne ; & depuis, continuant ſa violence, n'a ceſſé de faire guerre en Dauphiné & Provence. On ſait auſſi comme au même temps, ledit Seigneur Duc, outre pluſieurs entrepriſes ſecrettes ſur la Ville de Geneve, avoit préparé de longue-main un très grand Appareil Naval, au lieu de Ripaille, ſur le Lac de Geneve, s'aſſurant de l'emporter par force, avec tout le Païs de Vau, en ſurprenant Lauſanne par le moïen de certains Traîtres contre leur Parti ; ce que Dieu, par ſa grande miſéricorde, auroit découvert & empêché. Sur leſquelles, du tout injuſtes & inexcuſables invaſions, le feu Roi de France, Henri troiſieme de ce nom, depuis, très méchamment & très malheureuſement aſſaſſiné par un exécrable Moine Jacobin, ſuborné par ladite Ligue, auroit, par le Seigneur de Sanci, ſon Ambaſſadeur, expreſſément envoïé pour cet effet, ſemond & ſommé ſes bons & féaux Alliés de la Couronne de France, les Seigneurs Suiſſes, Griſons, Valeſans, & pareillement la Ville Impériale de Geneve, ſuivant le Traité fait pour la juſte défenſe d'icelle contre quelconques la voudroit envahir par force, dès l'an 1579, de lui aſſiſter & ſe conjoindre à lui comme contre un commun Ennemi & Agreſſeur ; ce que les ſuſdits Seigneurs Alliés lui aïant promptement accordé, & ladite Ville de Geneve, par le territoire de laquelle il étoit néceſſaire de commencer à repouſſer une telle violence, du côté de par-deçà, n'auroit pu moins faire, tant pour ſon devoir, pour ſe garantir & conſerver, que ſe joindre en cette ſi juſte & néceſſaire défenſive, commencée le 3 Avril l'an 1589, & continuée juſqu'à préſent : chacun, dis-je, a connoiſſance de ces choſes faites & advenues au vu & ſu de tout le Monde; mais chacun ne ſait pas de quelle façon cette Guerre a été démenée juſqu'à préſent par les Gens de Guerre dudit Seigneur Duc, leſquels ne ſe contentant d'avoir, par une malheureuſe & notoire perfidie, très cruellement maſſacré trois à quatre cens hommes de Guerre dudit de Geneve, qui leur avoient rendu le Fort de Bonne à compoſition, & fait pendre de pareille foi, environ quarante Soldats du Château de Ternier, ne ſe ſont contentés de prendre & plus que barbarement piller le Païs, tüer les pauvres Gens, violer filles & femmes des Sujets de ladite Ville de Geneve, mais ont même brûlé les Maiſons des pauvres Païſans, & qui plus eſt, conſumé par le feu une partie des fruits étant lors ſur la Terre. Finalement, pour montrer de quelle furie ils ſont menés contre tout ce Païs, voire contre les propres Sujets de Savoie, qu'ils appellent Hérétiques & qu'ils prétendent du tout exterminer du Monde, & réduire plutôt ce Païs, en une Arabie la Déferte, n'ont épargné aucune cruauté de froid fang, dont jamais uferent Turcs ni Tartares, fans aucune diftinction de qualité, fexe ni âge; en quoi ils pourfuivent encore tous les jours. Voilà pourquoi il a femblé être néceffaire de faire foigneufe & véritable recherche defdites inhumanités, cruautés & carnages, autant que faire fe pourroit, commis de froid fang & à plufieurs fois, contre leurs pauvres Sujets mêmes, afin que tout le monde connoiffe par les effets tous clairs & notoires quelle eft l'intention de ladite Ligue, & ce qu'on en doit attendre, s'il n'y eft pourvu, au lieu de tendre l'oreille à certaines prétentions mifes en avant par ledit Seigneur Duc de Savoie, contre une Ville de Geneve, qui a au contraire reçu & hourri, reçoit encore & nourrit, autant qu'il lui eft poffible, les demeurans de ces pauvres Païfans circonvoifins, faifant guérir les navrés, avec affiftance à un très grand nombre de pauvres Veuves, Orphelins, & étant toutesfois délibérée de plutôt s'enfevelir dans fes cendres, fi telle eft la volonté de Dieu, que de fe laiffer tomber entre les mains d'un fi cruel & inhumain Ennemi de fes propres Sujets de la Religion, qu'il appelle Hérétiques. Et pourcequ'ils pourroient alléguer ce Recueil avoir été fait avec paffion & contre vérité, ceux qui en ont fait la recherche très fincerement, témoignent avoir obmis tout l'incertain, & n'avoir rien ici couché qui ne foit très véritable, & qu'ils ne foient prêts de vérifier en cas de négative, fous leur honneur & leur vie, en fe déclarant quand & à qui il appartiendra.

VRAI RECUEIL

Des horribles carnages perpétrés de froid fang par les Troupes du Duc de Savoie, à leurs entrées, tant du Bailliage de Gez, que du Mandement de Gaillard, ès environs de Geneve, fur les pauvres Païfans & Sujets dudit Duc, ne portans Armes, fans avoir égard à fexe, âge, ou qualité des Perfonnes.

LA premiere entrée defdites Troupes, préfent ledit Seigneur Duc, fut le douzieme jour de Septembre, felon le nouveau calcul quinze cens quatre-vingt-neuf: la feconde, l'onzieme de Mai 1590.

AU LIEU DE COLLONGES & VILLAGES CIRCONVOISINS.

Premierement. Quelque temps devant ladite entrée, le Bourg de Collonges fut brûlé par la Garnifon de l'Eclufe, laquelle s'acheminant audit Collonges , rencontra Tivon Girod , dit Bonna , du Village d'Escorens , homme paisible & de bonne réputation , âgé d'environ 80 ans , lequel ils massacrerent.

Lors de ladite entrée furent massacrés Michel Vachez & Pierre Roland , dudit Collonges , & François Ior d'Escorens , auxquels on trouva les parties honteuses coupées & mises dans leurs bouches.

Michel Leurat , dudit Collonges , fut fort blessé & laissé pour mort.

Rolet , Sergent du Château de Pierre , & Jenette sa Femme , âgés chacun d'environ soixante ans , tués.

Jean de la Rue , dit , Court , de Pouni , âgé pour le moins de 80 ans , tué.

Claude Poncier dit , Brisset , âgé de 60 ans , tué. Abraham Gros, tué.

Thoine, Fille de feu Amblard Pullivet , dite Galez de Pouni, âgée d'environ dix-huit ans , résistant de tout son pouvoir à ceux qui la vouloient violer , tuée.

Alexandre Pontex , dudit lieu , tué.

Gabriel Magnin , dudit Pouni , étant en son lit fort malade , pour être échapé d'entre les mains des Ennemis qui l'avoient fort tourmenté , fut arquebusé.

Jean Vernier , dit Leonard , Habitant audit Pouni , tué.

En la seconde entrée , qui fut le 11 , *furent massacrés audit Collonges , & lieux circonvoisins , les sousnommés.*

Bernard Decuchet d'Escorens , âgé d'environ soixante ans. Trois petits enfans de Jean Jacquet , dit Crofet , ou Moret , âgé , l'un de douze ans & l'autre de neuf , & le dernier de six , assommés avec une coignée & laissés morts au foïer , où les peres & meres les trouverent morts.

François Chabot d'Escorens , tué , & sa femme & un fils , nommé Ami , pendus , sans qu'on ait pu jamais savoir qu'ils sont devenus.

Françoise , fille de feu Jean Venier , dite Leonard , ci-dessus nommée , âgée d'environ quinze ans , & Tevenne , fille de feu Genis Noel , surnommée la Rousse , âgée d'environ 18 ans , souffrant d'être violées , tuées.

Furent aussi massacrés ledit jour à Calaix , en la Maison des
Seigneurs

Seigneurs de la Corbiere , avec plusieurs autres ci-après nommés au Rôle de Chalaix, les suivans de la Paroisse, tant de Collonges que de Pouni.

Tiven Michel , dit Pouchair , du lieu de Pierre , Bernade , femme de Gonet Pache du Cret.

Bartasarde, femme de François Cagnod, dite Cambardon.

Jaquema , femme de Rolet de la Bierre , dite Couvers.

Mie, Veuve de Claude Marchant Morens.

Françoise Parifet, femme du susnommé Tiven Michel , aïant été fort blessée par l'Ennemi, d'un grand coup d'épée sur la tête , & portant un petit enfant entre ses bras, fut noïée le même jour en l'Alondon avec l'enfant , âgée ladite femme d'environ vingt-cinq ans , & l'enfant de six à sept mois.

Jean , Maréchal de Collonges , & George Buclin , sa femme, retirés pour lors à Pouni , tous deux malades , & gisans au lit, furent cruellement massacrés.

DE LA PAROISSE DE PERON & RESSORT.

PERON.

Quelques jours avant la premiere entrée , l'Ennemi étant des-cendu par la Montagne de Farges , tua Claude Charvet , âgé d'environ 80 ans.

A la premiere entrée furent tués de ladite Paroisse , les suivans.

Claude Gau,

Rolet Gado,

Jean Patron , âgé de 70 ans,

Clement Godet , âgé , comme on estimoit, de 120 ans,

Jaqueme Charvet fut pendu par son membre viril , dont il est mort en grande langeur quelques jours après.

A la seconde entrée furent tués ,

La Godeta , âgé de 60 ans,

Ami Godet , âgé de 60 ans,

Jean Cado , âgé de 66 ans ; étant fort malade dans son lit, fut mutilé du nez & des mains, & frappé à la tête , dont il est encore vivant, en grande langueur.

Tome IV. Xxxx

LOGRA.

A la premiere entrée furent tués,
Bertod Critin, âgé d'environ 60 ans,
Jean Maſſon, dit Barbier,
Pierre Marchan, dit Chaperon,
Tevene, relaiſſée de Claude Coulet, dit Barbier.
Item, du 5 du mois de Juin à une courſe que l'Ennemi fit,
poignarderent par la tête André Godet de Peron, dont il eſt mort
peu de temps après. La femme dudit André s'enfuïant avec ſon
enfant au bercëau, âgé de ſept à huit mois, coururent après elle &
aſſommerent l'enfant dans le berceau.
A la ſeconde entrée, Bernad Sour.
Jacques Roſſet, âgé d'environ 60 ans.
Jacques Quiol, tués.

FEGIERES.

A la premiere entrée fut tué
Claude Tiſſot, âgé d'environ 55 ans.
A la ſeconde entrée, Humbert Borgex & ſa femme Jaquema
Carrechon,
Jeanne Fo,
Thoine Tiſſot,
Marin Buffaz,
Une autre Jeanne Fo,
Claude Balechet, bleſſé à mort & encore languiſſant,
Lambert Servonnex, âgée d'environ 80 ans, bleſſée à
mort,
Louiſe Gillin, âgée de 60 ans, fort bleſſée,
Mia Gau, âgée de 40 ans, navrée.

GRIGNI.

A la premiere entrée fut tüée
Françoiſe Dubois, âgée de 80 ans,
A la ſeconde entrée, Toni Trelat.

DE LA PAROISSE DE FARGES & DU RESSORT.

FARGES.

A la premiere entrée, les deux Claude Charlet furent tellement battus, qu'ils en font morts peu de temps après.

A la feconde entrée, François Menu a été tué, âgé de 50 ans.

Item, cinq enfans fe font noïés en l'Alondon s'enfuïant.

ERENS.

A la premiere entrée, Ami Cufi, Châtelain de la Seigneurie de Peron, tué, âgé environ de 50 ans,

Ami Boffon de 50 ans,

Thoine Waillet auffi de 50 ans,

Thoine Boui.

ASSERENS.

A la premiere entrée, furent maffacrés la femme de Jean Phocar, âgée d'environ 50 ans, avec deux de fes enfans,

Jean Guai, fa femme & fa mere, âgé de 50 ans,

Thoine Jaquemo,

Pierre de la Rue, pendu par fes génitoires, dont il mourut à l'heure.

Humbert de Farva, âgé de 60 ans, tourmenté & battu jufqu'à la mort,

Daniele Marchant, fervante, âgée d'environ vingt ans, violée & tuée.

PAROISSE DE CHALLAIX.

A la premiere entrée, furent cruellement occis Jean de la Palu, dit Joli-Jean, âgé d'environ 88 ans,

Rollet de la Palu, dit Sermos, fut maffacré, âgé de foixante-cinq ans,

Claude Bonne, âgé d'environ 63 ans,

Jenon, Veuve de feu Claude Favre, dit la Pagette,

Une jeune fille de Louis Dulaquais, âgée d'environ quinze ans.

Le Serviteur de Jean Dubois, dit Maffin.

A la feconde entrée, furent maffacrés les fuivans ; à favoir, en la Maifon de la Corbiere , Claude Ponthos , Pauvre Aveugle,

La femme dudit Ponthos,

Claude Antoine Vanier,

Claude Guiart , dit Poret, âgé d'environ 60 ans,

Gafpard fille de feu Ami Croft , âgé d'environ 16 ans,

Daniel , fils de feu Jean Billod , âgé d'environ 15 ans,

Un fils de feu Claude Roc , âgé de fix à fept ans,

Claudine , Veuve de Jean de la Palu , dit Berlot, âgée d'environ 55 ans,

Pernette , femme de Philippe de la Fontaine.

DE LA PAROISSE DE SAINT JEAN DE GONVILLE.

A la premiere entrée , furent maffacrés ,

Jean Morel , âgé de 50 ans,

Pierre Real , dit Morel;

Claude Richard , dit Chouet, malade en fon lit , fut tué.

Jean du Four , âgé de foixante-dix ans, tué en la Montagne.

Pierre , fils de Pierre Livron , âgé d'environ 15 ans, a été pendu comme plufieurs autres jeunes enfans.

A la feconde entrée , furent maffacrés ,

Yve Paquet , dit Belon , âgé de 50 ans,

Bernard Brigan , dit Roffet,

Claude Chouet ,

Claude de Livron , âgé d'environ 70 ans.

Les filles ravies emmenées dudit Saint Jean , Pernette , fille de Pierre Mermet , âgée de 25 ans,

Jaquema , fille d'Etienne Leurat , âgée de 50 ans,

Pernette , fille de Bernard Paquet fut noïée en l'Alondon.

Furent auffi maffacrés dudit Saint Jean , ou tellement battus, qu'ils font morts depuis defdites battures : Pierre Mermet , âgé de 70 ans , pendu par le col un long efpace de temps, puis traîné, dont il mourut peu après.

Pierre de Chaudans , âgé de foixante-quinze ans , fut battu & traîné & pendu , dont il mourut.

Gabriel de Mornai , âgé de 50 ans, battu & pendu dans fa Grange , dont il eft mort.

Jeanne Boſſon, âgée de 80 ans, pendue par le col en la Grange dudit Gabriel, & brûlée.

Genette Richard, âgée de 50 ans, battue & traînée par les cheveux, puis garottée d'une corde par la tête, dont elle mourut peu après.

Philibert Tornier, femme de Claude Richard, âgée de 45 ans, battue & traînée juſqu'à la mort.

Richarde de Mornai, Veuve de feu Antoine Richard, âgée de quarante ans, tellement battue qu'elle en eſt morte depuis.

FENIERES.

A la Premiere entrée, fut tué Maurice Michaut, âgé de 80 ans.

A la ſeconde fut tué Pernette, Veuve de Thomas Gui, âgée de 50 ans.

THOIRI.

A la premiere entrée, furent tués Maurice Jaquet, dit Tiſſot, âgé de 60 ans,

Barthelemi Manin, Gabriel Brameré,

Françoiſe Brameré, femme de Maurice Manin, enceinte, fut emmenée par les Soldats,

Louiſe & Thibaude Manin, Sœurs, furent auſſi emmenées.

Jeanne Fugi, âgée de 50 ans, Mere de Françoiſe Fugi, âgée de 25 ans, & de Pernette Fugi, âgée de 15 ans, furent emmenées à la Montagne, violées & puis tuées.

Thiven Goujet, battu & garotté, dont il mourut.

A la ſeconde entrée, furent maſſacrés en la Maiſon de Nobles de Livron, dit de Martigni,

Samuel Motié de Farges, Habitant audit Thoiri,

Antoine Bouvet, âgé de ſoixante ans, tué en ladite Maiſon,

Richard Pointet d'Allamogne, réfugié en ladite Maiſon, tué.

Antoine de la Grange, dit Quemos, âgé de 70 ans, tué en la même Maiſon.

Mauriſe, femme de Mauris Guerin, âgée de 50 ans, fut tellement battue, qu'elle en mourut.

Claude Pouget, âgé de soixante & dix ans, fut tué en sa Maison.

ALLAMOGNE.

A la seconde entrée, furent tués, Rolet Chavané,
Jean Fugi, dit Joriet,
La Femme de Michel de Villars,
Françoise, relaissée d'André Mestral de Sargi, âgée de 75 ans, massacrée en son lit.

Pernette, fille de feu Jean Variet de Sargi, tuée.

Pernette, fille de Pernet Ciro, d'Allamogne, âgée de 25 ans, emmenée.

La fille d'Urban de la Tura, âgée de 13 à 14 ans, aussi violée & emmenée.

DE LA PAROISSE DE CROSET.

Le 13 de Septembre en l'année 1589, le Duc de Savoie étant entré au Bailliage de Gez, le jour précédent, ses Troupes passant à Croset, prirent Spectable Girard Barbier, Ministre de la Parole de Dieu audit Croset, âgé d'environ soixante-quinze ans, lui fendirent les pieds par-dessous, & le mirent à Cheval sur un Âne, le visage contre la queue, & avec tout opprobre, le menerent au Château de Gez, le frappant toujours, & le présenterent audit Duc, en présence duquel il soutint qu'il n'avoit prêché que la pure vérité, en laquelle il vouloit persévérer jusqu'à la fin, d'où étant ramené & jetté sur un peu de paille devant la porte de sa Maison, il y mourut, tout son bien aïant été pillé.

Antoine Brameré de Croset, tué.

Jaquemo Brameré, dit Croset, âgé de 80 ans, tué.

Thomase, femme de Jean Brameré, dit Croset, fut blessée à la tête d'un coup de coutelas, & à la cuisse, dont elle languit encore.

Pernette, femme de Reymond Brameré, dit Riste, âgée de 70 ans, fut tellement battue qu'elle en mourut.

Gonet de Roverei d'Avouson, Paroisse de Croset, fut tué.

Girard Sadoz, âgé de 60 ans, tué.

Gabriel Sisi de Chevri, fut pendu par les parties honteuses, & mourut en telle langueur.

Jean, fils de Jean Sarva d'Avouſon, tué.

DE LA PAROISSE DE GEZ.

Approchant les Troupes de Gez, rencontrerent aux Champs un nommé Gonet du Noir, âgé d'environ 50 ans, auquel ils couperent un bras d'un coup de coutelas.

Entrant à Gez, tuerent un Boucher, nommé Laurent Verchiere, âgé d'environ 55 ans.

Le 15 dudit mois de Septembre, étant lefdites Troupes à Petigni, Village de la Paroiſſe de Gez, prirent un nommé Jean Fillon, âgé d'environ 80 ans, l'attacherent d'une chaîne dans ſa Grange, où ils mirent le feu & étant à demi-brûlé, le jetterent ſur le fumier, où il languit trois jours.

DE LA PAROISSE DE DIVONNE.

À la premiere entrée,

A VILLARS SUS-DIVONNE.

Jean Pillod, âgé d'environ ſoixante-dix ans, fut tué dans ſa Maiſon.

Antoine Fina de Crofet, Habitant audit Villars, tué.

André de Michaille & Marie Pillod, ſa femme, âgés & l'un & l'autre d'environ 80 ans, furent pendus par le col au cremalier, dont ils moururent tous deux, & furent brûlées audit Villars quatorze Maiſons.

A PLANS SUS-DIVONNE.

Claude de Rueta, Veuve de Louis Vergier, âgée d'environ 55 ans, fut tuée d'un coup de lance.

Pierre, fils de Guillaume Paniſſot, étant rencontré, lui renverferent les doigts, lui remplirent la bouche de poudre d'arquebufe, & puis y mirent le feu, dont il mourut.

Antoine Lauſſon, tué par les Lanciers.

Louiſe Mondet, femme de Jean Paniſſot, âgée d'environ quarante ans, forcée par ſi grand nombre, qu'elle en mourut.

Jean de Michaille eut un bras coupé & la tête bleſſée de plufieurs coups d'épée, dont il eſt encore languiſſant.

Claude Blanc le jeune, eut un bras rompu, puis fut pendu à un chêne, les bras attachés derriere le dos.

Guillaume Blanc, âgé d'environ cinquante-ſept ans, fut tellement tourmenté & battu, qu'il mourut deux ou trois jours après.

A DIVONNE.

Bernard de Porta, âgé d'environ cinquante-ſept ans, tué par les Lanciers.

Tiven Perrin, âgé d'environ 55 ans, fut tué.

Claude Humbert fut tant tourmenté & battu, qu'il en mourut.

Jeanne Prud'homme, femme de Claude Pignei, mourut après avoir reçu pluſieurs coups d'épée.

Claude Porta, Châtelain de Divonne, reçut un coup de lance, & ainſi bleſſé fut pris priſonnier, & après avoir enduré pluſieurs tourmens & païé groſſe rançon, mourut.

Pernette Paniſſot, âgée de ſept à huit ans, fut tellement violée par les Soldats, qu'elle en mourut.

A ARBEROZ.

Antoine Goudart, âgé d'environ cinquante ans, tué d'un coup d'arquebuſe.

Outre les meurtres & maſſacres ſuſmentionnés, & pluſieurs autres qui ne ſont encore venus en connoiſſance, on ne ſauroit nombrer les femmes & filles violées, même qu'ils ont forcé des filles qui n'avoient pas ſix ans, & des femmes vieilles de plus de ſoixante ans ; & peut on dire que de tant de femmes & filles qui ſont tombées entre leurs mains, à grandpeine en eſt-il échappé une, ſans être violée, & celles qui ont tellement réſiſté, qu'ils n'ont pû les forcer, ont été tuées. Même ſe trouva (choſe par trop exécrable) que aucunes étant bleſſées à mort, & ces Méchans avoir leur compagnie, ſont mortes ſous eux.

Pareillement ils ont entierement brûlé pluſieurs Villages & autres la plus grande part, entr'autres Collonges près la Cluſe entierement brûlé, Aſſerens tout brûlé, hormis quatre Maiſons. Peron pour la plus grande part ; à Fegieres douze Maiſons ;

ſons; Grigni, pour la plus grande part; Saconex le Grand, entierement; Jantou, hormis trois ou quatre Maiſons; Villars-ſur-Divonne, où ils ont brûlé quatorze Maiſons; à Gez brûlé pluſieurs Maiſons & Granges. Bref, ils ont rendu la plûpart des Villages déſerts, & le Païs en friche par leurs cruautés plus que barbares.

Des meurtres ci-devant mentionnés, on peut auſſi recueillir combien d'Enfans orphelins peuvent être demeurés en grande miſere & pauvreté, combien de familles ruinées & diſſipées, & combien d'honnêtes Maiſons apauvries.

RECUEIL

Des horribles Carnages & Maſſacres commis par les Gens de Guerre du Duc de Savoie, le 22 d'Avril 1590. Conduits par le Gouverneur de Bonne, le Seigneur de Boege, ſur les pauvres Païſans & propres Sujets dudit Seigneur Duc ſans épargner áge, ſexe ni qualité.

PREMIEREMENT,

De la Paroiſſe de Ville-la-Grand.

A VILLE LA GRAND.

CASPARD PAINBLANC aïant été mis tout nud, fut tué dedans un Jardin.

Pierre Guet, Serviteur dudit Painblanc, maſſacré à coups de coutelas.

Thoine Martinier, autre Serviteur dudit Painblanc, bleſſé de pluſieurs coups d'épée.

Louis Girard tué au milieu de la rue à coups de coutelas.

Thomas du Chreſt, dit Jaquiert, tué, âgé d'environ ſoixante ans.

Jacques Meſſier étant bleſſé au travers du ventre, & les entrailles lui étant ſorties, eſt mort au bout de quelques jours.

La femme dudit Meſſier, mortellement battue.

Tome IV. Yyyy

Mamad Defplan, bleffé fort, tant par hommes que par chevaux, âgé de 80 ans.

Mamad, fils dudit Defplan, auffi bleffé de coups de lance, & la femme dudit fils, battue à la mort.

Pierre Riondet, tué en fortant de fon lit, âgé d'environ 70 ans.

Sa femme fort bleffée.

Ses deux filles violées, & l'une d'icelles bleffée, les entrailles lui fortant du ventre, âgées de 15 à 18 ans.

La Bernarde relaiffée de feu Pierre Defplan, premierement bleffée d'un coup de poignard, qui lui fut donné en la nature, & depuis de plufieurs coups de coutelas.

Robert Boq, extrêmement bleffé.

George Bettet, bleffé à mort, âgé d'environ 60 ans.

Humbert Bardet, extrêmement battu, mais non tué, pourcequ'il montra des patenôtres, âgé d'environ 100 ans, felon la commune renommée.

Thoine de la Courtine, femme de Pierre Bardet, extrêmement battue en la Maifon de fondit Mari, & Jeanne fa fille auffi extrêmement battue.

Tivent Rivet extrêmement bleffé, âgé d'environ cinquante-cinq ans.

A CARRA.

Claude Bournouz, pris, pendu par les génitoires & finalement bleffé à mort, âgé d'environ 50 ans.

Mamade, relaiffée de feu Jacques Andrion, mortellement bleffée, âgée d'environ 65 ans.

Pierre Berchard, bleffé d'un coup de moufquet, à la mort.

Sa Mere extrêmement battue, âgée d'environ 60 ans.

La Sœur auffi dudit Berchard, extrêmement battue.

Tivent Cottet, pris en chemife, fort battu, âgé d'environ 60 ans.

Sa femme tuée, & fa fille bleffée à coups de coutelas, âgée de 8 à 9 ans.

Thomas de la Place reçut quatre coups de coutelas à la tête & huit aux jambes, âgé d'environ 60 ans;

Et fon fils extrêmement bleffé.

Philibert de la Place, extrêmement bleffé, âgé d'environ 60 ans.

Deux de ses fils massacrés.

Humbert Pacart, blessé de deux grands coups, l'un à la mammelle & l'autre à la cuisse.

Sa Belle-Mere, extrêmement blessée au visage, âgé d'environ 55 ans.

1591.

MEURTRES
ET BRIGAN-
DAGES DES SA-
VOÏARDS.

A CREST.

Nicoud de Crest, tué à coups de mousquet, allant travailler en sa Vigne, âgé d'environ 55 ans.

Guillaume Fleutet blessé à mort, âgé d'environ cinquante-cinq ans.

A CORNIERE.

Barthelemie, relaissée du feu Mamad Morel, tuée.

A POUPLINGE

Jean Court, malade, tiré hors de son lit, & étant entre les bras de sa femme, nonobstant qu'elle eût donné quelque somme d'argent pour sa rançon, fut tué.

La fille de François Morel, n'aïant pu être forcée, a été massacrée, âgée d'environ 18 à 20 ans.

A PRESSINGE.

Etienne, fils de Noble Gaspard de Cholex, tué; sa Mere mortellement battue, âgée de cinquante-cinq ans, & aussi sa Sœur extrêmement battue, comme sadite Mere, à coups de coutelas, âgée de 20 ans.

Plusieurs femmes & filles & enfans battues & violées, le Village pillé.

A AMBILLI.

La femme de Pierre de Grilli, enceinte, a tellement été battue qu'elle a fait l'enfant & en est morte.

François Bœuf, malade, tué dans son lit, âgé d'environ 60 ans.

André de Rossillon, attaché à la queue d'un Cheval, & traîné l'espace d'une lieue, âgée d'environ 60 ans.

DE LA PAROISSE DE THONEX

A GALILARD.

Berte, femme de Marin Pouillain, bleffée à coups de coutelas, dont elle eft morte quelques jours après.

Humberte, relaiffée de feu Pierre d'Am, tuée d'un coup de
piftolet, âgée d'environ 60 ans:

Une Servante, fille de feu Mermet Rets, bleffée à mort.

Claude de Verna, navré de plufieurs coups d'épée.

Françoife, relaiffée de feu Jeanton Combet, eut un bras coupé
d'un coup de coutelas.

DE LA PAROISSE DE CHOLEX.

A CHOLEX.

Michel Dantan, bleffé de fix coups de fon couteau au col,
dont il eft mort trois jours après.

Jean de Leftra, tué.

Bernard, fils de Pierre Patai, reçut plufieurs coups, dont
il eft mort environ huit jours après, âgé d'environ treize ans.

A ANNEMASE, VILLAGE PAPISTE

Louis Saget, travaillant en fa Vigne, tué.

Michée, fa femme, tant battue, qu'elle en eft morte.

Henri Saget, travaillant auffi en fa Vigne, tué.

Roberte & Mie Sœurs, Veuves de feu Pierre & Jean Saget, battues jufqu'à la mort, âgées de quarante-deux à quarante-cinq ans.

Collet, fils de feu Jacques Plautier, tué dedans une Che-
neviere devant fa Maifon.

Thivent Maffon a eu un bras coupé & reçut beaucoup d'autres plaies.

Pernette, femme de Jean du Mont, Boucher dudit lieu,
a eu auffi un coup de coutelas fur un des bras, âgée d'environ
50 ans.

AU PONT D'ESTRAMBIERES, Village Papiste.

Rollette, Veuve de feu Claude Daufet, rendue impotente des deux bras, âgée d'environ 60 ans.

Jeunes enfans âgés de quatre à cinq ans, percés de coups de lances, & navrés de coutelas.

AUTRE RECUEIL

De quelques-uns massacrés au Bailliage de Gez, à la troisieme entrée du 22 Juin 1590, nouveau calcul.

A Fegieres de la Paroisse de Peron.

Lamberta Servonnez susmentionnée, détenue au lit pour grieve blessure, a été brûlée vive en sa Maison.

Item, une fille de Guillaume Fo, âgée de douze ans, a été tuée d'un coup de lance.

Deux fils mâles & une fille de Jean Emeri, tous trois ont été tellement battus & tourmentés, que le plus jeune, âgé de six ans, en est mort, & les deux autres font tellement malades qu'il n'y a espérance de vie.

DE SAINT JEAN DE GONVILLE.

Bernard Mermet & François Mermet, freres, ont été tués.

Marin de Combe,

Yves Richard,

Jean, fils de Jean du Villars, âgé de dix ans,

Pierre Real,

Yves Paquet, âgé de 60 ans,

Jacques Barbe, de Gez-la-Ville, servant à Allomonie, tués.

THOIRI.

Pernette, femme de Henri Salué, âgée de septante ans, tuée.

Toinette, Veuve de Claude Bruchei, âgée de cinquante-cinq ans, tuée.

FENIERES.

Jacques Faure, tué.
Claude Madrei, âgé de soixante ans, aussi tué.

AU LECTEUR.

JUSQU'ICI nous avons récité ce qui s'est pu découvrir bien certainement des massacres & carnages du tout inhumains, & non jamais ouis par ci-devant entre Chrétiens, commis par les Gens de Guerre de M. le Duc de Savoie, au Bailliage de Gez & Mandement de Gailliart; depuis lequel temps, étant Dom Amédée, Bâtard de Savoie, entré au Bailliage de Gez, comme Lieutenant Général dudit Seigneur Duc de Savoie, environ la fin de Juin, avec une Armée, principalement composée d'Infanterie & Cavalerie Espagnole, gens, comme ils sont extraits de Sarrazins & de Mores, ne sachant que c'est d'aucune humanité ; gens, comme témoignent leurs propres Histoires de l'Amerique & leurs déportemens ès Guerres des Païs-Bas, surmontant en cruauté les plus barbares Nations qui furent jamais, étant sur-tout leur naturel inhumain acharné sur ceux de notre vraie & Réformée Religion Chrétienne, qu'ils appellent Chiens Hérétiques, par l'extirpation desquels ils se glorifient de gàgner Paradis ; il se peut & doit dire, que tout ce que dessus n'est rien au prix des cruautés exercées, principalement par lesdits Espagnols audit Bailliage de Gez, semé par ci-devant de grand nombre de Villages bien peuplés & bâtis, où ils n'ont trouvé résistance aucune, n'aïant laissé pour cela, outre le dégât des Villages & Maisons du territoire de Geneve, ou appartenantes aux Bourgeois & Habitans d'icelle, de mettre le feu par-tout, de jour à autre, comme ils continuent encore à présent, réduisant, par ce moïen en cendre, non-seulement les Edifices, mais aussi en général les Fruits de la Terre, tuant avec cela autant de pauvres Païsans, Sujets naturels dudit Seigneur Duc, qu'ils peuvent attraper, sans aucun égard d'âge ni de sexe. Le vieil & décrépit n'y a point été épargné ; les femmes, vieilles & jeunes, si quelques-unes se trouverent au Païs, se mettant au hasard, comme d'arracher quel-

que épic de leur blé, & quelque charge de leur récolte, y
font violées, navrées & tuées, pauvres filles, voire de fept &
huit ans, forcées jufqu'au mourir ; les petits enfans allaitans,
arrachés du fein de leurs Meres ; & ont été leurs pauvres têtes
écrafées contre les pierres, fe vantant les Exécuteurs de telles
cruautés, de couper les Vignes & les Arbres, & même de paffer plus outre, & de réduire tous les Païs de ces Hérétiques
qu'ils appellent, en défert inhabitable, comme ils y ont déja
commencé & bien avancé. L'Eternel Dieu vivant, qui oit &
voit ces chofes, y pourvoira, s'il lui plaît, en temps & en lieu,
ne fe pouvant faire que tels & fi exécrables actes demeurent
impunis, & que les gémiffemens de tant de pauvres gens innocens & fi cruellement traités (même contre tout droit de
Guerre, quand ils feroient Ennemis) ne montent jufqu'au
Ciel devant fa face. Cependant, afin que chacun foit averti,
& connoiffe par tels effets le vrai fondement de cette Guerre
& l'intention de ceux qui l'ont émue, il a femblé être requis que
ceci fût ainfi déclaré en général, en attendant que Dieu baille
les moïens d'en favoir les particularités & d'en faire voir l'Hiftoire entiere & véritable à tout le Monde.

1591.

MEURTRES
ET BRIGAN-
DAGES DES SA-
VOÏARDS.

Avertissement.

LE titre par nous mis au Traité précédent de la Guerre de Geneve promet un Discours jusqu'à la fin de l'an 1591. Mais pourceque les matieres qui suivent requierent un Discours de plusieurs feuilles, nous remettrons le reste au Volume suivant ; comme aussi le Récit que nous allons ajouter ne regarde que ce qui s'est passé ès Païs-Bas ; d'autant que les choses avenues depuis la fin de Juillet 1589, jusqu'au mois de Décembre 1591, en divers endroits hors de France, sont choses qui ne concernent pas directement les affaires de la Ligue ; & quant aux efforts du Duc de Savoie en Provence, en un mot, ce fut une mutinerie de quelques Ligueuts ès Villes principales, lesquelles enfin se sont réduites à l'obéissance du Roi, tellement que le Duc après avoir consommé ses finances & son argent en Guerre inutile, s'est trouvé bien embesogné dedans Piedmont même, comme le Volume suivant, où nous parlerons amplement de la Guerre de Provence & de Piedmont, conjointement & tout d'un fil, en fera foi.

BRIEF RÉCIT

De ce qui s'est passé en autres endroits hors de France, sur-tout ès Païs-Bas, depuis la mort du Roi Henri III, jusqu'à la fin de l'an 1591.

AU commencement du mois d'Août 1589, le Colonel Scheinck (1), qui avoit quitté le Parti Espagnol pour se joindre à celui des États, entendant que quelques troupes du Duc de Parme marchoient au secours de Verdugo (2) pressé en Frise par le Comte Maurice, & portoient force argent aux Soldats, résolut de leur dresser une embuscade : ce qu'il exécute fort à propos, les charge vivement, & les aïant enfoncés, en tue une partie, & met ce qui reste à vau de route, & fait un merveilleux butin. Voulant tôt après surprendre Nieumeghe (3), il fut repoussé, & en se retirant de vîtesse dans un petit batteau se noïa (4). Au moïen de quoi les Espagnols approcherent de

---

(1) Martin Schenck, Seigneur de Tautenbourg : il avoit quitté le Parti Espagnol dès l'an 1582.

(2) François Verdugo qui étoit Gouverneur de Frise en 1582, étoit un homme de

très basse naissance : il avoit été Palefrenier du Comte de Mansfeld. Mais il s'étoit fort avancé depuis.

(3) C'est Nimégue.

(4) Schenck se noïa en 1589, le Vaisseau

la Briele pour s'en rendre maîtres, publiant la mort de Scheinck, qui y commandoit. Charles de Mansfeld entre dans l'Isle de Bommelerwert, gagne le Fort de Heel (1), reçoit par composition une autre petite Place, nommée Brackhel, & met garnison à Rossem, abandonné des Etats.

Le premier jour de Janvier 1590, la garnison de Nieumeghe (2) surprit quelque somme de deniers, que ceux d'Arnhen (3) envoïoient à Briele, prit prisonniers les Soldats qui l'accompagnoient. Sur la fin du même mois, Charles de Mansfeld prit par composition Berck, sur le Rhin. Le Duc de Parme, sous prétexte des bains de Spa, où il avoit séjourné quelques mois, complotoit, au nom de son maître, avec les Ligueurs de France, son intention étant d'empiéter par succession du temps ce puissant Roïaume selon les grandes intelligences que le Roi d'Espagne y avoit. Mais tandis qu'il tenoit les yeux tournés de ce côté-là, d'une part, les Espagnols se mutinerent en Flandre, se saisirent de Courtrai, & contraignirent le Païs de leur fournir argent. De l'autre, le Comte Maurice réduisit en sa puissance quatre ou cinq Forts autour de Groningue, contraignit tout ce Quartier de Frise à lui contribuer argent. Verdugo commence à crier allarme, & fait tant, que le Duc de Parme, après que les Ligueurs de France crioient aussi, lui envoie renfort, à l'aide duquel il se maintient. Le Comte Maurice tourne promptement d'un autre côté, & exécute une belle entreprise, pourpensée de long temps, surprenant par statragême & très hardie résolution la Ville & Château de Breda, à lui appartenant (4). Cela avint le troisieme jour de Mars. Charles de Mansfeld, avec quelques Troupes Espagnoles, essaïa de forcer un Fort des Etats ès Quartiers d'Oosterholt; mais craignant les Hollandois, il se contenta de recevoir par composition une autre petite Place, nommée Sevenberg le 10 du même mois. Cependant le Comte d'Egmont, suivi de quinze cens Chevaux, marchoit au grand pas en France, par le commandement du Roi d'Espagne, pour secourir la Ligue. Mais tout ce secours fut fracassé en la Bataille d'Ivri,

---

sur lequel il étoit monté, s'étant trouvé trop chargé, & aïant coulé à fond. Voïez l'Histoire de M. de Thou, liv. 96, ann. 1589. Cet Historien dit que cet Officier, dont il fait le portrait, n'avoit pas plus de 40 ans. Les Habitans de Nimegue retirerent son corps du Wahal, & lui firent mille indignités. Depuis, le Comte Maurice, s'étant rendu Maître de Nimégue, lui fit faire des obse-ques magnifiques. Il fut enterré dans la grande Eglise, vis-à-vis du grand Autel, dans le Tombeau des Ducs de Gueldre.

(1) Le Château de Heyl.
(2) Nimégue, Ville située sur le Wahal
(3) Arnheim.
(4) Voïez l'Histoire de M. de Thou, vers le commencement du Livre 100.

le Comte d'Egmont tué fur le champ, & les Ligueurs mis en fuite honteufe. Les Etats & le Comte Maurice empoignant l'occafion, réfolvent d'attaquer Nieumeghe, & aïant failli le dixieme jour de Mai à la furprendre, le cinquieme jour d'après l'affiégent & battent impétueufement, au grand étonnement des Affiégés, qui s'étoient fort fuperbement mocqués du Comte Maurice, à caufe de fa jeuneffe ; mais il leur fit bien fentir avec le temps qu'il étoit grand Capitaine, & auffi adroit preneur de Villes que le Duc de Parme, lequel aïant communiqué avec le Chef des Ligueurs en France, s'achemina vers Paris, pour dégager les Parifiens, que la famine étrangloit par centaines & milliers. Pour marcher plus fûrement, encore qu'il fût réfolu de ne donner bataille au Roi, il rappella le Comte de Mansfeld, acheminé avec grandes forces pour fecourir Nieumeghe ; & s'approchant de Paris, avec une armée puiffante, le Roi abandonné d'une partie de fes Troupes, plufieurs s'étant écartés, à caufe des maladies, les Parifiens eurent quelque petit relâche ; & les Efpagnols forcerent Lagni & Corbeil, que le Roi reprit tôt après : & le Duc de Parme fe retira encore plus vîte qu'il n'étoit venu, avec perte de grand nombre des fiens, le Roi l'aïant ramené jufques fur les Frontieres, en efcarmouchant à toutes heures fon Arriere-garde, & tenant les Efpagnols en continuel allarme. Le Duc voïant que ce voïage ne fuccédoit pas felon fon imagination, & qu'il avoit en France un terrible ennemi, effaïoit de lier les mains aux Etats en Hollande, afin de ne recevoir à dos : pourtant il procure que quelques Princes de l'Empire envoient Ambaffade aux Etats, pour demander qu'ils laiffaffent en paix les Villes au long du Rhin. Les Etats aïant montré l'équité de leur défenfe, & découvert les tyrannies des Efpagnols, pourfuivent leur pointe ; le Comte Maurice, malgré la réfiftance de Mansfeld, Gouverneur des Païs-Bas, s'empare de tous les Châteaux & Forts, au long de la Meufe & du Rhin, entre en Brabant, rafe le Fort Tertteiden (1), prend par compofition Steenberg & Thenen par efcalade, fe fait rendre le Fort de Hoi, renvoïant les Efpagnols, qui le gardoient, avec le bâton blanc au poing, ferme la navigation & ôte tout trafic à ceux de Nieumeghe (2), & après le retour du Duc, de Paris à Bruxelles, au commencement de Décembre, avec le refte de fon armée déchirée (& qui même

____

(1) Ou plutôt Thereyden, à l'embouchure de la Riviere de Bréda.
(2) Nimégue.

se mutina tôt après contre lui pour être païée) fit des courses en Westphalie, au désavantage des Espagnols & de leurs
Adhérans.

Le Roi Philippe aïant fort à cœur les affaires de France,
vouloit y porter les deux mains. Mais il redoutoit les Etats ;
pourtant à l'entrée de l'an 1591, il met en besogne l'Empereur
Rodolphe, son Neveu & Beau-frere, lequel envoie exhorter les
Etats à accord & à rendre les Places occupées en l'Empire. Eux
répondent franchement, montrent la nécessité de leur juste défensive, font voir à ses Ambassadeurs les insolences & artifices
des Espagnols. Puis joignant l'effet aux paroles, commandent
au Comte d'Eberstein de poursuivre, comme il avoit commencé,
la guerre contre les Fauteurs & Adhérans du Duc de Parme ;
ce qu'il fait vivement, & tire trente ou quarante mille dalers
des Ecclésiastiques Romains. Le Duc de Parme ne pensant qu'à
la guerre de France, envoie de Bruxelles Ernest de Mansfeld
en la Comté de Luxembourg, suborne quelques Traîtres à
Breda, pour lui livrer la Place, où ils sont découverts, empri-
sonnés & mis en quatre quartiers. Son entreprise sur Lochom (1)
lui succéda aussi malheureusement ; car ses Espions & Traîtres
y furent tous attrapés & exterminés par les mains du Bourreau.
Le Comte d'Eberstein poursuivit la guerre contre les Fauteurs
de l'Espagnol en Westphalie & lieux circonvoisins, où il fit
de grands butins. D'autre part, sur le commencement d'Avril,
les Etats gagnerent par surprise le Château de Turnhout (2) en
Flandre, & y mirent bonne Garnison ; puis au bout de trois
semaines prennent Kallemberg, lequel fut regagné quelques
jours après. Le vingt-deuxieme jour de Mai, le Comte Maurice,
qui par ses appareils, tant par eau que par terre, tenoit le Duc
de Parme en cervelle, surprend par ruse de guerre le Fort de
Zutphen, & neuf jours après contraint ceux de Zutphen de se
rendre. Le lendemain il assiege Deventer (3), la canone rudement à la barbe du Duc de Parme, qui s'étoit acheminé au secours avec grosses Troupes, & contraint les Assiégés de se rendre à lui, puis s'achemine en Frise, où il se rend Maître de trois
bonnes Places, aïant donné une allarme à ceux de Steenwic. Le
Duc de Parme, sollicité instamment par ceux de Nieumeghe
fort pressés, assiégea un Fort qui leur nuisoit le plus, nommé

(1) Ou Lochem, en Gueldre.
(2) Ou Tournhout. Voïez l'Histoire de
M. de Thou, Liv. 100, ann. 1591.

(3) Deventer n'est éloigné de Zuphen que
de deux lieues.

Knodfenbourg (1). Il le bat, fait donner affaut & eft repouffé. Le Comte Maurice accourt en diligence, dreffe embufcade à plufieurs Cornettes de Cavalerie Efpagnole, les attire & charge fi brufquement, qu'aïant renverfé morts fur la place plus de deux cens Maîtres, mis le refte à vau de route, pris prifonniers le Frere du Marquis del Guaft (2) & autres Chefs, il contraignit le Prince de Parme de fe lever & retirer fon armée arriere des coups, aïant perdu un très grand nombre d'hommes en ce voïage. Le quatrieme d'Août il fortit de Nieumeghe avant jour, accompagné de huit cens chevaux, & s'en alla aux Bains de Spa. Verdugo, laiffé pour affifter à ceux de Nieumeghe, délogea incontinent après en fon camp près de-là, & au bout de quelques jours fe tira plus loin en un Village de Cleves, nommé Wees. Les affaires d'Efpagne réduites à ce point ès Païs-Bas, l'Empereur follicita de rechef les Etats d'entrer en accord. Eux l'aïant remercié très humblement de fa bonne affection, lui remontrerent que c'étoit une négociation fruftratoire, n'étant poffible d'obtenir paix fincere & affurée des Efpagnols, qui ne ceffoient de machiner guerres & défolations ès Païs-Bas & ailleurs. Nonobftant cette réponfe, l'Empereur continua cette négociation; mais enfin ces Députés s'en retournerent à vuide, les Etats ne voulant en façon que ce fut appointer avec leurs capitaux & irréconciliables Ennemis.

Comme le Duc de Parme confultoit à Bruxelles qui lui fuccéderoit au Gouvernement, tandis qu'il iroit en France au fecours de la Ligue, & quel ordre il donneroit aux affaires, arriva l'Ambaffadeur de l'Archevêque de Cologne, priant le Duc de faire retirer les Garnifons Efpagnoles, qu'il tenoit ès Places de l'Archevêché. Pource qu'il y eut diverfes difputes fur cette délibération, l'Archevêque vint lui-même faire inftance de cela : mais le Duc fit réponfe qu'il en attendoit l'avis & commandement du Roi d'Efpagne. Le vingtieme de Septembre, l'Armée navale des Etats defcendue au Territoire de Was (3), affiége & prend par compofition la Ville d'Hulft (4). Mondragon (5), Gouverneur de la Citadelle d'Anvers, voulut y courir à la recouffe; mais il trouva la Place fi bien munie, que force lui fut de s'en retourner ainfi qu'il étoit venu. Le 14 jour d'Octobre,

---

(1) Les Etats Généraux avoient fait bâtir ce Fort dans le Païs de Betuve, vis-à-vis de Nimégue, de l'autre côté du Fleuve.

(2) Alfonfe d'Avalos, frere bâtard du Marquis du Guaft.

(3) Ou Waës.

(4) A quatre lieues de Rupelmonde.

(5) Chriftophe de Mondragon.

l'Armée des Etats ferra de près ceux Nieumeghe ; & le 21 la Ville
fut rendue par compofition au Comte Maurice , lequel en chaffa
(comme il fait de toutes autres Places de fa conquête) l'exercice
public de la Religion Romaine, mit ordre à la perception du
revenu des Prêtres , à la Garnifon & à la provifion des Offices.
Le Comte Philippe de Naffau y fut établi Gouverneur, aïant
pour garder la Place , fix Enfeignes de Piétons , & deux Cornettes de Cavalerie. Le corps du Colonel Scheinck (dont ceux de
Nieumeghe avoient triomphé) fut folemnellement enterré au
grand Temple. Au même temps les Ambaffadeurs de l'Empereur, arrivés à Cologne, requeroient inftamment les Etats de Hollande de leur donner audience , ce qu'ils n'obtinrent, d'autant
que les Etats n'ignoroient pas à quoi tendoit toute cette pratique. Les Ambaffadeurs aïant féjourné quelque temps à Bruxelles , le Duc de Parme , preffé d'aller au fecours de Rouen ,
laiffa la charge des Païs-Bas à Erneft , Comte de Mansfeld , &
partit avec cinq ou fix mille Hommes de pied & trois mille Chevaux , pour entrer en Normandie , où aïant eu quelque fuccès
au commencement , peu après une partie de fon armée aïant
été fuprife , écartée , dévalifée & la plûpart de fes Gens de cheval mis à pied , lui bleffé en un des bras , fit une retraite peu
honorable vers Paris ; & pourfuivi par l'armée du Roi , rentra
en Picardie , remenant fes forces , diminuées de la moitié , &
qui avoient perdu tout appétit de manger la France , comme paravant l'envie leur en étoit merveilleufement accrue.
Depuis ce temps , le Duc de Parme fe fondit à vuc , fa bonne fortune l'aïant du tout abandonné ; & les affaires de la
Ligue allerent en décadence de toutes parts. Mais nous ré-
ferverons ces chofes à la fuite des Volumes fuivans , fi la Ligue , perféverant en fes furieux deffeins , nous contraint de
pourfuivre.

Fin du quatrieme Volume.

TABLE

DES MATIERES CONTENUES EN CE VOLUME.

Tome IV.   Aaaaa

Fin de la Table.